ROBERT LUDLUM

DAS PARSIFAL-MOSAIK

Roman

WILHELM HEYNE VERLAG
MÜNCHEN

HEYNE ALLGEMEINE REIHE
Nr. 01/6577

Titel der amerikanischen Originalausgabe
THE PARSIFAL MOSAIC
Deutsche Übersetzung von Heinz Nagel

4. Auflage
Genehmigte, ungekürzte Taschenbuchausgabe

Printed in Germany 1987
Umschlaggestaltung: Atelier Ingrid Schütz, München
Gesamtherstellung: Elsnerdruck, Berlin

ISBN 3-453-02157-6

ERSTES BUCH

1

Kaltes Mondlicht strömte vom dunklen Nachthimmel, spiegelte sich in der Brandung und brach sich dort, wo einzelne Wellen gegen die Felsen der Küste anrannten und weiße Gischt aufschäumte. Der Strandstreifen zwischen den hoch aufragenden Felsen der Costa Brava war der Hinrichtungsort. Es mußte sein. Mochte Gott diese gottverdammte Welt verdammen. Es mußte sein.

Jetzt konnte er sie sehen. Und sie hören durch die Geräusche der See und der tosenden Brandung hindurch. Sie rannte und schrie hysterisch.

»Pro boha živého! Proč! Co to děláš! Přestaň! Proč! Proč!«

Das Mondlicht fiel auf ihr blondes Haar. Der Strahl einer Taschenlampe, fünfzig Meter hinter ihr, fing ihre Umrisse ein. Sie stürzte; der Abstand wurde kleiner, und das Stakkato einer Maschinenpistole drängte sich abrupt in die Dissonanzen der Nacht. Kugeln ließen den Sand und das wild wachsende Gras rings um sie explodieren. In ein paar Sekunden würde sie tot sein.

Und mit ihr seine Liebe.

Vom hohen Hügel schweifte ihr Blick über die Moldau, wo Boote stromaufwärts und -abwärts das Wasser durchpflügten. Über den Fabriken kräuselte Rauch empor, verteilte sich am hellen Nachmittagshimmel und verdeckte die Berge in der Ferne, und Michael beobachtete den verschleierten Horizont und wartete darauf, daß Wind aufkommen und den Rauch wegblasen würde, so daß er die Berge wieder sehen konnte. Sein Kopf lag auf Jennas Schoß, mit den ausgestreckten Beinen berührte er den Weidenkorb, den sie mit belegten Broten und gekühltem Wein gefüllt hatte. Sie saß im Gras, den Rücken an die glatte Rinde einer Birke gelehnt, und strich über sein Haar. Ihre Finger umkreisten sein Gesicht, zogen sanft seine Lippen und seine Wangenknochen nach.

»Mikhail, mein Liebster, ich habe gerade nachgedacht. Weder deine Tweedjacketts noch die dunklen Hosen, auch nicht dein gepflegtes Englisch, das du dir auf einer sehr exklusiven Universität zugelegt haben mußt, können darüber hinwegtäuschen, daß

Michael Havelock als Mikhail Havliček in Lidice geboren worden ist.«
»Das eine ist eine Art Uniform, und das andere lernt man irgendwie, um seine Haut zu retten.« Er lächelte und berührte ihre Hand. »Außerdem liegt dieser Universitätsbesuch weit zurück.«
»So vieles geschah vor langer Zeit! Direkt dort unten.«
»Vorbei.«
»Du warst dabei, mein armer Liebling.«
»Das ist Vergangenheit. Ich habe überlebt.«
»Viele aber nicht.«
»Vergessen wir's.«

Die blonde Frau erhob sich, drehte sich im Sand, taumelte nach rechts und wich für ein paar Sekunden dem Lichtstrahl aus. Sie strebte geduckt auf den Feldweg oberhalb des Strands zu, hielt sich in der Finsternis, wobei sie das hohe Gras als Deckung nutzte.

Es wird ihr nicht helfen, dachte der große Mann im schwarzen Pullover auf seinem Posten zwischen zwei Bäumen oberhalb der Straße. In wenigen Augenblicken würde die von Panik erfüllte Frau tot sein. Er hatte schon einmal auf sie hinuntergeblickt, das war noch gar nicht lange her. Damals hatte keine Panik sie erfüllt, sondern Leidenschaft.

Langsam, vorsichtig zog er den Vorhang in dem dunklen Bürozimmer zurück, den Rücken gegen die Wand gepreßt, und bewegte sein Gesicht zentimeterweise auf das Fenster zu. Er konnte sie unten sehen, wie sie über den hellerleuchteten Hof ging, konnte hören, wie ihre hohen Absätze auf dem Kopfsteinpflaster klickten und zwischen den Gebäuden, die den Hof umgaben, ein martialisches Echo erzeugten. Die Posten standen reglos im Schatten. In ihren Uniformen von sowjetischem Schnitt wirkten sie wie starre Marionetten. Köpfe drehten sich, verrieten billigende Blicke, die auf die langbeinige Gestalt gerichtet waren, die mit geradezu provozierendem Selbstvertrauen auf das eiserne Tor inmitten des Zauns zuging, der den Häuserkomplex umschloß, in dem Prags Geheimpolizei ihr Hauptquartier hatte. Die Gedanken hinter den Blicken waren klar: Das war nicht nur eine Sekretärin, die Überstunden machte, das war eine privilegierte »Kurva«, die sich die ganze Nacht durch von einem Kommissar auf seiner Couch diktieren ließ.

Natsztrzency chlopak!

Aber auch andere beobachteten sie, ebenfalls hinter verdunkelten Fenstern. Nur ein winziges Stocken in ihrem selbstbewußten Schritt, ein einziger Augenblick des Zögerns, und jemand würde zu einem Telefonhörer greifen und der Torwache Anweisung geben, sie festzuhalten. Natürlich galt es, den Kommissaren alles Peinliche zu ersparen, aber nicht, wenn ein Verdacht berechtigt schien.

Es gab kein Zögern, kein Stocken. Sie stand es durch ... schaffte es! Sie hatten es geschafft! Plötzlich spürte er einen hohlen Schmerz in der Brust; er wußte, was es war: Furcht, nackte, quälende Furcht. Und während er sie beobachtete, wanderten seine Gedanken zurück zu einer Stadt, die in Schutt und Asche lag, zu den schrecklichen Geräuschen einer Massenhinrichtung. Lidice. Und da war ein Kind – eines von vielen Kindern –, das über aufwallenden, grauen, rauchenden Schutt huschte, Botschaften überbrachte und die Taschen voller Sprengstoff hatte. Ein einziges Zögern, ein einziges Stocken ... Vergangenheit.

Sie erreichte das Tor. Ein beflissener Posten gestattete sich ein feistes Grinsen. Sie war betörend. Herrgott, wie er sie liebte!

Jetzt hatte sie die Straßenböschung erreicht, und ihre Beine und Arme arbeiteten wie wild, gruben sich in den Sand und den Schmutz. Aber es gab kein Entrinnen. Sie mußte sich aufrichten, um weiterzurennen, und konnte sich nicht mehr hinter der Böschung verbergen. Man würde sie sehen, der Lichtstrahl würde sie erfassen, und dann würde schnell das Ende kommen.

Während er die fliehende Frau mit seinem Blick verfolgte, unterdrückte er seine Gefühle und den Schmerz in seiner Brust. Er mußte so reagieren. Sein Beruf zwang ihn dazu. Er hatte die Wahrheit erfahren: Ihr Erscheinen an diesem Strand an der Costa Brava bestätigte ihre Schuld und ihre Verbrechen. Die von Panik erfüllte Frau dort unten war eine Killerin, eine Agentin der berüchtigten *Voennaja Kontra Rozvedka*, jener brutalen Abteilung des sowjetischen KGB, der überall den Terrorismus schürte – das war die unwiderrufliche Wahrheit. Er hatte alles gesehen, hatte von Madrid aus mit Washington gesprochen. Das Rendezvous in jener Nacht war von Moskau befohlen worden; dabei sollte die VKR-Außenagentin Jenna Karras einer Untergruppe der Rote Armee Fraktion Deutschlands, die sich kurz RAF nannte, einen Mordplan übermitteln. Das war die Wahrheit.

Doch diese Wahrheit machte ihn nicht frei. Vielmehr zwang sie ihn zu einer unvermeidlichen Konsequenz. Jene, die Verrat übten und Makler des Todes waren, mußten sterben. Gleichgültig, um wen es sich handelte ... Michael Havelock hatte seine Entscheidung getroffen, und auch die war unwiderruflich. Die letzte Phase des Plans, der die Frau in die tödliche Falle locken sollte, hatte er selbst vorbereitet ... Er hatte mitgeholfen, die Frau zu töten, die ihm eine kurze Zeit mehr Glück gegeben hatte als irgendein anderer Mensch auf der Erde. Doch zuzulassen, daß sie weiterlebte, würde den Tod Hunderter, vielleicht Tausender bedeuten. Unwiderruflich.

Was Moskau nämlich nicht wußte, war, daß das CIA die VKR-Codes geknackt hatte. Er selbst hatte den letzten Funkspruch an ein Boot abgesetzt, das eine halbe Meile vor der Küste der Costa Brava ankerte. *KGB-Bestätigung. Offizierkontakt durch US-Abwehr gefährdet. Pläne falsch. Eliminieren.* Die Codes gehörten zu den sichersten, die es gab. Sie würden die Eliminierung garantieren.

Jetzt richtete sie sich auf, und ihr schlanker Körper wurde hinter der Böschung sichtbar. Nun mußte es geschehen. Er liebte die Frau, die gleich sterben würde. Auch das war gewiß. Dieses Gefühl ruhte irgendwo tief in ihrem Bewußtsein. Sie waren einander in den Armen gelegen und hatten von einem gemeinsamen Leben gesprochen, von Kindern, die noch nicht geboren waren, die sie sich aber wünschten, vom Frieden und vom tiefen Wohlbehagen, wenn sie spürten, eins zu sein ... Daran hatte er einmal geglaubt, aber es sollte nicht sein.

Die Wahrheit.

Sie lagen im Bett. Ihr Kopf ruhte auf seiner Brust. Ihr weiches blondes Haar fiel über ihr Gesicht. Er wischte es zur Seite, hob die Strähnen auf, die ihre Augen verbargen, und lachte.

»Du versteckst dich«, sagte er.

»Es scheint, daß wir uns immer verstecken«, erwiderte sie und lächelte traurig. »Nur dann nicht, wenn wir absichtlich von Leuten gesehen werden wollen. Alles ist Berechnung, Mikhail, alles ist reglementiert. Mir kommt es so vor, als lebten wir in einem beweglichen Gefängnis.«

»Das ist noch nicht lange so, und es wird auch nicht für immer sein.«

»Wahrscheinlich nicht. Eines Tages werden sie feststellen, daß sie uns nicht länger brauchen und womöglich gar nicht mehr haben wollen. Werden sie uns dann gehenlassen, was meinst du?

Oder werden wir verschwinden?«
»Washington ist nicht Prag, auch nicht Moskau. Wir werden unser bewegliches Gefängnis verlassen, ich mit einer goldenen Uhr und du mit einer Art stummen Orden in deinen Papieren.«
»Bist du sicher? Wir wissen viel. Zuviel vielleicht.«
»Uns schützt gerade das, was wir wissen. Was ich weiß. Die werden sich immer fragen: Hat er es irgendwo aufgeschrieben? Wir müssen aufpassen, ihn beobachten, nett zu ihm sein . . . Das ist gar nichts Ungewöhnliches. Wir werden einfach weggehen.«
»Immer redest du von Schutz«, sagte sie und zog seine Augenbrauen nach. »Du vergißt das nie, nicht wahr? Die frühen Tage, die schrecklichen Tage.«
»Das ist Vergangenheit. Ich habe es vergessen.«
»Was werden wir tun?«
»Leben. Ich liebe dich.«
»Glaubst du, wir werden einmal Kinder haben? Ihnen nachblikken, wenn sie zur Schule gehen, sie an uns drücken, uns über sie ärgern? Oder sie zum Hockey begleiten?«
»Football . . . oder Baseball. Nicht Hockey. Ja, ich hoffe schon.«
»Was wirst du tun, Mikhail?«
»Als Dozent arbeiten, denke ich. Irgendwo an einem College. Ich habe ein paar Diplome, die aussagen, daß ich dafür qualifiziert bin. Wir werden glücklich sein, das weiß ich. Ich verlasse mich darauf.«
»Was willst du lehren?«
Er sah sie an und berührte ihr Gesicht; dann wanderten seine Augen zu der schäbigen Decke in dem heruntergekommenen Hotelzimmer. »Geschichte«, sagte er. Und dann griff er nach ihr, nahm sie in die Arme.
Gab es denn keine Wahrheit mehr? Überhaupt keine?

Der Lichtbalken wanderte durch die Dunkelheit. Schließlich erfaßte er sie. Sie glich einem brennenden Vogel, der versuchte, zum Himmel aufzusteigen. Dann folgten die Schüsse . . . Terroristenschüsse für eine Terroristin. Die Frau bäumte sich nach hinten, die ersten Kugeln trafen sie am Ansatz ihrer Wirbelsäule. Sekunden später folgten drei einzelne Schüsse, sie hatten etwas Endgültiges an sich, ein Scharfschütze am Werk; sie trafen sie am Nacken und in den Kopf und warfen sie nach vorn in den Sand. Ihre Finger krallten sich in die Erde, ihr mit Blut überströmtes Gesicht war barmherzig verborgen. Ein letztes Zucken, dann hörte jegliche Bewegung auf.

Seine Liebe war tot. Er hatte getan, was er hatte tun müssen, ebenso wie sie. Jeder hatte recht, genauso wie jeder unrecht hatte, und am Ende so schrecklich unrecht. Er schloß die Augen und spürte die ungewollten Tränen.

Warum mußte es so sein? Wir sind doch Narren. Noch schlimmer, wir sind dumm. Wir reden nicht; wir sterben lieber. Deshalb können uns Männer mit glatter Zunge und kühlem Verstand sagen, was recht ist und was unrecht – in weltpolitischer Hinsicht, müssen Sie verstehen –, was wiederum bedeutet, daß das, was einem diese Männer auch erzählen, unser naives Vorstellungsvermögen übersteigt.

Was wirst du tun, Mikhail?
Als Dozent arbeiten, denke ich. Irgendwo an einem College . . .
Was willst du lehren?
Geschichte . . .
Jetzt war alles Geschichte. Erinnerungen an Dinge, die zu schmerzhaft waren. Laß dich nicht mehr davon berühren. Sie können nicht länger Teil meiner selbst sein, ebensowenig wie sie, wenn sie das überhaupt je war, auch wenn sie es immer vorgab. Und doch werde ich jetzt ein Versprechen halten, nicht ihr gegenüber, sondern mir. Ich bin am Ende. Ich werde verschwinden, in ein anderes Leben, in ein neues Leben. Ich werde irgendwo hingehen, irgendwo unterrichten.
Geschichte.

Er hörte die Stimmen und schlug die Augen auf. Unten hatten die Killer der RAF die verurteilte Frau erreicht, die im Tode ausgestreckt dalag. War sie wirklich eine Lügnerin gewesen? Ja, denn sie hatte die Wahrheit gewußt. Sogar ihre Augen hatten ihm das verraten.

Die beiden Henker hatten sich über sie gebeugt und packten die Leiche, um sie wegzuschleppen. Ihr einst schöner, geschmeidiger Körper war jetzt für einen kläglichen Tod im Feuer bestimmt. Oder er würde an Ketten gebunden ins tiefe Meer versinken. Er würde sich nicht einmischen.

Ein Windstoß fegte plötzlich über den offenen Strand. Die Killer lehnten sich dagegen, ihre Füße glitten im Sand aus. Der Mann zur Linken hob die Hand in dem vergeblichen Versuch, die Fischermütze mit dem Schild auf seinem Kopf festzuhalten; sie wurde weggeblasen, rollte auf die Düne zu, die der Straße als Begrenzung diente. Er ließ die Leiche los und rannte hinter der Mütze her. Havelock musterte den Mann. Da war etwas an ihm . . . das Gesicht? Nein, es war das Haar, er konnte es ganz deutlich im Mondlicht sehen. Es war dunkles Haar; doch vom Ansatz über der Stirn gingen weiße Strähnen aus; sie waren auffällig, nicht zu übersehen. Er hatte dieses Haar schon einmal gesehen, das Gesicht. Aber wo? Es gab so viele Erinnerungen. Akten, die er überprüft hatte, Fotos, die er studiert hatte . . . Kontakte, Quellen, Feinde. Woher kam dieser Mann? Gehörte er zum KGB? Zur schrecklichen *Voennaja?* Oder zu einer Splittergruppe, die Moskau bezahlte, wenn sie nicht sogar von einem CIA-Stationsleiter in Lissabon Gelder kassierte?

Wer war dieser Mann?

Egal, es war vorbei. Endgültig. Die Marionetten, die in diesem gigantischen Schachspiel geopfert wurden, berührten Michael Havelock nicht mehr . . . oder Mikhail Havliček, was das betraf. Er würde morgen früh über die Botschaft in Madrid ein Kabel nach Washington absenden. Er war fertig. Er hatte nichts mehr zu geben. Wenn seine Vorgesetzten ein Abschlußgespräch haben wollten, dann sollten sie das haben. Auch gegen eine Klinik hätte er nichts einzuwenden; es war ihm einfach gleichgültig. Aber mehr von seinem Leben würden sie nicht bekommen.

Das war Vergangenheit. An einem einsamen Strand an der Costa Brava, der Montebello hieß, war dieser Abschnitt seines Lebens zu Ende gegangen.

2

Zeit war das beste Mittel gegen Schmerzen. Entweder verschwanden sie mit der Zeit, oder man lernte, mit ihnen zu leben. Das wußte Havelock, genauso war ihm klar, daß in diesem Stadium, in diesem Augenblick von beidem etwas zutraf. Die schmerzhaften Erinnerungen verschwanden zwar nicht, aber es gab Perioden, in denen die Wunden der Vergangenheit nur spürbar waren, wenn man sie berührte, und unter den gegebenen Umständen berührte man sie nicht, wenigstens nicht zu heftig. Und das Reisen lenkte einen von so vielen Dingen ab;

er hatte vergessen, wie es war, das hektische, nervenaufreibende Leben eines Touristen zu führen. Mal verlor er seine Reservierungsbelege, mal landete sein Gepäck im falschen Flugzeug, oder der Zug oder das Flugzeug hatten Verspätung. Es passierte ihm auch, daß Flüge ganz gestrichen wurden, so daß er in fremden Städten in irgendwelchen schrecklichen Restaurants die Zeit totschlagen mußte.

Ohne Frage, als Agent hatte er auf Reisen Privilegien genossen. Sein vorangegangenes Leben hatte seine Schwierigkeiten und seine Risiken gehabt, aber die lästigen Situationen, die den normalen Touristen immer wieder verärgern, hatten nicht dazugehört. Vorher, wenn er an einem bestimmten Tag oder zu einer bestimmten Stunde irgendwo sein mußte, war er pünktlich dorthin gelangt. Kein Grenzbeamter verbrachte Minuten damit, mit halbgeschlossenen Augen die Seiten im Paß herumzublättern, als läse er das Kamasutra, noch gruben sich bärenähnliche Tatzen – je weiter östlich man sich in Europa begab, desto häufiger waren besagte Tatzen weiblichen Geschlechts und trugen Spuren von Nagellack – in den Koffer und durchwühlten ihn. Nein, all das war ihm erspart geblieben. Doch dafür kam er sich oft vor wie in einem beweglichen Gefängnis. Denn es galt, Verabredungen einzuhalten, Quellen zu kontaktieren, Informanten zu bezahlen. Zu häufig nachts, an stillen Orten, wo man weder jemanden sah noch gesehen wurde.

Doch das war bereits seit beinahe acht Wochen vorbei. Er bewegte sich bei Tageslicht, so wie er jetzt den Damtrak in Amsterdam hinunterging, auf das Büro von American Express zu. Er fragte sich, ob das Telegramm wohl dort sein würde. Wenn ja, würde das eine neue Aufgabe und den Anfang eines neuen Lebens bedeuten.

Drei Monate waren seit jener Nacht an der Costa Brava vergangen, zwei Monate und fünf Tage seit dem Ende seines Abschlußinterviews und seinem formellen Ausscheiden aus dem Regierungsdienst. Von der Klinik in Virginia, in der er zwölf Tage verbracht hatte, war er nach Washington gekommen, um sich seine Papiere zu holen. Was immer sie erwartet hatten zu finden, war nicht dagewesen; er hätte ihnen das gleich sagen können. Ihn interessierte das alles nicht mehr; begriffen sie das nicht? Um vier Uhr nachmittags hatte er zwar als freier Mann das Gebäude des State Department verlassen, aber auch als arbeitsloser Bürger, ohne Pensionsanspruch, mit gewissen Rücklagen zwar, die jedoch kaum ausreichten, um davon den Lebensunterhalt zu bestreiten. An jenem Nachmittag war ihm klargeworden, daß er irgendwann in der Zukunft eine Stellung finden mußte. Aber nicht gleich; zunächst würde er eine Zeitlang nur das Minimum tun.

Er wollte reisen und all jene Orte wieder besuchen, die er nie wirklich besucht hatte, nämlich bei hellichtem Tage. Er nahm sich vor zu lesen ... endlich wieder ... nicht Codes und Akten, sondern all jene Bücher, die er seit der Studienzeit nicht mehr in die Hand genommen hatte. Wenn er irgend etwas für irgend jemanden mit Leben erfüllen sollte, mußte er so vieles, das er vergessen hatte, wieder lernen.

Aber was ihn an jenem Nachmittag vor zwei Monaten und fünf Tagen am meisten beschäftigte, war der Wunsch nach einem opulenten Abendessen. Nach zwölf Tagen in klinischer Behandlung und einer nicht gerade schmackhaften Diät hatte er förmlich nach einem guten Essen gelechzt. Er wollte gerade zu seinem Hotel zurückkehren, um dort zu duschen und sich umzuziehen, als ein Taxi die Straße entlangfuhr. Die Sonne spiegelte sich in seinen Fensterscheiben, so daß man die Insassen nicht sehen konnte. Das Taxi hatte vor ihm am Randstein angehalten; Michael hatte angenommen, weil er gewinkt hatte; doch statt dessen war ein Fahrgast mit einem Aktenkoffer schnell ausgestiegen, ein gehetzter Mann, der sich vielleicht für eine Verabredung verspätet hatte. Zuerst hatten weder Havelock noch der Fahrgast einander erkannt, Michaels Gedanken suchten ein Restaurant, der eilige Mann war damit beschäftigt, den Fahrpreis zu bezahlen.

»Havelock?« hatte er dann plötzlich gefragt und sich die Brille zurechtgerückt. »Du bist es doch, nicht wahr, Michael?«

»Harry? Harry Lewis?«

»Du hast's erfaßt. Wie geht's denn, M. H.?«

Lewis war einer der wenigen Leute, die er kannte – und er sah Harry selten –, die ihn mit den Anfangsbuchstaben anredeten. Das war eine alte Gewohnheit aus der Schulzeit; er und Lewis waren in Princeton Studienkollegen gewesen. Michael war anschließend in den Regierungsdienst getreten, während Lewis die akademische Laufbahn gewählt hatte. Dr. Harry Lewis war Inhaber des Lehrstuhls für politische Wissenschaften an einer kleinen, aber sehr renommierten Universität in New England und kam gelegentlich nach Washington, wo er einen Beratervertrag mit dem State Department hatte. Sie hatten sich ab und zu getroffen, wenn beide in Washington waren.

»Gut geht's mir. Arbeitest wohl immer noch gegen Tageshonorar, Harry?«

»Längst nicht mehr so oft wie früher. Jemand hat deinen Kollegen beigebracht, wie man Forschungsberichte unserer hochgestochenen Universitäten auswertet.«

»Du lieber Gott, mich haben die jetzt durch einen Bartträger in Blue jeans ersetzt.«

Der bebrillte Professor hatte ihn verblüfft angesehen. »Du machst wohl Witze. Du bist ausgeschieden? Ich dachte, du wärst auf Lebenszeit engagiert.«

»Im Gegenteil, Harry. Mein Leben hat gerade angefangen, vor fünf oder sieben Minuten, als ich meine letzte Unterschrift geleistet habe. Und in ein paar Stunden werde ich zum erstenmal mein Abendessen nicht als Spesen abrechnen können.«

»Was wirst du machen, Michael?«

»Keine Ahnung. Ich hab' noch gar nicht drüber nachgedacht. Das will ich vorerst auch nicht.«

Der Professor hatte innegehalten, sein Wechselgeld entgegengenommen und schnell gesagt: »Hör zu, ich habe mich schon verspätet. Aber ich bleibe über Nacht in der Stadt. Da ich ein Tageshonorar kriege, lade ich dich zum Essen ein. Wo wohnst du? Vielleicht habe ich eine Idee.«

Kein Regierungshonorar irgendwo in der zivilisierten Welt hätte für dieses Abendessen vor zwei Monaten und fünf Tagen ausgereicht, aber Harry Lewis hatte wirklich eine Idee. Sie waren einmal Freunde gewesen; jetzt wurden sie wieder Freunde, und Havelock fiel es leichter, mit jemandem zu reden, der die Arbeit, die er für die Regierung geleistet hatte, wenigstens ungefähr kannte, als mit jemandem, der dazu überhaupt keine Beziehung hatte. Es war immer schwierig zu erklären, daß etwas nicht zu erklären war; Lewis begriff. Ein Gedanke hatte zum anderen geführt, und am Ende hatte Harry seine Idee.

»Hast du jemals daran gedacht, zur Uni zurückzukehren?«

Michael hatte gelächelt. »Was würdest du jetzt sagen, wenn ich ›dauernd‹ antworten würde?«

»Ich weiß, ich weiß«, hatte Lewis mit einem Grinsen erwidert. »Leute wie ihr – ›Spooks‹ nennt man euch, glaube ich – bekommen alle möglichen Angebote von den Multis und verdammt hohe Gehälter obendrein, das ist mir bekannt. Aber M. H., du warst einer der Besten. Ein Dutzend Schulen hat deine Dissertation nachgedruckt, selbst eigene Seminare hast du gehalten. Deine akademischen Leistungen in Verbindung mit deinen Jahren im State Department – auch wenn du dazu großteils keine Einzelheiten liefern kannst – könnten dich für eine Universität sehr attraktiv machen. Wir sagen immer: ›Wir wollen jemanden finden, der wirklich dabei war, nicht nur ein Theoretiker.‹ Verdammt, Michael, ich glaube, du wärst da genau der Richtige. Ich weiß, die Bezahlung ist nicht gerade . . .«

»Harry, du hast mich mißverstanden. Ich habe das ernst gemeint. Ich denke dauernd daran, wieder zur Uni zurückzugehen.«

Jetzt war Harry Lewis mit Lächeln an der Reihe. »Dann habe ich eine andere Idee.«

Eine Woche darauf war Havelock nach Boston geflogen und von dort zu den efeuüberwucherten roten Backsteinhäusern des Campus am Rande von Concord, New Hampshire, gefahren. Er hatte vier Tage mit Harry Lewis und seiner Frau verbracht, war herumgeschlendert, hatte verschiedenen Vorlesungen und Seminaren beigewohnt und die Angehörigen der Fakultät und der Verwaltung kennengelernt, die Harry für wichtig hielt. »Beiläufig« hatte man beim Kaffee, bei ein paar Drinks und beim Abendessen seine Meinung erfragt. Lewis hatte gute Vorarbeit geleistet. Am Ende des vierten Tages hatte Harry beim Mittagessen verkündet: »Sie mögen dich!«

»Warum auch nicht?« hatte Lewis' Frau ihn unterbrochen. »Er ist auch sehr nett.«

»Tatsächlich sind sie sogar ziemlich beeindruckt von dir. Ich sagte es ja neulich schon, M. H., du bist dabeigewesen. Sechzehn Jahre beim State Department machen dich zu einem besonders interessanten Kandidaten.«

»Und?«

»In acht Wochen ist die jährliche Konferenz zwischen der Verwaltung und dem Aufsichtsrat. Ich denke, man wird dir einen Job anbieten. Wo kann ich dich erreichen?«

»Ich werde auf Reisen sein. Ich rufe dich an.«

Er hatte Harry vor zwei Tagen aus London angerufen. Die Konferenz war immer noch im Gange, aber Lewis rechnete in Kürze mit einer Antwort.

»Schick mir ein Telegramm an das American-Express-Büro in Amsterdam«, hatte Michael gesagt. »Und vielen Dank, Harry.«

Er sah, wie die Glastüren der American-Express-Filiale sich vor ihm öffneten. Ein Paar kam heraus. Der Mann versuchte ungeschickt, die Schulterriemen von zwei Kameras im Gleichgewicht zu halten, während er Geld zählte. Havelock blieb stehen und fragte sich einen Augenblick lang, ob er wirklich hineingehen sollte. Wenn das Telegramm eine Ablehnung war, würde er einfach weiterziehen, und darin lag ein gewisser Reiz, die schwebende Passivität, nichts zu planen, hatte angefangen, für ihn gewissen Wert zu haben. Andererseits konnte das Telegramm auch ein Angebot sein. Was dann? War er dafür bereit? War er bereit, eine Entscheidung zu treffen? Nicht eine Entscheidung in den Bereichen, in denen sich Instinkt und Schnelligkeit verbanden, um das Überleben zu garantieren, vielmehr eine Festlegung. Aber war er imstande, sich festzulegen?

Er atmete tief und setzte bewußt einen Fuß vor den anderen, als er auf die Glastüren zuging.

Gastdozent für zwei Jahre. Anschließend, falls beiderseitig erwünscht, feste Anstellung möglich. Anfangsgehalt dreitausend. Benötige Antwort binnen zehn Tagen. Mach's nicht zu spannend. Gruß Harry.

Michael faltete das Telegramm zusammen und steckte es in die Jakkentasche. Er kehrte nicht an den Tresen zurück, um seinerseits ein Telegramm an Harry Lewis, Concord, New Hampshire, USA, zu schreiben. Das würde später kommen. Für den Augenblick genügte es zu wissen, daß es einen Anfang gab. Er würde ein paar Tage brauchen, um zu verarbeiten, daß er nun eine Eigenverantwortlichkeit besaß, und anschließend vielleicht noch einmal mehrere Tage, um sich damit auseinanderzusetzen. Denn in der Eigenverantwortlichkeit lag auch die Verpflichtung; ohne sie gab es keinen echten Anfang.

Er trat auf den Damtrak hinaus und atmete die kalte Luft Amsterdams ein, fühlte die feuchte Kühle, die vom Kanal aufstieg. Die Sonne senkte sich dem westlichen Horizont entgegen; einen kurzen Augenblick lang versperrte eine tiefliegende Wolke die Sicht, dann kam sie wieder zum Vorschein, ein orangeroter Ball, der seine Strahlen durch den Dunst warf. Das Bild erinnerte Havelock an das Meer vor der Küste Spaniens . . . an die Costa Brava. Er war die ganze Nacht dort geblieben . . . jene Nacht . . . bis die Sonne sich über den Horizont gestemmt und die Nebel über dem Wasser gerötet hatte. Dann war er zur Böschung hinuntergegangen . . .

Hör auf! Das war ein anderes Leben. Dies hier ist ein neues.

Vor zwei Monaten und fünf Tagen war Harry Lewis, wie es der Zufall wollte, aus einem Taxi gestiegen und hatte angefangen, für einen Freund die Welt zu verändern. Jetzt, zwei Monate und fünf Tage später, war diese Veränderung eingetroffen. Die Chance brauchte von ihm nur noch genutzt zu werden. Er würde sie nutzen, das wußte Michael, aber irgend etwas fehlte. Eine solche Veränderung sollte geteilt werden, und es gab niemanden, mit dem er sie teilen konnte, niemanden, der sagte . . . *was wirst du lehren?*

Hör auf!

Vor zwei Monaten und fünf Tagen hatten er und Harry zu Abend gegessen, sehr feudal. Havelock klappte die Revers seines Mantels hoch und schlenderte in nördlicher Richtung auf dem Damtrak davon. Er würde heute zu Abend essen, sehr feudal. Allein.

Der befrackte Kellner im ›Dikker en Thijs‹ drückte den Rand des flammenden Kognakschwenkers in die silberne Zuckerschale; die Zutaten für *café jamique* würden folgen. Das Zeremoniell war lächerlich und nichts als Vergeudung von gutem Kognak, aber Harry Lewis hatte an jenem Abend vor zwei Monaten und fünf Tagen in Washington auf dieser Show am Tisch bestanden. Er würde Harry erzählen, daß er das Ritual in Amsterdam wiederholt hätte, obwohl er wahrscheinlich nicht begreifen würde, wie hell diese verdammten Flammen waren und welche Aufmerksamkeit sie auf seinen Tisch lenkten.

»Danke, Harry«, sagte er lautlos, als der Kellner gegangen war, und hob das Glas ein paar Zentimeter seinem unsichtbaren Begleiter entgegen. Es war doch besser, nicht ganz allein zu sein.

Er konnte den näherkommenden Mann fühlen, ebenso wie er aus dem Augenwinkel bemerkte, daß es dunkler wurde. Eine Gestalt in einem konservativen, dunklen Nadelstreifenanzug näherte sich seiner Nische. Havelock nahm das Glas etwas zur Seite und hob die Augen. Der Name des Mannes war George. Er war der Chef der CIA-Station in Amsterdam. Sie hatten in der Vergangenheit zusammengearbeitet, nicht immer auf angenehme Weise, aber professionell.

»Auch eine Art, seine Ankunft bekanntzugeben«, sagte der Abwehragent und blickte auf das Serviertischchen des Kellners mit der silbernen Zuckerschale. »Darf ich mich setzen?«

»Natürlich. Wie geht es Ihnen, George?«

»Ich hab' schon bessere Zeiten erlebt«, sagte der CIA-Mann und nahm Michael gegenüber Platz.

»Das tut mir leid. Möchten Sie etwas trinken?«

»Das kommt darauf an.«

»Auf was?«

»Ob ich dazu lange genug bleibe.«

»Heute sind wir aber geheimnisvoll«, sagte Havelock, ohne eine Frage zu stellen. »Dann sind Sie wahrscheinlich noch im Dienst.«

»Ich wußte gar nicht, daß wir so klare Arbeitszeiten haben.«

»Nein, davon kann wohl keine Rede sein. Bin ich der Grund, George?«

»Im Augenblick vielleicht«, sagte der CIA-Mann. »Ich bin überrascht, Sie hier zu sehen. Ich hörte, Sie wären ausgeschieden.«

»Da haben Sie richtig gehört.«

»Warum sind Sie dann hier?«

»Ich bin auf Reisen. Ich mag Amsterdam. Man könnte sagen, daß ich meine Abfindung dazu verwende, all die Orte zu besuchen, die ich am Tage selten zu sehen bekommen habe.«

»Klingt überzeugend, aber das heißt noch nicht, daß ich es glaube.«

»Glauben Sie mir, George. Es ist die Wahrheit.«

»Keine Tarnung?« fragte der Abwehrbeamte, und seine wißbegierigen Augen musterten Michael. »Sie wissen ja, daß ich es überprüfen kann.«

»Wirklich nicht. Ich bin draußen, weg vom Fenster, zur Zeit arbeitslos. Ihre Nachprüfungen werden nichts anderes ergeben. Ich bin sicher, daß die Centrex-Codes in bezug auf mich geändert worden sind und daß man alle Quellen und Informanten in Amsterdam wegen meines neuen Status verständigt hat. Ich bin *off limits,* George. Jeder, der sich mit mir einläßt, riskiert seine Entlassung und am Ende vielleicht sogar ein obskures Begräbnis.«

»Das sind die *äußeren* Fakten«, pflichtete der CIA-Mann ihm bei.

»Es sind die einzigen Fakten. Sparen Sie sich die Mühe, nach etwas anderem zu suchen, Sie finden nichts.«

»Also gut. Dann will ich Ihnen mal glauben. Sie sind also auf Reisen und leben dabei von Ihrer Abfindung.« Der Agent hielt inne und beugte sich vor. »Aber irgendwann wird Ihnen das Geld ausgehen.«

»Sicherlich. Bis dahin hoffe ich, wieder eine Stelle gefunden zu haben. Was das betrifft, habe ich heute nachmittag ...«

»Weshalb warten?« unterbrach ihn der andere. »Vielleicht könnte ich Ihnen behilflich sein.«

»Nein, das können Sie nicht, George. Ich habe nichts zu verkaufen.«

»Sicher haben Sie das. Erfahrung. Sie kriegen ein Beraterhonorar, das ich meinem Spesenkonto entnehme. Kein Name wird notiert, nichts wird aufgezeichnet.«

»Wenn das hier ein Test sein soll, dann stellen Sie sich ziemlich ungeschickt an.«

»Das ist kein Test. Ich bin bereit zu zahlen, um selber bessere Ergebnisse nach Langley melden zu können. Das würde ich nicht zugeben, wenn ich Ihnen nur auf den Zahn fühlen wollte.«

»Vielleicht schon, aber Sie wären ein verdammter Narr. Das ist ein drittklassiger Trick; so unbeholfen, daß Sie es wahrscheinlich ernst meinen. Keiner von uns möchte schließlich, daß die Spesenkonten zu gründlich überprüft werden, oder?«

»Ich bin vielleicht nicht von derselben Klasse wie Sie, aber drittklassig bin ich nicht. Ich brauche Hilfe. Wir brauchen Hilfe.«

»So ist's schon besser. Jetzt appellieren Sie an mein Ego. Viel besser.«

»Nun, wie steht's, Michael? In Den Haag stolpert man auf Schritt und Tritt über KGB-Leute. Wir wissen nicht, wen sie gekauft haben oder wie weit oben sie angekommen sind. Die NATO ist gefährdet.«

»Wir sind alle in Gefahr, George, und ich *kann* nicht helfen, weil ich nämlich nicht glaube, daß es einen Unterschied machen würde. Wir setzen unseren Stein auf das Feld fünf und drängen den Gegner auf Feld vier zurück, worauf er uns überspringt und auf Feld sieben landet. Dann dringen wir bis acht vor, bis er uns schließlich auf neun blockiert, und keiner kommt bis zehn. Alle nicken nachdenklich, und dann fängt das Ganze wieder von vorne an. Unterdessen beklagen wir unsere Verluste, übertreiben dabei ein wenig und geben niemals zu, daß alles sinnlos ist.«

»Das ist doch Blödsinn! Niemand wird uns ins Grab schicken.«

»Doch, George. Uns alle. Von ›Kindern, die noch nicht geboren und noch nicht gezeugt sind‹. Außer sie wären klüger als wir, und das kann sehr wohl der Fall sein. Herrgott, ich hoffe es sogar.«

»Was, verdammt noch mal, reden Sie denn da für ein Zeug zusammen?«

»Schon gut, George. Kommen Sie, trinken wir was.«

»Nein, danke.« Der CIA-Stationsleiter schob seinen Stuhl zurück. »Mir scheint, Sie haben auch genug«, fügte er hinzu und erhob sich.

»Noch nicht.«

»Scheren Sie sich zum Teufel, Havelock.« Der Abwehrbeamte schickte sich an wegzugehen.

»George.«

»Was?«

»Jetzt haben Sie einen Fehler gemacht. Ich wollte gerade etwas über heute nachmittag sagen, aber Sie haben mich nicht ausreden lassen.«

»Na und?«

»Sie wußten also, was ich Ihnen erzählen wollte. Wann haben Sie das Telegramm abgefangen? Gegen Mittag?«

»Gehen Sie zum Teufel!«

Michael sah zu, wie der CIA-Mann an seinen Tisch zurückkehrte. Er hatte allein gegessen, aber Havelock wußte, daß er nicht allein war. Als drei Minuten um waren, fand Michael seine Vermutung bestätigt. George zeichnete hastig seine Rechnung ab und eilte hinaus. Fünfundvierzig Sekunden später erhob sich ein junger Mann von einem Tisch auf der rechten Seite des Raums und führte eine etwas verwirrt wirkende Dame am Ellbogen zum Ausgang. Eine Minute verstrich, worauf zwei Männer, die in einer Nische auf der linken Seite gesessen hatten, gleichzeitig aufstanden und das Restaurant verließen. Im Kerzenlicht blickte Michael auf die Teller in der Nische. Beide waren noch voll. Was für Dilettanten!

Sie hatten ihn verfolgt, ihn beobachtet. Warum? Warum konnten sie ihn nicht in Ruhe lassen?

Die Mittagssonne in Paris leuchtete in einem diffusen blendenden Gelb. Ihre Strahlen spiegelten sich in der Seine und flimmerten auf dem dahinströmenden Wasser. Havelock hatte die Mitte der Pont Royal erreicht; sein kleines Hotel war nur wenige Straßen entfernt an der Rue de Bac. Nach seinem Besuch im Louvre hatte er den direkten Weg zurück gewählt. Er wußte, wie wichtig es war, von dieser Route nicht abzuweichen; denn sonst hätten seine Verfolger womöglich Verdacht geschöpft, daß er ihre Anwesenheit ahnte. Das Taxi war ihm aufgefallen, als es im Verkehr zweimal abrupt einen Bogen beschrieb, um ihn im Auge zu behalten. Wer auch immer dem Fahrer seine Anweisungen gab, es mußte ein Profi sein. Das Taxi hatte höchstens zwei oder drei Sekunden an einer Ecke angehalten und war dann in entgegengesetzter Richtung davongerast. Das bedeutete, daß sein Verfolger ihm jetzt zu Fuß über die überfüllte Brücke folgte. Wenn sein Ziel war, ihn zu kontakten, eignete sich eine Seine-Brücke besonders dafür. Passanten blieben auf der Pont Royale stehen, einfach um abwesend ins Wasser zu starren. Ein günstiger Ort also, um unauffällig Gespräche zu führen. Vielleicht aber wollte man ihn auch nur überwachen.

Michael blieb stehen und lehnte sich gegen die brusthohe Steinmauer, die als Geländer diente, und zündete sich eine Zigarette an. Er blickte auf ein *Bateau Mouche* hinunter, das gerade im Begriff war, unter der Brücke durchzufahren. Wer ihn jetzt beobachtete, mußte vermuten, er schaue dem Touristenboot zu. Tatsächlich aber nutzte er die Sonne, legte den Kopf etwas zur Seite, schirmte die Augen ab und konzentrierte sich auf die hochgewachsene Gestalt, die sich von rechts näherte.

Er konnte den grauen Homburg erkennen, den Mantel mit dem Samtkragen, die auf Hochglanz polierten schwarzen Schuhe. Das Bild genügte. Der gutgekleidete Mann verkörperte gleichsam Pariser Eleganz und Wohlstand. Ganz Europa und das Mittelmeergebiet hatte er bereist, in Künstlerkreisen und in den Salons der Reichen war seine Gesellschaft sehr gefragt. Er galt als der profundeste Kenner klassischer Kunst in ganz Paris. Und nur diejenigen, die es wissen mußten, wußten, daß er viel mehr als nur seine Anwesenheit verkaufte. Sein Name war Gravet. Zwei Meter rechts von Havelock blieb er am Geländer stehen und schob sich den Samtkragen zurecht. Als er zu reden begann, sprach er gerade laut genug, daß Havelock ihn verstehen konnte.

»Ich dachte mir, daß Sie das sind. Ich folge Ihnen schon seit einiger Zeit.«

»Ich weiß. Was wollen Sie?«

»Die Frage ist, was wollen *Sie?* Warum sind Sie in Paris? Man hat uns zu verstehen gegeben, daß Sie nicht mehr aktiv seien. Offen gestanden, es hieß, man solle Sie meiden.«

»Und sofort melden, wenn ich jemanden kontakte, stimmt's?«

»Natürlich.«

»Aber Sie schaffen die umgekehrte Situation. Sie haben sich mir genähert. Etwas unklug, nicht wahr?«

»Ein geringes Risiko, das es wert ist, eingegangen zu werden«, sagte Gravet, der aufrecht dastand und sich umsah. »Gehen wir ganz weit zurück, Michael. Ich glaube keinen Augenblick, daß Sie in Paris sind, nur um die Kunstschätze der Stadt zu besichtigen.«

»Ich auch nicht. Wer hat das denn behauptet?«

»Sie waren genau siebenundzwanzig Minuten im Louvre. Zu kurz, um sich irgend etwas anzusehen, und zu lange, um bloß eine Toilette aufzusuchen. Aber die Zeit reicht, um sich mit jemandem in einem dunklen, überfüllten Ausstellungsraum zu treffen, sagen wir, ganz am Ende des zweiten Stockwerks.«

Havelock fing zu lachen an. »Hören Sie, Gravet . . .«

»Sehen Sie mich nicht an, bitte! Blicken Sie weiter aufs Wasser.«

»Ich wollte mir die römische Abteilung im Zwischenstock anschauen. Doch da drängte sich eine Reisegruppe aus der Provence um die Ausstellungsstücke; also bin ich gegangen.«

»Sie waren immer schnell, das habe ich an Ihnen bewundert . . . und jetzt dieser seltsame Alarm: ›Er ist nicht mehr aktiv. Meiden Sie den Kontakt mit ihm.‹«

»Das stimmt zufällig.«

»Was auch immer Ihre neue Rolle sein mag«, fuhr Gravet schnell fort und wischte ein Stäubchen vom Mantelärmel, »daß sie sich so radikal geändert hat, kann nur bedeuten, daß Sie sich in sehr exklusiver Gesellschaft bewegen. Ich bin Makler und verfüge über viele Informationen. Je distinguierter meine Klienten sind, desto besser gefällt es mir.«

»Tut mir leid, ich kaufe nichts. Meiden Sie mich lieber.«

»Machen Sie sich nicht lächerlich. Sie wissen ja nicht, was ich anzubieten habe. Überall geschehen unglaubliche Dinge. Verbündete werden zu Feinden, Feinde zu Verbündeten. Der Persische Golf steht in Flammen, ganz Afrika ist in Aufruhr; der Warschauer Pakt hat viele Schwachstellen, von denen Sie nichts wissen, und Washington verfolgt ein Dutzend unsinniger Strategien, denen nur die sagenhafte Dummheit der Sowjets gleichkommt. Ich könnte Ihnen Einzelheiten über Ungeschicklichkeiten der letzten Zeit liefern. Schicken Sie mich nicht einfach weg, Michael. Benutzen Sie mich. Sie werden noch höher steigen.«

»Weshalb sollte ich höher steigen wollen, wo ich doch gerade ausgestiegen bin?«

»Noch einmal, das ist lächerlich. Sie sind ein relativ junger Mann – die würden Sie nicht gehen lassen.«

»Die können mich beobachten, aber nicht mich festhalten. Ich brauchte bloß auf meine Pension zu verzichten, die irgendwann einmal auf mich zugekommen wäre.«

»Das ist zu einfach dargestellt. Solche Leute wie Sie haben sich irgendwo Bankkonten eingerichtet, auf die Zahlungen an Personen geflossen sind, die in Wirklichkeit nie existiert haben, oder die Spesen für angebliche Reisen oder kurzfristig benötigte Papiere. Mit fünfunddreißig hatten Sie bereits Ihre Altersvorsorge sicher.«

»Sie übertreiben sowohl meine Talente als auch mein Bedürfnis nach finanzieller Sicherheit«, erwiderte Havelock lächelnd.

»Vielleicht interessiert Sie eine ziemlich umfangreiche Akte«, fuhr der elegante Franzose fort, als hätte Michael ihn nicht unterbrochen, »die Einzelheiten über gewisse geheime Aktionen enthält, wobei notwendigerweise konkrete Vorgänge und Personen beschrieben worden sind. Die Akte befindet sich außer Reichweite jener, die am meisten an ihrem Besitz interessiert wären.«

Havelocks Lächeln verblaßte.

»Das ist natürlich keine finanzielle Sicherheit«, fuhr Gravet fort, »aber es gibt einem doch ein angenehmes Gefühl, nicht wahr?«

»Sie vergeuden Ihre Zeit, ich kaufe nichts. Wenn Sie eine wertvolle Information haben, werden Sie Ihren Preis dafür bekommen. Sie wissen, mit wem Sie verhandeln müssen.«

»Die sind zweitklassig und haben Angst. Keiner von denen hat direkten Zugang zu den entscheidenden Leuten, so wie Sie.«

»Den habe ich nicht mehr.«

»Das glaube ich Ihnen nicht. Sie sind der einzige Mann hier in Europa, der direkt mit Anthony Matthias spricht.«

»Lassen Sie ihn aus dem Spiel. Und zu Ihrer Information, ich habe schon seit Monaten nicht mehr mit ihm gesprochen.« Plötzlich richtete sich Havelock auf und drehte sich zu dem Franzosen herum. »Jetzt nehmen wir uns ein Taxi und fahren zur Botschaft. Ich kenne dort ein paar Leute. Ich werde Sie einem Attaché vorstellen und ihm sagen, daß Sie etwas zu verkaufen haben. Ich habe weder die Mittel noch das Interesse, mich hier einzuschalten. Okay?«

»Sie wissen, daß ich das nicht tun kann. Und bitte . . .« Gravet brauchte seinen Wunsch nicht auszusprechen.

»Schon gut, schon gut.« Michael drehte sich wieder herum und blickte zum Fluß hinunter. »Dann geben Sie mir eine Nummer oder einen Kontaktort. Ich rufe an, und Sie können zuhören.«

»Warum tun Sie das? Was soll das Theater?«

»Es ist eben kein Theater. Wie Sie schon sagten, das geht weit zurück. Ich tue Ihnen den Gefallen, dann sind Sie vielleicht überzeugt. Vielleicht werden Sie sogar andere überzeugen, wenn die Fragen stellen. Was meinen Sie?«

Der Franzose starrte Havelock an. »Nein, danke, Mike. Dann doch besser einen zweitklassigen Mann, den ich bereits kenne, als einen neuen. Ich weiß, wie wertvoll meine Informationen tatsächlich sind; deshalb glaube ich, vertraue ich Ihnen auch. Sie würden jemanden wie mich niemals verraten, nicht einmal einem hohen Attaché. Dafür weiß ich zuviel, bin ich zu wichtig. Sie könnten mich brauchen. Ja, ich vertraue Ihnen.«

»Machen Sie mir das Leben leichter. Halten Sie nicht länger geheim, daß ich ausgeschieden bin.«

»Und was ist mit Ihren Gegenspielern im KGB? Wird die das überzeugen?«

»Da bin ich sicher. Deren Maulwürfe haben bestimmt schon die Zentrale am Dscherschinski-Platz informiert, ehe ich meine Entlassungsurkunde unterzeichnet hatte.«

»Die werden eine List vermuten.«

»Ein Grund mehr, mich in Frieden zu lassen. Warum in einen giftigen Köder beißen? Ich kann denen ohnehin nichts sagen, was sie nicht bereits wissen. Außerdem sind meine Kenntnisse inzwischen weitgehend überholt. Das ist das Komische: Meine Feinde haben von mir nichts zu befürchten. Die wenigen Namen, die sie erfahren könnten, sind den Preis nicht wert. Es würde Repressalien geben.«

»Sie haben sich persönliche Feinde geschaffen, die sich womöglich an Ihnen rächen wollen, das ist menschlich.«

»Trifft hier nicht zu. Wir sind in diesen Bereichen quitt, und noch einmal, ich bin es nicht wert, weil es keinen praktischen Nutzen hätte. Niemand tötet ohne Grund. Keiner von uns will für die Folgen verantwortlich sein. Verrückt, nicht wahr? Das ist die Ironie an dem Ganzen, das, was unseren Job so sinnlos macht, Gravet: Wenn wir einmal draußen sind, interessiert uns das alles nicht mehr. Wir haben keinen Grund mehr zu hassen. Oder zu töten.«

»Treffend formuliert, mein Freund. Offensichtlich haben Sie über diese Dinge nachgedacht.«

»Ich hatte in letzter Zeit viel Gelegenheit dazu.«

»Es gibt gewiß Leute, die sich für Ihre letzten Beobachtungen, Ihre Schlüsse daraus, ungemein stark interessieren. Aber das ist natürlich zu erwarten. Ihre Stimmungen sind unberechenbar: erst himmelhoch jauchzend, dann zu Tode betrübt; im einen Augenblick voller Gewalttätigkeit, im nächsten sentimental. Die russische Seele ist so widersprüchlich.«

Havelock stockte der Atem; er erwiderte Gravets Blick. »Warum haben Sie mir mißtraut?«

»Das geschah ohne Nachteil für Sie. Wenn ich etwas anderes erfahren hätte, wer weiß, was ich denen dann berichtet hätte? Aber da ich Ihnen wirklich glaube, erkläre ich auch, weshalb ich Sie prüfen mußte.«

»Moskau denkt also, ich wäre immer noch aktiv?«

»Ich werde das Urteil abgeben, daß Sie das nicht mehr sind. Ob sie das akzeptieren, ist eine andere Sache.«

»Warum sollten sie daran zweifeln?« fragte Havelock, der immer noch auf das Wasser hinunterblickte.

»Ich habe keine Ahnung . . . Sie werden mir fehlen, Michael. Sie waren immer höflich, schwierig zwar, aber korrekt im Umgang. Sie sind kein geborener Amerikaner, nicht wahr? In Wirklichkeit sind Sie Europäer.«

»Ich bin Amerikaner«, erwiderte Havelock leise. »In Wirklichkeit.«

»Sie haben Ihrem Land gute Dienste geleistet, das muß ich sagen. Wenn Sie es sich anders überlegen – oder jemand Sie dazu bringt, Ihre Haltung zu ändern –, dann nehmen Sie mit mir Verbindung auf. Wir können immer Geschäfte machen.«

»Das ist höchst unwahrscheinlich, aber trotzdem vielen Dank.«

»Das ist kein deutliches Nein.«

»Ich bin höflich.«

»Wohlerzogen. *Au revoir,* Mikhail.«

Havelock wandte langsam den Kopf und blickte dem eleganten

Gravet nach, wie er mit einstudierter Grazie die Pont Royal hinunterging. Der Franzose war bereit gewesen, im Auftrag von Leuten, die er abstoßend fand, ein getarntes Verhör durchzuführen; man mußte ihn dafür sehr gut bezahlt haben. Aber warum ließ man ihn nicht in Ruhe?

Das CIA in Amsterdam glaubte ihm nicht. Das KGB war in Paris und mißtraute ihm ebenfalls. *Warum?*

Wie weit würden sie gehen, um ihn weiter unter ihrer Kontrolle zu halten?

Das ›Arethusa Delphi‹ war eines jener kleinen Hotels am Syntagna-Platz in Athen, das den Reisenden nie vergessen ließ, daß er sich in Griechenland befand. Das schimmernde Weiß der Wände und Möbel in den Zimmern wechselte nur mit den grellen Farben der Ölgemälde ab, auf denen antike Tempel und Plätze von Postkartenkünstlern romantisch verklärt dargestellt waren. Jeder Raum hatte eine schmale Flügeltür, die auf einen winzigen Balkon hinausführte – groß genug für zwei kleine Stühle und einen Liliputanertisch, auf dem die Gäste ihren schwarzen Morgenkaffee trinken konnten, draußen ebenso geblendet wie drinnen. Auch auf akustische Reize hatte die Direktion nicht verzichtet. Nirgends, weder in der Halle noch in den Lifts, entkam der Gast den rhythmischen Klängen griechischer Volksmusik.

Havelock führte die olivhäutige Frau aus dem Lift, und als die Tür sich schloß, standen sie beide einen Augenblick in gespielt erwartungsvoller Haltung da. Die Musik war verstummt; sie seufzten erleichtert.

»Zorba macht Pause«, sagte Michael und wandte sich nach links zu seinem Zimmer.

»Endlich«, sagte die Frau und lachte. Sie fuhr sich durch das schwarze Haar und strich das lange weiße Kleid glatt, das gut zu ihrer dunklen Haut paßte und ihre makellose Figur vorteilhaft hervorhob. Ihr Englisch hatte einen starken Akzent, so wie man ihn auf jenen Mittelmeerinseln spricht, auf denen die Reichen den Sommer verbringen. Sie war eine teure Kurtisane, deren Kunden zur Prominenz des Geldadels zählten. Die Frau hatte Verstand und Humor; daher wußte sie, daß die Zeit, die ihr für ihr Vergnügen zur Verfügung stand, beschränkt war. Offensichtlich machte sie das Beste daraus. »Sie haben mich gerettet«, fuhr sie fort und drückte Havelocks Arm, als sie den Korridor hinuntergingen.

»Entführt habe ich Sie«, sagte er.

»Wo hört das eine auf, und wo fängt das andere an?« antwortete sie und lachte wieder.

Es war ein wenig von beidem gewesen. Michael war auf der Marathonos-Straße einem Mann begegnet, mit dem er vor fünf Jahren im Thermaikos-Sektor zusammengearbeitet hatte. Der lud ihn zu einer Dinnerparty ein, die am selben Abend in einem Café in der Nähe des Syntagna-Platzes gefeiert wurde. Dort lernte Havelock die Frau in Begleitung eines wesentlich älteren, unfreundlichen Geschäftsmannes kennen. Havelock hatte neben ihr gesessen, und nach mehreren Ouzos hatten sich ihre Beine und Hände berührt, Blicke waren ausgetauscht worden. Schließlich hatten Michael und die Kurtisane sich weggestohlen.

»Ich glaube, morgen bekomme ich es mit einem sehr zornigen Athener zu tun«, sagte Havelock, während er die Tür zu seinem Zimmer öffnete und die Frau hineinführte.

»Seien Sie nicht albern«, erwiderte sie. »Er ist kein Gentleman. Er ist aus Epidaurus; dort gibt es keine Gentlemen. Er ist nichts weiter als ein alternder Bulle, der unter den Obristen reich wurde.«

»In Athen«, sagte Michael und ging zum Schränkchen, wo er eine Flasche Scotch und Gläser aufbewahrte, »sollte man sich von Leuten aus Epidaurus besser fernhalten.«

»Sind Sie schon oft in Athen gewesen?«

»Ein paarmal.«

»Was haben Sie hier gemacht?«

»Ich habe Dinge gekauft und andere verkauft.« Havelock trug die gefüllten Gläser durchs Zimmer. Inzwischen hatte die Frau ihr dünnes Seidencape abgelegt und über einen Stuhl drapiert. Jetzt begann sie, ihr Abendkleid von oben aufzuknöpfen. Ihre schwellenden Brüste wirkten provozierend einladend.

»Sie haben mich nicht gekauft«, sagte sie und nahm das Glas mit der freien Hand. »Ich bin mitgekommen, weil ich Lust hatte. *Evcharistó,* Michael Havelock. Spreche ich es richtig aus?«

»Sehr gut so.«

Mit sanftem Klirren berührten sich ihre Gläser. Sie trat näher, legte die Finger auf seine Lippen, streichelte seine Wangen und zog schließlich sein Gesicht zu sich. Sie küßten sich, und ihre Lippen öffneten sich dabei. Das weiche Fleisch und die Feuchtigkeit ihres Mundes erregten ihn; sie drückte sich fest an ihn und zog seine linke Hand an die Brust unter ihrem offenen Kleid. Tief atmend lehnte sie sich zurück.

»Wo ist das Badezimmer? Ich will mir etwas . . .«

»Dort drüben.«

»Warum machst du es dir nicht auch bequemer? Wir treffen uns gleich im Bett. Ich bin wild nach dir. Du bist sehr, sehr attraktiv, und ich, ich . . .«

Sie nahm ihr Cape vom Stuhl und ging mit langsamen, aufreizenden Bewegungen zum Badezimmer. Bevor sie die Tür hinter sich schloß, sah sie sich über die Schulter um, und ihre Augen sagten ihm Dinge, die wahrscheinlich nicht wahr waren, ihm aber dennoch eine erregende Nacht versprachen. Die versierte Hure würde ihm, aus welchen Gründen auch immer, die Entspannung bieten, die er sich ersehnte.

Michael zog sich bis auf die Unterhose aus, trug seinen Drink ans Bett und schlüpfte unter die Decke.

»Dobrij vjehchjer prijatel.«

Als Havelock die tiefe Männerstimme hörte, fuhr er herum, seine Hände verwandelten sich in Klauen, aber da war keine Waffe, nach der die Klauen greifen konnten. Am Eingang zum Badezimmer stand ein Mann mit schütterem Haar. Das Gesicht kannte Michael von Dutzenden von Fotografien. Der Eindringling war einer der mächtigsten Männer im sowjetischen KGB. Er hielt eine Pistole in der Hand, eine große schwarze Graz-Burja Automatic.

3

»Sie können jetzt gehen«, sagte der Russe. Das galt der Frau, die sich hinter ihm verbarg. Sie schob sich an ihm vorbei, sah Havelock kurz an und eilte zur Tür hinaus.

»Sie sind Rostow, Pjotr Rostow, Direktor für Externe Strategien beim KGB.«

»Ihr Gesicht und Ihr Name sind mir ebenfalls bekannt. Und Ihre Akte.«

»Sie haben sich sehr viel Mühe gemacht, *prijatel«,* sagte Michael und starrte den anderen an. Er blinzelte ein paarmal und begann sich langsam zu orientieren, wenn auch nicht ohne Schwierigkeiten. Er schüttelte den Kopf und versuchte den dünnen, Übelkeit erregenden Nebel von Ouzo aus den Augen und dem Bewußtsein zu verdrängen.

»Warum haben Sie mich nicht auf der Straße angehalten und auf einen Drink eingeladen? Dann hätten Sie auch nicht mehr oder weniger erfahren und ohnehin kaum etwas, das für Sie von Wert wäre. Oder soll das eine *kazu gariah* sein?«

»Keine Exekution, Havliček.«

»Havelock.«

»Der Sohn von Havliček.«

»Sie würden gut daran tun, mich nicht zu erinnern.«

»Ich habe die Pistole, nicht Sie.« Rostow nahm seinen Finger langsam vom Abzug, aber die Waffe blieb auf Michaels Kopf gerichtet. »Nun, das liegt in ferner Vergangenheit und hat keine Beziehung zu mir. Doch was Sie in letzter Zeit getan haben, betrifft mich sehr. Betrifft uns, wenn Sie wollen.«

»Dann verdienen sich Ihre Maulwürfe wohl ihr Geld nicht.«

»Sie liefern mit entnervender Regelmäßigkeit Berichte, in der Hauptsache, um ihre Ausgaben zu rechtfertigen. Ich zweifle allerdings an ihrer Zuverlässigkeit.«

»Wenn Ihre Leute Ihnen gesagt haben, daß ich meinen Job quittiert habe, dann sind sie zuverlässig.«

»Quittiert? Ein Wort mit so viel Endgültigkeit und doch auslegungsbedürftig, nicht wahr? Eine Phase ist vorüber, und jetzt warten neue Aufgaben auf Sie. Das kommt der Wahrheit schon wesentlich näher.«

»Ich bin mit allem am Ende, das Sie betreffen könnte.«

»Tatsächlich?« fragte der KGB-Offizier und schob sich am Türrahmen vorbei, um sich an die Wand zu lehnen. Die Graz-Burja war immer noch auf Havelock gerichtet. »Man hat Sie aus der Strategie entfernt? Das kann ich Ihnen nicht abnehmen. Für Ihren Freund Anthony Matthias muß das ein schwerer Schlag gewesen sein.«

Michael studierte das Gesicht des Russen und senkte den Blick auf die schwere Waffe, die auf ihn zielte. »Ein Franzose hat neulich im Gespräch mit mir Matthias' Namen erwähnt. Ich werde Ihnen sagen, was ich ihm darauf entgegnet habe, obwohl ich eigentlich nicht recht weiß, warum ich das sollte. Sie haben ihn dafür bezahlt, daß er von Matthias redete.«

»Gravet? Der verabscheut uns. Er ist uns gegenüber nur dann freundlich, wenn er sich im Kreml oder in der Eremitage in Leningrad aufhält. Der kann uns viel erzählen.«

»Warum haben Sie ihn dann für sich eingespannt?«

»Weil er Sie mag. Es ist viel leichter, eine Lüge zu entdecken, wenn der Lügner über jemanden spricht, den er gern hat.«

»Sie haben ihm also geglaubt.«

»Oder Sie haben ihn überzeugt, und unsere Leute hatten keine Wahl. Sagen Sie *mir:* Wie hat der brillante amerikanische Außenminister auf den Rücktritt seines *krajan* reagiert?«

»Keine Ahnung, aber ich nehme an, daß er es verstanden hat. Es ist genauso, wie ich es Gravet geschildert habe. Seit Monaten habe ich Matthias weder gesehen noch mit ihm gesprochen. Er hat genügend Probleme am Hals; es gibt wirklich keinen Grund, warum er sich auch noch die eines ehemaligen Studenten aufladen sollte.«

»Aber Sie waren viel mehr als ein Student. Seine Familie kannte Ihre Familie in Prag. Was Sie heute sind . . .«

». . . waren«, unterbrach Havelock.

». . . haben Sie Anton Matthias zu verdanken«, beendete der Russe den Satz.

»Das liegt weit zurück.«

Rostow schwieg; er ließ die Waffe ein paar Zentimeter sinken. Schließlich meinte er: »Nun gut, es liegt weit zurück. Aber was ist jetzt? Niemand ist unersetzlich, doch Sie sind ein wertvoller Mann. Sie wissen sehr viel und leisten effektvolle Arbeit.«

»Vorausgesetzt, ich fühle mich dazu verpflichtet. Aber die Verpflichtung habe ich nicht mehr.«

»Soll ich daraus schließen, Sie könnten vielleicht an einer anderen Aufgabe Gefallen finden?« Der KGB-Mann ließ seine Waffe noch weiter sinken.

»Sie wissen genau, wie überflüssig diese Frage ist. Abgesehen von meinem persönlichen Ekel, der Jahrzehnte zurückreicht, haben wir bereits ein oder zwei Maulwürfe im Dscherschinski. Ich lege keinen Wert darauf, daß man mich als ›nicht zu retten‹ klassifiziert.«

»Ein heuchlerischer Begriff. Er deutet auf Mitgefühl seitens Ihrer Henker.«

»So ist es.«

Rostow hob seine Automatic und schob sie langsam vor. »Wir verzichten auf solche verbalen Tarnungen. Bei uns ist ein Verräter ein Verräter. Ich könnte Sie mitnehmen, das wissen Sie.«

»Nicht ohne Schwierigkeiten.« Michael blieb reglos auf dem Bett liegen, und seine Augen bohrten sich in die des Russen. »Wir müßten durch Korridore und Hallen und schließlich auch noch Straßen überqueren; das ist zu riskant für Sie. Sie könnten verlieren. Alles. Denn ich habe nichts zu verlieren. Auf mich wartet bloß eine Zelle in der Lubjanka.«

»Ein Zimmer, keine Zelle. Wir sind keine Barbaren.«

»Pardon, ein Zimmer. Sicherlich dieselbe Art von Zimmern, wie wir sie in Virginia für Leute wie Sie reserviert haben.«

»Reden wir lieber von den Maulwürfen.«

»Ich weiß genausowenig, wer sie sind, wie Sie, als Sie noch im Außendienst waren. Wir kennen sie auf beiden Seiten nicht. Bekannt sind uns nur die geläufigen Codes, die uns verraten, wohin wir gehen müssen. Und die, die ich mir eingeprägt hatte, sind jetzt bedeutungslos, weil sie sich längst geändert haben.«

»Sie wollen mich also wirklich ernsthaft davon überzeugen, daß ein Mann mit Ihrer Erfahrung für uns wertlos wäre?«

»Das habe ich nicht gesagt«, unterbrach Havelock. »Ich empfehle Ihnen nur, die Risiken abzuwägen, wenn Sie mich entführen wollen. Eine ähnliche Aktion haben Sie vor zwei Jahren, offen gestanden, mit erstaunlichem Erfolg durchgezogen. Wir haben uns einen Ihrer Leute geschnappt, schleusten ihn nach Finnland und flogen ihn in die Staaten. Dort, in einem Zimmer in Fairfax, Virginia, hat man ihm alles mögliche injiziert, angefangen bei Scopolamin bis zu starken Dosen Amatol, und wir haben eine Menge erfahren. Daraufhin wurden neue Strategien entwickelt und das ganze Agentennetz neu strukturiert. Die Verwirrung war damals groß – bis wir dann erfuhren, daß alles, was er uns gesagt hatte, nichts als Lüge war. Sein Gehirn war programmiert wie ein Computer. Unterstellen wir, Sie würden es fertigbringen, mich in die Lubjanka zu schaffen – was ich nicht glaube –, woher wissen Sie dann, daß ich nicht unsere Antwort auf das bin, was Sie uns zugefügt haben?«

»Weil Sie dann diese Möglichkeit nicht andeuten würden.« Rostow zog die Waffe zurück, ließ sie aber nicht sinken.

»Wirklich? Mir scheint das eher eine ausgezeichnete Tarnung zu sein. Ich meine, Sie würden es ja doch nie erfahren, nicht wahr? Übrigens haben wir ein Serum entwickelt – von dem ich nichts Näheres weiß, außer daß man es an der Schädelbasis injiziert –, das die Programmierung löscht. Es hat etwas damit zu tun, daß der *lobus occipitalis* neutralisiert ist, was auch immer das sein mag. Anschließend können wir unsere Programmierung vornehmen.«

»Ihre Offenheit erstaunt mich.«

»Warum eigentlich? Vielleicht stimmt überhaupt nichts davon, vielleicht gibt es gar kein Serum, und ich erfinde das alles nur. Auch an die Möglichkeit müssen Sie denken.«

Der Russe lächelte. *»Khvatit!* Sie sind *wirklich* draußen.«

»Das war es, was ich Ihnen die ganze Zeit klarzumachen versuchte. Bin ich das Risiko wirklich wert?«

»Das wollen wir herausfinden.« Plötzlich hob der Russe seine Pistole und warf sie Havelock auf dem Bett zu. Michaels Hand schoß in die Höhe und fing die Waffe aus der Luft.

»Was soll ich damit?«

»Was wollen Sie damit machen?«

»Nichts. Da ich annehme, daß die ersten drei Patronen Gummikapseln sind, die mit Farbe gefüllt sind, würde ich Ihnen nur den Anzug beschmutzen.« Havelock drückte den Hebel, der das Magazin freigab, und der Ladestreifen fiel aufs Bett. »Es ist ohnehin keine besonders gute Prüfung. Angenommen, der Bolzen funktioniert und dieses Ding macht auch nur den geringsten Lärm, dann würden zwanzig *chrustscheiks* hier hereinplatzen und mich umblasen.«

»Der Bolzen funktioniert, und im Flur ist niemand. Das ›Arethusa Delphi‹ wird von Ihren Leuten beobachtet, und ich bin nicht so dumm, unser Personal hier aufmarschieren zu lassen. Ich denke, das wissen Sie. Deshalb sind Sie hier.«

»Was versuchen Sie eigentlich zu beweisen, indem Sie mir Ihre Waffe zuwerfen?«

Der Russe lächelte wieder und zuckte die Schultern. »Das weiß ich auch nicht genau. Vielleicht rechnete ich mit einem kurzen Aufflakkern in Ihren Augen. Wenn ein Mann von einer Pistole bedroht wird und er sie plötzlich selbst in der Hand hält, reagiert er mit dem unbändigen Drang, die vorherige Bedrohung auszulöschen, vorausgesetzt, er erwidert die feindselige Haltung. Die Augen verraten das einem sehr zuverlässig. Keine noch so gute Tarnung kann diesen Impuls verdecken.«

»Was war in meinen Augen?«

»Absolutes Desinteresse. Müdigkeit, wenn Sie wollen.«

»Ich bin nicht sicher, ob Sie recht haben, aber ich muß Ihren Mut bewundern, ich hätte ihn nicht. Der Bolzen funktioniert also wirklich?«

»Ja.«

»Keine Gummikapseln?«

Der Russe schüttelte den Kopf. »Keine Kugeln. Das heißt, in den Patronen ist kein Pulver.« Rostow hob die linke Hand und zog mit der rechten den Ärmel seines Mantels zurück. An sein Handgelenk war ein dünnes Rohr geschnallt, das bis zu seinem Ellbogen führte, wobei der Auslösemechanismus offensichtlich dadurch betätigt wurde, daß er den Arm beugte. *»Snotvornoje«,* sagte er und tippte die straff gespannten federähnlichen Drähte an. »Was Sie Narkosepfeile nennen. Sie hätten den größten Teil des morgigen Tages friedlich geschlafen, und ein Arzt hätte darauf bestanden, daß man Ihr seltsames Fieber im Krankenhaus untersuchen müsse. Wir hätten Sie herausgeholt, Sie nach Saloniki geflogen und von dort über die Dardanellen nach Sebastopol.« Der Russe löste ein Gummiband von seinem Handgelenk und nahm die Waffe ab.

Havelock musterte den KGB-Mann, ohne auch nur eine Spur irritiert zu sein. »Sie hätten mich wirklich überwältigen können.«

»Solange man es nicht versucht, weiß man das nie sicher. Ich hätte Sie mit dem ersten Schuß verfehlen können, und Sie sind jünger und stärker als ich. Sie hätten mir den Hals brechen können. Aber ich hatte die größeren Chancen.«

»Ohne Zweifel. Warum haben Sie sie nicht genutzt?«

»Weil Sie recht haben. Wir wollen Sie nicht. Die Risiken sind zu groß – nicht die, von denen Sie sprachen, aber andere. Ich mußte einfach die Wahrheit kennen, jetzt bin ich überzeugt. Sie stehen nicht mehr im Dienst Ihrer Regierung.«

»Welche Risiken meinen Sie?«

»Sie sind uns unbekannt, aber es gibt sie. Alles, was man in diesem Geschäft nicht versteht, ist ein Risiko; überflüssig, Sie darauf hinzuweisen.«

»Ich würde gerne wissen, weshalb Sie mir plötzlich trauen.«

»Also gut.« Der sowjetische Abwehrmann zögerte; er ging auf die Tür zu, die auf den winzigen Balkon führte, und öffnete einen der beiden Flügel ein paar Zentimeter. Dann schloß er sie wieder und wandte sich zu Havelock um. »Erst einmal sollte ich Ihnen erzählen, daß ich nicht auf Anweisung von oben hier bin. Offen gestanden, meine Vorgesetzten im KGB glauben, ich wäre in einer ganz anderen Angelegenheit in Athen. Das können Sie akzeptieren oder auch nicht.«

»Dazu brauche ich nähere Einzelheiten. Jemand muß doch wissen, daß Sie hinter mir her sind.«

»Genau gesagt sind es zwei: ein mir vertrauter Kollege in Moskau und ein uns ergebener Mann – ein Maulwurf – aus Washington.«

»Sie meinen Langley?«

Der Russe schüttelte den Kopf, dann erwiderte er mit leiser Stimme: »Aus dem Weißen Haus.«

»Jetzt bin ich baff. Zwei *kontroljorja* aus dem KGB und ein sowjetischer Maulwurf beschließen, mit mir sprechen zu wollen, haben aber nicht die Absicht, mich nach Rußland zu verschleppen. In einem Zimmer in der Lubjanka würde jedes Gespräch aus Ihrer Sicht bestimmt produktiver verlaufen. Doch statt dessen erklärt mir der Sprecher dieser drei – ein Mann, den ich nur von Fotografien und seinem

Ruf nach kenne –, daß es Risiken gibt, die mit mir in Verbindung stehen, die er nicht definieren könne, von denen er aber weiß, daß sie existieren. Und wegen dieser Risiken überläßt man es mir, ob ich sprechen will oder nicht – und ich habe nicht die entfernteste Idee, worüber. Gebe ich das richtig wieder?«

»Sie besitzen die slawische Fähigkeit, direkt zum Kern einer Sache vorzudringen.«

»Dazu ist nicht mehr nötig als gesunder Menschenverstand.«

Rostow trat von der Balkontür zurück, und sein Ausdruck wirkte nachdenklich, zweifelnd. »Ich fürchte, das ist tatsächlich der entscheidende Faktor, der hier fehlt: die Logik.«

»Jetzt sprechen wir über etwas anderes.«

»Ja, richtig.«

»Worüber denn?«

»Über Sie, die Costa Brava.«

Havelock hielt inne, seine Augen blitzten vor Zorn, aber er hielt ihn unter Kontrolle. »Weiter.«

»Über die Frau. Ihretwegen haben Sie den Dienst quittiert, nicht wahr?«

»Die Unterhaltung ist beendet«, sagte Havelock abrupt.

»Bitte.« Der Russe hob beschwichtigend beide Hände. »Sie sollten mir besser zuhören.«

»Das glaube ich nicht. Sie könnten mir ohnehin nichts erzählen, was mich auch nur im geringsten interessieren würde. Man muß der *Voennaja* gratulieren. Gute Arbeit. Sie haben gewonnen . . . sie hat gewonnen. Und dann hat sie verloren. Die Sache ist erledigt, und es gibt nichts weiter darüber zu sagen.«

»Doch.«

»Nicht für mich.«

»Die beim VKR sind Wahnsinnige«, fuhr der Russe leise, aber mit eindringlicher Stimme fort. »Das brauche ich Ihnen nicht zu sagen. Sie und ich, wir sind zwar Feinde, aber wir halten uns an gewisse Regeln. Schließlich sind wir keine blindwütigen Hunde, sondern Profis. Jeder hat vor dem anderen einen gewissen Respekt, der vielleicht von Angst herrührt, aber nicht unbedingt. Glauben Sie mir das, *prijatel.*«

Ihre Augen musterten sich durchdringend. Havelock nickte. »Ich kenne Sie aus den Akten, wie Sie umgekehrt mich kennen. Sie hatten nichts damit zu tun.«

»Ein sinnloser Tod bleibt ein sinnloser Tod. Er provoziert die Gegenseite auf sehr gefährliche Weise. Die Vergeltung kann zehnfach schlimmere Folgen für den haben, der das Ganze ausgelöst hat.«

»Erzählen Sie das der *Voennaja*. Soweit es die betraf, war es keineswegs sinnlos, nur notwendig.«

»Schlächter sind das!« erregte sich Rostow. »Wer kann denen schon was sagen? Das sind die Nachfolger der alten OGPU-Schlächter. Die Erben des wahnsinnigen Mörders Jagoda. Die haben auch den Kopf voller paranoider Vorstellungen, die bereits ein halbes Jahrhundert zuvor die Leute verrückt machten, als Jagoda besonnene, vernünftige Männer niederschoß. Er haßte an ihnen, daß sie nicht so fanatisch waren wie er, und setzte das mit Verrat gegen die Revolution gleich. Kennen Sie das VKR?«

»Gut genug, um mich möglichst weit von ihm fernzuhalten und zu hoffen, daß Sie es unter Kontrolle halten können.«

»Ich wünschte, ich könnte darauf eine positive Antwort geben. Das verhält sich genauso, als würde man bei Ihnen einer Gruppe rechtsradikaler Eiferer offiziell den Status einer Unterabteilung des CIA verleihen.«

»Bei uns gibt es – manchmal wenigstens – wachsame Gegenkräfte. Wenn eine solche Unterabteilung entstehen würde – was durchaus möglich wäre –, würde man sie ständig kontrollieren und öffentlich kritisieren und die Mittel, die man ihnen zuteilt, sorgfältig im Auge behalten. Und am Ende würde man die Gruppe hinauswerfen.«

»Sie hatten auch Ihre Rückfälle, gerade in der McCarthy-Ära, als Säuberungsaktionen gegen Liberale und Linke gestartet wurden. Man hat Karrieren vernichtet und den Leuten das Leben unerträglich gemacht. Ja, Sie hatten auch Ihre düsteren Kapitel.«

»Aber immer nur von kurzer Dauer. Bei uns gibt es keine Gulags, keine ›Rehabilitationsprogramme‹ in einer Lubjanka. Und unsere freie, unabhängige Presse hat es immerhin fertiggebracht, die kriminellen Machenschaften eines Präsidenten aufzudecken und ihn zum Rücktritt zu zwingen. Bei Ihnen wäre so ein Fall undenkbar.«

»Dann haben wir eben beide unsere wunden Punkte. Aber wir sind so viel jünger; der Jugend erlaubt man Fehler.«

»Aber es gibt nichts«, unterbrach ihn Michael, »was man mit der *paminjatschik*-Operation des VKR vergleichen könnte. Die würde bei uns niemals toleriert und auch nicht von der gewissenlosesten Behörde finanziert werden.«

»Das ist auch wieder eine Ihrer paranoiden Vorstellungen«, schrie der KGB-Offizier und fügte spöttisch hinzu: »Die *paminjatschiks!* Schon das Wort ist eine Lüge, ohne jeden Sinn. Diese Strategie war Jahrzehnte zurück aktuell. Sie glauben doch nicht im Ernst, daß sie immer noch Geltung hat.«

»Vielleicht weniger auffällig als die *Voennaja*. Aber sie hat ganz bestimmt mehr Einfluß, als Sie vorgeben.«

»Ach, hören Sie auf, Havelock! Sie stellen sich wohl tatsächlich vor, wir hätten russische Familien, als Emigranten getarnt, in die Vereinigten Staaten geschickt, um aus den Kindern fanatische Sowjetagenten zu machen. Wahnsinn! Denken Sie doch mal nach. Das ist einfach Unsinn. Die Mehrzahl dieser jungen Leute würden wir verlieren, sobald sie an Blue jeans, Rockmusik und schnellen Autos Gefallen gefunden haben.«

»Jetzt lügen Sie. Es gibt sie. Das wissen Sie genausogut wie wir.«

Rostow zuckte die Achseln. »Dann ist es eben eine Frage der Zahl ... der Bedeutung möchte ich hinzufügen. Wie viele mag es noch geben? Fünfzig, hundert, höchstens zweihundert? Allesamt Amateure, die sich in ein paar Städten herumtreiben und in Kellern treffen, um Unsinn zu reden. Diesen Leuten schenkt man bei uns nur sehr wenig Glauben, das versichere ich Ihnen.«

»Aber zurückgezogen haben Sie sie nicht.«

»Wohin sollten wir sie tun? Nur wenige von ihnen sprechen Russisch; sie sind uns wirklich ein Klotz am Bein. Wir lassen sie einfach gewähren und nehmen sie nicht weiter ernst.«

»Die *Voennaja* hat sie aber nicht abgeschrieben.«

»Ich sagte Ihnen doch, daß die Männer im VKR fehlgeleiteten Phantasien nachhängen.«

»Ich frage mich, ob Sie das selbst glauben«, sagte Michael und sah den Russen prüfend an. »Nicht alle waren Amateure.«

»Wenn es augenblicklich von seiten der *paminjatschiks* irgendeine Aktivität von Bedeutung gibt, so ist uns das nicht bekannt«, sagte Rostow entschieden.

»Und wenn nun doch etwas in der Richtung läuft und Sie nichts davon wissen, hätte das doch sicherlich Folgen, nicht wahr?«

Der Russe stand reglos da und schien zu überlegen; schließlich antwortete er mit leiser und ernster Stimme: »Das VKR gibt sich unglaublich geheimnisvoll. Das ist sicherlich bedeutsam.«

»Jetzt habe ich Sie vielleicht auf etwas hingewiesen, worüber sich nachzudenken lohnt. Nennen Sie es ein Abschiedsgeschenk von einem pensionierten Feind.«

»Auf solche Geschenke bin ich nicht scharf«, sagte Rostow kalt. »Die sind ebenso zufällig wie Ihre Anwesenheit hier in Athen.«

»Sie sollten besser nach Moskau zurückkehren und dort Ihre Probleme klären. Die inneren Machtkämpfe im KGB interessieren mich nicht mehr. Und nun schlage ich vor, daß Sie gehen.«

»Das ist ja genau der Punkt. Unsere Infrastruktur gliedert sich in einzelne Sektionen, die alle zusammen eine Einheit bilden. Da ist ganz oben das KGB. Ein Mann ... oder eine Frau ... kommt in die *Voennaja Kontra Rozvedka,* vollbringt dort vielleicht sogar hervorragende Leistungen, aber er ... oder sie ... muß aus dem KGB stammen. Zumindest *muß irgendwo* eine Dscherschinski-Akte angelegt sein. Bei ausländischen Rekruten ist das doppelt wichtig, zum inneren Schutz natürlich.«

Havelock setzte sich auf dem Bett auf, und in den Zorn, der in seinen Augen stand, mischte sich Verwirrung. »Sagen Sie endlich, worauf Sie hinaus wollen. Schnell! Sie haben einen schlechten Geruch an sich, *prijatel!*«

»Ich nehme an, den haben wir alle an uns, Mikhail Havliček. Unsere Nasen gewöhnen sich nie ganz an ihn, nicht wahr? Perverserweise werden sie immer empfindlicher und können allmählich jede Nuance dieses Geruchs wahrnehmen. Wie Tiere.«

»Los, reden Sie!«

»Beim KGB gibt es keine Aufzeichnung über eine Jenna Karras.«

Havelock starrte den Russen an. Plötzlich sprang er ohne die geringste Warnung auf, packte das Laken und riß es hoch, so daß der Russe nichts mehr sehen konnte. Er warf sich nach vorne, schleuderte Rostow gegen die Wand neben der Balkontür und drehte den KGB-Mann im Uhrzeigersinn an den Handgelenken herum, während er gleichzeitig den rechten Arm um Rostow schlang, so daß dessen Hals wie in einem Schraubstock eingespannt war. »Dafür könnte ich Sie töten«, keuchte er atemlos, und seine Kinnmuskeln pulsierten an dem kahlen Schädel Rostows. »Sie sagten vorhin, ich könnte Ihnen den Hals brechen. Das könnte ich jetzt auf der Stelle tun!«

»Das könnten Sie«, erwiderte der Russe mit erstickter Stimme. »Aber anschließend würde man Sie erledigen. Entweder in diesem Zimmer oder draußen auf der Straße.«

»Ich dachte, Sie hätten niemanden in diesem Hotel.«

»Ich habe gelogen. Da sind drei Männer. Zwei, die als Kellner gekleidet sind, warten unten in der Halle bei den Lifts. Und einer hat sich auf der Treppe postiert. Meine Leute sind auch auf der Straße, jede Tür wird bewacht. Meine Instruktionen sind eindeutig: Falls ich zur verabredeten Zeit nicht aus einem bestimmten Ausgang komme, wird man Sie töten. Sie haben keine Chance zu entrinnen. Ich bin kein Idiot.«

»Vielleicht nicht, aber ein Tier!« schrie Michael und stieß den Russen durch den Raum. »Gehen Sie zurück nach Moskau und sagen Sie

Ihren Leuten, daß der Köder zu auffällig ist, sein Gestank ist penetrant. Darauf falle ich nicht rein, *prijatel.* Verschwinden Sie von hier!«

»Es ist kein Köder«, protestierte Rostow und hielt sich den Hals. »Sie haben es ja selbst gesagt: Was könnten Sie uns schon mitteilen, das die Risiken wert wäre oder die Repressalien, die uns nachher drohen? Oder die Unsicherheit. Sie sind draußen. Ohne Programmierung könnten Sie uns in hundert Fallen locken, indem wir auf das hin handeln, was Sie uns sagen, aber das entspricht nicht mehr dem letzten Stand. Durch Sie beschäftigen wir uns womöglich mit langfristigen, wichtigen Strategien, die Washington inzwischen aufgegeben hat, ohne Sie informiert zu haben. Dabei riskieren wir das Leben unserer Leute. Das ist Ihnen doch sicherlich bewußt.«

Havelock starrte den anderen an, sein Atem war deutlich hörbar, und die Wut und die Verwirrung lasteten schwer auf seinem Gefühl. Auch nur die geringste Möglichkeit, daß an der Costa Brava ein Irrtum passiert war, war mehr, als er ertragen konnte. Aber ein Irrtum war ausgeschlossen. Ein Abtrünniger der Rote Armee Fraktion hatte die Kette der Ereignisse ausgelöst, durch die alles ans Licht gekommen war. Die Beweise waren nach Madrid gesandt worden, er hatte über ihnen gebrütet, hatte jede Einzelheit gründlich untersucht, um einen Widerspruch zu finden. Aber es gab keinen. Selbst Anthony Matthias – *Anton* Matthias, Freund, Betreuer, Vaterersatz – hatte eine detaillierte Bestätigung verlangt; die war geliefert worden, ohne daß er Einwände gehabt hätte.

»Nein! Der Beweis war vorhanden. *Sie* war da! Ich habe es selbst gesehen! Ich hatte gesagt, daß ich mich mit eigenen Augen überzeugen müßte, und sie waren einverstanden!«

»Sie? Wer sind diese ›sie‹?«

»Das wissen Sie genausogut wie ich! Männer wie Sie! Die Eingeweihten. Sie haben nicht gründlich genug hingesehen, Sie haben unrecht!«

Der Russe drehte den Kopf langsam im Kreis und massierte mit der linken Hand seinen Hals; er sprach mit leiser Stimme: »Ich will nicht leugnen, daß wir uns getäuscht haben können. Wie ich schon sagte, das VKR treibt seine Geheimniskrämerei bis zum Wahnsinn, besonders in Moskau – aber das ist nur eine ganz entfernte Möglichkeit. Wir waren sehr erstaunt, daß eine ungewöhnlich wirkungsvolle Agentin von ihren eigenen Leuten in eine Terroristenfalle geführt wird . . . und dann machen eben diese Leute den KGB für ihren Tod verantwortlich, indem sie behaupten, sie wäre eine der unseren. Die

Folge dieser Verdrehung ist, daß der ständige Begleiter dieser Frau, ihr Liebhaber, ein mehrsprachiger Außenagent mit außergewöhnlichen Talenten, neutralisiert wird. Von Ekel und tiefer Enttäuschung überwältigt, steigt er aus. Wir reagieren verblüfft und sehen uns daraufhin die Akten an, auch die ganz schwer zugänglichen. Aber ihr Name taucht nirgendwo auf. Jenna Karras hat nie für uns gearbeitet.« Rostow hielt inne, und seine Augen verrieten Angst. Michael Havelock war ein gefährlich gereizter Panther, der im Begriff war zu springen, zuzuschlagen. Der Russe fuhr mit ausdrucksloser Stimme fort. »Wir sind froh. Es ist zu unserem Vorteil, daß Sie eliminiert sind, doch wir fragen uns, weshalb? Weshalb ist das geschehen? Ist es ein Trick? Und wenn ja, zu welchem Zweck? Wer hat einen Vorteil davon? Es bleibt die Frage: Warum hat man Sie suspendiert?«

»Fragen Sie Ihr VKR!« schrie Michael verächtlich. »Sie haben es nicht so geplant, aber so ist es geschehen. Ich bin so etwas wie ein Bonus! Fragen Sie Ihre Leute beim VKR.«

»Das haben wir getan«, entgegnete der Russe, »und zwar einen Abteilungsdirektor, der klüger und vernünftiger ist als die meisten seiner Kollegen. Er sagte uns, er persönlich wisse nichts von der Karras oder von Einzelheiten über die Vorgänge an der Costa Brava, aber als die Außenleute keine Fragen stellten, vermutete er, daß solche Fragen nicht gestellt werden *sollten,* und er wies darauf hin, daß die Ergebnisse günstig waren: zwei feindliche Agenten abgeschossen, beide talentiert, einer in besonderem Maße. Die *Voennaja* ließ sich dafür gerne loben.«

»Warum sollte sie auch nicht? Ich war draußen, und ihr Tod konnte gerechtfertigt werden. Ein Opfer, egal mit welchem Namen, bleibt ein Opfer, und man kann es gut zum eigenen Vorteil ins Spiel bringen. Der Mann beim VKR hat es mit seiner Aussage bestätigt.«

»Keineswegs. Er sagte uns, er hätte nicht die leiseste Ahnung, was geschehen wäre oder weshalb.«

»Er persönlich wußte es nicht«, widersprach Havelock ärgerlich. »Die Leute dort wußten es. *Sie* wußte es.«

»Eine wenig überzeugende Erklärung. Sein Büro ist für sämtliche Aktivitäten im südwestlichen Mittelmeersektor verantwortlich. Dieses Gebiet schließt die Costa Brava ein. Er hätte über das Rendezvous informiert sein müssen.« Rostow hielt kurz inne und fügte dann leise hinzu: »Unter normalen Umständen.«

»Vielleicht doch keine so schwache Erklärung?« fragte Michael.

»Daß ich mich da täusche, ist kaum denkbar. Diese Möglichkeit ist äußerst gering.«

»Von der Möglichkeit gehe ich aus!« schrie Havelock erneut, irritiert über seinen plötzlichen Ausbruch.

»Vielleicht müssen Sie so denken.«

»Das VKR bekommt ziemlich häufig seine Anweisungen direkt von höchsten politischen Instanzen im Kreml. Das ist kein Geheimnis. Wenn Sie nicht lügen, hat man Sie einfach übergangen.«

»Ganz bestimmt. Und der Gedanke macht mir mehr Angst, als ich Ihnen sagen kann. Aber sosehr ich auch Ihre beruflichen Leistungen anerkennen muß, trotzdem glaube ich nicht, daß die Leute, die im Kreml die Politik machen, sich mit unseresgleichen befassen. Sie beschäftigen sich mit Dingen von globaler Bedeutung. Und, was in diesem Zusammenhang sehr viel mehr bedeutet, sie haben keine Erfahrung mit uns.«

»Dafür haben sie Erfahrung mit der RAF. *Und* der PLO *und* der Brigate Rosse *und* ein paar Dutzend Rote Armeen, die überall Unheil stiften! *Das* ist Politik!«

»Nur für Wahnsinnige.«

»Genau davon sprechen wir! Von *Wahnsinnigen!*« Michael hielt inne, und das Offenkundige war ihm plötzlich klar. »Wir haben die Codes der VKR entschlüsselt. Sie waren authentisch; ich habe genug Varianten gesehen, um das beurteilen zu können. Ich habe den Kontakt hergestellt – sie hat geantwortet! Ich habe den letzten Funkspruch an die Männer in dem Boot draußen auf See abgesetzt und – sie hat geantwortet! Erklären Sie mir das!«

»Das kann ich nicht.«

»Dann verschwinden Sie!«

Der KGB-Mann sah auf die Uhr. »Das muß ich ohnehin. Die Zeit ist um.«

»Ja, das ist sie.«

»Wir befinden uns in einer Pattsituation«, sagte der Russe.

»Ich nicht.«

»Nein, Sie wahrscheinlich nicht, und das macht die Risiken, die Sie betreffen, noch größer. Sie wissen, was Sie wissen, und ich weiß, was ich weiß: ein Patt, ob es Ihnen nun gefällt oder nicht.«

»Ihre Zeit ist um, denken Sie daran.«

»Ich vergesse es nicht. Ich habe keine Lust, in einen Kugelhagel zu geraten.« Rostow ging zur Tür und drehte sich, die Hand auf der Klinke, um. »Vor ein paar Minuten sagten Sie, der Köder sei zu auffällig, sein Gestank ist penetrant. Erzählen Sie Washington, wir nehmen ihn auch nicht an.«

»Hinaus!«

Die Tür schloß sich. Havelock stand fast eine Minute reglos da und versuchte, sich die Augen des Russen vorzustellen. Sie hatten zuviel Wahrheit enthalten. Über die Jahre hatte Michael gelernt, die Wahrheit zu erkennen, besonders bei seinen Feinden. Rostow hatte nicht gelogen, er hatte die Wahrheit gesagt oder das, was er für die Wahrheit hielt. Und das bedeutete, daß dieser mächtige KGB-Stratege von seinen eigenen Leuten in Moskau manipuliert wurde. Den einflußreichen Abwehroffizier, Pjotr Rostow, hatte man ausgeschickt, um Kontakt mit dem Feind herzustellen. Er hatte Informationen in seinem Besitz, von denen er überzeugt war, daß seine Vorgesetzten sie nicht kannten. Nun sollte er einen Gegner dazu bringen, für die Sowjets zu arbeiten. Je höher der Rang des Offiziers, desto glaubwürdiger war seine Geschichte – solange er die Wahrheit so wiedergab, wie er sie sah, jene Wahrheit, die sein Feind ihm vermittelte.

Michael ging an den Tisch, wo er vor einer halben Stunde das Glas Whisky hingestellt hatte. Er leerte es und blickte auf das Bett. Bei dem Gedanken, wie anders der Abend sich entwickelt hatte, als er vor einer halben Stunde noch angenommen hatte, mußte er lächeln. Die sinnliche Kurtisane hatte ihn in eine geschickt inszenierte Falle gelockt. Wann würden sie endlich aufhören, ihm nachzustellen? Amsterdam, Paris, Athen.

Wahrscheinlich würden seine Nachfolger ihm so lange auf den Fersen bleiben, solange er sich bewegte, ihn beobachten, ihn immer wieder in die Enge treiben, darauf wartend, daß er die Verbrechen beging, die sie ihm in ihrer Phantasie zutrauten. Allein schon in der Tatsache, daß er umherreiste, fanden sie die Berechtigung für ihren Argwohn. Ein Mann, der bisher jeden Schritt auf Befehl getan hatte, ließ sich nicht plötzlich ziellos treiben. Aus seinem Verhalten mußte man schließen, daß er anderen Befehlen folgte, neuen Befehlen; sonst würde er an einem Ort bleiben. Irgendwo.

Vielleicht war es Zeit anzuhalten. Die Odyssee seiner Rückkehr in das normale Leben hatte lange genug gedauert. Nun war es an der Zeit, ein Telegramm abzuschicken, eine Verpflichtung einzugehen, einen neuen Anfang zu machen. Ein fast vergessener Freund war wieder ein Freund geworden. Jener Mann hatte ihm ein neues Leben angeboten; er konnte sein altes begraben und gleichzeitig aus ihm Nutzen ziehen, konnte neue Verbindungen herstellen, konnte seine Erfahrungen weitergeben.

Was wirst du lehren, Mikhail?

Hör auf! Du bist kein Teil von mir! Du warst es nie!

Morgen früh wollte er ein Telegramm an Harry Lewis schicken, anschließend einen Wagen mieten und nach Nordwesten fahren, an den Adriahafen Kĕrkyra. Dort würde er ein Schiff nach Gagliano del Capo in Italien nehmen. Er hatte das früher schon einmal gemacht, unter irgendeinem Namen und aus irgendeinem Grund. Jetzt würde er die Passage als Michael Havelock, Gastprofessor, buchen. Von Gagliano würde er mit der Bahn nach Rom fahren, in die Stadt, in der er sich besonders wohl fühlte. Ein oder zwei Wochen plante er in Rom zu bleiben. Das sollte die letzte Station seiner Odyssee sein, der Ort, wo er alle Gedanken an ein Leben begraben wollte, das vorbei war.

Aber zu lange beabsichtigte er nicht in Rom zu bleiben. Denn in weniger als drei Monaten begann seine Gastprofessur in Concord, New Hampshire. In der Zwischenzeit mußte er seine Vorlesungen vorbereiten und Lehrpläne studieren. Vielleicht hatte er noch Gelegenheit für einen kurzen Besuch bei Matthias, der ihm gewiß neue Eindrücke würde vermitteln können, vielleicht sogar bestimmte Konzepte, die sich für seine Lehrtätigkeit eigneten. Gleichgültig, wie beschäftigt er auch sein würde, Matthias würde sich die Zeit nehmen, weil Anton von allen Menschen am glücklichsten über seine neue Rolle sein würde. Sein alter Schüler war in die Welt der Wissenschaft zurückgekehrt. Dort hatte alles angefangen. So vieles gab es zu tun.

Er brauchte eine Bleibe, ein Haus, Möbel, Töpfe, Geschirr und Bücher. Einen Stuhl, auf dem er sitzen konnte, ein Bett zum Schlafen. Bisher hatte er sich nie um so etwas gekümmert. Jetzt setzte er sich mit solchen praktischen Dingen auseinander und spürte, wie die Erregung in ihm wuchs.

Er ging an den Schrank, schraubte die Scotchflasche auf und schenkte sich ein. *»Prijatel«,* sagte er leise, als er sein Gesicht im Spiegel betrachtete. Plötzlich starrte er seine Augen an, seine eigenen Augen. Und in einem Augenblick des Schreckens schmetterte er das Whiskyglas mit solcher Gewalt zu Boden, daß das Glas zersprang; Blut quoll langsam über seine Hand. Die Augen ließen ihn nicht los! Und dann begriff er. Hatten seine eigenen Augen in jener Nacht an der Costa Brava die Wahrheit gesehen?

»Hör auf!« schrie er. »Es ist vorbei!«

Dr. Harry Lewis saß in seinem Arbeitszimmer am Schreibtisch und hielt das Telegramm in der Hand. Er lauschte auf die Stimme seiner Frau. Jetzt kam sie.

»Bis später, Liebling«, rief sie vom Flur herein. Die Haustür öffnete sich und schloß sich wieder. Sie hatte das Haus verlassen.

Lewis nahm den Hörer ab und wählte die Vorwahl von Washington D.C. Die sieben Ziffern, die folgten, hatte er auswendig gelernt; sie waren nirgendwo notiert und würden auch nie auf einer Rechnung erscheinen.

»Ja?« fragte eine Männerstimme am anderen Ende der Leitung.

»Birchtree«, meldete sich Harry.

»Sprechen Sie, Birchtree. Sie werden auf Band aufgenommen.«

»Er hat akzeptiert. Das Telegramm kam aus Athen.«

»Irgendeine Änderung in den Daten?«

»Nein. Er wird hier einen Monat vor Beginn des Trimesters eintreffen.«

»Hat er gesagt, wo er von Athen aus hinreisen wird?«

»Nein.«

»Wir beobachten die Flughäfen. Danke, Birchtree.«

Schon bald nach seiner Ankunft in Rom war ihm die geliebte Stadt rasch verleidet. Überall wurde gestreikt, fast an jeder Straßenecke in den Parks und an den Brunnen bildeten sich Gruppen von Streikenden, die lautstark und temperamentvoll die Lage diskutierten. Die Post lag im Rinnstein neben dem Müll, den niemand abholte. Nirgends gab es Taxis, und die meisten Restaurants waren geschlossen, weil sie nicht mehr mit frischer Ware beliefert wurden. Die *poliziotti* hatten die Arbeit eingestellt, so daß der ohnehin schon chaotische Verkehr völlig zum Erliegen kam. Und das Telefonnetz brach ebenfalls zusammen. Die Stadt war von Hysterie erfüllt.

Es war der zweite Abend. Michael hatte seine Pension in der Via Due Macelli vor mehr als zwei Stunden verlassen, um in der Via Flamina Vecchia in einem seiner Lieblingsrestaurants zu speisen. Doch das Lokal war geschlossen, auch nach langer Geduld fand er kein Taxi, das ihn zur Spanischen Treppe zurückbringen sollte.

Als er das nördliche Ende der Via Veneto zu Fuß erreicht hatte, sah er im beleuchteten Fenster eines Reisebüros ein Plakat, das für einen Besuch Venedigs warb.

Warum, zum Teufel, sollte er eigentlich nicht in die Lagunenstadt reisen? Schließlich war er an keinen festen Plan gebunden. Er sah auf die Uhr; es war kurz vor halb neun, wahrscheinlich zu spät, um noch einen Flug zu bekommen. Aber wenn er sich richtig erinnerte – und das hoffte er –, verkehrten von Rom aus bis Mitternacht Züge. Die langsame, gemächliche Bahnfahrt von Gagliano del Capo nach Rom durch Landschaften, die sich seit Jahrhunderten nicht verändert hatten, hatte ihm gefallen. Warum also nicht einen Zug nehmen? Sein Koffer war in wenigen Minuten gepackt, und zum Bahnof waren es zwanzig Minuten zu Fuß. Das Geld, das er auszugeben bereit war, würde für eine Unterkunft sicherlich ausreichen. Wenn nicht, konnte er jederzeit in die Via Due Macelli zurückkehren. Er hatte sein Zimmer für eine Woche im voraus bezahlt.

Fünfundvierzig Minuten später schritt Havelock durch das riesige Portal des Bahnhofs Ostia, den Mussolini in den verklärten Tagen der Trommeln und Trompeten hatte bauen lassen, als die Züge pünktlich verkehrten.

Italienisch gehörte nicht zu den Sprachen, die Michael besonders gut beherrschte, aber lesen konnte er sie einigermaßen.

Biglietto per Venezia. Prima classe.

Die Schlange war kurz, und er hatte Glück. Der berühmte *Freccia della Laguna* fuhr in acht Minuten, und wenn der *Signore* bereit war, den Aufpreis zu zahlen, könne er ein eigenes Abteil haben. Das wünschte er, und während der Beamte sein prunkvolles Ticket stempelte, sagte er ihm, daß der Zug von der *binario trentasei* verkehre, einige hundert Meter vom Schalter entfernt.

»Fate presto, Signore. Non perdete tempo! Fate in fretta!«

Michael bahnte sich, so schnell er konnte, den Weg zum Gleis 36. Wie gewöhnlich – er erinnerte sich aus seiner Vergangenheit daran – drängelte sich eine lärmende Menschenmenge unter der riesigen Kuppel. Das Kreischen der Bremsen mischte sich mit dem Heulen der abfahrenden Züge. Stimmen schrien sich Flüche zu und übertönten das betäubende Brüllen. Offensichtlich streikten auch die Gepäckträger. Er brauchte beinahe fünf Minuten, bis er den Bahnsteig mit den zwei Gleisen erreicht hatte. Dort war gerade ein überfüllter Zug aus dem Norden eingetroffen, während der Venezia-Expreß im Begriff war abzufahren. Unter den aussteigenden und einsteigenden Fahrgästen gab es ein Geschiebe und Gedränge. Koffer, Kisten und mit Seilen verschnürte Pakete wurden herumgestoßen, kreischende Kinder von ärgerlichen Männern und Frauen getreten und beschimpft.

Plötzlich sah er auf der anderen Seite des Bahnsteigs durch die Menschenmenge hindurch von hinten den Kopf einer Frau, die Krempe eines weichen Huts verdeckte ihr Gesicht. Sie war gerade aus dem Zug aus Richtung Norden gestiegen und hatte sich umgedreht, um mit dem Schaffner zu sprechen. Der Anblick war ihm vertraut: dieselbe Haarfarbe, dieselbe Halsform. Der Hut ähnelte jenem, den sie getragen hatte. Eine solche Situation hatte er schon oft erlebt. Zu oft. Jedesmal hatte er sich von solchen zufälligen Ähnlichkeiten täuschen lassen.

Schließlich drehte sich die Frau herum, und ein scharfer Schmerz durchzuckte Havelocks Augen und Schläfen, bohrte sich in seine Brust. Das Gesicht auf der anderen Seite der Plattform, das von den hastenden Menschen immer wieder verdeckt wurde, war keine Illusion.

Das war *sie.*

Ihre Blicke trafen sich. Ihre Augen weiteten sich in nackter Furcht. Ihr Gesicht erstarrte in einem Augenblick des Schreckens. Dann riß sie den Kopf herum und stürzte sich in das Menschengewühl vor ihr.

Michael drückte die Augen zu und öffnete sie wieder. Er versuchte den Schmerz und den Schock und das plötzliche Zittern abzuschütteln, das ihn erfaßt hatte. Er ließ seinen Koffer fallen. Er mußte sich bewegen, hinter dieser lebenden Leiche von der Costa Brava herrennen. Sie lebte! Diese Frau, die er geliebt und die jene Liebe verraten hatte und für sie gestorben war, lebte!

Hastig drängte er sich zwischen den Fahrgästen hindurch, rief ihr zu, stehenzubleiben. Er raste die Rampe hinauf, durch den mächtigen Steinbogen, achtete nicht auf das Schreien der wütenden Leute, die er beiseite stieß. Er merkte gar nicht, daß man nach ihm trat, nach ihm schlug, spürte die Hände nicht, die an seinen Kleidern zerrten.

Sie war nirgends in der Menge zu sehen. Aber er hatte sie gesehen. Und sie hatte ihn gesehen!

Was war geschehen?

Jenna Karras lebte!

4

Als hätte ihn plötzlich aus blauem Himmel ein Blitz getroffen, war er wieder in der dunklen Welt, die er hinter sich zurückgelassen hatte. Sie lebte! Seine eigene, ganz persönliche Welt kreiste wie wild unkontrolliert unter der mächtigen Kuppel, inmitten sich drängender, schreiender Menschen. Er mußte weiterrennen, sie finden! Er drängte sich blindlings durch die Menge, schob Arme und gestikulierende Hände auseinander. Zuerst ein Ausgang, dann der andere; und ein dritter und ein vierter. Dann sprach er Polizisten an und versuchte, sie mit seinem dürftigen Italienisch zu beschreiben und beendete jeden seiner wirren Sätze mit *»Emergenza! Emergenza!«* Aber er erntete nur Achselzucken und mißbilligende Blicke.

Er rannte weiter. Eine Treppe! Eine Tür! Ein Lift! Zweitausend Lire für eine Frau, die in der Damentoilette nachschaute; fünftausend für einen Speditionsangestellten.

Nichts. Sie blieb verschwunden.

Havelock lehnte sich auf eine Mülltonne, der Schweiß rann ihm über Gesicht und Nacken, strömte aus seinen zerfetzten Kleidern, und seine Hände waren aufgeschrammt und bluteten. Einen Augenblick lang dachte er, er müsse sich gleich übergeben. Er mußte sich zusammenreißen, mußte zu sich kommen.

Und das einzige, was ihm dazu verhelfen würde, war, sich weiterzubewegen. Da fiel ihm sein Koffer ein. Die Möglichkeit, daß er immer noch auf dem Bahnsteig stand, war gering, aber immerhin ein Ziel. Er machte kehrt, drängte sich wieder durch die Menschenmassen. Sein Körper schmerzte, sein Wahrnehmungsvermögen war abgestumpft. Er fühlte sich geblendet von den verschwommenen, gestikulierenden Horden, die ihn umgaben. Es kam ihm vor, als befände er sich in einem dunklen Tunnel, angefüllt mit wilden Schatten und wirbelnden Winden. Er hatte keine Ahnung, wie lange er dazu brauchte, um den steinernen Rundbogen wieder zu erreichen und die Treppe zum nächsten, halb verlassenen Bahnsteig hinunterzugehen. Der Zug nach Venedig war abgefahren, und die Reinigungstrupps drängten sich in die Waggons des Zugs, der Jenna Karras nach Rom gebracht hatte, die Tote von der Costa Brava. *Wie?*

Da stand sein Koffer, zerdrückt, aber noch intakt. Die Gurte waren gerissen, die Sachen schauten hervor, doch seltsamerweise noch ganz. Sein Koffer war in den engen Spalt zwischen dem Rand des Bahnsteigs und der schmutzigen Seitenwand des dritten Waggons eingezwängt. Er kniete nieder und zog an ihm. Als er ihn schließlich mit einigen Mühen freibekommen hatte, verlor er das Gleichgewicht, fiel auf den Betonboden und hielt immer noch den halb abgerissenen Handgriff fest. Ein Mann im Overall, der einen breiten Besen vor sich her schob, näherte sich. Michael erhob sich langsam, ungeschickt, erkannte, daß der Reinigungsmann stehengeblieben war. Seine Augen verrieten zugleich Erheiterung und Abscheu.

Plötzlich brach der Griff, rutschte der Koffer nach unten, nur noch von einem Scharnier gehalten. Havelock riß ihn in die Höhe und preßte ihn an sich. Wie in Trance eilte er den Bahnsteig hinunter auf die Treppe zu.

Plötzlich war er draußen auf der Straße, den Koffer gegen die Brust gepreßt. Unsicher ging er an einer Reihe erleuchteter Schaufenster vorbei. Er war sich bewußt, daß Leute ihn immer wieder anstarrten, mit seinem zerrissenen Sakko und dem zerdrückten Koffer, dessen Inhalt heraushing. Die Nebel fingen an sich zu lösen, die kalte Nachtluft verteilte sie. Er mußte wieder zu sich finden, mußte sich auf das Nächstliegende konzentrieren: sich das Gesicht waschen, Kleider wechseln, sich ausruhen, eine Zigarette rauchen, den Koffer ersetzen.

F. MARTINELLI *Valigeria*

Die Neonbuchstaben leuchteten in tiefem Rot über dem breiten Schaufenster, in dem Reisezubehör ausgestellt war. Es war eines jener Geschäfte in der Nähe des Bahnhofs Ostia, in denen wohlhabende Ausländer und Italiener kauften. Bei der Ware handelte es sich um ganz gewöhnliche Dinge, aus denen man durch die Verwendung kostspieliger Materialien wie Silber und poliertem Messing Luxusartikel gemacht hatte.

Havelock stand einen Augenblick vor dem Eingang und atmete tief durch. Den Koffer hielt er krampfhaft fest, als wäre er ein Gegenstand, der ihn zu tragen vermochte. Irgendwohin an ein Ufer. Wie eine Planke im tosenden Meer. Als er eintrat, war schon beinahe Ladenschluß, und im Geschäft hielten sich keine Kunden mehr auf, wie er erleichtert feststellte.

Der Geschäftsführer trat auf ihn zu, sein Gesichtsausdruck wirkte besorgt, verstört. Er zögerte, trat dann einen Schritt zurück, als wollte er schnell die Flucht ergreifen. Havelock sprach hastig, in kaum verständlichem Italienisch.

»Ich bin am Bahnsteig in eine halbverrückte Menge geraten. Dabei bin ich gestürzt. Jetzt brauche ich dringend ein paar Dinge . . . eine ganze Menge, um es genau zu sagen. Man erwartet mich ziemlich bald im ›Hassler‹.«

Als der Geschäftsführer den Namen von Roms exklusivstem Hotel hörte, setzte er sofort eine mitfühlende Miene auf.

»Animali!« rief er aus und machte eine großspurige Handbewegung. »Wie schrecklich für Sie, *Signore!* Hier, lassen Sie sich von mir helfen . . .«

»Ich brauche einen neuen Koffer, aus weichem, sehr gutem Leder, wenn Sie so etwas haben.«

»Naturalmente . . .«

»Ich bin mir klar, daß das eine Zumutung ist, aber meinen Sie, ich könnte mich hier irgendwo waschen? Ich würde die *Contessa* ungern in diesem Zustand begrüßen.«

»Bitte, folgen Sie mir, *Signore!* Ich bitte tausendmal um Entschuldigung!«

Während Michael sich in einem Hinterzimmer wusch und umzog, konzentrierte er seine Gedanken auf die zwei kurzen Besuche, die er und Jenna Karras in Rom gemacht hatten. Beim erstenmal waren sie auf der Durchreise gewesen und nur eine Nacht geblieben; der zweite Aufenthalt war länger gewesen, hatte drei oder vier Tage gedauert, wenn er sich richtig erinnerte. Sie hatten Anweisungen aus Washington erwartet; damals waren sie als ein jugoslawisches Ehepaar durch die Balkanländer gereist, mit dem Auftrag, ein Verzeichnis über die sich ausdehnenden Verteidigungsanlagen an den Grenzen zu erstellen. Damals war ein Beamter der Heeresabwehr Havelocks Verbindungsperson nach Washington gewesen. Er war der einzige Farbige, der als ranghoher Attaché in der Botschaft arbeitete. Er hieß Lawrence B. Brown, der Buchstabe in der Mitte stand für seinen richtigen Namen, der Baylor lautete.

Der farbige Colonel war ein Mann, mit dem er reden konnte – falls Baylor einverstanden war, mit *ihm* zu sprechen.

Havelock brauchte zwanzig Minuten, bis er am Telefon im Zimmer des Geschäftsführers, der inzwischen Michaels Kleider in einen geradezu sündhaft teuren Koffer packte, die Botschaft erreicht hatte. Baylor nahm gerade an einem Empfang im Erdgeschoß teil.

»Sagen Sie ihm, es sei wichtig«, bat Michael. »Mein Name ist . . . Baylor.«

Lawrence Baylor gab sich ziemlich reserviert, man merkte ihm an, daß er Havelocks Ansinnen am liebsten abgelehnt hätte. Alles, was ein suspendierter Abwehrbeamter zu sagen hatte, ließ sich am besten in der Botschaft bereden. Aus einer ganzen Anzahl von Gründen.

»Und wenn ich Ihnen jetzt sage, daß ich soeben wieder in den aktiven Dienst eingetreten bin? Auch wenn ich nicht auf Ihrer Gehaltsliste stehe – oder auf der von sonst jemandem –, ich bin wieder dabei. Ich unterstelle, daß Sie das für sich behalten, Colonel.«

»Es gibt da ein Café in der Via Pancrazio; es heißt *›La Ruota del Pavone‹*. Kennen Sie es?«

»Ich werde es schon finden.«

»In einer Dreiviertelstunde.«

»Ich werde dort sein.«

Havelock beobachtete von einem Tisch in der hintersten Ecke des Cafés, wie der Offizier sich eine Karaffe Wein an der Bar bestellte und damit durch den schwach erleuchteten Raum ging. Baylors Gesicht wirkte ernst und besorgt; er fühlte sich nicht wohl in seiner Haut, und als er schließlich an den Tisch kam, bot er dem anderen nicht die Hand. Er setzte sich Michael gegenüber, atmete langsam aus und zwang sich zu einem aufgesetzten Lächeln.

»Nett, Sie zu sehen«, sagte er wenig überzeugend.

»Danke.«

»Wenn Sie mir nicht etwas mitzuteilen haben, das für uns von Interesse ist, bringen Sie mich in eine ziemlich dumme Lage. Das ist Ihnen hoffentlich klar.«

»Ich habe eine Neuigkeit, die Ihnen den Verstand rauben wird«, antwortete Havelock, der unwillkürlich flüsterte. Da war jetzt wieder das Zittern; er packte mit der rechten Hand sein linkes Handgelenk, um es unter Kontrolle zu bringen.

Der Colonel musterte Michael, und sein Blick fiel auf Havelocks Hände. »Sie sind ziemlich fertig, wie ich sehe. Was ist denn passiert?«

»Sie lebt! Ich habe sie gesehen!«

Baylor schwieg und rührte sich nicht. Seine Augen wanderten über Michaels Gesicht; es war offensichtlich, daß er die Spuren der letzten Verletzungen auf Havelocks Haut bemerkte. Und ebenso erkennbar war, daß er die Zusammenhänge begriff. »Sprechen Sie von der Costa Brava?« fragte er schließlich.

»Das wissen Sie nur zu gut!« sagte Michael ärgerlich. »Mein plötzliches Ausscheiden und die Umstände, die dazu führten, sind als Blitzmeldung an alle unsere Stationen gegangen. Deshalb haben Sie mir ja diese Frage stellen können. ›Hüten Sie sich vor dem verrückten Kerl‹, warnt Washington. Er könnte alles mögliche tun, alles mögliche sagen, sich einbilden, er hätte irgendwo eine Rechnung zu begleichen.«

»Das wäre nicht das erste Mal, daß so etwas geschieht.«

»Für mich schon. Ich habe an keine unbeglichenen Rechnungen zu denken, weil mich dieses Spiel nicht interessiert. Ich bin klar im Kopf und weiß, was ich gesehen habe. Sie hat *mich* erkannt! Sie hat auf mich reagiert! Sie ist weggerannt!«

»Streß führt leicht zu Hysterie. In diesem Zustand sieht man Dinge, die gar nicht real sind. Und Sie hatten einen schweren Schock.«

»Längst vorbei. Ich war draußen. Ich habe die Tatsachen akzeptiert und die Gründe, warum . . .«

»Kommen Sie schon, Kumpel. Sechzehn Jahre waren Sie im Geschäft; diese Zeit kann man nicht so leicht hinter sich lassen.«

»Ich schon.«

»Sie waren mit ihr hier in Rom. Da werden Erinnerungen wieder lebendig. Das hat Sie verwirrt. Wie gesagt, so etwas kommt vor.«

»Noch einmal – nein. Ich habe gesehen . . .«

»Sie haben sich sogar bei mir gemeldet«, unterbrach ihn Baylor. »Zu dritt haben wir ein paar Abende miteinander verbracht. Da lag der Gedanke nahe, mich anzurufen.«

»Es gab sonst niemanden. Sie waren meine einzige Kontaktperson hier in Rom. Jetzt könnte ich die Botschaft betreten, damals war das unmöglich.«

»Dann gehen wir«, sagte der Colonel schnell.

»Kommt nicht in Frage! Außerdem hat das keinen Sinn. *Sie* sind derjenige, auf den es ankommt. Vor sieben Monaten haben Sie die Befehle aus Washington an mich weitergeleitet, und jetzt werden Sie denselben Leuten mitteilen, was ich Ihnen gesagt habe, was ich gesehen habe. Sie haben keine Wahl.«

»Aber eine Meinung habe ich. Ich gebe das weiter, was ein ehemaliger Mitarbeiter im Zustand höchster Aufregung berichtet hat.«

»Fein! Gut! Nun hören Sie sich folgende Geschichte an: Vor fünf Tagen hätte ich in Athen beinahe einen Mann, den wir beide aus den Dscherschinski-Akten kennen, dafür getötet, daß er mir erzählte, die Aktion an der Costa Brava sei kein sowjetischer Einsatz gewesen. *Sie* hätte nichts mit dem KGB zu tun gehabt, geschweige denn mit dem VKR. Ich habe ihn nicht umgebracht, weil dieser Mann die Wahrheit sagte oder richtiger das, was er für die Wahrheit hielt. Denn seine eigenen Leute hatten ihn manipuliert. Zum Schluß habe ich ihm eine Botschaft für Moskau mitgegeben. Der Koder sei zu auffällig, sein Geruch zu penetrant.«

»Ihrer Darstellung zufolge war das sehr rücksichtsvoll von Ihnen.«

»O nein, zuerst hatte er mich verschont. Er hätte mich nämlich leicht nach Rußland verschleppen können. Aber er wollte mich nicht.«

»Warum nicht?«

»Weil er überzeugt war, daß *ich* der Köder war. Die reinste Ironie, nicht wahr? So blieb mir das Zimmer in der Lubjanka erspart. Statt dessen hat er mir eine Nachricht für Washington mitgegeben. Sie wollten nichts mit mir zu tun haben.« Havelock hielt inne. »Und jetzt dies.«

Der schwarze Colonel runzelte nachdenklich die Stirn und drehte sein Glas zwischen den Händen. »Ich habe nicht Ihre Erfahrung, aber nehmen wir einmal an, Sie hätten wirklich gesehen, was Sie behaupten.«

»Das habe ich. Glauben Sie es.«

»Nun gut. Gehen wir davon aus, es wäre möglich. Trotzdem könnte die Frau ein Lockvogel gewesen sein. Das KGB hat Sie unter Kontrolle, kennt Ihre Pläne, Ihre Reiseroute. Sie beschaffen sich eine Frau, die ihr im Aussehen hinreichend gleicht.«

»Aber ich habe doch ihre Augen gesehen! Das war kein Double. Vor zwei Stunden wußte ich ja nicht einmal selber, daß ich mich im Bahnhof Ostia aufhalten würde. Deshalb konnte auch niemand anders davon wissen. Ich kam gestern hier an und nahm mir für eine Woche ein Zimmer in einer Pension in der Via Due Macelli, das ich im voraus bezahlt habe. Um halb neun Uhr heute abend habe ich im Schaufenster eines Reisebüros ein Plakat gesehen und mich spontan entschlossen, nach Venedig zu fahren. Ich habe mit niemandem darüber gesprochen.« Michael griff in die Tasche, holte seine Fahrkarte heraus und legte sie vor Lawrence Baylor auf den Tisch. »Der Zug sollte um 9.35 Uhr abfahren. Die Zeit, wann ich das Ticket gekauft habe, ist hier aufgestempelt. Lesen Sie!«

»Siebenundzwanzig Minuten nach neun«, sagte der Offizier. »Acht Minuten vor Abfahrt des Zugs.«

»Alles überprüfbar. Jetzt sagen Sie mir noch, daß ich lüge. Erklären Sie mir, wie so etwas geplant und durchgeführt werden konnte, angesichts der Tatsache, daß sie in einem ankommenden Zug war.«

»Das kann ich nicht. Wenn sie . . .«

»Sie sprach mit einem Schaffner, kurz nachdem sie den Zug verlassen hatte. Ich bin sicher, daß ich ihn finden kann.«

Baylor starrte Havelock an. Schließlich sagte er mit leiser Stimme: »Beruhigen Sie sich. Ich werde Washington Bericht erstatten.« Er hielt inne und fügte hinzu: »Was auch immer Sie gesehen haben, Sie lügen nicht. Wo kann ich Sie erreichen?«

»Tut mir leid. Ich werde mich bei Ihnen melden.«

»Die werden mit Ihnen sprechen wollen und es wahrscheinlich eilig damit haben.«

»Ich werde mit Ihnen in Verbindung bleiben.«

»Warum die Vorsicht?«

»Da ist etwas, das Rostow in Athen gesagt hat.«

»Rostow? Pjotr Rostow?« Die Augen des Colonels weiteten sich. »Viel weiter hinauf können Sie ja im Dscherschinski nicht gehen.«

»Es gibt noch Höhere.«

»Er reicht mir. Was hat er Ihnen gesagt?«

»Daß sich unsere Nasen nie ganz anpassen. Daß sie vielmehr immer sensibler reagieren auf die individuellen Varianten desselben fauligen Gestanks. Wie Tiere.«

»Ich hatte etwas weniger Abstraktes erwartet«, reagierte Lawrence Brown verstimmt.

»Wirklich? Von meinem Standpunkt aus klingt das verdammt konkret. Die Falle an der Costa Brava ist in Washington inszeniert worden. Die Regisseure sitzen im obersten Stockwerk des Außenministeriums.«

»Ich hatte Sie so verstanden, daß Sie die Leitung hatten«, unterbrach Baylor ihn.

»In der letzten Phase. Ich habe darauf bestanden.«

»Dann haben Sie . . .«

»Ich habe aufgrund der Unterlagen gehandelt, die man mir gegeben hat«, unterbrach Michael. »Und jetzt möchte ich wissen, *warum* man sie mir gegeben hat. Warum ich das gesehen habe, was ich heute abend gesehen habe.«

»*Wenn* Sie etwas gesehen haben.«

»Sie lebt! Ich möchte wissen, warum.«

»Ich verstehe immer noch nicht.«

»Die Aktion an der Costa Brava galt mir! Jemand wollte, daß ich aussteige, daß ich auf schonungsvolle Weise von jenen Versuchungen entfernt werde, die Männer wie mich häufig heimsuchen.«

»Alte Rechnungen zu begleichen?« fragte der Colonel. »Ich wußte gar nicht, daß Sie sich auch angesteckt hatten.«

»Ich hatte eine Menge Wut im Bauch und eine Menge offener Fragen. Jemand wollte, daß alles das begraben wurde, und *sie* hat dabei mitgeholfen. Warum?«

»Das sind zwei Unterstellungen, die ich nicht ohne weiteres als Fakten akzeptiere. Und wenn Sie die Absicht hatten, Ihre Wut loszuwerden, was nicht im nationalen Interesse liegt, dann kann ich mir – und ich spreche natürlich völlig hypothetisch – andere Methoden vorstellen . . .«

»Mich zu erledigen? Mich für tot zu erklären?«

»Das habe ich nicht gesagt. Herrgott, in was für einer Welt leben bloß Leute wie Sie?«

»In derselben Welt wie Sie, bloß daß wir schon ein wenig länger dabei sind und mehr erlebt haben. Deshalb werde ich Ihnen auch nicht sagen, wo Sie mich erreichen können. Meine Nase hat einen penetranten Geruch vom Potomac aufgenommen.« Havelock beugte sich vor, und seine Stimme klang heiser, war fast ein Flüstern. »Ich kenne dieses Mädchen. Um sie dazu zu bringen, das zu tun, was sie getan hat, muß man ihr übel zugesetzt haben, sie erpreßt haben. Ich möchte wissen, womit und weshalb.«

»Angenommen«, begann Brown langsam, » . . . angenommen, Sie haben recht – und ich räume damit keineswegs ein, daß Sie recht haben –, was läßt Sie bloß glauben, daß man Ihnen das erzählen wird?«

»Alles kam so plötzlich«, sagte Michael und lehnte sich zurück. Seine Stimme klang matt, als er fortfuhr. »Es war an einem Dienstag, wir waren bereits seit einer Woche in Barcelona gewesen. Irgend etwas sollte in dem Sektor geschehen; das war alles, was Washington uns mitteilte. Und dann kam Nachricht aus Madrid: eine Vier-Null-Mitteilung war per Kurier eingeflogen worden, ihr Inhalt nur für die Botschaft bestimmt. Da dort niemand autorisiert war, die Sendung weiterzuleiten, flog ich Mittwoch früh nach Madrid, unterschrieb für diesen gottverdammten Stahlbehälter und öffnete ihn in einem Raum, den drei Soldaten des Marinekorps bewachten. Der Behälter enthielt alle Informationen, die sie übermittelt hatte – Informationen, die sie nur von mir haben konnte. Auch die Instruktionen für die Falle waren darunter, und ich selbst sollte die Aktion leiten, wenn ich das wünschte . . . und ob ich das wollte. Sie wußten, daß dies die einzige Möglichkeit war, mich zu überzeugen. Am Freitag war ich wieder in Barcelona, und am Samstag war alles vorbei . . . Ich war überzeugt.«

»Sie haben meine Frage nicht beantwortet«, unterbrach ihn der Colonel. »Wenn Sie recht haben, was veranlaßt Sie dann zu der Meinung, daß man Ihnen sagen wird, womit man sie erpreßt hat?«

Havelock sah Baylor mit zornigen Augen an. »Weil sie Angst haben. Es läuft alles auf das ›Warum‹ hinaus.«

»Wovon reden Sie?«

»Die Entscheidung, mich zu entfernen, ist nicht allmählich gereift, Colonel. Etwas hat sie provoziert. Sie drängen einen Mann nicht einfach hinaus so wie mich, nur weil es häufiger Differenzen gegeben hat. Fachleute in unserem Beruf sind zu wertvoll, und solche, die sich im Außendienst bewährt haben, sind viel zu schwierig zu ersetzen. Man kann immer Kompromisse schließen und sich irgendwie arrangieren. Man probiert es wenigstens, bevor man einen Fachmann gehen läßt. Aber niemand machte den Versuch mit mir.«

»Können Sie etwas konkreter werden?« drängte der Offizier.

»Ich wünschte, ich könnte es. Ich muß etwas für sie unerhört Brisantes wissen, zumindest glauben sie es. Etwas, das ich hätte aufschreiben können.«

»Und haben Sie das?« fragte Baylor kühl. »Eine solche Information, meine ich.«

»Ich werde es herausbekommen«, erwiderte Havelock und schob seinen Stuhl zurück, um aufzustehen und wegzugehen. »Sagen Sie ihnen das. Es wird nicht leicht sein, weil sie nicht mehr bei ihnen ist. Sie ist sicherlich untergetaucht. Egal, ich werde sie finden.«

»Vielleicht . . .«, sagte der Offizier eindringlich und versuchte Havelock aufzuhalten. »Wenn sich beweist, was Sie sagen, vielleicht wären sie dann bereit zu helfen.«

»Das kann ich ihnen nur raten«, entgegnete Michael. Er erhob sich und blickte auf den Colonel herunter. »Ich brauche jede Hilfe, die ich kriegen kann. Und bis dahin möchte ich, daß diese ganze gottverdammte Sache geklärt wird . . . in allen Einzelheiten. Denn wenn das nicht geschieht, werde ich anfangen, aus der Schule zu plaudern. Wann und wo wird keiner von euch erfahren. Und dabei wird auch irgendwo die hochbrisante Information zur Sprache kommen.«

»Machen Sie keine Dummheiten!«

»Verstehen Sie mich nicht falsch, das beabsichtige ich nicht. Aber das, was man ihr angetan hat, uns angetan an . . . war einfach nicht fair, Colonel. Ich bin wieder dabei. Solo. Ich melde mich.«

Havelock drehte sich um und eilte aus dem Café in der Via Pancrazio.

Er erreichte die Via Galvani auf seinem Weg zurück zum Bahnhof, wo er den neugekauften Koffer in einem Münzschließfach deponiert hatte. Plötzlich wurde ihm die schmerzhafte Ironie klar: Ein Koffer in einem Münzschließfach auf dem Flughafen von Barcelona war es gewesen, der Jenna Karras überführt hatte. Der Überläufer von der Rote Armee Fraktion hatte sie – als Gegenleistung für die stillschweigende Aufhebung eines Todesurteils, das *in absentia* ausgesprochen worden war – zu dem Koffer geführt. Der deutsche Terrorist hatte Madrid erzählt, »Fräulein Karras« hätte ständig Zugriff zu geheimen, stets auf den letzten Stand gebrachte Akten. Das war eine übliche Praxis bei der *Voennaja,* die von der seltsamen Beziehung diktiert wurde, die dieser geheime Zweig der sowjetischen Abwehr zum übrigen KGB unterhielt. Außenagenten, die an ausgedehnten Operationen beteiligt waren, hatten Zugang zu ihren eigenen Akten für den Fall, daß ihre Vorgesetzten in Moskau plötzlich nicht erreichbar waren.

Jemand nimmt Kontakt mit ihr auf und überreicht ihr einen Schlüssel. Dabei nennt er ihr einen Ort: einen Raum oder ein Schließfach, vielleicht sogar eine Bank. Dort befindet sich das Material, darunter auch Aufzeichnungen über neue, gerade entwickelte Ziele.

Ein Mann hatte sie eines Nachmittags zwei Tage vor seiner Abreise nach Madrid in einem Café am Paseo Isabel angesprochen. Ein Betrunkener. Er hatte ihr die Hand geschüttelt und sie geküßt. Drei Tage später hatte Michael in Jennas Handtasche einen Schlüssel gefunden. Am nächsten Tag war sie tot.

Da war ein Schlüssel gewesen, aber wem gehörte er? Er hatte Fotokopien von jedem einzelnen Gegenstand in jenem Koffer gesehen, Fotokopien, die Langley bestätigt hatte. Wer hatte den Koffer benutzt? Wenn sie es nicht war – wie kamen dann drei Proben von Fingerabdrücken, die eindeutig ihre waren, in den Koffer? Und, weshalb hatte sie zugelassen, daß dieses belastende Material im Koffer blieb?

Was hatten sie mit ihr angestellt? Was hatten sie mit einer blonden Frau an der Costa Brava gemacht, die in Tschechisch geschrien hatte, bevor sie von Kugeln durchbohrt worden war? Was für Leute waren das, die Menschen wie Marionetten behandelten und sie abschossen. Jene Frau war gestorben; er hatte zu viel vom Tod gesehen, um sich zu irren. Das war keine Scharade, wie der elegante Gravet es vielleicht genannt hätte.

Und doch war alles eine Scharade. Alle waren sie Marionetten. Aber auf welcher Bühne und zu wessen Nutzen traten sie auf?

Er eilte auf der Via Galvani weiter, beschleunigte seine Schritte; er war nur noch wenige Straßen vom Bahnhof entfernt; dort würde er anfangen. Zumindest hatte er eine Idee; ob sie ihn weiterbrachte oder nicht, würde die nächste halbe Stunde beweisen.

Er kam an einem grell beleuchteten Zeitungsstand vorbei, an dem Boulevardblätter mit bunten Magazinen um die Lesergunst wetteiferten. Und dann sah er das berühmte Gesicht, das ihn vom Titelblatt der internationalen Ausgabe der *Time* anstarrte. Die klaren, intelligenten Augen hinter den horngeränderten Brillengläsern glänzten. Auf den ersten Blick wirkten sie kalt; doch wenn man sie länger anschaute, strahlten sie Wärme aus. Michael war das Gesicht vertraut, mit den hohen Wangenknochen und der Adlernase, den großzügigen Lippen, über die so außergewöhnliche Worte flossen.

Ein Mann für alle Jahreszeiten, für alle Völker.

Das war die lapidare Unterschrift unter dem Foto. Kein Name, kein Titel. Die ganze Welt kannte den amerikanischen Außenminister. Es gab Leute, die glaubten – und Michael zählte zu ihnen –, daß die Welt entweder auf Anthony Matthias hören würde oder eines Tages zum Untergang verdammt war.

Anton Matthias: Freund, Mentor, Vaterersatz. Was die Aktion an der Costa Brava betraf, war auch er eine Marionette gewesen. Wer konnte es wagen, ihn zu hintergehen?

Während Havelock ein paar Lirascheine auf den Tresen des Kiosks legte und das Magazin nahm, erinnerte er sich ganz deutlich an Antons handschriftlichen Brief, der auf dessen Drängen von den Strategen in Washington der Vier-Null-Akte beigelegt worden war, die man nach Madrid geflogen hatte. In ihren wenigen kurzen Gesprächen in Georgetown hatte Matthias erkannt, wie tief Michaels Gefühle für die Frau waren, die man ihm die letzten acht Monate zugeteilt hatte. Seine persönlichen Zeilen waren denn auch voller Trost und Verständnis für den tschechischen Freund gewesen.

Mui milý synu
Das Beiliegende schmerzt mein Herz so, wie es dem Deinen Schmerzen bereiten wird. Du, der Du früh so viel gelitten hast und später unserem Land selbstlos so viel gegeben hast, mußt erneut leiden. Ich habe eine vollständige Bestätigung dieser Indizien verlangt und erhalten. Wenn Du nun aus der Szene aussteigen willst, hast Du natürlich die Möglichkeit dazu. Du solltest Dich durch die beigefügten Empfehlungen nicht gebunden fühlen. Eine Nation kann nicht Grenzenloses verlangen, und Du hast ihr alles gegeben, ja, noch mehr als das. Vielleicht hat der Zorn, von dem wir vor Jahren sprachen, die Wut, die Dich in dieses schreckliche Leben geschleudert hat, jetzt nachgelassen und es Dir erlaubt, in eine andere Welt zurückzukehren, die Deine intellektuelle Kraft braucht. Ich bete darum.

Truj Anton M.

Havelock verdrängte den Brief aus seinem Bewußtsein; er machte das Unbegreifliche nur noch schwerer. Bestätigung: *positiv.* Er schlug das Magazin auf und suchte die Seite mit dem Artikel über Matthias. Dort stand nichts Neues, nur eine Zusammenfassung seiner letzten diplomatischen Aktivitäten im Bereich der Abrüstungsverhandlungen. Der Artikel schloß mit der Feststellung, der Außenminister verbringe momentan an einem nicht näher bezeichneten Ort einen wohlverdienten Urlaub. Michael lächelte; er kannte diesen Ort: eine

Blockhütte im Shenandoah-Tal. Es war durchaus möglich, daß er, noch ehe die Nacht zu Ende war, ein Dutzend Codes benutzen würde, um jene Berghütte zu erreichen. Aber erst, wenn er herausbekommen hatte, was geschehen war. Er würde erst dann an Matthias herantreten, wenn er den schrecklichen *danse macabre* begriff. Denn auch Anton Matthias war von ihm erfaßt worden.

Die Menschenmenge unter der riesigen Kuppel des Ostia-Bahnhofs hatte sich aufgelöst, der letzte Zug, der Rom in dieser Nacht verließ, war gerade abgefahren. Havelock holte seinen Koffer aus dem Schließfach und sah sich nach einem Zeichen um; es mußte irgendwo sein. Vielleicht war das Ganze Zeitvergeudung, aber das glaubte er nicht; zumindest war dieser Bahnhof ein Ort, an dem er anfangen konnte. In dem Café in der Via Pancrazio hatte er zu Baylor gesagt: »Kurz bevor sie aus dem Zug stieg, hatte sie mit dem Schaffner gesprochen. Ich bin sicher, daß ich ihn finden kann.«

Michael überlegte, daß jemand auf der Flucht nicht einfach beiläufig ein Gespräch mit einem Schaffner begann; dieser Jemand hatte dafür viel zuviel zu bedenken. Und es gab in jeder Stadt Viertel, wo Männer und Frauen untertauchen konnten. Viertel, wo die einzige Währung Bargeld war, wo man den Mund hielt und in den Hotels die Gäste nur selten unter ihrem richtigen Namen registriert waren. Jenna Karras kannte Rom nicht. Deshalb hat sie sich von dem Schaffner am Zug wahrscheinlich einen Tip geben lassen. Um Jennas Spur aufzunehmen, mußte er diesen Mann unbedingt finden.

An der Wand hing eine Tafel mit einem Pfeil, der auf einen Bürokomplex wies.

Amministratore della stazione.

Fünfunddreißig Minuten später, nachdem ein Bahnbeamter ihm gegen das nötige Kleingeld die gewünschte Auskunft gegeben hatte, besaß er die Adresse des Zugführers, der, wie er erfahren hatte, ein wenig Englisch sprach.

Er stieg die ausgetretenen Steinstufen des Apartmentgebäudes bis zum fünften Stock hinauf, fand den Namen Mascolo an einer Wohnungstür und klopfte. In dem rotgesichtigen Mann, der ihm öffnete, erkannte er sofort den Schaffner, den er mit Jenna Karras hatte sprechen sehen. Er trug eine weite Hose, die ein Hosenträger über dem Unterhemd festhielt. Sein Atem stank nach billigem Fusel, seine Augen blickten nicht mehr völlig klar. Havelock zog einen Fünftausend-Lire-Schein aus der Tasche.

»Wer erinnert sich schon an einen bestimmten Fahrgast unter Tausenden?« meinte der Mann zurückhaltend, der Michael gegenüber am Küchentisch saß.

»Ich bin sicher, daß Sie das können«, sagte Havelock und zog einen weiteren Schein heraus. »Denken Sie nach. Ziemlich groß, breitkrempiger Hut . . . Sie standen mit ihr auf dem Bahnsteig.«

»Si! Naturalmente. Una bella ragazza! Jetzt erinnere ich mich!« Der Schaffner nahm das Geld und trank einen Schluck Wein. Dann rülpste er laut und fuhr fort: »Sie hat mich gefragt, ob ich wüßte, wo sie nach Civitavecchia umsteigen müsse.«

»Civitavecchia? Das ist eine Stadt nördlich von hier, nicht wahr?«

»*Si*. Ein Hafen am Tyrrhenischen Meer.«

»Konnten Sie ihr die gewünschte Auskunft geben?«

»Es gibt nur sehr wenige Züge, die zwischen Rom und Civitavecchia verkehren, *Signore*. Und ganz bestimmt nicht um die Zeit.«

»Was haben Sie ihr gesagt?«

»Ich empfahl ihr, mit einem Taxifahrer zu sprechen und einen festen Tarif auszumachen, wenn sie überhaupt einen finden konnte.«

Havelock legte einen weiteren Geldschein auf den Tisch, stand hastig auf und ging zur Tür. Er sah auf die Uhr; es war zwanzig nach eins.

Civitavecchia, ein Hafen am Tyrrhenischen Meer. Schiffe liefen gewöhnlich mit der ersten Morgendämmerung aus, ganz früh.

Er hatte knapp drei Stunden Zeit, um Civitavecchia zu erreichen, um das Schiff zu finden, auf dem ein weiblicher Passagier sich unter falschem Namen eingetragen hatte oder auch gar nicht.

5

Er rannte aus der marmorverkleideten Eingangshalle des Hotels am Berniniplatz, hetzte blindlings durch die winkligen Straßen, bis er die Via Veneto erreichte. Der Portier im Hotel hatte vergeblich versucht, für ihn ein Taxi zu rufen.

Havelock blieb stehen, um Atem zu holen. Einige Cafés und das ›Excelsior‹ hatten noch geöffnet. Jemand mußte ihm helfen und ihn nach Civitavecchia bringen. *Er mußte sie finden. Er durfte sie nicht verlieren. Nicht noch einmal!* Er mußte sie finden, sie festhalten und ihr sagen, daß man ihnen schreckliche Dinge angetan hatte, so lange, bis sie die Wahrheit in seinen Augen sah und in seiner Stimme hörte, bis sie die Liebe spürte, die er so tief empfand, und die unerträgliche Schuld begriff, die ihn nie losließ, weil er jene Liebe getötet hatte.

Er rannte weiter, zuerst ins ›Excelsior‹, wo der arrogante Portier auch nicht für ein noch so großes Trinkgeld zu bewegen war.

»Sie müssen mir helfen!«

»Sie sind ja nicht einmal Gast hier, *Signore*«, sagte der Mann und blickte nach links.

Langsam drehte Michael den Kopf zur Seite. Auf der anderen Seite der Lobby beobachteten zwei Polizisten die Szene. Sie sprachen miteinander; offenbar wurde das nächtliche Geschehen in der Halle des ›Excelsior‹ von der Polizei überwacht. Viele Rauschgifthändler setzten auf dem weltberühmten Boulevard ihre heiße Ware ab. Havelock zögerte nicht lange und eilte auf die halbverlassene Straße hinaus.

Der müde Oberkellner im ›Café de Paris‹ sagte, er sei ein *capo zuccone.* Wer hatte schon ein Auto, das er um diese Stunde an einen Fremden verlieh?

Der Nachtportier im ›Hassler's Villa Medici‹ war von den reichen Hotelgästen Extravaganzen gewohnt. Er sorgte dafür, daß Michael einen Fiat mieten konnte. Der Preis war exorbitant, aber dafür bekam er auch einen Stadtplan von Rom und Umgebung, auf dem der Portier den schnellsten Weg nach Civitavecchia eingezeichnet hatte.

Um 3.15 Uhr hatte Havelock die Hafenstadt erreicht. Eine halbe Stunde lang war er die Uferstraße auf und ab gefahren, bis er sich hatte entscheiden können, wo er den Wagen parken und seine Suche nach Jenna Karras beginnen sollte.

Es war ein Viertel, wie man es in Hafenstädten in der ganzen Welt findet, wo Scheinwerfer die ganze Nacht über die Piers erhellten und Stauer die Frachter beluden und Bordmechaniker die teilweise veralteten Maschinen der größeren Schiffe warteten, die bald wieder in See stechen sollten. Wo Cafés und Bars die nebelverhüllten Gassen säumten, in denen das diffuse Licht der Straßenlaternen kleine Inseln bildete.

Im Norden und Süden, wo die kleinen Piers lagen, schwankten die Silhouetten von Ladebäumen und Masten im Mondlicht. Dort waren die Anlegeplätze für die Fischerboote und Trawler, die sich nur höchstens vierzig Kilometer aufs Meer hinauswagten, an jene Stellen, wo die Kapitäne aus jahrzehntelanger Erfahrung und Überlieferung den reichlichsten Fang erwarteten. Erst wenn der Morgen nähergerückt war und der hellgelbe Streifen am Horizont allmählich immer breiter wurde und den Nachthimmel verdrängte, gingen Männer mit schläfrigen Augen die hölzernen Planken hinunter zu ihren ölverschmierten Booten. Dort, wo die Boote nur bei Morgendämmerung ablegten, um erst bei Sonnenuntergang zurückzukehren. Dort würde Jenna Karras nicht zu finden sein. Sie würde sich irgendwo in jenem Komplex aufhalten, wo die Schiffe auf die Flut warteten und zu fernen Häfen in anderen Ländern ausliefen.

Sie würde irgendwo in jenem Bereich des Hafens sein, wo Nebelschwaden vom Meer hereinquollen und über die Docks zogen, wo die ganze Nacht hindurch der Lärm nicht abbrach. Hier irgendwo mußte sie sich versteckt haben, um auf den Augenblick zu warten, in dem man sie an Bord nehmen konnte, nachdem ein *capo operaio* den Laderaum inspiziert und die Papiere unterzeichnet hatte, die dokumentierten, daß das betreffende Schiff auslaufen durfte.

Aber welches Schiff? Drei Frachter, alle von mittlerer Tonnage, lagen längsseits an drei der vier größeren Ladedocks. Am vierten waren zwei kleinere Schiffe vertäut. Aus dicken Rohren wurde ihnen gerade Kunstdünger in die offenen Laderäume gepumpt. Michael war sich sicher, daß sie an Bord eines dieser Frachter gehen würde. Zuallererst mußte er erfahren, wann jeder einzelne ablegen würde.

Er parkte den Fiat in einer Nebenstraße, überquerte die breite Straße, wobei er ein paar Lastwagen auswich, und wandte sich zum ersten Pier. Das Zufahrtstor war von einem uniformierten Posten bewacht. Er war unfreundlich, und die Mühe, die es ihm bereitete, Havelocks gebrochenes Italienisch zu verstehen, machte ihn noch mürrischer.

»Wozu wollen Sie die Abfahrtszeiten wissen?« fragte der Mann in der Tür des Wachhäuschens. »Was geht Sie das an?«

»Ich versuche, jemanden zu finden, der vielleicht eine Passage gebucht hat«, sagte Michael und hoffte, daß seine Worte wenigstens in etwa das vermittelten, was er ausdrücken wollte.

»Passaggio? Biglietto!? Wer kauft Tickets auf einem portugiesischen Frachter?«

Havelock begriff seine Chance sofort; er beugte sich vor und sah sich beim Reden um. »Das ist das Schiff. Entschuldigen Sie meine armseligen Italienischkenntnisse, *Signore Esaminare*. Das ist unverzeihlich. Ich bin Angehöriger der portugiesischen Botschaft in Rom. Ich bin auf meine Art ebenso ein . . . Inspektor . . . wie Sie. Man hat uns berichtet, auf diesem Schiff gebe es Unregelmäßigkeiten. Wenn Sie mir behilflich sind, werden Ihre Vorgesetzten das erfahren.«

Der abweisende Wachmann war plötzlich freundlich und trat zur Seite, um den *straniero importante* einzulassen.

»Scusatemi, Signore! Ich hatte Sie nicht verstanden. Wir, die wir gegen die Korruption vorgehen, müssen einander unterstützen. Und wahrhaftig, ein Wort an meine Vorgesetzten . . . in Rom natürlich.«

»Natürlich. Nicht hier.«

»Auf keinen Fall. Hier stecken sie alle unter einer Decke. Kommen Sie herein, kommen Sie herein. Es muß kalt sein.«

Die *Miguel Cristobal* sollte um fünf Uhr früh auslaufen. Ihr Kapitän, ein Mann namens Aliandro, stand schon seit zwölf Jahren am Steuer der *Cristobal.* Er kannte jede Insel, jede Untiefe im westlichen Mittelmeer, hieß es.

Die beiden anderen Frachter fuhren unter italienischer Flagge. Dort waren die Wachmänner an den Toren ohne weiteres bereit, dem Ausländer mit dem eigenartigen Akzent jede gewünschte Auskunft zu geben.

Die *Isla Elba* lief um 5.30 Uhr, die *Santa Teresa* zwanzig Minuten später aus.

Havelock sah auf die Uhr. Es war acht Minuten nach vier; viel Zeit blieb ihm nicht mehr.

Jenna! Wo bist du?

Plötzlich hörte er hinter sich das Schrillen einer Glocke. Das durchdringende Geräusch erschreckte ihn; er drehte sich schnell herum. Der Posten war in sein Wachhäuschen getreten und meldete sich. Die pausenlos wiederholten *Sis* waren ein klarer Hinweis darauf, daß am anderen Ende der Leitung, von wem auch immer, Befehle erteilt wurden, und zwar auf sehr unmißverständliche Weise.

Telefone und Wachmänner an Kontrollpunkten waren für Michael stets alarmierend. Einen Augenblick lang war er nicht sicher, ob er sich umdrehen und davonlaufen sollte oder nicht. Die Antwort ließ nicht lange auf sich warten und erforderte seinerseits keine Entscheidung. Der Wachmann hängte den Hörer auf und streckte den Kopf durch die Tür.

»Sie! Sie wollen doch so viel über diesen stinkenden Kahn wissen, ich hab' noch etwas für Sie! Die *Teresa* bleibt hier. Sie legt erst ab, wenn sechs Lastwagen aus Turin hier eintreffen, und das kann noch acht Stunden dauern. Ich sag' Ihnen, diese Schweine kriegen eine Rechnung von den Gewerkschaften. Und knöpfen Sie sich die Mannschaft vor, weil sie wieder mal betrunken ist. *Alle* sind sie Schweine!«

Die *Teresa* schied also zumindest für eine Weile aus. Nun konnte er sich auf die *Elba* und die *Cristobal* konzentrieren. Sollte Jenna an

Bord der *Teresa* geschmuggelt werden, hatte er noch Stunden Zeit, nicht aber, wenn es eines der zwei anderen Schiffe war. In dem Fall standen nur noch Minuten zur Verfügung. Er mußte sie klug nutzen, durfte keine Sekunde mehr vergeuden. Vielleicht konnte er mit Geld jemanden zum Reden bringen. Und sollte sich derjenige in Lügen verstricken, die darauf deuteten, daß der Informant die Wahrheit kannte, würde er sie mit Gewalt herauspressen.

Havelock ging schnell zu dem zweiten Häuschen zurück, hinter dem die *Isla Elba* vertäut lag, und änderte seine Geschichte für den müden Wachmann nur leicht ab. Er wollte mit ein paar Mannschaftsmitgliedern des Schiffs sprechen. Sie waren gerade an Land und warteten, daß sie gerufen wurden. Ob der hilfsbereite Beamte, nachdem er eine Hand geschüttelt hatte, die ein paar zusammengefaltete Lirescheine enthielt, wohl wüßte, welche Kneipe im Hafen von der Mannschaft der *Elba* bevorzugt wurde?

»Die halten zusammen, *Signore.* Wenn es zu Prügeleien kommt, wollen Seeleute ihre Kameraden in der Nähe haben, selbst die, die sie an Bord nicht ausstehen können. Versuchen Sie's mal bei ›Il Pinguino‹. Oder vielleicht bei ›La Carrozza Mare‹. In der ersten Kneipe ist der Whisky billiger, aber von dem Fraß wird einem schlecht. Im ›La Carrozza‹ ißt man besser.«

Der zuerst feindselige und jetzt beflissene Wachmann am Tor der *Cristobal* war plötzlich sehr gesprächig.

»Es gibt ein Café in der Via Maggio, von dem es heißt, daß dort viele Dinge den Besitzer wechseln.«

»Wollen Sie damit sagen, die Männer von der *Cristobal* könnten dort sein, mein Freund?«

»Ein paar vielleicht. Portugiesen werden nicht leicht mit anderen warm, und keiner vertraut ihnen. Damit meine ich natürlich nicht Sie, *Signore,* sondern nur diesen Abschaum der Meere. Die sind überall dieselben.«

»Der Name bitte?«

»›Il Tritone‹.«

Er brauchte weniger als fünf Minuten, um das Café in der Via Maggio abzuhaken. Michael schritt durch die schwere Eingangstür, über der ein primitives Plakat angebracht war, das ein nacktes Wesen – halb Mensch, halb Fisch – zeigte, und trat in die von Lärm und Rauch erfüllte Bar. Der Gestank von abgestandenem Whisky war noch penetranter als der Zigarettenqualm. Männer grölten an den Tischen; ein paar torkelten herum, und nicht wenige waren bereits außer Gefecht gesetzt; ihre Köpfe hatten sie auf ihre verschränkten Arme gelegt, und ihre Hände und bärtigen Wangen waren mit Alkohol überschüttet.

Havelock trat auf den Mann hinter der Bar zu.

»Sind hier Leute von der *Cristobal?*«

»Portoghesi?«

»Si.«

»Ein paar . . . dort drüben, glaube ich.«

Michael blickte durch die Rauchschwaden zu einem Tisch auf der anderen Seite des Raumes. Vier Männer saßen dort. »Was ist mit der *Isla Elba?«* fragte er und wandte sich wieder dem Barkeeper zu.

»Porchi!« erwiderte der Mann. »Schweine! Wenn sich die hier sehen lassen, werfe ich sie hinaus. Gesindel!«

»Die müssen ja schlimm sein«, sagte Havelock und musterte die Gäste des ›Tritone‹.

»Wenn Sie Männer von der *Elba* sprechen wollen, dann gehen Sie ins ›Il Pinguino‹. Dort drüben ist denen alles egal.«

Michael holte einen Zehntausend-Lire-Schein heraus und legte ihn auf den Tresen. »Können Sie Portugiesisch? Genug, um verstanden zu werden?«

»Wenn man hier seinen Lebensunterhalt verdienen will, muß man sich in einem halben Dutzend Sprachen verständlich machen können.« Der Mann schob die Banknote in die Schürzentasche und fügte hinzu: »Bestimmt sprechen die auch Italienisch . . . wahrscheinlich besser als Sie, *Signore*. Reden wir also auf Englisch weiter. Was möchten Sie von mir?«

»Dort hinten ist ein leerer Tisch«, sagte Havelock erleichtert und wechselte die Sprache. Er deutete mit dem Kopf auf die linke hintere Ecke des Cafés. »Ich setze mich dort hinten hin, und Sie gehen zu diesen Männern und sagen Ihnen, daß ich sie sprechen möchte . . . einzeln. Wenn Sie glauben, daß die mich nicht verstehen, dann dolmetschen Sie für mich.«

»Interprete?«

»Si.«

»Bene.«

Die vier portugiesischen Matrosen kamen einer nach dem anderen an den Tisch, jeder etwas verwirrt. Zwei sprachen ausreichend Italienisch, einer Englisch, und einer brauchte die Hilfe des Barkeepers. Michael sagte jedem dasselbe.

»Ich bin auf der Suche nach einer Frau. Es ist eigentlich unbedeutend, nichts, worüber man sich Sorgen machen muß; nennen Sie es eine Herzenssache. Sie ist eine impulsive Frau; wir alle kennen solche

Frauen, nicht wahr? Aber jetzt ist sie vielleicht zu weit gegangen. Man hat mir erzählt, sie hätte einen Freund auf der *Cristobal.* Vielleicht war sie am Pier und hat Fragen gestellt und sich nach einer Beförderungsmöglichkeit umgesehen. Sie ist ziemlich groß, trägt wahrscheinlich einen Regenmantel und einen breitkrempigen Hut. Haben Sie so eine Frau gesehen? Wenn ja, könnten Sie sich eine Menge Geld verdienen. Was immer Sie mir sagen, bleibt unter uns. Mehr zu meinem Schutz als zu Ihrem. Ihnen allen erzähle ich das gleiche, damit Sie Bescheid wissen. Ich bin scharf auf eine Frau, die Civitavecchia verläßt; aber ich lasse mich nur mit jemandem ein, der seine Papiere an einer Hotelrezeption hinterlegt. Wo er sie von mir wieder ausgehändigt bekommt. Kapiert?«

Erst bei dem dritten Mann warnte der Barkeeper, der darauf bestanden hatte, bei jedem Gespräch dabei zu sein, Havelock mit Nachdruck.

»Der würde seine Papiere hinterlegen«, sagte er.

»Dann ist er nicht mein Typ.«

»Bene!«

»Grazie.«

»Prego.«

Am Pier der *Cristobal* hatte man nichts von einer solchen Frau gesehen oder gehört. Die vier portugiesischen Matrosen fuhren fort zu trinken.

Havelock dankte dem etwas verwirrten älteren Mann neben ihm und schob ihm einen weiteren Geldschein in die Schürzentasche. »Wie finde ich zum ›Il Pinguino‹?« fragte er.

»Die *Elba*-Mannschaft?«

»Richtig.«

»Ich komme mit«, sagte der Barkeeper.

»Warum?«

»Sie sprechen wie ein anständiger Mann. Und dumm sind Sie. Wenn Sie im ›Il Pinguino‹ Fragen stellen, sind Sie Ihr Geld schnell los. Dazu braucht es nur eines Matrosen, dem das Messer locker sitzt.«

»Ich kann selbst auf mich aufpassen.«

»Sie sind nicht nur dumm, Sie sind sogar sehr dumm. Ich bin der Besitzer des ›Il Tritone‹; man respektiert mich im ›Pinguino‹. In meiner Gesellschaft sind Sie sicherer. Sie werfen zu sehr mit Ihrem Geld um sich.«

»Ich hab' es eilig.«

»*Presto!* Bringen wir es hinter uns. Das ist hier ohnehin ein übler Morgen. Anders als in alten Tagen, wo man einfach wußte, wann man mit dem Saufen aufzuhören hatte. Man schmeckt es ja in der Kehle, wissen Sie. *Venga!*«

Das fünf Straßen entfernte Café rief in Michael Erinnerungen wach, Erinnerungen an ein Leben, von dem er geglaubt hatte, es wäre vorbei. In jenem anderen Leben war er in zu vielen Lokalen dieser Art gewesen. Wenn das ›Il Tritone‹ schon schäbig war und den Abschaum der Menschheit zu Gast hatte, dann betrachtete das ›Il Pinguino‹ diesen Abschaum noch als Vorzugskunden. Der Rauch war dicker, das Geschrei lauter, und die Männer torkelten hier nicht, sie stürzten ... auf nichts und alles ... Gewalt im Sinn. Diese Männer waren auf ein Niveau herabgestiegen, wo einem nur noch die Schwäche des anderen Vergnügen bereitete, die man als Mangel an Männlichkeit auslegte und deshalb attackierte.

Kaum hatte der Besitzer des ›Il Tritone‹ Havelock durch die Tür komplimentiert, wurde er von seinem Kollegen begrüßt. Der *proprietario* des ›Pinguino‹ paßte zu seinem Etablissement, und es war leichter zu sagen, wieviel Zähne er noch hatte, als die fehlenden zu zählen. Sein Brustkasten war gewölbt wie ein Faß, und seine muskulösen Arme waren stark behaart. Er war nicht so groß wie Michaels neuer Freund, aber von ihm ging eine dumpfe Gewalttätigkeit aus, er wirkte wie ein groteskes, mürrisches Schwein, das leicht reizbar war.

Die Begrüßung der beiden Männer war kurz und beiläufig und kaum herzlich zu nennen. Doch da war Respekt zu verspüren, wie es der Besitzer des ›Tritone‹ angekündigt hatte. Die Vereinbarungen waren schnell getroffen, ohne daß längere Erklärungen nötig waren.

»Der Amerikaner sucht eine Frau. Es dreht sich um ein *malinteso* und geht uns nichts an«, sagte der Inhaber des ›Il Tritone‹. »Sie fährt vielleicht auf der *Elba,* und einer dieser Strolche hier hat sie womöglich gesehen. Er ist bereit zu zahlen.«

»Dann sollte er sich beeilen«, erwiderte der mürrische Besitzer des ›Pinguino‹. »Die Heizer sind schon vor einer Stunde gegangen. Der zweite Maat wird jeden Augenblick hier auftauchen, um den Rest der Crew zu holen.«

»Wie viele sind es denn?«

»Acht, zehn, wer weiß das schon? Ich zähle Lire, nicht Gesichter.«

»Einer Ihrer Leute soll herumgehen und sich nach den Männern erkundigen, aber ganz unauffällig, und mir dann sagen, wer sie sind. Machen Sie meinem Begleiter einen Tisch frei. Ich bringe dann jeden zu ihm.«

»Sie geben hier Befehle, als wäre das ›Pinguino‹ Ihr ›Tritone‹.«

»Weil ich Ihnen den gleichen Gefallen tun würde. Man weiß ja nie, oder? Sie könnten morgen meine Hilfe brauchen . . . Jedes Schwein von der *Elba* bringt Ihnen tausend Lire.«

»Bene.« Der Besitzer des ›Pinguino‹ stapfte zur Bar hinüber.

»Erklären Sie diesen Männern gar nicht, weshalb Sie mit ihnen reden, wie Sie das bei den *portoghesi* getan haben«, meinte Michaels Begleiter. »Für die war das richtig, aber nicht für diese Schweine hier. Jetzt ist keine Zeit, und die könnten das in ihrem Suff in den falschen Hals kriegen. Hier zerbricht man leicht Flaschen.«

»Was soll ich dann sagen? Ich muß doch jedem einen Grund dafür nennen, warum ich mit ihm allein reden will. Ich kann sie nicht alle gleichzeitig ansprechen. Einer könnte etwas wissen, es mir aber vor den anderen nicht erzählen wollen.«

»Richtig. Also sagen Sie jedem, daß Sie nur *ihm* vertrauen. Den anderen – so hätten Sie gehört – sei nicht zu trauen. Sie hätten nur zum Schein mit ihnen gesprochen, weil das, was Sie wollen, die *Elba* betrifft. Das genügt.«

»Ich bin ein Fremder. Wer würde mir so etwas sagen?«

»Jemand, der seine Kunden kennt, der, den Sie bezahlt haben: der Besitzer des ›Pinguino‹.« Der Inhaber des ›Tritone‹ grinste. »Wenn die wieder in den Hafen einlaufen, hat der Stunk am Hals; die Polizei ruft der ohnehin jede Nacht.«

Einer nach dem anderen, jeder vom Suff halb benommen, setzten sich die Mannschaftsmitglieder der *Elba* zu Havelock an den Tisch und hörten sich das an, was er auf Italienisch vorbrachte, und das immer flüssiger, da er stets dieselbe Frage stellte. Und jedesmal studierte er dabei das Gesicht des Mannes, seine Augen suchten nach einer Reaktion, einer Unsicherheit, nach einem kurzen Ausweichen des Blicks, das eine Lüge verdecken sollte. Beim sechsten glaubte er, es gefunden zu haben. Plötzlich spannten sich die Lippen des Mannes, der, vom Whisky berauscht, bis dahin mit schlaffem Gesichtsausdruck dagesessen hatte. Und dann die matten Augen, die noch stumpfer waren von dem instinktiven Wunsch, gar nicht zuzuhören; der Mann wußte etwas.

»Sie haben sie gesehen, nicht wahr?« sagte Michael und benutzte in seiner Erregung die englische Sprache.

»Ascolta«, unterbrach ihn der Besitzer des ›Il Tritone‹. *»In italiano, Signore.«*

»Sorry.« Havelock wiederholte die Frage, die eher ein Vorwurf war.

Der Matrose reagierte mit einem Achselzucken und rutschte auf dem Sitz zur Seite, um aufzustehen. Michael griff schnell über den

Tisch und packte den Arm des Matrosen. Der kniff die triefenden, rotgeäderten Augen zusammen, und sein Mund verzog sich wie das Maul eines wütenden Hundes, wobei die Lippen sich auseinanderschoben und ungepflegte gelbe Zähne sichtbar wurden. In wenigen Sekunden würde er sich auf ihn stürzen.

»Lascialo«, befahl der Besitzer des ›Il Tritone‹ und fügte schnell in Englisch hinzu: »Zeigen Sie ihm Geld. Schnell! Sonst geht Ihnen dieses Schwein an die Gurgel, und dann fallen die alle über uns her, und Sie erfahren gar nichts. Sie haben recht. Er hat die Frau gesehen.«

Havelock ließ den Arm des Mannes los, griff in die Tasche und holte ein dickes Bündel mit Lirenoten hervor. Er nahm zwei Scheine und legte sie vor dem Matrosen auf den Tisch: 40 000 Lire, eine Tagesheuer auf einem Schiff.

»Wie Sie sehen«, sagte er, so gut er das in Italienisch konnte, »ist hier noch mehr. Sie können es mir nicht wegnehmen, aber ich kann es Ihnen geben. Andererseits können Sie natürlich weggehen und mir gar nichts erzählen.« Michael hielt inne, lehnte sich auf seinem Stuhl zurück und blickte den Mann feindselig an. »Aber ich kann Ihnen Ärger machen. Und das werde ich.«

»In che modo?« Der Matrose war ebenso zornig wie verwirrt, und seine Augen huschten zwischen Havelocks Gesicht, dem Geld und dem Besitzer des ›Il Tritone‹ hin und her. Der saß reglos da, und seine starre Haltung verriet, daß ihm die Gefährlichkeit von Michaels Taktik bewußt war.

»Wie?« Havelock beugte sich vor, und seine Finger zogen die Geldscheine wieder zu sich heran, als wären es zwei wichtige Karten in einem Bakkarat-Spiel. »Ich gehe zur *Elba* hinüber und hole mir Ihren Kapitän. Was ich ihm über Sie berichten werde, wird ihm nicht gefallen.«

»Che cosa? Was ... Was können Sie *riguardo a me* ihm sagen, daß er *sentire?«* Daß der Matrose plötzlich, wenn auch nur bruchstückhaft, englisch sprach, kam unerwartet. Er wandte sich dem Besitzer des ›Il Tritone‹ zu. »Vielleicht geht dieses Schwein *Ihnen* an die Gurgel, Alter. Ich brauch' keine Hilfe von anderen.« Der Mann zog den Reißverschluß seiner groben Wolljacke herunter; aus einer Scheide, die er am Gürtel trug, ragte der Griff eines Messers; sein Kopf schwankte etwas, eine Auswirkung des Whiskys.

Plötzlich, ohne die geringste Andeutung, ließ Havelock sich in seinem Stuhl nach hinten fallen und lachte leise und ohne Groll. Es war ein natürliches Lachen, in keiner Weise feindselig oder herausfordernd, und das verwirrte den Seemann noch mehr. *»Bene!«* sagte Michael und lehnte sich plötzlich wieder vor und zupfte zwei weitere Fünftausend-Lire-Scheine von dem Geldbündel. »Ich wollte bloß sehen, ob Sie Mumm haben, und das haben Sie mir eben bewiesen. Prima! Ein Mann ohne Mumm weiß nicht, was er sieht. Er erfindet alles mögliche, weil er Angst hat ... oder weil er Geld sieht.« Havelock packte die geballte Hand des Mannes am Gelenk und zwang ihn, sie zu öffnen. Es war ein starker, nicht unfreundlicher Griff, der entschlossene Kraft verriet, die der Matrose anerkennen mußte. »Hier, zwanzigtausend Lire. Zwischen uns ist kein Streit. Wo haben Sie sie gesehen?«

Der plötzliche Stimmungsumschwung brachte den Mann völlig aus der Fassung. Am liebsten hätte er die Herausforderung angenommen, aber das verlockende Geld, der feste Handgriff und das anstekkende Lachen ließen ihn zurückweichen. Zuerst nur zögernd.

»Gehen Sie ... zu meinem Kapitän?« fragte der Seemann in Englisch mit glasigem Blick.

»Wozu? Sie haben es mir ja gerade gesagt. Es hat nichts mit ihm zu tun. Warum sollen wir also diesen *farabutto* hineinziehen? Soll er sich doch selbst sein Geld verdienen. Wo haben Sie sie gesehen?«

»Auf der Straße. *Ragazza bionda. Bella. Cappello largo.*«

»Blond, attraktiv ... breiter Hut ... Das ist sie! Wo? Mit wem war sie zusammen? Einem Maat, einem Schiffsoffizier? *Un' ufficiale?*«

»Nicht die *Elba*. Das nächste Schiff. *Barca mercantile.*«

»Da sind nur zwei. Die *Cristobal* und die *Teresa*. Welches?«

Der Mann sah sich um, sein Kopf schwankte etwas, seine Augen waren halb geöffnet. »Sie hat mit zwei Männern gesprochen ... Der eine war ein *capitano.*«

»Welches Schiff?«

»A destra«, flüsterte der Matrose und fuhr sich mit dem Handrükken über die feuchten Lippen.

»Rechts?« fragte Michael schnell. »Die *Santa Teresa?*«

Der Seemann rieb sich das Kinn und blinzelte; plötzlich hatte er Angst, seine Augen wanderten zur linken Tischseite hinüber. Er zuckte die Achseln, zerknüllte das Geld mit der rechten Hand und schob seinen Stuhl zurück. *»Non conoscenza. Niente. Una prostituta del capitano.«*

»Mercantile italiana?« drängte Havelock. »Der italienische Frachter? Die *Santa Teresa?*«

Der Matrose erhob sich, sein Gesicht war weiß. *»Si ... No! Destra ... Sinistra!«* Die Augen des Mannes fixierten jetzt die andere Seite des Raums; Michael drehte unauffällig den Kopf herum. Drei

Männer an einem Tisch an der Wand beobachteten den Matrosen der *Elba*. »*Il capitano. Un marinaio superiore! Il migliore!*« rief der Matrose mit heiserer Stimme. »Ich weiß nichts mehr, *Signore!*« Er torkelte in Richtung Ausgang und bahnte sich mit den Schultern einen Weg vorbei an den Männern, die dicht gedrängt an der Bar standen.

»Sie spielen ein gefährliches Spiel«, meinte der Besitzer des ›Il Tritone‹. »Es hätte auch anders ausgehen können.«

»Bei einem sturen Esel – betrunken oder nicht – hat noch immer die Peitsche am besten geholfen«, sagte Havelock, der seinen Kopf immer noch zur Seite geneigt hielt und sich auf die drei Männer auf der anderen Seite des Lokals konzentrierte.

»Sie hätten dem ein Loch in den Bauch fragen können und doch nichts erfahren.«

»Aber ich habe etwas erfahren.«

»Nicht sehr viel. Ein Frachter, links oder rechts. Aber welcher?«

»Er hat zuerst rechts gesagt.«

»Wenn man vom Pier kommt oder darauf zugeht?«

»Von hier aus betrachtet. *Diritto*. Die *Santa Teresa* also. Man wird sie an Bord der *Teresa* bringen, was bedeutet, daß ich noch Zeit habe, sie zu finden, bevor man ihr das Zeichen gibt. Sie ist irgendwo in Sichtweite des Docks.«

»Da bin ich nicht so sicher«, sagte der Besitzer des ›Il Tritone‹ und schüttelte den Kopf. »Unser sturer Esel hat sich da recht deutlich ausgedrückt. Der Kapitän war *un marinaio superiore. Migliore*. Ein besonders erfahrener Seemann. Der Kapitän der *Teresa* jedoch ist ein ausgedienter Handelsschiffer. Er fährt nie über Marseille hinaus.«

»Wer sind diese Männer an dem Tisch dort drüben?« fragte Michael so leise, daß man seine Frage kaum verstehen konnte.

»Ich kenne sie nicht mit Namen.«

»Was heißt das?«

»*Italiani*«, sagte der Besitzer des ›Il Tritone‹ mit ausdrucksloser Stimme.

»Die *Santa Teresa*«, antwortete Havelock und schälte ein paar Scheine von seinem Geldbündel. »Sie waren mir eine große Hilfe«, sagte er. »Ich schulde dem *proprietario* sechstausend Lire. Der Rest ist für Sie.«

»*Grazie*.«

»*Prego*.«

»Ich geh' mit Ihnen zum Hafen hinunter. Mir gefällt das immer noch nicht. Wir wissen nicht, ob diese Männer wirklich von der *Teresa* sind. Irgend etwas ist nicht *in equilibrio*.«

»Die Wahrscheinlichkeit spricht dafür, daß es sich um die *Teresa* handelt. Brechen wir auf.«

Draußen vor dem lauten Café war es vergleichsweise leise; nackte Glühbirnen schimmerten schwach in Hauseingängen, und jahrhundertealte Pflastersteine dämpften das Geräusch der Schritte. Am Ende der schmalen Gasse konnte man die breite Straße, die zu den Piers führte, im Schein der Straßenlaternen sehen. Mit höchster Wachsamkeit traten sie in die schwarzen Flecken zwischen den Lichtkegeln.

»Ecco!« flüsterte der Italiener und blickte nach vorne. »Dort steht jemand in einem Hauseingang. Links. Haben Sie eine Waffe?«

»Nein. Ich hatte keine Zeit . . .«

»Dann schnell!« Plötzlich fing der Besitzer des ›Il Tritone‹ zu rennen an, vorbei an der Türnische, als eine Gestalt heraustorkelte, die Silhouette eines breiten, muskulösen Mannes. Er hatte die Arme ausgestreckt, um sie aufzuhalten. Aber in der Hand hielt er keine Pistole, auch keine andere Waffe.

Havelock eilte ein paar Schritte auf den Schatten zu, blieb kurz stehen und fiel mit einem Satz den Mann auf der gegenüberliegenden Seite der Gasse an. Mit seiner Linken packte Michael das Jackett des Angreifers, während sich sein rechter Schuh in den Unterleib bohrte. Der Mann krümmte sich und sackte zu Boden. Havelock riß ihn hoch und preßte ihn gegen die Hauswand, bevor seine rechte Hand ihm ins Gesicht fuhr und nach seinen Augen krallte.

»Basta! Per favor! Se Deus quiser!« keuchte der Angreifer und hielt sich den Bauch. Speichel tropfte ihm aus dem Mund. Die Sprache war portugiesisch, der Mann gehörte zur Besatzung der *Cristobal.* Michael konnte sein Gesicht in dem schwachen Licht erkennen; es war der Matrose, der an dem Tisch im ›Il Tritone‹ etwas englisch gesprochen hatte.

»Wenn Sie mich überfallen wollten, um mich auszurauben, machen Sie es nicht gerade sehr geschickt.«

»No, *Senhor!* Ich möchte nur reden, aber man darf mich nicht mit Ihnen sehen. Wenn Sie zahlen, sage ich es Ihnen.«

»Reden Sie.«

»Erst das Geld!«

Havelock preßte den Hals des Matrosen mit dem Unterarm gegen die Mauer, griff in die Tasche und holte zwei Scheine heraus. »Zwanzigtausend Lire«, sagte er. »Los, was wissen Sie?«

»Das ist mehr wert, viel mehr, *Senhor*. Sie werden sehen.«

»Ich knöpfe Ihnen das Geld wieder ab, wenn das nicht der Fall ist. Dreißigtausend, mein letztes Wort.«

»Die Frau geht ... *sete* ... sieben *minutos* bevor wir auslaufen an Bord der *Cristobal*. So ist es arrangiert. Sie kommt durch die Osttür des Lagerschuppens. Jetzt wird sie bewacht. Sie können nicht an sie ran. Aber sie muß ungefähr vierzig Meter bis zur Laderampe laufen.«

Michael ließ den Matrosen los und fügte den drei Geldscheinen, die er in der Hand hielt, einen vierten hinzu. »Verschwinden Sie«, sagte er. »Ich hab' Sie nie gesehen.«

»Sie müssen es schwören, *Senhor!*« flehte der Mann und rappelte sich hoch.

»Ich schwöre es. Und jetzt verschwinden Sie.«

Plötzlich waren am Ende der Gasse Stimmen zu hören. Zwei Männer stürmten auf sie zu.

»Americano! Americano!« Es war der Besitzer des ›Il Tritone‹, der Hilfe geholt hatte. Als der Portugiese wegrennen wollte, packten sie ihn.

»Laßt ihn gehen!« schrie Havelock. »Es ist alles in Ordnung!«

Sechzig Sekunden später hatte Michael dem Besitzer des ›Il Tritone‹ alles erklärt. »Es ist nicht die *Teresa;* es ist die *Cristobal*.«

»Das war es, was gefehlt hat«, sagte der Italiener. »Der tüchtige *capitano* ist natürlich Aliandro, Juan Aliandro! Er ist in der Lage, sein Schiff in jedem gefährlichen Küstengewässer zu manövrieren und überall, wo er will, jemanden an Land zu setzen. Sie haben die Frau gefunden, *Signore*.«

Er kauerte im Schatten eines Krans; von dort hatte er unbehinderte Sicht auf die *Cristobal*. Der Frachter hatte inzwischen seine Ladung erhalten, die Stauer waren lärmend über die breite Straße gelaufen und hatten sich in den schmalen Gassen verteilt, um in irgendeiner Kneipe ihren Durst zu löschen. Abgesehen von den vier Männern, die beim Ablegen des Schiffes die Leinen zu lösen hatten, war der Pier verlassen, und selbst diese vier waren kaum zu sehen; reglos standen sie an den mächtigen Pollern, zwei Männer pro Tau.

Hundert Meter hinter ihm war das Eingangstor mit dem beflissenen Wachposten in seinem Glaskasten. Er bildete eine graue Silhouette in dem träge dahinquellenden Morgennebel. Schräg zur Linken, etwa fünfundzwanzig Meter entfernt, führte eine verwitterte Gangway zum Vorderdeck der *Cristobal* hinauf. Zur Rechten, höchstens zwanzig Meter vom Kran entfernt, war die Tür zum Lagerhaus des Piers; sie war versperrt, und drinnen waren alle Lichter gelöscht. Hinter jener Türe wartete Jenna Karras, auf der Flucht nach dem Verrat, den sie und andere verübt hatten, seine Geliebte, die aus Gründen, die nur sie kannte, ihre Liebe zerstört hatte. In wenigen Augenblicken mußte sich die Tür öffnen, und sie würde heraustreten, zur Gangway gehen und dann den ausgetretenen hölzernen Steg zum Deck hinaufsteigen. Sobald sie an Bord war, war sie frei; mächtige Taue würden über den Pier geworfen werden, Trillerpfeifen würden ertönen, und dann würde die Gangway in den Laderaum gezogen werden. Aber vorerst war Jenna Karras noch nicht verborgener Besitz der *Cristobal;* noch war sie nicht frei. Erst einmal mußte sie die fünfzig Meter bis zum Aufgang des Schiffes zurückgelegt haben. In dem Lagerhausbüro war es möglich, sie zu schützen; jeder Eindringling konnte mit einem Schuß erledigt werden. Im Freien jedoch würde niemand eine Schießerei riskieren. Es würde ein Geschrei geben, man würde Alarm schlagen, und die Gefängnisstrafen für Leute, die Menschen an Bord von Schiffen schmuggelten, waren drastisch. Die paar tausend Lire, die es dabei zu verdienen gab, waren das Risiko nicht wert.

Michael sah auf die Uhr; es war 4.25 Uhr, der Sekundenzeiger näherte sich der Minutenmarke. Sieben Minuten bevor die *Cristobal* ihr Horn im Hafen ertönen ließ, um zu signalisieren, daß sie auslief, würde der schärfere, höhere Ton alle Schiffe davor warnen, daß sie gleich vom Pier ablegen würde. Hoch oben auf dem Deck, vorn und mittschiffs, schlenderten ein paar Männer herum, nur durch das Glimmen ihrer Zigaretten zu erkennen. Aus dem mächtigen schwarzen Rumpf drang das halberstickte Dröhnen der Kessel, und das heisere Mahlen mächtiger Zahnräder kündigte den bevorstehenden Befehl an, die gewaltige Schiffsschraube einzukuppeln. Schwarzes ölverschmiertes Wasser wallte am Heck der *Cristobal* auf; ein Vorspiel zum Ablegen.

Jetzt öffnete sich die Lagerhaustür. Havelock spürte den Stich in seiner Brust, als die blonde weibliche Gestalt aus der Dunkelheit heraustrat. Warum flüchtete sie vor ihm? *Was haben sie dir getan? Uns?*

Das Hämmern in seiner Brust war unerträglich, der Schmerz in seinen Augen qualvoll. Sobald Jenna Karras die Mitte des Piers erreicht und das Tor vor Augen hatte, in Sichtweite des Wachmannes, der Alarm schlagen konnte, würde er sie aufhalten. Keinen Augenblick früher.

Dort war sie! *Jetzt!*

Er sprang hinter dem Kran vor und rannte los. Er achtete nicht auf das Geräusch, das seine Schritte machten, er hatte nur im Sinn, sie zu erreichen, sie zu berühren, sie an sich zu drücken.

»Jenna! Um Himmels willen, *Jenna!*«

Er packte ihre Schultern; die Frau fuhr erschreckt herum, und Michaels Atem stockte in seiner Kehle; sein ganzer Körper vibrierte.

Das Gesicht, das sich ihm zuwandte, war ein altes Gesicht, ein häßliches Gesicht, die pockennarbige Fratze einer Hafenhure. Die Augen, die ihn anstarrten, waren die großen, dunklen Augen eines Nagetiers; die schwarze Schminke auf den Lidern war verlaufen, die Lippen waren blutrot und gesprungen, und die Zähne dahinter gelb und brüchig.

»Wer sind Sie?« Sein Schrei war der Schrei eines Wahnsinnigen. *»Lügnerin! Lügnerin!* Warum lügst du? Warum sind Sie hier?! Warum bist du nicht hier? Lügnerin!«

Nebel, die nicht vom Meer herkamen, erfüllten seinen Geist. Er war jenseits aller Vernunft; er wußte nur, daß seine Hände zu Klauen geworden waren, dann zu Fäusten ... Klauen, die kratzten, Fäuste, die hämmerten ... *Ich muß die Ratte töten, sie hat mich getäuscht. Töten, töten!*

Schreie, Rufe, Befehle erfüllten die Leere geistloser Unendlichkeit. Da war kein Anfang, kein Ende, nur wild tobender Wahnsinn, ein Wirbel, der ihn hinunterzog.

Und dann spürte er Schläge, aber den Schmerz fühlte er nicht ... Männer waren rings um ihn, schließlich über ihm. Fäuste und schwere Stiefel trafen ihn. Immer wieder. Überall.

Und dann kam die Finsternis, der Wahnsinn war zu Ende. Da war nur Schwärze. Und Stille.

Über dem Pier, im zweiten Stock des Lagerhausbüros, stand eine Gestalt am Fenster und blickte auf die Szene der Gewalt hinunter. Sie atmete tief und hielt die Finger an den Lippen. In ihren klaren braunen Augen wallten Tränen auf. Geistesabwesend nahm Jenna Karras die Hand vom Gesicht und drückte sie gegen die Schläfe, gegen das lange blonde Haar, das unter ihrem breitkrempigen Hut herabfiel.

»Warum hast du es getan, Mikhail?« flüsterte sie halblaut und nur für sich bestimmt. »Warum willst du mich töten?«

6

Als er die Augen aufschlug, nahm er den Übelkeit erregenden Gestank von billigem Whisky wahr und spürte die Feuchtigkeit an Hals und Brust; sein Hemd, sein Jackett und seine Hose waren mit billigem Fusel getränkt. Vor ihm lagen graue und schwarze Schatten, unterbrochen von winzigen Lichtflecken, die in der Dunkelheit flimmerten. Ein stumpfer Schmerz durchzog seinen Körper, sein Kopf fühlte sich geschwollen und taub an, und sein Gesicht war bedeckt mit blutenden Schnittwunden. Man hatte ihn brutal zusammengeschlagen und an das Ende des Piers geschleppt, hinter das Lagerhaus, wenn sein verschwommener Orientierungssinn auch nur annähernd richtig war.

Langsam hob er die rechte Hand an sein linkes Handgelenk; seine Uhr war noch da. Er streckte die Beine und griff in die Tasche; auch sein Geld war unangetastet. Man hatte ihn nicht beraubt, wohl weil er mit zu vielen Männern gesprochen hatte und andere ihn in jenen Gesprächen beobachtet hatten. Sie waren sein Schutz gewesen.

Mord war Mord, und ganz gleich, wie der Besitzer des ›Il Tritone‹ das sah, ein Raubüberfall führte zu lästigen Ermittlungen, besonders wenn ein wohlhabender Ausländer das Opfer war. Niemand war interessiert, daß an den Piers zu viele Fragen gestellt wurden; kühle Köpfe hatten befohlen, ihn nicht umzubringen und ihm das Geld und die Uhr zu lassen.

Die Falle war professionell inszeniert gewesen: Ein neugieriger, wohlhabender Ausländer hatte plötzlich durchgedreht und eine blonde Hure am Pier attackiert. Dann waren andere Männer ihr zu Hilfe geeilt.

Er wälzte sich auf die linke Seite; das Meer im Südosten war ein feuriger Streifen unterhalb des Horizonts. Der Morgen graute; die *Cristobal* war eine von einem Dutzend kleiner Silhouetten auf dem Wasser. Blinkende Lichter markierten ihre Position. Langsam richtete Havelock sich auf, drückte seine Knie gegen die nassen Planken unter sich und stemmte sich mühsam mit den Händen hoch. Als er auf den Füßen stand, drehte er vorsichtig seinen Oberkörper, streckte seine Beine, bog den Nacken, den Rücken. Er hatte Schmerzen, jedoch nichts war gebrochen, aber in seiner Beweglichkeit fühlte er sich ziemlich behindert.

Der Wachmann. War er vielleicht an der Aktion beteiligt gewesen?

Hatte man ihm befohlen, dem Ausländer zuerst feindselig gegenüberzutreten und dann auf Beflissenheit umzuschalten, um ihn so in die Falle zu locken? Es war eine wirksame Strategie; er hätte sie durchschauen müssen. Keiner von den zwei anderen Wachposten war so schwierig gewesen, jeder war sofort bereit gewesen, ihm alles, was er wissen wollte, zu sagen. Der Mann am Tor des Piers, an dem die *Teresa* lag, war sogar so weit gegangen, ihn über die Verzögerung im Zeitplan des Frachters zu informieren.

Und welche Rolle spielten der Besitzer des ›Il Tritone‹ und der Matrose von der *Cristobal,* der ihm in der engen, finsteren Gasse aufgelauert hatte? Hatte nicht das Zusammentreffen logisch aufeinanderfolgender Ereignisse ihn zu jenen Männern geführt, die auf ihn gewartet hatten? Aber wie *konnten* sie gewartet haben? Vor vier Stunden war Civitavecchia für ihn nicht mehr als ein Name auf einer Landkarte gewesen, ohne jegliche Bedeutung. Und doch war eben das geschehen; das mußte er akzeptieren, ohne das Wie oder Warum zu kennen. Es gab so viel, was sein Begriffsvermögen überstieg und ihn zum Wahnsinn trieb.

Alles, was Sie in diesem Geschäft nicht verstehen können, ist ein Risiko, aber das brauche ich Ihnen nicht zu sagen. Rostow. Athen.

Man hatte einen Lockvogel, eine blonde, pockennarbige Hure benutzt, um ihn zum Handeln zu zwingen. Aber *warum?* Welche Reaktion hatten sie von ihm erwartet? Er hatte keinen Zweifel daran gelassen, was er zu tun beabsichtigte. Was hatten sie nun erfahren, was war geklärt worden? Was steckte hinter alledem? Versuchte sie etwa, ihn zu töten? Diente die Aktion an der Costa Brava nur diesem Zweck?

Jenna, warum tust du das?! Was ist mit dir geschehen? . . . Mit uns?

Er ging unsicher und blieb stehen, als er im Begriff war, das Gleichgewicht zu verlieren. Als er das Lagerhaus erreicht hatte, schob er sich an der Mauer entlang, vorbei an abgedunkelten Fenstern und riesigen Ladetüren, bis er schließlich zur Ecke des Gebäudes gelangte. Dahinter lag der verlassene Pier; über die Lichttümpel, die die sich kreuzenden Scheinwerferbalken bildeten, wälzte sich der Nebel. Er spähte an dem Stahlgerüst vorbei und kniff die Augen zu, um den Glaskasten besser sehen zu können, in dem der Wachmann saß. Wie vorhin war die Gestalt drinnen kaum sichtbar, nur das gleichmäßige Glühen einer Zigarette war deutlich zu erkennen.

Jetzt bewegte sich der rote Punkt nach rechts; der Wachmann war von seinem Hocker aufgestanden und schob die Tür des Häuschens auf. Nun konnte er eine zweite Gestalt im Nebel ausmachen, die von der breiten Straße herüberkam. Es war ein Mann in mittlerer Größe. Er trug einen Mantel und einen Hut mit hochgeklappter Krempe ... so wie es die Spaziergänger auf der Via Veneto zu tun pflegten. Die Kleidung war nicht von der Art, wie man sie im Hafen trug. Der Mann ging auf das Glashäuschen zu, blieb an der Tür stehen und sprach mit dem Posten. Dann blickten beide zum Ende des Piers und zum Lagerhaus hinüber. Der Wachmann machte eine Handbewegung, und Michael wußte, daß die Geste für ihn bestimmt war. Der Mann nickte, drehte sich um und hob die Hand. Innerhalb von Sekunden tauchten zwei weitere Männer auf, beide groß und breitschultrig.

Havelock lehnte den Kopf an die Mauer. Hilflosigkeit mischte sich mit Schmerz. Dic Erschöpfung begann ihn zu überwältigen. Solchen Männern war er nicht gewachsen; er konnte kaum die Arme heben, geschweige denn wegrennen. Und eine Waffe hatte er nicht.

Wo war Jenna Karras? War sie an Bord der *Cristobal* gegangen, nachdem der Lockvogel seine Funktion erfüllt hatte? Das war ein logischer ... Nein, das herrschende Durcheinander hätte zu viel Aufmerksamkeit auf den Frachter gelenkt. Zu leicht hätten unfreundliche Beamte herbeigerufen werden können ... so wie man die zwei Männer, die sich jetzt dem Tor näherten, gerufen hatte. Das Schiff selbst war der Lockvogel gewesen, und die blonde Hure der Köder. Jenna Karras war an Bord eines der zwei anderen Schiffe gegangen!

Michael löste sich von der Wand und humpelte über die nassen Planken auf den Rand des Piers zu. Er wischte sich die Augen und starrte durch den dichten Nebel. Unwillkürlich atmete er tief durch; der Schmerz, den er dabei im Magen empfand, brannte. Die *Elba* war verschwunden. Man hatte ihn zum falschen Pier gelockt, ihn in eine unkontrollierbare Situation getrieben, während Jenna an Bord der *Elba* gelotst wurde. War der Kapitän der *Elba* ein ebenso hervorragender Navigator wie der Skipper der *Cristobal?* Würde er – konnte er – seinen Passagier nahe genug an einen unbewachten Küstenstreifen bringen, um ihn mit einem kleinen Boot am Ufer abzusetzen?

Ein Mann wußte die Antwort darauf. Ein Mann in einem Mantel und mit einem schräg auf dem Kopf sitzenden Hut, der nicht mit Gabelstaplern arbeitete, sondern kaufte und verkaufte. Dieser Mann hatte Jennas Passage arrangiert.

Havelock taumelte zur Ecke des Lagerhauses zurück. Irgendwie mußte er an den Mann herankommen; dazu mußte er aber zuerst an den zwei bedrohlichen Gestalten vorbei, die sich ihm jetzt näherten. Wenn er nur eine Waffe hätte, irgendeine Waffc. Er blickte sich in der langsam weichenden Dunkelheit um. Nichts. Nicht einmal ein loses Brett oder ein Stück Holz von einer zerbrochenen Kiste lag herum.

Das Wasser. Es war ein tiefer Fall, aber er würde es schaffen. Wenn er das andere Ende des Piers erreichte, ehe man ihn sah, würde man annehmen, daß er im bewußtlosen Zustand ins Meer gefallen war. Wie viele Sekunden hatte er Zeit? Er preßte sein Gesicht an die Wand und spähte in das Licht der Scheinwerfer, darauf vorbereitet, sich abzustoßen und wegzurennen.

Aber er brauchte nicht wegzurennen. Die beiden Männer waren stehengeblieben. Warum? Warum ließen sie ihn in Ruhe?

Plötzlich drang aus dem dichten Nebel ein paar Piers weiter hinter ihnen das ohrenbetäubende Schrillen einer Schiffspfeife. Und dann noch einmal, gefolgt von einem in die Länge gezogenen Baßklang, der im ganzen Hafen widerhallte. Das war die *Santa Teresa!* Nun dämmerte es ihm. Man hatte die beiden Männer nicht herbeigerufen, um ihn noch weiter zu bestrafen, sondern um dafür zu sorgen, daß er den ersten Pier nicht verließ. Es gab also gar keine Verzögerung in der Abfahrtszeit der *Teresa;* auch das gehörte zu den Täuschungsmanövern. Sie legte rechtzeitig ab, und Jenna Karras war an Bord. Und während die Schiffsglocke ertönte, hatte der Mann im Mantel die Aufgabe, den verletzten Jäger an Ort und Stelle festzuhalten.

Aber irgendwie, dachte er wütend, mußte er zu diesem Pier gelangen, um sie aufzuhalten und den Frachter am Ablegen zu hindern. Wenn erst einmal die mächtigen Taue von den Pollern gelöst waren, hatte er keine Chance mehr einzugreifen. Und Jenna Karras würde spurlos untertauchen. Dann wäre alles vorbei, ohne sie wollte er nicht weiterleben! Er wünschte, er wüßte, was die schrillen Signale bedeuteten, wieviel Zeit ihm noch blieb. Jedenfalls konnten es nur wenige Minuten sein. Der Pier der *Teresa* war ein paar hundert Meter entfernt; in seinem Zustand würde er bis dorthin mindestens zwei Minuten brauchen, vorausgesetzt, es würde ihm gelingen, an den zwei Männern vorbeizukommen, die man gerufen hatte, um ihn aufzuhalten. Nur wie?

Zwischen zwei Pollern in etwa zehn Metern Entfernung erkannte er die Silhouette eines gedrungenen schwarzen Gegenstands. Es war ein ganz gewöhnliches Faß, das ohne Zweifel während des Lade- und Löschvorgangs ein Loch abbekommen hatte und jetzt als Behälter für Abfall benutzt wurde. Er rannte darauf zu, packte es, kippte es zur Seite und rollte es zur Mauer zurück. Dreißig, vielleicht vierzig Sekunden hatte das Ganze gedauert.

Er kauerte sich im Schatten nieder, preßte sich gegen die Mauer, beide Hände an dem schmutzigen, umgekippten Faß. Er atmete tief ein und schrie so laut er konnte.

»Aiuto! Presto! Sanguino! Muoio!«

Er hielt inne und lauschte. In der Ferne konnte er Rufe hören; zuerst Fragen, dann Befehle.

Er schrie erneut: *»Aiuto!«*

Keine Antwort. Dann hastige Schritte. Näher, immer näher kamen sie. Jetzt. Er stieß das Faß mit aller Kraft von sich. Es polterte schräg über die Planken, durch den Nebel, auf den Rand des Piers zu.

Die beiden Männer hatten jetzt die Ecke des Lagerhauses erreicht. Er konnte sie in dem dunstigen Licht deutlich sehen; das rollende Faß stieß gegen einen der Poller! Herrgott! Dann drehte es sich und stürzte über den Rand des Piers in die Tiefe; es schien eine Ewigkeit zu dauern, bis das Aufklatschen im Wasser laut durch die nächtliche Stille hallte. Die zwei Männer riefen sich etwas zu und liefen zur Kaimauer.

Jetzt!

Havelock richtete sich auf und rannte aus dem Schatten heraus, die Hände ausgestreckt, die Schultern und Arme gleichsam ein Rammbock. Jeder hastige Schritt war schmerzhaft. Jetzt hatte er die beiden Männer erreicht. Den einen brachte er mit wuchtigen Hieben in den Rücken aus dem Gleichgewicht, dem anderen Italiener trieb er die Schulter ins Kreuz.

Ein ohrenbetäubendes Röhren aus den Schornsteinen der *Teresa* übertönte die Schreie der zwei Männer, als sie ins Wasser fielen. Michael humpelte zur Ecke des Lagerhauses zurück; er wollte auf den verlassenen Pier hinausgehen und sich dem vorher so beflissenen Wachposten und dem Mann im Mantel stellen.

Er rannte hinkend auf das Tor zu und schrie in gebrochenem Italienisch. Seine panikerfüllte Stimme verriet, daß er völlig verwirrt war.

»Hilfe! Ich bin verletzt. Zwei Männer wollten mir helfen. Und als sie ganz nahe bei mir waren, fielen Schüsse! Drei Schüsse! Vom nächsten Pier. Ich konnte sie kaum hören, wegen des Frachters! Gewehrschüsse! Schnell! Sie sind verletzt. Einer ist tot, glaube ich. Herrgott, schnell!«

Havelock verstand kein Wort von dem, was die beiden Männer sich zuriefen. Als er auf das Tor zutaumelte, konnte er erkennen, daß der Wächter die Pistole gezogen hatte, aber es war nicht derselbe wie vorher. Er war kleiner, untersetzter, älter, und sein breites Gesicht wirkte verärgert. Der Mann im Mantel mit dem gebräunten Gesicht befahl dem Wachposten, der Sache auf den Grund zu gehen. Der weigerte sich, schrie, er würde seinen Posten nicht verlassen, nicht für zwanzigtausend Lire!

Ein abgekartetes Spiel, von Anfang an . . .

»Andate voi stessi!« brüllte der Wachmann.

Der Mann im Mantel ging auf das Lagerhaus zu, fluchte, wurde schneller, verlangsamte dann plötzlich sein Tempo, als er sich der Ecke des Gebäudes näherte. Der Wächter stand vor seinem verglasten Häuschen und hielt die Pistole drohend auf Michael gerichtet.

»Sie da! Gehen Sie rüber zum Zaun«, schrie er auf Italienisch. »Heben Sie die Hände, und halten Sie sich ganz oben am Draht fest! Drehen Sie sich nicht um. Sonst kriegen Sie eine Kugel in den Kopf!«

Wenn er noch eine Chance haben wollte, mußte er jetzt handeln.

»O Jesus!« schrie Havelock, griff sich an die Brust und sank zu Boden.

Der Mann rannte vor; Michael blieb reglos zusammengekrümmt liegen. »Aufstehen!« befahl der Uniformierte. »Aufstehen, verdammt!«

Der Wachposten beugte sich vor und schüttelte Havelock an der Schulter. Darauf hatte Michael gewartet. Er schnellte empor, griff nach der Waffe über seinem Kopf und packte das Handgelenk an seiner Schulter, während er sich blitzschnell aufrichtete und dem stürzenden Wachmann das Knie in die Kehle stieß. Er hielt den Pistolenlauf in der Hand und schmetterte den Knauf gegen den Kopf des Italieners. Der Mann wurde bewußtlos. Havelock zerrte ihn in den Schatten des Wachhäuschens und rannte durch das offene Tor.

Aus der Ferne hallte ein langgezogenes Röhren herüber, gefolgt von vier kürzeren Signalen. Die *Teresa* war im Begriff, ihren Liegeplatz zu verlassen! Michael spürte, wie ihn ein Gefühl der Hilflosigkeit überkam, während er atemlos die breite Straße hinunterlief. Seine Beine waren kaum mehr imstande, ihn zu tragen. Als er den Pier der *Teresa* erreichte, stand derselbe Wachmann in seinem Glashaus, den Telefonhörer in der Hand und mit dem Kopf nickend, während er mit stumpfem Blick weitere Anweisungen entgegennahm.

Quer vor das offene Tor war jetzt eine Kette gespannt. Havelock packte den Haken und riß ihn aus seiner Verankerung; die Kette ringelte sich wie eine Schlange in der Luft und fiel klirrend zu Boden.

»Che cosa?! Fermati!«

Michael rannte, während glühender Schmerz durch seine Beine schoß, den langen Pier hinunter, auf den Schiffsrumpf zu, der sich in den trägen Nebelschwaden schemenhaft am Dockende abzeichnete. Da knickte das rechte Bein ein, es riß ihn zu Boden, seine Hände bremsten den Sturz ab, nicht aber den Aufprall. Seine rechte Schulter glitt über das feuchte Pflaster. Er packte sein Bein und rappelte sich wieder hoch. Völlig außer Atem erreichte er das Ende des Piers; da war das Gefühl der Ohnmacht endgültig.

Der Frachter *Santa Teresa* trieb zehn Meter von der Kaimauer entfernt, die mächtigen Taue glitten über die Wasseroberfläche, eingezogen von Männern, die oben an Deck auf ihn herunterblickten.

»Jenna!« schrie er. »Jenna! Jenna!«

Er fiel zu Boden, auf das feuchte Holz. Arme und Beine zitterten, seine Brust wurde von Krämpfen geschüttelt, und sein Kopf fühlte sich an, als hätte ihn jemand mit einer Axt gespalten. Er hatte verloren . . . hatte sie verloren! Ein kleines Boot konnte sie an tausend Stellen irgendwo an der Mittelmeerküste absetzen. Der einzige Mensch auf Erden, der ihm etwas bedeutete, war für immer verschwunden.

Er hörte Rufe hinter sich, dann das Hämmern näherkommender Schritte. Dabei mußte er an andere Geräusche denken, an andere Schritte . . . einen anderen Pier. Von dem aus die *Cristobal* abgelegt hatte.

Da war ein Mann in einem Mantel, der anderen Männern befohlen hatte, ihn zu verfolgen; auch sie waren über einen verlassenen Pier gerannt, durch Tümpel von Licht und Nebel. Wenn es ihm gelang, jenen Mann zu finden, würde er ihm die sonnengebräunte Haut vom Gesicht reißen, bis der Mann ihm sagte, was er wissen mußte.

Er stand auf und hinkte schnell auf den Wachposten zu, der jetzt mit erhobener Waffe auf ihn zukam.

»Fermati! Alzate le mani!«

»Un' errore!« schrie Havelock zurück; seine Stimme war aggressiv und schien doch um Nachsicht zu bitten, er mußte an dem Mann vorbei, durfte sich nicht aufhalten lassen. Er holte ein paar Scheine aus der Tasche und hielt sie vor sich, so daß man sie im Scheinwerferlicht sehen konnte. »Was kann ich Ihnen sagen?« fuhr er in italienischer Sprache fort. »Ich habe einen Fehler gemacht . . . der kommt *Ihnen* jetzt zugute, nicht wahr? Sie und ich, wir haben doch vorhin miteinander gesprochen, erinnern Sie sich?« Er drückte dem Mann das Geld in die Hand und schlug ihm dabei auf den Rücken. »Kommen Sie schon, stecken Sie das Ding weg. Ich bin Ihr Freund.«

»Ich hab' mir schon gedacht, daß Sie es sind!« sagte der Italiener widerstrebend und steckte das Geld ein, wobei er sich vorsichtig umblickte. »Sie sind verrückt! Die hätten Sie erschießen können. Und wofür?«

»Sie haben mir erzählt, die *Teresa* würde erst in Stunden ablegen.«

»Das hat man *mir* auch gesagt. Schweine sind das. Alles Schweine! Die sind auch verrückt! Die wissen nicht, was sie tun!«

»Das wissen die ganz genau«, sagte Michael leise. »Ich muß jetzt weiter. Vielen Dank für Ihre Hilfe.« Ehe der verärgerte Beamte Antwort geben konnte, setzte Havelock sich in Bewegung. Als er das Gewicht von einem Bein auf das andere verlagerte, zuckte er vor Schmerz zusammen.

Er erreichte den Gitterzaun, der den Pier der *Cristobal* umschloß. Die rechte Hand in der Jackentasche hielt die Waffe fest umklammert. Der Wachmann lag immer noch bewußtlos im Schatten seines Glashäuschens auf dem Boden. Er hatte sich weder bewegt, noch war in der Zwischenzeit an ihm gerührt worden. War der Mann im Mantel immer noch am anderen Pier? Wahrscheinlich. Denn sonst hätte er bemerkt, daß der Wachmann nicht in seinem Glashäuschen war. Dann hätte er nach ihm gesucht und ihn bestimmt gefunden.

Aber warum blieb der *capo regime* so lange auf dem Pier? Seine zwei Helfershelfer waren ins Wasser gestürzt. Er mußte sich um sie kümmern und schließlich der Ursache für das Gewehrfeuer nachgehen.

Durch den fauchenden Wind drangen Rufe zu ihm herüber, Fragen, denen Befehle und weitere Fragen folgten. Der Mann im Mantel war immer noch auf dem anderen Pier, und seine Gorillas schrien im Wasser.

Michael biß die Zähne zusammen und verdrängte den Schmerz aus seinem Bewußtsein. Er schob sich an der Seitenmauer des Lagerhauses entlang, vorbei an der Tür, aus der die blonde Frau gekommen war, bis zur Ecke des Gebäudes. Das Morgenlicht wurde jetzt stärker, die Nebel stiegen, und seitdem der Frachter seinen Liegeplatz verlassen hatte, konnten die frühen Strahlen der Morgensonne das Dock erhellen. In der Ferne dampfte ein anderes Schiff auf den Hafen von Civitavecchia zu; vielleicht steuerte es sogar den Liegeplatz an, den die *Cristobal* gerade freigemacht hatte. Dann blieb nur noch sehr wenig Zeit, bis die Arbeiter kamen. Er mußte sich beeilen, mußte schnell und wirksam handeln; aber er war keineswegs sicher, daß er zum einen oder anderen fähig war.

Ein unbewachter Küstenstreifen. Wußte der Mann, der nur wenige Meter von ihm entfernt war, an welchem Ufer man Jenna Karras aussetzen würde? Er würde es herausfinden, egal wie.

Er bog um die Ecke, die Waffe ganz nahe am Körper, so daß der Stoff seines Jacketts sie halb verbarg. Er konnte sie nicht einsetzen, das war ihm klar; es wäre sinnlos, den Mann zu beseitigen, der allein ihm die Frage beantworten konnte, und gleichzeitig würde ein Schuß andere alarmieren. Aber die Drohung mußte dem anderen spürbar werden, ebenso wie seine verzweifelte Wut. Dazu war er gewiß in der Lage.

Er starrte durch den aufsteigenden Nebel. Der Mann im Mantel stand am Rande des Docks und bellte erregt Anweisungen. Aber er schrie sie nicht mehr. Auch er hatte offensichtlich Angst, Aufmerksamkeit auf sich zu ziehen, den Stauern aufzufallen, die sich womöglich schon auf dem nächsten Pier herumtrieben. Die Situation war äußerst komisch. Nach allem, was Michael erkennen konnte, klammerte sich einer der Männer im Wasser an eine Holzplanke; offensichtlich konnte er nicht schwimmen. Der Mann im Mantel redete auf den anderen ein, drängte ihn, seinem Kollegen zu helfen. Doch der weigerte sich, wohl aus Angst, sein in Panik geratener Komplize könnte ihn mit in die Tiefe ziehen.

»Schweigen Sie!« sagte Havelock mit scharfer Stimme auf Italienisch, ganz klar, aber nicht laut.

Der erschreckte Italiener fuhr herum, seine rechte Hand griff unter den Mantel.

»Lassen Sie das«, fuhr Michael fort und trat näher. »Ehe Sie Ihre Waffe ziehen, sind Sie ein toter Mann. Gehen Sie nach links, zur Mauer hinüber. Weiter! Nicht stehenbleiben!«

Der Mann ging langsam vorwärts. »Ich hätte Sie töten können, *Signore*. Das habe ich nicht. Das ist Ihnen doch ganz bestimmt etwas wert.«

»Bestimmt. Ich danke Ihnen.«

»Man hat Ihnen auch nichts weggenommen; ich nehme an, das wissen Sie. Meine Anweisungen waren in dem Punkt eindeutig.«

»Das weiß ich. Jetzt sagen Sie mir, warum.«

»Ich bin weder ein Mörder noch ein Dieb, *Signore.*«

»Das reicht nicht. Heben Sie die Hände! Lehnen Sie sich gegen die Mauer, und spreizen Sie die Beine!«

Der Italiener gehorchte; dies war nicht das erste Mal, daß man ihm einen solchen Befehl erteilt hatte. Havelock trat von hinten an ihn heran, griff mit der Hand um die Hüfte des Mannes und zog die Pistole aus dem Gürtel. Er sah sie an und war beeindruckt. Es war eine spanische Automatic, Kaliber 38, mit Griffschalen und manueller Sicherung. Eine Präzisionswaffe, die es ohne Zweifel im Hafen billiger zu kaufen gab. Er steckte sie sich in den Gürtel. »Sagen Sie mir, was mit dem Mädchen ist. Schnell!«

»Man hat mich bezahlt. Was soll ich Ihnen mehr sagen?«

»Eine ganze Menge.« Michael packte die linke Hand des Mannes; sie war weich. Der Italiener war kein Mann der Gewalt. Er gehörte nicht der Mafia an; ein Mafioso in seinem Alter hatte bereits eine harte Ausbildung hinter sich und gewiß keine weichen Hände mehr.

Plötzlich hallte vom Hafen her eine schrille Symphonie von Schiffspfeifen herüber. Panikerfüllte Schreie des Mannes unten im Wasser mischten sich in den Lärm. Michael nutzte das Geräusch und rammte seinem Gefangenen die Pistole in die Nieren. Der Mann schrie. Havelock holte erneut aus und hieb dem Italiener den Kolben in den Nacken. Der Aufschrei, der darauf folgte, ging in ein Wimmern über.

»Signore . . . Signore!« jammerte der Mann in englischer Sprache. »Sie sind Amerikaner. Tun Sie mir das nicht an! Ich habe Ihnen das Leben gerettet – mein Wort darauf!«

»Darüber reden wir noch. Das Mädchen! Sagen Sie mir, was mit dem Mädchen war. Schnell!«

»Ich erledige hier in den Docks kleine Gefälligkeiten. Jeder weiß das. Sie brauchte jemanden, der ihr behilflich war. Sie hat dafür bezahlt.«

»Um aus Italien herauszukommen?«

»Was sonst?«

»Sie hat für eine ganze Menge mehr bezahlt! Wieviel Leute haben *Sie* denn für das ganze Arrangement bezahlt?«

»Che dice?«

»Für das kleine Theater, das Sie da inszeniert haben. Die alte Nutte, die dort drüben aus der Tür kam.« Havelock packte den Italiener an der Schulter und stieß ihn erneut gegen die Mauer. »Dort hinter der Ecke«, fügte er mit einer Geste hinzu. »Was sollte das? Raus mit der Sprache! Dafür hat sie auch bezahlt. Warum?«

»Wie Sie sagen, *Signore*. Sie hat bezahlt. *Spiegazioni* . . . Erklärungen waren nicht erforderlich.«

Ohne Vorwarnung trieb Michael dem Mann den Pistolenlauf in den Bauch. »Das reicht nicht. Los, reden Sie!«

»Sie sagte, sie müßte es wissen«, stieß der Mann hervor und krümmte sich dabei.

»Was wissen?« Havelock fegte dem Mann den Hut vom Kopf, packte ihn am Haar und schmetterte seinen Kopf gegen die Mauer.

»Was Sie tun würden.«

»Woher wußte sie denn, daß ich ihr hierher folgen würde?«

»Das wußte sie keineswegs.«

»Warum dann?«

»Sie hat gesagt, es *könnte* sein, daß Sie das tun würden. Sie seien ein ... *ingegnoso* ... ein findiger Mann. Sie hätten schon andere Männer gejagt; sie hätten Mittel zu Ihrer Verfügung, Kontakte, Quellen.«

»Das ist mir zu allgemein!« erwiderte Michael ungeduldig und zerrte an den Haaren des Italieners.

»Signore ... sie hat gesagt, sie hätte mit drei Fahrern auf der *piattaforma* gesprochen, ehe sie ein Taxi gefunden hätte, das bereit war, sie nach Civitavecchia zu bringen. Sie hatte Angst!«

Das war einleuchtend. Es war ihm gar nicht in den Sinn gekommen, einen Taxistand am Ostia-Bahnhof zu suchen; in Rom gab es nicht gerade übermäßig viele Taxis. Er hatte tatsächlich nicht daran gedacht.

»Per favore! Aiuto! Mio Dio!« Die Schreie kamen aus dem Wasser, das Morgenlicht war inzwischen noch heller geworden, und die Schiffe im Hafen erfüllten die Luft mit dem schrillen Ton ihrer Pfeifen. Es blieb nur noch wenig Zeit; bald würden die Arbeiter kommen und den Pier bevölkern. Er mußte ganz genau erfahren, für welche Gefälligkeiten der Italiener bezahlt worden war. Seine linke Hand drückte die Kehle des Mannes zu.

»Sie ist auf der *Teresa,* nicht wahr?«

»Si.«

Havelock erinnerte sich an das, was der Besitzer des ›Il Tritone‹ gesagt hatte: Die *Teresa* fuhr nach Marseille. »Wie wird man sie von Bord bringen?«

Der Italiener gab keine Antwort. Michael bohrte seine Finger in den Hals und schnürte die Luft ab. Dann sagte er ganz leise: »Hören Sie jetzt gut zu, und passen Sie auf, daß Sie ja alles verstehen. Wenn Sie es mir nicht sagen, werde ich Sie auf der Stelle töten. Mir ist das gleichgültig. Sollten Sie lügen und sie mir in Marseille entwischen, komme ich zurück und werde Sie finden. Sie hat recht, ich bin clever, und ich habe viele Männer gejagt. Ich werde Sie zu fassen kriegen!«

Die Muskeln des Italieners verkrampften sich, der Mund stand offen. Er versuchte zu nicken, etwas zu sagen. Havelock verringerte den Druck am Hals des Mannes. Der Italiener hustete heftig und griff sich an den Hals.

»Was soll's schon? Ich *sage* es Ihnen. Ich will keinen Ärger mit Leuten wie Ihnen, *Signore!* Ich hätte es wissen müssen. Ich hätte besser zuhören müssen!«

»Weiter.«

»Nicht Marseille. San Remo. Die *Teresa* macht Halt in San Remo.

Wie oder wo sie an Land gebracht werden soll, weiß ich nicht – mein Wort darauf! Sie hat bis Paris bezahlt. In Col des Moulinets soll sie über die Grenze gebracht werden. Wann, weiß ich nicht. Mein Wort! Von dort nach Paris. Ich schwöre es!«

Der Mann hätte nicht zu schwören brauchen, er sprach die Wahrheit; das stand in seinen verstörten Augen geschrieben. Er war aus Angst ehrlich, aus ungewöhnlicher Angst. Was hatte Jenna Karras ihm gesagt? Warum hatte der Mann ihn nicht töten lassen, warum hatte man ihm nichts gestohlen?

Michael lockerte seinen Griff. Er sprach ganz leise. »Vorhin haben Sie gesagt, Sie hätten mich töten lassen können, aber Sie haben es nicht getan. Jetzt will ich wissen, warum.«

»Nein, *Signore*. Das sage ich Ihnen nicht«, flüsterte der Mann und schüttelte den Kopf. »Im Namen Gottes, Sie werden mich nie wiedersehen! Ich sage nichts, weiß nichts!«

Havelock hob langsam die Pistole, bis die Mündung auf das linke Auge des Mannes zeigte. »Reden Sie!«

»Signore, ich habe hier zwar ein kleines, profitables Geschäft, aber ich habe mich nie in politische Dinge eingelassen! Auch in nichts, das nur entfernt mit solchen Dingen zu tun hat. Ich schwöre es bei den Tränen der Madonna! Ich habe gedacht, daß sie lügt, daß sie mit ihren Lügen bei mir Eindruck machen wollte! Aber ich habe ihr nicht geglaubt!«

»Man hat mich weder getötet, noch mir etwas weggenommen. Warum?« Michael hielt inne, und während er dem Italiener den Pistolenknauf unter das Kinn stieß, schrie er wieder: »Warum?«

»Sie hat gesagt, Sie seien Amerikaner und würden mit den *comunisti* zusammenarbeiten. Mit den Sowjets. Ich habe ihr nicht geglaubt. Ich weiß von solchen Dingen nichts. Aber die Vorsicht erfordert natürlich . . . nun, eben Vorsicht. In Civitavecchia haben wir mit solchen Kriegen nichts zu tun. Sie sind zu . . . *internazionali* für uns, die wir unsere paar Lire im Hafen verdienen. Uns bedeuten diese Dinge nichts – mein Wort darauf! Wir wollen keinen Ärger mit Leuten wie Sie. Sie haben eine Frau angegriffen, sicher eine *prostituta,* aber immerhin eine Frau, und das hier am Pier. Männer haben sich eingemischt, Sie weggerissen, aber als ich das sah, habe ich sie gebremst und ihnen gesagt, wir sollten besser vorsichtig sein. Wir mußten daran denken . . .«

Der verängstigte Mann redete weiter, aber Havelock nahm seine Worte nicht mehr auf. Was er gehört hatte, war ein größerer Schock für ihn gewesen, als er erwartet hatte. *Ein Amerikaner, der mit den*

Sowjets zusammenarbeitete. Sollte Jenna das wirklich gesagt haben? Ein wahnsinniger Gedanke!

Hatte sie dem kleinen Gangster eine Lüge aufgetischt, bloß um ihm Angst einzujagen, damit er später schwieg? Der Italiener hatte nicht gelogen, dazu war er viel zu verängstigt.

Glaubte sie das tatsächlich? War es das, was er auf dem Bahnsteig in Ostia in ihren Augen gesehen hatte? Glaubte sie es wirklich? ... Genauso wie er jenseits aller Zweifel geglaubt hatte, daß sie für die *Voennaja* tätig war?

Einer wurde gegen den anderen mit demselben Schachzug aufgehetzt. Waren vielleicht die Beweise gegen ihn ebenso unwiderlegbar gewesen wie die, die gegen sie vorgelegen hatten? So mußte es gewesen sein; in ihren Augen hatten sich Furcht, Schmerz, Verletztheit gespiegelt. Ihr Geliebter hatte sich gegen sie gewandt ... so wie seine Geliebte sich gegen ihn gewandt hatte. Es gab niemanden mehr, dem sie vertrauen konnte und wollte. Jetzt nicht und für eine ganze Zeit nicht, vielleicht für immer. Sie konnte nur davonlaufen – so wie er die ganze Zeit davongelaufen war. Herrgott! Was hatten sie getan?

Warum?

Sie war nach Paris unterwegs. Dort würde er sie finden. Oder am Col des Moulinets. Er hatte den Vorteil, daß er die Entfernungen mit dem Flugzeug schnell überbrücken konnte, während sie sich auf einem alten Frachter befand, der nur langsam vorwärtskam. Er hatte also Zeit.

Und die Zeit würde er nutzen. In der Botschaft in Rom gab es einen Abwehrbeamten, der zu spüren bekommen sollte, daß er noch am Leben und voller Wut auf ihn war. Lieutenant Colonel Baylor-Brown würde ihm die Antworten liefern – oder alles, was bisher über Washingtons Geheimdiensttätigkeit an die Öffentlichkeit gedrungen war, würde geradezu lächerlich sein, verglichen mit dem, was er dann ans Licht bringen würde: die illegalen Machenschaften, die Schlappen und tragischen Irrtümer, die auf der ganzen Welt jedes Jahr Tausenden von Menschen das Leben oder die Freiheit kosteten.

Anfangen würde er mit einem farbigen Diplomaten in Rom, der an die amerikanischen Agenten in Italien und im westlichen Mittelmeerraum Geheimbefehle weiterleitete.

»Capisco? Sie verstehen doch, *Signore?«* Der Italiener bettelte, versuchte Zeit zu gewinnen, und seine Augen huschten immer wieder verstohlen nach rechts. Auf dem zweiten Pier kamen jetzt drei Männer im Morgenlicht auf die Poller zu; zwei Stöße aus einer Schiffspfeife verrieten den Grund. Der Frachter, der jetzt in den Ha-

fen einfuhr, sollte am Liegeplatz der *Elba* vertäut werden. In wenigen Augenblicken würden weitere Arbeiter erscheinen. »Wir sind vorsichtig . . . *naturalmente,* aber wir wissen nichts von solchen Dingen!«

»Ich verstehe«, sagte Michael. Er legte seine Hand auf die Schulter des Mannes und drehte ihn herum. »Gehen Sie vor bis an den Rand der Kaimauer«, befahl er leise.

»*Signore,* bitte! Ich flehe Sie an!«

»Tun Sie, was ich sage. Jetzt.«

»Ich schwöre bei meinem Schutzpatron, bei den Tränen der heiligen Mutter!« Der Italiener weinte, und seine Stimme wurde immer schriller. »Ich bin ein ganz unbedeutender Händler, *Signore!* Ich weiß nichts! Ich sage nichts!«

»Springen Sie«, sagte Havelock, als sie den Rand des Piers erreicht hatten, und stieß den Mann ins Wasser.

»Mio Dio! Aiuto!« schrie der Mann, der sich immer noch an dem Holzbalken festhielt, als sein Boß neben ihm ins Wasser platschte.

Michael wandte sich ab und humpelte zum Lagerhaus zurück. Das Dock war immer noch verlassen, aber der niedergeschlagene Wachmann begann sich zu bewegen. Er schüttelte den Kopf und richtete sich im Schatten seines Glashäuschens langsam auf. Havelock klappte die Trommel des Revolvers auf und schüttelte die Patronen heraus; sie fielen klirrend zu Boden. Dann rannte er so schnell er konnte zum Tor; der Wachmann fiel wieder hin, japste nach Luft und hielt sich den Kopf. Michael griff nach der Tür des Glashäuschens und warf die Waffe hinein. Dann rannte er so schnell er konnte durchs Tor, auf seinen Mietwagen zu.

Rom.

In Rom würde er Antworten bekommen.

7

Die vier Männer, die in dem weißgetünchten Zimmer im vierten Stock des Außenministeriums an einem Tisch saßen, waren alle noch relativ jung, zumindest für Angehörige der oberen Ränge. Ihr Alter reichte von Mitte Dreißig bis Ende Vierzig, aber die Falten in ihren Gesichtern und der gelegentlich hohle Blick ihrer Augen ließen sie älter erscheinen. Sie alle hatten oft schlaflose Nächte verbracht und arbeiteten pausenlos unter höchster psychischer Belastung. Der Druck wurde dadurch noch schlimmer, daß keiner seine persönlichen Krisen mit irgend jemandem draußen besprechen konnte. Sie, die Strategen der Geheimaktionen, sozusagen die »Lotsen« der Operationen, hatten große Verantwortung: Schon die geringste Fehleinschätzung konnte den Tod ihrer eigenen Agenten bedeuten. Nur diese Männer kannten jede vorstellbare Variation, jede mögliche Folge einer bestimmten Operation. Jeder war Spezialist, jeder für sich eine Autorität. Sie allein hatten die letzte Entscheidung, wann und wo ihre Leute zum Einsatz kamen. Deren Charakter und Eigenarten waren ihnen bestens vertraut, so wie sie auch die Aktionen und Reaktionen des Feindes bei jedem Schritt ins Kalkül zogen. Jede abrupte Wende der Ereignisse machte die richtige Einschätzung der Lage komplizierter. Sie waren Spezialisten in einer Welt, in der die Wahrheit gewöhnlich eine Lüge war und Lügen allzu häufig zum Überleben notwendig waren. Der Streß machte ihnen am meisten zu schaffen; denn unter anhaltendem Streß waren Freund wie Feind unberechenbar in ihrem Verhalten, und das völlig Unvorhersehbare bildete eine tödliche Gefahr.

Dies war der Schluß, den die vier Männer spät in der Nacht bezüglich der Krise gezogen hatten. Das Telegramm von Lieutenant Colonel Lawrence Brown aus Rom veranlaßte sie, sich eine bereits abgeschlossene Akte wieder vorzunehmen und sich mit den Fakten erneut auseinanderzusetzen.

Es gab keine Zweifel an ihnen. Die Ereignisse an der Costa Brava waren von zwei Quellen bestätigt: von Außenagent Havelock selbst und von einem Mann, der Havelock unbekannt war: Steven MacKenzie. Er war einer der erfahrensten Agenten, die für den amerikanischen Geheimdienst in Europa tätig waren. Er hatte sein Leben riskiert, um Beweise zu liefern: zerfetzte, mit Blut besudelte Kleidungsstücke. Sie waren unter dem Mikroskop untersucht worden, mit dem Ergebnis, daß Jenna Karras sie getragen haben mußte. Die Beziehung zwischen Havelock und Jenna Karras war jenen, die es wissen mußten, bekannt. Ein Mann, der einem Höchstmaß an Streß ausgesetzt war, konnte leicht unfähig sein, das zu tun, was getan werden mußte. Washington mußte verläßlich erfahren, was geschah. Deshalb hatte MacKenzie achtzig Meter nördlich von Havelock Position bezogen, wo er das Geschehen ganz klar verfolgen konnte. Sein Beweis war unwiderlegbar: Jenna Karras war in jener Nacht getötet worden. Die Tatsache, daß Steven MacKenzie drei Wochen nach seiner Rückkehr von Barcelona beim Segeln in der Chesapeake Bay an einem Herzanfall gestorben war, minderte seinen Beitrag in keiner Weise. Der Arzt, den die Wasserschutzpolizei gerufen hatte, war ein bekannter Mediziner an der Ostküste, ein Chirurg namens Randolph, dessen Glaubwürdigkeit außer Zweifel stand. Die Autopsie hatte seine Diagnose bestätigt: MacKenzie war eines natürlichen Todes gestorben.

Die Beweise gegen Jenna Karras waren mit besonderer Gründlichkeit auf ihre Glaubwürdigkeit hin untersucht worden. Der Außenminister hatte das ausdrücklich verlangt, und der Eingeweihte kannte den Grund: Seit nahezu zwanzig Jahren nämlich, seit der Student Michael Havelock an der Princeton-Universität dem Dozenten Anthony Matthias begegnet war, bestand eine enge Beziehung zwischen den beiden gebürtigen Tschechen. Der eine hatte sich als der vielleicht brillanteste politische Analytiker in der akademischen Welt etabliert, während der andere, ein junger Emigrant, nach seiner eigenen Identität suchte. Die persönlichen Unterschiede waren beträchtlich, aber die Freundschaft zwischen den beiden Männern war stark.

Anton Matthias war vor mehr als vierzig Jahren nach Amerika gekommen. Sein Vater, ein prominenter Arzt aus Prag, hatte seine Familie aus der von den Nazis besetzten Tschechoslowakei herausgeholt und war von der medizinischen Welt in Amerika mit offenen Armen aufgenommen worden. Havelocks Einwanderung hingegen war geheim durchgeführt worden, als gemeinsame Aktion der amerikanischen und britischen Abwehr. Über seine Herkunft wurde nichts verlautet, ursprünglich um der Sicherheit des Kindes willen. Während Matthias' meteorhafter Aufstieg in der Regierung zur Folge hatte, daß einflußreiche politische Persönlichkeiten ganz offen seinen Rat suchten und in aller Öffentlichkeit seine brillanten Fähigkeiten priesen, ging der viel jüngere Mann aus Prag daran, sich durch hervorragende Leistungen zu profilieren, die nur in Geheimdienstkreisen die Runde machten. Obwohl die beiden Männer sich, was ihr Alter, ihren Intellekt und das Temperament anbetraf, sehr unterschieden, verband sie doch eine enge Beziehung, die von dem Älteren stets bekräftigt und vom Jüngeren nie ausgenutzt wurde.

Für jene, die die Beweise gegen Jenna Karras bestätigten, war ein Irrtum ausgeschlossen. Den Strategen am Konferenztisch war klar, daß sie das Telegramm aus Rom gründlich überdenken und mit besonderer Vorsicht behandeln mußten. Auf keinen Fall durfte Anthony Matthias davon erfahren. Die Medien hatten die Meldung verbreitet, der Außenminister sei im wohlverdienten Urlaub. Die Wirklichkeit aber sah anders aus: Matthias war krank, sogar sehr krank, meinten einige. Und wenn er auch täglich, häufig sogar stündlich, mit seinem Ministerium Verbindung hatte, so war er immerhin fast fünf Wochen nicht mehr in Washington gewesen. Selbst aufmerksame Journalisten, die der offiziellen Verlautbarung mißtrauten und für die lange Abwesenheit des Ministers eine andere Erklärung hatten, reagierten mit Schweigen. Niemand wollte wirklich über die tieferen Gründe nachdenken; die Welt konnte es sich nicht leisten.

Man durfte nicht zulassen, daß das Telegramm aus Rom eine zusätzliche Belastung für Anthony Matthias wurde.

»Er wird von Halluzinationen verfolgt«, sagte der Mann mit der beginnenden Glatze, der Miller hieß, und legte seine Kopie des Telegramms vor sich auf den Tisch. Paul Miller war Psychiater, ein Spezialist auf dem Gebiet der Verhaltensdiagnostik.

»Steht in seiner Akte irgend etwas, das uns hätte warnen müssen?« fragte ein rothaariger, untersetzter Mann in einem ausgebeulten Anzug, der seine Krawatte gelöst hatte. Er hieß Ogilvie und war ein ehemaliger Agent.

»Nein«, antwortete Daniel Stern, der links von Miller saß. Stern war der verantwortliche Koordinator für alle Geheimdienstaktivitäten des State Department. *Consular Operations*, abgekürzt *Cons Op*, nannte sich seine Abteilung.

»Warum nicht?« fragte der vierte, ein konservativ gekleideter Mann, den man sich ohne weiteres in einer IBM-Anzeige im *Wall Street Journal* hätte vorstellen können. Sein Name war Dawson, er war Anwalt, Experte für internationales Recht. »Wollen Sie damit sagen«, hakte er nach, »daß es in seiner Dienstakte . . . äh . . . Lücken gab?«

»Ja. Niemand hat sich je die Mühe gemacht, eine Überprüfung zu verlangen; also blieb die Akte unvollständig. Niemand hielt eine Kontrolle für notwendig, weil seine Arbeit erstklassig war. Abgesehen von ein oder zwei Ausfällen war er ungewöhnlich produktiv, und selbst unter höchst widrigen Umständen handelte er überlegt.«

»Allerdings sieht er tote Leute auf Bahnhöfen«, unterbrach Dawson. »Warum?«

»Kennen Sie Havelock?« fragte Stern.

»Nur von einem Interview, das ich einmal mit ihm gemacht habe«, antwortete der Anwalt. »Das liegt etwa vier Monate zurück. Auf mich machte er einen sehr effizienten Eindruck.«

»Das war er«, pflichtete der Direktor von *Cons Op* ihm bei, »effizient, produktiv, überlegt . . . und sehr zäh, sehr cool und intelligent.

Nun, er ist auch in sehr jungen Jahren unter ziemlich außergewöhnlichen Umständen ausgebildet worden. Vielleicht ist das der Punkt, auf den wir hätten achten sollen.« Stern hielt inne, griff nach einem großen Umschlag und entnahm ihm einen rotgeränderten Aktendeckel. »Hier ist die komplette Lebensgeschichte von Havelock: Student der Universität Princeton, mit einem Doktortitel in europäischer Geschichte und einem Magisterexamen in slawischen Sprachen. Heimatort: Greenwich, Connecticut. Eine Kriegswaise, die aus England herüberkam und von einem Ehepaar namens Webster adoptiert wurde. Was wir natürlich alle berücksichtigt haben, war die Empfehlung von Matthias, mit dem schon damals zu rechnen war. Beim Einstellungsgespräch hier im Außenministerium vor sechzehn Jahren war das Bild von ihm ziemlich klar: ein hochintelligenter Absolvent der Universität Princeton, der bereit war, seine Sprachkenntnisse zu vervollständigen und in den Untergrund zu gehen. Aber das war nicht notwendig – die Sprachkurse, meine ich. Slawisch war seine Muttersprache, er sprach es viel besser, als wir annahmen. Das ist es, was hier in der Akte steht; das ist der letzte Teil seiner Biographie, der durchaus der Grund für seinen psychischen Kollaps sein könnte, den wir jetzt erleben.«

»Das ist ein verdammt großer Sprung zurück«, sagte Ogilvie. »Können Sie uns noch ein paar Einzelheiten liefern? Ich mag keine Überraschungen; Paranoiker im Ruhestand brauchen wir weiß Gott nicht.«

»Offensichtlich haben wir es hier mit einem zu tun«, warf Miller ein und griff nach dem Telegramm. »Wenn Baylors Urteil etwas bedeutet . . .«

»Ganz gewiß«, unterbrach ihn Stern. »Er zählt zu den besten Leuten, die wir in Europa haben.«

»Trotzdem gehört er zum Pentagon«, meinte Dawson. »Das spricht nicht gerade für sein Urteilsvermögen.«

»Bei ihm ist das anders«, verbesserte Stern, der Operationschef. »Er ist Schwarzer; also mußte er gut sein.«

»Wie ich gerade erwähnen wollte«, fuhr der Psychiater fort, »hat Baylor uns mit einigem Nachdruck geraten, Havelock ernst zu nehmen. Er hat gesehen, was er gesehen hat.«

»Was unmöglich ist«, sagte Ogilvie. »Das wiederum bedeutet, daß wir es mit einem Spinner zu tun haben. Was steht noch in der Akte, Dan?«

»Von einer schlimmen Jugend wird da berichtet«, erwiderte Stern und blätterte ein paar Seiten weiter. »Wir wußten, daß er Tscheche war, aber das war auch alles. Im Krieg gab es ein paar tausend tschechoslowakische Familien in England; damit wurde auch sein Aufenthalt in England erklärt. Aber es stimmte nicht, er war während des Krieges gar nicht in Großbritannien. Seine Eltern auch nicht. Jene Jahre hat er vielmehr in Prag verbracht. Es war ein langer Alptraum, der für ihn sehr real war. Es fing an, als er alt genug war, um die Dinge zu durchschauen. Leider können wir nicht in ihn hineinsehen.« Der Doktor wandte sich zu Miller. »Wir werden hier Ihren Rat brauchen, Paul. Er könnte äußerst gefährlich sein.«

»Dann sollte man das besser klären«, entgegnete der Psychiater. »Wie weit zurück müssen wir denn gehen? Und warum?«

»Beschäftigen wir uns zuerst mit dem ›Warum‹«, sagte Stern und nahm ein paar Blätter aus der Akte. »Seit seiner Kindheit hat er ständig mit der Angst vor Verrat leben müssen. Es gab eine kurze Periode – die Zeit, die er auf der Oberschule und der Universität verbracht hat –, wo er nicht unter diesem Druck stand, aber die Erinnerung muß schrecklich gewesen sein. Aber die letzten sechzehn Jahre befand er sich wieder in derselben bedrohlichen Welt. Vielleicht hat er zu viele Gespenster gesehen.«

»Etwas präziser bitte, Daniel«, drängte der Psychiater.

»Gern«, erwiderte Stern und sah wieder auf das Blatt, das er in der Hand hielt. »Dazu müssen wir bis zum Juni des Jahres 1942 zurückgehen, als Krieg in der Tschechoslowakei war. Sehen Sie, dieser Mann heißt eigentlich nicht Havelock, sondern Havliček, Mikhail Havliček. Er ist irgendwann Mitte der dreißiger Jahre in Prag geboren, das genaue Datum ist unbekannt. Sämtliche Akten sind von der Gestapo vernichtet worden.«

»Gestapo?« Der Anwalt Dawson lehnte sich in seinem Sessel zurück, als hätte das Wort eine Erinnerung in ihm ausgelöst. »Juni 1942 ... die Nürnberger Prozesse.«

»Das hat in den Nürnberger Akten ziemlichen Raum eingenommen«, pflichtete Stern ihm bei. »Am 27. Mai ist Reinhard Heydrich, bekannt als der ›Henker von Prag‹, von tschechischen Partisanen getötet worden. Ihr Anführer war ein Professor von der Karlowa-Universität, der entlassen worden war und mit der britischen Abwehr zusammenarbeitete. Sein Name war Havliček. Er wohnte mit seiner Frau und seinem Sohn in einem Dorf etwa fünfzehn Kilometer außerhalb von Prag, wo er den Partisanenkampf organisierte. Das Dorf hieß Lidice.«

»Du lieber Gott!« platzte Miller hervor.

»Er ist bei dem Attentat nicht in Erscheinung getreten«, meinte

Stern trocken und blätterte in den Papieren. »Aus Angst, er könnte am Ort des Attentats gesehen worden sein, hielt Havliček sich fast zwei Wochen im Keller der Universität verborgen. *Ihn* entdeckte man nicht, aber jemand anderen aus Lidice; und dann wurden als Vergeltung für Heydrichs Tod alle erwachsenen Männer aus dem Ort erschossen, während die meisten Frauen und Kinder in Konzentrationslager gebracht und vergast wurden.«

»Diese Schweinehunde haben einfach kurzen Prozeß gemacht«, sagte Ogilvie.

»Die Befehle aus Berlin wurden bis zum Morgen des zehnten Juni, dem Tag der Massenexekution, geheimgehalten«, fuhr Stern fort. »Das war auch der Tag, an dem Havliček wieder nach Hause zurückkehrte. Als die Hinrichtungen bekannt wurden – man hatte Proklamationen an Telefonmasten genagelt und über Radio durchgegeben –, hinderten ihn die Partisanen daran zurückzugehen. Sie sperrten ihn ein und beruhigten ihn mit Medikamenten. Sie wußten, daß er nichts ausrichten konnte. Schließlich erzählten sie ihm das Schlimmste: Man hatte seine Frau in die Hurenlager geschickt; später wurde bekannt, daß sie sich in der ersten Nacht getötet hat und dabei einen Offizier der Wehrmacht in den Tod mitnahm. Und sein Sohn war nirgends zu finden.«

»Aber man hatte ihn – soviel steht fest – nicht mit den anderen Kindern mitgenommen«, sagte Dawson.

»Nein, er hatte im Wald Hasen gejagt und kam gerade rechtzeitig, um mit anzusehen, wie sie zusammengetrieben, niedergemetzelt und die Leichen schließlich in Gräben geworfen wurden. Er erlitt einen Schock und rannte zurück in den Wald. Dort lebte er wochenlang wie ein Tier. Dann begannen sich Gerüchte zu verbreiten, ein Kind würde im Wald umherirren. Der Vater hörte davon und wußte Bescheid; er hatte seinem Sohn gesagt, er solle in den Wald fliehen, wenn die Deutschen ihn holen wollten. Es dauerte mehr als einen Monat, bis Havliček den Jungen fand. Er hatte sich in Höhlen versteckt und sich von Beeren und Pilzen ernährt, gelegentlich auch von einem Stück Brot oder Eiern, die er auf Bauernhöfen stahl. Der Alptraum des Massakers verließ ihn nie mehr.«

»Eine reizende Kindheit«, sagte der Psychiater und machte sich Notizen.

»Das war erst der Anfang.« Stern griff nach einem weiteren Blatt der Akte. »Havliček und sein Sohn blieben im Bezirk Prag-Boleslaw, und der Untergrundkrieg nahm, mit dem Vater als Anführer der Partisanen, an Heftigkeit zu. Ein paar Monate später wurde der Junge einer der jüngsten Rekruten in der *Děti Brigada*, der Kinderbrigade. Man setzte sie als Kuriere ein, die häufig Nitroglyzerin und andere Explosivstoffe bei sich trugen. Ein falscher Schritt, ein Soldat, den es nach einem kleinen Jungen gelüstete – und alles war aus.«

»Das ließ sein Vater zu?« fragte Miller ungläubig.

»Der konnte ihn nicht aufhalten. Der Junge fand heraus, was sie seiner Mutter angetan hatten. Diese ›reizende Kindheit‹, wie Sie es genannt haben, Paul, hat er drei Jahre genossen. An Abenden, an denen sein Vater zu Hause war, lernte er für die Schule wie jedes andere Kind. Tagsüber, in den Wäldern und auf den Feldern, brachten andere ihm bei, wie man sich versteckt, wie man vor den feindlichen Truppen flieht, wie man lügt. Und wie man tötet.«

»Das war die Ausbildung, die Sie erwähnten, nicht wahr?« sagte Ogilvie leise.

»Ja. Er wußte, wie es war, jemanden umzubringen; er hatte miterlebt, wie Freunde ihr Leben verloren. Und das alles, ehe er zehn Jahre alt war. Schrecklich.«

»Unauslöschliche Erinnerungen«, fügte der Psychiater hinzu.

»Könnte es sein, daß die Operation an der Costa Brava sie dreißig Jahre später wachgerufen hat?« fragte der Anwalt und sah Miller an.

»Durchaus möglich. Ich müßte viel mehr Einzelheiten wissen.« Miller wandte sich Stern zu. »Was ist dann mit ihm geschehen?«

»Mit allen von ihnen«, verbesserte Stern. »Nun, schließlich kam der Frieden – ich sollte vielleicht besser sagen, daß der Krieg zu Ende war, denn in Prag gab es keinen Frieden. Die Sowjets hatten ihre eigenen Pläne, und bald setzte eine andere Art von Wahnsinn ein. Der ältere Havliček trat politisch in Erscheinung und wachte eifersüchtig über die Freiheit, für die er und die Partisanen gekämpft hatten. Und bald fand er sich in einem anderen Krieg, der ebenso im Untergrund geführt wurde wie zuvor, und genauso brutal. Diesmal gegen die Russen.« Stern griff nach dem nächsten Blatt. »Für Havliček war er am 10. März 1948 zu Ende, als Jan Masaryk ermordet wurde.«

»In welchem Sinne zu Ende?«

»Er verschwand. Vielleicht hat man ihn in ein Gulag in Sibirien verbannt oder umgebracht und irgendwo verscharrt. Seine politischen Freunde reagierten schnell; Tschechen und Russen haben ein gemeinsames Sprichwort: ›Aus einem verspielten Welpen wird morgen ein Wolf.‹ Sie versteckten den jungen Havliček und traten mit dem britischen MI 6 in Verbindung. Offensichtlich hat sich bei jemandem das Gewissen geregt. Der Junge wurde aus dem Land geschmuggelt und nach England gebracht.«

»Dieses Sprichwort mit dem Welpen, aus dem morgen ein Wolf wird«, warf Ogilvie ein, »hat sich ja als richtig erwiesen, nicht wahr?«

»Auf eine Art und Weise, wie es die Russen nie ahnen konnten.«

»Und was hatten die Websters damit zu tun?« fragte Miller. »Die haben hier für ihn gesorgt, aber der Junge war doch in England.«

»Genaugenommen war es kein Zufall. Webster war im Krieg Oberst der Reserve gewesen. Achtundvierzig war er geschäftlich in London, begleitet von seiner Frau. Und als sie mit Freunden aus der Kriegszeit zu Abend aßen, erfuhren sie von dem jungen Tschechen, den man aus Prag herausgeschmuggelt und in einem Waisenhaus in Kent untergebracht hatte. Eines führte zum anderen: Die Websters hatten keine Kinder, und die Geschichte des Jungen war weiß Gott ungewöhnlich, wenn nicht gar unglaublich. – Also fuhren die beiden nach Kent und interviewten ihn. So steht es hier wörtlich: ›interviewten‹. Klingt cool, nicht wahr?«

»Nun, die Websters waren keineswegs gefühlskalt.«

»Nein, bestimmt nicht. Webster machte sich ans Werk. Papiere wurden gefälscht, Vorschriften umgangen. Schließlich flog ein recht verwirrter kleiner Junge mit einer neuen Identität nach Amerika. Havliček hatte Glück. Aus einem englischen Waisenhaus kam er in ein bequemes Zuhause in einer wohlhabenden amerikanischen Vorstadt; er besuchte eine gute Privatschule und konnte in Princeton studieren.«

»Und bekam einen neuen Namen«, ergänzte Dawson.

Daniel Stern lächelte. »Eine neue Identität war ohnehin erforderlich. Und da waren unser Oberst der Reserve und seine Frau der Ansicht, daß in Greenwich eine Anglisierung des Namens angebracht war. Wir haben alle unsere kleinen Marotten.«

»Warum gaben sie ihm nicht ihren Namen?«

»Damit wäre der Junge nicht einverstanden gewesen. Wie ich schon sagte, die Erinnerung war ja da – unauslöschbar, wie Paul es formuliert hat.«

»Leben die Websters noch?«

»Nein. Dann müßten sie ja beinahe hundert sein. Sie sind beide Anfang der sechziger Jahre gestorben, als Havelock in Princeton studierte.«

»Wo er Matthias kennenlernte«, fügte Ogilvie hinzu.

»Ja«, pflichtete ihm Stern bei. »Die Beziehung half ihm. Matthias fand Interesse an dem jungen Exiltschechen, nicht nur wegen Havelocks Arbeit, sondern, was vielleicht viel wichtiger ist, weil seine Familie die Havličeks in Prag gekannt hatte. Sie alle gehörten zum selben intellektuellen Kreis, bis die Deutschen sie in alle Winde zerstreuten und die Russen die Überlebenden praktisch begruben.«

»Kannte Matthias die ganze Geschichte?«

»In allen Einzelheiten«, erwiderte Stern.

»Jetzt begreife ich diesen Brief in der Costa-Brava-Akte«, sagte der Anwalt. »Das Schreiben, das Matthias an Havelock schickte.«

»Er wollte, daß der Brief zu den Akten kam«, erklärte Stern, »um jedes Mißverständnis bei uns auszuschließen. Falls Havelock um seine sofortige Entlassung bat, so sollten wir das genehmigen.«

»Ich weiß«, fuhr Dawson fort. »Als Matthias die Schicksalsschläge Havelocks erwähnte – ›in den frühen Tagen‹ schrieb er, glaube ich –, meinte er vermutlich den Tod beider Eltern, die er im Krieg verloren hatte. Nicht so etwas.«

»Jetzt wissen Sie es. Wir alle.« Stern wandte sich wieder an den Psychiater. »Irgendeinen Vorschlag, Paul?«

»Der nächste Schritt liegt wohl auf der Hand«, sagte Miller. »Wir müssen ihn hierher schaffen. Ihm versprechen, was er will, aber ihn hierher holen. Und wir können uns keine Unfälle leisten. Schaffen Sie ihn lebend her.«

»Ich räume ein, daß das das Optimum wäre«, unterbrach der rothaarige Ogilvie. »Ich kann allerdings nicht erkennen, daß dies jede andere Lösung ausschließen würde.«

»Das sollten Sie aber«, sagte der Arzt. »Sie haben es ja selbst gesagt: Er ist paranoid, plemplem. Was an der Costa Brava geschah, betraf Havelock in einem sehr persönlichen Sinne. Es kann leicht sein, daß die Ereignisse dort diese Zeitbombe ausgelöst haben, die sich bei ihm vor dreißig Jahren eingenistet hat. Ein Teil seiner Persönlichkeit ist unauslöschlich geprägt von den grauenvollen Exekutionen in Lidice und schützt sich, baut sich ein Abwehrnetz gegen jegliche Feinde.«

»Was Baylor in seinem Telegramm erwähnt.« Dawson griff danach. »Hier ist es: ›aus der Schule plaudern‹.«

»Alles mögliche könnte er tun«, fuhr der Psychiater fort. »Es gibt da keine Regeln für sein Verhalten. Seine Halluzinationen lassen ihn in der irrealen Vorstellung leben, ständig verfolgt zu werden und gleichzeitig die Verfolger beseitigen zu müssen.«

»Und was ist mit Rostow in Athen?« fragte Stern.

»Wir wissen nicht, ob es einen Rostow in Athen gegeben hat. Das könnte Teil seiner Phantasiegespinste sein. Vielleicht hat er einen Mann auf der Straße gesehen, der ihm glich. Mit Bestimmtheit wissen wir nur, daß die Karras für den KGB gearbeitet hat. Warum sollte ein Mann wie Rostow auftreten und leugnen?«

Ogilvie lehnte sich vor. »Baylor zitiert Havelock, Rostow hätte ihn mitnehmen und aus Griechenland herausschaffen können.«

»Warum hat er es dann nicht getan?« fragte Miller. »Kommen Sie, Red, schließlich sind Sie seit zehn Jahren in diesem Verein. Wenn Sie Rostow wären und wüßten, was in der Lubjanka los ist, hätten sie Havelock dann nicht unter den Umständen, die in dem Telegramm beschrieben sind, mitgenommen?«

Ogilvie hielt inne und schaute den Psychiater an. »Ja«, sagte er schließlich. »Ich hätte ihn ja immer noch gehenlassen können.«

»Genau. Das paßt nicht zusammen. War das nun Rostow in Athen oder jemand anders? Oder hat unser Patient phantasiert und sich nur von seinem Verfolgungswahn leiten lassen?«

»Nach alledem, was dieser Colonel Baylor uns telegrafiert hat, war Havelock verdammt überzeugend«, warf Dawson, der Anwalt, ein.

»Ein Schizophrener mit Halluzinationen – wenn er das ist – kann ungewöhnlich überzeugend sein, weil er das, was er sagt, ja hundertprozentig glaubt.«

»Aber sicher können Sie da nicht sein«, insistierte Daniel Stern.

»Nein. Aber eines wissen wir genau ... zwei Dinge sogar, wenn man es genau betrachtet. Die Karras war Angehörige des KGB, und sie ist an der Costa Brava getötet worden. Für ersteres gibt es unwiderlegbare Beweise, und für das zweite haben wir die Bestätigung durch zwei Augenzeugen; der eine ist Havelock selbst.« Der Psychiater sah die drei Männer an. »Das ist alles, worauf ich eine Diagnose aufbauen kann; und nun habe ich noch diese neue Information über einen gewissen Mikhail Havliček. Sie haben mich um eine Empfehlung gebeten, nicht um eine absolute Aussage.«

»Versprechen Sie ihm, was Sie wollen ...«, zitierte Ogilvie den Psychiater. »Klingt wie einer dieser verdammten Werbespots.«

»Aber schaffen Sie ihn her«, führte Miller den Satz für ihn zu Ende. »So schnell Sie können. Sorgen Sie dafür, daß er in eine Klinik kommt, in therapeutische Behandlung.«

»Ich brauche wohl niemanden in diesem Raum daran zu erinnern«, sagte Dawson leise, »daß Havelock mit seinem Wissen ungeheueren Schaden anrichten könnte, und zwar ebenso großen Schaden für unsere eigene Glaubwürdigkeit – hier und im Ausland – wie auch in bezug auf das, was die Sowjets erfahren könnten. Offen gestanden, in diesem Punkt wären die Folgen sogar noch schlimmer. Chiffren, Informationen, Quellen kann man durch neue ersetzen, aber wir können nicht gewisse Vorfälle, bei denen unsere Leute die Gesetze eines Gastlandes gebrochen haben, ungeschehen machen.«

»Ganz zu schweigen von den Beschränkungen, die uns hier auferlegt sind«, fügte Stern hinzu. »Ich weiß, daß Sie das mit einschließen, wollte es nur noch einmal betonen. Havelock weiß darüber Bescheid; er hat infolge dieser Beschränkungen eine ganze Anzahl Austauschaktionen durchgeführt.«

»Was immer wir getan haben, war berechtigt«, sagte Ogilvie kurz. »Wenn jemand Beweise sehen will, gibt es ein paar hundert Akten, die zeigen, was wir geleistet haben.«

»Und ein paar tausend, die das Gegenteil beweisen«, wandte der Anwalt ein. »Außerdem wäre da noch die Verfassung der Vereinigten Staaten zu bedenken.«

»Blödsinn!« widersprach der ehemalige Agent. »Bis wir gerichtliche Vollmachten bekommen, passiert es irgendeinem Teufel hier bei uns, daß die Frau oder der Vater in eines dieser Gulags dort drüben gebracht wird. Das wäre anders gelaufen, wenn jemand wie Havelock sich eingeschaltet hätte – vorausgesetzt, wir hätten rechtzeitig eine Leitung angezapft, Überwachung angeordnet und herausgefunden, was sich da anbahnte.«

»Das ist eine Grauzone, Red«, erklärte Dawson nicht ohne Mitgefühl. »Wann ist Mord gerechtfertigt, *wirklich* gerechtfertigt? Es gibt sicherlich Leute, die behaupten würden, daß unsere Erfolge unsere Schlappen nicht aufwiegen.«

»Ein Mann, der an einem Checkpoint zu uns herüberkommt, rechtfertigt sie.« Ogilvies Augen waren starr und kalt. »Auch nur eine einzige Familie, die wir aus einem Lager in Magya-Oszag oder Krakau oder Dannenwalde oder Liberec herausholen, rechtfertigt unsere Mißerfolge. Wem, zum Teufel, wird denn *wirklich* weh getan? Ein paar politischen Fanatikern mit aufgeblähtem Ego.«

»Das Gesetz sieht das anders.«

»Dann scheiß' ich auf das Gesetz. Mir hängt es zum Hals heraus, daß uns großmäulige, langhaarige Schlaumeier, denen jedes Mittel recht ist, bloß um uns die Hände zu binden, dazu benutzen, die Aufmerksamkeit auf sich zu lenken. Ich habe diese *Rehabilitationslager* gesehen, lieber Herr Anwalt. Ich bin *selbst* dort gewesen.«

»Deshalb sind Sie hier ja so wertvoll«, schritt Stern schnell ein, um die Wogen zu glätten. »Jeder von uns hat seinen Wert, selbst wenn er über Dinge urteilt, wo er besser schweigen sollte. Ich glaube, worauf Dawson hinaus möchte, ist, daß dies nicht der Zeitpunkt für eine Senatsuntersuchung oder gar einen Kongreßausschuß ist. Das könnte uns viel wirksamer die Hände binden als die linksintellektuelle Schickeria mit ihrem Geschrei.«

Dawson warf Ogilvie einen Blick zu, der eine stillschweigende Übereinkunft ausdrückte. »Oder denken Sie an die Vertreter eines halben Dutzends Regierungen, die in unseren Botschaften auftauchen und uns auffordern, gewisse Operationen einzustellen. Ich glaube nicht, daß Sie das möchten, Red.«

»Unser Patient kann erreichen, daß es dazu kommt«, warf Miller ein. »Und das wird er höchstwahrscheinlich auch, wenn wir ihn nicht rechtzeitig erreichen. Je länger er von Halluzinationen verfolgt wird, desto tiefer versinkt er in seiner krankhaften Phantasie. Das Gefühl, verfolgt zu werden, wird sich verstärken, bis es unerträglich wird und er glaubt, zuschlagen zu müssen . . . sich wehren zu müssen, indem er selbst angreift. Das ist seine Verteidigung.«

»Und auf welche Weise, Paul?« fragte Stern.

»Da gibt es mehrere Möglichkeiten«, erwiderte der Psychiater. »Im extremsten Fall tritt er mit Männern in Verbindung, die er aus seiner früheren Tätigkeit in ausländischen Abwehrkreisen kennt, und bietet ihnen an, Informationen zu liefern. Oder er könnte Briefe schreiben – mit Kopien an uns – oder Telegramme schicken, die wir mit Leichtigkeit auffangen könnten, in denen er auf Aktivitäten in der Vergangenheit hindeutet, die in unserem Interesse besser nicht näher untersucht werden sollten. Was auch immer er tut, er wird ungewöhnlich vorsichtig vorgehen. Sie haben es selbst gesagt, Daniel, er könnte gefährlich sein. Er ist *gefährlich.«*

»Er wird ihnen anbieten, Informationen zu liefern«, wiederholte der Anwalt Millers Worte. »Also sie nicht gleich rausrücken?«

»Zuerst nicht. Er wird versuchen, uns dazu zu zwingen, uns zu erpressen, um das zu sagen, was er hören möchte: daß die Karras lebt, daß das Ganze eine Verschwörung war, mit dem Ziel, ihn zum Rücktritt zu treiben.«

»Und keines von beidem können wir überzeugend bewirken, weil wir ihm keine Beweise für seine verrückte Vorstellung präsentieren können«, sagte Ogilvie. »Nichts, was er akzeptieren würde. Er ist ein erfahrener Agent. Was auch immer wir ihm schicken, er wird es filtern, mit größtem Mißtrauen prüfen und schließlich für eine Lüge halten. Was erzählen wir ihm also?«

»Gar nichts«, antwortete Miller. »Versprechen Sie ihm nur, ihn einzuweihen. Formulieren Sie es, wie Sie wollen. Die Information ist zu geheim, um per Kurier gesandt zu werden, zu gefährlich, als daß sie diesen Raum verlassen dürfte. Sie müssen sein Spiel mitspielen. Denken Sie daran, er möchte unbedingt erreichen, daß seine Halluzination bestätigt wird – er braucht das sogar, wenn Sie wollen. Er hat eine tote Frau *gesehen;* er muß daran glauben. Und die Bestätigung findet er hier, meint er.«

»Tut mir leid, Boß.« Der rothaarige ehemalige Agent spreizte die Hände. »Das nimmt der uns nicht ab, nicht so. So einfach läuft das nicht. Er wird schon etwas Überzeugenderes haben wollen.«

»Von Matthias?« fragte Dawson leise.

»Das wäre das beste«, stimmte der Psychiater zu.

»Nicht, solange wir noch eine andere Wahl haben«, sagte Stern. »Der Minister ist momentan in einem schlechten Gesundheitszustand und schont seine Kräfte für die SALT-3-Verhandlungen. Mit dieser Sache dürfen wir ihn jetzt nicht belasten.«

»Womöglich zwingen uns aber die Umstände dazu«, beharrte Dawson.

»Vielleicht.« Stern wandte sich an Ogilvie. »Müssen wir denn Havelock etwas Konkretes bieten, Red?«

»Damit wir nahe genug an ihn heran können, um ihn zu schnappen.«

»Könnte man ihm nicht, um ihn anzulocken, eine Story sozusagen in Fortsetzung auftischen, die ihn immer mehr anheizt? Den letzten Teil erfährt er erst, wenn er persönlich erscheint.«

»Eine Art Schatzsuche?« fragte Ogilvie und lachte.

»Das ist es für ihn auch«, sagte Miller ruhig.

»Dazu kann ich nur nein sagen.« Ogilvie lehnte sich vor, die Ellbogen auf den Tisch gestützt. »Ein solches Vorgehen setzt absolute Glaubwürdigkeit voraus, und je besser der Mann draußen ist, desto größer muß die Glaubwürdigkeit sein. Außerdem ist dieses Verfahren kompliziert. Havelock wird Mittelsleute einschalten. Er wird den Spieß umkehren, indem er ihnen Fragen mit auf den Weg gibt, die sie auf der Stelle beantwortet haben wollen. Nicht, daß er mit perfekten Antworten rechnet; wenn er die bekäme, würde er noch argwöhnischer werden, aber er wird sich auf sein ›Bauchgefühl‹ verlassen, wie wir das nennen. Das kann man nicht näher beschreiben; es ist einfach ein Gefühl für Glaubwürdigkeit. Es gibt nicht so viele gute Leute, die der Reihe nach Havelock täuschen könnten. Ein einziger nennenswerter Fehltritt, und er wendet sich von uns ab.«

»Und läßt die Bombe platzen«, ergänzte Miller.

»Ich verstehe«, sagte Stern.

Dies war einer jener Augenblicke, in denen der ungepflegt wirkende, reizbare Ogilvie wieder einmal unter Beweis stellte, was er wert war. Als ehemaliger Agent kannte er die Praxis, und seine Analysen trafen jedesmal ins Schwarze.

»Und doch gibt es eine Möglichkeit«, fuhr Ogilvie fort. »Ich bin nicht einmal sicher, ob es nicht noch eine andere Lösung gibt.«

»Und die wäre?« fragte Stern.

»Ich.«

»Kommt nicht in Frage.«

»Denken Sie darüber nach«, sagte Ogilvie schnell. *»Ich* verkörpere gewissermaßen die Glaubwürdigkeit. Er kennt mich – und was noch wichtiger ist, er weiß, daß ich an diesem Tisch sitze. Für ihn bin ich einer von *denen,* ein dämlicher Stratege, der vielleicht nicht weiß, was er eigentlich verlangt, aber verdammt genau weiß, warum er es verlangt. Und da ist noch etwas: Den Job der Leute draußen habe ich auch schon gemacht. So was zählt für die. Keiner von Ihnen kann das von sich sagen. Wenn es überhaupt, abgesehen von Matthias, jemanden gibt, auf den er hört, jemanden, mit dem er bereit ist, sich zu treffen, dann bin ich das.«

»Es tut mir leid, Red. Selbst wenn ich Ihnen zustimmen würde – ich glaube, das tue ich sogar –, kann ich es nicht zulassen. Sie kennen die Vorschriften: Sobald Sie einmal diesen Raum betreten haben, werden Sie nie wieder draußen im Einsatz sein.«

»Das ist eine Regel, die in diesem Raum beschlossen worden ist. Das Evangelium ist sie keineswegs.«

»Aber man hat sie aus triftigem Grund eingeführt«, sagte der Anwalt. »Aus demselben Grund, aus dem man unsere Privathäuser rund um die Uhr bewacht, unsere Wagen eskortiert und unsere Telefonleitungen mit unserer Zustimmung angezapft hat. Wenn irgendeiner von uns interessierten Gruppen, sei es in Moskau, sei es in Peking oder am Persischen Golf, in die Hände fällt, wären die Konsequenzen unvorstellbar.«

»Ich will ja nicht respektlos sein, aber diese Sicherheitsvorkehrungen sind für Leute wie Sie und den Boß getroffen worden. Bei mir ist das ein wenig anders. Die würden gar nicht erst versuchen, mich zu fassen, weil sie wissen, daß sie nichts davon hätten.«

»Keiner bezweifelt Ihre Fähigkeiten«, entgegnete Dawson. »Aber ich unterstelle . . .«

»Das hat überhaupt nichts mit Fähigkeiten zu tun«, unterbrach Ogilvie und griff an das Revers seiner abgewetzten Tweedjacke; er klappte es um, so daß der Anwalt neben ihm es sehen konnte. »Schauen Sie genau hin, Counsellor. Etwa zwei Zentimeter unterhalb der Spitze ist eine leichte Verdickung.«

Dawson blickte auf den Stoff, sein Ausdruck blieb undurchdringlich. »Zyankali?«

»Richtig.«

»Manchmal fällt es mir wirklich schwer, Sie zu begreifen, Red.«

»Damit Sie das nicht falsch verstehen«, meinte Ogilvie, »ich habe keine Lust, es jemals zu benutzen. Und die anderen Kapseln auch nicht, die ich an anderer Stelle versteckt habe. Ich bin kein Masochist, der Sie schockieren will. Ich habe ebensowenig das Bedürfnis, meinen Arm über ein Feuer zu halten, um zu zeigen, wie tapfer ich bin, wie es mir fernliegt, jemanden zu töten oder mir zu wünschen, daß er versucht, mich umzubringen. Ich habe diese Kapseln, weil ich ein Feigling bin, Mr. Dawson. Sie sagen, wir werden vierundzwanzig Stunden täglich beobachtet und bewacht. Das ist großartig, ich habe allerdings den Eindruck, Sie reagieren da empfindlich auf etwas, das gar nicht existiert. Ich glaube nicht, daß es am Dscherschinski-Platz eine Akte über Sie gibt; wenigstens nicht über Sie oder den Doktor. Ich bin sicher, daß über Stern eine Akte angelegt ist; aber daß er in russische Hände fällt, ist genauso absurd wie die Vorstellung, wir könnten uns Rostow greifen. So etwas passiert einfach nicht. Aber über mich gibt es eine tolle Akte, darauf können Sie wetten, und ich bin nicht im Ruhestand. Was ich weiß, ist sehr brisant, und jetzt, seitdem ich diesen Raum betreten habe, trifft das noch mehr zu. Deshalb habe ich diese kleinen Dinger. Ich weiß, wie ich mich aus der Affäre ziehen würde. Und das wissen die auch. Seltsamerweise sind diese Pillen mein Schutz. Die wissen, daß ich sie habe, daß ich sie notfalls benützen würde, weil ich ein Feigling bin.«

»Und jetzt haben Sie auch gerade den Grund dargelegt, weshalb Sie nicht draußen aktiv werden können«, erklärte Stern.

»Habe ich das? Dann haben Sie entweder nicht zugehört, oder Sie müßten wegen Unfähigkeit entlassen werden. Sie haben nämlich berücksichtigt, was ich *nicht* ausgesprochen habe. Was wollen Sie eigentlich, Herr Lehrer? Ein Attest von meinem Arzt, daß ich dienstunfähig bin?«

Die Männer blickten sich kurz verlegen an. »Kommen Sie schon, Red, hören Sie auf«, sagte Stern. »Davon kann keine Rede sein.«

»Doch, Dan. Das gehört durchaus zu den Dingen, die Sie bei Ihrer Entscheidung ins Kalkül ziehen. Wir alle wissen das, wir sprechen nur nicht darüber. Und ich nehme an, daß das eine weitere Überlegung ist. Wie lange habe ich noch zu leben? Drei Monate, vielleicht vier. Das ist doch der Grund, weshalb ich hier bin, und das war in der Tat eine intelligente Entscheidung.«

»Das war bestimmt nicht der einzige Grund«, meinte Dawson leise.

»Der hätte aber genügen sollen. Sie sollten immer jemanden aus dem Außendienst nehmen, der garantiert eine robuste Gesundheit besitzt – oder das Gegenteil davon.« Ogilvie wandte sich Miller zu. »Unser Doktor weiß Bescheid, nicht wahr, Paul?«

»Ich bin nicht *Ihr* Doktor, Red«, sagte der Psychiater ruhig.

»Das ist auch nicht nötig. Sie haben die Berichte gelesen. In fünf Wochen etwa werden die Schmerzen stärker werden ... und dann noch stärker. Ich werde es natürlich nicht spüren, weil man mich dann in ein Krankenhaus schaffen und mir Injektionen verpassen wird. Und die Ärzte werden mir weismachen, daß ich auf dem Wege der Besserung sei. Bis ich sie weder erkennen noch hören kann, und dann brauchen sie nichts mehr zu sagen.« Der ehemalige Agent lehnte sich in seinem Sessel zurück und sah Stern an. »Wir haben hier etwas, was unser kluger Anwalt vielleicht ein Zusammenwirken günstiger Umstände nennen würde. Aller Wahrscheinlichkeit nach werden die Sowjets mich nicht anrühren, aber sollten sie es versuchen, verliere ich nichts, da können Sie verdammt sicher sein. Und ich bin hier der einzige, der Havelock so weit herauslocken kann, daß wir ihn uns greifen können.«

Sterns Blick ließ den rothaarigen Mann, der nur noch wenige Wochen zu leben hatte, nicht los. »Sie sind sehr überzeugend«, sagte er.

»Ich bin nicht überzeugend, ich habe auch recht.« Plötzlich stieß Ogilvie seinen Stuhl zurück und stand auf. »Deshalb werde ich jetzt nach Hause gehen, ein paar Sachen packen und mir ein Taxi nach Andrews nehmen. Besorgen Sie mir eine Militärmaschine nach Italien; es ist wirklich nicht nötig, meine Reise allen dadurch auf die Nase zu binden, daß ich eine Linienmaschine nehme. Diese Kerle vom KGB kennen jeden Paß, jeden Decknamen, den ich je benutzt habe, und um sich einen neuen einfallen zu lassen, ist keine Zeit. Schicken Sie mich über Brüssel zum Stützpunkt Palombara. Und dann telegrafieren Sie Baylor-Brown, daß er mich erwarten soll ... Nennen Sie mich ›Apatsche‹.«

»Apatsche?« fragte Dawson.

»Das sind ausgezeichnete Fährtenleser.«

»Angenommen, er ist bereit, sich mit Ihnen zu treffen«, sagte der Psychiater. »Was werden Sie zu ihm sagen?«

»Nicht sehr viel. Hat er sich einmal auf Armlänge genähert, gehört er mir.«

»Er ist erfahren, Red«, sagte Stern und musterte Ogilvies Gesicht. »Er mag nicht mehr alle Tassen im Schrank haben, aber zäh ist der Bursche.«

»Ich werd' schon mit ihm klarkommen«, erwiderte der Todgeweihte und ging zur Tür. »Ich bin auch erfahren. Das ist ja der Grund, weshalb ich ein Feigling bin. Ich gehe auf nichts zu, von dem ich mich nicht wieder entfernen kann. Meistens.« Ogilvie öffnete die Tür und trat hinaus, ohne ein weiteres Wort zu sagen.

»Wir werden ihn nicht wiedersehen«, meinte Miller.

»Ich weiß«, sagte Stern. »Und er weiß es auch.«

»Glauben Sie, daß er Havelock findet?« fragte Dawson.

»Dessen bin ich mir sicher«, erwiderte Stern. »Er wird ihn sich holen, ihn Brown und ein paar Ärzten übergeben, die wir in Rom haben, und dann wird er verschwinden, das hat er uns ja gerade erklärt. Er geht nicht ins Krankenhaus. Er wird auf seine Art sterben.«

»Das Recht hat er«, sagte der Psychiater.

»Ich denke auch«, stimmte der Anwalt nicht sehr überzeugend zu und wandte sich an Stern. »Ich wünschte, wir könnten in bezug auf Havelock sicher sein. Er muß unbedingt ausgeschaltet werden. Politiker in ganz Europa würden sich auf uns stürzen, und das wäre genau das, worauf die Fanatiker aller Richtungen gewartet haben. Botschaften würden niedergebrannt, Agentennetze zerstört werden. Man würde Geiseln nehmen, und – machen wir uns ja nichts vor – eine ganze Menge Leute würde getötet werden. Und das nur, weil ein Mann aus dem Gleichgewicht geraten ist. Wir haben so etwas doch schon erlebt, und zwar in weit weniger eklatanten Fällen.«

»Deshalb bin ich ja so sicher, daß Ogilvie ihn herschaffen wird«, sagte Stern. »Pauls Job ist mir nicht allzusehr vertraut, aber ich glaube zu wissen, was Red durch den Kopf geht. Meiner Ansicht nach ist er innerlich tief aufgewühlt. Er hat miterlebt, wie seine Freunde draußen starben – von Afrika bis Istanbul. Er hat gelitten, als jene Frau ihn mit drei Kindern wegen seiner Arbeit verließ. Die Kinder hat er seit fünf Jahren nicht mehr gesehen. Jetzt muß er mit dem leben, was er hat . . . an dem sterben, was er hat. Wenn man alles betrachtet, könnte man fragen, wenn ein Mann wie er auf der geraden Bahn bleibt, was gibt dann eigentlich Havelock das Privileg, durchzudrehen. Unser Apatsche ist auf seiner letzten Jagd, stellt seine letzte Falle. Er wird dafür sorgen, daß sie zuklappt, weil er zornig ist.«

»Gewiß«, sagte der Psychiater. »Ihm bleibt nichts anderes. Das ist seine letzte Rechtfertigung.«

»Wofür?« fragte der Anwalt.

»Für seinen Schmerz«, antwortete Miller. »Und den von Havelock. Verstehen Sie, er hat ihn einst sehr respektiert. Das kann er nicht vergessen.«

8

Die Düsenmaschine ohne Hoheitskennzeichen stieß sechzig Kilometer nördlich des Flughafens von Palombara durch die dichte Wolkenschicht. Sie war in Brüssel gestartet und hatte auf ihrem Kurs die militärischen und kommerziellen Luftrouten gemieden. Dank ihrer extremen Flughöhe und dem blitzartigen Landemanöver war die Wahrscheinlichkeit einer Beobachtung praktisch Null. Für das kurze Auftauchen auf den Radarschirmen hatte man vorgesorgt. Es würde keine Untersuchungen zur Folge haben. Und nach der Landung in Palombara sollte ein Mann der Maschine entsteigen, der um drei Uhr früh unter strikter Geheimhaltung in Brüssel an Bord gegangen war.

Ein Mann ohne richtigen Namen, den man nur den »Apatschen« nannte. Dieser Mann konnte wie viele seinesgleichen die üblichen Paßformalitäten nicht riskieren. Zwar war es möglich, das Aussehen eines Menschen oder seinen Namen zu ändern, aber bei der Grenzpolizei gab es Beamte, die genau wußten, wonach sie Ausschau halten mußten, und zudem mit einem computerhaften Personengedächtnis ausgestattet waren. Zu oft hatten sie Erfolg.

Für den Apatschen war die gegenwärtige Art zu reisen die Norm. Der Pilot drosselte die Schubkraft der Motoren und lenkte seine Maschine in einer langgezogenen Kurve über die Wälder. Der Landeplatz war eine etwa eine Meile lange Schneise. Die Wartungshangars und der Tower standen etwas abseits, seltsame und doch kaum sichtbare Fremdkörper in der Landschaft.

Jetzt war das Landemanöver beendet; der junge Pilot drehte sich in seinem Sessel herum, als der Gegenschub der Maschine die kleine Kabine erzittern ließ. Er hob die Stimme, um sich in dem Lärm Gehör zu verschaffen, und sprach den rothaarigen Mann in mittleren Jahren hinter sich an.

»Da wären wir, Indianer. Jetzt können Sie Pfeil und Bogen nehmen und sich auf den Kriegspfad begeben. Manitou möge Ihnen helfen.«

»Spaßvogel«, erwiderte Ogilvie und schnallte sich los. Er sah auf die Uhr. »Welche Zeit haben wir hier? Meine Uhr ist immer noch auf Washingtoner Zeit gestellt.«

»Drei Minuten vor sechs. Sie haben sechs Stunden verloren. Für Sie ist jetzt Mitternacht, aber hier ist bereits Morgen. Wenn man Sie im Büro erwartet, hoffe ich, daß Sie ein wenig schlafen konnten.«

»Es reicht. Ist für die Fahrt gesorgt?«

»Bis zum Wigwam des Großen Häuptlings an der Via Vittorio.«

»Sehr komisch. Ist dort die Botschaft?«

»Richtig. Sie sind ein Spezialpaket. Lieferung garantiert ab Brüssel.«

»Das ist falsch. Die Botschaft kommt nicht mehr in Frage.«

»Wir haben unsere Anweisungen.«

»Dann erteile ich jetzt neue.«

Im Hauptgebäude des Flughafens, der auf keiner Karte verzeichnet war, betrat Ogilvie das kleine Büro, zu dem nur Männer wie er Zutritt hatten. Der Raum hatte keine Fenster und war einfach möbliert. Die zwei Telefone waren ständig mit elektronischen Zerhackersystemen gekoppelt. Der Korridor, der zum Büro führte, wurde von drei Männern bewacht, die unauffällige Overalls trugen. Aber unter dem khakifarbenen Stoff verbarg jeder eine Waffe, bereit, von ihr Gebrauch zu machen, falls sich irgendwelche unbekannten Personen dem ankommenden Passagier nähern oder gar eine Kamera zücken sollten. Diese Vorkehrungen waren das Ergebnis außerplanmäßiger Konferenzen zwischen unbekannten Vertretern beider Regierungen, deren Aufgabengebiet weit über die offiziellen Geheimdiensttätigkeiten hinausging. Überall auf der Welt wurden Regierungen von inneren und äußeren Feinden bedroht, von Fanatikern der Linken und Rechten, die sich einzig und allein der Zerstörung der politischen Stabilität verschworen hatten. Ihr Fanatismus wurde von der Sensationspresse unterstützt, die reißerisch von spektakulären Terroranschlägen berichtete. Deshalb mußte man denen, die diese Extremisten in jeder Form bekämpften, auch stillschweigend entgegenkommen. Fest stand, daß die Männer, die in Palombara landeten, wie Ogilvie etwa, den Auftrag hatten, gegen solche Extremisten vorzugehen. Wenn es ihm nicht gelang, einen abtrünnig gewordenen Agenten zu stellen, der unter einer gefährlichen Art von Paranoia litt und in seinem Gedächtnis die brisantesten Einzelheiten strenggeheimer Abwehroperationen aus den letzten sechzehn Jahren gespeichert hatte, konnte jener Mann Agentennetze in ganz Europa zerstören, und wichtige Informationsquellen würden versiegen. Es war unbedingt notwendig, Michael Havelock aufzuspüren und dingfest zu machen; kein Terrorist konnte größeren Schaden anrichten.

Ogilvie trat an den Schreibtisch, setzte sich und griff nach dem Telefon zu seiner Linken; es war schwarz und für den Inlandeinsatz bestimmt. Er wählte die Nummer, die er sich gemerkt hatte, und vernahm zwölf Sekunden später die schläfrige Stimme von Lieutenant Colonel Lawrence Brown.

»Brown. Was ist?«

»Baylor-Brown?«

»Apatsche?«

»Ja. Ich bin in Palombara. Haben Sie irgend etwas gehört?«

»Kein Wort. Ich habe Leute in ganz Rom ausgeschickt; niemand weiß etwas über ihn.«

»Was haben Sie gemacht?«

»Nun, Leute eingesetzt, jede Quelle, die wir bezahlen können oder die uns eine Gefälligkeit schuldet . . .«

»Verdammt, rufen Sie sie zurück! Was, zum Teufel, geht in Ihnen vor?«

»He, mal langsam, Kumpel. Ich glaube nicht, daß wir so miteinander klarkommen.«

»Mir ist es scheißegal, ob wir miteinander klarkommen oder nicht. Sie haben es hier nicht mit einem Kreuzworträtsel von G-Zwo zu tun; er ist eine Schlange, Kumpel. Wenn der herausfindet, daß Sie hinter ihm her sind, dann reimt er sich daraus zusammen, daß Sie die Abmachungen gebrochen haben; und er wird es herausfinden; und dann beißt er zu. Herrgott, glauben Sie etwa, daß der bislang noch nie verfolgt worden ist?«

»Bilden Sie sich vielleicht ein, daß ich meine Leute nicht kenne?« konterte Brown verärgert.

»Ich denke, wir sollten besser miteinander reden.«

»Dann kommen Sie her«, sagte der Colonel.

»Das ist auch so eine Sache«, erwiderte Ogilvie. »Die Botschaft kommt nicht in Frage.«

»Warum nicht?«

»Unter anderem, weil er an einem Fenster auf der anderen Straßenseite lauern könnte.«

»So?«

»Er weiß, daß ich mich nie im Einsatzgebiet zeigen würde. Außerdem wird jeder Eingang rund um die Uhr von KGB-Kameras beobachtet.«

»Er weiß ja nicht einmal, daß Sie kommen«, entgegnete Brown. »Oder wer Sie sind.«

»Spätestens, wenn Sie es ihm erzählen.«

»Ein Name, bitte?« sagte der Offizier verärgert.

»Apatsche genügt für den Augenblick.«

»Meinen Sie, daß ihm das etwas sagen wird?«
»Bestimmt.«
»Mir aber nicht.«
»Das soll es auch nicht.«
»Wir werden ganz gewiß nicht miteinander auskommen.«
»Das tut mir leid.«
»Da Sie nicht hierherkommen wollen – wo treffen wir uns?«
»Im Park der Villa Borghese. Ich werde Sie finden.«
»Das wird leichter sein, als wenn ich Sie finden müßte.«
»Sie irren, Baylor.«
»Von wegen finden?«
»Nein. Ich glaube, wir werden uns schon verstehen.« Ogilvie hielt kurz inne. »Sagen wir in zwei Stunden. Bis dahin könnte unsere Zielperson versucht haben, Sie zu erreichen.«
»In zwei Stunden.«
»Und noch etwas, Baylor.«
»Was?«
»Rufen Sie Ihre Leute zurück, Kumpel.«

Der März war nicht gerade freundlich. Die Kühle des römischen Winters – so mild er auch war – verhinderte immer noch das Knospen der Blumen. Die vielen Wege, die durch die hohen Pinien zu dem großen Museum führten, schienen ein wenig schmutzig, und das Grün der Pinien wirkte matt. Selbst die Bänke, die die schmalen Fußwege säumten, waren mit Staub bedeckt. Ein durchsichtiger Film hatte sich über den Park der Villa Borghese gesenkt; er würde nach dem ersten Aprilregen verschwinden.

Ogilvie stand an einem dicken Eichenstamm am Rande des Parks hinter dem Museum. Es war noch früh am Morgen, und nur ein paar Studenten und Touristen schlenderten durch den Park. Sie warteten darauf, daß die Wärter die Tore öffneten, die zu den Schätzen des Casino Borghese führten. Der ehemalige Agent – der jetzt wieder einer war – sah auf die Uhr, und auf sein von tiefen Furchen durchzogenes Gesicht legten sich weitere Falten – vor Ärger. Es war beinahe zwanzig Minuten vor neun; der Beamte von der Heeresabwehr hatte sich schon um mehr als eine halbe Stunde verspätet. Ogilvies Verstimmtheit richtete sich ebensosehr gegen ihn selbst wie auf Baylor-Brown. In seiner Hast, einen Besuch in der Botschaft zu verhindern und klarzustellen, daß er und niemand sonst das Sagen hatte, hatte er sich einen schlechten Treffpunkt ausgewählt, wie er jetzt merkte. Dem Colonel würde das auch klarwerden, sobald er darüber nachdachte; vielleicht war dies der Grund, weshalb er sich verspätete. Die Villa Borghese war um diese Stunde zu wenig besucht und besaß zu viele dunkle Winkel, von denen aus ein etwaiger Verfolger jeden Schritt beobachten und jedes Wort mit hochempfindlichen Mikrofonen mithören konnte. Ogilvie verfluchte sich insgeheim, das war keine überzeugende Art, seine Autorität zu bestätigen. Der Attaché hatte wahrscheinlich eine komplizierte Route gewählt und einige Male die Fahrzeuge gewechselt, in der Hoffnung, mögliche Verfolger auf diese Weise abzuschütteln. Auf die Botschaft waren tatsächlich KGB-Kameras gerichtet, und der unfreundliche Mann aus Washington mit dem rätselhaften Namen Apatsche hatte den Colonel wirklich in eine schwierige Situation gebracht. Vor sieben Jahren hatten zwei Geheimagenten mit den Decknamen Apatsche und Navajo in Istanbul fast ihr Leben verloren, als sie auf der Mesrutiyet einen KGB-Mord zu verhindern versucht hatten. Ihr Vorhaben war gescheitert. Dabei war Navajo um vier Uhr morgens auf der verlassenen Atatürk-Straße in die Falle gegangen, als plötzlich an beiden Enden Killerkommandos des KGB auftauchten. Die Situation war aussichtslos, bis Apatsche in einem gestohlenen Wagen über die Brücke gerast kam, auf dem Bürgersteig mit quietschenden Reifen stoppte und seinem Kollegen zurief, er solle einsteigen oder sich den Kopf abschießen lassen. Dann war Ogilvie durch einen Kugelhagel gerast und hatte sich einen Streifschuß an der Schläfe und zwei Steckschüsse in der rechten Hand zugezogen, während er durch die Barrikaden brach. Der Mann, der vor sieben Jahren den Tarnnamen Navajo getragen hatte, konnte Apatsche nicht ohne weiteres vergessen. Ohne ihn wäre Michael Havelock in Istanbul getötet worden. Darauf baute Ogilvie.

Plötzlich hörte er ein Geräusch hinter sich; er fuhr herum. Eine schwarze Hand hob sich vor ihm, das dunkle Gesicht hinter der Hand war unbewegt, geweitete Augen starrten ihn an. Baylor-Brown schüttelte zweimal lautlos den Kopf und legte den Zeigefinger an die Lippen. Nachdem er Ogilvie hinter die Eiche gezogen hatte, wies er zum südlichen Teil des Gartens. Vierzig Meter entfernt sah sich ein Mann im dunklen Anzug um, sein Gesichtsausdruck wirkte gehetzt, unschlüssig. Zuerst bewegte er sich in die eine Richtung, dann in die andere. In der Ferne war dreimal hintereinander der Ton einer Autohupe zu hören, dann heulte ein Motor auf; der Mann im dunklen Anzug schrak zusammen. Er blieb stehen und fing an, in die Richtung zu rennen, aus der die Geräusche kamen. Jetzt verschwand er hinter der Ostmauer der Villa Borghese.

»Das ist wirklich ein blöder Ort«, sagte der Colonel und sah auf die Uhr.

»War das Ihre Hupe?« fragte Ogilvie.

»Der Wagen parkt an den Veneto-Toren. Das war nahe genug, um etwas zu hören; darauf kam es an.«

»Tut mir leid«, sagte der ehemalige Agent leise. »Mein letzter Einsatz ist lange her. Normalerweise mache ich keine solchen Fehler. Früher waren immer viele Leute im Park.«

»Schon gut. Ich bin gar nicht mal sicher, daß es ein Fehler war.«

»Hören Sie auf mit den Nadelstichen.«

»Sie verstehen nicht, worauf ich hinauswill. Ihre Gefühle sind mir gleichgültig. Ich meine, ich bin bisher nie vom KGB beobachtet worden – nicht, daß ich davon wüßte. Warum also jetzt?«

Ogilvie lächelte; er hatte die Situation wieder im Griff. »Sie haben Spürhunde ausgeschickt. Ich glaube, das erwähnte ich.«

Der farbige Offizier blieb stumm, seine dunklen Augen blickten nachdenklich. »Dann bin ich in Rom erledigt«, sagte er schließlich.

»Vielleicht.«

»Nicht vielleicht. Ganz sicher. Deshalb habe ich mich verspätet.«

»Er hat Sie erreicht.« Der rothaarige Agent sprach die Worte mit weicher Stimme.

»Er hat alle seine Geschütze aufgefahren, und ich bin der erste, der dabei draufgehen wird. Er hat die Spur der Karras gefunden und ist ihr bis in den Hafen Civitavecchia gefolgt, wo sie ihm entkommen ist. Er will nicht sagen, wie oder auf welchem Schiff. Es war eine Falle; aber er hat den Spieß umgedreht und den Verantwortlichen gefunden: einen kleinen Gangster in den Docks. Havelock hat ihn zum Reden gebracht, und was er erfuhr – was er *glaubt*, erfahren zu haben –, macht ihn hochexplosiv wie eine Bombe.«

»Was denn?«

»Die Doppelprogrammierung. Dieselbe Taktik, die vermutlich bei ihm angewandt wurde. Die Karras ist von uns gegen ihn eingesetzt worden.«

»Wie?«

»Indem jemand sie davon überzeugt hat, daß er zu den Sowjets übergelaufen ist, daß er vorhatte, sie zu töten.«

»Das ist doch völliger Quatsch.«

»Ich wiederhole nur, was er gesagt hat – was man ihm gesagt hat. Wenn man alles betrachtet, ist es nicht ohne Logik. Es würde eine ganze Menge erklären. Der KGB hat ein paar recht tüchtige Schauspieler; die könnten für sie ein Theater aufgeführt haben. Das ist eine ganz ausgebuffte Strategie. Er ist draußen und sie auf der Flucht – ein produktives Team neutralisiert.«

»Ich meine, das Ganze ist nichts als Unfug«, entgegnete Ogilvie. »Es gibt keine Jenna Karras; die ist an der Costa Brava umgekommen. Sie war eine KGB-Agentin. Da sind keine Fehler gemacht worden, aber selbst das hat jetzt nichts zu besagen. Das Wichtigste ist, daß sie tot ist.«

»Er glaubt es nicht; wenn Sie mit ihm sprechen, glauben Sie es vielleicht auch nicht mehr. Ich jedenfalls bin verunsichert.«

»Havelock glaubt, was er glauben will, glauben muß. Ich habe die medizinischen Fachausdrücke gehört, und wenn man die in die normale Sprache übersetzt, dann hat er einfach durchgedreht.«

»Er ist aber verdammt überzeugend.«

»Weil er nicht lügt. Das ist es ja gerade. Er hat tatsächlich gesehen, was er gesehen hat.«

»Das sagt er ja.«

»Aber das kann nicht sein. Seine Wahrnehmungsfähigkeit ist stark reduziert. Wenn er durchdreht, sieht er nicht mehr klar, und in seinem kranken Kopf spukt es.«

»Sie sind auch überzeugend.«

»Weil ich nicht lüge, und mein Kopf ist intakt.« Ogilvie griff nach einem Päckchen Zigaretten. Er holte eine heraus und zündete sie mit einem uralten, abgewetzten Feuerzeug an, das er vor einem Vierteljahrhundert gekauft hatte. »Das sind die Fakten, Colonel. Sie können sich den Rest selber denken. Die Konsequenz daraus ist klar. Havelock muß dingfest gemacht werden.«

»Das wird nicht so leicht sein. Er mag sich vielleicht in wirren Gedanken verrennen, aber ein Amateur ist er nicht. Er ist raffiniert und vorsichtig.«

»Das ist mir bewußt. Das ist der reale Teil. Sie haben ihm gesagt, daß ich hier bin, stimmt's?«

»Ich sagte ihm, daß ein Mann namens Apatsche hier sei.« Der Colonel hielt inne.

»Und?«

»Es hat ihm nicht gefallen. Warum gerade Sie?«

»Er steht in meiner Schuld.«

»Vielleicht ist das Ihre Antwort.«

»Was sind Sie eigentlich? Psychologe? Oder Anwalt?«

»Ein wenig von beidem. Sie etwa nicht?«

»Im Augenblick bin ich bloß genervt. Worauf, zum Teufel, wollen Sie hinaus?«

»Havelocks Reaktion auf Sie war sehr spontan und heftig. ›So, die haben also den Revolverhelden geschickt‹, hat er gesagt. Ist das Ihre andere Bezeichnung?«

»Kinderkram. Ein schlechter Witz.«

»Er klang gar nicht erheitert. Er wird mittags anrufen und Instruktionen für Sie durchgeben.«

»In der Botschaft?«

»Nein. Ich soll mir ein Zimmer im ›Excelsior‹ nehmen. Sie sollen mit mir dort sein und ans Telefon gehen.«

»Dieser Schweinehund!«

»Bringt das Probleme?«

»Er weiß, wo ich bin, aber ich nicht, wo er ist. Er kann mich beobachten, aber ich ihn nicht.«

»Welchen Unterschied macht das schon? Er ist offensichtlich bereit, sich mit Ihnen zu treffen. Wenn Sie ihn schnappen wollen, müssen Sie sich mit ihm verabreden.«

»Sie sind ein Greenhorn, Colonel, nehmen Sie mir's nicht übel. Er setzt mich unter Druck.«

»Inwiefern?«

»Ich brauche zwei Männer, am besten Italiener, die möglichst unauffällig sind und mir folgen, wenn ich das Hotel verlasse.«

»Warum?«

»Weil er *mich* greifen könnte«, sagte der ehemalige Agent nachdenklich. »Von hinten. Auf jedem überfüllten Bürgersteig. Es gibt keinen Trick, den er nicht kennt . . . Ein Mann bricht auf der Straße zusammen; ein Freund hilft ihm und bringt ihn zum nächsten Wagen. Beides Amerikaner. Nichts Auffälliges.«

»Das heißt, daß ich nicht bei Ihnen sein werde. Trotzdem bin ich die Verbindungsperson. Ich könnte verlangen, dabei zu sein.«

»Sie sind wirklich noch ein Anfänger. Er würde nach Kairo gehen. Und falls Sie versuchen sollten, mich im Auge zu behalten, dann hab' ich da so eine Idee, würde er Sie entdecken. Nchmen . . .«

» . . . Sie es mir nicht übel«, führte Brown den Satz zu Ende. »Es hat schon Nachteile . . . Ich werde für Ihren Schutz sorgen.« Wieder hielt der Offizier inne und fuhr dann fort: »Aber statt zwei Männern wäre ein Paar besser.«

»Das ist gut. Sie kommen schon noch dahinter, Colonel.«

»Ich hätte noch einen Vorschlag. Sollte man ihn mir jemals zur Last legen, werde ich freilich ableugnen, ihn gemacht zu haben. Und angesichts Ihres Spitznamens ›Revolverheld‹ glaube ich, daß es mir nicht schwerfallen würde zu behaupten, die Idee hätten Sie gehabt.«

»Ich bin schon ganz gespannt.«

»Ich bin in dieser Region für ein großes Gebiet zuständig. Die Arbeit, die ich für das Pentagon und das Außenministerium mache, läßt sich nicht klar voneinander trennen. Ich brauche eine Gefälligkeit, oder jemand braucht eine von uns, und so wird der Kreis immer größer, selbst wenn wir einander nie begegnet sind.«

»Ich wiederhole mich ungern«, unterbrach Ogilvie. »Aber worauf, zum Teufel, wollen Sie hinaus?«

»Ich habe dort draußen eine Menge Freunde. Männer und Frauen, die mir vertrauen. Wenn ich gehen muß, möchte ich natürlich, daß das Büro intakt bleibt; aber eines ist mir noch wichtiger: Ich möchte nicht, daß diese Freunde – die, die ich kenne, und die anderen auch – einen Schaden erleiden. Und Havelock könnte ihnen Schaden zufügen. Er hat in Italien agiert, an der Adria, am Ligurischen Meer, an der Nordküste bis hinunter nach Gibraltar. Er könnte Gegenaktionen provozieren. Ich glaube nicht, daß ein ausgeschiedener, durchgedrehter Agent das wert ist.«

»Ich auch nicht.«

»Dann schaffen Sie ihn weg. Schnappen Sie ihn nicht bloß, sondern machen Sie ihn kalt.«

»Das hätten Sie von mir gehört haben können.«

»Und jetzt?«

Der Mann aus Washington schwieg eine Weile und erwiderte schließlich: »Nein.«

»Warum nicht?«

»Weil das zu den Konsequenzen führen könnte, die Sie nicht wollen.«

»Unmöglich. Er hat keine Zeit gehabt.«

»Das wissen Sie nicht. Wenn diese Sache seit der Aktion an der Costa Brava läuft, kann man unmöglich sagen, was für Depots er eingerichtet hat oder wo. Er könnte in einem halben Dutzend Ländern Dokumente hinterlassen haben, mit der speziellen Anweisung, diese Dokumente freizugeben, falls bestimmte Kontakte nicht stattfinden sollten. In den letzten sechs Wochen war er in London, Amsterdam, Paris, Athen und Rom. Warum? Warum ausgerechnet in diesen Städten? Er konnte Ziele in der ganzen Welt wählen, denn er hatte genügend Geld bei sich. Und doch kehrte er ausgerechnet in die Städte zurück, wo er intensiv im Untergrund tätig war. Das könnte einen bestimmten Grund haben.«

»Oder Zufall sein. Er kannte die Städte und fühlte sich sicher.«

»Vielleicht, aber vielleicht auch nicht.«

»Ihrer Logik kann ich nicht folgen. Wenn Sie ihn schnappen, kann er diese Kontakte ja auch nicht wahrnehmen.«

»Es gibt Mittel und Wege.«

»Die Kliniken, vermute ich.«

»Richtig.«

»Und ich glaube, daß Sie nicht recht haben. Ich weiß nicht, ob er diese Karras gesehen hat oder nicht, aber was auch immer er gesehen hat, was auch immer passiert ist, es ist in den letzten vierundzwanzig Stunden geschehen. Er hatte keine Zeit, irgend etwas zu veranlassen. Vielleicht hat er Ihnen so was erzählt, aber es kann nicht wahr sein.«

»Ist das Ihre Ansicht, oder sind Sie Hellseher?«

»Keines von beiden. Das ist Tatsache. Ich habe einem Mann zugehört, der einen Schock erlitten hat. Er hatte gerade etwas erlebt, das ihn völlig verwirrt hat. Wenn Sie davon sprechen, was er hätte tun können, von Depots reden, die er angelegt haben könnte, verwenden Sie die Worte, die ich Ihnen geliefert haben, weil er sie mir gegenüber gebraucht hat. Er stellte Spekulationen darüber an, was er tun *könnte,* nicht, was er getan hat. Das ist ein verdammt großer Unterschied, Herr Oberstratege.«

»Und deswegen wollen Sie, daß er stirbt?«

»Ich will, daß eine Menge anderer Leute am Leben bleibt.«

»Das wollen wir auch. Deshalb bin ich hier.«

»Damit Sie ihn lebend zurückbringen können«, sagte Baylor-Brown finster. »Genau wie Frank Buck.«

»Das genügt.«

»Nein, keineswegs. Angenommen, Sie schaffen es nicht und er entkommt?«

»Das wird nicht passieren.«

»Ihre Meinung oder Hellseherei?«

»Tatsache.«

»Nein. Das ist eine Vermutung, auf die ich nicht bauen will.«

»Sie haben keine Wahl, Soldat. Das Oberkommando hat gesprochen.«

»Dann will ich Ihnen etwas sagen, Zivilist. Reden Sie mit mir nicht über Oberkommando. Ich hab' mir in dieser Armee der Weißen so lange meinen schwarzen Hintern aufgerissen – in einer Armee, die oben weiß und unten schwarz ist –, bis die mich zu diesem wichtigen Posten befördern mußten. Und jetzt kommen Sie mit Ihrer Geheimagententour und einem Codenamen, mit dem ich nichts anfangen kann, der mir nicht weiterhilft. Wenn Sie Havelock nicht zu fassen kriegen und er entkommt, dann bin ich die Zielscheibe. ›Kaffee-gesicht‹ ist schuld an der Schlappe; sein Agentennetz ist bloßgestellt. Suspendiert ihn, wird es sofort heißen.«

»Sie heuchlerischer Bastard«, sagte der Mann aus Washington angewidert. »Sie sind doch nur interessiert daran, Ihre eigene Haut zu retten.«

»Aus etlichen Gründen, die viel zu hoch sind, als daß Sie sie verstehen könnten. Es wird mehr Leute wie mich geben, nicht weniger ... Wo auch immer Sie in dieser Stadt hingehen, ich werde nicht weit hinter Ihnen sein. Holen Sie ihn sich auf Ihre Art, dagegen habe ich nichts. Ich werde Sie nach Palombara zurückbringen und Sie beide persönlich in einen Düsenjet setzen, mit einem Empfehlungsschreiben in lateinischer Sprache. Aber sollten Sie es nicht schaffen, und er richtet Unheil an, wird er auf meine Art eliminiert werden.«

»Das klingt aber nicht nach dem Mann, der ihm seine Story geglaubt hat.«

»Ich habe nur berichtet, was er mir gesagt hat. Und ob ich ihm glaube oder nicht, macht keinen Unterschied. Er ist eine Gefahr für mich und meine Funktion hier in Rom und für einen großen Teil des Netzes, das ich auf Anweisung meiner Regierung und auf Kosten der amerikanischen Steuerzahler aufgebaut habe.«

Der Colonel hielt inne und lächelte. »Das ist alles, was ich wissen muß, um angemessen zu reagieren.«

»Sie könnten es weit bringen.«

»Das habe ich auch vor. Dazu muß ich Punkte sammeln.«

Ogilvie trat einen Schritt zurück und blickte an dem dichten Blätterwerk der Eiche vorbei auf die Parkanlagen im Hintergrund. Er sprach jetzt ganz leise, und seine Stimme war ausdruckslos. »Ich könnte Sie verlieren, wissen Sie. Sie töten, wenn ich müßte.«

»Richtig«, sagte der Offizier. »Ich werde das also mit dem ›Excelsior‹ vergessen. Nehmen Sie sich ein Zimmer auf meinen Namen, und wenn der Anruf von Havelock kommt, geben Sie vor, Sie wären ich. Er erwartet, mich dort vorzufinden, ich soll Ihre Anwesenheit bestätigen. Er weiß, daß für mich einiges auf dem Spiel steht.«

»Ich kann Sie anzeigen, dann droht Ihnen garantiert ein Kriegsgerichtsprozeß. Wegen Befehlsverweigerung im Dienst.«

»Wegen eines Gesprächs, das nie stattgefunden hat? Oder vielleicht hat es stattgefunden, und ich habe eine militärische Entscheidung getroffen. Das Subjekt fand den Kontakt nicht akzeptabel; ich wollte einen anderen Mann in Rom. Was halten Sie von der Version?«

Ogilvie ließ sich mit der Antwort fast eine Minute Zeit. Er warf seine Zigarette weg, trat sie aus und zermahlte sie mit dem Absatz im Sand. »Sie haben Talent, Colonel«, sagte er schließlich. »Ich brauche Sie.«

»Sie wollen ihn wirklich, wie?«

»Ja.«

»Das habe ich mir gedacht. Aus Ihrer Stimme am Telefon konnte ich das schon hören. Ich wollte die Bestätigung, Herr Oberstratege. Betrachten Sie mich einfach wie eine Versicherungspolice, die Sie nicht haben wollen, aber von der Ihr Steuerberater sagt, daß Sie sie brauchen. Wenn ich Rede und Antwort stehen muß, ist nichts verloren. Ich kann das Ganze besser rechtfertigen als irgend jemand an einem Konferenztisch in Washington. Schließlich bin ich der einzige, der mit ihm gesprochen hat. Ich weiß, was er getan hat und was nicht.«

»Aber schon nach kurzer Zeit könnte sich herausstellen, daß Sie unrecht haben.«

»Das Risiko gehe ich ein. Sehen Sie, so sicher bin ich meiner Sache.«

»Das brauchen Sie gar nicht. Man wird Sie nicht zur Rechenschaft ziehen, weil ich ihn nicht entkommen lasse.«

»Das freut mich zu hören. Abgesehen von dem Paar, das sich an Ihre Fersen heften wird, sobald Sie das Hotel verlassen – was benötigen Sie sonst noch?«

»Nichts. Ich habe meine Ausrüstung mitgebracht.«

»Was werden Sie ihm sagen?«

»Was er hören will.«

»Was werden Sie einsetzen?«

»Meine Erfahrung. Haben Sie das mit dem Zimmer arrangiert?«

»Vor fünfundvierzig Minuten«, sagte Brown und nickte. »Ich habe kein Zimmer, sondern eine Suite reserviert. Die hat nämlich zwei Telefone. Nur für den Fall, daß Sie in Versuchung geraten, mir einen Bären aufzubinden, werde ich alles mithören, was er sagt.«

»Sie setzen mich unter Druck, Junge.«

»Darauf will ich jetzt nicht eingehen. Sehen Sie es lieber so: Wenn der heutige Tag vorbei ist, werden Sie entweder mit oder ohne ihn nach Washington zurückkehren. Wenn Sie ihn haben, schön. Wenn nicht, werde ich es ausbaden. Man gibt im Pentagon etwas auf mein Urteil; unter den gegebenen Umständen wird die Lösung womöglich das äußerste Mittel erfordern, und man wird sie akzeptieren.«

»Sie kennen sich aus, wie?«

»Bis auf ein paar hundert Widersprüche. Machen Sie sich ein angenehmes Leben, Herr Oberstratege. Fühlen Sie sich wohl und zufrieden. Geben Sie Ihre Kommentare lieber aus der Distanz ab, und überlassen Sie den Außendienst uns. Auf die Weise leben Sie besser.«

Ogilvie unterdrückte das leichte Zucken im Gesicht. Er konnte den scharfen Schmerz spüren, der durch seine Brust schoß und tief in seiner Kehle brannte. Jeden Tag breitete sich die Krankheit ein wenig weiter aus – unbezähmbar.

»Danke für den Rat«, sagte er.

9

Der Palatin, einer der sieben Hügel Roms, liegt hinter dem Konstantinbogen. An den sanft ansteigenden Hängen sind Ruinen aus der antiken Vergangenheit verstreut; das war der Treffpunkt.

Einen halben Kilometer nordwestlich des Gregorius-Tors lag ein altes Arborium mit einer Büste des Kaisers Domitian auf einem Podest am Ende eines Plattenweges, den zu beiden Seiten die marmornen Überreste einer halbzerfallenen Mauer säumten. Zweige wilder Olivenbäume fielen in Kaskaden über den behauenen Felsen, während braune und grüne Schlingpflanzen am Boden entlangkrochen, jede Spalte füllten und ein Netzwerk gleich dem einer Spinne über den zersprungenen Marmor breiteten. Am Ende des Plattenwegs, hinter dem strengen Gesicht des Domitian, waren die Überreste eines Brunnens zu erkennen, der in den Hügel hineingebaut war. Dort endete der Laubengang plötzlich; es gab keinen Ausgang. Das friedliche Bild ließ Szenen einer alten Epoche lebendig werden: Kleine, aber imposant wirkende Männer, in Togen gewandet, die unter den ineinander verschlungenen Ästen im gefilterten Sonnenlicht auf und ab schreiten und über die Staatsgeschäfte Roms parlieren.

Zwischen drei und halb vier, wenn die Sonne den mittleren Punkt am westlichen Himmel einnahm, würden sich hier, an diesem idyllischen, geschichtsträchtigen Ort, zwei Männer begegnen, jeder mit einem anderen Ziel, beide im Wissen, daß diese unterschiedliche Zielsetzung den Tod des einen oder des anderen verursachen konnte.

Noch zwanzig Minuten. Havelock hatte sich hinter einer Gruppe von Büschen auf dem nächsten Hügel postiert, von wo aus er den Laubengang überblicken konnte. Er war nervös und zornig, während seine Blicke über den Plattenweg und die wilden Felder jenseits der Mauern schweiften. Vor einer halben Stunde hatte er von einem Straßencafé gegenüber dem Hotel ›Excelsior‹ auf der Via Veneto das gesehen, was er befürchtet hatte. Binnen Sekunden, nachdem der rothaarige Ogilvie durch die Glastür auf das Pflaster hinausgetreten war, hatten ein Mann und eine Frau sich ihm an die Fersen gesetzt. Sie waren auffallend zufällig und ein wenig zu schnell aus einem Juweliergeschäft nebenan gekommen. Der Laden hatte einen breiten Eingang mit Schaufenstern, so daß die Beobachter alles gut überblicken konnten. Der Mann aus Washington war kurz nach rechts abgebogen und stehengeblieben, ehe er sich in den Fußgängerstrom eingereiht hatte. Niemand würde den Apatschen aus der Menge herausholen, ehe er den Palatin erreichte. Ogilvie hatte damit gerechnet, daß der Versuch gemacht würde, er hatte nicht die Absicht, die Kontrolle zu verlieren, und deshalb hatte er vorgesorgt. Am Telefon hatte der ehemalige Agent, jetzt ein hochrangiger Stratege, ihm nur Hilfe geboten. Er hätte wichtige – wenn nicht sogar streng geheime – Informationen zu übergeben; darunter würden auch die Antworten zu finden sein, die Michael suchte.

Keine Sorge, Navajo. Wir reden miteinander.

Aber vernünftige Erklärungen erforderten keinen Schutz; sie waren selbst der Schutz. Warum hatte Ogilvie so bereitwillig dem abgelegenen Treffpunkt zugestimmt? Warum hatte er nicht einfach vorgeschlagen, sich auf der Straße zu treffen, in einem Café?

Ein Mann, der nichts Hinterlistiges im Schilde führte, hätte anders reagiert.

Hatte Washington etwa eine weitere Botschaft geschickt?

Mich töten und für tot erklären?

Das habe ich nicht gesagt. Wir leben nicht in solch einem Land . . .

Warum nicht? Lieutenant Colonel Baylor-Brown, Abwehragent, US-Botschaft, Rom.

Wenn Washington zu jenem Entschluß gelangt war, hatten die Strategen einen qualifizierten Killer geschickt. Havelock respektierte Ogilvies Talente, aber er bewunderte ihn nicht. Der ehemalige Agent gehörte zu den gewalttätigen Männern, die ihre Brutalität zu leicht rechtfertigen. Die Kollegen draußen wußten, daß Ogilvie ein rücksichtsloser Killer war. Ein innerer Zwang trieb ihn dazu, seiner eigenen sadistischen Wut Luft zu machen. Ihre Existenz aber verbarg er vor allen; nur die wußten von ihr, die einmal unter höchstem Streß eng mit ihm zusammengearbeitet hatten und anschließend alles daransetzten, den beruflichen Umgang mit ihm zu meiden.

Nach Istanbul hatte Michael etwas getan, das ihn selbst überrascht hatte: Er hatte mit Anthony Matthias Verbindung aufgenommen und ihm geraten, Red Ogilvie aus dem Außendienst zu entfernen. Der Mann war gefährlich. Er hatte sich bereit erklärt, in einem geheimen Hearing vor den Strategen zu erscheinen, aber wie stets hatte Matthias eine bessere, weniger rüde Methode. Ogilvie war ein wertvoller Experte; es gab nur wenige Männer mit seiner Erfahrung, und deshalb hatte der Außenminister ihn kurzerhand befördert und ihn in die Zentrale versetzt.

Matthias hielt sich zur Zeit nicht in Washington auf. Kein angenehmer Gedanke. Entscheidungen wurden häufig gefällt, ohne daß jemand die Verantwortung dafür übernahm, einfach weil diejenigen, die ausführlich informiert werden sollten, nicht verfügbar waren. Die Dringlichkeit einer akuten Krise reichte schon aus, um grünes Licht zum Handeln zu geben.

Das ist er, dachte Havelock, als seine Augen in der Ferne auf dem sich neigenden Feld hinter der rechten Mauer eine Gestalt erfaßten. Nämlich den Mann, der die Frau aus dem Juweliergeschäft neben dem ›Excelsior‹ begleitet hatte und mit ihr Ogilvie gefolgt war. Michael wandte den Kopf nach links; dort stand eine kräftig gebaute Frau vor den Stufen eines alten Bads, sie hielt einen Skizzenblock in der linken Hand. Aber in der rechten war kein Stift; vielmehr verbarg sie die Hand unter dem Revers ihrer Jacke.

Havelocks Blick wanderte zu dem Mann zurück. Er saß jetzt auf dem Boden, die Beine ausgestreckt, ein Buch aufgeschlagen im Schoß.

Michael ahnte, daß dort ein winziges Mikrofon befestigt war, ein Minisender, über den die Frau Sprechkontakt mit ihrem Begleiter hielt. Und auch seine rechte Hand hielt er keineswegs zufällig im oberen Bereich seines Tweedsakkos. Die beiden verständigten sich miteinander.

Also keine Mitarbeiter aus der Botschaft, keine CIA-Leute ... nirgends ein Amerikaner zu sehen. Wenn Ogilvie auftauchte, würde er der einzige sein. Aus gutem Grund: Amerikaner als Zeugen waren unerwünscht. Besser einheimische Leute einsetzen, Männer oder Frauen, die man einfach erledigen konnte.

Warum das alles? Warum war er eine Bedrohung? Was hatte er getan? Was wußte er, das Männer in Washington dazu veranlaßte, seinen Tod zu wünschen? Zuerst den Dienst quittiert, wegen Jenna Karras. Jetzt tot. Gott im Himmel, was ging hier vor?

Gab es außer dem Paar noch andere in der Nähe? Er kniff die Augen zusammen, um bei der hellen Sonne jeden Quadratmeter Boden überprüfen zu können – ein schwieriges Unterfangen. Die Laube des Domitian war keineswegs ein touristisch besonders anziehender Punkt auf dem Palatin. Außerdem war März, und nur wenige Touristen verirrten sich in dieser Jahreszeit hierher. In der Ferne auf einem Hügel spielten ein paar Kinder unter den wachsamen Blicken von zwei Erwachsenen. Weiter unten, im Süden, breitete sich eine grüne Rasenfläche aus, auf der Marmorsäulen des frühen Imperiums in unterschiedlicher Höhe emporragten. Ein paar Touristen, mit Kameras behängt, machten Erinnerungsfotos und postierten sich vor den steinernen Relikten. Aber abgesehen von dem Paar, das den Laubengang von beiden Seiten bewachte, war niemand in unmittelbarer Nähe. Wenn es ausgebildete Scharfschützen waren, war auch keine weitere Hilfe nötig. Es gab nur einen Eingang, und ein Mann, der über eine Mauer kletterte, bot ein bequemes Ziel.

Es war schon komisch: Michael hatte sich am Morgen auf dem Palatin umgesehen und sich den Ort eben wegen der Vorteile ausgewählt, die sich jetzt gegen ihn richten konnten. Er sah auf die Uhr: vierzehn Minuten vor drei. Er mußte schnell agieren, aber erst, wenn er Ogilvie gesichtet hatte. Der Apatsche war clever. Er wußte, daß er sich am besten so lange wie möglich versteckt hielt, um die Aufmerksamkeit seines Gegners auf den erwarteten Auftritt zu konzentrieren. Michael begriff und konzentrierte sich auf die Frau mit dem Skizzenblock in der Hand und den Mann, der im Gras lag und in der Nachmittagssonne las.

Plötzlich war er da. Eine Minute vor drei tauchte der rothaarige Agent auf. Zuerst sah man nur seinen Kopf und seine Schultern, als er den Weg vom Gregorius-Tor heraufschritt und an dem lesenden Mann vorbeiging, ohne auf ihn zu achten. Irgend etwas war da seltsam, dachte Havelock, etwas an Ogilvie selbst. War es vielleicht sein zerknautschter und wie üblich schlecht sitzender Anzug, der zu groß für seine knochige Gestalt war? Was auch immer es war, Ogilvie kam ihm verändert vor – nicht das Gesicht; er war zu weit entfernt, als daß er es hätte deutlich sehen können. Es war die Art, wie er ging, die Art, wie er seine Schultern hielt, als wäre der Hügel steiler, als er in Wirklichkeit war. Der Apatsche hatte sich seit Istanbul verändert; die zwei Jahre hatten ihm nicht gutgetan.

Als er den halbzerfallenen Marmorbogen erreichte, der den Eingang zur Laube bildete, verließ Michael sein Versteck hinter den wild gewachsenen Büschen und kroch schnell durch das Gras nach unten, bis er zum Fuß des Hügels gelangte. Er sah auf die Uhr; er hatte fast zwei Minuten gebraucht.

Die Frau war jetzt über ihm, etwa hundert Meter entfernt, mitten in dem Feld rechts unterhalb von Domitians Laube. Er konnte sie nicht sehen; sie hatte ihren Standort geschickt gewählt. Er robbte auf Händen und Knien den Abhang hinauf, schob die Grashalme vor sich auseinander und lauschte auf unerwartete Stimmen. Aber da waren keine.

Er erreichte den Hügelkamm. Die Frau war unmittelbar vor ihm, höchstens zwanzig Meter entfernt, sie stand immer noch auf der ersten Stufe der sich sanft windenden weißen Treppe, die zu dem antiken Marmorbad hinunterführte. Sie hielt den Skizzenblock vor sich, aber ihr Blick ruhte nicht darauf. Vielmehr starrte sie gebannt zum Eingang der Laube hinüber, bereit, sich sofort zu bewegen. Und dann bemerkte Havelock, daß die rechte Hand der Frau unter ihrer Jacke verborgen war und ohne Frage eine Pistole hielt. Michael hatte Angst vor der Waffe, aber den Minisender fürchtete er mehr. Jetzt mußte er sich beeilen. Unterhalb des Hügelkamms arbeitete er sich auf die steinerne Wasserrinne zu, die zur Quelle des römischen Bads führte. Aus den Steinsprüngen wucherte Unkraut, das den ganzen Graben bedeckte, so daß er wie ein riesiger häßlicher Tausendfüßler aussah. Havelock schob sich auf dem Bauch durch den marmorgesäumten Graben. Dreißig Sekunden später hatte er das kreisförmige Becken erreicht, in dem sich vor Jahrhunderten Kaiser und Kurtisanen getummelt hatten. Zwei Meter über ihm – acht Stufen weit entfernt – stand die Frau, deren Funktion es war, ihn zu töten, falls ihr Auftraggeber dazu nicht in derLage sein sollte. Sie kehrte ihm den Rücken zu und hatte die kräftigen Beine in den Boden gestemmt. Er sah sich die Überreste der Marmortreppe genauer an; sie wirkte zerbrechlich, und an der zweiten Stufe war ein dreißig Zentimeter hohes Eisengitter angebracht, das die Besucher daran hindern sollte, weiter nach unten zu steigen. Ein Tritt auf eine beliebige Treppenstufe würde den Stein brechen lassen und ihn verraten. Aber wenn das Geräusch von einem kräftigen Schlag begleitet war, dann würde die daraus resultierende Verwirrung – und wäre sie auch noch so kurz – ausreichen, die benötigten Sekundenbruchteile zu gewinnen. Bei dem Gedanken, wie wenig Zeit ihm zur Verfügung stand, wurde ihm noch klarer, daß er schnell entscheiden und handeln mußte. Jede Minute, die jetzt verstrich, würde Ogilvie in Domitians Laube noch mehr beunruhigen.

Lautlos tastete er mit den Händen im dichten Unkraut herum, bis seine Finger einen harten Gegenstand mit kantigen Ecken spürten: einen Marmorstein. Er ergriff ihn mit der rechten Hand und zog mit der linken die spanische Llama aus seinem Gürtel, die er dem Möchtegern-Mafioso in Civitavecchia abgenommen hatte. Vor langer Zeit hatte er gelernt, mit der linken Hand ebensogut wie mit der rechten zu schießen; das war zu seinem Schutz notwendig. Jetzt würde diese Fähigkeit ihm nutzen. Wenn seine Taktik versagte, würde er die Frau töten, die die Gegenseite dazu bestimmt hatte, seinen Tod am Palatin zu garantieren. Aber die Pistole wollte er nur im äußersten Notfall gebrauchen. Schließlich wollte er sein Rendezvous in Domitians Laube einhalten.

Er duckte sich langsam und schob ein Bein vor, bereit zu springen. Sein rechter Arm wanderte nach hinten, jetzt bog er den Ellbogen über dem Kopf, hielt das schwere, kantige Marmorstück in der Hand. Die muskulöse Frau mit den kräftigen Waden war weniger als eineinhalb Meter von ihm entfernt, direkt über ihm. Er schleuderte den schweren Marmorbrocken auf die breite Fläche zwischen ihren Schultern, warf mit aller Kraft, deren er fähig war.

Der kantige Stein traf sie am Halsansatz, und sofort rötete sich ihr dunkles Haar mit Blut. Havelock machte einen Satz nach vorn, packte ihr Jackett an der Taille und zog sie über den kleinen Eisenzaun, während er seinen linken Unterarm gegen ihren Mund preßte und ihren Schrei erstickte. Als sie zusammen in die marmorbedeckte Grube stürzten, drehte Michael die Frau im Fallen halb herum. Jetzt prallten sie auf den harten Untergrund. Er rammte ihr das Knie in die Brust und bohrte ihr den Lauf der Llama in den Hals.

»Hören Sie zu!« flüsterte er heiser, weil er wußte, daß weder die Botschaft noch Ogilvie jemand mit einem so wichtigen Auftrag betrauen würde, der nicht fließend Englisch sprach und damit die Garantie bot, daß jeder Befehl aufs Wort verstanden wurde. »Nehmen Sie Ihr Sprechfunkgerät und sagen Sie Ihrem Freund, er soll so schnell wie möglich hierherkommen. Es sei etwas schiefgegangen. Er soll durch das Gehölz unterhalb des Laubengangs gehen. Sie wollen nicht, daß der Amerikaner ihn sieht.«

»Cosa dice?«

»Sie haben mich genau verstanden. Tun Sie, was ich sage. Erzählen Sie, Sie glaubten, man hätte Sie beide hereingelegt. *Prudente! Io parlo italiano! Capisci?«* fügte Havelock hinzu und verstärkte den Druck mit dem Knie und dem Pistolenlauf. *»Presto!«*

Die Frau schnitt eine Grimasse, sog mit zusammengebissenen Zähnen die Luft ein, und ihr breites, maskulin wirkendes Gesicht war gespannt wie das einer angriffslustigen Kobra, die jemand mit der

Schlangengabel gefangen hat. Während Michael sein Knie zurückzog, hob sie langsam die rechte Hand an ihr Revers und klappte es um, so daß ein transistorisiertes Mikrofon in Gestalt eines dicken Knopfes sichtbar wurde. Der Knopf hatte in der Mitte einen kleinen flachen Schalter, den sie jetzt drückte. Ein kurzes Summen ertönte, dann sprach sie.

»Trifoglio, trifoglio«, sagte sie hastig, um sich zu identifizieren. *»Ascolta? C'è un' emergenza . . .!«* Sie führte Michaels Befehl durch, und die Eindringlichkeit ihrer Stimme vermittelte das Panikgefühl, das sie erfaßt hatte, während die Llama sich noch tiefer in ihren Hals bohrte. Die Antwort kam mit metallisch klingender Stimme.

»Che avete?«

»Sbrigatevi!«

»Arrivo!«

Havelock drückte die Frau auf die Knie und riß ihr Jackett auseinander. Über ihrer Hüfte hielt ein breiter Gürtel ein ungewöhnlich langes Halfter, aus dem der Griff einer schweren Magnum-Automatic ragte. Das übergroße Lederfutteral diente einem durchlöcherten Zylinder, der am Lauf befestigt war: einem Schalldämpfer. Die Frau war tatsächlich ein Profi. Michael nahm ihr schnell die häßliche Waffe ab und schob sie sich unter den Gürtel. Dann zerrte er die Frau in die Höhe und stieß sie unsanft gegen die Treppe, zwang sie auf die zweite Stufe, so daß sie beide zwischen den Sprossen des kleinen Eisenzauns über den Rand des antiken Bades sehen konnten. Er war hinter ihr, die Llama preßte sich gegen ihre Schläfe, sein linker Arm umfaßte ihren Hals. In wenigen Sekunden sah er die Gestalt ihres Begleiters, der geduckt durch das Blattwerk unter der Laube rannte. Das reichte. Ohne Warnung zog er den linken Arm zu sich heran und schnürte der Frau die Kehle zu. Ihr Körper erschlaffte; sie würde bewußtlos bleiben, bis es auf dem Palatin dunkel wurde. Er wollte sie nicht töten. Sie sollte ihre Geschichte den Patrioten berichten, die sie angeheuert hatten. Er löste die Umklammerung, und sie glitt schlaff in die von Unkraut überwucherte Grube. Er wartete.

Der Mann trat vorsichtig hervor, die Hand unter dem Tweedjakkett, so wie die Frau noch vor Minuten die Hand unter ihrer Gabardinejacke verborgen hatte. Die Minuten verstrichen zu schnell, die vereinbarte Zeitspanne war schon zur Hälfte vorüber. Allmählich mußte der Killer, den Washington geschickt hatte, unruhig werden. Wenn er die Laube verließ, würde er merken, daß seine Posten nicht mehr da waren, daß er die Kontrolle über die Lage verloren hatte; und dann würde er fliehen. Dazu durfte es nicht kommen!

»Trifoglio, trifoglio!« raunte Michael, als der Italiener auftauchte, und warf ein paar Steine, die er vom Boden aufgehoben hatte, über die Marmorbrüstung nach rechts zum gegenüberliegenden Ende der kreisförmigen Vertiefung.

Der Mann fing zu rennen an, als er das Codewort hörte. Havelock schob sich nach links, duckte sich auf der dritten Stufe nieder, die Hand an einer Zaunsprosse, mit den Füßen dauernd die Festigkeit des Gesteins prüfend; es *mußte* ihn tragen.

Das tat es. Er schnellte empor, als der Italiener die Marmorbrüstung erreichte, und erschreckte den Mann dabei so, daß der Killer einen Augenblick lang wie gelähmt war. Michael warf sich nach vorne und schlug dem Italiener die Llama ins Gesicht, zerschmetterte dabei Kiefer und Zähne. Blut schoß aus dem Mund und besudelte sein gestreiftes Hemd und die Tweedjacke. Der Mann brach zusammen; Havelock packte ihn, drehte ihn herum und warf ihn über den Rand des idyllischen Bades eines schon lange zu Staub gewordenen Kaisers. Der Italiener stürzte in die Tiefe; unten lag er reglos da, unter sich die bewußtlose Frau. Sein blutiger Kopf ruhte auf ihrem Bauch. Auch er würde eine Geschichte zu erzählen haben, dachte Michael. Es war wichtig, daß die Strategen in Washington sie hörten, denn wenn er nicht in den nächsten paar Minuten das erfuhr, was er erfahren mußte, dann würde der Palatin nur der Anfang sein.

Havelock schob die Llama in die Innentasche seines Jacketts und verspürte dabei den Druck der schweren Magnum unter seinem Gürtel. Er würde beide Waffen behalten; die Llama war klein und leicht zu verbergen, während die Magnum mit dem festmontierten Schalldämpfer nützlich sein würde, wenn er lautlos arbeiten mußte.

Während ihn diese Gedanken beschäftigten, überkam ihn das Gefühl tiefer Enttäuschung. Noch vor vierundzwanzig Stunden hatte er sich nicht vorstellen können, in seinem neuen Leben je wieder eine Pistole in der Hand zu halten oder bei sich zu tragen. In Wahrheit verabscheute er Waffen, für ihn symbolisierten sie Furcht und Haß. Er hatte gelernt, sie zu beherrschen ... um weiterzuleben, um andere Waffen zum Schweigen zu bringen – die Gewehre aus seiner Kindheit. Die frühen Tage, die schrecklichen Tage; in gewisser Weise hatte sich sein ganzes Leben um sie gedreht, das Leben, von dem er geglaubt hatte, es endlich abgeschlossen zu haben. Man mußte diesen Abschaum der Menschheit ausrotten und den Lebenden das Leben gewähren ... die Killer von Lidice vernichten. Er hatte jenes Leben verlassen, aber *sie* gab es immer noch – in anderer Form. Und jetzt war auch er wieder zurückgekehrt.

Er knöpfte sein Jackett zu und näherte sich dem Eingang der Laube, wo der Mann wartete, der ihn töten wollte.

Instinktiv suchten seine Augen den Boden ab, und seine Füße mieden jeden Zweig, der unter seinem Tritt hätte zerbrechen und damit sein Kommen ankündigen können. Er erreichte die Mauer und bewegte sich lautlos an ihr entlang bis zur Öffnung. Vorsichtig zog er die Schlinggewächse vor seinem Gesicht weg und sah hinein. Ogilvie stand am anderen Ende des Plattenwegs, an dem Podest mit der Büste Domitians. Er rauchte eine Zigarette und betrachtete den Hügel zu seiner Rechten, denselben Hügel – die Stelle mit dem dichten Gebüsch –, hinter dem Michael sich vor neunzehn Minuten versteckt hatte.

Havelock bemerkte, daß Ogilvie sein zerknittertes, schlecht sitzendes Jackett zugeknöpft hatte. Es war kühl, aber nicht so kühl, daß man sich den schnellen Zugang zu einer Waffe versperren mußte. Dann musterte Michael das Gesicht des Apatschen; die Veränderung war erschreckend. Das Gesicht war bleich, blasser, als Havelock es je gesehen hatte. Die Furchen, die auch früher schon dagewesen waren, hatten sich jetzt tiefer in die Haut eingegraben, so wie die Risse in dem verblaßten Marmor der alten Säulen. Man brauchte kein Arzt zu sein, um zu wissen, daß Ogilvie ein kranker Mann war, und es bedurfte auch keiner medizinischen Diagnose, um zu erkennen, daß diese Krankheit bedrohlich war. Wenn er noch viel Kraft besaß, dann war sie ebenso verborgen wie die Waffe, die er bei sich trug.

Michael trat ein, darauf gefaßt, daß der ehemalige Agent eine plötzliche Bewegung machte. »Hallo, Red?« sagte er.

Ogilvie drehte seinen Kopf nur leicht und ließ damit erkennen, daß er Havelock schon vor der Begrüßung aus dem Augenwinkel wahrgenommen hatte. »Nett, Sie zu sehen, Navajo«, antwortete der Stratege.

»Lassen Sie den Navajo. Das ist nicht Istanbul.«

»Nein, das ist es nicht, aber dort habe ich Ihnen das Leben gerettet, nicht wahr?«

»Das stimmt, doch vorher hätte ich Ihretwegen bald ins Gras gebissen. Ich hab' Ihnen gesagt, daß die Brücke eine Falle sei, aber Sie, mein sogenannter Vorgesetzter – den haben Sie ja ziemlich rausgekehrt –, bestanden darauf, daß es nicht so war. Sie haben mich gerettet, weil ich Ihnen vor unserem Verbindungsmann auf der Mesrutiyet gesagt hatte, daß es sich um eine Falle handelte. Sonst hätte der Sie in seinem Bericht ans Kreuz geschlagen.«

»Jedenfalls habe ich Sie rausgeholt«, beharrte Ogilvie etwas verärgert, und sein bleiches Gesicht rötete sich. Dann riß er sich zusammen, lächelte schwach und zuckte die Achseln. »Zum Teufel, ist ja auch egal.«

»Nein, keineswegs. Ich glaube, Sie würden es riskieren, sich und Ihre Kinder in die Luft zu sprengen, bloß um sich zu rechtfertigen. Aber wie gesagt, Sie haben mich ja rausgeholt. Das war schneller, wenn auch nicht unbedingt sicherer, als in den Bosporus zu springen.«

»Sie hätten es nie geschafft.«

»Vielleicht, vielleicht auch nicht.«

Ogilvie warf seine Zigarette auf den Boden, zerdrückte sie mit der Fußspitze und trat vor. »Nicht die Kinder, Havelock. Mich schon, aber nicht die Kinder.«

»Also gut, nicht die Kinder.« Der Hinweis auf die Kinder – der unbedachte Hinweis – war Michael einen Augenblick lang peinlich. Er erinnerte sich, daß man Ogilvie die Kinder weggenommen hatte. Dieser plötzlich so alte Mann war mit seinen Haßgefühlen ganz allein.

»Reden wir«, sagte der Mann aus Washington und ging zu einer Marmorbank am Rand des Plattenwegs. »Setzen Sie sich . . . Michael. Oder Mike? Ich erinnere mich nicht.«

»Wie Sie wollen. Ich bleibe stehen.«

»Ich setze mich. Ich will Ihnen sagen, daß ich ziemlich fertig bin. Es ist eine weite Reise von Washington bis hierher, langer Flug. Ich kann in Flugzeugen nicht gut schlafen.«

»Sie sehen müde aus.«

Ogilvie blieb stehen und sah Havelock an. »Wie scharfsinnig«, sagte er und setzte sich. »Sagen Sie, Michael, sind *Sie* müde?«

»Ja«, meinte Havelock. »Der ganzen gottverdammten Lüge bin ich müde. All dessen, was geschehen ist. Was hier geschehen ist. Euch alle in euren sterilen weißen Büros mit eurer schmutzigen Phantasie habe ich satt. – Gott mag mir beistehen, ich habe auch einmal dazugehört. Was haben Sie sich eigentlich dabei gedacht? Warum haben Sie das getan?«

»Das ist eine sehr umfassende Anklage, Navajo.«

»Ich hab' Ihnen doch gesagt, Sie sollen diesen Scheißnamen nicht mehr benutzen. Und zu Ihrer Orientierung: Die Navajos waren zwar mit den Apatschen verwandt, aber im Gegensatz zu ihnen ein friedlicher Stamm. Der Name hat in Istanbul nicht gepaßt und paßt jetzt auch nicht.«

»Interessant; das habe ich nicht gewußt. Auf so was stößt wahrscheinlich nur jemand, der nach einer ziemlich qualvollen Kindheit in einem fremden Land eine neue Heimat gefunden hat. Ich meine, wenn man sich so mit der Geschichte beschäftigt, dann ist das auch eine Art, danke schön zu sagen, nicht wahr?«

»Ich weiß nicht, wovon Sie reden.«

»Doch, ganz sicher sogar. Ein kleiner Junge überlebt ein Massaker, sieht, wie seine Freunde und Nachbarn auf einem Acker mit Maschinengewehren niedergemäht und in Gräben geworfen werden. Als seine eigene Mutter nach weiß Gott wohin gebracht wird, weiß er, daß er sie nie wiedersehen wird. Dieser kleine Junge versteckt sich im Wald und hat nichts zu essen, außer dem, was er mit Fallen fangen oder stehlen kann, und er hat Angst, den Wald zu verlassen. Schließlich findet man ihn. Die nächsten Jahre verbringt er damit, mit Sprengstoff durch die Straßen zu laufen, den man ihm am Rücken befestigt hat. Überall ist der Feind, jeder einzelne könnte sein persönlicher Henker sein. Und all das macht er durch, bevor er zehn Jahre alt ist. Und als er zwölf ist, haben die Sowjets seinen Vater getötet . . . Herrgott, wenn ein solcher Junge endlich einen sicheren Zufluchtsort gefunden hat, wird er alles lernen, was er über seine neue Heimat lernen kann. Damit will er sich dafür bedanken, daß man ihn aufgenommen hat. Sind Sie nicht auch meiner Meinung . . . *Havliček?«*

Also war auch sein letztes Geheimnis nicht vor den Strategen sicher. Natürlich wußten sie es, das hätte er erkennen müssen; seine eigenen Aktionen hatten es ans Tageslicht gebracht. Die einzige Garantie, die man ihm gegeben hatte, war, daß seine persönliche Akte mit den authentischen Angaben nur auf höchster Ebene zugänglich sein würde, und auch nur dann, wenn nachweislich ein dringender Anlaß dafür bestand. Den niedrigeren Rängen würde man die Version vom britischen MI 6 präsentieren: eine slowakische Waise; die Eltern bei einem Bombenangriff auf Brighton ums Leben gekommen; für die Adoption und die Einwanderung freigegeben. Das war alles, was sie wissen mußten oder sollten. Vorher. Nicht jetzt.

»Das ist so nicht richtig.«

»Vielleicht doch«, sagte der ehemalige Agent und rutschte auf der Bank etwas zur Seite, während seine Hand sich unauffällig auf die Jackentasche zubewegte.

»Tun Sie das nicht.«

»Was?«

»Ihre Hand. Bleiben Sie weg von der Tasche.«

»Oh, Entschuldigung . . . Wie gesagt, all diese frühen Ereignisse *könnten* bedeutsam sein. Ein Mann kann in all den Jahren sehr viel verdauen; das wird immer mehr, verstehen Sie, was ich meine? Eines

Tages schließlich fängt sein Kopf plötzlich an, ihm etwas vorzumachen, ohne daß er es merkt. Und dann geht er im Geiste zurück ... weit zurück ... zu der Zeit, wo ihm Dinge widerfahren sind – schreckliche Dinge. Und die Jahre und die Motive von Leuten, die er *damals* kannte, vermischen sich mit den Jahren und den Leuten, die er *jetzt* kennt. Er fängt an, die Gegenwart für all die schlimmen Dinge verantwortlich zu machen, die in der Vergangenheit geschahen. Das passiert vielen Leuten, die so leben, wie Sie und ich gelebt haben. Es ist nicht einmal ungewöhnlich.«

»Sind Sie fertig?« fragte Havelock barsch. »Denn ich ...«

»Kommen Sie mit mir zurück, Michael«, unterbrach ihn der Mann aus Washington. »Sie brauchen Hilfe. Wir können Ihnen helfen.«

»Sie sind fünftausend Meilen gereist, um mir *das* zu sagen?« schrie Havelock. »Ist das etwa Ihre Erklärung?«

»Ganz ruhig. Nicht aufregen.«

»*Sie* bleiben ganz ruhig! *Sie* regen sich nicht auf, weil Sie jetzt einen kühlen Kopf brauchen werden, Sie und all die anderen! Ich werde hier in Rom anfangen und sie suchen, überall: in der Schweiz, in Deutschland ... in Prag, Krakau, Warschau ... bis nach Moskau werde ich reisen, wenn es sein muß! Und je mehr ich rede, desto schlimmer wird das Schlamassel sein, in das Sie hineingeraten, Sie alle! Wer, zum Teufel, sind Sie denn, um mir zu erklären, was in meinem Kopf los ist? Ich habe diese Frau gesehen. Sie lebt! Ich bin ihr nach Civitavecchia gefolgt, wo sie untergetaucht ist, aber ich habe herausgefunden, was Sie ihr gesagt haben, was Sie ihr angetan haben. Ich werde ihr folgen. Aber jeder Tag, den ich dafür brauche, wird Sie etwas kosten! Ich werde sofort anfangen, wenn ich hier weg bin, und Sie werden mich nicht aufhalten können. Hören Sie sich heute abend die Nachrichten an und lesen Sie die Morgenzeitungen. Es gibt hier einen verdienstvollen Verbindungsmann in Rom, einen Attaché, er gehört einer Minderheit an – gute Tarnung übrigens. Nur wird er seinen Wert *und* seinen Apparat verlieren, ehe die Sonne untergehen wird! Ihr Schweine! Für wen haltet ihr mich eigentlich?«

»Schon gut, schon gut!« meinte Ogilvie und hob besänftigend die Hände. »Sie haben schon eine Menge abgekriegt, aber Sie können doch nicht mir die Schuld dafür geben, daß ich es versuche. Das war mein Auftrag. ›Holen Sie ihn her, damit wir es ihm hier erklären können!‹ Das haben sie gesagt. ›Versuchen Sie, was Sie wollen, aber erzählen Sie nichts, nicht, solange er außer Landes ist.‹ Ich habe denen gesagt, daß es nicht so gehen wird. Ich habe verlangt, offen zu Ihnen zu sein; das wollten die nicht, aber ich habe keine Ruhe gegeben.«

»Dann reden Sie.«

»Okay, okay, ist schon gut.« Der Mann aus Washington atmete tief und schüttelte langsam den Kopf. »Herrgott, ist das ein Durcheinander.«

»Dann schaffen Sie Klarheit.«

Ogilvie blickte zu Michael auf und hob die Hand, als wolle er in eine Innentasche greifen. »Eine Zigarette, macht das Ihnen etwas aus?«

»Aber keine Dummheiten.«

Der Stratege zog sein Revers zurück, so daß man das Zigarettenpäckchen in seiner Hemdtasche sehen konnte. Havelock nickte; Ogilvie holte die Zigaretten und ein Streichholzbriefchen heraus. Er schüttelte eine Zigarette in seine rechte Hand und klappte den Deckel des Streichholzbriefchens auf; es war leer. »Scheiße«, murmelte er. »Haben Sie Feuer?«

Michael griff in die Tasche, holte Streichhölzer heraus und hielt sie dem Strategen hin. »Was Sie zu sagen haben, sollte recht einleuchtend sein . . .«

Ob es nun die leichte Bewegung des rothaarigen Kopfes unter ihm war oder die seltsame Haltung von Ogilvies rechter Hand oder ein Sonnenstrahl, der sich in der Cellophanhülle der Zigarettenpackung spiegelte, würde er nie erfahren, aber das Zusammenwirken dieser unerwarteten Faktoren machte ihm klar, daß die Falle zugeschnappt war. Sein linker Fuß schoß nach vorne, traf den rechten Arm des Strategen, warf ihn zurück, so daß Ogilvie von der Bank flog. Plötzlich war die Luft mit einer kreisförmigen wallenden Nebelwolke erfüllt. Michael warf sich neben den Plattenweg, hielt die Luft an, schloß die Augen und rollte auf dem Boden weiter, bis er gegen die alte Mauer stieß. Die Kapsel war in der Zigarettenpackung verborgen gewesen; der beißende Geruch, der die Laube durchzog, verriet ihm, was die Kapsel enthalten hatte: ein Nervengas, das dem Opfer jede Kontrolle über seine Muskeln raubte, wenn es eingeatmet wurde. Die Wirkung hielt meistens eine Stunde, maximal drei Stunden an. Das Gas wurde fast ausschließlich für Entführungen benutzt, ganz selten, wenn überhaupt, als Vorspiel zu einer Liquidierung.

Havelock schlug die Augen auf und richtete sich halb auf, er kniete jetzt und schützte sich an der Mauer. Hinter der Marmorbank schlug der Mann aus Washington um sich, hustete, versuchte aufzustehen, schien von Krämpfen geschüttelt zu werden. Er hatte ein wenig von dem Gas abbekommen, genug, um für einen Augenblick kampfunfähig zu sein. Aber lange würde die Behinderung nicht anhalten.

Michael erhob sich und sah zu, wie sich die blaugraue Wolke in der Luft über dem Palatin auflöste und wartete ab, bis der Wind auch die letzten Reste weggeweht hatte. Er knöpfte sein Jackett auf und spürte die Hautabschürfungen und Druckstellen, die ihm die Magnum unter seinem Gürtel zugefügt hatte, als er sich zu Boden geworfen hatte. Er holte die Waffe mit dem dicken, durchlöcherten Zylinder am Lauf heraus und ging etwas unsicher über das Gras auf Ogilvie zu. Dem rothaarigen Mann bereitete das Atmen Schwierigkeiten, aber sein Blick war klar; er stellte seine Bemühungen ein, sich aufzurichten, und starrte zuerst Havelock, dann die Pistole an, die Michael in der Hand hielt.

»Nur zu, Navajo«, sagte er mit einer Stimme, die kaum lauter als ein Flüstern war. »Sparen Sie mir die Mühe.«

»Das habe ich mir gedacht«, erwiderte Havelock und blickte in das hagere, von Furchen durchzogene Gesicht des ehemaligen Agenten, dem die kalkige Blässe des Todes anhaftete.

»Denken Sie nicht. Schießen Sie.«

»Warum sollte ich? Es leichter machen, meine ich. Oder schwerer, was das betrifft. Sie sind nicht hergekommen, um mich zu töten, um mich zu holen. Sie haben überhaupt keine Antworten auf meine Fragen.«

»Ich habe sie Ihnen gegeben.«

»Wann?«

»Vor ein paar Minuten ... *Havliček*. Der Krieg. Die Tschechoslowakei. Prag. Ihr Vater, Ihre Mutter. Lidice. All die Dinge, die nicht richtig sind.«

»Wovon, zum Teufel, *reden* Sie?«

»Sie sind krank im Kopf, Navajo. Ich lüge da nicht ...«

»Was?«

»Sie haben die Karras nicht gesehen. Sie ist tot.«

»Sie lebt!« schrie Michael und packte Ogilvie am Revers seiner zerknautschten Jacke. »Verdammt noch mal, sie hat *mich* gesehen! Sie ist vor *mir* weggerannt!«

»Nein«, sagte Ogilvie und schüttelte fast traurig den Kopf. »Sie waren nicht der einzige an der Costa Brava, da war noch jemand. Wir haben seinen Bericht; er hat Beweise gebracht ... Fetzen ihrer Kleidung, Blut der richtigen Blutgruppe. Sie ist an der Costa Brava umgekommen.«

»Das ist eine Lüge! Ich war die ganze Nacht dort. Ich bin zur Straße hinuntergegangen, zum Strand. Dort waren keine Kleidungsstükke; sie ist weggerannt, keiner hat sie angerührt, erst nachdem sie tot war, nachdem die Kugeln sie getroffen hatten. Wer auch immer diese Frau war, ihre Leiche ist unversehrt weggeschleppt worden, da war nichts zerrissen, da blieb nichts am Strand zurück. Wie könnte es auch? Und warum? Dieser Bericht ist eine Lüge!«

Der Stratege lag reglos da, und sein Blick bohrte sich in Havelocks Augen, sein Atem ging jetzt gleichmäßiger. Es war offensichtlich, daß er fieberhaft überlegte. »Es war dunkel«, sagte er monoton. »Sie konnten das nicht feststellen.«

»Als ich zum Strand hinunterging, war die Sonne aufgegangen.«

Ogilvie zuckte zusammen. Ein brennender Schmerz schoß durch seine Brust, seinen Arm hinunter. »Der Mann, der den Bericht geliefert hat, ist drei Wochen später an einem Herzinfarkt gestorben«, sagte der Stratege, und seine Stimme war kaum mehr als ein angestrengtes Flüstern. »Er ist auf einem Segelboot im Chesapeake gestorben ... Wenn Sie wirklich recht haben, dann gibt es in Washington ein Problem, von dem weder Sie noch ich etwas wissen. Helfen Sie mir. Wir müssen nach Palombara.«

»Gehen Sie nach Palombara. Ich komme nicht mit, solange ich keine Antwort habe. Das habe ich Ihnen gesagt.«

»Das müssen Sie! Weil Sie nämlich ohne mich hier nicht herauskommen; das ist so sicher wie das Amen in der Kirche.«

»Sie haben nachgelassen, Apatsche. Diese Magnum habe ich dem hübschen Kind weggenommen, das Sie angeheuert haben. Übrigens, ihr *gumbar* ist auch bei ihr, beide ruhen sich in dem alten Marmorbecken aus.«

»Nicht die beiden meine ich. Ihn!« Der Mann aus Washington schien plötzlich beunruhigt. Er stemmte sich auf die Ellbogen und drehte den Hals. Dann kniff er die Augen zusammen und suchte den Hügel oberhalb der Laube ab. »Er wartet dort draußen und beobachtet uns«, flüsterte er. »Nehmen Sie die Kanone herunter! Schnell!«

»Wer? Warum? Wozu?«

»Um Himmels willen, tun Sie, was ich sage! Schnell!«

Michael schüttelte den Kopf und richtete sich auf. »Sie sind voller mieser Tricks, Red, aber Sie sind zu lange aus dem Geschäft. Sie haben den gleichen Gestank an sich, den ich vom Potomac bis hierher riechen kann ...«

»Nicht! Nein!« schrie der ehemalige Agent, die vor Angst geweiteten Augen auf den höchsten Punkt des Hügels gerichtet. Und dann schnellte er plötzlich in die Höhe, packte Havelock am Jackett und zog ihn zur Seite.

Michael hob die Magnum und wollte damit gerade nach Ogilvie

schlagen, als das knackende Geräusch kam, dann noch einmal, zwei Laute wie ein halberstickties Husten. Der rothaarige Agent stöhnte und stieß hörbar den Atem aus und fiel schlaff rückwärts ins Gras. Seine Kehle war aufgerissen; er war tot, hatte eine Kugel aufgehalten, die für einen anderen bestimmt war.

Havelock warf sich gegen die Mauer; drei weitere Schüsse fielen, rings um ihn zersplitterten Steine. Er rannte ans Ende der Mauer, die Magnum schußbereit, und spähte durch eine Ritze im Stein hinaus.

Stille.

Ein Arm. Eine Schulter. Hinter einem Busch. *Jetzt.* Er zielte sorgfältig und gab schnell hintereinander vier Schüsse ab. Eine blutige Hand fuhr in die Höhe, gleich darauf war eine Schulter zu sehen. Dann sprang die Gestalt eines verwundeten Mannes aus dem Blattwerk heraus und rannte hinkend über den Hügelkamm. Aber die Beine konnten den verletzten Körper nicht so schnell davontragen, wie das Auge des Beobachters ihn erfassen konnte. Das Haar des Flüchtenden war kurz geschoren und schwarz, und die Haut am Nakken tiefbraun. Der Mann, der Ogilvie auf dem Palatin getötet hatte, war der Verbindungsmann in Rom, zuständig für den Nordsektor des Mittelmeers. Hatte er im Zorn oder aus Furcht den Abzug betätigt, oder hatte beides ihn gesteuert. Besorgnis und Wut darüber, daß seine Tarnung und sein Netz auffliegen sollten? Oder hatte er nur cool einen Befehl ausgeführt?

Havelock drehte sich um und lehnte sich gegen die Mauer, erschöpft, verängstigt. Er kam sich ebenso verletzlich vor wie . . . wie damals in der schrecklichen Zeit. Er blickte auf Red Ogilvie hinunter – John Philip Ogilvie, wenn er sich richtig erinnerte. Minuten zuvor war er noch ein sterbender Mann gewesen, jetzt war er ein toter Mann. Der Apatsche wollte den Navajo nicht erledigen, sondern ihn retten. Aber bei den Strategen in Washington fand man keine Rettung. Sie waren von Lügnern programmiert worden. Lügner hatten die Kontrolle.

Warum? Zu welchem Zweck?

Keine Zeit. Er mußte Italien verlassen und zur Grenze am Col des Moulinets, und wenn er dort keinen Erfolg hatte, nach Paris.

Zu Jenna. Jetzt mehr denn je.

10

Die zwei Telefongespräche aus zwei verschiedenen Zellen im überfüllten Leonardo-da-Vinci-Flughafen nahmen insgesamt siebenundvierzig Minuten in Anspruch. Das erste galt dem Büro des *direttore* von Roms *Amministrazione di Sicurezza,* Italiens Abwehrzentrale gegen feindliche Geheimdienstaktivitäten. Nach ein paar kurzen, gezielten Hinweisen auf Geheimdienstoperationen, die einige Jahre zurücklagen, gelang es Havelock, ohne sich zu identifizieren, mit dem Verwaltungsassistenten des Direktors verbunden zu werden. Er redete mit dem Mann weniger als eine Minute und legte auf, ohne eine Antwort abzuwarten, nachdem er gesagt hatte, was er sagen mußte.

Der zweite Anruf, von einer Zelle am gegenüberliegenden Ende des Terminals geführt, galt der Redaktion des *Il Progresso.* Diese Tageszeitung war amerikanisch eingestellt. Angesichts des Themas, das Havelock andeutete, war es weit weniger schwierig, die Neugier eines politischen Redakteurs zu erwecken.

Als der Journalist Michael unterbrach, um ihn um seinen Namen zu bitten und eine nähere Erklärung zu verlangen, erwiderte Havelock, er solle sich mit dem Verwaltungsassistenten des *direttore* der *Amministrazione di Sicurezza* in Verbindung setzen. Und dann gab er dem eine heiße Story witternden Zeitungsmann den Rat, die Botschaft der Vereinigten Staaten während der nächsten zweiundsiebzig Stunden zu beobachten und dabei besonders auf die in Frage kommende Person zu achten.

»Mezzani!« fluchte der Redakteur.

»Addio«, sagte Michael und legte den Hörer auf.

Lieutenant Colonel Lawrence Baylor-Brown, diplomatischer Attaché, war arbeitslos. Der Verbindungsmann war erledigt, sein Netz unbrauchbar. Es würde Monate, vielleicht sogar ein Jahr dauern, es wieder aufzubauen. Und gleichgültig, wie ernsthaft seine Verwundung auch war, Baylor würde jedenfalls binnen Stunden aus Rom ausgeflogen werden, um den Tod eines rothaarigen Mannes am Palatin zu erklären.

Die erste Flugschleuse war geöffnet worden. Andere würden folgen. *Jeder Tag wird euch teuer zu stehen kommen.*

Es war ihm bitterernst. Diese Bastarde!

»Ich bin froh, daß Sie hierher gekommen sind«, sagte Daniel Stern und schloß die Tür des weißen, fensterlosen Raums im vierten Stock des State Department. Die zwei Männer, die er angesprochen hatte, saßen am Konferenztisch: Psychiater Dr. Paul Miller blätterte in seinen Notizen, während der Anwalt namens Dawson geistesabwesend zur Wand starrte, wobei seine Hand auf einem großformatigen gelben Block ruhte. »Ich war gerade im Walter-Reed-Hospital und habe Baylor verhört. Alles bestätigt. Er ist ein Soldat, den man fertiggemacht hat, physisch wie psychisch. Aber er hält sich tapfer; ein guter Mann.«

»Keine Abweichungen von dem ursprünglichen Bericht?« fragte der Anwalt.

»Nichts Wesentliches; er war schon beim erstenmal sehr gründlich. Die Kapsel war in Ogilvies Zigarettenpackung versteckt, eine Cobalomin-Phosphor-Verbindung, die von einer CO_2-Patrone ausgestoßen wird.«

»Das hat Red also gemeint, als er uns sagte, er würde Havelock schnappen, wenn er ihn in Reichweite bekäme«, unterbrach Miller mit leiser Stimme.

»Beinahe hätte er es geschafft«, sagte Stern. Auf einem kleinen Tisch neben seinem Stuhl stand ein rotes Telefon; er legte einen Schalter an der Vorderseite des Instruments um und setzte sich. »Wenn man Baylor zuhört, ist das Ganze sehr viel lebendiger, als wenn man nur einen trockenen Bericht liest«, meinte der Leiter der Einsatzplanung und schwieg einen Augenblick. Die zwei Strategen warteten, weil sie spürten, daß er noch etwas sagen wollte. Schließlich fuhr Stern mit leiser Stimme fort: »Er ist ganz still, fast passiv, aber wenn man sich sein Gesicht ansieht, weiß man, wie tief seine Gefühle gehen.«

Dawson lehnte sich vor. »Haben Sie ihn gefragt, wie Havelock gewarnt wurde? Das stand nicht im Bericht.«

»Das stand deshalb nicht dort, weil er es nicht weiß. Havelock war offensichtlich bis zur letzten Sekunde arglos. Die beiden haben miteinander geredet, Ogilvie holte die Zigaretten aus der Tasche und bat wohl um Feuer. Havelock griff in die Tasche, um Streichhölzer herauszuholen, reichte sie Red, und dann ist es passiert. Plötzlich trat er zu, so daß Ogilvie von der Bank fiel und die Kapsel explodierte. Als der Rauch sich verzog, lag Red auf dem Boden, und Havelock stand mit einer Pistole in der Hand über ihm.«

»Warum hat Baylor in diesem Augenblick nicht geschossen?« Der Anwalt schien beunruhigt; es war seiner Stimme anzumerken.

»Unseretwegen«, erwiderte Stern. »Unser Auftrag war da ganz eindeutig. Havelock sollte lebend hierhergeschafft werden. Dieser Befehl durfte nur in äußerster Not mißachtet werden.«

»Er hätte es schaffen können«, sagte Dawson schnell, fast fragend. »Ich habe Browns . . . Baylors . . . Dienstakte gelesen. Er ist ein qualifizierter Waffenexperte. Es gibt sehr wenig, wofür er nicht qualifiziert ist. Er ist auch im taktischen Guerillakrieg ausgebildet. Sie brauchen bloß irgend etwas zu nennen, und Sie finden es mit Sicherheit in seiner Akte.«

»Er ist schwarz; er mußte gut sein. Das habe ich Ihnen ja gesagt. Worauf wollen Sie hinaus?«

»Er hätte Havelock in die Beine schießen können. Er und Ogilvie hätten ihn schnappen können.«

»Das setzt aber ziemliche Treffsicherheit auf eine Distanz von fünfundzwanzig bis dreißig Metern voraus.«

»Diese Entfernung entspricht ziemlich genau einem Pistolenschießstand. Havelock stand still, er war kein bewegtes Ziel. Haben Sie Brown danach gefragt?«

»Ich sah keinen Anlaß dazu. Er hat schon genug Probleme. Die eine Hand ist zerschossen. Was ihn womöglich seinen Job bei der Armee kostet. Meiner Ansicht nach hat er in einer kritischen Situation korrekt gehandelt. Er wartete, bis er sah, daß Havelock die Waffe auf Ogilvie richtete, und überzeugt war, daß Ogilvie keine Chance mehr hatte. Erst dann hat er gefeuert . . . genau in dem Augenblick, als Ogilvie Havelock attackierte und dadurch die Kugel abbekam. Die Autopsie in Rom bestätigt Baylors Schilderung.«

»Die Verzögerung hat Red das Leben gekostet«, sagte Dawson, den die Antwort nicht befriedigte.

»Es verkürzt«, korrigierte der Arzt. »Um nicht sehr viel Jahre.«

»Das steht auch in dem Autopsiebericht«, fügte Stern hinzu.

»Unter den gegebenen Umständen mag das ziemlich gefühllos klingen«, sagte der Anwalt. »Wir haben seine Fähigkeiten einfach überschätzt.«

»Nein«, wandte Stern ein. »Wir haben Havelock unterschätzt. Was brauchen Sie denn noch? Seit der Geschichte auf dem Palatin sind drei Tage vergangen, und in diesen drei Tagen hat er einen Verbindungsmann arbeitslos gemacht, die Leute in Rom verunsichert – niemand will jetzt mehr für uns arbeiten – und ein Netz auffliegen lassen. Ferner hat er ein Telegramm über die Schweiz an den Vorsitzenden des Kongreß-Untersuchungsausschusses geschickt und Andeutungen auf Inkompetenz und Korruption des CIA in Amsterdam gemacht. Und heute morgen bekamen wir einen Anruf vom Chef der Sicherheitsabteilung des Weißen Hauses, der nicht genau weiß, ob er in Panik geraten oder wütend sein soll. Er hat ebenfalls ein Telegramm bekommen, in dem von einem sowjetischen Maulwurf die Rede ist, der im Umkreis des Präsidenten zu finden sei.«

»Das rührt von Havelocks Konfrontation mit Rostow in Athen her«, sagte Dawson nach einem Blick auf seinen Schreibblock. »Baylor hat das ebenfalls gemeldet.«

»Und Paul bezweifelt, daß dieses Gespräch je stattgefunden hat«, sagte Stern und sah Miller an.

»Phantasie und Realität«, warf der Psychiater ein. »Wenn sämtliche Informationen, die wir gesammelt haben, zutreffen, bewegt er sich zwischen beiden Zuständen hin und her und ist nicht imstande, zwischen ihnen zu unterscheiden. Aller Wahrscheinlichkeit nach gibt es in Amsterdam tatsächlich ein gewisses Maß an Unfähigkeit, vielleicht sogar Korruption in kleinerem Umfang. Andererseits halte ich es für undenkbar, daß ein sowjetischer Maulwurf in die Kreise des Präsidenten eindringen könnte.«

»Wir können hier Fehler machen und machen sie auch«, meinte Stern. »Ebensogut wie im Pentagon und, weiß Gott, beim CIA. Aber im Weißen Haus ist die Chance verdammt gering, daß diese Art von Fehlern begangen wird. Ich sage nicht, daß es nicht passieren kann oder nicht auch schon passiert ist, aber jeder, der dort zum engeren Kreis gehört, wird peinlich genau überprüft. Selbst die engsten Freunde des Präsidenten. Vielversprechende neue Leute werden so gründlich durchleuchtet, als wären sie Stalins Erben; das gehört schon seit siebenundvierzig zur Routine.« Wieder hielt der Direktor inne, ohne seinen Gedanken zu Ende zu führen. Sein Blick wanderte zu dem Stapel von Notizblättern, die der Psychiater vor sich liegen hatte. Dann fuhr er nachdenklich fort. »Havelock weiß, welche Knöpfe er drücken, an welche Leute er herantreten muß, und er kennt auch die richtigen Chiffren; selbst alte Chiffren haben noch ihre Wirkung. Er kann Panik erzeugen, weil das Ganze so authentisch wirkt ... Wie weit, meinen Sie, wird er gehen, Paul?«

»Darauf gibt es keine verläßliche Antwort, Daniel«, sagte der Psychiater besorgt und schüttelte den Kopf. »Ich kann da auch nicht viel mehr als vermuten.«

»Aber Sie sind darin versierter«, unterbrach ihn der Anwalt.

»Würden Sie gerne in eine Verhandlung gehen, ohne vorher den Fall untersucht zu haben?« fragte Miller.

»Nun, Sie haben immerhin eine detaillierte Akte.«

»Dann war mein Vergleich eben schlecht. Tut mir leid.«

»Wenn wir ihn nicht finden können, wie weit wird er dann gehen?« hakte Stern nach. »Wie lange haben wir noch Zeit, bevor er anfängt, Menschenleben zu kosten?«

»Das hat er doch schon«, meinte Dawson.

»Nicht aktiv«, widersprach Miller. »In diesem Fall hat er einen gewaltsamen Angriff auf sein eigenes Leben abgewehrt.«

»In welcher Hinsicht, Paul?«

»Ich sehe es so«, sagte der Psychiater und griff nach seinen Papieren, während er sich mit der anderen Hand die Brille zurechtschob. »Um eine Lieblingsformulierung von Ogilvie zu gebrauchen, ich behaupte ja nicht, daß es das Evangelium wäre. Aber es gibt da ein paar Dinge, die das etwas erhellen und die mich, um ehrlich zu sein, beunruhigen. Der Schlüssel liegt natürlich in dem, was zwischen Havelock und Ogilvie gesprochen wurde, aber da wir den Dialog nicht kennen, können wir nur nach Baylors detaillierter Schilderung der Szene vorgehen, nach den Bewegungen, die er sah. Ich habe es immer wieder gelesen, und dabei ist mir etwas aufgefallen, das mich verwundert. Bis zu dem Moment, als plötzlich Gewalt ausbrach, herrschte keine Feindseligkeit zwischen ihnen.«

»Feindseligkeit?« fragte Stern. »Ich weiß nicht, was das aus dem Mund eines Psychologen bedeutet, aber ich hoffe nur, es bedeutet nicht, daß sie nicht gestritten hätten, denn das haben sie. Baylor macht das ganz klar.«

»Natürlich haben sie gestritten. Es war eine Konfrontation. Havelock wiederholte die Drohungen mit wütender Stimme, die er schon früher gemacht hat. Aber dann hörte das Schreien auf; das mußte es. Sie hatten irgendeine Übereinkunft getroffen. Im Lichte dessen, was dann folgte, kann es nicht anders gewesen sein.«

»Im Lichte dessen, was folgte?« fragte Stern verwirrt. »Was dann folgte, war Ogilvies Falle. Das Diphenylamingas, die Explosion.«

»Es tut mir leid, aber Sie irren, Daniel. Es gab vorher schon einen Rückzug. Erinnern Sie sich bitte. Von dem Augenblick, in dem Havelock sich zeigte, bis zu dem Moment an der Bank, als er nach Ogilvie trat, gab es keinerlei körperliche Gewalt, wurden keinerlei Waffen gezückt. Sie haben nur miteinander geredet. Dann die Zigaretten ... die Streichhölzer. Es ist einfach zu verdammt vernünftig.«

»Was meinen Sie damit?«

»Versetzen Sie sich in Havelocks Position. Der Zorn, den Sie empfinden, ist ungeheuer, Ihre Wut geschürt. Und ein Mann, den Sie für Ihren Freund halten, bittet Sie um Feuer. Was tun Sie?«

»Es ist doch nur ein Streichholz.«

»Schon richtig, nur ein Streichholz. Aber Sie sind in höchstem Maße angespannt und gereizt. Der Mann, den Sie vor sich sehen, hat an Ihnen den schlimmsten Verrat geübt, nämlich als persönlicher Freund; deshalb wird die Enttäuschung besonders tief empfunden. Das ist es, was ein Paranoiker, ein Schizophrener, in einer solchen Situation fühlt. Und jener Mann, jener Feind – selbst wenn er Ihnen versprochen hat, Ihnen alles zu sagen, was Sie hören wollen –, bittet Sie um Feuer. Wie reagieren Sie?«

»Ich würde es ihm geben.«

»Wie?«

»Nun, ich ...« Stern hielt inne und fixierte Miller mit bohrendem Blick. Nach einer Weile führte er seine Antwort zu Ende, ganz leise. »Ich würde es ihm hinwerfen.«

»Oder ihm sagen, er solle es vergessen, oder Sie würden einfach weiterreden. Aber ich glaube nicht, daß Sie ein Streichholzbriefchen aus der Tasche nehmen und es dem Mann geben würden, als wäre es einfach eine Gesprächspause und nicht eine Unterbrechung in einem sehr kritischen Moment. Nein, ich kann mir nicht vorstellen, daß Sie sich so verhalten würden. Niemand von uns würde so reagieren.«

»Wir wissen nicht, was Ogilvie zu ihm gesagt hat«, wandte Stern ein. »Er hätte ...«

»Eigentlich macht das doch keinen Unterschied«, unterbrach der Psychiater. »Um sein Verhaltensmuster geht es.«

»Und das verrät Ihnen ein Päckchen Streichhölzer?«

»Ja, weil es symptomatisch ist. Während der ganzen Konfrontation, mit Ausnahme eines einzigen Ausbruchs, fiel an Havelock das Fehlen jeglicher Aggressivität auf. Wenn Brown so genau berichtet, wie Sie das sagen – und ich vermute, daß er das tut, weil er unter den gegebenen Umständen ja eigentlich jede drohende Bewegung oder Geste übertreiben müßte –, hat Havelock außergewöhnliche Selbstkontrolle an den Tag gelegt ... ein sehr besonnenes Verhalten.«

»Und was schließen Sie daraus?« fragte Dawson und brach damit sein Schweigen. Er musterte Miller interessiert.

»Das weiß ich nicht genau«, sagte der Psychiater und erwiderte den starren Blick des Anwalts. »Aber ich weiß jedenfalls, daß es nicht zu dem Bild des Mannes paßt, mit dem wir glauben, es zu tun zu haben. Man könnte vielleicht sagen, da ist zuviel Vernunft und nicht genug Wahnsinn.«

»Obwohl er die Realität von seiner Fiktion nicht unterscheiden kann?« fuhr Dawson fort.

»Das hat hier nichts zu bedeuten. Seine Realität ist das Produkt seiner Erfahrung, seines alltäglichen Lebens. Nicht seiner Überzeugungen, die basieren im weitesten Sinne auf seinen Emotionen. Unter den Umständen, wie sie bei dem Zusammentreffen vorlagen, hätten sie seinen Sinn für die Realität verzerren und ihn dazu zwingen müssen, weniger zuzuhören und aggressiver aufzutreten ... Er hat mir einfach zu viel zugehört.«

»Sie wissen, was Sie damit sagen, oder, Paul?« fragte der Anwalt.

»Ich weiß, was ich andeute, aufbauend auf den Fakten, die wir als völlig verläßlich akzeptiert haben ... von Anfang an.«

»Daß der Mann auf dem Palatin vor drei Tagen nicht in das Bild paßt?« wollte Dawson wissen.

»*Vielleicht* nicht in das Bild paßt. Das sind alles keine absoluten Aussagen, nur ›gestützte‹ Vermutungen. Da ja niemand gehört hat, was er sagte, liegt jedenfalls in dem, was Brown uns geschildert hat, zu viel an rationaler Vernunft, als daß es in das Bild passen oder mich befriedigen würde.«

»Und dies Bild fußt wiederum auf Angaben, die wir für unwiderlegbar hielten«, schloß der Anwalt. »Um Ihre Worte zu gebrauchen: ›von Anfang an‹, seit der Episode an der Costa Brava.«

»Richtig. Aber stellen Sie sich vor, diese Information wäre falsch?«

»Unmöglich!« sagte Stern. »Diese Information ist durch ein Dutzend Siebe gefiltert worden und dann noch einmal durch zwanzig andere. Es gab einfach keine Chance eines Irrtums. Die Karras *war* KGB-Agentin; sie ist an der Costa Brava umgekommen.«

»Genau das hatten wir angenommen«, pflichtete der Psychiater ihm bei. »Und ich hoffe, daß es zutrifft, daß meine Vermutungen sich als unangemessene Reaktion auf eine ungenau beschriebene Szene herausstellen. Aber sollte das nicht zutreffen, sollte auch nur die entfernteste Möglichkeit bestehen, daß wir es nicht mit einem Psychopathen zu tun haben, sondern mit einem Mann, der die Wahrheit spricht, weil es die Wahrheit *ist,* dann werden wir mit etwas konfrontiert, woran ich überhaupt nicht zu denken wage.«

Die drei Männer verstummten, und jeder setzte sich selbst mit der Ungeheuerlichkeit dieser Möglichkeit auseinander. Schließlich brach Dawson das Schweigen.

»Wir müssen darüber nachdenken«, sagte der Anwalt.

»Schon der bloße Gedanke ist erschütternd«, fügte Stern hinzu. »Wir haben MacKenzies Bestätigung, und es *war* eine Bestätigung. Die zerrissenen Kleider, Teile einer Bluse, ein Rock: Die Sachen haben ihr gehört, das ist bewiesen. Und die Blutspuren der Gruppe A-negativ paßten auch zu ihr.«

»Und Steven MacKenzie ist drei Wochen später an einem Herzinfarkt gestorben«, unterbrach Miller. »Wir haben das überprüft, aber es löste sich einfach im Nichts auf.«

»Kommen Sie, Paul«, wandte Stern ein, »der Arzt in Maryland ist einer der angesehensten Mediziner an der Ostküste. Wie heißt er noch? . . .Randolph, Matthew Randolph. Er hat in der Mayo-Klinik gearbeitet und hat seine eigene Privatklinik. Man hat ihn ausführlich befragt.«

»Ich würde gerne noch einmal mit ihm sprechen.«

»Ich darf Sie erinnern«, beharrte Stern, »daß gerade MacKenzie die sauberste Akte hatte, die je beim CIA angelegt worden ist. Was Sie hier andeuten, ist unvorstellbar.«

»Das hat man vom Trojanischen Pferd auch gesagt«, meinte der Anwalt und wandte sich Miller zu, der die Brille abgenommen hatte. »Wir wollen die Sache ruhig weiter durchleuchten; gehen wir doch einmal davon aus, daß etwas dahintersteckt. Was meinen Sie, wird er jetzt tun?«

»Ich werde Ihnen sagen, was er nicht tun wird . . . wenn das Ganze überhaupt Substanz hat. Er wird nicht zurückkommen, und wir können ihn nicht mit irgendwelchen Tricks hereinlegen, weil er – rational – begreift, daß wir, ganz gleich, was geschehen ist, entweder in die Sache verwickelt sind oder nichts davon wissen, oder daß wir sie nicht im Griff haben. Man hat ihn angegriffen; jetzt wird er sich mit all den Mitteln verteidigen, die er in den sechzehn Jahren im Außendienst gelernt hat. Von nun an wird er völlig rücksichtslos sein, weil man ihn *tatsächlich* verraten hat.« Der Psychiater sah Stern an. »Da haben Sie Ihre Antwort, Daniel . . . falls das Ganze Substanz hat. Seltsamerweise ist er jetzt in seine Jugendzeit zurückversetzt – die Maschinengewehre, Lidice, der Verrat. Er läuft durch die Straßen und überlegt sich, wer in der Menschenmenge wohl sein Henker sein mag.«

Das rote Telefon auf dem kleinen niedrigen Tischchen neben Stern gab einen scharfen, durchdringenden Ton von sich. Der Direktor griff nach dem Hörer, ohne den Blick von Miller zu wenden. »Ja?«

In den nächsten dreißig Sekunden ließ Stern nur hin und wieder ein zustimmendes Brummen vernehmen, während er zuhörte und auf die Notizen des Psychiaters starrte. »Bleiben Sie am Apparat«, sagte er schließlich und legte den Schalter um. »Das ist Rom. Sie haben einen Mann in Civitavecchia gefunden; den Namen eines Schiffes. Es *könnte* das Mädchen sein. Oder ein sowjetisches Täuschungsmanöver Das wäre durchaus möglich. Das war Browns Theorie, er hält immer noch an ihr fest . . . Der ursprüngliche Befehl bleibt bestehen. Wir müssen Havelock fassen, aber nicht erledigen. Und jetzt muß ich Sie etwas fragen, ganz besonders Sie, Paul. Ich weiß, daß Sie nichts von absoluten Aussagen halten.«

»Das ist die einzige absolute Aussage, die ich gelten lasse.«

»Wir sind von der Annahme ausgegangen, daß wir es mit einem Mann zu tun haben, der aus dem Gleichgewicht geraten ist, dessen Verfolgungswahn ihn dazu zwingen könnte, Dokumente oder Berichte über frühere Operationen irgendwo zu deponieren und sie nach einem Hinweis irgendwelchen Dritten freizugeben. Ist das richtig?«

»Im Prinzip ja. So würde ein Schizophrener vorgehen, wobei ihn ebenso die Möglichkeit zur Rache befriedigt wie die Drohung selbst. Bedenken Sie bitte, daß die in Frage kommenden Dritten ohne Zweifel recht unerwünschte Elemente wären. Es handelt sich um ein zwanghaftes Verhalten, über das er keine Kontrolle hat. Er kann nie und nimmer gewinnen, nur die Vergeltung suchen, und darin liegt die Gefahr.«

»Würde sich ein Mensch im Vollbesitz seiner geistigen Kräfte auf ein solches Spiel einlassen?«

Der Psychiater überlegte einen Augenblick und griff sich dabei unwillkürlich an die Brille. »Nicht auf dieselbe Weise.«

»Wie meinen Sie das?«

»Würden Sie es tun?«

»Bitte, Paul!«

»Nein, ich meine das ganz ernst. Sie würde die Drohung viel mehr beschäftigen als die Rache. Sie wollen etwas; vielleicht spielt später auch Rache mit, aber das ist es nicht, was Sie im Augenblick beschäftigt. Sie wollen eine Antwort. Drohungen können dazu führen, daß Sie diese Antwort bekommen, aber wenn Sie riskierten, höchst suspekten Leuten brisante Informationen in die Hände zu spielen, würde das Ihre eigene Absicht durchkreuzen.«

»Was würde denn ein normaler Mensch tun?«

»Er würde wahrscheinlich denjenigen, die er bedroht, einen Hinweis zuspielen, was für Informationen er preiszugeben gedenkt. Und dann würde er an qualifizierte Dritte herantreten – Journalisten vielleicht oder Männer und Frauen, die an der Spitze von Organisationen stehen, die ganz offen Geheimdienstpraktiken anprangern. Und mit ihnen würde er sich arrangieren. So würde ein normal zurechnungsfähiger Mann vorgehen.«

»Es gibt keinerlei Beweise, daß Havelock etwas von der Art getan hat.«

»Die Sache auf dem Palatin liegt auch nur drei Tage zurück. Er hatte bislang keine Zeit, solche Dinge zu arrangieren.«

»Und das alles hängen Sie an diesen Streichhölzern auf. Nach Ihrer Meinung ist er geistig gesund, nicht wahr?«

»Ja, das glaube ich, und darauf wette ich. Ich hatte ihn als Psychopathen eingestuft – basierend auf dem, was wir an Fakten hatten –, und jetzt frage ich mich, ob wir uns da nicht gewaltig irren.«

»Wir sollten also akzeptieren, daß wir es mit einem Gesunden zu tun haben. Wie Sie schon sagten, er wird völlig rücksichtslos sein, viel gefährlicher als ein Schizophrener.«

»Ja«, sagte der Psychiater. »Von einem Mann, der aus dem Gleichgewicht geraten ist, kann man sich distanzieren; gegen Erpresser gibt es Mittel . . . und wir sollten bedenken, daß seit der Operation an der Costa Brava keine Erpresser an uns herangetreten sind. Aber legitime Interessen, und wären sie noch so fehlgeleitet, könnten außerordentlichen Schaden anrichten.«

»Wir würden Agenten verlieren, Informationen, Quellen. Jahrelange Arbeit wäre umsonst . . .«, ergänzte Stern und griff zum Telefon.

»Und wenn er tatsächlich gesund ist«, unterbrach ihn Dawson mit scharfer Stimme, »wenn es wirklich dieses Mädchen ist, deutet das doch auf ein viel tiefer gehendes Problem, nicht wahr? Ihre Schuld, ihr Tod, alles ist in Frage gestellt. Die unwiderlegbare Information, die durch zig Siebe gefiltert wurde, sieht plötzlich wie ein massives Täuschungsmanöver aus, und das an einer Stelle, wo es keine Täuschung geben dürfte. Das sind die Antworten, die Havelock will.«

»Wir kennen die Fragen«, erwiderte Stern leise, die Hand immer noch am Telefonschalter, »und wir können ihm die Antworten nicht geben. Wir können ihn nur daran hindern, Schaden anzurichten.« Stern verstummte einen Augenblick und sah unverwandt das Telefon an. »Als wir dieses Zimmer betraten, war das uns allen klar. Hier geht es nicht um Moral, sondern um ganz pragmatische Dinge.«

»Wenn Sie ihn für unrettbar halten«, fuhr der Anwalt leise, aber eindringlich fort, »kann ich Sie nicht unterstützen. Und zwar nicht aus ethischen Motiven, sondern aus sehr praktischen Erwägungen.«

Stern blickte auf. »Und die wären?«

»Wir brauchten ihn, um dem zweiten, tieferen Problem auf die Spur zu kommen. Wenn er nicht krank ist, gibt es eine Möglichkeit, die wir noch nicht ausprobiert haben, eine Möglichkeit, daß er auf uns hört. Wie Sie schon sagten, wir haben unterstellt, daß er aus dem Gleichgewicht geraten ist; das war die einzige vernünftige Annahme, die uns zur Verfügung stand. Aber wenn das nicht zutrifft, hört er vielleicht auf die Wahrheit.«

»Welche Wahrheit?«

»Ganz einfach die, daß wir nichts wissen. Gestehen wir ihm doch zu, daß er die Karras wirklich gesehen hat, daß sie lebt. Und dann sagen wir ihm, daß wir genauso an der Aufklärung interessiert sind wie er. Vielleicht sogar noch mehr.«

»Angenommen, wir können ihm das übermitteln, und er hört nicht auf uns, sondern verlangt nur die Antworten, die wir nicht geben können, und hält alles andere für einen Trick, um ihn in unsere Hände zu bekommen oder ihn zu beseitigen – was dann? Wir haben die Costa-Brava-Akten; in ihnen stehen die Namen aller Beteiligten. Kann er uns denn wirklich helfen? Andererseits wissen wir, welchen Schaden er anzurichten vermag, wie viele Menschenleben er kosten kann. Man wird sich alle Mühe geben, dem ursprünglichen Befehl Folge zu leisten, ihn lebend hierher zu schaffen. Aber die Möglichkeit, anders zu entscheiden, muß man ihnen lassen.«

»Damit erklären Sie zugleich, daß er ein Verräter ist. Dann werden die ihn auf die geringste Provokation hin töten. Ich wiederhole: Ich kann Sie nicht unterstützen.«

Der Direktor blickte langsam zu dem Anwalt auf, seine müden Augen waren von Zweifel erfüllt. »Wenn wir so weit auseinander sind, dann ist es Zeit«, sagte er ruhig.

»Zeit wofür?« fragte Miller.

»Um nach oben zu gehen. Die Angelegenheit Matthias' Büro zu übergeben. Ich werde selbst hinaufgehen und berichten.« Stern legte den Schalter am Telefon um. »Rom? Tut mir leid, daß ich Sie warten ließ. Ich fürchte, es wird noch schlimmer werden. Halten Sie das Schiff unter Luftüberwachung, und schicken Sie Ihre Leute zum Col des Moulinets, sie sollen ihre Radiofrequenz auf Zerhacker schalten und Instruktionen abwarten. Wenn sie Ihre Befehle nicht bis zur Landung bekommen, sollen sie alle fünfzehn Minuten bei Ihnen rückfragen. Wir setzen uns so bald wie möglich mit Ihnen wieder in Verbindung, entweder ich oder jemand weiter oben. Wenn ich es nicht bin, lautet der Erkennungscode ›Ambiguity‹. Haben Sie das? ›Ambiguity‹. Das ist alles, Rom.« Stern legte den Hörer auf, kippte den Schalter um und erhob sich. »Ich tue das höchst ungern . . . besonders in diesem Augenblick«, sagte er. »Wir müssen tausend Augen haben, die alles sehen, alles wissen. Andere planen oder führen aus. Aber wir sind es, die die Entscheidungen treffen. Das ist unsere *Funktion,* verdammt.«

»Das ist nicht das erste Mal, daß wir Hilfe brauchen«, sagte der Psychiater.

»Nur in taktischen Fragen, die Ogilvie nicht lösen konnte; nie wenn es um die Beurteilung der Lage ging«, erwiderte Stern.

»Sollen wir mitkommen?« fragte Miller.

»Nein, ich werde schon eine faire Darstellung liefern.«

»Daran habe ich nie gezweifelt«, meinte der Anwalt.

»Wir befinden uns in einem Wettlauf gegen die Uhr«, fuhr Stern fort. »Je weniger wir sind, desto weniger Fragen werden gestellt. Im übrigen gibt es ja ohnehin nur eine Frage, auf die es ankommt: zurechnungsfähig oder nicht? Noch zu retten oder nicht?«

Als Stern den Raum verlassen hatte, war auf den Gesichtern der beiden Strategen ein Gefühl von Erleichterung zu erkennen.

»Ist Ihnen eigentlich klar«, meinte Miller und drehte sich in seinem Stuhl herum, »daß zum erstenmal seit drei Jahren der Satz ›ich kann Sie nicht unterstützen‹ fiel? Nicht nur ›das glaube ich nicht‹ oder ›da bin ich anderer Ansicht‹, sondern ›ich kann Sie nicht unterstützen‹.«

»Das konnte ich auch nicht«, sagte Dawson. »Daniel ist ein Statistiker. Er sieht nur Zahlen und Summen, und daraus ergeben sich für ihn die Chancen. Er macht das, weiß Gott, auf brillante Weise; mit diesen Statistiken hat er Hunderten das Leben gerettet. Aber ich bin Anwalt; ich sehe Komplikationen, sehe Anklagevertreter, die gelähmt sind, weil das Gesetz sie daran hindert, ein Beweisstück mit einem andern in Verbindung zu bringen, obwohl das eigentlich zulässig sein müßte; Verbrecher, die über winzige Diskrepanzen im Beweismaterial empört sind, wo das einzig Empörende doch die Verbrechen sind. All das habe ich erlebt, Paul, und es gibt Zeiten, wo die Chancen einfach nicht aus den Zahlen hervorgehen, sondern aus Dingen, die man im Augenblick nicht wahrnehmen kann.«

»Seltsam, nicht wahr? Die Unterschiede zwischen uns, meine ich. Daniel sieht Zahlen, Sie sehen Komplikationen, und ich erkenne Verhaltensmuster, die mir Winzigkeiten verraten.«

»Sie denken an das Streichholzbriefchen?«

»Ja.« Der Psychiater blickte dem Anwalt in die Augen. »Ich glaube an diese Streichhölzer. Ich glaube an das, was wir aus ihnen herausgelesen haben.«

»Ich auch. Zumindest an die Möglichkeit, daß es so sein könnte. Das ist ja die Komplikation, ›Boß‹ – wie Ogilvie sagen würde. Wenn

Havelock tatsächlich voll zurechnungsfähig ist, dann ist alles, was er sagt, wahr. Dann müssen die Beweisstücke, die die Schuld der Frau untermauern, in unseren Labors gefälscht worden sein. Das Mädchen lebt und ist auf der Flucht. Rostow in Athen – ein Köder, der aus unbekannten Gründen nicht in die Lubjanka geschafft wurde ... lauter Rätsel, Doktor. Wir brauchen Michael Havelock, damit er uns hilft, dieses Geflecht zu entwirren. *Wenn* es geschehen ist – was auch immer es sein mag –, macht es mir angst.« Dawson schob abrupt seinen Sessel zurück und stand auf. »Ich muß ins Büro zurück. Ich werde eine Nachricht für Stern hinterlassen; vielleicht will er rüberkommen und reden. Wie steht es mit Ihnen?«

»Was? O nein, danke«, antwortete Miller geistesabwesend. »Ich habe um halb sechs einen Termin im Marinekrankenhaus Bethesda.« Der Psychiater blickte auf. »Es ist wirklich beängstigend, nicht wahr?«

»Ja, Paul, sehr.«

»Wir haben das Richtige getan. Niemand in Matthias' Abteilung wird entscheiden, daß Mikhail Havliček abgeschrieben ist.«

»Ich weiß. Ich habe darauf gebaut.«

Stern, der Operationsleiter, verließ das Büro im vierten Stock des Außenministeriums und schloß die Tür leise und fest hinter sich. Nun ruhte die Verantwortung auf mehreren Schultern. Der Mann, der sie nun mit ihm trug und unter der Codebezeichnung ›Ambiguity‹ mit Rom Verbindung aufnehmen und die Entscheidung treffen würde, war sorgfältig ausgewählt. Er gehörte zu Matthias' engsten Vertrauten. Er würde alle Alternativen durchdenken, ehe er die Entscheidung traf – ohne Zweifel nicht allein.

Der Fall war eindeutig: Wenn Havelock zurechnungsfähig war und die Wahrheit sprach, war er imstande, außergewöhnlichen Schaden anzurichten, weil man ihn verraten hatte. Dann mußten seine Verräter hier in Washington zu finden sein und eine Verschwörung unvorstellbaren Ausmaßes inszeniert haben. Sollte man ihn also sofort für vogelfrei erklären, auf daß sein Tod den großen Schaden verhinderte, den er dem CIA in ganz Europa zufügen konnte? Oder sollte man den Befehl für seine Exekution aufschieben, in der Hoffnung, etwas könnte geschehen, das einen Mann wieder versöhnte, der ein unschuldiges Opfer in den Augen jener war, die ihn nie verraten würden?

Am Col des Moulinets war die Chance, die Frau zu finden und sie

Havelock zu bringen, sich mit ihm zu verbünden. Aber wenn es nicht Jenna Karras war, sondern das Ganze ein sowjetisches Intrigenspiel, wenn sie nurmehr als eine tödliche Marionette existierte, dazu bestimmt, einen Mann in den Wahnsinn und in den Verrat zu treiben – was dann? Oder wenn sie noch lebte und man sie nicht finden oder dingfest machen konnte, würde Mikhail Havlíček, Opfer, Überlebender von Lidice, dann auf sie hören? Oder würde er den Verrat dort vermuten, wo gar keiner war? Konnte man den Aufschub dann rechtfertigen? Wohl kaum, wenn man an die Agenten dachte, die seinetwegen in Rußland auffliegen würden. Und wenn dies die Antwort war, dann lag die Möglichkeit, die Wahrscheinlichkeit nahe, daß ein Mann sterben müßte, weil er recht hatte.

Das war die ehrliche Antwort. Die Statistiken sprachen dafür. Aber dies gehörte zum Machtbereich von Anthony Matthias. Würden sie es hier auch so sehen? . . . Aller Wahrscheinlichkeit nach nicht, das wußte Stern. Die Angst würde den Staatssekretär, mit dem er gesprochen hatte, dazu veranlassen, Matthias zu erreichen, und der Außenminister würde zögern.

Und der Mensch Daniel Stern – nicht der Funktionär – hatte Verständnis dafür. Ein Mann durfte nicht sterben, nur weil er recht hatte, weil er zurechnungsfähig war. Und doch hatte er sich beruflich abgesichert. Er wüßte schon seinen Tod zu rechtfertigen, falls es dazu kommen sollte.

Und in einer Beziehung hatte er Glück gehabt, dachte er, als er zur Tür seines Vorzimmers ging. Das Problem hätte er keinem faireren, klügeren Mann vorlegen können als Arthur Pierce, dem Staatssekretär. Er war nicht jeden Tag in Washington, sondern häufiger in New York, wo er bei den Vereinten Nationen Leiter des Verbindungsstabs zwischen dem Botschafter und dem State Department war, eine Position, die Anthony Matthias geschaffen hatte, der wußte, was er tat. Nach angemessener Zeit würde Arthur Pierce zum UN-Botschafter ernannt werden und damit nicht nur für seine hervorragende Intelligenz, sondern auch für seine Anständigkeit belohnt werden.

Und Anstand war jetzt, weiß Gott, gefragt . . . Aber war das wirklich so? fragte sich Stern und erschrak bei dem Gedanken. *Die einzige Moral hier ist eine pragmatische Moral . . .*

Egal, das lag nicht mehr in seiner Hand, dachte Stern weiter, als er die Tür zum Vorzimmer öffnete. Die Entscheidung, die getroffen und unter dem Decknamen ›Ambiguity‹ nach Rom telegrafiert werden mußte, hatte jetzt Pierce zu verantworten. Der stille, intelligente, verständnisvolle Arthur Pierce – nach Mikhail Havlíček vielleicht derjenige, der Matthias am nächsten stand – würde alle Aspekte bedenken und dann andere hinzuziehen. Ein Ausschuß würde die Entscheidung treffen, wenn sie getroffen werden mußte.

»Mr. Stern?« rief die Sekretärin, als er an ihr vorbei zum Lift ging.

»Ja?«

»Eine Mitteilung für Sie, Sir.«

Daniel. Ich bin eine Weile in meinem Büro. Wenn Sie Lust haben, kommen Sie auf einen Drink vorbei. Ich fahr' Sie nach Hause.

Dawson hatte nicht unterschrieben, das war auch nicht notwendig. Der umsichtige, häufig abwesend wirkende Anwalt schien immer zu wissen, wann die Zeit für ein ruhiges Gespräch gekommen war; das war die zugänglichere Seite seines Wesens. Beide waren kühle, analytisch denkende Männer, die dann und wann den Zuspruch des anderen brauchten. Das Angebot, ihn nach Hause zu fahren, bezog sich auf Sterns Abneigung für den Washingtoner Verkehr. Er benutzte immer nur Taxis, sehr zum Verdruß seiner persönlichen Leibwächter. Nun, dann sollte sein augenblicklicher Begleitschutz eben eine kleine Pause machen und ihn am nächsten Morgen zu Hause in Virginia abholen. Stern sah auf die Uhr; es war zwanzig Minuten nach sieben; er wußte, daß der Anwalt noch in seinem Büro sein und auf das Gespräch warten würde.

Sie redeten über eine Stunde, ehe sie zu Dawsons Wagen hinuntergingen, und analysierten die Ereignisse an der Costa Brava immer wieder. Dabei mußten sie erkennen, daß es keine überzeugende Erklärung gab, keine ihnen zugängliche Lösung. Sie hatten beide ihre Frauen benachrichtigt; beide waren die endlosen Überstunden gewohnt, die der Job ihren Männern abverlangte. Beide gaben vor, Verständnis dafür zu haben. In Wirklichkeit aber empfanden sie den beruflichen Streß als schwere Belastung für ihre Ehe. Eines Tages würde das alles ein Ende haben. Jenseits des Potomac gab es eine weit gesündere Welt als die, in der beide Männer seit allzu vielen Jahren lebten.

»Pierce wird zu Matthias gehen, und Matthias wird das nicht glauben, das ist Ihnen doch klar, oder?« sagte Dawson und bog von dem überfüllten Highway auf eine Landstraße in Virgina ab, wo beleuchtete Schilder eine Baustelle ankündigten. »Er wird eine Überprüfung verlangen.«

»Ich habe mich Pierce gegenüber ganz klar ausgedrückt«, erwiderte Stern und blickte geistesabwesend in den Außenspiegel, wissend, daß in wenigen Augenblicken dort ein Scheinwerferpaar auftauchen würde. Die Wachhunde blieben an ihrer Leine. »In der Unterredung mit dem Staatssekretär gab ich mich verbindlich, aber bestimmt; beide Entscheidungen haben ihre Vorteile und ihre Nachteile. Wenn er mit seinem Ausschuß spricht, könnten sie zu der Entscheidung gelangen, Matthias zu übergehen, weil die Zeit es nicht mehr erlaubt, ihn einzuschalten. Das habe ich hervorgehoben. Unsere Leute werden weniger als drei Stunden in Col des Moulinets sein, Havelock auch. Sie müssen wissen, wie sie vorgehen sollen.«

»Wie auch immer es endet, zuerst werden sie versuchen, ihn lebend zu schnappen.«

»Das ist auch die Absicht. Niemand hier will es anders.« Stern sah durch die huschenden Schatten zu dem Anwalt hinüber. »Aber ich will mir nichts vormachen, Sie hatten von Anfang an recht. Wenn es auf ›nicht zu retten‹ hinausläuft, ist er ein toter Mann. Das ist praktisch die Freigabe, jemanden zu töten, der einen sonst selbst tötet, wenn er kann.«

»Nicht unbedingt. Vielleicht habe ich da zu vorschnell geurteilt. Wenn die Anweisung klar ist – seine Tötung also nur der letzte Ausweg ist –, könnte ich unrecht haben.«

»Ich fürchte, Sie haben jetzt schon unrecht. Glauben Sie denn, daß Havelock denen eine Wahl läßt? Er hat überlebt, was auf dem Palatin geschah; er wird alle Tricks anwenden, die er kennt, und das sind sehr viele. Niemand wird nahe an ihn herankommen, um ihn zu fassen. Ihn vor das Visier eines Gewehrs zu kriegen, ist eine ganz andere Sache. Das läßt sich machen, und das wird auch ohne Zweifel geschehen.«

»Ich bin nicht so sicher, ob ich Ihnen da zustimmen soll.«

»Das ist immerhin besser, als mich nicht zu unterstützen.«

»Das ist auch leichter«, sagte Dawson und lächelte kurz. »Havelock weiß nicht, daß wir den Mann in Civitavecchia gefunden haben, daß wir ihm in Col des Moulinets auf der Spur sind.«

»Aber er wird es annehmen. Er hat Brown beschrieben, wie die Karras seiner Überzeugung nach das Land verlassen hat. Er wird damit rechnen, daß wir dem nachgehen. Wir werden uns natürlich auf sie konzentrieren. Wenn es wirklich Jenna Karras ist, ist sie die Antwort auf alle Fragen; dann bräuchte kein einziger Schuß zu fallen, dann könnten wir gemeinsam mit Havelock versuchen, die Geschichte hier aufzuklären. Das wäre die optimale Lösung, und ich hoffe weiß Gott, daß es dazu kommt. Aber vielleicht läuft es anders.«

»Und wir haben einen Mann im Fadenkreuz eines Zielfernrohrs«, sagte Dawson mit scharfer Stimme, als sie in hohem Tempo über die

Landstraße brausten. »Wenn es die Karras ist, müssen wir sie finden, unbedingt.«

»Ganz gleich, wer es ist, wir werden uns die größte Mühe geben«, antwortete Stern, und sein Blick schweifte erneut zum Außenspiegel. Es waren keine Scheinwerfer zu sehen. »Seltsam. Entweder sind unsere Wachhunde vom Weg abgekommen, oder Sie fahren zu schnell.«

»Auf dem Highway war ziemlich dichter Verkehr. Vielleicht stekken die noch auf ihrer Spur fest. Es ist Freitag. An solchen Abenden beginne ich zu begreifen, warum Sie nicht selber fahren.«

»Welches Team hat denn übrigens heute abend Dienst?«

Die Frage sollte nie beantwortet werden. Statt dessen stieß der Anwalt einen ohrenbetäubenden Schrei aus, als der alles vernichtende, schreckliche Aufprall kam und die Windschutzscheibe zerbarst. Tausende von spitzen Glassplittern bohrten sich ins Fleisch, durchtrennten Adern und Arterien, aus denen das Blut schoß. Metall scharrte kreischend an Metall, als die linke Wagenseite sich von der Straße hob und das Auto umkippte.

Der schwarzgelbe stählerne Koloß vibrierte, und seine Farben leuchteten im Widerschein seines starken Frontscheinwerfers, der wie das Auge eines Zyklopen wirkte. Seine mächtigen Ketten rollten über riesige Radlager und schoben das Ungeheuer unablässig nach vorne. Die gigantische Maschine, dazu gebaut, gewaltige Erdmassen zu bewegen, kroch weiter, zerquetschte das demolierte Fahrzeug und schob es über die Landstraße. Man hätte meinen können, das Ganze geschähe ohne Kraftaufwendung. Als schließlich der Wagen des Anwalts über eine steile Böschung stürzte, explodierte der Tank. Das lodernde Feuer verbrannte die Leichen der beiden Insassen.

Das grell lackierte Ungetüm rückte vor und zurück, die Schaufel, das Instrument der Zerstörung, wie im Triumph hoch erhoben. Seine mächtigen Räder knirschten, als es langsam, aber ungemein zielstrebig quer über die Straße zu einem Abstellplatz rollte.

In der Finsternis der unbeleuchteten Fahrerkabine schaltete der unsichtbare Fahrer die Maschine ab und hielt sich ein Sprechfunkgerät an die Lippen.

»›Ambiguity‹ abgeschlossen«, sagte er.

»Verschwinden Sie dort«, war die Antwort.

Die langgestreckte graue Limousine bog mit aufheulendem Motor vom Highway auf die Landstraße. Wie die Zulassungsschilder erkennen ließen, war das Fahrzeug im US-Staat North Carolina angemeldet. Nachforschungen hätten allerdings ergeben, daß der in Raleigh registrierte Besitzer in Wirklichkeit Mitglied einer Einheit von vierundzwanzig Mann war, die in Washington, D.C., stationiert waren. Jeder einzelne hatte reichlich Erfahrung im Dienst bei der Militärpolizei und der Spionageabwehr; sie alle waren dem Außenministerium unterstellt. Das Auto selbst, das jetzt über die dunkle Landstraße in Virginia raste, gehörte zu einer Flotte von zwölf Wagen; auch sie waren dem Außenministerium, Abteilung Geheimdienstoperationen, zugewiesen.

»Bitte Meldung an die Versicherungsgesellschaft in Raleigh«, sprach der Mann neben dem Fahrer in ein Mikrofon, das mit einer großen Radiokonsole unter dem Armaturenbrett verbunden war. »Irgend so ein Idiot hat uns gestreift; dabei sind wir in ein Fahrzeug aus Jersey geschleudert. Wir sind natürlich unbeschädigt, aber bei dem anderen ist nicht mehr viel vom Kofferraum übrig. Wir wollten weiter, also haben wir ihm gesagt . . .«

»Graham!«

»Was?«

»Dort vorne! Das Feuer!«

»Herrgott! Schnell!«

Die graue Limousine schoß mit einem Ruck nach vorne, und das Dröhnen ihres mächtigen Motors hallte durch die Nacht. Neun Sekunden später erreichten sie die steile Böschung oberhalb des kleinen Grabens und stoppten mit quietschenden Reifen. Die beiden Männer sprangen heraus und rannten an den Rand. Sofort wichen sie vor der Hitze der Flammen zurück und schützten ihre Augen mit den Händen vor dem Feuer.

»O mein Gott!« rief der Fahrer. »Das ist Dawsons Wagen! Vielleicht können wir . . .«

»Nein!« schrie der Mann namens Graham und hinderte seinen Kollegen daran, die Böschung hinunterzusteigen. Sah zu dem schwarzgelb lackierten Monstrum hinüber, das reglos in seinem Schlupfwinkel neben der Straße stand. »Miller!« schrie er. »Wo ist Miller?«

»Auf dem Terminplan stand, glaube ich, Bethesda.«

»Sieh zu, daß du ihn findest!« befahl Graham und rannte quer über die Straße. Er duckte sich und griff an seine Hüfte, wo die Waffe im Halfter steckte. »Ruf Bethesda an! Du mußt ihn erreichen!«

Die Schwester am Empfang im fünften Stock des Marinekrankenhauses Bethesda blieb hartnäckig. Sie ließ sich auch nicht von der aggressiven Stimme am Telefon aus dem Konzept bringen; die Verbindung war schlecht, und sein Schreien machte es noch schlimmer.

»Ich wiederhole, Doktor Miller befindet sich in einer psychiatrischen Sitzung und darf nicht gestört werden.«

»Sie holen ihn jetzt an den Apparat, und zwar sofort! Es handelt sich um einen dringenden Vier-Null-Fall. Hier ist das State Department, Abteilung Spionageabwehr. Das ist ein direkter Befehl! Bitte bestätigen.«

»Bestätigt«, sagte eine dritte Stimme ausdruckslos. »Hier spricht der Operator Eins-Sieben, damit Sie rückfragen können, Schwester.«

»Verstanden, Operator Eins-Sieben. Sie können sich darauf verlassen, daß wir das prüfen.« Die Schwester drückte den Knopf an ihrem Telefon und unterbrach damit das Gespräch. Dann erhob sie sich aus ihrem Stuhl und ging um die Theke herum. Hysterische Männer wie dieser aufgeblasene Spezialagent waren es, die die Psychiatriestation füllten, dachte sie, als sie den weißgetünchten Korridor hinunter zu den Behandlungsräumen ging. Die ganze Zeit schrien die bloß von Katastrophenfällen herum, wobei sie in der Regel nichts anderes im Sinne hatten, als ihre eigene Wichtigkeit unter Beweis zu stellen. Es würde diesem Spezialagenten recht geschehen, wenn Dr. Miller sich weigerte, ans Telefon zu kommen; aber er würde es nicht ablehnen, das wußte die Schwester. Seine brillanten Fähigkeiten hatten seiner angeborenen Freundlichkeit keinen Abbruch getan, wie es häufig bei so vielen anderen Männern der Fall war. Wenn er einen Fehler hatte, dann war das seine grenzenlose Großzügigkeit. Er hielt sich in Zimmer zwanzig auf; dort brannte die rote Lampe neben der Tür und zeigte damit an, daß der Raum besetzt war. Sie drückte den Knopf der Sprechanlage.

»Doktor Miller, entschuldigen Sie die Störung, ich habe einen Mann vom State Department am Telefon. Er sagt, es wäre dringend.«

Sie bekam keine Antwort. Noch einmal drückte die Schwester den Knopf, diesmal kräftiger, und sprach lauter.

»Doktor Miller? Es tut mir leid, aber ich habe einen Mann vom Außenministerium am Telefon. Er läßt sich nicht abwimmeln, und die Vermittlung hat bestätigt, daß es sich um einen dienstlichen Anruf von größter Dringlichkeit handelt.«

Schweigen. Wieder keine Antwort. Offensichtlich konnte Miller sie nicht hören; die Sprechanlage funktionierte nicht. Sie klopfte an die Tür.

»Doktor Miller? Doktor Miller?«

Der Mann war doch nicht taub. Was machte er denn nur da drinnen? Sein Patient war ein Marineinfanterist, eine der Geiseln aus Teheran. Nicht gewalttätig. Im Gegenteil: zu passiv. Hatte er einen Rückfall gehabt? Die Schwester drehte den Knopf und öffnete die Tür zum Behandlungsraum.

Sie konnte nur noch schreien. Und wieder schreien.

In der Ecke kauerte zitternd der junge Marinesoldat in seinem Bademantel. Er blickte durch den Lichtkegel der Schreibtischlampe, die Augen starr auf die Gestalt gerichtet, die nach hinten gelehnt im Stuhl saß. Dr. Millers Augen standen offen . . . weit, glasig, tot. Mitten auf seiner Stirn klaffte ein Einschußloch, aus dem Blut floß.

Der Mann in Rom sah auf die Uhr. Es war 4.15 Uhr in der Früh. Inzwischen hatten seine Männer in Col des Moulinets Stellung bezogen. Aus Washington hatte er immer noch nichts gehört. Die einzige andere Person im Codierraum war der Funker. Er langweilte sich und drehte immer wieder abwesend an seinen Knöpfen, oder er blätterte in einem italienischen Magazin und wiederholte murmelnd die Sätze, die er las.

Das rote Lämpchen am Telefon leuchtete auf, begleitet von einem Summton. Der Mann nahm den Hörer ab. »Rom«, sagte er.

»›Ambiguity‹, Rom.« Die Stimme klang klar und entschlossen. »Sind Sie auf Zerhacker geschaltet?«

»Ja.«

»Das Gespräch darf weder mitgeschnitten noch protokolliert werden. Ist das klar?«

»Verstanden. Wie ist die Lösung?«

»Nicht zu retten. Absolut.«

»Das wär's dann.«

»Noch nicht ganz. Es hat bislang keinen Kontakt mit dem Frachter gegeben, nicht wahr?«

»Natürlich nicht. Luftüberwachung bis zum Einbruch der Dunkelheit; dann weiter Küstenbeobachtung.«

»Gut. Man wird sie irgendwo bei San Remo an Land bringen, vermute ich.«

»Wir sind bereit.«

»Hat der Korse dort oben das Kommando?« fragte die Stimme aus Washington.

»Der vor drei Tagen an Bord kam?«

»Den meine ich.«

»Ja, er hat die Einheit zusammengestellt.«

»Fein.«

»Weil wir gerade von Klärung sprechen – ich nehme an, die Anweisung des Colonels gilt noch. Wir bringen die Frau mit.«

»Nein, die Anweisung ist ungültig. Wer auch immer die Frau sein mag, die Karras ist sie jedenfalls nicht; die ist an der Costa Brava getötet worden, das wissen wir.«

»Was tun wir dann?«

»Moskau kann sie zurückhaben. Sie dient als Köder, um die Zielperson verrückt zu machen. Es hat funktioniert. Er hat ja bereits geredet. Er ist . . .«

»Nicht zu retten«, führte Rom den Satz zu Ende.

»Schaffen Sie sie einfach weg. Wir wollen keine Spur hinterlassen, die zu uns führen könnte, keine Spekulationen über die Costa Brava. Der Korse wird wissen, was er zu tun hat.«

»Ich muß sagen, das verstehe ich nicht ganz.«

»Das brauchen Sie auch nicht. Wir wollen nur einen Beweis, daß er beseitigt ist.«

»Den werden Sie kriegen. Unser Mann mit den Augen ist dort oben.«

»Ich wünsche einen guten Tag, Rom. Einen Tag ohne Fehler.«

»Ich habe verstanden.«

»Ende«, sagte die Stimme.

Der Mann hinter dem Schreibtisch war als Silhouette zu sehen. Er saß vor einem Fenster, von dem er das Gelände des State Department überblicken konnte. Nur das Licht von Straßenlaternen drang in das dunkle Zimmer. Der Mann hatte die Sprechmuschel seines Telefons dicht an seine Lippen gehalten. Jetzt drehte er sich im Sessel herum, und seine Gesichtszüge blieben im Schatten, als er den Hörer auf die Gabel legte und sich vorbeugte, die Stirn auf die ausgestreckten Finger beider Hände stützend. Die weiße Strähne, die sein dunkles Haar durchzog, glänzte selbst in der schwachen Beleuchtung.

Staatssekretär Arthur Pierce, geboren als Nikolai Petrowitsch Maljekow in der Ortschaft Ramenskoje südöstlich von Moskau und im US-Staat Iowa erzogen und aufgewachsen, atmete tief und gleichmäßig. Das machte ihn ruhig, er hatte das im Laufe der Jahre gelernt, jedesmal, wenn eine Krise schnelle, brisante Entscheidungen von ihm verlangte; er wußte sehr wohl, was für Folgen ein Versagen haben würde. Darin lag natürlich die Stärke von Männern wie ihm: Sie hatten keine Angst davor zu versagen. Sie begriffen, daß die großen Leistungen in der Geschichte unter größten Risiken vollbracht wurden, daß die Geschichte selbst stets durch die Kühnheit einzelner geprägt wurde. Jene, die bei dem Gedanken an ein mögliches Versagen in Panik geraten, die nicht mit Überlegtheit und Entschlossenheit handelten, wenn der Augenblick der Krise gekommen war, verdienten die Grenzen, die ihre Ängste ihnen zogen.

Er hatte eine weitere Entscheidung treffen müssen, eine, die genauso gefährlich war wie diejenige, die er nach Rom weitergeleitet hatte; aber es war notwendig gewesen. Die Strategen der Einsatzleitung hatten die Ereignisse jener Nacht an der Costa Brava noch einmal aufgegriffen, hatten den Schleier der Täuschung gelüftet, über die sie *nichts* wußten. Die Sache mußte ein für allemal begraben werden – um jeden Preis, kein Risiko war dafür zu groß. Was an der Costa Brava geschehen war, mußte erneut vertuscht werden. In wenigen Stunden würde die Nachricht aus Col des Moulinets eingehen: »Die Aktion ›Ambiguity‹ ist ausgeführt worden. Auftraggeber: D. S. Stern.«

Aber nur die Strategen wußten, wen Stern mit seinem Dilemma aufgesucht hatte. Tatsächlich hatte Stern selbst nicht gewußt, wen er ansprechen sollte, bis er im vierten Stock aus dem Lift gestiegen und die Liste der leitenden Beamten studiert hatte, die gerade anwesend waren; das hatte Stern ihm gegenüber erwähnt. Doch das war belanglos, dachte Arthur Pierce in dem finsteren Büro, während er auf das Foto an der Wand blickte, ein Foto von Anthony Matthias, das sein Chef ihm mit einer Widmung geschenkt hatte. Denn auch wenn er nicht in dem Augenblick dagewesen wäre, hätte man mit ihm Verbindung aufgenommen, seinen Rat gesucht. Das Ergebnis wäre dasselbe gewesen: ›Nicht zu retten‹. Ein Scheitern kam nicht in Frage. Die Strategen waren tot. Alle Verbindungen zu der Codebezeichnung ›Ambiguity‹ abgeschnitten. Sie mußten den Mann finden, der das Unglaubliche bewirkt hatte – *mit ihrer Hilfe*. Sie würden ihn finden, denn er hinterließ eine Spur des Schreckens – und Spuren ließen sich immer verfolgen.

Der Tod der Strategen war von entscheidender Wichtigkeit gewesen. Das daraus resultierende Vakuum würde die ursprünglichen Planer der Operation »Costa Brava« paralysieren, sie so lähmen, daß sie schwiegen. Ihr oberstes Ziel würde es sein, alles zu vertuschen. Denn der Mann im Schatten hinter dem Schreibtisch hatte Rom nicht belogen. Es durfte nicht dazu kommen, daß man erneut Spekulationen über die Costa Brava anstellte. Beide Seiten konnten sich das nicht leisten. Arthur Pierce, der mächtigste *paminjatschik* im State Department, erhob sich hinter seinem Schreibtisch und ging lautlos zu dem Sessel, der an der Wand stand. Er setzte sich und streckte die Beine; er würde bis zum Morgen dort sitzen bleiben, bis die zahlreichen leitenden Beamten und ihre Untergebenen anfingen, den vierten Stock zu füllen. Dann würde er sich unter die anderen mischen, eine vergessene Anwesenheitsliste abzeichnen; er würde am Morgen nur kurze Zeit anwesend sein, man brauchte ihn nämlich in New York bei den Vereinten Nationen. Eigentlich war er die wichtigste Stimme des State Department am East River; bald würde er selbst Botschafter sein. Das war Anthony Matthias' Ziel; jeder wußte das. Das würde ein weiterer bedeutsamer Schritt in seiner außergewöhnlichen Karriere sein.

Plötzlich sprang Maljekow-Pierce aus seinem Sessel auf. Er mußte noch ein Telefongespräch mit Rom führen, eine letzte Stimme zum Schweigen bringen: einen Mann in einem Funkraum, der ein abhörsicheres Telefon bediente.

11

»Sie ist nicht an Bord, das schwöre ich!« verteidigte sich der Kapitän des Frachters *Santa Teresa,* der an seinem Schreibtisch in der kleinen Kabine hinter dem Steuerhäuschen saß. »Sie können ja suchen, wenn Sie wollen, *Signore.* Niemand wird Sie behindern. Wir haben Sie vor drei ... dreieinhalb ... Stunden an Land gebracht. *Madre di Dio!* Was für ein Wahnsinn!«

»Wie? Wo?« fragte Havelock mit der Stimme eines Mannes, der für dieses Verhör keine Waffe brauchte, sondern allein mit energischem Auftreten einzuschüchtern verstand.

»Wie bei Ihnen. Ein Motorboot ist uns zwölf Kilometer südlich von Arma di Taggia entgegengekommen. Ich schwöre es Ihnen, ich habe nichts gewußt. Ich werde dieses Schwein in Civitavecchia umbringen! Bloß ein politischer Flüchtling aus dem Balkan, hat er gesagt ... eine Frau mit ein wenig Geld und Freunden in Frankreich. Davon gibt es heutzutage so viele. Worin besteht denn die Sünde, wenn man einem Flüchtling hilft?«

Michael beugte sich vor und nahm den abgelaufenen Diplomatenausweis wieder an sich, der seinen Status als Attaché im Außenministerium der USA bestätigte, und sagte ruhig und mit verständnisvoll klingender Stimme: »Von Sünde ist gar keine Rede, wenn Sie das geglaubt haben.«

»Es ist wahr, *Signore!* Ich fahre schon fast dreißig Jahre zur See. Nicht mehr lange, und ich gehe in Pension. Mit ein wenig Land und ein wenig Geld werde ich Wein anbauen. Niemals *narcotici!* Niemals *contrabandi!* Aber Leuten helfen, ja. Und ich schäme mich auch nicht dafür. Ich frage Sie noch einmal, ist das etwa Sünde?«

»Nur dann, wenn Sie dabei Fehler machen.«

»Ich kann einfach nicht glauben, daß diese Frau ein Verbrechen begangen hat.«

»Das habe ich auch nicht behauptet«, verbesserte ihn Havelock. »Ich habe nur gesagt, daß wir sie finden müssen.«

Der Kapitän nickte resigniert. »Schlimm genug: um mich zu melden. Mich steckt man dann ins Gefängnis. *Gracie, Signore Americano.*«

»Das habe ich auch nicht gesagt«, erwiderte Michael ruhig.

Die Augen des Kapitäns weiteten sich, als er aufblickte. »*Che cosa?*«

»Schon gut. Es gibt Situationen, in denen jede Komplikation vermieden werden sollte. Wenn Sie tun, was ich Ihnen sage, braucht vielleicht keine Meldung gemacht zu werden.«

»Alles, was Sie wollen! Damit habe ich nicht gerechnet.«

»Erzählen Sie mir alles, was sie zu Ihnen gesagt hat. Schnell.«

»Eine ganze Menge war völlig nebensächlich . . .«

»Das ist es nicht, was ich hören will.«

»Ich verstehe. Sie war gefaßt, aber dahinter spürte man ihre Angst. Sie blieb in dieser Kabine.«

»Oh!«

»Nicht mit mir zusammen, das kann ich Ihnen versichern. Ich habe Töchter, die so alt sind wie sie, *Signore.* Wir haben drei Mahlzeiten gemeinsam eingenommen; es gab keinen anderen Platz für sie. Meine Mannschaft ist nicht von der Art, daß ich meine Töchter mit ihr essen lassen würde. Sie hat mit großen Unannehmlichkeiten gerechnet. Heute abend.«

»Was meinen Sie damit?«

»Sie hat mich gefragt, ob ich jemals in dem Dorf Col des Moulinets in den Ligurischen Bergen gewesen sei.«

»Sie hat Ihnen von Col des Moulinets erzählt?«

»Ich glaube, sie nahm an, ich wüßte es. Vielleicht hat sie unterstellt, man hätte mich auch in die anderen Etappen ihrer Reise eingeweiht.

Zufälligerweise war ich tatsächlich einige Male in Moulinets gewesen. Die Schiffe, die man mir gibt, sind oft reparaturbedürftig und liegen hier in San Remo oder in Savonna oder Marseille im Dock; das ist übrigens mein entferntester Hafen. Ich bin nicht das, was man einen *capitano superiore* nennt . . .«

»Bitte fahren Sie fort.«

»Wenn mein Schiff in San Remo im Trockendock repariert wurde, bin ich in die Berge nach Col des Moulinets gefahren. Das ist jenseits der französischen Grenze westlich von Monesi, einem hübschen Ort mit einem Bergflüßchen und . . . wie sagen Sie? *Ruote a pale?*«

»Mühlräder. *Moulinets* auf französisch.«

»*Si.* Das ist ein kleiner Paß in den Alpen. Er wird nicht sehr häufig benutzt. Schlecht zu erreichen, die Straße ist nicht besonders gut ausgebaut. Und die Grenzwächter sind die laschesten an der ganzen Ligurischen Küste; die haben kaum Zeit, die Gauloises aus dem Mund zu nehmen und die Papiere anzusehen. Ich versuchte, meinem ängstlichen Passagier klarzumachen, daß sie keine Schwierigkeiten haben würde.«

»Halten Sie es für möglich, daß sie einen offiziellen Grenzübergang benutzen würde?«

»Es gibt nur einen, direkt an einer Brücke über einen Bergfluß. Warum nicht? Ich glaube nicht, daß man auch nur einen Grenzposten bestechen müßte; eine Frau inmitten einer Gruppe gutgekleideter Leute, nachts, alle vom *vino* ein wenig angetrunken. Was interessiert die das schon?«

»Aber Männer wie mich interessiert es.«

Der Kapitän hielt inne, lehnte sich in seinem Sessel zurück und musterte den Amerikaner, als sähe er ihn plötzlich in einem anderen Licht. »Dann müssen Sie sich die Frage selbst beantworten, *Signore.* Wer sonst weiß davon?« Die beiden Männer sahen einander an, und keiner sagte ein Wort. Schließlich nickte der Kapitän und fuhr fort. »Aber eines ist gewiß: Wenn sie die Brücke nicht benutzen, müssen sie durch dichten Wald mit seinen vielen steilen Felsen, und vergessen Sie auch den Fluß nicht.«

»Danke. Das ist die Art von Informationen, wie ich sie brauche. Hat sie Ihnen gesagt, weshalb sie das Land auf diesem Wege verläßt?«

»Das übliche. Die Flughäfen werden bewacht, die Bahnhöfe ebenso und auch die Hauptstraßen, die nach Frankreich führen.«

»Von wem bewacht?«

»Von Männern wie Sie, *Signore?*«

»Hat sie das tatsächlich gesagt?«

»Sie brauchte gar nichts weiter zu erzählen, und ich habe nicht weiter gebohrt. Das ist die Wahrheit.«

»Ich glaube Ihnen.«

»Würden Sie mir eine Frage beantworten? Wissen es andere?«

»Ich bin nicht sicher«, sagte Michael. »Das ist die Wahrheit.«

»Wenn es nämlich andere wissen, wird man mich verhaften. Dann komme ich ins Gefängnis.«

»Würde das bedeuten, daß es öffentlich bekannt wird?«

»Sicher. Man würde die Sache vor die *commissione* bringen.«

»Dann glaube ich nicht, daß die Sie behelligen werden. Ich kann mir vorstellen, daß die Leute, mit denen ich zu tun habe, nichts weniger wünschen, als daß diese Geschichte publik wird. Wenn man bis jetzt nicht mit Ihnen Verbindung aufgenommen hat – über Funk, mit einem Schnellboot oder mit einem Helikopter –, dann wissen die entweder nichts über Sie oder wollen keinen Kontakt mit Ihnen.«

Wieder hielt der Kapitän inne und sah Havelock prüfend an. »Die Männer, mit denen Sie zu tun haben, *Signore?«* sagte er und betonte jedes Wort. *»Avolgere, non includere?«*

»Ich verstehe nicht.«

»Sie reden doch von Männern, zu denen Sie nicht gehören. Ist das richtig?«

»Das ist unwichtig.«

»Sie wollen dieser Frau helfen, nicht wahr? Sie sind nicht hinter ihr her, um . . . um sie zu bestrafen.«

»Die Antwort auf die erste Frage ist ja, auf die zweite nein.«

»Dann will ich es Ihnen sagen. Sie hat mich gefragt, ob ich den Flugplatz in der Nähe von Col des Moulinets kennen würde. Ich habe nie von ihm gehört.«

»Ein Flugplatz?« Michael begriff. »Eine Brücke über einen Bergfluß und ein Flugplatz. Heute nacht.«

Die Paßstraße, die von Monesi zur französischen Grenze führte, war zwar breit genug, aber die vielen Felsbrocken und die überhängenden Büsche am Rand ließen sie recht schmal erscheinen, eher für geländegängige Jeeps geeignet, als für normale Pkw. Mit diesem Vorwand machte Michael dem Taxifahrer aus Monesi klar, warum er die letzten achthundert Meter zu Fuß zurücklegen wollte, worüber sein Chauffeur sichtlich erleichtert war.

Michael hatte erfahren, daß es unmittelbar vor der Brücke einen

Berggasthof gab, eine Art Wasserstelle für die italienischen und französischen Zöllner. Beiderseits der Grenze verstanden die wenigen Bewohner sowohl Italienisch als auch Französisch. Was auch auf die kleinen Garnisonen beider Nationen zutraf, die in diesem Grenzabschnitt stationiert waren. Aus dem wenigen, was Havelock gesehen und erfahren hatte, war zu erkennen, daß der Kapitän der *Santa Teresa* die Ortsverhältnisse zutreffend beschrieben hatte. Die Grenzstation Col des Moulinets lag schwer zugänglich an einem unbedeutenden Paß. Seit Jahrzehnten schon war der Übergang eigentlich überflüssig; die Bürokratie hatte sich bisher nicht dazu durchringen können, die Grenzstation abzuschaffen. Der Hauptverkehr zwischen beiden Ländern floß entweder über die breiten Küstenstraßen zwanzig Kilometer weiter südlich oder benutzte die größeren, bequemeren Pässe im Norden, wie den Col de Larche oder den Col de la Madeleine westlich von Turin. Unter Schmugglern und anderen illegalen Grenzgängern war der Col des Moulinets besonders beliebt. Seine Abgelegenheit und die Gleichgültigkeit der Zöllner boten die Garantie für ungestörte Passagen.

Die Nachmittagssonne leuchtete in dunklem Orange und Gelb wie ein aufgespannter Fächer hinter den Bergen und erfüllte den Himmel mit langsam verblassendem Licht. Die Schatten auf der Straße wurden länger; in wenigen Minuten würden ihre scharfen Konturen im diffusen Grau der einbrechenden Dunkelheit zerfließen. Michael ging am Waldrand entlang, bereit, jederzeit ins Unterholz zu springen, sobald er ein Geräusch hörte. Er wußte, daß er bei jedem seiner Schritte gewahr sein mußte, daß Rom vom Col des Moulinets als Grenzübergang der Karras erfahren hatte. Er hatte den Kapitän der *Santa Teresa* nicht angelogen. Es gab beliebig viele Gründe, weshalb für die Botschaft tätige Leute sich einem Schiff in internationalen Gewässern fernhielten. Man konnte den langsamen Frachter überwachen und verfolgen – das war höchstwahrscheinlich auch geschehen –, aber es war eine ganz andere Sache, ihn aufzuhalten und in offiziellem Auftrag an Bord zu gehen . . . Das würde nur zu leicht zu peinlichen Untersuchungen des Vorfalls führen.

Hatte Rom den Mann in Civitavecchia gefunden? Durchaus möglich. In seiner Wut – nein, seiner Empörung – hatte er den Namen der Hafenstadt ins Telefon geschrien, und Baylor-Brown hatte ihn wiederholt. Wenn der verwundete Abwehrbeamte nach dem, was auf dem Palatin geschehen war, bei klarem Verstand war, würde er seine Leute anweisen, das Hafengebiet von Civitavecchia abzusuchen, und dort den Mann im Mantel finden. Aber würde er das richtige Schiff benennen, wohl wissend, daß man ihm künftig nie mehr vertrauen würde? Sein Verrat konnte ihm in der nächsten Seitengasse das Leben kosten. Vielleicht würde er in bezug auf jene Phase der Flucht Unwissenheit vorschützen und behaupten, dieser Teil sei von anderen arrangiert worden, und würde nur den Col des Moulinets preisgeben, um sich bei mächtigen Amerikanern in Rom einzuschmeicheln, zumal doch jeder wußte, daß die Amerikaner zu Leuten, die in ihrer Gunst standen, sehr generös sein konnten ... *Ein Flüchtling mehr aus dem Balkan, worin besteht da schon die Sünde, Signore?*

Er hatte wenig Konkretes in der Hand, vieles paßte nicht zueinander. Wer hätte sich schon einen müden, alternden Kapitän vorstellen können, der nicht bereit war, im profitablen Rauschgifthandel mitzumachen, sich aber durchaus einließ, Flüchtlinge aus Italien herauszuschmuggeln, was kein geringeres Risiko bedeutete und mit hohen Gefängnisstrafen geahndet wurde.

Oder der abgestumpfte Red Ogilvie, ein brutaler Mann, der nimmermüde die Anwendung von Gewalt zu rechtfertigen versucht hatte. Was hatte John Phillip Ogilvie zu solch einem Vergleich getrieben? Weshalb mühte ein Mann sich sein ganzes Leben lang ab, sich von Ketten zu befreien, die er sich selbst angelegt hatte? Was für ein Mensch war der Apatsche wirklich gewesen? Wie auch immer die Antwort darauf lauten mag: Ogilvie war genau in dem Augenblick erschossen worden, als er eine Wahrheit erkannt hatte, eine Wahrheit voller Gewalt. Die Lügner saßen in Washington an den Schalthebeln der Macht.

Aber wichtiger als alles andere war, daß Jenna, seine Geliebte, ihre Liebe nicht verraten hatte, sondern selbst verraten worden war. Wie konnte sie den Lügnern geglaubt haben? Was konnten sie ihr gesagt haben, welchen unwiderlegbaren Beweis mochten sie ihr vorgelegt haben, den sie akzeptieren konnte? Wer waren die Lügner?

Er war jetzt ganz nahe, konnte es spüren, bei jedem Schritt, den er auf der immer dunkler werdenden Bergstraße machte, während im Hintergrund die Berge im letzten Licht des Tages strahlten. Ehe die untertauchende Sonne auf der anderen Seite der Erdkugel wieder aufging, würde er die Antworten kennen, seine Liebe zurück haben. Sollten tatsächlich Leute aus Rom gekommen sein, dann würde keiner davon ihm gewachsen sein, davon war er überzeugt. Ohne die Fähigkeit, sich immer wieder Mut zu machen und sich auf die eigene Stärke zu besinnen, hätte er jene schrecklichen Tage in seiner Kindheit nicht überlebt.

Und wenn er endlich die Antworten hätte und seine Geliebte wieder bei ihm war, dann würde er eine Berghütte anrufen, Tausende von Meilen entfernt, in den Blue Ridges am Shenandoah. Er würde seinem Lehrer und Mentor Anton Matthias von einer Verschwörung berichten, die in die höchste Spitze des CIA reichte, deren Existenz nicht zu leugnen und deren Ziel unbekannt war.

Plötzlich sah er einen kleinen Lichtkegel vor sich, er schien durch das Blattwerk zu seiner Linken. Er duckte sich und versuchte zu ergründen, woher der Lichtstrahl kam, der sich nicht bewegte. Er schlich weiter, gebannt, besorgt.

Als er sich vor einer Kurve zum Straßenrand vorwagte, erblickte er die Silhouette eines Gebäudes; das war der Berggasthof. Jemand hatte gerade die Außenlaterne eingeschaltet; bald würden andere Lichter folgen. Erleichtert richtete er sich auf und wagte wieder zu atmen. Die Dunkelheit war schnell gekommen. Die hohen Fichten und die mächtigen Felsbrocken versperrten den orangefarbenen Lichtpfeilen am Himmel noch den Weg zur Erde. Jetzt folgten andere Lichter; Fenster wurden sichtbar, drei an der ihm zugewandten Seite. Weit mehr waren es an der Frontseite, wie er an dem hellerleuchteten Kiesweg vor dem Eingang erkennen konnte. Michael bewegte sich vorsichtig zwischen Bäumen hindurch auf die drei beleuchteten Fenster zu. Schließlich hatte er den Waldrand erreicht. Zwischen ihm und der tief zerfurchten Zufahrtsstraße stand nur noch der dicke Stamm einer Fichte. Der Weg führte an dem Gasthof vorbei zu einem Parkplatz neben dem Lieferanteneingang. Die Distanz zum nächstliegenden Fenster betrug acht Meter; er trat hinter dem Baum hervor und zuckte zusammen . . .

Scheinwerfer blendeten ihn! Ein Lastwagen donnerte aus dem Sandweg dreißig Meter zu seiner Rechten und brauste in die schmale Zufahrt. Havelock sprang zurück und suchte hinter dem Fichtenstamm Schutz. Seine Hand griff unter das Jackett nach der spanischen Automatic, die er sich um die Hüfte geschnallt hatte. Der Lastwagen mit seinen schweren Rädern donnerte an ihm vorbei über die tiefen Rinnen im Boden. Aus seinem Innern drangen laute Flüche von Männern, die sich über die unsanfte Reise beklagten.

Havelock war unsicher, ob man ihn gesehen hatte oder nicht; er kauerte sich nieder und wartete. An der Einfahrt zum Parkplatz kam der Lkw ruckartig zum Stillstand; der Fahrer öffnete seine Tür und sprang herunter. Michael kroch einen Meter zurück und bereitete sich darauf vor, ins Waldesinnere zu fliehen. Aber es war nicht nötig; der Fahrer streckte sich und fluchte auf italienisch, während ein Scheinwerfer, den jemand drinnen im Gasthof eingeschaltet hatte, ihn erfaßte. Der Fahrer trug die Uniform der italienischen Armee und die Rangabzeichen der Grenzpatrouille. Er ging zum hinteren Ende des Wagens und öffnete die große Klappe.

»Raus mit euch!« schrie er.

»Jetzt habt ihr eine Stunde Zeit, was in den Magen zu kriegen, bevor der Dienst beginnt. Ich gehe inzwischen zur Brücke und sag' den anderen, daß wir hier sind.«

»So wie Sie fahren, Sergeant«, meinte ein Soldat mit einer Grimasse, »haben die Sie bis hinunter nach Monesi gehört.«

»Schnauze!«

Drei weitere Männer stiegen aus, stampften mit den Füßen auf und reckten sich; alles Grenzpolizisten.

»Paulo«, fuhr der Sergeant fort, »nimm du den Neuen. Mach ihm klar, wie das hier läuft.« Der Unteroffizier torkelte auf dem Einfahrtsweg an Havelock vorbei, kratzte sich zwischen den Beinen und zog sich die Wäsche unter der Hose zurecht.

»Sie da, Ricci!« schrie ein Soldat am hinteren Ende des Wagens und sah hinein. »Sie heißen doch Ricci, stimmt's?«

»Ja«, sagte eine männliche Stimme, und eine fünfte Gestalt kam zum Vorschein.

»Sie haben den besten Job, den's in der ganzen Armee gibt, *peasano!* Die Unterkunft ist oben an der Brücke, aber wir haben ein Arrangement. Wir leben praktisch hier im Gasthof und gehen erst hinauf, wenn wir Dienst haben. Sobald Sie hineingehen, müssen Sie sich eintragen, kapiert?«

»Ich habe verstanden«, sagte der Soldat namens Ricci. Aber sein Name war nicht Ricci, dachte Michael und starrte den blonden Mann an, der mit seiner Mütze spielte. Havelocks geistiges Auge musterte ein halbes Dutzend Fotografien und suchte schließlich eine davon aus. Der Mann war kein Soldat in der italienischen Armee und ganz bestimmt kein Grenzpolizist. Er war Korse, ein Meister im Umgang mit Karabiner und Pistole, ebenso mit Messer und Drahtschlinge. Sein wirklicher Name tat nichts zur Sache; er gebrauchte zu viele, als daß man sie noch hätte zählen können. Einen solchen Spezialisten setzte man nur in extremen Situationen ein, als verläßlichen »Scharfrichter«. Im westlichen Mittelmeerraum kannte er sich bestens aus, und auf den Balearen war er ebenso zu Hause wie in den Wäldern Siziliens. Seine Fotografie und jene Akte waren Michael vor mehreren Jahren von einem CIA-Agenten in einem verschlossenen Raum in Palombara vorgelegt worden. Havelock hatte damals eine Einheit der Brigate Rosse verfolgt; den blonden Killer, der jetzt zehn Meter von ihm entfernt in der von Scheinwerferlicht erhellten Einfahrt stand, hatte er für die geplante Tötung eines Terroristen abgelehnt, weil er ihm einfach nicht vertrauen konnte; aber Rom vertraute ihm jetzt.

In Rom wußte man also Bescheid. Die Botschaft hatte einen Mann in Civitavecchia gefunden und nun einen Henker geschickt, der keine Spuren hinterließ. Etwas oder jemand hatte die Lügner in Washington überzeugt, daß Michael Havelock eine Bedrohung darstellte; also würden sie verbreiten, daß ein ehemaliger Außenagent ›nicht zu retten‹ war und daß seine sofortige Beseitigung höchste Priorität hatte.

Die Lügner konnten es sich nicht leisten, daß er mit Jenna Karras in Verbindung trat, denn ihr angeblicher Tod an der spanischen Küste war ein Teil ihrer Lüge. Auch Jenna befand sich auf der Flucht; irgendwie war sie entkommen. Sollte sie jetzt auch liquidiert werden? Das war unausweichbar; man durfte nicht zulassen, daß der Köder weiterlebte. Und daher war der blonde Killer nicht der einzige Angehörige seines Berufsstandes, der auf der Brücke am Col des Moulinets lauerte. Oder in ihrer Nähe.

Die vier Soldaten und der neue Rekrut gingen zum Hintereingang des Gasthofs. Die Tür öffnete sich, und ein untersetzter Mann sprach mit lauter Stimme:

»Ihr Schweine, wenn ihr euer ganzes Geld in Monesi verbraucht habt, braucht ihr hier gar nicht erst reinzukommen!«

»Ah, Gianni, dann müßten wir dir den Laden dichtmachen, weil du die französischen Mädchen teurer verkaufst als unsere!«

»Du und zahlen!« rief der Wirt.

»Ricci, das ist Gianni. Dieser Saustall hier gehört ihm. Seien Sie vorsichtig, was Sie essen.«

»Ich muß auf die Toilette«, sagte der neue Rekrut.

»Wer muß das nicht?« rief ein anderer Soldat, und dann gingen alle fünf hinein.

Als die Tür sich geschlossen hatte, rannte Havelock quer über die Einfahrt zum ersten Fenster. Von dort konnte er in die Gaststube blikken, die Tische waren mit rotkarierten Tüchern bedeckt, Teller und Bestecke waren bereits aufgelegt, aber es waren noch keine Gäste da.

Entweder war es noch zu früh fürs Abendessen, oder es gab einfach keine Kundschaft. Dahinter, durch einen Verbindungsgang vom Eßraum getrennt, war die Bar. Eine Anzahl Leute saß an kleinen, runden Tischen, zwischen zehn und fünfzehn mochten es sein . . . fast ausschließlich Männer. Die zwei Frauen, die er sehen konnte, waren um die sechzig, die eine korpulent, die andere hager. Sie saßen beide an nebeneinanderstehenden Tischen mit schnurrbärtigen Männern und unterhielten sich. Er fragte sich, ob es noch andere Frauen im Raum gab – ob Jenna vielleicht zusammengekauert an einem Ecktisch saß, den er nicht überblicken konnte. Wenn das der Fall war, mußte er eine Tür im Auge behalten können, die in den hinteren Teil des Gebäudes führte – in die Küche vielleicht. Durch diese Tür mußten die fünf Soldaten den Saal betreten. Die nächsten Minuten würden ihm vielleicht verraten, was er wissen mußte. Wen unter den Gästen in der Bar würde der blondhaarige Killer erkennen, und wäre es nur mit einem kurzen Blick, einem Zucken seiner Lippen oder einem kaum wahrnehmbaren Kopfnicken?

Michael duckte sich und rannte zum zweiten Fenster; aber der Blickwinkel reichte nicht aus. Er rannte zum dritten und hatte auch von dort nicht die erforderliche Übersicht. Er bog um die Hausecke. Gleich durch das erste Fenster konnte er die Tür sehen; *cucina* stand darauf; die fünf Soldaten würden jeden Augenblick durch diese Tür kommen, aber nicht alle Tische hatte er im Blick. Es gab zwei weitere Fenster vor dem Plattenweg, der zum Eingang führte, wobei das zweite zu nahe bei der Tür war, um ihm ausreichend Deckung zu bieten. Er kroch schnell ans zweite Fenster und richtete sich im Schatten einer jungen Fichte auf. Was er sah, ließ ihn erleichtert aufatmen. Jetzt hatte er nicht nur ungehinderte Sicht auf den Kücheneingang, sondern auf jeden Tisch im Raum. Jenna war nicht da. Und dann schweifte sein Blick zu der rechten Wand; dort war eine schmale Tür mit der Aufschrift *uomi hommes* – die Herrentoilette.

Die Küchentür schwang auf, und die fünf Soldaten kamen herein. Gianni hatte dem blonden Mann, der nicht Ricci hieß, die Hand auf die Schulter gelegt. Havelock fixierte den Killer mit höchster Konzentration. Der Besitzer des Gasthofs wies nach links, der Killer durchquerte den Raum und betrat die Herrentoilette. Die Augen. Du mußt auf die Augen achten! Und da passierte es. Nur ein leichtes Zucken der Lider verriet den erkennenden Blick. Havelock folgte den Augen des blonden Mannes. Bestätigt! Die zwei Männer an einem Tisch in der Saalmitte! Der eine hielt seinen Kopf gesenkt, während er sprach; der andere hatte tatsächlich . . . schlechter Stil . . . die Beine bewegt, um nicht in die Richtung wie der Killer zu gucken. Zwei weitere Mitglieder der Einheit . . . aber nur einer von ihnen würde aktiv werden. Der andere war Beobachter. Der Mann, der die Beine bewegt hatte, war der Berichterstatter, der die Erledigung des Auftrags bestätigen, aber sonst in keiner Weise an ihm teilhaben würde. Er war Amerikaner; das war an seinen Fehlern zu erkennen. Er trug eine teure Schweizer Windjacke, die weder in die Umgebung noch in die Jahreszeit paßte. Seine Schuhe waren aus weichem schwarzem Leder, und er trug eine auffällige Digitaluhr . . . alles so eindrucksvoll, so unwiderstehlich angesichts der hohen Auslandsspesen. Was für ein Kontrast zu der einfachen Bergsteigerkluft seines Begleiters.

Und noch etwas stimmte nicht: Eine Einsatzgruppe aus drei Personen, davon nur zwei bewaffnet, war angesichts der hohen Priorität des Auftrags und der Erfahrung des Mannes, der ihr Hauptziel war, unterbesetzt. Michael begann jedes Gesicht im Raum zu studieren, versuchte wahrzunehmen, ob irgendein Blick zu dem seltsamen Paar an dem Tisch in der Mitte hinüberschweifte. Nach den Gesichtern kam die Bekleidung, insbesondere bei jenen, die mit dem Rücken zu ihm saßen. Aber er konnte nichts Auffälliges entdecken. Mit Ausnahme der beiden Männer an dem Tisch in der Mitte waren die Gäste der Bar Einheimische: Bauern, Bergführer, Ladenbesitzer – offensichtlich Franzosen von der anderen Seite der Brücke – und natürlich die Grenzpolizisten.

»*Ehi! Che avete?*« rief plötzlich jemand hinter ihm. Der Sergeant, der den Lkw gesteuert hatte, stand im Halbdunkel des Wegs, der zum Eingang des Gasthofs führte, die Beine gespreizt, die Hand auf der Pistolentasche.

»*Mia sposa*«, sagte Havelock schnell mit leiser, eindringlicher Stimme und angemessen respektvoll. »*Noi siamo molto distrubati, Signore Maggiore. Io vado ad aiutare una ragazza francese. Mia sposa seguirà!*«

Der Soldat grinste, nahm die Hand von der Tasche und ermahnte den sichtlich verstörten Lauscher in italienischer Sprache. »Die Männer von Monesi gehen also immer noch über die Grenze, um sich Franzosenweiber zu schnappen, was? Wenn Ihre Frau nicht dort drinnen ist, ist sie wahrscheinlich zu Hause im Schlafzimmer und läßt sich's von einem Franzosen besorgen! Haben Sie daran schon mal gedacht?«

»Der Lauf der Welt, Major«, erwiderte Michael beflissen und zuckte die Achseln, während er sich wünschte, der großmäulige Tölpel würde endlich hineingehen und ihn allein lassen. Er mußte zurück ans Fenster!

»Sie sind nicht aus Monesi«, sagte der Sergeant, als hätte ihn das plötzlich beunruhigt. »Sie sprechen nicht wie jemand aus Monesi.«

»Bin aus der Schweiz, Major, aus Lugano. Vor zwei Jahren bin ich hierhergezogen.«

Der Soldat schwieg einen Augenblick und kniff die Augen zusammen. Havelock schob die Hand im Schatten langsam auf seine Hüfte zu, wo die schwere Magnum mit dem Schalldämpfer unter seinem Gürtel steckte. Doch dann machte der Sergeant eine wegwerfende Handbewegung und schüttelte angewidert den Kopf.

»Schweizer! Italienisch-Schweizer, aber mehr Schweizer als Italiener! Alles das gleiche Pack. Ich würde nie in einem Bataillon nördlich von Mailand dienen, das schwöre ich. Lieber quittiere ich den Dienst. Schnüffeln Sie weiter, Schweizer!« Der Soldat schüttelte noch einmal den Kopf, ging auf die schwere Holztür zu, öffnete sie ruckartig und stampfte hinein.

Drinnen wurde gerade eine andere Tür geöffnet, die schmale Tür zur Herrentoilette. Ein Mann kam heraus, und Michael wußte, daß er nicht nur eine dritte Waffe in der Einheit aus Rom gefunden hatte, sondern erkannte jetzt, daß es noch einen vierten geben mußte. Der Mann war einer von zwei Sprengstoffexperten, die ständig zusammenarbeiteten. Beide hatten als Söldner einige Jahre in Afrika verbracht und dort alles mögliche in die Luft gesprengt, angefangen bei Dämmen und Flughäfen bis zu grandiosen Villen, die von Despoten in Operettenuniformen bewohnt wurden. Der CIA hatte sie in Angola gefunden, auf der falschen Seite, aber der amerikanische Dollar hatte schon immer eine besondere Überzeugungskraft.

Ihre Anwesenheit zu dieser Zeit und an diesem Ort verriet Havelock etwas sehr Wichtiges: Man erwartete ein Fahrzeug – oder mehrere Fahrzeuge, und mit welcher Methode man die Zielperson beseitigen wollte, war nun offenkundig: Einer der beiden Sprengstoffexperten würde zehn Sekunden lang neben einem Wagen stehen, und zehn Minuten später würde er explodieren – keine Überlebenschance für die Insassen, ebenso für den, der unmittelbar daneben stand. Man rechnete offensichtlich damit, daß Jenna Karras die Grenze in einem Wagen überqueren würde. Minuten später würde sie tot sein. Eine erfolgreiche, nicht nachweisbare Tötungsmethode.

Und der Flugplatz. Rom hatte von dem Mann in Civitavecchia von dem Flugplatz erfahren. Irgendwo auf der Straße hinter Col des Moulinets würde eine Explosion ihr Auto in Stücke reißen.

Michael kauerte sich hinter der Fichte auf den Boden. Durch das Fenster konnte er den Sprengstoffexperten auf die Eingangstür des Gasthofs zugehen sehen; der Mann blickte auf die Uhr, so wie es der blonde Killer vor wenigen Minuten getan hatte. Ein Plan lief hier an, aber welcher?

Jetzt trat der Mann ins Freie. Sein finsteres Gesicht wirkte im schwachen Lichtschein der Lampe am Ende des Wegs noch dunkler. Havelock erhob sich vorsichtig, bereit, dem Mann zu folgen; er blickte zum Fenster hinüber, dann noch einmal, jetzt gespannt und beruhigt.

Drinnen sprach der Sergeant an der Bar mit dem blonden Rekruten, den er Ricci nannte; offenbar erteilte er ihm einen Befehl, der dem anderen nicht gefiel. Der Killer schien zu protestieren, hob sein Bier, als wäre es dringend benötigte Medizin. Dann schnitt er eine Grimasse, leerte das Glas mit wenigen Schlucken und ging zum Ausgang.

Der Plan wurde eingehalten, jede Möglichkeit eines Irrtums war ausgeschlossen. Gemäß einer vorher getroffenen Absprache hatte jemand an der Brücke Anweisung gehabt, den neuen Rekruten vor seiner offiziellen Dienstzeit zu sich zu bestellen; er sollte eingesetzt werden, ehe die Schicht um war. Man würde irgendwelche Verwaltungsgründe vorschieben, niemand würde Einwände erheben. In Wirklichkeit aber war das Teil des Plans.

Die Einheit aus Rom wußte, daß Jenna Karras zu der Brücke unterwegs war. Man hatte in Arma di Taggia ein Motorboot entdeckt und war dem weiblichen Passagier gefolgt; das Fahrzeug, in dem sie in die Ligurischen Berge fuhr, war jetzt wenige Minuten vor seiner Ankunft an der Grenzstation Col des Moulinets gesichtet worden. Gab es einen günstigeren Zeitpunkt, eine Grenze zu überqueren, als am Ende einer Schicht, wenn die Zöllner müde waren und auf Ablösung warteten ... noch nachlässiger als gewöhnlich waren?

Die Tür öffnete sich, Michael duckte sich erneut, spähte durch die Zweige der Fichte nach rechts zur Straße hinüber. Der Söldner hatte sie überquert und wandte sich nach links in Richtung Brücke. Er hätte ein ganz gewöhnlicher Spaziergänger sein können, ein Franzose vielleicht, der nach Col des Moulinets zurückkehrte. Doch gleich würde er eine vorher festgelegte Position in unmittelbarer Nähe der Brücke einnehmen, von der aus er an einen Wagen heranschleichen konnte, den die Grenzposten anhielten. Der blonde Killer hatte jetzt die Hälfte des Wegs zurückgelegt; er blieb stehen und zündete sich eine Zigarette an. Als er hörte, wie die Eingangstür zum Gasthof geöffnet wurde und Gelächter ertönte, lief der ›Soldat‹ weiter. Er wußte Bescheid: Die zwei Männer vom Tisch in der Mitte des Gastraums, der amerikanische Agent und sein Begleiter, der zweite Scharfschütze in der Einheit aus Rom, hatten das Lokal verlassen.

Jetzt erkannte Havelock, mit welcher Präzision die Falle vorbereitet worden war. Die zwei Scharfschützen hatten den Auftrag, denjenigen unschädlich zu machen, der versuchen sollte, den Wagen mit Jenna Karras aufzuhalten. Und die beiden Sprengstoffspezialisten garantierten, daß der durchgewinkte Wagen irgendwo auf der Paßstraße oder auf der Strecke zu einem kleinen Flugplatz explodierte.

Noch einen weiteren Schluß konnte man aus den Vorbereitungen ziehen: Der Einheit aus Rom war bekannt, daß Michael Havelock hier war, daß er nahe genug an die Grenzposten herankommen würde, um alle Fahrzeuginsassen zu beobachten, die den Grenzposten ihre Pässe zeigten. Man würde sie sorgfältig überprüfen und dabei die Waffen schußbereit halten. Ihr Vorteil lag in ihrer Überzahl, aber auch er verfügte über einen nicht unerheblichen Vorteil: Er wußte, wer sie waren.

Der auffällig gekleidete Amerikaner und sein »Kollege« trennten sich an der Straße, wobei der Agent nach rechts bog, um sich von der Hinrichtungsstelle zu entfernen, während der Killer nach links zur Brücke ging. Zwei kleine Lieferwagen rumpelten die Straße von Monesi hinauf. Weder der Amerikaner noch der Killer achteten auf die beiden Lkw; sie kannten das Fahrzeug, das sie erwarteten, und es war keines von den beiden.

Wenn man eine Strategie kennt, kann man sie auch durchkreuzen. Das waren die Worte seines Vaters, Worte, die viele Jahre zurücklagen. Er konnte sich gut daran erinnern, wie geduldig der große, besonnene Mann auf die Partisanen einwirkte, ihnen ihre Ängste nahm und ihre Haßgefühle in sinnvolle Bahnen lenkte. Lidice war ihre Sache, der Tod der Deutschen ihr Ziel. Daran mußte er jetzt denken, als er zur Einfahrt zurückschlich und in den Wald rannte.

Er erblickte die Brücke das erste Mal, als er noch dreihundert Meter von ihr entfernt war, an der Stelle, wo die Straße, die zu dem Berggasthof führte, eine Kurve machte. Soweit er aus der Distanz erkennen konnte, war die Brücke nicht sonderlich lang und so schmal, daß immer nur ein Fahrzeug abgefertigt werden konnte. Inzwischen war eine Doppelreihe nackter Glühbirnen eingeschaltet worden, sie spannte sich über die Brückenmitte und sackte zwischen den Streben durch. Die Grenzstation selbst bestand aus zwei gegenüberstehenden Wachhäuschen. Sie hatten hohe, breite Fenster. Hier über die Brücke spannte sich eine von Hand bediente Schranke, die in reflektierendem Orange gestrichen war und die Durchfahrt sperrte. Rechts von der Winde, mit der die Schranke hochgezogen wurde, war ein schulterhohes Tor, das den Fußgängerweg versperrte.

Zwei Soldaten in braunen Uniformen mit roten und grünen Streifen standen zu beiden Seiten des zweiten Lieferwagens und redeten mit dem Fahrer. Ein dritter Mann stand dahinter, achtete aber nicht auf den Lieferwagen, sondern blickte zum Wald auf der anderen Brückenseite. Seine Augen schweiften umher, aber sein Kopf bewegte sich dabei kaum. Es war der blonde Killer auf seinem perfekt getarnten Posten. Wer würde schon argwöhnen, daß ein einfacher Soldat an einer Grenzstation ein Killer war, der im ganzen Mittelmeergebiet seine Opfer fand.

Soeben war ein vierter Mann durch das Fußgängertor gewinkt worden. Er ging langsam die leichte Steigung zur Brückenmitte hinauf. Aber dieser Mann hatte nicht die geringste Absicht, auf die französische Seite hinüberzuwechseln. Nein, dachte Michael, dieser primitiv gekleidete Bergbauer mit der weiten ausgebeulten Hose und dem schlechtsitzenden Jackett würde sich im Hintergrund halten und dort, wo es dunkel genug war, seine Waffe überprüfen: ohne Zweifel eine Maschinenpistole mit einer abklappbaren Schulterstütze. Er würde den Sicherungsflügel umlegen und sich darauf vorbereiten, im Augenblick der Exekution zur Grenzstation hinunterzurennen, bereit, die italienischen Zöllner zu töten, falls sie sich einschalteten. In erster Linie aber hatte er die Absicht, ein paar Feuerstöße auf einen Mann abzugeben, der aus der Dunkelheit kam, um eine Frau aufzuhalten, die die Grenze überqueren wollte. Denn dieser Mann, der noch kurz zuvor mitten im Lokal des Berggasthofs gesessen hatte, war die Unterstützung für den blonden Killer.

Das Ganze war eine Falle, die sich natürlicher Straßensperren ebenso bediente wie künstlicher, aus der es für die Zielperson kein Entrinnen mehr gab. Zwei Männer warteten mit Sprengstoff und Waffen an der Mündung zur Falle, einer in ihrer Mitte und ein vierter außen. Sehr professionell inszeniert . . .

12

Auf der anderen Seite der dunklen Straße konnte man als winzigen roten Punkt das Glühen einer Zigarette sehen. Ein dilettantisches Verhalten für einen Agenten. Man sollte ihn ersetzen; und das würde auch geschehen.

Havelock schätzte den Abstand der Zigarette zum Boden ab; der Mann kauerte oder saß, jedenfalls stand er nicht. Bei dem dichten

Blattwerk war es ihm unmöglich, die Straße deutlich zu sehen, und das wiederum bedeutete, daß er den Wagen mit Jenna Karras augenblicklich noch nicht erwartete. Der Sergeant hatte in der Einfahrt gesagt, die Soldaten hätten eine Stunde Zeit, um sich den Bauch vollzuschlagen; davon waren zwanzig Minuten bereits verstrichen.

Michael schlich weiter in den Wald hinein, bis der Lichtschein von der Brücke durch die Bäume praktisch verdeckt war. Er rannte über die Straße und tastete sich durchs Unterholz. Er kontrollierte jeden Schritt, um nur ja kein Geräusch zu erzeugen. Einen kurzen schrecklichen Augenblick lang befand er sich wieder in den Wäldern von Prag, und in seinen Ohren hallte das Echo der Schüsse von Lidice. Er sah die schreienden, sich krümmenden Menschen vor sich. Doch dann zwang er sich in die Gegenwart zurück, erinnerte sich daran, wer und wo er war. Er befand sich in seinem Element, im Wald, der sein Freund gewesen war, als er sonst keinen besessen hatte.

Der Agent saß auf einem Felsbrocken und – typisch – spielte mit seiner neuerworbenen Schweizer Uhr. Havelock griff in die Tasche und holte einen der Gegenstände heraus, die er in Monesi gekauft hatte: ein zehn Zentimeter langes Fischmesser in einer ledernen Scheide. Er zog es heraus, schob die Zweige vor sich auseinander, duckte sich und sprang.

»Sie! Herrgott! ... Nicht! Was machen Sie? O mein Gott!«

»Ein lautes Wort, und Sie haben kein Gesicht mehr!« Michael hatte dem Agenten sein Knie gegen den Hals gerammt und ihm die rasiermesserscharfe, gezackte Klinge unter dem linken Auge gegen die Wange gedruckt. »Das ist ein Messer, mit dem man Fische sauber macht, Sie Schweinehund. Ich schäle Ihnen die Haut herunter, wenn Sie mir nicht sagen, was ich wissen will. Jetzt gleich!«

»Sie sind wahnsinnig ...!«

»Und Sie erledigt, wenn Sie das glauben. Wie lange sind Sie schon hier?«

»Sechsundzwanzig Stunden.«

»Wer hat den Befehl gegeben?«

»Woher soll ich das wissen?«

»Weil sogar ein Arschloch wie Sie sich Rückendeckung verschafft! Das ist das erste, was wir lernen, wenn einer erledigt werden soll, stimmt's? Der Befehl! Wer hat ihn erteilt?«

»›Ambiguity‹! Die Operation hat den Codenamen ›Ambiguity‹«, schrie der Mann mit unterdrückter Stimme, als sich das Messer in sein

Gesicht bohrte. »Ich schwöre bei Gott, mehr weiß ich nicht! Der Code aus Washington hieß ›Ambiguity‹.«

»Ich will es mal glauben. Und jetzt den Stufenplan. Vollständig! Sie haben ihre Spur in Arma di Taggia aufgenommen, und seitdem hat man sie verfolgt. Wie?«

»Mit wechselnden Fahrzeugen.«

»Wo ist sie jetzt? Was für ein Auto benutzt sie? Wann erwartet man sie hier?«

»Einen Lancia. Ankunft sieben Uhr vierzig. Man hat in ihrem Wagen einen Peilsender versteckt; sie werden um zwanzig vor acht hier sein.«

»Ich weiß, daß Sie keinen Sender bei sich haben, weil ein solches Gerät in Ihrem Fall ein Beweismittel wäre. Wie hat man Kontakt mit Ihnen gehalten?«

»Über das Telefon im Gasthof. Jesus! Nehmen Sie das Ding weg!«

»Jetzt noch nicht, Sie vernünftiger Mann. Erst den Stufenplan. Wer verfolgt den Wagen jetzt?«

»Zwei Männer in einem verbeulten Lkw, vierhundert Meter dahinter. Falls Sie den Wagen anhalten, hören die das und greifen ein.«

»Wenn ich es nicht tue, was dann?«

»Wir haben Vorkehrungen getroffen. Ab halb acht wird jeder, der die Grenze überqueren will, zum Aussteigen aufgefordert. Alle Fahrzeuge werden durchsucht – also muß sie sich so oder so zeigen.«

»Und in dem Moment, haben Sie sich gedacht, würde ich auftauchen.«

»Falls wir . . . falls sie . . . Sie nicht bereits vorher finden. Die glauben, sie würden Sie schon entdecken, ehe sie hier erscheint.«

»Und wenn nicht?«

»Ich weiß nicht! Die anderen haben den Plan gemacht.«

»Sie haben ihn gemacht!« entgegnete Havelock wütend und ritzte die Gesichtshaut des Agenten auf; Blut floß über seine Wange.

»Herrgott! Nicht! Bitte!«

»Reden Sie!«

»Es soll so aussehen, als hätten Sie angegriffen. Die wissen, daß Sie eine Waffe haben, ob Sie sie nun zeigen oder nicht. Die knallen Sie ab und ziehen anschließend Ihre Pistole heraus, falls Sie die Waffe noch nicht gezückt haben. Das dient nur der Verwirrung. Dann verschwinden sie; der Lkw hat einen guten Motor.«

»Und der Wagen? Was ist mit dem Wagen?«

»Der wird durchgeschoben. Wir wollen ihn hier nicht haben. Sie ist nicht die Karras; sie ist ein sowjetischer Köder. Moskau soll sie zurückhaben. Die Franzosen werden den Mund halten, wir haben einen Grenzposten geschmiert.«

»Lügner! Sie gottverdammter Lügner!«

Michael zog das Fischmesser quer über das Gesicht des Agenten. »Sie werden gezeichnet sein, Lügner! Diese zwei Nitro-Clowns, die schon in Tansania, Mozambique und Angola mitgemischt haben – die sind nicht wegen der gesunden Bergluft hier, Lügner!«

»O Gott! Sie bringen mich um!«

»Jetzt noch nicht, aber möglich ist das durchaus. Was sollen die beiden machen?«

»Die sind bloß für alle Fälle hier. Ricci hat sie mitgebracht.«

»Der Korse?«

»Ich weiß nicht . . . Korse?«

»Der Blonde.«

»Ja! Nicht schneiden! Bitte! Nicht schneiden!«

»Für alle Fälle? Wie Ihr Freund am Tisch im Gasthof?«

»Der Tisch? Herrgott, wer sind Sie?«

»Jemand, der die Augen offenhält. Und Sie sind dumm. Für Sie sind die wohl bloß Kanonen.«

»Herrgott, ja! Genau das sind sie.«

Die Lügner in Washington belogen sogar ihre eigenen Leute in Rom, schoß es Michael durch den Kopf. Jenna Karras existiert nicht. Die Frau in dem Wagen sollte erledigt werden, ohne daß Rom davon erfuhr. Lügner! Killer! Warum?

»Wo sind sie?«

»Ich blute! Ich habe Blut im Mund!«

»Sie werden daran ersticken, wenn Sie es mir nicht sagen. Wo?«

»Auf beiden Seiten der Brücke. Ungefähr neun Meter vor der Schranke. Herrgott, ich sterbe!«

»Nein, Sie sterben nicht, Sie sind bloß gezeichnet. Erledigt. Sie sind die ärztliche Behandlung nicht wert.« Havelock nahm das Messer in die linke Hand und hob die rechte, die Finger ausgestreckt, die Muskeln der Handfläche gespannt. So schmetterte er sie dem Mann mit voller Wucht in die Kehle; mindestens für eine Stunde würde er ausgeschaltet sein. Das würde genügen; das mußte genügen.

Er kroch durch das Unterholz, jeden Schritt kontrollierend. Bald hatte er den einen der beiden Sprengstoffspezialisten aufgespürt. Der Mann kniete über einer Tasche oder einem Rucksack. Das Licht von der Brücke war hell genug, um seine Umrisse zu zeigen. Plötzlich war das lauter werdende Geräusch eines Motors zu hören, begleitet vom Klappern eines gelockerten Auspuffs; vielleicht war es auch ein Kotflügel, gegen den Schottersteine prasselten. Michael fuhr lautlos herum, hielt den Atem an, und seine Hand fuhr zum Gürtel. Ein zerbeulter Lieferwagen tauchte auf; ein dumpfer Schmerz in der Magengegend erfaßte ihn – hatte der Agent gelogen? Sein Blick wanderte zurück zu dem Sprengstoffspezialisten; der Mann duckte sich noch tiefer, machte aber sonst keine Bewegung, und Havelock atmete langsam wieder aus.

Der Lieferwagen klapperte vorbei und hielt an der Brücke an. Der blonde Killer stand neben einem Grenzpolizisten; er hatte offensichtlich Anweisung, sich unauffällig zu verhalten; aber statt dessen suchten seine Augen den Wald ab und die Straße darunter. Laute Stimmen hallten von der Grenzstation herüber; das Paar in dem Lieferwagen war offensichtlich mit der unerwarteten Aufforderung, den Wagen zu verlassen, nicht einverstanden. Wahrscheinlich überquerten sie täglich die Grenze. Mürrisch stiegen schließlich die beiden Insassen aus.

Michael wußte, daß der Lärm ihm Deckung bot, und kroch weiter vor. Er war noch zwei Meter von dem Mann entfernt, als die Hintertür des Lieferwagens geöffnet wurde, von lauten Flüchen begleitet. In diesem Moment warf sich Havelock nach vorn, die Arme ausgestreckt, die Finger zu Klauen gekrümmt.

»Di quale . . .«

Der Spezialist hatte keine Gelegenheit, sich weiter zu erschrecken. Sein Kopf wurde gegen einen Felsstein geschmettert, bewußtlos blieb er liegen. Havelock drehte den Mann herum, riß ihm den Gürtel aus der Hose, fädelte ihn unterhalb der Schulterblätter unter seinen Armen durch, zog ihn straff, machte eine Schlinge in das Leder und verknotete ihn. Dann zog er die Llama aus seinem Brusthalfter und ließ den kurzen Lauf auf die rechte Schläfe des Mannes herunterkrachen. Jetzt würde seine Bewußtlosigkeit lange genug anhalten.

Michael wühlte in der Segeltuchtasche. Sie war das tragbare Labor eines Spezialisten, wie der Inhalt zeigte: Dynamitblöcke, weiche Rollen aus Plastiksprengstoff und Zeitzünder; darunter auch solche, die aus flachen, kreisförmigen Bausteinen bestanden und nicht viel größer als das Zifferblatt einer Herrenuhr waren. Mit einem winzigen Knopf an der Seite konnte man die gewünschte Zeit einstellen, die auf einer Digitalanzeige ablesbar war. Diese drahtlosen Zünder waren speziell für Plastiksprengstoff konstruiert. Man drückte sie einfach in die weiche Masse und konnte sich darauf verlassen, daß sie mit einer

Abweichung von maximal fünf Sekunden über eine Zeitspanne von vierundzwanzig Stunden funktionierten. Havelock betastete die Umhüllung von einem Stück Plastik. An der oberen Fläche war ein Schlitz angebracht, in den der flache Zünder geschoben wurde, während sich unten eine Lasche befand, die man ein paar Minuten, bevor der Sprengstoff angebracht wurde, abzog. Sie schützte eine Klebefläche, die mit einem Epoxydharz von besonders hoher Haftfestigkeit beschichtet war. Weder Erdbeben noch Orkane konnten den Sprengkörper von seiner Unterlage abschütteln. Er nahm drei Zünder und Bausteine aus der Tasche und steckte sie ein, dann kroch er weg, zog die Segeltuchtasche hinter sich her und verbarg sie unter einem heruntergefallenen Fichtenzweig.

Er sah auf die Uhr.

Noch zwölf Minuten.

Die lautstarke Auseinandersetzung auf der Brücke hatte aufgehört. Die verärgerten zwei jungen Leute waren wieder in ihren Lieferwagen gestiegen. Der Motor wurde angelassen, dann waren ein paar knirschende, metallische Geräusche zu hören, und schließlich sprang er an, um gleich darauf aufzuröhren, als das Gaspedal gedrückt wurde. Die Scheinwerfer flammten wieder auf, die orangerote Schranke hob sich, und der zerbeulte Lkw rollte an. Jetzt war das Klappern noch lauter, weil die Brückenfahrbahn mit schmalen Metallstreben durchzogen war. Der Krach war fast unerträglich, einer der Grenzposten zuckte zusammen und hielt sich beide Hände an die Ohren.

Der Lärm, die Scheinwerfer – beides diente ihm als Ablenkung. Wenn er sich richtig postieren könnte, hatte er – mit etwas Glück – eine Chance, den zweiten Killer zu erledigen. Aber ein einziger Schuß würde nicht ausreichen, um den untersetzten Mann in der wattierten Jacke auszuschalten; niemand war auf mehr als fünfundzwanzig Meter treffsicher. Ein guter Schütze jedoch, der mehrere Kugeln praktisch in einem einzigen Feuerstoß abgab, konnte den tödlichen Treffer anbringen. Das erforderte eine ruhige Hand, er mußte den Arm also irgendwo aufstützen und sein Ziel deutlich vor Augen haben. So schnell und so lautlos wie möglich arbeitete er sich an den Rand der Schlucht heran.

Plötzlich schoß der Strahl einer Taschenlampe hinter ihm hervor. Schnell huschte er hinter einen großen Felsbrocken. Er hatte oben am Rand einer zackigen Felswand Zuflucht gefunden, die etwa fünfzig Meter zum Fluß abfiel. Die Sicht zur anderen Seite war unbehindert. Der blonde Killer stand reglos da, die Taschenlampe in der Hand; die Bewegung eines Zweiges mußte ihn irritiert haben. Langsam ließ seine Aufmerksamkeit nach; offenbar hatte ein Tier den Zweig berührt, vermutete er wohl.

Unter ihm erreichte der rumpelnde Lieferwagen die Brückenmitte. Höchstens zwanzig Meter entfernt lehnte sich der Killer über das Geländer, den Kopf tief im Kragen seiner schweren Jacke vergraben. Das Poltern war jetzt ohrenbetäubend, hallte von den Wänden der Schlucht wider, als die Scheinwerferbündel des Lkw den Mann voll erfaßten. Havelock sprang hinter dem Felsen hervor und stützte seine Füße an einem Vorsprung ab. Er würde höchstens Sekunden Zeit haben, um die Magnum genau in dem Moment abzufeuern, wenn der Lieferwagen die Sicht von den Wachhäuschen her versperrte. Michael zog die schwere Waffe aus dem Gürtel und stützte den Arm an dem Felsen ab, umfaßte das rechte Handgelenk mit der Linken und zielte. Als die Motorhaube des Lieferwagens sich an dem Mann vorbeischob, richtete er sich auf und gab schnell hintereinander vier Schüsse ab, die sich in das betäubende Poltern auf der Brücke mischten. Der Killer bäumte sich nach hinten und sank zu Boden.

Das klappernde Geräusch entfernte sich, als der Lieferwagen die andere Brückenseite erreichte. Auf der französischen Seite war die Schranke geöffnet; dafür hatte der Mann aus Rom gesorgt. Die beiden Zöllner lehnten an der Wand, Zigaretten im Mund. Jetzt war ein anderes Geräusch zu hören, es kam von der Straße nach Monesi. Michael glitt in den Wald zurück, kauerte sich nieder und steckte die warme Magnum in den Gürtel. Er spähte zwischen den Bäumen hindurch zur Grenzstation; die beiden echten Grenzsoldaten befanden sich in dem Wachhäuschen zur Rechten, man konnte sie deutlich hinter den großen Glasfenstern sehen. Sie nickten mit den Köpfen, als zählten sie etwas – Lire wahrscheinlich. Der blonde, als Soldat getarnte Killer war draußen und starrte die Straße hinunter.

Jetzt hob er die Hand zur Brust, schüttelte zweimal das Handgelenk – eine unauffällige Bewegung. Aber in Wirklichkeit bedeutete die Geste etwas anderes; sie war ein Signal.

Jetzt bewegte sich die Hand nach unten, zur rechten Hüfte, und es gehörte nicht viel Phantasie dazu, um zu begreifen, daß er eine Pistolentasche aufknöpfte. Havelock kroch schnell durch das Unterholz, bis er den bewußtlosen Sprengstoffspezialisten erreicht hatte. Das Motorengeräusch wurde jetzt lauter, und wenn man genau hinhörte, konnte man ein weiteres Geräusch wahrnehmen, von einem zweiten Fahrzeug, das seine Geschwindigkeit ständig steigerte. Michael teilte die dicken Äste einer Fichte auseinander und sah ein paar hundert Meter weiter unten auf der Straße den glitzernden Kühlergrill einer großen Limousine, in dem sich das Licht von der Brücke widerspiegelte. Jetzt bog er in die Kurve ein; der Wagen war ein Lancia! Es war Jenna! Havelock zwang sich zur Konzentration. Die nächsten Minuten würden ihm alles abverlangen, was er je gelernt hatte, jede Fähigkeit und jeden Trick.

Der Lancia kam näher, und ein scharfer Schmerz schoß durch Michaels Brust, als er ins Wageninnere starrte. Jenna war nicht im Wagen. Statt dessen konnte er im reflektierten Licht der Armaturen zwei Männer erkennen. Der Fahrer rauchte, während sein Begleiter auf ihn einredete und dabei mit den Händen herumfuchtelte. Dann drehte der Fahrer den Kopf zur Seite, offenbar sagte er zu jemandem auf dem Rücksitz etwas. Der Lancia begann seine Fahrt zu verlangsamen; jetzt war er etwa noch sechzig Meter von der Grenzstation entfernt.

Der blonde Killer an der Schranke drehte sich um und ging schnell auf das Wachhäuschen zu, klopfte ans Fenster, deutete auf das sich nähernde Fahrzeug und dann auf sich. Er war der beflissene Rekrut, der seinen erfahrenen Vorgesetzten klarmachte, daß er den nächsten Auftrag übernehmen würde. Die zwei Soldaten blickten auf, verstimmt über die Störung, und fragten sich vielleicht, ob der Neue das Geld in ihren Händen gesehen hatte; dann nickten sie und winkten ihn weg.

Anstatt sofort zu verschwinden, griff der Killer, den Rom geschickt hatte, in die Tasche und holte einen Gegenstand heraus, während er unauffällig auf die geschlossene Tür des Wachhäuschens zuging. Er beugte sich vor und schob den Gegenstand in den Rahmen unter dem Fenster, wobei seine Schulterbewegungen erkennen ließen, daß er dazu sehr viel Kraft benötigte. Havelock versuchte sich vorzustellen, was der Killer tat. Schließlich begriff er; bei der Tür des Wachhäuschens handelte es sich um eine Schiebetür, aber jetzt würde sie sich nicht mehr öffnen lassen; denn der Mann namens Ricci hatte eine dünne Stahlplatte mit kleinen Widerhaken zwischen Türstock und Türblatt geschoben. Je mehr Kraft eingesetzt würde, um die Tür zu öffnen, desto tiefer würden sich die kleinen Dorne in das Holz bohren, bis jede Bewegung unmöglich war. Die zwei Soldaten drinnen im Häuschen konnten jetzt nicht heraus, und wie das bei Grenzstationen überall der Fall war – so unbedeutend sie auch sein mochten –, war auch dieses Haus massiv gebaut und hatte dickes Glas in den Fenstern. Und doch hatte der Blonde etwas übersehen; sie brauchten bloß die Kaserne anzurufen und würden sofort Unterstützung bekommen. Michaels Blick wanderte nach links über die Straße. Vom

Ast eines Baums baumelte ein Telefondraht; er war durchgeschnitten worden. Die Killer aus Rom hatten die Grenzstation unter Kontrolle.

Der blonde Mann ging auf die Metallplanke zu, die die Straße von der Brückeneinfahrt trennte, nahm militärische Haltung an – die linke Hand an der Hüfte, die rechte erhoben – und blickte der heranrollenden Limousine entgegen. Der Lancia kam zum Halten, die Vorderfenster wurden heruntergekurbelt, und die zwei Männer auf dem Vordersitz reichten ihre Pässe heraus, die Arme ausgestreckt, so daß man die Dokumente sehen konnte. Der Killer ging zum Fenster des Fahrers hinüber und sprach leise auf ihn ein – zu leise, als daß Havelock es hören konnte –, während er am Fahrer vorbei zum Hintersitz blickte.

Der Fahrer antwortete, besorgt, wie es schien, und wandte sich dabei, Bestätigung heischend, seinem Begleiter zu. Der zweite Mann beugte sich über den Sitz, nickte zuerst und schüttelte dann den Kopf. Der falsche Zöllner trat zurück und erhob die Stimme, ganz Beamter.

»Bedaure, *Signori et Signora*«, sagte er in italienischer Sprache. »Ich habe heute abend Anweisung, daß alle Insassen zur Überprüfung ihr Fahrzeug verlassen müssen.«

»Aber man hat uns zugesichert, daß wir so schnell wie möglich passieren dürften, *Caporale*«, protestierte der Fahrer und hob dabei die Stimme. »Die Frau hat erst vor zwei Stunden ihren Mann begraben. Sie ist völlig außer sich . . . hier sind ihre Papiere. Ihr Paß. Und die unseren auch. Alles ist in Ordnung, das kann ich Ihnen versichern. Man erwartet uns um acht Uhr zur Messe. Sie stammt aus einer guten Familie. Die Bürgermeister von Monesi und Moulinets waren beim Begräbnis . . .«

»Bedaure, *Signore*«, erwiderte der Killer geschäftig. »Bitte steigen Sie aus. Hinter Ihnen ist ein Lastwagen und Sie sollten hier die Kontrolle nicht aufhalten.«

Havelock wandte den Kopf und blickte auf den heruntergekommenen Lkw mit der kraftvollen Maschine. Die beiden Männer waren bereits ausgestiegen und standen zu beiden Seiten der Straße, suchten den Wald und die Böschung ab und hatten die Hände in den Taschen ihrer Anoraks. – Unterstützung für den Mann aus Rom. Falls man die Zielperson sah, würde sie sterben.

Und wenn man sie nicht zu fassen kriegte? Würde dann der zweite Befehl ausgeführt werden, nämlich den Köder in Col des Moulinets zu eliminieren, weil er nutzlos geworden war? Es war für Michael gleichermaßen schmerzhaft, sich die Antwort einzugestehen, wie es offenkundig war. Es mußte so sein. Die Existenz dieser Frau war für die Lügner zu gefährlich, für jene Leute, die den Strategen ebenso wie den Botschaften Befehle erteilten. Die Einheit würde unverrichteterdinge nach Rom zurückkehren, und nur ein Agent, den man über die zweite Zielperson nicht informiert hatte, würde der Verlierer sein.

Die hochgewachsene, schlanke Gestalt in Schwarz stieg aus dem Wagen, eine Frau in Trauerkleidung; ein kaum durchsichtiger schwarzer Spitzenschleier fiel von ihrem breitkrempigen Hut und bedeckte ihr Gesicht. Havelock blickte aus brennenden Augen hinüber, und der Schmerz in seiner Brust war fast unerträglich; sie war höchstens sechs Meter von ihm entfernt.

»Ich bedaure wirklich, *Signora*«, sagte der Killer in Uniform, »ich muß Sie bitten, den Hut abzunehmen.«

»Du lieber Gott, warum?« fragte Jenna Karras mit leiser, kontrollierter Stimme, doch stockend.

»Nur um Ihr Gesicht mit dem Foto in Ihrem Paß zu vergleichen, *Signora*. Sie wissen doch sicher, daß das üblich ist.«

Langsam hob Jenna den Schleier vom Gesicht und dann den Hut vom Kopf. Die Haut, die so oft von der Sonne gebräunt worden war, wirkte bleich in dem schwachen, gespenstischen Licht der Brücke. Ihr langes blondes Haar war nach hinten gekämmt und in einem strengen Knoten zusammengefaßt. Michael atmete langsam, lautlos; etwas in ihm wollte losschreien; während ein anderer Teil sich verzweifelt an die Vergangenheit erinnerte ... wie sie beide nebeneinander im Gras über der Moldau liegen, die Ringstraße hinuntergehen, händchenhaltend wie Kinder – zwei Geheimagenten, die sich wie normale Menschen benahmen. Zusammen im Bett, eng umschlungen, das Versprechen auf den Lippen, daß sie eines Tages irgendwie aus ihrem Gefängnis ausbrechen würden. Überall, nur hier nicht, vom Tode bedroht.

»*Signora* haben herrliches Haar«, sagte der blonde Killer und lächelte. »Das würde meiner Mutter gefallen. Wir sind auch aus dem Norden.«

»Danke. Darf ich den Schleier wieder aufsetzen, *Caporale?* Ich habe Trauer.«

»Einen Augenblick bitte«, erwiderte Ricci und hob den Paß, ohne ihn anzusehen. Sein Blick schweifte überall hin, wobei er kaum den Kopf bewegte, aber es war zu spüren, daß sein Zorn wuchs. Jennas Begleiter standen reglos neben dem Wagen, wichen dem Blick des Soldaten aus.

Hinter dem Lancia, zu beiden Seiten des zerbeulten Lastwagens, spähten die Killer in die Dunkelheit, wobei ihr Blick immer wieder in die Umgebung des Gasthofs zurückkehrte. Ihre Gesichter wirkten erwartungsvoll, als rechneten sie alle damit, daß er plötzlich aus der Finsternis auftauchte. Das war es, was sie nun erwarteten. Jetzt mußte es geschehen.

Inzwischen versuchten die beiden Soldaten im Wachhäuschen, die Tür zu öffnen und schrien durchs Fenster, aber das dicke Glas dämpfte ihre Stimmen. Jenna Karras und ihren bezahlten Begleitern entging nichts davon; der Fahrer hatte sich auf die Tür zubewegt, sein Begleiter ein paar Schritte zum Waldrand gemacht. Hier war eine Falle im Begriff zuzuklappen, aber aus Gründen, die sie nicht verstehen, nicht einmal vage ahnen konnten. Ihnen galt der Hinterhalt nicht, denn sonst wären sie jetzt bereits tot.

»*Finisce in niente*«, sagte der uniformierte Killer, gerade laut genug, um gehört zu werden, und nahm seine Hand an die Hüfte, schüttelte das Handgelenk dabei zweimal, wie er es vorher schon einmal getan hatte.

Michael griff in die Tasche und holte ein Päckchen Plastiksprengstoff und einen Zeitzünder heraus. Vorsichtig drückte er den Knopf des Zeitgebers, bis die gewünschten Ziffern aufleuchteten, und schob die flache Scheibe in den Schlitz. Er hatte seinen Standort in der Finsternis immer wieder überprüft. Wie eine Schlange arbeitete er sich zwei Meter in den Wald hinein, musterte die Silhouetten der Zweige vor dem Nachthimmel und warf das Päckchen in die Luft. Sofort hastete er wieder zur Straße zurück, bis er die Höhe des zerbeulten Lastwagens erreicht hatte, drei Meter von dem Ersatzmann in Gebirgskleidung entfernt.

»Ich bedaure die Verzögerung wirklich, *Signora et Signori*«, sagte der Killer, den Rom geschickt hatte. Er trat vom Lancia zurück und ging auf die Winde zu, um die orangerote Schranke zu öffnen. »Ich habe meine Vorschriften. Sie dürfen jetzt zu Ihrem Wagen zurückkehren. Alles ist in Ordnung.« Der blonde Mann ging an den Fenstern des Wachhäuschens vorbei und achtete kaum auf die verärgerten Rufe der Soldaten drinnen; er hatte jetzt keine Zeit für Belanglosigkeiten. Ein Plan war gescheitert, eine sorgfältig ausgearbeitete Strategie vergebens gewesen; nun drängte es ihn, den Schauplatz so schnell wie möglich zu verlassen. Nur noch eins galt es zu erledigen, etwas, das der offizielle Agent nicht wissen durfte. Er kurbelte die orangerote Schranke hoch, trat sofort wieder in die Mitte der Durchfahrt und holte ein Notizbuch und einen Bleistift aus der Tasche, ein Grenzposten, der die Zulassungsnummer eines Fahrzeugs notierte. Auch das war ein Signal.

Sekunden noch.

Jenna und ihre beiden Begleiter stiegen ins Auto, die Gesichter der zwei Männer verrieten Verblüffung und Erleichterung zugleich. Als die Türen zuknallten, schob sich die Gestalt eines kleinen, drahtigen Mannes langsam auf der anderen Straßenseite aus dem Blattwerk und bewegte sich auf das Heck des Lancia zu; aber seine Aufmerksamkeit galt nicht dem Wagen, sondern dem Wald jenseits der Straße. Er hob die rechte Hand an die Hüfte, schüttelte zweimal sein Handgelenk und registrierte verwirrt, daß niemand auf sein Signal reagierte. Einen Augenblick lang stand er da, mit gefurchter Stirn. Er war irritiert, aber keineswegs in Panik. Männer in seinem Beruf begriffen, daß Geräte manchmal nicht funktionierten; so etwas geschah plötzlich und konnte tödlich sein. Deshalb reisten die zwei Spezialisten auch als Team. Er sah schnell zur Grenzstation hinüber; der Killer war ungeduldig. Der Mann kniete nieder, wechselte einen Gegenstand von der linken Hand in die rechte und langte unter den Wagen, dorthin, wo der Benzintank saß.

Jetzt hatte er nicht einmal Sekunden.

Havelock hatte den Mann vor der Kimme seiner Magnum und drückte ab; der Spezialist schrie auf, der Aufprall des Projektils warf ihn gegen den Kotflügel. Das Sprengstoffpaket fiel aus seiner Hand, als sein Arm nach hinten gerissen wurde. Die Kugel hatte sich in seine Wirbelsäule gebohrt, sein Körper bäumte sich in loderndem Schmerz nach hinten. Der Killer neben dem Lieferwagen fuhr herum und zog eine schußbereite Automatic aus der Tasche. Michael wälzte sich ins Unterholz. Schüsse hallten, Kugeln pflügten den Boden auf, als Havelock die Magnum hob und die letzte Patrone im Magazin abfeuerte. Dem gedämpften Knall folgte ein lautes Stöhnen von dem Mann neben dem Lieferwagen; die Kugel hatte seinen Hals zerrissen.

»*Di dove? Dove!*« rief der blonde Killer und rannte um den Lancia herum.

In dem Moment ließ eine gewaltige Explosion die Luft erzittern, und ein greller Lichtschein erhellte den Wald. Michaels Plastiksprengstoff war detoniert. Der Killer warf sich zu Boden, die Waffe gezogen, und schoß blind um sich. Der Motor des Lancia brüllte auf, die Räder drehten durch, dann raste die Limousine auf die Brücke zu. Jenna war frei!

Michael erhob sich und rannte aus dem Wald heraus, die leergeschossene Magnum im Gürtel, die Llama in der Hand. Der Killer sah ihn im Licht der sich im Wald ausbreitenden Flammen, richtete sich auf und zielte auf Havelock, den rechten Arm auf die linke Hand gestützt. Er feuerte schnell hintereinander, die Kugeln pfiffen, prallten vom Felsgestein ab, während Michael hinter dem Lieferwagen Dekkung suchte. Da hörte er Schritte hinter sich, wirbelte herum, den Rücken gegen die Tür. Jetzt sprang der Fahrer auf ihn zu, hob die Waffe und drückte ab. Havelock ließ sich zu Boden fallen, zielte und gab zwei Schüsse ab. Er spürte einen eisigen Schmerz an der Schulter, wußte, daß er getroffen war, ahnte aber nicht, wie ernsthaft die Wunde war. Der Fahrer wälzte sich blutend und stöhnend am Straßenrand. Von ihm drohte keine Gefahr mehr.

Plötzlich spritzte vor Michael die Erde auf; der blonde Killer hatte wieder zu schießen angefangen. Havelock warf sich unter den Lieferwagen und kroch, von Panik getrieben, auf die andere Seite. Er sprang auf und schob sich seitwärts zur Fahrertür. Jetzt sah er die verstörten Gäste, die sich unten vor dem Eingang des Berggasthofs drängten. Er hatte wenig Zeit; Männer würden aus der Kaserne gerannt kommen, vielleicht jetzt schon unterwegs sein. Er riß die Tür auf; die Schlüssel steckten im Zündschloß, wie er es gehofft hatte. Er hechtete auf den Fahrersitz, den Kopf geduckt, und drehte den Schlüssel um; der starke Motor sprang an. Sofort kam von vorne Feuer, er hörte, wie die Kugeln in das Blech einschlugen. Dann eine Pause. Michael begriff; der Killer mußte nachladen. Das war seine Chance! Er schaltete die Scheinwerfer ein, die ein blendendes Licht verbreiteten. Vorne kauerte der blonde Mann an der Straßenböschung und rammte ein neues Magazin in seine Automatic. Havelock trat auf die Kupplung, riß den Ganghebel nach vorne und gab Vollgas.

Der schwere Lkw machte einen Satz, seine Reifen drehten fast durch. Michael riß das Steuer nach rechts und beschleunigte. Eine Kugel traf die Windschutzscheibe; wie ein Spinnennetz breiteten sich Risse über das Glas aus. Havelock hob den Kopf gerade hoch genug, um zu sehen, was er sehen mußte; die Scheinwerfer hatten den Killer erfaßt. Michael hielt seinen Kurs, bis er den Aufprall spürte und den wütenden Schrei hörte. Plötzlich riß der Schrei ab, der uniformierte Killer taumelte zur Seite und krümmte sich. Eine Sekunde später rollten die schweren Stollenreifen des Lieferwagens über seine Beine. Wieder riß Havelock das Steuer herum, diesmal nach links. Er raste an den zwei Wachhäuschen vorbei auf die Brücke und registrierte mit einem kurzen Blick zur Seite, daß die zwei Grenzsoldaten drinnen ausgestreckt auf dem Boden lagen.

Auf der französischen Seite herrschte Chaos, aber es gab keine

Schranke, die ihm den Weg versperrte. Soldaten rannten von allen Seiten auf die Grenzstation zu, ringsum hallten Befehle. In einer beleuchteten Wachstube drängten sich vier Uniformierte, einer von ihnen schrie in ein Telefon. Die Straße nach Col des Moulinets zweigte links von der Brücke ab und führte geradewegs zu einem Bergdorf mit kleinen Holzhäusern und geschindelten Dächern. Er rollte in eine schmale, kopfsteingepflasterte Straße. Vor sich sah er die roten Hecklichter des Lancia. Er war weit vor ihm; jetzt bog er in eine Straße ein. In Col des Moulinets war jeder Weg mit Steinen gepflastert. Einige waren kaum breit genug, um sie mit einem Obstkarren passieren zu können.

Die Straße wurde breiter, die Häuser und Läden lagen jetzt weiter zurück. Dorfbewohner liefen an beleuchteten Schaufenstern entlang. Der Lancia war verschwunden! Michael mußte ihn wiederfinden!

»Pardon! Où est l'aéroport?« rief er durch das heruntergelassene Fenster einem älteren Ehepaar zu.

»Aéroport?« sagte der alte Mann auf französisch, sprach das Wort aber eher mit italienischem Akzent aus. »In Col des Moulinets gibt es keinen Flughafen, Monsieur.«

»Ganz in der Nähe des Dorfes muß einer sein, da bin ich ganz sicher«, erwiderte Havelock und versuchte, seine Erregung unter Kontrolle zu halten. »Ein sehr guter Freund hat mir gesagt, er würde nach Col des Moulinets fliegen. Ich soll mich hier mit ihm treffen und habe mich verspätet.«

»Ihr Freund hat den Flughafen in Cap Martin gemeint, *Monsieur.*«

»Vielleicht nicht«, mischte sich ein jüngerer Mann ein. »Fünfzehn oder zwanzig Kilometer nördlich von hier, auf der Straße nach Tenda, ist ein kleiner Landeplatz. Die reichen Leute, die ihre Villen in Roquebillière und Breil haben, benutzen ihn.«

»Das ist es! Wie komme ich am schnellsten hin?«

»Biegen Sie an der nächsten Straße rechts ein und dann noch einmal rechts. Fahren Sie bis zur Rue Maritimes. Biegen Sie dort nach links, dann immer der Straße entlang.«

»Danke.«

Minuten später raste er durch die Finsternis, Jenna entgegen. Auf der Landstraße hielt er vergeblich nach dem Lancia Ausschau. Fuhr er überhaupt in die richtige Richtung? Oder hatte er in seiner Aufregung den Weg verpaßt?

Ein Scheinwerferbalken! Er zog über den Nachthimmel. Hinter den nächsten Hügeln, schräg vor ihm zur Linken. Irgendwo würde die Straße abbiegen, nur Minuten von ihm entfernt war ein Flugplatz und ein Flugzeug – und Jenna.

Er klammerte sich an das Lenkrad und schoß in hohem Tempo durch die Kurven. Bald sah er zwei Lichtbalken vorne und zwei rote Punkte hinten. Es war der Lancia! Er war eine Meile vor ihm. Und jetzt erblickte er auch die gelben Bodenlichter des Flugplatzes im Tal. Seine Länge und Breite reichte ebenso für kleine Jets wie für Propellermaschinen aus.

Havelock drückte das Gaspedal bis zum Boden durch, sein rechter Fuß trat immer wieder kurz auf die Bremse, wenn der Lkw zu schleudern anfing. Die Straße wurde jetzt flacher und verlief an dem eingezäunten Flugplatz entlang. Ungefähr zwölf Maschinen waren seitlich der Rollbahn verteilt. Der Zaun war drei Meter hoch und oben mit Stacheldrahtgitter gesichert. Das ließ vermuten, daß die Toreinfahrt durch Wachen besetzt war. Michael bog mit kreischenden Reifen in die Zufahrt. Das schwere, drei Meter hohe Tor schloß sich hundert Meter vor ihm. Drinnen raste der Lancia quer über das Flugfeld. Plötzlich erloschen die Lichter; irgendwo auf dem weiten Areal wartete ein Flugzeug auf den Start. Jetzt ging es um Bruchteile von Sekunden.

Ohne das Steuer loszulassen, drückte er mit beiden Handballen auf die Hupe des Lieferwagens, während er auf das sich schließende Tor zuraste. Zwei uniformierte Wachen standen innerhalb des Zauns, einer hielt die stählerne Querstange des Tors, während der andere am Riegel stand, bereit, die Stange in die Halterung zu legen. Beide starrten durch das Drahtgeflecht auf den Wagen; man konnte es ihren erschreckten Gesichtern ablesen, daß sie keineswegs die Absicht hatten, sich dem heranbrausenden Lkw in den Weg zu stellen. Der eine Mann ließ die Stange los, rannte nach links; das Tor schwang teilweise zurück. Der Mann an der Querstange machte einen Satz nach rechts und warf sich ins Gras, wo der Zaun ihm Schutz bot. Jetzt kam der Aufprall, der Lieferwagen riß das Tor aus den Angeln und schmetterte es gegen das kleine Wachhäuschen, so daß Glas zersplitterte und ein elektrischer Draht abgerissen wurde.

Auf dem Flugfeld verfehlte Michael nur knapp zwei Jets, die im Schatten eines Hangars parkten. Er riß das Steuer nach links, in die Richtung, in die der Lancia noch vor weniger als einer Minute gefahren war.

Ein Licht flackerte kurz auf am anderen Ende der Piste. Die Kabine eines Flugzeugs war geöffnet worden, die Innenbeleuchtung war für einen Moment aufgeflammt und sofort wieder gelöscht worden.

Die robusten, wettersicheren Glühbirnen der Pistenmarkierung explodierten unter seinen Reifen, als er auf die Stelle zuraste.

Da war es! Kein Jet, sondern eine zweimotorige Maschine, deren Propeller sich plötzlich wild drehten. Der Pilot war bereit, in Startposition zu rollen.

Jetzt hielt der Lancia rechts hinter dem Flugzeug. Wieder ein Licht! Die Türen vom Lancia wurden geöffnet. Michael konnte Gestalten aus dem Wagen springen und zum Flugzeug rennen sehen. Wieder flammte das Kabinenlicht auf. Einen Augenblick überlegte Michael, ob er das Leitwerk rammen sollte, aber zu leicht konnte er einen Treibstofftank treffen, und Sekunden später würde das Flugzeug in Flammen stehen. Und er hatte nur Sekunden! Er riß den schweren Lieferwagen nach rechts, dann nach links und brachte ihn wenige Meter vor der Maschine zum Halten. Er sprang heraus und rief:

»Jenna! Jenna! *Poslouchám já! Stuj!* Hör mir zu!«

Der Fahrer des Lancia stieß sie die Treppe hinauf. Michael rannte auf sie zu, hatte für nichts Augen, nur für sie. Er mußte sie aufhalten!

Der Schlag kam aus dem Schatten, gedämpft. Sein Kopf zuckte zurück, als die Beine ihm den Dienst versagten und Blut sein Haar über der rechten Schläfe tränkte. Er war auf seinen Knien, stützte sich mit den Händen, starrte zu dem Flugzeug hinauf, zu den Fenstern und konnte sich nicht bewegen! Die Kabinenbeleuchtung blieb ein paar Sekunden eingeschaltet, er sah ihr Gesicht, ihre Augen, die ihn anstarrten. Es war ein Augenblick, den er, solange er lebte, nicht vergessen würde . . . wenn man ihn leben ließ. Ein zweiter Schlag mit einem stumpfen Gegenstand traf ihn im Nacken.

Er durfte jetzt nicht über das schreckliche Bild nachdenken. Sirenen heulten über das Gelände, Scheinwerfer blitzten auf, fingen die Propellermaschine ein, als sie zwischen den gelben Lichtern dahinraste. Der Mann, der ihm die zwei Schläge versetzt hatte, rannte auf den Lancia zu. Er mußte sich bewegen! Oder sie würden ihn nicht leben lassen, würden nicht zulassen, daß er sie je wiedersah, daß er die Lügner jagte. Taumelnd kam er auf die Beine, seine rechte Hand zog die Llama unter seinem Jackett hervor.

Er feuerte zweimal über das Dach der Limousine; der Mann, der sich jetzt auf den Fahrersitz warf, hätte ihn töten können. Er würde diesen Mann jetzt nicht umbringen. Seine Hände waren zu unsicher, die gleißenden Scheinwerfer, die über das Flugfeld glitten, zu irritierend, als daß er einen gezielten Schuß hätte anbringen können. Aber er mußte den Wagen haben! Wieder feuerte er, und diesmal prallte die Kugel vom Metall ab, als er sich dem Fenster näherte.

»Raus, oder Sie sind ein toter Mann!« schrie er und öffnete die Tür. »Sie haben gehört, was ich gesagt habe! Raus!« Havelock packte den Mann am Kragen, zerrte ihn aus dem Wagen und warf ihn ins Gras. Dann schob er sich selbst hinter das Steuer und schlug die Tür zu; der Motor lief.

Die nächsten fünfundvierzig Sekunden raste er mit hoher Geschwindigkeit im Zickzack über den Flugplatz, wich den Scheinwerferbalken aus und kollidierte wenigstens ein dutzendmal mit parkenden Flugzeugen, bis das demolierte Tor direkt vor ihm war, ohne ihn zu behindern. Er raste hindurch, ohne die Straße richtig wahrzunehmen. Was seine Augen erfüllte, war der schreckliche Anblick von Jenna Karras im Fenster des anrollenden Flugzeugs.

In Rom hatte er ihr Gesicht gesehen; es hatte nackte Furcht und Verwirrung ausgedrückt. Augenblicke zuvor war da etwas anderes gewesen; er hatte es in ihren Augen gesehen: kalter, unverhohlener Haß.

13

Er fuhr nach Südwesten, in Richtung Provence, dann nach Süden, auf die Küste zu, zu dem kleinen Städtchen Cagnes-sur-Mer. Da er jahrelang im nördlichen Mittelmeerraum für das CIA gearbeitet hatte, kannte er einen Arzt zwischen Cagnes und Antibes; jetzt brauchte er dringend seine Hilfe. Er hatte den Hemdsärmel abgerissen und damit die Wunde an seiner Schulter verbunden. Aber das reichte nicht aus, um einen Blutverlust zu verhindern. Die ganze Brust war mit Blut bedeckt, das Hemd klebte an seiner Haut. Am Hals hatte er nur eine Prellung, die Platzwunde am Kopf jedoch mußte genäht werden; die leiseste Berührung würde den verkrusteten Riß wieder aufplatzen lassen.

Er brauchte auch noch andere Hilfe, und auch die würde Dr. Henri Salanne ihm gewähren. Er mußte mit Matthias Kontakt aufnehmen; jede weitere Verzögerung war unsinnig. Aus den Befehlen mußte es möglich sein, die Identität der Männer ausfindig zu machen, die unter der Codebezeichnung ›Ambiguity‹ eine Verschwörung von ungeheurem Ausmaß inszeniert hatten. Jenna Karras hatte die Aktion an der Costa Brava überlebt – war nicht tot, wie es in den offiziellen Akten hieß –, und ihn hatten sie zum Todeskandidaten erklärt. Ersteres würde Matthias seinem *přitele* auch so glauben, letzteres würden die versiegelten, schwarz geränderten Geheimakten in Sterns Abteilung bestätigen. Die Gründe waren zwar Havelock nicht zugänglich, wohl aber die Fakten; sie reichten für Matthias aus, um endlich einzugreifen. Und während der Außenminister aktiv wurde, mußte Michael so schnell wie möglich nach Paris gelangen. Das würde nicht einfach sein, denn jeder Flughafen, jede Straße, jeder Bahnhof in der Provence und an der Küste würden überwacht werden, und Matthias würde nichts dagegen unternehmen können. Die Lügner hatten die Zeit und die bessere Kommunikation auf ihrer Seite. Es war viel leichter, Geheimbefehle zu erlassen, als sie zu widerrufen; wenn nämlich die Opfer verschwanden, wollte jeder das Lob für den Mord einstreichen.

Binnen einer Stunde – falls es nicht schon geschehen war – würde Rom über die Ereignisse am Col des Moulinets informiert sein. Per Telefon und über Funk würde die Nachricht verbreitet:

> *Die Zielperson ist weiterhin in Freiheit. Angeblich verwundet. Das gesamte Netz ist in Alarmzustand; alle Quellen, alle verfügbaren Waffen einsetzen. Zone Null: Col des Moulinets. Radius: maximal zwei Stunden Reisezeit. Benutzt eine Lancia-Limousine. Aufspüren und töten.*

Gewiß waren die Lügner in Washington bereits an Dr. Salanne herangetreten; aber wie so häufig in der Welt der Geheimdienste, gab es Dinge in seiner Vergangenheit, von denen diejenigen, die in Washington, Rom oder Paris geheime Zahlungen anwiesen, nichts wußten. Über Schmarotzer wie Dr. Henri Salanne waren nur die Leute im Außendienst informiert, die zu einer bestimmten Zeit an einem bestimmten Ort gewesen waren und die Namen solcher Leute für sich behielten, falls sie in Zukunft einmal persönlich ihre Hilfe brauchen sollten. Diese Praxis hatte sogar eine gewisse moralische Berechtigung, denn häufig waren die belastenden Informationen oder die Ereignisse selbst Resultat einer momentanen Krise, weshalb die Vernichtung der betreffenden Person gar nicht erforderlich war.

Im Fall Salannes war Havelock zum rechten Zeitpunkt an Ort und Stelle gewesen; um es genau zu sagen, elf Stunden nachher, Zeit genug, um die Folgen zu ändern. Der Arzt hatte einen amerikanischen Agenten in Cannes verraten, der eine kleine Flotte seetüchtiger Vergnügungsboote unter sich hatte, mit dem Ziel, die Aktivitäten der sowjetischen Kriegsmarine in diesem Sektor zu beobachten. Salanne hatte ihn für Geld an einen KGB-Informanten verraten. Michael hatte das Verhalten des Arztes anfangs nicht begreifen können, bis er schließlich das wahre Motiv erfuhr. Der umgängliche, wenn auch etwas zynische Arzt in mittleren Jahren war ein leidenschaftlicher Spieler. Dies war der Hauptgrund, weshalb er vor Jahren als brillanter junger Chirurg vom L'Hôpital de Paris wegging und eine Praxis in Monte Carlo eröffnete. Je häufiger er das Casino besuchte, desto höher wurden seine Spielverluste.

Da trat der Amerikaner auf den Plan, der sich als Mitglied des Jetset mit eigener Yacht ausgab und das Geld der Steuerzahler an den Spieltischen verplemperte. Er war ein Schürzenjäger mit einer Vorliebe für junge Mädchen. Eines der Mädchen, das er in sein gastliches Bett zog, war Salannes Tochter Claudie, ein leicht zu beeindruckender Teenager. Sie erlitt schwere Depressionen, als aus der Beziehung nichts weiter wurde.

Die Sowjets standen bereit, um die Verluste des Arztes zu begleichen und einen Feindagenten von der Szene zu entfernen.

In dieser Phase war Havelock in Erscheinung getreten und dem Verräter auf die Spur gekommen. Er hatte sich Henri Salanne vorgeknöpft, ehe die Boote identifiziert wurden. Er berichtete nie, was er in Erfahrung gebracht hatte; der Arzt begriff rasch die Bedingung, von der seine »Begnadigung« abhing: nie wieder ins Casino! Und damit ging er gleichzeitig auch eine Verpflichtung ein.

In Cagnes-sur-Mer fand Michael eine Telefonzelle an einer verlassenen Straßenecke. Mit einiger Schwierigkeit zwängte er sich aus dem Wagen; er fror und blutete immer noch. In der Zelle holte er die Llama aus dem Halfter, zerschlug die Deckenlampe und musterte angestrengt die Wählscheibe in der Finsternis. Nach einer Weile, die ihm wie eine Ewigkeit vorkam, gab ihm die Auskunft von Antibes Salannes Nummer.

»*Votre fille Claudie, comment va-t-elle?*« fragte er leise. Schweigen. Schließlich antwortete der Arzt auf englisch. »Ich habe mich schon gefragt, ob ich von Ihnen hören würde. Wenn Sie es wirklich sind, hat man mir gesagt, daß Sie verletzt sein könnten.«

»Das bin ich.«

»Wie schwer?«

»Ich brauche einen Verband, und eine Wunde muß genäht werden. Das ist alles, denke ich.«

»Hoffentlich haben Sie recht. Ein Krankenhaus wäre im Augenblick nicht opportun. Ich vermute, daß sämtliche Notaufnahmen in der ganzen Gegend überwacht werden.«

Michael war plötzlich beunruhigt. »Wie steht es mit Ihnen?«

»Nun, wir werden schon einen Weg finden, um unauffällig in meine Praxis zu gelangen. Aber es könnte ein Problem geben. Man sagt, Sie fahren einen dunkelgrauen Lancia.«

»Das ist richtig.«

»Sehen Sie zu, daß Sie ihn loswerden.«

»Ich weiß nicht, wie weit ich zu Fuß gehen kann«, sagte er zu dem Arzt.

»Haben Sie Blut verloren?«

»Genug, um es zu spüren.«

»Merde! Wo sind Sie jetzt?«

Havelock sagte es ihm. »Ich glaube, ich kenne die Ecke. Ist auf der anderen Straßenseite eine *bijouterie?«*

Michael spähte durch die Glaswand der Zelle. »Meinen Sie den Laden ›Ariale et Fils‹?«

»Richtig. Ein paar Geschäfte weiter ist eine Seitengasse, die zu einem kleinen Parkplatz führt. Ich sehe zu, daß ich so schnell wie möglich dort bin. Es dauert höchstens zwanzig Minuten. Kriechen Sie unter ein Auto, und legen Sie sich flach auf den Rücken. Und wenn Sie mich kommen sehen, zünden Sie ein Streichholz an. So wenig Bewegung wie möglich, verstanden?«

»Verstanden.«

Havelock lag auf dem Rücken, die Streichhölzer in der Hand, und starrte auf die mit schwarzer Wagenschmiere bedeckte Unterseite eines Peugeot, der ganz hinten an der Mauer des Parkplatzes stand. Er bemühte sich wachzubleiben, indem er seinen Geist beschäftigte: Angenommen, der Besitzer des Wagens kehrte mit einem Begleiter zurück, überlegte er – was würde er dann tun?

Zwei Lichtbalken streckten sich in die Einfahrt des Parkplatzes und rissen ihn aus seinen Gedanken. Die Scheinwerfer wurden drei Meter hinter dem unbesetzten Wärterhäuschen abgeschaltet; der Wagen hielt an, der Motor lief weiter. Es war Salanne. Havelock kroch unter dem Peugeot hervor und riß ein Streichholz an. Sekunden später war der Arzt bei ihm, Minuten darauf fuhren sie auf der Straße nach Antibes in südlicher Richtung. Michael lag auf dem Rücksitz, die Beine ausgestreckt, so daß man ihn nicht sehen konnte.

»Wenn Sie sich erinnern«, sagte Salanne, »mein Haus hat einen Seiteneingang, den man von der Einfahrt her erreichen kann. Er führt direkt in meine Praxis.«

»Ja, ich erinnere mich. Ich habe ihn schon benutzt.«

»Ich gehe als erster hinein, um ganz sicherzugehen.«

»Was werden Sie tun, wenn Wagen vor dem Haus stehen?«

»Darüber möchte ich lieber nicht nachdenken.«

»Vielleicht sollten Sie das aber tun.«

»Das habe ich auch. Ich habe einen Kollegen in Villefranche, einen älteren, untadeligen Mann. Es wäre mir natürlich lieber, ihn nicht hineinzuziehen.«

»Ich bin Ihnen dankbar für das, was Sie tun«, sagte Havelock und blickte in dem schwachen Licht auf den Hinterkopf des Arztes. Das Haar, das vor ein oder zwei Jahren erst einige graue Strähnen gehabt hatte, war jetzt fast weiß.

»Ich bin Ihnen für das dankbar, was Sie für mich getan haben«, erwiderte Salanne mit weicher Stimme. »Ich habe eine Verpflichtung auf mich genommen. Ich habe es nie anders gesehen.«

»Ich weiß. Das ist verdammt schwer, nicht wahr?«

»Ganz und gar nicht. Sie haben mich gefragt, wie es meiner Tochter Claudie geht. Sie ist glücklich und hat ein kleines Kind und ist mit einem jungen Internisten in Nizza verheiratet. Vor zwei Jahren hätte sie sich beinahe das Leben genommen. Wieviel ist mir das wert, mein Freund?«

»Das freut mich zu hören.«

»Außerdem ist das, was sie von Ihnen behaupten, geradezu absurd.«

»Was sagen die denn?«

»Daß Sie geistesgestört seien, ein gefährlicher Psychopath, der droht, uns alle auffliegen zu lassen – das wäre der sichere Tod durch die Schakale des KGB, wenn man Sie leben ließe.«

»Und das kommt Ihnen absurd vor?«

»Vor einer Stunde schien es mir so, *mon ami méchant*. Sie erinnern sich an den Mann in Cannes, der mit meiner Affäre zu tun hatte?«

»Der KGB-Informant?«

»Ja. Würden Sie sagen, daß er gut informiert ist?«

»So gut wie jeder andere im Sektor. Bis zu dem Zeitpunkt, wo wir versucht haben, ihm falsche Informationen zuzuspielen. Was ist mit ihm?«

»Als ich das über Sie hörte, habe ich ihn angerufen – natürlich von einer öffentlichen Telefonzelle aus. Ich wollte eine Bestätigung dieser neuen, unglaublichen Entwicklung. Also fragte ich ihn, welcher Preis für den amerikanischen Attaché bezahlt würde, der aus Prag stammte. Was er mir darauf antwortete, hat mich verwirrt.«

»Was hat er denn gesagt?«

»Es gibt überhaupt keinen Preis für Sie. Sie sind ein Aussätziger, und Moskau will sich durch Sie nicht infizieren. Keiner will mit Ihnen in Berührung kommen. Wen könnten Sie also auf diese Weise auffliegen lassen?« Der Arzt schüttelte den Kopf. »Rom hat gelogen, und das bedeutet, daß jemand in Washington Rom belogen hat. Nicht zu retten? Unvorstellbar!«

»Würden Sie dies einem anderen gegenüber wiederholen?«

»Und damit mein eigenes Todesurteil heraufbeschwören? Meine Dankbarkeit hat Grenzen.«

»Keiner wird Ihren Namen erfahren, darauf gebe ich Ihnen mein Wort.«

»Wer würde Ihnen denn glauben, wenn Sie Ihre Quelle nicht so benennen, daß man sie überprüfen kann?«

»Anthony Matthias.«

»Matthias?« rief Salanne überrascht. »Warum sollte er ...?«

»Weil Sie bei mir sind. Auch darauf gebe ich Ihnen mein Wort.«

»Warum sollte er Ihnen glauben? Mir glauben?«

»Sie haben es gerade selbst gesagt. Er stammt auch aus Prag wie ich.«

»Ich verstehe«, sagte der Arzt nachdenklich. »Die Verbindung ist mir nie in den Sinn gekommen, ich habe nie daran gedacht.«

»Ich spreche auch normalerweise nicht darüber. Die Beziehung geht weit zurück; unsere Familien kannten sich schon.«

»Wenn man sich mit einem solchen Mann einläßt, denke ich mir, bekommt alles eine völlig andere Perspektive, nicht wahr? Wir sind gewöhnliche Menschen; im Unterschied zu ihm. Dank seiner Machtfülle lebt er auf einer anderen Ebene.«

»Und trotzdem wird er von den Verschwörern in Washington hintergangen.«

In der Straße von Salannes Haus parkten keine fremden Fahrzeuge, so daß es sich erübrigte, nach Villefranche zu fahren und die Hilfe des älteren Arztes in Anspruch zu nehmen. Havelock legte im Behandlungszimmer die Kleider ab, Salanne reinigte ihn mit einem Schwamm und nähte seine Wunden, wobei die Frau des Arztes assistierte.

»Sie sollten ein paar Tage ruhen«, sagte der Franzose, nachdem seine Frau hinausgegangen war und Michaels Kleider zum Waschen mitgenommen hatte.

»Das kann ich nicht«, antwortete Havelock und richtete sich auf dem Tisch auf. Dabei verzog er sein Gesicht zu einer Grimasse.

»Selbst diese kleine Bewegung tut weh, nicht wahr?«

»Nur die Schulter, sonst nichts.«

»Sie haben Blut verloren, das wissen Sie.«

»Ja, viel sogar.« Michael hielt inne und musterte Salanne. »Haben Sie ein Diktiergerät in Ihrem Büro?«

»Natürlich. Damit erledige ich meine Briefe und ärztlichen Berichte.«

»Ich möchte, daß Sie mir zeigen, wie man damit umgeht. In Ihrer Anwesenheit werde ich darauf etwas sprechen. Es dauert nicht lange, und ich werde Sie auf dem Band nicht erwähnen. Und anschließend möchte ich ein Überseegespräch mit den Vereinigten Staaten führen.«

»Mit Matthias?«

»Ja. Aber es wird von den Umständen abhängen, wieviel ich ihm sagen kann. Etwa davon, wer gerade bei ihm ist; er wird wissen, was zu tun ist. Sobald Sie sich das Band angehört haben, sollen Sie selbst entscheiden, ob Sie mit ihm sprechen wollen oder nicht . . . wenn es dazu kommt.«

»Da laden Sie mir eine schwere Bürde auf.«

»Das tut mir leid, aber ich werde auch nicht mehr von Ihnen verlangen. Nur morgen brauche ich neue Kleidung. Alles, was ich hatte, ist in Monesi zurückgeblieben.«

»Kein Problem. Meine Frau ist es gewöhnt, für mich einzukaufen. Sie wird morgen für Sie neue Sachen besorgen.«

»Weil wir vom Kaufen sprechen, ich habe reichlich Geld, aber nicht genug bei mir. Ich habe Konten in Paris. Sie bekommen es zurück.«

»Jetzt machen Sie mich verlegen.«

»Das war nicht meine Absicht. Die Sache hat allerdings einen Haken, müssen Sie wissen. Damit Sie es zurückkriegen, muß ich nach Paris.«

»Matthias kann doch bestimmt für schnellen, sicheren Transport sorgen.«

»Das bezweifle ich. Die Gründe werden Sie verstehen, wenn Sie gleich in Ihrem Büro mithören, was ich auf Band spreche. Die Leute, die Rom belogen haben, nehmen in Washington sehr hohe Posten ein. Ich weiß nicht, wer sie sind, aber ich weiß, daß sie nur das übermitteln werden, was ihnen in den Kram paßt. Man wird die Ausführung seiner Befehle umgehen oder verzögern, weil ihre Befehle schon hinausgegangen sind und sie nicht wollen, daß man sie widerruft. Und wenn ich sage, wo ich bin, wo man mich erreichen kann, werden sie Leute nach mir schicken. Jedenfalls ist es möglich, daß sie Erfolg haben könnten, und deshalb brauche ich das Diktiergerät.«

Dreißig Minuten später schaltete Havelock das Kassettengerät aus und legte das Mikrofon auf den Schreibtisch des Franzosen. Er hatte alles auf Band gesprochen, angefangen mit den Schreien an der Costa Brava bis zu den Explosionen am Col des Moulinets.

Salanne saß ihm in einem tiefen Ledersessel auf der anderen Seite des Schreibtisches gegenüber und musterte Havelock mit starrem Gesicht. Er war sprachlos, wie benommen. Nach einer Weile schüttelte er den Kopf und brach sein Schweigen. »Das ist alles so absurd, genauso absurd wie das, was man von Ihnen behauptet. Was steckt nur dahinter?«

»Die Frage habe ich mir selbst auch immer wieder gestellt und komme dabei immer wieder auf das zurück, was ich in Rom zu Baylor gesagt habe. Die glauben, ich wüßte etwas, das ich besser nicht wissen sollte, etwas, das ihnen angst macht.«

»Trifft das zu?«

»Das hat er mich auch gefragt.«

»Wer?«

»Baylor. Und ich war aufrichtig zu ihm – vielleicht zu aufrichtig; aber der Schock, sie zu sehen, hatte mich völlig verwirrt. Ich war einfach nicht imstande, mich taktisch klüger zu verhalten. Besonders nicht nach dem, was Rostow in Athen gesagt hatte.«

»Was haben Sie ihm erzählt?«

»Die Wahrheit. Daß, wenn ich wirklich etwas gewußt hätte, ich es vergessen hätte.«

»Das paßt nicht zu Ihnen. Man sagt, Sie wären in der Beziehung wie ein Computer und könnten sich an winzige Ereignisse erinnern, die Jahre zurückliegen.«

»Wie die meisten Behauptungen dieser Art, ist auch diese ein Märchen. Ich habe lange Zeit studiert und dabei mein Gedächtnis trainiert. Aber ein Computer bin ich nicht.«

»Das weiß ich«, sagte der Franzose mit leiser Stimme. »Kein Computer hätte das getan, was Sie für mich getan haben.« Salanne hielt inne und beugte sich in seinem Sessel vor. »Haben Sie über die Monate vor den Ereignissen an der Costa Brava einmal nachgedacht?«

»Jede Woche, jeden Tag habe ich Revue passieren lassen, jede Station, wo wir waren ... wo ich war – Belgrad, Prag, Krakau, Wien, Washington, Paris – und bin dabei auf nichts gestoßen, was auch nur im entferntesten auffällig gewesen wäre. Mit Ausnahme meines Einsatzes in Prag, wo wir Dokumente aus dem *Státni Bezpečnost,* dem Hauptquartier der Geheimpolizei, herausholten, war alles Routine. Wir haben einfach nur Informationen gesammelt, was praktisch jeder Tourist hätte tun können, sonst weiter nichts.«

»Und in Washington?«

»Weniger als nichts. Ich bin für fünf Tage zurückgeflogen, um wie jeder Außendienstmann das einmal jährlich stattfindende Auswertungsgespräch mitzumachen; zum größten Teil ist das Ganze Zeitvergeudung, aber wahrscheinlich erwischen sie dabei hin und wieder einen, der durchgedreht hat.«

»Wie?«

»Einen, der sich für jemanden hält, der er nicht ist, der zu viel Phantasie in einen Beruf hineinlegt, bei dem eigentlich auch fast alles Routine ist. Das kommt von dem Streß, davon, daß man zu oft vorgibt, jemand zu sein, der man gar nicht ist.«

»Interessant«, meinte der Arzt und nickte nachdenklich. »Geschah sonst noch etwas, während Sie in Washington waren?«

»Nichts weiter. Ich flog für einen Abend nach New York, um mich mit einem Ehepaar zu treffen, das ich in meiner Jugend kannte. Er ist Besitzer eines Yachthafens auf Long Island, und wenn er je einen politischen Gedanken im Kopf hatte, habe ich zumindest nie davon gehört. Dann verbrachte ich zwei Tage mit Matthias, eigentlich ein Dienstbesuch.«

»Sie standen ihm sehr nahe ... *stehen* ihm nahe.«

»Ich sagte Ihnen doch, wir kennen uns schon sehr lange. Er war immer da, wenn ich ihn brauchte; er hat mich verstanden.«

»Und was war an diesen zwei Tagen?«

»Weniger als null. Ich sah ihn nur an den Abenden, wenn wir zusammen aßen. Und selbst da wurde er, obwohl wir allein waren, dauernd von Telefonanrufen und von gehetzten Leuten aus seinem Ministerium gestört.« Havelock hielt inne, als er den nervösen Ausdruck in Salannes Gesicht bemerkte, und fuhr dann schnell fort: »Niemand hat mich gesehen, wenn Sie das jetzt denken. Er konferierte in seiner Bibliothek mit ihnen, und das Speisezimmer ist auf der anderen Seite des Hauses. Wir waren uns darüber einig, unsere freundschaftlichen Beziehungen vor anderen besser nicht zu zeigen. Mehr zu meinem Nutzen wohl. Niemand mag jemanden, der von seinem Chef protegiert wird.«

»Mir fällt es schwer, Sie mir so vorzustellen.«

»Wenn Sie mit uns zu Abend gegessen hätten, wäre das unmöglich«, sagte Michael und lachte. »Wir redeten die ganze Zeit nur über Seminararbeiten, die ich vor fast zwanzig Jahren bei ihm geschrieben hatte. Er konnte sie immer noch zerpflücken. Wenn Sie schon von einem verblüffenden Gedächtnis sprechen, dann hat er es.« Langsam verblaßte sein Lächeln im Gesicht.

»Es ist Zeit«, sagte er und griff nach dem Telefon.

Die Hütte im Shenandoah-Tal war nur über eine Geheimnummer zu erreichen. Sie war vielleicht gerade einem Dutzend Menschen im ganzen Land bekannt; unter anderem dem Präsidenten, seinem Stellvertreter, dem Regierungssprecher, dem Vorsitzenden der Vereinigten Generalstäbe, dem Verteidigungsminister, dem Präsidenten des Sicherheitsrats der Vereinten Nationen, zwei hochrangigen Beamten im Außenministerium – und Mikhail Havliček.

Michael hatte die Nummer während der vergangenen sechs Jahre zweimal benutzt; das erste Mal, als er sich kurz in Washington aufhielt, um neue Instruktionen einzuholen. Matthias hatte eine Nachricht im Hotel hinterlassen, mit der Bitte um Rückruf. Damals hatte es sich um ein rein privates Gespräch gehandelt. Mit dem zweiten Anruf verbanden sich für Havelock keine angenehmen Erinnerungen. Er betraf einen Mann namens Ogilvie, von dem Michael überzeugt war, daß er aus dem Außendienst entfernt werden sollte.

Während Michael wartete, fuhr Salanne fort: »Warum sind Sie nicht schon früher an ihn herangetreten?«

»Weil nichts einen Sinn gab. Ich wollte ihm etwas Konkretes liefern, einen Namen oder mehrere.«

»Aber nach allem, was ich gehört habe, können Sie das immer noch nicht.«

»Doch, inzwischen schon. Der Deckname für das Killerkommando heißt ›Ambiguity‹. Der Auftrag muß von jemandem ganz oben im Außenministerium bestätigt worden sein, der mit Rom in Verbindung stand. Matthias braucht nur Rom anzurufen und die eingehenden Telex überprüfen zu lassen, um zu erfahren, wer ›Ambiguity‹ verantwortet. Da ist noch ein anderer Name; ich weiß allerdings nicht, wieviel er nützen wird. Es gab eine zweite sogenannte Bestätigung, was die Ereignisse an der Costa Brava betraf; dabei wurden auch zerrissene, blutbeschmierte Kleidungsstücke erwähnt. Das ist alles eine Lüge; es blieben keine Kleidungsstücke liegen.«

›Dann finden Sie diesen Mann.«

»Er ist tot. Es heißt, er wäre drei Wochen später auf einem Segelboot an einem Herzinfarkt gestorben. Aber man kann nach Spuren suchen ... wenn sie nicht schon alle verwischt sind ... woher er kam, wer ihn an der Costa Brava eingesetzt hat.«

»Und wenn ich hinzufügen darf«, sagte der Franzose, »der Arzt, der den Leichenschein ausgestellt hat.«

»Sie haben recht.« Michael drückte den Hörer fester ans Ohr. Die Verbindung mit der Hütte im Shenandoah-Tal war hergestellt. Michael spürte, wie sein Herz schneller schlug. Er hatte seinem Freund so viel zu berichten; er hoffte nur, alles loszuwerden und damit den Anfang vom Ende des Alptraums herbeizuführen. Das Klingeln hörte auf, jemand nahm den Hörer von der Gabel.

»Ja?« fragte eine Männerstimme mehr als viertausend Meilen entfernt in den Blue Ridge Mountains; aber es war nicht Anton Matthias. Oder wurde der Klang seiner Stimme verzerrt?

»Jak se vám daři?«

»Was? Wer spricht da?«

Es war nicht Matthias.

»Den Außenminister, bitte«, sagte Havelock.

»Wer ist am Apparat?«

»Die Tatsache, daß ich diese Nummer benutze, enthebt mich der Notwendigkeit, darauf zu antworten. Es handelt sich um einen dringenden Notfall und um einen vertraulichen Anruf.«

»Mr. Matthias ist im Augenblick in einer Konferenz und hat mich gebeten, alle Anrufe für ihn entgegenzunehmen. Wenn Sie mir Ihren Namen nennen würden ...«

»Verdammt noch mal. Sie hören mir nicht zu! Das ist ein dringender Fall!«

»Die Konferenz ist ebenfalls dringend, Sir.«

»Sie unterbrechen jetzt diese Konferenz und sagen die folgenden Worte zu ihm: *Krajan* ... und *bouře*. Haben Sie verstanden? Nur die zwei Worte! Wenn Sie das nicht tun, kostet Sie das Ihren Job. Beeilen Sie sich!«

»Krajan«, sagte die Männerstimme zögernd, *»bouře.«*

Jetzt war nur noch das leise Reden von Männern in der Ferne zu hören. Das Warten war für Michael eine Qual. Schließlich kam die Stimme zurück.

»Ich fürchte, Sie müssen konkreter werden, Sir.«

»Was?«

»Wenn Sie mir jetzt sagen würden, in welcher Beziehung Ihr Anruf so dringend ist, und mir eine Telefonnummer nennen, wo man Sie erreichen kann . . .«

»Haben Sie meine Nachricht übermittelt?«

»Der Minister ist sehr beschäftigt und läßt Sie bitten, mir mitzuteilen, worum es geht.«

»Verdammt, haben Sie gesagt, was ich Ihnen aufgetragen habe?«

»Ich wiederhole, was der Minister gesagt hat, Sir. Ich kann ihn unmöglich stören, aber wenn Sie mir Einzelheiten geben und eine Nummer hinterlassen, wird jemand mit Ihnen Verbindung aufnehmen.«

»Jemand? Was, zum Teufel, geht hier vor? Wer sind Sie? Wie heißen Sie?«

Am anderen Ende blieb es einen Augenblick lang still. »Smith«, sagte die Stimme schließlich.

»Ihren Namen! Ich will Ihren Namen haben!«

»Ich habe ihn ja gerade gesagt.«

»Sie holen jetzt Matthias ans Telefon . . .!«

Ein Klicken ertönte, dann war die Leitung tot.

Havelock starrte den Hörer in seiner Hand an. Sein Mentor, sein *krajan* . . . sein *přitel* hatte ihn abgewiesen. Was war geschehen?

Er mußte es herausfinden; es gab einfach keinen Sinn. Er kannte noch eine andere Nummer in den Blue Ridge Mountains, die eines Mannes, den Matthias regelmäßig besuchte, wenn er im Shenandoah-Tal war. Der schon ältere Mann liebte Schach und guten alten Wein und teilte hin und wieder beide Freuden mit Anton Matthias. Michael hatte Leon Zelienski einige Male gesehen und staunte immer wieder über die Kameradschaft zwischen den zwei Akademikern.

Zelienski war an der Warschauer Universität ein angesehener Professor gewesen. Vor Jahren war er nach Amerika gekommen, um in Berkeley Vorlesungen zu halten. Anton hatte Leon bei einem seiner Gastseminare kennengelernt. Eine Freundschaft hatte sich entwickelt – hauptsächlich per Brief und über ihre gemeinsame Leidenschaft Schach. Und nach Zelienskis Pensionierung hatte Anton den Exilpolen dazu überredet, ins Shenandoah-Tal zu ziehen.

Diesmal dauerte die Vermittlung wesentlich länger, aber schließlich hörte Havelock die Stimme des alten Mannes.

»Guten Abend.«

»Leon? Sind Sie das, Leon?«

»Wer ist da?«

»Michael Havelock. Erinnern Sie sich an mich, Leon?«

»Mikhail! Und ob ich mich erinnere! Wie geht es Ihnen? Sie klingen so weit weg.«

»Ich bin sehr weit entfernt, Leon. Und ich mache mir große Sorgen ...« Havelock erklärte seine Situation, daß er ihren gemeinsamen Freund nicht erreichen könne. Ob der alte Zelienski wohl die Absicht hätte, Anton zu besuchen, während er im Shenandoah-Tal weilte?

»Ob er hier ist, Mikhail, weiß ich nicht. Anton ist natürlich ein vielbeschäftigter Mann ... manchmal denke ich, der meistbeschäftigte Mann auf der Welt ... aber er hat neuerdings wenig Zeit für mich. Ich hinterlasse Nachrichten an sein Haus, aber er ignoriert sie leider. Natürlich verstehe ich das. Er hat schließlich Wichtigeres zu tun, als mit mir Schach zu spielen.«

»Es tut mir leid zu hören, daß Sie keine Verbindung miteinander haben.«

»Jetzt muß ich mich eben mit einem anderen gemeinsamen Freund begnügen, Mikhail. Er war vor einigen Monaten häufiger hier draußen: der großartige Journalist Raymond Alexander.«

»Raymond?« sagte Havelock, der kaum zuhörte. »Bestellen Sie ihm Grüße von mir. Und danke, Leon.« Havelock legte den Hörer auf und sah zu Salanne hinüber. »Er hat für uns keine Zeit mehr«, sagte er bestürzt.

14

Um acht Uhr früh war Michael in Paris angekommen, hatte eine Stunde später bereits mit Gravet Verbindung aufgenommen und schlenderte um Viertel nach elf über den Boulevard Saint Germain in südlicher Richtung. Gravet wollte sich irgendwo zwischen der Rue de Pontoise und dem Quai St. Bernard mit ihm treffen. Er brauchte die zwei Stunden, um die Informationen, die Havelock benötigte, zu beschaffen.

Salannes Frau hatte keine Zeit gehabt, für Michael am nächsten Morgen Kleidung zu kaufen. Alles hing davon ab, so schnell wie möglich nach Paris zu gelangen, denn jede Minute, die er verlor, vergrößerte die Distanz zwischen ihm und Jenna.

Jenna ...!

Der Arzt war in dreieinhalb Stunden nach Avignon gerast. Von dort fuhr er mit dem Zug nach Paris, bekleidet mit einem Pullover und einem schlechtsitzenden Gabardinemantel von Salanne. Er musterte sein Spiegelbild in einer Schaufensterscheibe: das Jackett, die Hose, das offene Hemd und den Hut, den er vor fünfundvierzig Minuten in einem Laden am Boulevard Raspail gekauft hatte. In dieser Bekleidung würde er nicht auffallen, und die Krempe des weichen Hutes ragte weit genug über seine Stirn, um sein Gesicht halb zu verdecken. Er sah blaß aus und hatte dunkle Ringe um die Augen. Er war übermüdet und erschöpft, die frisch genähten Wunden bereiteten ihm Schmerzen. Wie sehr sehnte er sich in diesem Augenblick danach, sich hinzulegen und darauf zu warten, daß die Kräfte in ihm zurückkehrten. Er brauche dringend Ruhe, hatte Salanne gesagt. Er hatte versucht, im Zug zu schlafen. Aber jedesmal, wenn er eingedöst war, hatten ihn die häufigen Stops auf den Bahnhöfen wieder geweckt. Und wenn er wach war, war sein Bewußtsein von einem tiefen Gefühl der Verwirrung und der Wut erfüllt. Der einzige Mann auf der ganzen Welt, dem er sein Vertrauen, seine Liebe gegeben hatte, der sein Leben geformt hatte, hatte ihn von sich gestoßen, und er wußte nicht, weshalb. In all den Jahren, auch in der schlimmsten Zeit, war er nie wirklich allein gewesen, weil er stets mit Anton Matthias rechnen konnte. Anton war für ihn der Ansporn, besser zu sein, als er wirklich war. Anton war sein Schutz gegen die Erinnerung an jene schrecklichen Tage in seiner Kindheit – weil sein *přitel* ihnen einen Sinn verliehen hatte. Diese Vergangenheit motivierte ihn, das zu tun, was er tat, und sein Leben so lange in einer abnormalen Welt zu verbringen, bis sich etwas in ihm regte und er aussteigen konnte. Er hatte gegen die Schlächter von Lidice gekämpft, gegen die Leute, die ihre Feinde in ein Gulag schickten.

Die Schüsse von Lidice werden dich nicht mehr loslassen, mein Freund. Ich wünsche dir beim allmächtigen Gott, daß du sie einfach vergessen könntest; aber ich glaube nicht, daß du dazu in der Lage bist. Tu also etwas, das den Schmerz verringert, das dir sinnvoll erscheint und dir das Schuldgefühl darüber nimmt, daß du überlebt hast. Eines Tages wirst du frei sein und deinen Zorn verbraucht haben. Erst dann wirst du an die Universität zurückkehren. Ich hoffe, ich werde das noch miterleben.

Er hatte sich schon fast frei gefühlt, und die Rückkehr in eine normale Welt war greifbar nahe gewesen – endlich Frieden. Einmal mit der Frau, die er liebte, die seinem Leben eine neue Dimension verliehen hatte . . . und dann ohne sie, als seine Liebe schmerzhafter Enttäuschung gewichen war und er den Lügen der Lügner geglaubt hatte. So hatte er seine innersten Gefühle verraten – und sie.

Und jetzt hatte sich sein engster Vertrauter von ihm abgewendet. Der Riese war doch nur ein Sterblicher. Und jetzt sein Feind.

»*Mon Dieu,* Sie sehen ja sterbenskrank aus!« raunte ihm der hochgewachsene Franzose in dem Mantel mit Samtkragen und den glänzenden schwarzen Schuhen zu, der zwei Meter rechts von Havelock vor dem Fenster stand. »Was ist denn mit Ihnen passiert? . . . Nein, sagen Sie es mir nicht! Nicht hier.«

»Wo?«

»Am Quai Bernard, hinter der Universität, ist ein Kinderspielplatz«, fuhr Gravet fort und betrachtete eitel seine schlanke Figur im Schaufenster. »Wenn die Bänke besetzt sind, dann suchen Sie sich einen Platz am Zaun, ich komme zu Ihnen. Kaufen Sie unterwegs eine Tüte mit Süßigkeiten und versuchen Sie, wie ein adretter Vater auszusehen, nicht wie ein Sittenstrolch.«

»Danke für das Vertrauen. Haben Sie mir etwas mitgebracht?«

»Sie wissen, daß Sie tief in meiner Schuld stehen. Ihr armseliges Aussehen läßt nicht gerade vermuten, daß Sie mir jemals ein Honorar zahlen könnten.«

»Haben Sie etwas über *sie* erfahren?«

»Ich bin noch dabei.«

»Was wollen Sie mir dann erzählen?«

»Mehr am Quai Bernard«, sagte Gravet, zog sich die scharlachrote Krawatte zurecht und schob seinen grauen Homburg etwas zur Seite. Dann drehte er sich um und schlenderte davon.

Von der Seine wehte ein kühler Wind über den Spielplatz, aber das hinderte die Kindermädchen und jungen Mütter nicht daran, ihren lärmenden Nachwuchs an der frischen Luft toben zu lassen. Zum Glück für Michael war an der hinteren Wand eine Bank frei, etwas abseits von den Spielgeräten. Er setzte sich und holte geistesabwesend bunte Pfefferminzbonbons aus einer weißen Papiertüte, wobei er ein besonders lebhaftes Kind im Auge hatte, das sein Dreirad traktierte. Er hoffte, daß es so aussah, der Junge würde zu ihm gehören. Dabei ging er davon aus, daß der wirkliche Begleiter des Kleinen sich so weit wie möglich von ihm fernhalten würde.

Der schlanke, elegante Gravet schlenderte durch den Eingang und lief außen am Spielplatz entlang und nickte allen, die ihm über den Weg kamen, gütig zu, ein älterer Herr voll freundlicher Gefühle für die Jugend. Wirklich eine schauspielerische Leistung, dachte Havelock, der wußte, daß Gravet lärmende Kinder eigentlich haßte. Schließlich erreichte er die Bank und setzte sich neben Michael, wobei er eine Zeitung vor sich entfaltete.

»Sollten Sie nicht besser einen Arzt aufsuchen?« fragte der Franzose, ohne den Blick von der Zeitung zu wenden.

»Das habe ich bereits vor einigen Stunden getan«, erwiderte Michael, der sich beim Sprechen die Tüte mit den Bonbons vor den Mund hielt. »Mir fehlt nichts, ich bin nur müde.«

»Das erleichtert mich. Ich würde Ihnen aber dennoch empfehlen, sich zu säubern und zu rasieren. Wir beide in diesem Park hier könnten leicht die Polizei auf den Plan rufen.«

»Mir ist nicht nach Witzen zumute, Gravet. Was haben Sie erfahren?«

Der Kritiker faltete die Zeitung zusammen und schnippte mit den Fingern. »Ich bin auf einen Widerspruch gestoßen, wenn meine Quellen verläßlich sind, und ich habe allen Anlaß zu der Annahme, daß sie das sind. Auf einen unglaublichen Widerspruch sogar.«

»Wieso?«

»Das KGB hat keinerlei Interesse an Ihnen. Ich könnte Sie denen als bereitwilligen, geschwätzigen Überläufer präsentieren und Sie in das Pariser Hauptquartier des KGB bringen – eine Importfirma am Boulevard Beaumarchais, aber das wissen Sie ja wahrscheinlich – und würde keinen Sou dafür bekommen.«

»Warum ist das ein Widerspruch? Dasselbe habe ich vor ein paar Wochen auf dem Pont Royal zu Ihnen gesagt.«

»Das ist auch nicht der Widerspruch.«

»Was denn?«

»Jemand anderer sucht Sie. Er ist gestern nacht mit dem Flugzeug hier angekommen, weil er glaubt, daß Sie entweder in Paris oder auf dem Wege hierher sind. Es heißt, er würde ein Vermögen für Ihre Leiche geben. Er ist kein KGB-Mann im üblichen Sinne, aber damit wir uns richtig verstehen, ein Sowjet ist er.«

»Nicht ... im üblichen Sinne?« fragte Havelock verwirrt und spürte, wie eine bedrohliche Erinnerung in ihm wach wurde.

»Ich habe von ihm über eine Quelle im *Militaire Étranger* erfahren. Er gehört einer besonderen Abteilung der sowjetischen Abwehr an, einem Elitekorps der ...«

»Voennaja Kontra Rozvedka«, unterbrach ihn Michael.

»Wenn die Abkürzung dafür VKR lautet, ist das richtig.«

»Das stimmt.«

»Er will Sie haben. Er zahlt viel Geld.«

»Wahnsinnige.«

»Mikhail, ich sollte Ihnen das sagen. Er ist mit dem Flugzeug aus Barcelona gekommen.«

»Costa Brava!« Auf der anderen Seite des Weges schrie das wütende Kind.

»Sehen Sie mich nicht an! Rutschen Sie an den Rand der Bank!«

»Wissen Sie, was Sie mir da gerade gesagt haben?«

»Sie sind erregt. Ich muß jetzt gehen.«

»Nein! . . . Schon gut, schon gut.« Havelock hob die weiße Papiertüte vor sein Gesicht. Seine beiden Hände zitterten, und der Schmerz in seiner Brust schoß ihm bis an die Schläfen hinauf. »Sie wissen, was Sie mir jetzt sagen sollten, nicht wahr? Also heraus damit.«

»Ihr Zustand erlaubt das nicht.«

»Überlassen Sie das mir. Sagen Sie es.«

»Ich frage mich wirklich, ob ich das sollte. Ganz abgesehen von dem Geld, das ich vielleicht nie bekommen werde, habe ich auch noch moralische Skrupel. Ich mag Sie, Mikhail. Sie sind ein zivilisierter Mann, vielleicht sogar ein reeller Mann, in einem höchst widerlichen Geschäft. Sie sind selbst ausgestiegen; habe ich das Recht, Sie wieder hineinzuziehen?«

»Sie brauchen mich nicht erst hineinzuziehen, ich bin schon mitten drinnen!«

»Die Costa Brava?«

»Ja.«

»Gehen Sie zu Ihrer Botschaft.«

»Das kann ich nicht. Verstehen Sie das nicht?«

Gravet senkte die Zeitung und sah Havelock an. »Mein Gott, das können Sie nicht tun«, sagte er leise.

»Sagen Sie es mir einfach.«

»Sie lassen mir keine Wahl.«

»Wo ist er?«

Der Franzose erhob sich von der Bank und faltete die Zeitung zusammen, während er sprach. »In der Rue Étienne gibt es ein heruntergekommenes Hotel, ›La Couronne Nouvelle‹ mit Namen. Er wohnt im ersten Stock, Zimmer dreiundzwanzig. Es liegt zur Straße; er beobachtet jeden, der das Hotel betritt.«

Die Kleider des Penners waren zerlumpt, aber dick genug, um des Nachts in verlassenen Seitengassen die Kälte abzuhalten. Die Schnürsenkel an seinen Stiefeln waren abgerissen und in großen Knoten gebunden, weil seine gekrümmten Finger zu nichts anderem mehr fähig waren. Auf dem Kopf trug er eine Wollmütze, die er sich tief in die Stirn gezogen hatte, sein Blick war nach unten gewandt, wich der Welt aus, in der er nicht konkurrieren konnte und die ihrerseits seine Gegenwart als Belästigung empfand. Über die Schulter hatte er sich eine schmutzige Segeltuchtasche geschlungen. Der Mann näherte sich dem Hotel ›La Couronne Nouvelle‹. Er blieb an einem Abfallbehälter aus Drahtgeflecht stehen und wühlte mit fachmännischem Blick in seinem Inhalt herum.

Havelock löste einen zerfetzten Lampenschirm von einer weichen Tüte mit Essensresten und schob den kleinen Spiegel dazwischen, wobei der schmutzige Stoff des Schirms seine Hände verbarg. Er konnte den Russen deutlich am Fenster im ersten Stockwerk sehen; der Mann hatte die Arme ausgestreckt, lehnte am Fenstersims und beobachtete die Straße. Michael kannte ihn – obwohl er weder seinen Namen wußte noch jemals sein Foto in einer Akte betrachtet hatte. Der Schnitt seines Gesichts, der Blick seinerAugen – beides war ihm vertraut. Havelock hatte erlebt, was dieser Mann erlebt hatte – was er jetzt tat. Sein Auftrag war klar, und irgendwo wartete jemand auf die Rückmeldung. Man hatte sich an einen Profi gewandt, der niemandem Bündnistreue schuldete und nur an dem Kopfgeld interessiert war. Jetzt wartete der Mann im Fenster auf den entscheidenden Anruf, der ihm bestätigte, daß die Zielperson in Paris gesichtet worden war; in einer Straße, in einem Café, einer Bank oder vielleicht auf einem Spielplatz an der Seine; das war durchaus möglich, denn die Profis hielten überall nach ihm Ausschau. Die Jagd hatte begonnen. Und wenn die Bestätigung kam, würde der Mann im Fenster seinen Unterschlupf verlassen. Ja, dachte Michael, auch er hatte das erlebt. Das Warten war das Schlimmste daran.

Er drehte sein Handgelenk herum und sah auf die Uhr, die Hand nach wie vor im Abfallkorb verborgen. Er war schon zweimal in einem Taxi an dem Hotel vorbeigefahren, bevor er einen Altkleiderhändler in der Rue Séverin aufgesucht hatte . . . und einen Waffenladen in der Rue Sommerard, wo er Munition für die Llama und die Magnum gekauft hatte. Er hatte vor sieben Minuten Gravet angerufen und ihm gesagt, daß die Uhr jetzt liefe; der Franzose wollte von einer Telefonzelle am Place Vendôme das Hotel anrufen und den Mann von Zimmer 23 verlangen. Was hielt ihn auf? Es gab so viele Möglichkeiten: besetzte Telefonzellen, ein Bekannter auf der Straße, der Gravet in ein Gespräch verwickelte. Was auch immer geschehen sein mochte, Havelock wußte, daß er nicht länger bleiben konnte.

Da fuhr der Mann am Fenster mit dem Kopf herum. Eine Störung, irgend etwas riß ihn aus seiner Konzentration, die der Straße galt; er ging ins Zimmer zurück, Gravets Anruf. Jetzt!

Michael hob seine Tasche auf, legte sie in den Drahtkorb und ging schnell auf die Treppe zu, die zum Eingang des Hotels führte. Bei jedem Schritt richtete er sich mehr auf. Während er die Treppen hinaufstieg, hielt er sich die Hand ans Gesicht und griff sich an den Rand der Strickmütze. Höchstens zweieinhalb Meter über ihm war das Fenster, in dem Sekunden zuvor der sowjetische VKR-Agent gestanden hatte. Gravets Anruf würde kurz sein und in keiner Weise gekünstelt wirken. Der Franzose würde behaupten, Havelock am Montparnasse gesichtet zu haben. Wenn es tatsächlich die Zielperson war, dann war er jetzt zur Metro unterwegs; der Jäger würde ihm folgen und später wieder anrufen.

In der dunklen, muffig riechenden Vorhalle mit den zersprungenen Bodenfliesen und den Spinnweben, die alle vier Ecken der Decke zierten, nahm Havelock die Mütze ab und drückte die Revers seiner schmutzigen Jacke flach. In einem Hotel wie diesem, das Pennern und Huren als Absteige galt, war die Aufmachung gleichgültig, hier interessierte nur das Geld, das jeder im voraus zu zahlen hatte. Der fettleibige Portier hinter dem Marmortresen döste in einem Sessel und hatte seine weichen, wulstigen Hände über dem vorstehenden Bauch gefaltet, und sein Doppelkinn füllte den offenen Kragen seines schmutzigen Hemds. Eine weitere Person hielt sich in der Halle auf. Ein hagerer alter Mann saß auf einer Bank; unter dem ungepflegten grauen Schnurrbart hing ihm eine Zigarette aus dem Mund. Er hatte den Kopf nach vorne gebeugt und starrte aus zusammengekniffenen Augen auf eine Zeitung, die er in der Hand hielt. Er blickte nicht auf. Havelock ließ seine Mütze auf den Boden fallen, trat sie zur Seite, so daß sie zur Wand rutschte, und ging nach links, wo eine schmale Treppe nach oben führte. Die Stufen waren abgewetzt, und das Geländer war an einigen Stellen zerbrochen. Er ärgerte sich über das Knarren der Dielen und stellte erleichtert fest, daß die Treppe nur kurz war. Er erreichte den ersten Stock und stand reglos da, lauschte. Bis auf das ferne Dröhnen des Straßenverkehrs war kein Laut zu hören. Er blickte auf die zwei Meter entfernte Tür von Zimmer 23. Gravets Anruf war vorbei, der VKR-Beamte hatte wieder seinen Platz am Fenster eingenommen.

Höchstens fünfundvierzig Sekunden waren verstrichen. Michael knöpfte sein Jackett auf, griff hinein und zog die Magnum heraus. Der perforierte Schalldämpfer fing sich kurz im Leder; er schob mit dem Daumen den Sicherungsflügel zurück und ging durch den dunklen, schmalen Gang auf die Tür zu.

Er zwang sich zu äußerster Konzentration.

Plötzlich ein Knarren der Dielen hinter ihm! Er fuhr herum, als die erste Tür zu seiner Rechten jenseits der Treppe langsam aufgezogen wurde; sie war nicht verschlossen gewesen, und so fehlte auch das Geräusch, das ein sich drehender Türknopf erzeugt. Ein kleiner, untersetzter Mann trat heraus, Schultern und Rücken am Türrahmen, eine Waffe in der Hand. Er hob sie, den Finger am Abzug, sein Gesicht zeigte keine Gefühlsregung. Michael feuerte sofort. Der Mann wurde gegen den Türstock geschleudert. Michaels Blick suchte die Waffe, die der andere immer noch in der Hand hielt. Er hatte recht gehabt; die Waffe war eine Graz-Burja, die wirksamste Schnellfeuerpistole, die in Rußland produziert wurde. Der VKR-Mann war nicht allein. Und wo ein zweiter war . . .

Ein Türknopf drehte sich; es war die Tür unmittelbar gegenüber von Zimmer 23. Havelock warf sich gegen die Wand rechts vom Eingang. Als sich die Tür öffnete, wirbelte Michael herum, die Magnum in Brusthöhe. Das Gesicht unter ihm! Die geduckte Haltung . . . die Waffe! Havelock schmetterte den Lauf seiner Magnum gegen den Kopf des Mannes. Der Russe fiel in das Zimmer zurück. Michael schloß die Tür und wartete. In der Halle war Stille, nur der Verkehrslärm war weiterhin zu vernehmen. Er trat von der Tür zurück, die Magnum darauf gerichtet, und suchte den Boden nach der Waffe des Russen ab. Sie lag neben der bewußtlosen Gestalt am Boden Er kniete nieder und hob sie auf. Es war ebenfalls eine Graz-Burja. Er schob sie sich in die Jackentasche, beugte sich vor und zog den Russen zu sich hin. Der Mann war schlaff, und es würde noch Stunden dauern, bis er sein Bewußtsein wiedererlangen würde.

Havelock richtete sich auf. Die Anstrengung hatte ihn ausgepumpt; er lehnte sich gegen die Wand, atmete langsam und tief und versuchte, das Schwächegefühl zu verdrängen, den Schmerz nicht wahrzunehmen. Aber er konnte nicht aufhören, nicht jetzt. Erst mußte er den Mann in Zimmer 23 erledigen. Es gab keinen anderen Weg; die einzige Chance lag im Schock des völlig Unerwarteten. Er spannte seine Brust, schob die unverletzte Schulter vor, trat zurück und warf sich mit seinem ganzen Körpergewicht gegen die Tür. Der VKR-Beamte wirbelte am Fenster herum und griff nach dem Halfter, das er am Gürtel trug. Dann hielt er inne, streckte beide Hände vor sich aus und starrte den riesigen Lauf der Magnum an, die auf seinen Kopf zielte.

»Ich glaube, Sie haben mich gesucht«, sagte Havelock.

»Offensichtlich habe ich den falschen Leuten vertraut«, antwortete der Sowjet ruhig in gepflegtem Englisch.

»Aber nicht Ihren eigenen Leuten«, unterbrach Michael ihn.

»Sie sind etwas Besonderes.«

»Sie haben verloren.«

»Ich habe Ihren Tod nie befohlen. Die hätten das vielleicht getan.«

»Jetzt lügen Sie, aber das macht nichts. Wie ich schon sagte, Sie haben verloren.«

»Ich muß Sie loben«, murmelte der VKR-Beamte, und sein Blick wanderte an Havelock vorbei zu der zerbrochenen Tür.

»Sie haben mir nicht zugehört. Sie haben verloren. Die beiden Gorillas können Ihnen nicht mehr helfen – sie sind tot.«

»Njet! Molnija!« Der Sowjetagent wurde bleich, seine Augen weiteten sich, seine Finger waren gespreizt, nur wenige Zentimeter von seinem Gürtel entfernt.

»Ich spreche Russisch, wenn Sie das vorziehen.«

»Das ist gleichgültig«, sagte der erschreckte Mann. »Ich bin Absolvent des Institute of Technology von Massachusetts.«

»Was ist an der Costa Brava geschehen?«

»Ich habe keine Ahnung, was Sie meinen.«

»Sie sind vom VKR und kommen aus Barcelona! Die Costa Brava liegt in Ihrem Abschnitt! Was ist in jener Nacht am vierten Januar geschehen?«

»Nichts, das uns betraf.«

»Da hinüber!«

»Was?«

»Gegen die Wand!«

Der Russe bewegte sich langsam, trat zögernd davor.

»Ich bin etwas so Spezielles, daß Ihr Sektionschef in Moskau die Wahrheit nicht kennt«, fuhr Havelock fort. »Aber Sie kennen sie. Deshalb sind Sie in Paris, deshalb haben Sie die Prämie auf mich ausgesetzt.«

»Man hat Sie falsch informiert. Es gilt als Verbrechen, das dem Hochverrat gleichkommt, Informationen vor unseren Vorgesetzten geheimzuhalten. Den Grund dafür, warum ich aus Barcelona komme, werden Sie sicher verstehen. Das war Ihr letzter Einsatz und ich Ihr letzter Kontrahent. Ich hatte die neuesten Informationen über Sie.«

»Sie sind sehr geschickt.«

»Ich habe Ihnen nichts gesagt, was Sie nicht selbst wissen oder in Erfahrung bringen könnten.«

»Etwas ist Ihnen entgangen. Warum bin ich denn etwas Besonderes? Ihre Genossen im KGB haben nicht das geringste Interesse an mir. Im Gegenteil: Sie wollen nichts mit mir zu tun haben. Und doch sagen Sie, ich sei etwas Besonderes. Die *Voennaja* will mich haben.«

»Ich will nicht leugnen, daß es eine gewisse Rivalität zwischen den einzelnen Abteilungen gibt. Vielleicht haben wir das von Ihnen gelernt. Bei Ihnen gibt es das im Überfluß.«

»Sie haben meine Frage nicht beantwortet.«

»Wir wissen gewisse Dinge, die unseren Genossen nicht bekannt sind.«

»Zum Beispiel?«

»Daß Ihre eigene Regierung Sie als ›nicht zu retten‹ eingestuft hat.«

»Wissen Sie, warum?«

»Die Gründe sind an diesem Punkt zweitrangig. Wir bieten Ihnen Asyl.«

»Die Gründe sind keineswegs zweitrangig«, verbesserte Michael.

»Also gut«, pflichtete der andere ihm widerstrebend bei. »Man ist zu der Ansicht gekommen, daß Sie aus dem Gleichgewicht geraten seien.«

»Woraus schließt man das?«

»Nun, da ist von Drohungen und Telegrammen die Rede, von Wahnvorstellungen und Halluzinationen.«

»Wegen dem, was an der Costa Brava passierte?«

»Ja.«

»Einfach so? Da läuft man an einem Tag noch ganz normal und gesund herum, reicht Berichte ein und tritt in allen Ehren in den Ruhestand – und am nächsten Tag soll man ein Verrückter sein? Jetzt sind Sie nicht sehr clever; ich habe Sie überschätzt.«

»Ich sage Ihnen nur, was ich weiß«, beharrte der Russe. »Ich treffe diese Entscheidungen nicht, ich befolge die Anweisungen, mehr nicht. Die Prämie, wie Sie das nennen, sollte dafür bezahlt werden, daß Sie und ich zusammenkommen. Warum sollte es anders sein? Wenn es das Ziel wäre, Sie zu töten, wäre es viel einfacher, Ihren Aufenthaltsort zu erkunden und sofort Ihre Botschaft anzurufen und eine bestimmte Nebenstelle zu verlangen. Die Informationen würden die richtigen Personen erreichen, und wir könnten uns heraushalten und würden jede Möglichkeit vermeiden, daß Irrtümer später vielleicht zu unangenehmen Folgen führen.«

»Aber indem Sie mir Asyl anbieten und mich mitnehmen, bringen Sie eine Trophäe zurück, die Ihre weniger talentierten Genossen gemieden haben, weil sie dachten, ich wäre eine Falle, ob nun programmiert oder nicht.«

»Im wesentlichen haben Sie recht. Können wir nicht miteinander reden?«

»Das tun wir bereits.« Havelock musterte den Mann; er wirkte überzeugend. Wahrscheinlich war das, was er sagte, aus seiner Sicht sogar die Wahrheit. Asyl oder eine Kugel, was von beiden traf zu? Nur wenn er die Lügen aufdeckte, würde er das erfahren. Die Interpretation der Wahrheit durch Untergebene half ihm da nicht viel weiter. Nebenbei nahm Michael den Spiegel an der Wand über einer schäbigen Kommode wahr. Schließlich sprach er weiter: »Sie würden von mir Informationen erwarten, von denen Sie wissen, daß ich sie besitze.«

»Wir würden Ihnen das Leben retten. Der Befehl für Ihre Exekution wird nicht zurückgenommen werden, das ist Ihnen auch klar.«

»Sie schlagen mir also vor überzulaufen.«

»Welche Wahl haben Sie denn? Wie lange glauben Sie, Ihre Flucht fortsetzen zu können? Wie viele Tage oder Wochen wird es dauern, bis Ihre Leute Sie finden?«

»Ich bin erfahren. Ich kann mir helfen. Vielleicht bin ich bereit, das Risiko einzugehen. Es wäre nicht das erste Mal, daß ein Mann untertaucht – nicht in einem Gulag, sondern irgendwo glücklich und zufrieden lebt. Was können Sie sonst noch anbieten?«

»Was suchen Sie? Bequemlichkeit, Geld, ein angenehmes Leben? Das können wir alles bieten. Sie haben es verdient.«

»Nicht in Ihrem Land. Ich will nicht in der Sowjetunion leben.«

»Oh?«

»Angenommen, ich hätte mir schon einen Ort ausgesucht. Er liegt Tausende von Meilen entfernt im Pazifik, auf den britischen Salomon-Inseln. Ich war bereits dort; er ist sehr abgelegen, niemand würde mich dort finden. Mit genügend Geld könnte ich es dort prima aushalten.«

»Das ließe sich arrangieren. Ich habe Vollmacht, das zu garantieren.«

Lüge Nummer eins. Kein Überläufer hat je die Sowjetunion verlassen, und der VKR-Agent wußte das auch.

»Sie sind gestern abend nach Paris geflogen. Woher wußten Sie, daß ich dort bin?«

»Von Informanten in Rom, wie sonst?«

»Wie haben die es erfahren?«

»Man stellt Informanten keine zu detaillierten Fragen.«

»Das ist allerdings wahr.«

»Wenn man ihnen vertrauen kann«, fügte der Russe hinzu. »Aber Sie wollen wissen, aus welcher Quelle der Hinweis stammt. Man fliegt nicht einfach in eine Hunderte von Meilen entfernte Stadt, ohne verdammt sicher zu sein, daß die Quelle zuverlässig ist.«

»Also gut«, sagte der VKR-Agent einlenkend. »Es hat eine Untersuchung gegeben; man hat einen Mann in Civitavecchia gefunden. Er sagte, Sie wären nach Paris unterwegs.«

»Wann haben Sie das erfahren?«

»Gestern natürlich«, erwiderte der Russe ungeduldig.

»Wann gestern?«

»Am späten Nachmittag. Um halb sechs, glaube ich.«

Lüge Nummer zwei. Die Entscheidung, nach Paris zu reisen, war ihm nach den Ereignissen am Col des Moulinets aufgezwungen worden. Um acht Uhr abends.

»Sie sind also überzeugt, daß das, was ich über unsere europäischen Geheimdienstoperationen mitteilen kann, für Sie von solchem Wert ist, daß Sie dafür die Vergeltungsmaßnahmen in Kauf nehmen, die ein Überlaufen einer Person meines Ranges nach sich zieht?«

»Natürlich.«

»Die Verantwortlichen im KGB teilen diese Meinung gewiß nicht.«

»Das sind Narren. Verängstigte, müde Hasen unter den Wölfen. Wir werden sie ersetzen.«

»Und Sie haben keine Angst, daß ich programmiert sein könnte? Daß alles, was ich sage, nutzlos sein könnte?«

»Keinen Augenblick. Deshalb sind Sie ja von Ihren Leuten zum Abschuß freigegeben worden.«

»Und wenn ich tatsächlich paranoid wäre?«

»Niemals. Sie sind weder paranoid, noch leiden Sie unter Halluzinationen. Sie sind das, was Sie immer gewesen sind; ein hochintelligenter Spezialist in Ihrem Fach.«

Lüge Nummer drei. Man hat verbreiten lassen, er sei psychopathisch. Washington glaubte daran; Ogilvie hatte es auf dem Palatin bestätigt.

»Ich verstehe«, sagte Havelock und schnitt eine Grimasse, als der Schmerz in seiner Brust heftiger wurde. »Ich bin verdammt müde«, sagte er und ließ die Magnum sinken, drehte sich leicht nach links, die Augen nur Millimeter von dem Punkt entfernt, wo er in den Spiegel an der Wand sehen konnte. »Ich habe eine Kugel abbekommen und hatte keinen Schlaf. Ich war die ganze Zeit auf der Flucht und habe versucht, mir zu erklären, warum sie mich beseitigen wollen.«

»Was gibt es da noch zu erklären?« fragte der Russe, und seine Stimme klang fast mitfühlend. »Im wesentlichen ist das eine ökonomische, zeitsparende Entscheidung. Anstatt die Codes zu ändern, die Netze und die Quellen zu gefährden, haben sie beschlossen, den Mann zu eliminieren, der zuviel weiß. Sechzehn Jahre im Dienst, und das ist jetzt Ihr Abschiedsgeschenk. Nicht zu retten.«

Michael ließ die Waffe noch mehr sinken, drehte sich weiter herum, aber die Augen jetzt auf den Spiegel gerichtet. »Ich muß nachdenken«, flüsterte er. »Das alles ist so verrückt, so unmöglich.«

Lüge Nummer vier – die Lüge, die ihm am meisten verriet! Der Russe griff nach seiner Waffe!

Havelock fuhr herum und feuerte; die Kugel klatschte in die Wand. Der VKR-Beamte griff sich an den Ellbogen. Blut quoll durch sein Hemd, tropfte auf den Boden.

»Ubliudok«, schrie er.

»Wir haben erst angefangen!« sagte Michael mit fauchender Stimme. Er ging auf den Sowjet zu, stieß ihn gegen die Wand, zog ihm die Waffe aus dem Halfter und warf sie hinter sich. »Sie sind zu selbstbewußt, Genosse, Sie sind sich Ihrer Informationen zu sicher! Sie sollten sie nie so unkritisch vortragen, sondern Platz für Irrtümer lassen, weil es leicht welche geben kann. Sie haben mir einigen Quatsch aufgetischt.«

Der Russe antwortete ihm mit Schweigen, seine Augen waren von Abscheu und Resignation erfüllt. Havelock kannte diesen Blick; er war typisch für gewisse Menschen, die jahrelang dazu ausgebildet waren, zu hassen und zu sterben. Man kannte sie unter vielen Namen. *Gestapo, Nippon Kai, Palästinensische Befreiungsfront, Voennaja.*

»Regen Sie sich nicht unnötig auf«, sagte Michael nach einer Weile ruhig. »Ich werde Sie nicht töten. Darauf sind Sie vorbereitet. Verdammt will ich sein, wenn ich Ihnen den Gefallen tue. Statt dessen werde ich Ihnen beide Kniescheiben zerschmettern und dann die Hände. Sie sind nicht dazu ausgebildet, mit den Folgen zu leben. In Wirklichkeit ist das niemand, ganz besonders nicht Ihresgleichen. So viele einfache Dinge werden Ihnen nicht mehr möglich sein. Zum

Beispiel zu einem versperrten Aktenschrank zu gehen und ihn zu öffnen, die Wählscheibe eines Telefons zu drehen oder nach einer Waffe zu greifen und abzudrücken.«

Das Gesicht des Russen wurde blaß, die Unterlippe begann zu zittern. *»Njet!«* flüsterte er leise.

»*Da*«, sagte Havelock. »Es gibt nur eins, womit Sie mich davon abhalten können. Sagen Sie mir, was an der Costa Brava geschehen ist.«

»Ich habe es Ihnen gesagt. Nichts.«

Michael senkte die schwere Magnum und schoß auf den Schenkel des Russen. Blut spritzte. Der Russe fing an zu schreien und sank zu Boden. Havelock packte ihn mit der linken Hand am Mund.

»Ich habe die Kniescheibe verfehlt. Diesmal werde ich sie treffen. Eine von beiden.« Er stand auf und richtete die Waffe nach unten.

»Nein! Nicht!« Der VKR-Agent wälzte sich zur Seite, umklammerte sein Bein. Es war gebrochen. »Ich werde Ihnen sagen, was ich weiß.«

»Ich werde merken, wenn Sie lügen. Mein Finger ist am Abzug, die Waffe ist auf Ihre rechte Hand gerichtet. Wenn Sie lügen, haben Sie keine mehr.«

»Was ich Ihnen gesagt habe, ist wirklich die Wahrheit. Wir waren in jener Nacht nicht an der Costa Brava.«

»Washington hat Ihren Code entschlüsselt. Ich habe ihn gesehen. Ich habe ihn geschickt!«

»Washington hat gar nichts entschlüsselt. Der Code ist sieben Tage vor der Nacht zum vierten Januar gelöscht worden. Selbst wenn Sie ihn geschickt und wir ihn akzeptiert hätten, hätten wir nicht reagiert. Das wäre praktisch unmöglich gewesen.«

»Warum?«

»Weil wir überhaupt nicht in der Nähe waren. Keiner von uns. Man hat uns weggeschickt.« Der Russe hustete schmerzerfüllt, sein Gesicht verzerrte sich. »In dem betreffenden Zeitabschnitt waren alle Aktivitäten abgesagt. Man hatte uns strikt untersagt, uns dem Montebello-Strand an der Costa Brava auf mehr als dreißig Kilometer zu nähern.«

»Lügner!«

»Nein«, sagte der VKR-Agent, der sein blutendes Bein an sich gezogen hatte, und Michael anstarrte. »Nein, ich lüge nicht. Das waren die Befehle aus Moskau.«

ZWEITES
BUCH

15

An diesem Abend regnete es in Washington. Ein böiger Wind trieb die Regentropfen schräg über den Himmel und behinderte die Sicht von Fußgängern und Autofahrern. Der Chauffeur am Steuer der Limousine, die die 14. Straße hinunter auf das Osttor des Weißen Hauses zurollte, war auch nicht immun gegen das blendende Licht der entgegenkommenden Fahrzeuge. Er trat ruckartig auf die Bremse und riß den Wagen herum, um einem Kleinwagen auszuweichen.

»Sorry, meine Herren«, sagte er, den Mund auf das Mikrofon der Sprechanlage gerichtet, die Augen auf dem Rückspiegel und der gläsernen Wand zugewandt, die ihn von seinen Fahrgästen trennte.

Keiner der beiden Männer gab Antwort. Es war, als ob sie ihn nicht gehört hätten, doch das blaue Lämpchen über der Sprechanlage leuchtete, was bedeutete, daß sie ihn sehr wohl verstanden hatten.

Das rote Licht brannte natürlich nicht; er konnte nichts von dem hören, was im Fond gesprochen wurde. Das rote Licht war nur eingeschaltet, wenn Anweisungen erteilt wurden. Zweimal am Tag wurde das System in der Werkstatt überprüft. Angeblich hatte man winzige Mikroschalter eingebaut, die sofort ein Signal auslösten, wenn jemand sich an dem Mechanismus zu schaffen machte. Die Männer, die in diesen großen Limousinen fuhren, hatten sie vom Präsidenten der Vereinigten Staaten zugewiesen bekommen; und ihre Chauffeure wurden ständig den härtesten Sicherheitsprüfungen unterzogen. Jeder Fahrer war als Leibwächter ausgebildet, hatte seine Standhaftigkeit bereits im Krieg bewiesen und gründliche Erfahrung im Guerillakrieg. Die Fahrzeuge waren für maximalen Schutz gebaut. Die Fenster hielten dem direkten Aufprall einer Kugel vom Kaliber 45 stand. An mehreren Punkten der Karosserie waren kleine Düsen eingebaut, die auf Schalterdruck verschiedene Arten von Gas verströmten. Ein Gas lähmte nur und wurde bei Krawallen eingesetzt, das andere war eine beinahe tödliche Dioxyd-Verbindung. Sie war für Terroristen bestimmt. Die Chauffeure hatten den strikten Auftrag: »Beschützt eure Passagiere notfalls mit eurem Leben.« Diese Männer waren die wichtigsten Geheimnisträger der Nation, und in Krisenzeiten waren sie die engsten Vertrauten des Präsidenten.

Der Fahrer sah auf die Uhr am Armaturenbrett. Es war 21.20 Uhr. Vor fast vier Stunden hatte er denselben Wagen in die Garage zurückgefahren und dort auf die Überprüfung der Elektronik gewartet, bevor er seinen Dienst beendet hatte. Fünfunddreißig Minuten später war er gerade im Begriff, in einem Restaurant sein Essen zu bestellen, als sein Piepser im Futteral, das er am Gürtel trug, das durchdringende Signal gab. Er hatte die Geheimnummer der Einsatzleitung angerufen und den Befehl erhalten, sich sofort zur Zentrale zu begeben. *Aquarius eins Notfall, Scorpio steigt ab.* Er verstand sofort die verschlüsselte Botschaft.

In der Zentrale erfuhr er, daß ein Kollege den Auftrag hatte, eine Adresse in Berwyn Heights, Maryland, aufzusuchen, während er nach Andrews fahren sollte, um dort die Ankunft von zwei Männern abzuwarten, die mit Militärmaschinen von zwei verschiedenen Inseln in der Karibik eingeflogen wurden. Ihre Flugpläne waren aufeinander abgestimmt worden; die Ankunftszeiten lagen nur fünfzehn Minuten auseinander.

Der jüngere der beiden Männer war als erster eingetroffen. Der Fahrer hatte ihn sofort erkannt; es war der Generalleutnant Malcomb Halyard. Der kahlköpfige Veteran hatte seine Laufbahn als Offizier in Frankreich begonnen, später hatte er Bataillone in Kaesong und Inchon befehligt und schließlich Armeen in Südostasien, wo der Fahrer ihn mehr als einmal in Da Nang gesehen hatte. Er war so etwas wie ein Sonderling in den oberen Rängen der Militärhierarchie; er hatte noch nie eine Pressekonferenz abgehalten, sehr wohl aber Fotografen aus Gegenden ferngehalten, in denen er eingesetzt war. Halyard galt als brillanter Taktiker. Er war einer der ersten, der vor dem Kongreß erklärte, es sei eine Idiotie, den aussichtslosen Krieg in Vietnam fortzusetzen. Aber offenbar war er der Ansicht, daß Soldaten eine andere Behandlung zuteil werden sollte als Politikern, Filmstars und Musikern.

Er mied die Öffentlichkeit mit derselben Hartnäckigkeit, mit der er auf dem Schlachtfeld um Terrain kämpfte. Wie es hieß, sagte diese Zurückhaltung dem Präsidenten zu.

Der pensionierte General war zu der Limousine geführt worden, hatte den Fahrer gegrüßt und dann wortlos im Fond gewartet. Der zweite Mann war zwölf Minuten später eingetroffen. Der Gegensatz zwischen ihm und Halyard war ebenso groß wie der zwischen einem Adler und einem Löwen, und beides waren hervorragende Vertreter ihrer Art. Addison Brooks war Rechtsanwalt gewesen, internationaler Bankier, Berater von Politikern, Botschafter. Er kam aus dem Establishment der Ostküste. Er besaß einen schlagfertigen Witz, der manchmal zynisch, meistens aber sanft und voll Mitgefühl war. Er hatte alle politischen Machtkämpfe und Intrigen mit derselben hartnäckigen Geschicklichkeit überlebt, die Halyard ebenfalls auszeichnete. Beide waren kompromißlos, wenn es um ihre Prinzipien ging; sonst aber verstanden sie es meisterhaft, sich neuen Realitäten anzupassen.

Der Chauffeur hatte den Botschafter schon einige Male gefahren und fühlte sich geschmeichelt, daß der alte Brooks sich seinen Namen gemerkt und immer irgendeine persönliche Bemerkung gemacht hatte: »Verdammt, Jack, nehmen Sie denn nie zu? Meine Frau verlangt immer, daß ich meinen Gin mit Fruchtsaft mische.« Das war eine glatte Übertreibung gewesen; der Botschafter war ein großer, schlanker Mann, und sein silbergraues Haar, die markanten Züge und der perfekt gestutzte graue Schnurrbart ließen ihn eher wie einen Engländer erscheinen.

Heute freilich hatte es in Andrews Field keine persönliche Begrüßung gegeben. Statt dessen hatte Brooks nur geistesabwesend genickt, als der Fahrer ihm die hintere Tür geöffnet hatte. Als er jedoch den General im Fond erkannt hatte, erstarrte er für einen Moment.

»Parsifal«, hatte der Botschafter mit leiser, ernster Stimme gesagt; das war die Begrüßung. Anschließend hatten sie mit ernster Miene miteinander gesprochen und sich dabei immer wieder angesehen, als stellten sie Fragen, die keiner von beiden beantworten konnte. Dann waren sie verstummt, oder zumindest schien es jedesmal so, wenn der Fahrer gerade in den Rückspiegel blickte. Worin auch immer die Krise bestehen mochte, die sie von einer Insel in der Karibik ins Weiße Haus geführt hatte, sie war jedenfalls von höchster Brisanz.

Der Fahrer der schwarzen Limousine bog von der Kenilworth Road in das Wohnviertel Berwyn Heights ein. Er war schon zweimal dort gewesen, deshalb hatte man ihn auch heute abend für die Route eingeteilt, obwohl er früher einmal die Bitte geäußert hatte, dem Staatssekretär Emory Bradford nicht mehr zugeteilt zu werden. Wenn ein Teil seines Auftrags darin bestand, Bradfords Leben zu schützen und dabei sein eigenes zu riskieren, so war er nicht sicher, ob er das tun, ja, ob er überhaupt dazu bereit sein würde. Vor fünfzehn Jahren war der kalte, analytische Emory Bradford ein typischer Vertreter jener jungen Pragmatiker gewesen, die auf dem Weg zur politischen Macht ihre Gegner links und rechts einfach niedergemacht hatten. Auch die Tragödie von Dallas hatte ihn in seinem Spurt nicht gebremst; nach reichlichen Tränen folgte schnell ein Prozeß der Anpassung. Die Nation war in Gefahr, und jene, denen die Fähigkeit gegeben war, die aggressive Natur des Kommunismus zu durchschauen, mußten zusammenstehen. Der schmallippige, emotionslose Bradford mit dem bleichen Gesicht wurde ein leidenschaftlicher Falke. Die »Domino-Theorie« hatte damals entscheidenden Einfluß auf die amerikanischen Außenpolitik.

Und ein ehrgeiziger Farmerssohn aus Idaho war dem Ruf gefolgt und wurde Soldat in Vietnam. Das war seine persönliche Reaktion auf die langhaarigen Studenten und Hippies, die Fahnen und Einberufungsbefehle verbrannten.

Im Dschungel mußte er miterleben, wie seinen Freunden die Köpfe weggeschossen wurden, die Gesichter, die Arme, die Beine. Er sah, wie Soldaten im feindlichen Feuer kehrtmachten und davonrannten, während ihre Offiziere Karabiner, Jeeps und ganze Lkw-Ladungen mit Lebensmitteln verkauften. Er begann zu begreifen, was allen so offenkundig war, nur Washington und dem Oberkommando in Saigon nicht.

Und dann geschah es. Der fanatische Falke Emory Bradford trat vor einen Senatsausschuß und verkündete der Nation, daß die brillanten Planer einen schlimmen Fehler begangen hätten. Er sprach sich für den sofortigen Rückzug aus Vietnam aus und erhielt eine stehende Ovation, während sich ein Farmerssohn aus Idaho verdammte Mühe gab, nicht als Kriegsgefangener zu sterben.

Nein, Mr. Bradford, für Sie werde ich mein Leben nicht riskieren. Nicht noch einmal.

Das große zweistöckige Kolonialhaus lag weit zurückgesetzt hinter der Einfahrt, davor eine gepflegte Rasenfläche, dahinter ein Swimmingpool und ein Tennisplatz. Angesichts dieser luxuriösen Verhältnisse fragte sich der Farmerssohn aus Idaho, wie sich der Herr Staatssekretär wohl in einem Flußkäfig voller Wasserratten im Mekongdelta verhalten würde. Wahrscheinlich vorbildlich!

Der Fahrer griff unter das Armaturenbrett und zog das Mikrofon an seiner Schnur heraus.

»Abraham Seven an Einsatz.«

»Bitte sprechen, Abraham Seven.«

»Zielpunkt erreicht. Bitte Ladung per Telefon anfordern.«

»Wird erledigt, Seven. Gutes Timing. Sie und Abraham Four müßten etwa um dieselbe Zeit ›Aquarius‹ erreichen.«

»Freut mich. Wir geben immer unser Bestes.«

Die drei fuhren gemeinsam mit dem Lift nach unten. Die zwei älteren Männer waren leicht überrascht, daß die Konferenz in einem der Strategieräume unter der Erde und nicht im Oval Office stattfinden sollte. Der Staatssekretär mit dem strengen Gesicht und der Aktentasche in der Hand schien den Grund zu verstehen. Diese Räume waren mit Computern und Projektoren ausgestattet, mit denen Bilder und Schautafeln auf eine große Leinwand geworfen wurden. Dazu mit direkten Leitungen, die das Weiße Haus mit allen wichtigen Leuten überall auf der Welt verbanden. Und doch war diese perfekte technische Ausrüstung für sich allein nutzlos, wenn es nicht zu einem Durchbruch aus der Krise kam. War er gekommen? Wenn ja, so ließ die Aufforderung des Präsidenten davon nichts erkennen. Statt dessen hatte man ihnen eher das Gegenteil zu verstehen gegeben. Die Losung »der Skorpion sinkt« kündigte eher eine Katastrophe an. Jeder verspürte die lastende Spannung, als sie die untere Etage erreichten und die Lifttür sich öffnete.

Präsident Charles Berquist begrüßte jeden einzeln mit knappen Worten. Das war nun mal seine Art. Der vierschrötige Mann aus Minnesota war keineswegs ein kühler Typ – hart in der Sache schon, sehr hart sogar, aber kaltschnäuzig war er nicht. Ungeduldig wies er auf den U-förmigen Konferenztisch am anderen Ende des Saals. Die vier Männer nahmen ihre gewohnten Plätze ein. Jeder hatte eine kleine Leselampe vor sich, deren Lichtkegel auf einen Notizblock gerichtet war. Addison Brooks saß rechts von Berquist, Halyard zur Linken des Präsidenten. Der Stuhl neben dem General blieb frei; dann folgte Emory Bradford. Er hatte sich absichtlich so plaziert, um besser zu allen drei sprechen zu können. Die meisten anstehenden Fragen nämlich galten Bradford, der auch im wesentlichen die Mitarbeiter verhören würde, die später in den Raum gerufen werden sollten. Zwischen dem U-förmigen Tisch und der Leinwand stand noch ein kleiner, rechteckiger Tisch mit zwei Drehstühlen, so daß jeder, der auf ihnen saß, sich herumdrehen und die Dias betrachten konnte.

»Sie sehen müde aus, *Mr. President*«, sagte Brooks, als alle saßen.

»Ich bin auch müde«, erwiderte Berquist. »Es tut mir leid, daß ich Sie und Mal aus der Karibik in dieses scheußliche Wetter zurückholen mußte.«

»Das Wetter wird unser geringstes Problem sein«, meinte Halyard.

»Ich fürchte, Sie haben recht.« Der Präsident drückte einen Knopf, der links von ihm am Tisch angebracht war. »Das erste Dia, bitte.« Die Deckenbeleuchtung verlosch, nur die Leselampen blieben eingeschaltet, und auf einer Leinwand am Ende des Saals erschienen die Fotografien von vier Männern. »Kennen Sie irgendeinen dieser Männer?« fragte Berquist und fügte schnell hinzu: »Die Frage gilt nicht für Emory. Er kennt sie.«

Addison Brooks antwortete als erster. »Der Mann rechts oben heißt Stern. David oder Daniel mit Vornamen. Er sitzt im Außenministerium, nicht wahr? Ein Europaspezialist, sehr intelligent, ein guter Mann.«

»Ja«, bestätigte Berquist. »Wie steht's mit Ihnen, Mal? Erkennen Sie jemanden dort vorne?«

»Ich bin nicht sicher«, sagte der pensionierte General und musterte die Leinwand mit zusammengekniffenen Augen. »Der eine rechts unten, ich glaube, ich habe den schon einmal gesehen.«

»Stimmt«, warf Bradford ein. »Er war einige Zeit im Pentagon.«

»Ich komme nicht auf seinen Rang.«

»Er ist kein Offizier, sondern Arzt; er hat vor mehreren Ausschüssen über die Kriegsgefangenenprobleme ausgesagt. Sie saßen in zwei oder drei dieser Ausschüsse.«

»Ja, natürlich, jetzt erinnere ich mich. Er ist Psychiater.«

»Einer der führenden Experten zum Thema Streßverhalten«, ergänzte Bradford und beobachtete dabei die zwei alten Männer.

»Streßverhalten?« wiederholte der Botschafter.

Halyard beugte sich vor. »Besteht da ein Zusammenhang?« fragte er den jüngeren Mann.

»Zu Parsifal?«

»Was, zum Teufel, meine ich wohl sonst?«

»Ja, aber das ist nicht der Punkt.«

»Sondern?« fragte Brooks argwöhnisch.

»Millers Spezialfach. Paul Miller heißt er. Wir glauben nicht, daß seine Verbindung mit Parsifal etwas mit seinen Streßstudien zu tun hat.«

»Gott sei Dank«, murmelte der General.

»Weiter«, drängte der alte Diplomat, und seine Stimme klang ungeduldig.

»Darf ich, *Mr. President?*« fragte Bradford, und Berquist nickte. Der Staatssekretär wandte sich den Fotos auf der Leinwand zu. »Die zwei Männer links oben und unten sind John Phillip Ogilvie und Victor Alan Dawson.«

»Dawson ist Anwalt«, unterbrach ihn Addison Brooks. »Ich bin ihm nie begegnet, aber einige Schriftsätze habe ich von ihm gelesen. Ein brillanter Kopf bei internationalen Vertragsverhandlungen. Er hat einfach ein Gespür für juristische Nuancen.«

»Ogilvie«, fuhr Bradford fort, »war fast zwanzig Jahre lang Geheimagent, einer der erfahrensten Taktiker für Untergrundoperationen.«

Die Tatsache, daß Bradford die Vergangenheitsform benutzte, entging den zwei Beamten nicht. Sie sahen einander an, wobei ihre Blikke notwendigerweise die von Präsident Berquist kreuzten. Der Mann aus Minnesota nickte. »Alle sind tot«, sagte der Präsident und strich sich mit der rechten Hand über die Augenbrauen. »Ogilvie ist vor vier Tagen in Rom umgekommen – eine fehlgeleitete Kugel. Bei den drei anderen handelt es sich nicht um Unfälle; sie sind hier getötet worden. Dawson und Stern zusammen, Miller zwanzig Meilen von hier entfernt zum selben Zeitpunkt.«

Der silberhaarige Botschafter blickte auf die Leinwand. »Vier Männer«, sagte er nachdenklich. »Einer davon Experte für europäische Politik, der nächste ein Jurist, der fast ausschließlich mit internationalem Recht befaßt war; der dritte ein ehemaliger Geheimagent mit umfangreichem taktischem Wissen; der vierte ein Psychiater, der als führender Spezialist für Streßverhalten anerkannt war.«

»Ein seltsames Quartett«, schloß der General.

»Sie hatten alle miteinander zu tun, Mal«, sagte Brooks. »Schon vor Parsifal. Habe ich recht, *Mr. President?*«

»Emory soll uns die näheren Umstände erklären«, antwortete Berquist. »Schließlich muß er mit dem Problem fertigwerden.«

»Diese Männer waren die Strategen der Operationsplanung in Europa.«

»Costa Brava!« platzte der Botschafter heraus.

»Sie haben nachgeforscht und uns gefunden«, sagte Halyard mit zornigem Blick. »Und sie haben dafür bezahlt.«

»Ja«, sagte Bradford. »Aber wir wissen nicht, wie es geschehen ist.«

»Wie sie getötet worden sind?« fragte der General ungläubig.

»Das wissen wir«, erwiderte der Staatssekretär. »Auf sehr professionelle Weise.«

»Was verstehen Sie denn nicht?« Brooks war sichtlich verärgert.

»Die Verbindung mit Parsifal.«

»Aber Sie sagten doch gerade, daß es eine Verbindung gab«, insistierte Brooks. »Stimmt das nun oder nicht?«

»Es muß eine geben. Wir können sie uns nur nicht erklären.«

»Ich kann Ihnen nicht folgen«, sagte Halyard.

»Fangen Sie ganz vorne an, Emory«, schaltete sich der Präsident ein. »In Rom.«

Bradford nickte. »Vor fünf Tagen erhielten die Strategen ein Telegramm von unserem Verbindungsmann in der Botschaft in Rom, von einem Lieutenant Colonel Baylor – Deckname Brown.«

»Larry Baylor?«

»Ja, General.«

»Ein verdammt guter Offizier.«

»Colonel Baylor ist Schwarzer, Mr. Brooks.«

»Offensichtlich, Mr. Bradford.«

»Herrgott, Emory . . .«

»Ja, *Mr. President* . . . Baylors Telegramm bezog sich auf ein Zusammentreffen, das er mit . . .« – Bradford zögerte, den Namen auszusprechen – » . . . Michael Havelock hatte.«

»Costa Brava«, murmelte der General leise.

»Parsifal«, fügte Brooks hinzu und fuhr dann fort, wobei aus jedem Wort ein Protest klang. »Aber Havelock wurde ausgeschaltet. Nach seinem Ausscheiden hat man jeden seiner Schritte beobachtet. Man hat uns versichert, daß da nichts war, absolut nichts.«

»Weniger als nichts«, stimmte der Mann aus dem Außenministerium ihm bei. »Er hat unter Umständen, die wir kontrolliert haben, eine Stelle als Dozent angenommen – eine Gastprofessur an der Concord-Universität in New Hampshire. Praktisch war er völlig draußen, und wir hatten es wieder mit dem ursprünglichen Szenarium zu tun.«

»Und was hat Havelocks Rolle verändert?« fragte Halyard.

Wieder hielt Bradford inne, wieder merkte man sein Zögern.

»Die Karras«, sagte er leise. »Sie ist wieder aufgetaucht; er hat sie gesehen. In Rom.«

Das Schweigen am Tisch verdeutlichte den Schock der Männer. Die Gesichter von Brooks und Halyard verhärteten sich. Ihre bohrenden Blicke nahm der Staatssekretär ungerührt hin.

Schließlich sagte Brooks: »Wann ist das geschehen?«

»Vor zehn Tagen.«

»Warum hat man uns nicht informiert, *Mr. President?*« fragte Brooks vorwurfsvoll, ohne den Blick von Emory Bradford zu wenden.

»Ganz einfach«, erwiderte der Staatssekretär, ehe der Präsident etwas sagen konnte. »Weil ich nicht informiert war.«

»Das reicht mir nicht als Entschuldigung.«

»Mir auch nicht«, fügte der General mit scharfer Stimme hinzu. »Was, zum Teufel, haben Sie hier für eine Organisation?«

»Eine äußerst effiziente, die auf das reagiert, was man ihr liefert. Vielleicht war sie in diesem Fall zu effizient, hat zu sensibel reagiert.«

»Erklären Sie das«, befahl Halyard.

»Diese vier Männer«, sagte Bradford und wies auf die Fotos auf der Leinwand, »waren ohne jeden Zweifel überzeugt, daß die Karras an der Costa Brava getötet worden war. Wie konnten sie auch anders denken? Wir haben alles durchgespielt – bis ins kleinste Detail. Nichts blieb der Spekulation überlassen. Havelock war Zeuge ihres Todes, der später noch durch blutbesudelte Kleidungsstücke bestätigt wurde. Wir wollten, daß niemand ihren Tod in Frage stellt, am allerwenigsten Havelock selbst.«

»Aber sie ist wieder aufgetaucht«, beharrte Halyard. »Sie sagen, er hätte sie gesehen. Ich nehme an, daß diese Information in Colonel Baylors Telegramm enthalten war.«

»Ja.«

»Warum ist das nicht sofort gemeldet worden?« wollte Brooks wissen.

»Weil sie es nicht geglaubt haben«, antwortete Bradford. »Sie dachten, Havelock wäre verrückt und litte unter Halluzinationen. Sie schickten Ogilvie nach Rom, was für sich schon ungewöhnlich war und deutlich machte, wie ernst sie die Situation einschätzten. Brown bestätigte es. Er sagte, Ogilvie hätte ihm erzählt, Havelock hätte durchgedreht, würde Dinge sehen, die nicht existierten. Seine Halluzinationen seien von tiefen, latenten Gefühlen der Feindseligkeit ausgelöst und von dem Druck, dem er jahrelang ausgesetzt war. Er ist einfach explodiert; das zumindest war es, was Ogilvie andeutete.«

»Das wäre auch Millers Ansicht gewesen«, unterbrach der Präsident. »Wenn man einmal darüber nachdenkt, ist das eigentlich auch der einzige Schluß, den er ziehen konnte.«

»Havelocks Verhalten verschlechterte sich«, fuhr der Staatssekretär fort. »Er drohte, frühere Operationen zu verraten, was uns nicht nur hier in Washington, sondern in ganz Europa kompromittiert hätte, wenn man ihm nicht Erklärungen geliefert hätte. Er sandte sogar entsprechende Telegramme ab, um zu zeigen, wozu er fähig war. Die Strategen nahmen ihn sehr ernst. Ogilvie war in Rom, um Havelock entweder zurückzuholen ... oder ihn zu töten.«

»Statt dessen wurde er selbst getötet«, sagte der General lapidar.

»Ja, auf tragische Weise. Colonel Baylor beobachtete Ogilvies Zusammentreffen mit Havelock auf dem Palatin-Hügel. Es kam zu einer Auseinandersetzung zwischen den beiden. Und als Havelock mit der Pistole auf ihn losging, schoß Baylor, wie er es darstellt, in dem Augenblick, als er glaubte, Havelock würde Ogilvie töten. Es steht alles in Baylors Bericht, der Ihnen natürlich zugänglich ist.«

Halyard sah Bradford an. »Wenn das Larry Baylors Worte sind, brauche ich den Bericht nicht zu lesen. Wie verdaut er denn die ganze Sache? Dieser Bursche macht nicht gern Fehler.«

»Er ist an der rechten Hand schwer verwundet. Das wird seine Aktivitäten einschränken.«

»Werfen Sie ihn bloß nicht raus, das wäre ein Fehler. Setzen Sie ihn hinter einen Schreibtisch.«

»Ich werde es dem Pentagon empfehlen, General.«

»Könnten wir wieder zum Thema zurückkommen?« fragte Brooks. »Ich begreife immer noch nicht, weshalb diese Männer Baylors Information nicht weitergaben, geschweige denn die Motive Havelocks für seine darauffolgenden Telegramme. Übrigens, wie störend waren sie denn?«

»Alarmierend wäre der bessere Begriff. In einem hieß es, im Weißen Haus hätte sich ein sowjetischer Agent eingenistet. Ein weiteres Telegramm ging an den Untersuchungsausschuß des Kongresses; darin behauptete er, beim CIA in Amsterdam gäbe es Korruptionen. In beiden Fällen hat der Gebrauch der Chiffre und die Nennung von Namen in Amsterdam den Einzelheiten eine gewisse Glaubwürdigkeit verliehen.«

»Und steckte Substanz dahinter?« bohrte Halyard weiter.

»Überhaupt keine. Aber die Reaktionen waren unangenehm. Die Strategen wußten, daß sie noch schlimmer werden konnten.«

»Ein Grund mehr, weshalb sie Havelocks Motive hätten erklären sollen«, beharrte Brooks.

»Vielleicht haben sie das«, antwortete Bradford mit leiser Stimme. »Gegenüber irgend jemandem. Darauf kommen wir noch.«

»Weshalb sind die vier Männer getötet worden?« fragte Halyard. »Welche Verbindung besteht da zu Parsifal?« Der General senkte die Stimme. »Zur Costa Brava?«

»Es gab kein ›Costa Brava‹, bis wir das erfunden haben, Mal«, erklärte der Präsident. »Aber ich denke, das sollte ebenfalls in der richtigen Reihenfolge dargestellt werden. Nur so können wir den Zusammenhang herausfinden . . . wenn es überhaupt einen gibt.«

»Es hätte nie geschehen dürfen«, warf Brooks ein. »Wir hatten nicht das Recht dazu.«

»Wir hatten keine andere Wahl«, entgegnete Bradford und lehnte sich vor. »Matthias hat den Fall gegen die Karras aufgebaut, das wissen wir. Seine Absicht, soweit wir das feststellen können, war es, Havelock aus dem Dienst zu entfernen, aber wir konnten darin nie sicher sein. Ihre Freundschaft war sehr tief und reicht Jahre zurück, und die

Verbindungen zwischen den Familien waren noch enger. War Havelock Teil von Matthias' Plan oder nicht? War er ein bereitwilliger Mitspieler, der seine Befehle befolgte und vorgab, das zu tun, was andere für völlig verständlich halten würden, oder war er das unwissende Opfer einer schrecklichen Manipulation? Wir mußten es herausfinden.«

»Wir haben es herausgefunden«, fügte Addison Brooks unwirsch hinzu. »In der Klinik in Virginia bei der Schlußuntersuchung haben die Ärzte alle Mittel eingesetzt; er wußte buchstäblich nichts. Wie Sie schon sagten, wir befanden uns wieder im ursprünglichen Szenarium und tappten völlig im dunkeln. Warum wollte Matthias ihn draußen haben? Das ist die unbeantwortete, vielleicht jetzt gar nicht beantwortbare Frage. Als wir das begriffen, hätten wir ihm die Wahrheit sagen sollen.«

»Das konnten wir nicht.« Der Staatssekretär lehnte sich im Sessel zurück. »Jenna Karras war verschwunden; wir hatten keine Ahnung, ob sie lebte oder tot war. Unter den gegebenen Umständen hätte er Fragen gestellt, die nur hier in einem Kreis wie diesem gestellt werden dürfen.«

»Fragen«, fügte der Präsident der Vereinigten Staaten hinzu, »die, wenn sie bekannt würden, die Welt in wenigen Stunden in einen Atomkrieg treiben würden.«

Beklommenes Schweigen machte sich im Raum breit.

»Es gibt jemanden, den Sie unbedingt kennenlernen sollten«, sagte Emory Bradford schließlich. »Ich ließ ihn von einem Alpenpaß, der sich Col des Moulinets nennt, hierher fliegen. Er kommt aus Rom.«

»Ein nuklearer Krieg«, wiederholte der Präsident und drückte den Knopf auf dem riesigen, geschwungenen Schreibtisch, und die Leinwand verdunkelte sich.

16

Havelock hängte den Telefonhörer ein, strich zwei weitere Namen auf der Liste durch und verließ das schäbige Café am Montmartre. Kein Gespräch dauerte länger als neunzig Sekunden. Zu leicht konnte man mit elektronischen Ortungsgeräten seinen Standort feststellen, und das in wenigen Minuten. Und falls irgendeiner der Apparate, die er anrief, mit der Telefonanlage in der amerikanischen Botschaft verbunden war, hätte er ebensogut gleich den Pariser Verbindungsmann des CIA anrufen und die Zeit für seine eigene Exekution festsetzen können. Er hatte die Hälfte der Liste abgehakt, die restlichen Namen würde er später erledigen.

Es war fast 21 Uhr. Gleich wollte er sich mit Gravet in einer Seitengasse der Rue Norvins treffen. Der Kunstkritiker hatte den Nachmittag damit verbracht, mit all denen Kontakt aufzunehmen, die vielleicht etwas über Jenna Karras wußten.

Michael hatte sich wieder seine Kleidung aus einem Schließfach der Metro geholt, die wichtigsten Toilettenartikel, einen Notizblock und einen Kugelschreiber gekauft und sich in einem billigen Hotel, gleich um die Ecke von ›La Couronne Nouvelle‹, ein Zimmer genommen. Seine Überlegung dabei war, daß der verwundete VKR-Agent nicht daran denken würde, seine Killer gleich um die Ecke zu schikken, da er Michael sicher nicht gerade dort vermuten würde. Nachdem Havelock sich rasiert und gebadet hatte, versuchte er jeden Augenblick in sein Gedächtnis zurückzurufen, den er und Jenna miteinander in Paris geteilt hatten: wohin sie gegangen waren, was sie gesehen, mit wem sie gesprochen hatten, alles in der chronologischen Folge. Schließlich hatte jedes Gesicht, das irgendeine Bedeutung hatte, einen Namen, oder Michael erinnerte sich zumindest an jemanden, der ihn . . . oder sie . . . kannte.

Und jeden Namen, der ihm einfiel, notierte er sich. Eine halbe Stunde später war die Liste komplett – d. h. so komplett, wie sein Erinnerungsvermögen das zuließ.

Als er dann schließlich nach einem erholsamen Schlaf die ersten Namen anrief, erzählte er jedesmal dieselbe Geschichte: Er hätte sich mit Jenna am Mittag in der Meurice-Bar treffen sollen; sie seien beide aus verschiedenen Städten mit dem Flugzeug nach Paris gekommen, aber seine Maschine hätte sich um mehrere Stunden verspätet. Und da Jenna den Namen der betreffenden Person häufig erwähnt hätte, wollte er sich erkundigen, ob sie sich vielleicht dort gemeldet hätte, um sich in einer Stadt, die sie kaum kannte, eine ortskundige Begleitung für den Nachmittag zu suchen.

Die meisten waren leicht überrascht, von Havelock zu hören, besonders, wo es so beiläufig geschah – und noch überraschter, daß Jenna Karras sich an ihren Namen erinnert hatte. Im großen und ganzen waren sie nämlich nur oberflächlich mit ihr bekannt. Aber in keinem einzigen Fall verspürte er auch nur das geringste Zögern oder eine verdächtige Nervosität in der Stimme. Achtzehn Namen – und kein Hinweis auf Jenna. Wo hielt sie sich versteckt?

Er erreichte die Rue Ravignon und begann den steilen Aufstieg zum Montmartre-Hügel. Die Seitengasse von der Rue Norvins, die Gravet ihm geschildert hatte, lag unmittelbar vor der engen Rue des Saules. Sie war finster und menschenleer. Die Besucher des Montmartre wußten schon, warum man sie besser mied. Ein Überfall auf dem heiligen Berg der Märtyrer unterschied sich nur wenig von einem Schlag mit einem gummiumwickelten Eisenrohr in Soho oder St. Pauli. Als Havelock in die Gasse bog, tastete seine rechte Hand instinktiv nach seinem Gürtel, wo die Magnum steckte. Gravet hatte sich verspätet, eine Unhöflichkeit, die ganz untypisch für den Kritiker war. Was war geschehen?

Michael lehnte sich gegen eine Mauer und zündete sich eine Zigarette an. Nervös sog er den Rauch ein und wartete.

Von der Rue Norvins drang plötzlich heftiger Lärm in den dunklen Durchgang, als zwei Männer sich in die Haare gerieten. Eine hochgewachsene, schlanke Gestalt stand aufrecht da, einen Augenblick lang unbewegt, und ihren Lippen entströmte ein Schwall französischer Schimpfworte. Der viel jüngere, untersetzte Widersacher machte ein paar zynische Bemerkungen über die Vorfahren des Älteren und ging weiter. Der andere strich sich angewidert die Revers glatt, bog nach links und trat in die Gasse. Gravet war eingetroffen.

»*Merde!*« stieß der Kritiker aus, als er Havelock aus dem Schatten hervortreten sah. »Diese dreckigen Typen in ihren schmuddeligen Parkas! Bei denen weiß man nie, woran man ist. Deshalb auch meine Verspätung.«

»Sind doch nur ein paar Minuten.«

»Ich wollte schon vor einer halben Stunde in der Rue Norvins sein, um mich zu vergewissern, daß Ihnen niemand gefolgt ist.«

»Man ist mir nicht gefolgt.«

»Ja, Sie würden das merken, nicht wahr?«

»Ganz gewiß. Was hat Sie aufgehalten?«

»Ein junger Mann, den ich mir herangezogen habe. Er arbeitet in den Katakomben des Quai d'Orsay.«

»Sind Sie ehrlich!«

»Und Sie verstehen das falsch.« Gravet trat an die Wand und blickte nach rechts und links, zu den beiden Ausgängen der Gasse. Erst dann fuhr er fort: »Seit Sie nach Ihrem Besuch im ›Couronne Nouvelle‹ angerufen haben, war ich mit jeder Person in Verbindung, die vielleicht etwas über eine einsame Frau in Paris wissen könnte, die

Unterschlupf oder Papiere oder eine Transportmöglichkeit sucht, und niemand konnte helfen. Selbst in den Italienervierteln habe ich mich umgesehen, weil ich dachte, ihre Begleiter vom Col des Moulinets hätten ihr vielleicht ein oder zwei Adressen gegeben. Auch Fehlanzeige. Und dann kam ich darauf. Vielleicht suchte eine Frau wie sie auf ganz legalem Weg Hilfe, ohne notwendigerweise ihre eigenen Motive zu offenbaren. Schließlich war sie eine erfahrene Agentin. Sie muß doch bestimmte Personen in Regierungskreisen kennen, und sei es nur durch die Verbindung mit Ihnen.«

»Der Quai d'Orsay.«

»*Naturellement*. Aber in den Katakomben. Wo es ganz bestimmt ohne Kenntnis der Öffentlichkeit gewisse Einrichtungen für Sie gab.«

»Wenn so etwas tatsächlich existieren sollte, so weiß ich nichts davon. Ich hatte gelegentlich mit einer Anzahl von Leuten in den Ministerien zu tun, aber von den Katakomben habe ich nie gehört.«

»Das britische Außenministerium nennt sie die *Clearing Centers*. Ihr State Department in Washington hat eine weniger subtile Bezeichnung für sie: Abteilung für diplomatischen Transfer.«

»Immunität«, sagte Havelock. »Haben Sie etwas gefunden?«

»Mein junger Freund hat die letzten paar Stunden damit verbracht, der Sache nachzugehen. Ich hatte ihm gesagt, daß es nur um eine kurze Zeitspanne ginge. Wenn etwas geschehen war, so konnte das nur heute gewesen sein. Also kehrte er nach dem Mittagessen unter irgendeinem Vorwand in seine kleine Höhle zurück und blätterte die Sicherheitsduplikate des Tages durch. Er glaubt, etwas gefunden zu haben, er ist jedoch nicht sicher. Aber Sie könnten vielleicht die Verbindung herstellen.«

»Um was dreht es sich?«

»Um Viertel vor elf heute morgen traf dort eine schriftliche Anforderung vom *Ministère des Affaires Étrangères* ein, das sofort die Identität der folgenden Person wissen wollte: weiblich, weiße Hautfarbe, Anfang Dreißig, Sprachen: Slawisch, Russisch, Serbokroatisch. Nun ist mir klar, daß es Dutzende . . .«

»Welche Abteilung im Ministerium?« unterbrach ihn Havelock.

»Die Abteilung vier.«

»Régine Broussac«, sagte Havelock. »Madame Régine Broussac, Leiterin der Sektion vier.«

»Da haben wir die Verbindung. Das ist der Name und die Unterschrift auf der Anforderung.«

»Sie steht an vorletzter Stelle auf meiner Namensliste. Wir haben sie – ich habe sie vor beinahe einem Jahr kurz auf der Straße getroffen. Das gibt keinen Sinn; die Broussac kennt sie kaum, eigentlich gar nicht.«

»Waren die äußeren Umstände Ihres Zusammentreffens vor einem Jahr von besonderer Art?«

»Ich denke schon. Einer ihrer Leute war ein Doppelagent in der französischen Botschaft in Bonn. Er flog regelmäßig über Schönefeld in den Osten. Wir fanden ihn auf der falschen Seite von Berlin. Bei einer Sitzung des Staatssicherheitsdienstes.«

»Nun, da würde ich schon von besonderer Art sprechen.« Gravet hielt inne, löste die Hände voneinander. »Diese Broussac ist doch schon älter, nicht wahr? Vor Jahren eine Heldin der Résistance?«

»Sie und ihr Mann, ja. Die Gestapo hat ihn erwischt; was man von ihm noch gefunden hat, war nicht gerade angenehm.«

»Aber sie hat weitergemacht.«

»Ja.«

»Haben Sie Ihrer Freundin vielleicht davon erzählt?«

Havelock überlegte, während er an seiner Zigarette sog. »Wahrscheinlich. Régine ist nicht leicht zu nehmen; sie ist sehr impulsiv. Es gibt eine Menge Leute, die sie als bösartig bezeichnen.«

»Dann lassen Sie mich noch eine Frage stellen, obwohl ich glaube, die Antwort zu kennen.« Der Kritiker faltete erneut die Hände. »Was hat denn Ihre Freundin dazu veranlaßt, ein solches Leben zu leben, wie sie es mit Ihnen verbracht hat und offenbar auch schon vor Ihnen?«

»Neunzehnhundertachtundsechzig«, erwiderte Havelock ausdruckslos.

»Meinen Sie die Invasion der Warschauer Pakt-Staaten in der Tschechoslowakei?«

»Ja. Ihre Eltern waren damals schon tot, und sie lebte mit ihren zwei älteren Brüdern in Ostrava, einer davon war verheiratet. Beide waren Dubček-Anhänger; der jüngere war Student, der ältere Ingenieur. Das Novotný-Regime hatte ihm jede vernünftige Arbeit verboten. Als die Panzer kamen, wurde der jüngere Bruder auf der Straße getötet und der ältere zum ›Verhör‹ geschleppt. Nachher war er ein Krüppel auf Lebenszeit. Er jagte sich eine Kugel durch den Kopf, und seine Frau verschwand. Jenna reiste nach Prag, wo niemand sie kannte, und ging dort in den Untergrund. Sie wußte, an wen sie herantreten mußte, und kannte ihre Ziele.«

Gravet nickte, sein feingeschnittenes Gesicht wirkte in der schwachen Beleuchtung nachdenklich. »Die Menschen, die das tun, was

Sie tun, unauffällig und effizient, sie alle haben unterschiedliche Lebensläufe, und doch sind sie alle vom gleichen Trauma geprägt: von Gewalt, von schmerzhaften Verlusten. Und in ihrem ›Beruf‹ rächen sie sich für die erlittenen Demütigungen.«

»Was haben Sie denn erwartet? Nur Ideologen können es sich leisten, ihre Überzeugung hinauszuschreien; wir beschäftigen uns meistens mit anderen Dingen. Deshalb schickt man uns immer zuerst. Es gehört nicht viel dazu, uns effizient zu machen.«

»Oder sich untereinander zu kennen, stelle ich mir vor.«

»Unter gewissen Umständen ja. Worauf wollen Sie hinaus?«

»Die Broussac. Ihre Freundin von der Costa Brava hat sich an sie erinnert. Eine solche Frau vergißt eine Frau nicht, die weitergemacht hat, nachdem sie alles verloren hatte.«

»Das hat sie offensichtlich, es wäre mir nur nie in den Sinn gekommen.« Havelock nickte stumm. »Sie haben recht. Danke, daß Sie mich darauf gebracht haben. Natürlich hat sie sich erinnert.«

»Seien Sie vorsichtig, Michael.«

»In welcher Hinsicht?«

»Ich denke an die mögliche Rache. Zwischen den beiden Frauen muß eine gewisse Sympathie bestehen. Sie könnte Sie Ihren eigenen Leuten ausliefern, Sie in die Falle locken.«

»Ich werde genauso vorsichtig sein wie sie. Was können Sie mir sonst noch über den Aktenvermerk sagen? War ein Zielort erwähnt?«

»Nein. Sie könnte überall hingehen. Das Außenministerium wird die Entscheidung treffen und geheimhalten.«

»Und wie steht es mit ihren Decknamen?«

»Das konnte mein junger Freund nicht in Erfahrung bringen, wenigstens nicht heute abend. Vielleicht kann er sich morgen Zugang zu den Akten verschaffen, die vorhin bereits eingeschlossen waren.«

»Zu spät. Sie ist bestimmt schon mit einem gefälschten Paß auf dem Weg ins Ausland. Ich muß schnell handeln.«

»Und wenn auch. In zwölf Stunden können wir vielleicht den Namen ausfindig machen. Dann rufen Sie die Fluggesellschaften an. Und die sehen sich ihre Passagierlisten durch. Dann wissen Sie, wohin sie geflogen ist.«

»Das reicht mir nicht. Wenn die Broussac das für Jenna getan hat, wird sie ihr auch weiterhelfen. Sie würde sie nicht auf sich allein gestellt irgendwo in einem Flughafen lassen. Sie hat sicher einiges arrangiert. Ich muß wissen, was.«

»Und Sie glauben, daß sie es Ihnen sagen wird?«

»Das muß sie.« Havelock knöpfte seine Jacke zu und klappte das

Revers hoch. Ein kühler Wind wehte durch die Gasse. »Sie muß es mir sagen, so oder so. Danke, Gravet, ich stehe in Ihrer Schuld.«

»Ja, das tun Sie.«

»Ich werde die Broussac heute abend aufsuchen und morgen abreisen. In einer Pariser Bank habe ich einen Safe gemietet; ich werde ihn leeren und dort einen Umschlag für Sie hinterlassen. Nennen Sie es eine Teilzahlung. Es handelt sich um die Banque Germaine in der Avenue Georges Cinq.«

»Das ist sehr aufmerksam, aber nicht unbedingt ratsam. Ich bin bei aller Bescheidenheit doch ein recht bekannter Mann und muß in meinen Beziehungen sehr vorsichtig sein. Jemand in der Bank könnte mich kennen.«

»Sie brauchen Ihren Namen nicht zu nennen. Sagen Sie nur, der ›Herr aus Texas‹ hätte einen Umschlag für Sie hinterlassen. Wenn es Ihnen lieber ist, können Sie ja sagen, Sie wären mir nie begegnet. Ich soll für einen anonymen Käufer in Houston ein Gemälde erwerben.«

»Und wenn es Komplikationen gibt?«

»Es wird keine geben. Sie wissen, wo ich heute abend hingehe, und können daraus auch ermitteln, wo ich morgen sein werde.«

»Wir sind eben beide Profis, nicht wahr, Michael?«

»Ich würde es auch nicht anders haben wollen. Das ist einfacher so.« Havelock streckte die Hand aus. »Nochmals vielen Dank. Sie wissen, wie sehr Sie mir geholfen haben.«

»Das mit dem Umschlag ist nicht unbedingt nötig«, sagte Gravet, während er Michael die Hand schüttelte. »Vielleicht brauchen Sie das Geld, meine Ausgaben waren außerdem minimal. Sie können das nächste Mal zahlen, wenn Sie wieder in Paris sind.«

»Versuchen Sie nicht, die Regeln zu ändern, wir haben zu lange nach diesen Regeln gelebt. Aber Ihr Vertrauen ehrt mich trotzdem.«

»Sie waren immer ein fairer Mann. Ich verstehe nichts von diesem Geschäft. Warum sind gerade Sie in diese Sache verwickelt?«

»Ich wünschte, ich wüßte das.«

»Das ist doch der Schlüssel, nicht wahr? Etwas, das Sie wissen.«

»Wenn das der Schlüssel ist, so habe ich nicht die leiseste Ahnung, was es sein könnte. Leben Sie wohl, Gravet.«

»*Non, au revoir*. Ich will den Umschlag wirklich nicht haben, Mikhail. Kommen Sie wieder nach Paris. Sie stehen in meiner Schuld.« Der Franzose drehte sich um und ging die Gasse hinunter.

Es hatte keinen Sinn, Régine Broussac gegenüber Ausflüchte zu gebrauchen, sie würde ihn sofort durchschauen und nicht an einen Zufall glauben. Ihr andererseits den Vorteil zu überlassen, den Treffpunkt zu bestimmen, wäre genauso falsch gewesen; sie würde das Viertel mit Leuten umstellen, die nicht auf der Gehaltsliste des Quai d'Orsay standen. Die Broussac war clever genug, um zu wissen, wann sie die Regierung einzuschalten hatte und wann nicht. Und je nachdem, was Jenna ihr gesagt hatte, würde sie vielleicht der Ansicht sein, daß eher inoffizielle Methoden angebracht waren, um mit dem ehemaligen, aus dem Gleichgewicht geratenen amerikanischen Agenten fertigzuwerden. Havelock begriff, daß er die Broussac allein sehen mußte; und um das zu erreichen, mußte er sie überzeugen, daß er nicht gefährlich war – nicht für sie – und über Informationen verfügte, die besonders wertvoll sein konnten.

Ein seltsamer Gedanke kam ihm, als er die endlosen Stufen vom Montmartre hinunterging. Er war selbst auf der Suche nach der Wahrheit und würde der Französin einen Teil der Wahrheit, soweit sie ihm bereits bewußt war, mitteilen, aber nicht alles. Lügner verdrehten die Wahrheit, und es konnte sein, daß Régine Broussac auf sie hörte. Sie stand im Pariser Telefonbuch. In der Rue Losserand wohnte sie.

». . . Ich habe Ihnen noch nie falsche Informationen geliefert, und das wird auch heute nicht anders sein. Damit Sie sich selbst ein Bild machen können, sollten Sie unter irgendeinem Namen aus dem Quai d'Orsay die amerikanische Botschaft anrufen. Erkundigen Sie sich nach meinem Status. Sagen Sie, ich hätte Sie irgendwo aus dem Süden angerufen und wolle mich mit Ihnen treffen. Als Mitarbeiterin einer befreundeten Regierung können Sie ohne weiteres Instruktionen erbitten. Ich rufe Sie in zehn Minuten zurück . . . nicht von diesem Apparat aus, natürlich.«

»Natürlich. In zehn Minuten.«

»Régine?«

»Ja?«

»Denken Sie an Bonn.«

Havelock ging weiter in Richtung Süden zur Plâce Berlioz und sah dabei immer wieder auf die Uhr, weil er die vereinbarten zehn Minuten um weitere fünf bis sieben verlängern wollte. Wenn man einen Rückruf unter Umständen wie diesen hinauszögerte, so führte das oft dazu, daß der Empfänger mehr sagte, als er eigentlich sagen wollte.

Havelocks Anruf war seit neun Minuten überfällig, als er wieder in eine Telefonzelle trat und Régine Broussacs Nummer wählte.

»Ja?« Ihre Stimme war bereits nach dem ersten Klingeln zu hören. Sie war nervös; inzwischen hatte sie die Botschaft erreicht.

»Haben Sie mit dem Attaché gesprochen?«

»Sie haben sich verspätet. Sie sagten, zehn Minuten.«

»Haben Sie mit ihm gesprochen?«

»Ja. Ich will mich mit Ihnen treffen. Kommen Sie so schnell wie möglich in meine Wohnung.«

»Sorry. Ich rufe Sie in ein paar Minuten zurück.«

»Havelock!«

Er legte auf, verließ die Zelle und hielt auf der Straße nach einem freien Taxi Ausschau.

Fünfundzwanzig Minuten später stand er in einem Telefonhäuschen.

»Ja!«

»Nehmen Sie die Metro bis zur Station Bercy, und gehen Sie am Ausgang der Straße rechts hinunter, bis Sie zu einer Reihe von Lagerhäusern gelangen. Dort werde ich auf Sie warten. Kommen Sie allein, ich werde merken, wenn jemand bei Ihnen ist. Wenn Sie nicht allein sind, zeige ich mich nicht.«

»Das ist lächerlich! Eine Frau allein nachts in Bercy!«

»Wenn um die Zeit jemand dort ist, warne ich ihn vor Ihnen.«

»Eine Unverschämtheit! Was denken Sie sich überhaupt?«

»Ich erinnere mich daran, was vor einem Jahr auf einer anderen Straße geschehen ist«, sagte Michael. »In Bonn.«

Er legte den Hörer auf die Gabel und unterbrach die Verbindung. Die Gegend war verlassen, die Lagerhäuser lagen im Dunkeln, die Straßen waren nur schwach beleuchtet. Stunde und Ort waren günstig für ein ungestörtes Gespräch. Und im Gegensatz zu einem Café oder einem Park gab es hier nur wenige Stellen, wo sich ein unbekannter Beobachter verbergen konnte. Die wenigen Bewohner des Viertels, die aus der Metrostation kamen, ließen sich gut beobachten, und ein Zögern oder ein plötzliches Verschwinden würde ihm sofort auffallen. Aber der größte Vorteil lag natürlich darin, sich bereits an dem verabredeten Treffpunkt zu befinden. Er verließ die Zelle und überquerte den Boulevard de Bercy.

Auf der anderen Straßenseite standen zwei Lkws hintereinander vor einer Laderampe. Er versteckte sich zwischen den beiden Fahrzeugen, von wo er die Straße nach beiden Seiten ungehindert überblicken konnte. Régine Broussac würde kommen, denn sie war außerstande, dem Köder, den er ausgeworfen hatte, zu widerstehen. Elfmal hörte er das gedämpfte Poltern der Untergrundbahn und spürte, wie die Asphaltdecke der Straße vibrierte. Und als der unterirdische Donner wieder begann, sah er, wie ihre kleinwüchsige gedrungene Gestalt aus dem Treppenschacht auf die schwach beleuchtete Straße hinaustrat. Vor ihr ging ein Paar; Michael musterte es sorgfältig. Sie bogen nach links, um das schmiedeeiserne Gitter des Eingangs herum, weg von den Lkws und den Lagerschuppen. Régine ging weiter, ihr Gang war der einer Bäuerin, und ihren Kopf mit dem kurzgeschnittenen grauen Haar drehte sie bei jedem auffälligen Geräusch langsam und widerstrebend, zweifelnd, ob das Geräusch nun echt war oder nur eingebildet. Sie passierte eine Straßenlaterne, und Havelock erinnerte sich wieder; ihre lederne Haut war ebenso grau wie ihr Haar und von tiefen Falten durchfurcht. Die großen blauen Augen in dem runzeligen Gesicht waren häufig umwölkt.

Als sie durch das Licht in die Dunkelheit trat, erinnerte sich Havelock an Gravets Worte. Gewalt, Schmerz, Verlust – Régine Broussac hatte das alles durchlebt und überlebt und war jetzt gegen jedermann mißtrauisch. Sie genoß die geheimen Vollmachten, mit denen ihre Regierung sie ausgestattet hatte; das half ihr, mit der belastenden Vergangenheit besser fertigzuwerden. Michael begriff das; schließlich war sie vom gleichen Schlag wie er und die anderen.

Jetzt kam sie an der Stelle vorbei, wo er stand. Er rief leise zwischen den Lkws hinaus: »Régine.«

Sie blieb stehen, ohne den Kopf zur Seite zu wenden. »Ist es nötig, eine Waffe auf mich zu richten?« fragte sie.

»Ich habe keine Waffe auf Sie gerichtet. Ich habe eine, aber ich halte sie nicht in der Hand.«

»Bien!« Die Broussac fuhr herum, die Handtasche hoch erhoben. Eine Explosion blies ein Loch durch den Stoff der Tasche, Beton und Stein zerplatzten vor Havelocks Füßen, Splitter schrammten seine Haut im Gesicht auf. »Für das, was Sie Jenna Karras angetan haben!« schrie die alte Frau, und ihr graues Gesicht war verzerrt. »Keine Bewegung! Ein Schritt, und Sie haben ein Loch in der Kehle!«

»Was tun Sie da?«

»Was haben Sie getan? Für wen arbeiten Sie denn jetzt?«

»Für mich selbst, verdammt. Für mich und Jenna!« Havelock hob beschwichtigend die Hand, aber Régine Broussac blieb ungerührt.

Eine zweite Explosion brach aus der zerfetzten Tasche hervor; die Kugel streifte über seine Handfläche, prallte von der Karosserie des Lastwagens und sirrte durch die Luft.

»Arrêtez! Wenn es sein muß, liefere ich auch eine Leiche und keinen Lebenden ab, vielleicht in Ihrem Fall noch lieber, *cochon.«*

»Wem wollen Sie mich ausliefern?«

»Sie sagten, Sie würden mich in ein paar Minuten anrufen. Waren das nicht Ihre Worte? Nun, in ein paar Minuten werden ein paar Kollegen von mir hier sein. Dann fahren wir zu einem Haus aufs Land, und dort werden wir ein kleines Verhör mit Ihnen abhalten. Und dann liefern wir Sie ›Gabriel‹ aus. Die sind ganz scharf auf Sie. Die haben Sie als sehr gefährlich beschrieben; mehr brauchte ich nicht zu wissen, zusätzlich zu dem, was ich schon wußte.«

»Aber doch nicht für Sie bin ich gefährlich, nur für die!«

»Wofür halten Sie mich eigentlich?«

»Sie haben Jenna gesehen. Ihr geholfen . . .«

»Ich habe sie gesehen und ihr zugehört. Und die Wahrheit erfahren.«

»Das, was sie für die Wahrheit hält, ist nicht die wirkliche Wahrheit! Hören Sie mir zu! Hören Sie auf mich!«

»Sie kommen schon noch zum Reden, unter den richtigen Umständen. Sie wissen genau wie ich, was das für Umstände sein werden.«

»Ich brauche keine Psychopharmaka, Sie Miststück! Sie werden nichts anderes aus mir herauskriegen.«

»Wir werden planmäßig vorgehen«, sagte die Broussac und zog die Hand mit der Waffe aus der zerfetzten Handtasche. »Kommen Sie raus«, fuhr sie fort und winkte mit der Waffe. »Sie stehen im Dunkeln, das gefällt mir nicht.«

Natürlich gefiel ihr das nicht, dachte Havelock und sah, wie die alte Frau blinzelte. So wie viele ältere Leute sah auch sie bei Nacht nicht sehr gut. Er mußte dafür sorgen, daß sie weiterredete.

»Sie glauben, die amerikanische Botschaft wird das tolerieren, was Sie tun?« sagte Michael und trat zwischen den Lastwagen hervor.

»Es wird deswegen keinen internationalen Zwischenfall geben; wir hatten keine andere Wahl, als Sie auszuschalten. Um in Ihren Worten zu sprechen, Sie sind gefährlich.«

»Das wird man nicht akzeptieren, und das wissen Sie auch.«

»Die werden keine andere Wahl haben. ›Gabriel‹ ist informiert worden, daß ein ehemaliger amerikanischer Abwehragent, ein Spezialist für Geheimoperationen, versuchen könnte, einen Beamten des Quai d'Orsay zu kompromittieren. Die erwartete Konfrontation wird dreißig Kilometer außerhalb von Paris stattfinden, in der Nähe von Argenteuil. Die Amerikaner sind gebeten worden, ein Fahrzeug mit bewaffneten Leuten in der Nähe zu postieren. Für Sprechfunkkontakt ist gesorgt. Wir werden ein amerikanisches Problem an die Amerikaner übergeben . . . sobald wir erfahren haben, worum es bei dem

Erpressungsversuch geht. Wir schützen nur die Interessen unserer Regierung.«

»Herrgott, sind Sie gründlich.«

»Allerdings. Ich habe schon vorher Männer Ihres Schlags gekannt. Und Frauen auch; wir haben ihnen gewöhnlich die Haare abrasiert. Ich verachte Sie.«

»Wegen dem, was Jenna Ihnen gesagt hat?«

»Genau wie Sie weiß ich, ob man mir die Wahrheit gesagt hat. Sie hat nicht gelogen.«

»Richtig. Weil sie das alles glaubt . . . ebenso wie ich es einmal geglaubt habe. Und ich hatte unrecht, genauso wie sie jetzt. Man hat uns beide benutzt.«

»Ihre eigenen Leute? Zu welchem Zweck?«

»Das weiß ich nicht.«

Sie lauerte auf die Antwort. Sie konnte nicht anders, ihre Neugierde war geweckt.

»Warum, meinen Sie, bin ich wohl an sie herangetreten? Herrgott, wenn ich über die Mittel verfügte, um Sie zu finden, hätte ich Sie doch auch übergehen können. Ich brauche Sie nicht, Régine. Ich hätte auch ohne Sie das erfahren können, was ich wissen wollte. Ich habe Sie angerufen, weil ich Ihnen vertraut habe.«

Die Französin blinzelte. »Sie werden schon noch Gelegenheit zum Reden haben . . . unter den richtigen Voraussetzungen.«

»Tun Sie das nicht!« rief Michael und trat einen kurzen Schritt vor. Sie schoß nicht. »Jetzt haben Sie alles in Bewegung gesetzt und müssen mich übergeben. Man wird Sie dazu zwingen. Ihre Freunde werden darauf bestehen. Die werden nicht mit Ihnen untergehen, ganz gleich, was Sie von mir hören . . . unter den richtigen Umständen!«

»Warum sollten wir untergehen?«

»Weil man die Botschaft belogen hat. Das haben Leute getan, die ganz weit oben stehen!«

Die Augen der alten Frau gingen jetzt ganz schnell auf und zu. Sie hatte nicht geschossen, als er sich vor ein paar Sekunden bewegt hatte.

Jetzt!

Havelock machte einen Satz nach vorn, den rechten Arm ausgestreckt, starr, so gerade wie eine Eisenstange, die linke Hand unter dem Handgelenk. Er fegte die Waffe beiseite, als eine dritte Explosion durch die verlassene Straße hallte. Seine linke Hand packte den Lauf, riß ihr die Pistole weg und schmetterte die Frau mit dem Rükken gegen die Mauer des Lagerhauses.

»Cochon! Traître!« schrie die Broussac. Ihr graues Gesicht verzerr-

te sich zu einer Fratze. »Töten Sie mich doch. Von mir erfahren Sie nichts!«

Er preßte den Unterarm gegen ihren Hals, die Waffe in der Hand. »Ich kann Sie nicht zwingen, mir das zu geben, was ich will. Régine«, sagte er keuchend. »Verstehen Sie nicht? Sie müssen es mir geben.«

»Nichts werde ich für Sie tun! Welche Terroristen haben Sie gekauft? Araberschweine? Fanatische Israelis? Die Brigate Rosse? Wer will das, was Sie anzubieten haben? Sie wußte Bescheid. Sie hat es herausgefunden. Und Sie müssen sie töten! Bringen Sie zuerst mich um, Sie Verräter!«

Langsam lockerte Havelock den Druck seines Arms und rückte langsam von ihr ab. Er nahm das Risiko nicht ohne Überlegung auf sich. Auf der anderen Seite kannte er Régine Broussac. Schließlich war sie eine von ihnen. Er zog den Arm weg und blickte in ihre Augen.

»Ich habe niemanden verraten, nur mich selbst«, begann er. »Und durch mich einen Menschen, den ich sehr liebe. Mir war es ernst mit dem, was ich sagte. Ich kann Sie nicht dazu zwingen, mir das zu sagen, was ich wissen muß. Unter anderem könnten Sie mich zu leicht belügen, und dann wäre ich wieder da, wo ich vor zehn Tagen war. Wenn ich sie nicht finden kann, ist das vielleicht egal. Ich weiß, was ich getan habe, und der Gedanke daran bringt mich fast um. Ich liebe sie . . . Ich brauche sie. Ich glaube, wir beide brauchen uns, mehr als alles andere in der Welt.« Er hob die Waffe mit der linken Hand und griff mit der rechten nach dem Lauf. Er hielt sie ihr hin. »Sie haben dreimal geschossen; im Magazin sind noch vier Kugeln.«

Régine Broussac stand unbewegt da und musterte sein Gesicht, seine Augen. Sie nahm die Pistole und richtete sie auf seinen Kopf, während ihr prüfender Blick nicht von ihm wich. Schließlich lösten sich ihre Züge, und Staunen trat an die Stelle von Feindseligkeit. Langsam ließ sie die Waffe sinken. *»C'est incroyable«,* flüsterte sie. »Dann ist das doch die Wahrheit.«

»Die Wahrheit.«

Régine sah auf die Uhr. »*Vite!* Wir müssen hier weg! Meine Leute sind in ein paar Minuten hier. Sie werden alles absuchen.«

»Wohin? Hier sind keine Taxis . . .«

»Die Metro«, unterbrach die Frau. »Wir fahren bis zur Station Rochereau. Dort ist ein kleiner Park, wo wir reden können.«

»Was werden Sie Ihren Leuten sagen?«

»Daß ich nur prüfen wollte, ob sie ihr Handwerk verstehen«, sagte die alte Frau und griff nach seinem Arm. »Daß ich sehen wollte, wie sie in einer konkreten Situation reagieren. Das ist plausibel genug.«

»Und die Botschaft?«

»Ich weiß; dazu muß ich mir etwas einfallen lassen.«

»Es könnte doch sein, daß ich überhaupt nicht aufgetaucht bin.«

»Merci.«

In dem kleinen Park in Denfert Rochereau säumten ein paar steinerne Bänke und gestutzte Bäume die Rasenfläche, und ein Kiesweg führte rings um ein Becken mit einem Springbrunnen in der Mitte. Die einzige Lichtquelle war eine zehn Meter entfernte Straßenlaterne, deren Schein von den Zweigen gefiltert wurde. Sie setzten sich nebeneinander auf eine Bank und fröstelten in der kühlen Nachtluft.

Michael berichtete der Frau, was er an der Costa Brava gesehen – und nicht gesehen – hatte. Dann mußte er die Frage stellen: »Hat sie Ihnen gesagt, was geschehen ist?«

»Man hatte sie gewarnt, sie aufgefordert, gewissen Instruktionen zu folgen.«

»Wer?«

»Ein hoher Regierungsbeamter aus Washington.«

»Wie konnte sie ihm Glauben schenken?«

»Ein Mann, der sich als Leiter der *Consular Operations* in Madrid auswies, hat sie mit ihm zusammengebracht.«

»Welche Instruktionen hat sie erhalten?«

»Sie sollte sich in der Nacht mit einem Mann treffen und Barcelona mit ihm verlassen.«

»Hat sie das getan?«

»Nein.«

»Warum nicht?«

»Sie geriet in Panik. In ihren Worten gesprochen: Alles war für sie zusammengebrochen. Sie hatte das Gefühl, niemandem mehr vertrauen zu können. Also floh sie.«

»Gott sei Dank. Ich weiß nicht, wer an der Costa Brava getötet wurde, aber es hätte Jenna sein sollen. In gewisser Weise macht es die ganze Geschichte noch widerlicher. Wer war die ahnungslose Frau? Als plötzlich auf sie geschossen wurde, muß sie gewußt haben, daß sie sterben würde. Was für Menschen sind das nur, die zu einem so kaltblütigen Mord fähig sind?«

»Das finden Sie in Madrid heraus über den Attaché von *Consular Operations.*«

»Das kann ich nicht. Es gibt nämlich gar keine *Cons-Op*-Einheit in Madrid. Der Standort ist vielmehr Lissabon.«

Régine sah ihn einen Augenblick lang schweigend an. »Was geht hier vor, Michael?«

Havelock blickte zu dem Springbrunnen hinüber. Der Wasserstrahl wurde dünner, sank in sich zusammen, erstarb; irgendwo drehte jemand an einem Hahn, schaltete den Brunnen für den Rest der Nacht ab. »An exponierter Stelle in meiner Regierung sind abgefeimte Lügner am Werk. Sie sind in Machtbereiche eingedrungen, die ich bisher für uneinnehmbar hielt. Sie kontrollieren, töten, lügen. Und jemand in Moskau arbeitet mit ihnen zusammen.«

»Moskau? Sind Sie sicher?«

»Absolut. Ich glaube den Worten eines Mannes, der keine Angst hatte zu sterben, aber sich davor fürchtete, so zu leben, wie er zwangsläufig nach meiner Prophezeiung leben mußte. Jemand in Moskau – jemand, von dem die Kontrolleute des KGB nichts wissen – steht mit den Lügnern in Washington in Verbindung.«

»Zu welchem Zweck? Um Ihre Glaubwürdigkeit zu zerstören und Sie dann zu töten? Um irgend etwas, was Sie in letzter Zeit geleistet haben, unwirksam zu machen, indem man den Ruf eines toten Mannes schlechtmacht?«

»Es geht nicht um mich; ich bin nur ein Teil des Ganzen. Vorher war ich nicht wichtig; aber jetzt bin ich es.« Havelock wandte den Kopf und sah Régine Broussac an. »Weil ich Jenna gesehen habe, weil ich herausgefunden habe, daß sie lebt. Jetzt müssen sie mich töten. Und Jenna auch.«

»Warum? Sie waren der Beste!«

»Ich weiß es nicht. Ich weiß nur, daß ich an der Costa Brava nach der Antwort suchen muß. Dort fing das alles für Jenna und mich an . . . dort sollte es enden.«

»Jetzt ist sie es, die seelisch vor die Hunde geht. Mich wundert, daß sie überhaupt noch so funktionieren kann. Sie ist wirklich eine erstaunliche Frau.« Régine hielt inne. Die Fontäne des Springbrunnens war in sich zusammengesunken, jetzt rann das Wasser nur noch über die Schale in das Becken. »Sie hat Sie geliebt, das wissen Sie.«

»Ist das Vergangenheit?«

»O ja. Wir alle lernen, neue Realitäten zu akzeptieren, nicht wahr? Wir verstehen uns besser darauf als die meisten Menschen, denn wir sind es gewohnt, plötzlich mit einer veränderten Situation konfrontiert zu sein. Wir suchen dauernd den Verrat in anderen. Und die ganze Zeit werden wir selbst auf die Probe gestellt. Unsere Feinde sind darauf aus, uns zu einem falschen Schritt zu verführen. Manchmal haben wir Erfolg, manchmal die anderen. Das ist die Wirklichkeit.«

»Die Sinnlosigkeit«, korrigierte Havelock.

»Sie sind zu philosophisch für dieses Geschäft.«

»Deshalb bin ich ausgestiegen.« Michael wandte den Blick von ihr. »Am Col des Moulinets habe ich ihr Gesicht im Fenster des Flugzeugs gesehen. Es war schrecklich.«

»Ganz bestimmt war es das. So etwas passiert. An die Stelle von Liebe tritt Haß. Das ist in solchen Fällen die einzige Möglichkeit, sich zu schützen. Sie wird Sie töten, wenn sie kann.«

»O Gott . . .« Havelock lehnte sich auf der Bank nach vorne, die Ellbogen auf den Knien, das Kinn auf die Hände gestützt. »Ich liebe sie so. Ich habe sie auch noch in jener Nacht geliebt, als ich glaubte, sie zu töten. Ich wußte, daß mich die schrecklichen Bilder an der Costa Brava mein Leben lang verfolgen würden: wie sie um ihr Leben rannte und in den Sand fiel. Es drängte mich, zum Strand hinunterzugehen und sie festzuhalten, ihr zu sagen, daß die ganze Welt eine Lüge ist. Etwas in mir versuchte mich zu warnen, daß mit uns schreckliche Dinge geschähen; aber ich war zu verletzt, um meinem Instinkt zu folgen. Und ich brachte es nicht fertig, die Wahrheit zu hören, die sie herausschrie!«

»Sie waren in einer Krise«, sagte Régine leise und berührte ihn am Arm. »Nach allem, was Sie als Profi gelernt hatten, mußten Sie so handeln.«

Michael drehte den Kopf herum und sah sie an. »Warum war ich nicht ich selbst?« fragte er. »Warum habe ich nicht auf meine innere Stimme gehört?«

»Wir können unserem Instinkt nicht immer vertrauen, Michael. Das wissen Sie.«

»Ich weiß, daß ich sie liebe . . . sie liebte, als ich dachte, ich würde sie hassen. Wissen Sie, warum ich das weiß?«

»Warum, *mon cher?*«

»Weil ich keine Befriedigung empfand zu siegen, nicht die geringste. Nur Ekel und Trauer erfüllten mich.«

»Und an dem Punkt sind Sie ausgestiegen, nicht wahr? Das hatten wir gehört; aber es zu glauben, fiel mir schwer. Jetzt verstehe ich es. Sie haben sie sehr geliebt. Es tut mir wirklich leid für Sie, Michael.«

Havelock schüttelte den Kopf und schloß die Augen. Die Dunkelheit tat ihm gut. Schließlich schlug er die Augen wieder auf und blickte auf die stille Wasseroberfläche vor ihnen. »Was ist in Barcelona mit ihr geschehen? Erzählen Sie mir, was sie Ihnen gesagt hat.«

»Sie kann nicht verstehen, was geschehen ist. Haben die Sowjets sie tatsächlich gekauft, oder hat Washington ihre Exekution befohlen? Das ist ein Rätsel für sie. Sie hat Spanien verlassen und ist nach Italien gereist. Dort hat sie die Leute aufgesucht, von denen sie glaubte, sie könne ihnen vertrauen und bei ihnen Hilfe oder Unterschlupf finden. Aber da waren immer die gleichen Fragen: Wo Sie wären? Weshalb sie allein wäre und nicht mit Ihnen zusammen? Zuerst hatte sie Angst davor, die ehrliche Antwort zu geben, und später, als sie es doch wagte, glaubte ihr niemand. Dann hatte sie jedesmal das Gefühl, sie müsse wieder fliehen. Sie war überzeugt, daß diese Leute Sie kontakten würden und Sie daraufhin ihre Verfolgung aufnehmen würden. Sie lebt mit dem Alptraum, daß Sie hinter ihr her sind, sie jagen. Und als sie einmal für kurze Zeit Unterschlupf gefunden hatte, tauchte ein Russe auf, jemand, den Sie beide in Prag kannten, ein KGB-Agent. Zufall? Wer konnte das sagen? Sie floh weiter, nachdem sie ihrem Arbeitgeber eine beträchtliche Geldsumme gestohlen hatte.«

»Das erklärt einiges. Ich hatte mich schon gefragt, wie sie es fertiggebracht hat, aus Italien herauszukommen, die Grenze zu überqueren und Paris zu erreichen. So etwas kostet viel Geld.«

Régine Broussac schmunzelte. »Sie hat darüber gelacht; es war gut, daß sie lachen konnte, Michael. Verstehen Sie, wie ich das meine? Ein paar Minuten war sie wie ein kleines Mädchen, das sich an einen Streich erinnert, den es jemandem gespielt hat.«

»Ich höre ihr Lachen im Schlaf . . . wenn ich nicht ihre Schreie höre. Sie lachte gerne; es war für sie eine Erleichterung, etwas, das ihr normalerweise nicht erlaubt war und sie um so mehr genoß, wenn es geschah.« Er hielt inne, seine Augen waren wieder auf den Brunnen fixiert. »Wie hat sie das Geld gestohlen? Wo?«

»In Mailand.«

»Mailand wimmelt von Sowjets. Wen sie auch getroffen haben mag, es muß ein Zufall gewesen sein . . . Entschuldigen Sie, was ist dort geschehen?«

»Sie arbeitete in dem riesigen Buch- und Zeitschriftenladen an der Piazza del Duomo. Kennen Sie das Geschäft?«

»Ich bin schon daran vorbeigelaufen.«

»Sie bekam die Stelle wegen ihrer Sprachkenntnisse. Sie hat sich das Haar gefärbt und sich eine Brille zugelegt. Aber mit ihrer Figur machte sie ihren Chef ganz verrückt. Der widerliche Kerl lud sie immer wieder in sein Büro ein und betatschte sie und machte ihr eindeutige Angebote. Eines Tages, gegen Mittag, kam der Russe in ihren Laden; sie erkannte ihn und wußte, daß sie fliehen mußte. Sie hatte Angst, daß er mit Ihnen in Verbindung stünde, daß Sie dort nach ihr suchen könnten. In der Mittagspause hat sie den Geschäftsinhaber in seinem Büro buchstäblich attackiert und behauptet, sie könne nicht länger warten, mit ihm zu schlafen. Allerdings würde ihr ein kleines Darlehen den Entschluß, bis zum Letzten zu gehen, wesentlich erleichtern. Als es soweit gekommen war, hatte sie bereits ihre Bluse ausgezogen und die Brieftasche des Mannes unter einem Sessel versteckt. Einem Schlaganfall nahe, sperrte der Idiot seinen Safe auf, in dem der Kasseneingang von ein paar Tagen lagerte. Als unser schwitzender geiler Bock den Safe geöffnet hatte und Jenna den Büstenhalter ablegte, blätterte er ihr mit zitternden Händen ein paar tausend Lire hin. Da schlug sie ihm eine Schreibtischlampe über den Schädel und räumte den Safe leer, überrascht von den hohen Beträgen.«

»Jetzt verstehe ich«, sagte Michael und nickte mit dem Kopf.

»Die nächste Stunde benutzte sie dazu, ihre Sachen einzusammeln und sich die Farbe aus dem Haar zu waschen. Schließlich wußte sie ja, daß über kurz oder lang bei der Polizei eine Anzeige eingehen würde. Dann mischte sie sich am Bahnhof von Mailand unter die Menschen dort.«

»Am Bahnhof?« Michael lehnte sich auf der Bank zurück und sah Régine an. »Der Zug! Sie nahm den Zug nach Rom! Und dort habe ich sie am Bahnsteig gesehen!«

»Diesen Augenblick wird sie nie vergessen. Sie standen da und starrten sie an. Für Jenna waren Sie der Mann, der sie dazu gezwungen hatte unterzutauchen, zu fliehen, der sie veranlaßt hatte, ihr Aussehen zu ändern. Der Mensch, den sie am meisten fürchtete, hatte sie aufgespürt und erkannt.«

»Wenn der Schock mich nicht so gelähmt hätte, wenn ich schneller reagiert hätte, wäre vieles völlig anders gelaufen.« Michael legte den Kopf in den Nacken und bedeckte sein Gesicht mit den Händen. »O Gott, so nahe waren wir! Ich habe ihr zugerufen, geschrien, aber sie verschwand. Ich habe sie in der Menge verloren; sie hat mich nicht gehört – sie wollte mich nicht hören.« Havelock nahm die Hände vom Gesicht und beugte sich vor. »Und dann kam Civitavecchia. Hat sie Ihnen davon erzählt?«

»Ja. Dort hat sie gesehen, wie ein verrücktes Tier sie auf einem Pier zu töten versuchte ...«

»Das war doch gar nicht sie! Wie konnte sie glauben, daß ich das dachte? Herrgott, es war eine abgewrackte Hafenhure!« Michael riß sich zusammen, es war sinnlos, die Kontrolle über sich zu verlieren.

»Sie hat gesehen, was sie sah«, sagte die alte Frau leise. »Sie konnte nicht ahnen, was Sie dachten.«

»Woher wußte sie denn, daß ich nach Civitavecchia fahren würde? Dort sagte mir ein Mann, sie hätte gedacht, ich würde die Taxifahrer befragen. Das habe ich nicht.«

»Vergessen Sie nicht, daß Sie selbst ihr beigebracht haben, wie man ein Land am besten ungesehen verläßt: nämlich in den frühen Morgenstunden per Schiff. Es gibt immer jemanden, der einem einen Platz auf einem Frachter verschafft. Sie hat Leute im Zug gefragt und sich als Frau eines polnischen Matrosen ausgegeben, der auf einem Frachter Dienst macht. Die Leute sind nicht dumm, sie begriffen; wieder ein Ehepaar, das in den Westen geflohen war. Versuchen sie es in Civitavecchia, rieten sie ihr. Sie nahm an, Sie würden vielleicht zu demselben Schluß kommen, und so traf sie die nötigen Vorkehrungen. Sie hatte recht; Sie kamen.«

»Auf einem anderen Weg«, sagte Havelock.

»Egal, Sie richtete es jedenfalls so ein, daß sie Sie beobachten konnte. Wie gesagt, sie ist wirklich eine bewundernswerte Frau. Bei all dem Druck, bei all der Belastung so zu handeln, wie sie es getan hat, ohne in Panik zu geraten, ist schon erstaunlich. Ich glaube, Sie waren ein hervorragender Lehrmeister, Michael.«

»Sie hatte zehn Jahre Ausbildung hinter sich, als ich sie kennenlernte. Sie konnte mir eine Menge beibringen ... und hat es auch getan. Ich weiß, Sie haben ihr einen neuen Paß und Diplomatenstatus verschafft. Wohin ging sie? Was haben Sie arrangiert?«

»Wie haben Sie das erfahren?«

»Zwingen Sie mich nicht, die Summe zu bezahlen, die ich dem Informanten schulde. Erlauben Sie mir statt dessen, ihn zu Ihnen zu schicken. Nutzen Sie seine Beziehungen und Kenntnisse.«

»Einverstanden. Ich habe Bonn nicht vergessen.«

»Wohin ist sie gegangen?«

»An den sichersten Ort auf der Welt, abgesehen von ein paar abgelegenen Pazifikinseln; in die Vereinigten Staaten.«

Havelock starrte die alte Frau erstaunt an. »Wie haben Sie das herausbekommen?«

»Ich habe mir die Geheimtelegramme Ihres State Department angesehen und nachgeschaut, ob Jenna Karras erwähnt war. Das war einmal der Fall. In einem Telex vom zehnten Januar wurden kurz die Ereignisse an der Costa Brava geschildert. Sie wurde als Doppelagentin beschrieben, die in Spanien in die tödliche Falle gegangen war. Ihr Tod wurde durch forensische Untersuchung blutbefleckter Kleider bestätigt. Die Akte war zur Zufriedenheit der *Consular Operations* abgeschlossen.«

»Wie einfach ist doch so was«, sagte Michael zynisch.

»Das war natürlich alles andere als plausibel. Indizienbeweise können auf Irrtümern basieren, aber ein forensisches Labor muß mit Material arbeiten. Und doch konnten sie das unmöglich getan haben. Jenna Karras war nicht nur sehr lebendig, als sie in meinem Büro saß, sie war auch nie an jenem Strand an der Costa Brava gewesen. Die gerichtsmedizinische Bestätigung dafür war daher eine Lüge. Jemand wollte, daß die Lüge als Wahrheit akzeptiert wurde.« Régine Broussac hielt kurz inne. »Ich nahm an, dieser Jemand wären Sie gewesen. Exekution planmäßig vollzogen. Wenn die Sowjets Sie gekauft hatten, konnten sie dann einen besseren Beweis für Jennas Tod haben als das State Department? Und wenn Sie Instruktionen aus Washington ausgeführt hatten, durften Sie nicht zulassen, daß man dort glaubte, Sie hätten Ihren Auftrag nicht erfülllt.«

»Im Lichte dessen, was sie Ihnen gesagt hat, kann ich das verstehen, aber Sie haben meine Frage immer noch nicht beantwortet. Warum haben Sie Jenna in die Staaten geschickt?«

»Die Suche nach ihr – und jetzt auch nach Ihnen – konzentriert sich auf Europa. Rom, der Mittelmeerraum, Paris, London . . . Bonn. Die Route weist nach Norden, man vermutet das Ziel im Ostblock. Das ist der Bereich, auf den sie sich konzentrieren, wo man die Agenten bereitgestellt und Quellen und Kontakte aktiviert hat.«

»Wann ist sie abgereist?«

»Gestern nachmittag. Sie ist mit der Air France nach New York geflogen, mit Diplomatenstatus und einem makellosen Decknamen.«

»Und welches sind die nächsten Schritte?«

»Sie soll einen Mann aufsuchen. Er wird die weiteren Arrangements treffen.«

»Régine. Bald verliere ich den Verstand. Jenna zu finden, ist jetzt greifbar nahe. Helfen Sie mir! Wen soll sie kontakten?«

»Sie stellen eine Menge Fragen, Michael. Wenn ich Ihre Bitte erfüllen soll, müßte ich einen Schwur brechen und damit rechnen, einen wertvollen Mann zu verlieren.«

»Ich könnte sie verlieren! Schauen Sie mich an, und sagen Sie mir, ich würde nicht das gleiche für Sie tun! Wenn es sich um Ihren Mann handeln würde und ich wäre bei ihm gewesen, als die Gestapo ihn holte, meinen Sie, ich hätte nicht geholfen?«

Régine Broussac schloß kurz die Augen, so als hätten seine Worte sie getroffen. »Sie sind meinem Mann sehr ähnlich . . . Ja, Sie hätten geholfen.«

»Bringen Sie mich aus Paris raus. Sofort! Bitte!«

Die Frau schwieg einen Augenblick lang und musterte sein Gesicht. »Es wäre besser, wenn Sie das selbst übernehmen. Ich weiß, daß Sie es können.«

»Dabei würden Tage draufgehen. Ich kann keine Zeit mehr verlieren. Mit jeder Stunde wird ihr Vorsprung größer. Sie könnte für immer verschwinden.«

»Also gut. Sie fliegen morgen mittag mit der Concorde nach New York, als Franzose und Mitglied der UNO-Delegation.«

»Danke. Und jetzt der Mittelsmann. Wer ist er?«

»Ich werde ihn verständigen, aber vielleicht wird er es vorziehen, Ihnen gar nichts zu sagen.«

»Verständigen Sie ihn. Wer ist es?«

»Ein Mann namens Handelman, Jacob Handelman. Er lehrt an der Columbia-Universität.«

17

Der Mann, der auf jeder Wange einen Streifen Heftpflaster hatte, saß an dem kleinen Tisch vor dem Podest in dem unterirdischen Strategieraum des Weißen Hauses. Die zwei braunen Streifen riefen auf dem kantigen Gesicht des Mannes einen makabren Effekt hervor. Das Fleisch war straff, von Nähten unter dem Pflaster festgehalten. Seine Mimik wirkte irgendwie mechanisch, und seine gedämpften, monotonen Antworten auf die Fragen verstärkten das Bild eines Mannes, der noch nicht ganz wiederhergestellt war, sich aber äußerste Mühe gab, sich unter Kontrolle zu halten. In Wahrheit hatte er Angst. Vor fünfunddreißig Minuten, als die Runde, die ihm gegenübersaß, vollständig war, hätte er noch mehr Angst gehabt. Bevor der CIA-Agent, der die Ereignisse am Mol des Moulinets miterlebt hatte, hereingerufen worden war, hatte sich der Präsident der Vereinigten Staaten entfernt. Nun beobachtete er das Geschehen aus einem Raum hinter dem Podest durch eine beschichtete Glasscheibe, die von der Wand nicht zu unterscheiden war. Nebenan wurden Worte ausgesprochen, die in seiner Gegenwart nicht gesagt werden konnten; er war nie unmittelbar zugegen, wenn von Befehlen für einen Einsatz auf einem Alpenpaß die Rede war, die unter der Prämisse ›nicht zu retten‹ auszuführen waren.

Das Verhör dauerte bereits eine Weile. Staatssekretär Emory Bradford arbeitete gerade die wichtigsten Punkte heraus, während Botschafter Brooks und General Halyard sich im hellen Licht der Leselampen Notizen machten.

»Lassen Sie mich das bitte klarstellen: Sie waren der zuständige Außenbeamte und der einzige, der Kontakt mit Rom hatte?«

»Ja, Sir.«

»Und Sie sind absolut sicher, daß kein anderes Mitglied der Einheit mit der Botschaft in Verbindung stand?«

»Ja, Sir. Ich war der einzige. Das ist üblich so, nicht nur aus Sicherheitsgründen, sondern auch, um ganz sicherzustellen, daß es bei den Befehlen keine Überschneidungen gibt. Einer übermittelt sie, ein anderer empfängt sie.«

»Und doch sagen Sie, daß Havelock zwei Angehörige der Einheit als Sprengstoffspezialisten bezeichnete, eine Tatsache, die Ihnen nicht bekannt war.«

»Das ist richtig.«

»Aber als zuständiger Außenbeamter . . .«

»Zuständiger Agent, Sir.«

»Entschuldigung. Hätten Sie als zuständiger Agent das nicht wissen müssen?«

»Normalerweise ja.«

»Aber Sie wußten es nicht und können uns als einzige Erklärung dafür anbieten, daß dieser neue Rekrut, ein Korse namens Ricci, die zwei in Rede stehenden Männer engagiert hat.«

»Das ist der einzige Grund, den ich mir vorstellen kann. Vorausgesetzt, Havelock hatte recht und nicht gelogen.«

»In den Berichten vom Einsatz am Col des Moulinets heißt es, daß zu diesem Zeitpunkt in näherer Umgebung der Brücke zahlreiche Explosionen erfolgt seien.« Bradford überflog ein mit Maschine beschriebenes Blatt, das vor ihm lag. »Darunter auch eine schwere Detonation auf der Straße, die etwa zwölf Minuten nach der Konfrontation stattfand und drei italienische Soldaten und vier Zivilisten tötete. Offensichtlich wußte Havelock, wovon er redete; er hat Sie nicht belogen.«

»Das weiß ich nicht, Sir. Ich war bewußtlos . . . blutete. Diese Schweine . . . Havelock hat mich mit dem Messer traktiert.«

»Werden Sie ärztlich entsprechend versorgt?« fragte Brooks und blickte von dem gelben Block auf.

»Ich denke schon«, erwiderte der Agent, während seine rechte Hand sich über sein linkes Handgelenk schob und seine Finger über das glitzernde Gehäuse seiner Schweizer Uhr strichen. »Die Ärzte sind sich noch nicht sicher, ob sie einen Spezialisten für kosmetische Chirurgie hinzuziehen sollen. Ich bin schon der Ansicht, daß das geschehen sollte.«

»Das ist natürlich die Entscheidung der Ärzte«, meinte Brooks.

»Ohne diese Behandlung bin ich für immer gezeichnet, Sir.«

»Ich bin sicher, daß Mr. Bradford sich in dem Punkt im Walter-Reed-Hospital für Sie verwenden wird«, sagte der General, während er in seinen Notizen las.

»Sie sagen, Sie hätten diesen Ricci nie gesehen«, fuhr Bradford fort, »erst unmittelbar bevor die Einheit zum Col des Moulinets flog. Ist das richtig?«

»Ja, Sir.«

»Und Sie haben ihn auch nicht gesehen, als Sie nach den Ereignissen auf der Brücke wieder zu Bewußtsein kamen?«

»Nein, Sir.«

»Sie wissen nicht, wohin er gegangen ist?«

»Nein, Sir.«

»Rom weiß es auch nicht«, fügte der Staatssekretär pointiert hinzu.

»Ich erfuhr, daß ein italienischer Soldat von einem Lkw erfaßt und dabei ziemlich übel zugerichtet wurde. Er soll fürchterlich geschrien haben. Jemand sagte, er hätte blondes Haar gehabt; deshalb vermutete ich, daß es Ricci war.«

»Und weiter?«

»Ein Mann kam aus dem Wald – jemand mit einer tiefen Wunde am Kopf –, legte den Soldaten in einen Wagen und fuhr ihn weg.«

»Wie haben Sie das erfahren?«

»Ich stellte eine Menge Fragen ... nachdem man mir Erste Hilfe geleistet hatte. Das war meine Aufgabe, Sir. Dort oben war das reinste Tollhaus, Italiener und Franzosen schrien wild durcheinander. Ich ging erst, als ich alles erfahren hatte, was möglich war – ohne zuzulassen, daß jemand mir Fragen stellte.«

»Sehr lobenswert«, sagte Brooks.

»Danke, Sir.« Bradford beugte sich vor.

»Wir wollen einmal annehmen, daß Sie recht haben, daß der blonde Mann tatsächlich Ricci war und jemand mit einer Kopfwunde ihn weggeschafft hat. Haben Sie eine Ahnung, wer dieser Jemand sein könnte?«

»Ich denke ja. Einer der beiden Männer, die er mitgebracht hat. Der andere ist getötet worden.«

»Also sind Ricci und einer seiner Begleiter entkommen. Aber Rom hat nichts von Ricci gehört. Würden Sie sagen, daß das normal ist?«

»Ganz und gar nicht, Sir. Das ist überhaupt nicht normal. Immer wenn von diesen Leuten welche verletzt werden, lassen die uns für alles mögliche bluten. Unsere Vorgehensweise bei solchen Operationen ist klar. Wenn wir die Verwundeten nicht bergen können . . .«

»Ich glaube, wir verstehen«, unterbrach ihn Halyard.

»Dann sind Sie also der Meinung, daß Ricci und sein Sprengstoffexperte sich für den Fall, daß sie entkommen sind, so schnell wie möglich mit der Botschaft in Rom in Verbindung gesetzt hätten.«

»Ja, Sir. Sie hätten erwartet, daß man sich sofort um sie kümmert, und uns andernfalls auf eine Art gedroht, die wir nicht so schätzen.«

»Was ist denn Ihrer Ansicht nach geschehen?«

»Ich würde sagen, das ist ziemlich offenkundig. Sie haben es nicht geschafft.«

»Was war das?« fragte Brooks und hob den Blick von seinem gelben Block.

»Eine andere Erklärung gibt es nicht. Ich kenne diese Leute. Abschaum ist das; die würden die eigene Mutter umbringen, wenn nur der Preis stimmt. Glauben Sie mir, die hätten mit Rom Verbindung aufgenommen.«

»Sie haben es nicht geschafft?« wiederholte Halyard und starrte den Agenten an. »Was meinen Sie damit?«

»Die Straßen, Sir. Die winden sich wie Korkenzieher die Berge hinauf und hinunter. Ein verwundeter Mann am Steuer, der Beifahrer ziemlich übel zugerichtet und die ganze Zeit vor Schmerzen schreiend; ein solches Fahrzeug muß ja abstürzen.«

»Kopfwunden sehen meistens viel schlimmer aus, als sie in Wirklichkeit sind«, meinte Halyard.

»Ich finde«, fügte der weißhaarige Staatsmann hinzu, »daß dieser Mann inmitten von so viel Chaos erstaunlich überlegt gehandelt hat. Er funktionierte . . .«

»Verzeihen Sie, Mr. Ambassador«, unterbrach ihn Bradford und hob dabei leicht die Stimme. »Ich glaube, was der Außenbeamte gesagt hat, ist durchaus begründet. Wenn man die Paßstraße absuchen würde, fände man ohne Zweifel irgendwo unten in einer Schlucht einen zertrümmerten Wagen.«

»Ja, natürlich. Wenn man es realistisch betrachtet, gibt es keine andere Erklärung«, stimmte Brooks ihm bei.

»Nur noch ein oder zwei Punkte, dann sind wir fertig«, fuhr Bradford fort und rückte die Papiere vor sich zurecht. »Wie Sie wissen, ist alles, was hier gesagt wird, streng vertraulich. Es gibt keine versteckten Mikrofone, keine Tonbandgeräte. Was hier gesagt wird, wird nur in unserem Gedächtnis, sonst nirgends gespeichert. Dies dient zu unser aller Schutz; Sie sollten also ganz offen und freimütig sprechen. Versuchen Sie nicht, die Wahrheit irgendwie zu vertuschen; wir sitzen alle im selben Boot.«

»Ich verstehe, Sir.«

»Ihre Anweisungen in bezug auf Havelock waren eindeutig. Er war offiziell als ›nicht zu retten‹ eingestuft, und die Weisung aus Rom lautete: ›erledigen‹. Ist das richtig?«

»Ja, Sir.«

»Mit anderen Worten: Er sollte am Col des Moulinets exekutiert werden.«

»Das war der Befehl.«

»Und Sie erhielten jene Anweisungen vom Attaché der *Consular Operations* in Rom. Von einem Mann namens Harry Warren.«

»Ja, Sir. Ich war ständig in Verbindung mit ihm und wartete darauf, daß Washington ihm die Weisung durchgab.«

»Wie konnten Sie sicher sein, daß der Mann, mit dem Sie sprachen, Harry Warren war?«

»Unter anderem deshalb, weil ich über zwei Jahre mit Harry zusammengearbeitet habe. Ich kenne seine Stimme.«

»Nur seine Stimme?«

»Und die Telefonnummer in Rom. Es war eine Direktleitung in den Funkraum der Botschaft. Die Nummer ist nirgendwo registriert und streng geheim. Das wußte ich ebenfalls.«

»Kam es Ihnen nicht in den Sinn, daß er, als er Ihnen die letzten Instruktionen gab, vielleicht unter Zwang gehandelt haben könnte? Gegen seinen Willen?«

»Nein, Sir, ganz und gar nicht.«

»An die Möglichkeit haben Sie nicht gedacht?«

»Wenn das der Fall gewesen wäre, hätte er es mir gesagt.«

»Während jemand ihm am Telefon eine Pistole gegen den Kopf gehalten hat?« fragte der General. »Wie hätte er das tun sollen?«

»Er benutzte den festgelegten Code. Das hätte er nicht getan, wenn irgend etwas nicht in Ordnung gewesen wäre.«

»Erklären Sie das bitte näher«, sagte Addison Brooks. »Welchen Code?«

»Ein Wort oder mehrere Worte, die ihren Ursprung in Washington haben. Man bezieht sich auf den Code bei der Übermittlung von Entscheidungen. Auf diese Weise weiß man, ohne Namen zu nennen, daß es sich um autorisierte Entscheidungen handelt. Wenn etwas nicht gestimmt hätte, hätte Harry den Code nicht gebraucht. Das wäre für mich das Zeichen gewesen, daß etwas faul war. In dem Fall hätte ich nach dem Code gefragt, und er hätte mir einen anderen genannt. Aber er hat von vornherein den richtigen Code benutzt.«

»Wie lautete der Code für Col des Moulinets?« fragte Emory Bradford.

»›Ambiguity‹, Sir. Die Anweisung kam direkt von *Cons Op* aus Washington.«

»Was ein Beweis wäre, daß der Betreffende autorisiert war«, stellte Bradford fest.

»Ja, Sir. Datum, Uhrzeit und Herkunftsort der Freigabe sind in den Logbüchern der Botschaft verzeichnet.«

Bradford zeigte das Foto eines Mannes und hielt die Leselampe so, daß man das Bild klar erkennen konnte. »Ist das Harry Warren?«

»Ja, Sir, das ist Harry.«

»Danke.« Der Staatssekretär legte die Fotografie weg und hakte auf seinem Notizblock etwas ab. »Lassen Sie mich ein wenig weiter ausholen. Da gibt es etwas, das ich vielleicht noch nicht richtig begriffen habe. Es betrifft die Frau. Sie sollte unverletzt, falls es möglich war, über die Grenze geschickt werden. Ist das richtig?«

»Die Anweisung lautete: ›wenn möglich‹. Niemand sollte etwas ihretwegen riskieren. Sie war nur eine Nadel.«

»Eine Nadel?«

»Mit der man die Sowjets sticht. Moskau sollte wissen, daß wir den Köder nicht gekauft hatten.«

»Das heißt, sie war Teil eines russischen Täuschungsmanövers. Eine Frau, die ihr äußerlich ähnelte – vielleicht sogar jemand, der sich einer chirurgischen Behandlung unterzogen hatte – und die die Sowjets wiederholt für Havelock an ausgewählten Orten auftauchen ließen, wobei sie ihn jedesmal nahe an sie heranließen, aber nie so nahe, daß er sie schnappen konnte. Meinen Sie das?«

»Ja, Sir.«

»Mit dem Zweck, Havelock einen solchen Schock zu versetzen, daß er anfing zu spinnen, und schließlich dazu, daß er überlief?«

»Um ihn verrückt zu machen, ja, Sir. Ich glaube, es hat funktioniert; das ›nicht zu retten‹ kam aus Washington.«

»Von ›Ambiguity‹.«

»Ja, Sir.«

»Und so wurde ohne jeden Zweifel festgestellt, daß die Frau auf der Brücke *nicht* Jenna Karras war.«

»Richtig. Sie ist an der Costa Brava getötet worden, das wußte jeder. Havelock selbst war der zuständige Agent. Er wurde verrückt.«

Brooks warf wütend seinen Bleistift auf den Tisch, beugte sich vor und musterte den Agenten. »Diese ganze Operation ist Ihnen nicht ... bizarr vorgekommen, um es gelinde auszudrücken? Um ganz offen zu sprechen: War eine Exekution eigentlich die einzige Lösung? Mit dem Wissen, das Sie besaßen – vorausgesetzt, Sie besaßen es –, hätten Sie da nicht versuchen können, sich den Mann zu greifen, sein Leben zu schonen und ihn zur Behandlung hierherzubringen?«

»Sir, bei allem Respekt, das ist viel leichter gesagt als getan. Red Ogilvie hat es in Rom versucht; das Resultat kennen Sie. Havelock hat nach unserer Kenntnis drei Männer auf der Brücke getötet, und weitere zwei sind wahrscheinlich inzwischen auch tot. Er hat mir das Gesicht mit dem Messer zerschnitten ... der Mann ist verrückt!«

Der Agent hielt inne, er war noch nicht fertig. »Ja, Sir. Wenn man alles bedenkt, dann töten wir ihn. Das ist es, was ›nicht zu retten‹ bedeutet, und hat nichts mit mir zu tun. Ich folge nur Befehlen.«

»Ein allzu bekannter Satz, Sir«, sagte Brooks.

»Aber den Umständen nach gerechtfertigt«, unterbrach ihn Bradford, während er das Wort ›Ambiguity‹ auf das Blatt Papier vor ihm schrieb, und fuhr rasch fort, ehe ein anderer etwas erwidern konnte. »Was ist mit Havelock passiert? Haben Sie das erfahren?«

»Sie sagten, ein Verrückter, ein Killer wäre mit dem Lieferwagen wie der Teufel über die Brücke gerast und damit verschwunden. Das muß Havelock gewesen sein. Überall im Mittelmeerraum ist Alarm gegeben worden. Er hat einmal an der Küste gearbeitet; dort wird er mit irgend jemandem Verbindung aufnehmen, und dann werden sie ihn finden. Sie sagten mir, er sei verwundet gewesen; weit wird er nicht kommen. Ich gebe ihm allerhöchstens zwei oder drei Tage; ich wünschte, ich könnte dort sein und ihn mir selbst greifen.«

»Auch das ist durchaus berechtigt«, sagte Bradford. »Wir möchten Ihnen für Ihre Unterstützung heute abend danken. Sie waren sehr hilfreich. Sie können jetzt gehen. Viel Glück.«

Der Mann erhob sich, nickte verlegen und ging zur Tür. Dort blieb er stehen, griff sich an die linke Wange mit dem Heftpflaster und sah die mächtigen Männer auf dem Podest an. »Ich bin die chirurgische Behandlung wert«, sagte er.

»Ganz sicher«, erwiderte der Staatssekretär.

Kaum hatte der zuständige Agent für den Einsatz am Col des Moulinets die Tür hinter sich geschlossen, als Halyard sich an Bradford wandte und sagte: »Wir müssen sofort mit Rom in Verbindung treten! Wir brauchen diese Logbücher, um ›Ambiguity‹ zu finden. Das war es doch, was Sie uns klarmachen wollten, nicht wahr? Das ist die Verbindung zu Parsifal!«

»Ja, General. Der Code ›Ambiguity‹ ist von dem Direktor von *Consular Operations,* Daniel Stern, festgelegt worden. Sein Name taucht in den Logbüchern der Botschaft auf, die der Attaché von *Cons Op,* Harry Warren, führt. Warrens Eintrag ist eindeutig; man hat mir den Text vorgelesen. Er hat folgendes geschrieben.« Der Staatssekretär griff nach einem Blatt, das oben auf seinen Papieren lag. »Code: ›Ambiguity‹. Subjekt: M. Havelock. Entscheidung noch offen.«

»Wann ist sie getroffen worden?« fragte Brooks.

»Nach den Logbüchern der Botschaft überhaupt nicht. Es gab in jener Nacht keine weiteren Eintragungen, die sich in irgendeiner Weise auf ›Ambiguity‹, Havelock oder die Einheit am Col des Moulinets bezogen hätten.«

»Unmöglich!« protestierte der pensionierte General. »Sie haben doch gehört, was dieser Mann gesagt hat. Er hatte Anweisung zum Handeln, der vereinbarte Code ist übermittelt worden. Er hat sich ganz klar ausgedrückt. Dieser Anruf muß durchgekommen sein.«

»Das ist er auch.«

»Sie meinen, die Eintragung ist gelöscht worden?« fragte Brooks.

»Nein«, sagte Bradford, »Warren hat sie gar nicht gemacht.«

»Dann holen Sie ihn her«, sagte Halyard. »Nageln Sie ihn fest. Er weiß, mit wem er gesprochen hat. Verdammt noch mal, Emory, rufen Sie schon an. Hier geht es um Parsifal!« Der Soldat drehte sich in seinem Sessel herum und sprach zur Wand: *»Mr. President?«*

Keine Antwort.

Der Staatssekretär schob die Papiere, die vor ihm lagen, auseinander und griff nach einem dünnen Umschlag. Er klappte ihn auf und holte ein zweites Foto heraus, das er dem ehemaligen Botschafter reichte. Brooks studierte es und atmete bereits beim ersten Blick scharf ein, dann reichte er das Bild wortlos weiter an Halyard.

»Herrgott ...« Halyard legte das Foto in den Lichtkegel der Leselampe. Es zeigte eine Leiche, die auf einem weißen Tisch ausgestreckt lag, die Kleidung zerfetzt und blutig, das Gesicht schrecklich zugerichtet, aber gesäubert, damit man es identifizieren konnte. Das Gesicht des toten Mannes war dasselbe wie das auf dem ersten Foto, das Bradford vor wenigen Minuten dem Agenten gezeigt hatte. Der Tote war Harry Warren, Attaché von *Cons Op* in Rom.

»Das Funkbild ist uns heute mittag um eins durchgegeben worden.

Das ist Warren. Er ist vor zwei Tagen am frühen Morgen auf der Via Frascati überfahren worden. Es gab Zeugen, aber sie konnten auch nicht helfen; sie haben unseren Leuten nur gesagt, es sei eine große, schwere Limousine gewesen; sie sei die Straße hinuntergerast und hätte offenbar kurz vor dem Aufprall beschleunigt. Wer auch immer das Fahrzeug lenkte, er ging jedenfalls kein Risiko ein, sein Opfer zu verfehlen. Das Auto erwischte Warren, als er auf den Bürgersteig trat, und schmetterte ihn gegen eine Straßenlaterne, wobei der Wagen stark beschädigt wurde. Die Polizei hat bisher vergebens nach der Limousine gesucht. Wahrscheinlich liegt sie irgendwo in den Bergen auf dem Grund eines Flusses.«

»Das Bindeglied ist also beseitigt.« Halyard schob das Foto zu Addison Brooks hinüber.

»Dieser Mann tut mir leid«, sagte Bradford, »aber ich bin nicht sicher, ob er wirklich ein so wichtiges Bindeglied war.«

»Jemand glaubte das jedenfalls«, meinte der Offizier.

»Oder er hatte eine Flanke zu schützen.«

»Was meinen Sie damit?« fragte Brooks.

»Wer auch immer dieser letzte Anrufer war, der das Signal gab, Havelock zu erledigen – er konnte nicht wissen, was Stern zu Warren gesagt hatte. Uns ist nur bekannt, daß die Entscheidung noch nicht getroffen war.«

»Bitte werden Sie deutlicher«, drängte Brooks.

»Angenommen, die Strategen von *Consular Operations* kamen zu dem Entschluß, daß sie sich nicht zu einer Entscheidung würden durchringen können. Oberflächlich betrachtet, hätte es nicht so schwierig sein dürfen, da es sich um einen Psychopathen handelte, um einen unberechenbaren Agenten, der großen Schaden anrichten konnte, um einen möglichen Überläufer, einen Killer. Die Entscheidung hätte ihr Gewissen eigentlich nicht sehr belastet. Aber angenommen, sie argwöhnten etwas, das alles in Frage stellte.«

»Die Karras«, sagte Halyard.

»Vielleicht. Oder möglicherweise eine Mitteilung oder ein Signal von Havelock, das die Annahme in Zweifel stellte, daß er ein Wahnsinniger war. Vielleicht waren sie zu dem Schluß gelangt, daß er ebenso zurechnungsfähig war wie sie, daß er in einem schrecklichen Dilemma war, das er nicht verschuldet hatte.«

»Was die Wahrheit ist«, ergänzte Addison Brooks.

»Die Wahrheit«, pflichtete Bradford ihm bei. »Was würden sie dann tun?«

»Hilfe holen«, sagte der Offizier. »Rat.«

»Unterstützung«, fügte der Staatsmann hinzu.

»Oder«, meinte der Staatssekretär, »um die Dinge einmal praktisch zu sehen, insbesondere wenn die Fakten nicht ganz klar waren, die Verantwortung für die Entscheidung auszudehnen. Stunden später wurde sie getroffen – und sie waren tot . . . Wir wissen nicht, wer die Entscheidung getroffen hat, wer jenes letzte Telefongespräch geführt hat. Wir wissen nur, daß es jemand war, der Zugang zu Verschlußsachen hatte und dem man soviel Vertrauen entgegengebracht hat, daß man ihm den Code ›Ambiguity‹ mitteilte. Dieser Mann hat die Entscheidung getroffen; er hat Rom angerufen.«

»Aber Warren hat das Gespräch nicht eingetragen«, sagte Brooks. »Warum nicht? Wie konnte das geschehen?«

»So, wie so etwas immer geschieht, Mr. Ambassador. Eine Leitung, die man nur zu einem einzigen Telefonkomplex irgendwo in Arlington zurückverfolgen kann, wird benutzt, die Ermächtigung per Code bestätigt. Und dann wird mit der Begründung, es gehe um die innere Sicherheit, ein Auftrag erteilt, verbunden mit der strikten Anweisung, jegliche Aufzeichnung im Logbuch zu unterlassen. Es durfte keinerlei Hinweis auf das Gespräch geben. Der Empfänger fühlt sich geschmeichelt, da man ihn auserwählt hat. Männer, die wichtige Entscheidungen treffen, haben ihn für verläßlicher als seine Umgebung gehalten. Und was macht das schon für einen Unterschied? Man kann die Ermächtigung ja immer durch den Code feststellen – in diesem Fall durch den Direktor von *Cons Op,* Daniel Stern. Nur, Daniel Stern ist tot.«

»Erschütternd«, sagte der ehemalige Botschafter mit dem silbergrauen Haar und blickte auf seine Notizen. »Ein Mann soll exekutiert werden, weil er im Recht ist, und wenn der Versuch, ihn zu töten, fehlschlägt, macht man ihn für den Tod jener verantwortlich, die ihn umzubringen versuchen. Und wir wissen nicht, wer offiziell den Auftrag erteilt hat. Wir können diese Person nicht finden. Was für Menschen sind wir eigentlich?«

»Männer, die Geheimnisse hüten.« Mit diesen Worten trat der Präsident der Vereinigten Staaten aus der getäfelten Tür, die in die Stirnwand eingelassen war. »Verzeihen Sie mir, ich habe Sie beobachtet, Sie belauscht. Das ist häufig sehr hilfreich.«

»Geheimnisse, *Mr. President?*«

»Ja, Mal«, sagte Berquist und ging zu seinem Stuhl. »Es gibt eine Menge Bezeichnungen dafür, nicht wahr? Streng geheim, Verschlußsache, *top-secret.* Wir überprüfen Räume und Telefonleitungen mit elektronischen Geräten, die heimlich installierte Wanzen und andere

Abhöreinrichtungen aufspüren, und dann entwickeln wir wieder Geräte, die die Kontrollinstrumente des Gegners funktionsunfähig machen, sobald wir unsere eigenen Wanzen installiert haben. Aus Gründen der nationalen Sicherheit halten wir Informationen unter Verschluß und bestimmen nach eigenem Gutdünken, welche Teile davon an die Öffentlichkeit dringen dürfen. Wir teilen einer bestimmten Abteilung eine Sache mit und einer anderen eine völlig andere Version, um damit den Teil der Wahrheit zu verbergen, der Schaden anrichten könnte. Im Zeitalter der totalen Kommunikation geben wir uns die größte Mühe, eben diese Kommunikation zu stören, sie zu mißbrauchen.« Der Präsident setzte sich und sah die Fotografie des toten Mannes in Rom an. »Das Bewahren von Geheimnissen und das Umlenken des Informationsflusses ist das Hauptziel in unserer sich immer weiterentwickelnden Technologie der Kommunikation. Eine Ironie, nicht wahr?«

»Leider ist das häufig nicht zu umgehen, Sir«, sagte Bradford.

»Mag sein. Wenn wir nur immer sicher sein könnten, wann wir diese Taktik einsetzen müssen. Ich frage mich oft – besonders nachts, wenn ich an die Decke starre und einzuschlafen versuche –, ob wir auch mit den Problemen konfrontiert wären, die wir jetzt zu lösen versuchen, wenn wir nicht vor drei Monaten versucht hätten, etwas geheimzuhalten.«

»Unsere Möglichkeiten waren sehr beschränkt, *Mr. President*. Es hätte noch schlimmer kommen können.«

»Schlimmer, Emory?«

»Dann eben früher. Die Zeit ist unser einziger Verbündeter.«

»Und wir müssen jede Minute nutzen, die wir haben«, pflichtete Berquist ihm bei und sah zuerst den General, dann Brooks an. »Jetzt wissen Sie beide, was sich in den letzten zweiundsiebzig Stunden ereignet hat und weshalb ich Sie nach Washington rufen mußte.«

»Mit Ausnahme eines Punktes, den ich für den wichtigsten halte«, sagte der Staatsmann. »Parsifals Reaktion.«

»Gar keine.«

»Dann weiß er nichts«, sagte Halyard hastig und mit Nachdruck.

»Wenn das sicher wäre, könnte ich nachts wieder schlafen.«

»Wann hatte er das letzte Mal Kontakt mit Ihnen?« fragte Brooks.

»Vor sechzehn Tagen. Es hatte keinen Sinn, mit Ihnen in Verbindung zu treten; es war wieder eine Forderung, ebenso verrückt wie die anderen.«

»In bezug auf die früheren Forderungen ist nichts unternommen worden?« fuhr Brooks fort.

»Nein. Wir haben vor fünfzehn Tagen achthundert Millionen Dollar bei Banken auf den Bahamas, den Cayman-Inseln und in Mittelamerika deponiert. Wir haben jeden ...« Der Präsident hielt inne; er berührte die Fotografie, die vor ihm lag, knickte eine Ecke um, bis man ein blutiges Hosenbein sehen konnte. »Wir haben jeden Code eingerichtet, den er verlangt hat, damit er sich jederzeit von den Einzahlungen überzeugen und das Geld auf Nummernkonten in Zürich und Bern überweisen lassen konnte, wo es ihm zugänglich war. Er hat keinen Cent davon abgehoben, und abgesehen von drei Bestätigungen hat er mit den anderen Banken überhaupt keinen Kontakt gehabt. Er hat kein Interesse an dem Geld; für ihn dient es nur dazu, unsere Schwäche zu bestätigen. Er weiß, daß wir alles tun würden, was er verlangt.« Wieder machte Berquist eine Pause; als er weitersprach, war seine Stimme kaum zu vernehmen. »Gott helfe uns, wir können es uns nicht leisten, seine Forderungen abzulehnen.«

Auf dem Podest herrschte Schweigen. Schließlich durchbrach Halyard die Stille. »Ich bin da auf ein paar Lücken gestoßen«, sagte er und sah den Staatssekretär an. »Können Sie mir helfen, diese Lükken zu füllen?«

»Ich kann Spekulationen anstellen«, erwiderte Bradford. »Aber selbst dazu müssen wir bis zum Anfang zurückgehen.«

»Costa Brava?« fragte Brooks, und seine Stimme klang angewidert.

»Noch weiter zurück, Mr. Ambassador. Bis zu dem Zeitpunkt, wo wir uns alle einig waren, daß die Aktion an der Costa Brava nötig war, als wir erfuhren, daß Matthias persönlich die Überprüfung von Jenna Karras veranlaßt hatte, nicht seine Mitarbeiter, die Informationen von ungenannten Informanten an die sowjetische Abwehr weiterleiteten.«

»Seien Sie nicht so bescheiden, Emory«, unterbrach ihn der Präsident. »Nicht wir haben erfahren, daß Matthias dahintersteckte, sondern Sie waren so klug, den Außenminister zu umgehen.«

»Nur mit großem Bedauern, Sir. Sie haben im Oval Office von einem seiner Mitarbeiter verlangt, mit der Wahrheit herauszurücken, und er hat sie Ihnen gesagt. Er erklärte, *sie wüßten* nicht, woher die Information kam, nur daß Matthias selbst sie geliefert hatte. Mir hätte er das nie gesagt.«

»Das lag nicht an mir, sondern an dem Raum. Man belügt den Mann einfach nicht, der in jenem Zimmer sitzt ... es sei denn, man heißt Anthony Matthias.«

»Um fair zu sein, *Mr. President*«, sagte Brooks mit sanfter Stimme,

»er hatte nicht die Absicht, Sie zu täuschen. Er glaubte, recht zu haben.«

»Er glaubte, es wäre ihm zugekommen, auf meinem Stuhl in meinem Büro zu sitzen, und so denkt er immer noch. Fahren Sie fort, Emory.«

»Ja, Sir. Wir schlossen daraus, daß es Matthias' Ziel war, Havelock dazu zu zwingen, den Dienst zu quittieren, seinen alten Schüler, einen unserer besten Leute, aus *Consular Operations* zu entfernen. Darüber haben wir schon gesprochen; wir kannten den Grund damals genausowenig wie heute.«

»Aber wir gingen darauf ein«, sagte Berquist, »weil wir nicht wußten, womit wir es zu tun hatten – mit einem mutlosen Außenbeamten, der einfach nicht weitermachen wollte, oder mit einem verdammten Betrüger, einem Lakaien von Matthias, der bereit war, eine Frau töten zu lassen, damit er draußen für den ›großen‹ Mann arbeiten konnte. Oh, und was für eine Arbeit er hätte leisten können! Der internationale Emissär des ›Heiligen Matthias‹. Oder soll ich besser sagen, Kaiser Matthias?«

»Beruhigen Sie sich, Charly.« Der General legte dem Präsidenten die Hand auf den Arm; niemand sonst im Raum hätte eine solche Geste riskiert. »Es ist vorbei. Das ist nicht der Grund, weshalb wir hier sind.«

»Wenn dieser Schweinehund nicht wäre, wären wir nicht hier! Das ist es, was ich nicht vergessen kann.«

»Könnten wir nun zu der weit gefährlicheren Krise zurückkehren, *Mr. President?*« fragte Bradford mit leiser Stimme.

Berquist lehnte sich zurück und nickte dem Mann aus dem Außenministerium zu. »Entschuldigung. Also, wir wissen nach wie vor nicht, weshalb Matthias Havelock draußen haben wollte. Aber Emory war dabei, uns die Situation von damals vor Augen zu führen.«

Bradford legte beide Hände auf seine Notizen, die er jetzt nicht mehr brauchte. »Der Fall, den man gegen die Karras aufgebaut hat, war ein Meisterstück detaillierter Erfindung. Ein abtrünniger Terrorist aus der Baader-Meinhof-Gruppe taucht plötzlich auf, bereit, Informationen zu liefern, sofern wir ihm die Möglichkeit zum Untertauchen und Straffreiheit garantieren. Bonn stimmt zu – widerstrebend, und wir kaufen seine Geschichte. Die Frau, die zu der Zeit mit einem *Cons-Op*-Außenbeamten in Barcelona zusammenarbeitet, ist in Wirklichkeit Angehörige des KGB. Eine Methode der Befehlsübermittlung wird uns beschrieben, ein Schlüssel übergeben. Er gehört zu einem kleinen Koffer, der in einem Flughafen deponiert ist. Es ist ihr

Koffer, er enthält genügend Beweismaterial, um sie zu überführen: detaillierte Analysen der Aktivitäten, mit denen sie und Havelock in den letzten fünf Wochen beschäftigt waren; Zusammenfassungen streng geheimer Berichte, die Havelock ins State Department geschickt hatte; Kopien der augenblicklichen Codes und Radiofrequenzen. Außerdem fanden sich in dem Koffer schriftliche Instruktionen aus Moskau, darunter auch der KGB-Code, den sie benutzen sollte, falls ein Kontakt mit dem Nordwestsektor des KGB nötig sein sollte. Wir erprobten den Code und bekamen Antwort; er war authentisch.«

Brooks hob die linke Hand ein paar Zentimeter; er war es gewohnt, mit einer unauffälligen Geste die Aufmerksamkeit auf sich zu lenken. »General Halyard und ich sind mit den meisten dieser Dinge vertraut, wenn auch nicht in allen Einzelheiten. Ich nehme an, Sie haben einen Grund dafür, warum Sie so detailliert darauf eingehen.«

»Das ist richtig, Mr. Ambassador. Es betrifft Daniel Stern. Bitte haben Sie noch ein paar Augenblicke Geduld.«

»Dann könnten Sie mir bei der Gelegenheit sagen«, meinte der alte Offizier, »wie Sie diesen KGB-Code überprüft haben.«

»Indem wir die drei gängigen Seefunkfrequenzen für diesen Mittelmeerraum benutzten. Das ist das übliche Vorgehen der Sowjets.«

»Das ist verdammt unvorsichtig von ihnen, nicht wahr?«

»Ich bin in dieser Sache kein Fachmann, General, aber ich würde eher sagen, daß es verdammt schlau ist. Ich habe unsere Methode studiert – das mußte ich – und bin mir nicht sicher, ob sie besser ist. Die Frequenzen, die wir wählen, sind gewöhnlich die schwächeren und lassen sich leicht stören. Die Seefunkfrequenzen hingegen bleiben unbehelligt, und die Codes kommen auch innerhalb eines erträglichen Zeitraums durch, selbst wenn noch soviel Funkverkehr herrscht.«

»Ihre Sachkenntnis beeindruckt mich«, sagte Brooks.

»Ich habe in den letzten vier Monaten eine ganze Reihe von Schnellkursen absolviert. Jetzt kenne ich mich ganz gut aus in dieser Materie. Nun weiter. Das Dokument mit dem KGB-Code hat sie am stärksten belastet, es konnte unmöglich gefälscht sein. Also ließen wir ihren Namen durch die Maschinerie der zentralen Abwehr laufen – eine unfehlbare Maschinerie.« Bradford hielt inne. »Mag sein, daß Sie das wissen, vielleicht wissen Sie es auch nicht, General ... Mr. Brooks, an diesem Punkt wurde ich eingeschaltet. Ich habe mich nicht danach gedrängt, man hat *mich* ausgewählt, genauer zwei Männer, mit denen ich während der Johnson-Administration zusammengearbeitet habe ... und in Südostasien. Ihre große Erfahrung in Geheimoperationen hat dazu geführt, daß sie sogenannte Quellenkontrolleure für Informationen innerhalb des sowjetischen Machtapparats wurden. Sie riefen mich eines Abends zu Hause an, um mich in einer Bar in Berwyn zu treffen. Ich solle doch auf einen Drink herüberkommen, um mit ihnen über die alten Zeiten zu plaudern. Als ich sagte, daß es schon spät sei, meinte der, mit dem ich sprach, daß es auch für sie spät sei und Berwyn Heights eine ziemliche Strecke von McLean und Langley entfernt sei. Ich begriff und fuhr zu ihnen.«

»Das höre ich zum erstenmal«, unterbrach ihn Brooks. »Soll ich daraus schließen, daß diese Männer sich nicht der normalen Kanäle bedienten, sondern sich direkt an Sie wandten?«

»Ja, Sir. Sie waren sehr beunruhigt.«

»Warum denn?« wollte Halyard wissen. »Die verlangte Information über die Karras war doch nichts Alarmierendes.«

»Weil es eine höchst negative Anfrage war, die davon ausging, daß das Subjekt zu gut getarnt war, als daß das CIA es entdecken konnte. Sie war schuldig, auch wenn es viele gegenteilige Feststellungen gab.«

»War es nicht eher die Arroganz, die sie geärgert hat?« meinte Brooks.

»Nein, daran sind sie im Außenministerium gewöhnt. Was sie beunruhigt hat, war die Tatsache, daß der Verdacht unmöglich stimmen konnte. Sie setzten sich mit fünf verschiedenen Quellen in Moskau in Verbindung, wobei keine von der anderen wußte – Maulwürfe, die zu jeder Geheimakte im KGB Zugang hatten. Und alle fünf lieferten ein negatives Ergebnis. Sie war unschuldig; aber es gab jemanden im Außenministerium, der sie belasten wollte. Als einer der Männer routinemäßig einen von Matthias' Mitarbeitern anrief, um weitere Hintergrundinformationen von *Cons Op* zu erhalten, sagte man ihm, er solle einfach einen nichtssagenden Bericht einschicken. Das Außenministerium hätte jetzt alles, was es braucht. Mit anderen Worten: Das Urteil über sie stand bereits fest, gleichgültig, welche Informationen das CIA lieferte. Und der Quellenkontrolleur hatte den deutlichen Eindruck, daß alles, was sie dem Außenministerium noch schikken würden, dort im Papierkorb landen würde. Aber Jenna Karras hatte nie etwas mit dem KGB zu tun gehabt.«

»Wie haben Ihre Freunde denn den Code erklärt?« fragte Halyard.

»Daß jemand in Moskau ihn geliefert hat, der mit oder für Matthias arbeitet.«

Wieder drückte das Schweigen im Raum das Undenkbare aus.

»Die Möglichkeit hatten wir ausgeschlossen!« schrie Halyard.

»Ich würde aber gerne darauf zurückkommen«, sagte der Staatssekretär ruhig.

»Diese Möglichkeit haben wir doch erschöpfend untersucht«, sagte Brooks und starrte Bradford an. »Die Theorie bringt uns nicht weiter. Matthias ist untrennbar mit Parsifal verbunden; der eine existiert nicht ohne den anderen. Falls die Sowjetunion irgend etwas von Parsifal wüßte, dann würden zehntausend Mehrfachsprengköpfe bereitstehen, um die Hälfte unserer Städte und unsere sämtlichen Militäreinrichtungen zu vernichten. Die Russen hätten keine andere Wahl, als ihre Langstreckenraketen abzuschießen. Unser Geheimdienst ist gut genug informiert, um uns vor solchen militärischen Schlägen rechtzeitig zu warnen. Um Ihre Worte zu gebrauchen, Mr. Bradford, die Zeit ist unser einziger Verbündeter.«

»Dem Urteil will ich mich anschließen, Mr. Brooks. Trotzdem war der KGB-Code Teil des gefälschten Beweismaterials. Ich kann einfach nicht glauben, daß der Code käuflich war.«

»Warum nicht?« fragte der General. »Gibt es etwas, das nicht käuflich wäre?«

»Man kann keinen Code kaufen, der periodisch und unregelmäßig abgeändert wird, ohne daß es dafür einen festen Plan gibt.«

»Worauf wollen Sie hinaus?« Das war wieder Halyard.

»Daß wir Parsifal vielleicht näher sind als wir annehmen.«

»Und was für eine These haben Sie, Mr. Bradford?« Brooks lehnte sich vor und stützte die Ellbogen auf den Tisch.

»Es muß jemanden geben, der genauso erpicht darauf ist, Parsifal zu finden, wie wir das sind . . . aus denselben Gründen wie wir. Er sitzt hier in Washington; es kann durchaus sein, daß wir ihn jeden Tag sehen, aber wir wissen nicht, wer er ist. Ich weiß nur, daß er für Moskau arbeitet, und der einzige Unterschied zwischen ihm und uns besteht im Augenblick darin, daß er schon länger sucht als wir. Er wußte vor uns über Parsifal Bescheid. Und das wiederum bedeutet, daß auch Moskau informiert ist.« Bradford hielt inne. »Das ist der Grund für die bedrohlichste Krise, der dieses Land, ja die ganze Welt je ausgesetzt war. Hier in Washington gibt es einen Maulwurf, der das Gleichgewicht der Kräfte ins Wanken bringen könnte, wenn er Parsifal als erster erreichen würde.«

18

Der Mann in dem dunklen Mantel mit dem tief ins Gesicht gezogenen Hut stieg aus dem zweifarbig lackierten Coupé. Dabei wäre er fast in eine große Pfütze getreten, die sich vor der Fahrertür ausbreitete. Der nächtliche Regen trommelte dumpf auf die Motorhaube und die Windschutzscheibe, und mit gleichmäßigem Plätschern füllte er die Myriaden von Pfützen, die sich auf dem verlassenen Parkplatz am Ufer des Potomac gebildet hatten. Der Mann griff in die Tasche, holte ein vergoldetes Feuerzeug heraus, schnippte es kurz an und steckte es sofort wieder in die Tasche zurück. Er trat an das Geländer und sah hinunter auf das feuchte Blattwerk und das schwarze, träge dahinfließende Wasser. Dann blickte er auf und suchte das gegenüberliegende Flußufer ab; die Lichter von Washington flackerten im Regen. Als er die Schritte hinter sich hörte, das Knirschen auf dem nassen Kies, drehte er sich um.

Ein Mann tauchte aus der Finsternis auf. Er trug einen Poncho, dessen unregelmäßige schwarze und grüne Flecken auf dem Stoff erkennen ließen, daß es sich um ein Stück aus Militärbeständen handelte. Auf dem Kopf trug er einen Lederhut, wie ihn Cowboys in Wildwestfilmen zu tragen pflegen. Die Kopfbedeckung wirkte ein wenig grotesk. Das Gesicht unter der Hutkrempe war kantig und unrasiert, und die stumpfen, weit auseinanderliegenden Augen waren zwischen den zusammengekniffenen Lidern kaum zu sehen. Der Mann ging unsicher, er hatte getrunken und grinste, als er den anderen erkannte.

»Hey, wie steht die Sache?« rief der Mann im Poncho undeutlich. »Peng! Wumm! Wumm! Wie so 'ne Scheiß-Kanakenrikscha, die 'n Panzer erwischt hat! Peng! Das war ein Knall! So was hamse noch nie gesehen!«

»Sehr gute Arbeit«, sagte der Mann im Mantel.

»Darauf könnse ein' lassen! Ich hab' sie am Paß erwischt, wumm! Hey, ich kann Sie in dem verdammten Regen kaum sehen. Das sind Sie doch, oder?«

»Ja, aber Sie enttäuschen mich.«

»Warum? Ich hab' die Sache doch gut gemacht!«

»Sie haben getrunken. Ich dachte, wir wären uns einig gewesen, daß Sie nichts trinken würden.«

»Ein paar Schnäpse, mehr nicht. In meinem Zimmer, nicht in 'ner Kneipe . . . Nein, Sir!«

»Haben Sie mit jemandem gesprochen?«

»Du lieber Gott, nee!«

»Wie sind Sie hierhergekommen?«

»Wie Sie's gesagt haben. Mit 'm Bus . . . die letzten paar Meilen bin ich zu Fuß gegangen.«

»Auf der Straße?«

»Ne, daneben. Weit weg davon, wie ein Spähtrupp in Da Nang.«

»Gut. Sie haben sich Ihren Urlaub verdient.«

»Hey, Major . . . Entschuldigen Sie, Sir, meine ich.«

»Was ist denn?«

»Stand nix in den Zeitungen? Ich mein', das war doch 'n mächtiger Knall! Stundenlang muß das gebrannt haben, und ich wette, daß man das ein paar Meilen weit sehen konnte.«

»Die waren nicht wichtig, Sergeant. Die waren nur das, was ich Ihnen gesagt habe: schlechte Menschen, die Leute wie Sie und mich verraten haben. Die hiergeblieben sind und zugelassen haben, daß wir getötet werden.«

»Okay. Ich denk', jetzt sollte ich wohl wieder umkehren, ins Krankenhaus zurück.«

»Das brauchen Sie nicht.« Der Mann im Mantel, den der andere als Major angesprochen hatte, nahm ruhig die rechte Hand aus der Tasche. Sie hielt eine kleine Automaticpistole, Kaliber 22. Er hob die Waffe und feuerte einmal.

Der Mann sank zu Boden, der groteske Hut fiel herunter, und sein blutender Kopf sank auf den nassen Poncho. Der Mann trat vor und wischte die Waffe an seinem Mantel ab. Dann kniete er nieder und spreizte die Finger der rechten Hand des Toten.

Das zweifarbig lackierte Coupé bog um die Kurve der Landstraße, seine Scheinwerfer strichen über ein von Steinbrocken übersätes Feld in Maryland, dessen hohes Gras sich im Wind und gepeitscht vom nächtlichen Regen beugte. Als der Fahrer in dem dunklen Mantel und dem breitkrempigen Hut sah, was er erwartet hatte, verlangsamte er seine Fahrt und schaltete die Beleuchtung ab, ehe er anhielt. Am Straßenrand, neben dem Stacheldrahtzaun, stand ein weißlackierter Krankenwagen, dessen Zulassungsschilder auf eine Regierungsbehörde deuteten. Bethesda Naval Hospital, Emergency Unit 14, stand in schwarzer Schrift auf der Tür.

Der Fahrer lenkte sein Coupé neben das lange, weiße Fahrzeug. Er holte sein vergoldetes Gasfeuerzeug heraus, klappte es auf und hielt die Flamme kurz hinter das Fenster auf der Beifahrerseite. Die Tür des Ambulanzwagens öffnete sich, und ein Mann Ende Zwanzig sprang heraus in den Regen. Sein Mantel öffnete sich dabei, und man konnte darunter die weiße Uniform eines Krankenpflegers erkennen.

Der Fahrer ließ das rechte Fenster herunter, indem er einen Knopf auf der Armstütze drückte. »Steigen Sie ein!« schrie er, um sich in dem Wolkenbruch Gehör zu verschaffen. »Dort draußen werden Sie naß.«

Der Mann stieg ein. Er knallte die Tür hinter sich zu und wischte sich mit der rechten Hand über das Gesicht. Er war südamerikanischer Herkunft, seine großen Augen leuchteten in der Dunkelheit, sein Haar war pechschwarz und klebte an seiner dunklen Stirn.

»Jetzt stehen Sie in meiner Schuld, *mama*«, sagte der Mann. »Oh, *big mama* schuldet mir jetzt einen großen *montón de dinero.*«

»Sie kriegen Ihr Geld, obwohl ich auch sagen könnte, daß Sie damit eine alte Schuld an mich beglichen haben.«

»Olvidalo, mama, Major!«

»Sie wären längst im Krieg umgekommen oder würden immer noch in den Steinbrüchen von Leavenworth arbeiten, wenn ich nicht gewesen wäre. Vergessen Sie das nicht, Corporal.«

»Ich hab' diesen Schrumpfkopf für Sie kaltgemacht! Jetzt zahlen Sie!«

»Sie haben zwei Militärposten in Pleiku kaltgemacht, wie Sie das ausdrücken, die Sie dabei erwischt haben, als Sie Narkotika aus einem Sanitätswagen stehlen wollten. War das nicht ein Glück für Sie, daß ich gerade in der Nähe war?«

»Sicher, *mama,* das war wirklich Glück. Und wer hat mich auf den Sanitätswagen aufmerksam gemacht? Sie, Major!«

»Ich wußte, daß Sie ein unternehmungslustiger junger Mann sind. Ich habe Sie die letzten Jahre im Auge behalten. Sie haben mich nie gesehen, aber ich Sie. Ich wußte immer, wo ich Sie finden konnte. Weil Schulden dazu da sind, daß man sie bezahlt.«

»Sie irren sich, Major. Ich hab' Sie neulich im Fernsehen in den Nachrichten gesehen. Sie stiegen gerade in New York aus einer großen Limousine. Beim UNO-Gebäude, nicht wahr? Das waren doch Sie, oder?«

»Das bezweifle ich.«

»Sicher waren Sie es! Ich erkenne meine *big mama,* wenn ich sie sehe. Sie müssen ein ganz wichtiger Typ sein. Jetzt her mit dem Geld.«

»Mein Gott, Sie gehen mir auf die Nerven.«

»Sie brauchen bloß zu zahlen.«

»Zuerst die Waffe«, sagte der Mann im Mantel. »Ich hab' sie Ihnen gegeben, jetzt will ich sie zurückhaben.«

Der Krankenpfleger griff in die Tasche seines Regenmantels und holte eine kleine Pistole heraus, die in Größe und Kaliber mit der identisch war, die der Fahrer des Coupés vor einer Stunde an dem Parkplatz am Potomac benutzt hatte.

»Das Magazin ist leer«, sagte der dunkelhäutige Mann und hielt dem anderen in der Dunkelheit die Waffe hin. »Da, nehmen Sie.«

»Geben Sie sie mir.«

»Nehmen Sie sie endlich! Herrgott, ich kann hier drinnen nichts sehen! Autsch! Scheiße! Was, zum Teufel ...?«

Die Hand des Fahrers war an dem kurzen Lauf der Waffe vorbeigeglitten und hatte den Ärmel des Pflegers an seinem Unterarm hochgeschoben. »Sorry«, sagte der Mann im Mantel. »Mein Ring hat sich verdreht. Hab' ich Sie verletzt?«

»Schon gut, *mama*. Das Geld. Her damit!«

»Sicher.« Der Mann nahm die Waffe, steckte sie ein und hob das vergoldete Feuerzeug auf, das auf seinem Schoß gelegen hatte. Er schnippte es an. Auf dem Sitz zwischen ihnen lag ein Bündel Geldscheine, das mit einem Gummiband zusammengehalten war. »Da, fünfzig Hundertdollarscheine, sauber natürlich. Wollen Sie nachzählen?«

»Wozu? Ich weiß jetzt ja, wo ich Sie finden kann«, sagte der Pfleger und öffnete die Tür. »Und Sie werden mich noch öfter sehen, *big mama.*«

»Ich freu' mich darauf«, erwiderte der Fahrer.

Wieder fegte der Wind unter den Mantel des Pflegers, als er die Tür zuknallte und sich herumdrehte, um zum Ambulanzwagen zurückzugehen. Der Mann im Coupé lehnte sich nach rechts und sah zum Fenster hinaus, die linke Hand am Türgriff, bereit, aus dem Auto zu springen, sobald er das sah, was er zu sehen erwartete.

Der Krankenpfleger begann zu taumeln, verlor das Gleichgewicht, streckte die Arme aus und stützte sich gegen die Seitenwand seines Fahrzeugs. Er schrie, hob den Kopf, der Regen peitschte in sein Gesicht; drei Sekunden später brach er im feuchten Gras zusammen.

Der Mann im Mantel stieg aus dem Coupé und kniete neben dem Krankenpfleger nieder. Erst schob er den weiten Ärmel an dem reglosen Arm nach oben. Dann holte er mit der rechten Hand eine Spritze heraus und stach die Nadel in das weiche Fleisch. Den Kolben drückte er so lange nieder, bis der ganze Inhalt des Röhrchens sich in die Blutbahn des Dunkelhäutigen ergossen hatte. Nun löste er die Spritze von der langen Nadel, griff über den reglosen Körper des Pflegers hinweg, hob seine leblose Hand und legte die Finger um das Glasrohr, den Daumen auf den Kolben und ließ die Hand wieder heruntersinken.

Der Mann richtete sich auf, drehte sich um und öffnete die Tür des Ambulanzwagens; innen war alles ordentlich, jedes Gerät an seinem Platz, wie es sich für einen vertrauenswürdigen Angestellten des Bethesda-Marinehospitals gehörte. Der Mann im Mantel, dessen Gesicht die breite Krempe seines Huts verdeckte, holte die kleine Pistole aus der Tasche und warf sie auf den Sitz. Dann griff er unter seinen Mantel, um etwas aus einer anderen Tasche zu holen: vier weitere Glasröhrchen, zwei gefüllt, zwei leer. Er warf einen prüfenden Blick auf die Etiketten; alle trugen die gleiche Aufschrift:

Bethesda Naval Hospital Sicherheitskontrolle
Inhalt: $C_{17}H_{19}NO_3H_2O$ *Morphium*

Er ließ die vier Röhrchen auf den Boden des Ambulanzwagens fallen.

Plötzlich fegte ein Windstoß vom Feld herüber und trieb den Regen schräg vor sich her. Der Mann griff nach seinem Hut, aber es war zu spät. Der Wind hatte die Krempe erfaßt und den Hut vom Kopf gerissen, ihn gegen das Coupé geworfen. Er ging durchs Gras, um ihn wiederzuholen. Selbst in der Dunkelheit war die weiße Strähne sichtbar, die von der Stirn des Mannes nach hinten durch sein gewelltes schwarzes Haar verlief.

Nikolai Petrovisch Maljekow war verärgert, und daß sein Haar naß geworden war, trug daran nur zum Teil die Schuld. Die Zeit begann knapp zu werden. Als Staatssekretär Arthur Pierce konnte er sich in dem verdreckten Zustand nirgendwo sehen lassen. Ein Mann in seiner Position lief nicht während eines Wolkenbruchs im Schlamm herum. Sobald er zu Hause eintraf, würde er seinen Dienstwagen bestellen. Er war mit dem britischen Gesandten verabredet, um mit ihm über OPEC-Probleme zu diskutieren.

Das war zwar nicht das, was seine Leute in Moskau von ihm wollten, aber es schadete auch nicht, wenn man etwas über die neueste angloamerikanische Ölstrategie erfuhr.

Und doch konnte nur der Mann, der unauffindbar war, der das Geheimnis von Anthony Matthias kannte, die *Voennaja* an ihr Ziel führen – zum Nutzen der ganzen Welt.

Arthur Pierce, als Sohn eines Farmers in Iowa aufgewachsen, aber geboren in dem russischen Dorf Ramenskoje, wandte sich im Regen zu seinem Wagen. Er durfte nicht müde werden, denn die Scharade hatte nie ein Ende, nicht für ihn.

Der ehemalige Botschafter Addison Brooks blickte zu Bradford auf der anderen Seite des Tisches hinüber. »Sie sagen, dieser Maulwurf wisse, wer Parsifal sei, und er hätte vor uns von ihm erfahren. Was veranlaßt Sie zu einer so unerhörten Behauptung?«

»Die Ereignisse an der Costa Brava«, sagte der Staatssekretär, »und die Vorkommnisse der letzten zweiundsiebzig Stunden.«

»Berichten Sie der Reihe nach«, forderte der Präsident ihn auf.

»In den letzten Stunden an der Costa Brava wurde Havelock mit einem Sender ausgerüstet, dessen Frequenzeinstellung von Technikern des CIA in Madrid abgeändert worden war. Sie hatten keine Ahnung, wozu der Sender bestimmt war oder wer ihn benutzen würde. Wie Sie wissen, wurde die ganze Operation an der Costa Brava von einem Mann namens Steven MacKenzie koordiniert, dem erfahrensten Beamten, den das CIA für solche Einsätze zur Verfügung hat; die Geheimhaltung war garantiert.«

»Absolut«, unterbrach ihn Berquist. »MacKenzie starb drei Wochen später, nachdem wir ihn aus Barcelona abgezogen hatten, an einem Herzinfarkt. An seinem Tod war nichts Verdächtiges. Der behandelnde Arzt war ein bekannter Spezialist, und man hat ihn gründlich befragt. MacKenzie ist eines natürlichen Todes gestorben.«

»Nur *er* kannte alle Einzelheiten«, fuhr Bradford fort. »Er hatte ein Boot, zwei Männer und eine blonde Frau beschafft, die Tschechisch sprach. Während der schrecklichen Szene, die sie an dem Strand aufführten, sollte sie aus der Ferne laut schreien. Bei den dreien handelte es sich um zwei kleine Rauschgifthändler und eine Prostituierte, die sich gut bezahlen ließen und keine Fragen stellten. Havelock funkte seine Nachricht im KGB-Code an das Boot draußen auf dem Meer; an Bord vermutete er Mitglieder der Baader-Meinhof-Gruppe. MacKenzie fing das Gespräch ab und signalisierte dem Boot, daß es ans Ufer kommen sollte. Ein paar Minuten später sah Havelock das, was MacKenzie beabsichtigt hatte. Die ›Operation Costa Brava‹ war vorbei.«

»Noch einmal, General Halyard und ich kennen die wesentlichen Punkte.« Der Botschafter wurde ungeduldig.

»Sie war vorbei, und mit Ausnahme der Anwesenden hier wußte niemand davon!« sagte der Staatssekretär hastig. »MacKenzie hatte die ganze Operation in einzelne Etappen unterteilt, und keine Gruppe wußte, was die andere tat. In der einzigen Erklärung, die wir gaben, war von einer Doppelagentin die Rede, die in die Falle gegangen sei. Und mit dem Tod MacKenzies war der letzte Außenstehende, der die Wahrheit kannte, von der Bildfläche verschwunden.«

»Der letzte Mann, vielleicht«, sagte Halyard, »nicht aber die letzte Frau. Jenna Karras wußte Bescheid.«

»Sie wußte nur, was man ihr gesagt hat. Und ich war derjenige, der in dem Hotel in Barcelona mit ihr gesprochen hat. Die Geschichte, die man ihr auftischte, hatte einen doppelten Zweck. Zum einen wollten wir ihr Angst einjagen, damit sie genau das tat, was wir von ihr verlangten, damit wir vorgeblich ihr Leben retten konnten. Zum zweiten wollten wir Havelock derart irritieren, daß er schließlich davon überzeugt war, daß Jenna Karras eine KGB-Agentin ist. Hätte sie meine Anweisungen befolgt, wäre sie jetzt in Sicherheit. Und wenn wir sie hätten finden können, befände sie sich jetzt nicht auf der Flucht vor Männern, die sie am Col des Moulinets töten wollten, die sie und Havelock jetzt töten müssen . . . damit die Wahrheit über das, was an der Costa Brava geschah, niemand sonst erfährt. Denn sie kennen die Wahrheit.«

Botschafter Brooks pfiff leise durch die Zähne. »Damit wären wir bei den letzten zweiundsiebzig Stunden angelangt«, sagte er.

»Ja, Sir. Col des Moulinets. Als ich den Bericht des zuständigen Agenten las, blieb für mich vieles im unklaren. Aber jetzt, nach seinen Aussagen hier heute abend, habe ich ein deutlicheres Bild.«

»Ein Mann namens Ricci, den er vorher nie gesehen hatte«, sagte der weißhaarige Staatsmann. »Zwei Sprengstoffexperten, von denen er nichts wußte.«

»Und eine heftige Explosion, die zwölf Minuten nach dem Feuergefecht auf der Brücke stattfand«, fügte Bradford hinzu. »Und dann seine Beschreibung der Frau, die die Russen eingeschleust hatten und wieder zurückhaben sollten, damit sie ihre Lektion lernten.«

»Was eine Lüge war«, wandte Halyard ein. »Die Bombe war für den Wagen bestimmt, in dem sie saß. Die Bombe war stark genug, um das Auto in tausend Stücke zu zerreißen, die Insassen eingeschlossen. Und unsere eigenen Leute durften kein Wort davon erfahren.«

»Das lief alles über einen Mann namens Ricci«, meinte Bradford, »einen Korsen, den keiner kannte, und zwei Sprengstoffexperten. Rom hat sie geschickt, aber die zwei, die entkamen, haben nachher kein einziges Mal versucht, mit der Botschaft in Verbindung zu treten. Da ist was faul. Sie haben es nicht gewagt, nach Rom zurückzukehren.«

»Sie sind von unseren Leuten geschickt worden«, sagte Berquist. »Aber sie kamen nicht von unseren Leuten. Sie hatten eine separate Übereinkunft mit derselben Person, die das Telefonat zwischen Washington und Rom geführt hat. ›Ambiguity‹.«

»Mit jener Person, *Mr. President,* die imstande war, einen authentischen KGB-Code in Moskau zu beschaffen; etwas anderes hätte Havelock nie akzeptiert. Dieser Jemand kennt die Wahrheit über die Costa Brava und war ebenso wie wir daran interessiert, vielleicht noch mehr, daß nichts darüber verlautet wurde.«

»Warum?« fragte Halyard.

»Weil wir, wenn wir jede Einzelheit der Operation untersuchen würden, vielleicht feststellen, daß er selbst dort war.«

Der Präsident und der General reagierten, als hätte man ihnen plötzlich den Tod einer ihnen nahestehenden Person mitgeteilt. Nur Brooks blieb ungerührt und beobachtete Bradford aufmerksam.

»Das ist aber eine kühne Behauptung, junger Mann«, sagte Halyard.

»Ich kann mir keinen anderen Grund vorstellen. Havelocks Exekution war sanktioniert worden, und selbst diejenigen, die Respekt vor seinen früheren Leistungen hatten, hatten Verständnis für dieses Vorgehen. Er war nicht mehr zuverlässig, ein unberechenbarer Killer, der für jeden draußen gefährlich war. Aber warum sollte die Frau am Col des Moulinets über die Grenze geschickt werden, warum behauptete man, ihre Flucht sei eine Lektion für die Sowjets, obwohl sie doch die ganze Zeit eine Bombe bereithielten, die Minuten später explodieren und sie in Stücke zerfetzen sollte, so daß keiner sie mehr hätte identifizieren können?«

»Um die Illusion aufrechtzuerhalten, sie sei an der Costa Brava getötet worden«, sagte Brooks. »Wenn sie überlebt hätte, würde sie um Asyl bitten und preisgeben, was sie weiß. Sie würde nichts mehr zu verlieren haben.«

»Und das würde dazu führen, daß man die Ereignisse jener Nacht am Strand erneut untersucht«, spann der Präsident den Faden weiter. »Sie mußte abseits von jener Brücke getötet werden, während weiterhin behauptet wurde, sie sei an der Costa Brava ums Leben gekommen.«

»Und Sie meinen, die Person, die telefonisch grünes Licht für Havelocks Exekution gab«, sagte Halyard und runzelte die Stirn, »die den Code ›Ambiguity‹ gebrauchte und diesen Ricci und die zwei Sprengstoffexperten am Col des Moulinets einsetzte, sei in jener Nacht an der Costa Brava gewesen?«

»Alles deutet darauf hin, General.«

»Um Himmels willen, warum?«

»Weil er weiß, daß Jenna Karras noch lebt«, erwiderte der Botschafter, der die ganze Zeit Bradford nicht aus den Augen gelassen hatte. » Ihm ist zumindest bekannt, daß sie an der Costa Brava nicht getötet worden ist. Sonst weiß das niemand.«

»Das ist reine Spekulation. Mag sein, daß nicht darüber gesprochen wurde, aber schließlich suchen wir sie schon fast vier Monate.«

»Ohne je zuzugeben, daß es sich tatsächlich um sie handelt, daß sie noch lebt«, erklärte der Staatssekretär. »Die Suchaktion galt einer Frau, deren Erfahrung als Agentin sie zu Leuten führen könnte, mit denen sie früher unter verschiedenen Decknamen zusammengearbeitet hat. Hauptsächlich wurde ihr Aussehen beschrieben, und die Sprachen, die sie beherrscht, wurden genannt.«

»Jetzt ist in Ihrer Darstellung ein Sprung.« Halyard schüttelte den Kopf. »MacKenzie hat über seine Strategie bei der ›Operation Costa Brava‹ nur Ihnen berichtet. Der CIA in Langley wußte nichts von Madrid. Wie konnte unter solchen Umständen jemand etwas in Erfahrung bringen, das gar nicht existierte? Es sei denn, Sie nehmen an, MacKenzie hätte Sie verraten oder die ganze Aktion verpatzt.«

»Ich glaube keines von beiden«, meinte Bradford und machte eine kurze Pause. »Ich glaube, daß der Mann, der den Code ›Ambiguity‹ übernommen hat, bereits vor drei Monaten mit Parsifal zu tun hatte. Er wußte, worauf er sich zu konzentrieren hatte, und wurde unruhig, als Havelock nach Madrid beordert wurde.«

»Es muß ein ranghoher Beamter hier im State Department sein«, unterbrach ihn der Botschafter, »jemand, der Zugang zu Verschlüsselungen höchster Geheimhaltung hat.«

»Ja. Er hielt ein waches Auge auf Havelocks Aktivitäten und sah, daß etwas geschah. Er flog nach Spanien, spürte ihn in Madrid auf und folgte ihm nach Barcelona. Ich war dort und MacKenzie auch. Es ist fast sicher, daß er mich erkennen würde, und da ich mich zweimal mit MacKenzie getroffen habe, darf man vernünftigerweise annehmen, daß man uns zusammen gesehen hat.«

»Und wenn das der Fall ist, darf man ebenfalls unterstellen, daß Moskau eine Akte über MacKenzie besaß, die dick genug ist, um die sowjetische Abwehr zu alarmieren.« Brooks beugte sich vor, seine Augen fixierten Bradford. »Ein Foto, das man dem KGB per Funk übermittelt hat, genügte, und schon wußte der Mann, den wir suchen und der Sie zusammen mit MacKenzie sah, daß eine Operation vorbereitet wurde.«

»So könnte es gewesen sein, ja.«

»Dabei unterstellen Sie allerdings eine ganze Menge«, sagte Halyard.

»Ich glaube nicht, daß der Staatssekretär schon fertig ist, Mal.« Der Botschafter deutete mit einer Kopfbewegung auf die Blätter, die Bradford gerade überflog. »Ich glaube nicht, daß er seiner Phantasie solche Ausflüge gestatten würde, wenn es nicht etwas gäbe, was sie angeregt hat. Habe ich recht?«

»Im Grunde, ja.«

»Wie wäre es mit einem einfachen Ja?« fragte der Präsident.

»Ja«, sagte der Mann aus dem Außenministerium. »Wahrscheinlich könnte man mich für das, was ich heute nachmittag getan habe, unter Anklage stellen, aber ich hielt es für unabdingbar. Ich konnte die Telefonate und die dauernden Unterbrechungen nicht mehr ertragen; ich mußte dieses Material wenigstens teilweise noch einmal lesen. Also ging ich in das Geheimarchiv von *Cons Op* und holte mir den Bericht, den Havelock über die Ereignisse an der Costa Brava abgegeben hatte, und nahm ihn mit nach Hause. Ich habe mich seit drei Uhr mit ihm beschäftigt und Havelocks Darstellung mit MacKenzies mündlichem Bericht nach seiner Rückkehr aus Barcelona verglichen; da gibt es Diskrepanzen.«

»In welcher Hinsicht?« fragte Brooks.

»MacKenzies Plan sah einen anderen Ablauf vor als den, den Havelock beobachtet hat.«

»Er sah, was wir absichtlich so inszeniert hatten«, sagte der Präsident. »Das haben Sie selbst vor wenigen Minuten ausdrücklich betont.«

»Möglicherweise hat er mehr gesehen, als wir denken, mehr als MacKenzie präpariert hat.«

»MacKenzie war doch selber dort«, protestierte Halyard. »Wovon, zum Teufel, reden Sie?«

»Er war ungefähr sechzig Meter von Havelock entfernt und hatte den Strand nur teilweise im Auge. Ihn interessierten auch Havelocks Reaktionen viel mehr als das, was dort unten sich abspielte. Er hatte es einige Male mit den zwei Männern und der blonden Frau geprobt. Und nach seinen Anweisungen sollte alles in Wassernähe stattfinden, sollten die Schüsse in die Brandung abgegeben werden, die Frau in den nassen Sand fallen und von den Wellen überspült werden. Das Boot sollte dabei ganz nahe sein, in Reichweite. Die Distanz, die Dunkelheit . . . alles war darauf abgestimmt, die größtmögliche Wirkung zu erzeugen.«

»Uberzeugend inszeniert«, unterbrach ihn Brooks.

»Perfekt«, pflichtete Bradford ihm bei. »Aber das war es nicht, was Havelock beschrieben hat. Was er sah, war weit überzeugender. Er hat unter Einfluß von Medikamenten in der Klinik in Virginia das Ganze buchstäblich ein zweitesmal erlebt. Er redete von Kugeln, die den Sand aufspritzen ließen, schilderte, wie die Frau zur Straße hinaufrannte, nicht unten am Wasser, und daß zwei Männer die Leiche wegtrugen. Zwei Männer!«

»MacKenzie hat doch zwei Männer engagiert«, sagte Halyard verwirrt. »Was ist da das Problem?«

»Einer mußte im Boot sein. Das war sechs Meter vom Ufer entfernt, sein Motor lief. Der zweite Mann sollte die Schüsse abgeben und die Frau ins Wasser ziehen, ihre ›Leiche‹ ins Boot werfen. Die Distanz, die Dunkelheit, der Lichtkegel einer Taschenlampe . . . alles gehörte zu MacKenzies Szene, das, was er mit seinen Leuten geprobt hatte. Aber die einzige Parallele zwischen dem, was MacKenzie geplant hatte und dem, was Havelock sah, war die Taschenlampe. Er war nicht Zeuge eines fingierten Mordes, nein, er verfolgte, wie eine Frau tatsächlich getötet wurde.«

»Herrgott!« Der General lehnte sich in seinen Sessel zurück.

»MacKenzie hat von all dem nie etwas erwähnt?« fragte Brooks.

»Ich glaube nicht, daß er es gesehen hat. Er sagte mir gegenüber nur: ›Meine Leute müssen eine verdammt gute Schau abgezogen haben.‹ Er blieb noch einige Stunden an seinem Standort auf dem Hügel oberhalb der Straße und beobachtete Havelock. Er verschwand erst, als es anfing, hell zu werden; er durfte nicht riskieren, daß Havelock ihn bemerkte.«

Addison Brooks griff sich mit der rechten Hand ans Kinn. »Also ist der Mann, den wir suchen, identisch mit dem Mann, der an der Costa Brava auf die Frau geschossen hat. Von Stern hat er den Code ›Ambiguity‹ erhalten und Havelock als ›nicht zu retten‹ klassifiziert.«

»Ja, so ist es«, sagte der Staatssekretär.

»Und er ist ebenso versessen darauf, Parsifal zu finden, wie wir«, schloß der Präsident.

»Ja, Sir.«

»Und doch, wenn ich Ihrem Gedankengang folge«, sagte Brooks rasch, »paßt eines nicht: Er hat die erstaunliche Information nicht an die üblichen KGB-Instanzen weitergeleitet. Wenn er das getan hätte, würden wir es wissen. Garantiert!«

»Er hat die Information nicht nur zurückgehalten, Mr. Ambassador, sondern absichtlich einen der leitenden Direktoren des KGB in die Irre geführt.« Bradford nahm das oberste Blatt seiner Aufzeichnungen und schob es Brooks zu, der zu seiner Rechten saß. »Das habe ich mir für den Schluß aufgehoben. Übrigens nicht, um Sie zu schockieren, sondern nur, weil es erst jetzt einen Sinn ergibt, jetzt, nachdem wir alles andere betrachtet haben, was damit zusammenhängt. Ehrlich gesagt, ich bin immer noch nicht sicher, ob ich es richtig begreife. Es handelt sich um ein Fernschreiben von Pjotr Rostow in Moskau. Er ist Direktor für externe Strategien im KGB.«

»Ein Telegramm vom sowjetischen Geheimdienst?« fragte Brooks erstaunt.

»Entgegen der landläufigen Meinung«, fügte der Staatssekretär erläuternd hinzu, »haben eigentlich sich feindlich gesinnte Geheimdienste häufiger Kontakt miteinander. Ihre Mitarbeiter sind nüchtern denkende Männer, die in einem verdammt nüchternen Beruf tätig sind. Mißverständliche Zeichen können sie sich nicht erlauben ... Rostow zufolge hatte das KGB mit den Ereignissen an der Costa Brava nichts zu tun; das wollte er uns wissen lassen. Nach dem Bericht von Colonel Brown hat er Havelock in Athen in die Falle gelockt und obwohl er ihn leicht aus Griechenland hätte ausschleusen und nach Rußland bringen können, hat er es vorgezogen, das nicht zu tun.«

»Wann haben Sie das Telegramm erhalten?« fragte Brooks.

»Vor vierundzwanzig Stunden«, antwortete der Präsident. »Wir haben versucht, uns einen Reim darauf zu machen. Offensichtlich wird keine Antwort erwartet.«

»Lesen Sie, Addison«, sagte Halyard.

»Es ist adressiert an Daniel Stern, Direktor von *Consular Operations,* United States Department of ...« Brooks hielt inne und blickte zu Bradford hin. »Stern ist vor drei Tagen getötet worden. Hat Rostow das wirklich nicht gewußt?«

»Nein, sonst hätte er das Telegramm nicht geschickt. Er hätte nicht den leisesten Verdacht zugelassen, daß das KGB irgend etwas mit Sterns Tod zu tun haben könnte. Er hat dieses Telegramm geschickt, weil er nicht wußte, daß Stern tot ist ... Stern und die anderen.«

»Nur Millers Tod ist bekanntgegeben worden«, sagte Berquist, »weil wir seinen Tod nicht länger vertuschen konnten; ganz Bethesda hat davon gesprochen. Bei Stern und Dawson verhängten wir Nachrichtensperre, bis wir wußten, was geschehen war. Wir haben ihre Familien nach Colorado Springs verlegt, in den Sicherheitskomplex von Cheyenne.«

»Lesen Sie«, wiederholte der General.

Brooks hielt das Papier in den Lichtkegel der Tischlampe und las mit monotoner Stimme: »Den Verrat an der Costa Brava haben nicht wir begangen. Ebensowenig sind wir auf den Köder in Athen hereingefallen. Solange die berüchtigte Abteilung *Consular Operations* ihre provokativen Handlungen fortsetzt, wird die Sowjetunion gegen deren Mißachtung menschlichen Lebens protestieren und gegen die Verbrechen und terroristischen Aktionen, die es Unschuldigen zufügt – Menschen wie Nationen. Sollte diese kriminelle Abteilung des amerikanischen State Department glauben, Kollaborateure innerhalb der Mauern des Dscherschinski zu haben, so seien Sie versichert, daß diese Verräter entdeckt und die verdiente Strafe finden werden. Ich wiederhole: Costa Brava geht nicht auf unser Konto.« Brooks ließ die Hand sinken, ohne das Blatt loszulassen. »Du großer Gott!« flüsterte er.

»Ich verstehe die Worte«, sagte Halyard, »aber nicht, was er uns damit deutlich machen will.«

»Lieber einen Satan, den man kennt, als einen, den man nicht kennt«, erwiderte Brooks. »Der Dscherschinski-Platz hat keine Mauern.«

»Das ist es, was uns nicht aufgefallen ist«, sagte Bradford und wandte sich dem Präsidenten zu. »Die Mauern sind im Kreml.«

»Er will Ihnen damit sagen«, fuhr der ehemalige Botschafter fort, »daß er weiß, daß die Operation an der Costa Brava nicht ohne einen oder mehrere Kollaborateure in Moskau hat stattfinden können . . .«

»Das war uns klar«, unterbrach ihn Berquist. »Was hat das mit den Mauern zu bedeuten? Meint er damit den Kreml? Wie verstehen Sie das?«

»Er warnt uns. Er sagt, er wisse nicht, wer sie sind; und deshalb sind die Drahtzieher nicht kontrollierbar.«

»Weil sie den üblichen Instanzenweg umgehen?« fragte der Präsident.

»Mehr noch, sie agieren völlig selbstherrlich«, meinte Brooks.

»Ein interner Machtkampf also.« Berquist blickte zu Bradford hinüber. »Hat irgendeine unserer Geheimdienstabteilungen in der Richtung etwas gemeldet?«

»Nur die üblichen Reibereien zwischen der alten Garde, die langsam wegstirbt, und den jüngeren ehrgeizigen Kommissaren.«

»Welche Position nehmen die Generäle ein?« fragte Halyard.

»Die eine Hälfte will Omaha in die Luft jagen, die andere plädiert für SALT drei.«

»Und Parsifal könnte sie wieder vereinen«, fügte Brooks hinzu. »Dann wäre ein atomarer Angriff der Russen kaum zu vermeiden.«

»Aber Rostow weiß nichts über Parsifal«, wandte Bradford ein.

»Er fühlt es«, meinte Brooks. »Er weiß, daß die Operation an der Costa Brava vom State Department inszeniert war, in Verbindung mit Kollaborateuren in Moskau. Seine vergebliche Suche nach ihnen beunruhigt ihn ungeheuer. Er spürt, daß an höchster Stelle eine Verschwörung im Gange ist.«

»Wie kommen Sie darauf?« Der Präsident nahm Brooks das Telegramm weg und las erneut den Text, als suchte er etwas, das er vorher übersehen hatte.

»Das steht nicht in dem Telegramm«, sagte Bradford und nickte Brooks zu, während er weitersprach. »Nur das Wort ›Köder‹ gibt einen Hinweis darauf. Es bezieht sich auf Havelock. Erinnern Sie sich, Rostow hat ihn in Athen laufenlassen. Er weiß um die ungewöhnliche Freundschaft zwischen Havelock und Anthony Matthias. Beide Tschechen, Lehrer und Schüler, Überlebende ... in vieler Hinsicht eine Vater-Sohn-Beziehung. Macht etwa einer von ihnen oder gar beide gemeinsame Sache mit Moskau? Und zu welchem Zweck? Es ist noch gar nicht so lange her, daß wir uns schon einmal darüber den Kopf zerbrochen haben. Damals lautete die Frage: Was hatte Matthias getan, und wo stand Havelock in dem Zusammenhang? Aus dem Grund haben wir ja schließlich das Schauspiel an der Costa Brava inszeniert.«

»Jetzt suchen wir nicht nur Parsifal, sondern einen weiteren Mann«, folgerte Berquist. »Er beobachtet jeden unserer Schritte und weiß genausoviel wie wir. Dieser Maulwurf der Sowjets ist imstande, einen Geheimcode aus Moskau zu beschaffen, und hat genügend Einfluß hier, um der Aktion an der Costa Brava einen anderen Verlauf zu geben ... verdammt, wir müssen ihn unschädlich machen! Wenn er Parsifal vor uns findet, sind er und die Wahnsinnigen im Kreml, denen er verantwortlich ist, in der Lage, diesem Land ihre Bedingungen zu diktieren.«

»Sie wissen, wo er ist«, sagte der stets pragmatisch denkende Offizier aggressiv. »Suchen Sie ihn! Er hat einen hohen Posten im Außenministerium und Zugang zu den Fernschreiben der Botschaften. Offensichtlich ist er Matthias verdammt nahe. Denn wenn ich Ihnen bis jetzt richtig folgen konnte, hat er die Karras ans Messer geliefert. Er war es, der den Zettel mit dem KGB-Code in ihren Koffer gelegt hat.«

»Ich glaube, daß er alles organisiert hat.« Bradford schüttelte langsam den Kopf und zog die Augenbrauen hoch. »Einschließlich den Koffer mit dem belastenden Inhalt, den Informanten von der Baader-Meinhof-Gruppe, unsere eigenen Codes und die Instruktionen aus

Moskau. Alles tauchte plötzlich in Barcelona auf, wie aus dem Nichts. Und keiner weiß, wie.«

»Ich nehme an, es hat wenig Sinn, Matthias noch stärker unter Druck zu setzen«, sagte Brooks.

»Das ist absolut zwecklos«, erwiderte Bradford. »Er würde nur wiederholen, was er von Anfang an behauptet hat: ›Der Beweis war da. Es war wahr. Es ist mir zugeleitet worden.‹«

»Der heilige Antonius hört die Glocken läuten«, explodierte der Präsident.

»Den Maulwurf im State Department zu finden«, beharrte Halyard, »kann doch nicht so schwierig sein. Sie brauchen doch bloß jeden seiner Schritte zu überprüfen.«

»Die *Cons-Op*-Strategen haben in völliger Geheimhaltung gearbeitet«, sagte Bradford. »Es gab keinen Terminkalender, keine Tagesordnungen für ihre Konferenzen. Eine bestimmte Person im Ministerium oder beim CIA erhielt einen Anruf, woraufhin dem betreffenden Strategen alles geliefert wurde, was er haben wollte. Aber es gab nie Sitzungsprotokolle; aus Sicherheitsgründen nicht. Nach unserer Schätzung könnte Stern mit etwa sechzig bis siebzig Leuten gesprochen haben. Vielleicht sind es noch mehr.«

»Aber wir reden hier vom State Department«, betonte Brooks. »Es geht doch nur um die vier Stunden nach Sterns letztem Telefonat mit Rom, bevor die Ermächtigung zum Col des Moulinets hinausging. Das schränkt die Möglichkeiten beträchtlich ein.«

»Das weiß auch der Betreffende«, sagte der Staatssekretär. »Und um so besser tarnt er sich.«

»Hat denn niemand Stern gesehen?« bohrte Brooks weiter. »Die Frage haben Sie doch sicherlich gestellt.«

»So unauffällig wir konnten. Aber keiner der Befragten hat zugegeben, ihn zu der fraglichen Zeit getroffen zu haben. Wir haben allerdings auch nicht damit gerechnet, daß jemand das zugeben würde.«

»Niemand hat ihn gesehen?« fragte der General und runzelte ungläubig die Stirn.

»Nun, das schon«, sagte Bradford und nickte. »Die Empfangsdame im vierten Stock, Abteilung L. Dawson hatte eine Nachricht für Stern hinterlassen; der nahm sie auf dem Weg zum Lift mit. Hinter der Tür der Empfangshalle liegen fünfundsiebzig Bürozimmer, er könnte in jedem davon gewesen sein.«

»Wer war denn zu der Zeit anwesend?« wollte Brooks wissen.

»Die Überprüfung hat uns nicht weitergebracht«, antwortete Bradford. »Dreiundzwanzig Leute waren es. Es gab verschiedene

Konferenzen, Sekretärinnen haben wie üblich Diktate aufgenommen. Niemand hatte seine Sitzung lange genug verlassen, um das Telefonat zu führen.«

»Aber, verdammt noch mal, Sie haben eine klar umgrenzte Abteilung!« rief Halyard zornig. »Fünfundsiebzig Leute sind nicht hundertfünfzig und nicht tausend, und einer davon ist Ihr Maulwurf. Fangen Sie doch einfach mit dem Personenkreis an, der eng mit Matthias zusammenarbeitet. Stecken Sie jeden einzelnen von ihnen in eine Klinik, wenn es sein muß.«

»Das würde eine Panik auslösen. Das ganze State Department wäre demoralisiert«, sagte Brooks. »Außer es gibt vielleicht tatsächlich eine Clique, die Matthias besonders nahesteht.«

»Sie begreifen diesen Mann nicht.« Bradford stützte das Kinn auf beide Hände und suchte nach Worten. »Er ist in erster Linie Geisteswissenschaftler, ein Intellektueller. Er ist der Sokrates am Potomac und schart seine Verehrer um sich, wo immer er sie finden kann. Die Mitarbeiter, die ihn anhimmeln, fördert er, während die Skeptiker seinen grausamen Zynismus zu spüren bekommen. Er ist ein brillanter Formulierer, der Worte wie Waffen gebraucht. Sticht ihm eine Abteilung positiv ins Auge, sind diese Leute eine Weile die Auserwählten, bis eine andere Gruppe kommt und ihm im richtigen Augenblick schmeichelt. Im letzten Jahr ist es schlimmer mit ihm geworden ... aber es war schon immer so.« Bradford gestattete sich den Anflug eines gequälten Lächelns. »Natürlich ist es möglich, daß ich ein Vorurteil gegen ihn habe. Ich selbst hatte nie Zugang zu einer jener Elitegruppen.«

»Warum, glauben Sie, hat man Sie ausgeschlossen?« fragte Brooks.

»Ich weiß nicht, ich hatte selbst einen gewissen Ruf, vielleicht war ihm das nicht geheuer. Vielleicht kommt es daher, daß ich ihn immer schon sehr scharf beobachtet habe. Einige von uns sind selbstbewußter geworden, und ich glaube nicht, daß Dr. Matthias darüber sehr erfreut war. Mit zunehmendem Selbstbewußtsein geht auch eine kritischere Haltung einher. Blinder Glaube kann den klaren Blick verstellen.« Bradford beugte sich vor und sah Halyard an. »Es tut mir wirklich leid, General. Die Antwort, die ich Ihnen und Mr. Brooks geben muß, ist, daß es keine bestimmte Gruppe gibt, auf die wir uns bei der Suche nur zu konzentrieren brauchten. Wir haben keine Garantie, daß wir unseren Maulwurf fangen, ehe die Unruhe ihn aufschreckt und dazu veranlaßt, die Flucht zu ergreifen. Und das dürfen wir nicht zulassen. Wir müssen ihn finden, denn er kann uns zu dem Mann führen, den wir Parsifal nennen. Er mag ihn gelegentlich aus dem Auge verloren haben, aber er weiß, wer Parsifal ist.«

Der General runzelte die Stirn, und seine klaren Augen blickten fragend. Der Präsident nickte langsam mit dem Kopf und griff sich mit der rechten Hand an die Wange, den Zeigefinger ausgestreckt, und sah den Staatssekretär aus dem Außenministerium an.

Schließlich begann der weißhaarige Botschafter zu sprechen. »Ich muß Sie loben, Mr. Bradford. Darf ich versuchen, die neue Situation zu umreißen? Aus Gründen, die wir nicht kennen, brauchte Matthias belastende Beweise gegen die Karras, die dazu führten, daß Havelock den Dienst quittierte. Mittlerweile – das zeigt sein Verhalten – ist Matthias zu Parsifals Marionette geworden. Parsifal erkennt aber auch, daß es in seinem Interesse liegt, Matthias' Absicht zu fördern. Er tritt an einen gut getarnten Sowjetagenten heran, der einen hohen Posten im State Department hat. Das belastende Beweismaterial wird beschafft, geprüft und akzeptiert . . . Doch als das CIA Nachforschungen anstellt und Ihnen berichtet, daß die Beweise nicht authentisch sein können, treten Sie, Emory Bradford, auf den Plan. Alarmiert von den Vorgängen, die auf eine staatsbedrohende Verschwörung deuten, ruft der Präsident uns schließlich alle zu sich. Als Gegenmaßnahme inszenieren wir die Operation an der Costa Brava, wobei, anders als geplant, eine Frau ermordet wird. An diesem Punkt, das ist offensichtlich Ihre These, hat der Maulwurf Parsifal aus den Augen verloren.«

»Ja. Parsifal bekam von dem Maulwurf das, was er wollte, und ließ ihn dann fallen. Der Maulwurf ist wie gelähmt und bekommt es mit der Angst zu tun; denn er hat ohne Zweifel Moskau Versprechungen gemacht, die auf Parsifals Zusicherungen basierten, und einen massiven Rückschlag für die amerikanische Außenpolitik vorhergesagt, möglicherweise sogar ein Desaster.«

»Und wer auch immer die Information besitzt, die Parsifals Dokumente enthalten, wird die Kontrolle über den Kreml besitzen.« Brooks blieb aufrecht und starr sitzen; sein Gesicht war bleich und gezeichnet. »Wir führen Krieg«, fügte er mit leiser Stimme hinzu.

»Ich wiederhole«, sagte Halyard. »Konzentrieren Sie sich auf diese fünfundsiebzig Büros im State Department. Nennen Sie es meinetwegen ›ärztliche Quarantäne‹; das ist einfach, aber wirkungsvoll. Schlagen Sie am frühen Abend zu, wenn sie ihren Dienst beendet haben. Holen Sie sie aus ihren Häusern, ihren Wohnungen oder aus Restaurants; sammeln Sie alle ein, und schaffen Sie sie in Ihre Labors. Finden Sie Ihren Maulwurf!« Halyard senkte die Stimme. »Ich weiß, daß das nicht astrein ist, aber ich glaube nicht, daß Sie eine andere Wahl haben.«

»Dazu brauchten wir zweihundert Männer, die sich als medizinisches Hilfspersonal ausgeben«, sagte Bradford, »und zwischen dreißig und vierzig Regierungsfahrzeuge. Und niemand darf etwas wissen.«

»Wir hätten es außerdem mit deren Familien und Nachbarn zu tun«, fügte Berquist resignierend hinzu. »Dieser verdammte Schweinehund!« Der Präsident hielt inne und atmete tief durch, bevor er fortfuhr: »Wir würden nie damit durchkommen; die Gerüchte würden sich wie ein Buschfeuer ausbreiten, die Presse würde sich gierig darauf stürzen. Massenverhaftungen ohne Erklärung – wir könnten ja keine geben –, Verhöre ohne Haftbefehl. Jede Zeitung im Land würde uns ans Kreuz nageln, ganz zu schweigen von dem Gift, das unsere Brüder im Kongreß verspritzen würden. Mein Sturz wäre nur noch eine Frage der Zeit.«

»Und was noch viel wichtiger ist, *Mr. President*«, sagte der Botschafter, »ein solches Vorgehen würde Parsifal ohne Zweifel in Panik versetzen. Er würde merken, wen wir aufzuspüren versuchen, nur um ihn zu finden. Er könnte seine Drohungen wahrmachen und das Unvorstellbare tun.«

»Ja, ich weiß. Wir sind zum Scheitern verurteilt, wenn wir etwas unternehmen, und ihm ausgeliefert, wenn wir tatenlos zusehen.«

»Es könnte funktionieren«, beharrte der Offizier.

»Wenn wir es richtig anpacken, könnten wir Erfolg haben, *Mr. President*«, meinte Bradford.

»Um Himmels willen, wie denn?«

»Jeder, der sich der Untersuchung hartnäckig widersetzt, sich weigert, könnte unser Mann sein.«

»Oder jemand, der etwas anderes zu verbergen hat«, sagte Brooks mit sanfter Stimme. »Sie könnten sehr wohl jemanden in die Enge treiben, der nicht mehr zu verbergen hat als etwa seinen Haß gegenüber einem Vorgesetzten oder eine Affäre mit einer Sekretärin. Unter diesen Umständen nehmen Belanglosigkeiten oft riesige Dimensionen an. Parsifal wird nur das wahrnehmen, was er in seinem Wahnsinn wahrnehmen will.«

Bradford hörte zu und machte sich widerstrebend das Urteil des Staatsmannes zu eigen. »Es gibt noch eine andere Möglichkeit, der wir bisher aus Zeitgründen nicht nachgegangen sind. Wir sollten bei jeder Person, die im vierten Stock arbeitet, prüfen, wo sie sich während der Woche aufgehalten hat, in der die Operation an der Costa

Brava lief. Wenn wir recht haben und ich mich nicht irre, war der Betreffende in der Zeit nicht hier in Washington, sondern in Madrid, in Barcelona.«

»Er hat sich getarnt«, wandte Halyard ein.

»Dennoch, General. Er müßte irgendwie seine Abwesenheit erklären. So viele können ja Washington nicht verlassen haben.«

»Wann können Sie beginnen?« fragte Berquist.

»Gleich morgen früh.«

»Warum nicht noch heute abend?« wollte Halyard wissen.

»Wenn die betreffenden Akten zugänglich wären, könnte ich das. Das sind sie aber nicht. Und jemand um diese Stunde anzurufen und ihn aufzufordern, sie auszuhändigen, würde zu Gerede führen. Das können wir uns auf keinen Fall leisten.«

»Und wie werden Sie morgen früh dafür sorgen, daß niemand Verdacht schöpft?«

Bradford schwieg eine Weile, die Augen gesenkt. Schließlich antwortete er: »Der Person, die diese Akten unter Verschluß hat, werde ich sagen, daß es sich um eine routinemäßige Terminüberprüfung handelt. So etwas führt immer jemand mal durch.«

»Akzeptabel«, nickte Brooks.

»Nichts ist akzeptabel«, sagte der Präsident der Vereinigten Staaten unwirsch und starrte die weiße Wand an, auf die vor einer Stunde die Gesichter von vier toten Männern projiziert worden waren. »›Ein Mann für alle Jahreszeiten‹ nennt man ihn. Verdammt, wenn ich könnte, wie ich wollte, würde ich das gleiche anstellen, was Heinrich VIII. mit Thomas More getan hat. Ich würde Matthias den Kopf abhacken und ihn statt auf die London Bridge auf die Spitze des Washington Monuments stecken, als ewige Erinnerung.«

»Sie wissen, was dann geschehen würde, nicht wahr, *Mr. President?*«

»Ja, das weiß ich. Die Leute würden zum blutenden Hals aufblikken, zu seinem stets wohlwollenden Gesicht – die Hornbrille säße ihm natürlich unversehrt auf der Nase – und würden in ihrer grenzenlosen Weisheit sagen, daß er stets recht gehabt hatte. Die Leute würden ihn heiligsprechen, und das ist die gemeine Ironie daran.«

»Er könnte immer noch an die Öffentlichkeit treten«, sinnierte Brooks, »und das Geschrei würde von neuem losgehen. Sie würden ihm die Krone anbieten, er würde sie ablehnen, dann würden sie darauf bestehen, so lange, bis er eines Tages auf dem Präsidentenstuhl sitzt. So unglaublich es auch scheinen mag, er könnte es wahrscheinlich schaffen. Selbst heute noch.«

»Vielleicht sollten wir ihn gewähren lassen«, sagte Berquist verbittert. »Vielleicht haben die Leute in ihrer grenzenlosen Weisheit doch recht. Vielleicht hat er die ganze Zeit tatsächlich recht gehabt. Manchmal weiß ich es nicht mehr. Vielleicht sieht er wirklich Dinge, die andere nicht wahrnehmen. Vielleicht sogar jetzt.«

Brooks und Halyard verließen den unterirdischen Raum, der Präsident und der Staatssekretär blickten ihnen nach. Am Mittag des nächsten Tages wollte man sich wieder zusammensetzen. Sollte allerdings Bradford bei seinen Nachforschungen vorher auf eine heiße Spur stoßen, würde man den Termin sofort vorverlegen; der Maulwurf hatte höchste Priorität. Er konnte sie zu einem Wahnsinnigen führen, den der Präsident und seine Berater Parsifal nannten.

»Ich muß Sie loben, Mr. Bradford«, sagte Berquist, wobei er versuchte, Brooks Stimme nachzuahmen. Das geschah ohne jeden Spott, eher Respekt klang aus seinen Worten. »Er ist eines der letzten Originale, nicht wahr?«

»Ja, Sir. Es gibt nicht mehr viele. Und unter denen, die ich kenne, ist keiner, der so engagiert das politische Geschehen verfolgt wie er. Ich finde, das ist ein großer Verlust für unser Land.«

»Halten Sie keine Grabreden, Emory, das paßt nicht zu Ihnen. Wir brauchen ihn; die Makler der Macht auf dem Capitolshügel haben immer noch verdammt großen Respekt vor ihm. Wenn es je eine Antwort auf Matthias gegeben hat, dann ist das Addison Brooks. Ich bewundere den alten Mann und seine klugen Gedanken. Genauso schätze ich Halyard. Für mich ist er einer der wenigen Offiziere, die tatsächlich die Verfassung gelesen haben und begreifen, daß politische Entscheidungen allein die gewählten Politiker und nicht die Militärs zu treffen haben. Das heißt keineswegs, daß der Krieg zu wichtig wäre, als daß man ihn den Generälen überlassen könnte; das ist Quatsch. Nein, es geht darum, die Kriege zu beenden; und das können die Generäle nicht akzeptieren. Halyard ist da anders, und das weiß man im Pentagon. Die Stabschefs hören auf ihn, weil er ihnen überlegen ist. Ihn brauchen wir auch.«

»Da bin ich ganz Ihrer Meinung.«

»Und darum geht es in diesem Amt: um das Notwendige, nicht um persönliche Vorlieben oder Abneigungen. Sollte ich jemals lebend und unversehrt nach Mountain Iron, Minnesota, zurückkehren, kann ich darüber nachdenken, ob ich jemanden mag oder nicht. Jetzt kommt es nur darauf an, was notwendig ist. Im Augenblick geht es darum, Parsifal zu bremsen, das aufzuhalten, was er in Bewegung gesetzt hat.« Der Präsident hielt inne und fuhr nach einer kurzen Pause fort: »Mir ist es ernst mit dem, was ich gesagt habe. Sie haben wirklich gute Arbeit geleistet.«

»Danke, Sir.«

»Besonders weil Sie nicht alles erwähnt haben. Havelock, wo ist er?«

»In Paris, da bin ich fast sicher. Das war das Ziel von Jenna Karras. Während ich heute nachmittag in den Unterlagen stöberte, habe ich mehrere Telefonate mit mir persönlich bekannten Senatoren und Beamten verschiedener Ministerien geführt. Auch mit dem Quai d'Orsay und unserer Botschaft in Paris habe ich gesprochen. Ich habe Druck ausgeübt, indem ich andeutete, meine Anweisungen kämen direkt aus dem Weißen Haus. Natürlich, ohne Sie namentlich zu erwähnen.«

»Das hätten Sie ruhig tun können.«

»Noch nicht, *Mr. President*. Vielleicht niemals, aber ganz sicher nicht jetzt.«

»Dann verstehen wir uns«, sagte Berquist.

»Ja, Sir. Die Notwendigkeit.«

»Halyard hätte das vielleicht verstanden, Brooks bestimmt nicht.«

»So habe ich das auch eingeschätzt, und deshalb habe ich vorhin Havelocks Status nicht erwähnt.«

»Er bleibt derselbe wie am Col des Moulinets. Wenn er die Ereignisse an der Costa Brava an die Öffentlichkeit trägt, wird Parsifal das schneller in Panik versetzen als jede noch so verdächtige Untersuchung im State Department. Havelock war im Zentrum des Geschehens . . . von Anfang an.«

»Ich verstehe, Sir.«

Berquist starrte die weiße Leinwand am anderen Ende des Raums an. »Im Zweiten Weltkrieg mußte Winston Churchill eine Entscheidung treffen, die ihm unsagbar schwerfiel. Der alliierten Abwehr war es gelungen, das deutsche Chiffriergerät Enigma in die Hände zu kriegen und zu knacken, was bedeutete, daß militärische Strategien, die von Berlin ausgesendet wurden, aufgefangen und entschlüsselt werden konnten, mit der Folge, daß Hunderttausende von Menschen – am Ende vielleicht sogar Millionen – vor dem Tode bewahrt werden konnten. Da erreichte die Engländer die verschlüsselte Meldung der deutschen Einsatzzentrale, daß ein schwerer Luftangriff gegen Coventry geplant war. Hätte man daraufhin die Stadt evakuiert, hätte man damit den Deutschen verraten, daß der Code den Alliierten bekannt war. Coventry mußte zerbombt werden, damit das Geheimnis bewahrt werden konnte. Aus dem gleichen Grund darf das Geheimnis der Operation an der Costa Brava nicht nach außen dringen – Millionen von Menschenleben stehen auf dem Spiel . . . Finden Sie Havelock, und wiederholen Sie den Befehl zu seiner Exekution.«

19

Havelock wußte, daß man ihn entdeckt hatte; jemand hatte plötzlich eine Zeitung sinken lassen, als er im Kennedy-Flughafen durch den Korridor lief, der zu den Schaltern der Einwanderungsbehörde führte. Er reiste mit Diplomatenpaß. Die Papiere, die Régine Broussac ihm beschafft hatte, garantierten ihm schnelle Abfertigung beim Zoll. Er hatte nur einen kleinen Koffer als Handgepäck bei sich, und sobald er die Paßkontrolle hinter sich hatte, würde man ihn die schwere Metalltür passieren lassen, die in den eigentlichen Terminal führte. Er würde dazu nur seine UNO-Papiere zeigen und erklären müssen, daß er weiter kein Gepäck hatte. Dann würde er frei sein, dann konnte er die Suche nach Jenna Karras in den Vereinigten Staaten fortsetzen.

Es war alles so einfach.

Aber zum Schutze von Régine Broussac – und am Ende auch zu seinem eigenen Schutz – mußte er die falschen Papiere rasch loswerden. Und außerdem mußte er in Erfahrung bringen, wer vorhin die Zeitung hatte sinken lassen. Ein Mann mit grauem Gesicht hatte sich langsam von seinem Stuhl erhoben, hatte die Zeitung zusammengefaltet, sich unter den Arm geklemmt und war auf die überfüllte Halle zugegangen, die außerhalb des Kontrollbereichs lag. Wer war dieser Mann?

Wenn er das nicht herausfinden konnte, war es durchaus möglich, daß er getötet wurde, ehe er einen Mann namens Jacob Handelman erreichte.

Der uniformierte Beamte der Einwanderungsbehörde war höflich und korrekt und stellte die üblichen Fragen, während er Havelock in die Augen sah.

»Sie haben kein Gepäck, Sir?«

»Non, Monsieur. Nur das Köfferchen hier.«

»Dann werden Sie sich wohl nicht lange in der First Avenue aufhalten.«

»Ein, zwei Tage«, erwiderte Michael. »Eine Konferenz.«

Der Beamte griff nach einem Knopf unter der Schreibplatte. »Ich wünsche einen angenehmen Tag, *Sir«,* sagte er.

»Vielen Dank«, sagte Havelock und schritt schnell durch die sich öffnende Stahltür. Da sah er den graugesichtigen Mann wieder. Er stand neben einer Reihe von Telefonboxen, die alle besetzt waren; er stand als zweiter in der Schlange hinter dem dritten Apparat. Die Zeitung, die er zusammengefaltet unter dem Arm getragen hatte, holte er sofort hervor und klappte sie auf. Er hatte also seinen Anruf noch nicht erledigen können.

Michael ging schnell an dem Mann vorbei, den Blick geradeaus gerichtet, und bog nach links in einen breiten Korridor, durch den abreisende Passagiere zu ihren Flugzeugen eilten. Dann wandte er sich nach rechts in einen schmaleren Gang, den weit weniger Leute benutzten, von denen die Mehrzahl die Uniformen der verschiedenen Fluggesellschaften trug.

Wieder nach links, diesmal war der Korridor länger, und ihm begegneten meist Männer in weißen Overalls. Das mußte die Frachtabteilung sein. In diesen Bereich verirrte sich kein normaler Passagier, hier gab es auch keine Münztelefone. Die kahlen Wände waren hin und wieder von weit auseinanderliegenden Glastüren unterbrochen. Michael lief den Flur entlang, bis er auf eine Schwingtür mit der Aufschrift »Herrentoilette« stieß und darunter dem Zusatz: »Zutritt nur für Flughafenpersonal«.

Michael ging hinein. In dem gekachelten, fensterlosen Raum summten zwei Ventilatoren. Links an der Wand waren die Toiletten, rechts Waschbecken und Pissoirs. Ein Mann im Overall mit der Aufschrift *Exelsior Airline Caterers* auf dem Rücken stand vor dem vierten Pissoir; aus einer der Zellen war das Geräusch der Spülung zu vernehmen. Havelock trat an ein Waschbecken und stellte den Koffer darunter.

Der Mann im Overall trat zurück und zog den Reißverschluß zu. Er musterte Michael und registrierte den teuren dunklen Anzug, den Havelock am selben Morgen in Paris gekauft hatte. Dann schlenderte er, als wollte er sagen: Schon gut, Chef, ich will mir nur noch die Hände waschen, zum nächsten Waschbecken und drehte das Wasser an.

Ein zweiter Mann kam aus einer Kabine heraus; er zog sich den Gürtel stramm und ging, halblaut vor sich hin fluchend, zur Tür hinaus. Eine Plastikkarte, die mit einer Sicherheitsnadel an seinem

Hemd befestigt war, ließ erkennen, daß es sich um einen genervten Vorarbeiter handelte.

Der Mann im Overall hatte inzwischen ein Papierhandtuch aus einem Wandbehälter gerissen, um sich die Hände abzutrocknen. Er warf das harte braune Papier in einen Drahtkorb, bevor er den Raum verließ. Michael rannte zum Ausgang und bremste die zurückschwingende Tür mit dem Fuß. Er hielt sie einen Spaltbreit offen und spähte hinaus.

Der unbekannte Aufpasser stand etwa fünfzehn Meter weiter im Korridor und lehnte zeitunglesend an der Wand neben einer Bürotür. Er sah auf die Uhr und blickte auf die Milchglasscheibe, als sei er ein harmloser Besucher, der auf einen Freund wartete, um mit ihm einen Imbiß oder ein paar Drinks zu nehmen. Es ging nichts Drohendes von ihm aus; aber gerade seine geschickte Tarnung verriet Michael, daß er es mit einem ausgekochten Profi zu tun hatte.

Havelock hatte den Vorteil, daß er die räumlichen Verhältnisse in der Herrentoilette kannte, sein Verfolger aber nicht. Der konnte es sich nicht leisten, seinen Posten zu verlassen – um zu telefonieren, beispielsweise, weil Michael ihm sonst entkommen könnte.

Es galt also abzuwarten. Und unterdessen mußte er die gefälschten Papiere loswerden, die seine Verfolger zu Régine Broussac und einem Mann namens Jacob Handelman führen konnten. Die Papiere ließen sich zu ihrem Ursprung zurückverfolgen, während ein Name aus einer abgelegten Akte auf einer Passagierliste bedeutungslos war. Havelock zerriß die Dokumente und spülte die Fetzen auf dem Klo ganz am Ende der Reihe hinunter. Dann öffnete er seinen Koffer und holte die kurzläufige spanische Llama und eine Brieftasche mit seinen richtigen Papieren heraus. Wenn man sie in der richtigen Weise vorzeigte, waren sie im wesentlichen ungefährlich. Trotzdem galt es, solche Situationen, wenn irgend möglich, zu vermeiden, und in seiner neuen Heimat war das Gott sei Dank selten nötig.

Während er die gefälschten Papiere zerstörte und seinen Paß und die Waffe in seinem Anzug verstaute, betraten zwei weitere Männer die Herrentoilette: ein Flugkapitän der Air France und sein Copilot, ihrem Gespräch nach zu schließen. Michael blieb in seiner Kabine. Sie redeten miteinander und schimpften über die lange Wartezeit vor der Landung. Beim Hinausgehen erregten sie sich immer noch.

Havelock zog sein Jackett aus, rollte es zusammen und wartete weiter in der Kabine. Er hielt die Tür einen halben Zentimeter auf und sah auf die Uhr. Er war jetzt schon beinahe fünfzehn Minuten in dem Waschraum. Allmählich mußte der Kerl auftauchen, dachte er.

Da schwang die weiße Metalltür langsam zurück, zuerst wurde eine Schulter sichtbar, dann der Rand einer zusammengefalteten Zeitung. Der unbekannte Aufpasser war sehr professionell; kein zusammengefaltetes Jackett, kein Mantel mit einer Waffe darunter; nur eine lose Zeitung, die man schnell fallenlassen konnte, um einen gezielten Schuß abzugeben.

Der graugesichtige Mann trat lautlos um die Tür herum, seine Augen suchten die vier Kabinen ab. Zufrieden bückte er sich weit herunter, aber nicht zu dem Zweck, um unter die Türen der ersten Kabinen hindurchzusehen; er hatte den Körper abgewandt. Was machte der Mann?

Michael drängte sich das Bild eines anderen Profis auf am Col des Moulinets, der die Uniform eines italienischen Grenzbeamten getragen hatte. Aber der blondhaarige Killer mit dem Namen Ricci war vorbereitet gewesen und kannte die Verhältnisse am Einsatzort. Er hatte gewußt, daß man die Tür des Wachhäuschens blockieren konnte. Dieser graugesichtige Profi indessen hatte improvisiert und sich ein Stück Furnierholz abgebrochen, wie man es in den Korridoren eines Flughafens an -zig Stellen findet, und schob es jetzt unter die Eingangstür der Herrentoilette. Er richtete sich auf, stieß den Fuß gegen den Streifen Holz und zog mit aller Kraft an dem Türknopf. Die Tür saß fest, niemand konnte herein; sie waren allein.

Der Mann drehte sich um. Er war vielleicht Mitte Fünfzig, und sein Haar über dem grauen Gesicht mit den buschigen Augenbrauen und den hochliegenden Backenknochen begann bereits dünn zu werden. Er war höchstens einen Meter siebzig groß und hatte eine kompakte Figur. Und dann sah Michael die linke Hand, die rechte wurde von der Zeitung verdeckt. Es war eine vergleichsweise riesige, muskulöse Hand, die gewohnt war anzupacken.

Der Mann ging an den Kabinen entlang, deren Türen fünf Zentimeter über dem gekachelten Boden endeten. Er mußte bis auf einen Meter herantreten, um sich zu vergewissern, ob die Kabine besetzt war. Jeder seiner Schritte war lautlos, er hatte dicke, elastische Gummisohlen unter den Schuhen. Plötzlich machte er mit der rechten Hand eine Kreisbewegung und riß die Zeitung weg. Havelock starrte auf die Pistole, als sein Verfolger sich den letzten zwei Kabinen näherte. Es war eine Graz-Burja! Als der Russe sich vorbeugte, warf Michael sein zusammengerolltes Jackett über die Tür der Kabine zu seiner Rechten, wobei der Stoff des Jacketts die Decke streifte und das Geräusch den Russen dazu zwang, sich blitzschnell aufzurichten und einen Satz nach links zu machen, die Waffe im Anschlag.

Havelock packte den Handgriff seines Koffers und riß im selben Moment die Tür auf. Mit ganzer Wucht schleuderte er das schwere Gepäckstück auf den Mann. Es gelang ihm, mit der linken Hand die Graz-Burja zu fassen zu kriegen und ihm die Pistole zu entreißen. Der Russe hielt seine kräftigen Arme schützend vor sich. Michael packte den linken Arm des Mannes und verdrehte ihn so lange, bis das Gesicht des Killers sich vor Schmerz verzerrte. Als der Russe anfing, zu Boden zu sacken, bückte sich Havelock und rammte ihm seine Schulter in den Bauch.

Der graugesichtige Mann fiel auf die Knie, stützte sich auf die rechte Hand, während er den linken Arm unbeweglich vor Schmerz quer über der Brust hielt. Er japste nach Atem. *»Njet, njet!«* stieß er keuchend hervor. »Nur reden, nur reden.«

»Hinter einer blockierten Tür und mit einer Waffe in der Hand?«

»Hätten Sie sich etwa mit mir unterhalten, wenn ich auf Sie zugegangen wäre und mich vorgestellt hätte? Auf Russisch vielleicht?«

»Sie hätten es ja probieren können.«

»Sie sind nicht lange genug stehengeblieben . . . Darf ich?« Der Russe machte Anstalten, sich zu erheben.

»Nur zu«, sagte Havelock, der die Graz-Burja ruhig in der Hand hielt. »Sie haben versucht, zu telefonieren.«

»Ja. Um durchzugeben, daß ich Sie entdeckt hatte.«

»Was wissen Sie über mich? Wie haben Sie mich gefunden?« Michael hob die Waffe und zielte auf den Kopf des Mannes. »Ich würde Ihnen raten, mir die Wahrheit zu sagen. Ich habe nichts zu verlieren.«

Der Russe starrte auf den Lauf der Waffe. »Nein, Sie haben nichts zu verlieren; Sie würden bestimmt nicht zögern.«

»Woher wußten Sie, daß ich mit dieser Maschine kommen würde?«

»Ich wußte es nicht. Niemand weiß es. Irgendwoher . . . Ein VKR-Beamter ist in Paris erschossen worden; er hatte niemanden außer uns, an den er sich wenden konnte.«

»Von einer Importfirma in Beaumarchais?« unterbrach ihn Michael. »Vom KGB-Hauptquartier in Paris?«

Der Russe ging nicht auf die Fragen ein. »Wir wußten, daß Sie überall im französischen Regierungsapparat Ihre Verbindungen hatten: bei der militärischen Abwehr, im Quai d'Orsay, in der Deputiertenkammer. Wenn Sie die Absicht hatten, Frankreich zu verlassen, gab es für Sie dazu nur eine Möglichkeit: mit Diplomatenstatus. Alle Air-France-Flüge wurden überwacht. Überall. In London, Rom, Bonn, Athen, in ganz Südamerika . . . Es war mein Pech, daß Sie sich für New York entschieden haben; damit hatten wir nicht gerechnet. Sie sind als ›nicht zu retten‹ eingestuft.«

»Das scheint ja ziemlich weit verbreitet zu sein.«

»Es ist in gewissen Kreisen bekannt.«

»Wollten Sie darüber sprechen? Wenn dem so ist, vergeuden Moskaus Leute in all diesen Flughäfen eine Menge Zeit.«

»Ich habe eine Botschaft von Pjotr Rostow für Sie. Er glaubt, Sie könnten nach Rom durchaus interessiert sein.«

»Was ist mit Rom?«

»Dort sollten Sie auf dem Palatin sterben.«

»Tatsächlich?« Havelock musterte die Augen des Mannes, seine Lippenhaltung. Rostow wußte also über die Schießerei auf dem Palatin Bescheid; das war zu erwarten. Die zwei verwundeten Italiener – der Mann und die Frau, die dem amerikanischen Agenten assistierten –, hatten nichts zu verlieren und einiges zu gewinnen, wenn sie die Wahrheit sagten. Natürlich war Moskau informiert. Aber Rostow wußte offensichtlich nichts von Jenna Karras und den Ereignissen am Col des Moulinets, sonst hätte er sie mit erwähnt. »Was für eine Botschaft ist das?« wollte Michael wissen.

»Ich soll Ihnen mitteilen, man hätte sich die Sache mit dem Köder noch einmal überlegt, er würde ihn jetzt nehmen und meint, Sie sollten zustimmen. Er läßt Ihnen sagen, er wäre nicht länger Ihr Feind, das wären andere, die auch seine Feinde sind.«

»Was soll das bedeuten?«

»Das kann ich Ihnen nicht weiter erklären«, meinte der grausichtige Mann. »Was das heißt, sollten Sie verstehen, nicht ich.«

»Ihnen ist der Vorfall auf dem Palatin bekannt?«

»Die Nachricht vom Tod eines Verrückten verbreitet sich schnell, besonders dann, wenn er eine ganze Reihe von Freunden getötet hat ... Wie haben ihn seine eigenen Leute genannt? Den ›Revolverhelden‹, glaube ich. Rostow würde gerne Antwort haben, aber Sie brauchen sie nicht gleich zu geben. Ich kann Sie kontakten, in ein, zwei Tagen oder in ein paar Stunden. Wie und wo, bleibt Ihnen überlassen. Wir können Sie herausholen, Sie in Sicherheit bringen.«

Erneut musterte Michael das Gesicht des Russen. Ebenso wie Rostow zuvor in Athen, sprach auch dieser Mann die Wahrheit – soweit er die Wahrheit kannte. »Was bietet Rostow?«

»Das habe ich Ihnen gesagt. Sicherheit. Sie wissen, was Sie hier erwartet. Denken Sie nur an den Palatin.«

»Sicherheit – im Tausch wofür?«

»Das ist Sache zwischen Ihnen und Rostow.«

»Sagen Sie Rostow, daß er sich irrt.«

»In bezug auf den Palatin?«

»Richtig«, sagte Havelock und fragte sich einen Augenblick lang, ob ein KGB-Direktor, der zehntausend Meilen entfernt war, die entscheidende Wahrheit, die von der großen Lüge verschleiert war, wahrnehmen würde. »Ich brauche die Sicherheit der Lubjanka nicht.«

»Sie lehnen sein Angebot also ab?«

»Den Köder lehne ich ab.«

Plötzlich war ein Poltern an der Tür zu hören. Flüche wurden laut. Das Holzstück, das unter der Tür verkeilt war, scharrte auf den Kacheln. Der Mann draußen hämmerte noch einmal gegen die Tür und schrie: »Hey, was zum Teufel soll das? Aufmachen!«

Der Russe blickte zur Tür, während Havelock seine Augen nicht von ihm wandte, und sagte schnell: »Falls Sie es sich anders überlegen sollten, im Bryant Park, hinter Ihrer öffentlichen Bibliothek, stehen eine Reihe von Mülltonnen. Machen Sie auf eine davon ein rotes Kreuz; ich empfehle Ihnen einen Filzstift oder besser noch Nagellack. Gehen Sie ab zehn Uhr auf dem Broadway zwischen der 42. und der 53. Straße auf und ab, auf dem östlichen Bürgersteig. Jemand wird Sie ansprechen und Ihnen eine Kontaktadresse nennen. Auf der Straße natürlich. Sie brauchen keine Falle zu befürchten.«

»Was ist denn dort drinnen los? Verdammt noch mal, machen Sie endlich die Tür auf!«

»Sie hatten doch gesagt, ich könnte den Treffpunkt auswählen.«

»Das können Sie auch. Sagen Sie dem Mann, der mit Ihnen Verbindung aufnimmt, einfach, wo Sie sich treffen wollen. Geben Sie uns drei Stunden Zeit.«

»Um mir eine Falle zu stellen?«

»Aufmachen!« Die Blechtür wurde ein paar Zentimeter weiter aufgedrückt, und wieder scharrte der Holzstreifen auf den Kacheln.

Eine zweite befehlsgewohnte Stimme mischte sich jetzt ein. »Was geht hier vor?«

»Die Tür ist verklemmt. Ich kann nicht hinein, aber ich höre drinnen Leute reden. Die haben die Scheißtür verrammelt.« Wieder ein Knirschen, ein Ächzen.

»Wir treffen unsere Vorsichtsmaßnahmen genau wie Sie«, sagte der Russe. »Was zwischen Ihnen und Rostow ist . . . ist zwischen Ihnen und Moskau. Wir sind nicht in Moskau. Ich bin nicht in Moskau. Ich rufe nicht die Polizei, wenn ich in New York in Schwierigkeiten bin.«

»Hört zu, ihr dort drinnen!« rief die zweite Stimme drohend. »Letzte Warnung, ihr Fixer! Ich hole jetzt die Flughafenpolizei!« Der Mann mit der energischen Stimme wandte sich jetzt an den verärgerten Toilettenbenutzer. »An Ihrer Stelle würde ich mir ein anderes Klo suchen. Diese Jungs haben sich bestimmt 'ne Spritze verpaßt, dann drehen die völlig durch. Ich geh' telefonieren.«

»Scheiße!«

»Verschwinden wir«, sagte Havelock und nahm sein Jackett.

»Sie lassen mich also leben?« fragte der Russe.

»Ich möchte, daß Sie meine Antwort weiterleiten. Das mit dem Nagellack auf der Mülltonne können Sie vergessen.«

»Würden Sie mir dann bitte meine Waffe geben?«

»So wohltätig bin ich nun auch wieder nicht. Sehen Sie, schließlich sind Sie mein Feind.«

»Es ist schwierig, das Fehlen einer Waffe zu erklären. Das sollten gerade Sie verstehen.«

»Sagen Sie ihnen doch, Sie hätten sie auf dem freien Markt verkauft; das ist der erste Schritt zum Kapitalismus. Billig kaufen – oder gar nichts zahlen – und teuer verkaufen. Die Burja ist eine gute Waffe. Die bringt eine stattliche Summe.«

»Bitte!«

»Sie begreifen nicht, Kamerad. Sie würden staunen, wie viele Gauner in Moskau Sie dafür bewundern würden. Kommen Sie schon!« Havelock packte den Mann an der Schulter und stieß ihn zur Tür. »Treten Sie den Keil weg«, befahl er, während er sich die Waffe in seinen Gürtel steckte und seinen Koffer aufhob.

Der Russe drückte mit der Schuhspitze gegen das Holzstück, schob es hin und her und drückte die Tür dabei fest zu. Der Keil löste sich; er schob ihn mit dem Fuß weg und zog die Tür auf.

»Herrgott!« rief ein dickbäuchiger Mann im blauen Overall. »Zwei Schwule!«

»Jetzt kommen sie!« schrie ein anderer Mann in Hemdsärmeln, der aus einem Büro auf der anderen Seite des Korridors rannte.

»Ich glaube, sie kommen zu spät«, sagte der Mann im blauen Overall und schaute Havelock und den Russen verächtlich an. »Da haben Sie Ihre Scheißfixer. Zwei Warme, denen es auf dem Parkplatz zu kalt ist.«

»Gehen wir«, flüsterte Havelock und packte den Russen am Ellbogen.

»Widerlich! Abstoßend!« schrie der Abteilungsleiter ihnen nach. »Haben Sie denn überhaupt kein Schamgefühl? Perverses Pack!«

»Sie überlegen es sich nicht noch einmal wegen der Waffe?« fragte der Russe und zuckte zusammen, als Michael ihn unsanft an seinem verletzten linken Arm berührte. »Das trägt mir ein Disziplinarverfahren ein. Ich hab' sie seit Jahren nicht benutzt; eigentlich ist die Pistole eher so etwas wie eine Uniform, wissen Sie.«

»Ins Gefängnis soll man euch stecken!«

»Ich sag's Ihnen doch, die befördern Sie, wenn die richtigen Leute glauben, Sie hätten eine Stange Geld damit verdient.«

»Schwule Sau!«

»Lassen Sie meinen Arm los. Diese Idioten halten uns tatsächlich für Homos.«

»Warum sollte ich? Sie sind verdammt verführerisch.«

Sie erreichten den zweiten Flur und bogen nach links zum eigentlichen Terminal. Jetzt waren sie wieder von Männern in Overalls umgeben, die gelegentlich Sekretärinnen nachschauten. Vor ihnen lag der Hauptkorridor, in dem sich ein Pulk von Menschen in beide Richtungen wälzte.

In wenigen Sekunden hatte die Menge der ankommenden Reisenden sie aufgenommen. Kurz darauf konnte man im Strom der abreisenden Passagiere drei Polizisten erkennen, die sich rücksichtslos einen Weg durch die Massen bahnten. Havelock tauschte mit dem Russen die Seiten, und als die Bullen neben ihnen waren, gab er ihm einen Schubs, so daß er gegen einen Polizisten stieß.

»Njet! Kishki!« schrie der Russe.

»Verdammt noch mal!« brüllte der Polizist, der das Gleichgewicht verlor und einen seiner Kollegen umriß, der seinerseits auf eine alte Dame fiel.

Havelock beschleunigte seine Schritte und drängte sich an den Passagieren vorbei, die alle zur Gepäckhalle wollten. Da sah er zu seiner Linken einen Gang, der in den eigentlichen Terminal führte. Er lief schneller, und als er schließlich in die Halle trat, blendete ihn zuerst das helle Licht der Nachmittagssonne, das durch die riesigen, dekkenhohen Fenster fiel. Er sah sich um, während er dem Ausgang zustrebte, hinter dem die Taxis warteten. An den Seiten des kuppelartigen Gebäudes reihten sich Telefonboxen aneinander, und daneben standen Regale mit Telefonbüchern.

Dreißig Sekunden später hatte Havelock den Eintrag gefunden: Handelman J., 116th Street, Morningside Heights. Eine Adresse in Upper Manhattan.

Jacob Handelman war der Mann, der Jenna Karras verborgen hielt.

»Halten Sie dort drüben«, sagte Havelock und wies auf die blaue Markise mit der kleinen goldenen Krone und der Aufschrift ›The King's Arms Hotel‹. Er hoffte zwar, nicht übernachten zu müssen – jede Stunde vergrößerte die Distanz zwischen Jenna und ihm –, aber auf der anderen Seite konnte er nicht mit seinem Koffer in der Hand auf dem Gelände der Columbia-Universität nach Jacob Handelman suchen.

Michael hatte während seiner Studienzeit in Princeton zweimal die Columbia-Universität besucht; das eine Mal, um sich einen historischen Vortrag über Europa nach Napoleons Herrschaft anzuhören, den ein Gastprofessor aus Oxford gehalten hatte, und das zweite Mal anläßlich einer Seminarveranstaltung, an deren Themenstellung er sich nicht mehr erinnerte. Keiner der beiden kurzen Besuche hatte einen bleibenden Eindruck bei ihm hinterlassen, und so wußte er praktisch nichts über die Columbia-Universität.

Das ›King's Arms‹, das gleich um die Ecke von Handelmans Wohnung lag, war ein kleines Hotel, das sich mit Niveau und Geschmack in der Umgebung einer Universität zu behaupten wußte. Unter den Gästen waren häufiger Gastdozenten, die das englische Flair der gediegenen Inneneinrichtung sehr zu schätzen wußten. Da das Hotel ganz in der Nähe von Handelmans Apartment lag, bestand sogar eine entfernte Möglichkeit, daß das Personal ihn kannte.

»Aber sicher, Mr. Hereford«, sagte der Angestellte nach einem Blick auf Michaels Meldekarte. »Dr. Handelman schaut gelegentlich auf ein Glas Wein herein oder ißt mit Freunden bei uns. Ein reizender Herr und immer gut gelaunt. Wir hier nennen ihn, wie die meisten das tun, den Rabbi.«

»Das wußte ich nicht. Daß er Rabbiner ist, meine ich.«

»Ich bin nicht sicher, ob er wirklich einer ist, obwohl ich bezweifle, daß jemand ihm die Befähigung dazu absprechen würde. Er ist Professor für Philosophie und hält, soweit mir bekannt ist, häufig Vorträge an der jüdischen theologischen Fakultät. Das Gespräch mit ihm wird Ihnen sicher große Freude machen.«

»Bestimmt. Danke für die Auskunft.«

»Page«, rief der Angestellte und schlug an eine Klingel.

Handelmans Wohnung lag zwischen dem Broadway und dem Riverside Drive, die leicht geneigte Straße bot einen Ausblick auf den Riverside Park und den Hudson. Das massive Gebäude aus weißem Stein war einst ein Monument für New Yorks explosionsartiges

Wachstum. Früher einmal hatte ein Türsteher den Eingang bewacht, jetzt war die Tür mit zwei Schlössern gesichert, und jeder Besucher mußte sich über eine Sprechanlage beim Mieter melden.

Havelock drückte die Glocke lediglich, um sich zu überzeugen, daß Handelman zu Hause war.

Keine Antwort.

Er klingelte noch einmal.

Wieder nichts.

Er überquerte die Straße und überlegte im gegenüberliegenden Hauseingang, was nun zu tun sei. Er hatte die Universität angerufen und Adresse und Telefonnummer von Handelmans Büro erhalten. Durch einen zweiten Anruf, bei dem er sich als Verwaltungsangestellter ausgegeben hatte, der sich nach einem Termin erkundigte, hatte er erfahren, daß Handelman bis vier Uhr nachmittags beschäftigt war. Jetzt war es beinahe schon fünf Uhr, und Michaels Enttäuschung wuchs.

Es gab natürlich keinerlei Garantie, daß er direkt vom Büro nach Hause ging; aber ein Fluchthelfer, der gerade einer Frau aus Paris einen Unterschlupf beschafft hatte – oder noch dabei war –, hatte gewisse Verpflichtungen. Havelock hatte mit dem Gedanken gespielt, Handelmans Büro aufzusuchen oder ihn auf der Straße anzusprechen; jetzt überdachte er beide Möglichkeiten noch einmal. Vielleicht hatte sich eine Verabredung in die Länge gezogen oder jemand ihn zum Dinner eingeladen; vielleicht gab es noch jemanden in der Wohnung, der Bescheid wußte und ihm helfen konnte.

Das Warten wurde ihm, entgegen seiner Gewohnheit, immer unerträglicher. Das Zusammentreffen mußte an dem Ort stattfinden, an dem Handelman die Listen mit Namen, die Karten und Codes versteckt hatte. Er konnte sie nur an einem Platz aufbewahrt haben, wo er sie sicher wähnte und doch schnell erreichen konnte: unter einer Diele im Fußboden oder, auf mikroskopische Größe verkleinert, in einer Schuhspitze oder in einem Hemdknopf.

Er hatte nie ein Foto von Handelman gesehen, konnte sich aber trotzdem ein klares Bild von seinem Äußeren machen. Der Barkeeper vom ›King's Arms‹-Hotel – selbst offensichtlich eine feste Institution und mit dem Flair und dem Wortreichtum eines fünftrangigen Poeten aus Dublin ausgestattet – hatte den »Rabbi« ausführlich beschrieben. Jacob Handelman war mittelgroß, hatte langes weißes Haar und einen kurzen grauen Bart. Er war etwas übergewichtig und daher wohlbeleibt. Er hatte einen »langsamen, gemessenen Schritt« – so der Barkeeper wörtlich –, »als wäre er von königlichem Geblüt und müßte stets die Wellen teilen oder die Arche Noah besteigen, um zu den Tieren zu sprechen. Ja, und in seinen Augen ist ein Leuchten, und er hat ein weiches Herz, Sir.«

Nachdem Havelock dem Mann zugehört hatte, mußte er sich erst einmal einen doppelten Scotch bestellen.

Drei Minuten nach fünf. *Atme tief durch. Du mußt wirklich atmen und an Jenna denken, an das, was du ihr sagen willst. Es kann noch eine Stunde dauern oder zwei oder noch länger, vielleicht die halbe Nacht.*

Die frühe Abenddämmerung begann, und die kalte, orangerote Sonne entflammte die Skyline von New Jersey hinter dem Hudson River. Auf dem West Side Highway war dichter Verkehr; nicht anders war es auf dem Riverside Drive. Die Temperatur sank, und graue Wolken zogen über den dunkler werdenden Himmel.

Auf der anderen Straßenseite lief ein mittelgroßer Mann in einem weiten schwarzen Mantel langsam den Bürgersteig hinunter. Seine Erscheinung war in der Tat imposant und paßte zu dem Bild, das sein schlohweißes Haar vermittelte, das unter dem Rand seines schwarzen Huts in den Nacken fiel. Im Licht einer Straßenlampe konnte Michael den grauen Bart sehen; es war Jacob Handelman.

Er ging auf die äußere Glastür des Apartmenthauses zu, gut sichtbar im hellen Eingangslicht. Havelock starrte zu ihm hinüber, wie hypnotisiert. Kannte er den Mann nicht irgendwoher? War der »Rabbi« nicht vor acht oder zehn Jahren an einer Operation im Mittleren Osten beteiligt gewesen? In Tel Aviv oder im Libanon? Michael hatte das sichere Gefühl, daß er ihn tatsächlich kannte. War es die Art, wie er ging? Sein gemessener Schritt? Oder war es die Brille it dem schmalen Stahlrand, die so fest in der Mitte seines großen Gesichts saß?

Der Augenblick ging vorüber; natürlich war es möglich, daß ein Mann seines Berufs Michaels Wege in einer Vielzahl von Situationen gekreuzt hatte. Vielleicht waren sie zum einen oder anderen Zeitpunkt im selben Sektor gewesen, der anerkannte Professor angeblich auf Urlaub, in Wirklichkeit aber hatte er sich mit jemandem wie Régine Broussac getroffen.

Handelman betrat den Eingangsflur, stieg die Stufen hinauf und blieb vor den Briefkästen stehen. Michael hatte alle Mühe, sich zurückzuhalten; der Drang, über die Straße zu rennen und den Mann anzusprechen, war überwältigend.

›Vielleicht zieht er es auch vor, Ihnen gar nichts zu sagen‹, hatte Régine Broussac gemeint.

Aber ein alter Mann, der nicht verhandeln wollte, überlegte Havelock, konnte im Treppenhaus um Hilfe schreien. Es war besser, so lange zu warten, bis Handelman seine Wohnung betreten hatte.

Langsam fiel die schwere schmiedeeiserne Tür hinter dem alten Mann ins Schloß. Havelock wartete drei Minuten, hinter einigen Fenstern im dritten Stock gingen die Lichter an. Michael trat aus dem Windfang und überquerte rasch die Straße. In der prunkvollen Eingangshalle überflog er die Namen auf dem Klingelkasten.

R. Charles, Hausmeister, 1 D.

Er drückte den Knopf und hielt den Mund dicht an das Lautsprechergitter.

»Ja, was ist?« fragte die Männerstimme in klarem, gepflegtem Englisch.

»Mr. Charles?« sagte Havelock, ohne zu wissen, weshalb die Stimme des Mannes ihm irgendwie eigenartig vorkam.

»Ja, hier spricht Charles. Wer ist da?«

»US-Regierung, State Department . . .«

»Was?«

»Kein Grund zur Unruhe, Mr. Charles. Wenn Sie bitte zur Tür kommen würden. Dort können Sie sich meinen Ausweis durch das Glas ansehen und mich entweder einlassen oder eine Nummer anrufen, die ich Ihnen gebe.«

R. Charles zögerte einen Augenblick, bevor er antwortete. »Einverstanden.«

Dreißig Sekunden später erschien ein hünenhafter, muskulöser junger Mann im Eingang. Er trug Sprintershorts und ein Sweatshirt mit dem Emblem der Columbia-Universtität auf der Vorderseite. Dies war also der Schutz, den sich die Apartmentbewohner von Morningside Heights gewählt hatten. Freies Quartier gegen wirkungsvollen Schutz. Michael hielt seinen Ausweis in der Plastikhülle hin; die Daten waren natürlich etwas unleserlich.

R. Charles blickte mit zusammengekniffenen Augen durch das Glas, zuckte die Achseln und öffnete die Tür. »Was, zum Teufel, soll das Ganze?« fragte er eher neugierig als feindselig. Ein Mann seiner Statur brauchte nicht aggressiv zu sein. Sein muskulöser Körper wirkte einschüchternd genug.

»Hier wohnt ein Mann, den ich gerne dienstlich sprechen würde, aber er ist nicht da. Er ist ein Freund von mir.«

»Wer denn?«

»Dr. Jacob Handelman. Er hat einen Beratervertrag mit uns, aber er spricht nicht gern darüber.«

»Ein netter, alter Herr, dieser Handelman.«

»Das ist er, Mr. Charles. Ich glaube allerdings, er wäre wahrscheinlich beunruhigt, wenn er sich vorstellt, jemand könnte mich erkannt haben.« Havelock grinste. »Außerdem ist es da draußen verdammt kalt.«

»Ich kann Sie aber wirklich nicht in seine Wohnung lassen. Unmöglich.«

»Das ist doch klar. Wenn es Ihnen recht ist, werde ich einfach hier auf ihn warten.«

R. Charles zögerte einen Augenblick. »Na, schön, okay. Ich würde Sie gern hereinbitten, aber mein Mitbewohner und ich pauken gerade für eine Matheprüfung, die morgen ansteht.«

»Ich möchte wirklich nicht ...«

Das Auftauchen eines jungen Mannes in einer Tür am Ende des Korridors unterbrach Havelock. Er hielt in einer Hand ein Buch.

»Hey, was ist denn?«

»Nichts. Jemand, der den Rabbi besuchen will.«

»Schon wieder einer? Komm schon, wir haben keine Zeit.« Der Zimmerkollege verschwand wieder.

»Nochmals, vielen Dank.«

»Schon gut. Der Rabbi müßte jeden Augenblick erscheinen.«

»Ist verdammt pünktlich, wie?«

»Wie eine Schweizer Uhr.« Der Student machte eine nachdenkliche Miene. »Wissen Sie, ich hab' mir schon so etwas gedacht, daß er mit einem Mann wie Ihnen zu tun hat, meine ich.«

»Wieso?«

»Ich weiß nicht ... wahrscheinlich wegen der Leute, die zu ihm kommen. Manchmal spät nachts; nicht gerade Typen von der Uni.«

Wenn er jetzt eine Frage stellte, hatte er eigentlich nichts zu verlieren, überlegte Michael. »Wir machen uns große Sorgen wegen der Frau, das will ich Ihnen offen sagen. Um ... des Rabbis willen hoffen wir, daß sie angekommen ist. Haben Sie sie mal zufällig gesehen? Eine große blonde Frau. Gestern? Heute?«

»Gestern abend«, sagte der junge Mann. »Ich nicht, aber mein Freund. Klasse Frau, hat er gesagt, aber sehr nervös. Sie hat auf den falschen Klingelknopf gedrückt und den alten Weinberg erwischt – er wohnt in Drei B und ist noch nervöser.«

»Das erleichtert mich. Wann denn gestern abend?«

»Um diese Zeit, schätze ich. Ich hab' gerade telefoniert, als Weinberg sich bei uns über die Hausssprechanlage gemeldet hat.«

»Danke.« *Sie war in Reichweite – er konnte es fühlen.* »Übrigens,

Sie haben eben durch reinen Zufall eine vertrauliche Information erfahren. Bitte respektieren Sie das.«

»Mann, Sie sind vielleicht amtlich. Ich hab' Sie nie gesehen, Mr. Havalatch, aber wenn die in Washington die Wehrpflicht wieder einführen, melde ich mich bei Ihnen.«

»Tun Sie das. Nochmals vielen Dank.«

»Machen Sie's gut.« Der hünenhafte Student ging zu der offenen Tür zurück.

Kaum hatte sie sich hinter ihm geschlossen, eilte Havelock zu der breiten, steinernen Treppe in der Mitte des Foyers. Den Lift traute er sich nicht zu benutzen; das Geräusch konnte zu leicht den »Hausmeister« alarmieren.

In Paris hatte Michael die clevere Idee gehabt, die teuren schwarzen Schuhe, die er passend zu seinem dunklen Anzug gekauft hatte, mit harten Gummisohlen ausrüsten zu lassen. Jetzt leisteten sie ihm auf der ausgetretenen Treppe gute Dienste; er lief schnell und lautlos hinauf, wobei er mit jedem Schritt zwei oder drei Stufen nahm. In weniger als einer Minute hatte er das dritte Stockwerk erreicht. Das Apartment 3 A lag am Ende des schwachbeleuchteten Flurs. Er blieb eine Weile stehen und atmete tief. Dann trat er an die Tür und drückte den kleinen Klingelknopf. Ein weicher Glockenschlag ertönte, und Sekunden später war das Geräusch näherkommender Schritte zu hören.

»Ja?« sagte die seltsam hoch klingende Stimme.

»Dr. Jacob Handelman?«

»Wer ist da, bitte?« Jetzt war ganz deutlich der deutsche Akzent zu vernehmen.

»Ich habe Nachrichten vom Quai d'Orsay. Können wir sprechen?«

»Vos?« Das Schweigen dauerte nur kurz, und die Worte, die darauf folgten, klangen hastig. »Sie irren sich. Ich habe keine Ahnung, wovon Sie reden. Ich kenne niemanden im . . . wie haben Sie gesagt, Quai d'Orsay?«

»In dem Fall muß ich mit Paris in Verbindung treten und meiner Kontaktperson sagen, daß sie einen schlimmen Fehler begangen hat. Selbstverständlich wird der Name Jacob Handelman im Computerterminal der Katakombe gelöscht werden.«

»Nur eine Minute bitte. Ich muß mein Gedächtnis ein wenig auffrischen.«

Havelock konnte wieder Schritte hören, sie entfernten sich und kehrten zurück, lange bevor die Minute um war. Hinter dem dicken

Holz war das metallische Klicken einiger Schlösser zu hören, dann öffnete sich die Tür. Handelman starrte Michael an und bedeutete ihm mit einer Handbewegung, daß er eintreten solle.

Woran lag es, daß er so sicher war, diesen alten Mann mit dem grauen Bart und dem langen weißen Haar zu kennen? Sein breites Gesicht war weich, aber die Augen hinter den dicken Gläsern mit dem dünnen Stahlrand waren ... er fand das richtige Wort nicht.

»Sie sind in meinem Haus, Sir«, sagte Handelman und verriegelte die Tür. »Ich bin weit gereist, natürlich nicht immer auf eigenen Wunsch, wie so viele Tausende in meiner Lage. Vielleicht haben wir im Quai d'Orsay einen gemeinsamen Freund, an den ich mich im Augenblick nicht erinnere. Natürlich, ich kenne mehrere Professoren an der Sorbonne.«

War es die hohe Singsangstimme? Oder die fragende, schräge Kopfhaltung? Oder die Art, wie der alte Mann vor ihm stand, die Füße fest in den Boden gestemmt, die Haltung locker und doch irgendwie starr? Nein, es war weder das eine noch das andere, es war alles zusammen ...

»Ihre Formulierung ›ein gemeinsamer Freund‹ trifft es nicht ganz. Sie kennen einen Namen: Régine Broussac, Ministerium für Auswärtige Angelegenheiten, Abteilung vier. Sie sollte heute mit Ihnen in Verbindung treten; sie ist eine Frau, die ihr Wort zu halten pflegt. Ich glaube, sie hat sich gemeldet.«

»Ah, in meinem Büro liegen Dutzende von Mitteilungen, über die nur meine Sekretärin Bescheid weiß, Mister ...«

»Havelock.«

»Ja, Mr. Havellacht. Kommen Sie herein.«

»Ich kannte früher in Berlin einen Habernicht, Friedrich Habernicht. Ganz ähnlich, nein?«

»Ja, ich denke schon.« War es die Art, wie er ging? Nun mußte Michael es wissen. »Wir sind uns schon einmal begegnet, nicht wahr?«

»Wir?« Handelman hob die Brauen, rückte sich die Brille zurecht und musterte Michael durch die dicken Linsen. »Ich kann mir nicht vorstellen, wo. Es sei denn, Sie waren als Student in einem meiner Kurse, aber das müßte dann wohl etliche Jahre zurückliegen, würde ich meinen. In dem Fall würden Sie sich an mich erinnern, aber ich nicht notwendigerweise an Sie. Das Alter und die vielen Studenten, Sie verstehen.«

»Schon gut. Wollen Sie etwa behaupten, Sie hätten nichts von Régine Broussac gehört?«

»Ganz und gar nicht ... Setzen Sie sich endlich ... Ich sage nur, daß ich es nicht weiß. Sie erzählen mir, diese Broussac hätte mir heute eine Nachricht geschickt, und ich sage, daß ich jeden Tag Dutzende von Nachrichten erhalte, die häufig viele Tage ungesehen liegenbleiben.«

»Ich habe Ihre Stimme schon einmal gehört«, unterbrach ihn Havelock, der sich immer noch nicht gesetzt hatte und den Raum absuchte. Überall waren Bücherregale, alte Möbel. »Jenna Karras!« sagte Michael plötzlich und hob dabei die Stimme.

»Noch eine Nachricht?« fragte Handelman unschuldig. »Ich muß einmal ein ernstes Wort mit meiner Sekretärin reden. Sie hält zu viel von mir fern.«

»Jenna Karras ist gestern abend zu Ihnen gekommen, das weiß ich.«

»Drei . . . nein, vier Leute sind gestern abend zu mir gekommen, alles Studenten von mir. Ich habe sogar ihre Namen hier drüben und die Gliederungen von zwei Semesterarbeiten.«

Jacob Handelman ging zu einem mit Papieren übersäten Schreibtisch an der Wand.

»Hören Sie auf!« schrie Havelock. »Sie haben sie versteckt, und ich muß sie finden! Das war die Nachricht von Régine Broussac.«

»Ich erhalte so viele Nachrichten«, tönte der alte Mann, als sänge er eine Litanei aus dem Talmud. »Hier sind die Namen, die Gliederungen«, fuhr er fort und beugte sich über den Papierstapel. »Wer kann die vielen Namen schon alle behalten?«

»Sie sollen mir jetzt zuhören! Régine Broussac hätte mir nicht Ihren Namen gegeben und mir verraten, wo ich Sie finden kann, wenn ich nicht die Wahrheit spräche. Ich muß Jenna erreichen! Man hat ihr etwas Schreckliches angetan – *uns,* und sie durchschaut es nicht!«

Handelman zitierte ungerührt aus einer Seminararbeit.

»Verdammt, wo haben Sie sie hingeschickt? Hören Sie auf, mit mir zu spielen! Sonst zwingen Sie mich . . .«

»Ja?« Handelman drehte im Schein der Stehlampe den Kopf herum und lugte durch die stahlgeränderten Gläser. Er machte ein paar Schritte nach links und legte die Papiere auf den Schreibtisch zurück.

Und da war es, in diesem Augenblick. Alles war wieder da: die Augen hinter den dünnen Silberrändern, die starre Haltung des weichen Körpers . . . seine Art zu gehen. Nicht das majestätische Schreiten eines Prälaten in der Kirche, nein, das Stolzieren eines Mannes in Uniform. Einer schwarzen Uniform!

Blitze erfüllten Havelocks Augen, und gleichzeitig schoß ein stechender Schmerz durch seinen Kopf. Sein Bewußtsein explodierte ... *damals und jetzt, jetzt und damals!* Nicht vor acht oder zehn Jahren, sondern viel früher, in den schrecklichen Kriegsjahren! Er war einer von ihnen! Die Bilder, die aus seiner Erinnerung auftauchten, bestätigten es. Er sah den Mann jetzt so vor sich, wie er damals gewesen war. Das breite Gesicht ohne Bart, die langen Haare ... nicht weiß, sondern arischblond. Wie er an den Gräben entlangging ... stolzierte!

Maschinengewehrfeuer! Schreie! Lidice!

Wie in Trance begann Michael auf den Mann zuzugehen, die Hände gespannt, die Finger zu Klauen gekrümmt.

»*Vos?*« Handelman zog das ›s‹ zischend in die Länge. »Was ist denn mit Ihnen? Sind Sie verrückt? Sehen Sie sich doch an ... Kommen Sie mir nicht zu nahe!«

»Der Rabbi ... O Herrgott, Sie Schweinehund! Sie unglaubliches Schwein! Was waren Sie? Standartenführer? Sturmbannführer? Nein, Obergruppenführer! Sie waren das? Lidice!«

Die Augen des alten Mannes weiteten sich, von den dicken Brillengläsern noch vergrößert. »Sie sind verrückt, völlig verrückt! Verlassen Sie mein Haus! Sie sind hier nicht willkommen! Ich habe so viel Schmerz erduldet, daß ich mir nicht noch das Geschrei eines Verrückten anzuhören brauche.«

Die Singsangstimme, mit der er diese Worte hervorstieß, tarnte seine Bewegungen. Seine rechte Hand schob sich auf den Schreibtisch zu. Havelock sprang vor, als Handelman plötzlich eine Waffe in der Hand hielt. Der Obergruppenführer konnte es sich nie leisten, seine Vergangenheit zu offenbaren. Damals hatte er Tschechen, Polen und Juden ermordet, und nach dem Zusammenbruch hatte er die Identität eines KZ-Insassen angenommen, den er in die Gaskammer geschickt hatte.

Havelock packte die Hand mit der Waffe so, daß der Finger am Abzug sich nicht bewegen konnte. Er schmetterte sie ein paarmal gegen die Tischkante, aber Handelman ließ nicht los. Der Alte bäumte sich unter ihm auf, klammerte sich an seinem rechten Arm fest, sein Gesicht verzerrt, der häßliche Mund gespannt. Da schoß seine linke Hand in die Höhe und preßte sich auf Michaels Gesicht, ihre Finger bohrten sich in seine Augen.

Havelock wich zurück; der andere glitt unter ihm weg. Jetzt waren sie nebeneinander an der Schreibtischkante, die Arme bis zum Brechen gebogen. Plötzlich spürte Michael, daß seine rechte Hand frei war; er ballte sie zur Faust und schmetterte sie Handelman ins Gesicht.

Die Gläser der Stahlbrille zersprangen. Der Deutsche schrie auf, die Waffe fiel klirrend zu Boden, als Handelman beide Hände vors Gesicht hielt.

Havelock riß den Alten hoch und preßte seine Hand auf den Mund. Seine Augen brannten, Tränen und Blutflecken behinderten seine Sicht. Aber er konnte sehen, der Nazi nicht.

»Wenn Sie einen Laut von sich geben, alter Mann, töte ich Sie. Und jetzt hinsetzen!« Er zog den Deutschen vom Schreibtisch weg und drückte ihn mit solcher Gewalt in den nächsten Sessel, daß sein Hals zurückschnellte. Aber die verbogene Brille blieb sicher auf Handelmans Gesicht.

»Sie haben mich blind gemacht!« jammerte er. »Ein Verrückter kommt in mein Haus . . .«

»Vergessen Sie es!« sagte Michael. »Ich war in Lidice!«

»Wahnsinn!« Handelman holte durch den weitgeöffneten Mund Luft und hob die Hände, um die Brille abzunehmen.

»Oben lassen!« herrschte Havelock ihn an.

»Junger Mann, Sie . . .«

»Halten Sie den Mund! Hören Sie zu. Ich kann Nachforschungen über einen Mann namens Jacob Handelman anstellen Deutsche befragen, die noch am Leben sind und ihn kannten – wenn er je existiert hat. Anschließend werde ich ein Foto von Ihnen, natürlich ohne den Bart, in gewissen Vierteln von Prag in Umlauf geben. Sie waren dort; ich habe Sie später gesehen und wollte Sie töten. Ein neun- oder zehnjähriger Junge wollte Ihnen auf der Straße ein Messer in den Rücken stoßen. Und jemand, der heute noch in Prag oder Rudna oder Kladno lebt, würde das gleiche am liebsten heute noch tun. Darüber reden wir, Sie Bastard! Kommen Sie mir also nicht mit Leuten, die gestern abend nicht hier waren, sprechen Sie von der Frau. Wo ist sie?«

»Ich bin ein sehr wichtiger Mann . . .«

»Ganz gewiß sind Sie das. Wer könnte schon erfahrener darin sein, wie man spurlos untertaucht, als jemand, der selber so perfekt darin ist? Wer könnte sich besser schützen als jemand, der die Verstecke so vieler Menschen verraten könnte? Sie haben sich gut geschützt, Sie Mörder! Aber nicht mit mir, ist das klar? Denn mir ist das gleichgültig. Also, wo ist Jenna Karras?«

»Ich will nicht auf Ihre lächerlichen Anschuldigungen eingehen«, winselte der Deutsche, »aber da wäre die Bezahlung zu klären.«

»Sie können Ihr Leben behalten«, sagte Havelock. »Es interessiert mich nicht. Mir genügt es, daß Sie wissen, daß ich es jederzeit beenden kann. Wo ist sie?«

»Die oberste Schreibtischschublade.« Der Alte gestikulierte mit zitternder Hand; seine Augen blieben hinter der zersprungenen Brille unsichtbar. »Heben Sie die Bleistiftschale hoch; darunter ist ein zusammengefaltetes grünes Stück Papier.«

Michael trat an den Schreibtisch, zog die Schublade heraus und fand das hellgrüne Stück Papier; er nahm es und faltete es auseinander. In sauberen, handgeschriebenen Blockbuchstaben stand dort die Information, für die Havelock den Mann getötet hätte; sie bedeutete ihm alles.

Broussac. Bewerberin für eine Doktorarbeit.
Name: Arvidas Corescu, c/o Kohoutek
RFD 3, Mason Falls, Penna

»Ist Corescu der Name, den sie benutzt?« fragte Havelock mit scharfer Stimme.

»Im Augenblick. Das ist nicht endgültig. Die Papiere mußten in ein paar Stunden hergestellt werden. Andere werden folgen . . . falls sie folgen.«

»Und das bedeutet?«

»Sie müssen bezahlt werden. Umsonst gibt es nichts.«

»Natürlich; der Haken sitzt, und die Leine läuft. Sie müssen ein paar sehr eindrucksvolle Fische dort draußen haben.«

»Man könnte sagen, daß ich mächtige . . . Freunde habe. An vielen Orten.«

»Wer ist dieser Kohoutek?«

»Ein Slawe«, sagte der alte Mann und zuckte spöttisch die Achseln. »Er besitzt Ackerland.«

»Wann ist sie weggegangen?«

»Man hat sie heute früh abgeholt.«

»Und wie ist sie getarnt?«

»Als politischer Flüchtling – eine Nichte vielleicht – aus dem Ostblock. Kohoutek wird ihr Arbeit beschaffen.«

»Und dann kann sie ihn und Sie bezahlen, oder sie erhält keine neuen Papiere.«

»Man braucht Papiere«, jammerte Handelman, dessen breites, bärtiges Gesicht von der zersprungenen Brille noch mehr verzerrt wurde, »um einen Wagen zu fahren oder ein Konto zu eröffnen.«

»Oder damit einen die Einwanderungsbehörden in Ruhe lassen«, unterbrach ihn Michael. »Diese Drohung bleibt doch immer bestehen, oder?«

»Wir sind ein Land von Gesetzen, Sir.«

»Sie machen mich krank«, sagte Havelock und näherte sich dem Stuhl. Er blickte auf den Massenmörder von Lidice hinab. »Ich könnte Sie jetzt töten und würde nichts als Freude dabei empfinden. Können Sie das verstehen, Sie Philosoph? Aber ich werde es nicht tun, weil ich möchte, daß Sie zu spüren bekommen, wie es ist, wenn man jeden Augenblick, jeden Tag . . . jede Nacht damit rechnen muß. Jedesmal, wenn es an der Tür klopft. Leben Sie damit, Sie dreckiges altes Luder. Heil Hitler!«

Er drehte sich um und ging zur Tür.

Ein scharfes Geräusch ertönte hinter ihm, Unheil verheißend. Er fuhr herum und sah, wie die lange Klinge eines riesigen Messers auf ihn zuschoß, direkt auf seine Brust. Der Alte hatte sich die zerdrückte Brille vom Gesicht gerissen und hielt das Heft des Messers in der Hand. Die Waffe war in dem Polstersessel versteckt gewesen.

Michael sprang zurück; die rasiermesserscharfe Schneide zerfetzte sein Jackett, schnitt in das Fleisch und zog eine Blutbahn über sein weißes Hemd.

Seine rechte Hand griff nach der Pistole unter dem Jackett. Wieder wich er dem Messer aus, hob die Waffe und zielte auf das breite Gesicht.

Er feuerte zweimal; der alte Mann fiel zu Boden, der Kopf von Blut überströmt. Die Kugeln hatten den Mörder von Lidice zum Schweigen gebracht, aber da war keine Freude; es bedeutete ihm nichts mehr.

Es schob nur um Jenna. Er hatte sie gefunden; jetzt konnte sie ihn nicht mehr daran hindern, sie zu finden. Vielleicht würde sie ihn töten, aber zuerst würde sie ihm in die Augen sehen müssen.

Er schob die Llama zurück in den Gürtel, steckte das grüne Notizblatt ein und eilte aus dem Apartment ins Freie.

20

»Broussac ist der Name, *Mr. President.* Régine Broussac«, sprach Emory Bradford in das Mikrofon auf seinem Schreibtisch im Außenministerium. »Quai d'Orsay, Sektion vier. Sie hat vorgestern abend mit der Botschaft Verbindung aufgenommen und beorderte einen Funkwagen in die Umgebung von Argenteuil, mit dem Auftrag, einen ehemaligen Mitarbeiter der amerikanischen Abwehr aufzugreifen, der sich dort mit ihr treffen sollte. Unter höchst unorthodoxen Umständen, sagte sie.«

»Havelock?«

»Ja, das hat sie zugegeben.«

»Und?«

»Der Wagen fuhr die ganze Nacht die Straßen von Argenteuil ab. Man hat ihn nicht kontaktet.«

»Was hat diese Broussac gesagt? Ich nehme an, daß man sie befragt hat.«

»Sie war wütend. Sie behauptet, er wäre nie aufgetaucht.«

»Nun?«

»Unsere Leuten glauben, daß sie lügt.«

»Warum?«

»Einer unserer Männer hat sie in ihrer Wohnung besucht und ihr einige Fragen gestellt. Er erfuhr, daß sie gegen ein Uhr früh nach Hause zurückgekehrt ist. Wenn das der Fall war – und das war es offenbar, denn zwei Nachbarn haben ihre Aussage bestätigt –, weshalb hat sie dann nicht die Botschaft angerufen und den Wagen abbestellt?«

»Hat man sie danach befragt?«

»Nein, Sir. Unsere Leute warten auf Instruktionen. Es ist unüblich, daß Angehörige der Botschaft Besuche machen und heimlich Fragen über hohe Beamte des Quai d'Orsay stellen.«

Charles Berquist überlegte einen Augenblick und erklärte dann mit Bestimmtheit: »Veranlassen Sie, daß Botschafter Richardson Madame Broussac anruft und sie mit allem Respekt bittet, unsere Botschaft so bald wie möglich aufzusuchen; wenn es geht, innerhalb einer Stunde. Der Präsident der Vereinigten Staaten wünscht in einer vertraulichen Angelegenheit mit ihr zu sprechen.«

»Mr. President . . .«

»Tun Sie nur, was ich sage.«

»Ja, Sir.«

»Und . . . Emory?«

»Sir?«

»Was macht die andere Sache? Ich meine, die Diplomaten, die während des ›spanischen Problems‹ nicht in Washington waren?«

Bradford zögerte einen Moment, ehe er antwortete. Und als er dann sprach, war offensichtlich, daß er sich Mühe gab, seine Stimme unter Kontrolle zu halten. »Bis zur Stunde fehlen fünf.«

»Was?«

»Ich wollte erst am Mittag darüber reden, wenn ich alle Informationen habe. Aber der letzte Bericht läßt darauf schließen, daß neunzehn Personen nicht im Ministerium waren. Vierzehn sind gecheckt worden, fünf noch nicht.«

»Dann machen Sie weiter. Besorgen Sie sich alle Informationen.«

»Ich gebe mir Mühe.«

»Bis Mittag.«

Der kalte Regen der vergangenen Nacht hatte bis zum Morgen angehalten, wenn er auch etwas schwächer geworden war. Der Himmel vor den Fenstern des Oval Office war dunkel. Ein Absinken der Temperatur nur um ein oder zwei Grad, und der Rasen des Weißen Hauses würde mit Schnee bedeckt werden. Berquist stand am Fenster und dachte kurz darüber nach, wie hoch die Schneewehen wohl in Mountain Iron, Minnesota, sein mochten. Wie sehr wünschte er sich, jetzt dort zu sein. Sein Telefon summte. Er sah auf die Uhr, als er zum Schreibtisch ging; es war 11.15 Uhr.

»Ja?«

»Ihr Gespräch mit Paris, Sir.«

»Danke.« Berquist drückte den roten Knopf. »Madame Broussac?«

»*Oui, Monsieur le Président.* Das ist eine Ehre für mich, Sir. Ich fühle mich geschmeichelt, daß man mich zu einem Gespräch mit Ihnen gerufen hat.« Die Stimme der alten Frau war kräftig, aber da war auch eine Andeutung von Angst zu spüren.

»Und ich bin Ihnen sehr dankbar, Madame. Sind wir allein, wie ich es angeordnet habe?«

»Ja, *Monsieur le Président*. Botschafter Richardson war so liebenswürdig, mir sein Zimmer zu überlassen. Ganz ehrlich, ich bin verwirrt, könnte man sagen.«

»Sie haben das Wort des Präsidenten der Vereinigten Staaten, daß uns wirklich niemand zuhört, Madame Broussac. Und es gibt auch keine Tonbandgeräte, die unser Gespräch aufzeichnen. Nehmen Sie mir das ab?«

»Selbstverständlich. Warum sollte eine so hochgestellte Persönlichkeit eine hohe Beamtin des Quai d'Orsay täuschen wollen?«

»Aus einer ganzen Anzahl von Gründen. Aber das tue ich nicht.«

»Mais oui. Dann bin ich beruhigt.«

»Gut. Ich brauche Ihre Hilfe in einer Angelegenheit von höchster Brisanz. Sie betrifft in keiner Weise die Regierung von Frankreich, aber jede Unterstützung Ihrerseits würde auch im Interesse Ihres Landes sein. Auch darauf haben Sie mein Wort.«

»Das genügt, *Monsieur le Président.«*

»Es ist von äußerster Wichtigkeit, daß wir einen ehemaligen Beamten erreichen, der sich erst kürzlich vom State Department getrennt hat. Sein Name ist Michael Havelock.«

»S'il vous plaît, Monsieur le . . .«

»Nein, bitte«, unterbrach Berquist. »Lassen Sie mich zu Ende sprechen. In meinem Amt habe ich zuviel um die Ohren, um mich persönlich mit Ihrer Arbeit zu befassen oder mit den Aktivitäten, mit denen Mr. Havelock beschäftigt war. Ich bitte Sie nur, uns behilflich zu sein, ihn zu finden. Vielleicht kennen Sie einen Namen, den er gebraucht. Was auch immer Sie mir sagen, wird streng vertraulich behandelt werden, das verspreche ich Ihnen.«

»Monsieur . . .«

»Ganz gleich, was er Ihnen vielleicht gesagt haben mag«, fuhr der Präsident fort und schnitt ihr das Wort ab, »seine Regierung hat ihm nie Böses gewollt. Wir haben viel zuviel Respekt für das, was er während seiner aktiven Dienstzeit geleistet hat und empfinden zu tiefe Dankbarkeit für seine Arbeit. Die Tragödie, von der er glaubt, daß sie nur ihn betrifft, berührt uns alle. Mehr kann ich Ihnen nicht sagen. Aber ich hoffe, Sie ziehen in Betracht, aus welcher Quelle diese Mitteilung kommt. Werden Sie mir helfen, Madame Broussac?«

Berquist konnte ihren schweren Atem durch das Telefon hören und auch das Pochen in seiner Brust. Er blickte zum Fenster hinaus, die ersten weißen Flocken mischten sich in den Nieselregen.

»Während Sie versuchen, ihn zu finden«, begann Régine Broussac, »sucht er jemand anderen.«

»Das wissen wir. Wir haben die Frau gesucht. Um ihr Leben zu retten. Und das seine.« Der Präsident schloß die Augen. Das war eine Lüge, an die er sich später einmal erinnern würde. Aber dann würde er sich auch an Churchill und Coventry erinnern.

»Es gibt da einen Mann in New York.«

»New York?« Berquist lehnte sich verblüfft nach vorne. »Er ist hier? Sie ist . . .«

»Das überrascht Sie, *Monsieur le Président?«*

»In hohem Maße.«

»Das sollte es auch. Ich war es, die sie nach New York geschickt hat. Und ihn.«

»Was ist mit diesem Mann in New York?«

»Man muß sich ihm mit einem hohen Maß an Feingefühl nähern. Man darf sein Leben nicht gefährden. Sie haben die gleichen Leute in Europa; wir brauchen sie alle, *Monsieur le Président*. Selbst wenn wir jene kennen, die zu anderen . . . Firmen gehören, lassen wir sie in Ruhe.«

»Ich verstehe völlig.« Berquist hatte die Warnung deutlich verstanden. »Dieser Mann kann uns sagen, wo er ist?«

»Er kann Ihnen sagen, wo sie ist. Das ist es, was Sie wissen müssen. Aber man muß ihn überzeugen, daß er nicht gefährdet ist.«

»Ich werde nur einen Mann schicken, und nur er wird eingeweiht sein. Mein Wort darauf.«

»Je le respecte. Ich muß Ihnen verraten, ich kenne ihn nicht persönlich, nur aus seiner Akte. Er ist ein großer Mann mit sehr viel Mitgefühl, *Monsieur*. Im April 1945 hat man ihn aus dem KZ in Bergen-Belsen befreit.«

»Man wird ihn mit allem denkbaren Respekt behandeln, und er kann mit absoluter Vertraulichkeit rechnen. Wie ist sein Name, bitte?«

»Jacob Handelman, Columbia-Universität.«

Die drei Männer hörten gespannt zu, während Emory Bradford im unterirdischen Strategieraum des Weißen Hauses methodisch darlegte, was er inzwischen in Erfahrung gebracht hatte. Mit bewußt monotoner Stimme beschrieb er im einzelnen, wo sich die neunzehn Mitarbeiter des State Department aus dem vierten Stock, Abteilung L, die während der Operation an der Costa Brava nicht in Washington gewesen waren, aufgehalten hatten. Als er geendet hatte, waren in den Gesichtern der Zuhörer Kummer und Enttäuschung zu erkennen, besonders beim Präsidenten. Er lehnte sich nach vorne, und sein massiges Gesicht wirkte abgespannt und faltig.

»Sie waren heute morgen so sicher«, sagte er. »Fünf fehlten noch, haben Sie mir erzählt. Was ist geschehen?«

»Ich hatte unrecht, *Mr. President.*«

»Verdammt noch mal, das wollte ich nicht hören. Wer waren die fünf?«

»Unter ihnen war auch eine Frau. Sie hatte in der Zeit eine Abtreibung machen lassen.«

»Wie konnten Sie überhaupt eine Frau in Betracht ziehen?« fragte Halyard. »Nicht daß ich da einen großen Unterschied mache, aber eine Frau würde irgendwo eine Spur hinterlassen.«

»Nicht wenn sie – über Moskau – Männer kontrolliert. Tatsächlich war ich sehr erregt, als ihr Name auftauchte. Ich dachte, du lieber Gott, das ist ja eine perfekte Tarnung. Aber ich habe mich geirrt.«

»Wer waren die anderen?«

»Zwei sind Attachés in unserer Botschaft in Mexiko. Man hatte sie wegen eines Informationsaustausches zurückgerufen, und sie sind erst am fünften Januar nach Mexico City zurückgekehrt.«

»Erklärung?« fragte der Präsident.

»Sie machten noch Urlaub mit ihren Familien. Einer war auf einer Skihütte in Vermont, der andere in der Karibik.«

»Wer ist der vierte?«

»Arthur Pierce.«

»Pierce?« fragte Halyard verblüfft. »Der Mann bei der UNO?«

»Ja, General. Er steht besonders hoch in Matthias' Gunst. Wenn überhaupt jemand im Außenministerium über einen längeren Zeitraum direkten Zugang zu Matthias hatte, dann war er es. Matthias hat Pierce mit der eindeutigen Absicht in die UNO delegiert, um ihm später einen Botschafterposten zuzuschanzen.«

»Wenn Sie mir eine kleine Korrektur gestatten«, sagte Berquist, »ich persönlich habe ihn ernannt. Letztes Jahr hat er ein paar Monate hier mit dem Nationalen Sicherheitsrat zusammengearbeitet, ehe der große Mann meinte, daß man ihn in New York brauche.«

»Dem hat dieser verdammte Krieg in Südostasien genausowenig behagt wie mir«, rief da Halyard aus. »Seine Personalakte war genausogut wie meine ... ehrlich gesagt, sogar ein gutes Stück besser.«

Addison Brooks lehnte sich in seinem Sessel zurück. »Ich kenne Pierce. Ein erfahrener Diplomat hat mich auf ihn aufmerksam gemacht. Ich glaube, ich kann es mir auch ein wenig zuschreiben, daß er ins State Department kam. Ich hab' schon gewußt, was ich tue – ein Farmerssohn aus Iowa, glaube ich, brillante akademische Leistungen, ein Stipendium nach dem anderen, eine richtige Erfolgsstory. Und bei einem solchen Mann denken Sie an eine Verbindung mit Moskau?«

»Ich habe mir vorher gar nichts dabei gedacht, ganz besonders nicht in seinem Fall. Arthur Pierce ist ein Freund von mir . . . und ich habe nicht viele. Ich halte ihn für einen der fähigsten Männer, die wir im State Department haben. Trotzdem habe ich die Berichte, die man mir gegeben hat, gründlich durchgelesen. Nur ich, übrigens. Ich habe sie weder meiner Sekretärin noch einem Assistenten gegeben.«

»Was veranlaßt Sie denn zu glauben, Pierce könnte irgend etwas mit der sowjetischen Abwehr zu tun haben? Herrgott, der ist so amerikanisch wie das Sternenbanner.«

»Ein Irrtum in den Protokollbüchern der UNO. Der erste Bericht zeigte, daß Pierce während der letzten Dezembertage und in den ersten drei Januartagen – in der Woche, als die Operation an der Costa Brava lief – vier verschiedene Anfragen aus der Abteilung, die für den Mittleren Osten zuständig ist, nicht beantwortet hat. Dann tauchten sie natürlich doch auf. Seine Analysen waren scharfsinniger als alles andere, was ich bisher über diesen Bereich gelesen habe, und paßten glänzend zu dem, was im Sicherheitsrat verhandelt wurde. Tatsächlich hat man sie sogar benutzt, um einen besonders aggressiven sowjetischen Antrag zu blockieren.«

»Der Irrtum in den Aufzeichnungen war die Erklärung?« fragte Brooks.

»Das ist es ja, was mich so wahnsinnig macht. Es gibt immer eine Erklärung und dann die Bestätigung einer Erklärung. Es gehen so viele Meldungen ein, daß zwanzig Prozent davon verlegt werden. Pierces Antworten waren die ganze Zeit da gewesen.«

»Wer ist der letzte Mann?« Berquist wollte nicht aufgeben. Sein Blick ließ erkennen, daß er nicht bereit sein würde, Bradfords neue Erkenntnis zu akzeptieren.

»Einer, von dem ich schon überzeugt war, daß er der Maulwurf ist. Fast hätte ich seine Verhaftung durch den Sicherheitsrat des Weißen Hauses veranlaßt. Gott sei Dank habe ich das nicht getan. Er hätte ein Mordsgeschrei gemacht.«

»Wer?«

»Nikolai Sitmarin. In Leningrad geboren und aufgewachsen, die Eltern Dissidenten, die vor mehr als einem Dutzend Jahren eingewandert sind. Er ist der fähigste Analytiker des State Department in bezug auf die innenpolitischen Vorgänge in der Sowjetunion. Seine Prognosen treffen etwa zu siebzig Prozent zu. Ein erstklassiger Mann, und in seinem Fall dachte ich, daß es für Moskau eigentlich keine bessere Möglichkeit gäbe, einen Maulwurf bei uns einzunisten.«

»Ist Sitmarin Jude?« fragte der General.

»Nein, aber die meisten Leute glauben das wahrscheinlich; nach meiner Ansicht hatte das seine Tarnung sogar noch verbessert. Die russischen Dissidenten sind nicht ausschließlich Juden, obwohl das der allgemeine Eindruck zu sein scheint. Außerdem haben sich die Medien seiner ziemlich angenommen ... ein dreißig Jahre altes Wunderkind, das einen persönlichen Rachefeldzug führt. Das alles schien so logisch ineinander verwoben, so richtig zu sein.«

»Was hat denn den Verdacht auf Sitmarin gelenkt?« Die Worte des Präsidenten verrieten seinen festen Entschluß, fündig zu werden.

»Auch in diesem Fall gab es zunächst keine Erklärung für seine Abwesenheit. Er war ab Mitte der Weihnachtswoche bis zum achten Januar nicht in seinem Büro. Er war überhaupt nicht in Washington. Ich ließ einen Zeitkontrolleur und seinen Abteilungsleiter anrufen; dann bekamen wir die Erklärung.«

»Und die war?« drängte Berquist.

»Urlaub aus privaten Gründen. Sitmarins Mutter in Chicago war ernsthaft erkrankt. Sie wäre beinahe gestorben. Das Krankenhaus hat es bestätigt.«

»Aber sie ist nicht gestorben«, unterbrach ihn Brooks.

»Ich habe persönlich mit dem behandelnden Arzt gesprochen und ihm deutlich gemacht, wie wichtig meine Anfrage war. Er hat mir eine Passage aus seinen Akten vorgelesen.«

»Lassen Sie sich die Akten schicken«, befahl der Präsident. »Es gibt zu viele Erklärungen – eine davon ist eine Lüge.«

»Da bin ich Ihrer Ansicht, aber welche?« fragte Bradford. »Nicht nur diese fünf, sondern alle neunzehn. Jemand, der der Ansicht ist, er – oder sie – täte einem Vorgesetzten einen harmlosen Gefallen, indem er ›Ambiguity‹ vor uns verbirgt und den Maulwurf versteckt. Und in den Akten stehen ein paar zusätzliche Tage Skiurlaub oder ein bißchen Sonne in der Karibik oder eine Affäre mit ... entschuldigen Sie.«

»Ach, hören Sie schon auf. Nehmen Sie jeden aus diesem Kreis noch einmal unter die Lupe. Finden Sie eine Erklärung, die einer Überprüfung nicht standhält.«

»Das wird einige Zeit in Anspruch nehmen«, sagte der Staatssekretär.

»Sie haben in gut zwölf Stunden schon eine ganze Menge erreicht«, meinte Brooks mitfühlend. »Ich muß Sie wieder loben.«

»Und hinter Ihnen steht die ganze Autorität dieses Amtes. Sie sollen alles beschaffen können, was Sie brauchen, was auch immer es ist. Nutzen Sie diese Vollmacht. Finden Sie den Maulwurf.« Berquist schüttelte verzweifelt den Kopf. »Wir befinden uns mit ihm in einem Wettrennen bei der Suche nach einem Verrückten, den wir Parsifal nennen. Wenn die Sowjets ihn vor uns finden, bricht die Außenpolitik dieses Landes zusammen.« Der Präsident stützte die Hände auf. »Noch etwas? Ich lasse zwei wißbegierige Senatoren warten. Sie sind beide Mitglieder im Ausschuß für Auswärtige Beziehungen. Mich läßt das Gefühl nicht los, daß sie von Matthias Wind bekommen haben.« Berquist hielt inne; er erhob sich und sah Bradford an. »Können Sie mir noch einmal versichern, daß auch wirklich jede Person auf Poole's Island absolut zuverlässig ist?«

»Ja, *Sir*. Jeder ist bis auf die Fingernägel überprüft worden, und keiner verläßt während der ganzen Zeit die Insel.«

»Auch das wird einmal ein Ende haben«, sagte Brooks. »Was heißt ›die ganze Zeit‹? Das ist ein unnatürlicher Zustand.«

»Die Umstände sind abnorm«, unterbrach ihn General Halyard. »Die Streifen sind bewaffnet, die ganze Insel ist eine Festung.«

»Was ist mit Havelock?« fragte Brooks. »Etwas Neues?«

»Nein«, erwiderte der Präsident und ging zur Tür.

»Rufen Sie mich später an«, sagte er ohne weitere Erklärung. »Um drei Uhr.«

Ein heftiger Wind peitschte die Schneeflocken gegen die Windschutzscheibe. Havelock war schon vor einigen Minuten an dem Hinweisschild vorbeigefahren, die Buchstaben hatten im Licht seiner Scheinwerfer geglänzt: MASON FALLS 3 MILES. In New York hatte er in einer Buchhandlung eine Landkarte von Pennsylvania gekauft und den Ort Mason Falls rasch gefunden. Sofort hatte er begriffen, daß er keine andere Wahl hatte, als nach Pittsburg zu fliegen und sich ein Taxi zum Flughafen La Guardia genommen. Im letzten Augenblick hatte er die 20-Uhr-Maschine erreicht und war in Pittsburg um 21.15 Uhr gelandet. Eine halbe Stunde später saß er in einem Mietauto, das er bei jeder Hertz-Station abgeben konnte, und fuhr auf der finsteren, verlassenen Landstraße Richtung Süden.

Kaum hatte er das Ortsschild von Mason Falls passiert, sah er im dichten Schneetreiben – die Flocken waren jetzt größer und schwerer geworden – zu seiner Rechten ein rotes Neonzeichen. Er fuhr darauf zu, verlangsamte seine Fahrt und las die Schrift: ›Harry's Bar‹. Entweder hatte jemand hier einen ausgeprägten Sinn für Humor, oder es gab hier einen Mann namens Harry, der nicht wußte, wie weit er von Paris oder Venedig entfernt war.

Drinnen in der Bar wurde Michael eines Besseren belehrt.

An den holzgetäfelten Wänden hingen vergrößerte Fotografien aus dem Zweiten Weltkrieg, die Pariser Motive zeigten; auf einigen war ein Soldat zu sehen, der sich vor dem Eingang von ›Harry's Bar‹ in Pose gestellt hatte. Das Lokal war rustikal eingerichtet. In einer Ekke stand eine Musikbox, aus der Countrymusik dröhnte. Das halbe Dutzend Gäste der Bar, lauter Männer in rotkarierten Flanellhemden, Cordhosen und knöchelhohen Stiefeln, saß gelangweilt herum.

Er sah sich nach einem Wandtelefon um; es war ausgerechnet nur zwei Meter von der Jukebox entfernt. Das störte ihn nicht weiter, wohl aber, daß kein Telefonbuch greifbar war; er brauchte eine Adresse. Er ging an die Bar, stellte sich zwischen zwei leere Hocker und wartete, bis der mürrisch blickende Harry ihn bediente.

»Was soll's denn sein?«

»Ein Scotch und ein Telefonbuch, wenn Sie eines haben, bitte.«

Der Besitzer des Lokals musterte Havelock kurz. »Hier wird selten Scotch verlangt. Deshalb hab' ich nicht gerade den besten.«

»Macht nichts.«

»Ist ja Ihre Kehle.« Harry griff unter die Bar, holte ein dünnes Telefonbuch hervor und legte es vor Michael auf den Tresen. Dann ging er nach links zu einer Reihe von Flaschen auf einem beleuchteten Regal.

Havelock durchblätterte das Buch schnell, und sein Zeigefinger fuhr an der Reihe unter dem Buchstaben K entlang.

Kohoutek, Janos RFD 3 Box 12

Verdammt! Route Nr. 3 konnte überall in Mason Falls liegen, einer Ortschaft mit geringer Einwohnerzahl zwar, aber ausgedehnter Fläche. Und wenn er die Nummer anrief, würde er Kohoutek nur alarmieren; bestimmt gab es eine Losung, mit der man sich am Telefon ausweisen mußte. Jacob Handelman zu erwähnen, hätte einen Anruf in New York zur Folge gehabt. Und in der Wohnung des toten »Rabbi« würde sich niemand melden, zumindest nicht bis zum nächsten Morgen, wo man ihn vielleicht finden würde, möglicherweise aber sogar einige Tage nicht.

»Ihr Scotch«, sagte Harry und stellte das Glas auf den Tresen.

»Kennen Sie zufällig einen Mann namens Kohoutek?« fragte Havelock leise. »Janos Kohoutek?«

Der Barbesitzer kniff die Augen zusammen, dachte nach. »Den Namen habe ich schon gehört, aber den Mann selbst kenne ich nicht. Er ist einer von diesen Ausländern mit etwas Land, drüben im Westen.«

»Sie wissen nicht zufällig wo ... im Westen?«

»Nein. Steht es nicht im Telefonbuch?«

»Dort steht nur Route drei und eine Postfachnummer.«

»Dann rufen Sie ihn doch an.«

»Das wollte ich lieber nicht tun ... wie Sie ja selbst sagten, er ist Ausländer; vielleicht versteht er mich am Telefon nicht.«

»Hey«, schrie Harry, um sich in dem Lärm Gehör zu verschaffen, »kennt einer von euch Arschlöchern einen gewissen Kohoutek?«

»Ausländer«, sagte einer.

»Er hat mehr als sechzehn Hektar drüben im Westen«, fügte ein anderer an der Bar hinzu. »Diese Scheißflüchtlinge mit ihren staatlichen Zuschüssen können sich das leisten. Wir nicht.«

»Wissen Sie zufällig, wo?« fragte Havelock.

»Entweder an der Chamberlain oder an der Youngfield, vielleicht auch Fourforks, genau weiß ich es nicht. Steht's nicht im Buch?«

»Nein, da steht nur Route drei, sonst nichts, und eine Postfachnummer.«

»Route drei«, sagte ein weiterer Gast mit ungepflegtem Stoppelbart und wäßrigen Augen. »Das ist Davey Hookers Route. Er ist Briefträger. Er hat den Job durch seinen Onkel bekommen, mit Bestechung natürlich.«

»Wissen Sie, wo die Route verläuft?«

»Sicher, Fourforks Pike. Der verläuft westlich vom Bahnhof, eine Meile weiter die Einundfünfzig entlang.«

»Vielen Dank.« Michael hob das Glas an die Lippen und trank. Der Scotch schmeckte scheußlich. Er griff in die Tasche, holte sein Geld heraus und legte zwei Dollar auf den Tresen. »Nochmals, vielen Dank«, sagte er zu dem Besitzer.

»Das macht sechzig Cents«, sagte Harry.

»Um der alten Zeiten willen«, erwiderte Havelock. »Für das andere Lokal in Paris.«

»Hey, sind Sie dort gewesen?«

»Ein- oder zweimal.«

»Das hätten Sie mir sagen müssen! Dann hätte ich Ihnen anständigen Whisky gegeben! Ich kann Ihnen sagen, damals, fünfundvierzig, da hab' ich ...«

»Tut mir wirklich leid, ich muß weiter.«

Michael drehte sich um und ging zum Ausgang, ohne zu bemerken, wie ein Mann am anderen Ende des Raums von seinem Hocker stieg und zum Telefon ging.

Weniger als eine Meile westlich der alten Bahnstation wurde Fourforks Pike zu einer kurvenreichen Landstraße. Der erste Briefkasten trug die Nummer 5; die Ziffer stand auf einer deutlich sichtbaren Tafel, die an einer Stange neben dem Kasten befestigt war und trotz des Schneetreibens deutlich im Scheinwerferlicht zu erkennen war. Die nächsten drei Briefkästen befanden sich alle im Umkreis von einer halben Meile, der letzte hatte die Nummer 10. Zweihundert Meter weiter gabelte sich die Straße – die erste von mutmaßlich vier Abzweigungen, die dem Fourforks Pike seinen Namen verliehen hatten. Er entschied sich für die Gabelung nach rechts. Nummer 11 tauchte erst auf, als er beinahe eineinhalb Meilen weit gefahren war, und als er sie schließlich sah, reagierte er erleichtert. Ein paar Augenblicke lang war er überzeugt gewesen, den falschen Weg genommen zu haben. Er drückte den Fuß auf das Gaspedal, sein Mund war trocken, seine Augen schmerzten.

Die Straße schien endlos zu sein, ein Eindruck, der durch das Schneegestöber noch verstärkt wurde. Links und rechts wurde sie, soweit er das erkennen konnte, von Feldern oder Wiesen begrenzt. Nirgends waren Häuser oder Lichter zu sehen. War er bereits zu weit gefahren? Hatte er eine Abzweigung verpaßt?

Da! Rechts! Ein großer schwarzer Briefkasten, wie eine kleine Hütte geformt. Die Klappe war breit genug, um kleine Pakete aufzunehmen. Die Zahl 12 war in weißen Lettern aufgemalt, die das Licht seiner Scheinwerfer reflektierten. Havelock verlangsamte seine Fahrt und spähte durchs Fenster. Wieder war nirgendwo ein Licht zu erkennen. Nur eine lange Straße, die in einer Wand aus Bäumen und Finsternis zu verschwinden schien.

Ein paar hundert Meter hinter Box Nummer 12 bemerkte er eine Art Hecke, vielleicht eine Grundstücksgrenze.

Er lenkte den Mietwagen über die Böschung ins dichte Gebüsch, schaltete die Scheinwerfer ab und klappte seinen Koffer auf dem Vordersitz auf. Er entfernte alles, was ihn identifizieren konnte, und stopfte es unter die Rückbank. Dann holte er einen schweren mit Blei versehenen Plastikbeutel aus dem Koffer, der für Röntgenstrahlung undurchdringlich war und häufig für den Transport von belichtetem Film benutzt wurde. Er öffnete den Beutel und entnahm ihm die Llama; das Magazin war voll. Schließlich nahm er das Messer heraus, mit dem er dem Lügner am Col des Moulinets das Gesicht zerschnitten hatte; es steckte in einer dünnen Lederscheide. Er raffte seinen Mantel in die Höhe und befestigte das Messer hinten im Kreuz am Gürtel. So bewaffnet stieg er aus dem Wagen, sperrte ihn ab und schob das schneebedeckte Blattwerk von allen Seiten um das Auto herum.

Er hatte höchstens zehn Meter auf der langen, schmalen Straße zurückgelegt, als er stehenblieb. Ob es nun die Jahre waren, die er damit verbracht hatte, instinktiv ihm fremdes Terrain zu sondieren – wissend, daß ein unbekannter Pfad in der Nacht stets tödliche Überraschungen für ihn enthalten konnte –, oder der Wind von den Feldern, der ihn dazu veranlaßte, den Kopf schräg nach unten zu halten, wußte er nicht. Er war lediglich froh, daß er ihn sah, den winzigen grünen Lichtpunkt zu seiner Rechten, etwa einen halben Meter über dem Boden. Er schien in der Luft zu hängen, aber er wußte, daß das nicht der Fall war. Er war vielmehr am Ende eines dünnen schwarzen Metallrohrs mit Draht befestigt, das wenigstens einen halben Meter in die Erde gerammt war. Es handelte sich um eine Fotozelle, deren Gegenstück auf der anderen Straßenseite zu finden war, so daß ein unsichtbarer Lichtstrahl die Dunkelheit durchkreuzte und die beiden Endpunkte verband. Alles, was diesen Strahl länger als eine Sekunde oder mit einem Gewicht von mehr als 22 Kilo durchbrach, würde irgendwo einen Alarm auslösen.

Michael tastete sich vorsichtig nach rechts, durch das kalte, nasse Gestrüpp, und umging so die Sperre. Am Rande der Büsche blieb er wieder stehen, weil er eine flackernde weiße Linie bemerkt hatte, die parallel zu seinen Schultern verlief. Es war ein Stacheldraht, der ein Feld eingrenzte und an dessen Stacheln kurzzeitig Schneeflocken hängen blieben, ehe der Wind sie wegfegte. Er hatte den Draht nicht gesehen, als er an dem Briefkasten vorbeigefahren war; jetzt blickte er sich um und begriff. Der Zaun begann erst an der Stelle, wo das Gebüsch hoch genug war, um ihn zu verbergen. Und das bedeutete, daß ausreichender Druck gegen die Drähte einen weiteren Alarm auslösen würde. Janos Kohoutek war offensichtlich sehr auf seine Sicherheit bedacht, für die ihm nichts zu kostspielig war.

Zwischen dem grünen Licht und dem schulterhohen Stacheldrahtzaun verlief also der Weg, dachte Havelock. Wenn es eine Lichtschranke gab, waren auch noch andere entlang des Weges installiert, denn jede Schutztechnik kalkulierte Defekte mit ein. Michael konnte vor sich praktisch nichts als Blattwerk, Finsternis und wirbelnden Schnee erkennen. Er schlich weiter, das Buschwerk und die einzelnen Zweige vor sich wegschiebend, die Augen auf den Boden geheftet, um nach winzigen grünen Lichtpunkten Ausschau zu halten.

Er passierte drei, dann vier, und jeder war etwa achtzig Meter vom nächsten entfernt. Als er die Mauer aus hohen Bäumen erreichte, wurde auch der Drahtzaun höher. Er war jetzt bis auf die Haut durchnäßt, und an seinen Augenbrauen klebte Eis; plötzlich wurde ihm bewußt, daß er sich auf einem leicht abschüssigen Pfad fortbewegte. Er blickte zur Straße hinüber. Dort war das Gefälle ausgeprägter, und er konnte jetzt die gefleckte Fläche aus Schnee und Erde nicht mehr sehen. Zwischen den Bäumen war eine Lücke, der schmale, abschüssige Weg, den er noch vor sich hatte, war mit Buschwerk angefüllt, und das hohe Gras und die Büsche bogen sich im Wind.

Und dann bot sich ihm ein Anblick, der ihn zugleich hypnotisierte und beunruhigte ... so wie vor kurzem, als er Jacob Handelman das erste Mal sah.

Auf den ersten Blick wirkte die Anlage wie eine beliebige Farm, die von Feldern und endlosen Wäldern umgeben ist. Bei den Gebäuden aus massivem Holz konnte es sich um ein paar Scheunen handeln, um ein Silo, um ein paar Schuppen für Traktoren, Pflüge und andere Erntegeräte. Auch dazu dienten sie, dessen war Havelock sicher, aber sie waren auch mehr. Viel mehr.

Es begann mit dem Tor; es war aus Eisenrohr zusammengeschweißt und dazwischen ganz gewöhnliches Drahtgeflecht, aber es war höher als für eine Farm erforderlich – als hätte derjenige, der es hatte anfertigen lassen, sich bei der Festlegung der Höhe geirrt und dann beschlossen, mit seinem Fehler zu leben. Und dann war da der Zaun, der sich zu beiden Seiten des unauffälligen Tors erstreckte; er war ebenfalls höher als notwendig, um die Tiere auf den Weiden zurückzuhalten. War es nur die Höhe? Da entdeckte Michael, daß die Krone des Stacheldrahtzauns nach innen geneigt war. Dieser Zaun war nicht dazu bestimmt, Tiere abzuhalten, wegzulaufen; er diente vielmehr dem Zweck, Leute daran zu hindern, auszubrechen!

Plötzlich schoß der blendende Balken eines Scheinwerfers aus dem oberen Teil des Silos! Er kreiste ... erfaßte ihn!

Dies waren die achtziger Jahre, aber er stand vor einem schrecklichen Symbol menschlicher Erniedrigung und Tortur, das vierzig Jahre zurückreichte. Es war ein Konzentrationslager!

»Wir haben uns schon gefragt, wie lange Sie brauchen würden«, sagte eine Stimme hinter ihm.

Er fuhr herum, griff nach seiner Waffe. Doch es war zu spät.

Kräftige Arme umklammerten seinen Hals, während ein paar Hände ihm ein weiches, feuchtes, bitter riechendes Stück Stoff auf das Gesicht preßten.

Dann kam die Finsternis, und er konnte weder sehen noch fühlen.

21

Als erstes spürte er die Wärme. Er schlug die Augen auf; sein Blick war verschwommen.

Der beißende Geruch in seiner Nase verursachte ihm Übelkeit; man hatte ihn mit reinem Äthyläther betäubt.

Er sah Flammen, Holzscheite, die hinter einem Drahtgitter brannten, und rings um das Gitter unverputztes Mauerwerk, ein großes Rechteck.

Er lag vor dem Kamin auf dem Boden, man hatte ihm den Mantel ausgezogen, seine feuchten Kleider wurden ihm unangenehm warm. Aber noch etwas war unangenehm und drückte ihn im Rücken: das Messer. Er war dankbar für den Schmerz.

Er wälzte sich langsam herum, Zentimeter für Zentimeter, die Augen halb geschlossen und versuchte, im Licht des Feuers und einiger Tischlampen soviel wahrzunehmen, wie er konnte. Er hörte unterdrückte Stimmen; hinter dem braunen Sofa am anderen Ende des Raums sprachen zwei Männer leise miteinander. Die beiden Aufpasser hatten seine Bewegung nicht bemerkt. Der Raum war mit massivem, funktionellem Mobiliar eingerichtet; dicke Teppiche lagen auf dem Holzfußboden, vor den Fenstern hingen rotkarierte Vorhänge. Es war ein schlichtes Wohnzimmer in einem ländlichen Bauernhaus, nicht mehr und nicht weniger, da gab es keinen Gegenstand, der einen auf die Idee hätte bringen können, er gehörte eigentlich in eine andere Umgebung. Der Raum wirkte spartanisch, so, als fehlte die weibliche Hand.

Michael bewegte langsam den Arm, um auf die Uhr zu sehen. Es war ein Uhr früh; er war fast fünfundvierzig Minuten bewußtlos gewesen.

»Hey, er ist wach!« rief einer der Männer.

»Hol Mr. Kohoutek«, sagte der andere und näherte sich Havelock. Er ging um das Sofa herum und blieb stehen, griff unter seine Lederjacke und holte eine Pistole heraus. Grinsend hielt er die spanische Llama in der Hand und strich ihr über den Lauf. »Gutes Eisen, *Mister*. So ein feines Exemplar habe ich seit Jahren nicht mehr gesehen. Besten Dank.«

Michael wollte gerade antworten, als die schnellen, schweren Schritte eines anderen Mannes, der mit einem dampfenden Teeglas in der Hand aus dem Korridor hereinkam, ihn bremsten.

»Du gehst ja recht großzügig mit Kleinigkeiten um«, dröhnte Janos Kohoutek. »Sei vorsichtig, sonst läufst du barfuß im Schnee.«

Nie shodz sniegu bez butow.

Kohouteks Akzent ließ erkennen, daß er aus den Karpaten südlich von Otrokovice stammte, und was er in bezug auf das Barfußgehen im Schnee gesagt hatte, so war das eine tschechische Redensart, wie man sie in Mähren gegenüber jungen Leuten benutzte, die sich ihren Lebensunterhalt nicht selbst verdienten. *Um zu verstehen, was Kälte ist, muß man barfuß im Schnee gehen.*

Kohoutek trat um den Aufpasser herum und war jetzt in voller Größe zu sehen. Er war ein Bulle von einem Mann, das offenstehende Hemd spannte sich um seine kräftige Brust. Er war nicht groß, eher gedrungen. Der einzige Hinweis auf sein Alter stand in seinem Gesicht ... tiefe Falten hatten sich dort eingegraben, die Spuren gehetzten Lebens. Die heiße, dunkelbraune Flüssigkeit im Glas war Tee – schwarzer Karpatentee – und der sechzigjährige Mann, der das Glas hielt, war der Geburt nach Tscheche, der Überzeugung nach Mähre.

»Da ist ja unser Eindringling!« dröhnte er und starrte Havelock an. »Ein Mann mit Pistole, aber ohne Papiere – nicht einmal einen Führerschein oder eine Kreditkarte hat er bei sich. Wer ist dieser nächtliche Eindringling? Was will er? Wie heißt er?«

»Havliček«, sagte Michael leise und sprach den Namen so aus, wie man ihn in Mähren ausgesprochen hatte. »Mikhail Havliček.«

»Český?«

»Ano.«

»Obchodní?« schrie Kohoutek und fragte Havelock, was er von ihm wolle.

»Má žena«, erwiderte Michael, »die Frau.«

»Co. žena?« wollte der Bulle wissen.

»Die, die man heute morgen hierhergebracht hat«, sagte Havelock weiter in tschechischer Sprache.

»Man hat heute morgen zwei gebracht. Welche?«

»Sie hatte blondes Haar, als wir sie zuletzt sahen.«

Kohoutek grinste. *»Chlipný«,* sagte er lüstern.

»Ihr Körper interessiert mich nicht, nur das, was sie weiß.« Michael richtete sich auf. »Darf ich aufstehen?«

»Vžádnim připadě!« brüllte der Bulle und trat mit dem rechten Fuß zu, so daß der Stiefel Havelock am Hals traf und ihn auf die Schieferplatte zurückschleuderte.

»Proklatě!« schrie Havelock auf und griff sich an den Hals. Das war der richtige Augenblick, um verärgert zu reagieren, um die Worte

zu sprechen, auf die es ankam. »Ich habe bezahlt!« fügte er auf Tschechisch hinzu. »Was fällt Ihnen eigentlich ein?«

»Wofür haben Sie bezahlt? Um sich nach mir zu erkundigen? Um sich mitten in der Nacht mit einer Pistole an mein Haus heranzuschleichen?«

»Ich habe getan, was man mir aufgetragen hat.«

»Wer hat Ihnen etwas aufgetragen?«

»Jacob Handelman.«

»Handelman?« Kohouteks breites, faltiges Gesicht wirkte plötzlich verblüfft. »Handelman haben Sie bezahlt? Er hat Sie geschickt?«

»Er hat mir gesagt, daß er mit Ihnen Verbindung aufnehmen würde«, sagte Michael rasch und sprach damit etwas aus, was er in Paris gehört und was Handelman in New York geleugnet hatte, um Profit daraus zu schlagen. »Ich sollte Sie unter keinen Umständen anrufen. Er hat mir geraten, den Wagen auf der Straße hinter Ihrem Briefkasten abzustellen und zu Fuß zu Ihrer Farm zu gehen.«

»Sie haben in einer Bar an der Straße Fragen über mich gestellt!«

»Ich wußte nicht, wo der Fourforks Pike ist. Wie sollte ich auch? Hatten Sie jemanden dort? Hat er sie angerufen?«

Der Tscheche schüttelte den Kopf. »Das ist jetzt nicht wichtig.« Kohoutek hielt inne; seine Augen blickten drohend. »Aber Sie sind nicht meinen Weg heruntergegangen, wie ein Dieb sind Sie gekommen, wie ein bewaffneter Dieb!«

»Ich bin kein Narr, *příteli.* Ich weiß, was Sie hier haben; deshalb habe ich mich nach Alarmanlagen umgesehen und sie gefunden. Ich wollte vermeiden, daß man Hunde auf mich hetzt oder auf mich schießt. Warum, glauben Sie, hätte ich sonst so lange von der Bar bis hierher gebraucht?«

»Sie haben Handelman bezahlt?«

»Reichlich sogar. Darf ich jetzt aufstehen?«

»Ja, freilich. Setzen Sie sich schon. Setzen sollen Sie sich!« befahl der Bulle und wies auf eine kleine Bank links von dem offenen Kamin. Sein Gesichtsausdruck wirkte jetzt völlig verwirrt. »Sie haben ihm Geld gegeben?«

»Eine ganze Menge. Er hat gesagt, ich würde einen Punkt an der Straße erreichen, von dem aus ich die Farm unter mir sehen könnte. Jemand würde am Tor auf mich warten und mich mit einer Taschenlampe einweisen. Da war niemand, wenigstens habe ich keinen Menschen gesehen. Aber dann war das Wetter so miserabel, daß ich einfach herunterkam.«

Kohoutek umfaßte das dampfende Glas mit beiden Händen und

ging quer durch das Zimmer zu einem Tisch an der Wand, auf dem ein Telefon stand. Er setzte das Glas ab, griff nach dem Hörer und wählte.

»Wenn Sie jetzt Handelman anrufen ...«

»Ich rufe Handelman nie an«, unterbrach ihn der Tscheche. »Ich rufe einen Mann an, der daraufhin einen anderen anruft; und der ruft den Deutschen an.«

»Sie meinen den ›Rabbi‹?«

Kohoutek hob den Kopf und sah Havelock an. »Ja, den ›Rabbi‹«, sagte er, ohne etwas hinzuzufügen.

»Nun, wenn auch immer ... in seiner Wohnung wird sich niemand melden.«

»Warum nicht?«

»Er sagte mir, er müsse nach Boston reisen, um einen Vortrag zu halten. In Brandese oder Brandeis, hat er gesagt.«

»Das ist eine jüdische Schule«, meinte der Tscheche. Nach einer kurzen Pause sprach er ins Telefon: »Hier ist Janos. Rufen Sie New York an. Nennen Sie dort den Namen Havliček, haben Sie das? Havliček. Ich will eine Erklärung.«

Er legte auf, griff sich wieder sein Glas und ging zum Kamin zurück. »Steck das weg!« befahl er dem Mann in der Lederjacke, der die Llama an seinem Ärmel rieb. »Bleib draußen im Gang.« Der Mann ging hinaus. Kohoutek setzte sich Michael gegenüber in einen alten Schaukelstuhl.

»Jetzt warten wir, Mikhail Havliček. Es dauert nicht lange, ein paar Minuten, zehn ... vielleicht fünfzehn.«

»Ich kann nichts dafür, wenn er nicht zu Hause ist«, sagte Havelock und zuckte die Achseln. »Ich wäre nicht hier, wenn wir nicht eine Übereinkunft getroffen hätten. Ich würde Ihren Namen nicht kennen und nicht wissen, wo Sie zu finden sind, wenn er es mir nicht gesagt hätte. Wie könnte ich?«

»Wir werden ja sehen.«

»Wo ist die Frau?«

»Hier. Wir haben mehrere Gebäude«, antwortete der Mann aus den Karpaten und schaukelte langsam vor und zurück, während er immer wieder an seinem Tee nippte. »Sie ist natürlich verstimmt. Es ist nicht ganz das, was sie sich erwartet hatte, aber das wird sie schon noch verstehen, wie alles andere auch. Wir sind ihre einzige Hoffnung.«

»Wie sehr verstimmt ist sie?«

Kohoutek kniff die Augen zusammen. »Interessiert es Sie?«

»Nur beruflich. Ich soll sie hinausschaffen, will keinen Ärger.«

»Wir werden sehen.«

»Ist ihr nichts passiert?« fragte Michael und unterdrückte das Angstgefühl.

»Sie hat wie einige andere eine Weile unvernünftig reagiert.« Kohoutek grinste, dann stieß er ein häßliches Lachen aus und nahm wieder einen Schluck aus seinem Glas. »Wir haben ihr die Vorschriften erklärt, und sie hat erwidert, die wären für sie nicht akzeptabel. Können Sie sich das vorstellen? Nicht akzeptabel!« Der Bulle brüllte es förmlich heraus, dann wurde seine Stimme wieder leiser. »Wir werden sie sorgfältig bewachen, und bevor sie weggeschickt wird, hat sie kapiert, wie sie sich zu verhalten hat.«

»Sie brauchen sich keine Sorgen zu machen. Ich nehme sie mit.«

»Das sagen *Sie.«*

»Ich habe bezahlt.«

Kohoutek lehnte sich vor und unterbrach damit die Schaukelbewegung des Stuhls.

»Wieviel?«

Das war die Frage, die der Tscheche schon vor einigen Minuten hatte stellen wollen, aber in den Karpaten pflegte man verschlungene Wege zu gehen; niemals direkt ein Ziel anzusteuern. Michael wußte, daß er eine riskante Taktik gewählt hatte; in Handelmans Wohnung würde sich niemand melden, wenn dort das Telefon klingelte. Er mußte jetzt verhandeln, und zwar rasch.

»Wollen Sie das nicht lieber von Handelman persönlich erfahren? Falls er zu Hause ist.«

»Vielleicht möchte ich es lieber von Ihnen hören, *přiteli.«*

»Woher wissen Sie denn, daß Sie mir vertrauen können?«

»Woher weiß ich denn, daß ich dem ›Rabbi‹ vertrauen kann? Woher wissen Sie, daß Sie ihm vertrauen können?«

»Warum sollte ich daran zweifeln? Ich habe Sie gefunden, Ihr Haus. Nicht so, wie ich das gewünscht hätte, aber ich bin hier.«

»Sie müssen einflußreiche Interessen vertreten«, sagte Kohoutek.

»So einflußreich, daß ich keine Papiere bei mir trage, aber das wissen Sie natürlich.«

»Leute wie Sie haben immer Geld bei sich«, sagte der Tscheche und begann wieder vor und zurück zu schaukeln.

»Auf jeden Fall genug.«

»Wieviel haben Sie Handelman bezahlt?« fragte Kohoutek, die Schaukelbewegung unterbrechend.

»Zwanzigtausend amerikanische Dollar.«

»Zwanzig ...?« Kohouteks verwittertes Gesicht verlor an Farbe, seine tiefliegenden Augen verschwanden fast unter den dicken Fleischwülsten. »Eine stattliche Summe, *přiteli.*«

»Er sagte, das sei ein angemessener Betrag.« Havelock schlug die Beine übereinander; das Feuer wärmte seine feuchte Hose. »Wir hatten damit gerechnet.«

»Sind Sie auch darauf vorbereitet, von mir zu erfahren, warum er mich nicht erreicht hat?«

»Nachdem Sie eine so komplizierte Methode haben, um miteinander Verbindung aufzunehmen, überrascht mich das nicht. Er wollte nach Boston reisen, und wenn niemand ans Telefon ging ...«

»Dort ist immer jemand am Telefon; er ist ein Krüppel. Und Sie waren drauf und dran, in eine Falle zu gehen, die Sie das Leben hätte kosten können.«

Michael richtete sich auf, seine Augen fixierten Kohoutek. »Die Lichtschranken?«

»Sie sprachen von Hunden; wir haben Hunde. Sie greifen nur auf Kommando an, aber ein Eindringling weiß das nicht. Sie umkreisen ihn, bellen wild. Was hätten Sie getan?«

»Die Pistole benutzt, natürlich.«

»Und dann wären Sie erschossen worden. Darauf hatte es Handelman abgesehen.«

Beide Männer schwiegen. Schließlich sagte Havelock: »Jetzt verstehe ich; der ›Rabbi‹ hat zwanzigtausend Dollar, von denen Sie nichts wissen, und ich kann es Ihnen nicht sagen, weil ich ja tot bin.«

»Endlich kapieren Sie.«

»Das würde er Ihnen antun ... für zwanzigtausend Dollar?«

Wieder fing der Bulle an, in seinem Sessel zu schaukeln. »Dahinter könnten auch andere Überlegungen stecken. Ich hatte hier kleinere Schwierigkeiten; nichts, mit dem wir nicht fertig werden, aber das hier ist eine arme Gegend. Es gibt immer Neider, wenn man seine Farm erfolgreich führt. Handelman könnte die Absicht haben, mich auszutauschen, womöglich hat er sogar einen Grund dazu.«

»Ich verstehe nicht.«

»Ich hätte eine Leiche hier im Haus, die Leiche eines Mannes, der vielleicht, solange er noch lebte, jemandem gesagt hat, wohin er fahren wollte.«

»Sie hätten einen bewaffneten Eindringling erschossen. Sie hätten nur Ihren Besitz verteidigt; niemand würde Sie deshalb anklagen.«

»Niemand«, sagte Kohoutek, der immer noch schaukelte. »Aber

es würde genügen, um zu behaupten: ›Der Tscheche schafft Probleme, wir können ihn uns nicht mehr leisten. Schalten wir ihn aus.‹«

»Von was?«

Der Mann aus den Bergen nippte an seinem Tee. »Sie haben zwanzigtausend Dollar ausgegeben. Sind Sie bereit, mehr zu bezahlen?«

»Dazu könnte man mich vielleicht überreden. Wir wollen die Frau haben; sie hat mit unseren Feinden zusammengearbeitet.«

»Wer ist ›wir‹?«

»Das werde ich Ihnen nicht sagen. Es würde Ihnen auch nichts nützen ... Von was könnte man Sie ausschalten?«

Kohoutek zuckte mit den breiten Schultern. »Der Aufenthalt hier ist erst der erste Schritt für Leute ... wie diese Corescu.«

»So heißt sie nicht.«

»Das weiß ich auch, aber das geht mich nichts an. Man wird sie beruhigen, wie die anderen auch; sie wird ein oder zwei Monate hierbleiben, ehe man sie woanders hinschickt. In den Süden, in den Südwesten ... wo auch immer wir sie unterbringen werden.« Der Bulle grinste. »Die Papiere sind noch nicht da, sie müssen jeden Tag eintreffen. Nach einer Weile sind die Frauen hier launisch und aufsässig. Und wozu führt das? Daß man sie an den Ort zurückschickt, von dem sie kommen, oder vor ein Erschießungskommando stellt oder in ein Gulag steckt? Sie müssen verstehen, das sind alles Menschen in größter Verzweiflung. Das ist wirklich eine phantastische Sache!«

»Treffen denn die Papiere jemals ein?«

»O ja, häufig. Besonders die für die Talentierten und Produktiven. Die Zahlungen dauern jahrelang an.«

»Ich hätte mir das riskant vorgestellt. Wenn sich jemand weigert und droht, Sie auffliegen zu lassen?«

»Dann liefern wir ein anderes Papier, *příteli*. Einen Totenschein!«

»Jetzt muß ich fragen, wer ist ›wir‹?«

»Und darauf muß ich antworten: Das sage ich Ihnen nicht.«

»Aber der ›Rabbi‹ will Sie aus diesem phantastischen Geschäft verdrängen.«

»Möglich.« Das Telefon klingelte, ein durchdringendes Geräusch. Kohoutek erhob sich aus dem Schaukelstuhl und durchquerte schnell das Zimmer. »Vielleicht erfahren wir es jetzt«, sagte er, stellte seine Teetasse auf den Tisch und nahm den Hörer ab. »Ja?«

Havelock hielt unwillkürlich den Atem an; es gab so viele Möglichkeiten. Ein mißtrauischer Hausmeister, ein Student, der mit Handelman verabredet war ...

»Versuchen Sie es weiter«, sagte der Tscheche.

Michael atmete wieder. Kohoutek kam zum Stuhl zurück, die Tasse ließ er auf dem Tisch stehen. »Bei Handelman meldet sich niemand.«

»Es ist in Boston.«

»Zu welchem Betrag könnte man Sie denn überreden?«

»Ich trage keine größeren Summen bei mir«, erwiderte Havelock und schätzte ab, wieviel Geld er im Koffer hatte: knapp sechstausend Dollar; er hatte sie aus Paris mitgenommen.

»Dem ›Rabbi‹ haben Sie zwanzigtausend hingeblättert.«

»Das war vorbereitet. Ich könnte Ihnen eine Anzahlung geben. Fünftausend.«

»Anzahlung worauf?«

»Ich will offen sein«, sagte Michael und lehnte sich nach vorn. »Die Frau ist uns fünfunddreißigtausend wert; das war die bereitgestellte Stumme. Zwanzig habe ich bereits ausgegeben.«

»Wenn Sie fünftausend anzahlen, bleiben noch zehn«, sagte der Bulle.

»Der Rest ist in New York. Sie können das Geld morgen haben, aber ich muß die Frau noch in dieser Nacht sehen. Ich muß sie heute mitnehmen.«

»Und entschwinden mit meinen zehntausend Dollar.«

»Warum sollte ich das tun? Ich kümmere mich nicht um die Finanzen. Außerdem vermute ich, daß Sie Handelman einen ganz anständigen Betrag abknöpfen können. Ein Dieb, den man dabei erwischt hat, wie er einen anderen Dieb bestiehlt. Sie haben ihn jetzt in der Hand; Sie könnten ihn ausschalten.«

Kohoutek lachte dröhnend. »Sie kommen aus den Bergen, *čechu!* Aber was für Garantien haben ich?«

»Schicken Sie Ihren besten Mann mit uns. Ich habe keine Waffe. Sagen Sie ihm, er soll mir seine Pistole die ganze Zeit an den Kopf halten.«

»In einem Flughafen?«

»Wir werden mit dem Auto fahren.«

»Warum noch in dieser Nacht?«

»Die erwarten sie am frühen Morgen. Ich soll sie zu einem Mann bringen, der an der Ecke 62. Straße und York Avenue wartet, an der Einfahrt zum East River Drive. Er hat das restliche Geld. Er soll sie zum Kennedy-Flughafen fahren: Dort ist ein Platz auf einer Aeroflot-Maschine für sie gebucht. Ihr Mann kann ja aufpassen; sie besteigt den Wagen erst, wenn das Geld übergeben ist. Was wollen Sie mehr?«

Kohoutek schaukelte und kniff die Augen zusammen. »Der ›Rabbi‹ ist ein Dieb. Ist das der *čechu* nicht auch?«

»Wo soll da was faul sein? Können Sie Ihrem besten Mann nicht vertrauen?«

»Ich bin der Beste. Was ist, wenn ich mitkomme?«

»Warum nicht?«

»Prima! Wir werden gemeinsam fahren, die Frau neben mir auf dem Rücksitz. Ich werde die Waffe auf ihren Kopf richten, die andere auf Sie. Zwei Pistolen, *přiteli!* Wo sind die fünftausend Dollar?«

»In meinem Wagen, oben an der Straße. Schicken Sie jemanden mit mir, aber ich hole es selbst; er bleibt draußen vor dem Auto. Das ist meine Bedingung, sonst platzt das Geschäft.«

»Ihr Kommunisten seid alle so argwöhnisch.«

»Das haben wir in den Bergen gelernt.«

»Čechu!«

»Wo ist die Frau?«

»In einem Hintergebäude. Gestern abend hat sie das Essen verweigert und unserem Kubaner das Tablett ins Gesicht geworfen. Aber sie ist eben eine gebildete Frau; das ist nicht immer von Vorteil, wenn es auch später einen höheren Preis einbringt. Zuerst muß ihr Trotz gebrochen werden, vielleicht hat der Kubaner damit schon angefangen. Er ist ein heißblütiger *macho,* mit Eiern, die ihm bis zum Boden hängen. Auf ihren Typ steht er besonders.«

Michael lächelte; das war das schwierigste Lächeln, das er in seinem ganzen Leben zuwege gebracht hatte. »Haben Sie Wanzen in den Zimmern?«

»Wozu? Was können die denn alleine schon für Pläne aushekken?«

»Ich will sie sehen. Und dann will ich weg von hier.«

»Warum nicht? Wenn ich die fünftausend Dollar gesehen habe.« Kohoutek hörte auf zu schaukeln, drehte sich nach links und schrie auf Englisch: »Bring unseren Gast im Lastwagen zu seinem Auto. Er soll fahren, du hältst ihm die Pistole an den Kopf.«

Sechzehn Minuten später blätterte Havelock dem Tschechen das Geld in die Hand.

»Gehen Sie zu der Frau, *přiteli«,* sagte Kohoutek.

Er ging über den eingezäunten Hof links am Silo vorbei, hinter ihm der Mann mit der spanischen Llama.

»Dort, rechts von Ihnen«, sagte der Mann.

Am Waldrand war eine Scheune zu sehen, aber es war mehr als eine Scheune. Hinter mehreren Fenstern brannte Licht; jetzt konnte Michael erkennen, daß der Bau sogar ein zweites Stockwerk hatte, wo ebenfalls Licht brannte. Die Fenster waren mit Gitterstäben gesichert. Wie im Konzentrationslager.

Michael spürte den Druck der Lederscheide im Kreuz; das Messer steckte immer noch dort. Er wußte, daß er den Posten trotz seiner Llama überwältigen konnte. Aber noch war der Zeitpunkt nicht gekommen. Vorher mußte er Jenna überzeugt haben, daß sie beide Opfer einer Verschwörung waren. Und wenn er das nicht schaffte, würden sie beide sterben. Der eine würde sein Leben verlieren, der andere in einer Hölle gefangen sein, die ihn langsam umbringen würde.

»Klopfen Sie an die Tür«, sagte der Mann hinter ihm.

Havelock schlug gegen das Holz. Eine Stimme antwortete.

»Ja? Was gibt es?«

»Aufmachen, Befehl von Mr. K. Hier ist Ryan. Schnell!«

Ein drahtiger Mann in einem Bolerohemd und Jeans öffnete die Tür einen Spaltbreit. Er starrte zuerst Michael an, sah dann den Aufpasser und öffnete die Tür ganz.

»Niemand hat angerufen«, sagte er.

»Wir dachten, du wärst vielleicht beschäftigt«, sagte der Mann hinter Havelock mit einem schmierigen Grinsen.

»Womit denn? Mit zwei Schweinen und einem verrückten Weib?«

»Die ist es auch, die wir sehen wollen. Er will sie sehen.«

»Dann wünsche ich ihm nur, daß er einen *pene* wie Stein hat, das ist keine Lüge! Ich hab' vor zehn Minuten reingeschaut. Sie ist eingeschlafen. Ich glaube, die hat ein paar Tage nicht geschlafen.«

»Dann kann er sie anspringen«, sagte der Wachmann und stieß Michael durch die Tür.

Sie gingen die Treppe hinauf, bis sie einen schmalen Korridor erreichten. Die Stahltüren zu beiden Seiten hatten einen Schlitz in der Mitte und darunter eine Klappe, die man wegschieben konnte.

»Sie ist in diesem Raum«, sagte der Kubaner und blieb an der Tür stehen. »Wollen Sie hineinsehen?«

»Machen Sie die Tür auf!« sagte Havelock. »Und warten Sie unten.«

»Ich hoffe . . .«

»Befehl von Mr. K.«, unterbrach ihn der Mann in der Lederjacke. »Tu, was der Mann sagt.«

Der Kubaner nahm einen Schlüssel vom Gürtel, schloß die Zellentür auf und trat beiseite.

»Verschwinden Sie hier«, sagte Michael.

Die zwei Männer gingen den Korridor hinunter.

Havelock öffnete die Tür.

Der kleine Raum war finster, durch das Fenster fiel nur wenig Licht herein. Die Schneeflocken prallten von der Fensterscheibe und den Gitterstangen ab. Er sah sie auf dem Bett liegen, es war eher eine Pritsche als ein Bett. Sie lag mit dem Gesicht nach unten, ihr blondes Haar fiel ihr über die Schultern. Der Arm hing schlaff herunter, so daß ihre Hand den Boden berührte. Sie war völlig bekleidet und lag auf der Decke, die Kleider zerwühlt. Ihre Körperhaltung und ihr tiefer Atem verrieten, wie erschöpft sie war. Ihr Anblick erfüllte ihn mit Schmerz. Wie sehr hatte sie gelitten und wie viel Leid hatte er ihr getan! Das Vertrauen hatte sie verlassen, ihre Instinkte hatten sie getrogen, ihre Liebe war zurückgewiesen worden; er hatte sich ebenso wie ein Tier verhalten, wie die Menschen, die ihr das angetan hatten . . . er schämte sich so. Und war voller Liebe.

Neben dem Bett konnte er die Umrisse einer Stehlampe erkennen, wenn er sie einschaltete, würde ihr Licht auf sie fallen. Eine kalte Furcht ergriff ihn und schnürte ihm die Kehle zu. Es war weiß Gott nicht das erste Mal, daß er einer riskanten Situation ausgesetzt war, aber noch nie einer Gefahr wie dieser, noch nie hatte er einen Augenblick erlebt, der ihm so viel bedeutete. Wenn er seine Chance verspielte, sie verlor, wenn das Band zwischen ihnen endgültig zerriß, gab es nichts mehr, das für ihn wichtig war, nur noch den Tod der Lügner. Er hätte Jahre seines Lebens dafür gegeben, diesen Augenblick für immer festzuhalten, das Licht nicht einschalten zu müssen – einfach nur leise ihren Namen zu rufen, so, wie er ihn unzählige Male gerufen hatte, zu spüren, wie ihre Hand die seine berührte, ihre Gesichter sich nahe kamen. Aber auch das Warten war eine Folter, die er sich selbst auferlegte. Er ging lautlos zum Bett.

Da schoß ein Arm in der Finsternis hoch. Bleiche Haut blitzte im schwachen Licht auf, und eine Hand bohrte sich in seinen Leib. Er spürte, wie ein scharfer, spitzer Gegenstand sein Hemd zerriß und ins Fleisch drang. Er sprang zurück, packte die Hand, drehte sie ein wenig herum, nicht richtig . . . er brachte es nicht über sich, ihr weiteren Schmerz zuzufügen. Er konnte ihr nicht weh tun!

Sie wird Sie töten, wenn sie kann. Régine Broussac.

Jenna rollte sich vom Bett, das linke Bein gebeugt, und stieß ihr Knie in seine Nieren, ihre scharfen Fingernägel bohrten sich in seinen Hals, gruben sich tief in die Haut. Er konnte nicht nach ihr schlagen, er konnte es nicht! Sie zerrte an seinem Haar, zog sein Gesicht herunter; ihr rechtes Knie schoß hoch, schmetterte gegen sein Nasenbein. Weiße Lichtblitze zuckten in der Finsternis.

»Čuně!« schrie sie.

Er begriff; er hatte sie gut ausgebildet. Sie hatte fliehen wollen; das erklärte die zerwühlten Kleider. Den hochgezogenen Rock, so daß man ihren Schenkel sehen konnte. Er hatte das alles der Erschöpfung zugeschrieben, aber er hatte unrecht gehabt; das war der Anblick, den sie dem Aufpasser zugedacht hatte, der durch den Schlitz in der Zellentür blickte.

»Stuj!« flüsterte er heiser, während er sie festhielt. *»Těsimě!«* Er befreite seine linke Hand und zog ihren sich krümmenden Finger zur Lampe. Dann beugte er sich über sie, fand den Schalter und knipste die Lampe an.

Sie starrte ihn an, ihre großen braunen Augen traten aus den Höhlen. In ihrem Blick war wieder die gleiche seltsame Mischung aus nackter Angst und Abscheu wie am Col des Moulinets, als sie aus dem Fenster des kleinen Flugzeugs zu ihm heruntergesehen hatte. Der kehlige Schrei, der sich ihren Lippen entrang, kam aus der Tiefe ihrer Seele und wollte nicht enden. Eine Frau, die die Wiederkehr unendlicher Schmerzen erlitt. Sie trat nach ihm, riß sich los, befreite ihre linke Hand und warf sich über das Bett gegen die Wand. Ihre Hand zuckte vor und zurück, wie eine Irre schlug sie um sich, während die Falle sich schloß. In ihrer Hand hielt sie eine Gabel, deren Zinken von seinem Blut gefärbt waren.

»Hör mir zu!« flüsterte er. »Man hat es uns beiden angetan! Ich bin gekommen, um dir das zu sagen, was ich dir schon am Col des Moulinets erklären wollte!«

»Mir hat man es angetan! Du hast versucht, mich zu töten . . . wie viele Male? Wenn ich sterben soll, dann sollst du . . .«

Er warf sich vor und preßte sie gegen die Wand.

»Die Broussac hat dir geglaubt . . . aber dann hat sie mir geglaubt. Versuch doch zu verstehen. Sie wußte, daß ich ihr die Wahrheit sagte.«

»Du kennst die Wahrheit nicht. Lügner, Lügner!« Sie spuckte ihm ins Gesicht, trat um sich, wand sich unter seinem Griff.

»Die wollten, daß ich aussteige, und du warst ihr Werkzeug! Ich weiß nicht, warum, aber ich weiß, daß Männer getötet worden sind . . . auch eine Frau, und ich sollte glauben, daß du diese Frau warst! Jetzt wollen sie uns beide töten, das müssen sie!«

»Lügner!«

»Ja, es sind Lügner, aber ich bin keiner von ihnen.«

»Doch, das bist du, das bist du! Du hast dich an die *zvirăta* verkauft. *Kurva!*«

»Nein!« Er verdrehte ihre Hand, die die blutige Gabel immer noch festhielt. Sie zuckte vor Schmerz zusammen, als er ihr Handgelenk nach unten bog. Dann ließ ihr Druck plötzlich nach, ihre großen Augen waren immer noch von Angst und Haß erfüllt. Er hielt sich die Gabel an die Kehle und flüsterte: »Du weißt, was du zu tun hast.« Er sagte es langsam und deutlich. »Wenn du die Luftröhre durchstößt, gibt es hier keine Rettung mehr für mich . . . wohl aber für dich. Tu so, als würdest du ihnen gehorchen; sei passiv, aber paß auf den Posten auf – du weißt ja, daß er ein geiler Bock ist. Je eher du dich kooperativ zeigst, um so schneller werden sie für dich Arbeit draußen finden. Denk daran, du willst nur deine Papiere; sie bedeuten alles für dich. Wenn sie dich hinauslassen, mußt du irgendwie an ein Telefon herankommen und die Broussac in Paris anrufen. Sie wird dir helfen, weil sie die Wahrheit kennt.« Er hielt inne und nahm die Hand weg. »Jetzt tu es. Entweder du tötest mich, oder du glaubst mir.«

Ihr Blick blieb starr. Michael konnte ihn kaum ertragen, ebensowenig wie ihr Schweigen. Nach einer Weile begannen ihre Lippen zu zittern, und dann geschah es langsam. Furcht und Verwirrung blieben in ihren Augen – aber der Haß schwand. Tränen traten lautlos in ihre Augen.

Jenna ließ die Hand sinken, er hob sie auf und hielt sie fest. Die Gabel fiel aus ihrer Faust, als das tiefe, schreckliche Schluchzen begann. Er hielt sie fest. Das war alles, was er tun konnte, tun wollte.

Das Schluchzen ließ nach, und die Minuten verstrichen in Schweigen. Nur ihr Atem war zu hören, nur die Kraft zu verspüren, mit der sie einander umklammert hielten. Schließlich flüsterte er. »Wir kommen hier raus, aber es wird nicht einfach sein. Hast du Kohoutek kennengelernt?«

»Ja, ein schrecklicher Mann.«

»Er kommt mit uns, angeblich um die letzte Rate für dich zu kassieren.«

»Aber die gibt es nicht«, sagte Jenna. Ihre Augen sogen ihn auf, hüllten ihn ein. »Laß mich dich anschauen, nur anschauen.«

»Dafür ist keine Zeit . . .«

»Pst.« Sie legte die Finger auf seine Lippen. »Dafür muß Zeit sein.«

»Ich dachte das gleiche, als ich auf dich herabblickte.« Er lächelte, streichelte ihr Haar und liebkoste ihr Gesicht. »Du hast deine Rolle gut gespielt, *překrásně*.«

»Ich hab' dir weh getan.«

»Ein kleiner Schnitt und ein paar Kratzer. Mach dir keine Sorgen.«

»Du blutest . . . dein Hals.«

»Und mein Rücken . . . du kannst mich später pflegen, dann werd' ich dir dankbar sein. Aber im Augenblick paßt das zu dem Bild, daß die von dir haben. Ich schaffe dich angeblich mit der Aeroflot zurück.«

»Soll ich mich weiter wehren?«

»Nein, es genügt, wenn du feindselig bleibst. Du hast resigniert, du weißt, daß du nicht gewinnen kannst. Wenn du dich wehrst, wird es nur noch schlimmer für dich.«

»Und Kohoutek?«

»Er sagt, du sollst während der Fahrt neben ihm auf dem Rücksitz sitzen. Er wird uns beide mit Pistolen in Schach halten.«

»Dann werde ich die ganze Zeit rauchen. Irgendwann wird ihm die Hand heruntersinken.«

»Es ist eine lange Fahrt, da kann eine Menge passieren. Eine Tankstelle, eine Panne.« Havelock hielt ihre Schultern fest. »Vielleicht kommt er auf die Idee, dir ein Betäubungsmittel zu geben; wenn er das tut, versuche ich ihn daran zu hindern.«

»Er wird mir nichts Gefährliches geben; er will sein Geld. Ich mache mir keine Sorgen. Ich weiß, daß du dabei bist, und ich weiß, wozu du imstande bist.«

»Komm!«

»Mikhail« – sie griff nach seinen Händen –, »was ist geschehen? Mir . . . dir? Die haben so schreckliche Dinge gesagt, so furchtbare Dinge! Ich konnte es nicht glauben, aber ich mußte es glauben. Es war da!«

»Alles war da. Ich hab' sogar zugesehen, wie man dich erschossen hat.«

»O Gott . . .«

»Seitdem war ich dauernd auf der Flucht, bis zu jener Nacht in Rom. Dann fing ich an, in die entgegengesetzte Richtung zu laufen. Hinter dir her, hinter den Lügnern her, die uns das angetan haben.«

»Wie haben sie das angestellt?«

»Dafür ist jetzt keine Zeit. Ich werde dir alles, was ich weiß, später erzählen, und dann will ich hören, was du zu sagen hast. Alles.«

Sie standen auf und umarmten sich, sie spürten die Wärme und die Hoffnung, die jeder dem anderen gab. Michael zog ein Taschentuch aus der Brusttasche und hielt es sich an den Hals. Jenna nahm seine Hand weg und betupfte die tiefen Kratzwunden.

»Denk daran, Geliebter«, flüsterte sie, »du mußt grob zu mir sein, mich stoßen, mich schieben und mich dabei fest am Arm packen. Ein Mann, den eine Frau gekratzt hat, ob sie nun sein Feind ist oder nicht, ist ein zorniger Mann. Besonders in der Gesellschaft anderer Männer.«

»Dank dir, Sigmund Freud. Gehen wir.«

Der Wachmann in der schwarzen Lederjacke grinste, als er Havelocks blutenden Hals sah, und der Kubaner nickte. Sein Gesichtsausdruck bestätigte, was er stets gewußt hatte. Michael hielt Jennas Arm fest umklammert und stieß sie neben sich her. Er hatte den Mund zusammengekniffen, und seine Augen blickten wütend.

»Ich will jetzt zu Kohoutek zurück und dann raus hier!« sagte er ärgerlich. »Und keine weiteren Diskussionen, ist das klar?«

»Hat das kleine Mädchen dem großen, starken Mann vielleicht weh getan?« spottete der Mann in der Lederjacke.

»Maul halten, verdammter Idiot!«

Janos Kohoutek trug eine großkarierte Wolljacke und eine Pelzmütze auf dem Kopf. Auch er lächelte, als er das Taschentuch sah, das Havelock sich an den Hals drückte. »Vielleicht ist sie eine Hexe aus den Karpaten«, sagte er auf Englisch und zeigte seine fauligen Zähne. »Nach den Geschichten, die die alten Weiber dort erzählen, sollen die eine Kraft wie Bergkatzen haben.«

»Ein Miststück ist das, diese dreckige Hure.« Michael stieß Jenna gegen die Tür. »Ich will jetzt fahren, bei dem Schnee wird das ohnehin eine lange Fahrt.«

»So schlimm ist das gar nicht, mehr Wind als Schnee«, sagte der Bulle, holte ein Seilknäuel aus der Tasche und ging auf Jenna zu.

»Was soll das?« fragte Havelock und deutete auf das Seil. »Halt mir ihre Hände hin«, befahl Kohoutek, zum Wachmann gewandt. »Vielleicht balgen Sie sich gerne mit dieser Katze herum; ich nicht.«

»Ich will rauchen«, protestierte Jenna. »Lassen Sie mich rauchen, ich bin sehr nervös. Was könnte ich schon tun?«

»Vielleicht wollen Sie lieber eine Spritze haben. Dann denken Sie auch nicht mehr ans Rauchen. Aber ein Seil tut's ja auch. Komm, her mit der Hand.« Jenna hielt dem Wachmann in der Lederjacke widerstrebend die Hände hin und wich allen Blicken aus. »War sie auf der Toilette?« fragte Kohoutek unfreundlich. Niemand antwortete. »Sagen Sie, waren Sie auf der Toilette?«

»Nicht nötig«, sagte Jenna.

»Unterwegs wird nicht gehalten, ist das klar? Ich habe keine Lust, mich mit der Pistole in der Hand neben Sie an den Straßenrand zu setzen.«

»Fesselt sie, dann fahren wir.« Havelock machte ein paar ungeduldige Schritte auf die Tür zu und sah Jenna an. Ihr Blick war eiskalt; sie machte ihre Sache großartig. »Ich nehme an, dieser Flüchtling aus einem *žalář* bringt uns im Lkw zur Straße.«

Der Mann in der Lederjacke blickte finster, während Kohoutek grinste und Jenna die Hände zusammenband. »Sie haben gar nicht so unrecht, Havlíček. Er war schon einige Male wegen schwerer Körperverletzung im Knast. Er fährt uns hinauf.« Der Bulle überprüfte die Knoten und drehte den Kopf zur Seite. »Axel!«

»Er hat meine Waffe«, sagte Michael und deutete auf den Mann in der Lederjacke. »Die hätte ich gern zurück.«

»Bald. An einer Straßenecke in New York.«

Der zweite Wachmann erschien. »Ja, Mr. Kohoutek?«

»Du kümmerst dich morgen um die Zeitpläne, klar?«

»Ja, Sir.«

»Du sorgst dafür, daß mich morgen einer von euch in Monongahela abholt, sobald mein Flugzeug gelandet ist. Ich rufe vom Flughafen aus an und gebe die Ankunftszeit durch.«

»Alles klar.«

»Gehen wir«, sagte der Bulle und trat vor die Tür.

Michael packte Jennas Arm, der Mann in der Lederjacke folgte ihnen. Draußen war der Wind stärker geworden, und der Schnee peitschte ihnen ins Gesicht. Kohoutek hatte die Spitze übernommen. Ein dritter Aufseher, der einen weißen Parka trug, stand fünfzig Meter von ihnen entfernt am Tor; als er sie sah, ging er zur Mitte des Tors, wo der Riegel angebracht war.

Auf der Ladefläche des Lkw waren in Fahrtrichtung zwei Bänke montiert, die sich gegenüber standen, wie bei einem Wehrmachtsfahrzeug.

»Einsteigen, einsteigen!« schrie Kohoutek und fuchtelte mit einer großkalibrigen Pistole herum, die er aus der Tasche gezogen hatte.

»Ich bin nicht Ihr Gefangener«, schrie Havelock. »Wir haben verhandelt. Es gibt eine Vereinbarung zwischen uns!«

»Und Teil dieser Vereinbarung, *příteli,* ist, daß Sie, bis wir New York erreichen, ebenso mein Gast wie meine Geisel sind. Nach der Lieferung wird es mir ein Vergnügen sein, die Waffe wegzustecken und Sie zum Abendessen einzuladen.«

Der Bergbulle grinste, als Jenna und Michael auf die Pritsche kletterten. Sie setzten sich nebeneinander, aber das paßte Kohoutek nicht.

»Die Frau sitzt bei mir. Sie setzen sich auf die andere Seite. Schnell.«

Die Tür wurde verschlossen, und der Aufseher betätigte sich am Schloß. Das einzige Licht kam durch die Windschutzscheibe. In wenigen Sekunden, überlegte Michael, würden die Scheinwerfer eingeschaltet werden, und ihr Widerschein im Schneetreiben würde zum Teil auch die Pritsche erhellen. Er zog in der Dunkelheit sein Jackett hoch und griff mit der rechten Hand nach hinten und tastete sich langsam auf das Messer zu, das in seinem Kreuz am Gürtel befestigt war. Wenn er es jetzt nicht in Griffweite brachte, würde es später, sobald er einmal hinter dem Steuer seines Wagens saß, unendlich schwieriger sein.

»Was ist denn?« brüllte der Bulle und hob seine Waffe. »Was machen Sie da?«

»Dieses Miststück hat mich am Rücken gekratzt, das Blut klebt mir am Hemd«, sagte Michael. Dann schrie er: »Wollen Sie es sehen, es fühlen!?«

Kohoutek grinste und warf einen Blick zu Jenna hinüber. »Hoffentlich ist die Lubjanka noch so wie früher. Dieses Weib wird noch eure Wachen auffressen.«

Als sie das Wort Lubjanka hörte, zuckte Jenna zusammen.

»O Gott! O mein Gott!« stöhnte sie.

Kohoutek blickte wieder zu ihr hinüber, und Havelock verstand. Sie lenkte den Bullen ab; er zog schnell das Messer aus der Scheide und verbarg es in der rechten Hand.

Die Fahrertür öffnete sich; der Aufseher stieg ein und schaltete die Scheinwerfer ein. Er blickte nach hinten; Kohoutek nickte, worauf der Mann den Zündschlüssel herumdrehte. Eine Minute später hatten sie das Tor passiert und kletterten den steilen Abhang hinauf. Die schweren Zwillingsreifen zermahlten den Schnee und die weiche Erde darunter, das Fahrzeug vibrierte und stampfte. Sie erreichten die Wand aus Bäumen, wo die Straße ebener wurde; bis zum Fourforks Pike hatten sie vielleicht noch sechshundert Meter Straße vor sich. Der Fahrer beschleunigte das Tempo und trat plötzlich ohne Warnung auf die Bremse, so daß der Lkw ruckartig zum Stillstand kam. Ein rotes Licht leuchtete am Armaturenbrett auf. Er beugte sich zur Seite, um einen Schalter zu betätigen, dann einen zweiten. Eine erregte Stimme hallte aus dem Sprechfunkgerät.

»Mr. Kohoutek! Mr. Kohoutek!«

»Was ist?« fragte der Mann, schnappte sich ein Mikrofon vom Armaturenbrett und drückte gleichzeitig einen Knopf nieder. »Das ist der Notrufkanal.«

»Der Sperling in New York . . . er ist am Telefon! Handelman ist tot! Er hat es im Radio gehört. Man hat ihn in seiner Wohnung erschossen, und die Polizei sucht einen Mann . . .«

In dem Moment warf Havelock sich nach vorn und drehte das Messer in der geballten Faust. Seine linke Hand schoß auf den Lauf der Pistole zu. Jenna sprang zur Seite; Michael kriegte den langen glänzenden Lauf zu fassen, als Kohoutek sich aufrichtete, und schmetterte die Waffe auf die hölzerne Bank. Er stieß das Messer durch die Hand, so daß die Spitze sich durch Fleisch und Knochen ins Holz bohrte und seine blutige Hand aufgespießt war.

Kohoutek schrie auf, der Mann auf dem Fahrersitz fuhr herum, während Jenna sich auf ihn warf und mit den gefesselten Händen auf ihn einhämmerte. Das Mikrofon entglitt ihm. Havelock schlug die Pistole gegen den Kopf des Alten. Kohoutek taumelte gegen die Wagenwand, fiel nach vorne, den Arm ausgestreckt, die Hand immer noch an der hölzernen Bank festgenagelt.

»Mikhail!«

Der Mann auf dem Fahrersitz war vor Jennas Schlägen zurückgewichen; jetzt zog er die spanische Llama aus der Lederjacke. Michael sprang nach vorne und ließ den Lauf der 45er gegen die Schläfe des Mannes krachen, griff über seine Schultern und drückte die Llama herunter, so daß er sie nicht bewegen konnte.

»Mr. Kohoutek? Haben Sie gehört?« schrie die Stimme aus dem Lautsprecher. »Was soll der Sperling tun? Er will es wissen.«

»Sagen Sie ihm, Sie haben verstanden«, befahl Havelock dem Fahrer mit keuchender Stimme. »Sagen Sie, daß der Sperling gar nichts tun soll. Sie melden sich wieder.«

»Wir haben verstanden.« Der Wachmann sprach im Flüsterton. »Sagt dem Sperling, er soll gar nichts tun. Wir melden uns.« Michael riß ihm das Mikrofon weg und deutete auf die Llama. »Und jetzt geben Sie mir das Ding her, ganz langsam. Nehmen Sie die Finger, nur zwei Finger«, fuhr er fort. »Schließlich gehört sie ja mir, nicht wahr?«

»Ich hätte sie schon zurückgegeben«, sagte der verängstigte Mann mit zitternden Lippen.

Havelock nahm die Llama und drückte sie dem Mann ins Genick. »Und jetzt fahren Sie uns hier weg.«

22

Der schlanke, dunkelhaarige Mann öffnete die Tür der Telefonzelle an der Ecke der 116. Straße und des Riverside Drive. Der nasse Schnee, der auf den Glasscheiben haftete, ließ die kreisenden roten Lichter auf den Dächern der Polizeiwagen weiter oben an der Straße nur undeutlich erkennen. Er schob die Münze in den Schlitz, wählte eine Null und dann fünf weitere Ziffern. Wenige Augenblicke später klingelte ein Telefon im Wohnbereich des Weißen Hauses.

»Ja?«

»Mr. President?«

»Emory? Wie ist es gelaufen?«

»Gar nicht. Er ist tot. Er ist erschossen worden.«

Berquist schwieg, nur sein Atem war zu hören. »Erzählen Sie mir, was passiert ist«, sagte der Präsident schließlich.

»Es war Havelock, aber der Name ist nicht richtig gemeldet worden. Wir können die Existenz einer solchen Person im Außenministerium leugnen.«

»Havelock? O mein Gott!«

»Ich weiß noch nicht alle Einzelheiten. Das Flugzeug ist durch den Schneefall aufgehalten worden, wir mußten fast eine Stunde über La Guardia kreisen. Bis ich hinkam, waren bereits die Polizei, ein paar Reporter und ein Ambulanzwagen da.«

»Die Presse?«

»Ja, *Sir*. Handelman ist hier eine bekannte Persönlichkeit. Nicht nur, weil er Jude war und Bergen-Belsen überlebt hat, sondern auch wegen seiner Stellung an der Universität. Man schätzte ihn sehr, ja, man verehrte ihn sogar.«

»O Gott . . . was haben Sie erfahren? Wie haben Sie es erfahren? Ihr Name wird doch hoffentlich nicht genannt werden, oder?«

»Nein, *Sir*. Ich habe mich auf dem Polizeirevier zu erkennen gegeben; der Beamte war sehr kooperativ. Handelman hatte sich anscheinend mit einer Studentin in seiner Wohnung verabredet. Sie ist zweimal zu dem Apartmentgebäude zurückgekehrt, ehe sie schließlich den Hausmeister herausklingelte. Sie liefen zu Handelmans Wohnung, sahen, daß die Tür nicht verschlossen war, gingen hinein und fanden ihn. Der Hausmeister rief die Polizei, und als sie erschienen, gab er zu Protokoll, er habe einen Mann eingelassen, der sich als Mitarbeiter des State Department ausgewiesen hätte. Er sagte, der Mann hätte Havelitsch geheißen; an seinen Vornamen erinnerte er sich nicht, bestand aber darauf, daß der Ausweis in Ordnung gewesen sei. Die Polizei ist immer noch in Handelmans Wohnung und sichert die Spuren.«

»Sind die Einzelheiten publik gemacht worden?«

»In dieser Stadt kann keiner warten. Man hat die Presse vor zwanzig Minuten informiert. Ich konnte es nicht verhindern, selbst wenn ich gewollt hätte. Aber das State Department braucht keine Erklärung abzugeben; es kann sagen, daß der Mann kein Mitarbeiter war.«

Der Präsident schwieg eine Weile, dann meinte er: »Das State Department wird zum richtigen Zeitpunkt mit den Behörden zusammenarbeiten. Bis dahin möchte ich, daß eine Akte angelegt und im engsten Kreis in Umlauf gebracht wird, die sich mit Havelocks Aktivitäten seit seinem Ausscheiden befaßt. Sie muß die Besorgnis der Regierung über seinen Geisteszustand widerspiegeln, seine offenkundigen Mordabsichten ... Aber jene Akte wird im Interesse der nationalen Sicherheit Verschlußsache bleiben. Sie wird nicht veröffentlicht werden.«

»Ich bin nicht sicher, ob ich Sie verstehe.«

»Die Fakten werden erst dann freigegeben, wenn Havelock nicht länger die Interessen dieses Landes bedroht.«

»Sir?«

»Ein Mann ist unbedeutend«, sagte der Präsident leise. »Coventry, Mr. Bradford. Enigma ... Parsifal.«

»Ich akzeptiere Ihre Überlegungen, *Sir,* nur nicht die Annahme, von der Sie ausgehen. Wie können wir sicher sein, daß wir ihn finden werden?«

»Er wird uns finden, er wird Sie finden. Wenn alles, was wir über Havelock wissen, so zutreffend ist, wie wir das glauben, dann hätte er Jacob Handelman nicht getötet, es sei denn, er hatte einen besonderen Grund dafür. Und er hätte ihn niemals umgebracht, wenn er nicht vorher erfahren hätte, wohin Handelman die Karras geschickt hat. Sobald Havelock sie gefunden hat, wird er Bescheid wissen.«

Bradford schwieg. Nach einigen Augenblicken sagte er gepreßt: »Ja, natürlich, *Mr. President.«*

»Kommen Sie so schnell wie möglich zurück. Wir müssen bereit sein ... Sie müssen bereit sein. Ich werde zwei Männer von Poole's Island herauffliegen lassen. Sie werden Sie am Flughafen erwarten; bleiben Sie im Sicherheitsbereich des Flughafens, bis die beiden eintreffen.«

»Ja, *Sir.«*

»Und jetzt hören Sie mir gut zu, Emory. Meine Instruktionen werden klar und eindeutig sein. Ich werde veranlassen, daß man Sie rund um die Uhr beschützt. Ein Killer, der Staatsgeheimnisse an den Feind verkauft hat, macht Jagd auf Sie. Das werden die Worte sein, die ich gebrauchen werde. Sie werden es anders ausdrücken. Sie werden die Sprache von *Consular Operations* gebrauchen: Havelock ist ›nicht zu retten‹. Jede weitere Stunde, die er lebt, bedeutet Gefahr für unsere Männer draußen im Einsatz.«

»Ich verstehe.«

»Emory?«

»Sir?«

»Bevor dies alles geschehen ist, habe ich Sie nie wirklich gekannt, über Ihre privaten Verhältnisse weiß ich kaum etwas. Wie ist Ihre Situation zu Hause?«

»Zu Hause?«

»Dort wird er Ihnen auflauern, früher oder später. Haben Sie Kinder zu Hause?«

»Kinder? Nein, nein. Mein älterer Sohn ist auf dem College, der jüngere auf einem Internat.«

»Ich dachte, Sie hätten Töchter.«

»Zwei. Sie leben bei ihrer Mutter. In Wisconsin.«

»Ich verstehe. Das wußte ich nicht. Haben Sie wieder geheiratet?«

»Ja. Zweimal. Aber keine der beiden Ehen hat gehalten.«

»Dann leben also keine Frauen in Ihrem Haus?«

»Doch, häufig, aber im Augenblick nicht. In den letzten vier Monaten nur ganz selten.«

»Ich verstehe.«

»Ich lebe allein. Die Umstände sind optimal, *Mr. President.«*

»Ja, ich denke schon.«

Mit Seilen, die sie auf der Pritsche fanden, fesselten sie den Aufseher ans Steuer und Kohoutek an die Bank.

»Sieh zu, ob du etwas findest, mit dem du ihm die Hand verbinden kannst«, sagte Michael. »Ich möchte, daß er lebt, damit jemand ihm Fragen stellen kann.«

Jenna fand ein großkariertes Taschentuch im Handschuhfach. Sie zog das Messer aus der Pranke des alten Bergbullen, riß den Stoff in zwei Teile und stillte die Blutung.

»Das hält drei, vielleicht vier Stunden«, sagte sie. »Wenn er aufwacht und es zerreißt, könnte er verbluten.«

»Jemand wird ihn rechtzeitig finden. In einer guten Stunde wird es hell, und der Fourforks Pike ist eine Landstraße. Setz dich einen Augenblick hin.« Havelock ließ den Motor an, schob seinen Fuß über das Bein des Aufsehers, drückte die Kupplung nieder und legte den Gang ein. Dann manövrierte er das Fahrzeug so, daß es längs zur Straße stand. »Okay, gehen wir.«

»Sie können mich nicht einfach so hierlassen«, jammerte der Aufseher.

»Waren Sie auf der Toilette?«

»Was?«

»Ich hoffe es für sie.«

»Mikhail?«

»Ja?«

»Das Sprechfunkgerät. Jemand könnte vorbeikommen und ihn befreien. Dann wird er es benützen. Wir brauchen jede Minute.«

Havelock nahm die Pistole vom Beifahrersitz und schmetterte den dicken Kolben ein paarmal gegen den Kasten. Schließlich riß er das Mikrofon heraus und schnitt die Drähte ab; dann öffnete er die Tür und wandte sich Jenna zu. »Wir lassen die Scheinwerfer eingeschaltet, damit keiner draufbrummt«, sagte er. »Jetzt müssen wir noch eines erledigen. Komm.«

Wegen des kräftigen Winds lag der Schnee auf dem Fourforks Pike weniger als zwei Zentimeter hoch, sah man einmal von den kleinen Schneewehen ab, die sich an einigen Stellen am Rand gebildet hatten. Michael reichte Jenna Kohouteks Pistole und nahm selbst die Llama in die rechte Hand. »Die macht zu viel Lärm«, meinte er. »Der Wind könnte das Geräusch bis zum Haus tragen. Bleib hier.«

Er rannte zum hinteren Wagenende, hielt die Waffe schräg nach unten und gab zwei Schüsse auf die beiden Hinterreifen ab. Dann rannte er nach vorne und zielte auf die Vorderreifen. Der Lastwagen schwankte etwas, während die Luft ausströmte. Michael steckte die Llama in die Tasche. »Gib mir die Fünfundvierziger.«

»Was hast du vor?«

»Sie sauberwischen. Nicht daß es viel nützen wird, innen sind überall unsere Fingerabdrücke. Aber vielleicht suchen sie dort nicht; nur die Waffe sehen sie sich bestimmt an.«

»Und?«

»Ich rechne damit, daß unser Fahrer im eigensten Interesse behaupten wird, daß die Waffe nicht ihm gehört, sondern deinem Gastgeber Kohoutek.«

»Ganz gewiß«, sagte Jenna und nickte.

»Man wird jeden Winkel der Farm durchsuchen, und dann könnte man anfangen, auf dem Grundstück herumzugraben. Es könnte auch Morde geben, die nicht aktenkundig sind.« Havelock hielt die Automatic mit dem Hemdzipfel, öffnete die Tür des Lkw und warf die Waffe über den Vordersitz auf die Pritsche.

»Hey, kommen Sie schon. Um Gottes willen!« schrie der Fahrer und bäumte sich auf. »Lassen Sie mich hier raus. Ich hab' Ihnen nichts getan! Die verknacken mich auf mindestens zehn Jahre!«

»Zu Leuten, die sich als Kronzeugen zur Verfügung stellen, sind die viel großzügiger. Denken Sie darüber nach.« Havelock knallte die Tür zu und ging schnell zu Jenna zurück. »Der Wagen steht ungefähr fünfhundert Meter weiter unten. Ist bei dir alles in Ordnung?«

Sie sah ihn an. An ihrem blonden Haar, das der Wind zerzaust hatte, hingen ein paar Schneeflocken, ihr Gesicht war naß, aber ihre Augen glänzten. »Ja, *darling,* ich bin okay . . . Egal wo wir in diesem Augenblick auch sein mögen, ich fühl' mich zu Hause.«

Er griff nach ihrer Hand. »Geh in der Mitte. Dann deckt der Schnee unsere Spuren zu.«

Sie saß dicht neben ihm, die Hand auf seinem Schenkel, und gelegentlich ließ sie ihren Kopf auf seiner Schulter ruhen.

Sie sprachen nur wenig, die Stille tat ihnen gut; sie waren zu erschöpft, zu besorgt, um sich richtig zu unterhalten, wenigstens für den Augenblick. Das war nicht das erste Mal, daß sie eine solche Stimmung erlebten, sie wußten, ein wenig Frieden würde mit der Stille kommen . . . und dadurch, daß sie zusammen waren.

Havelock erinnerte sich an Kohouteks Worte und steuerte den Wagen in nördlicher Richtung auf den Pennsylvania Turnpike zu, dann nach Osten, in Richtung Harrisburg. Der Wind fegte den Highway fast völlig frei, und die eisige Temperatur sorgte dafür, daß der Schnee trocken blieb und damit leicht. Obwohl die Sicht schlecht war, kamen sie schnell voran.

»Ist das die Hauptstraße?« fragte Jenna.

»Ja, die Staatsstraße.«

»Ist es klug, sie zu benutzen? Wenn man Kohoutek vor Tagesanbruch findet, könnte es dann nicht sein, daß man diesen . . . Turnpike kontrolliert?«

»Er wird bestimmt nicht wollen, daß die Polizei uns findet. Wir wissen, was diese Farm ist. Er wird sie hinhalten, behaupten, wir seien Einbrecher gewesen und er die Geisel, das Opfer. Und der Wachmann wird überhaupt nichts sagen, bis er keine andere Wahl mehr hat, und dann wird er versuchen, einen Handel mit ihnen abzuschließen. Wir brauchen uns keine Sorgen zu machen.«

»Das gilt für die Polizei, *darling«,* sagte Jenna, und ihre Hand berührte sachte seinen Arm. »Und wenn es nicht die Polizei ist? Du willst, daß es die Polizei ist, also redest du dir das ein. Aber angenommen, ihn findet ein Farmer oder ein Milchfahrer. Ich glaube, Kohoutek würde es sich viel Geld kosten lassen, wenn ihn jemand sicher zu seinem Haus zurückbringt.«

Michael sah sie im schwachen Licht der Armaturenbeleuchtung an. Ihre Augen waren müde, dunkle Kreise unter der bleichen Haut. Und doch dachte sie bei aller Erschöpfung, bei aller Angst klarer als er. Das rührte daher, daß man sie öfter gejagt hatte als ihn. Sie würde nie in Panik geraten; sie wußte, wie wichtig es war, sich unter Kontrolle zu halten, selbst wenn die Angst und der Schmerz überwältigend waren. Er beugte sich zu ihr hinüber und strich mit den Lippen über ihre Wangen.

»Du bist großartig«, sagte er.

»Ich habe Angst«, erwiderte sie.

»Und trotzdem hast du recht. Die Chancen, daß die Polizei Kohoutek zuerst findet, stehen vielleicht siebzig zu dreißig. Wir werden die nächste Ausfahrt nehmen.«

»Wohin? Wohin fahren wir?«

»Zuerst einmal an einen Platz, wo wir alleine sind, wo wir uns ausruhen können.«

Sie saß in einem Sessel am Fenster ihres Motelzimmers. Draußen erhellten die ersten Strahlen der Morgensonne die Silhouette der Allegheny-Berge. Die gelben Strahlen erleuchteten ihr müdes Gesicht, hoben ihr langes blondes Haar hervor, das ihr bis auf die Schultern fiel. Immer wieder sah sie zu ihm hinüber und wandte dann wieder das Gesicht ab und schloß die Augen, weil die Worte zu weh taten.

Er hatte geendet; er hatte ihr alles gesagt, und mit dem Eingeständnis kam auch wieder der Schatten der Vergangenheit zurück: Er war ihr Henker gewesen, hatte sie töten wollen, als seine Liebe zu ihr erloschen war.

Jenna erhob sich und blieb schweigend am Fenster stehen. »Was haben sie uns nur angetan!« flüsterte sie.

Havelock stand auf der anderen Seite des Zimmers und sah sie an; er konnte den Blick nicht abwenden, und als er die Tränen in ihren

Augen sah, kamen die quälenden Bilder zurück, die Bilder eines bösen Traums, der ihn nicht mehr losließ. Immer wenn die Erinnerungen nicht mehr ruhen wollten, erwachte der Traum zum Leben.

»Wir müssen herausfinden, warum«, sagte Michael. »Die Broussac hat mir erzählt, was dir passiert ist, aber da waren Lücken in ihrer Schilderung.«

»Ich habe ihr nicht alles gesagt«, erklärte Jenna und blickte zum Fenster hinaus. »Ich hatte Angst, sie würde mir dann nicht helfen.«

»Was hast du ihr verschwiegen?«

»Den Namen des Mannes, der mich aufgesucht hatte. Er war einige Jahre für deine Regierung tätig gewesen. Eine Zeitlang war er ziemlich umstritten, aber trotzdem angesehen, glaube ich. Zumindest hatte ich von ihm gehört.«

»Wer war dieser Mann?«

»Er heißt Bradford. Emory Bradford.«

»Du lieber Gott . . .« Havelock erschrak. Bradford war ein Name aus der Vergangenheit, einer beunruhigenden Vergangenheit. Er war einer der politischen Newcomer gewesen, die unter Kennedy ihre Karriere begonnen hatten und sich unter Johnson auf zweifelhafte Weise ihre Sporen verdienten. Als ihr Ruhm am Washingtoner Firmament verblaßt war, fanden sie fette Pfründe in der Privatwirtschaft: Die einen verdingten sich als hochdotierte Manager bei internationalen Banken und Konzernen, andere wurden Teilhaber in renommierten Anwaltsbüros. Aber Bradford war geblieben – ganz sicher weniger gefeiert und weniger einflußreich. Man hatte das nie verstanden. Schließlich war er nicht unvermögend und hätte tausend andere Dinge tun können. Und trotzdem hatte er sich entschieden, in der Politik zu bleiben. Bradford, wiederholte Havelock in Gedanken, und der Name hallte in seinem Kopf. Hatte Emory Bradford in all den Jahren nur auf eine neue Chance gewartet? So mußte es sein. Wenn er Jenna in Barcelona erreicht hatte, mußte er mitverantwortlich für das makabre Schauspiel an der Costa Brava sein.

»Kennst du ihn?« fragte Jenna, die immer noch aus dem Fenster starrte.

»Nicht persönlich. Ich bin ihm nie begegnet. Aber du hast recht, er war umstritten, und fast jeder kennt ihn. Das letzte, was ich über ihn hörte, war, daß er Staatssekretär geworden sei. Ein Mann ohne klares Profil, aber mit hoher Reputation. Er hat dir gegenüber behauptet, er sei für *Cons Op* in Madrid tätig?«

»Er sagte, er habe einen Sonderauftrag der *Consular Operations,* die innere Sicherheit sei gefährdet.«

»Durch mich, meinte er wohl damit.«

»Ja. Er zeigte mir Kopien von Dokumenten, die man in Madrid in einem Banksafe in der Rambla gefunden hatte.« Jenna wandte sich vom Fenster ab. »Erinnerst du dich? Du hattest mir erzählt, daß du einige Male in der Bank gewesen bist.«

»Er diente als Briefkasten für Lissabon, das hatte ich dir auch gesagt. Aber laß nur, das Ganze war natürlich sorgfältig arrangiert.«

»Aber du kannst doch verstehen, daß die Rambla mir in Erinnerung geblieben ist.«

»Ja, gewiß. Was waren das für Dokumente?«

»Instruktionen aus Moskau, die nur für dich bestimmt sein konnten. Sie enthielten Daten und Zeitpläne; da waren die Orte genannt,in denen wir gewesen waren, und unsere nächsten Ziele. Auch Codes gehörten zu dem Belastungsmaterial; wenn die nicht authentisch waren, dann habe ich noch nie eine russische Chiffre gesehen.«

»Das war dasselbe Material, das man mir gegeben hatte«, sagte Havelock, in dem jetzt langsam die Wut hochkam.

»Ja, das wurde mir klar, als du vorhin erzähltest, welche Dokumente sie dir in Madrid gegeben hatten.«

»Ich verstehe.«

»Als ich dann den Schlüssel in deinem Portemonnaie fand und er genau dem glich, der in Madrid in dem Banksafe gefunden worden war – der Schlüssel für ein Schließfach in einem Flughafen –, konnte ich es nicht mehr ertragen, mit dir im selben Zimmer zu sein.«

»Das war es, nicht wahr? Die letzte Bestätigung für uns beide. Ich hatte mich verändert und konnte nichts dagegen tun. Und als du von Madrid zurückkamst, warst du auch anders. In meinen Augen hattest du dich an die Sowjets verkauft, aus Gründen, die ich nicht begreifen konnte ... Ich versuchte sogar, eine Erklärung zu finden; vielleicht hattest du nach dreißig Jahren Nachricht von deinem Vater bekommen – es hat schon seltsamere Dinge gegeben. Oder du warst tatsächlich ein Verräter, der nun als Doppelagent weiterarbeiten wollte. Ich wußte einfach, daß die Veränderung – worin auch immer sie bestand – mich nicht einschloß.« Jenna hielt inne und drehte sich wieder zum Fenster. Als sie weitersprach, war ihre Stimme kaum zu hören. »Und dann trat Bradford wieder mit mir in Verbindung; diesmal war er völlig verstört, hatte sich überhaupt nicht mehr in der Hand. Er sagte, man hätte gerade eine Nachricht aufgefangen – Moskau hätte meine Exekution angeordnet, du solltest mich in eine Falle locken ... und du würdest es noch in derselben Nacht tun.«

»An der Costa Brava?«

»Nein, die Costa Brava hat er nie erwähnt. Er sagte, ein Mann würde gegen sechs Uhr, während deiner Abwesenheit, anrufen und einen Satz oder eine Beschreibung verwenden, bei der ich sofort wissen würde, daß sie nur von dir stammen könnte. Er würde sagen, du könntest im Augenblick nicht telefonieren, aber ich solle den Wagen nehmen und an der Küste nach Villanueva entlangfahren; du würdest dich dort auf der Plaza am Brunnen mit mir treffen. Aber dazu würde es nicht kommen, weil ich Villanueva nie erreichen würde. Man würde mich auf der Straße aufhalten.«

»Ich erzählte dir, daß ich nach Villanueva fahren wollte«, sagte Michael. »Das war Teil der *Cons-Op*-Strategie. In der Annahme, ich sei zwanzig Meilen weiter südlich mit einer Sache beschäftigt, hattest du Zeit genug, um zum Montebello-Strand an der Costa Brava zu gelangen. Das war der entscheidende Beweis gegen dich. Nun wollte ich mich mit meinen eigenen Augen davon überzeugen, ob du wirklich eine Verräterin warst, und verlangte ausdrücklich, das Geschehen am Strand beobachten zu können. Dabei hoffte ich immer noch, daß du dort nie auftauchen würdest.«

»Siehst du, alles paßt zusammen. Bradford sagte, wenn dieser Mann anrief, sollte ich fliehen. Ein weiterer Amerikaner würde mit ihm in der Hotelhalle warten und nach Leuten vom KGB Ausschau halten. Sie wollten mich zum Konsulat bringen.«

»Aber du bist nicht mit ihnen gegangen.«

»Ich konnte einfach nicht. Plötzlich konnte ich niemandem mehr trauen. Erinnerst du dich an den Zwischenfall in dem Café am Paseo Isabel, kurz bevor du nach Madrid fuhrst?«

»Der Betrunkene«, sagte Havelock, der sich nur zu gut erinnerte. »Er hat dich angerempelt, ist praktisch über dich gefallen und bestand dann darauf, dir die Hand zu schütteln und sie zu küssen.«

»Wir haben darüber gelacht. Du noch mehr als ich.«

»Ein paar Tage später habe ich nicht mehr gelacht. Ich war überzeugt, daß der angeblich Besoffene dir damals den Schlüssel für das Schließfach am Flughafen in die Hand gedrückt hat.«

»Von dem ich nie etwas wußte.«

»Und den ich in deiner Geldbörse fand, weil Bradford ihn dort hineingelegt hatte, während er im Hotelzimmer war. Ich nehme an, du hattest dich für einen Moment entschuldigt. Ich war zu dem Zeitpunkt in Madrid.«

»Ich war völlig schockiert, mir war übel. Sicher war ich auf der Toilette.«

»Wer war der andere Amerikaner in der Hotelhalle?«

»Das war der Betrunkene aus dem Café. Sein Gesicht machte mir Angst, ich kann dir nicht sagen, weshalb. Vielleicht weil er sich vorher als jemand anders ausgegeben hatte. Ich weiß nur, daß seine Augen mich stutzig machten. Sie blickten grimmig, aber sie beobachteten nicht. Er saß nicht in der Lobby, um nach irgendwelchen KGB-Agenten Ausschau zu halten, er sah nur immer wieder auf die Uhr. Zu diesem Zeitpunkt war ich selbst in Panik geraten ... verwirrt, verletzt wie noch nie zuvor in meinem Leben. Du wolltest mich sterben lassen, und plötzlich konnte ich ihnen auch nicht mehr vertrauen.«

»Du bist ins Zimmer zurück?«

»Du lieber Gott, nein, dann hätte ich ja keinen Ausweg mehr gehabt. Ich ging in mein Stockwerk, blieb im Treppenhaus stehen und versuchte nachzudenken. Ich dachte, das Ganze wäre vielleicht nur hysterische Einbildung. Warum vertraue ich den Amerikanern eigentlich nicht mehr? fragte ich mich. Ich hatte mich schon fast entschlossen, wieder hinunterzugehen, als ich die Geräusche aus dem Korridor hörte. Ich öffnete die Tür einen Spalt ... und wußte in dem Augenblick, daß ich recht hatte, das zu tun, was ich dann tat.«

»Sie waren hinter dir her?«

»Bradford klopfte ein paarmal an die Tür, und während er klopfte, holte der andere Mann – der Betrunkene aus dem Café – eine Pistole heraus. Als keine Antwort kam, warteten sie, bis sie sicher waren, daß sonst niemand auf dem Flur war. Dann trat der Mann mit der Pistole die Tür ein. So handelt niemand, der vorgibt, jemanden zu retten. Ich rannte schleunigst weg.«

Während Havelock sie beobachtete, versuchte er eine Antwort darauf zu finden, wer den Code ›Ambiguity‹ benutzt hatte.

»Wie kamen sie an deinen Koffer?« fragte er.

»Du hast ihn ganz richtig beschrieben. Es war ein alter Koffer, den ich schon in Prag hatte. Das letzte, woran ich mich erinnere, ist, daß ich ihn einfach im Keller der Wohnung stehen ließ, die ich gemietet hatte. Ich glaube sogar, du hast ihn hinuntergetragen.«

»Das KGB hat ihn vielleicht gefunden.«

»Das KGB?«

»Jemand im KGB.«

»Ja, das hast du gesagt, nicht wahr? ... Da muß jemand sein.«

»Was für einen Satz oder welche Beschreibung hat der Mann am Telefon benutzt? Die Worte, bei denen du glauben solltest, daß sie von mir kamen?«

»Er sagte, es gäbe in der Stadtmitte von Prag einen Hof mit Kopfsteinpflaster.«

»Veřejná mistnost«, sagte Michael und nickte. »Die sowjetische Polizei in Prag. Ich habe in einem Bericht, den ich nach Washington geschickt habe, beschrieben, wie du dieses Gebäude verlassen hast, wie großartig du warst. Und wie ich fast dabei umgekommen wäre, als ich dich drei Stockwerke darüber beobachtete.«

»Danke für das Lob.«

»Weißt du noch? Wir wollten damals aus unserem beweglichen Gefängnis ausbrechen.«

»Und du wolltest an einer Universität lehren.«

»Geschichte.«

»Und wir wollten Kinder haben . . .«

»Ich liebe dich . . .«

»Mikhail?«

Die ersten Schritte waren tastend, unsicher, aber dann rannten sie aufeinander zu, umarmten sich, hielten sich fest umklammert. In dem Moment war alles vergessen, der Schmerz, die tausend Augenblicke der Angst. Und die Tränen, die ihre Augen befeuchteten, spülten die letzten Hindernisse fort, die die Lügner zwischen ihnen errichtet hatten, und die Männer, die den Lügnern dienten. Ihre Körper preßten sich aneinander, bäumten sich auf, als ihre Leidenschaft entflammte und ihre Lippen sich begegneten, tastend zuerst, dann immer fordernder. Eine gierige Lust durchflutete sie und drängte nach Entspannung . . .

Sie lag neben ihm. Ihr Gesicht berührte seine Schulter. Sie hatte die Lippen geöffnet, und ihr tiefer, gleichmäßiger Atem wärmte seine Haut. Strähnen ihres blonden Haars fielen über seine Brust, erinnerten daran, daß sie selbst im Schlaf ein Teil von ihm war. Er drehte sich vorsichtig herum, um sie nicht zu wecken – und blickte auf sie herab. Da waren immer noch die dunklen Schatten unter ihren Augen, aber sie fingen an zu verblassen, und ihre bleiche Haut bekam langsam wieder Farbe. Es würde Tage dauern, Wochen vielleicht, bis die Furcht in ihren Augen ganz verschwand. Und trotzdem war da eine Stärke in ihr; sie hatte ihr geholfen, das Unerträgliche durchzustehen.

Sie bewegte sich . . . streckte sich . . . wandte das Gesicht zur Dekke. Die klaren Konturen ihres Gesichts zeichneten sich deutlich im Sonnenlicht ab, das durch die Fenster hereinströmte. Er betrachtete sie und dachte, welche Kräfte doch in dieser Frau ruhen mußten, Kräfte, von denen sie in schlimmen Momenten gezehrt hatte. Wo war sie gewesen? Wer waren die Leute, die ihr geholfen, ihr weh getan hatten? Es gab so viele Fragen, so viele Dinge, die er wissen wollte. Einerseits kam er sich vor wie ein unerfahrener Jüngling, der sich voller Eifersucht die quälenden Bilder vorstellte, die er sich nicht vorstellen wollte; andererseits war er selbst ein Überlebender, der nur zu gut den Preis kannte, den man bezahlen mußte, um in ihrer ungeordneten, häufig so gewalttätigen Welt überleben zu können. Mit der Zeit würde er es erfahren, die Wahrheit würde langsam zutage treten oder in kurzen Abständen; aber er würde sie nicht bedrängen.

Wieder bewegte sie sich, ihr Gesicht wandte sich ihm zu, ihr Atem war warm. Plötzlich wurde ihm bewußt, wie absurd seine Gedanken waren. Mächtige Männer forderten ihren Tod, eiskalte Killer waren hinter ihnen her. Wie konnte er es da wagen, überhaupt an die Zukunft zu denken?

Jacob Handelman war tot. Und der, der ihn getötet hatte, war so gut wie identifiziert ... inzwischen ganz sicher den Lügnern in Washington bekannt. Er sah die Schlagzeilen in den Zeitungen vor sich. Ein von allen geschätzter Wissenschaftler war von einem geistesgestörten Beamten des Foreign Service brutal ermordet worden, von einem Mann, den seine Regierung wegen aller möglichen Verbrechen suchte. Gab es da überhaupt jemanden, der die Wahrheit glauben würde? Ein freundlicher alter Jude, der die Schrecken der Konzentrationslager erlitten hatte ... in Wahrheit ein menschliches Ungeheuer, das die Erschießungen in Lidice befohlen hatte. Wahnsinn!

Die Broussac würde sich abwenden; alle von denen, auf die er vielleicht hätte zählen können, würden ihn jetzt meiden, sie meiden.

Er sah auf die Uhr; es war 14.45 Uhr. Nun galt es, sich eine Strategie zurechtzulegen, in der Nacht wollte er an die Lügner herantreten.

Und doch mußte irgend etwas für sie bleiben, nur für sie allein; etwas, das den Schmerz linderte, ihr wieder Kraft gab. Sonst würde sie zerbrechen.

Er flüsterte ihren Namen. Und, als ob es nie eine Zeit der Trennung gegeben hätte, griff ihre Hand nach der seinen. Sie schlug die Augen auf, ließ ihren Blick über sein Gesicht wandern, hob dann die Decke und kam zu ihm, preßte ihren nackten Körper an ihn. Ihre Arme hoben sich, umfingen ihn, ihre Lippen preßten sich auf seinen Mund, öffneten sich. Nur ihre Körper sprachen, und je heftiger ihre Begierde entflammte, desto lauter wurde das wollüstige Stöhnen.

Sie liebten sich noch zweimal, doch beim letztenmal blieb es eher beim Versuch, kam es nicht zur Vollendung. Inzwischen erfüllte die untergehende Sonne das Zimmer mit einem glühenden, orangefarbenen Licht. Sie setzten sich im Bett auf, Michael zündete ihr eine Zigarette an, und beide lachten genüßlich über ihre wohltuende Erschöpfung.

»Jetzt wirfst du mich bestimmt hinaus und tauschst mich gegen einen heißblütigen Bock aus Ankara ein.«

»Du brauchst dich für nichts zu entschuldigen, *darling* . . . mein Mikhail. Außerdem mag ich türkischen Kaffee nicht.«

»Jetzt bin ich erleichtert.«

»Lieb bist du.«

»Verliebt bin ich. Es gibt so viel gutzumachen.«

»Beide müssen wir das, nicht nur du. Ich habe die Lügen genauso geglaubt wie du, diese unglaublichen Lügen. Und wir wissen nicht, warum sie uns das antun.«

»Aber den Zweck kennen wir, und das führt uns zum Warum. Man wollte mich draußen haben und trotzdem weiter kontrollieren.«

»Indem ich überlief, indem ich starb? Es gibt andere Wege, einen Mann auszuschalten, den man nicht mehr haben will.«

»Ihn töten, meinst du sicherlich«, sagte Havelock. Er machte eine Pause und schüttelte den Kopf. »Aber dann kann man nicht mehr kontrollieren, welche schädlichen Beweise er hinterlassen haben könnte.«

»Aber jetzt wollen sie dich töten. Du bist ›nicht zu retten‹.«

»Jemand hat es sich anders überlegt.«

»Diese Person, die sich ›Ambiguity‹ nennt«, fügte Jenna hinzu.

»Ja, was auch immer es ist, was ich weiß – zumindest unterstellen sie mir das –, es ist von einer weit größeren Gefahr überlagert worden, die für sie viel bedrohlicher ist. Und die geht wieder von mir aus; sie fürchten das, was ich inzwischen entdeckt und erfahren habe.«

»Ich verstehe nicht.«

»Ich habe dich gefunden«, sagte Havelock. »Und damit ist klar für mich, daß an der Costa Brava ein perfektes Täuschungsmanöver inszeniert worden ist. Niemand darf das erfahren.«

»Die Verbindung mit den Russen?«

»Ich weiß nicht. Wer war die Frau am Strand? Was hat man ihr eingeredet? Dem Himmel sei Dank, daß du es nicht warst – aber warum nicht? Wohin wollten die dich bringen?«

»Ins Grab, glaube ich.«

»Das ist möglich. Aber wenn das der Fall war, warum hat man dich dann nicht einfach an den Strand geschickt? Warum bist du dort nicht getötet worden?«

»Vielleicht hatten sie den Eindruck, ich würde es nicht tun. Ich habe auch das Hotel nicht mit ihnen verlassen.«

»Das konnten sie damals ja noch nicht wissen. Sie dachten, sie hätten dich so sehr verängstigt, daß du Schutz wolltest. Worauf ich hinauswill, ist, daß sie die Costa Brava nie erwähnt haben; die haben nicht einmal versucht, dich in ihren Plan einzuspannen.«

»Ich wäre in jener Nacht dorthin gefahren – du hättest mich bloß anzurufen brauchen. Ich wäre gekommen. Sie hätten ihre Exekution haben können, dann hättest du gesehen, was sie dir zeigen wollten.«

»Das ergibt keinen Sinn.« Michael zündete sich eine Zigarette an. »Wer die Aktion an der Costa Brava auch geplant hat, er ist ein brillanter Stratege. Der zeitliche Ablauf funktionierte auf die Sekunde genau. Nein, die Erklärung muß woanders liegen.«

Einige Minuten lang lastete Schweigen über ihnen. »Mikhail«, sagte Jenna schließlich und beugte sich dabei vor, die Augen umwölkt, auf nichts gerichtet, nach innen blickend, »angenommen, es waren zwei Operationen, nicht eine?« Sie drehte sich zu ihm herum, in ihren Augen war wieder Leben. »Die erste ist in Madrid eingeleitet worden – mit manipulierten Beweisen gegen *mich*–, und dann wurde sie in Barcelona fortgeführt – mit Beweisen gegen *dich.«*

»Trotzdem ist das ein und dieselbe Operation«, sagte Havelock.

»Es waren zwei«, insistierte Jenna.

»Wieso?«

»Jemand, der nicht dazu gehörte, hat sich in die ursprüngliche Operation eingeschaltet«, sagte sie.

»Und dann verändert«, fügte er hinzu und begann zu begreifen.

»Zu welchem Zweck aber?« fragte sie.

»Um die Regie zu übernehmen«, antwortete er. »Und dann entkamst du, und die Kontrolle ging verloren. Die Broussac hat mir gesagt, daß es seit der Costa-Brava-Operation einen verschlüsselten Alarmbefehl gibt, dich unter allen Umständen festzuhalten.«

»Sehr verschlüsselt«, sagte Jenna kopfnickend und drückte ihre Zigarette aus. »Und das könnte bedeuten, daß derjenige, der die Operation gestört und verändert hat, vielleicht gar nicht wußte, daß ich tatsächlich lebend aus Barcelona entkommen bin.«

»Bis ich dich sah und dafür sorgte, daß jeder es erfuhr . . . jeder, auf den es ankam. Und an diesem Punkt mußten wir beide sterben.«

»Wieder ›Ambiguity‹?«

»Ja. Niemand sonst hätte sich in die Strategie am Col des Moulinets einschleichen können.«

Jenna sah ihn an, dann blickte sie zum Fenster hinüber; das orangerote Glühen begann zu verblassen, die Sonne ging unter. »Da sind immer noch zu viele Lücken.«

»Wir werden einige davon füllen, vielleicht alle.«

»Emory Bradford, natürlich.«

»Und noch jemand«, sagte Havelock: »Matthias. Vor vier Tagen versuchte ich ihn von Cagnes-sur-Mer aus über eine Geheimnummer zu erreichen, die nur wenige Leute kennen, aber er war nicht bereit, mit mir zu sprechen. Du kannst dir nicht vorstellen, wie verrückt das war, in gewisser Weise unglaublich. Ich dachte schon das Schlimmste: Der Mann, der mir am nächsten steht, hatte mir den Rücken gekehrt. Doch seitdem du mir von Bradford erzählt hast, beginne ich zu glauben, daß ich mich geirrt habe.«

»Wie meinst du das?«

»Angenommen, Anton war gar nicht dort? Angenommen, andere hatten seine Hütte in den Bergen übernommen.«

»Bradford?«

»Und wer sonst noch von seiner Sorte übriggeblieben ist. Sie alle sind machthungrige Technokraten, die jede Möglichkeit nutzen, um mehr Einfluß zu gewinnen. Nach dem, was ich in der *Time* gelesen habe, verbringt Matthias einen ausgedehnten Urlaub; aber was ist, wenn das nicht stimmt, wenn Anton irgendwo festgehalten wird, für niemanden zugänglich? In irgendeiner Klinik vielleicht.«

»Dieser Gedanke ist für mich unvorstellbar, Mikhail. Ein Mann in Matthias' Position muß ständig mit seinem Büro in Verbindung bleiben. Täglich gibt es Besprechungen, Entscheidungen ...«

»Das ließe sich auch durch Zweite oder Dritte erledigen, durch Leute, die im Außenministerium bekannt sind.«

»Das ist zu absurd.«

»Vielleicht doch nicht. Als man mir sagte, daß Anton nicht mit mir sprechen wollte, konnte ich das nicht akzeptieren. Ich führte ein zweites Telefonat ... mit einem alten Mann, einem Nachbarn von Matthias, den er immer aufsuchte, wenn er sich auf seine Hütte im Shenandoah-Tal begab. Er heißt Zelienski und ist ein pensionierter Professor, den man vor ein paar Jahren aus Warschau in die Staaten geholt hat. Sie spielten immer Schach zusammen und unterhielten sich über die alten Zeiten. Der Kontakt mit dem Polen war sehr erfrischend für Matthias. Das wußten sie beide, ganz besonders Anton. Aber als ich mit Zelienski sprach, sagte er, Anton hätte in diesen Tagen keine Zeit für ihn. Keine Zeit!«

»Das ist doch durchaus möglich, Mikhail.«

»Aber es würde nicht zu ihm passen. Matthias würde sich die Zeit nehmen; zumindest würde er mit einem alten Freund persönlich reden.«

»Wie meinst du das?«

»Ich erinnere mich noch ganz deutlich an Zelienskis Worte. Er sagte, er hätte Nachrichten für Anton hinterlassen, und dann wären Rückrufe von Leuten gekommen, die Matthias' Bedauern ausgedrückt und gesagt hätten, er würde nur mehr selten in seine Hütte fahren. Worauf ich hinauswill, ist, daß er vielleicht gar nicht dort war, als ich anrief.«

»Jetzt bist du inkonsequent«, unterbrach ihn Jenna. »Wenn das stimmt, was du sagst, weshalb haben die dann nicht einfach behauptet, er wäre nicht da?«

»Das konnten sie nicht. Ich habe die Geheimnummer angerufen, und nur Anton meldet sich auf diesem Apparat. Kein anderer darf ihn benutzen. Jemand hat einen Fehler gemacht und versucht, ihn zu vertuschen.

»Jemand, der für Bradford arbeitet?«

»Auf jeden Fall jemand, der an einer Verschwörung gegen Matthias beteiligt ist, und da würde ich Bradford nicht ausschließen. Gewisse Leute in Washington stecken insgeheim mit gewissen Männern in Moskau unter einer Decke. Sie haben gemeinsam die Aktion an der Costa Brava geplant und Matthias davon überzeugt, daß du eine russische Agentin bist – seine Notiz an mich beweist das. Wir wissen nicht, ob alles aus der Bahn geraten ist oder nicht, wir wissen aber, daß Matthias nichts damit zu tun hatte, wohl aber Bradford ... Anton hat Emory Bradford und seinem Klüngel nicht über den Weg getraut, sie waren für ihn Opportunisten der schlimmsten Sorte. Von besonders wichtigen Verhandlungen hielt er sie fern, weil er glaubte, sie würden sie zu ihrem eigenen Vorteil benutzen. Er tat das nicht ohne Grund; schon vorher hatte er diese Erfahrung machen müssen, daß sie nur die Informationen der Öffentlichkeit zukommen ließen, die ihr Image aufpolierten.« Michael hielt inne und zog an seiner Zigarette. »Vielleicht tut er das jetzt wieder, Gott allein weiß, zu welchem Zweck. Es wird bald dunkel sein, dann können wir aufbrechen. Wir fahren nach Maryland hinüber und dann weiter nach Washington.«

»Zu Bradford?«

Havelock nickte. Jenna berührte seinen Arm und sagte: »Sie werden dich mit Handelman in Verbindung bringen und daraus schließen, daß du mich gefunden hast. Sie wissen, daß der erste Name, den ich dir gegenüber erwähnen würde, der von Bradford ist. Sie werden ihn bewachen.«

»Das weiß ich«, sagte Michael. »Ziehen wir uns an. Wir sollten etwas essen und uns eine Zeitung besorgen. Wir können uns im Wagen weiter unterhalten. Mein Gott, deine Kleider. Ich habe nicht daran gedacht, daß du deine Kleider nicht mehr hast.«

»Kohouteks Leute haben sie mir weggenommen, sie haben alles genommen. Sie sagten, alles, was an unsere Vergangenheit erinnerte – ausländische Etiketten, europäisches Gepäck –, müsse zu unserem eigenen Nutzen einbehalten werden. Es dürfe keine Hinweise auf unsere Herkunft geben. Sie würden mir später etwas Passendes besorgen.«

»Passend wofür?«

»Ich hatte zu viel Angst, um darüber nachzudenken.«

»Deine Sachen haben sie dir weggenommen und dich in eine Zelle gesteckt, diese Hunde! Gehen wir«, sagte er.

»Wir sollten unterwegs irgendwo anhalten und einen Rot-Kreuz-Kasten besorgen«, fügte Jenna hinzu. »Der Verband an deiner Schulter müßte gewechselt werden. Das kann ich machen.«

23

Am Rande von Hagertown entdeckten sie eine Imbißstube; vor dem hellerleuchteten Eingang stand ein Verkaufsautomat für Zeitungen. In dem Gestell lagen noch zwei Exemplare, beides Nachmittagsausgaben der *Baltimore Sun*. Sie nahmen beide, um festzustellen, ob irgendwelche Fahndungsfotos von ihnen veröffentlicht waren, die jemand in der Imbißstube gesehen haben konnte.

Sie saßen sich in einer Ecknische gegenüber; nachdem sie die Zeitung schnell durchgeblättert hatten, ging ihr Atem wieder leichter. Es gab keine Fotografien. Es bestand also kein Grund, sich nicht zu stärken.

»Du mußt völlig ausgehungert sein«, sagte Havelock.

»Ehrlich gesagt, ich bin nur durstig.«

»Ich bestell' dir was zu trinken.« Er sah zur Theke hinüber und hob die Hand.

»An Essen habe ich überhaupt nicht gedacht.«

»Das ist seltsam. Kohoutek hat gesagt, du wolltest gestern abend nichts essen, du hättest seinem Kubaner das Tablett ins Gesicht geworfen.«

»Ein Tablett voll Küchenabfälle. Ich habe gegessen; du hast mir immer gesagt, in solchen kritischen Situationen nie auf das Essen zu verzichten und Kräfte zu sammeln; man könne nie wissen, wann man wieder etwas bekommt.«

»Brav von dir. Warum hast du ihm das Tablett ins Gesicht geworfen? Um ihn dir vom Leibe zu halten?«

»Um die Gabel zu kriegen. Ein Messer gab es nicht.«

»Du bist mir eine, *Lady.«*

Eine Kellnerin mit übertriebenem Make-up kam an den Tisch. Havelock bestellte ihre Getränke. Die Kellnerin lächelte und verschwand.

»Jetzt sehen wir uns die schlechten Nachrichten an«, sagte Michael und schlug die Zeitung wieder auf. Sein Blick suchte eine bestimmte Überschrift.

»Der Artikel steht auf Seite drei.«

»Ich weiß. Hast du ihn gelesen?«

»Nur die letzte Zeile. Da stand ›Fortsetzung auf Seite elf‹. Ich dachte, dort könnte vielleicht ein Foto sein.«

»Ich auch.« Havelock begann zu lesen, während Jenna ihn beobachtete. Die Kellnerin kehrte zurück und stellte die Getränke auf den Tisch. »Wir bestellen gleich das Essen«, sagte Michael, ohne den Blick von der Zeitung zu wenden. Die Kellnerin entfernte sich, während Havelock schnell die Seiten überflog und sich die Zeitung dann zurechtfaltete. Er fuhr fort zu lesen, empfand zuerst Erleichterung, dann Sorge und schließlich Unruhe. Er lehnte sich in der Nische zurück und starrte Jenna an.

»Was ist denn? Was steht da?«

»Die vertuschen es«, sagte er leise.

»Was?«

»Die schützen mich . . . die schützen mich tatsächlich.«

»Dann hast du nicht richtig gelesen.«

»Ich fürchte doch.« Er beugte sich vor, und seine Finger fuhren an den Zeilen entlang. »Hör dir das an: ›Nach Auskunft des State Department war nie eine Person, auf die der Name und die Beschreibung paßt, im Ministerium beschäftigt. Außerdem erklärte ein Sprecher des Außenministeriums, daß es in hohem Maße unfair und unkorrekt wäre, Spekulationen über die Ähnlichkeit zwischen dem gemeldeten Namen des Killers und irgendeinem gegenwärtigen oder früheren Angestellten anzustellen. Nach Erhalt des Polizeiberichts aus Manhattan war eine gründliche Untersuchung durchgeführt worden, mit negativem Ergebnis. Allerdings ging aus dem Bericht des State Department ein interessantes Detail hervor. Der getötete Professor Handelman hat in der Vergangenheit mehrfach das Außenministerium beraten, wobei es um die Verschleppung europäischer Flüchtlinge ging, besonders von solchen Personen, die die Nazizeit überlebt hatten. In diesem Zusammenhang stellt die Polizei die Theorie auf, wonach der Killer Angehöriger einer Terroristenorganisation ist, die der jüdischen Gemeinschaft feindlich gesinnt ist. Das State Department wies darauf hin, daß es durchaus nicht ungewöhnlich sei, wenn Terroristen sich die Namen von Regierungsbeamten zulegen.« Havelock hielt inne und blickte zu Jenna auf. »Das ist es«, sagte er. »Damit haben sie alle von der eigentlichen Spur abgelenkt.«

»Meinst du, sie könnten das glauben?«

»Unmöglich. Zunächst einmal gibt es hundert Leute im Ministerium und außerhalb, die wissen, daß ich für *Consular Operations* tätig war. Sie brauchen bloß die Namen zu vergleichen und würden sofort auf meinen stoßen. Zweitens muß Handelmans Apartment voll von meinen Fingerabdrücken gewesen sein; die sind aktenkundig. Und drittens hatte Handelman nie etwas mit irgendwelchen Regierungsbehörden zu tun; darin lag ja gerade seine Stärke. Er war ein Mittelsmann für den Quai d'Orsay, und die hätten ihn nie eingesetzt, wenn sie geglaubt hätten, daß er jemals von der Regierung überprüft werden würde. So etwas macht man nicht; wir alle sind *off limits.*«

»Und was schließt du daraus?«

Michael sank in die Nische zurück und griff nach seinem Whiskyglas. »Das ist mir zu vordergründig«, sinnierte er.

»Also eine Falle«, sagte Jenna. »Die wollen, daß du in Washington auftauchst – sie vermuten, um Bradford aufzusuchen –, und wollen dich bei der Gelegenheit töten.«

»Und wenn sie mich endgültig zum Schweigen gebracht haben, können sie erklären, sie hätten einen Killer in die Falle gelockt. Es wäre leicht, Bradford zu stellen, aber unmöglich, mit ihm herauszukommen . . . es sei denn, mir gelänge es, ihn herauszulocken.«

»Das würden sie nie zulassen. Man wird ihn schützen und außerdem nach dir Ausschau halten. Sie werden dich sofort töten, sobald sie dich zu Gesicht bekommen.«

Havelock nahm einen Schluck. »Nach mir Ausschau halten«, wiederholte er nachdenklich und setzte das Glas ab. »Mich suchen . . . aber niemand sucht mich, mit Ausnahme der Männer, die uns das angetan haben.«

»Die Lügner, wie du sie nennst«, sagte Jenna.

»Ja. Wir brauchen Hilfe; bis jetzt hatte ich angenommen, es wäre unmöglich, Hilfe zu beschaffen . . . hatte geglaubt, daß niemand uns auch nur anrühren würde. Nun allerdings liegt der Fall anders; sie haben die Jagd abgeblasen.«

»Kapier doch, Mikhail«, unterbrach ihn Jenna, »damit täuschen sie dich nur. Du wirst genauso gesucht wie ich, nur daß die Aktion, die dir gilt, nicht einmal verschlüsselt ist. Gibt es denn jemand in deiner Regierung, dem du glaubst, vertrauen zu können?«

»Niemand«, erwiderte Havelock.

»Und nun?«

»Cagnes-sur-Mer«, sagte Michael und kniff die Augen zusammen. »Als ich in Salannes Haus Anton nicht erreichen konnte, rief ich den alten Zelienski an – das hab' ich dir bereits erzählt, erinnerst du dich? Er hat Raymond Alexander erwähnt. ›Alexander den Großen‹ hat er ihn genannt. Er ist ein gemeinsamer Freund von mir und Matthias.«

»Wer ist das?«

»Washington braucht ihn, und er braucht Washington. Er ist Journalist des *Potomac Review* und weiß genausogut in Regierungsdingen Bescheid wie jeder Insider. Er hat blendende Kontakte zu allen wichtigen Politikern. Er würde mich aber nie an sich herankommen lassen, wenn die Zeitungen meinen Namen und mein Foto veröffentlicht hätten.«

»Wie könnte er uns helfen?«

»Das weiß ich auch noch nicht genau. Vielleicht Bradford für mich herauslocken. Er macht häufig umfassende Interviews, und von ihm dazu ausgewählt zu werden, gilt für jeden in der Regierung als Pluspunkt. Raymond steht außerhalb jeden Verdachts. Man würde Bradford vielleicht in einem gepanzerten Fahrzeug zu ihm bringen, aber ihn dann allein in Alexanders Haus gehen lassen. Ich könnte Raymond Andeutungen machen, daß sich irgend etwas Unerwartetes, eine wesentliche Veränderung im State Department anbahne, in deren Mittelpunkt Bradford stehe, und dann ein Interview mit ihm vorschlagen . . . mit mir in seinem Haus, um zuzuhören und das Gesagte zu bestätigen.

»In seinem Haus?«

»Er arbeitet zu Hause; das ist Teil seines Nimbus. Genau wie bei James Reston von der *Times:* Wenn ein Politiker oder hoher Beamter sagt, er sei in Fiery Run gewesen, dann weiß jeder, was er damit meint; nämlich, daß Scotty Reston einen Artikel über ihn schreiben wird. Und wenn jemand sagt, er sei in Fox Hollow gewesen, dann heißt das, daß Raymond Alexander ihn interviewt hat. Fox Hollow liegt in Virginia, ein Stück westlich von Washington. Bradford könnte in eineinhalb Stunden dort sein.«

»Würde Alexander auf deinen Vorschlag eingehen?«
»Möglich. Wir sind schließlich gute Freunde.«
»Wie habt ihr euch kennengelernt?«
»Über Matthias. Als ich meine Tätigkeit im State Department begann, kam Matthias gelegentlich wegen irgendwelcher Dinge nach Washington. Ich erhielt dann häufig Anrufe von Anton, in denen er mich aufforderte, mit ihm und Raymond zu essen. Ich habe nie abgelehnt, nicht nur wegen der Gesellschaft, sondern auch weil ich mir diese Restaurants selber nicht leisten konnte.«
»Das war sehr großzügig von deinem *přiteli.*«
»Und nicht sehr klug für einen so brillanten Mann, wenn man die Art meiner Ausbildung bedachte. Er war der *učitel,* der seinen nicht besonders begabten Studenten aus Prag ausführte, wo doch das letzte, was ich brauchen konnte, jede Art von Aufmerksamkeit war. Ich habe das Alexander auch unter vier Augen erklärt. Wir mußten beide sehr darüber lachen, und die Folge war, daß wir von da ab gelegentlich bei Raymond speisten.«
»In Alexanders Haus?«
»Ja. Er begriff, daß auch er zu den Leuten gehörte, mit denen ich in der Öffentlichkeit besser nicht gesehen werden wollte.«
»Dann seid ihr wirklich gute Freunde.«
»Ja, ganz sicher.«
»Und er ist einflußreich.«
»Natürlich.«
Jenna beugte sich zu ihm hinüber und berührte seinen Arm. »Mikhail, warum erzählst du ihm dann nicht alles?«
Havelock runzelte die Stirn. »Ich glaube nicht, daß er das gerne hören würde. Er flieht vor solchen Dingen.«
»Er ist Journalist! In Washington! Wie kannst du so etwas behaupten?«
»Er ist Analytiker und kommentiert die politische Szene. Er ist kein Reporter der Sensationspresse, der anderen Leuten gerne auf die Zehen tritt.«
»Aber was du ihm zu sagen hast, ist außergewöhnlich.«
»Er würde mich auffordern, das State Department aufzusuchen, und davon ausgehen, daß man mich dort fair behandeln wird. Das einzige, was mir das einbrächte, ist eine Kugel in den Kopf. Alexander ist ein fünfundsechzigjähriger abgeklärter Mann, für den es nichts Neues mehr gibt, der schon alles einmal gehört hat – von Dallas bis Watergate. Und wenn er herausfände, was ich getan habe – würde er selbst das State Department anrufen.«

»Und das nennst du einen Freund?«

»Das ist er trotzdem; man darf nur die Grenzen nicht überschreiten, die einem Gesetz und Anstand setzen.« Michael hielt inne, streichelte ihre Hand. »Aber davon abgesehen, daß er Bradford nach Fox Hollow locken könnte, werde ich ihn darum bitten herauszufinden, wo Matthias ist. Mit dem Vorwand, daß ich selbst nicht anrufen möchte, weil ich vielleicht keine Zeit haben könnte, mich mit ihm zu treffen, und das würde Anton enttäuschen. Bei seinen Verbindungen könnte Raymond das tun.«

»Und wenn er dazu nicht in der Lage ist?«

»Dann könnten wir daraus auch unsere Schlüsse ziehen, nicht wahr? In dem Fall werde ich ihn zwingen, Bradford zu sich zu holen, selbst wenn ich ihm dazu die Pistole an den Kopf halten müßte. Aber wenn er Matthias doch erreicht – in seiner Berghütte im Shenandoah-Tal –, werden wir etwas anderes wissen, und das würde mir Todesangst einjagen. Es würde bedeuten, daß der Außenminister der Vereinigten Staaten mit dem KGB in Moskau in Verbindung steht.«

Fox Hollow war ein kleines Dorf, dessen Straßen von Gaslaternen beleuchtet wurden. Die ganze Architektur war im Kolonialstil gehalten, und die Geschäfte zählten die wohlhabendsten Leute zwischen Washington und New York zu ihren Kunden. Der Charme des Dorfes war nicht nur offensichtlich, sondern wurde sogar noch betont. Aber keineswegs wollte man damit Besucher in den schmucken Ort locken. Touristen waren sogar unerwünscht. Das Polizeirevier war zwar nur mit wenigen Beamten besetzt, dafür verfügten sie über modernste Waffen und ein perfektes Fernmeldenetz. Fox Hollow in Virginia war eine geschützte Insel, umgeben von Feldern und Wiesen, und sicher, als wäre es von einem unüberbrückbaren Meer eingeschlossen.

Der Potomac-Fluß hatte die Luft erwärmt. In Leesburg war der Schneefall in einen kalten Regenschauer übergegangen, während Havelock sich am Steuer des Mietwagens überlegte, wie er mit Raymond Alexander Kontakt aufnehmen sollte. In New York hatte es einen Mord gegeben – wenn Alexander bis jetzt noch nicht davon gehört hatte, so würde er es in jedem Fall bis zum Morgen erfahren haben; er pflegte begierig alle Zeitungen zu lesen, derer er habhaft werden konnte. Michael wollte dem Journalisten die Geschichte auftischen, das State Department hätte ihn mit einer Militärmaschine aus London zurückgeholt. Jegliche Unterstützung, die der pensionierte

Beamte des Foreign Service der Abteilung *Consular Operations* zuteil werden lassen konnte, würde sehr willkommen sein. Er war ja schließlich in London gewesen, nicht wahr?

Der ehemals umstrittene Staatssekretär Bradford sei im Begriff – so seine eigentliche Stoßrichtung –, rehabilitiert zu werden und wieder ins Rampenlicht der Öffentlichkeit zu treten. Havelock wollte behaupten, man hätte ihm in London einen detaillierten Bericht über Bradfords ausgedehnte, aber geheime Verhandlungen in der kniffligen Angelegenheit der Stationierung von NATO-Raketen geliefert, die eine bedeutende Wende in der offiziellen Politik bedeuteten. Diese Materie war explosiv genug, um Raymond Alexander in Fahrt zu bringen. Dies war die Art von Indiskretion, von der er lebte. Eine solche Vorausinformation gab ihm die Zeit für eine erschöpfende Analyse des gesamten Für und Wider. Aber wenn das alte Schlachtroß Emory Bradford interviewen wollte – wobei er, Michael Havelock, ihm als unsichtbare Bestätigung, wenn nötig aber auch für eine Konfrontation, zur Verfügung stand –, mußte er den Staatssekretär davon überzeugen, am Vormittag nach Fox Hollow hinauszukommen. Havelock hatte ein Ticket für den Nachmittagsflug nach London gebucht . . . und wollte natürlich, wenn die Zeit dies erlaube, seinem alten Mentor Anthony Matthias einen kurzen Besuch abstatten, und wäre es nur auf ein paar Minuten. Falls Alexander wußte, wo er ihn auffinden konnte.

Wenn der hoch angesehene Journalist ihn zu sich rief, hatte Bradford keine Wahl. Er würde diesem Wunsch bestimmt nachkommen, so wichtig auch andere Dinge waren. Die Chance, sich durch ein Interview mit Raymond Alexander weiter zu profilieren, konnte er sich nicht entgehen lassen. Und wenn er das Haus in Fox Hollow betrat, während seine Leibwächter draußen in der Limousine warteten, würde Michael ihn in seine Gewalt bringen und verschwinden. Das große, ausgedehnte Haus des Journalisten war meilenweit von dichten Wäldern und steilen Schluchten umgeben. Niemand kannte den Wald so gut wie Mikhail Havliček; er würde einen Lügner durch diese Wälder treiben, bis er irgendwo eine verlassene Landstraße fand und dort einen Wagen und eine Frau, die der Lügner in Barcelona mißbraucht hatte. Nach seinem Zusammentreffen mit Alexander hatten sie die ganze Nacht Zeit, die Landkarte zu studieren und die Straßen abzufahren, wobei sie stets nach der Polizei von Fox Hollow Ausschau halten würden. Sie konnten es schaffen. Sie mußten es schaffen!

»Wirklich reizend!« rief Jenna fasziniert von den Gaslaternen in den Straßen und von den kleinen alabasterweißen Säulen der Ladenfassaden.

»Die Laternen werden mit Strom gespeist«, erklärte Michael, als er gerade einen Streifenwagen entdeckte.

»Duck dich!« befahl er. »Man darf dich nicht sehen.«

»Was?«

»Tu schon, was ich sage.«

Jenna tauchte hinunter und krümmte sich auf dem Boden zusammen.

Er verlangsamte seine Fahrt und hielt neben dem Polizeiwagen an. Als er den Beamten im Fenster sah, lenkte er den Wagen nach rechts und parkte direkt davor.

»Was machst du denn?« flüsterte Jenna verwirrt.

»Ich zeige ihm meine Papiere, ehe er sie verlangt.«

Havelock stieg aus dem Auto und ging zu dem Streifenwagen. Der Polizeibeamte kurbelte sein Fenster herunter und musterte zuerst die Zulassungsplakette auf Michaels Mietwagen. Damit hatte Michael gerechnet; es würde später vielleicht nützlich sein, wenn ein »verdächtiges Fahrzeug« gemeldet wurde.

»*Officer,* können Sie mir sagen, wo hier ein Münztelefon ist? Ich dachte, hier wäre eines an der Ecke, aber ich bin schon seit ein paar Jahren nicht mehr hiergewesen.«

»Sind Sie schon einmal hiergewesen?« fragte der Beamte mit freundlicher Stimme, die freilich seine Augen Lügen straften.

»Oh, gewiß. Ich habe hier häufig das Wochenende verbracht.«

»Haben Sie in Fox Hollow zu tun, *Sir?«*

»Nun . . .« Havelock hielt inne, als grenzte die Frage an eine Unverschämtheit. Dann zuckte er die Achseln; schließlich hatte die Polizei ihren Auftrag zu erfüllen, besagte die Geste. Als er antwortete, war seine Stimme etwas leiser. »Schon gut, ich verstehe. Ich will einen alten Freund aufsuchen, Raymond Alexander. Ich will ihn vorher anrufen und ihm sagen, daß ich hier bin . . . nur für den Fall, daß gerade jemand bei ihm zu Besuch ist, dem ich besser nicht begegnen sollte. Das ist die übliche Gepflogenheit bei Mr. Alexander, aber das wissen Sie ja wahrscheinlich.«

Die Miene des Polizeibeamten war sichtlich freundlicher geworden, als Alexanders Name fiel. Auf der Straße, die zum Anwesen des angesehenen Kommentators führte, sah man häufig Limousinen und Dienstfahrzeuge. Man konnte dem Beamten ansehen, daß er bereits die ersten Sätze für sein Dienstprotokoll formulierte: ›Ein alter Freund. Hat gelegentlich hier sein Wochenende verbracht . . .‹

»Ja, *Sir*, natürlich, *Sir*. Fünf Straßen weiter oben ist ein Restaurant mit einem Telefon im Vorraum.«

»The Lamplighter?« fragte Havelock, der sich in diesem Augenblick an das Lokal erinnerte.

»Richtig.«

»Dort könnte es zu voll sein. Ist nicht irgendwo eine Zelle in der Straße?«

»In der Acacia ist eine . . .«

»Ich wäre Ihnen sehr dankbar, wenn Sie mir sagen würden, wie ich dort hinkomme.«

»Sie können hinter mir herfahren, *Sir.*«

»Vielen Dank.« Michael schickte sich an, in seinen Wagen zu steigen, blieb dann aber stehen und kehrte an das heruntergedrehte Seitenfenster des Streifenwagens zurück. »Ich weiß, daß das albern klingt, aber man hat mich gewöhnlich hier herausgefahren. Ich glaube, ich kenne den Weg zu seinem Haus. Man biegt auf der Webster in die Underhill Road ein und fährt dann zwei oder drei Meilen geradeaus, nicht wahr?«

»Das sind eher sechs Meilen, *Sir.*«

»Ja? Vielen Dank.«

»Ich könnte Sie nach Ihrem Anruf hingeleiten, *Sir*. In der Stadt ist es ziemlich ruhig.«

»Das ist sehr freundlich von Ihnen. Aber wirklich, das kann ich nicht von Ihnen verlangen.«

»Kein Problem. Dazu sind wir da.«

»Nun, dann nochmals vielen Dank.«

Der Anruf bei Raymond Alexander führte zu der Reaktion, die Havelock erwartet hatte. Er sollte unbedingt vorbeikommen und den Journalisten besuchen, wenn auch nur auf einen Drink. Michael sagte, er sei froh, daß Raymond Zeit hätte, nicht nur, um ihn einmal wiederzusehen, sondern weil er in London etwas erfahren hätte, was Alexander womöglich interessieren würde.

Als er von der Telefonzelle zu seinem Wagen zurückging, blieb Michael neben dem Streifenwagen stehen. »Mr. Alexander hat mich gebeten, nach Ihrem Namen zu fragen. Er ist Ihnen sehr dankbar.«

»Aber das ist doch nicht der Rede wert, *Sir*. Mein Name ist Lewis. Ich bin der einzige Lewis hier.«

Lewis, dachte er, Harry Lewis, Professor für politische Wissenschaften an der Concord-Universität. Er konnte jetzt nicht über Harry nachdenken, würde das aber bald tun müssen. Er mußte Lewis davon überzeugen, daß er seinen Abschied von der Zivilisation genommen hatte, ausgestiegen war. Das hatte er auch getan, und um wieder in ein bürgerliches Leben zurückzukehren, galt es zuerst, die Lügner zu finden und zu entlarven.

»Ist etwas, *Sir?«*

»Nein, ganz und gar nicht. Ich kenne einen Mann namens Lewis. Mir fiel gerade ein, daß ich ihn anrufen muß. Nochmals vielen Dank. Ich fahre hinter Ihnen her.«

Havelock setzte sich hinter das Steuer des Mietwagens und blickte zu Jenna hinunter. »Wie geht es dir?«

»Nun, besonders bequem sitze ich nicht, und außerdem habe ich schreckliche Angst! Wenn dieser Mann eben ans Auto gekommen wäre?«

»Dann hätte ich ihn aufgehalten, ich hätte aus der Telefonzelle herübergerufen, aber ich hielt das für sehr unwahrscheinlich. Ein Polizist bleibt immer in der Nähe seines Sprechfunkgeräts. Ich will einfach nicht, daß man dich sieht, wenn wir es vermeiden können. Nicht hier, nicht in meiner Gesellschaft.«

Die Fahrt zu Alexanders Haus dauerte keine zwölf Minuten. Dann leuchtete der weiße Staketenzaun, der den Besitz des Journalisten begrenzte, im Scheinwerferlicht der beiden Wagen auf. Das Haus lag ein gutes Stück abseits von der Straße. Es bildete eine geschmackvolle Kombination aus Holz und Stein. Strahler beleuchteten die kreisförmige Zufahrt vor den breiten Schiefertreppen, die zu der schweren Eichentür des Eingangs hinaufführten. Auf den kurzgeschnittenen Rasenflächen vor dem Haus und seitlich davon ragten in unregelmäßigen Abständen hohe Bäume auf. Und wo der Rasen zu beiden Seiten endete, begann ganz abrupt der dichte Wald, wie um den Besucher daran zu erinnern, daß der Mensch hier ein Eindringling war und seine Behausung einem ungezähmten Wald abgerungen hatte. Michael malte sich in der Erinnerung den hinteren Teil des Hauses aus; der Wald war nicht weiter von der großen Hinterterrasse entfernt als an den Seiten des Gebäudes. Diesen Wald würde er ausnutzen, und Bradford würde bei ihm sein.

»Wenn du den Polizeiwagen wegfahren hörst«, sagte er, zu Jenna gewandt, »kannst du dich aufrichten, aber steige nicht aus. Ich weiß nicht, was für Alarmanlagen Alexander auf seinem Grundstück installiert hat.«

»Bis jetzt habe ich einen seltsamen Eindruck von diesem freien Land, in dem du lebst, Mikhail.«

»Rauchen darfst du auch nicht.«

Havelock tippte absichtlich an die Hupe, als er aus dem Wagen stieg. Es gab ein kurzes, abruptes Geräusch, das sich leicht erklären ließ, aber da waren keine Hunde. Er ging auf den Streifenwagen zu und hoffte, der kurze Hupton würde seinen Zweck erfüllen, ehe er das Fenster erreichte. Das tat er auch; das Eingangsportal öffnete sich, und ein Hausmädchen in Uniform blickte heraus.

»Hallo, Margaret!« rief Michael über die Motorhaube des Polizeiwagens hinweg. »Ich komme gleich.«

Er blickte auf den Polizeibeamten herunter, der zur Tür hinübergesehen hatte. »Nochmals vielen Dank, Mr. Lewis«, sagte er und holte einen Geldschein aus der Tasche. »Ich möchte Ihnen . . .«

»O nein, *Sir*. Trotzdem vielen Dank. Ich wünsche einen guten Abend, *Sir.*« Der Beamte lächelte, legte den Gang ein und fuhr weg.

Michael winkte; keine Polizei, keine Hunde, nur unsichtbare Alarmanlagen. Solange Jenna im Wagen blieb, war sie in Sicherheit. Er ging die Schiefertreppe zur Tür hinauf.

»Guten Abend, *Sir*«, sagte die Frau mit deutlich irischem Akzent. »Ich heiße Enid, nicht Margaret.«

»Das tut mir schrecklich leid.«

»Mr. Alexander erwartet Sie. Von einer Margaret habe ich nie gehört; das Mädchen vor mir hieß Gretchen.«

Raymond erhob sich aus dem weichen Polstersessel in seinem großen, holzgetäfelten Bibliothekszimmer und ging mit ausgestreckter Hand auf Michael zu. Sein Schritt war elastischer, als man das bei seiner stattlichen Gestalt erwartet hätte, und sein engelhaftes Gesicht wurde durch die klaren grünen Augen noch hervorgehoben. Das struppige Haar, das dunkler geblieben war, als die Jahre normalerweise erlaubten, ließ ihn fast jungenhaft erscheinen. Ganz zu seinem anachronistischen Lebensstil passend, trug er eine dunkelrote Jacke aus Samt. Havelock hatte seit seinen Tagen in Greenwich, Connecticut, keine solche Jacke mehr gesehen.

»Michael, wie geht es Ihnen? Mein Gott, das ist schon vier oder fünf Jahre her!« rief der Journalist mit seiner schrillen Stimme.

»Die sind Ihnen gut bekommen, Raymond. Sie sehen sehr wohl aus.«

»Sie gar nicht! Ich fürchte, die Pensionierung bekommt Ihnen nicht.« Alexander ließ Havelocks Hand los und hob schnell beide Hände. »Ja, ich weiß Bescheid. Ich behalte meine Freunde im Auge. Machen Sie sich einen Drink. Sie kennen ja die Gepflogenheiten hier. Sie sehen wirklich aus, als könnten Sie einen Schluck gebrauchen.«

»Ja, gerne«, sagte Michael und ging auf die vertraute, mit Kupfer beschlagene Bar an der Wand zu.

»Ich könnte mir vorstellen, daß Sie etwas besser aussähen, wenn Sie ein wenig Schlaf hätten . . .«

Das war die passende Eröffnung. Havelock setzte sich dem Journalisten gegenüber und berichtete von dem Mord in New York und davon, daß das State Department ihn um vier Uhr morgens britischer Zeit nach Washington zurückgeholt hätte.

»Ich hab' heute morgen schon davon gelesen«, sagte Alexander und schüttelte den Kopf. »Natürlich habe ich an Sie gedacht – naheliegend bei dem Namen –, aber ich wußte gleich, daß es lächerlich war. Ausgerechnet Sie mit Ihrem Hintergrund? Hat jemand Ihnen einen alten Ausweis gestohlen?«

»Nein, er war gefälscht, das glauben wir wenigstens. Jedenfalls waren das zwei lange Tage. Eine Weile kam ich mir wie ein Gefangener vor.«

»Nun, wenn man Anton informiert hätte, dann hätten die Sie bestimmt nicht so hierher gehetzt.«

Nur die engsten Freunde nannten Matthias beim Vornamen. Michael wußte das; um so mehr beunruhigte ihn Alexanders Äußerung. Notwendigerweise mußte er die Geschichte über Bradford zurückstellen, es wäre unnatürlich gewesen, an dieser Stelle sich nicht nach Matthias zu erkundigen.

»Darüber habe ich mich schon gewundert«, sagte Havelock und drehte das Glas in der Hand. Seine Stimme klang ganz beiläufig. »Ich habe mir einfach gedacht, er hätte zuviel zu tun. Ich wollte Sie schon fragen, ob er gerade in Washington ist. Ich würde gerne kurz bei ihm vorbeikommen, aber meine Zeit ist knapp. Ich muß wieder nach London zurück. Und wenn ich ihn selbst anrufe . . . nun, Sie kennen Anton ja. Er würde darauf bestehen, daß ich ein paar Tage bleibe.«

Alexander lehnte sich vor, und sein intelligentes Gesicht drückte Besorgnis aus. »Sie wissen es also nicht?«

»Wovon reden Sie?«

»Verdammt, das ist wieder einmal typisch für unsere paranoide Regierung! Er ist für Sie so etwas wie ein Vater, und Sie sind ihm so nahe wie ein Sohn! Sie, der Sie die Geheimnisse von tausend Operationen kennen – und ausgerechnet Ihnen haben sie es nicht gesagt.«

»Was hat man mir verschwiegen?«

»Anton ist krank. Es tut mir leid, daß Sie das von mir hören müssen, Michael.«

»Wie krank?«

»Die Gerüchte reichen von ›ernst‹ bis ›tödlich‹. Offensichtlich weiß er es und denkt, was typisch für ihn ist, an sich selbst zuletzt. Als das Außenministerium davon Wind bekam, daß ich über seine Krankheit informiert war, schickte er mir eine persönliche Notiz und beschwor mich, darüber absolutes Stillschweigen zu wahren.«

»Wie haben Sie davon erfahren?«

»Eine dieser komischen Geschichten, über die man zuerst gar nicht nachdenkt . . . bis man es doch tut. Man hat mich vor ein paar Wochen dazu überredet, eine Party in Arlington zu besuchen. Sie wissen ja, wie ich diese Veranstaltungen verabscheue. Aber die Gastgeberin war mit meiner verstorbenen Frau eng befreundet.«

»Es tut mir leid«, sagte Havelock, der sich nur vage an die Frau des Journalisten erinnerte. »Ich wußte gar nicht . . .«

»Schon gut. Das liegt jetzt mehr als zwei Jahre zurück.«

»Die Party in Arlington . . .«

»Ja, nun, peinlicherweise war unter den Gästen eine ziemlich junge Frau, die angetrunken war und sich förmlich auf mich warf. Wäre sie nun ein nymphomanes Geschöpf gewesen, das nur sexuelle Interessen hatte, so hätte ich sehr wohl begriffen, daß sie sich zu dem ansehnlichsten männlichen Wesen weit und breit hingezogen fühlte; aber leider war das nicht der Fall. Offensichtlich hatte sie Eheprobleme höchst ungewöhnlicher Natur. Ihr Mann war Armeeoffizier und seit drei Monaten von zu Hause – sprich dem Ehebett – ferngeblieben, und niemand im Pentagon war bereit, ihr zu sagen, wo er sich aufhielt. Sie täuschte eine Krankheit vor, was ihr vermutlich wenig Mühe bereitete, worauf er Sonderurlaub bekam. Als sie ihn im Netz hatte, verlangte sie zu wissen, wo er gewesen war. Sie unterstellte ihm natürlich, sich mit einer anderen Frau eingelassen zu haben. Er weigerte sich, es ihr zu sagen, worauf sie seine Kleidung durchsuchte und einen Passierschein für einen Stützpunkt fand, von dem sie noch nie gehört hatte; ich übrigens auch nicht. Ich nehme an, daß sie ihn geweckt hat und ihn mit ihrem Wissen konfrontierte, worauf er zu seiner Verteidigung damit herausplatzte, daß sein Auftrag streng geheim wäre. Es handle sich um einen Ort, wo ein sehr bedeutender Mann behandelt würde; mehr könne er nicht sagen.«

»Anton?« unterbrach ihn Michael.

»Ich habe es mir erst am nächsten Morgen zusammengereimt. Das letzte, was sie mir sagte – ehe ein wohltätiger oder sexuell bedürftiger Gast sie nach Hause brachte –, war, daß die Amerikaner solche Dinge erfahren müßten und die Regierung sich wie Mütterchen Rußland benehme. Am nächsten Morgen rief sie mich an, diesmal ganz nüchtern und ernsthaft verstört. Sie entschuldigte sich für ihr ›schreckliches Benehmen‹, wie sie es ausdrückte, und bat mich inständig, alles zu vergessen, was sie mir gesagt hätte. Ich gab mich ganz mitfühlend, ließ aber durchblicken, daß ihr Instinkt vielleicht richtig gewesen wäre, obwohl ich nicht die richtige Adresse für ihre Klage sei; es gäbe aber andere, die ihr bessere Dienste leisten könnten. Daraufhin meinte sie sinngemäß, ihr Mann könne dadurch ruiniert werden, und das könne das Ende einer brillanten Militärlaufbahn bedeuten. Das war es.«

»Wie haben Sie herausgefunden, daß es Matthias war?«

»Weil ich am selben Morgen in der *Washington Post* las, daß Anton einen Kurzurlaub verlängern und nicht vor dem Senatsausschuß für Auswärtige Beziehungen auftreten würde. Ich dachte weiter über die Frau nach und über das, was sie gesagt hatte ... und mich beschäftigte die Tatsache, daß Anton selten auf eine Gelegenheit verzichtete, vor die Fernsehkameras im Senat zu treten. Und dann dachte ich, warum eigentlich nicht? Uns beiden ist ja bekannt, wo er praktisch jede freie Minute verbringt ...«

»In seiner Hütte im Shenandoah-Tal«, ergänzte Havelock.

»Richtig. Wenn die Geschichte stimmte und er sich wirklich ein paar zusätzliche Urlaubstage genommen hätte, überlegte ich mir, könnten wir ja miteinander fischen gehen oder vielleicht Schach spielen. Ebenso wie Sie kenne ich die geheime Telefonnummer auch. Also rief ich ihn an.«

»Und er war nicht dort«, sagte Michael.

»Das haben sie nicht gesagt«, berichtigte ihn der Journalist. »Sie sagten, er könne nicht ans Telefon kommen.«

»An jenes Telefon?«

»Ja ... jenes Telefon. Die Privatnummer.«

»Das Telefon, das niemand abnimmt, wenn er nicht da ist. Zum Hinterlassen von Nachrichten gibt es eine andere Nummer.«

»Ja.« Alexander hob sein Brandyglas und nahm einen Schluck. Am liebsten hätte Havelock den behäbigen Journalisten mit der vollen Mähne an den Schultern gepackt und ihn geschüttelt. Weiter! Weiter! Reden Sie! Statt dessen sagte er ruhig: »Das muß ein Schock für Sie gewesen sein.«

»Hätten Sie nicht auch so reagiert?«

»Sicherlich. Sehen Sie denn nicht die Betroffenheit in meinen Augen? Was haben Sie getan?«

»Zu allererst habe ich Zelienski angerufen. Sie erinnern sich doch an den alten Leon, nicht wahr? Jedesmal, wenn Matthias auf seine

Hütte ging, pflegte er Zelienski zum Abendessen einzuladen; seit Jahren war das so.«

»Haben Sie ihn erreicht?«

»Ja, und er hat mir etwas sehr Seltsames erzählt. Er sagte, er hätte Anton seit Monaten nicht gesehen, Matthias hätte seine Anrufe nie persönlich beantwortet; und seiner Ansicht nach hätte unser großer Mann neuerdings keine Zeit mehr für ein Wochenende im Tal.«

»Sie sind mit Zelienski befreundet, nicht wahr?« erinnerte sich Michael.

»Hauptsächlich über Anton. Durch ihn haben wir uns kennengelernt. Er kommt gelegentlich zum Mittagessen oder zum Schachspielen herauf. Nie zum Abendessen; er fährt nicht gerne bei Dunkelheit. Aber worauf ich hinauswill, ist, daß Matthias nicht in seiner Hütte war, wo er sich am besten hätte erholen können. Ich kann mir einfach nicht vorstellen, daß er den alten Leon nicht mehr sieht. Schließlich läßt Zelienski ihn gewinnen.«

»Ich kann mir auch nicht vorstellen, daß Sie die Sache einfach auf sich beruhen lassen.«

»Da haben Sie völlig recht. Ich habe Antons Büro angerufen und verlangt, den Mann zu sprechen, der den Minister während seiner Abwesenheit vertritt. Meine Anfrage hielt ich für dringlich genug. Raten Sie mal, mit wem man mich verbunden hat?«

»Mit wem?«

»Mit Emory Bradford. Erinnern Sie sich an ihn? Bradford, der ›Bumerang‹, der Schrecken der Falken, wo er doch einmal ihr Sprecher gewesen war. Ich war angenehm überrascht, weil ich ihn eigentlich sogar bewundere, daß er den Mut hatte, seine Position völlig zu revidieren. Aber ich hatte immer gedacht, Matthias hätte das ganze Pack verabscheut und wäre eher noch jenen wohlgesonnen, die ihre Posten verloren, weil sie ihrer politischen Haltung treu geblieben waren.«

»Was hat Bradford Ihnen denn gesagt?« Michael umklammerte das Glas und hatte plötzlich Angst, er könnte es zerbrechen.

»Sie meinen, nachdem ich ihm gesagt hatte, was ich dachte? Natürlich habe ich die Frau nie erwähnt, und das war weiß Gott auch nicht notwendig. Bradford war schockiert. Er bat mich inständig, nichts darüber zu schreiben oder anderweitig verlauten zu lassen, und versprach mir, Matthias würde persönlich mit mir in Verbindung treten. Noch am selben Nachmittag erhielt ich durch Boten einen Brief von Anton. Ich habe seiner Bitte entsprochen . . . bis jetzt. Ich kann keinen Augenblick lang glauben, daß er Sie ausschließen wollte.«

»Ich weiß nicht, was ich sagen soll.« Havelock lockerte den festen Griff um das Glas und atmete tief. Nun mußte er die für ihn so entscheidende Frage stellen. »Erinnern Sie sich an den Namen des Stützpunktes, wo der Mann dieser Frau stationiert war und von dem Sie nie vorher gehört hatten?«

»Ja«, sagte Alexander und sah Havelock dabei prüfend an. »Aber niemand weiß, daß ich ihn kenne. Und auch nicht woher.«

»Werden Sie es mir sagen? Niemand wird jemals erfahren, von wem ich die Information habe, darauf gebe ich Ihnen mein Wort.«

»Weshalb, Michael?«

Havelock schwieg einen Augenblick, dann lächelte er. »Ich will ihm einen Korb mit Obst schicken. Und einen Brief, natürlich.«

Der Journalist nickte mit dem Kopf und antwortete: »Er nennt sich Poole's Island und liegt irgendwo an der Küste von Georgia.«

»Danke.«

Alexander sah, daß ihre Gläser leer waren. »Schenken Sie nach.«

Michael erhob sich und schüttelte den Kopf. »Ich schenke Ihnen gerne nach, aber ich muß weiter.« Er griff nach dem Glas des Journalisten. »Man erwartet mich seit einer Stunde in Maclean.«

»Sie wollen gehen?« rief der alte Mann aus und drehte sich im Sessel herum. »Was ist denn mit dieser wichtigen Information aus London, junger Mann?«

Havelock stand an der Bar und schenkte Brandy ein. »Ich habe darüber nachgedacht. Ich war vielleicht ein wenig voreilig.«

»Spielverderber«, sagte Alexander und lachte.

»Nun, es liegt bei Ihnen. Es handelt sich um eine sehr komplizierte, geheime Abwehroperation, die uns nach meinem Urteil nicht weiterbringen wird. Wollen Sie es hören?«

»Hören Sie schon auf, junger Mann! Ihre Vorrede reicht mir bereits. Für mich gilt Antons Maxime: Achtzig Prozent aller Geheimdienstaktivitäten sind nichts weiter als ein Schachspiel, das Idioten zum Vorteil paranoider Kretins spielen!«

Michael stieg in den Wagen; Zigarettenqualm hing in der Luft. »Du hast geraucht«, sagte er.

»Ich bin mir ein wenig wie ein kleiner Junge auf dem Friedhof vorgekommen«, erwiderte Jenna, die immer noch zusammengekauert auf dem Boden saß. »Was ist mit Bradford?«

Havelock ließ den Motor an, legte den Gang ein und fuhr auf die Einfahrt zu. »Du kannst jetzt aufstehen.«

»Was ist mit Bradford?«

»Wir werden ihn noch eine Weile schwitzen lassen.«

Jenna setzte sich auf den Vordersitz und starrte ihn an. »Was soll das heißen, Mikhail?«

»Wir werden die ganze Nacht durchfahren, am Morgen eine Weile ausruhen, und dann geht es weiter. Ich möchte bis morgen abend dort sein.«

»Mein Gott, wo?«

»An einem Ort, der sich Poole's Island nennt, wo immer das auch sein mag.«

24

Die Insel lag ein paar Meilen vor der Küste, östlich von Savannah. Vor fünf Jahren war das kaum vier Quadratkilometer große Eiland nur dünn besiedelt. Damals hatte die Regierung die Insel übernommen, um dort Meeresforschung zu betreiben. Mehrere Male in der Woche konnte man Helikopter vom Stützpunkt Hunter Air Force flach über das Wasser gleiten sehen; sie flogen zu einem unsichtbaren Landeplatz hinter den hohen, dunklen Fichten, die die felsige Küste säumten.

Sie waren um halb vier nachmittags in Savannah eingetroffen und hatten um vier Uhr ein unauffälliges Motel an der Straße gefunden Als sie zwanzig Minuten später über den Pier schlenderten, lief gerade ein gutes Dutzend Fischerboote mit dem Fang des Tages in den Hafen ein. Um Viertel nach fünf hatten sie sich mit einigen Fischern unterhalten, und um halb sechs führte Havelock ein unauffälliges Gespräch mit dem Hafenverwalter. Um zehn vor sechs hatten zweihundert Dollar den Besitzer gewechselt, und ein vier Meter langes Boot mit einem 12 PS starken Außenbordmotor stand zu seiner Verfügung, wobei es ihm überlassen war, wann er das Boot benutzen wollte. Der Nachtwächter der Anlegestelle war von dem Handel informiert.

Sie fuhren über den Highway zurück zu einem Einkaufszentrum in Fort Pulaski, wo Michael ein Sportartikelgeschäft fand, in dem er die Sachen kaufte, die er brauchte: unter anderem eine Strickmütze, einen dicken Pullover, eine Segeltuchhose und Halbstiefel mit Gummisohle. Außerdem erwarb er noch eine wasserdichte Taschenlampe und eine Öltuchtasche, ein Jagdmesser und fünf Pakete Lederschnürsenkel.

»Warum kaufst du nur für dich ein?« sagte Jenna ärgerlich. »Ich will auch mitkommen.«

»Nein, auf keinen Fall.«

»Hast du Prag und Warschau vergessen? Oder Triest?«

»Nein, aber du offensichtlich. Da gab es überall – wohin wir auch gingen – einen Helfer im Hintergrund, auf den wir uns verlassen konnten, und wenn es nur war, um Zeit zu gewinnen. Jemanden in einer Botschaft oder einem Konsulat, dem wir alle Details anvertraut hatten, die für die Gegenseite bedrohlich werden konnten.«

»Wir haben diese Leute nie gebraucht.«

»Man hat uns auch nie gefaßt.«

Sie sah ihn an und akzeptierte widerstrebend seine Logik. »Wann willst du mich in alle Details einweihen?«

»In unserem Hotelzimmer werde ich alles schriftlich festhalten. Dort drüben ist ein Schreibwarengeschäft. Ich will noch einen Block und Kohlepapier kaufen. Gehen wir.«

Jenna saß in einem Armsessel neben dem kleinen Schreibtisch des Zimmers, an dem Havelock schrieb. Sie nahm ihm die Durchschläge ab, die er vom Block riß, und prüfte, ob sie lesbar waren. Auf neun Seiten hatte er detaillierte Angaben über streng geheime Abwehroperationen gemacht, die die Vereinigten Staaten während der letzten achtzehn Monate überall in Europa durchgeführt hatten. Die Liste schloß Quellen, Informanten und Doppelagenten ein, ebenso die Namen von Diplomaten und Attachés in drei Botschaften, die in Wirklichkeit Agenten des CIA waren. Auf dem zehnten Blatt lieferte er ein Protokoll über die Ereignisse an der Costa Brava und erwähnte dabei namentlich Emory Bradford und die Männer, mit denen er gesprochen hatte und die die Beweise bestätigt hatten, die nur mit Unterstützung des KGB und eines VKR-Beamten in Paris beschafft worden sein konnten. Auf dem elften Blatt schilderte er das fatale Zusammentreffen auf dem Palatin, schrieb von einem amerikanischen Abwehrbeamten, der kurz vor seinem Tod ausgerufen hatte, daß in Washington mächtige Leute Lügen verbreiten würden. Auf dem zwölften Blatt hielt er kurz die Ereignisse am Col des Moulinets fest und den unter der Codebezeichnung ›Ambiguity‹ erlassenen Exekutionsbefehl. Auf dem letzten Blatt berichtete er die Wahrheit über einen Killer von Lidice, der sich Jacob Handelman genannt hatte, und über eine Farm in Mason Falls, Pennsylvania, die in Wirklichkeit ein Konzentrationslager war. Der letzte Satz war kurz und prägnant: »Der Außenminister Anthony Matthias wird gegen seinen Willen in einer Anlage der Regierung festgehalten, die sich Poole's Island nennt.«

»Endlich bin ich fertig«, sagte er und reichte Jenna das letzte Blatt. Er stand auf und streckte sich. Seine Muskeln schmerzten, er hatte fast zwei Stunden lang ununterbrochen geschrieben. Während Jenna las, zündete er sich eine Zigarette an und ging an das Fenster, das den Blick auf die Straße und das Meer dahinter bot. Es war dunkel, gelegentlich fiel Mondlicht durch den wolkenverhangenen Nachthimmel. Das Meer war ruhig; hoffentlich würde es so bleiben.

»Das sind starke Worte, Mikhail«, sagte Jenna und legte den letzten Durchschlag auf den Schreibtisch.

»Das ist die Wahrheit.«

»Verzeih mir, wenn ich nicht einverstanden bin. Damit könntest du das Leben vieler Leute, vieler Freunde, gefährden.«

»Nicht mit den letzten vier Seiten. Da werden keine Freunde erwähnt . . . nur der Apatsche, und den gibt es nicht mehr.«

»Dann solltest du auch nur die letzten vier Seiten benutzen«, sagte Jenna.

Havelock wandte sich vom Fenster ab. »Nein, ich muß den ganzen Weg gehen oder es ganz bleibenlassen. Es gibt jetzt keinen Mittelweg mehr; sie müssen glauben, daß ich es tue. Und was noch wichtiger ist, sie müssen glauben, daß *du* es tun wirst. Wenn es daran den geringsten Zweifel gibt, bin ich tot und du genauso. Die Drohung muß echt sein.«

»Du nimmst an, daß man dich fassen wird.«

»Wenn ich das finde, was ich erwarte, dann ist das meine Absicht.«

»Du bist verrückt!« rief Jenna und sprang auf.

»Nein, keineswegs. Diese Insel ist die Abkürzung, die wir gesucht haben.« Er ging zu dem Stuhl, auf den er die Sachen aus dem Sportartikelgeschäft gelegt hatte.

»Ich ziehe mich jetzt an, und dann kümmern wir uns um die Telefonverbindung.«

»Dir ist das bitterernst, nicht wahr?«

»Allerdings.«

»Also Telefonzellen«, sagte sie widerstrebend. »Kein Anruf über zwölf Sekunden.«

»Aber nur eine Nummer.« Michael ging zum Schreibtisch. Er nahm sich einen Bleistift, schrieb etwas auf den Block, riß das Blatt ab und gab es Jenna. »Da, das ist die Notzentrale von *Cons Op*, du mußt direkt wählen – ich zeige dir, wie – und das Portemonnaie voll Kleingeld haben.«

»Ich habe kein Portemonnaie.«

»Und kein Geld und keine Kleider«, fügte Havelock hinzu. Er faßte sie an den Schultern und zog sie zu sich heran. »Das änderst du, ja? Das lenkt dich eine Weile ab. Geh einkaufen.«

»Du bist verrückt!«

»Nein, im Ernst. Du wirst nicht viel Zeit haben. Aber die meisten Geschäfte in dem Shopping-Center bleiben bis halb elf geöffnet. Dann gibt es noch eine Kegelbahn, ein paar Restaurants und einen Supermarkt, der die ganze Nacht hindurch geöffnet hat.«

»Ich glaube dir einfach nicht«, rief sie aus und zog ihr Gesicht zurück.

»Das solltest du aber«, sagte er und sah auf die Uhr. »Es ist jetzt zehn vor neun. Und *Cons Op* ist nur eineinhalb Meilen weit draußen auf See. Ich dürfte höchstens zwanzig Minuten brauchen, um die Insel zu erreichen; sagen wir bis zehn. Ich möchte, daß du um elf Uhr anfängst, diese Nummer anzurufen und die Worte sagst: ›Billard oder Pool‹. Verstanden?«

»›Billard oder Pool‹«.

»Gut. Wenn du nicht gleich Antwort bekommst, legst du auf und suchst dir ein anderes Telefon. Du mußt alle fünfzehn Minuten anrufen.«

»Was für eine Antwort wird das sein?«

Havelock runzelte die Stirn. »Wir ziehen Pool vor!«

»›Wir ziehen Pool vor!‹ Was dann?«

»Ein letzter Anruf, wieder fünfzehn Minuten später. Diesmal wird jemand anderer, nicht die Vermittlung, in die Notleitung eingeschaltet. Er wird keinen Namen gebrauchen, aber diese Antwort geben. In dem Augenblick, wo er das tut, liest du ihm die ersten zwei Zeilen auf dem ersten Blatt vor. Ich nehme die Durchschläge mit, damit die Worte verglichen werden können. Mach es ganz schnell und leg auf.«

»Und dann fängt das Warten an«, sagte Jenna und drückte sich an ihn.

»Keine Angst, ich komme wieder. Besorge dir im Supermarkt etwas zu essen und bleibe hier. Geh nicht raus. Ich melde mich bei dir.«

»Wie lange, meinst du, wird es dauern?«

Havelock löste sich sachte von ihr und sah sie an. »Es kann einen Tag dauern, vielleicht auch zwei. Ich hoffe es nicht, aber es könnte sein.«

»Und wenn . . .« Jenna konnte den Satz nicht zu Ende sprechen.

Tränen traten ihr in die Augen, liefen die Wangen herab, ihr blasses Gesicht wirkte gequält.

»Nach drei Tagen rufst du Alexander in Fox Hollow an und erzählst ihm, man hätte mich getötet oder gefangengenommen, und Anton Matthias würde als Gefangener festgehalten. Sag ihm, du hättest Beweise dafür. Unter diesen Umständen kann er dich nicht im Stich lassen. Das wird er auch nicht.« Michael hielt inne. »Nur die letzten vier Seiten«, sagte er leise. »Verbrenne die ersten neun. Du hast recht, sie haben es nicht verdient zu sterben.«

Jenna schloß die Augen. »Das kann ich dir nicht versprechen«, sagte sie. »Ich liebe dich. Wenn ich dich verliere, sind mir die anderen egal.«

Die See war ruhig, wie es häufig der Fall ist, wenn eine Insel die Küstenströmung unterbricht. Er war vielleicht vierhundert Meter von der Felsküste der Insel entfernt und näherte sich von der Leeseite, so daß der Wind das schwache Motorengeräusch aufs Meer hinaustrug. Bald würde er den Motor abschalten und die Ruder benutzen, auf die dunkelste Stelle des Fichtenwäldchens zu rudern, vom schwachen Lichtschein hinter den Baumwipfeln gelenkt.

Bis jetzt war die Fahrt problemlos verlaufen. Er konnte das kleine Boot in eine finstere Bucht lenken und dort an Land ziehen.

Jetzt war der Augenblick gekommen. Er drückte den Fahrthebel ein, der Motor erstarb mit einem leisen Husten. Er sprang auf die mittlere Bank und legte die Ruder in die Dollen. Die nach draußen führende Strömung war kräftiger, als er erwartet hatte. Er hoffte, daß die Strömung umschlagen würde, ehe seine Arme und Schultern ermüdeten. Die Wunde, die er sich am Col des Moulinets zugezogen hatte, begann zu schmerzen; er mußte vorsichtig sein.

Ein Geräusch! Nicht das knarrende Ächzen von Rudern oder der Wellenschlag am Bug. Ein gedämpftes Geräusch . . . ein Motor.

Ein Licht, ein Scheinwerferstrahl. Er strich etwa tausend Meter rechts von ihm über die Wellen. Ein Patrouillenboot, das um die Insel herumfuhr, nach Steuerbord lenkte, direkt auf ihn zu. Geduckt hob Havelock die Ruder aus den Dollen und schob sie unter die Sitzbänke. Er griff nach dem Tau, warf es über den Bug und glitt ins Meer. Er atmete tief und spannte die Muskeln an, um die Kälte abzuwehren. Er schwamm nach hinten, hielt sich an der Schraubenwelle fest und bespritzte den Außenbordmotor mit Wasser, um ihn abzukühlen. In wenigen Augenblicken würde nur noch eine sehr empfindsame Hand feststellen können, ob die Maschine eingeschaltet gewesen war – wenn jemand überhaupt daran dachte, das zu überprüfen.

Plötzlich blendete ihn der Scheinwerferstrahl; man hatte das Boot entdeckt. Das Geräusch des weit entfernten Motors wurde lauter, vom Wind verstärkt. Er tauchte und schwamm von der Insel weg, ließ sich von der Strömung treiben. Sein Boot war immer noch fast vierhundert Meter vom Ufer entfernt.

Als das Patrouillenschiff an dem kleinen Ruderboot längsseits gegangen war und seine Motoren abgeschaltet hatte, war Michael zwanzig Meter hinter seinem Heck, tauchte jetzt auf und zog sich die nasse Wollmütze tief in die Stirn. Der Scheinwerferstrahl zuckte über die Wellen, Michael tauchte zweimal mit offenen Augen und kam jedesmal an einer Stelle wieder an die Oberfläche, die der Scheinwerferbalken bereits passiert hatte. Jetzt wurde der Strahl direkt auf das kleine Boot gerichtet. Zwei Männer mit Enterhaken hatten es ins Schlepptau genommen. Der eine am Bug schrie:

»Leos Marina, *Lieutenant!* Kennzeichen Y-null-acht-zwo!«

»Sagen Sie dem Stützpunkt, Sie sollen Leos Marina in Savannah anrufen und uns mithören lassen!« schrie der Offizier einem unsichtbaren Funker in der offenen Kabine zu. »Die Nummer ist Y-null-acht-zwo!«

»Ja, *Sir!*«

»Und teilen Sie dem Stützpunkt unsere Position mit. Die sollen Sektor vier überprüfen.«

»Dieses Ding wäre niemals reingekommen, Lieutenant«, sagte der Mann am Heck. »Die Netze hätten es aufgehalten. Überall, wo keine Felsen sind, haben wir Netze gespannt.«

»Was, zum Teufel, hat es dann hier verloren? Irgendwelche Kleider oder andere Sachen?«

»Nichts, *Sir!*« schrie der andere und kletterte in das Boot. »Es stinkt bloß nach Fisch.«

Havelock beobachtete das Geschehen. Etwas Eigenartiges fiel ihm auf: Die Männer auf dem Patrouillenboot trugen Khakiuniformen, der Offizier eine Feldjacke. Es waren Angehörige des Heeres, nicht der Marine. Und doch trug das Boot Marinekennzeichen.

»Lieutenant!« Die Stimme hallte aus der Kabine, und gleich darauf tauchte ein Gesicht mit Kopfhörern in der Tür auf. »Der Wachmann von Leo hat gesagt, ein paar Betrunkene hätten sich das Boot gemietet und es ziemlich spät reingebracht. Er meint, sie hätten es vielleicht nicht richtig vertäut, und die Flut hätte es hinausgetragen. Er wäre dankbar, wenn wir es in den Hafen schleppten.«

»Das gefällt mir nicht«, sagte der Offizier.

»Hey, kommen Sie schon, *Sir*. Wer schwimmt denn in diesem Wasser eine halbe Meile? Die Fischer haben hier schon Haie gesichtet.«

»Und wenn das Boot schon drüben war?«

»Trotz der Flachnetze?« fragte der Mann mit dem Enterhaken.

»Scheiße! Werfen Sie mir das Tau zu, und dann laßt uns die Felsen umkreisen. Dieser Leo muß zahlen.«

Die Motoren des Patrouillenboots heulten auf, als der erste Mann an Bord kletterte, während ein anderer das Tau des kleinen Ruderboots an einem Haken am Heck festband. Sekunden später jagte das Boot auf die Küste zu, während seine Scheinwerfer die Dunkelheit durchstachen.

Flachnetze: Sie waren knapp unter der Wasseroberfläche gespannt. Korken oder Styroporbojen hielten sie am Schwimmen. Vermutlich waren sie mit Pianodrähten durchwebt. Die Drähte waren zu kräftig, als daß ein Fisch sie zerreißen konnte, aber wohl eine Schiffsschraube; in letzterem Fall wurde jedoch Alarm ausgelöst.

Felsen: Küstenstreifen der Insel, die für Boote jeder Größe unzugänglich waren. Er mußte das Patrouillenboot im Auge behalten; es näherte sich jetzt den Felsen.

Haie: An die wollte er nicht erst denken; das hatte keinen Sinn.

Er mußte sich jetzt ganz darauf konzentrieren, die Insel zu erreichen. Die Strömung war stark, aber kräftige Schwimmzüge brachten ihn langsam vorwärts. Als er die Scheinwerferbalken von einem Dutzend Lampen zwischen den Fichten erblickte, wußte er, daß er näherkam. Der stechende Schmerz in seinen Armen und Beinen wurde immer unerträglicher. Er mußte ein Netz oder einen Felsen erreichen, Halt unter seinen Füßen finden, um stehen zu können.

Ein Netz! Er hangelte sich an dem dicken Nylontau entlang, bis er ein großes, schwimmendes Gebilde ertastete: eine Boje aus Styropor. Er schwamm um die Boje herum und zog sich an dem Tau in Richtung Ufer, bis seine Knie gegen zwei scharfkantige Steine stießen; er hatte die Felsen erreicht. Er hielt sich am Netz fest, von der Brandung auf- und abgeworfen, wartete, schnappte nach Luft. Die Scheinwerferstrahlen zogen sich jetzt hinter die Fichten zurück; die Sicherheitsprüfung in Sektor vier war ergebnislos verlaufen. Als der letzte Lichtstrahl zwischen den Stämmen verschwand, arbeitete er sich Zentimeter für Zentimeter zum Ufer vor, hielt sich mit aller Kraft an dem verdrahteten Netz fest, als die Wellen über ihm zusammenbrachen. Er mußte sich von den Felsen fernhalten! Gezackt und scharfkantig ragten sie über ihm auf, in Jahrtausenden hatte die Brandung die Steinspitzen messerscharf geschliffen. Eine einzige kräftige Welle, und er würde aufgespießt werden.

Er richtete sich auf und versuchte sich an dem Netz festzuklammern ... als es plötzlich verschwunden war. Verschwunden! Er konnte den Sand unter sich spüren; er war an Land!

Er kroch aus dem Wasser, stützte sich auf die Arme, die seinen Oberkörper fast nicht mehr zu tragen vermochten. In den Beinen hatte er kein Gefühl mehr. Jetzt gab der Mond eines seiner kurzen Gastspiele und beleuchtete eine mit wildem Gras bewachsene Düne zwanzig Meter vor ihm; er schleppte sich weiter, bis er schließlich die Düne erreicht hatte. Er kroch auf dem trockenen Sand nach oben, wälzte sich auf den Rücken, starrte zum finsteren Himmel empor.

Fast eine halbe Stunde blieb er bewegungslos liegen, bis er spürte, daß das Blut wieder durch seine Arme zirkulierte, die Erschöpfung nachließ. Vor fünf Jahren noch, überlegte er, hätte er allerhöchstens fünfzehn Minuten gebraucht, um sich von den Strapazen zu erholen. Nun wären ihm am liebsten ein paar Stunden Schlaf.

Er hob die Hand und sah auf das Leuchtzifferblatt seiner Armbanduhr. Es war 22.43 Uhr. In siebzehn Minuten würde Jenna zum erstenmal die Notzentrale von *Cons Op* anrufen. Er hatte vor jenem Anruf eine Stunde Zeit auf der Insel haben wollen, nun war er 43 Minuten hinter seinem Zeitplan.

Er stand auf, beugte und streckte seine Beine, schüttelte die Arme, drehte den Oberkörper nach links und rechts. Die Unbequemlichkeit seiner wasserdurchtränkten Kleidung bemerkte er kaum und auch nicht das Kratzen des Sandes auf seiner Haut, Sand, der scheinbar überall hingedrungen war. Entscheidend war nur, daß sein Körper funktionierte, daß er sich bewegen konnte – schnell, wenn es sein mußte –, und sein Bewußtsein war klar.

Er überprüfte seine Ausrüstung. Die wasserdichte Taschenlampe hing an einem Gurt, den er sich um die Hüften geschlungen hatte, neben der Tasche aus Öltuch, beide an seiner Linken, das Jagdmesser in der Scheide an der rechten Hüfte. Er hakte die Tasche aus, öffnete den wasserdichten Reißverschluß und befühlte ihren Inhalt. Die dreizehn zusammengefalteten Blätter waren trocken, ebenso die kleine spanische Pistole. Er holte die Waffe heraus, schob sie sich in den Gürtel und befestigte die Tasche wieder an ihrem Haken. Dann überprüfte er seine Hosentaschen; die Lederschnürsenkel waren naß, jeder einzelne zu einem Knäuel zusammengerollt, fünf in der rechten Tasche, fünf in der linken. Er war bereit.

Schritte . . . waren das Schritte? Wenn ja, so paßte das Geräusch nicht zu dem Sand und der weichen Erde, die unter den Fichten liegen mußte. Es war ein langsames, rhythmisches Klappern, als würden lederne Absätze auf eine harte Oberfläche treten. Havelock duckte sich und rannte zu den hohen Bäumen, die ihm Deckung boten, spähte nach rechts in die Richtung, aus der das Geräusch kam.

Jetzt war auch zu seiner Linken das rhythmische Klappern zu hören, weit entfernt, aber näher kommend. Er kroch noch tiefer in den Schutz der Bäume hinein, bis er nur noch ein paar Schritte vom Rand entfernt war. Dort preßte er sich gegen den Boden und hob gleich den Kopf, um das Licht, das plötzlich das Gelände vor ihm erhellte, auszunutzen. Was er sah, klärte das Geräusch der Schritte auf, die er gehört hatte, aber sonst nichts. Direkt vor ihm war eine breite Betonstraße und dahinter ein Palisadenzaun, der wenigstens zweieinhalb Meter hoch war und nach beiden Richtungen sich erstreckte, so weit das Auge blicken konnte. Das Licht strahlte hinter dem Zaun. Das war das Leuchten, das er vom Wasser aus gesehen hatte.

Da tauchte der erste Soldat rechts von ihm auf; er ging langsam wie auf dem Exerzierplatz, und jeder Schritt hallte auf dem Beton. Der Mann vollführte eine scheinbar nutzlose Aufgabe. Ebenso wie die Mannschaft des Patrouillenboots trug er die Uniform der Heerestruppen, und an seiner Hüfte hing ein Revolver. Das gelangweilte Gesicht des Wachpostens war in dem weichen Licht deutlich zu erkennen. Jetzt kam die andere Streife aus dem Schatten zur Linken, vielleicht fünfzig Meter entfernt. Die beiden Soldaten gingen aufeinander zu wie zwei Roboter und begegneten sich höchstens zehn Meter vor Havelock.

»Hat dich jemand informiert?« fragte der Soldat zur Rechten.

»Ja, so'n Ruderboot mit Außenbordmotor ist mit der Flut von Savannah herübergetrieben worden, das ist alles. Niemand drin.«

»Hat jemand den Motor überprüft?«

»Was meinst du?«

»Das Öl. Das Öl bleibt längere Zeit warm, wenn er gelaufen ist. Wie in jedem Motor.«

»Hör schon auf. Wer, zum Teufel, könnte hier schon rein?«

»Das meine ich nicht. Ich hab' nur gesagt, daß man es so feststellen kann.«

»Vergiß es! Die machen immer noch eine dreiundsechziger Suche . . . für den Fall, daß einer Flügel hat, schätze ich. Die Typen hier spinnen doch alle.«

»Würdest du das nicht auch?«

Der Posten zur Linken sah auf die Uhr. »Da hast du auch wieder recht. Wir sehen uns drinnen.«

»Wenn Jackson auftaucht. Letzte Nacht kam er eine halbe Stunde zu spät. Kannst du das glauben? Er hat gesagt, er wollte sich so'n lausigen Fernsehfilm bis zu Ende ansehen.«

»Das macht er öfter. Willis hat ihm neulich gesagt, irgendwann wird der vor ihm einfach weggehen und sagen, Jackson hätte ihn abgelöst. Man sollte ihn wirklich mal hängen lassen.«

»Der würde sich schon rausreden.«

Die beiden Männer machten kehrt und setzten ihre Streife fort. Aus den Bruchstücken, die er gehört hatte, fügte sich Michael das Wesentliche ihres Gesprächs zusammen. Ein Suchtrupp kämmte die Insel durch, und die Wache der beiden Posten war so gut wie vorbei ... eine Wache, die offenbar ziemlich locker gehandhabt wurde, wenn die Ablösung sich eine halbe Stunde verspäten durfte. Das paßte nicht; die Insel glich einer Festung, und trotzdem wurde der Wachdienst so betrieben, als wäre er nicht mehr als eine notwendige, wenn auch sinnlose Übung. Warum?

Die Antwort, vermutete Michael, lag vielleicht in einer immer wiederkehrenden Beobachtung. Soldaten im Kasernendienst und ihre Vorgesetzten waren gewöhnlich die ersten, die die Sinnlosigkeit eines Dienstbefehls erkannten. Und das konnte nur bedeuten, daß es auch hinter dem Palisadenzaun Alarmanlagen gab. Es gehörte wenig Phantasie dazu, um sich die verschiedenen Sicherheitseinrichtungen hinter der neuen Holzwand vorzustellen. Und dann bemerkte Michael, daß der Zaun eine Kurve beschrieb, genauso wie die Betonstraße – zu beiden Seiten. Weiter hinten mußte es bewachte Tore geben, die einzigen Punkte, wo ein Eindringen möglich war.

Eine »dreiundsechziger Suche«: Soldaten mit Taschenlampen, vielleicht ein Dutzend Männer, durchkämmten den Strand und das Wäldchen. Sie hatten direkt hinter ihm begonnen, an einem Küstenstreifen, der sich Sektor vier nannte. Und sobald sie einen Kreisbogen beschrieben hatten, würden sie ohne Zweifel wieder an der Stelle auftauchen, wo sie begonnen hatten ... und die Nacht war finster, eine dichte Wolkenwand hatte den Mond verdeckt. Die Suchaktion zu seinem Vorteil einzusetzen, war eine entfernte Möglichkeit – die einzige, die ihm in den Sinn kam –, aber damit seine Taktik funktionierte, mußte er jetzt handeln. Jetzt!

Der Soldat zu seiner Rechten war kaum mehr zu sehen, er ging gerade um die Biegung der Straße und verschwand hinter dem Zaun. Havelock richtete sich auf, lief über die Straße und eilte das sandige

Bankett hinunter, wobei ihn das Geräusch ärgerte, das seine mit Wasser durchtränkten Stiefel verursachten. Jetzt hatte er die Biegung erreicht; vor ihm waren die Lichter des Tors zu sehen, vielleicht noch zweihundert Meter entfernt. Er rannte schneller und verringerte den Abstand zu dem langsam dahintrottenden Soldaten. Er hoffte, daß der Wind das Knirschen seiner Schritte übertönen würde.

Er war noch vier Meter von dem Posten entfernt, als der erschreckt stehenblieb und den Kopf zur Seite neigte. Havelock hechtete sich auf ihn und preßte die rechte Hand auf den Mund des Soldaten, während seine linke ihn hinten am Kopf packte und damit ihren Sturz etwas abbremste. Er hielt den jungen Mann fest und stieß ihm das Knie in den Rücken.

»Keinen Laut!« flüsterte er. »Das ist nur eine Sicherheitsübung . . . wie im Manöver, kapiert? Die Hälfte der Garnison hier weiß Bescheid, die andere nicht. Jetzt werde ich dich über die Straße zerren und dich fesseln und knebeln, aber nur ganz locker, du bist einfach ausgeschieden. Okay?«

Der Wachposten war viel zu erschreckt, um einen Ton herauszubringen; statt dessen machte er seine großen, verstörten Augen schnell auf und zu. Michael konnte ihm nicht vertrauen – besser gesagt, daß der Mann nicht in Panik geriet. Er griff nach der heruntergefallenen Uniformmütze und richtete sich mit dem Soldaten auf, zog ihn in die Höhe, die Hand immer noch auf dem Mund, und hetzte über die Straße auf die Bäume zu. Als er wieder im Schutz der Dunkelheit war, blieb er stehen und drückte den Soldaten zu Boden. Jetzt waren sie weit genug im Sektor vier.

»Ich nehm' jetzt die Hand weg«, sagte Michael, der neben dem jungen Mann kniete. »Wenn du einen Laut von dir gibst, muß ich dich k. o. schlagen, verstanden? Ich will keine Punkte verlieren.«

Der junge Mann nickte, Havelock nahm langsam die Hand weg, bereit, sie beim ersten Laut wieder über seinen Mund zu pressen.

Der Posten rieb sich die Wangen und sagte leise: »Mann, du hast mir vielleicht Angst gemacht. Was, zum Teufel, spielt sich hier eigentlich ab?«

»Genau das, was ich dir gesagt habe«, antwortete Michael und zog dem Soldaten den Waffengurt herunter und nahm ihm die Uniformjacke weg. »Das ist eine Sicherheitsübung«, fügte er hinzu und griff in die Tasche, um einen der ledernen Schnürsenkel herauszuholen. Er zog dem Posten die Arme nach hinten; fesselte die Hände und zog das Lederband bis zu den Ellbogen hinauf. »Wir werden eindringen.«

»In die Anlage?«
»Richtig.«
»Das schafft ihr nie. Ihr verliert.«
»Die Alarmanlage?«
»Ein Pelikan hat sich neulich am Zaun verbrannt; das Biest hat eine halbe Stunde gebraten. Am nächsten Tag hat's natürlich Hähnchen gegeben.«
»Und was ist drinnen?«
»Was soll da sein?«
»Alarmanlagen.«
»Nur in Georgetown.«
»Was? Was heißt Georgetown?«
»Hey, Mann, ich kenn' die Regeln. Ich brauch' dir bloß meinen Namen, meinen Rang und meine Nummer zu nennen!«
»Das Tor«, sagte Havelock drohend, »wer ist am Tor?«
»Die Wache natürlich, wer denn sonst? Wer rausgeht, kommt auch wieder rein.«
»So, und jetzt erzählst du mir . . .«
Ein schwacher Lichtschein irritierte Michael, weit entfernt zwischen den Bäumen sah er den Lichtkegel einer Taschenlampe. Der Suchtrupp hatte die Insel gleich umrundet. Für weitere Fragen war jetzt keine Zeit mehr. Er riß dem Soldaten ein Stück von seinem Hemd ab, rollte es zusammen und stopfte es ihm in den Mund. Einen weiteren Lederschnürsenkel wickelte er um den Kopf des jungen Mannes und band ihn hinten fest, damit der Knebel im Mund blieb. Und mit einem dritten Schnürsenkel fesselte er die Füße.

Havenlock stand auf, schlüpfte in die Uniformjacke, schnallte sich den Waffengurt um und verstaute seine Strickmütze in der Tasche. Er setzte sich die Dienstkappe auf und zog sie sich tief ins Gesicht. Dann griff er unter seinen durchnäßten Pullover und holte die wasserdichte Taschenlampe hervor. Er schätzte den Weg ab, den er durch die Bäume nehmen mußte, und fing an, schräg nach rechts zu laufen, auf einen Felsvorsprung zu.

Er klammerte sich an den Felsrand, lauschte der Brandung und dem kräftigen Wind und wartete, bis der letzte Soldat oben vorbeigegangen war. Im nächsten Augenblick sprang Michael aus seinem Versteck hervor und rannte auf die sich entfernende Gestalt zu. Er packte den Mann am Hals und erstickte jeden Laut, während er ihn zu Boden riß. Dreißig Sekunden später war der bewußtlose Soldat gefesselt, mit einem Knebel im Mund. Havelock richtete sich auf und lief hinter den anderen her.

»Also, Leute«, brüllte eine befehlsgewohnte Stimme. »Schluß jetzt mit der Faulenzerei! Zurück in den Bau!«

»Scheiße, Käpt'n«, rief ein Soldat, »wir hatten schon gedacht, Sie würden 'ne Bootsladung Weiber bringen, und das hier sei so was wie 'ne Schatzsuche.«

»Nenne es lieber einen Geländelauf. Vielleicht schaffst du beim nächstenmal genug Punkte.«

»Der schafft's ja nicht mal beim Flippern!« schrie ein anderer. »Was würd' der schon mit 'nem Weib anfangen?«

Havelock folgte den Lichtstrahlen der Taschenlampen durch die Fichten. Die Straße war jetzt sichtbar, und die Betonfläche spiegelte den grellen Schein der Torscheinwerfer. Die Soldaten überquerten die Straße in einer formlosen Gruppe, Michael drängte sich vor, damit noch Soldaten hinter ihm waren. Als sie das Tor passierten, zählte ein Wachposten die Männer durch.

»Eins, zwei, drei, vier . . .«

Michael war Nummer acht und hatte den Kopf gesenkt, er rieb sich die Augen und bedeckte dabei sein Gesicht.

»Sieben, acht, neun . . .«

Er war drinnen. Er nahm die Hände von den Augen und ging mit seiner Gruppe über einen seltsam glatten Belag. Jetzt blickte er auf. Der Atem stockte ihm. Seine Beine waren wie gelähmt. Er konnte sich kaum bewegen, denn er war in einer anderen Zeit, an einem anderen Ort. Die Bilder, die sich seinem Blick darboten, glichen einer phantastischen Szenerie aus einem surrealistischen Film.

Er befand sich nicht in einem Militärkomplex auf einer kleinen Insel vor der Küste von Georgia, die sich Poole's Island nannte – er war in Washington, D. C.

25

Es war wie in einem makabren Traum – eine Stadt en miniature: Da waren von Bäumen gesäumte Straßen, die ebenso abrupt anfingen, wie sie aufhörten. Der matte Schein der Laternen beleuchtete Eingänge von Gebäuden . . . nein, nur ihre Fassaden. Er kannte sie gut. Da waren die Glastüren des State Department. Und dort drüben das Steinportal der neuen FBI-Zentrale . . . und auf der anderen Straßenseite, hinter einem winzigen Park mit kleinen weißen Bänken, die braunen Stufen, die zum Haupteingang des Pentagon hinaufführten. Ganz weit links konnte er einen hohen schwarzen, schmiedeeisernen Zaun erkennen, der in der Mitte unterbrochen war, so daß eine Einfahrt, flankiert von zwei glasumschlossenen Wachhäuschen, Platz hatte; er hatte Fotos davon gesehen. Das war der Südeingang zum Weißen Haus!

Und chromblitzende Autos in normaler Größe: ein Taxi, zwei Militärfahrzeuge, zwei riesige Limousinen, alle geparkt – Symbole eines anderen Ortes. Und es gab noch andere Symbole ... man konnte sie in der Ferne rechts hinter dem Miniaturpark sehen: Miniaturnachbildungen der Jefferson-Gedenksäule, des Washington-Monuments, beides nicht höher als 1,20 Meter.

Eine bizarre falsche Welt war geschaffen worden, um die reale nachzubilden, die Hunderte von Meilen entfernt war.

Es war mehr, als Havelock in sich aufzunehmen vermochte. Er mußte sich losreißen von den Eindrücken und versuchen, sich selbst zusammenzureimen, was dieser makabre Spektakel zu bedeuten hatte. Und vor allem mußte er Anton Matthias finden.

Die Gruppe begann sich aufzulösen, einige gingen nach links, andere nach rechts. Hinter der falschen Fassade des State Department war eine Rasenfläche, auf der Weiden mit weit herunterhängenden Zweigen standen. Plötzlich war hinter dem Eingangstor ein Fluch zu hören. Michael zuckte zusammen.

»Verdammte Scheiße, wo ist er??«

»Wer, Sergeant?«

»Jackson, Lieutenant! Ist schon wieder verspätet.«

»Diesmal mache ich Meldung, Sergeant. Hier läuft alles viel zu lasch. Ich will endlich Ordnung haben.«

Einige Angehörige des Suchtrupps grinsten, ein paar blickten sich um und lachten. Havelock nutzte den Augenblick, um zu entwischen und die im Dunkeln liegende Rasenfläche hinter der nächsten Ecke zu erreichen.

Er kauerte sich an eine Ziegelmauer und versuchte nachzudenken, zu begreifen, was hier vor sich ging. Er wußte natürlich von dem sowjetischen Trainingszentrum in Nowgorod, das sich »der Amerikakomplex« nannte. In der riesigen Anlage waren alle Gebäude getreu nach amerikanischen Vorbildern entworfen: die Geschäfte und Supermärkte, die Motels und Tankstellen; man bezahlte mit amerikanischer Währung und sprach amerikanisches Englisch, sogar die verschiedenen regionalen Dialekte. Auch von weiteren sowjetischen Experimenten im Ural hatte er gehört, wo man ganze US-Army-Camps gebaut hatte, in denen amerikanische Militärgepflogenheiten und -vorschriften praktiziert wurden, und wo man wiederum nur amerikanisches Englisch sprach. Alles war authentisch, bis auf die winzigste Einzelheit. Und dann gab es die Theorie – nach Havelocks Ansicht mehr als eine Theorie –, daß in verschiedenen Teilen der Vereinigten Staaten Hunderte, ja vielleicht Tausende von *paminjatschiks* lebten. Das waren Männer und Frauen, die man als Säuglinge in die Staaten gebracht und als Söhne und Töchter bei Familien untergebracht hatte, wo sie in völlig amerikanischer Umgebung aufwuchsen. Ihre Mission als Erwachsene aber war es, der Sowjetunion zu dienen. Es hieß – und Rostow hatte es bestätigt – daß die *paminjatschiks*-Organisation von der *Voennaja* beherrscht würde, deren Angehörige selbst das KGB kaum zu kontrollieren vermochte.

War es wirklich vorstellbar, daß Poole's Island von Absolventen aus Nowgorod und aus dem Ural bevölkert war, deren untere Ränge von *paminjatschiks* besetzt waren und deren höchste Ränge andere *paminjatschiks* innehatten, die machtvolle und einflußreiche Positionen im State Department einnahmen und imstande waren, Anton Matthias zu entführen? Emory Bradford ... war *er ...?*

Vielleicht war alles auch nichts weiter als ein Gerücht. Männer in Washington arbeiteten mit Männern in Moskau zusammen. Allein diese Tatsache war Wahnsinn genug.

Er würde gar nichts erfahren, wenn er weiterhin im Schatten einer Ziegelmauer kauerte; er mußte sich bewegen, sich weiter umsehen, vor allem aber vermeiden, daß man ihn entdeckte und festnahm. Er richtete sich auf und schob sich an die Ecke des Gebäudes, spähte auf die beleuchteten, von Bäumen gesäumten Straßen hinaus. Drei Offiziere schlenderten durch den Miniaturpark in Richtung auf die Miniaturmonumente in der Ferne, und vier gewöhnliche Soldaten eilten auf eine Baracke zu. Sie stand zurückgesetzt auf einer Rasenfläche zwischen zwei fremdartigen Ziegelbauten, die wie die Untergeschosse eines geschmackvollen Apartmentgebäudes aussahen. Dann kam zu Havelocks Überraschung ein Zivilist aus der Tür des Gebäudes zur Linken. Ein zweiter folgte ihm, er trug einen weißen Kittel und gestikulierte, als spräche er leise, aber mit Nachdruck. Michael fragte sich, ob die Sprache wohl Russisch sein mochte. Die zwei Männer gingen die Straße hinunter und bogen nach rechts zu einer Kreuzung, deren Verkehrsampel freilich nicht funktionierte. Sie bogen noch einmal nach rechts ab und redeten immer noch miteinander. Jetzt schien der Zivilist dem Mann im weißen Kittel zu widersprechen, aber nicht laut; nichts war hier laut, ringsherum war Stille. Was auch immer die Geheimnisse von Poole's Island sein mochten, sie waren hinter einem friedlichen Bild verborgen ... das selbst eine Lüge war, von Lügnern geschaffen.

Als die zwei Zivilisten schließlich seinem Blick entschwanden, bemerkte Havelock das kleine Schild, das auf der anderen Straßenseite an einem Pfosten befestigt war. Hatte er es nicht schon einmal gesehen? Natürlich! Jedesmal wenn er mit seinem Wagen oder einem Taxi zu Matthias' Haus in Georgetown gefahren war. Ein blauer Pfeil und davor die Worte CHESAPEAKE AND OHIO CANAL. Das war die malerische Wasserstraße, die das hektische Washington von dem idyllischen Georgetown trennte. In den stillen Straßen wohnten die wohlhabendsten und mächtigsten Männer der Bundeshauptstadt.

Nur in Georgetown sind Alarmanlagen.

Irgendwo in der Straße wohnte Anton Matthias, irgendwo jenseits einer Brücke, in einem Haus, das eine Attrappe war. Mein Gott! Hatten sie etwa sein Haus nachgebaut, um seine Entführung zu proben? Das war durchaus möglich; Antons Wohnsitz wurde auf Befehl des Präsidenten bewacht und war rund um die Uhr durch Alarmanlagen und Posten geschützt. Es war nicht nur möglich, es war die einzige Methode, mit der es hatte gelingen können! Matthias mußte zu Hause entführt worden sein. Man hatte die Alarmanlagen umgangen, seine Wachen abgezogen, auf Befehl des State Department abkommandiert ... ein Befehl, den Lügner erteilt hatten. Ein Auftrag war geprobt und ausgeführt worden.

Er trat auf die Straße hinaus und schlenderte sie langsam hinunter. Schließlich erreichte er den Ziegelbau zu seiner Linken und ging quer über den Rasen zum Bürgersteig. Die Straße war dunkel, über den niedrigen Bäumen waren keine Laternen zu sehen. Er lief schneller, nahm die Wege wahr, die nach rechts abbogen und zu drei Baracken führten. Nur hinter einigen Fenstern brannte Licht. Er vermutete, daß es sich um die Wohnquartiere von Offizieren und einigen Zivilisten handelte – Absolventen von Nowgorod?

Plötzlich endete die Straße. Vor ihm war nur ein ungepflasterter Weg, gesäumt von hohen Büschen. Auch er führte irgendwohin. Havelock beschleunigte seine Schritte. Wenn man ihn aufhielt, wollte er behaupten, er würde joggen ... und dann würde er den, der ihn aufhielt, unschädlich machen. So viele Gedanken rasten in diesem Augenblick durch seinen Kopf. Er dachte an Jenna, die fünf Meilen entfernt auf dem Festland von Telefonzelle zu Telefonzelle eilte und einer verwirrten Telefonistin in der *Cons-Op*-Zentrale Sätze vorlas, die Havelock für sie aufgeschrieben hatte.

Ein schwacher Lichtschein. Ganz unten an der Straße. Links. Er fing zu laufen an, und als er näher kam, wußte er, was es war: die Umrisse eines Hauses, der Teil eines Hauses, er hörte nach dem ersten Stock einfach auf, aber das Erdgeschloß und die erste Etage waren unverkennbar. Er hatte recht gehabt. Es war die Fassade von Antons Haus in Georgetown. Er näherte sich dem Ende der ungepflasterten Straße und blieb stehen, wo links die Teerfläche begann, und starrte ungläubig auf das unfertige Haus.

Die Steinstufen waren identisch mit denen, die zu dem Eingang mit der weißen Tür und den Kutschenlampen hinaufführten. Alles stimmte mit dem Original überein, das Hunderte von Meilen entfernt war, selbst die Spitzenvorhänge in den Fenstern. Er konnte sich die Räume drinnen ausmalen und ahnte, daß auch sie die gleiche Einrichtung hatten. Die Lektion von Nowgorod hatte man gut gelernt und ihre Früchte auf eine kleine Insel verpflanzt, die nur Minuten von der Küste der Vereinigten Staaten entfernt war. Was ist geschehen?

»Bleiben Sie stehen, wo Sie sind, Soldat!« Das Kommando kam von hinten. »Was, zum Teufel, haben Sie hier zu suchen?«

Havelock drehte sich herum und bedeckte die Pistole, so gut er konnte, die Frage war eine Einladung für ihn. Ein Posten trat hinter einem Busch hervor, mit einer Waffe in der Hand, aber er trug keine Uniform, sondern Zivilkleidung. »Was ist denn los? Darf man vielleicht nicht mehr spazierengehen?«

»Sie sind nicht spazierengegangen, Sie sind gerannt.«

»Ich jogge, mein Freund. Je davon gehört?«

»Mach' ich jeden Morgen, wenn ich nicht diesen Scheißspätdienst habe. Aber auf der Inselstraße, wo die anderen auch joggen, nicht hier unten. Sie kennen die Vorschriften ganz genau. Keiner darf den Sektor sechs passieren, keiner darf weiter als bis zum Ende der asphaltierten Straße laufen.«

»Jetzt seien Sie nicht so stur«, sagte Havelock.

Plötzlich drang Musik aus dem Haus, erfüllte die Nacht. Er kannte sie gut; das war eines von Matthias' Lieblingsstücken. Händels »Wassermusik«. Sein *přítel* war da!

»Jede Nacht ein verdammtes Konzert«, sagte der Mann in Zivil.

»Wieso?«

»Wie, zum Teufel, soll ich das denn wissen? Er geht in den Garten und hört sich das Zeug ein oder zwei Stunden lang an.«

Musik ist zum Denken da, Mikhail. Je besser die Musik, desto besser die Gedanken. Da besteht ein kausaler Zusammenhang, mußt du wissen.

»Nett, daß Sie ihm das erlauben.«

»Warum nicht? Was hat er denn sonst, und wo soll er denn hingehen? Aber Sie werden mächtigen Ärger kriegen, wenn Sie hier nicht sofort verschwinden.« Der Mann steckte seine Waffe ins Halfter zurück, das er unter der Jacke trug. »Sie können von Glück reden, daß ich nicht . . . He! Warten Sie mal! Sie haben ja eine Waffe!«

Havelock sprang vor, packte den Mann an der Kehle, drückte ihm die Luftröhre zu und warf ihn über sein linkes Bein zu Boden. Er fiel über den Wachmann und rammte dem Mann das Knie gegen die Brust, während er seine Uniformjacke aufriß und das Jagdmesser aus der Scheide zog. »Sie können allerdings nicht von Glück reden!« flüsterte er. »Woher kommst du, *skotina?* Aus Nowgorod, aus dem Ural? Bist du ein *paminjatschik?«* Michael hielt die Messerspitze auf die Stelle zwischen der Nase und den Lippen des Wachmannes gerichtet. »Ich zerschneide dir das Gesicht, wenn du mir nicht sagst, was ich wissen will. Zuerst einmal, wie viele Männer sind hier oben? Ruhig!« Er lockerte seinen Griff am Hals des Mannes, der Posten hustete.

»Sie . . . kommen hier nie raus«, würgte er halb erstickt hervor.

Havelock stach leicht zu, bis Blut über die Lippen floß. »Werd' bloß nicht pampig! Ich kann mich an eine ganze Menge erinnern, *ponimaju*. Wie viele Männer?«

»Noch einer.«

»Lügner!«

»Nein! Wir zwei haben bis vier Uhr Dienst. Einer draußen und einer drinnen.«

»Alarmanlagen? Wo sind sie? Was für Alarmanlagen?«

»Lichtschranke. Schulter bis Knie. An der Eingangstür.«

»Das ist alles?«

»Das ist alles, was eingeschaltet ist. Um ihn drinnen festzuhalten.«

»Der Garten?«

»Hat eine Mauer. Ist zu hoch. Um Himmels willen, wo soll er denn hin? Wo wollen Sie denn hingehen?«

»Das werden wir sehen.« Michael zog den Kopf des Mannes am Haar hoch, ließ das Messer fallen und versetzte ihm einen scharfen, harten Schlag hinter das rechte Ohr. Der Mann brach bewußtlos zusammen. Havelock holte zwei Lederriemen heraus und band dem Posten Hände und Füße zusammen. Schließlich knebelte er den Mann mit dem eigenen Taschentuch und knotete das Tuch mit einem der drei übriggebliebenen Schnürsenkel fest. Er zerrte den Bewußtlosen ins Gebüsch und ging auf das Haus zu.

Die »Wassermusik« schwoll an, ging in das Marschthema über, Hörner und Saiteninstrumente mischten sich ineinander, hallten durch das groteske Haus. Havelock stieg den kurzen Abhang hinauf, der an die Eingangsstufen grenzte, bis er nur noch drei Meter von dem ersten Fenster mit den Spitzenvorhängen dahinter entfernt war. Er duckte sich und kroch darauf zu, den Kopf unter dem Sims. Er trat zur Seite, richtete sich auf und schob das Gesicht Zentimeter für Zentimeter ans Fenster. Der Raum war genauso eingerichtet, wie er es in Erinnerung hatte . . . die abgetretenen Orientteppiche, die schweren, bequemen Armsessel, die Messinglampen . . . das war Matthias' Vorzimmer, sein »Salon«, wie er es nannte, in dem er Besucher begrüßte. Michael hatte viele angenehme Stunden in jenem Raum verbracht und doch in einem anderen.

Michael schlich um das Haus nach hinten, auf eine Wand zu, die er sich ganz genau in Gedanken ausmalen konnte, auch den Garten dahinter . . . Hunderte von Meilen entfernt. Er mußte an drei Fenstern vorbei. Das zweite Fenster verriet ihm, was er wissen mußte. Drinnen saß ein untersetzter Mann auf einer Couch und rauchte eine Zigarette, die Füße auf einem niedrigen Tischchen, den Blick auf einen Fernseher gerichtet. Das Gerät war laut gestellt, offenbar um die Stereoklänge der Musik zu übertönen.

Havelock rannte auf die Mauer zu. Er beugte die Knie, sprang hoch und griff mit beiden Händen nach der Mauerkrone. Seine Brust schmerzte, während er sich hochzog und sein rechtes Bein über den Mauersims schwang. Er holte Atem, wartete, bis der Schmerz nachließ.

Unter ihm war der gespenstisch beleuchtete Garten, so wie er ihn in Erinnerung hatte. Weiches Licht drang aus dem Haus. Eine einzelne Lampe auf dem Schachtisch zwischen zwei braunen Korbsesseln, weitere Korbmöbel in Weiß und ein Plattenweg, der um die Blumenbeete herumführte.

Da war er, sein geliebter *přitel.* Er saß in einem Sessel am Ende des Gartens, die Augen geschlossen, und sah Bilder, die die Musik in seinem Geist hervorzauberte. Die unvermeidliche Schildpattbrille saß auf seiner Nase, und das silberne Haar wellte sich über seinem kantigen Schädel.

Havelock schwang lautlos die Beine über die Mauerkrone und ließ sich zu Boden fallen. Er blieb ein paar Augenblicke im Schatten. Die Musik war leiser geworden, man konnte jetzt deutlich den Lärm aus dem Fernseher hören. Der Posten würde drinnen bleiben, das hieß, er würde so lange drinnen bleiben, solange Michael es wollte. Und wenn er dann den bezahlten Revolvermann in seiner Gewalt hätte, würde er ihn entweder benutzen oder ihn töten.

Langsam löste Havelock sich von der Mauer und ging den Gartenweg hinunter, auf Matthias zu.

Ohne Warnung oder irgendein Zeichen schlug der Staatsmann plötzlich die Augen auf. Michael rannte vor, hob beide Hände, um auszudrücken, daß er schweigen solle.

Matthias ignorierte die Geste und erhob seine tiefe Stimme.

»To je dobré srovnáni, Mikhail. Schön, daß du vorbeikommst. Ich habe neulich an dich gedacht, an diese Arbeit, die du vor einigen Wochen geschrieben hast. Wie hieß sie doch? ›Die Auswirkungen des Hegelschen Revisionismus‹ oder ein ähnlich unbescheidener, unpassender Titel. Schließlich, mein *darcbák akademik,* ist Hegel selbst sein bester Revisionist, nicht wahr? Der *Revisionist maximus!* Wie gefällt dir das?«

»Anton . . .?«

Wieder ganz plötzlich und ohne eine Andeutung stand Matthias von seinem Stuhl auf, seine Augen weiteten sich, sein Gesicht verzerrte sich, sein Körper wirkte unsicher. Er begann zurückzuweichen, die Arme vor der Brust verschränkt, und seine Stimme war jetzt ein schreckliches Flüstern.

»Nein! Du kannst nicht . . . nein, du darfst mir nicht nahekommen! Du verstehst nicht, du kannst es nie verstehen! Geh weg von mir!«

Havelock starrte ihn an; und der Schock war ebenso unerträglich wie die Wahrheit.

Anthony Matthias war geistesgestört.

DRITTES BUCH

26

»Hände hoch! An die Mauer und die Beine spreizen! Los! ... Bißchen fix! Lehnen Sie sich gegen die Mauer, die Arme ausgestreckt!«

Wie in Trance, die Augen immer noch auf Matthias gerichtet, der wie ein Kind an einem Rosenbusch auf den Knien kauerte, folgte Havelock den Befehlen des Wachpostens. Er nahm nur verschwommene Eindrücke wahr, fühlte sich wie betäubt. Alles schien um ihn zu kreisen. Sein *přitel,* sein Mentor ... sein Vater ... ... war verrückt! Die äußere Hülle des Mannes, der die Welt mit seiner intellektuellen Brillanz, mit seiner klugen Weitsicht in Erstaunen versetzt hatte, hockte vor den Blumen, sein Kopf zitterte, und die großen, verängstigten Augen hinter den Gläsern seiner Brille waren von grenzenlosem Schrecken erfüllt.

Michael konnte die Schritte des Wachpostens auf den Platten hören und wußte, daß gleich der Schlag kommen würde; doch irgendwie war es ohne Bedeutung. Nichts hatte mehr etwas zu bedeuten.

Ein stechender Schmerz durchzuckte seinen Kopf, dann kam die Dunkelheit.

Er lag auf einem Teppich im Salon, vor seinen Augen kreisten weiße Lichtpunkte, seine durchnäßte, mit Sand gefüllte Hose preßte gegen seine Haut. Er hörte, wie draußen Männer die Treppe hinaufrannten und Befehle brüllten. Als sie ins Haus traten, tastete er nach seinem Jackett, nach seiner Hüfte; man hatte ihm die Pistole weggenommen, aber man hatte ihn nicht durchsucht.

Zwei Männer kamen auf ihn zu, einer in Uniform, ein Major, der andere in Zivil. Den zweiten kannte er; er war aus dem Außenministerium, ein Agent von *Cons Op,* mit dem er schon zusammengearbeitet hatte, in London oder Beirut oder Paris oder ... er konnte sich nicht erinnern.

»Das ist er«, sagte der Zivilist. »Bradford meinte, das wäre möglich – er wußte auch nicht, wie –, aber er ist es jedenfalls. Er hat mir die Einzelheiten durchgegeben; Sie betrifft das nicht.«

»Schaffen Sie ihn einfach von hier weg«, erwiderte der Soldat. »Was Sie mit ihm anstellen, ist Ihre Angelegenheit.«

»Hallo, Havelock.« Der Mann von *Cons Op* blickte auf ihn herunter. Sein Gruß ließ seine Verachtung spüren. »Sie waren ja recht beschäftigt. Muß Spaß gemacht haben, den alten Knaben in New York umzubringen. Was sollte das? Sie wollten sich wohl ein wenig Geld von ihm verschaffen und hier drunten noch einmal? Steh schon auf, du Schwein!«

Michael wälzte sich langsam auf die Knie und richtete sich mühsam auf. »Was ist mit ihm passiert? Was ist passiert?«

»Ich beantworte keine Fragen.«

»Jemand muß doch Antwort geben . . . um Himmels willen, irgend jemand muß es doch wissen!«

»Damit Sie freie Fahrt haben? Kommt nicht in Frage, du Mistkerl!« Der Zivilist wandte sich zu dem Wachposten, der auf der anderen Seite des Zimmers stand. »Haben Sie ihn durchsucht?«

»Nein, *Sir*. Ich habe ihm nur die Waffe abgenommen. Er trägt eine Taschenlampe am Gürtel und irgendeinen Beutel.«

»Ich helfe Ihnen, Charley«, sage Havelock, während er seine Uniformjacke beiseite schob und nach der Plastiktasche griff. »Charley stimmt doch, oder? Charley Loring . . . war es in Beirut?«

»Richtig. Die Hände ruhig halten!«

»Was Sie wollen, steckt da drinnen. Los, nehmen Sie es schon. Es explodiert nicht.«

Der Mann aus dem Außenministerium nickte dem Major zu; der Soldat trat vor und packte Michaels Hände, während Charley den Beutel von seinem Gürtel riß.

»Machen Sie ihn auf«, fuhr Havelock fort. »Das ist mein Geschenk für Sie. Für Sie alle.«

Der *Cons-Op*-Agent zog den Reißverschluß der kleinen Tasche auf und holte die zusammengefalteten Blätter heraus. Während er zu einer Stehlampe ging und zu lesen begann, ließ der Major Michaels Hände wieder los. Loring hielt inne, sah zu Michael hinüber und meinte, zu dem Soldaten gewandt: »Warten Sie draußen, Jamor. Und Sie auch«, fügte er nach einem Blick auf den Wachposten hinzu. »Im anderen Zimmer bitte.«

»Sind Sie sicher?« fragte der Offizier.

»Ganz sicher«, sagte Charley. »Der kommt hier nicht raus, und falls ich Sie brauche, kann ich ja rufen.« Die zwei Männer gingen hinaus, der Soldat durch die Vordertür, der Wachposten ins Nebenzimmer. »Sie sind das mieseste Dreckstück, das mir je begegnet ist«, sagte der Mann aus dem Außenministerium.

»Das ist eine Kopie, Charley.«

»Das sehe ich auch.«

»Rufen Sie die Alarmzentrale von *Cons Op* an. Die haben seit dreiundzwanzig Uhr alle fünfzehn Minuten eine Nachricht bekommen, in Form einer Frage: ›Billard oder Pool?‹ Die Antwort darauf ist: ›Wir ziehen Pool vor.‹ Sagen Sie denen, sie sollen diese Antwort geben.«

»Und was ist dann?«

»Schalten Sie sich in das nächste Gespräch ein, geben Sie die Antwort, und hören Sie zu.«

»Damit irgendein anderes Miststück mir das hier vorlesen kann.«

»Oh, nein, die andere Person wird nur zwölf Sekunden reden. Damit Sie den Anrufer nicht anpeilen können. Und schlagen Sie sich auch gleich die Spritze aus dem Kopf. Ich bin schon einmal in Therapie gewesen und habe meine Vorkehrungen getroffen. Ich habe keine Ahnung, woher die Anrufe kommen, glauben Sie mir das.«

»Kein Wort nehme ich Ihnen ab, Sie Bastard!«

»Das sollten Sie aber. Wenn Sie es nämlich nicht tun, werden Kopien dieser Blätter an die richtigen Adressen in ganz Europa geschickt. Von Moskau bis Athen, von London bis Prag ... von Paris bis Berlin. Telefonieren Sie jetzt.«

Zwanzig Minuten später starrte der Mann aus dem Außenministerium die Wand an, während er Jenna Karras die vereinbarte Antwort gab.

Elf Sekunden später legte er auf und sah zu Havelock hinüber. »Sie sind genau das, was man sich von Ihnen erzählt hat: ein widerwärtiger, ekelhafter Kerl!«

»Und ›nicht zu retten‹?«

»Richtig.«

»Dann trifft das auf Sie auch zu, weil Sie programmiert sind, Charley. Sie sind unbrauchbar, Sie haben verlernt, wie man Fragen stellt.«

»Was?«

»Sie haben gerade das Urteil über mich angenommen. Sie kannten mich, meinen Ruf, und trotzdem haben Sie sich nie die Mühe gemacht, sich einmal zu fragen, was dahinterstecken könnte.«

»Ich könnte Sie töten.«

»Und mit den Folgen leben? Tun Sie es besser nicht. Rufen Sie das Weiße Haus an.«

Als er das ohrenbetäubende Knattern des riesigen Helikopter-Rotors hörte, wußte er, daß der Präsident der Vereinigten Staaten auf Poole's Island eingetroffen war. Es war früher Vormittag, und die Sonne brannte auf das Pflaster vor dem offenen Fenster herunter. Er war in einem Zimmer, aber in Wirklichkeit war es eine Zelle, auch wenn das einzige Fenster nicht mit Gitterstäben gesichert war. Er befand sich ein Stockwerk über der Erde, darunter hielten vier Soldaten Wache. Die unheimlichen Fassaden der falschen, vertrauten Bauwerke dahinter wirkten bei Tage um ein Vielfaches makabrer. Es war eine Welt der Lügen und der Täuschung.

Havelock ging zum Bett zurück, das eher eine Pritsche war, und setzte sich. Er dachte an Jenna und an das, was sie jetzt durchzumachen hatte. Über welche verborgenen Kräfte mußte sie verfügen, um die unerträgliche Spannung aushalten zu können. Und an Matthias ... du lieber Gott, was war mit ihm geschehen? Michael durchlebte noch einmal die schreckliche Szene im Garten und versuchte, einen Faden der Vernunft zu finden.

Du darfst mir nicht nahe kommen. Du verstehst nicht. Du kannst das gar nicht verstehen!

Was verstehen?

Er hatte keine Ahnung, wie lange er dagesessen und überlegt hatte, als er in seinen Gedanken durch das Knacken der Glasscheibe im Oberteil der Tür unterbrochen wurde. Ein Gesicht erschien, ein Gesicht unter den Goldtressen einer Schirmmütze. Die Tür öffnete sich, und ein breitschultriger Colonel in mittleren Jahren trat ein. Er hielt ein paar Handschellen in der Hand.

»Umdrehen!« befahl er. »Strecken Sie die Arme aus!«

Sekunden später schnappten die Handschellen um seine Handgelenke. »Was ist mit meinen Füßen?« fragte Michael. »Gelten die nicht als Waffen?«

»Ich habe eine viel wirksamere Waffe in der Hand«, sagte der Offizier, »und ich werde Sie keine Sekunde aus den Augen lassen. Eine auffällige Bewegung – und Sie sind ein toter Mann.«

»Ich bin geschmeichelt.«

Der Oberst drehte Havelock herum. »Ich weiß nicht, wer Sie sind und was Sie getan haben; aber vergessen Sie eines nicht, Cowboy, ich bin für diesen Mann verantwortlich. Und ich garantiere Ihnen, daß ich Sie aus diesem Zimmer blase und erst nachher Fragen stelle.«

»Wer ist der Cowboy?«

Der Offizier stieß Michael unsanft gegen die Wand. »Bleiben Sie dort!« befahl er und ging hinaus.

Dreißig Sekunden später öffnete die Tür sich wieder, und Präsident Charles Berquist trat ein. Er hielt die dreizehn Kopien von Havelocks Anklageschrift in der Hand. Der Präsident blieb stehen und sah Michael an. »Das ist ein außergewöhnliches Dokument, Mr. Havelock«, begann er und hob die gelben Blätter.

»Es ist die Wahrheit.«

»Ich glaube Ihnen. Einen großen Teil davon finde ich natürlich widerwärtig, aber auf der anderen Seite sage ich mir, daß ein Mann von Ihrem Schlag nicht ohne weiteres zulassen würde, daß so viele enttarnt werden und sterben. Das Ganze ist eine massive Drohung, die sicherstellen soll, daß Sie gehört werden.«

»Sie täuschen sich«, sagte Michael, der reglos an der Mauer stand. »Man hat mich als ›nicht zu retten‹ klassifiziert. Warum sollten mich diese Leute noch interessieren?«

»Weil Sie ein intelligenter Mann sind und wissen, daß es Erklärungen geben muß.«

»Lügen, meinen Sie wohl.«

»Manches sind Lügen und werden zum Wohle dieses Landes auch Lügen bleiben.«

Havelock hielt inne und musterte das harte Gesicht des Präsidenten, die wachen Augen, die irgendwie die Augen eines Jägers waren. »Sie denken an Matthias?«

»Ja.«

»Wie lange glauben Sie ihn hier vergraben zu können?«

»So lange wie möglich.«

»Er braucht Hilfe.«

»Wir auch. Man mußte ihn aufhalten.«

»Was haben Sie mit ihm gemacht?«

»Das war nur ein Teil, Mr. Havelock. Wir alle machten ihn zum Kaiser, Sie auch. Der menschliche Geist kann aber nur begrenzt Dinge in sich aufnehmen und verarbeiten, besonders wenn man ihn in solche Höhen erhebt, dazu in einer so komplizierten Zeit wie die unsere. Er war gezwungen, in der beständigen Illusion zu leben, einzigartig und allen Menschen überlegen zu sein. Wir haben zu viel von ihm verlangt. Schließlich verlor er den Verstand. Und als er ihn nicht länger unter Kontrolle halten konnte, suchte er diese Kontrolle anderswo. Vielleicht zum Ausgleich, vielleicht um sich zu überzeugen, daß er wirklich der politische Alleskönner war, wie wir behaupteten, obwohl eine Stimme in ihm ihn warnte, daß er das keineswegs war.«

»Was soll das heißen: ›suchte anderswo Kontrolle‹? Wie konnte er das tun?«

»Indem er dieser Nation eine Vielfalt von Verpflichtungen auferlegte, wie es sie in der ganzen Geschichte noch nie gegeben hat. Selbst ich, der Präsident der Vereinigten Staaten, von dem einige sagen, er wäre der mächtigste Mann der Welt, kann nicht so unabhängig agieren, wie er das konnte. Die politischen Körperschaften binden mich, ich hänge von den verdammten Meinungsumfragen ab und werde von den sogenannten Prinzipien einer politischen Ideologie gelenkt. Bei ihm verhielt es sich ganz anders, Mr. Havelock. Wir machten ihn zum Superstar; er war an nichts gebunden, niemandem verantwortlich. Sein Wort war Gesetz, jedes andere Urteil war seiner rhetorischen, intellektuellen Brillanz unterlegen. Und seinem Charme, möchte ich hinzufügen.«

»Verallgemeinerungen«, sagte Michael.

»Lügen?« fragte Berquist.

»Ich weiß es nicht. Ich will konkrete Einzelheiten.«

»Die werden Sie von mir bekommen. Und wenn Sie sich anschließend immer noch veranlaßt fühlen, Ihre Drohung wahrzumachen, so ist das Ihre Sache, nicht meine.«

»Ich bin ›nicht zu retten‹.«

»Ich sagte Ihnen doch, ich habe das hier gelesen. Alles. Der Befehl ist aufgehoben worden. Sie haben das Wort des Präsidenten der Vereinigten Staaten.«

»Und warum sollte ich Ihrem Wort vertrauen?«

»An Ihrer Stelle würde ich das wahrscheinlich auch nicht. Ich gebe es Ihnen einfach. Es gibt viele Lügen, und es wird auch weiterhin Lügen geben, aber das ist keine ... ich lasse Ihnen die Handschellen abnehmen.«

Die Szene in dem großen, dunklen, fensterlosen Raum hätte aus einem unheimlichen Science-fiction-Film stammen können. Ein Dutzend Fernsehgeräte stand auf einem Wandregal aufgereiht. Unter den Bildschirmen war eine riesige Konsole, die von vier Technikern bedient wurde. Ein paar Ärzte in weißen Kitteln kamen herein und sahen sich Videobänder an, machten Notizen und unterhielten sich miteinander. Die komplizierte technische Einrichtung diente dazu, jede Bewegung, die Anthony Matthias machte, jedes Wort, das er sprach, aufzuzeichnen und zu analysieren.

Sein Bild wurde gleichzeitig auf sieben Bildschirme projiziert, und unter jedem Monitor war eine grüne Digitalanzeige angebracht, auf der man exakt die Stunde und Minute der Aufnahme ablesen konnte.

»Bevor er morgens aufwacht, bekommt er zwei Injektionen«, sagte der Präsident, der neben Havelock an einer zweiten, kleineren Konsole an der hinteren Wand saß. »Die eine soll seine physischen und geistigen Spannungen lockern, die andere bewirkt, daß sein Herzrhythmus beschleunigt wird, ohne in ihrer Wirkung das erste Medikament zu stören. Fragen Sie mich nicht nach den medizinischen Fachausdrücken, die kenne ich nicht, ich weiß nur, wie es funktioniert. Unter Einfluß dieser beiden Medikamente ist er in der Lage, mit einem gewissen Maß an Selbstvertrauen zu assoziieren ... ist in gewisser Weise ein Abbild seines früheren Ich.«

»Dann beginnt sein Tag? Sein ... simulierter Tag?«

»Richtig. Wenn wir die Monitorschirme von rechts nach links betrachten, so fängt das mit Frühstück im Garten an. Man bringt ihm Geheimdienstberichte und Zeitungen. Auf dem nächsten Bild sehen Sie, wie er sein Haus verläßt und mit einem Adjutanten, der mit ihm spricht, seine Treppe hinuntergeht, um die einzelnen Schritte des Problems näher zu analysieren oder eine Situation genauer zu durchleuchten, was auch immer anliegt.« Berquist hielt inne und wies auf den dritten Monitorschirm von rechts. »Dort sitzt er in seiner Limousine. Sein Adjutant spricht immer noch. Er wird eine Weile herumgefahren, und dann zeigt man ihm Orte, die ihm vertraut sind: die Jefferson-Gedenksäule, gewisse Straßen, den Südeingang zum Weißen Haus. Die Reihenfolge ist unwichtig.«

»Aber das ist doch nicht das authentische Bild«, wandte Michael ein, »das sind nur Fragmente!«

»Das erkennt er nicht; er sieht nur den Eindruck. Aber selbst wenn er merken würde, daß es bloß Fragmente sind, wie Sie es nennen, oder Miniaturen der richtigen Gebäude, würde sein Bewußtsein diese Erkenntnis verdrängen, so sagen mir die Ärzte, und statt dessen die Impression für die Realität halten. Ebenso wie er sich geweigert hat, die Verschlechterung seines eigenen Zustands zu akzeptieren, und immer größere Vollmachten verlangte, bis er sie sich schließlich einfach genommen hat. Beachten Sie jetzt den vierten Bildschirm. Er steigt am State Department aus, geht in das Gebäude und sagt seinem Adjutanten etwas. Auf dem fünften Monitor können Sie verfolgen, wie er sein Büro betritt – eine exakte Wiedergabe seines eigenen Büros in Washington – und sofort anfängt, die Telegramme zu überfliegen, sich die Tagestermine anzusehen; auch sie sind identisch mit denen, die damals anstanden. Der sechste Bildschirm zeigt ihn bei einigen Telefongesprächen, denselben Gesprächen, die er vorher geführt hatte. Seine Reaktionen sind oft bedeutungslos, ein Teil seines Bewußtseins lehnt eine Stimme ab oder empfindet eine Antwort nicht als authentisch; aber dann gibt es wieder Augenblicke, wo uns das, was wir erfahren, den Atem nimmt ... Er ist jetzt seit fast sechs Wochen hier. Manchmal glauben wir, wir hätten erst an der Oberfläche gekratzt. Wir fangen erst an, das Ausmaß seiner massiven Exzesse zu begreifen.«

»Sie meinen die Dinge, die er getan hat?« fragte Havelock, den die beängstigende Wendung der Ereignisse erstaunte.

Berquist nickte. »Ja, Mr. Havelock. Wenn je in der Geschichte demokratisch gewählter Regierungen ein Minister seine Amtsbefugnisse überschritten hat, dann ist das Anthony Matthias. Im Namen der US-Regierung hat er grenzenlose Versprechungen gemacht und für ihre Einhaltung garantiert. Nehmen Sie als Beispiel nur den heutigen Tag. Wenn Sie das Bild auf dem siebten Monitor verfolgen, werden Sie verstehen, was ich meine. Hören Sie gut zu. Er sitzt an seinem Schreibtisch und erlebt noch einmal eine Situation, die fünf Monate zurückliegt. Damals war einhellig beschlossen worden, die Botschaft in einem neugegründeten afrikanischen Staat zu schließen, als dort die Machthaber mit Massenhinrichtungen und Todeskommandos ihre politischen Gegner ausschalteten. Das Beispiel ist bezeichnend.«

»Mr. Secretary. Der Präsident und die vereinigten Stabschefs haben sich ebenso wie der Senat gegen jeden Kontakt in dieser Phase ausgesprochen ...«

»Dann werden wir es ihnen eben nicht sagen. Vorsintflutliche Reaktionen können nicht der Angelpunkt einer umsichtigen Außenpolitik sein. Ich werde selbst den Kontakt herstellen und einen wohldurchdachten Plan vorlegen.«

Michael war schockiert. »Das hat er gesagt? Das hat er getan?«

»Er durchlebt es jetzt noch einmal«, sagte Berquist. »In ein paar Minuten wird er die Botschaft in Genf anrufen und eine weitere unglaubliche Verpflichtung eingehen. Aber das ist ein weniger auffälliges Beispiel. Sein Verhalten war verdammt gefährlich.«

»Gefährlich?«

»Mit seiner Stimme übertönte er alle anderen, er trat in undenkbare Verhandlungen ein und bereitete Verträge vor, die allen Prinzipien widersprechen, die diese Nation vertritt. Die Verträge hätten einen empörten Kongreß dazu veranlassen können, ein Amtsenthebungsverfahren gegen mich alleine deshalb einzuleiten, weil ich sie auch nur in Erwägung gezogen habe. Aber selbst diese Tatsache – und es *ist* eine Tatsache – ist bedeutungslos. Wir dürfen nicht zulassen, daß die Welt erfährt, was er getan hat. Man würde uns demütigen, ein Riese auf den Knien, der um Vergebung bettelt. Und wenn diese Vergebung nicht käme, würde das Krieg bedeuten. Sehen Sie, er hat alles schriftlich gemacht.«

»Konnte er das denn?«

»Der Verfassung nach, nein. Aber er war der Superstar. Der ungekrönte König der Republik hatte gesprochen, ein Gott sein Wort gegeben. Wer stellt schon Königen oder Göttern Fragen? Die bloße Existenz solcher Dokumente reicht schon für internationale Erpessungen aus. Wenn wir jene Verhandlungen nicht auf unauffällige Weise für ungültig erklären oder sie auf diplomatischem Wege dadurch zunichte machen können, daß wir erklären, wir rechneten mit einer Ablehnung durch den Kongreß, werden diese Verträge der Öffentlichkeit bekannt werden. Und wenn das passiert, dann wird jeder Vertrag, jede Übereinkunft, die wir im letzten Jahrzehnt geschlossen haben – all die delikaten Bündnisse, die wir augenblicklich überall in der Welt unterhalten –, in Frage gestellt werden. Die Außenpolitik dieses Landes wird zusammenbrechen. Man würde uns nie wieder vertrauen. Und wenn eine Nation wie die unsere keine Außenpolitik hat, Mr. Havelock, dann hat sie Krieg.«

Michael lehnte sich über die Konsole und starrte auf den Bildschirm. Schweiß stand ihm auf der Stirn. »So weit ist er gegangen?«

»Noch weiter. Vergessen Sie nicht, er war beinahe sechs Jahre Außenminister, und bevor er sein Amt übernahm, war sein Einfluß bereits in den zwei letzten Administrationen beachtlich. Während seiner zahlreichen Missionen überall in der Welt hat er seine Macht zementiert.«

»Aber dabei hat er doch Gutes getan.«

»Ja, das hat er, und das weiß niemand besser als ich. Ich bin derjenige, der ihn dazu überredet hat, die bloße Beratertätigkeit aufzugeben und selbst einzusteigen. Sehen Sie, ich habe an sein Ego appelliert; alle großen Männer haben ein übersteigertes Selbstwertgefühl. De Gaulle hat recht gehabt: Ein Mann der Vorsehung weiß es vor allen anderen. Was er nicht weiß, ist die Grenze seiner Fähigkeit. Matthias hat die seine weiß Gott nicht gekannt.«

»Sie haben es vor ein paar Minuten gesagt, *Mr. President. Wir* haben ihn zum Gott gemacht. *Wir* haben zu viel von ihm verlangt.«

»Einen Augenblick«, antwortete Berquist, und seine Stimme klang schneidend, seine Augen wirkten durchdringend. »Ich habe damit bildhaft etwas zu erklären versucht. Niemand macht einen Menschen zum Gott, wenn dieser keiner sein will. Matthias aber hat diese göttliche Ernennung sein ganzes Leben lang gesucht! Jahrelang hat er das heilige Wasser gekostet – in seinem Geist hat er darin gebadet ... Wissen Sie, wie ihn jemand neulich nannte? ›Ein wichtigtuerischer Sokrates am Potomac‹, und genau das war er: ein Wichtigtuer, Mr. Havelock. Ein hochintelligenter Opportunist. Ein Mann mit außergewöhnlicher Überzeugungskraft, ein brillanter Diplomat. Er konnte großartig sein – niemand weiß das besser als ich –, und ich habe ihn benutzt. Aber trotz alledem, er war ein Wichtigtuer. Er hat nie aufgehört, den allwissenden Anthony Matthias hervorzukehren.«

»Und obwohl Sie das wußten«, sagte Michael, ohne zuzulassen, daß Berquists stechender Blick ihn einschüchterte, »haben Sie ihn weiterhin benutzt. Sie haben ihn genauso zu immer mehr Aktivität getrieben wie er das mit sich selbst getan hat. Sie haben doch an den ›Mann der Vorsehung‹ appelliert, oder nicht?«

Der Präsident senkte den Blick und sah auf die Skalen der Konsole. »Ja«, sagte er mit leiser Stimme, »bis er überfordert wurde. Ich habe nur seine Leistung gesehen, nicht den Menschen, und ich war geblendet. Ich habe nicht erkannt, was wirklich vor sich ging.«

»Jesus!« rief Havelock aus. »Es fällt so schwer, das alles zu glauben!«

»Mit dieser Reaktion habe ich gerechnet«, unterbrach ihn der Präsident, der seine Fassung zurückgewonnen hatte.

»Deshalb habe ich einige Videobänder für Sie vorbereiten lassen. Setzen Sie sich die Kopfhörer auf. Die Bilder erscheinen auf dem letzten Monitor rechts.«

Der zwölfminütige Film zeigte das Porträt eines Mannes, der Havelock fremd war. In einer Szene schrie er, in der nächsten weinte er. Erst versuchte er, einen Diplomaten am Telefon mit Schmeichelei und Charme zu beeinflussen, dann verdammte er den Mann als Narren und Idioten, sobald das Gespräch beendet war. Und über allem waren die Lügen gebreitet, wo früher einmal nur Wahrheit gewesen war.

»Das nächste«, sagte Berquist und drückte ärgerlich auf den Knopf, »ist die Antwort, die er mir gab, als ich lediglich zu ihm sagte, ich hätte gerne eine Überprüfung unserer Auslandshilfe in San Miguel.«

»Ihre Politik ist klar und unmißverständlich, Mr. President, ein Signal für die Einhaltung der Menschenrechte. Meine Hochachtung, Sir. Wiedersehen ... Idiot! Schwachkopf! Man braucht die Innenpolitik eines befreundeten Landes nicht gutzuheißen, man muß nur die geopolitischen Realitäten akzeptieren! Verbinden Sie mich mit General Sandoza. Arrangieren Sie eine sehr private Verabredung mit seinem Botschafter. Die Obristen verstehen, warum wir sie unterstützen!«

»Diesem Dialog folgte eine gemeinsame Resolution des Repräsentantenhauses und des Senats, die ich voll und ganz unterstützte, nämlich die diplomatische Anerkennung ...«

»Sie müssen begreifen, Mr. Prime Minister, daß unsere bestehenden Vereinbarungen in Ihrem Teil der Welt uns verbieten, auf ihren Vorschlag einzugehen; aber Sie sollten wissen, daß ich in der Sache mit Ihnen übereinstimme. Ich treffe mich mit dem Präsidenten ... nein, nein, ich versichere Ihnen, er wird dafür aufgeschlossen sein ... Den Vorsitzenden des Senatsausschusses für Auswärtige Angelegenheiten habe ich bereits überzeugt. Ein Vertrag zwischen unseren beiden Ländern würde einen wünschenswerten Fortschritt darstellen, und sollte er früheren Verträgen zuwiderlaufen ... nun, dann ist es auch nicht zu ändern.«

»Das kann ich nicht glauben«, sagte Havelock wie hypnotisiert.

»Ich konnte es auch nicht fassen, aber es stimmt.« Der Präsident drückte einen dritten Knopf. »Wir sind jetzt im Persischen Golf ...«

»Sie sprechen natürlich inoffiziell, nicht als der Finanzminister Ihres Landes, sondern als Freund, und was Sie suchen, sind zusätzliche Garantien über achthundertfünfzig Millionen für Ihr laufendes Finanzjahr, und über eine Milliarde für das nächste ... Im Gegensatz zu dem, was Sie vielleicht glauben, mein Freund, sind das durchaus realistische Zahlen. Ich sage dies im Vertrauen, aber unsere territorialen Strategien sind nicht das, was sie scheinen. Ich werde ... natürlich auf vertraulicher Basis ... eine Absichtserklärung vorbereiten.«

»Jetzt sind wir auf dem Balkan, in einem sowjetischen Satellitenstaat, der Moskau loyal ergeben ist und uns an die Kehle will ... Wahnsinn!«

»Mr. Premier, die Einschränkungen der Waffenlieferungen in Ihr Land werden, wenn man sie nicht offiziell ganz aufhebt, einfach übersehen werden. Ich sehe in der Zusammenarbeit mit Ihnen ganz erhebliche Vorteile. ›Geräte‹ können und werden durch die Territorien gewisser nordafrikanischer Regime kanalisiert werden, von denen man annimmt, daß sie im Lager unseres Gegners stehen, aber mit denen ich mich, sagen wir inoffiziell, in letzter Zeit häufig getroffen habe. Ganz vertraulich, eine neue geopolitische Achse ist im Begriff . . .«

»Eine neue geopolitische Achse!« erregte sich Berquist. »Selbstmord! Als nächstes Beispiel ein Coup im Jemen.«

»Das Heranwachsen einer großen neuen, unabhängigen Nation, Generalmajor Sirach Bal Shazar, wird, wenn es auch eine Weile dauert, bis sie die Anerkennung findet, die Sie verdienen, die stillschweigende Unterstützung dieser Administration haben. Wir erkennen die Notwendigkeit an, entschlossen, auf subversive Handlungen im Inneren zu reagieren. Sie können versichert sein, daß die finanziellen Mittel, um die Sie bitten, Ihnen zukommen werden. Drei Milliarden, sechshundert Millionen Dollar werden, sobald sie überwiesen sind, der Legislative unserer Regierung zeigen, welches Vertrauen wir in Sie setzen.«

»Und zu guter Letzt«, sagte der Präsident und drückte wieder auf einen Knopf, »der neue Verrückte in Afrika.«

»Um ganz offen und streng vertraulich zu sprechen, Generalmajor Halafi, wir billigen Ihr geplantes Eindringen nördlich der Meerenge. Unsere sogenannten Alliierten dort waren schwach und ineffizient, aber unsere Trennung muß schon angesichts der bestehenden Verträge natürlich stufenweise vollzogen werden. Sie sollen Ihre Waffen haben. Salaam, mein Kampfgefährte.«

Was Michael da eben gesehen und gehört hatte, lähmte ihn völlig. Bündnisse, die nicht im Interesse der Vereinigten Staaten lagen, waren stillschweigend eingegangen oder vorbereitet worden. Verträge waren verhandelt worden, die bestehende Verträge verletzten. Von militärischen Verpflichtungen war da die Rede gewesen, die unmoralisch waren und der nationalen Ehre zuwiderliefen. Das war das Porträt eines Mannes, der jedes politische Augenmaß verloren hatte.

Michael erholte sich langsam von seinem Schock. Plötzlich wurde ihm die Lücke bewußt; sie mußte ausgefüllt und erklärt werden. Havelock nahm den Kopfhörer ab und wandte sich an den Präsidenten. »Costa Brava«, flüsterte er mit heiserer Stimme. *»Warum?* Warum ›nicht zu retten‹?«

»An ersterem war ich beteiligt, aber das letztere habe ich nicht verlangt. Soweit wir das feststellen können, ist es nicht offiziell sanktioniert worden.«

»›Ambiguity‹?«

»Ja, wir wissen nicht, wer er ist. Aber ich sollte Ihnen sagen, daß ich persönlich den Befehl ›nicht zu retten‹ bestätigt habe.«

»Warum?«

»Weil ich einen Aspekt des Eids akzeptiert habe, den Sie unterzeichneten, als Sie in die Dienste Ihrer Regierung traten.«

»Und was für ein Aspekt war das?«

»Ihr Leben für Ihr Land zu opfern, falls es erforderlich ist. Jeder von uns würde das tun, das wissen Sie genausogut wie ich. Ich brauche Sie auch nicht daran zu erinnern, daß unzählige Tausende das getan haben, selbst dann, als die Notwendigkeit höchst zweifelhaft war.«

»Meinen Sie damit, daß die Notwendigkeit für meinen Tod nicht in Frage gestellt war?«

»Als ich den Befehl gab, war sie das nicht.«

Michael hielt den Atem an. »Und die tschechische Frau? Jenna Karras?«

»Ihren Tod hat man nie gewollt.«

»Doch!«

»Wir nicht.«

»›Ambiguity‹?«

»Anscheinend.«

»Und Sie wissen nicht . . . o mein Gott! Aber meine Exekution ist sanktioniert. Durch Sie.«

Der Präsident nickte, sein Gesicht wirkte jetzt nicht mehr so hart wie vorher, seine Augen blickten immer noch scharf, aber es waren nicht mehr die Augen eines Jägers.

»Darf der Verurteilte fragen, weshalb?«

»Kommen Sie mit mir«, sagte Berquist und erhob sich von seinem Platz vor der Konsole.

Sie verließen den Monitorraum und traten in einen kurzen weißgetünchten Flur, der von einem hünenhaften Feldwebel bewacht wurde. Er stand sofort stramm, als er den Präsidenten sah; sein Oberster

Befehlshaber nickte und ging auf eine breite schwarze Tür am Ende des Korridors zu. Aber es war gar keine Tür, erkannte Michael. Es war ein Safe; das Handrad für den Mechanismus befand sich in der Mitte, rechts davon eine kleine Sensorplatte. Der Präsident drückte seine rechte Handfläche dagegen. Eine Reihe farbiger Lichter jagte oberhalb der Platte hin und her, bis alle grün und weiß waren. Dann griff er mit der Linken nach dem Rad. Wieder flackerten die Lichter, und am Ende leuchteten drei Lämpchen grün auf.

»Ich bin sicher, Sie verstehen von diesen Dingen hier mehr als ich«, sagte Berquist. »Ich werde also lediglich hinzufügen, daß nur ich den Mechanismus betätigen kann . . . und eine weitere Person im Falle meines Todes.«

Der Präsident schwang die schwere Safetür zurück, griff nach oben und drückte eine unsichtbare Platte am inneren Rahmen; irgendwo wurden Lichtschranken ausgeschaltet. Wieder nickte er dem Soldaten zu und gab Havelock durch eine Geste zu verstehen, daß er ihm folgen solle. Sie traten ein, der Feldwebel schloß die Stahltür.

Sie befanden sich in einem kahlen, fensterlosen Zimmer, das mit Ventilatoren belüftet wurde. In der Mitte stand ein rechteckiger Konferenztisch mit fünf Stühlen, Notizblöcken, Bleistiften und Aschbecher, ein Reißwolf in der linken Ecke. An der einen Stirnwand war eine große Filmleinwand aufgespannt, während auf der gegenüberliegenden Seite neben einer Reihe kreisförmiger Schalter ein seltsam geformter Projektor zu sehen war.

Ohne ein Wort zu sagen, ging Charles Berquist direkt auf die Schalttafel zu, dämpfte die Deckenbeleuchtung und knipste den Projektor an. Die Leinwand auf der anderen Seite war sofort mit einem Doppelbild gefüllt, ein gerader schwarzer Strich trennte die zwei Fotografien voneinander. Bei jeder handelte es sich um ein Blatt aus zwei separaten Dokumenten, die beide offensichtlich miteinander in Verbindung standen und fast die gleiche Form zeigten. Havelock starrte sie mit wachsendem Schrecken an.

»Das ist der Kern dessen, was wir Parsifal nennen«, sagte der Präsident leise. »Erinnern Sie sich an Wagners letzte Oper?«

»Nicht sehr gut«, erwiderte Havelock, der kaum ein Wort herausbrachte.

»Macht nichts. Wichtig zu wissen ist nur, daß Parsifal jedesmal, wenn er den Speer nahm, der bei der Kreuzigung Christi benutzt worden war, und ihn an eine Wunde hielt, über die Kraft zu heilen verfügte. Im Gegensatz dazu hat, wer auch immer diese Dokumente hier besitzt, die Kraft, Wunden aufzureißen, auf der ganzen Welt.«

»Das ... glaube ... ich nicht«, flüsterte Havelock.

»Ich wünschte bei Gott, ich brauchte es auch nicht zu glauben«, sagte Berquist, hob die Hand und deutete auf das linke Blatt. »Dieses Dokument hier verlangt einen Nuklearanschlag gegen die Volksrepublik China, gemeinsam abgestimmt und ausgeführt von den Streitkräften der Vereinigten Staaten von Amerika und der Sowjetunion. Ziel: Vernichtung aller Militäranlagen, Regierungszentren und Kommunikationssysteme und die Zerstörung von sieben Großstädten, von der mandschurischen Grenze bis hinunter zum Chinesischen Meer.« Der Präsident hielt inne und deutete auf das projizierte Bild rechts. »Dieses Dokument verlangt einen fast identischen Schlag gegen die Union der Sozialistischen Sowjetrepubliken, durchgeführt von den vereinten Streitkräften der Vereinigten Staaten und der Volksrepublik China. Die Unterschiede sind geringfügig und wichtig nur für ein paar Millionen Menschen, die in den nuklearen Flammen zu Tode kommen werden. Hier sind fünf Städte genannt, Moskau, Leningrad und Kiew eingeschlossen. Diese Nation hat zwei separate Verträge geschlossen: einen mit der Sowjetunion, den anderen mit der Volksrepublik China. In beiden Fällen haben wir uns verpflichtet, unsere Nuklearwaffen in einem gemeinsamen Schlag mit dem anderen Partner einzusetzen, um den gemeinsamen Feind zu vernichten. Zwei kollidierende Verträge also. Die Welt hat ihren Nuklearkrieg, Mr. Havelock, vorbereitet von Anthony Matthias ...«

27

»Aber das ist doch Wahnsinn!« flüsterte Havelock, die Augen wie gebannt auf die Leinwand gerichtet. »Und wir sind Partner von *beiden?* Beide Verträge verpflichten uns zu einem Nuklearschlag – einem ersten Schlag?«

»Auch zu einem zweiten und einem dritten, wenn notwendig. Von Unterseebooten aus, die zuerst die Küsten Chinas, dann die von Rußland umkreisen. Zwei wahnsinnige Verträge, Mr. Havelock, und wir sind tatsächlich in beiden der Partner. Da haben Sie es schriftlich.«

»Mein Gott ...« Michael überflog die Zeilen beider Dokumente. »Wenn die jemals bekannt werden, bleibt nichts mehr übrig.«

»Jetzt verstehen Sie«, sagte Berquist, dessen Blick ebenfalls gebannt auf die Leinwand gerichtet war. »Das ist eine unerträgliche Bedrohung, mit der wir leben. Wenn wir den Instruktionen, die man meinem Büro übergeben hat, nicht auf den Buchstaben genau Folge leisten, sehen wir uns einer globalen Katastrophe in des Wortes wahrster Bedeutung gegenüber. Die Bedrohung liegt in folgendem: Der Nuklearpakt mit Rußland wird den Führern der Volksrepublik China gezeigt werden, und unser Vertrag mit China wird Moskau übergeben werden. Jede Seite wird dann wissen, daß man sie betrogen hat – daß die reichste Hure in der ganzen Geschichte sie betrogen hatte. Das ist es, was sie glauben werden, und dann wird die Welt in einem Nuklearkrieg enden. Die letzten Worte, die man hören wird, werden lauten: ›Das ist keine Übung, das ist der Ernstfall!‹ Und das ist die Wahrheit, Mr. Havelock.«

Michael spürte das Zittern in seinen Händen, das Pochen in seinen Schläfen. Etwas, das Berquist gerade gesagt hatte, löste eine plötzliche Unruhe aus, aber er konnte sich nicht konzentrieren, um die Ursache dieser Unruhe zu ergründen. Er konnte nur die beiden Dias auf der Leinwand anstarren. »Hier sind keine Daten genannt«, sagte er.

»Die stehen auf einem separaten Blatt – dies hier sind Absichtserklärungen. In den Monaten April und Mai sind Konferenzen geplant, in denen die präzisen Daten festgelegt werden sollen. Im April mit der Sowjetunion, im Mai mit China. Die Atomschläge sollen binnen fünfundvierzig Tagen nach jeder Konferenz stattfinden.«

»Das ist . . . das ist unglaublich!« Plötzlich fühlte Havelock wieder die Lähmung, so überwältigt war er. Er starrte Berquist an. »Und damit haben Sie *mich* in Verbindung gebracht? Mit dem hier?«

»Sie hatten Verbindung dazu. Weiß Gott nicht auf eigenes Betreiben, aber auf gefährliche Weise. Wir wissen, wie, wir wissen nur nicht, weshalb. Aber das Wie reichte für die Einstufung ›nicht zu retten‹ aus.«

»Um Himmels willen, wie?«

»Zunächst einmal hat Matthias den Fall gegen Ihre Freundin Jenna Karras aufgebaut.«

»Matthias?«

»Er war es, der Sie entfernen wollte. Aber wir konnten nicht sicher sein. Waren Sie nun draußen, oder wechselten Sie nur die Aufgabe? Von der Regierung der Vereinigten Staaten in das heilige Reich von Matthias dem Großen?«

»Deshalb also hat man mich überall beobachtet.«

»Überall, wohin Sie gingen. Aber Sie haben uns keinen Hinweis geliefert.«

»Und das reichte als Motiv, um mich sozusagen zum Abschuß freizugeben?«

»Ich sagte Ihnen doch, daß ich mit dem ursprünglichen Befehl nichts zu tun hatte.«

»Schön, das war dieser ›Ambiguity‹. Aber dann waren Sie es. Sie haben die Order bestätigt.«

»Später, viel später; als wir erfahren hatten, was er erfahren hatte. Beide Befehle wurden aus demselben Grund gegeben. Sie waren im Begriff, die Manipulation zu verstehen, die Struktur hinter diesen Dokumenten ... die Verbindung zwischen Männern in Washington und ihren unbekannten Gegenspielern im KGB. Wir befinden uns in einem Wettlauf gegen die Zeit. Eine Fehlkalkulation Ihrerseits, beispielsweise wenn Sie den Widerspruch in diesem Vertragswerk entdeckten und bekanntgeben würden – und wir haben jeden Grund zu der Annahme, daß diese Verträge, diese Einladungen zum Holocaust, den Führern in Moskau und Peking gezeigt würden.«

»Augenblick!« rief Havelock verwirrt und zornig. »Verdammt! Die sind doch mit Moskau und Peking ausgehandelt!«

Der Präsident der Vereinigten Staaten gab keine Antwort. Er ging zum Tisch und setzte sich auf den nächsten Stuhl. »Nein, das waren sie nicht, Mr. Havelock«, sagte er und sah auf die Leinwand. »Das sind die detaillierten Phantasien eines gleichzeitig brillanten und verrückten Geistes.«

»Du lieber Gott, dann dementieren Sie sie doch! Das hier ist nicht die Wirklichkeit!«

Berquist schüttelte den Kopf. »Lesen Sie doch, was hier steht. Es ist buchstäblich unmöglich, das zu dementieren. Es gibt hier detaillierte Hinweise auf die geheimsten Waffen in unseren Arsenalen: die Stellungen, die Codes für die einzelnen Alarmstufen, die Logistik – Informationen, deren Preisgabe jeden Menschen zum Verräter stempeln würde. Leute, die so etwas verraten, würden ihr Leben im Gefängnis beenden, keiner würde unter dreißig Jahren wegkommen. In Moskau oder Peking würde man jeden, der auch nur entfernt mit diesen Waffendaten in den Dokumenten in Verbindung steht, ohne Anhörung erschießen, auf die bloße Möglichkeit hin, daß der Betreffende, ob nun wissentlich oder unwissentlich, auch nur einen Teil davon ausgeplaudert haben könnte.« Der Präsident hielt inne, drehte den Kopf etwas nach links, ohne dabei den Blick von der Leinwand zu wenden. »Sie müssen begreifen, daß die führenden Persönlichkeiten in Moskau oder Peking, wenn man ihnen die jeweils gegnerischen Dokumente zeigte, nicht den geringsten Zweifel an der Echtheit haben würden. Jede strategische Position, jedes zu zerstörende Gebiet ist präzise beschrieben, nichts ist im unklaren gelassen.«

»Wie präzise?« fragte Michael.

Berquist drehte sich herum. »Jetzt sind Sie zum Kern von Parsifal vorgedrungen, Mr. Havelock. Diese Verträge sind von zwei außergewöhnlichen – und außergewöhnlich gut informierten – Männern ausgehandelt worden, die jede Einzelheit bestimmt haben, jeden Schritt in dem nuklearen Schachspiel. Dem Gewinner gehört das ganze Universum ... das, was davon übrigbleibt.«

»Woher wissen Sie das?«

»Wieder aus den Formulierungen. Es ist das Projekt von zwei Menschen, zwei unterschiedlichen Denkweisen. Man braucht kein Psychiater zu sein, um die verschiedenen Beiträge zu entdecken. Allein konnte Matthias das nicht bewerkstelligt haben; dazu fehlte ihm die nötige Detailinformation. Aber zusammen mit einem anderen – einem Russen, der die chinesischen Stärken und Schwächen genausogut kennt wie er – konnte er es schaffen. Und er hat es geschafft!«

Havelock fixierte den Präsidenten und sagte mit monotoner Stimme: »Parsifal ist also jener andere Mann, nicht wahr? Derjenige, der die Wunden aufreißen könnte ... auf der ganzen Welt.«

»Ja. Er hat das Original dieser schriftlichen Vereinbarungen, das einzige andere Exemplar, das noch existiert, behauptet er.«

»Dann war er mit Ihnen in Verbindung«, sagte Michael, und sein Blick wanderte wieder zur Leinwand. »Das hier ... haben Sie von ihm, nicht von Anton.«

»Ja. Seine Forderungen waren ursprünglich finanzieller Art. Bei jedem Kontakt forderte er höhere Beträge, bis sie nicht mehr nur unverschämt waren, sondern astronomische Höhen erreicht hatten. Millionen und aber Millionen ... weitere Millionen nachher. Wir nahmen an, daß sein Motiv politischer Natur sein mußte. Er verfügte über die nötigen Mittel, um kleinere Regierungen zu kaufen, Revolutionen in der Dritten Welt zu finanzieren, den Terrorismus zu schüren. Wir hielten Dutzende instabiler Länder unter strengster Überwachung, schleusten unsere besten Leute bei ihnen ein und beauftragten sie, jede Änderung zu registrieren. Wir glaubten, wir könnten ihn ausfindig machen, ihn in die Falle locken. Und dann erfuhren wir, daß Parsifal das Geld überhaupt nicht angerührt hatte; für ihn war es nur das Mittel, die Bestätigung, daß wir seine Befehle befolgen würden. Er will der stärksten Nation der Welt seinen Willen diktieren.«

»Er hat diktiert. Das war Ihr erster Fehler.«

»Wir mußten Zeit gewinnen. Das ist immer noch unser Ziel.«

»Um den Preis völliger Vernichtung?«

»In der Hoffnung, eben diese Vernichtung verhindern zu können. Sie verstehen immer noch nicht, Mr. Havelock. Wir können und werden wahrscheinlich auch Anthony Matthias der ganzen Welt als einen Wahnsinnigen präsentieren und damit die Glaubwürdigkeit von zehn Jahren Vertragsarbeit und Verhandlungen zerstören, aber das ist keine Antwort auf die fundamentale Frage, wie, in Gottes Namen, die Information in diesen Verträgen dorthin gelangt ist. Hat man sie einem nachweislich Geistesgestörten gegeben? Und wenn ja, wem sonst hat er sie noch zugänglich gemacht? Liefern wir etwa die innersten Geheimnisse unserer offensiven und defensiven Möglichkeiten willentlich an potentielle Feinde aus? Oder wollen wir ihnen sagen, in welchem Maße wir ihre eigenen Waffensysteme ausspioniert haben? Es gibt Männer in Moskau und Peking, denen ein Blick auf diese Dokumente hier genügen würde, um sofort ihre atomaren Langstreckenraketen abzufeuern. Wissen Sie, weshalb?«

»Ich bin nicht sicher . . . ich verstehe überhaupt nichts mehr.«

»Da sind Sie in guter Gesellschaft. Lassen Sie es sich von mir erklären. Weil wir vierzig Jahre und unzählige Milliarden Dollar gebraucht haben, um dorthin zu kommen, wo wir heute sind: bei der gegenseitigen Bedrohung durch Atomwaffen. Es gibt weder genug Zeit noch genügend Geld, um noch einmal anzufangen. Der Überlebende – wenn es einen gibt – ist die Nation, die zuerst zuschlägt. In kurzen Worten, Mr. Havelock: Wir könnten in dem verzweifelten Versuch, den globalen nuklearen Holocaust abzuwenden, selbst einen beginnen.«

Michael schluckte, das Blut wich aus seinem Gesicht. »Diese simplifizierende Betrachtungsweise ist längst überholt«, sagte er.

»Wer also ist Parsifal?«

»Das wissen wir nicht. Genausowenig ist uns bekannt, wer ›Ambiguity‹ ist.«

»Sie wissen es nicht?«

»Nur, daß sie miteinander in Verbindung stehen. Das können wir vermuten.«

»Augenblick!«

»Das sagen Sie ständig.«

»Sie haben Matthias! Sie haben doch hundert Therapien zur Verfügung! Benutzen Sie sie. Finden Sie heraus, mit wem er zusammengearbeitet hat.«

»Glauben Sie, wir hätten das nicht versucht? Er hat die Wirklichkeit aus seinem Bewußtsein gelöscht; er hat sich selbst eingeredet, daß er allein mit den Militaristen in Peking und Moskau verhandelt hat. Er kann nicht zulassen, daß es anders ist; seine Phantasien müssen für ihn Realität sein. Sie schützen ihn.«

»Aber Parsifal lebt doch, er ist keine Phantasie! Er hat ein Gesicht, Augen, Gesichtszüge! Irgendeinen Hinweis müßte Anton Ihnen doch geben können!«

»Nichts. Statt dessen beschreibt er uns – übrigens ganz akkurat – bekannte Scharfmacher im Präsidium des Obersten Sowjet und im Zentralkomitee Chinas. Das sind die Leute, die er sieht, wenn die Verträge erwähnt werden . . . mit oder ohne Chemikalien. Sein Verstand ist ebenso kreativ, wenn es jetzt darum geht, ihn zu schützen, wie es früher der Fall war, als er die Welt belehrte.«

»Dieser Parsifal lebt doch!« schrie Havelock. »Er existiert! Er hält Ihnen die Pistole an die Schläfe!« Michael rannte an den Tisch und schlug mit der geballten Faust darauf. »Ich kann das einfach nicht glauben!«

»Glauben Sie es«, sagte der Präsident, »aber tun Sie das nicht wieder. Hier ist irgendwo ein elektronisches Gerät installiert, das auffällige Geräusche aufzeichnet, nicht die Gespräche selber. Wenn ich jetzt nicht sofort etwas sage, öffnet sich die Stahlkammer, und Sie könnten Ihr Leben verlieren.«

»O mein Gott!«

»Ich brauche Ihre Stimme nicht. Es wird keine dritte Amtsperiode geben – wenn es überhaupt eine Zukunft gibt –, und außerdem würde ich mich um sie nicht bemühen.«

»Versuchen Sie, komisch zu sein, *Mr. President?«*

»Möglich. In Zeiten wie jetzt und wenn die Umstände es zulassen, daß Sie älter werden, werden Sie vielleicht feststellen, daß allein schon der Versuch guttut.«

Havelock sank in den Sessel am Tischende und hatte kurz ein komisches Gefühl, weil er sich in Berquists Gegenwart gesetzt hatte, ohne von diesem dazu aufgefordert zu sein. »Oh«, sagte er völlig bedeutungslos, dann verhallte seine Stimme.

»Vergessen Sie es«, sagte der Präsident. »Schließlich habe ich Ihnen persönlich ein Erschießungskommando geschickt.«

»Ich verstehe immer noch nicht, weshalb. Sie sagten, ich hätte etwas erkannt, einen Fehler in irgendeiner Struktur. Wenn ich so weitermachte, würde das hier . . .« – dabei blickte Michael auf die Leinwand –, »Moskau oder Peking geliefert werden.«

»Nicht würde – könnte. Wir dürfen nicht das geringste Risiko eingehen, daß Parsifal irgendeine Panikhandlung begeht. Wenn ja, würde er sich ohne Zweifel an Moskau wenden. Ich glaube, Sie kennen den Grund.«

»Er hat engen Kontakt zur sowjetischen Abwehr. Das Beweismaterial gegen Jenna, alles, was in Barcelona geschah: nichts davon hätte er ohne Mithilfe des KGB erreichen können.«

»Das KGB verneint eine solche Zusammenarbeit, das heißt, ein Mann leugnet es offiziell. Nach den *Cons-Op*-Akten und nach den Aussagen eines gewissen Lieutenant Colonel Lawrence Baylor zu urteilen. Ich meine jenen Mann, mit dem Sie sich in Athen getroffen haben.«

»Rostow?«

»Ja. Er wußte nicht, was er leugnete, aber er hat uns praktisch gesagt, wenn es eine Verbindung gäbe, dann sei die nicht sanktioniert gewesen. Wir glauben, daß Rostow sich große Sorgen macht; er hat keine Ahnung, wie berechtigt diese Sorgen sind.«

»Vielleicht doch«, sagte Havelock. »Er will Ihnen sagen, daß das VKR dahinterstecken könnte.«

»Was, zum Teufel, ist das? Ich bin kein Experte auf Ihrem Gebiet.«

»VKR ist die Abkürzung für *Voennaja Kontra Rozvedka*. So nennt sich eine Abteilung des KGB, ein Elitekorps, das jedem Angst macht, der auch nur noch einen Funken Vernunft in sich hat. Ist es das, was ich durchschaut habe?« Michael hielt inne und schüttelte den Kopf. »Nein, das kann es nicht sein. Das war in Paris, nach dem Einsatz am Col des Moulinets. Ein VKR-Beamter aus Barcelona, der Jagd auf mich machte. Als ›nicht zu retten‹ wurde ich in Rom klassifiziert, nicht in Paris.«

»Von ›Ambiguity‹«, sagte Berquist, »nicht von mir.«

»Aber aus demselben Grund. Ihre Worte, *Sir*.«

»Ja.« Der Präsident beugte sich vor. »Es war die Costa Brava, jene Nacht an der Costa Brava.«

In Havelock wallte wieder der Zorn auf. Michael hatte alle Mühe, an sich zu halten. »Was sich da abgespielt hat, war ein Schwindel! Ein Betrug! Man hat mich mißbraucht! Sie wußten davon. Sie sagten, Sie wären beteiligt gewesen!«

»Sie sahen, wie an jenem Strand eine Frau getötet wurde.«

Havelock schoß aus dem Stuhl, seine Hand klammerte sich um die Tischkante. »Ist das wieder ein Versuch, komisch zu sein . . . *Mr. President?*«

»Ich komme mir nicht im entferntesten amüsant vor. In jener Nacht an der Costa Brava sollte niemand getötet werden.«

»Niemand ... Herrgott! Sie haben es doch getan! Sie und Bradford und diese Schweinehunde in Langley, mit denen ich von Madrid aus sprach! Erzählen Sie mir nicht, was an der Costa Brava geschehen ist, ich war selbst dort! Und Sie waren dafür verantwortlich, *Sie alle!*«

»Wir haben es eingeleitet, es in Bewegung gesetzt ... aber wir haben es nicht zu Ende geführt. Das ist die Wahrheit, Mr. Havelock.«

Michael wollte aufspringen, zur Leinwand rennen und mit beiden Händen auf die schrecklichen Bilder einhämmern; aber dann fielen ihm Jennas Worte wieder ein: »... nicht eine Operation, sondern zwei.«

»Augenblick«, sagte er.

»Könnten Sie sich nicht mal einen anderen Ausdruck einfallen lassen?«

»Nein, bitte. Sie haben die Operation begonnen, und dann hat jemand, ohne daß Sie es wußten, die Regie übernommen und den Ablauf verändert.«

»Diese Sätze verstehe ich nicht.«

»Sie sind sehr klar. Um es bildhaft auszudrücken: Sie weben einen Teppich, und die Vögel auf dem Muster sind Schwäne. Und plötzlich verwandeln sie sich in Kondore.«

»Jetzt verstehe ich Sie. Genau das ist geschehen.« Berquist lehnte sich in seinem Sessel zurück. »Begreifen Sie jetzt?«

»Ich denke schon. Das ist der Fehler, der ihm zum Verhängnis werden könnte. Parsifal war an der Costa Brava.«

»Oder jemand vom KGB«, verbesserte ihn der Präsident. »Als Sie die Karras drei Monate später sahen, begannen Sie, die Ereignisse in jener Nacht unter die Lupe zu nehmen. Als Sie entdeckt hatten, was sich tatsächlich an der Costa Brava abgespielt hatte, hätten Sie Parsifal damit alarmieren können. Und solange diese Möglichkeit bestand, konnten wir die Konsequenzen nicht riskieren.«

»Warum hat mir das niemand gesagt? Warum hat nicht jemand mit mir Verbindung aufgenommen und es mir auseinandergesetzt?«

»Sie waren nicht bereit, zu uns zu kommen. Die Strategen bei *Consular Operations* gaben sich große Mühe, Sie nach Washington zu holen. Sie sind ihnen aus dem Weg gegangen, haben sie abgehängt, so nennt man das, glaube ich, in Ihrem Beruf.«

»Sie hätten es mir sagen können, statt zu versuchen, mich zu töten!«

»Dafür war keine Zeit. Wir konnten auch keine Kuriere schicken, um Sie wenigstens teilweise aufzuklären oder eine Andeutung auf Matthias' Geisteszustand zu machen. Wir wußten nicht, was Sie tun würden, was und wem Sie über jene Nacht erzählen würden. Wenn der Mann, den wir Parsifal nennen, an der Costa Brava war oder jedenfalls an der Strategieänderung beteiligt war und glaubte, seine Rolle in jener Nacht würde bekannt werden, dann hätte ihn das nach unserer Beurteilung – meiner Beurteilung – leicht dazu provozieren können, das Undenkbare zu tun. Das konnten wir nicht zulassen.«

»So viele Fragen ...« Michael blinzelte in dem grellen Licht. »So viel, was ich nicht zusammenfügen kann. Der Apatsche, der Palatin-Hügel ... Red Ogilvie. War es ein Unfall? War dieser Schuß für mich bestimmt, oder galt er in Wirklichkeit ihm, weil er über etwas Bescheid wußte, das damals geschah? Er erwähnte einen Mann, der in der Chesapeake Bay an einem Herzanfall gestorben ist.«

»Ogilvies Tod war nicht beabsichtigt. Die Kugel war für Sie bestimmt ... aber bei den anderen war es kein Unfall.«

»Welche anderen?«

»Drei weitere Strategen von *Consular Operations* wurden in Washington ermordet.«

Havelock stand fassungslos da. »Meinetwegen?« fragte er schließlich.

»Indirekt. Aber um Sie geht es bei der einen Frage, auf die keiner die Antwort kennt. Warum hat Matthias Ihnen das angetan?«

»Erzählen Sie mir mehr über die drei Strategen, bitte.«

»Sie wußten, wer Parsifals Verbindungsmann beim KGB ist«, sagte der Präsident. »Oder sie hätten es in der nächsten Nacht erfahren, wenn man Sie am Col des Moulinets getötet hätte.«

»Codename ›Ambiguity‹. Er ist hier, nicht wahr?«

»Ja, wir wissen, wo er ist, nicht aber, wer er ist.«

»Wo?«

»Vielleicht werden Sie diese Information bekommen, vielleicht aber auch nicht.«

»Herrgott! Mit allem Respekt, *Mr. President,* ist es Ihnen denn selbst jetzt noch nicht in den Sinn gekommen, mich zu benutzen? Nicht mich zu töten, sondern mich zu benutzen?«

»Warum sollte ich? Könnten Sie mir etwa helfen? Uns helfen?«

»Ich habe sechzehn Jahre draußen im Einsatz verbracht, als Jäger und Gejagter. Ich spreche fünf Sprachen fließend, drei hinreichend und mehr Dialekte, als ich zählen kann. Ich kenne eine Seite von Anthony Matthias besser als irgendein anderer Mensch – ich kenne seine Gefühle! Aber um mehr auf das augenblickliche Thema einzugehen, ich habe mehr Doppelagenten enttarnt als sonst jemand in Europa. Ja, ich glaube, daß ich helfen kann.«

»Dann müssen Sie mir folgende Frage beantworten: Wollen Sie Ihre Drohung wahrmachen und diese dreizehn Seiten ...«

»Verbrennen Sie sie«, unterbrach ihn Havelock.

»Es sind Durchschläge«, sagte Berquist.

»Ich werde mit ihr Kontakt aufnehmen. Sie ist ein paar Meilen von hier entfernt in Savannah.«

»Gut. Der Mann, der sich hinter der Codebezeichnung ›Ambiguity‹ tarnt, arbeitet im vierten Stock des Außenministeriums. Er ist einer von fünfunddreißig bis vierzig Männern.«

»So weit haben Sie den Kreis der Verdächtigen schon eingeengt?« fragte Michael und setzte sich.

»Das haben wir Emory Bradford zu verdanken. Er ist ein besserer Mann, als Sie glauben. Er wollte der Karras nie ein Leid zufügen.«

»Dann war er unfähig.«

»Diesem Urteil würde er als allererster zustimmen. Trotzdem, wenn Sie seinen Anweisungen gefolgt wäre, hätten Sie möglicherweise die Wahrheit erfahren, und man hätte Sie beide zurückgeholt.«

»Statt dessen wurde ich als ›nicht zu retten‹ eingestuft.«

»Ich will Sie etwas fragen, Mr. Havelock«, sagte der Präsident und lehnte sich in seinem Sessel nach vorn. »Wenn Sie an meiner Stelle gewesen wären und das gewußt hätten, was Sie jetzt wissen, was hätten Sie getan?«

Michael blickte auf die Leinwand. »Das gleiche wie Sie.«

»Danke.« Der Präsident erhob sich. »Übrigens weiß niemand hier auf Poole's Island etwas von diesen Dokumenten. Weder die Ärzte noch die Techniker, noch die Militärs. Es gibt nur noch fünf Menschen außer mir, die darüber informiert sind und über Parsifal. Einer davon ist ein Psychiater in Bethesda, ein Spezialist für halluzinatorische Störungen. Er fliegt einmal die Woche hierher, um mit Matthias zu arbeiten, nur in diesem Raum.«

»Ich verstehe.«

»So, dann wollen wir jetzt diesen Raum verlassen«, sagte Berquist, schaltete den Projektor aus und knipste die Deckenbeleuchtung an. »Man wird veranlassen, daß Sie beide heute nachmittag zum Luftwaffenstützpunkt Andrews geflogen werden. Wir werden für Sie irgendwo auf dem Land einen Platz finden, nicht in Washington. Wir können das Risiko nicht eingehen, daß Sie gesehen werden.«

»Wenn ich Ihnen helfen soll, brauche ich Zugang zu Akten und Archiven. Die kann man nicht aufs Land schaffen, *Mr. President.*«

»Wenn das nicht möglich sein sollte, werden wir Sie unter strengsten Sicherheitsmaßnahmen herholen ... Man wird zwei weitere

Stühle an diesem Tisch aufstellen. Und Bradford wird Sie sobald wie möglich informieren.«

»Ehe ich hier weggehe, möchte ich mit den Ärzten sprechen. Außerdem würde ich gerne Anton sehen. Aber ich versichere: Es wird kurz sein, nur ein paar Minuten.«

»Ich bezweifle, daß die Ärzte das gestatten werden.«

»Dann befehlen Sie es ihnen. Ich möchte auf Tschechisch mit ihm sprechen, in seiner Muttersprache. Ich muß etwas ergründen, was er zu mir gesagt hat. Er sagte: ›Du verstehst nicht. Du kannst das gar nicht verstehen.‹ Es ist ganz tief in ihm, etwas zwischen ihm und mir. Vielleicht bin ich der einzige, der es hervorholen kann. Es könnte alles sein, der Grund, weshalb er sich so verhalten hat, nicht nur in bezug auf mich, sondern auch auf sich selbst. Irgendwo in meinem Kopf tickt eine Bombe, das wußte ich von Anfang an.«

»Ich werde dafür sorgen, daß die Ärzte Ihnen Auskunft erteilen; aber ich erinnere Sie daran, daß Sie zwölf Tage in einer Klinik verbracht haben und davon insgesamt fünfundachtzig Stunden unter Einfluß von Medikamenten standen. Und trotzdem haben Sie uns nicht helfen können.«

Die drei Ärzte konnten ihm nichts sagen, was er nicht ohnehin schon Berquists Schilderung hatte entnehmen können, und die psychiatrische Terminologie machte das Bild sogar noch unklarer für ihn. Schließlich ergriff der jüngste unter den Analytikern das Wort.

»Sein Bezug zur Wirklichkeit ist in hohem Maße gestört. Er filtert seine Eindrücke und läßt nur die zu, die das stützen, was er sehen und hören will. Sie sind seine Realität.«

»Und man kann diese fatale Entwicklung nicht aufhalten?« fragte Havelock.

»Nein«, sagte ein anderer Psychiater. »Der Degenerationsprozeß seiner Zellstruktur hat bereits begonnen.«

»Er ist zu alt«, sagte der jüngere Mann.

»Ich will ihn sehen. Nur für ein paar Minuten.«

»Wir haben unsere Einwände zu Protokoll gegeben«, sagte der dritte Arzt. »Aber der Präsident ist anderer Meinung. Bitte verstehen Sie, wir arbeiten hier unter praktisch unmöglichen Verhältnissen und behandeln einen Patienten, dessen Zustand sich laufend verschlechtert, wobei es schwer zu sagen ist, wie schnell. Man muß ihn mit Psychopharmaka gleichzeitig sedieren und stimulieren, um überhaupt Resultate zu erzielen. Das ist eine außergewöhnlich heikle Angelegenheit, und ein längeres Trauma könnte uns Tage zurückwerfen. Die Zeit haben wir nicht, Mr. Havelock.«

»Ich werde es ganz kurz machen. Zehn Minuten.«

»Fünf wären besser. Bitte!«

»Gut. Fünf Minuten.«

»Ich bringe Sie hin«, sagte der jüngere Psychiater. »Er ist dort, wo Sie ihn gestern abend sahen: im Garten.«

Draußen auf der Straße wies der Arzt im weißen Kittel Michael zu einem Militärjeep, der hinter dem roten Ziegelbau stand. »Sie fingen dort drinnen an, wütend zu werden«, sagte er. »Das war nicht nötig. Meine beiden Kollegen gehören auf ihrem Gebiet zu den besten Fachleuten, die dieses Land hat, und keiner von ihnen hat übertrieben. Manchmal kommt mir alles hier sehr frustrierend vor.«

»Warum?«

»Die Ergebnisse dauern zu lange. Das machen wir nie wett.«

»Wie?«

»Das, was er getan hat.«

»Ich verstehe. Ganz unfähig sind Sie selbst offensichtlich auch nicht«, sagte Havelock, als sie die von Bäumen gesäumte Straße zu dem Feldweg hinunterfuhren, der zu Matthias' »Haus« führte.

»Ich habe ein paar Arbeiten geschrieben und verstehe auch einiges von Therapie. Aber für meine Kollegen bin ich gerne ihr Assistent.«

»Hier gibt es eine Menge technischer Anlagen, nicht wahr?«

»Geld spielt keine Rolle.«

»Ich komm' einfach nicht darüber hinweg«, rief Michael aus und blickte auf die Fassaden und die Miniaturbauten. »Es ist unglaublich. Die Stadt sieht aus wie das Szenenbild eines gespenstischen Films. Wer, zum Teufel, hat das gebaut und wie hat man die Leute dazu gebracht, Stillschweigen zu wahren? Ganz Süd-Georgia muß doch von Gerüchten wimmeln.«

»Sie sind jetzt ganz woanders, Hunderte von Meilen entfernt und mit einem halben Dutzend anderer Projekte beschäftigt.«

»Was?«

»Sie haben es gerade selbst gesagt«, erklärte der junge Arzt und grinste. »Dieser ganze Komplex ist von einer kanadischen Filmgesellschaft gebaut worden, die in dem Glauben ist, sie sei von einem kostenbewußten Produzenten der Westküste eingestellt worden. Sie fingen vierundzwanzig Stunden, nachdem Soldaten die Umfriedung gebaut hatten, mit dem Szenenbau an.«

»Und was ist mit den Helikoptern, die von Savannah herüberkommen?«

»Die werden auf einen Platz außerhalb der Umfriedung dirigiert. Von dort können sie nichts sehen. Außerdem kommen sie mit Ausnahme des Präsidenten und ein oder zwei anderen alle vom Hauptquartiermeister und bringen Vorräte. Man hat ihnen gesagt, es handle sich hier um ein Zentrum für Meeresforschung, und sie haben keinen Anlaß, etwas anderes zu glauben.«

»Und wer gehört zum Personal?«

»Wir Ärzte, die Handwerker, die Wachen und ein Zug Soldaten mit fünf Offizieren.«

»Was hat man ihnen gesagt?«

»So wenig wie möglich. Abgesehen von uns wissen die Handwerker mehr als alle anderen; man hat sie vorher gründlich durchleuchtet. Die Wachen ebenso, aber das wissen Sie ja wahrscheinlich. Ich nehme an, Sie sind mit denen bekannt.«

»Mit einem jedenfalls.« Der Jeep bog in die staubige, ausgefahrene Straße ein. Hinter ihnen wirbelten Staubwolken auf. »Das mit den Offizieren kapiere ich nicht ganz. Wie können die das geheimhalten?«

»Zunächst einmal dürfen sie nicht weg. Und selbst wenn sie das dürften, würden die sich keine Sorgen um die Offiziere machen. Die kommen alle aus dem Pentagon, und jeder sieht in sich den künftigen Vorsitzenden der Vereinigten Stabschefs. Die würden nie etwas sagen; das ist für sie die Garantie für schnelle Beförderung.«

»Und die einfachen Soldaten? Die müssen doch unter Druck stehen wie ein Dampfkessel.«

»Das ist recht klischeehaft gedacht, finden Sie nicht auch? Junge Burschen wie die haben schon im Dschungel gekämpft.«

»Ich meinte, es müssen hier doch viele Gerüchte kursieren. Wie hält man die denn unter Kontrolle?«

»Zunächst einmal sehen sie gar nicht so besonders viel, wenigstens nichts Wichtiges. Man hat ihnen gesagt, daß Poole's Island eine simulierte Überlebensübung sei, alles streng geheim. Wer die Geheimhaltung bricht, muß zehn Jahre in den Bau. Warum sich also Ärger machen?«

Havelock dachte an Berquists Worte: »Übrigens weiß niemand hier auf Poole's Island etwas von diesen Dokumenten. Weder die Ärzte noch die Techniker . . .«

Hatte nicht doch jemand die Stahlkammer, jenen seltsamen Raum, betreten?

»Dobré odpoledne, příteli«, sagte Michael leise, als er aus dem Haus in den sonnendurchfluteten Garten hinaustrat. Matthias saß in

demselben Stuhl am Ende des gewundenen Plattenwegs, wo er am Abend vorher gesessen hatte, im Schatten einer Palme, die vor der Mauer stand. Havelock sprach schnell weiter, mit sanfter Stimme. »Ich weiß, daß du über mich verärgert bist, lieber Freund, und ich möchte diese Schwierigkeit, die es zwischen uns gibt, so schnell wie möglich aus der Welt räumen. Schließlich bist du mein geliebter Lehrer, der einzige Vater, der mir geblieben ist, und es ist nicht recht, wenn zwischen Vätern und Söhnen Zwietracht herrscht.«

Matthias wich im Sessel zurück, duckte sich tiefer in den Schatten der Palme, einzelne Lichtreflexe zogen über sein verängstigtes, verzerrtes Gesicht. Aber dann tauchte in den großen Augen hinter den Brillengläsern ein Nebel auf, die Erinnerung an Worte aus ferner Vergangenheit, vielleicht die Worte eines Vaters in Prag oder die Bitte eines Kindes.

Michael trat näher, die Worte flossen weich über seine Lippen, beschworen die Erinnerung herauf, Erinnerungen an eine andere Zeit, an ein anderes Land.

»Dort sind die Hügel über der Moldau, unsere große Vlatava mit ihren schönen Brücken und der Wenzelplatz im Winter . . . der Stribasee im Sommer. Und die Flußtäler der Váh und der Nitra.«

Sie berührten sich, der Schüler hatte dem Lehrer die Hand auf den Arm gelegt. Matthias zitterte, atmete tief, seine Hand hob sich zögernd von seinem Schoß, bedeckte Havelocks Hand.

»Du hast zu mir gesagt, ich würde nicht verstehen. Ich könnte nie verstehen. Das ist nicht so, mein Lehrer . . . mein Vater . . . ich kann verstehen. Und ich muß verstehen. Es soll nichts zwischen uns sein – nie! Dir verdanke ich alles.«

Der Nebel in Matthias' Augen begann sich zu lichten, die Klarheit kehrte zurück. In jener Klarheit war plötzlich etwas Wildes . . . etwas Wahnsinniges.

»Nein, bitte, Anton!« sagte Michael. »Sag mir, was es ist, hilf mir zu verstehen.«

Das hohle Flüstern begann, wie es in der Dunkelheit des Gartens schon einmal begonnen hatte. Nur daß jetzt die Sonne schien und die Sprache eine andere war.

»Die dringlichsten Vereinbarungen auf der Welt sind die letzten Lösungen. Das ist es, was du nie verstehen konntest. Aber du hast sie alle . . . alle kommen und gehen sehen, die Politiker dieser Welt. Zu mir kamen sie! Mich haben sie um Hilfe angefleht! Die ganze Welt kam zu mir!« Matthias hielt inne, und dann trat ebenso plötzlich wie in der Nacht zuvor an die Stelle des Flüsterns ein Schrei, der den ganzen Garten zu erfüllen schien. »Geh weg von mir! Du wirst mich verraten! Uns alle wirst du verraten!«

»Wie kann ich?«

»Weil du es weißt!«

»Ich weiß es nicht!«

»Verräter! Verräter deiner Landsleute! Deines Vaters! Der Welt!«

»Warum tötest du mich dann nicht?« brüllte Michael, der wußte, daß alles vergebens war. »Warum hast du mich nicht töten lassen?«

»Havelock, hören Sie auf!« rief der junge Arzt von der Tür herüber.

»Nicht jetzt!« schrie Michael in Englisch.

»Ja, verdammt!«

»Já slyším!« schrie Havelock Matthias ins Gesicht. »Du hättest mich töten können, aber du hast es nicht getan! Warum nicht? Was hat dich daran gehindert?«

»Schluß jetzt, Mister!«

»Lassen Sie mich! Er muß es mir sagen!«

»Ihnen was sagen?«

»Ted', starý pane.« Michael packte die Armlehnen von Matthias' Sessel. »Was hat dich abgehalten?«

Jetzt kam wieder das hohle Flüstern. »Du hast die Konferenz verlassen, und wir sahen dich nicht, konnten dich nicht finden. Wir mußten wissen, was du getan hattest, wem du es gesagt hattest.«

Wahnsinn!

»Jetzt ist Schluß, Havelock«, sagte der Psychiater und zerrte ihn vom Stuhl weg. »Worüber haben Sie mit ihm gesprochen? Ich weiß, daß es tschechisch war, aber das ist auch alles. Was hat er Ihnen gesagt? Ich will es wissen, wörtlich!«

Havelock versuchte, den lähmenden Schock abzuschütteln, das Gefühl der ... Sinnlosigkeit. Er sah den Arzt an. »Es würde Ihnen nichts nützen. Er war zurück in seiner Kindheit; es war das sinnlose Geschwätz eines zornigen, verängstigten Kindes. Ich dachte, daß er mir etwas sagen würde. Aber das hat er nicht.«

Der erfahrene Arzt nickte. »Das tut er oft«, sagte der Psychiater, und sein Gesicht entspannte sich. »Das ist ein Degenerationssyndrom, das häufig bei alten Leuten auftritt, die in einem anderen Land geboren sind, besonders wenn man sie in einer fremden Sprache anspricht. Es macht keinen großen Unterschied, ob sie zurechnungsfähig sind oder nicht; sie gehen einfach in die Vergangenheit zurück. Und warum auch nicht? Wenn es ihnen guttut ... Kommen Sie, ich muß Sie hier wegbringen. Drüben wartet ein Helikopter auf Sie.«

»Danke.« Michael ging auf dem Plattenweg zurück und blickte auf Anton Matthias zurück ... Anton Matthias, *přítel,* Mentor, Vater. Er hatte sich wieder in den Sessel geduckt, suchte den Schatten der Palme.

Wahnsinn! Oder war es möglich, daß er, Mikhail Havliček, die Antwort besaß? Kannte er Parsifal?

28

Das Anwesen wurde »Sterile House Fünf« genannt, kurz »Steril Fünf«, und lag achtzehn Kilometer südlich von Alexandria auf dem Lande. Früher hatte es einem Pferdezüchter gehört. Dann hatte ein pensioniertes älteres, anscheinend wohlhabendes Ehepaar den Besitz erworben, das beim Kauf als Strohmann für die Regierung der Vereinigten Staaten fungierte. Sie waren insoweit »Eigentümer«, als sie beide bis zur Pension im diplomatischen Dienst tätig gewesen waren, als Mitarbeiter verschiedener Botschaften, wo man ihnen auch verschiedene Titel verliehen hatte. Aber in Wirklichkeit waren sie zwei der fähigsten Geheimschriftanalytiker, die die US-Abwehr besaß. Ihre Tarnung war einfach; er war einige Jahrzehnte Anlageberater in Europa gewesen. Das war für die weiter entfernt wohnende, wohlhabende Nachbarschaft in hohem Maße annehmbar und erklärte auch, warum häufiger Limousinen von der Landstraße abzweigten und in die fast einen Kilometer lange Einfahrt einbogen, die zum Haus führte. Wenn dann freilich einmal ein Besucher kam, waren die »Eigentümer« selten zu sehen – es sei denn, dies wäre vorher ausdrücklich arrangiert gewesen –, denn die wohnten im Nordflügel, einem separaten Teil des Hauses mit separatem Eingang.

»Steril Fünf« diente Klienten, die der Regierung der Vereinigten Staaten wesentlich mehr zu bieten hatten als die gleichsam schiffbrüchigen Insassen von Mason Falls, Pennsylvania. Im Laufe der Jahre hatte hier eine ganze Reihe hochrangiger Überläufer ausführliche Befragungen über sich ergehen lassen. Wissenschaftler, Diplomaten, Spionageagenten, in Ungnade gefallene Militärs – alle hatten zur einen oder anderen Zeit dort gewohnt. »Steril Fünf« war für jene Leute reserviert, von denen Washington glaubte, daß sie in Krisenzeiten für die unmittelbaren Interessen des Landes wichtig waren. Michael Havelock und Jenna Karras trafen um zwanzig Minuten nach vier in einem neutral lackierten Wagen der Regierung ein. Staatssekretär Emory Bradford, der sich vorher mit dem Präsidenten abgesprochen hatte, erwartete sie bereits.

Die Vorhaltungen waren nur kurz gewesen, die Krise überlagerte alles; es hatte keinen Sinn, Fehler und Inkompetenzen der Vergangenheit noch einmal zu analysieren. In »Steril Fünf« saßen sie im Arbeitszimmer des »Besitzers«, einem kleinen Raum, der mit einem Sofa und schweren ledernen Armsesseln möbliert war. Hinter der Couch stand ein massiver Eichentisch, auf dem ein silbernes Tablett mit Gläsern, Eis und verschiedenen alkoholischen Getränken angerichtet war. Havelock machte sich und Jenna einen Drink; Bradford lehnte ab.

»Was haben Sie Miss Karras gesagt?« fragte der Staatssekretär.

»Alles, was ich auf Poole's Island erfahren habe.«

»Ich weiß nicht, was ich sagen soll . . . was ich denken soll«, sagte Jenna. »Ich glaube, ich empfinde gleichzeitig Bewunderung und Schrecken.«

»Das ist eine gute Kombination«, pflichtete Bradford ihr bei.

»Was ich von Ihnen möchte«, sagte Havelock, während er mit den Drinks um die Couch herumging und sich neben Jenna setzte, »sind sämtliche Informationen, über die Sie verfügen. Die Namen von allen Beteiligten – ganz gleich, wie unwesentlich ihre Rolle auch ist – von Anfang an. Es ist mir gleichgültig, wie lange es dauert; wir können die ganze Nacht hierbleiben. Ich werde zwischendurch Fragen stellen, mir Notizen machen, und wenn Sie fertig sind, gebe ich Ihnen eine Liste mit allem, was ich brauche.«

Es waren kaum vier Minuten vergangen, als Michael ihn das erste Mal unterbrach. »MacKenzie? CIA? Einer der besten Männer, die der CIA hervorgebracht hat.«

»Man hatte mir gesagt, der Beste überhaupt«, sagte Bradford.

»Er hat also die Operation an der Costa Brava geplant.«

»Ja.«

»War er der Mann, der die blutbefleckten Kleider der Toten für die forensische Untersuchung zurückgebracht hat?«

»Ich wollte gerade . . .«

»Sagen Sie«, unterbrach ihn Havelock, »ist er an einem Schlaganfall . . . einem Herzinfarkt . . . in der Chesapeake Bay gestorben?«

»Ja, in seinem Boot.«

»Ist eine Autopsie gemacht worden?«

»Nicht offiziell. Aber auch hier ist die Antwort ja.«

»Was bedeutet das?«

»Bei einem solchen Mann riskiert man keine Spekulationen. Der Arzt war kooperativ und ist gründlich befragt worden; er ist ein hochangesehener Arzt. Die Röntgenaufnahmen sind von ihm und unseren eigenen Leuten untersucht worden, die Diagnose war einhellig: eine starke Aortablutung.« Bradford senkte die Stimme. »Das war das erste, woran wir dachten, als wir von seinem Tod erfuhren. Wir haben nichts außer acht gelassen.«

»Danke«, sagte Havelock und machte sich eine Notiz. »Bitte weiter.«

Jenna stellte ihr Glas auf den Tisch. »War er der Mann, der mit Ihnen in der Halle des Hotels in Barcelona zusammen war?«

»Ja, es war seine Operation.«

»Er war ein zorniger Mann. Er wirkte bedrohlich, nicht besorgt.«

»Er hatte einen bedrohlichen Beruf.«

»Er trat meine Tür ein und hielt eine Waffe in der Hand.«

»Er war beunruhigt, das waren wir beide. Miss Karras, wenn Sie nach unten gegangen oder in Ihrem Zimmer geblieben wären ...«

»Bitte, fahren Sie fort«, unterbrach ihn Michael.

Der Staatssekretär berichtete weiter. Havelock und Jenna hörten aufmerksam zu und unterbrachen ihn jedesmal, wenn sich irgendeine Frage ergab oder sie das Gefühl hatten, daß ihnen etwas nicht klar war. Nach einer Stunde hatte Emory Bradford erkannt, daß Jenna Karras einen blitzschnellen Verstand besaß. Sie stellte beinahe so viele Fragen wie Michael und ging häufig Details nach, die man bisher überhaupt nicht in Betracht gezogen hatte, bis sich daraus plötzlich neue Überlegungen ergaben.

Bradford kam schließlich auf die Nacht zu sprechen, in der drei Strategen getötet wurden, als der Unbekannte unter dem Decknamen ›Ambiguity‹ das Telefongespräch mit Rom führte und Havelock als ›nicht zu retten‹ klassifizierte. Der Staatssekretär schilderte ausführlich die Überprüfung des gesamten Personals der Abteilung L im vierten Stock. Er war ganz sicher, daß keiner der Mitarbeiter ›Ambiguity‹ sein konnte.

»Weil die Konferenzen und Besprechungen, die sie abhielten, protokolliert waren?«

»Ja. Keiner hat seine Besprechung lange genug verlassen, um Rom über eine Codeleitung zu erreichen.«

»Schließen Sie auch die Möglichkeit aus«, fuhr Jenna fort, »daß dieser ›Ambiguity‹ Helfer hat, die bereit sind, für ihn zu lügen?«

»Darüber will ich gar nicht nachdenken«, sagte Bradford. »Aber ich kann es mir eigentlich nicht vorstellen, denn ich kenne die meisten Leute schon seit Jahren, manche fast zwei Jahrzehnte lang.«

»Trotzdem . . .«

»Paminjatschiks?« fragte Havelock, die Augen auf Jenna gerichtet.

»Proč ne? To je možné.«

»Nemluv o tom.«

»Vy nemáte pravdu.«

»Worüber reden Sie?« fragte Bradford.

»Wir sind sehr unhöflich«, sagte Jenna. »Entschuldigen Sie. Ich dachte . . .«

»Sie dachte, es würde sich lohnen, darüber nachzudenken«, unterbrach sie Michael. »Weiter bitte.«

Jenna sah Havelock an und griff nach ihrem Glas.

Der Staatssekretär sprach fast vier Stunden lang, wobei er die Hälfte der Zeit damit verbrachte, Fragen zu beantworten und zahllose Details zu schildern, bis in dem eleganten holzgetäfelten Arbeitszimmer schließlich die Atmosphäre eines Gerichtssaals herrschte. Bradford war der widerwillige feindliche Zeuge, der zwei erbarmungslosen Anklagevertretern gegenüberstand.

»Wie erledigten Sie den Fall Jacob Handelman?«

»Ungelöst. Der Präsident hat mir am Telefon vorgelesen, was Sie geschrieben haben. Unglaublich . . . das mit dem Handelman, meine ich. Sind Sie sicher, daß Sie sich nicht geirrt haben?«

»Das war seine Pistole, sein Messer. Ich habe mich nicht geirrt.«

»Berquist sagte, Sie müssen einen triftigen Grund gehabt haben, ihn zu töten.«

»Seltsamerweise nein. Ich wollte, daß ihm von da an die Angst im Nacken sitzt, jahrelang. Er ist auf mich losgegangen. Werden Sie die Wahrheit über ihn verlauten lassen?«

»Der Präsident sagt nein. Er meint, die Juden hätten genug durchgemacht; wir sollten es lassen.«

»Wieder eine notwendige Lüge?«

»Nicht notwendig, aber von Mitgefühl diktiert, denke ich.«

»Kohoutek? Diese Farm in Mason Falls?«

»Er wird gerade festgenommen.«

»Seine Klienten?«

»Jeder Fall wird einzeln überprüft, dann werden die Entscheidungen getroffen, dabei wird jede Härte soweit wie möglich vermieden.«

Havelock blätterte in seinem Notizbuch, legte es auf den Tisch und griff nach dem leeren Glas. Er sah Jenna an: Sie schüttelte den Kopf. Er erhob sich, ging um die Couch herum zu dem silbernen Tablett und schenkte sich ein. »Lassen Sie mich versuchen, das bisher Gesagte zusammenzufassen«, begann er. »›Ambiguity‹ sitzt irgendwo im vierten Stock des Außenministeriums, und das wahrscheinlich schon seit Jahren, und schleust alles, was er in die Hände bekommen kann, nach Moskau.« Michael hielt inne und trat ans Fenster; draußen beleuchteten Strahler den gepflegten Park. »Matthias begegnet diesem Parsifal, und sie schaffen gemeinsam diese unglaublichen – nein, nicht unglaublichen –, undenkbaren Verträge.« Havelock wandte sich plötzlich vom Fenster ab und fixierte Bradford mit durchdringendem Blick. »Wie konnte das geschehen? Um Himmels willen, wo waren Sie alle? Sie sahen ihn jeden Tag, sprachen mit ihm, beobachteten ihn. Und Sie haben nicht erkannt, was mit ihm vorging?«

»Wir wußte nie, welche Rolle er spielte«, sagte der Staatssekretär und erwiderte Havelocks starren Blick. Langsam wurde Wut in ihm wach. »Sein Charisma hat viele Facetten, wie ein Diamant, den man bei unterschiedlichem Licht betrachtet! War er gerade der Universitätsdozent Matthias, der ein akademisches Urteil fällt, oder Doktor Matthias an einem Vortragspult, der gerade seine Zuhörer fesselte? Oder war er der gebildete Europäer, der bei einem Glas Sherry, mit Mozartmusik im Hintergrund, seine Jünger mit Erleuchtung erfüllte? Er machte das sehr gut. Und dann war da der Bonvivant, der Liebling von Georgetown und der Ostküste. Mein Gott, was für eine Attraktion für jede Gastgeberin! Und wie großartig er seine Rolle spielte ... Er versprühte Charme und Witz und strahlte Kraft und Entschlossenheit aus. Kein Wunder, daß die Frauen auf ihn flogen. Aber als Minister ging er tyrannisch mit seinen Mitarbeitern um, pausenlos fordernd, eigensinnig, eifersüchtig ... Er war so imagebewußt, daß er die Zeitungen nach der winzigsten Erwähnung seiner Person absuchte und förmlich anschwoll, wenn er in den Schlagzeilen stand, reagierte aber wütend auf die geringste Kritik. Und weil wir gerade von Kritik sprechen – wissen Sie, was er letztes Jahr tat, als ein Senator es wagte, seine politischen Ziele auf der Genfer Konferenz in Frage zu stellen? Tief beleidigt trat er vor die Fernsehkameras und erklärte mit halberstickter Stimme, den Tränen nahe, er würde von seinem Amt zurücktreten. Herrgott, was für eine Aufregung! Dieser Senator ist heute ein Ausgestoßener, ein Paria!« Bradford hielt inne, schüttelte den Kopf, sein Ausbruch war ihm plötzlich peinlich. Mit normaler Stimme fuhr er fort: »Und dann war da noch ein anderer Anthony Matthias, der brillanteste Außenminister in der Geschichte dieser Nation ... Nein, Mr. Havelock, wir kannten ihn nicht.«

»Sie kritisieren jetzt die negativen Eigenschaften eines Mannes«, sagte Michael und ging zum Sofa. »Vielleicht haben Sie keine. Alle anderen haben die auch. Er hatte tatsächlich viele Seiten; aber Ihr eigentliches Problem ist, daß Sie ihn haßten.«

»Nein, Sie haben unrecht.« Bradford schüttelte den Kopf. »Man haßt einen Mann wie Matthias nicht«, fuhr er fort und sah Jenna an. »Man empfindet vielleicht Ehrfurcht oder Angst . . . oder ist die ganze Zeit wie hypnotisiert, ohne Zweifel, aber man haßt ihn nicht.«

»Kehren wir zu Parsifal zurück«, sagte Havelock und ließ sich auf die Armlehne der Couch nieder. »Wo, glauben Sie, kam er her?«

»Er kam von nirgendwo und verschwand ins Nirgendwo.«

»Nein, er kam von irgendwo. Er traf sich häufig mit Matthias. Bestimmt einige Wochen lang, wahrscheinlich über Monate.«

»Wir haben Matthias' Terminkalender immer wieder überprüft. Ebenso die Aufzeichnungen seiner Telefongespräche, seinen Reiseplan. Wir haben rekonstruiert, mit wem er sich getroffen hat, angefangen bei Diplomaten bis hinunter zu Hotelportiers. Es gab keine auffälligen Wiederholungen. Nichts.«

»Ich will diese Unterlagen alle haben. Können Sie das veranlassen?«

»Es ist bereits veranlaßt.«

»Weiß man etwas über den Zeitraum, in dem die beiden Verträge geschlossen worden sind?«

»Ja, eine Spektralanalyse des Papiers ergab, daß die Schrift etwa sechs Monate alt ist, nicht älter.«

»Sehr gut.«

»Das hätten wir auch so vermuten können.«

»Tun Sie mir einen Gefallen«, sagte Michael und setzte sich.

»Was denn?« fragte der Staatssekretär.

»Vermuten Sie nie etwas.« Havelock griff nach seinem Notizbuch, schrieb etwas auf den Block und fügte hinzu: »Parsifal ist Russe. Höchstwahrscheinlich ein Überläufer, der nirgendwo registriert ist.«

»Das haben wir . . . vermutet. Jemand mit außergewöhnlicher Detailkenntnis über die Waffenkapazitäten der Sowjetunion.«

»Warum sagen Sie das?« fragte Jenna Karras.

»Die Verträge. Sie enthalten präzise Angaben über den offensiven und defensiven Einsatz von Atomwaffen, die von unserer Abwehr bestätigt werden.«

Michael machte sich eine weitere Notiz. »Ebenso wichtig ist, daß Parsifal wußte, wo er ›Ambiguity‹ finden konnte.«

»Oder hat ›Ambiguity‹ ihn gefunden?« überlegte Jenna.

»Das ist unwesentlich«, erwiderte Havelock. »Die Verbindung ist hergestellt, der Maulwurf erreicht Moskau, und das Beweismaterial gegen dich wird geliefert . . . für mich. Dann reist ›Ambiguity‹ nach Spanien an die Costa Brava und ändert das Szenarium.«

»Ja, ich bin ganz Ihrer Ansicht«, sagte Bradford. »Ich glaube, das war ›Ambiguity‹ am Strand, nicht Parsifal. ›Ambiguity‹ kehrte nach Washington zurück und stellte fest, daß er Parsifal verloren hatte. Man hatte ihn benutzt und weggeworfen. Dieser Eindruck muß die Panik in ihm ausgelöst haben.«

»Weil er Männern im KGB Grund zu der Annahme gegeben hatte, daß aus ihrer Unterstützung etwas Außergewöhnliches resultieren würde?« fragte Havelock.

»Ja, aber dann ist da Rostows Telegramm, und jetzt kommt wieder ein Haken. Er teilt uns darin praktisch mit, daß, wenn es eine Verbindung gab, diese nicht sanktioniert war, ja nicht einmal kontrollierbar.«

»Er hatte recht. Ich habe das Berquist erklärt, und es paßt auch . . . von Anfang an. Das ist die Antwort auf Athen. Rostow bezog sich auf einen Zweig des KGB, auf die VKR. Die Angehörigen dieser Abteilung sind gierige Wölfe.«

»Voennaja Kontra Rozvedka«, sagte Jenna und erklärte damit die Abteilung VKR.

»›Ambiguity‹ ist nicht bloß ein Major oder ein Oberst im KGB. Er gehört selbst dem Wolfsrudel an. Das sind die Männer, mit denen wir zu tun haben. Das, Mr. Bradford, ist so ziemlich die schlimmste Nachricht, die Sie hören können. Das KGB mit all seinem Verfolgungswahn ist im Vergleich zu den Fanatikern der *Voennaja* eine stabile Organisation, die nichts anderes tut, als Informationen zu sammeln.«

»Fanatiker, die mit Nuklearwaffen zu tun haben, kann sich die Welt nicht leisten.«

Michael nahm einen Schluck, er spürte die Furcht, die ihn umklammerte. »Wir haben also einen Maulwurf namens ›Ambiguity‹, der mit einem sowjetischen Kollegen zusammenarbeitete, den wir Parsifal genannt haben, Matthias' Konterpart in einem Wahnsinn, der die ganze Welt zu einem Trümmerhaufen verwandeln könnte. Matthias bricht praktisch zusammen, wird auf Poole's Island in Gewahrsam genommen und behandelt. Nun macht Parsifal allein weiter. Aber jetzt wirklich allein, denn den Maulwurf hat er fallengelassen.«

»Sie geben mir also recht«, sagte Bradford.

Havelock blickte von seinem Block auf. »Wenn Sie unrecht hätten, würden wir es wissen. Oder vielleicht auch nicht; vielleicht wären wir dann schon radioaktive Asche . . . oder um eine weniger dramatische, wenn auch meiner Ansicht nach kaum weniger tragische Möglichkeit ins Auge zu fassen: Die Sowjetunion würde dieses Land mit dem Segen der westlichen Welt regieren. ›Der Riese ist Amok gelaufen, um Gottes willen, legt ihn an die Kette!‹ würde es heißen. Moskau könnte sogar von unseren eigenen Bürgern ein Vertrauensvotum bekommen. ›Besser tot als rot‹ – an die Reaktion glaube ich nicht.«

»Aber du und ich, wir wissen, was das für ein Leben ist, Mikhail«, unterbrach ihn Jenna. »Würdest du dich dafür aussprechen?«

»Natürlich«, sagte der Staatssekretär und überraschte die zwei anderen leicht, indem er das Wort ergriff. »Sie können durch Ihren Tod doch nichts ändern – es sei denn, Sie sind ein Märtyrer, besonders dann glauben Sie nicht daran, wenn Sie selber das Schlimmste erlebt haben.«

Havelock sah Bradford prüfend an. »Ich glaube, die Geschworenen sind gerade auf Sie zurückgekehrt, Mr. Bradford. Deshalb sind Sie doch in dieser Stadt geblieben, nicht wahr? Sie haben das Schlimmste gesehen.«

»Auf mich kommt es hier nicht an.«

»Für uns war das eine Weile schon so. Es ist gut zu wissen, daß das Terrain jetzt wieder etwas sicherer ist. Nennen Sie mich Havelock oder Michael, aber lassen Sie bitte das Mister weg.«

»Danke. Sagen Sie Emory zu mir oder wie Sie sonst wollen.«

»Ich heiße Jenna, ich bin jetzt hungrig.«

»Die Küche ist komplett ausgestattet, und ein Koch lebt hier auch. Er ist zugleich einer der Wachposten. Wenn wir fertig sind, mache ich Sie bekannt.«

»Nur noch ein paar Minuten.« Havelock riß ein Blatt aus seinem Notizbuch. »Sie sagen, Sie hätten bei jedem einzelnen im vierten Stock überprüft, wo er zur Zeit der Costa-Brava-Operation war.«

»Sogar wiederholt überprüft«, unterbrach ihn Bradford. »Die erste Untersuchung war völlig ergebnislos. Jeder konnte nachweisen, wo er war.«

»Aber wir wissen, daß das bei *einem* nicht stimmen kann«, sagte Michael. »Er war an der Costa Brava gewesen und dann wieder in Washington, und alle glaubten, er wäre die ganze Zeit an Ort und Stelle geblieben.«

»Oh?« Diesmal machte sich der Staatssekretär eine Notiz. Er benutzte dazu die Rückseite eines seiner zahllosen Blätter. »So hatte ich das nicht gesehen. Ich suchte nach einer Abwesenheit, wo die Erklärung dafür vielleicht nicht hieb- und stichfest war. Sie sagen etwas ganz anderes.«

»Ja, allerdings. Suchen Sie nicht nach etwas, was fehlt, suchen Sie nach jemandem, der nicht an der Stelle war, wo er hätte sein sollen.«

»Also Männer im Einsatz.«

»Damit könnte man beginnen«, pflichtete Havelock ihm bei und riß ein zweites Blatt ab. »Vergessen Sie nicht, wir suchen einen Mann, der Zugang zu streng vertraulichen Akten hat. Je prominenter der Mann ist, desto besser funktioniert die Verschleierung. Denken Sie nur an Kissingers Verdauungsstörungen in Tokio, während er in Wirklichkeit in Peking war.«

»Langsam beginne ich Ihre Talente zu begreifen.«

»In Anbetracht der Fehler, die ich gemacht habe«, erwiderte Michael und schrieb etwas auf das Blatt, das er gerade aus seinem Notizblock gerissen hatte, »hätte ich nicht einmal die Qualifikation für einen Job als Hilfspolizist.« Er erhob sich, ging um den Tisch herum, auf Bradford zu und hielt ihm die zwei Blätter hin. »Das ist mein Fragenkatalog. Wollen Sie sich die Liste ansehen, ob es irgendwelche Probleme gibt?«

»Sicher.« Der Staatssekretär nahm die beiden Bogen und lehnte sich in den Sessel zurück. »Übrigens, ich nehme den Drink jetzt, wenn es Ihnen nichts ausmacht. Bourbon on the rocks, bitte.«

»Ich dachte schon, Sie würden nichts mehr trinken.«

Havelock sah zu Jenna hinüber; sie nickte. Er nahm ihr Glas vom Tisch und ging um die Couch herum, während Bradford zu ihm sprach. »Da stehen ein paar Überraschungen«, sagte er und blickte mit gefurchter Stirne auf. »Das Material über Matthias macht keine Schwierigkeiten – seine Verabredungen, seine Aufzeichnungen, die Terminpläne –, aber warum brauchen Sie so ausführliche Informationen über den Arzt in Maryland? Wir waren gründlich, das versichere ich Ihnen.«

»Ich glaube Ihnen ja. Nennen Sie es Eigensinn. Ich kenne einen Arzt in Südfrankreich, er ist ein verdammt guter Chirurg. Aber der dreht völlig durch, wenn er einen Spieltisch sieht; man mußte ihm schon ein paarmal aus finanziellen Schwierigkeiten heraushelfen.«

»Hier liegt keine Parallele vor. Randolph hätte keine Sekunde seines Lebens arbeiten müssen. Seiner Familie gehört das halbe Ostufer.«

»Aber den Leuten, die für ihn arbeiten«, sagte Michael und schenkte ein, »gehört vielleicht nicht einmal ein Segelboot.«

Bradfords Blick fiel wieder auf das Blatt. »Ich verstehe«, sagte er.

Seine Stimme klang allerdings eher verwirrt als überzeugt. »Aber die nächste Frage begreife ich nicht, glaube ich. Sie wollen die Namen der Männer im Pentagon, die dem Nuklear-Krisenausschuß angehören.«

»Ich habe irgendwo gelesen, daß es drei sind«, fügte Havelock hinzu. »Sie veranstalten Kriegsspiele, wechseln die Fronten, überprüfen gegenseitig ihre Strategien.« Er reichte Bradford den Bourbon und setzte sich neben Jenna; sie nahm ihr Glas und sah Michael an.

»Sie glauben, Matthias hat sie benutzt?« fragte der Staatssekretär.

»Irgend jemanden mußte er doch benutzen.«

»Zu welchem Zweck? Es gibt nichts, über das er nicht informiert war. Er mußte es wissen; er hat die Verhandlungen geführt.«

»Ich möchte nur gründlich sein.«

Bradford nickte. »Das habe ich schon einmal gehört. Okay.« Er blickte wieder auf sein Papier und las laut vor: »›Liste von Negativmöglichkeiten für die letzten zehn Jahre. Alle überprüfen. Quellen: CIA, *Cons Op,* Heeresabwehr.‹ Was soll das bedeuten?«

»Damit meine ich die Männer und Frauen, die, als Überläufer getarnt, bei uns eingeschleust werden sollten, aber nie herüberkamen.«

»Nun, wenn sie nicht eingeschleust sind . . .«

»Moskau verschweigt die Namen von solchen Personen, die selbst herausgekommen sind«, unterbrach ihn Havelock. »Die Computerüberprüfungen werden ihren gegenwärtigen Status klären.«

Bradford überlegte, nickte dann und las weiter.

Jenna tippte Michael an den Arm; er sah sie an. Sie sprach leise, und ihre Augen musterten ihn dabei fragend. *»Proč ne paminjatschik?«*

»Ne Ted.«

»Wie bitte?« der Staatssekretär blickte auf.

»Nichts«, sagte Havelock. »Sie ist hungrig.«

»Ich bin gleich fertig, dann fahre ich nach Washington zurück und lasse Sie allein; der Rest ist Routine. Die psychiatrischen Berichte über Matthias müssen vom Präsidenten persönlich freigegeben werden. Außerdem muß zusätzliches Sicherheitspersonal hier stationiert werden, aber das läßt sich machen. Ich werde ihn noch heute abend sehen.«

»Warum nehmen Sie mich nicht mit nach Bethesda?«

»Dort liegen die Berichte nicht. Sie sind in der Stahlkammer auf Poole's Island. Ich muß sie selbst holen.«

»Dann sind Sie neben Berquist der einzige, der Zugang zu diesem Raum hat?«

»Ja. Ich werde morgen hinfliegen.« Bradford las weiter und blickte verblüfft auf. »Dieser letzte Punkt ... sind Sie da ganz sicher? Was können Sie daraus entnehmen? Wir konnten jedenfalls nichts herauslesen.«

»Es ist trotzdem wichtig für mich.«

»Das könnte sehr schmerzhaft für Sie sein.«

»Was ist es denn?« fragte Jenna.

»Er möchte die Resultate seiner eigenen zwölf Tage unter Therapie«, sagte Bradford.

Bei Kerzenlicht aßen sie in dem eleganten Speisezimmer. Fast fühlten sie sich wie zu Gast bei einem Lord auf dem Lande. Als schweigsamer Butler diente ihnen ein bullig wirkender Mann, der sich gleichzeitig als überraschend fähiger Koch erwies, und die auffällige Ausbuchtung unter seiner weißen Jacke verriet, daß er nicht nur die Kunst des Kochens beherrschte, sondern auch mit einer Pistole umzugehen verstand. Jenna und Michael sahen sich jedesmal an, wenn er nach dem Servieren das Zimmer verließ, und bemühten sich ohne Erfolg, nicht zu lachen. Aber selbst diese kurzen Augenblicke der Heiterkeit konnten den Schatten des Unvorstellbaren nicht verdrängen.

»Du vertraust Bradford«, sagte Jenna beim Kaffee. »Das weiß ich. Ich spüre es, wenn du einem Menschen vertraust.«

»Du hast recht, das tue ich. Er hat ein Gewissen. Einem solchen Mann kann man vertrauen.«

»Warum hast du mich dann gehindert, von den *paminjatschiks* zu sprechen?«

»Weil er damit nicht zurande käme und es ihm auch nicht weiterhilft. Du hast ihn gehört; er ist ein methodischer Mann, der einen Schritt nach dem anderen macht und jeden einzelnen Schritt erschöpfend analysiert. Darin liegt sein Wert. Ich will ihn nicht auf eine weitere Spur lenken. Er soll sich auf die Suche nach dem Maulwurf im vierten Stock des State Department konzentrieren. So lange, bis er die Person findet, die nicht an dem Ort war, wo sie hätte sein sollen.«

»Das hast du sehr gut erklärt.«

»Danke. Übrigens, warum warst du vorhin eigentlich so zurückhaltend? Du bist doch sonst nicht so scheu.«

»Nun, ich würde Bradford nicht gerne Befehle oder Ratschläge erteilen, solange er mich nicht akzeptiert hat. Und wenn ich dazu gezwungen wäre, dann würde ich es in Form von Fragen tun, die zu Vorschlägen führen.«

»Seltsam, daß du das sagst. Du bist doch akzeptiert; das hat er von Berquist gehört. Es gibt keine höhere Autorität.«

»In dem Sinne meine ich es nicht. Bradford fühlt sich in Gegenwart von Frauen unsicher. Ich beneide seine Frau oder seine Freundin nicht. Er ist ein Mann, den irgend etwas quält.«

»Kein Wunder. Schließlich gibt es genug, das ihn quält.«

»Ich rede nicht von der augenblicklichen Situation. Ich glaube, er fühlt sich impotent, und das verletzt die Frauen, mit denen er zusammen ist. Jede normale Frau reagiert so.«

»Ich habe es wohl wieder einmal mit Sigmund Freud zu tun.«

»Limburský sýr!« lachte Jenna. »Ich beobachte eben die Menschen, das weißt du doch. Erinnerst du dich an den Juwelier in Triest, den kahlköpfigen Mann, dessen Geschäft ein Briefkasten von MI 6 war? Du sagtest, er sei . . .«

»Geil. Ich hab' gesagt, daß er mit einem Ständer in der Hose um die Frauen in seinem Geschäft herumstreicht.«

»Und ich hab' gesagt, er sei schwul!«

»Und du hast recht gehabt, denn als du deine Bluse ein paar Zentimeter weit aufgeknöpft hattest, hat der Schweinehund dauernd mich verfolgt.«

Sie lachten. Jenna rückte näher zu ihm und griff nach seiner Hand.

»Es tut gut, wieder zu lachen, Mikhail.«

»Es tut gut, mit dir zu lachen. Ich weiß nicht, wie oft wir das noch können.«

»Wir müssen uns die Zeit dafür nehmen. Ich glaube, das ist sehr wichtig.«

»Ich liebe dich, Jenna!«

»Warum fragen wir dann nicht unseren Butler, wo wir schlafen? Ich möchte dir nahe sein, nicht mit einem Tisch zwischen uns.«

»Mich hältst du also nicht für schwul.«

»Latent, vielleicht. Ich nehme, was ich kriegen kann.«

»Sehr direkt bist du. Wie immer.«

Der bewaffnete Koch kam herein. »Noch eine Tasse Kaffee?« fragte er.

»Nein, danke«, meinte Havelock.

»Einen Brandy?«

»Ich glaube nicht«, sagte Jenna.

»Und wie steht's mit Fernsehen?«

»Wo sind die Schlafräume?«

»Dort oben ist der Empfang ziemlich schlecht.«

»Wir werden's ertragen«, erwiderte Michael.

Ihre Gesicherter berührten sich fast, so eng aneinandergeschmiegt waren sie. Still genossen sie eine Weile die wohlige Entspannung. Für ein paar Minuten hatten sie in ekstatischer Wollust alles um sich herum vergessen. Ein weicher Lichtstrahl drang durch die angelehnte Badezimmertür.

»Du hast mir nicht alles erzählt, was mit dir auf Poole's Island geschah, nicht wahr?« sagte Jenna.

»Fast alles«, erwiderte Havelock und starrte zur Decke. »Ich versuche immer noch, mir einen Reim darauf zu machen.«

Jenna nahm den Arm von seiner Brust und richtete sich auf. »Kann ich dir helfen?« fragte sie.

»Ich glaube, niemand kann das. Es ist die Bombe in meinem Kopf.«

»Was, mein Liebling?«

»Ich kenne Parsifal.«

»Wie bitte?«

»Matthias hat gesagt, ich hätte sie alle kommen und gehen gesehen, die ›Verhandler der Welt‹ hat er sie genannt. Aber da war ja nur einer, und ich muß ihn gesehen haben. Ich muß ihn kennen.«

»War das der Grund, weshalb er dich ausschalten wollte?«

»Er hat gesagt, ich könnte es nie verstehen . . . die absolut tödlichen Verträge wären die einzige Lösung.«

»Und ich war das Opfer.«

»Ja. Er ist krank; das war er schon, als er die Aktion gegen dich befahl. Du solltest sterben und ich am Leben bleiben und beobachtet werden.« Michael atmete tief, dann schüttelte er hilflos den Kopf. »Das ist es, was ich nicht begreifen kann.«

»Meinen Tod?«

»Nein, warum ich nicht getötet werden sollte.«

»Er hat dich selbst in seinem Wahnsinn geliebt.«

»Nicht er – Parsifal. Wenn ich eine Bedrohung darstellte, weshalb hat mich Parsifal dann nicht getötet? Warum blieb es dem Maulwurf überlassen, drei Monate später den Befehl zu geben?«

»Das hat Bradford doch erklärt«, sagte Jenna. »Du hattest mich gesehen; du warst im Begriff, die Ereignisse an der Costa Brava noch einmal aufzurollen, und das hätte dich zu dem Maulwurf führen können.«

»Das erklärt Parsifals Verhalten immer noch nicht. Er hätte mich zigmal beseitigen können, aber er hat es nicht getan. Das ist der entscheidende Punkt. Mit was für einem Menschen haben wir es zu tun?«

»Ganz bestimmt nicht mit einem rational denkenden Mann. Das ist gerade das Erschreckende.«

Das Klingeln war schrill, unerwartet. Michael schoß in die Höhe, aus tiefem Schlaf gerissen. Jenna rollte über das Bett. Seine Hand griff instinktiv nach einer Waffe. Es war das Telefon, und Michael starrte es an, ehe er nach dem Hörer griff. Er sah auf die Uhr, während er sprach. Es war 4.45 Uhr am Morgen.

»Ja?«

»Havelock, hier ist Bradford.«

»Was ist los? Wo sind Sie?«

»In meinem Büro. Ich bin schon seit elf Uhr hier. Übrigens, ich habe meine Leute die ganze Nacht durcharbeiten lassen. Alles, was Sie wollten, wird bis acht Uhr bei Ihnen sein, mit Ausnahme der Akten von Poole's Island. Das dauert noch ein paar Stunden.«

»Und um mir das zu sagen, rufen Sie um diese Zeit an?«

»Natürlich nicht.« Bradford hielt inne. »Ich habe ihn vielleicht gefunden«, fuhr er fort. »Ich habe Ihren Vorschlag befolgt und habe jemanden gesucht, der vielleicht nicht dort war, wo er hätte sein sollen. Das genaue Ergebnis werde ich erst im Laufe des Vormittags erfahren wegen der Verzögerung durch Poole's Island. Wenn der Verdacht stimmt, ist es unglaublich. Seine Akte ist so sauber, wie man sie sich nur wünschen kann; sein Militärdienst . . .«

»Erzählen Sie jetzt nichts mehr«, unterbrach ihn Michael.

»Ihr Telefon ist genauso abhörsicher wie das Haus.«

»Meines vielleicht. Ihr Apparat vielleicht nicht. Hören Sie mir nur zu.«

»Was ist?«

»Suchen Sie nach einer Marionette. Lebend oder tot.«

»Nach einer was?«

»Jemanden, der nur dazu benutzt wurde, die Abwesenheit des Maulwurfs zu tarnen, eine Marionette eben, deren Drähte zu Ihrem Mann führen. Verstehen Sie das?«

»Ja, ich glaube schon. Doch, ich verstehe. Es paßt zu dem, was ich bereits gefunden habe.«

»Rufen Sie mich an, wenn Sie das Resultat genau wissen. Von einer Telefonzelle aus. Aber unternehmen Sie nichts weiter.« Havelock legte auf und sah Jenna an. »Bradford hat möglicherweise ›Ambiguity‹ gefunden.«

29

Es war ein Morgen, wie »Steril Fünf« ihn noch nie erlebt hatte und wahrscheinlich auch nie wieder erleben würde. Um halb neun hatte Jenna das Kommando über die Küche an sich gerissen und den pistolentragenden Koch zu ihrem Gehilfen degradiert. Er durfte Zutaten abwiegen und mischen, begleitet von ihren billigenden Blicken. Als schließlich der fertige Teig auf dem Blech im Ofen garte, tauchten zwei Wachposten in der Küche auf, angelockt durch den Duft.

»Bitte nennen Sie mich Jenna«, sagte Jenna zu den hungrigen »Gästen«, während Havelock an einen Tisch in der Ecke verbannt wurde.

Vornamen wurden ausgetauscht, und bald darauf war eine lebhafte, von häufigem Gelächter unterbrochene Unterhaltung im Gange. Man verglich Heimatorte und beurteilte sie nach der Qualität ihrer Bäckereien. Es war, als hätte noch nie zuvor jemand gewagt, die drükkende Atmosphäre in diesem ganz auf Sicherheit abgestimmten Haus zu lockern. Jetzt war sie entspannt; das war hauptsächlich Jenna zu verdanken, der die Männer – alles Profis in einer tödlichen Kunst – sehr zugetan waren. Eigentlich eine zu bescheidene Formulierung für ihre Begeisterung. Sie hatten tatsächlich ihren Spaß, und Spaß war etwas, was es in »Steril Fünf« normalerweise nicht gab. Die Welt würde vielleicht in ein paar Monaten untergehen – und Jenna Karras backte *Koláče*.

Nach dem Verzehr ungeheurer Mengen süßer Semmeln freilich kehrte die sachliche Atmosphäre des sterilen Hauses zurück. Glokken schrillten, und Fernsehmonitore flackerten. Kurz vor zehn Uhr rollte ein gepanzerter Lieferwagen des State Department in die Einfahrt. Man hatte ihn bereits erwartet. Hohe Beamte hatten auf Befehl des Präsidenten die ganze Nacht durchgearbeitet und Akten nach Informationen durchgekämmt, die Havelock gefordert hatte.

Um halb elf Uhr saßen Michael und Jenna wieder in dem prunkvollen Arbeitszimmer und hatten die Unterlagen und Fotografien säuberlich geordnet. Auf dem Schreibtisch vor Michael lagen vier Stapel, zwei auf dem Beistelltisch vor Jenna, die auf dem Sofa Platz genommen hatte. Die frühe Mittagssonne füllte die Fenster, spiegelte sich in dem dicken, kugelsicheren Glas und ließ Lichtflecken über die Wände tanzen. Es herrschte Schweigen, nur das Rascheln von Papier war zu hören.

»Botschafter Addison Brooks und General Malcomb Halyard«, sagte Michael, nachdem er eine Liste überflogen hatte, die die Namen aller enthielten, die – und wäre es auch noch so entfernt – mit dem Parsifal-Mosaik in Verbindung standen, »stehen dem Präsidenten zur Seite, falls er gezwungen sein sollte, Matthias' Zustand bekanntzugeben.«

»In welchem Sinn?« fragte Jenna.

»Nach Anton gehören sie zu den am meisten geachteten Männern im Lande. Berquist wird sie brauchen.«

Jenna unterbrach die Stille. »Du bist hier erwähnt.«

»Wo?«

»Es ist eine Eintragung in einem Terminkalender von Matthias.«

»Wann war das?«

»Vor neun Monaten. Du warst Gast in seinem Haus. Ich glaube, das war damals, als man dich zu dem üblichen Kontrollgespräch kommen ließ. Wir kannten uns noch nicht sehr lange.«

»Lang genug für mich, um so schnell wie möglich nach Prag zurückfliegen zu wollen. Diese Sitzungen waren gewöhnlich reine Zeitvergeudung.«

»Du hast mir einmal gesagt, daß sie durchaus Sinn hatten, daß die Arbeit oft seltsame Auswirkungen auf gewisse Männer hatte und es daher angebracht war, sie periodisch zu überprüfen.«

»Zu denen gehörte ich aber nicht. Außerdem habe ich gesagt, gewöhnlich, aber nicht immer. Es kam vor, daß sie einen ... einen Revolverhelden fanden.«

Jenna legte das Blatt zurück. »Mikhail, könntest du nicht damals bei Matthias Parsifal gesehen haben?«

»Vor neun Monaten war Anton noch ganz normal, damals gab es keinen Parsifal.«

»Du sagtest, er sei müde gewesen. ›Schrecklich müde‹, hast du damals gesagt. Du machtest dir Sorgen um ihn.«

»Um seine Gesundheit, nicht um seinen Geisteszustand.«

»Trotzdem ...«

»Glaubst du denn nicht, daß ich jede Minute ganz genau durchdacht habe?« unterbrach sie Havelock. »Es war in Georgetown, und ich war zwei Tage und zwei Nächte dort, während der ganzen Auswertung. Wir aßen zweimal zusammen zu Abend, beide Male allein.«

»Es sind doch ganz sicher Leute in sein Haus gekommen.«

»Natürlich; die haben ihn nie auch nur eine Minute zur Ruhe kommen lassen, Tag und Nacht nicht.«

»Dann hast du sie gesehen.«

»Ich fürchte, nein. Du müßtest diese alte Burg kennen; der vordere Teil mit lauter kleinen Zimmern ist das reinste Labyrinth. Rechts vom Korridor ist ein Salon, links eine Bibliothek, durch die man gehen muß, um in sein Büro zu kommen. Ich glaube, Anton gefiel das so; er konnte Leute warten lassen, von denen er annahm, daß sie sich nicht begegnen wollten. Antragsteller bewegten sich in Etappen von einem Raum in den anderen. Er begrüßte sie im Salon, dann führte man sie in die Bibliothek und schließlich in sein Allerheiligstes, sein Büro.«

»Und du warst nie in diesen Räumen?«

»Nicht mit jemand anderem zusammen. Wenn er beim Abendessen unterbrochen wurde, blieb ich hinten im Speisesaal. Ich benutzte sogar einen separaten Nebeneingang, wenn ich das Haus betrat oder es verließ; nie den Haupteingang. Das hatten wir so vereinbart.«

»Ja, ich erinnere mich, du solltest nicht mit ihm gesehen werden.«

»Ich würde das anders ausdrücken. Ich hätte es als Ehre empfunden – ich meine das wirklich so, als Ehre –, mit ihm gesehen zu werden. Es war nur besser so . . . für uns beide.«

»Aber wenn du Parsifal nicht während dieser zwei Tage gesehen hast, wann sonst?«

Michael blickte sie an, er kam sich hilflos vor. »Ich müßte weit zurückgehen, ein halbes Leben lang, aber das ist ja der Wahnsinn. In seiner Phantasie sieht er mich eine Konferenz verlassen; das könnte alles mögliche sein; ein Klassenzimmer, ein Seminar, ein Vortragssaal. Wie viele waren zugegen? Fünfzig, hundert, tausend? Es dauert ziemlich lange, bis man an einer Universität ein Diplom bekommt. Hat Parsifal vielleicht mit mir ein Seminar besucht?«

Jenna lehnte sich vor, und in ihren Augen leuchtete plötzlich das Erkennen auf. »Parsifal hat nicht versucht, dich zu töten, obwohl er viele Gelegenheiten dazu hatte.«

»Genau.«

»Dann könnte er jemand sein, den du schon seit Jahren kennst.«

»Es gibt noch eine andere Möglichkeit. Eines dürfen wir nicht vergessen: Wenn man jemanden tötet, ist das immer mit einem Risiko verbunden, auch dann, wenn man einen anderen für die Tat bezahlt. Vielleicht kann er sich nicht einmal den Funken eines Risikos leisten. Vielleicht sehe ich ihn in einer Menge vor mir und kann ihn nicht erkennen. Aber wenn ich wüßte, wer er ist, wäre auch klar, wo ich ihn finden kann. Ich würde es wissen, aber nicht unbedingt andere, vielleicht sonst überhaupt niemand in unserer Branche.«

»Der Maulwurf könnte dir beides liefern: die Identität und eine Beschreibung.«

»Erfolgreiche Jagd, Mr. Bradford«, sagte Havelock. »Hast du sonst noch etwas?« fragte er und wandte sich dem Material zu, das sich mit dem Arzt aus Maryland befaßte.

»In den Terminkalendern taucht ein Name häufiger auf. Ich weiß nicht, ob ich das richtig verstehe. Warum wird der Shenandoah so oft erwähnt, Mikhail?«

Havelock blickte auf. Irgendwo in seiner Erinnerung war etwas wachgerufen worden.

Emory Bradford bemühte sich, die Augen offen zu halten; seine Lider fielen ihm immer wieder zu. Abgesehen von ein paar kurzen Nikkerchen, hatte er fast sechsunddreißig Stunden nicht mehr geschlafen. Aber er mußte wach bleiben; es war schon Nachmittag. Die Videobänder und die Fotografien aus New York würden jeden Augenblick eintreffen, in größter Eile per Kurier von einer hilfsbereiten Fernsehgesellschaft nach Washington befördert, die sich mit einer oberflächlichen Erklärung zufriedengegeben hatte.

Geradezu unglaublich war für Bradford die Vorstellung, daß ausgerechnet Arthur Pierce der Maulwurf sein sollte. Er war der dienstälteste Beamte des State Department, Mitglied der UNO-Delegation, ein Laufbahnbeamter mit einer Dienstakte, die den Neid eines jeden Kollegen herausfordern mußte. Ebenso makellos war vorher seine Militärkarriere verlaufen. Wäre er bei der Armee geblieben, hätte er ohne Zweifel alle Chancen gehabt, einmal zum Kreis der Vereinigten Stabschefs zu zählen. Vor seinem Einsatz in Südostasien hatte Pierce auf der Universität von Michigan seinen Doktortitel mit summa cum laude erworben. Nach fünf freiwillig abgeleisteten Dienstjahren war er zum Major befördert und mit zahllosen Tapferkeitsmedaillen ausgezeichnet worden. Bereits als Jugendlicher bewies der Sohn eines Farmers seine vorbildliche Verantwortungsbereitschaft und Einsatzfreude. Es war Meßdiener in der Kirche, Leiter einer Pfadfindergruppe und Schulsprecher auf der High-School. Arthur Pierce war, wie General Halyard es formuliert hatte, so amerikanisch wie Hamburger und das Sternenbanner.

Bei der ersten Überprüfung von Pierce hatte Bradford routinemäßig – zu routinemäßig, denn der Verdacht erschien ihm zu abwegig – auch die Protokolle der vertraulichen Diskussionen innerhalb der US-Delegation überflogen, die während der Operation an der Costa Brava an der Sitzung des Sicherheitsrats in New York teilgenommen hatte. Beim zweitenmal sah er sich die Protokolle, die ein Attaché namens Carpenter verfaßt hatte, besonders gründlich an. Sein Vorgesetzter Pierce, der Mann, der im Rang unmittelbar unter dem Botschafter stand, war häufig erwähnt, seine Vorschläge waren prägnant, intelligent. Und nun stieß Bradford in der Niederschrift der Sitzung vom Donnerstag auf eine merkwürdige Abkürzung: Vortr. F.C.

Es folgte eine eindeutige und ziemlich langwierige Empfehlung von Pierce, die dem Botschafter vorgelegt wurde. Bradford war diese Passage vorher nicht aufgefallen.

Die Abkürzung Vortr. F.C. bedeutete: vorgetragen von Franklyn Carpenter. Das hieß ja, daß Pierce nicht persönlich sein Statement abgegeben hatte, sondern sich von Carpenter vertreten ließ. Pierce war also nicht zugegen gewesen!

Bradford hatte daraufhin das Protokoll Zeile für Zeile gelesen und entdeckt, daß Carpenter am Donnerstag und am Freitag Pierces Stuhl eingenommen hatte. Freitag – das war der Anfang des Jahres gewesen; die Operation an der Costa Brava hatte in der Nacht des 4. Januar stattgefunden, an einem Sonntag. Ein Wochenende also.

An dem Mittwoch zuvor hatte der Sicherheitsrat nicht getagt, die Mehrzahl der Delegationen hielten am Silvesterabend diplomatische Empfänge ab. Am Donnerstag, dem ersten Tag des neuen Jahres, hatte der Rat seine Sitzungen wieder aufgenommen und auch am Freitag getagt . . . aber nicht am Samstag oder Sonntag. Arthur Pierce hätte das Land schon Dienstag verlassen können und fünf Tage Zeit für die Costa Brava gehabt . . . War er ›Ambiguity‹?

Bradford hatte Havelock angerufen, der ihm gesagt hatte, wen er jetzt suchen sollte: die Marionette.

Vom Nachtdienst im State Department hatte der Staatssekretär erfahren, daß Franklyn Carpenter vor gut drei Monaten seinen Dienst quittiert hatte. Die Nummer, die er hinterlassen hatte, war unbrauchbar; das Telefon war abgemeldet worden. Daraufhin hatte Bradford der Zentrale den Namen der anderen Person gegeben, die auch während jener Donnerstagssitzung des Sicherheitsrats Mitglied der amerikanischen Delegation gewesen war, ein Attaché im unteren Rang, der ohne Zweifel noch in New York war.

Die Zentrale hatte den Staatssekretär morgens um Viertel nach fünf zurückgerufen und ihn mit dem UNO-Attaché verbunden.

»Hier spricht Staatssekretär Bradford . . .«

Die erste Reaktion des Mannes war Erstaunen gewesen, in das sich spürbare Angst mischte. Bradford hatte einige Minuten gebraucht, den Mann zu beruhigen und ihn auf jene Tage einzustimmen, die jetzt fast vier Monate zurücklagen.

»Können Sie sich erinnern?«

»Einigermaßen schon, denke ich.«

»Ist Ihnen an jenem Wochenende irgend etwas Ungewöhnliches aufgefallen?«

»Nichts, das mir jetzt in den Sinn kam. Nein, *Sir.*«

»Das amerikanische Sitzungsteam – mich interessieren besonders der Donnerstag und der Freitag – bestand aus dem Botschafter, Arthur Pierce, Ihnen und einem Mann namens Carpenter. Ist das richtig?«

»Ich würde die letzten zwei umdrehen. Damals war ich das rangtiefste Mitglied.«

»Waren Sie alle vier jeden Tag anwesend?«

»Nun ... ich denke schon. Es ist schwierig, sich nach vier Monaten an jeden Tag genau zu erinnern. Sie könnten das den Anwesenheitslisten entnehmen.«

»Donnerstag war der Neujahrstag, hilft Ihnen das?«

Ehe der Attaché antwortete, waren ein paar Augenblicke verstrichen. Als er schließlich wieder sprach, schloß Bradford die Augen. »Ja, jetzt erinnere ich mich. Ich war vielleicht eingetragen, aber ich war nicht da. ›Der weiße Blitz‹ hatte ... entschuldigen Sie ...«

»Ich weiß schon, wen Sie meinen. Was hat Staatssekretär Pierce getan?«

»Er hatte mich nach Washington geschickt, um eine Analyse über die gegenwärtige Lage im Mittleren Osten zu erstellen. Ich habe fast das ganze Wochenende damit verbracht. Und dann, können Sie sich das vorstellen, hat er meine Arbeit überhaupt nicht verwendet. Bis heute nicht.«

»Eine letzte Frage noch«, sagte Bradford, bemüht, die Erregung in seiner Stimme zu unterdrücken. »Wenn die Empfehlungen eines Delegationsmitgliedes dem Botschafter durch einen anderen vorgetragen werden, was genau hat das zu bedeuten?«

»Das ist ganz einfach. Die Seniormitglieder versuchen, gegnerische Anträge vorherzusehen, und entwerfen Strategien, um sie zu blockieren. Im Falle, daß der Betreffende nicht im Saal ist, wenn ein solcher gegnerischer Antrag kommt, liegt dem Botschafter seine Empfehlung vor.«

»Ist das nicht gefährlich? Könnte nicht jemand einfach irgend etwas unter einem offiziellen Titel zusammenschreiben und es einem Mitglied geben?«

»O nein, so funktioniert das nicht. Solche Exposés werden nicht einfach eingeschickt. Man muß schon anwesend sein. Angenommen, der Botschafter findet Gefallen an einem solchen Vorschlag, benutzt ihn und bekommt ein Kontra, mit dem er nicht klarkommt. Dann will er natürlich den für die Strategie verantwortlichen Mann im Sitzungssaal haben.«

»Staatssekretär Pierce hat während der Sitzungen am Donnerstag und Freitag eine ganze Anzahl solcher Exposés, wie Sie sie nennen, vorgebracht.«

»Das ist üblich. Er ist ebensooft außerhalb des Sitzungssaales, wie er drinnen ist. Ich muß wirklich sagen, der Mann ist ein klasse Diplomat. Ich glaube, daß der Mann einiges bewegt – ich meine, er ist sehr eindrucksvoll. Selbst die Sowjets mögen ihn.«

›Ja, das tun sie, Mr. Attaché. Sie mögen ihn sogar so sehr, daß kontroverse Anträge durch vorherige Absprachen vermieden werden könnten‹, dachte Bradford bei sich.

»Eine Frage habe ich doch noch.«

»Nur zu, *Sir.*«

»Was ist aus Carpenter geworden?«

»Das wüßte ich auch gern. Ich wollte, ich könnte ihn finden. Ich glaube, er hat einfach resigniert.«

»Was meinen Sie damit?«

»Ich nehme an, Sie wissen es nicht. Seine Frau und seine Kinder sind ein paar Tage vor Weihnachten bei einem Autounfall ums Leben gekommen. Wie würden Sie reagieren, wenn Sie allein vor dem Weihnachtsbaum ständen und die Geschenke ungeöffnet bleiben?«

»Es tut mir leid.«

»Der Mann hat wirklich Mumm bewiesen, daß er so bald wieder zurückkam. Natürlich waren wir uns alle einig, daß das vielleicht das Beste für ihn wäre. Mit Leuten zusammen zu sein, die ihn mochten, und nicht allein.«

»Ich nehme an, Staatssekretär Pierce hat sich dieser Meinung auch angeschlossen.«

»Ja, Sir. Er war derjenige, der ihn überredete, wieder zur Arbeit zu kommen.«

»Verstehe.«

»Und dann tauchte er eines Morgens einfach nicht mehr auf. Am nächsten Tag kam ein Telegramm, in dem er seinen Rücktritt erklärte, und zwar mit sofortiger Wirkung.«

»Das war ungewöhnlich, nicht wahr? Genaugenommen auch nicht ganz korrekt, vermute ich.«

»Nach allem, was er durchgemacht hatte, kann ich mir nicht vorstellen, daß jemand ihm mit Formalitäten kommen wollte.«

»Und der Staatssekretär war wiederum einverstanden.«

»Ja, *Sir*. Pierce dachte, Carpenter sei einfach verschwunden. Ich hoffe, es geht ihm gut.«

Er ist tot, Mr. Attaché. Die Marionette ist tot.

Bradford hatte weiter in den Akten geblättert, bis die Sonne aufgegangen war und seine Augen vom vielen Lesen schmerzten. Anschließend hatte er die Anwesenheitsliste für den Tag untersucht, in dessen Nacht der ›Ambiguity‹-Code gestohlen worden war und jemand das ›nicht zu retten‹ nach Rom durchgegeben hatte. Er fand, was er erwartet hatte: Arthur Pierce war nicht in New York, sondern in Washington gewesen, in seinem Büro im vierten Stock . . . und er war natürlich um kurz nach fünf Uhr nachmittags weggegangen, zu einer Zeit, wo viele andere Mitarbeiter ebenfalls den Dienst beendet hatten. Wie leicht mußte es doch gewesen sein, in der Menge hinauszugehen, die Sicherheitsliste abzuzeichnen und wieder zurückzukehren. Er hätte die ganze Nacht im Büro bleiben und sich am Morgen wieder eintragen können, und keiner hätte etwas bemerkt. Genauso hätte er, Staatssekretär Emory Bradford, es an diesem Morgen handhaben können. Aber – wo war die Verbindung mit Moskau?

Als es acht Uhr war, kündigten ihm die Augen den Dienst; er konnte sich einfach nicht mehr konzentrieren, und so hatte er sich in seinem Sessel zurückgelehnt und geschlafen. Eine halbe Stunde später hatten ihn die Geräusche des beginnenden Arbeitstages vor seiner Bürotür geweckt. Das State Department war zum Leben erwacht. Die Sekretärinnen hatten Kaffee gekocht und Terminpläne getippt, während sie die Ankunft ihrer Vorgesetzten erwarteten. Bradford war aufgestanden und hinausgegangen, um seine Sekretärin, eine Dame in mittleren Jahren, zu begrüßen. Sie war durch sein Erscheinen erschreckt, das hatte er in ihren Augen gelesen. Erst in diesem Augenblick war ihm klargeworden, wie er ausgesehen haben mußte, ohne Krawatte, in Hemdsärmeln, dunkle Ringe um die Augen, das Haar zerwühlt und schwarze Bartstoppeln im Gesicht.

Er hatte um Kaffee gebeten und war zur Herrentoilette gegangen, um sich dort, so gut es ging, wieder herzurichten. Als er dann durch das große Büro lief, spürte er die Blicke, die ihm folgten. ›Wenn sie nur wüßten‹, hatte er bei sich gedacht.

Havelocks Ratschlag folgend, hatte er gegen zehn Uhr eine öffentliche Telefonzelle aufgesucht und veranlaßt, daß die Bänder und Fotografien von New York eingeflogen wurden. Er war versucht, den Präsidenten anzurufen. Aber dann ließ er es bleiben und sprach mit niemandem weiter.

Jetzt saß er wieder in seinem Arbeitszimmer und sah auf die Uhr. Es war zweiundzwanzig Minuten nach zwölf. Jede Stunde landete eine Maschine aus New York; mit welcher kam das Material?

Ein leises Klopfen an seiner Tür riß ihn aus seinen Gedanken. »Herein!«

Es war seine Sekretärin, und sie sah ihn genauso sorgenvoll an wie am frühen Morgen.

»Ich gehe jetzt zum Mittagessen, okay?«

»Schon gut, Liz.«

»Kann ich Ihnen irgend etwas besorgen?«

»Nein, danke.«

Die Frau stand etwas verlegen in der Tür und machte eine kleine Pause, ehe sie fortfuhr: »Fühlen Sie sich nicht wohl, Mr. Bradford?«

»Doch, alles in Ordnung.«

»Kann ich nicht doch etwas für Sie tun?«

»Sie können aufhören, sich Sorgen um mich zu machen«, sagte er und bemühte sich zu lächeln; aber es mißlang.

»Bis später.«

Sein Telefon klingelte. Es war der Sicherheitsbeamte in der Lobby; die Sendung aus New York war eingetroffen. »Quittieren Sie und schicken Sie es mir mit einer Wache herauf, bitte.«

Sieben Minuten später legte er das Band in den Videorecorder. Auf dem Bildschirm erschien der Sitzungssaal des Sicherheitsrats der Vereinten Nationen. Ganz unten im Bild leuchtete ein Datum auf: *Dienstag, 30. Dezember, 14.56 Uhr.* Gerade hielt der saudiarabische Botschafter eine Rede. Ein paar Minuten später schwenktc die Kamera ins Plenum und zeigte zuerst die israelische Delegation, dann die ägyptische, gefolgt vom amerikanischen Team. Bradford hielt das Band mit dem Fernschalter an und studierte das Bild. Alle vier Männer waren anwesend: der Botschafter und Arthur Pierce vorn, zwei Männer auf den Plätzen dahinter. Bradford startete das Band wieder und zog den Fernschalter zu sich heran, um den Knopf für den schnellen Vorlauf zu finden. Er drückte den Knopf, und das Bild verschwamm. Er ließ den Knopf los. Der Saudi stand immer noch am Rednerpult. Gerade wollte er das Band weiterlaufen lassen, als die Kamera mit einem schnellen Schwenk wieder die amerikanische Delegation einfing. Arthur Pierce war verschwunden.

Bradford drückte ein paarmal den Rücklaufknopf, bis er fand, was er suchte. Ein Beamter des State Department verließ während der Rede eines befreundeten Staates nicht einfach seinen Platz. Und da war es. Pierce sah auf die Uhr, während er sich erhob, lehnte sich zuerst zu dem Botschafter hinüber, flüsterte ihm etwas zu und wandte sich dann an den Mann hinter ihm, vermutlich an den Attaché. Der nickte. Die Stimme einer Ansagerin kam aus dem Lautsprecher.

»Wie wir hören, hat die Delegation der Vereinigten Staaten einen Telefonanruf erhalten, wahrscheinlich vom *Secretary of State,* der vielleicht eine Anmerkung zu Ibn Kashanis Ausführungen anbringen möchte.«

Bradford drückte immer wieder den Vorlaufknopf. Die Ansprache war vorbei; viele Delegationen erhoben sich, um zu applaudieren. Arthur Pierce war nicht zu seinem Platz zurückgekehrt.

Donnerstag, 1. Januar 10.43 Uhr. Die Neujahrsansprache des Präsidenten des Sicherheitsrats. Arthur Pierce war nicht anwesend. Seinen Platz hatte der Mann eingenommen – vermutlich Franklyn Carpenter –, der hinter dem Botschafter gesessen hatte.

Freitag, 2. Januar, 16.10 Uhr. Eine provozierende Rede des russischen Delegierten, die den Gebrauch der Kopfhörer erforderte, um die Übersetzung zu hören. Pierce war nicht anwesend.

Montag, 5, Januar, 11.43 Uhr. Arthur Pierce abwesend.

Montag, 5. Januar, 14.16 Uhr. Arthur Pierce abwesend.

Montag, 5. Januar, 16.45 Uhr. Arthur Pierce in seinem Sessel, kopfschüttelnd, eine Reaktion auf Ausführungen des jemenitischen Botschafters.

Bradford schaltete das Videoband ab und blickte auf den Umschlag mit den Fotografien der Neujahrsempfänge. Eigentlich brauchte er sie nicht mehr; er wußte, daß der Staatssekretär der amerikanischen Delegation auf keinem der Bilder zu sehen sein würde.

Er war an der Costa Brava gewesen.

Ein letzter Punkt mußte noch überprüft werden. Mit Hilfe der Computer würde das weniger als eine Minute dauern. Bradford griff nach dem Telefon und verlangte die Transportabteilung, sprach seine Bitte aus und wartete. Siebenundvierzig Sekunden später kam die Antwort.

»Am Dienstag, dem 30. Dezember, flogen fünf Maschinen von New York nach Madrid: um zehn Uhr, zwölf Uhr, dreizehn Uhr fünfzehn, vierzehn Uhr dreißig und siebzehn Uhr zehn ... Am Montag, dem 5. Januar, gab es vier Flüge von Barcelona über Madrid nach New York, beginnend um sieben Uhr dreißig Ortszeit. Ankunft Kennedy Airport planmäßig zwölf Uhr einundzwanzig, neun Uhr fünfzehn ...«

»Danke«, unterbrach Bradford. »Ich habe, was ich brauche.«

Pierce war mit der Dienstagsmaschine um 17.10 Uhr nach Madrid geflogen und mit der Montagsmaschine aus Barcelona um 9.15 Uhr zurückgekehrt, was ihm die Möglichkeit gab, um 16.45 Uhr in den Vereinten Nationen präsent zu sein.

Bradford lehnte sich in seinem Sessel herum, atmete tief und starrte durch das große Fenster auf die von Bäumen gesäumten Straßen Washingtons hinunter. Es war Zeit, sich wieder eine Telefonzelle zu suchen und Havelock anzurufen. Er erhob sich und ging um seinen Schreibtisch herum, um sein Jackett und seinen Mantel zu holen, die er über einen Stuhl an der Wand geworfen hatte.

Die Tür öffnete sich, ohne daß vorher ein Klopfen zu hören gewesen wäre.

Der Staatssekretär erstarrte, jeder seiner Muskeln war angespannt. Der Mann, der jetzt die Tür hinter sich schloß und sich gegen den Türrahmen lehnte, war ebenfalls Staatssekretär; eine weiße Strähne durchlief sein dunkles Haar. Es war Pierce. Er stand steif da, der Blick stumpf und kalt; er wirkte müde, und als er sprach, war auch seine Stimme ausdruckslos.

»Sie wirken erschöpft, Emory«, sagte er. »Und Sie sind unerfahren. Erschöpfung und Unerfahrenheit sind eine schlimme Kombination; vereint können sie zu Fehlern führen. Wenn Sie Untergebenen Fragen stellen, sollten Sie nicht vergessen, sie zur Verschwiegenheit zu verpflichten. Dieser junge Mann, der, der an Carpenters Stelle getreten ist, war heute morgen ganz aufgeregt.«

»Sie haben Carpenter getötet!« flüsterte Bradford mit stockender Stimme. »Er hat nicht den Dienst quittiert. Sie haben ihn getötet!«

»Er litt unter großen seelischen Schmerzen.«

»O Gott ... seine Frau und seine Kinder, das waren auch Sie!«

»Man muß planen, Umstände herbeiführen, Motive schaffen ... Abhängigkeiten. Das können Sie akzeptieren, nicht wahr? Du lieber Gott, früher haben Sie sich auch nichts dabei gedacht. Wie viele haben Sie getötet? Ehe Sie Ihre Wandlung feierten, meine ich? Ich war draußen auf dem Schlachtfeld, Emory. Ich habe gesehen, was Sie getan haben.«

»Aber Sie *waren* dort ...«

»Und habe jede Minute gehaßt, die ich dort sein mußte. Das Verheizen unserer Leute hat mich krank gemacht, das Zählen der Toten – auf beiden Seiten – und die Lügen. Immer die Lügen, aus Washington und Saigon. Da sind Kinder geschlachtet worden, auf beiden Seiten.«

»Warum *Sie?* Es gibt nichts, was das erklären kann! Warum ausgerechnet *Sie?*«

»Weil ich dafür bestimmt war. Wir stehen auf verschiedenen Seiten, Emory, und ich glaube viel mehr an die meine als Sie an die Ihre. Das ist verständlich. Sie haben gesehen, was sich hier abspielt, und können nichts dagegen tun. Ich aber kann und werde das Ruder herumreißen. Es gibt einen besseren Weg für diese Welt, und wir werden dafür sorgen, daß sie diesen Weg beschreitet.«

»Wie? Indem Sie alles in die Luft sprengen? Indem Sie uns alle in einen Atomkrieg stürzen?«

Pierce stand reglos da, und seine Augen durchbohrten Bradford. »Dann ist es also wahr«, sagte er leise. »Die haben es getan.«

»Sie wußten nicht . . . o mein Gott!«

»Machen Sie sich keine Vorwürfe, wir waren ganz nahe dran. Man hat uns gesagt – mir gesagt –, daß er im Begriff war, verrückt zu werden und eine Strategie zu entwickeln, die so absurd war, daß die Welt den Vereinigten Staaten nie wieder Vertrauen geschenkt hätte. Wenn wir die nötigen Dokumente in Händen halten würden, dann hätten wir auch die Macht zu diktieren oder zu vernichten. Ihr System würde in jedem Fall erledigt sein, vom Antlitz der Erde weggewischt werden, der Sie und Ihresgleichen Gewalt angetan haben.«

»Sie haben unrecht . . . Sie irren sich.« Bradfords Stimme war nur noch ein Flüstern. »Große Fehler sind gemacht worden, ja! Ungeheure Fehleinschätzungen, ja! . . . Aber wir setzen uns mit den Folgen auseinander. Das war nie anders.«

»Nur wenn man euch erwischt. Weil ihr nicht den Mut habt zu verlieren, und ohne diesen Mut könnt ihr auch nicht gewinnen.«

»Sie glauben, daß Unterdrückung die Lösung ist? Sie glauben, wenn Sie Leute zum Schweigen bringen, wird man sie nicht hören?«

»Nicht, wo es darauf ankommt; das ist die praktische Antwort. Sie und Ihresgleichen haben uns nie verstanden. Sie lesen unsere Bücher, aber Sie begreifen ihre Bedeutung nicht, weil Sie bewußt wesentliche Dinge übersehen. Marx hat es längst gesagt, und Lenin hat es bestätigt, aber Sie haben nicht darauf gehört. Unser System befindet sich in dauerndem Wandel, es durchläuft Phasen, bis der Wandel nicht mehr nötig ist. Eines Tages werden alle Menschen frei sein.«

»Das hat man Ihnen doch eingehämmert! Kein Wandel? Die Menschen müssen sich wandeln, ändern. Jeden Tag! Sie müssen sich anpassen, den klimatischen Verhältnissen, den Bedürfnissen anderer

Menschen. Man kann aus Menschen nicht Automaten machen; das ist es, was Sie nicht begreifen. *Sie* sind diejenigen, die vor dem Mißlingen Angst haben. Die Argumente anderer lassen Sie nicht zu!«

»Wir diskutierten mit Leuten, die sechzig Jahre der Hoffnung, sechzig Jahre des Fortschritts ungeschehen machen wollen. Unsere großen Gelehrten, die Ärzte, die Ingenieure . . . die Mehrzahl ihrer Eltern konnte nicht einmal lesen.«

»Also habt ihr es den Kindern beigebracht und die Bücher verbrannt.«

»Ich hatte mehr von Ihnen gehalten.« Pierce trat ein paar Schritte vor. »Sie können ihn nicht finden, nicht wahr? Er hat seine Nuklearpläne geliefert und ist dann in den Untergrund gegangen. Sie wissen nicht, wem er sie gezeigt hat oder an wen er sie verkauft hat. Sie sind in Panik.«

»Sie können ihn auch nicht finden. Sie haben ihn verloren.«

»Aber wir wissen, wer er ist. Wir haben seine Gewohnheiten studiert, seine Bedürfnisse, seine Talente. Er ist wie alle außergewöhnlichen Männer kompliziert, aber berechenbar. Wir werden ihn finden. Wir wissen, wonach wir suchen müssen – Sie nicht.«

»Er hat Sie verlassen, ein Überläufer, nicht wahr?«

»Ein kurzzeitiger Zustand. Er war mit der Bürokratie unzufrieden, mit phantasielosen Vorgesetzten, nicht mit den Zielen des Staates. Als er zu mir kam, hätte ich ihn haben können, aber ich wollte nicht; der Preis war zu hoch. Sehen Sie, er glaubt nämlich an uns, nicht an Sie . . . ganz bestimmt nicht an Sie. Sein Vater war Leibeigener auf den Ländereien von Fürst Woroschin. Der Fürst ließ ihn hängen, weil er im Winter ein Wildschwein gestohlen hatte, um seine Familie zu ernähren. Sein Sohn wird sich nicht gegen uns stellen.«

»Wer ist ›wir‹? Moskau bestätigt Sie nicht, das haben wir durch die Operation an der Costa Brava erfahren. Das KGB hatte gar nichts mit den Ereignissen zu tun; die waren nicht von den Russen sanktioniert.«

»Wenigstens nicht von jemandem, mit dem Sie zu tun haben. Die Verantwortlichen im KGB sind alt und müde, sie gehen den Weg des geringsten Widerstands. Die haben unser Ziel, unsere Vorsehung aus den Augen verloren, wenn Sie so wollen. Wir nicht.« Pierce blickte auf das Fernsehgerät und den Videorecorder darunter und dann auf das kleine Kästchen auf Bradfords Schreibtisch. »Aha, Videobänder, die man sich ansehen kann, um Auseinandersetzungen zu klären oder Todesfälle zu überprüfen. Sehr gut, Emory.« Der Maulwurf grinste. »Oder um verschwundene Leute ausfindig zu machen. Ja, in den Archivbändern könnten Sie das finden. Dieser schwachsinnige Botschafter könnte Ihnen da nicht weiterhelfen. Er würde in seinen Aufzeichnungen nachsehen und feststellen, daß ich ihm die besten Argumente für seine Sitzungen geliefert hatte, und schwören, daß ich neben ihm gesessen hätte. Vielleicht amüsiert es Sie zu erfahren, daß ich häufig mit meinen wahren Verbündeten in der UNO spreche und sie bitte, es ihm leicht zu machen, ihn ein paar Punkte gewinnen zu lassen. Er war für mich ein Geschenk des Himmels.«

»Das amüsiert mich nicht.«

Pierce ging auf Bradford zu, stellte sich direkt vor ihn. »Havliček ist zurückgekommen, nicht wahr?«

»Wer?«

»Wir ziehen seinen wirklichen Namen vor. Mikhail Havliček, Sohn von Václav, einem Staatsfeind. Er ist so nach einem Großvater aus Rovno auf der anderen Seite der Karpaten benannt worden. Mikhail ist ein russischer Name, kein tschechischer. Andererseits, nein, Sie wissen das wahrscheinlich nicht; die Herkunft interessiert Sie nicht. Unter anderen Umständen könnte er jetzt auf meiner Seite stehen. Er ist ein talentierter Mann; es tut mir leid, daß man ihn so fehlgeleitet hat. Er ist hier, nicht wahr?«

»Ich weiß nicht, wovon Sie sprechen.«

»Ach, kommen Sie schon, Emory. Diese alberne Geschichte in den Zeitungen über den Mord in Morningside Heights. Dieser alte Jude hat etwas gewußt, nicht wahr? Und Havliček hat ihn abgeknallt, als er es erfuhr. Dann haben Sie ihn gedeckt, weil er Sie gefunden hatte und ohne Zweifel auch das Mädchen. Jetzt brauchen Sie ihn; er könnte Sie aufhängen lassen. Sie haben sich mit ihm geeinigt. Sie haben ihm die Wahrheit gesagt, das mußten Sie. Alles führt zur Costa Brava zurück, nicht wahr?«

»*Sie* waren an der Costa Brava!«

»Sicherlich. Wir waren auf dem Wege, einen der mächtigsten Männer in der westlichen Welt völlig zu kompromittieren. Wir wollten sicherstellen, daß es richtig gemacht wurde. Sie hatten nicht den Mumm dazu. Wir schon.«

»Aber Sie wußten nicht, weshalb. Und Sie wissen es immer noch nicht!«

»Darauf kam es nie an, verstehen Sie das denn nicht? Er war im Begriff, den Verstand zu verlieren. Sie mit Ihren ungeheuren Erwartungen trieben ihn in den Wahnsinn; er war ein Riese, der die Arbeit von zwanzig anderen leistete. Wir brauchten bloß Matthias' Phantasien Nahrung zu liefern, ihm jeden Wunsch zu erfüllen, jeden Argwohn zu bestätigen ... seinen Wahnsinn fördern. Weil sein Wahnsinn nämlich dieses Land kompromittierte, es selbst in den Wahnsinn trieb.«

»Aber jetzt geht es nicht mehr darum, Matthias auszuschalten, sondern nur noch um die totale Vernichtung!«

Pierce nickte langsam. »Das Risiko besteht natürlich, aber man darf keine Angst vor dem Scheitern haben.«

»Jetzt sind Sie der Wahnsinnige!«

»Ganz und gar nicht. Sie würden es doch sein, die ausgelöscht werden. Die Weltmeinung, an die Sie so oft und so jämmerlich appellieren, wird dafür sorgen. Im Augenblick kommt es nur darauf an, daß wir den Mann finden, der ganz allein Anton Matthias in den Wahnsinn trieb. Machen Sie sich um Havliček keine Sorgen. Sie waren es, die ihn als ›nicht zu retten‹ klassifizierten, nicht wir.«

»Das waren doch Sie. *Sie!*«

»Damals war es richtig. Jetzt nicht mehr. Jetzt wird er uns helfen. Was ich vorher sagte, war mein voller Ernst; er ist einer der talentiertesten Männer, die Sie je als Agenten eingesetzt haben, ein sehr tüchtiger Jäger. Mit seiner Erfahrung und unserem Wissen wird er den Mann finden, der diese Regierung auf die Knie zwingen wird.«

»Ich habe Leuten gesagt, wer Sie sind!« flüsterte Bradford. »Was Sie sind!«

»Dann wäre man mir am Flughafen gefolgt; aber das war nicht der Fall. Sie haben es niemandem gesagt, weil Sie es bis vor ein paar Minuten nicht wußten. Ich bin eine viel zu wichtige Persönlichkeit, als daß ein Mann wie Sie solche Spekulationen anstellen dürfte. Sie haben zu viele Fehler gemacht, weitere können Sie sich nicht leisten. Diese Stadt mag Sie nicht, Mr. Bradford.«

»Havelock wird Sie töten, sobald er Sie sieht.«

»Ganz sicher würde er das; aber er kennt mich nicht, das ist sein Problem, nicht wahr. Doch wir kennen Havliček. Das ist ein ziemlicher Nachteil für ihn. Wir werden ihn einfach beobachten; das ist alles, was wir tun müssen.«

»Sie werden ihn nie finden!« Bradford versuchte, nach links zu entweichen, aber Pierce blockierte ihn sofort und drückte ihn gegen die Wand.

»Nicht, Emory. Sie sind müde und sehr geschwächt. Ehe Sie die Stimme erheben könnten, wären Sie tot. Und was die Frage angeht, wie wir ihn finden können – wie viele sichere Häuser gibt es denn? ›Steril Eins bis Siebzehn‹? Und wer würde einem Mann wie mir – einem Mann, der mit zahlreichen diplomatischen ›Überläufern‹ zu tun hat – nicht sagen, in welchem dieser Häuser Havliček sich aufhält?

Ich habe schon so manchen beneidenswerten Fang eingebracht ... oder was als Fang galt.« Pierce ging ein paar Schritte und stellte sich wieder vor Bradford. »Sagen Sie mir, wo dieses Katastrophendokument ist. Ich nehme an, es handelt sich um eine Fotokopie, und das Original schwebt über Ihrem Kopf, ein nukleares Damoklesschwert an einem sehr dünnen Faden.«

»An einem Ort, wo Sie es nie finden könnten.«

»Das glaube ich«, sagte der *paminjatschik.* »Aber Sie könnten es finden.«

»Keine Chance ... ich könnte nicht, und ich würde nicht.«

»Leider glaube ich das auch.«

Ein kurzes, knackendes Geräusch war zu hören, als Pierce plötzlich die rechte Hand vorschnellen ließ, Bradfords nackten Arm packte und ihm die Hand in das Fleisch preßte. Mit der linken fuhr der Maulwurf gleichzeitig in die Höhe, preßte die Finger über Bradfords Mund und drehte den Körper des Staatssekretärs herum. Innerhalb von Sekunden weiteten sich Bradfords Augen und schlossen sich wieder, als die würgenden Laute aus seiner Kehle verstummten und er zusammenbrach. Pierce zog die Nadel heraus, rannte hinter den Schreibtisch und hob den Bandbehälter auf. Darunter lag ein Blatt mit einem Firmenaufdruck. Er griff nach dem Telefon, drückte den Amtsknopf und wählte.

»FBI, New York Office«, antwortete eine Stimme.

»Die Sicherheitsabteilung, bitte. Agent Abrams.«

»Abrams«, sagte Sekunden später eine männliche Stimme.

»Ihre Reise ist gut verlaufen, hoffe ich.«

»Ein glatter Flug«, war die Antwort. »Bitte.«

»Es gibt da einen Fernsehjournalisten«, fuhr Pierce fort und warf einen Blick auf das Blatt; einen gewissen R.B. Denning. Er ist bei der Trans American News Division beschäftigt. Er hat dem falschen Mann im Außenministerium Archivmaterial geliefert, einem Mann namens Bradford, dessen Motive mit den Interessen der Regierung der Vereinigten Staaten kollidieren. Bradford hat die Bänder in einem Wutanfall vernichtet, aber wir raten Denning offiziell, zum Nutzen der Nachrichtenredaktion von Trans Am – und natürlich der ganzen Firma – nichts zu sagen. Das State Department hält es für geboten, den peinlichen Zwischenfall mit äußerster Diskretion zu behandeln, et cetera, et cetera.«

»Ich werde mich sofort mit ihm in Verbindung setzen, selbst wenn er schon bei seinem zweiten Martini sein sollte.«

»Sie könnten hinzufügen, daß das Außenministerium Bedenken

haben könnte, in Zukunft mit Trans Am zusammenzuarbeiten, insoweit, als sie Firmenmaterial weitergegeben haben, ohne sich durch die richtigen Kanäle zu überzeugen, woher die Bestellung kam. Aber wenn jedermann zum Nutzen des Landes kooperiert . . .«

»Alles klar«, unterbrach ihn ein *paminjatschik* in New York. »Ich werde mich darum kümmern.«

Pierce legte auf, ging an das Fernsehgerät und schob es vorsichtig an die Wand. Er würde veranlassen, daß der Videorecorder abgeholt und in ein anderes Büro geschickt wurde.

Es würde keine Spur der Bänder geben und keine Möglichkeit, ihren Ursprung festzustellen.

Es gab keinen langgezogenen, markerschütternden Todesschrei, nur das Geräusch von zersplitterndem Glas war zu hören, als das große Fenster brach und ein menschlicher Körper aus dem sechsten Stock des State Department in die Tiefe fiel.

Emory Bradford!

Diejenigen, die ihn an diesem Morgen gesehen hatten, sagten später, es wäre zu erwarten gewesen, daß es einmal ein solches Ende mit ihm nehmen würde. In einem Augenblick totaler Verzweiflung, in dem Wunsch, es hinter sich zu bringen, nicht länger nachdenken zu müssen.

Der Druck, der auf ihm lastete, war überwältigend geworden. Eigentlich hatte er sich nie von dem erholt, was er Ende der sechziger Jahre erlebt hatte; jeder wußte das. Er war ein Mann, für den einmal die Zeit gekommen war; am Ende aber war er nicht mehr als eine Stimme im zweiten Glied gewesen.

Die Presse druckte es in den Abendausgaben, die Nachrufe waren nicht sehr lang, keinem schien sein Tod nahezugehen.

Staatssekretär Emory Bradford, politisch einst ein Falke und später eine Taube, hatte Selbstmord begangen. Natürlich. Und es gab da kein seltsames Gerät, wie zum Beispiel einen Videorecorder unter seinem Fernseher. Er war in das falsche Büro geliefert worden. Das Gerät wurde zurückgebracht, scheinbar unbenutzt.

30

»Du hättest seinen Tod nicht verhindern könnten«, sagte Jenna entschieden. Sie stand vor Havelock am Schreibtisch. »Du darfst das State Department nicht betreten. Wenn der Maulwurf dich sähe, würde er dich entweder unauffällig töten und dort bleiben, wo er ist, oder nach Moskau fliehen. Du willst ihn fassen, aber dich zu zeigen, ist sicher nicht der richtige Weg, um ihn zu finden.«

»Mag sein, daß ich es nicht hätte verhindern können, doch immerhin hätte ich bewirken können, daß sein Tod – sein Leben – mehr Sinn gehabt hätte. Er wollte es mir am Telefon sagen, und ich habe ihn davon abgehalten weiterzureden, weil ich befürchtete, sein Telefon werde abgehört.«

»Nach deiner langjährigen Erfahrung konntest du nicht anders handeln. Du hast keinen Grund, dir Vorwürfe zu machen. Ich glaube immer noch, daß es im State Department *paminjatschiks* gibt, die für diesen Mann lügen oder ein Telefon anzapfen würden.«

»Durchaus möglich. Der *paminjatschik* ist der absolute Patriot. Er wird jedesmal wieder einen Treueschwur verlangen, weil er selbst nicht den geringsten Skrupel dabei empfindet, einen zu leisten.«

»Das ist es, wonach du jetzt ausschauen mußt, Mikhail, nach einem Mann mit einer makellosen Akte. Und dieser Mann ist der Maulwurf.«

»Wenn ich herausfinden könnte, worauf Bradford gestern gewartet hat, dann würde ich wahrscheinlich beides haben. Er sagte, er würde das Ergebnis erst am ›späten Vormittag‹ wissen. Das bedeutet, daß er etwas erwartete, das ihm mehr über den Aufenthaltsort eines Mannes verraten würde, den Beweis, daß irgend jemand aus dem vierten Stock nicht dort war, wo er hätte sein sollen. Die Sicherheitsabteilung sagt, Bradford hätte kurz vor halb eins ein Paket erhalten, aber niemand weiß, was es war. Und natürlich war es später dann nicht mehr da.«

»Hatte es keinen Absender? Einen Firmennamen vielleicht?«

»Wenn es so etwas gab, dann hat niemand es bemerkt. Das Paket wurde durch Boten gebracht.«

»Dann mußt du die Firmen überprüfen, die solche Dienste anbieten. Jemand muß sich doch an die Farbe der Uniform erinnern, und damit könnte man die Suche schon einschränken.«

»Jetzt bist du auf dem Holzweg. Es war eine Frau in einem Tweedmantel mit Pelzkragen, und das einzige, woran der Wachmann sich erinnert, ist, daß sie für jemanden, der Pakete abliefert, ziemlich aufgedonnert war.«

»Aufgedonnert?«

»Nun, aus seiner Perspektive bedeutet das wahrscheinlich attraktiv, auffällig gekleidet.«

»Klingt nach einer Sekretärin.«

»Ja, aber wessen Sekretärin? An wen hat Bradford sich gewandt? Was für eine Art von Beweis hat er gesucht?«

»Wie groß war das Paket?«

»Der Wachmann, der es in Empfang nahm, meinte, es sei ein großer, ausgepolsterter Umschlag gewesen, mit einer Ausbuchtung unten und ziemlich dick. Drinnen war Papier und noch etwas.«

»Papier?« sagte Jenna. »Zeitungen vielleicht? Ob er sich wohl an eine Zeitung gewandt hat?«

»Könnte sein. Vielleicht hat er Artikel aus der Zeit vor vier Monaten angefordert, die Ereignisse während jener Woche beschreiben. Oder er könnte sich Daten vom CIA beschafft haben; er hatte Freunde dort. Alles mögliche könnte er überprüft haben: Krankenhäuser, Skihütten, die Buchungsunterlagen für einen Urlaub in der Karibik, Unterschriften auf Speise- und Getränkequittungen.« Havelock lehnte sich im Sessel zurück und faltete die Hände unter dem Kinn. »Unser Mann ist gut, Jenna. Er tarnt sich perfekt.«

»Dann solltest du zu etwas anderem übergehen.«

»Das tue ich auch. Ein Mediziner in Maryland, der angesehenste Arzt von Talbot County.«

»Mikhail?«

»Ja?«

»Vorhin . . . hast du Berichte über deine eigene Therapie in der Klinik gelesen.«

»Woher weißt du das?«

»Du hast immer wieder kurz die Augen geschlossen. Was da stand, muß sehr hart für dich gewesen sein.«

»Allerdings.«

»Konntest du etwas daraus entnehmen?«

»Nein. Sie haben deine ›Exekution‹ und meine Reaktionen darauf beschrieben.«

»Darf ich die Berichte sehen?«

»Ich wünschte, ich wüßte einen Grund, dich daran zu hindern. Aber das kann ich nicht.«

»Wenn du es nicht willst . . .«

»Nein. Du warst diejenige, die getötet werden sollte. Ich finde, du mußt es wissen.« Er zog die rechte Schublade auf, holte einen wattierten schwarzgeränderten Umschlag heraus und reichte ihn ihr. »Ich bin nicht stolz darauf«, sagte er. »Und ich werde den Rest meines Lebens damit leben müssen. Ich weiß jetzt, was das bedeutet.«

»Wir werden einander helfen . . . solange wir beide leben. Ich habe denen auch geglaubt.«

Sie setzte sich aufs Sofa, klappte den Aktendeckel auf und begann zu lesen.

Havelock konnte sich nicht konzentrieren. Er saß starr in seinem Sessel, und die Zeilen, auf die er blickte, verschwammen vor seinen Augen. Während Jenna in den Bericht vertieft war, durchlebte er noch einmal den unerträglichen Schmerz; die Bilder jener schrecklichen Nacht huschten vor seinem geistigen Auge vorbei. Jetzt war sie Zeuge der nackten Gedanken eines Geistes unter chemischer Therapie, *seines* Geistes, seiner tiefsten, innersten Empfindungen.

Die Sätze – die Schreie – erwachten wieder in ihm. Sie hörte sie auch, denn jetzt schloß sie die Augen und hielt den Atem an. Und er bemerkte, wie ein Zittern durch ihre Hände ging; als sie weiterlas . . . Sie beendete den dritten Aktenordner, und er spürte, wie sie ihn anstarrte. Es war ein Blick, den er nicht erwidern konnte. Die Schreie hallten in seinen Ohren, Donnerschläge unerträglicher Gewalt, unverzeihbarer Fehler.

Geh! Stirb! Verlaß mich schnell! Du hast mir nie gehört. Du warst eine Lüge, ich habe eine Lüge geliebt; aber du warst ein Teil von mir! Warum hast du uns das angetan? Mir? Du warst das einzige, was ich hatte, und jetzt bist du meine ganz persönliche Hölle . . . Stirb jetzt, geh jetzt! . . . Nein! Um Himmels willen, laß mich mit dir sterben! Ich will sterben . . . aber ich werde nicht für dich sterben! . . . Nur für mich, gegen dich! Nie für dich. Du hast dich mir hingegeben, aber du hast mir eine Hure gegeben . . . und ich habe an die Hure geglaubt. Eine dreckige Schlampe von einer Hure! . . . O Gott, jetzt ist sie getroffen! Noch einmal. Geh zu ihr! Um Himmels willen, geh doch zu ihr! Du mußt sie festhalten! . . . Nein, nicht zu ihr, niemals! Es ist vorbei! Es ist alles vorbei, Vergangenheit, und ich werde nicht länger auf die Lügen hören. O Gott, jetzt kriecht sie, kriecht im Sand wie ein verletztes, blutendes Tier. Sie lebt! Geh zu ihr! Halte sie fest! Lindere doch den letzten Schmerz – mit einer Kugel, wenn es sein muß! Nein! . . . Jetzt ist sie weg. Keine Bewegung mehr, nur Blut an ihren

Händen und in ihrem Haar. Sie ist tot, und ein Teil von mir ist auch tot. Trotzdem, es muß vorüber sein, Vergangenheit . . . O mein Gott, sie zerren sie weg, zerren das tote Tier weg. Wer? Wer sind sie? Habe ich . . . Fotos . . . Akten gesehen? Nicht wichtig. Wissen sie, was sie getan haben? Hat sie es gewußt? Mörderin, Schlampe, Hure! . . . Meine einzige Liebe, früher einmal. Vergangenheit muß Vergangenheit sein. Ein Killer ist tot . . . eine Liebe ist tot. Und ein Narr überlebt!

Jenna hatte die Lektüre beendet, legte den letzten Aktenordner vor sich auf den Tisch, den Arm ausgestreckt, die Hand totenblaß. Sie wandte sich zu ihm; sie weinte, Tränen rannen lautlos aus ihren Augen.

»So viel Liebe und so viel Haß. Haß und Selbsthaß. Ich war nicht gezwungen, das durchzumachen, was du durchgemacht hast; vielleicht war es leichter, wenn auch verwirrender, das Opfer zu sein. Aber als an die Stelle der Verwirrung Zorn trat, empfand ich genauso wie du. Ich haßte dich so sehr und verabscheute doch mich selbst für dieses Gefühl. Nie vergaß ich unsere Liebe, von der ich wußte, daß sie einmal dagewesen war. Sie konnte nicht falsch gewesen sein, nicht ganz. Später, auf dem Flugplatz am Col des Moulinets, als ich dachte, du wärst gekommen, um mich endlich zu töten, mit der Gewalttätigkeit, die du jener Frau an dem Pier in Civitavecchia gezeigt hattest, da empfand ich nur Wut gegen dich. Ich sah dein Gesicht durch das Fenster des Flugzeugs. Und – wenn es einen Gott gibt, möge er mir verzeihen – du warst mein Feind. Meine einzige Liebe war mein Feind.«

»Ich erinnere mich«, sagte Michael. »Ich sah deine Augen und versuchte zu schreien, versuchte es dir zu sagen, aber du konntest mich nicht hören. Deine Augen in jener Nacht machten mir mehr Angst, als eine Waffe das je getan hat. Diesen Blick werde ich nie vergessen.«

Das Telefon klingelte. Havelock reagierte nicht. Er konnte den Blick nicht von Jenna wenden. Schließlich nahm er den Hörer ab.

»Ja?«

»Havelock?«

»Mr. President.«

»Haben Sie die Information über Emory bekommen?« fragte Berquist. In der Stimme des Mannes aus Minnesota klang Trauer und Erschöpfung.

»Nicht das, was ich brauche.«

»Was Sie brauchen, ist ein Verbindungsmann. Ich werde jemanden hier im Weißen Haus auswählen, jemanden mit Autorität, einen Mann, dem ich vertrauen kann. Ich werde ihn über alles informieren müssen, das läßt sich nicht ändern.«

»Nehmen Sie niemanden aus dem Weißen Haus.«

Am anderen Ende der Leitung blieb es eine Weile stumm. »Wegen dem, was Rostow Ihnen in Athen erzählt hat?«

»Möglich. Die Chancen sind gering, aber ich möchte sie nicht gern auf die Probe stellen.«

»Sie haben ihm geglaubt?«

»Mit allem Respekt, *Mr. President,* er war der einzige, der mir die Wahrheit gesagt hat. Von Anfang an.«

»Warum glauben Sie, daß er Ihnen so eine Wahrheit anvertraut hat?«

»Ich weiß es nicht. Andererseits, weshalb hat er *Cons Op* damals dieses Telegramm geschickt? In beiden Fällen war die Information erschreckend genug, um uns alle zur Aufmerksamkeit zu zwingen. Das ist der erste Schritt, wenn man ein Signal sendet.«

»Addison Brooks hat ziemlich genau das gleiche gesagt.«

»Er sprach als Diplomat, und er hatte recht. Die *Voennaja* spricht nicht für Moskau.«

»Ich verstehe. Bradford . . .« Berquist hielt inne, als wäre ihm plötzlich klar geworden, daß er von einem toten Mann sprach. »Bradford hatte es mir gestern abend erklärt. Sie glauben also wirklich, daß es einen Sowjetagenten im Weißen Haus gibt?«

»Ich bin nicht sicher, aber wahrscheinlich ist es so . . . oder besser, es war so. Ich glaube nicht, daß Rostow das erwähnt hätte, wenn er nicht Beweise dafür gehabt hätte. Er tastete sich vor, wartete auf Reaktionen. In diesem Geschäft ist es immer wieder die Wahrheit, die die ehrlichsten Antworten provoziert. Das erfuhr er, als er die Costa Brava erwähnte. In diesem Fall will ich das Risiko nicht eingehen.«

»In Ordnung, aber wie wollen Sie dann vorgehen? Schließlich darf man Sie nicht sehen, wie Sie herumlaufen und Leute verhören.«

»Nein, aber ich kann ihnen Fragen stellen, ohne daß man mich sieht. Ich kann das Telefon benutzen, wenn man es richtig einrichtet. Ich weiß, was ich fragen will und worauf ich achten muß. Nach diesen Gesprächen wird mir klar sein, wen ich sehen möchte, und dann werde ich Kontakte knüpfen . . . Ich habe Erfahrungen in diesem Geschäft . . .«

»Das will ich genauer wissen.«

»Geben Sie mir einen Namen, und nennen Sie mich einen Berater des Präsidenten oder so etwas. Es ist nicht ungewöhnlich, daß das Oval Office in gewissen Dingen selbst seine eigenen diskreten Nachforschungen anstellt, oder?«

»Verdammt, nein, dazu habe ich natürlich Leute. Jede Woche gehen dem Weißen Haus Hunderte von Berichten zu. Man muß sie prüfen, Experten befragen, Zahlen bestätigen. Ohne das alles sind verantwortliche Entscheidungen unmöglich. Lincoln standen dafür zwei junge Männer zur Verfügung, die erledigten für ihn alles, setzten sogar seine Briefe auf. Jetzt haben wir Dutzende von Adjutanten und Assistenten und Sekretärinnen von Assistenten, und die schaffen nicht einmal die Hälfte dessen, was anfällt. Aber die Antwort ist ja.«

»Was geschieht, wenn jemand von seinem Assistenten angerufen wird und der Betreffende die Autorität der ihn befragenden Person anzweifelt?«

»Das geschieht häufig, besonders im Pentagon. Dafür gibt es eine einfache Lösung. Man sagt ihm, er solle die Telefonzentrale des Weißen Hauses anrufen und sich mit dem Büro des Assistenten verbinden lassen. Das funktioniert.«

»Das wird funktionieren«, sagte Michael. »Können Sie den Leitungen, die dieser Apparat bereits hat, eine weitere zuschalten, mit der ich in der Telefonliste des Weißen Hauses aufgeführt werde?«

»Nichts leichter als das. Binnen einer Stunde wird Ihr Wunsch erfüllt sein. Welchen Namen möchten Sie benutzen?«

»Den werden Sie bestimmen müssen, *Sir*. Ich könnte sonst einen wählen, den es bereits gibt.«

»Ich rufe Sie zurück.«

»*Mr. President,* ehe Sie auflegen . . .«

»Ja, was ist denn?«

»Ich brauche noch etwas, eine Bestätigungsverbindung.«

»Das kenne ich allerdings nicht. Was ist das?«

»Falls jemand die Zentrale im Weißen Haus fragt und wissen möchte, was ich genau tue, sollte dort jemand in der Lage sein, es ihm zu erklären.«

Wieder eine Pause in Washington. »Sie hatten damals recht auf Poole's Island«, sagte Berquist nachdenklich. »Die Worte beschreiben genau, was sie bedeuten, nicht wahr? Sie brauchen jemanden, der Sie bestätigt, und zwar in Verbindung mit dem, was Sie angeblich tun oder sind.«

»Das ist richtig, *Sir.*«

»Ich rufe zurück.«

»Darf ich einen Vorschlag machen?« sagte Michael schnell.

»Welchen?«

»Innerhalb der nächsten Tage wird jemand zu diesem anderen Jemand im Weißen Haus gehen und ihn fragen, wo mein Büro ist. Wenn er oder sie das tut, müssen Sie ihn – oder sie – festhalten. Denn wer auch immer es ist, diese Person wird uns dem Maulwurf einen Schritt näherbringen.«

»Wenn das geschieht«, sagte Berquist zornig, »wird der Betreffende, wer immer er auch ist, von einem Farmerssohn aus Minnesota erwürgt werden, ehe Sie Gelegenheit bekommen, mit ihm zu sprechen. Oder mit ihr.«

»Ich bin sicher, daß das nicht Ihr Ernst ist, *Mr. President.«*

»Ich werde auch keine Atomrakete auf Leningrad abfeuern. Ich rufe Sie zurück.«

Havelock legte den Hörer auf und sah zu Jenna hinüber. »Jetzt können wir damit beginnen, die Namen auszusieben. In einer Stunde fangen wir mit den Anrufen an.«

»Ihr Name ist Cross, Robert Cross. Ihr Titel ist Sonderassistent des Präsidenten, und alle Anfragen in bezug auf Ihren Status und Ihre Funktionen sind an Mrs. Howell zu richten; sie ist Beraterin des Weißen Hauses für personelle Angelegenheiten. Sie ist genau informiert, was sie zu tun hat.«

»Was ist mit meinem Büro?«

»Sie haben eines.«

»Was?«

»Sie haben sogar einen Assistenten. Im Sicherheitsbereich von E.O.B. Sie brauchen einen Schlüssel, um dort drüben in den Hauptflur zu kommen. Ihr Assistent hat Anweisung, jeden festzuhalten, der nach Mr. Cross sucht. Er ist Angehöriger der Geheimdienstgruppe, und wenn jemand auftaucht und nach Ihnen fragt, wird er Sie verständigen und die betreffende Person unter Bewachung nach Fairfax bringen. Ich nehme an, das entspricht Ihren Vorstellungen.«

»So ist es. Wie steht es mit den anderen Büros in diesem Bereich? Werden die Leute neugierig sein?«

»Unwahrscheinlich. Im großen und ganzen sind das immer kurzzeitige Aufträge, jeder arbeitet an seinem eigenen Projekt. Neugierde ist unerwünscht. Und wenn jemand neugierig sein sollte, haben Sie ja Ihren Mann.«

»Klingt überzeugend.«

»Finde ich auch. Wo werden Sie anfangen? ... Emory hat mir Ihren Fragenkatalog gezeigt und mir versichert, Sie würden alles am Morgen haben. Ist alles eingetroffen?«

»Alles. Bradfords Sekretärin ist als erste an der Reihe, dann der Arzt in Maryland. MacKenzies Tod.«

»Bei ihm waren wir äußerst gründlich«, sagte Berquist. »Unter den gegebenen Umständen konnten wir den CIA einschalten, und diese Leute waren aggressiv. Was suchen Sie?«

»Ich weiß nicht genau. Jemanden, den es nicht mehr gibt, eine Marionette.«

»Ich will gar nicht erst versuchen, Ihrer Überlegung zu folgen.«

»In einem Bereich brauche ich vielleicht Ihre direkte Hilfe. Sie sagten vorhin, das Pentagon würde häufig Schwierigkeiten machen, wenn jemand aus dem Weißen Haus Fragen stellt.«

»Wegen der Uniformen; man trägt hier drüben keine. Ich nehme an, Sie meinen die Mitglieder des Krisenausschusses. Den habe ich auf Ihrer Liste gesehen.«

»Das ist richtig.«

»Die sind recht reizbar. Mit Recht, würde ich sagen.«

»Ich muß mit jedem Mitglied sprechen; das sind fünfzehn ranghohe Offiziere. Könnten Sie den Vorsitzenden verständigen, daß Sie von allen erwarten, daß sie mit Mr. Cross zusammenarbeiten? Es würde helfen, wenn Sie Matthias irgendwie einbeziehen könnten.«

»Also gut«, sagte Berquist langsam. »Ich werde es auf den Großen Mann schieben. Es paßt nicht zu ihm, aber er kann es ja schlecht leugnen. Ich werde veranlassen, daß mein Militäradjutant es übermittelt: Der Außenminister möchte, daß dieser Ausschuß einen detaillierten Bericht für das Oval Office liefert. Ein einfacher Aktenvermerk, in dem Unterstützung innerhalb der Geheimhaltungsvorschriften gefordert wird, sollte genügen . . . die werden natürlich sagen, daß sich das überlappt. Man kann nicht das eine haben, ohne das andere zu verletzen.«

»Dann sagen Sie ihnen, der Schlußbericht sei nur für Ihre Augen bestimmt.«

»Noch etwas?«

»Die psychiatrische Akte über Matthias. Bradford hätte sie mir beschaffen sollen.«

»Ich fliege morgen nach Camp David. Ich werde einen Umweg über Poole's Island machen und sie selbst mitbringen.«

»Eines noch. Diese Mrs. Howell – abgesehen davon, daß sie den Geheimdienst ruft, wenn jemand sich bei ihr nach mir erkundigt – was weiß sie sonst von mir?«

»Nur, daß Sie einen Sonderauftrag für mich erledigen.«

»Können Sie das ändern?«

»In was ändern?«

»Nennen Sie es Routineauftrag, Überprüfung alter Tagesordnungen, damit die Archive des Weißen Hauses in verschiedenen Bereichen komplettiert werden können.«

»Wir haben Leute, die das tun. Im Wesen handelt es sich dabei um eine politische Angelegenheit – warum hat jener Senator sich gegen uns gestellt, und wie hindern wir ihn daran, es wieder zu tun.«

»Ja, zu dem Verein sollten Sie mich stecken.«

»Geht in Ordnung. Viel Glück ... Aber Sie werden viel mehr als Glück brauchen. Diese Welt braucht mehr als Glück. Manchmal glaube ich, daß ein Wunder geschehen muß, damit wir noch eine Woche überstehen ... Halten Sie mich auf dem laufenden; ich habe Anweisung gegeben, daß man mich immer, wenn Mr. Cross anruft, unterbrechen soll.«

Bradfords Sekretärin, Elizabeth Andrews, war zu Hause, der sensationelle Tod ihres Vorgesetzten hatte ihr einen schweren Schock versetzt. Mehrere Zeitungsreporter hatten sie angerufen, und sie hatte die Ereignisse des Morgens bedrückt, aber klar wiedergegeben, bis eine mehr an Klatsch interessierte Reporterin nach einigen Fragen in bezug auf Bradfords Familienleben eine sexuelle Beziehung angedeutet hatte.

»Sie krankes, dreckiges Miststück«, hatte Elizabeth sie angefaucht und den Telefonhörer auf die Gabel geknallt.

Als Havelock zwanzig Minuten später anrief, verspürte Elizabeth Andrews keinerlei Neigung, die Geschichte noch einmal zu erzählen. Er schlug ihr vor, ihn im Weißen Haus anzurufen, sobald sie sich besser fühlte. Sechs Minuten später klingelte das Telefon in Michaels Arbeitszimmer in Fairfax.

»Es tut mir leid, Mr. Cross. Das war eine sehr anstrengende Zeit. Diese Reporter gingen mir ganz schön auf die Nerven mit ihrer Fragerei.«

»Ich werde mich so kurz wie möglich fassen.«

Sie schilderte den Morgen und begann mit Bradfords plötzlichem, unerwartetem Auftauchen, kurz nachdem sie im Büro eingetroffen war.

»Er sah schrecklich aus. Offensichtlich hatte er die ganze Nacht durchgearbeitet, er war völlig erschöpft. Aber da war noch etwas; irgend etwas erregte ihn. Ich habe ihn natürlich schon oft so gesehen, aber irgendwie war es gestern anders. Er sprach auch lauter als gewöhnlich.«

»Das könnte die Erschöpfung gewesen sein«, meinte Havelock. »Das ist häufig so. Eine Art Kompensation, wenn man sich schwach fühlt.«

»Vielleicht. Doch ich bezweifle es. Ich weiß, das klingt schrecklich, aber ich habe den Eindruck, er hatte sich entschlossen ... Es ist furchtbar, so etwas zu sagen, aber ich glaube fest daran. Es war so, als freute er sich auf den Augenblick, in dem es geschehen würde ... Er verließ das Büro kurz vor zehn, sagte, er würde ein paar Minuten weggehen. Ich habe immer dieses schreckliche Bild vor mir, wie er draußen auf der Straße zum Fenster hinaufblickte ... und bei sich dachte: ›Ja, das war es.‹«

»Könnte es nicht sein, daß er jemanden aufsuchen wollte?«

»Nein, ich glaube nicht. Ich fragte ihn, ob er in einem anderen Büro sein würde, falls ein Anruf für ihn kommen sollte, und er sagte, nein, er wolle nur etwas Luft schnappen.«

»Weshalb er die ganze Nacht dagewesen war, erwähnte er nicht?«

»Nur, daß er an einem Projekt gearbeitet hatte, mit dem er in Rückstand geraten war. Er war in letzter Zeit viel gereist ...«

»Arrangierten Sie seine Reisen?« unterbrach Havelock die Sekretärin.

»Nein, das hat er gewöhnlich selbst getan. Wie Sie ja wahrscheinlich wissen, hatte er oft ... jemanden mitgenommen. Er war geschieden, einige Male sogar. Er war eine sehr verschlossene Person, Mr. Cross. Und so unglücklich.«

»Warum sagen Sie das?«

Mrs. Andrews zögerte einen Augenblick und sprach dann mit fester Stimme: »Emory Bradford war ein brillanter Mann, und man hat ihn nicht genügend beachtet. Er war einmal sehr einflußreich in dieser Stadt, bis er dann die Wahrheit sagte – so wie er die Wahrheit sah –, und sobald der Applaus verstummt war, ließen ihn alle links liegen.«

»Sie waren lange mit ihm zusammen.«

»Ja, lange. Ich habe miterlebt, wie das alles geschah.«

»Könnten Sie mir näher schildern, wie das ablief – wie alle ihn schnitten, meine ich.«

»Sicher. Zunächst einmal übersah man ihn konsequent, auch wenn seine Erfahrung hätte nützlich sein können. Dann schrieb er häufig Positionspapiere, korrigierte mächtige Männer und Frauen –

Senatoren, Kongreßabgeordnete, Staatssekretäre –, die dumme Fehler bei Interviews oder Pressekonferenzen gemacht hatten. Aber wenn auch nur einer von ihnen je Antwort gegeben oder ihm gedankt hätte, dann hätte ich das bestimmt mitbekommen. Er sah sich immer die frühen Morgensendungen im Fernsehen an, wo die schlimmsten Fehler begangen wurden – so wie er es gestern getan hatte –, und diktierte dann das, was er ›Klarstellung‹ nannte. Sie waren immer sehr zurückhaltend formuliert, nie beleidigend, und tatsächlich wurden auch gewöhnlich ›Klarstellungen‹ veröffentlicht, aber gedankt hat man ihm nie.«

»War der Fernseher gestern früh an?«

»Eine Weile schon ... ehe es geschah. Zumindest war das Gerät herausgeholt und stand vor seinem Schreibtisch. Er schob es zurück ... ehe es geschah. Bis zum Ende konnte er mit dieser Gewohnheit nicht brechen. Er wollte, daß die Leute besser sein sollten, als sie es waren; er wollte eine bessere Regierung.«

»Lagen irgendwelche Notizen auf seinem Schreibtisch, aus denen Sie entnehmen konnten, wen er im Fernsehen gesehen hat?«

»Nein, nichts. Es war typisch als letzte Geste für ihn, diese Welt ordentlicher zu verlassen als er sie vorgefunden hatte. Ich hatte seinen Schreibtisch nie so ordentlich aufgeräumt gesehen.«

»Ganz sicher nicht.«

»Wie bitte?«

»Nichts. Ich habe Ihnen zugestimmt ... Ich weiß, daß Sie beim Mittagessen waren, aber gab es Leute in der Umgebung seines Büros, die vielleicht hätten beobachten können, wie jemand hinein- oder hinausging?«

»Die Polizei hat sich danach erkundigt, Mr. Cross. Es gibt immer Leute auf den Gängen; wir haben alle unterschiedliche Essenszeiten, je nachdem, was gerade in welcher Zeitzone geschieht; aber niemand hat etwas Ungewöhnliches bemerkt. Tatsächlich war unsere Abteilung ziemlich vollzählig weg. Wir hatten eine Besprechung mit dem zentralen Schreibdienst um halb zwei, also waren die meisten von uns ...«

»Wer hat diese Besprechung einberufen, Mrs. Andrews?«

»Der Vorsitzende für diesen Monat, aber dann sagte er, das hätte er gar nicht, also saßen wir herum und tranken Kaffee.«

»Haben Sie keine schriftliche Ankündigung dieses Gesprächs bekommen?«

»Nein, es wurde nur mündlich durchgegeben; das ist die Regel.«

»Vielen Dank. Sie waren mir eine große Hilfe.«

»Das ist ein so schrecklicher Verlust für uns alle, Mr. Cross.«

»Ich weiß. Auf Wiedersehen.«

Havelock legte auf. »Unser Mann trägt eine perfekte Maske«, sagte er zu Jenna.

»Sie konnte dir also nicht helfen.«

»Doch, das konnte sie. Bradford hat auf mich gehört. Er ging auf die Straße hinunter, suchte eine Telefonzelle auf und verlangte das, was er wollte. Die Nummer, die er anrief, ist nicht mehr auffindbar.«

»Und sonst nichts?«

»Doch, etwas vielleicht.« Michael sah zu Jenna hinüber, sein Gesicht war umwölkt, er hatte die Stirn gerunzelt. »Sieh zu, ob du hier eine Zeitung von gestern finden kannst, ja? Ich möchte den Namen jedes höheren Beamten im Außenministerium, der am Morgen im Fernsehen interviewt wurde. Es ist verrückt. Das letzte, womit Bradford sich beschäftigt hat, war eine Fernsehsendung.«

Jenna fand eine Zeitung. Niemand aus dem Außenministerium war an jenem Morgen im Fernsehen gewesen.

31

Talbot County besaß in Dr. Matthew Randolph nicht nur einen Mediziner von hohem Rang, sondern gleichzeitig auch einen außergewöhnlich unangenehmen Menschen. Schon dank seiner Herkunft gehörte er zum reichen Establishment der Ostküste. An Privilegien früh gewöhnt, hatte er die renommiertesten Schulen besucht und verfügte schon in jungen Jahren über unbegrenzte Mittel. Eitel und eigenwillig wie er war, verstand er es, alle und jeden in diesen erlauchten Kreisen gegen sich einzunehmen.

Mit dreißig Jahren, nach einem mit magna cum laude abgelegten Examen an der John-Hopkins-Universität und einer Fachausbildung in Pathologie und Chirurgie im Massachusetts-General-Hospital in New York, gelangte er zu dem Entschluß, daß er seine Talente nicht in einem normalen Krankenhaus zur Entfaltung würde bringen können. Also entschloß er sich, sein eigenes medizinisches Zentrum mit fünfzig Betten zu eröffnen. Das nötige Kapital pumpte er sich zum Teil von Privatleuten, den Rest, zwei Millionen Dollar, steuerte er aus eigenen Beständen bei.

In seiner Privatklinik führte Randolph ein diktatorisches Kommando und sorgte mit einer einfachen Faustregel für florierende Profite: Die Reichen wurden schamlos geschröpft, während er den Armen erst dann finanziell entgegenkam, wenn sie sich der Peinlichkeit unterzogen hatten, unwiderlegbare Beweise ihrer Armut zu liefern und sich einen Vortrag über die Sünden der Trägheit anzuhören. Doch weder arm noch reich störte sich an diesen rüden Methoden, denn der Ruf des Randolph-Medical-Center wuchs ständig im Laufe der Jahre. Die Laboreinrichtung gehörte zu den modernsten; die großzügig bezahlten Ärzte waren die besten Absolventen der besten medizinischen Fakultäten im Lande; chirurgische und pathologische Spezialisten wurden aus der ganzen Welt eingeflogen; und die Talente der überbezahlten Techniker ebenso wie die des Pflegepersonals gingen weit über den normalen Standard an Krankenhäusern hinaus. Kurz gesagt: Eine Behandlung im Randolph-Center genügte höchsten medizinischen Ansprüchen. Die einzige Möglichkeit, die Versorgung noch zu verbessern, konnte nur darin bestehen – fanden manche –, den kantigen und herrschsüchtigen Matthew Randolph zu entfernen. Und da an einen plötzlichen Herztod bei dem vitalen 68jährigen Klinikchef nicht zu denken war – eher sah es so aus, als würde er leicht die Hundert erreichen –, hätte man ihn schon mit Gewalt aus der Klinik tragen müssen.

Außerdem, wer sonst konnte schon unmittelbar vor einer Operation auf einen Neffen Rockefellers heruntersehen und fragen: »Wieviel ist Ihnen Ihr Leben wert?«

Havelock erfuhr diese Einzelheiten aus den Archiven des CIA, als er den Tod eines Beamten namens Stephen MacKenzie untersuchte, der die Operation an der Costa Brava inszeniert hatte. In Cagnes-sur-Mer hatte Henri Salanne andeutungsweise die Wahrheitsliebe des Arztes angezweifelt, der MacKenzies Totenschein unterzeichnet hatte. Michael war für sich noch weiter gegangen. Er hielt es durchaus für denkbar, daß Laborberichte und Autopsiebefunde manipuliert worden waren.

Nachdem der Präsident auf Röntgenaufnahmen hingewiesen hatte, zog er auch einen Tausch fotografischer Platten in Betracht. Im Licht der Informationen über Randolph und sein Institut war es allerdings schwierig, an diese Möglichkeiten ernsthaft zu glauben. Alles, was mit der offiziellen Todesursache in Verbindung stand, war von Randolph persönlich bearbeitet worden. Zwar war der streitsüchtige Arzt ohne Zweifel voreingenommen und unangenehm, aber wenn es je einen Mann gab, der die Bezeichnung ›integer‹ verdiente, so war das Matthew Randolph. Das gleiche galt für seine Klinik. Eigentlich gab es keinen Grund für Mißtrauen, doch gerade dieses makellose Bild machte Havelock stutzig.

Der erste Hinweis darauf, daß seine Zweifel berechtigt sein könnten, war die Tatsache, daß Matthew Randolph seinen ersten Anruf nicht erwiderte. In jedem anderen Fall – bei acht Mitgliedern des nuklearen Krisenausschusses etwa – war der Rückruf innerhalb von wenigen Minuten erfolgt. Man ignorierte den Wunsch eines Assistenten des Präsidenten im Weißen Haus nicht einfach.

Dr. Matthew Randolph empfand dieses Bedürfnis offenbar nicht. Und so hatte Havelock ein zweites Mal angerufen, nur um sich anhören zu müssen: »Der Doktor ist heute äußerst stark in Anspruch genommen. Wir sollen Ihnen ausrichten, Mr. Cross, daß er sich, sobald er Zeit hat, melden wird.«

»Hatten Sie ihm erklärt, daß ich im Weißen Haus zu erreichen bin?«

»Ja, *Sir.«* Die Sekretärin hatte eine kurze Pause gemacht, und ihr Schweigen wirkte peinlich. »Er hat gemeint, ich solle Ihnen sagen, das Medical Center sei auch weiß gestrichen«, fügte sie mit verlegener Stimme hinzu. »Er hat das gesagt, Mr. Cross, nicht ich.«

»Dann sagen Sie Dschingis Khan, daß ich entweder binnen einer Stunde von ihm höre oder er damit rechnen kann, daß ihn ein Sonderkommando des Weißen Hauses abholen und hierherbringen wird.«

Matthew Randolph rief zurück, nach achtundfünfzig Minuten.

»Wer, zum Teufel, sind Sie eigentlich, Cross?«

»Eine ungemein überarbeitete Person, Dr. Randolph.«

»Sie haben mir gedroht! Ich mag Drohungen nicht, egal ob sie aus dem Weißen Haus kommen oder aus einem blauen Haus. Ich hoffe, Sie verstehen, was ich meine.«

»Ich werde Ihre Einstellung dem Präsidenten mitteilen.«

»Tun Sie das. Er ist nicht der Schlimmste, den man sich denken kann, aber ich könnte mir einen Besseren vorstellen.«

»Sie würden vielleicht sogar miteinander klarkommen.«

»Das bezweifle ich. Aufrichtige Politiker langweilen mich. Aufrichtigkeit und Politik vertragen sich so wenig wie Hund und Katze. Was wollen Sie von mir? Wenn Sie wollen, daß ich mich öffentlich für irgend etwas ausspreche, dann können Sie mir zunächst einmal von der Regierung einen Zuschuß für meine Forschungsarbeit beschaffen.«

»Ich habe so das Gefühl, daß Präsident Berquist sich für diesen Gedanken erst erwärmen würde, wenn Sie sich offen gegen ihn stellen würden.«

Randolph schien nachzudenken. »Nicht schlecht«, sagte er. »Was wollen Sie? Wir sind hier sehr beschäftigt.«

»Ich möchte Ihnen einige Fragen über einen Mann stellen – einen toten Mann. Er hieß Stephen MacKenzie.«

Wieder machte der Arzt eine Pause, aber diesmal war es ein anderes Schweigen. Und als er zu sprechen begann, tat er das in völlig anderem Ton. Vorher war seine Feindseligkeit echt gewesen, jetzt wirkte sie gezwungen.

»Verdammt, wie oft müssen wir denn noch darüber reden? MacKenzie ist an einem Herzschlag gestorben ... an einer massiven Aortablutung, um es genau zu sagen. Ich habe den pathologischen Bericht Ihren Ärzten übergeben. Die haben alles.«

Wieder machte Randolph eine Pause. Michael wartete und lauschte mit geschultem Ohr. Für ihn war das Schweigen des anderen ebenso vielsagend wie seine Worte. Als der Arzt fortfuhr, kamen seine Sätze gehetzt, seine Stimme klang scharf; seine anfängliche Selbstsicherheit schien nachzulassen, und an ihre Stelle trat nur noch Lautstärke. »Wenn Sie irgendwelche Informationen über MacKenzie haben wollen, dann holen Sie sich die von denen. Wir waren uns alle einig; bei der Diagnose der Todesursache gab es überhaupt keine Zweifel – Aortablutung, ganz einfach. Ich habe wirklich nicht die Zeit, noch einmal darauf einzugehen. Habe ich mich klar genug ausgedrückt?«

»Mehr als Sie ahnen, Dr. Randolph«, sagte Havelock und machte absichtlich eine Pause. Jetzt hörte er den aggressiven Atem eines Mannes, der etwas zu verbergen hatte. »Ich würde mir die Zeit nehmen, wenn ich Sie wäre. Die Akte ist hier nicht abgeschlossen, Doktor, und weil auf uns Druck von außen geübt wird, können wir sie auch nicht schließen ... so gerne wir das täten. Nun bleibt uns nichts anderes übrig, als miteinander zusammenzuarbeiten. Drücke ich mich klar aus?«

»Was soll das heißen: ›Druck von außen‹?« Langsam begann der Arzt wieder zu seiner alten Selbstsicherheit zurückzufinden.

»Drücken wir es einmal so aus: hausinterne Unruhestifter von der Abwehr. Die würden wir gerne zum Schweigen bringen.«

Diesmal war Randolphs Pause nur kurz. »Kommen Sie morgen her«, sagte er. »Seien Sie mittags bei mir.«

Havelock saß auf dem Rücksitz der unauffälligen, gepanzerten Limousine, begleitet von drei Geheimdienstleuten. Während der ganzen Fahrt wurde nur wenig gesprochen; offenbar hatten die zwei

Männer vorn und der höfliche, aber schweigsame Agent neben Michael Anweisung, keine direkten Fragen zu stellen.

Das Randolph-Medical-Center war tatsächlich weiß getüncht. Es war ein Komplex aus drei Gebäuden, die durch überdeckte Gänge miteinander verbunden waren und inmitten einer großzügigen Rasenfläche lagen, die von Wegen und einer leicht gewundenen Zufahrt durchzogen wurde.

»Dr. Randolph ist in seinem Büro, Mr. Cross«, sagte eine uniformierte Schwester am Empfang zu Michael. »Nehmen Sie den ersten Flur rechts; sein Büro ist die letzte Tür ganz am Ende. Ich werde seine Sekretärin verständigen, daß Sie kommen.«

»Danke.«

Während er den weißen Korridor hinunter zu Randolphs Büro ging, überlegte Havelock, welche Möglichkeiten er hatte. Wieviel er dem Arzt sagen würde, hing davon ab, wieviel Randolph bereits über Stephen MacKenzie wußte. Was freilich Havelock in erster Linie beunruhigte, waren die Gründe, die den Arzt zu seinem außergewöhnlichen Verhalten veranlaßt hatten. Der Mann hatte ja so gut wie zugegeben, daß er einige Aspekte von MacKenzies Tod verdreht oder verborgen hatte. Eine Todesursache zu verfälschen oder zweckdienliche Informationen zurückzuhalten, war eine strafbare Handlung. Was hatte der Arzt getan, und warum hatte er es getan? Matthew Randolph auch nur als Mitwirkenden an einer Verschwörung der Abwehr zu betrachten, war absurd.

Eine streng blickende Sekretärin mit blondem Haar, das hinten straff zu einem Knoten gebunden war, erhob sich von ihrem Stuhl. Ihre Stimme paßte keineswegs zu ihrer äußeren Erscheinung. Diese Frau war nicht kalt und geschäftsmäßig, sie hatte nur eine Wand um sich herum errichtet, um sich vor den Winden des Randolph-Orkans zu schützen.

»Er ist heute sehr erregt, Mr. Cross«, warnte sie Michael mit ihrer zerbrechlich klingenden Stimme. »Es wäre besser, wenn Sie gleich zur Sache kämen. Er haßt es, Zeit zu vergeuden.«

»Ich auch«, erwiderte Michael, als die Frau ihn zu einer getäfelten Tür führte. Sie klopfte zweimal und verharrte in starrer Haltung. Die Tür öffnete sich, und ein hochgewachsener, schlanker, eckig wirkender Mann mit einem grauen Haarkranz auf dem markanten Kopf trat heraus. Die Augen hinter den stahlgeränderten Brillengläsern wirkten lebendig und ungeduldig. Dr. Matthew Randolph sah an seiner Sekretärin vorbei und bellte: »Cross?«

»Ja.«

»Sie haben sich acht Minuten verspätet.«

»Ihre Uhr geht vor.«

»Vielleicht. Kommen Sie herein.« Erst jetzt würdigte er seine Sekretärin eines Blickes. »Keine Unterbrechungen«, befahl er.

»Ja, Dr. Randolph.«

Der Arzt schloß die Tür, deutete mit einer Kopfbewegung auf den Stuhl vor seinem wuchtigen, mit hundert Dingen übersäten Schreibtisch. »Setzen Sie sich«, sagte er, »aber vorher möchte ich sicher sein, daß Sie kein Tonbandgerät bei sich haben.«

»Mein Wort darauf.«

»Kann man sich darauf verlassen?«

»Wie steht es in der Beziehung mit Ihnen?«

»Sie haben mich angerufen, nicht umgekehrt.«

Havelock schüttelte den Kopf. »Ich habe kein Tonbandgerät bei mir, und zwar aus dem einfachen Grund, daß unser Gespräch für uns viel schädlicher sein könnte als für Sie.«

»Mag sein«, murmelte Randolph und ging hinter seinen Schreibtisch, während Michael sich setzte. »Vielleicht auch nicht. Wir werden sehen.«

»Das ist ein vielversprechender Anfang.«

»Jetzt werden Sie bloß nicht unverschämt, junger Mann.«

»Ich bitte um Entschuldigung, wenn das so klang. Ich habe es ganz ernst gemeint. Wir haben ein Problem, das Sie beheben könnten.«

»Das heißt wohl, daß ich das bisher nicht getan habe.«

»Sagen wir, es sind neue Fragen aufgetreten, die nicht einfach von der Hand gewiesen werden können. Jedenfalls könnten sie peinlich sein, nicht nur im politischen Sinn, sondern auch in gewissen Bereichen der Abwehr. Jemand könnte sogar an die Presse herantreten. Das ist unser Problem.«

»Das ist es, was ich hören will.« Der Arzt nickte, schob sich die Brille nach vorn und musterte seinen Besucher über den stählernen Rand hinweg. »Ihr Problem – schildern Sie es mir.«

Havelock begriff. Randolph wollte ein Schuldgeständnis vom Weißen Haus, ehe er sich selbst irgendeines Fehlers bezichtigte. Michael durfte daher annehmen, daß Randolph sich in bezug auf seine eigene Mitwirkung um so offener äußern würde, je schwerwiegender sein erstes Zugeständnis war.

Mitgefangen, mitgehangen.

Wer würde da schon nach dem Richter rufen?

»Sind Sie über MacKenzies Tätigkeit informiert?«

»Ich habe Mac und seine Familie über vierzig Jahre gekannt. Seine

Eltern waren mit meinen eng befreundet, seine drei Kinder sind hier in der Klinik zur Welt gekommen. Ich selbst habe sie entbunden.«

»Das ist keine Antwort auf meine Frage.«

»Das sollte es aber sein. Ich habe mich die meiste Zeit ihres Lebens um die MacKenzies gekümmert, und das schloß den jungen Steve ebenso ein wie den erwachsenen Steve . . . soweit man ihn wie einen Erwachsenen leben lassen konnte. Tatsächlich, um mich etwas genauer auszudrücken, habe ich mehr oder weniger alles überprüft, was die Ärzte im Walter-Reed-Hospital mit ihm angestellt haben. Im großen und ganzen waren sie verdammt gut. Man hat den Narben kaum angesehen, daß vier davon von Schußwunden herrührten.«

»Dann wußten Sie also Bescheid«, sagte Michael und nickte.

»Ich habe ihm geraten auszusteigen. Mein Gott, ich habe ihm das die letzten fünf, sechs Jahre immer wieder gesagt. Die Belastung für ihn war hart, und für Midge, seine Frau, glaube ich, war sie noch schlimmer. Nie wußte sie, ob er wiederkommen würde. Ja, Mr. Cross, ich wußte, was Steve getan hat – keine Einzelheiten zwar, trotzdem war mir klar, daß er keinen gewöhnlichen Schreibtischjob hatte.«

»Komisch«, meinte Havelock leise. »Ich habe bei MacKenzie nie daran gedacht, daß er Frau und Kinder hätte haben können oder in relativ normalen Verhältnissen leben würde.«

»Vielleicht ist das der Grund, weshalb er so gut war. Er wirkte eher wie ein durchschnittlich erfolgreicher Manager, etwa so wie Sie. Aber unter der Haut hatte er ein Fieber, weil solche Schweinehunde wie Sie ihn vergiftet haben.«

Die plötzliche Attacke, mehr noch, die Tatsache, daß sie fast im Plauderton vorgetragen wurde, ging Havelock unter die Haut. »Sie behaupten da ganz schön massive Sachen«, sagte Michael und musterte das Gesicht des Arztes. »Würden Sie das näher erklären? Nach meinem Wissen hat niemand MacKenzie eine Pistole an den Kopf gesetzt und ihn gezwungen, das zu tun, was er getan hat.«

»Das war gar nicht nötig, und Sie haben verdammt recht, daß ich das erklären möchte. Ich nehme an, Sie haben eine bestimmte Methode, mit der Sie einen Menschen dazu bringen, sich von einem normalen, produktiven, einigermaßen glücklichen Leben abzuwenden und einen Job zu übernehmen, der ihn mitten in der Nacht schweißgebadet aufwachen läßt. Und wenn er schläft, dann schreckt ihn das leiseste Geräusch auf.«

»Sie sind sehr dramatisch.«

»Das ist es doch, was Sie getan haben?«

»Wie?«

»Sie haben ihn mit Spannung und Erregung gefüttert . . .«

»Jetzt werden Sie melodramatisch.«

»Wissen Sie, wo es für ihn angefangen hat?« fuhr Randolph fort, als hätte Havelock nichts gesagt. »Vor dreizehn, vierzehn Jahren war Mac einer der besten Segler an der Ostküste. Er hatte ein Gespür für jede Drehung des Windes. Wenn er abends bei funkelndem Sternenhimmel mit seinem Boot Kurs auf irgendein Ziel nahm, konnte man Gift darauf nehmen, daß er am Morgen den anvisierten Punkt erreicht hatte. Er war ein großes Talent . . . Dann kam der Krieg in Vietnam, den er als Marineoffizier miterlebt hat. Nun, die Boys mit ihren Goldlitzen brauchten nicht lange, um herauszufinden, daß sie in ihm einen hervorragenden Mann hatten. Ehe man einen dieser unaussprechlichen Ortsnamen aussprechen konnte, war er schon dabei, Männer und Nachschub an der Küste entlang zu schippern. Er konnte die Landkarten der Gooks lesen und jeden überall hinbringen, wo er wollte.«

»Ich bin nicht sicher, ob ich verstehe.«

»Dann sollten Sie ein wenig nachdenken. Er beförderte Killer und Sabotageteams hinter die feindlichen Linien. Flotten von kleinen Booten standen unter seinem Befehl; er war für sich allein so etwas wie eine geheime Marine. Und dann passierte es.«

»Was?«

»Eines Tages wurde er selber einer von diesen Leuten, transportierte sie nicht bloß.«

»Verstehe.«

»Ich frage mich, ob Sie wirklich verstehen. Damals hat ihn das Fieber zum erstenmal gepackt. Männer, die vorher seine Passagiere waren, wurden zu Kampfgenossen. Achtundzwanzig Monate lang machte er das, bis er verwundet und nach Hause geschickt wurde. Midge wartete auf ihn; sie heirateten, und er ging auf die Universität zurück, um sein Jurastudium abzuschließen . . . Doch ehe ein Jahr vorüber war, verließ er die Hochschule und begann mit den Leuten in Washington zu reden. Irgendwie vermißte er dieses verrückte . . . Herrgott, wie nennen Sie das noch?«

»Schon gut«, sagte Havelock ruhig, »ich weiß genau, was Sie meinen.«

Der Arzt sah Michael prüfend an. »Vielleicht wissen Sie das tatsächlich. Vielleicht ist das der Grund, warum Sie hier sind . . . Wie so viele Männer ist Mac als anderer Mensch aus diesem Krieg zurückgekommen, nicht äußerlich, aber unter der Haut. In ihm war ein Zorn, den ich vorher nie gespürt hatte. Er konnte keine zwanzig Minuten stillsitzen, geschweige denn sich mit juristischen Fachbüchern befassen. Er mußte ständig in Aktion sein.«

»Ja, ich weiß«, unterbrach ihn Michael, ohne es eigentlich zu wollen.

»Und diese Schweinehunde in Washington, Sie und Ihre Kollegen, wußten ganz genau, wofür er empfindlich war. Man mußte ihm Erregung verschaffen, Spannung, ihm den brutalsten Job versprechen. Und ihm die ganze Zeit immer wieder sagen, daß er der absolut Beste war. Das genoß er . . . und gleichzeitig riß es ihn in Stücke.«

Havelock brachte die Hände zusammen, spürte, wie sie sich ineinander verkrampften. »Was hätten wir . . . Schweinehunde in Washington . . . denn tun sollen?« fragte er scheinbar gelassen.

»Das ist eine so dumme Frage, daß sie nur ein solcher Schweinehund stellen kann.«

»Würde es Ihnen etwas ausmachen, die Frage zu beantworten?«

»Ihn ärztlich behandeln! Psychiatrisch!«

»Warum haben Sie das nicht getan? Sie waren sein Arzt.«

»Verdammt, ich habe es versucht! Ich habe sogar versucht, sie aufzuhalten!«

»Wie bitte?«

»Irgendwo in alten Akten gibt es Briefe von mir an den CIA, die einen leidenden Mann beschreiben . . . verdammt noch mal, eine Diagnose liefern. Immer wenn Mac nach Hause kam, hat er das für ein paar Wochen verdecken können und ist wie ein kleiner Angestellter nach Langley gefahren und wieder zurück. Und dann entwickelte sich bei ihm eine Art Depression, er redete nicht mehr viel, und wenn er redete, hörte er nicht auf das, was man ihm sagte. Und schließlich wurde er unruhig, ungeduldig . . . seine Gedanken waren die ganze Zeit woanders. Sehen Sie, dann hat er gewartet, auf seinen nächsten Einsatz, wie ein Süchtiger auf die nächste Spritze!«

»Und die haben wir ihm gegeben«, fügte Michael hinzu.

»So ist es. Sie wußten ganz genau, wie lange er es ertragen konnte. Midge kam dann immer zu mir und erzählte, daß Mac nicht schlafen konnte, mit niemandem sprach. Daraufhin habe ich wieder einen Brief an den CIA geschrieben. Wissen Sie, was ich zur Antwort bekam? Ein unverbindliches ›Danke-für-Ihr-Interesse‹, als hätte ich vorgeschlagen, daß man den Wäschedienst ändert. Midge und die Kinder erlebten die Hölle!«

Michaels Blick wanderte zu der kleinen weißen Wand hinter Randolph.

Wie viele Briefe waren in wieviel ungeöffneten Akten begraben?

Wie viele MacKenzies . . . und Ogilvies . . . und Havelocks hatten ihr Leben draußen im Einsatz gelassen, waren einen sinnlosen Tod gestorben?

»Tut mir leid«, sagte Havelock. »Mit Ihrer Erlaubnis werde ich dieses Gespräch an einer Stelle erwähnen, wo man es nicht übersehen wird.«

»Bis zu diesem Punkt haben Sie meine Erlaubnis.«

»Bis zu diesem Punkt«, bestätigte Michael.

Der Arzt lehnte sich in seinem Sessel zurück. »Ich habe Ihnen hier kein sehr schönes Bild gezeichnet, aber ich habe meine Gründe. Jetzt reden Sie, und dann werden wir sehen, wo wir stehen.«

»Gut.« Havelock schlug die Beine übereinander und wählte vorsichtig seine Worte. »Wie Ihnen sicher bekannt ist, ist die Arbeit bei der Abwehr in der Regel langweilig. Zur routinemäßigen Aufgabe gehört das Auswerten von Zeitungen und wissenschaftlichen Journalen, überhaupt das Sammeln von Informationen aus einer Vielzahl von Quellen, wobei die Mehrzahl der Informanten vernünftige Leute sind, die ohne weiteres bereit sind, ihr Wissen mitzuteilen, weil sie keinen Grund sehen, es zu verbergen.

Und dann gibt es natürlich andere, die ein Geschäft daraus machen, die Fakten zu verkaufen, die sie selbst gekauft haben; aber sie kaufen billig und bieten teuer an. Diese Leute haben im allgemeinen mit einem anderen Typ von Abwehrbeamten zu tun, mit einem, der darin ausgebildet ist, zwischen Tatsachen und Erfindungen zu unterscheiden; denn die Billigkäufer, die teuer verkaufen, können recht phantasievoll sein.«

Michael hielt inne, er wußte, daß es sehr wichtig war, daß er Randolph genau an der richtigen Stelle und auch zum richtigen Zeitpunkt traf.

»Normalerweise«, fuhr er fort, »ist die Masse der Informationen, die sie liefern, ausreichend, daß Spezialisten daraus ein genaues Bild der Fakten und Ereignisse rekonstruieren können. So wie man die Teile eines Puzzlespiels zusammenfügt.«

Wieder machte Havelock eine Pause. Was Randolph hören wollte – mußte –, erforderte eine stumme Einleitung. Drei Sekunden genügten.

»Und schließlich gibt es eine dritte Kategorie von Informationen. Die sind am schwierigsten zu beschaffen, weil sie Quellen abgepreßt werden müssen. Diese Personen sind im Besitz von Geheimnissen, die sie das Leben kosten können, wenn ihre Vorgesetzten erfahren, daß sie sie preisgegeben haben. Diese Leute erfordern eine völlig andere Art von Abwehrmann, er muß selbst Spezialist sein. Er ist zum Manipulieren ausgebildet und verfügt über die Fähigkeit, Situationen herbeizuführen, in denen der Gegner überzeugt ist, keine andere Wahl zu haben, als eine bestimmte Handlung vorzunehmen und am Ende Geheimnisse preiszugeben. Stephen MacKenzie war jene Art von Spezialist. Er war einer der Besten; niemand brauchte ihn zu überzeugen. Aber bei seinem letzten Einsatz griff jemand ein und veränderte die Situation, die MacKenzie herbeigeführt hatte. Und damit jene ursprüngliche Situation die akzeptierte blieb, hat man ihn getötet.«

Randolph schoß aus seinem Stuhl nach vorn. »Er ist was?«

»Ermordet worden. Wir hätten es verhindern können, wenn wir rechtzeitig die entsprechenden Vorsichtsmaßnahmen ergriffen hätten. Mac, wie Sie ihn nennen, ist nicht auf seinem Segelboot an einem Schlaganfall gestorben – er ist getötet worden. Wir wissen es, aber wir wollten es nicht zugeben . . . Jetzt begreifen Sie vielleicht, weshalb ich kein Tonbandgerät bei mir versteckt habe. Das Bild, das ich Ihnen gerade skizziert habe, ist häßlicher als das Ihre.«

»Das ist es wirklich . . . wenn es stimmt. Aber ich fürchte, es stimmt nicht. Wir werden bei der Aortablutung als Todesursache bleiben, weil das zutrifft. *Sie* haben nämlich unrecht, *Sie* haben Mist gebaut.«

»Was soll das heißen?«

»Stephen MacKenzie hat Selbstmord begangen.«

32

»Das ist unmöglich«, rief Havelock und sprang auf. »Sie irren sich!«

»Wirklich? Sind Sie etwa auch Arzt, Mr. Cross?«

»Dazu braucht man nicht Arzt zu sein. Ich kenne Männer wie MacKenzie; ich bin einer von ihnen.«

»Das hatte ich mir schon gedacht. Meine Einschätzung gilt genauso für Sie wie für ihn und Ihresgleichen.«

»Nein, verstehen Sie mich nicht falsch«, sagte Michael rasch und schüttelte den Kopf. »Ich bin der letzte, der nicht zugeben würde, daß es manchmal geradezu zur fixen Idee werden kann, den ganzen Krempel hinzuschmeißen und Schluß zu machen. Nur nicht so, nicht allein auf einem Boot; da stimmt was nicht!«

»Das Ergebnis der pathologischen Untersuchung spricht gegen Sie. Ich wünschte bei Gott, es wäre nicht so, aber leider bestehen keine Zweifel.«

Havelock konnte sich nicht mehr zurückhalten; er beugte sich über Randolphs Schreibtisch und schrie den Arzt an: »Es gab Beweise gegen eine Frau, die mir sehr nahe steht, und diese Beweise waren von A bis Z eine Lüge!«

»Ich weiß nicht, was das mit MacKenzies Ableben zu tun hat, aber das ändert überhaupt nichts.«

»In diesem Fall schon. Es gibt eine Verbindung.«

»Jetzt fangen Sie an, dummes Zeug zu reden, junger Mann.«

»Hören Sie mir zu. Ich bin kein ›junger Mann‹, und ich bin auch nicht verrückt. Was auch immer Sie gefunden haben – man hat es so arrangiert, daß Sie es fanden.«

»Sie wissen ja nicht einmal, was er war . . .«

»Das brauche ich auch nicht. Versuchen Sie doch, mich zu verstehen, Doktor. MacKenzie war ein Manipulator, ausgestattet mit der Vollmacht, Ereignisse herbeizuführen, bei denen Leute getötet werden könnten und gewöhnlich getötet werden. Solche Männer bedrükken häufig schmerzliche Zweifel, ungeheure Schuldgefühle, Gefühle der . . . verdammt noch mal, der Sinnlosigkeit! Sicher stellen sich Depressionen ein, sicher haben sie schon einige Male erwogen, sich eine Kugel durch den Kopf zu jagen. Aber doch nicht so! Wenn es eines gibt, was solchen Männern in Fleisch und Blut übergegangen ist, dann ist das effektvolles Handeln. Zum Teufel, mach schon Schluß mit dir, aber wenn schon, dann erreiche etwas damit. Und tu's richtig.«

»Das ist ja geradezu Kindergartenpsychologie«, meinte Randolph.

»Nennen Sie es, wie Sie wollen, es stimmt jedenfalls. Ich bin kein Arzt, kein Psychiater, und ich werde Sie sicher nicht überzeugen können, aber ich weiß, daß ich recht habe. Also lassen Sie es dabei bewenden. Aber sagen Sie mir, was Sie gefunden haben.«

»Mac hat sich eine Spritze gegeben.«

»Niemals!«

»Tut mir leid. Er hat es übrigens verdammt raffiniert angestellt. Er hat sich Digitoxin gespritzt und dazu viel Alkohol getrunken. Der Alkoholgehalt im Blut hat alles andere überdeckt, aber das Digitoxin hat sein Herz zerrissen.«

»Dann hat die Röntgenaufnahme gestimmt?«

Randolph gab keine Antwort. Statt dessen preßte er die dünnen

Lippen zusammen und hantierte an seiner Brille herum. Nach einer Weile sagte er: »Nein.«

»Sie haben also die Aufnahmen vertauscht.«

»Ja.«

»Warum?«

»Um das zu erreichen, was Mac beabsichtigt hatte.«

»Fangen Sie ganz von vorne an.«

Der Arzt beugte sich vor. »Er wußte, was er Midge und den Kindern in all den Jahren zugemutet hatte. Auf diese Weise versuchte er, etwas wieder gutzumachen, Frieden mit sich selbst zu schließen. Midge war am Ende; sie konnte ihn nicht einmal mehr bitten. Schließlich stellte sie ihn vor die Entscheidung, entweder aus seinem Job auszusteigen oder auszuziehen.« Randolph machte eine kurze Pause und schüttelte den Kopf. »Mac wußte, daß er keines von beidem tun konnte, also beschloß er, sich umzubringen.«

»Sie haben etwas ausgelassen.«

»Er hatte eine hohe Lebensversicherung abgeschlossen, bei seiner Arbeit nicht verwunderlich. Die Versicherungsgesellschaft, die keinen blassen Schimmer hatte, wie gefährlich sein Job war, hätte bei Selbstmord keinen Cent gezahlt. Das war der Grund, warum ich als Todesursache einen Herzinfarkt vorgetäuscht habe.«

Havelock starrte den Arzt an, dann drehte er sich um und setzte sich wieder in den Sessel, die Augen weiterhin starr auf Randolph gerichtet. »Selbst wenn Sie recht hätten«, begann er mit müder Stimme, »hätten Sie den CIA informieren können, und dort wäre man auf Ihrer Linie gewesen. Das Allerletzte, was die wollen, ist, daß so etwas in die Zeitungen kommt. Statt dessen haben Sie alle getäuscht, wertvolle Zeit vergeudet, und der Schaden, den Sie angerichtet haben, ist unermeßlich.«

»Was, zum Teufel . . .! Vor zwanzig Minuten haben Sie gesagt, sie wollten von mir hören, wie es war. Gestern am Telefon haben Sie erklärt, Sie wollten nur ein paar Unruhestifter zum Schweigen bringen.«

»Da habe ich gelogen. Genau wie Sie gelogen haben. Aber zumindest wußte ich, was ich tat, Sie nicht . . . Wenn Sie die Wahrheit gesagt hätten – und selbst nur einem Menschen –, dann hätte man jede Minute an MacKenzies letztem Tag rekonstruiert und vielleicht etwas gefunden, irgendwo eine Verbindung . . . Niemand hat sich die Mühe gemacht, das Boot zu untersuchen.«

»Sie haben mir anscheinend nicht zugehört!« brüllte der Arzt, und seine Augen funkelten böse, sein Gesicht war gerötet. »Midge Mac-

Kenzie hatte ihr letztes Ultimatum gestellt. Er konnte nicht mehr funktionieren! Er ist zerbrochen!«

»Das erklärt den Alkohol, daran habe ich keinen Zweifel.«

»Und als er dann richtig besoffen war, traf er seine letzte Entscheidung. Das paßt doch alles zusammen!«

»Gar nichts paßt zusammen«, erwiderte Michael. »Ich erwarte nicht, daß Sie das akzeptieren. Aber das allerletzte, was ein Mann wie MacKenzie tun würde, ist, in betrunkenem Zustand eine Entscheidung zu treffen.«

»Gewäsch!«

»Ich möchte Sie etwas fragen. Ich nehme an, daß Sie hin und wieder einen Schluck trinken und auch merken, wenn Sie einen in der Krone haben.«

»Gewiß.«

»Würden Sie operieren, wenn Sie wissen, daß Sie beschwipst sind?«

»Sicher nicht, aber das ist keine Parallele.«

»Doch, das ist eine, Dr. Randolph. Weil Männer wie MacKenzie oder ich – und zwanzig oder dreißig andere, die ich nennen könnte – auch Ärzte oder besser gesagt Chirurgen sind, wenn wir draußen im Einsatz sind. Die meisten Aufträge, die wir erledigen, nennt man sogar ›Operationen‹. Vom ersten Tag unserer Ausbildung an wird uns eingehämmert, daß jeder Reflex, jede Beobachtung, jede Reaktion so exakt und so schnell wie nur möglich sein muß. Darauf sind wir gedrillt.«

»Sie spielen mit Worten . . .«

»Begreifen Sie denn nicht? MacKenzie hätte sich nie auf diese Weise umgebracht, weil – von allem anderen abgesehen – das Digitoxin vielleicht nicht gewirkt haben könnte. Wenn er tatsächlich Selbstmord begehen wollte, hätte er sich unter keinen Umständen einen Fehler leisten können!«

Es war, als hätten Michaels Worte Matthew Randolph tief geschockt. Seine Augen waren geweitet, die Gesichtsmuskeln angespannt, sein Mund in der Bewegung erstarrt. Als er sprach, kam nur ein Flüstern heraus: »Allmächtiger Gott!« sagte er, und dann verhallte seine Stimme in Schweigen. Doch dann plötzlich erhob er sich aus seinem Sessel und stand wie versteinert da, ein hilfloser alter Mann, der mit einem ungeheuren Fehler kämpfte. »O mein Gott!« fügte er hinzu und nahm die Brille ab.

Havelock beobachtete ihn und fühlte sich gedrängt, es ihm leichter zu machen. »Aus Ihrer Sicht haben Sie richtig gehandelt. Ich an Ihrer

Stelle hätte wohl auch so reagiert. Aber es geschah zum falschen Zeitpunkt auf die falsche Weise. Doch lassen Sie uns noch einmal alles gründlich betrachten. Vielleicht finden wir etwas.«

»Halten Sie den Mund!«

Das war das allerletzte, was Michael als Reaktion erwartet hatte. »Was?«

»Ich habe gesagt, Sie sollen den Mund halten!«

»Sie stecken voller Überraschungen.«

»Vielleicht habe ich eine echte Überraschung für Sie.«

»MacKenzie?«

Ohne eine Antwort zu geben, ging Randolph schnell zu einem Aktenschrank, der an der Wand stand, holte einen Schlüsselbund aus der Tasche, wählte einen Schlüssel aus und rammte ihn buchstäblich in das oberste Schloß. »Hier sind meine Privatkarten verwahrt. Wenn jemand sie lesen würde, könnte das zu einer ganzen Menge zerbrochener Ehen und Testamentsänderungen führen. Mac ist hier auch vertreten.«

»Was ist mit ihm?«

»Nicht mit ihm. Es dreht sich um den Pathologen, der mit mir zusammengearbeitet hat, um die Burschen vom CIA zu überzeugen, daß es ein Infarkt war, klar und eindeutig.«

»Eine Frage«, unterbrach Havelock. »In dem CIA-Bericht steht, alle Untersuchungen seien hier gemacht worden, in Ihren Labors, von Ihren Leuten. Wie ist zu erklären, warum sie die Leiche nicht nach Bethesda oder ins Walter-Reed-Hospital geschafft haben?«

Der Arzt drehte sich herum, er hatte die Hände in der offenen Schrankschublade. »Ein paar recht massive Worte meinerseits genügten. Ich habe denen gesagt, daß Midge MacKenzie mehr Staub aufwirbeln würde, als damals die Schlappe in der kubanischen Schweinebucht verursacht hatte, daß sie wütend auf das ganze Pack wäre und der Ansicht sei, die psychische Belastung hätte den Herzinfarkt verursacht, und das wenigste, was sie tun könnten, wäre, ihn in Frieden zu lassen.«

»Haben sie mit ihr gesprochen?«

»Versucht haben sie es. Sie gab ihnen fünf Minuten, beantwortete ihre Fragen und sagte ihnen, sie sollten sich zum Teufel scheren. Die haben schon kapiert, die wollten keinen Ärger mit ihr.«

»Ich wette, daß sie den nicht wollten.«

»Außerdem«, sagte Randolph und wandte sich wieder den Akten zu, »haben wir hier einen guten Ruf und behandeln einige der wichtigsten Leute im ganzen Land. Wer würde uns Lügner nennen?«

»Darauf haben Sie spekuliert, nicht wahr?«

»Da haben Sie verdammt recht ... Da ist die Akte.«

»Was hat Ihr Pathologe denn gefunden, das uns helfen könnte?«

»Es geht nicht um das, was er gefunden hat. Ich sagte ja, um *ihn* geht es. Er war eine Aushilfe.«

»Eine was?« Michael stockte der Atem.

»Sie haben schon richtig gehört«, fuhr Randolph fort und trug den Aktenordner zu seinem Schreibtisch. »Er war eine Aushilfe. Er ist für unseren Mann eingesprungen, der sich eine ›Mono‹ zugezogen hatte.«

»Mononucleosis?«

»Herpesvirus. Verdammt leicht zu übertragen.«

»Jetzt komme ich nicht mehr mit.«

»Dann geben Sie sich eben Mühe«, sagte der Arzt und blätterte in der Akte. »Einige Tage vor Macs Tod holt sich unser Pathologe eine ›Mono‹. Und dann, vielen Dank, taucht ein hochqualifizierter Mann auf; er steht kurz vor Antritt einer neuen Stelle, hat einen guten Monat Zeit und wohnt bei einer Schwester in Easton. Mein Gott, den habe ich mir natürlich sofort geschnappt.«

»Und?«

»Macs Leiche wird gebracht; er übernimmt die Anfangsuntersuchungen und bittet um ein Gespräch unter vier Augen. Ich werde das nie vergessen. Er fragte mich: ›Wie gut haben Sie diesen MacKenzie gekannt?‹«

Havelock nickte. »Eines führte zum anderen, und das Resultat war schließlich, daß MacKenzies Leiche nicht von einer neutralen Stelle autopsiert werden durfte.«

»Er hatte winzige Spuren von Digitoxin gefunden«, erklärte Randolph.

»Und eine Stichwunde, wobei Lage und Winkel darauf hindeuteten, daß MacKenzie sie sich vermutlich selbst beigebracht hatte«, fügte Havelock hinzu.

»Sie haben's erfaßt.«

»Sicherlich hat er sich auch nach MacKenzies Arbeit erkundigt, nach seinem Geisteszustand, seiner Familie ... und irgendwo das Thema Versicherung einfließen lassen.«

»Das hat er. O Gott!«

»Sie brauchen sich nicht gleich die Schlagadern aufzuschneiden, Doktor. Diese Leute machen ihre Hausaufgaben so gründlich wie sonst niemand auf der Welt.«

»Was für Leute?«

»Wenn ich mich nicht irre, nennt man sie *paminjatschiks.*«

»Wie?«

»Schon gut. Sparen Sie sich die Mühe, hier weiterzubohren. Er hat Ihnen keine einzige Lüge gesagt. Das ist seine Tarnung. Er wußte nur einfach alles im voraus. Sie könnten ihm nichts anhaben, ohne sich selbst mit hineinzuziehen und damit Ihre Klinik zu ruinieren. Außerdem werden Sie ihn nicht finden. Und auch diese Schwester in Easton können Sie vergessen. Die hat es mit Sicherheit nie gegeben.«

»Das ist es ja gerade; ich weiß, wo er ist.«

Michael schoß in seinem Stuhl nach vorn. »Was wissen Sie?«

»Sein Name wurde vor ein paar Wochen erwähnt, als ich mich mit dem Vertreter einer Ärztebedarfsfirma unterhielt. In dem Gespräch sagte er mir, daß er sich gern unsere Bestellungen ansehen würde, weil ein Pathologe sich ein Gerät kaufen wollte, das wir hier haben. Ich erinnerte mich natürlich an den Namen, aber nicht an den Wohnort. Das war nämlich nicht das Institut, zu dem er gehen wollte.« Randolph hielt eine Weile inne. »Ich hab' etwas Seltsames getan«, fuhr er fort, »als ob ich ihn nicht ganz akzeptiert hätte, oder vielleicht wollte ich auch nur nicht mehr an das denken, was wir gemeinsam getan hatten . . . doch im Auge behalten wollte ich ihn. Ich sagte meiner Sekretärin nicht – wie ich das gewöhnlich tue –, daß sie seine gegenwärtige Position in unsere Personalakten eintragen sollte. Statt dessen schrieb ich es in Macs Akte. Irgendwo.«

Havelock saß wie benommen auf der Stuhlkante. Im Laufe der Jahre, die er in seiner Schattenwelt verlebt hatte, hatte er gelernt, daß die unglaublichsten Entwicklungen gewöhnlich die plausibelsten Gründe hatten. Seine Stimme war kaum zu hören, als er erklärte: »Ihr Pathologe hat seinen wirklichen Namen benutzt, weil er wußte, daß gerade Sie sich niemals nach ihm erkundigen würden. Umgekehrt hat er Sie mit seinem Namen viel besser am Haken als ohne. Glauben Sie mir, Doktor, über kurz oder lang hätte er Sie als Beute an Land gezogen, bösartig und wirksam wie solche Leute zu arbeiten pflegen.«

»Jetzt habe ich es«, sagte Randolph und blickte auf. »Das könnte er immer noch, wissen Sie. Mich an Land ziehen, meine ich.«

»Das könnte ich auch, aber das werde ich nicht. Es sei denn, Sie würden die Information auf jenem Blatt zerstören. Das ist unwahrscheinlich, weil ich Ihnen dazu keine Gelegenheit geben würde. Andererseits wird er nie in Ihre Nähe kommen, weil ich ihm dazu keine Chance lassen werde. Er hat den einen fatalen Fehler gemacht, den er sich in seinem sehr eigenartigen Leben nicht leisten kann. Den Namen, bitte.«

»Colin Shippers, Chefpathologe, Regency Foundation. Das ist ein privates Forschungsinstitut.«

Es ist viel mehr als das, Doktor. Es ist ein Ort, wo man einen paminjatschik finden kann. Der erste konkrete Schritt in Richtung ›Ambiguity‹ und damit in Richtung Parsifal.

»Ich möchte, daß Sie folgendes tun«, sagte Havelock. »Und ich fürchte, Sie werden es tun müssen.«

Es war von entscheidender Wichtigkeit, nicht nur auf Umwegen zu operieren, sondern fast blind. Und es gab auf der ganzen Welt nichts, was Michael schwerer gefallen wäre. Die höchst konzentrierte Überwachung mußte er anderen überlassen, etwas, das Havelock in höchstem Maße zuwider war. Sein Team mußte völlig im dunklen operieren, durfte nur auf Anweisung arbeiten, ohne in die Hintergründe eingeweiht zu sein. Solche Bedingungen trugen immer ihre Risiken in sich; Verantwortung ohne Wissen oder Autorität führte leicht zu Verdruß, und vom Verdruß zur Unvorsichtigkeit war nur ein kleiner Schritt. Ebensowenig konnten Nachforschungen in bezug auf Lebensgewohnheiten, Freunde, Berufskollegen, häufig aufgesuchte Lokale und dergleichen angestellt werden. Denn wenn es durch MacKenzies Tod zwischen Dr. Colin Shippers und dem Tarnungsmanöver an der Costa Brava eine Verbindung gab – einem Tarnungsmanöver, das nicht aus der Strategie des Weißen Hauses stammte –, dann hatte er auf Befehl des Maulwurfs im State Department die neue Stellung angenommen, jenes Maulwurfs, der ein *paminjatschik,* ein ›Reisender‹, war und sich den Decknamen ›Ambiguity‹ zugelegt hatte. Und ein *paminjatschik* in seiner Position würde einen so heiklen Auftrag wie die Tötung eines CIA-Beamten nie jemandem anvertrauen, der nicht seinesgleichen war. Demzufolge mußten sie von der Annahme ausgehen, daß Shippers selbst ein ›Reisender‹ war und daß allein schon die Andeutung eines Alarms ihn in den Untergrund treiben und damit die Verbindung zu ›Ambiguity‹ abreißen würde.

Personalbüros, Bank- und Kreditreferenzen, selbst FBI-Überprüfungen . . . all diese Informationsquellen wurden mit scharfem Blick von Leuten überprüft, die freiwillig oder unter Druck handelten. Darunter waren Männer und Frauen, die die Russen eingeschleust hatten, und Verwaltungsangestellte, die erpreßt wurden, die die amerikanischen Sowjetagenten alarmierten, daß jemand sich für sie interessierte. Diese Praxis machte es praktisch unmöglich, den *paminjatschik* in die Falle zu locken; er war amerikanischer Staatsbürger und hatte als solcher Anrecht auf den Schutz der Verfassung. Bis ein Geschworenengericht sich schließlich mit der Anklageerhebung einverstanden erklärt und man dem Angeklagten Gegenstand und Motiv seines mutmaßlichen Verbrechens mitgeteilt hatte, war der ›Reisende‹ schon längst untergetaucht, um Wochen oder Monate später mit einer anderen Identität, einem völlig neuen Lebenslauf und nicht selten dank der Chirurgen in Moskau mit einem neuen Gesicht wieder auf der Bildfläche zu erscheinen.

›Ambiguity‹ war ganz offensichtlich Shippers Vorgesetzter und ohne jeden Zweifel ein respektierter Satellit am KGB-Firmament – aber er hielt seine normalen KGB-Kanäle über die gegenwärtige Krise auf dem laufenden. Nicht nur, daß der Dscherschinski-Platz die Operation an der Costa Brava und all den Wahnsinn, für den sie stand, desavouierte, sondern das Wenige, was sie darüber wußten, alarmierte Männer wie Pjotr Rostow.

Ereignisse hatten stattgefunden, die ohne Unterstützung aus Moskau nicht hätten stattfinden können. In Paris war ein VKR-Beamter von dem Regisseur des Costa-Brava-Schauspiels in die Falle gelockt und verwundet worden, und es gehörte wenig Phantasie dazu, sich auszumalen, daß die Anweisungen, denen der Beamte folgte, so verschleiert waren, daß man nicht zurückverfolgen konnte, wer innerhalb der komplizierten Maschinerie der russischen Abwehr dafür verantwortlich war. Natürlich war Rostow alarmiert; das Schreckgespenst des fanatischen VKR reichte aus, selbst den ergebensten Marxisten Angst einzujagen. Denn der Unbekannte, der sich ›Ambiguity‹ nannte, sandte offensichtlich seinen Kontrolleuren im KGB Routineberichte, während er die brisanten Informationen nur seinem Vorgesetzten in der *Voennaja* anvertraute.

Rostow spürte das, konnte aber nicht den Finger darauf legen, geschweige denn, es ans Tageslicht zerren. Dies war der Grund für sein Angebot an Havelock gewesen. *Er sagt, er sei nicht länger unser Feind, wohl aber andere, die auch seine Feinde sein könnten.*

Wenn Rostow auch nur die leiseste Ahnung hätte, wie fundiert sein Verdacht war, würde er ein Erschießungskommando riskieren, um den Kontakt herzustellen, dachte Michael. Aber Rostow irrte sich; der Russe war und blieb sein Feind. Im Wesen konnte keiner von beiden dem anderen vertrauen, und nicht einmal der Schrecken, den Parsifal verbreitete, konnte das ändern.

»Wie lange, glaubst du, wird Shippers' Reaktion auf sich warten lassen?« fragte Jenna, die mit Havelock in dem kleinen, von der Sonne beschienenen Alkoven neben der Küche saß und frühstückte.

»Das ist schwer zu sagen. Es hängt davon ab, wie überzeugend Randolph sein wird und wie schnell Shippers argwöhnen wird, daß es sich bei der Versicherungsgesellschaft in Wirklichkeit um etwas anderes handeln könnte, etwas, das ihm angst macht. Es könnte heute sein, heute abend noch, morgen . . . übermorgen.«

»Ich hätte gedacht, du würdest Randolph dazu veranlassen, ihn zu einer sofortigen Reaktion zu zwingen. Kannst du dir denn die Zeit leisten?«

»Ich kann es mir nicht leisten, ihn zu verlieren; er ist das einzige Bindeglied, das wir haben. Sein Name ist in dem Laborbericht nicht erschienen; das ist ihm nicht schwergefallen, da Randolph sich ja dafür entschieden hatte, den vermeintlichen Selbstmord zu vertuschen. Shippers weiß, daß für ihn nur dann Gefahr besteht, wenn Randolph sich selbst belasten würde, und das würde er niemals tun.«

»Aber alles hängt doch davon ab, möglichst schnell ans Ziel zu kommen«, wandte Jenna ein. »Ich verstehe deine Strategie wirklich nicht.«

Havelock sah sie an, seine Augen blickten fragend, unsicher. »Ich weiß selbst nicht, ob ich sie verstehe. Ich habe immer gewußt, daß man in diesem Geschäft – unserem sogenannten Beruf – die Dinge nur so zum Laufen bringt, indem man wie sein Feind denkt, sich in seine Lage versetzt und dann das tat, wovon man überzeugt ist, daß er es nicht erwartet. Und jetzt verlangt man von mir, in die Haut eines Mannes zu schlüpfen, zu dem ich überhaupt keine Beziehung habe.« Michael nahm einen Schluck aus seiner Kaffeetasse und fuhr fort: »Denk einmal darüber nach. Eine amerikanische Kindheit, Jugend . . . Freunde an der Schule und auf dem College . . . Mädchen, mit denen man ausgeht, mit denen man über sich selbst spricht, Leute, die man mag und denen man sich anvertraut. Das sind die Jahre, in denen man Geheimnisse mit anderen teilt; es ist gegen die menschliche Natur, diese Geheimnisse für sich zu behalten . . . es ist ein Teil des Erwachsenwerdens, sich selbst zu offenbaren. Erkläre mir, wie ein Mann wie er, ein *paminjatschik,* es schafft, das eine Geheimnis zu bewahren, das ganz tief in ihm schlummert und das er nie jemandem offenbaren darf.«

»Ich weiß nicht, aber du hast gerade jemanden beschrieben, den ich sehr gut kenne.«

»Wen?«

»Dich, mein Liebling.«

»Das ist doch verrückt.« Havelock setzte die Tasse ab.

»Wirklich?« Jenna griff über den Tisch, legte kurz die Hand auf die Tasse. »Wie vielen Freunden auf der Schule und im College, wie vielen Mädchen und Leuten, die du wirklich gemocht hast, hast du denn von Mikhail Havlíček und Lidice erzählt? Sag es mir!«

»Das war sinnlos. Das war doch Vergangenheit.«

»Ich hätte es nie erfahren, wenn unsere Vorgesetzten nicht auf einer gründlichen Überprüfung unserer Vergangenheit bestanden hätten. Eure Abwehrdienste haben nicht immer die besten Leute in unseren Teil Europas geschickt, und wir haben für diese Fehler bezahlt. Aber als uns die Akte Havlíček übergeben wurde, war es ein Mann aus den höchsten Rängen eures State Departments, der die versiegelte Akte brachte und sie wieder mitnahm. Es war offensichtlich, daß deine unmittelbaren Vorgesetzten – unsere normalen Kontakte – von deiner frühen Vergangenheit nichts wußten. Aus irgendeinem Grund hat man sie vor ihnen verborgen gehalten. Warum, Mikhail?«

»Das habe ich dir doch gerade gesagt. Matthias und ich waren uns darüber einig; das war vorbei.«

»Du wolltest also, daß jener Teil deines Lebens verborgen blieb, unsichtbar.«

»Das reicht jetzt.«

»Ich war so oft mit dir zusammen, wenn ältere Leute von jenen Tagen sprachen, und du hast nie etwas gesagt, nie durchblicken lassen, daß du das selbst miterlebt hattest. Wenn du es nämlich getan hättest, dann hätte das zu deinem Geheimnis führen können, zu den Jahren, über die du nicht reden wolltest.«

»Das ist logisch.«

»Wie dieser Shippers bist du dabeigewesen und hieltest dich verborgen.«

»Das ist eine sehr weit hergeholte Parallele.«

»Keineswegs«, beharrte Jenna. »Du kannst nicht einmal die üblichen Erkundigungen über Shippers einziehen, weil er von Informanten gewarnt werden könnte, und dann würde er verschwinden, sein Geheimnis schützen. Du wartest darauf, daß er über Randolphs Anruf nachdenkt und am Ende vielleicht – das hoffst du – sich dafür entscheidet, einmal nachzuprüfen, ob MacKenzies Versicherungsgesellschaft wirklich . . . wie sagt man da?«

»Letzte Fragen stellt, ehe sie sich zur Auszahlung der Lebensversicherung entschließt. Das ist üblich; die trennen sich verdammt ungern von ihrem Geld.«

»Ja, du glaubst, daß er das tun wird. Und wenn er entdeckt, daß es keine Fragen gibt, wird er unruhig werden. Und dann wird er handeln und mit ›Ambiguity‹ in Verbindung treten. Darauf spekulierst du, nicht wahr?«

»Ja, er wird so handeln, denke ich.«

»Und jede Stunde, die er . . .« Jenna Karras schüttelte den Kopf, suchte nach Worten.

»Darüber nachdenkt«, ergänzte Havelock, »und sich konzentriert . . .«

»Ja, sich konzentriert, ist verloren, läßt ihm Zeit, seine Überwacher zu entdecken, die Männer, die dich beunruhigen, weil du sie nicht persönlich kennst und sie nicht über ihre Zielperson informieren kannst.«

»Es gefällt mir nicht, aber das ist nicht das erste Mal, daß so etwas geschieht.«

»Aber kaum unter diesen Umständen, niemals mit solch schrecklichen Konsequenzen, falls etwas schiefläuft. Schnelligkeit ist das erste Gebot, Mikhail.«

»Du versuchst, mir etwas zu sagen, und ich weiß nicht, was es ist.«

»Du hast Angst, daß Shippers gewarnt werden und untertauchen könnte.«

»Panische Angst sogar.«

»Dann solltest du nicht bei ihm ansetzen. Setz bei dem Mann an, der in Randolphs Institut aushalf, als MacKenzie starb, dessen Unterschrift unter dem Autopsiebericht nicht erschien. So wie du in Prag zwei Gesichter hattest, so hat er hier zwei Gesichter. Fange bei dem Gesicht an, das du siehst, weil du keinen Anlaß hast, ihn für einen Mann zu halten, der ein Geheimnis zu verbergen hat.«

Havelock griff nach seiner Tasse, ohne Jenna aus den Augen zu lassen. »Ich sehe ihn einmal nur als Pathologen«, sagte er leise, »ausgehend von der Annahme, daß jemand neben Randolph den Autopsiebefund bestätigt haben muß . . . Die Versicherungsgesellschaft verlangt eine solche Bestätigung durch einen zweiten Arzt.«

»In meinem Land reichen fünf Unterschriften gerade für ein Dokument aus.«

»Er wird sich natürlich weigern.«

»Kann er das? Er war doch dort.«

»Er wird Randolph sagen, er könne ihn nicht unterstützen, könne sich nicht offen mit der Diagnose Aortablutung einverstanden erklären.«

»Dann glaube ich, sollte der Klinikchef sehr bestimmt auftreten.

Wenn das die Position ist, die Shippers offiziell bezieht, warum hat er das dann nicht von Anfang an getan.«

Michael lächelte, er begriff. »Das ist sehr gut. Einen Erpresser mit dem eigenen Material zu erpressen.«

»Warum nicht? Randolph ist eine in Fachkreisen sehr berühmte Persönlichkeit; wer ist dieser Shippers schon, um sich gegen ihn zu stellen?«

»Und wir zwingen ihn ja nur dazu, schnell zu handeln. Zu seinem eigenen Schutz – nicht einmal als ›Reisender‹, sondern als Arzt. Ja, er wird herausfinden müssen, wie ernst es die Versicherungsleute meinen. Ob es sich um eine Routinemaßnahme handelt oder ob sie es wirklich ernst meinen. Und dann stellt er fest, daß gar nichts ist; dann muß er wieder aktiv werden.«

»Was ist für heute geplant?« fragte Jenna.

»Die Primärüberwachung wird Shippers erfassen, wenn er seine Wohnung heute morgen verläßt. Das zweite Team übernimmt dann im Regency-Gebäude.«

»Wie? . . . Entschuldige, ich habe gestern abend nicht zugehört, als du telefoniert hast. Wie kam dein Mann denn in das Gebäude?«

»Die Regency-Stiftung ist eine Privatfirma, die mit einer ganzen Anzahl geheimer Regierungsaufträge befaßt ist. Das ist offensichtlich der Grund, weshalb Shippers dorthin gegangen ist; etliche dieser Aufträge kommen vom Verteidigungsministerium. Regency war die Firma, die als erste das Projekt des Flächeneinsatzes von Napalm bearbeitet hat . . . Dort lassen sich häufig Technokraten aus Washington und Personal der Verwaltung blicken und schnüffeln in Papieren herum. Seit heute morgen gibt es zwei weitere von der Sorte.«

»Hoffentlich stellt ihnen niemand Fragen.«

»Und wenn, würde er keine Antwort bekommen; das ist üblich. Außerdem haben sie Plastikkärtchen an den Jackettrevers, die sie ausweisen. Und wenn sich wirklich jemand erkundigt, sind sie gedeckt.« Havelock sah auf die Uhr und erhob sich. »Randolph wird zwischen zehn und halb elf anrufen. Gehen wir. Ich werde mit ihm Verbindung aufnehmen und ihm einen neuen Text geben.«

»Wenn Shippers reagiert«, sagte Jenna und folgte Michael durch den Flur in das getäfelte Arbeitszimmer, »wird er nicht seinen Dienstapparat benutzen.«

»Wir haben drei mobile Einheiten auf den Straßen, alle haben Sprechfunkkontakt untereinander und tragen Armbandkameras, die durch Armbewegung ausgelöst werden. Wenn sie ihr Handwerk gelernt haben, werden sie ihn nicht verlieren.«

»Sie machen dir Sorgen, nicht wahr?«

»Ja, allerdings.« Havelock öffnete die Tür des Arbeitszimmers und ließ Jenna den Vortritt. »Noch mehr Sorgen hätte ich, wenn es da nicht einen gewissen Charley gäbe, der mir auf Poole's Island eine Kugel in den Kopf jagen wollte.«

»Der von *Consular Operations?«*

Michael nickte und trat an den Schreibtisch. »Er wurde gestern nacht eingeflogen; auf meine persönliche Bitte, die ihn nicht gerade in Begeisterung versetzt hat. Aber er ist gut und arbeitet gründlich, er weiß, daß Shippers in die Matthias-Krise verwickelt ist, das reicht aus, um ihn effektiver zu machen, als er je war. Er hat die Leitung der Operation, und wenn er nicht an seinem mobilen Telefon erstickt, wird er mich ständig auf dem laufenden halten und mich sofort verständigen, wenn irgend etwas passiert.«

Jenna setzte sich auf das Sofa vor den Kaffeetisch, auf dem Dokumente und Schriftstücke sorgfältig gestapelt waren. Sie nahm sich einen zusammengehefteten maschinengeschriebenen Bericht von dem Stapel zu ihrer Linken und redete weiter, während sie las. »Hast du dich mit der Versicherungsgesellschaft in Verbindung gesetzt?«

»Nein, das Risiko möchte ich nicht eingehen«, erwiderte Havelock und setzte sich an den Schreibtisch. »MacKenzies Police könnte einen Vermerk haben.«

»Da hast du wahrscheinlich recht.«

»Was hast du denn da? Das hast du dir doch schon gestern abend angesehen.«

»Das ist der Bericht vom CIA. Er enthält eine Liste potentieller sowjetischer Überläufer in den letzten fünf Jahren, die untergetaucht sind.«

»Sieh dich nach einem Atomwissenschaftler um oder nach einem Waffenspezialisten.« Havelock blickte auf ein Blatt Papier, auf das ein paar Telefonnummern gekritzelt waren. Er hakte eine davon ab, griff nach dem Telefonhörer und wählte.

»Ein ganz kalter Typ ist das, das kann ich Ihnen sagen«, ereiferte sich Dr. Randolph. »Als ich ihm das Ganze auseinandergesetzt hatte, klappte er zusammen wie eine Muschel, stellte mir ein paar Fragen wie ein Leichenbestatter, der mit dem Familienanwalt verhandelt, und sagte, er würde wieder auf mich zukommen.«

»Wie haben Sie es ihm denn beigebracht, und wie lauteten seine Fragen?« wollte Michael wissen und legte das Blatt mit dem Briefkopf des Pentagon beiseite. Es enthielt die Namen der leitenden Beamten des Nuklearen Krisenausschusses. Einen der Namen hatte er angekreuzt. »Versuchen Sie, das Gespräch so exakt wie möglich wiederzugeben.«

»Ich werde *ganz* exakt sein«, antwortete der Chirurg gereizt.

»Ich meine nur in bezug auf die Worte und Sätze, die er gebraucht hat.«

»Das wird nicht schwierig sein; er war nämlich verdammt wortkarg . . . Sie hatten schon recht, er sagte, ich hätte nicht das Recht, ihn hineinzuziehen, wir hätten das so vereinbart. Er hätte mir nur seine Erkenntnisse vorgelegt, und es sei einzig und allein meine Verantwortung, nicht seine, wie ich sie abgeändert hätte. Darauf erwiderte ich, ich sei schließlich kein Rechtsanwalt, aber wenn ich mich richtig erinnere, dann sei er ein Mittäter, das ließe sich nicht einfach wegdiskutieren. Und der Teufel solle mich holen, wenn jemand Midge MacKenzie und ihre Kinder um das bringen würde, was ihnen zustand.«

»Sehr gut soweit. Wie hat er darauf reagiert?«

»Überhaupt nicht, also machte ich weiter. Ich sagte ihm, er sei ein verdammter Narr, wenn er sich einbilde, daß er vor vier Monaten hier unsichtbar gewesen sei, und ein noch viel größerer Narr, wenn er glaubte, irgend jemand von den Mitarbeitern hier würde annehmen, daß ich ganz allein mehrere Stunden in einem Pathologielabor mit der Leiche eines Freundes verbringen würde.«

»Sehr gut.«

»Daraufhin hat er mich ganz kühl gefragt, wer genau denn Bescheid wüßte.«

Havelock spürte einen krampfartigen Schmerz in der Brust, das Schemenhafte einer unnötigen Exekution erhob sich vor seinem inneren Auge. »Was haben Sie gesagt? Haben Sie jemanden genannt?«

»Nein, zum Teufel; praktisch alle, habe ich geantwortet.«

Michael entspannte sich. »Sie können sich jederzeit auf unsere Gehaltsliste setzen lassen, Doktor.«

»Sie könnten mich nicht bezahlen, junger Mann.«

»Bitte, fahren Sie fort.«

»Ich habe einen kleinen Rückzieher gemacht und meinte, er würde sich über nichts und wieder nichts aufregen. Ich erklärte ihm, der Mann von der Versicherungsgesellschaft, der bei mir war, hätte gesagt, es sei nur eine Formalität, sie bräuchten eine zweite Unterschrift auf dem Pathologiebericht, ehe sie den Scheck ausstellen könnten. Ich schlug vor, er solle Ben Jackson bei der Talbot-Versicherung anrufen, wenn er Lust hätte, Ben sei ein alter Freund . . .«

»Einen Namen haben Sie ihm gegeben?«

»Sicher. Ben ist ein alter Freund von mir; er hat Macs Police ausgestellt. Ich hab' mir gedacht, wenn jemand Ben anrufen würde, dann würde er sich bei mir melden und fragen, was eigentlich los sei.«

»Und was hätten Sie dann gesagt?«

»Daß der Betreffende es völlig durcheinandergebracht hätte. Ich sei derjenige, der die zweite Unterschrift haben wollte, für unsere eigenen Akten.«

»Und was hat Shippers darauf erwidert?«

»Bloß ein paar Worte, aber im Tonfall eines eingefrorenen Computers. Ob ich Ben oder dem Mann von der Versicherungsgesellschaft erzählt hätte, wer er sei.«

»Und?«

»Ich habe gesagt, nein, das hätte ich nicht getan. Schließlich hätten wir eine Übereinkunft gehabt, und ich wäre der Ansicht, das Ganze ließe sich am besten auf die stille Tour erledigen. Er sollte einfach herkommen und den verdammten Bericht unterschreiben, ohne ein großes Tamtam zu machen.«

»Und seine Antwort darauf?«

»Wieder verdammt kurz und ausdruckslos.« Randolph hielt inne, und dann setzte er die Worte monoton hintereinander, ahmte damit Shippers nach. »›Haben Sie mir alles gesagt?‹ wollte er wissen. Wie ein Automat hat er geklungen.«

»Und Sie?«

»Ich sagte, natürlich hätte ich das, was denn sonst? Und dann meinte er, er würde zurückrufen. Einfach so. ›Ich rufe Sie zurück.‹ Wieder mit dieser schrecklichen Stimme.«

Havelock atmete tief, sein Blick fiel wieder auf die Namen vor ihm, besonders einen. »Doktor, Sie haben entweder ganz hervorragende Arbeit geleistet, oder ich werde Ihnen den Kopf herunterreißen.«

»Was, zum Teufel, soll das jetzt wieder heißen?«

»Wenn Sie es so gemacht hätten, wie ich es Ihnen geraten habe, und nur die Versicherungsgesellschaft benutzt hätten, ohne irgendeinen Namen zu nennen, dann würde Shippers annehmen, daß MacKenzies Tod von einem Dritten noch einmal untersucht würde, ohne Ihnen gegenüber davon etwas zu erwähnen. Jetzt, wenn er diesen Jackson anruft, wird er wissen, daß Sie lügen.«

»Na und? Das läuft doch auf dasselbe hinaus, oder?«

»Nicht für Sie, Doktor, und wir können Ihren Freund nicht anrufen, das Risiko wäre zu groß. Ich hoffe um Ihretwillen, daß er beim Fischen ist, und das ist mein Ernst. Wenn Sie die Sache weiter kompliziert haben, dann sehe ich Ihren Kopf schon die Straße hinunterrollen.«

»Nun mal ruhig Blut, junger Mann, darüber habe ich schon ein wenig nachgedacht. Es könnten auch ein paar Köpfe die Straße hinunterrollen, in beiden Richtungen, nicht wahr? Sie tauchen hier auf, irgend so ein Knilch aus dem Weißen Haus, und wollen mir weismachen, daß ein hohes Tier in unserer Regierung versuchen würde, den brutalen Mord an einem heldenhaften Veteranen zu vertuschen, einem Angestellten des CIA. Und ich bin ja schließlich bloß ein Arzt, der die Interessen der Witwe und ihrer vaterlosen Waisen schützen will, weil sie mehr gelitten haben, als irgend jemand von ihnen verlangen dürfte . . . Wollen Sie sich mit mir anlegen, Sie Dreckskerl?«

»Bitte, rufen Sie mich an, wenn Sie etwas Neues hören, Dr. Randolph.«

Charley Loring, jetzt der *Consular Operations* zugeteilt, bisher auf Poole's Island stationiert, rieb sich die Augen und führte die Thermosflasche mit schwarzem Kaffee an die Lippen. Er saß auf dem Vordersitz der grauen Limousine. Der Fahrer war praktisch ein Fremder; das heißt, Loring hatte ihn das erste Mal am vergangenen Abend um zweiundzwanzig Uhr gesehen, als er mit der ganzen Einheit bekanntgemacht worden war, die Havelock aus rund dreißig Dienstakten ausgewählt hatte, die ihm das FBI auf Ersuchen des Justizministeriums vorgelegt hatte. Jetzt war er für die Einheit verantwortlich, wobei alle wußten, daß es ein Observierungsauftrag war, und keiner wußte, welchen Grund der Auftrag hatte – nicht gerade das Klügste, wenn man es mit erfahrenen Gegnern zu tun hatte.

Und trotz Havelocks bescheidener Versuche, ihn aufzumuntern, wußte Charley Loring, daß der ehemalige *Cons-Op*-Mann auch ein wenig Rache an ihm nahm. Der einzige Hinweis, den Havelock ihm gegeben hatte, war, daß dieser Shippers mit Poole's Island in Verbindung stand. Fair war das nicht von Havelock, der hatte auch die Leute in Savannah zum Narren gehalten. Aber wenn er in Washington einen Teil der Fäden für die Matthias-Schau ziehen mußte, dann hatte er mehr Probleme am Hals als sie. Loring würde alles, was in seiner Macht stand, tun, um ihm zu helfen. Es gab Zeiten, wo es unwichtig war, ob man jemanden mochte oder nicht, und die Katastrophe – die Tragödie – von Poole's Island war eine dieser Situationen.

Die Einheit hatte sich um 22 Uhr in »Steril Elf« in Quantico versammelt und war bis vier Uhr morgens aufgeblieben, um sämtliche

Einzelheiten abzuklären ... ohne das geringste über die Zielperson zu wissen. Die Männer hatten eine Fotografie bei sich, aber abgesehen von einer unzulänglichen Beschreibung, die Randolph ihnen geliefert hatte, war das so ziemlich alles, und das Foto selbst war auch unzureichend. Es handelte sich um eine Vergrößerung, die in »Steril Elf« aus einem Jahrbuch der Jefferson Medica School aus dem Jahre 1971 hergestellt worden war, das das FBI-Büro in Philadelphia aufgespürt hatte. Den Agenten, die es gefunden hatten, hatte man keinerlei Gründe für ihren Auftrag geliefert, nur daß sie völlige Geheimhaltung wahren mußten. Tatsächlich war es von einem verwirrten Agenten, der es unter seinem Mantel versteckt hatte, aus der Universitätsbücherei gestohlen worden. Die Einheit mußte sich nach der grobkörnigen Vergrößerung einen Mann vorstellen, der wesentlich älter war als das Gesicht auf der Fotografie; und da niemand, mit dem sie sprechen konnten, Shippers seit vier Monaten gesehen hatte, war die Möglichkeit, daß er sich inzwischen einen Bart oder einen Schnurrbart zugelegt hatte, durchaus mit in Betracht zu ziehen. Und sie durften mit niemandem über Dr. Colin Shippers sprechen. Ausdrücklicher Befehl von Havelock.

Nach den ersten Überwachungsschritten konnte man freilich die Möglichkeit eines Bartes außer acht lassen; der wesentliche Unterschied zwischen der Fotografie in dem Jahrbuch und seiner jetzigen Erscheinung bestand in eingefärbten Brillengläsern und einem kräftigeren Körperbau. Die beiden Männer in der Regency Foundation hatten Shippers ausfindig machen können. Der eine befand sich jetzt eine Tür von ihm entfernt im Laborgebäude, wo der Pathologe arbeitete, der andere bewachte sein Büro im Stockwerk darunter. ›Das Warten hatte begonnen‹, dachte Loring, ›aber das Warten worauf?‹

Charles Loring hatte alles in seiner Macht Stehende getan, um die Einheit wirksam in Stellung zu bringen, mit dem gehörigen Abstand zwischen den einzelnen Personen, aber in Kontakt, um maximale Deckung sicherzustellen. Die Fahrzeuge standen an Kreuzungen von Einbahnstraßen, sein eigener Wagen parkte weiter unten an der Straße gegenüber dem Forschungszentrum, mit gutem Ausblick auf den Eingang und die Garage daneben, die vom Personal benutzt wurde.

Ein scharfes Summen drang aus der Konsole am Armaturenbrett. Das war das Signal von einem der beiden Posten im Gebäude. Loring griff nach dem Mikrofon, drückte den Schalter nieder und sprach.

»S fünf. Was ist?«

»S drei. Er hat gerade das Labor verlassen, scheint es eilig zu haben.«

»Irgendwelche Hinweise?«

»Ich hab' vor ein paar Minuten ein Telefon klingeln hören. Er ist allein, könnte also gesprochen haben, aber das ist nur meine Vermutung. Ein Gespräch belauschen konnte ich nicht.«

»Schon gut. Bleiben Sie, wo Sie sind und lassen Sie sich nicht blikken.«

Kaum hatte Loring das Mikrofon eingehängt, ertönte ein zweites Signal.

»S fünf.«

»S zwo. Subjekt ist in sein Büro gegangen. Nach seinen Gesten und Bewegungen zu schließen, ist er erregt.«

»Gute Beschreibung; paßt zu oben. Kann sein, daß wir schneller . . .«

»Halt! Bleiben Sie in der Leitung«, unterbrach ihn S zwo, und ein Rauschen kam über den Lautsprecher. Der Mann hatte sein Funksprechgerät unter sein Jackett geschoben, ohne es abzuschalten. Wenige Sekunden später war seine Stimme wieder da. »Tut mir leid. Subjekt ist wieder herausgekommen, und ich mußte mich umdrehen. Er hat den weißen Mantel ausgezogen und trägt jetzt Straßenkleidung. Derselbe beigefarbene Regenmantel und derselbe weiche Hut. Ich denke, er gehört jetzt Ihnen.«

»Denke ich auch. Ende.«

Loring drehte sich mit dem Mikrofon in der Hand zum Fahrer herum. »Fertigmachen, das Paket kommt jetzt heraus. Wenn ich zu Fuß gehen muß, übernehmen Sie. Ich bleibe in Verbindung.« Er griff unter sein Jackett und holte das kleine kompakte Walkie-talkie heraus und überprüfte den Ladezustand der Batterie. Dann zog er seinen linken Ärmel zurück, so daß man die flache Miniaturkamera sehen konnte, die unten an seinem Handgelenk befestigt war. Er drehte die Hand und hörte das leise Klicken. Er war bereit. »Ich möchte wissen, wer dieser Shippers ist«, sagte er und blickte zum Eingang der Regency-Stiftung hinüber.

Das Telefon klingelte und riß Havelock aus der konzentrierten Betrachtung seiner Pentagonnotizen. Er nahm ab. »Ja?«

»Cross?«

Michael blinzelte. Er erkannte sofort Randolphs knarrende Stimme. »Ja, Doktor?«

»Vielleicht können wir beide unsere Köpfe behalten. Ben Jackson hat gerade angerufen, ziemlich wütend übrigens.«

»Worum ging's denn?«

»Anscheinend hat ihn dieser Anwalt angerufen und gefragt, weshalb die Schlußzahlung auf MacKenzies Police zurückgehalten würde.«

»Shippers«, sagte Havelock.

»Sie haben's erfaßt, und Ben war wirklich sauer. Die ganze Summe ist nämlich vor etwa acht Wochen an Midges Anwalt überwiesen worden.«

»Warum hat Jackson Sie angerufen und nicht Mrs. MacKenzies Anwalt?«

»Weil Shippers – ich vermute, daß es Shippers war oder irgend jemand, der das für ihn erledigt hat – ziemlich erregt war und sagte, es gäbe da irgendwelche Unklarheiten um eine Unterschrift auf einem ärztlichen Bericht, ob Ben etwas darüber wüßte. Natürlich hat Ben erwidert, daß er nichts wüßte; das Geld sei ausbezahlt worden – sein Büro hätte die Sache bearbeitet, und damit sei der Fall erledigt. Und dann hat er hinzugefügt, er fände es gar nicht nett, wenn sein guter Ruf ...«

»Hören Sie mir zu«, unterbrach ihn Havelock. »Ich werd' meinen Kopf nicht verlieren, aber vielleicht wackelt bald Ihr Kopf. Ich möchte, daß Sie in Ihrem Büro bleiben und niemanden empfangen, bis ich Ihnen ein paar Leute geschickt habe. Wenn jemand versucht, Sie zu erreichen, dann soll Ihre Zentrale ihm sagen, daß Sie operieren.«

»Das können Sie vergessen!« herrschte Randolph ihn an. »So ein Leisetreter wie dieser Shippers macht mir keine Angst. Wenn er sich hier blicken läßt, lasse ich ihn von einem der Wärter in eine Gummizelle werfen.«

»Wenn er das tun wurde und Sie das schafften, würde ich Ihnen die Füße küssen, aber es wird nicht Shippers sein. Kann sein, daß er Sie anruft, aber näher kommt Ihnen der nicht, und das wäre das Beste, was Ihnen passieren könnte. Wenn er anruft, sagen Sie, die Notlüge täte Ihnen leid, aber Sie hätten eine Weile darüber nachgedacht und sich einfach Deckung verschaffen wollen.«

»Das würde der nicht glauben.«

»Ich auch nicht, aber Sie können damit Zeit gewinnen. In einer Stunde sind meine Leute bei Ihnen.«

»Ich will sie nicht!«

»Sie haben keine Wahl, Dr. Randolph«, erwiderte Michael und legte auf.

»Glaubst du wirklich, daß Shippers auf ihn losgehen wird?« fragte Jenna, die mit dem CIA-Bericht in der Hand am Fenster stand.

»Er nicht, aber er wird andere zu ihm schicken, nicht gleich um ihn zu töten, aber um ihn zu holen. Damit sie ihn allein haben und ihn so lange unter Druck setzen können, bis sie herausfinden, mit wem er zu tun hat, für wen er lügt.« Havelock griff zum Hörer, ohne dabei den Blick von dem Blatt mit den Telefonnummern zu wenden.

»Andererseits«, meinte Jenna, »hat Shippers, seitdem er weiß, daß Randolph gelogen hat, daß er eingeschaltet war, schneller reagiert, als wir für möglich hielten. Wie weit liegt Lorings letzter Anruf zurück?«

»Über eine Stunde. Shippers hat sich ein Taxi in die Stadt genommen; sie folgen ihm jetzt zu Fuß. Wir sollten bald wieder von ihnen hören.«

Michael wählte, die andere Seite meldete sich nach dem zweiten Klingeln. »Hier ›Steril Fünf‹, Fairfax. Ich bin gestern unter dieser Codebezeichnung unter Bewachung zum Randolph-Medical-Center in Talbot County, Maryland, gebracht worden. Würden Sie bitte bestätigen?« Während er wartete, hielt Havelock die Hand über die Sprechmuschel und meinte, zu Jenna gewandt. »Mir ist gerade etwas eingefallen. Wenn wir nur ein wenig Glück haben, können wir aus der Not eine Tugend machen . . . Das ist richtig. Drei-Mann-Team. Abfahrt elf Uhr. Sind Sie bereit, Instruktionen aufzunehmen? . . . Schikken Sie sofort zwei Männer dorthin, Subjekt ist Dr. Matthew Randolph. Er muß beschützt werden, maximaler visueller Kontakt, aber die Sache hat einen Haken. Ich möchte, daß die Männer dort sich unauffällig als Pfleger oder Angestellte tarnen. Ich will das so mit Randolph vereinbaren. Sagen Sie ihnen, sie sollen sich auf den Weg machen und mich in zwanzig Minuten anrufen; sie sollen das Gespräch über Sie leiten.« Wieder hielt Michael inne und sah Jenna an, während der Geheimdienstler seine Liste überprüfte. »Kann sein, daß Randolph uns noch einen Gefallen getan hat, ohne zu wissen, was er dabei für ein Risiko eingegangen ist.«

»Wenn er mitmacht.«

»Er hat keine Wahl.« Am anderen Ende der Leitung war wieder der Geheimdienstmann zu vernehmen. Havelock hörte zu und meinte dann: »Nein, schon gut. Mir sind sogar Männer lieber, die gestern nicht dort waren. Übrigens, der Code wird . . .« – Michael hielt inne, und seine Gedanken wanderten zum Palatin-Hügel in Rom zurück, zu einem toten Mann – »›Apatsche‹ lauten«, ergänzte er. »Sagen Sie Apatsche, sie sollen mich in zwanzig Minuten anrufen.«

Dr. Matthew Randolphs Proteste verhallten ungehört. »Mr. Cross« bestand darauf, daß seinen Anordnungen Folge geleistet wurde – andernfalls würde er nicht davor zurückschrecken, Anklage wegen Mordes an einem CIA-Beamten namens Stephen MacKenzie zu erheben. Und als Randolph begriff, daß er es mit jemandem zu tun hatte, der seine Drohung notfalls wahrmachen würde, ging er schließlich auf das Manöver ein. Die beiden »Apatschen« würden sich als Kardiologen aus Kalifornien ausgeben und weiße Kittel tragen.

Havelocks Anweisungen waren eindeutig und ließen keinen Platz für Irrtümer. Wer auch immer Matthew Randolph aufsuchen würde – und bestimmt würde jemand kommen –, sollte lebend festgenommen werden.

»Havelock, hier Loring.«

»Wie läuft's?«

»Mein Fahrer hat gesagt, er könnte Sie nicht erreichen.«

»Ich habe mit einem jähzornigen Arzt gesprochen, aber in einem Notfall hätte man mich unterbrechen können; das weiß Ihr Mann.«

»Es war kein Notfall und ist auch keiner. Es ist nur höchst seltsam.« Loring hielt inne.

»Was ist denn, Charley?«

»Das ist es ja. Gar nichts ist. Shippers ist vor Garfinkles Warenhaus aus dem Taxi gesprungen, ist hineingegangen, hat in einer der Telefonzellen im Erdgeschoß telefoniert und läuft jetzt seit fast einer Stunde in der Herrenabteilung im vierten Stock herum. Von dort aus rufe ich auch an; ich kann ihn beobachten.«

»Er wartet auf jemanden.«

»Wenn das stimmt, stellt er es verdammt komisch an.«

»Wieso?«

»Er kauft Kleidung in einer Menge, als wollte er auf eine Weltreise gehen, probiert dauernd Sachen an und albert mit den Angestellten herum. Ein Vermögen gibt er aus.«

»Das ist ungewöhnlich, aber haben Sie Geduld. Worauf es ankommt, ist, daß er telefoniert hat. Sie machen Ihre Sache gut.«

»Wer, zum Teufel, ist dieser Mann, Havelock?«

Michael überlegte. Loring hatte ein Recht darauf, mehr zu erfahren; dies war der Augenblick, ihn näher an die Wahrheit heranzuführen. Von dem *Cons-Op*-Beamten hing zuviel ab.

»Ein Schläfer, der sich mit einem Mann treffen wird, der ganz Poole's Island zur Explosion bringen könnte. Ich bin froh, daß Sie dort sind, Charley. Wir müssen wissen, wer dieser Mann ist.«

»Das genügt, und vielen Dank auch. Sämtliche Stockwerke und

Ausgänge des Kaufhauses werden überwacht, wir sind in Kontakt, und unsere Kameras sind schußbereit . . . Falls es darauf ankommt, eine Wahl zu treffen, lassen wir Shippers fallen und bleiben seinem Kontaktmann auf den Fersen?«

»Das brauchen Sie vielleicht gar nicht, vielleicht erkennen Sie ihn.«

»Herrgott, aus dem State Department?«

»Richtig. Ich tippe auf einen etwa fünfzigjährigen Mann, der ganz weit oben steht. Wenn Sie ihn erkennen, halten Sie sich so lange im Hintergrund, bis die beiden sich trennen, und dann schnappen Sie sich Shippers und bringen ihn hierher. Aber arbeiten Sie schnell und vorsichtig und überprüfen Sie ihn auf Kapseln.«

»So ein Maulwurf ist Shippers? Herrgott, wie machen die das?«

»Das liegt weit zurück, Charley, sehr weit sogar.«

Das Warten hätte unerträglich sein können, wäre da nicht Havelocks wachsende Faszination für einen Lieutenant Commander Thomas Decker gewesen: Examensjahrgang '61, ehemaliger Kapitän des Unterseebootes *Starfire,* Mitglied des Nuklearen Krisenausschusses des Pentagon. Decker war ein Lügner ohne sichtlichen Grund zur Lüge.

Michael hatte mit sämtlichen fünfzehn Mitgliedern des Ausschusses gesprochen, einige von ihnen zweimal und ein paar sogar dreimal angerufen, um sich, wie er vorgab, ein klares Bild von den Arbeitsmethoden des Ausschusses zu machen, das er dem Präsidenten in einem Bericht vorlegen sollte. In den meisten Gesprächen hatte er nur sehr vorsichtige Antworten bekommen – und jeder einzelne forderte erwartungsgemäß eine Bestätigung durch die Telefonzentrale des Weißen Hauses. Aber als die Worte dann flossen und die einzelnen Männer erkannt hatten, daß Havelock wußte, wovon er redete, wurden sie konkreter in ihren Äußerungen. Hypothetische Ereignisse wurden mit theoretischen Reaktionen in Verbindung gebracht, und Havelock war weit über den Anlaß seines Gesprächs hinaus beeindruckt. Wenn die Gesetze der Physik bestimmten, daß es für jede Aktion eine Reaktion gleicher Größe gab, so hatte der Ausschuß eine bessere Gleichung entwickelt. Für jeden Atomschlag des Feindes war die Reaktion alles andere als gleich – sie war ihr in erschütterndem Maße überlegen. Selbst Lieutenant Commander Deckers Beitrag war in diesem Sinne beeindruckend. Er stellte klar, daß eine ringförmig aufgefahrene U-Boot-Flotte binnen Minuten sämtliche feindlichen Installationen vom Nordatlantik bis zum Schwarzen Meer vernichten konnte.

In diesem Punkt log er nicht; wohl aber in einem anderen: Er behauptete, Anthony Matthias nie begegnet zu sein.

Sein Name war in drei verschiedenen Telefonlogbüchern aus Matthias' Büro aufgetaucht, die alle aus dem letzten halben Jahr stammten.

Es war natürlich möglich, daß Deckers Aussage richtig war, daß er Matthias nie begegnet war und nur mit ihm telefoniert hatte. Aber wenn das der Fall war, warum hatte er es dann nicht erwähnt? Ein Mann, dem man die Frage stellt, ob er eine der einflußreichsten Persönlichkeiten der Welt kennt, leugnet das nicht, ohne wenigstens hinzuzufügen: bloß per Telefon. Das war unnatürlich, für einen offensichtlich ehrgeizigen Marineoffizier im Pentagon sogar widersprüchlich. Thomas Decker hatte gelogen. Er kannte Matthias und wollte das aus irgendwelchen obskuren Gründen nicht zugeben.

Es war Zeit für den vierten Anruf bei Lieutenant Commander Dekker.

»Wissen Sie, Mr. Cross, jetzt habe ich Ihnen wirklich alles gesagt, was ich in dieser Angelegenheit mitteilen kann und darf. Sie wissen sicher, daß mir gewisse Einschränkungen auferlegt sind, die nur der Präsident selbst aufheben kann . . . persönlich und in meiner Gegenwart, darf ich hinzufügen.«

»Das ist mir bewußt, Commander, aber eine meiner Notizen macht mich etwas unsicher. Sie hat vermutlich nichts mit dem zu tun, was wir besprochen haben, aber der Außenminister hat es auch nicht verstanden. Sie erklärten, Sie kennen ihn nicht, wären ihm nie begegnet.«

Decker machte eine Pause, und Havelock hatte das Gefühl, als sei die Luft elektrisch geladen. »So wollte er es«, sagte er leise. »Er hat gesagt, ich müsse es so darstellen.«

»Danke, Commander. Übrigens, Außenminister Matthias hat heute morgen selbst versucht, es genauer zu lokalisieren. Er konnte sich nicht erinnern, wann Sie und er das letzte Mal miteinander gesprochen hatten.«

»Auf seiner Hütte natürlich, irgendwann im August oder September, denke ich.«

»Natürlich. Die Hütte im Shenandoah-Tal.«

»Ja, dort war es. Niemand hat etwas gewußt. Nur wir beide waren zusammen. Wie ist es möglich, daß er sich nicht erinnert?«

»Vielen Dank, Commander. Wiedersehen.«

Das Schrillen des Telefons ging ihm durch Mark und Knochen. Die Zentrale pflegte so einen Notfall zu signalisieren! Havelock war auf und ab gegangen, hatte nachgedacht; er rannte durchs Zimmer und griff sich den Hörer. Es war Loring.

»Jetzt können Sie mir den Kopf herunterreißen und mir dann die Ohren einzeln abschneiden! Herrgott, tut mir das leid!«

»Sie haben ihn verloren«, sagte Michael, dem in diesem Augenblick zumute war, als wäre er völlig ausgepumpt. Seine Kehle war trocken.

»Jesus! Sie können meine Papiere haben!«

»Beruhigen Sie sich doch, Charley. Was ist passiert?«

»Ich . . . ich hab' einfach nicht aufgepaßt! Ich hätte aufpassen müssen, aber ich hab' nicht aufgepaßt!«

»Erzählen Sie mir, was geschehen ist«, wiederholte Michael und setzte sich, während Jenna sich vom Sofa erhob und zum Schreibtisch ging.

»Shippers hat die Klamotten bezahlt, die er gekauft hat. Das meiste sollte geliefert werden, bloß zwei Schachteln nicht, die wollte er gleich mitnehmen. Er ging in die Umkleidekabine und kam eine Weile später wieder heraus, genauso angezogen wie vorher, derselbe Regenmantel, derselbe weiche Hut. Die Schachteln trug er in der Hand.«

»Und hielt sie hoch«, unterbrach ihn Havelock müde.

»Natürlich«, pflichtete Loring ihm bei. »Ich folgte ihm zum Lift, blieb ein paar Meter hinter ihm . . . offen gestanden, jeden einzelnen Kunden in der Herrenabteilung habe ich mir angesehen und gedacht, einer davon könnte vielleicht Ihr Mann sein. Irgend so ein lausiger Dreckskerl, der vielleicht mit Shippers zusammenstieß und sich etwas von ihm geben ließ . . . Dann schloß sich die Lifttür, und ich hab' den Männern in jedem Stockwerk Bescheid gesagt. Jedes Stockwerk war überwacht, und jeder sollte in der Sekunde, in der der Lift sein Stockwerk passierte, nach unten gehen, zum nächsten Mann . . . Mein ›S neun‹ hat ihn am Ausgang zur Sechsundzwanzigsten Straße übernommen und ist ihm gefolgt, hat uns anderen seine Position über Funk durchgegeben; wir schwärmten mit Wagen und zu Fuß aus.«

»Und wann haben Sie ihn verloren?« fragte Michael.

»An der Ecke zur Sechzehnten, vier Minuten, nachdem ich den Laden verlassen hatte, und ich war der letzte. Shippers winkte sich ein Taxi, warf die Schachteln hinein und nahm vor dem Einsteigen den Hut ab. Es war überhaupt nicht Shippers. Der Mann war zehn, fünfzehn Jahre älter und hatte eine Glatze.«

»Und was hat Ihr ›S neun‹ gemacht?«

»Er hat versucht, das Taxi aufzuhalten, aber er hat es nicht geschafft; es schoß davon. Er rief uns, meldete alles und gab die Nummer und die Beschreibung des Taxis durch. Fünf von uns sind zum Kaufhaus zurückgerannt und haben die Ausgänge gesichert, aber wir wußten alle, daß wir ihn verloren hatten. ›S elf‹ und ›S zwölf‹ kümmerten sich um das Taxi; ich sagte ihnen, sie sollten sich nicht abschütteln lassen. Wenn wir schon das Subjekt verloren hatten, konnten wir uns wenigstens den anderen schnappen . . . Sie erwischten das Taxi schließlich sechs Straßen weiter westlich, aber ohne Fahrgast. Der Regenmantel, der Hut und die zwei Schachteln lagen auf dem Boden.«

»Und der Fahrer?«

»Er sagte, irgendein Verrückter sei eingestiegen, hätte den Mantel ausgezogen, ihm fünf Dollar gegeben, und wäre bei der nächsten Ampel wieder herausgesprungen. Die Männer bringen die Schachteln mit, um sie nach Fingerabdrücken zu untersuchen.«

»Sie werden keine finden, die das FBI im Computer hat.«

»Es tut mir leid, Havelock, es tut mir wirklich leid. Die ganze Nummer, die Shippers uns da vorgeführt hat, war bloß ein Ablenkungsmanöver. Ausgerechnet jetzt mußte mich mein Instinkt verlassen.«

Michael schüttelte den Kopf. »Er hat Sie nicht verlassen, Charley. Ich bin schuld. Sie haben wenigstens gemerkt, daß ein Bruch in seinem Muster war, und ich habe gesagt, Sie sollten es vergessen. Ich hab' Ihnen gesagt, Sie sollten geduldig sein und sich auf einen Mann konzentrieren, der niemals vorhatte, dort zu erscheinen.«

»Sie brauchen sich jetzt nicht zu entschuldigen«, sagte Loring. »Das würde ich an Ihrer Stelle auch nicht tun.«

»Das wissen Sie nicht. Außerdem brauche ich Sie und Ihren Instinkt, Charley. Es gibt da einen Marineoffizier im Pentagon, einen Lieutenant Commander Thomas Decker. Sehen Sie zu, daß Sie alles über ihn herausfinden können – aber bleiben Sie in Deckung.«

»Ein Schläfer?«

»Nein. Ein Lügner.«

Jenna Karras stützte sich neben Havelock auf den Schreibtisch. Sie blickte über seine Schulter, während er die Namen und die Kurzbiographien der Männer studierte, die sie aus den Berichten des CIA, von *Cons Op* und der Heeresabwehr herausgesucht hatte. Aus 135 potentiellen sowjetischen Überläufern, die weder in den Westen gekommen waren, noch deren gegenwärtiger Aufenthaltsort bekannt war, hatte sie acht ausgewählt.

Michael las die Liste zu Ende, legte sie beiseite und drehte sich langsam zu ihr herum.

»Das war ein scheußlicher Tag. Jetzt ist keine Zeit für Witze.«

»Ich mache keine Witze, Mikhail«, sagte Jenna und richtete sich auf.

»Ich sehe hier keinen einzigen Waffenexperten, keinen hohen Militär, ja, nicht einmal einen Atomwissenschaftler. Das sind alles Ärzte . . . Spezialisten . . . heute alte Männer, und keiner von ihnen hat auch nur entfernt mit irgendwelchen strategischen Planungen zu tun.«

»Parsifal braucht keine solchen Verbindungen.«

»Dann habe ich mich vielleicht nicht klar ausgedrückt, was in jenen Dokumenten stand. Sie schildern eine Serie nuklearer Maßnahmen: erste und zweite Schläge, Gegenschläge, territoriale Neutralisierung, detaillierte Strategien, die nur von Experten entworfen und verhandelt werden konnten.«

»Matthias hat diese Einzelheiten nicht in seinem Kopf herumgetragen, das hast du doch gesagt.«

»Natürlich nicht, deshalb habe ich es ja auch auf die Männer im Krisenausschuß abgesehen – ganz besonders auf einen. Aber Parsifal hat die Fakten in seinem Gedächtnis gespeichert. Ihm mußten diese Ausarbeitungen zugänglich sein. Sie waren sein Einsatz, das, worum er in diesem wahnsinnigen Spiel gefeilscht hat.«

»Dann fehlt jemand«, beharrte Jenna und ging um den Schreibtisch herum. Plötzlich blieb sie stehen, drehte sich um und sah Havelock an. »Wer hat denn für die Chinesen gesprochen? Wer hat Chinas Position wahrgenommen? Wer hat seine Ausarbeitungen, seine strategischen Einzelheiten geliefert? Nach deiner Theorie muß es einen dritten Verhandler geben.«

»Nein, keineswegs. Die Quellen, die ihnen gemeinsam zur Verfügung stehen, würden ausreichen, um Chinas Strategie überzeugend darzulegen. In Abwehrkreisen weiß man allgemein, daß die Unterlagen in Washington und Moskau über die Arsenale Chinas zusammengenommen einen besseren Wissensstand über die nuklearen Möglichkeiten Chinas liefern würden, als man ihn in Peking selbst hat.«

»Ihnen gemeinsam zur Verfügung stehen, Mikhail, Warum?«

Havelock studierte Jennas Gesichtsausdruck und begann langsam zu begreifen, was sie zu sagen versuchte.

»Eine Quelle«, sagte er leise. »Warum nicht?«

Das Telefon klingelte, ein durchdringendes Signal der Furcht, und Michael hatte das Gefühl, jemand drückte ihm die Kehle zu. Er griff nach dem Hörer; der Präsident der Vereinigten Staaten war am Apparat, und seine ersten Worte waren das Bedrohlichste, was Havelock je gehört hatte.

»Die Sowjets wissen über Matthias Bescheid. Niemand kann sagen, was sie als nächstes unternehmen werden.«

»Parsifal?« fragte Michael und ihm war, als müsse er ersticken.

»Die können ihn riechen, und das, was sie riechen, macht sie unruhig. Sie sind der Panik nahe.«

»Wie haben Sie es erfahren?«

»Sie sind an einen unserer höchsten Diplomaten herangetreten und haben ihm gesagt, sie seien darauf vorbereitet, die Sache mit Matthias auffliegen zu lassen. Die einzige Hoffnung, die wir jetzt haben, liegt darin, daß der Mann, den sie kontaktiert haben, einer unserer besten Leute ist. Sie respektieren ihn; er könnte unsere einzige Hoffnung sein, das Ganze im Griff zu behalten. Er wird Bradfords Stelle übernehmen. Er muß über alles informiert werden.«

»Wer ist es?«

»Ein Mann namens Pierce, Arthur Pierce.«

33

Der *paminjatschik* saß in dem unterirdischen Strategieraum des Weißen Hauses, und der Präsident der Vereinigten Staaten und zwei der einflußreichsten Männer der Nation waren damit beschäftigt, ihn zu informieren. Die Konferenz hatte von Charles Berquist Vorrang vor allen anderen Terminen und Verpflichtungen erhalten. Bis jetzt hatte die Sitzung beinahe drei Stunden gedauert, und der ungläubige Staatssekretär aus der UN-Delegation hatte sich zwischendurch immer wieder Notizen gemacht. Seine intelligenten grauen Augen verrieten, daß er sich der drohenden Katastrophe mehr als bewußt war. Doch gleichzeitig vermittelte er mit seinem kühlen Intellekt den Eindruck, daß er absolute Kontrolle über sich hatte und jede Panik vermied.

Die Spannung, die über der Sitzung lastete, war fast körperlich spürbar. Pierces Beziehung zum Präsidenten oder zu AddisonBrooks konnte man nicht unbedingt freundschaftlich nennen, aber er war keinem von beiden ein Fremder. Als professioneller Politiker hatte er mit beiden Männern öfter zusammengearbeitet, und an seine profunden Analysen in vergangenen Krisen erinnerten sie sich voller Hochachtung. Was General Malcomb Halyard betraf, so hatte er Major Pierce vor Jahren in Saigon kennengelernt und war von der herausragenden Leistung des freiwilligen Soldaten so beeindruckt gewesen, daß das Pentagon ein wortreiches Telegramm von ihm erhalten hatte, in dem er die Empfehlung aussprach, den Major nicht in die Reserve zu übernehmen, sondern ihm die Laufbahn eines Berufsoffiziers anzubieten.

Trotz dieser außergewöhnlich positiven Beurteilungen hatte Pierce sich für den Zivildienst ausgesprochen – wenn auch in der Regierung. Und da das Militärestablishment zu seinem Leidwesen Teil der Regierung war, hatte es sich rasch herumgesprochen, daß ein exeptioneller Mann zur Verfügung stand und eine Tätigkeit suchte, die ihn herausforderte. Jemand sollte sich etwas einfallen lassen, ehe die Kopfjäger der freien Wirtschaft ihn mit lukrativen Posten köderten. Washington brauchte alle echten Talente, derer es habhaft werden konnte.

Seine politische Karriere begann damit, daß ein älterer Beamter im Außenministerium sagte, er habe zufällig an einer Dinnerparty in Alexandria teilgenommen, wo sein Gastgeber, ein Offizier, ihm von Pierce erzählte. Der Beamte fühlte sich natürlich veranlaßt, Pierces Namen bei einer Konferenz zu erwähnen, an der Addison Brooks teilnahm. Das Außenministerium war dauernd auf der Suche nach einem jungen Mann, der seine Fähigkeiten bereits unter Beweis gestellt hatte und gleichzeitig eine Persönlichkeit besaß, die die Befähigung für hohe, verantwortliche Ämter versprach. Arthur Pierce wurde zu einem Interview mit Brooks gerufen, das sich zu einem längeren Lunch mit dem aristokratischen Staatsmann ausdehnte. Das wiederum führte zu dem Angebot, Beamter im State Department zu werden, eine angesichts seiner Personalakte durchaus verständliche Entscheidung.

Der Maulwurf hatte sich eingegraben. Tatsächlich hatte es gar keine Dinnerparty in Alexandria gegeben, keinen Gastgeber, der sich in sehr schmeichelhaften Tönen über einen hervorragenden Soldaten aus Saigon geäußert hatte. Doch das hatte nichts zu besagen; andere redeten über ihn, dessen hatte sich Brooks vergewissert. Als ein Dutzend Firmen im Begriff waren, dem brillanten jungen Mann verlockende Angebote zu machen, holte Addison Brooks ihn ins State Department.

Die Jahre verstrichen, und die Entscheidung, Arthur Pierce engagiert zu haben, konnte nur ungeteilten Beifall finden. Er war tatsächlich ein besonders talentierter Mann, und seine Fähigkeit, die Strategie sowjetischer Politik zu erkennen und Gegenmaßnahmen zu ergreifen, wurde zusehends größer. Natürlich gab es auch Spezialisten, die die Meldungen von TASS und die verschiedenen russischen Publikationen auswerteten, um die häufig obskuren sowjetischen Positionen zu interpretieren. Pierces' große Fähigkeit zeigte sich am Konferenztisch, sei es nun in Helsinki, Wien oder in Genf. Manchmal war sein Instinkt für die taktischen Manöver der Russen geradezu unheimlich; häufig schien es, als wäre er den von Moskau entsandten Sprechern zehn Schritte voraus. Oft bereitete er seine Gegenschläge vor, ehe die sowjetische Position überhaupt erklärt war, und lieferte so der US-Delegation den Vorteil, sofort reagieren zu können. Die Diplomaten der obersten Ränge suchten in zunehmendem Maße seinen Rat, bis das Unvermeidliche geschah; Matthias wurde auf ihn aufmerksam, und es dauerte nicht lange, bis er Arthur Pierce zu einem ranghohen Diplomaten machte.

Der *paminjatschik* war eingetroffen. Als Kleinkind in Rußland ausgewählt, auf geheimen Wegen nach Amerika gebracht und dort aufgewachsen, hatte der »Reisende« sein von Moskau auferlegtes Ziel erreicht.

Und in diesem Augenblick richtete der Präsident der Vereinigten Staaten das Wort an ihn.

»Jetzt kennen Sie das ganze schreckliche Szenarium, Mr. Pierce.« Berquist hielt inne, die Erinnerung schmerzte ihn. »Es ist seltsam, Ihren Namen zu gebrauchen«, fuhr er mit leiser Stimme fort. »Noch vor wenigen Tagen saß jemand anderer mit demselben Titel an diesem Tisch.«

»Ich hoffe, ich kann auch nur einen Bruchteil dessen beitragen, was er getan hat«, sagte Pierce und studierte seine Notizen. »Es ist erschütternd, daß er tot ist. Ich war mit Emory befreundet ... er hatte nicht viele Freunde.«

»Das gleiche hat er von sich gesagt«, stellte Addison Brooks fest. »Und über Sie.«

»Über mich?«

»Daß Sie sein Freund wären.«

»Ich bin geschmeichelt.«

»Das wären Sie damals vielleicht nicht gewesen«, sagte General

Halyard. »Sie waren einer von achtzehn . . . neunzehn Leuten, die er überprüfte.«

»In welcher Weise?«

»Er versuchte, jemanden im vierten Stock des State Department ausfindig zu machen, der vielleicht außer Landes war, womöglich an der Costa Brava«, erklärte der Präsident.

»Der Mann, der später den Code ›Ambiguity‹ benutzte?« fragte Pierce und runzelte die Stirn.

»Richtig.«

»Wie kam man auf meinen Namen? Emory hat mir davon nie etwas erzählt, er hat mich nie angerufen.«

»Unter den vorliegenden Umständen konnte er das nicht«, sagte der Botschafter. »Einige Briefe zwischen Ihnen und Washington in der entsprechenden Zeitspanne waren verlegt worden. Ich brauche Ihnen nicht zu erklären, was für ein Schock das zuerst für ihn war. Nachher hat man die Korrespondenz natürlich gefunden.«

»Diese Ablagefehler sind wirklich lästig«, sagte Pierce und wandte sich wieder seinen Notizen zu, um ein paar Punkte mit seinem vergoldeten Kugelschreiber anzuhaken. »Ich weiß auch nicht, wie man das lösen kann. Die Korrespondenz ist einfach zu umfangreich, und es gibt zu wenig Leute, die auf dieser Ebene für das Material freigegeben sind.« Der Staatssekretär malte einen Kreis um eine Notiz und fügte während des Lesens hinzu: »Andererseits nehme ich lieber den Ärger in Kauf, als das Risiko einzugehen, daß irgendeiner dieser vertraulichen Aktenvermerke nach draußen gelangt.« Er blickte auf und schüttelte ungläubig den Kopf.

»Wieviel von dem, was Sie hier in diesem Raum erfahren haben, wissen nach Ihrer Einschätzung die Sowjets?« Berquists Gesicht wirkte gefaßt, seine Augen blickten gerade, seine Kinnmuskeln zuckten.

»Weniger als das, was ich erfahren habe, und mehr, als wir vielleicht vermuten. Die Russen sind verdammt unberechenbar; die steigern sich jetzt richtig hinein. Ich kann mir wirklich keine Meinung bilden, bevor ich nicht Gelegenheit habe, diese . . . unglaublichen Dokumente zu studieren.«

»Diese falschen Dokumente«, widersprach Halyard eindringlich. »Verträge zwischen zwei Wahnsinnigen, das sind sie.«

»Ich bin nicht sicher, ob Moskau oder Peking das glauben würde, General«, sagte Pierce und schüttelte erneut den Kopf. »Einer dieser Wahnsinnigen ist Anthony Matthias, und die Welt ist nicht bereit, ihn für verrückt zu halten.«

»Weil sie es nicht will«, meinte Brooks. »Weil sie Angst davor hat.«

»Das ist richtig, *Sir*«, sagte der Staatssekretär und nickte. »Aber abgesehen von Matthias; diese sogenannten nuklearen Angriffspakte enthalten außergewöhnliche Informationen von außergewöhnlichem Vertraulichkeitsgrad: Standorte, Megatonnage, detaillierte Lieferfähigkeiten, Startcodes ... selbst die Abbruchsysteme. Nach allem, was ich hier entnehmen kann, haben die beiden Supermächte und die künftige Supermacht China quasi die Tore ihrer Waffenarsenale geöffnet, und jeder, der diese Verträge liest, kann sich ein Bild von den Geheimwaffen in diesen Kammern machen.« Pierce wandte sich dem General zu. »Welche Empfehlung würde denn das Pentagon aussprechen, wenn vom Geheimdienst der schriftliche Beweis für einen chinesisch-sowjetischen Pakt gegen uns geliefert würde, General?«

»Abschuß«, antwortete Halyard ausdruckslos. »Es gäbe keine Alternative.«

»Nur wenn Sie überzeugt wären, daß es sich um ein authentisches Schriftstück handelt«, warf Brooks ein.

»Ich wäre überzeugt«, sagte der General. »Und Sie wären das auch. Wer anders als Männer mit Zugang zu solchen Informationen könnte sie denn in den Vertrag aufnehmen? Außerdem sind hier die Zieldaten. Ich wäre verdammt überzeugt.«

»Wenn Sie sagen, daß die Russen unberechenbar sind«, begann Brooks, »bin ich aus ganzem Herzen Ihrer Ansicht, aber wie meinen Sie das in der gegenwärtigen Lage?«

»Sie haben mir einfach Sätze hingeworfen ... aus dem Zusammenhang gerissene Sätze, auf die man nicht antworten konnte ... und mich dabei beobachtet, als wollten Sie sehen, ob ich auf irgend etwas reagiere. Wir sitzen uns ja schon eine Anzahl von Jahren gegenüber, ob es nun in Wien ist oder in Bern oder in New York; da bemerkt man selbst versteckte Reaktionen.«

»Aber zuallererst haben die Sowjets gesagt, sie wüßten, daß Matthias geistesgestört wäre«, sagte Berquist. »Damit haben sie doch eröffnet, nicht wahr?«

»Ja, *Sir*. Ich glaube, ich habe die exakten Worte bis jetzt noch nicht gebraucht. Ich war im Büro des sowjetischen Botschafters, auf seine Bitte hin – er hatte mich zu sich bestellt, um es genau zu sagen –, gemeinsam mit seinem Senioradjutanten. Offen gestanden, ich dachte, er hätte mich zu sich gebeten, um einen Kompromiß über die panarabische Resolution auszuarbeiten; aber statt dessen begrüßte er mich mit einer Feststellung, die sich nur auf Matthias beziehen konnte: ›Wir haben von einer sehr verläßlichen Gewährsperson erfahren, daß ein Urlaub ausgedehnt worden ist, weil der Geisteszustand des Urlaubers sich in einem Maße verschlechtert hat, daß die Wiederherstellung seiner Gesundheit nicht mehr möglich ist.‹«

»Und wie haben Sie geantwortet?« fragte Brooks. »Die genauen Worte, bitte.«

»›Der russische Drang zur Melancholie und die russische Phantasie sind heute nicht anders als zu Dostojewskis Zeiten‹. Das waren meine genauen Worte.«

»Provozierend und doch unbekümmert«, sagte Brooks. »Sehr gut.«

»Damit fing das Feuerwerk an. ›Er ist verrückt!‹ schrie der Botschafter. ›Matthias ist verrückt! Er hat verrückte Dinge getan, das unterminiert, was von der Détente noch übrig ist.‹ Und dann fing sein Adjutant auch an und wollte wissen, wo die nächsten Gespräche stattfinden sollten, mit welchen instabilen Regierungen Matthias in Verbindung gestanden hätte und ob diese Regierungen wüßten, daß er geistesgestört sei, oder ob etwa ein Verrückter geheime Mitteilungen aussendet und seinen Geisteszustand vor den Leuten verborgen hält, die er erreichte . . . Was mir angst macht, *Mr. President,* Mr. Brooks, General Halyard, ist, daß die Sowjets mir genau das beschrieben haben, was Sie mir gerade erzählt haben. Wenn ich richtig verstehe, hat Matthias in den letzten sechs Monaten genau das getan. Er hat sich an Regime gewandt, die nicht stabil sind, an Revolutionsjuntas, mit denen wir uns normalerweise nicht einlassen würden.«

»Und dort stammt natürlich die Information der Sowjets her«, sagte Berquist. »Sie glauben, ein geistesgestörter Matthias würde eine Anzahl seiner wohlbekannten ›geopolitischen Realitäten‹ in die Tat umsetzen. Gegen sie ausnützen.«

»Sie glauben sogar weit mehr als das«, verbesserte Pierce. »Sie glauben, er könnte Atomwaffen an extremistische Regime und Fanatiker geliefert haben – an islamische Gruppen beispielsweise oder an antisowjetische arabische Gruppierungen –, alles Leute, bei denen wir uns einig waren, daß sie nicht beliefert werden. Die reagieren regelrecht paranoid. Die Großmächte können sich allein durch die bloße Präsenz ihrer Waffen gegenseitig abschrecken, aber keiner von uns vermag uns vor einer irrationalen Partisanenjunta zu schützen, die über Nuklearwaffen verfügt. Wenn ich die Russen richtig verstanden habe, ist es diese Sorge, die sie zum letzten Schritt treibt.«

»Aber nicht Parsifal«, sagte Brooks. »Nach Ihrer Ansicht hat der

Mann, den wir Parsifal nennen, keinen Kontakt zu Moskau hergestellt, nicht wahr?«

»Ich kann gar nichts ausschließen«, wandte Pierce ein. »Da waren so viele Drohungen, Andeutungen ... wie gesagt, es ist undurchsichtig. Sie erwähnten beispielsweise ›nächste Gespräche‹, ›instabile Regierungen‹, ›Nuklearmaterial‹. All das – ich sage es noch einmal – kommt in diesen Verträgen vor, wenn ich richtig verstanden habe. Wenn ich die Dokumente einsehen könnte, wäre ich imstande, Parallelen zu den Originaltexten zu entdecken.« Der Staatssekretär hielt inne. Dann meinte er mit leiser, aber fester Stimme. »Ich halte es für möglich, daß dieser Parsifal Kontakt hergestellt und provozierende Andeutungen geliefert hat, vielleicht sonst nichts weiter. Und ich halte es für dringend notwendig, daß wir das erfahren.«

»Er will uns alle in die Luft jagen«, sagte der Präsident. »Mein Gott, das ist alles, was er will.«

»Je schneller ich nach Poole's Island gelangen kann, Mr ...« Pierce mußte innehalten.

Das weiße Telefon summte, und ein kleines rotes Lämpchen leuchtete an seinem Sockel auf. Berquist nahm den Hörer ab. »Ja?«

Der Präsident lauschte fast dreißig Sekunden lang und antwortete dann mit einem Nicken: »Ich verstehe. Informieren Sie mich, was geschieht, sobald es geschieht.« Er legte den Hörer auf und wandte sich den anderen zu. »Das war Havelock. Er kommt heute nachmittag nicht.«

»Was geschieht denn?« fragte Halyard.

»Zu viele Dinge, als daß er sein Telefon verlassen könnte.«

»Das tut mir leid«, sagte Arthur Pierce. »Ich hätte ihn gern kennengelernt. Ich glaube, es ist sehr wichtig, daß wir in Verbindung bleiben. Ich kann ihm sagen, was bei den Sowjets vor sich geht, und er kann mich auf dem laufenden halten. Ich muß wissen, wann ich aktiv werden und wann ich mich zurückhalten muß.«

»Sie werden informiert; er hat seine Anweisungen von mir ... Sie haben den Pathologen aus den Augen verloren.«

»Verdammt!« fluchte der General.

»Entweder hat er die Überwacher entdeckt oder gewußt, daß etwas schiefgegangen ist, und deshalb beschlossen zu verschwinden.«

»Oder den Befehl zum Verschwinden erhalten«, fügte Brooks hinzu.

»Das ist es eben, was ich nicht begreifen kann«, sagte Berquist und wandte sich dem Staatssekretär zu, der stumm geblieben war. »Die Sowjets haben Ihnen gegenüber keine Andeutung gemacht, daß ihnen bekannt ist, daß Russen in diese verdammte Geschichte verwikkelt waren? Sie haben die Costa Brava oder Rostows Telegramm an uns nicht erwähnt?«

»Nein, *Sir*. Das ist vielleicht unser einziger Vorteil. Wir wissen es, aber sie nicht.«

»Rostow weiß es«, beharrte der Präsident.

»Dann hat er zuviel Angst, um etwas zu unternehmen«, erwiderte Pierce. »Das ist bei langjährigen KGB-Leuten häufig der Fall; die wissen nie genau, auf wessen Zehen sie treten. Und wenn er sucht, kommt er nicht weiter.«

»Das klingt ja so, als sprächen wir von zwei verschiedenen Moskaus«, wandte Halyard ein.

»Ich muß Havelock recht geben«, sagte der Maulwurf. »Das tun wir auch. Und bis jenes Moskau, das Matthias' Dokumente in die Hand bekommen will, Erfolg hat, spricht dasjenige, mit dem ich zu tun habe, für den Kreml. Das wäre sonst nicht der Fall. Ein Grund mehr übrigens, warum ich unbedingt auf dem laufenden gehalten werden muß. Wenn Havelock auch nur einen Mann erwischt, den wir in Verbindung mit jenem anderen Moskau bringen könnten, dann wäre das ein wichtiger Hebel. Ich könnte ihn gebrauchen.«

»Das hat er uns bereits gesagt«, unterbrach ihn Brooks. »Eine Abteilung der sowjetischen Abwehr, die VKR genannt wird. Rostow hat das praktisch zugegeben.«

Pierce wirkte verwirrt. »Das habe ich nicht gehört.«

»Vielleicht habe ich es übersehen«, sagte Berquist.

»Jedenfalls ist es zu allgemein . . . das VKR setzt sich aus mehreren Einheiten zusammen. Ich brauche Einzelheiten. Welche Einheit? Welche Direktoren?«

»Die Informationen bekommen Sie vielleicht.«

»Wie bitte, *Sir?*« Pierces goldener Kugelschreiber verharrte über dem Notizblock.

»Das ist eines der Dinge, die Havelock in ›Steril Fünf‹ festhalten.«

»›Steril Fünf‹ . . .«

»Die haben zwar vielleicht diesen Shippers verloren, aber Havelock rechnet damit, daß sein Auftraggeber Männer nach Maryland schicken wird, um herauszufinden, mit wem Matthew Randolph zusammengearbeitet hat. Er hat seine eigenen Leute in die Klinik entsandt, mit dem Befehl, die Betreffenden festzunehmen. Wie ich Ihnen schon sagte, der Arzt hat in bezug auf MacKenzies Tod gelogen, aber aus den falschen Gründen.«

»Ja, ich weiß.« Pierce blickte auf seine Notizen, während er den

Kugelschreiber in die Innentasche seines Nadelstreifenjacketts steckte. »Es hilft mir, Dinge aufzuschreiben; ich hatte nicht die Absicht, diese Notizen mitzunehmen.«

»Da bin ich froh«, sagte der Präsident. »Das hätte ich nicht zugelassen ... Sie müssen eine Menge überdenken, Mr. Pierce, und Sie haben nicht viel Zeit. Wie beabsichtigen Sie, mit den Sowjets weiterzumachen?«

»Sehr vorsichtig«, erwiderte der Maulwurf. »Mit Ihrer Erlaubnis würde ich vor den Russen gerne einen Teil von dem, was Sie mir gesagt haben, bestätigen.«

»Sie sind nicht bei Trost«, sagte Halyard.

»Bitte, General, nur einen kleinen Teil. Die haben offenbar eine ziemlich genaue Quelle. Das Ganze also zu leugnen, würde sie nur noch argwöhnischer und feindseliger machen. Das können wir uns jetzt nicht leisten. Um die Worte des Präsidenten zu gebrauchen, wir müssen sie so lange wie möglich so ruhig wie möglich halten.«

»Wie glauben Sie, das erreichen zu können?« fragte Berquist und kniff argwöhnisch die Augen zusammen.

»Indem ich zugebe, daß Matthias vor Erschöpfung zusammengebrochen ist. Alles andere sei im Vergleich zur medizinischen Diagnose maßlos übertrieben. Er muß sich einige Wochen ausruhen, das ist alles. Der Rest sind Gerüchte und Klatsch, mit so etwas muß man bei einem Mann wie Matthias rechnen. Vergessen Sie nicht, die erinnern sich an Stalin; das können die nicht einfach abtun. Als Stalin schließlich tot war, glaubte halb Moskau, daß er geistesgestört sei.«

»Ausgezeichnet!« warf Brooks ein.

»Sie können doch die anderen Quellen nicht einfach abtun«, sagte Halyard, »diese Indiskretionen von instabilen Regierungen ... den Revolutionsjuntas, oder wie Sie sie genannt haben. Matthias war doch mit ihnen in Verbindung.«

»Dann müssen sie mir gegenüber deutlicher werden. Ich glaube, ich komme damit schon irgendwie klar. Zumindest müssen sie mit Moskau konferieren und alles genau überprüfen. Jeder einzelne Fall gewinnt für uns Zeit.« Pierce hielt inne und drehte sich zu Berquist herum. »Und Zeit, *Mr. President,* scheint mir jetzt das Wichtigste. Je schneller ich nach New York zurückkehren und um ein Gespräch mit dem sowjetischen Botschafter bitten kann – nein, es fordern, es verlangen kann –, desto größer ist meine Chance, ihnen die Panik zu nehmen. Ich glaube wirklich, daß sie auf mich hören würden. Ich kann nicht garantieren, wie lange, aber eine Weile schon ... ein paar Tage, eine Woche.«

»Was uns natürlich zu der naheliegenden Frage bringt«, sagte Brooks, der die schlanken, manikürten Hände unter dem aristokratischen Kinn gefaltet hatte, »warum man gerade mit Ihnen Kontakt aufgenommen hat und nicht mit den direkteren, eher krisenorientierten Kanälen in Washington.«

»Das hätte ich auch gerne gewußt«, fügte Berquist hinzu. »Für solche Notfälle gibt es ein Telefon, das nie weiter als vier Meter von mir entfernt ist.«

Arthur Pierce zögerte mit der Antwort. Seine Augen wanderten zwischen dem Präsidenten und dem Botschafter hin und her. »Es ist für mich schwierig, darauf zu antworten, ohne arrogant oder übermäßig ehrgeizig zu wirken, und ich glaube, weder das eine noch das andere zu sein.«

»Das akzeptieren wir«, sagte Berquist. »Sagen Sie, was Sie meinen.«

»Bei allem Respekt vor unserem Botschafter in New York – und ich bin da wirklich ehrlich, er ist ungemein sympathisch, das ist schrecklich wichtig in dem Geschäft, und er hatte eine hervorragende Karriere im . . .«

»Hatte«, unterbrach ihn der Präsident. »Er ist wie ein biegsamer Busch im Wind, aber seine Wurzeln reichen tief. Er ist wegen seiner liebenswürdigen Art dort und wegen der Tatsache, daß er keine Entscheidungen trifft. Auch das akzeptieren wir. Fahren Sie fort.«

»Die Sowjets wissen, daß Sie mich – auf Matthias' Bitte – zum Sprecher des State Department ernannt haben. Um Ihr Sprecher zu sein, *Sir.*«

»Und der Sprecher für Anthony Matthias«, fügte Brooks hinzu. »Was eine sehr enge Beziehung zu unserem Außenminister voraussetzt.«

»Ich hatte das Vergnügen einer solchen Beziehung bis vor ein paar Monaten . . . Als anscheinend alle Kontakte durch seine Krankheit abgebrochen wurden.«

»Aber *die* glauben, Sie hätten diesen engen Kontakt zu Matthias immer noch«, bemerkte Halyard. »Und warum, zum Teufel, auch nicht. Niemand sonst, mit Ausnahme von Matthias, könnte einen direkteren Kontakt zu den Russen haben als Sie.«

»Danke, General. Ich denke, man ist zu mir gekommen, weil sie dachten, ich müßte wissen, ob die Gerüchte über Matthias irgendeine Berechtigung hätten.«

»Und wenn die Sowjets glauben würden, daß Sie lügen, wie würden sie darauf reagieren?«

»Dann würden sie den heißen Draht unbeachtet lassen, *Mr. President,* und der Welt einen Atomkrieg bescheren.«

»Fahren Sie nach New York zurück, und tun Sie, was in Ihrer Macht steht. Ich werde das Notwendige veranlassen, damit Sie nach Poole's Island fliegen können. Studieren Sie diese Verträge, bis Sie den Inhalt Wort für Wort kennen.«

Der *paminjatschik* erhob sich und ließ seine überflüssigen Notizen zurück.

Kaum hatte die Limousine die Tür des Weißen Hauses passiert, lehnte Arthur Pierce sich in seinem Sitz nach vorn und verlangte fast unfreundlich von dem Fahrer, den ihm das State Department zugewiesen hatte: »Fahren Sie mich, so schnell Sie können, zu einer Telefonzelle.«

»Der Apparat im Wagen funktioniert, *Sir.* Er ist in der Kassette vor Ihnen auf dem Boden.« Der Fahrer nahm die rechte Hand vom Steuer und deutete nach hinten auf das Lederfutteral. »Sie brauchen nur an dem Hebel zu ziehen.«

»Ich will dieses Telefon nicht benutzen!«

»Entschuldigen Sie, *Sir.* Ich wollte Ihnen ja nur helfen.«

Der Staatssekretär bemerkte, daß er zu weit gegangen war. »Entschuldigen Sie ... Die Vermittlung für diese Funktelefone braucht immer eine Ewigkeit, und ich habe es sehr eilig.«

»Sie haben recht, die Klage habe ich schon öfter gehört.« Der Fahrer trat kurz auf das Gaspedal, nur um Sekunden später wieder zu bremsen. »Hier ist eine Telefonzelle, *Sir.* An der Ecke.«

Pierce stieg aus und ging schnellen Schrittes zu der gläsernen Zelle. Drinnen zog er die Tür hinter sich zu, schob eine Münze in den Schlitz und wählte. »Ihre Reise?« fragte er kurz.

»Angenehmer Flug. Nur zu.«

»Ist die Gruppe nach Maryland abgefahren?«

»Vor etwa fünfzehn Minuten.«

»Sie müssen sie aufhalten!«

»Wie?«

Der *paminjatschik* biß sich auf die Lippe. Seine Leute hatten keine Möglichkeit, sich über Funktelefone zu verständigen. »Gibt es nicht irgendeine Möglichkeit, die Gruppe zu erreichen, sobald sie an ihrem Ziel eintrifft?«

»Nicht so, wie sie ausgerüstet ist«, kam leise die Antwort.

»Schicken Sie sofort eine zweite Gruppe. Polizeifahrzeug, automatische Waffen, Schalldämpfer. Töten Sie sie, töten Sie sie alle. Niemand darf am Leben bleiben.«

»Sie haben sie doch geschickt!«

»Es ist eine Falle.«

»O Gott . . . sind Sie sicher?«

»Ich habe gerade das Weiße Haus verlassen.«

Ein leiser, langgezogener Pfiff war die Reaktion am anderen Ende der Leitung. »Dann hat es sich ausbezahlt, nicht wahr?«

»Sie hatten keine Wahl. Noch etwas. Sie müssen Mutter erreichen. Rostow hat Victor im Visier. Stellen Sie fest, was er weiß; wir müssen in Betracht ziehen, ihn zu eliminieren.«

Charley Loring ging die Treppe des Pentagon hinunter und dachte über den Korvettenkapitän Thomas Decker nach. Er war nicht sicher, wonach Havelock Ausschau hielt, aber er war ziemlich überzeugt, daß er ihm den entscheidenden Hinweis nicht liefern konnte – noch nicht, hoffte er. Nachdem er Deckers komplette Dienstakte gelesen hatte, darunter auch etliche Test- und Gesundheitsberichte des Marinekommandos, hatte Charley beschlossen, weitere Informationen über ihn im Pentagon einzuholen. Unter dem Vorwand, daß Decker für einen Posten in einer Botschaft im Gespräch war, einen sehr wichtigen Posten, der Takt und ein beträchtliches Maß an Persönlichkeit forderte, suchte er einige Freunde in der Heeresabwehr auf und sagte, er müsse einige Leute vertraulich interviewen und brauche ihre Hilfe. Er erinnerte sie daran, daß er ihnen schon mit Gefälligkeiten gedient hatte.

Das wirkte.

Fünf Personen wurden ihm für formlose Einzelgespräche zugeführt, und jeder wurde eingeschärft, daß sie selbst dafür verantwortlich sei, daß die Vertraulichkeit gewahrt blieb. Es handelte sich um drei Marineoffiziere, die mit Decker zusammen auf dem Unterseeboot *Starfire* gedient hatten, eine Sekretärin, die sechs Monate in seinem Büro gearbeitet hatte, und um einen Marineangehörigen, der Mitglied im Nuklearen Krisenausschuß war.

Havelock hatte gesagt, daß Decker ein Lügner sei. Loring fand allerdings keinerlei Beweise für diese Charakterisierung. Er war eher ein Moralist, der ein strenges Regiment geführt hatte. Bei jedem der wöchentlichen interkonfessionellen Gottesdienste, auf deren Abhaltung er beharrte, verlas er die Lektionen. Er hatte den Ruf eines strengen, aber gerechten Vorgesetzten. Stets war er darauf bedacht, alle

Seiten eines Problems zu beleuchten, ehe er seine Entscheidung traf, von der er dann auch nicht mehr abwich. Einer seiner Kollegen drückte es so aus, daß man zwar mit irgendeiner Handlungsweise Deckers nicht einverstanden sein konnte, aber stets begriff, warum er sich so und nicht anders verhielt. Mit seinem logischen Verstand, sagte ein anderer, erfasse er die »Haken und Ösen« einer komplizierten Angelegenheit schneller als die meisten anderen. Und doch nutze er nie die Irrtümer anderer aus, um seine eigene Überlegenheit herauszukehren, meinte ein dritter Offizier; er konnte die Fehler anderer mitfühlend akzeptieren, solange er spürte, daß sie ihr Bestes gegeben hatten. Das war nicht die Art eines Lügners, dachte Loring. Lügner stürzten sich auf die Schwächen anderer, noch dazu, wenn sie ihnen praktisch gratis geliefert wurden.

Die Sekretärin freilich beleuchtete eine andere Seite von Thomas Decker, die in seinen Dienstakten und in den Aussagen seiner Kollegen nicht sichtbar geworden war. Der Korvettenkapitän bemühte sich offensichtlich sehr, seine eigenen Vorgesetzten zu unterstützen und ihnen gefällig zu sein.

»Er war immer taktvoll und großzügig«, beschrieb sie ihn, »wenn er die Arbeit anderer Leute beurteilen mußte, selbst wenn man genau wußte, daß er sie in Wirklichkeit sehr kritisch sah. Beispielsweise hat er eine Entscheidung der Vereinigten Stabschefs voll unterstützt, obwohl er mir gegenüber die Ansicht äußerte, daß sie nichts tauge ... Wenn Sie von Takt sprechen, nun, der Commander ist so ziemlich der diplomatischste Mensch, den ich je gekannt habe.«

Die letzte Person, mit der Charley Loring sprach, war Major und wie Decker Mitglied im Nuklearen Krisenausschuß. Seine Meinung über den Kollegen fiel krasser aus: »Er kriecht den Leuten ganz schön in den Arsch, aber verdammt gut ist er ja. Takt? ... Herrgott, ja, Takt hat er, aber er wird sich nicht gleich die Schlinge um den Hals legen, wenn ihm etwas wirklich Wichtiges mißlingt. Irgendwie schafft er es immer, daß die Sache glatt verläuft.«

Lieutenant Commander Thomas Decker war intelligent und offensichtlich ehrgeizig. Dazu paßte natürlich, daß er seine Vorgesetzten zuvorkommend behandelte – selbst mit unangemessener Schmeichelei –, aber wenn diese Haltung bereits einen gefährlichen Lügner aus ihm machte, dann gab es nur wenige wahrheitsliebende Männer im Pentagon ... und anderswo.

Loring hatte inzwischen seinen Wagen auf dem Parkplatz erreicht, machte es sich auf dem Sitz bequem und nahm das Mikrofon aus der Halterung unter dem Armaturenbrett. Er beugte sich kurz vor und drückte den Sendeknopf, wodurch die Verbindung mit der Zentrale im Weißen Haus hergestellt war.

»Verbinden Sie mich mit ›Steril Fünf‹, bitte«, sagte er. Er würde alle Informationen an Havelock weiterleiten, solange er sie noch frisch im Gedächtnis hatte. Vielleicht halfen sie ihm ja doch weiter.

Die beiden ›Apatschen‹ streiften durch die Gänge des Ärztezentrums, bemüht, immer Sichtkontakt mit Dr. Matthew Randolph zu haben, wohin er auch ging. Keiner der beiden Männer war mit den getroffenen Vorkehrungen zufrieden und hatte das auch »Steril Fünf« wissen lassen. Randolph huschte durch Türen und Gänge, und das alles mit der Behendigkeit eines gehetzten Wiesels. Was den Arzt ursprünglich dazu geführt hatte, mit ihnen zu kooperieren, es war schon lange seiner Widerborstigkeit zum Opfer gefallen. Es schien fast so, als zielte er bewußt darauf ab, die Aufmerksamkeit auf sich zu lenken, als wollte er jemanden, der vielleicht in einem leeren Zimmer oder irgendwo in einer dunklen Ecke auf ihn lauerte, herausfordern, sich zu zeigen. Abgesehen von der grundsätzlichen Schwierigkeit, eine solche Person zu schützen, fanden es die zwei Männer sinnlos gefährlich, daß Randolph sie zwang, sich zu erkennen zu geben. Keiner hatte besondere Freude an der Vorstellung, daß ihn ein Scharfschütze aus größerer Distanz abknallen könnte, während er dem störrischen Klinikchef quer über ein Rasenstück folgte. Eine Verstärkung war deshalb dringend erforderlich. Selbst ein Mann schon, der draußen die Bewachung übernahm, würde den Druck verringern. Wenn man mehr als einen einsetzte, das begriffen sie, würde das den Zweck ihrer Strategie zunichte machten, weil dann die ganze Operation offenkundig war. Aber Unterstützung brauchten sie auf jeden Fall.

»Steril Fünf« sagte zu. Der dringende Anruf von ›Apatsche‹ hatte ein früheres Gespräch mit einem der erfahrensten Männer von *Consular Operations* unterbrochen. Er war frei und konnte von einem Helikopter des Pentagon bis auf ein paar Meilen zum Medical Center geflogen werden. Dort würde ihn ein Wagen abholen. In fünfunddreißig bis vierzig Minunten sollte er eintreffen.

»Woher wissen wir, wann er hier ist?«

»Erkundigen Sie sich über das Haustelefon am Empfang. Er wird hereinkommen und fragen, wie man nach . . . Easton kommt. Dann wird er wegfahren und zu Fuß zurückkehren.«

Die Sonne stand in Höhe der Baumwipfel und tauchte die Landschaft Virginias in weiches, goldenes Licht. Havelock erhob sich müde hinter seinem Schreibtisch.

»Der CIA wird die ganze Nacht graben und alles mit *Cons Op* und G-Zwo durchchecken. Sie haben zwei Fotos gefunden; sechs fehlen noch.«

»Ich hätte gedacht, Fotografien wären in diesen Akten das wichtigste«, sagte Jenna, die an dem silbernen Tablett stand und Michael einen Drink einschenkte. »Man kann doch solche Leute nicht einfach herüberbringen, wenn man nicht einmal genau weiß, wie sie eigentlich aussehen.«

Havelock blieb stehen und sah sie an. »Die Männer, die du ausgewählt hast, wurden nie für so wichtig gehalten. Sie waren von vornherein belanglos.«

»Es waren Spezialisten.«

»Psychiater, Psychologen und ein paar Philosophieprofessoren. Alte Männer, denen man das Privileg eingeräumt hatte, ihre Ansichten kundzutun . . . teilweise war das ein wenig verletzend, aber nicht gerade welterschütternd für den Kreml.«

Jenna trug das Whiskyglas an seinen Tisch. »Da, das brauchst du jetzt.«

»Danke.« Havelock nahm das Glas und ging langsam zum Fenster. »Ich will Decker herholen«, sagte er. »Er muß herkommen. Am Telefon wird er mir nie etwas sagen. Nicht alles.«

»Dann bist du also überzeugt, daß er dein Mann ist?«

»Keine Frage. Ich müßte bloß begreifen, warum?«

»Loring hat es dir doch gesagt. Er schmeichelt seinen Vorgesetzten, sagt, er sei ihrer Ansicht, selbst wenn das nicht stimmt. Ein solcher Mann würde alles tun, was Matthias von ihm verlangt.«

»Seltsamerweise ist das nur ein Teil des Ganzen«, sagte Michael und schüttelte den Kopf. Dann nippte er an seinem Glas. »Das ist eine Beschreibung, die auf die meisten ehrgeizigen Männer überall zutrifft; Ausnahmen sind selten. Zu selten.«

»Was dann?«

Havelock starrte zum Fenster hinaus. »Er achtet darauf, alles zu rechtfertigen, was er tut«, begann Michael langsam. »Er liest bei Gottesdiensten, die unter seinem Kommando eingeführt wurden, Episteln. Er spielt den weisen Salomon. Hinter dieser gefälligen Fassade muß sich ein Eiferer verstecken. Und nur ein Eiferer in seiner Position würde ein Verbrechen begehen, für das er, wie Berquist sagt, in den meisten Ländern hingerichtet würde und selbst bei uns dreißig Jahre im Gefängnis verbringen müßte ... Ich wäre nicht überrascht, wenn Decker das alles getan hat. Wenn es nach mir ginge, sollte man ihn an die Wand stellen und erschießen.«

Die Sonne war hinter den Bäumen versunken, und orangerote Strahlen, die von den Zweigen gefiltert wurden, breiteten sich über den Rasen aus und zuckten über die Alabastermauern des Randolph-Medical-Center. Charley Loring kauerte am Stamm einer hohen Eiche am anderen Ende des Parkplatzes. Er hatte den Haupteingang und die hintere Notzufahrt deutlich vor Augen und hielt sein Walkie-talkie in der Hand. Ein Ambulanzwagen hatte vor wenigen Minuten das Opfer eines Verkehrsunfalls eingeliefert. Der Verletzte wurde gerade von Dr. Randolph untersucht, und die beiden ›Apatschen‹ hatten im Flur vor dem Untersuchungszimmer Stellung bezogen.

Der *Cons-Op*-Agent sah auf die Uhr. Er befand sich jetzt beinahe eine Dreiviertelstunde auf seinem Posten. Ein Helikopter hatte ihn zu einem privaten Flugplatz am Rande von Denton, acht Minuten von der Klinik entfernt, gebracht, wo bereits ein Wagen auf ihn wartete. Er hatte volles Verständnis für die Besorgnis der beiden Leibwächter. Der Mann, den sie schützen sollten, erschwerte ihnen die Arbeit zwar, aber Charley hätte es anders angepackt. Er hätte gleich zu Anfang klipp und klar gesagt, es wäre ihm völlig egal, ob man ihn umlegte oder nicht; das Hauptanliegen der Aktion wäre es, einen der Leute dingfest zu machen, die es auf ihn abgesehen hatten, das Leben jenes Mannes sei viel wichtiger als das seine. Und Loring hätte irgendwo anständig zu Abend essen können, statt auf einem kalten, nassen Rasen auf Gott weiß was zu warten.

Charley blickte auf, als er das Geräusch hörte. Ein schwarzweißlackierter Streifenwagen fuhr mit ziemlich hohem Tempo auf den hinteren Parkplatz, schlug einen Bogen und bremste plötzlich vor der Notaufnahme. Zwei Polizisten sprangen heraus und rannten auf die Tür zu. Loring hob das Funksprechgerät an die Lippen.

»›Apatsche‹, ein Polizeiwagen ist gerade ziemlich schnell an die Rampe gerast. Zwei Bullen kommen jetzt rein.«

»Wir sehen sie«, war die Antwort. »Wir sagen Ihnen Bescheid.«

Charley blickte wieder zu dem Streifenwagen hinüber, und was er sah, kam ihm seltsam vor. Beide Türen standen offen, etwas, das Polizisten selten taten, sofern sie nicht die Absicht hatten, in der Nähe ihres Fahrzeugs zu bleiben.

Jetzt drangen aus seinem Walkie-talkie knatternde Geräusche und dann die Worte: »Interessant, aber unwesentlich«, sagte ein Mitglied des Apatsche-Teams, den der *Cons-Op*-Agent bisher noch nicht gesehen hatte. »Anscheinend ist bei dem Unfall ein prominentes Mitglied einer Mafiafamilie aus Baltimore schwer verletzt worden. Man hat die Polizisten gerade zur Identifizierung und für ein erstes Verhör hereingelassen.«

»Okay, Ende.« Loring ließ das Funksprechgerät sinken, und seine Augen wanderten wieder zu dem Streifenwagen hinüber. Plötzlich machte ihn etwas stutzig. Er war auf der Straße zur Klinik an einer Polizeistation vorbeigekommen, nicht einmal fünf Minuten entfernt. Drei oder vier Streifenwagen hatten davor geparkt, aber die waren nicht schwarzweiß lackiert, sondern rotweiß. Und wenn wirklich ein gesuchter Mafioso vor wenigen Minuten nach einem Verkehrsunfall in ein lokales Krankenhaus gebracht worden war, dann würde ganz bestimmt mehr als ein Polizeifahrzeug eingesetzt werden ...

»›Apatsche‹! ›Apatsche‹! Kommen!«

»Was ist?«

»Sind die Polizisten noch bei Randolph?«

»Sie sind gerade hineingegangen.«

»Ihnen nach! Schnell!«

»Was?«

»Keine Fragen jetzt, tun Sie, was ich sage! Mit Waffen!«

Charley hatte bereits den halben Parkplatz überquert. So schnell er konnte, rannte Charley zum Eingang der Notaufnahme und schwang sich mit einer Flanke auf die Plattform. Er stieß die breite Metalltür auf und fegte an einer erschreckten Schwester hinter einer verglasten Empfangstheke vorbei. Hastig drehte er den Kopf nach allen Seiten und entschied sich für den Korridor vor ihm. Dann bog er in den nächsten Quergang nach rechts. Dort war das Untersuchungszimmer, nur drei Meter entfernt.

Die Tür war verschlossen; das gab keinen Sinn.

Loring eilte schnell darauf zu, lautlos, machte lange, vorsichtige Schritte, den Rücken gegen die Wand gepreßt. Plötzlich hörte er zwei gedämpfte Geräusche, wie wenn jemand ausspuckt, und dann einen schrecklichen, kehligen Schrei hinter der schweren Stahltür. Jetzt wußte er, daß sein Instinkt ihn nicht getrogen hatte. Er fuhr um den Türstock herum, um der linken Hand freien Zugriff zur Klinke zu lassen, drückte sie herunter, warf sich mit der Schulter gegen das Türblatt.

Die Tür flog auf.

Schüsse fielen, die Kugeln bohrten sich neben ihm in die Wand; sie hatten zu hoch geschossen, die spuckenden Laute kamen aus der Tiefe des Raums. Charley duckte sich und warf sich nach vorn, rollte ab, als er den Boden berührte, und feuerte auf eine blaue Uniform ... aber er hatte zu tief gezielt, so daß die Kugeln vom Stahl abprallten. *Beine, Knöchel, Füße, Arme, wenn es sein muß – aber nicht die Brust, nicht den Kopf! Ich will ihn lebend!*

Der zweite Uniformierte warf sich über einen Untersuchungstisch, Loring hatte keine Wahl. Er schoß direkt auf den Angreifer, der eine Pistole in der Hand hielt. Der Killer prallte von dem gepolsterten Tisch ab, fiel zu Boden, die Kehle aufgerissen, tot.

Der andere muß am Leben bleiben! Unbedingt! Der Schrei hallte immer noch durch seinen Kopf, als Charley die Tür zutrat und die hellen Neonröhren an der Decke zerschoß. Nur ein schwaches Notlicht brannte noch.

Drei spuckende Geräusche kamen aus der Dunkelheit, und die Kugeln bohrten sich über ihm in den Verputz. Wieder rollte er sich herum, diesmal nach links, kollidierte mit zwei leblosen Körpern ... waren das die ›Apatschen‹? Er konnte es nicht sagen; er wußte nur, daß er den Mann, der noch lebte, nicht entkommen lassen durfte. Und in jenem Raum gab es nur noch zwei Lebende, sonst nur Blut, zerfetztes Fleisch und Leichen.

Es war ein Massaker gewesen.

Ein Stakkato von Gewehrschüssen knatterte über den Boden, und er spürte die brennende Hitze des Geschosses, das seinen Unterleib durchbohrte; er war getroffen, aber der Schmerz bewirkte etwas Seltsames in ihm: Sein Verstand explodierte vor Wut, aber es war eine kontrollierte Wut. Er hatte schon einmal verloren. Das durfte ihm nicht wieder passieren!

Er sprang nach rechts, krachte gegen eine Krankenliege, so daß sie in die Richtung rollte, aus der die Stakkatosalve gekommen war; er hörte den Aufprall und richtete sich schnell auf, die Pistole mit beiden Händen umklammert und zielte auf eine andere Hand im Schatten. Er feuerte, als draußen im Flur die Schreie anschwollen.

Ein letztes blieb ihm noch zu tun. Dann würde er diesmal nicht verloren haben.

34

Korvettenkapitän Thomas Decker betrat das Arbeitszimmer von »Steril Fünf«; zwei Männer vom Geheimdienst des Weißen Hauses eskortierten ihn. Sein kantiges, muskulöses Gesicht war gefaßt, doch seine Augen spiegelten seine innere Unruhe wider. Die breiten Schultern unter der gutgeschnittenen blauen Uniform verrieten, daß er sich in Form hielt, aber eher zwanghaft und nicht, weil es ihm Spaß machte; sein Körper war starr, und in seinen Bewegungen war wenig Fließendes. Das Gesicht, das Havelock so faszinierte, war eine hartschalige Maske, die im Begriff war zu zerspringen. Decker wirkte wie versteinert, und trotzdem konnte er seine Angst nicht verbergen, so sehr er sich auch bemühte.

Michael wandte sich an die zwei Männer vom Geheimdienst, die auf weitere Anweisungen warteten.

»Vielen Dank, *Gentlemen*. Die Küche ist rechts hinunter, ganz am Ende des Flurs. Der Koch hat bestimmt etwas zu essen für Sie . . . Bier, Kaffee, was Sie wollen. Ich habe Sie sicher beim Abendessen gestört und weiß nicht, wann wir hier fertig sein werden. Sie können natürlich auch telefonieren, wenn Sie möchten.«

»Danke, *Sir*«, sagte der Mann links von Decker und nickte seinem Begleiter zu. Dann drehten sich beide um und verließen das Zimmer.

»*Mich* haben Sie auch beim Abendessen gestört, und ich erwarte . . .«

»Halten Sie den Mund, *Commander*«, unterbrach ihn Havelock barsch.

Decker ging verärgert ein paar Schritte auf den Schreibtisch zu, aber der Ärger war zu aufgesetzt, zu gezwungen. Michael merkte, daß er ihn heraufbeschwor, um die Furcht zu verdrängen. Doch seine Stimme war noch fest.

»Ich bin heute abend mit Admiral James verabredet!«

»Er ist informiert worden, daß dringende Angelegenheiten es erforderlich machen, daß Sie hier sind.«

»Das ist unerhört! Ich verlange eine Erklärung!«

»Sie haben Anspruch auf ein Erschießungskommando.« Havelock stand auf, während Decker ihn mit aufgerissenem Mund ansah. »Ich glaube, Sie wissen, weshalb.«

»Sie!« Die Augen des Offiziers weiteten sich; er schluckte, während alle Farbe aus seinem maskenhaften Gesicht wich. »Sie sind es, der mich angerufen hat, mir diese Fragen gestellt hat! Mir gesagt hat . . . ein sehr bedeutender Mann würde sich nicht erinnern! Es ist eine Lüge!«

»Es ist die Wahrheit«, erwiderte Michael gelassen. »Aber Sie können das nicht verstehen, und das treibt Sie die Wände hoch. Seit ich es Ihnen gesagt habe, haben Sie an nichts anderes gedacht . . . weil Sie wissen, was Sie getan haben.«

Decker wurde wieder starr, die Augenbrauen hochgeschoben, die Augen umwölkt. »Ich habe Ihnen nichts zu sagen, Mr. Cross. Cross ist doch richtig, oder?«

»Schon gut«, sagte Havelock und nickte. »Aber Sie haben eine ganze Menge zu erzählen, und Sie werden auspacken. Wenn Sie es nämlich nicht tun, werden Sie auf Befehl des Präsidenten in die dunkelste Zelle von Leavenworth wandern. Man wird die Tür verriegeln und den Schlüssel wegwerfen. Ihnen den Prozeß zu machen, wäre für die Sicherheit dieses Landes viel zu gefährlich.«

»Nein . . . Das können Sie nicht! Ich habe nichts Unrechtes getan! Ich hatte recht, wir hatten recht!«

»Die Vereinigten Stabschefs und wichtige Mitglieder des Repräsentantenhauses und des Senats werden mir zustimmen«, fuhr Michael fort. »Es wird einer der wenigen Fälle sein, wo aus Gründen der nationalen Sicherheit die staatsbürgerlichen Rechte eines einzelnen ignoriert werden.«

Die Maske zersprang, Furcht schlug in Verzweiflung um, und Decker flüsterte: »Was behauptet man über mich?«

»In Verletzung Ihres Eides als Offizier und der Geheimhaltungsvorschriften, zu denen Sie sich verpflichtet haben, haben Sie Dutzende der brisantesten Dokumente in der Militärgeschichte dieses Landes fotokopiert und die Kopien aus dem Pentagon geschafft.«

»Und wem habe ich sie geliefert? Beantworten Sie mir das?«

»Das ist nicht wichtig.«

»Doch!«

»Sie hatten nicht die Befugnis.«

»Aber jener Mann hatte sie!« Deckers Stimme zitterte, und er bemühte sich verzweifelt, sich wieder in den Griff zu bekommen. »Ich verlange, daß Sie Außenminister Matthias anrufen.«

Havelock entfernte sich von seinem Schreibtisch, auf dem das Telefon stand, eine Bewegung, die dem Marineoffizier nicht entging. Das war der Augenblick, sich ein wenig zurückzuziehen.

»Ich habe meine Anweisungen, *Commander*«, sagte Michael und ließ eine Spur Unsicherheit in der Stimme mitklingen, »vom Präsidenten und einigen seiner engsten Berater. Der Außenminister ist unter keinen Umständen in dieser Angelegenheit zu konsultieren. Ich weiß nicht, warum, aber das sind meine Befehle.«

Decker trat zögernd einen Schritt vor, dann noch einen, und zu der Verzweiflung in seinen gehetzten Augen trat jetzt Eifer. Seine Stimme war kaum mehr als ein Flüstern, aber seine Worte wurden mit der Überzeugung des Eiferers immer lauter. »Der *Präsident?* Seine Ratgeber ... Um Gottes willen, begreifen Sie denn nicht? Natürlich wollen sie nicht, daß er informiert wird, weil er recht hat und sie unrecht. Sie haben Angst und er nicht! Glauben Sie etwa auch nur einen Augenblick, daß er nicht wüßte, was geschehen ist, wenn ich verschwinden würde? Er würde den Präsidenten und seine Ratgeber zur Rede stellen und eine Entscheidung erzwingen. Sie sprechen von den Vereinigten Stabschefs ... von Mitgliedern des Repräsentantenhauses und des Senats. Es wäre ein leichtes für ihn, sie zusammenzurufen und ihnen zu zeigen, was für eine schwache, ineffiziente, unmoralische Administration das hier in Wirklichkeit ist. Es würde keine Administration mehr geben! Man würde die Leute ihres Amtes entheben und hinauswerfen!«

»Wer würde das tun, *Commander?*«

Decker richtete sich auf und drückte die Schultern nach hinten, wie ein Verurteilter, der wußte, daß die letzte Gerechtigkeit ihm die Begnadigung verschaffen würde. »Das Volk, Mr. Cross. Das Volk erkennt einen Giganten. Sie werden ihm nicht den Rücken kehren, bloß weil ein schmieriger Politiker und seine Berater mit ihren weichen Knien das verlangen. Die Nation wird es nicht zulassen! Die Welt klagt darüber, daß es in den letzten drei Jahrzehnten keine wirklichen Staatsmänner gegeben hat. Nun, wir haben einen großen Führer hervorgebracht, und die Welt weiß es. Und mein Rat an Sie ist, Anthony Matthias ans Telefon zu holen. Sie brauchen nichts zu sagen, ich werde selbst mit ihm reden.«

Havelock stand regungslos da, und in seiner Stimme schwang jetzt mehr als Unsicherheit mit. »Sie glauben, es könnte zu einer Konfrontation kommen? Der Präsident wegen Amtsmißbrauchs angeklagt werden?«

»Sehen Sie sich doch Matthias an. Können Sie dann noch zweifeln? Wo hat es schon in den letzten dreißig Jahren einen Mann wie ihn gegeben?«

Michael ging langsam zum Schreibtisch zurück. Er ließ sich in den Stuhl sinken. »Setzen Sie sich, *Commander.*«

Decker ließ sich auf dem Sessel nieder. »Es sind hier ein paar unfreundliche Worte gefallen, ich meinerseits möchte mich dafür entschuldigen. Aber Sie müssen begreifen, daß wir recht haben.«

»Ich brauche mehr als das«, sagte Havelock. »Wir wissen, daß Sie Kopien von detaillierten Strategieplänen angefertigt haben, die der Nukleare Krisenausschuß entwickelt hat, Dokumente, die jede Einzelheit unserer eigenen Arsenale enthalten, ebenso unsere geheimdienstlichen Erkenntnisse über die Sowjets und die Chinesen. Sie haben diese im Laufe einiger Monate Matthias übergeben, aber wir haben nie verstanden, weshalb.«

»Aus dem denkbar einleuchtendsten Grund: weil unsere ganze Militärstrategie darauf basiert, auf Krisen zu reagieren, statt selber zu agieren! Aber wir dürfen unseren Feind nicht in dem Glauben lassen, wir würden nur reagieren. Er muß wissen, daß wir eine offensive Taktik verfolgen, die seine totale Vernichtung garantiert, falls er zu weit gehen sollte. Es wäre fatal, wenn wir uns auf eine rein defensive Strategie beschränken würden, Mr. Cross. Anthony Matthias begreift das, die anderen haben Angst, der Realität ins Auge zu sehen.«

»Und Sie haben ihm dabei geholfen, diesen Plan zu entwickeln?«

»Ich bin stolz darauf, sagen zu können, daß ich meinen Beitrag geleistet habe«, antwortete der Offizier. Seine Worte überschlugen sich beinahe. »Stunde um Stunde haben wir zusammengesessen und jede vorstellbare sowjetische und chinesische Reaktion berücksichtigt.«

»Wann trafen Sie sich?«

»Jeden Sonntag, und das über Wochen.« Deckers Stimme wurde leiser, zu seinem Eifer und seiner Verzweiflung kam jetzt die Vertraulichkeit. »Er hat mir klargemacht, wie geheim unsere Beziehung sein müßte; und deshalb fuhr ich immer in einem Mietwagen zu seiner Hütte in Westvirginia, wo wir uns ganz allein trafen.«

»Im Holzschuppen«, sagte Michael unwillkürlich.

»Sie kennen es also.«

»Ich bin schon dort gewesen.« Havelock schloß kurz die Augen; er kannte den ›Holzschuppen‹ nur zu gut. Dorthin zog sich Anton immer dann zurück, wenn er an den Memoiren arbeitete, wie er es nannte ... um seine Gedanken auf Band zu sprechen. »Gibt es noch etwas, *Commander?* Was Sie da schildern, ist sehr eindrucksvoll. Ich höre Ihnen aufmerksam zu.«

»Er ist ein wahrhaft brillanter Mann«, fuhr Decker in schwärmerischem Ton fort. »Die Tiefe seiner Erkenntnisse, sein Blick für die Realität sind wirklich bemerkenswert. Ein Staatsmann wie Anthony Matthias kann diese Nation in glorreiche Zeiten führen, damit wir den Platz in der Welt einnehmen, den Gott uns bestimmt hat. Ja, ich bekenne mich zu dem, was ich getan habe, und ich würde es wieder tun, weil ich ein Patriot bin. Ich liebe dieses Land ebenso, wie ich die Heilige Schrift liebe, und ich würde mein Leben für mein Vaterland opfern, im Wissen, daß ich meine Ehre behalten würde ... Es gibt wirklich keine andere Wahl, Mr. Cross. Wir haben recht. Greifen Sie zum Telefonhörer und rufen Sie Matthias an. Sagen Sie ihm, daß ich hier bin. Dann werde ich ihm die Wahrheit sagen. Erbärmliche Männer, die Götzenbilder verehren, sind aus ihren Löchern gekrochen und versuchen, ihn zu vernichten. Er wird sie zerstampfen ... mit unserer Hilfe.« Michael lehnte sich in seinem Sessel zurück. Er war müde wie noch nie zuvor. Die Sinnlosigkeit war vollkommen. »Mit unserer Hilfe«, wiederholte er.

»Ja, natürlich.«

Havelock schüttelte langsam den Kopf. »Sie scheinheiliger Dreckskerl!« sagte er.

»Was?«

»Sie haben schon richtig verstanden, Sie selbstgefälliger Hurensohn!« brüllte Michael, und seine Worte hallten wie Donner in dem vertäfelten Zimmer. Dann hielt er inne und schnaufte voller Wut. »Sie wollen, daß ich Matthias anrufe? Wie ich mir wünschte, Ihr verdammtes Gesicht sehen zu können, wenn Sie die Wahrheit erfahren.«

»Wovon reden Sie?«

»Matthias würde nicht wissen, wer Sie sind! Ebensowenig weiß er, wer der Präsident ist, wer die Staatssekretäre sind, mit denen er jeden Tag zusammenarbeitet ... Nicht einmal mich erkennt er, mich, der mit ihm seit über zwanzig Jahren befreundet ist und ihm näher stand als irgendein anderer Mensch.«

»Nein ... nein, Sie haben unrecht. Nein!«

»Ja, *Commander!* Er ist zerbrochen. Um es genauer zu sagen: Wir haben ihn zerbrochen! Dieser bemerkenswerte, scharfsinnige Geist ist nicht mehr! Matthias hat seinen Verstand verloren. Er konnte es nicht länger ertragen. Und, bei Gott, Sie haben das Ihre dazu beigetragen, indem Sie die wichtigsten militärischen Geheimnisse gestohlen haben. Aus tausend Fakten und hundert Strategien haben Sie die schrecklichste Waffe gemacht, die die Welt je gekannt hat: einen Plan für die globale Vernichtung.«

»Das habe ich nicht getan!«

»Zugegeben, nicht allein, aber Sie haben die Detailinformationen geliefert.«

»Wir haben doch nur diskutiert und mögliche Reaktionen des Gegners analysiert. Der endgültige Plan sollte seine Sache sein. Seine

Einsicht, seine Erkenntnisse waren brillant! Es gab nichts, das er nicht begreifen konnte.«

»Er war geistig schon fast nicht mehr zurechnungsfähig. Er wollte Ihnen dieses Bild von sich vermitteln und war immer noch überzeugend genug, um das zu bewirken.«

»Er hat an eine Wahrheit appelliert, an die ich glaube. Wir müssen stark sein!«

»Kein vernünftiger Mensch würde dagegen etwas einzuwenden haben, aber mit Ihrer Strategie der Stärke treiben Sie die Welt in ein Chaos.«

»Wer sind Sie? Was sind Sie?«

»Ein Student der Geschichte, der den falschen Weg gegangen ist. Auf mich kommt es nicht an – aber auf Sie. Alle Details, die Sie Matthias geliefert haben, werden möglicherweise in die Hände der Sowjets gelangen, *Commander,* weil der Außenminister geistesgestört ist.«

Decker erhob sich langsam von seinem Stuhl. »Ich glaube Ihnen nicht«, sagte er.

»Warum bin ich dann hier? Meinen Sie etwa, daß jemand, der auch nur einen Funken Verstand besitzt, so etwas grundlos behaupten würde? Haben Sie überhaupt eine Vorstellung davon, was es für dieses Land bedeutet zu wissen, daß der hervorragendste Außenpolitiker, den die Vereinigten Staaten je hatten, seinen Verstand verloren hat?«

Decker sah auf Havelock hinunter, bis er den Blick nicht länger ertragen konnte und sich abwandte. »Sie haben mich hereingelegt. Sie haben mich dazu gebracht, Dinge auszusprechen, die ich nie verraten hätte.«

»Das ist meine Aufgabe.«

»Für mich ist alles vorbei. Ich bin erledigt.«

»Vielleicht nicht. In diesem Augenblick, möchte ich annehmen, sind Sie das geringete Sicherheitsrisiko im ganzen Pentagon. Sie haben sich von einem Geisteskranken verführen lassen, sind ein gebranntes Kind. Den Schmerz werden Sie nie vergessen. Niemand weiß besser als ich, wie überzeugend Matthias sein konnte ... Wenn ich jetzt dafür sorgte, daß man Sie in Leavenworth einbuchtet, würde das nur unerwünschte Fragen auslösen. Wir wissen nicht, wer unser Gegner ist; vielleicht können Sie helfen.«

Decker drehte sich herum. Sein Gesicht war aschfahl, und jede Spur von Arroganz war verschwunden. »Ich werde tun, was ich kann.«

Michael erhob sich, ging um den Schreibtisch herum und sah den Offizier an. »Zunächst einmal darf nichts von dem, was ich Ihnen gesagt habe, nach außen dringen.«

»Mein Gott, natürlich nicht.«

»Nein, natürlich nicht. Damit würden Sie sich selbst an den Strick liefern.«

Havelock starrte geistesabwesend auf ein Bild an der Wand und sagte: »Ich will noch einmal raten, *Commander*. Es kam die Zeit, wo Matthias Sie nicht mehr sehen wollte, habe ich recht?«

»Ja. Ich habe wiederholt angerufen – nicht im Außenministerium natürlich –, aber er hat meine Anrufe nie erwidert.«

»Nicht im Außenministerium?« fragte Michael und drehte sich herum. »Aber Sie haben doch dort angerufen. So bin ich ja auf Ihren Namen gestoßen.«

»Nur dreimal. Zweimal, um zu berichten, daß Sonntagskonferenzen im Pentagon anberaumt waren, und einmal, um ihm mitzuteilen, daß ich an einem Freitag wegen einer Behandlung ins Krankenhaus mußte und damit rechnete, bis Dienstag oder Mittwoch bleiben zu müssen. Er gab sich sehr besorgt. Bei dieser Gelegenheit sagte er mir auch, ich sollte ihn nie wieder im State Department anrufen.«

»Dann haben Sie die Hütte angerufen?«

»Und sein Haus in Georgetown.«

»Das war später?«

»Ja. Ich habe Abend für Abend angerufen, aber er ging nicht ans Telefon. Versuchen Sie bitte zu verstehen, Mr. Cross; mir war bewußt, was ich getan hatte, auch, daß es etwas Ungeheuerliches war. Bis vor ein paar Minuten habe ich mein Verhalten nie bereut, ich kann nichts an dem ändern, was ich glaube, das sitzt ganz tief in mir. Damals allerdings – vor fünf oder sechs Monaten – war ich verwirrt, vielleicht sogar verängstigt, ich weiß es nicht. Man hatte mich allein gelassen . . .«

»Das waren Entzugssymptome«, unterbrach ihn Havelock. »Plötzlich war Anthony Matthias Ihnen nicht mehr zugänglich.«

»Ja, das ist es. Ohne daß ich wußte weshalb, war meine Verbindung zu einem großartigen Mann plötzlich abgeschnitten. Ich dachte, ich hätte ihn vielleicht verärgert, oder eine Information, die ich ihm gebracht hatte, wäre lückenhaft gewesen. Anders konnte ich mir seinen Rückzug nicht erklären. Ich wußte nur, daß ich abgeschnitten war.«

»Ich verstehe«, sagte Michael und erinnerte sich ganz deutlich an die Nacht in Cagnes-sur-Mer, als sein *přítel* fünftausend Meilen entfernt nicht ans Telefon kam. »Es überrascht mich, daß Sie keine Aufklärung erzwungen haben, ihn nicht irgendwo, irgendwie gestellt haben.«

»Das war nicht nötig. Ich bekam die Erklärung schließlich.«

»Was?«

»Eines Abends, ich hatte wieder einmal vergeblich versucht, ihn zu erreichen, rief mich ein Mann zurück, ein sehr seltsamer Mann . . .«

Das lange Schrillen des Telefons riß sie aus ihrem konzentrierten Gespräch. Havelock rannte ans Telefon.

»Hier Loring«, sagte eine schwache, angespannte Stimme. »Ich bin verletzt, man hat mich angeschossen.«

»Wo sind Sie?«

»In einem Motel am Highway Drei-Siebzehn, in der Nähe von Harrington. Im ›Pheasant Run Motel‹. Zimmer zwölf.«

»Ich schicke einen Arzt.«

»Einen sehr speziellen Arzt, Havelock. Nehmen Sie den Flugplatz in Denton.«

»Was meinen Sie damit?«

»Ich mußte dort weg. Ich hab' mir einen Polizeiwagen geschnappt . . .«

»Einen Polizei . . .? Warum?«

»Das erzähle ich Ihnen später. Ich brauche einen speziellen Arzt mit einer Tasche voller Spritzen.«

»Um Himmels willen, reden Sie doch, Charley!«

»Ich hab' einen von diesen Schweinehunden. Ich hab' ihn nackt auf das Bett gefesselt.«

Von Lorings Anruf alarmiert, führte Michael ein Telefonat nach dem anderen und erteilte Anweisungen, während Decker wie erstarrt auf der anderen Seite des Schreibtisches stand und ihn beobachtete. Der Präsident wurde informiert und ein sehr spezieller Arzt ausfindig gemacht, der per Helikopter nach Maryland fliegen sollte, begleitet von einer Einsatzgruppe des Geheimdienstes. Ein zweiter Helikopter würde auf dem zehn Kilometer entfernten Flugplatz in Quantico auf Michael warten; die Geheimdienstler, die Decker nach »Steril Fünf« eskortiert hatten, würden ihn dorthin bringen. Zuletzt rief Havelock Jenna Karras an, die sich seit Deckers Eintreffen im ersten Stock aufgehalten hatte.

»Ich muß weg. Zu Loring. Er ist verwundet, aber er hat vielleich einen ›Reisenden‹ geschnappt – frage mich nicht, wie . . . Und du hast recht gehabt. Eine Quelle. Er ist hier und hat noch mehr zu sagen; bitte komm herunter und nimm seine Aussagen auf. Ich muß weg. Danke.«

Michael stand auf und sagte zu dem verängstigten Marineoffizier: »Gleich erscheint hier eine Frau, und ich befehle Ihnen, *Commander,* ihr alle Fragen vollständig zu beantworten. Ihre Eskorte wird in etwa zwanzig Minuten wieder hier sein. Wenn Sie fertig sind, können Sie gehen – aber nur, wenn sie einverstanden ist. Sobald Sie Ihr Haus erreicht haben, dürfen Sie es unter keinen Umständen verlassen. Man wird Sie beobachten.«

»Ja, Mr. Cross.«

Havelock nahm sein Jackett von der Stuhllehne und ging zur Tür. Er öffnete sie und drehte sich noch einmal zu Decker herum.

»Übrigens, sie heißt Mrs. Cross.«

Sämtlicher Verkehr wurde umgeleitet, als kurz nacheinander die zwei Helikopter mit knatternden Rotoren auf dem kleinen Privatflugplatz in Denton, Maryland, landeten, die Maschine vom Bethesda-Marine-Hospital elf Minuten vor dem Hubschrauber aus Quantico. Havelock rannte quer über das Flugfeld zu dem Wagen, den man von Annapolis herübergeschickt hatte. Der Fahrer, ein junger Fähnrich, hatte den Ruf, die Straße am Ostufer der Chesapeake-Bay wie seine Hosentasche zu kennen. Weiter war er nicht informiert. Niemand sonst wußte etwas, nicht einmal der Arzt, der Anweisung hatte, zuerst Charley Loring zu versorgen und sich erst nach dem Eintreffen von Havelock um Lorings Gefangenen zu kümmern. Zwei Streifenwagen der Staatspolizei waren zum ›Pheasant Run Motel‹ geschickt worden; sie würden ihre Anweisungen vom Geheimdienst bekommen.

Der Motelkomplex neben dem Highway bestand aus einer Reihe heruntergekommener Holzhütten. Die Wagen der Gäste parkten auf kleinen Kiesplätzen hinter den Häusern, so daß man sie von der Hauptstraße aus nicht sehen konnte. Kein Zufall also, daß Loring sich gerade hier einquartiert hatte. Ein Mann, der Schmerzen hatte und sein Wunden verbarg, ein Mann ohne Gepäck, aber mit einem Gefangenen, den er unauffällig in ein Versteck schaffen wollte, konnte sich schlecht in einem zweistöckigen, hellerleuchteten ›Howard Johnson's Motel‹ eintragen.

Havelock dankte dem Fähnrich und sagte ihm, er solle nach Annapolis zurückkehren, wobei er ihm einschärfte, daß die augenblickliche Situation strengste Geheimhaltung erforderte.

Ein FBI-Beamter mit einer silbernen Plakette in der Hand hielt Michael auf, als der an den Hütten entlangeilte und Nummer 12 suchte.

»›Steril Fünf‹«, sagte Havelock, dem die zwei Wagen von der Staatspolizei auffielen, die links von ihm in der Dunkelheit parkten.

»Diese Richtung«, sagte der Mann und führte Michael zwischen zwei Hütten hindurch zum hinteren Teil des Motelgeländes. »Da ist Nummer zwölf«, sagte der FBI-Mann und wies auf die Tür der kleinen Hütte. »Ich warte hier draußen«, fügte er hinzu.

Havelock versuchte, den Türknopf zu drehen; er war versperrt, also klopfte er.

»Wer ist da?« hallte es von drinnen.

»›Steril Fünf‹«, erwiderte Michael.

Ein untersetzter, rothaariger Mann Mitte Dreißig öffnete die Tür. Er trug kein Jackett und hatte die Ärmel hochgerollt. Seine Augen blickten wachsam. »Havelock?«

»Richtig.«

»Taylor ist mein Name. Kommen Sie rein, wir müssen uns beeilen.«

Michael betrat den verdreckt wirkenden Raum mit der schmutzigen Tapete, und der Arzt schloß die Tür. Auf dem Bett lag ein nackter Mann mit gespreizten Armen und Beinen, die blutigen Hände und Füße an das Bettgestell gefesselt. Eine gestreifte blaue Krawatte war ihm um den Mund gebunden und hinderte ihn am Schreien, seine Augen waren geweitet und zeigten zugleich Wut und Angst.

»Wo ist . . .?«

Taylor deutete auf das andere Ende des Raumes, wo Charlesy Loring auf dem Boden lag, den Kopf auf einem Kissen und mit einer Decke bedeckt. Er hatte die Augen nur halb geöffnet. Havelock wollte über den schmutzigen grauen Teppich zu ihm gehen, aber der Arzt hinderte ihn daran.

»Das ist es, worüber wir sprechen müssen. Ich weiß nicht, was hier vorgeht. Ich weiß nur, daß ich die Verantwortung für das Leben dieses Mannes ablehnen muß. Er hätte schon längst operiert werden müssen. Drücke ich mich klar aus?«

»Wir schaffen ihn ins Krankenhaus, sobald es geht, aber nicht jetzt gleich«, sagte Michael und schüttelte den Kopf. »Ich muß ihm Fragen stellen. Er ist der einzige Mensch, der mir die Information liefern kann, die ich brauche. Alle anderen sind tot.«

»Ich mag Sie nicht«, sagte Taylor und zog seine Hand zurück, als ob er etwas Ekelhaftes berührt hätte.

»Sie schätzen mich falsch ein, Doktor. Ich mag *ihn* nämlich. Ich will es so schnell und so leise wie möglich machen ... Er würde es auch so wollen, darauf gebe ich Ihnen mein Wort.«

»Ich muß Ihnen wohl glauben. Ich konnte ihn vor zehn Minuten auch nicht überzeugen, sich ins Hospital fahren zu lassen.«

Michael ging zu Loring hinüber, kniete neben ihm nieder und beugte sich über das Gesicht des Verwundeten. »Charley, ich bin's, Havelock. Hören Sie mich?«

Loring öffnete die Augen weiter, seine Lippen zitterten, er mühte sich ab, die Worte zu bilden. Schließlich flüsterte er stockend: »Ja, höre ... Sie ... gut.«

»Ich werde Ihnen sagen, was ich erfahren habe. Es ist verdammt wenig. Nicken Sie, wenn ich auf der richtigen Spur bin, und schütteln Sie den Kopf, wenn ich mich irre. Okay?« Der *Cons-Op*-Agent nickte, und Michael fuhr fort: »Ich habe mit der Polizei gesprochen. So wie sie es darstellt, hat ein Ambulanzwagen den Schwerverletzten eines Verkehrsunfalls mit seiner Frau eingeliefert, und Randolph, ein weiterer Arzt und eine Schwester waren dabei, ihn zu säubern und zu untersuchen.«

Loring schüttelte den Kopf, aber Havelock fuhr fort: »Lassen Sie mich zu Ende erzählen, dann komme ich darauf zurück. Sie waren noch keine fünf Minuten drinnen, als zwei Polizisten in die Notaufnahme stürmten und mit unseren beiden ›Apatschen‹ sprachen. Keiner weiß, was sie geredet haben; man hat sie jedenfalls in den Untersuchungsraum gelassen.« Wieder schüttelte Loring den Kopf. »Ein paar Minuten später rannte ein dritter Mann – ich nehme an, das waren Sie – durch die Tür der Notaufnahme, und dann ging die Schießerei los.«

Loring nickte.

»Die Angestellten hörten Schüsse«, erzählte Havelock weiter, »fünf oder sechs. Die meisten sind nach draußen geflüchtet, andere haben sich in den Korridoren und hinter verschlossenen Türen versteckt. Als die Schießerei aufhörte, sah jemand draußen, wie Sie und einer der Polizisten die Rampe herunterrannten – Sie nach vorn gebeugt, mit einer Waffe in der Hand, der Beamte blutete, er hinkte und hielt sich den Arm. Sie zwangen ihn, in den Streifenwagen zu steigen, und fuhren weg. Die Polizei hat versucht herauszufinden, wer der andere Beamte war, aber man hatte den meisten Leichen alle Papiere weggenommen, nicht allen.« Loring schüttelte heftig den Kopf, als Michael ihn an der Schulter berührte. »Ganz ruhig; wir kommen darauf ... Ich brauche Ihnen nicht zu sagen, daß sonst alle tot sind: Randolph, der andere Arzt, die Schwester, das Unfallopfer, seine Frau und unsere beiden Männer. Man fand zwei automatische Waffen mit Schalldämpfern; sie sind noch dabei, die Patronen zu zählen. Über das hinaus, was ich Ihnen jetzt geschildert habe, weiß niemand, was geschehen ist ... So, und jetzt zu den Punkten, mit denen Sie nicht einverstanden waren.« Havelock kniff die Augen zusammen, versuchte sich zu erinnern.

»Der Verkehrsunfall.«

Loring schüttelte den Kopf. »Kein Unfall«, flüsterte er.

»Warum nicht?«

»Das waren keine Polizisten.«

Michael blickte zu dem nackten Mann hinüber, der ans Bett geschnallt war, und auf die zerknüllte Uniform am Boden. »Natürlich waren das keine echten Bullen gewesen. Und der Streifenwagen war auch eine Tarnung. Das hätte ich wissen müssen; anders hätten sie das nie geschafft.«

Der verwundete Agent nickte, seine Hand kam unter der Decke hervor und winkte Havelock näher zu sich heran. »Der Mann und die Frau ... aus dem Ambulanzwagen. Der Unfall. Irgendwelche Papiere?«

»Nein.«

»Und die Polizisten ... auch keine Papiere. Richtig?«

»Richtig.«

»Der Unfall«, flüsterte Loring und hielt inne, um Luft zu holen. »Mann verletzt ... eine Frau, die nicht von seiner Seite weichen will. Sie kommen herein ... ein Zimmer ... Arzt, Schwester ... Randolph. Sie haben ihn.«

»Woher konnten sie wissen, daß Randolph dort sein würde?«

»Unwichtig. Sonst hätten sie dem Arzt ... oder der Schwester ... befohlen, ihn zu rufen ... sie mit einer Waffe bedroht.«

»Und die Polizisten?«

»Hatten es eilig ... rannten wie der Teufel ... sind geschickt worden, um alles umzunieten ...«

»Wie kommen Sie darauf?«

»Sie ließen die Türen des Streifenwagens offenstehen, liefen komisch ... Das wirkte unnatürlich ... ›Apatsche‹ sagte ... der Verkehrsunfall ... ein Bonze von der Mafia ... und die Bullen wollten ihn verhören. Wenn er ein Mafioso war, hätten die zehn Fahrzeuge geschickt, nicht eines.« Loring keuchte, hustete, Blut tropfte ihm aus den Mundwinkeln.

»Um Himmels willen«, sagte Taylor zornig, der hinter Havelock stand. »Warum jagen Sie ihm nicht gleich eine Kugel in den Kopf?«

»Warum eigentlich jage ich Ihnen keine Kugel in den Kopf?« Michael beugte sich wieder zu Loring hinunter. »Warum, glauben Sie, Charley, hat man das Killerkommando geschickt?«

»Ich weiß es nicht. Vielleicht hat man mich entdeckt, vielleicht bin ich wieder an allem schuld.«

»Das glaube ich nicht.«

»Seien Sie nicht so verdammt nett, das kann ich nicht ertragen ... Wahrscheinlich bin ich tatsächlich wieder schuld. Ich werde alt.«

»Quatsch! Gar nichts haben Sie verpatzt. Sie haben uns einen gebracht, Charley.«

Loring versuchte, die Schultern anzuheben, aber Michael drückte ihn sachte wieder hinunter. »Eines interessiert mich, Havelock. Sie haben heute morgen über Shippers gesagt, er sei vor langer Zeit programmiert worden. Ist etwa dieser Schweinehund dort drüben ein ... ›Reisender‹?«

»Ich denke schon.«

»Verdammt ... vielleicht bin ich doch noch nicht so senil.«

Michael richtete sich auf und wandte sich dem Arzt zu. »So, Taylor. Jetzt gehört er Ihnen. Schaffen Sie ihn zum Flugplatz, und sorgen Sie dafür, daß man ihn auf schnellstem Wege nach Bethesda bringt ... Schnappen Sie sich das Telefon dort hinten und erklären Sie den Herrschaften dort, daß das Weiße Haus Wert darauf legt, daß sich die besten Chirurgen des Krankenhauses bereithalten und auf diesen Mann warten.«

»Ja, *Sir«*, sagte der Arzt sarkastisch. »Sonst noch etwas, *Sir?«*

»O ja, Herr Doktor. Halten Sie Ihre Zaubertasche bereit, Sie werden jetzt gleich an die Arbeit gehen müssen.«

Loring wurde von zwei bereitstehenden Arzthelfern auf einer Bahre hinausgetragen. Taylor erteilte seine Anweisungen, während der verwundete *Cons-Op*-Agent weggebracht wurde.

»Fangen wir jetzt an?« wandte Taylor sich schließlich an Havelock.

»Was machen die Wunden?« fragte Michael und blickte auf den mit Heftpflaster beklebten, blutüberströmten rechten Arm und den linken Fuß des nackten Mannes herunter.

»Ihr Freund hat einen Verband angelegt, wo es erforderlich war, und ich habe noch kleinere Verletzungen mit Heftpflaster versorgt; die Blutung hat aufgehört. Außerdem hat der andere verdammt gut gezielt. Die Knochen sind zersplittert, aber abgesehen vom Schmerz ist es nichts Bedrohliches. Ich hab' ihm ein paar Spritzen gegeben, um ihn schmerzfrei zu halten, damit sein Kopf klar wird.«

»Werden die Chemikalien stören?«

»Dann hätte ich ihm die Spritzen nicht gegeben.«

»Dann stechen Sie ihn an, Doktor. Ich kann keine Zeit mehr vergeuden.«

Taylor ging zu seiner großen schwarzen Ledertasche, die offen auf einem Tisch am Fenster stand, holte drei Ampullen und drei Spritzen heraus und trug sie in beiden Händen zurück. Er legte sie am Schenkel des nackten Mannes auf den Bettrand. Der Gefangene hob den Kopf, seine Gesichtszüge waren verzerrt, die Augen glasig. Er war der Hysterie nahe. Plötzlich begann er sich wild in seinen Fesseln zu winden, und aus seiner Kehle drang ein halb ersticktes, tierähnliches Heulen. Dann hielt er inne. Der Schmerz in seinem rechten Arm wurde übermächtig. Er schnappte nach Luft und starrte zur Decke. Dann hörte er plötzlich zu atmen auf, hielt die Luft in den Lungen, und sein Gesicht wurde jeden Augenblick roter, die Augen quollen aus den Höhlen.

»Was, zum Teufel . . .?«

»Aus dem Weg!« schrie Havelock und stieß den Arzt beiseite. Mit geballter Faust schlug er auf den entblößten Brustkorb des Killers. Der gestaute Atem explodierte förmlich aus dem geknebelten Mund des ›Reisenden‹. Seine Augen traten in die Höhlen zurück, seine Haut nahm wieder normale Farbe an.

»Herrgott!« sagte Taylor und sprang vor, um die Ampullen festzuhalten, die sonst zu Boden gefallen wären. »Was war das?«

»Sie haben es hier mit einem für Sie vielleicht völlig neuen Phänomen zu tun, Doktor. Die sind wie Roboter programmiert, töten jeden, den man ihnen zu töten befiehlt . . . ohne jegliches Gefühl, ohne irgendeine Überlegung.«

»Dann wird er nicht verhandeln. Ich dachte, das würde er vielleicht, wenn er die Spritzen sieht.«

»Niemals. Er würde uns hinhalten, uns jede nur erdenkbare Lüge auftischen, und die haben eine verdammt gute Phantasie. Darin sind sie Meister . . . Fangen wir an, Doktor.«

»Wie wollen Sie vorgehen? In Stufen oder gleich mit dem Maximum? Das ist der schnellste Weg, aber er ist auch riskant.«

»Was kann schlimmstenfalls passieren?«

»Zusammenhangloses Gerede.«

»Das riskiere ich. Sorgen Sie nur dafür, daß er nicht in irgendein Muster fällt, das vielleicht programmierte Reaktionen auslöst.«

»So funktioniert das nicht ganz. Die erste Reaktion ist, daß die Assoziationen gestört sind. Der Schlüssel besteht darin, bestimmte Worte ...«

»Sie sagen alles, was ich hören will, Doktor, und Sie verschwenden Zeit.«

»Glauben Sie?« Mit der Schnelligkeit eines Chirurgen, der eine plötzliche innere Blutung stillt, brach Taylor einer Ampulle den Hals ab, schob die Spritze hinein, zog den Kolben zurück und trieb sie dem ›Reisenden‹ in den Schenkel, ehe der Gefesselte auch nur wußte, was ihm geschah. Der Killer zuckte, zerrte an den Gurten. Er wälzte sich hin und her, und sein ersticktes Brüllen erfüllte den Raum. »Je mehr er um sich schlägt, desto schneller wirkt es«, sagte Taylor und preßte seine Hand gegen den Hals des Mannes, an dem die Venen dick hervortraten. »Nur noch eine Minute.«

Michael sah zu, fasziniert und gleichzeitig abgestoßen. So reagierte er jedesmal, wenn er die Wirkung dieser Chemikalien an einem Menschen beobachtete. Er mußte sich daran erinnern, daß dieser Killer vor weniger als drei Stunden unschuldige Menschen brutal erschossen hatte: zwei Geheimpolizisten, einen jungen Arzt, eine noch jüngere Krankenschwester ... und einen Mann namens Randolph, dessen einziges Verbrechen darin bestanden hatte, daß er versucht hatte, schreckliches Unrecht auszugleichen.

Wie sinnlos doch alles war.

»Jetzt ist er gleich soweit«, sagte Taylor, der die glasig wirkenden, halb geschlossenen Augen des Gefangenen studierte. Seine Bewegungen waren jetzt schwächer geworden, wirkten unkoordiniert und waren von leisen, kehligen Lauten begleitet.

»Ihre Arbeit muß Ihnen Spaß machen, Doktor.«

»Ich war schon immer ein neugieriger Junge«, antwortete der rothaarige Mann und entfernte vorsichtig die gestreifte Krawatte vom Mund des ›Reisenden‹.

Havelock beugte sich über das Bett, als Taylor zurücktrat. »Kann ich anfangen?« fragte er.

»Reden Sie ruhig. Jetzt ist es Ihr Kreuzworträtsel.«

»Befehle«, begann Michael, mit der Hand am Kopfteil des Bettes, die Lippen ganz dicht an den Ohren des Mannes, die Stimme fest, gleichmäßig, leise. »Befehle, Befehle, Befehle. Keiner von uns darf sich ohne Befehl bewegen! Aber wir müssen sicher sein, dürfen keinen Fehler machen. Wer kann unsere Befehle jetzt klären?«

Der Kopf des Killers bewegte sich hin und her, sein Mund öffnete und schloß sich, aber kein Laut kam hervor.

»Das ist ein Notfall«, fuhr Havelock fort. »Jeder weiß, daß es ein Notfall ist . . . Wir müssen uns beeilen, beeilen . . . beeilen.«

»Beeilen. Beeilen.« Jetzt war das Flüstern zu hören, tastend, unsicher.

»Aber wie können wir sicher sein?« fragte Michael. »Wir müssen sicher sein.«

»Der Flug . . . ein glatter Flug. Wir haben es zweimal gehört. Mehr brauchen wir nicht zu wissen. Der Flug . . . glatt.«

»Natürlich. Ein glatter Flug. Jetzt ist alles gut. Wir können uns beeilen . . . Und jetzt wollen wir uns treiben lassen. Entspannen Sie sich. Schlafen Sie.«

»Sehr gut«, sagte der Arzt auf der anderen Seite des schwachbeleuchteten, schäbigen Zimmers. »Sie haben ihn ganz schnell auf der richtigen Spur gehabt. Das war eine Reaktion.«

»Es war nicht schwierig«, erwiderte Havelock und erhob sich vom Bett. »Sein Befehl lautete zu töten – ein gefährlicher Befehl –, also war es wichtig, daß er freigegeben wurde. Sie haben es gerade gehört.«

»Der Code war ›glatter Flug‹. Jetzt sind Sie Ihrem Ziel näher.«

»Und Sie sind kein Amateur, Doktor. Holen Sie mir einen Stuhl, ja?« Taylor trug einen Stuhl mit gerader Lehne zum Bett. Michael setzte sich, der Stuhl war wackelig, erfüllte aber seinen Zweck. Er beugte sich vor, die Arme auf dem Bettrand, und sprach wieder zu dem gefesselten Mann. »Wir haben einen glatten Flug . . . einen glatten Flug . . . einen sehr glatten Flug! Töten Sie Ihren Partner!«

Der Kopf des Mannes fuhr nach rechts herum, seine Augen blinzelten, seine Lippen bewegten sich – Protest ohne ein Geräusch.

»Sie haben gehört, was ich gesagt habe!« schrie Havelock ihn an. »Wir haben einen glatten Flug, also *töten* Sie ihn!«

»Was . . .? Warum?« Die geflüsterten Worte klangen kehlig.

»Sind Sie verheiratet? Sagen Sie, da wir einen glatten Flug haben, sind Sie verheiratet?«

»Ja . . . ja, verheiratet.«

»Töten Sie Ihre Frau!«

»Warum?«

»Wir sind auf einem glatten Flug! Wie können Sie sich *weigern?*«

»Warum . . . warum?«

»Töten Sie Ihren Partner! Töten Sie Ihre Frau! Haben Sie Kinder?«

»Nein!« Die Augen des ›Reisenden‹ weiteten sich. »Das können Sie nicht verlangen . . . niemals.«

»Ich verlange es aber! Ein glatter Flug! Was brauchen Sie mehr?«

»Die Freigabe. Ich verlange Freigabe! Ich . . . ich muß sie haben!«

»Von wem? Ich habe es Ihnen doch schon gesagt, wir haben einen glatten Flug! Das ist es!«

»Bitte! Ich . . . Töten Sie mich! Ich bin . . . verwirrt!«

»Warum? Sie haben meine Befehle gehört, ebenso wie Sie die Befehle für den heutigen Tag gehört haben. Habe ich Ihnen je Befehle gegeben?«

»Nein.«

»Nein? Wer dann?«

»Die Reise . . . der glatte Flug. Die . . . Kontrolle.«

»Die Kontrolle?«

»Die Quelle.«

»Die Quellenkontrolle! Ihre Quellenkontrolle. Ich bin Ihre Quellenkontrolle! Töten Sie Ihren Partner! Töten Sie Ihre Frau! Töten Sie die Kinder! Alle Kinder!«

»Ich . . . Sie können mich nicht bitten. Bitte bitten Sie mich nicht.«

»Ich bitte Sie nicht, ich verlange es, ich gebe Befehle! Wollen Sie schlafen?«

»Ja.«

»Sie können nicht schlafen!« Michael drehte den Kopf herum und sprach mit leiser, kaum hörbarer Stimme zu Taylor. »Wie lange hält die Dosis?«

»So forsch, wie Sie rangehen, die Hälfte der normalen Zeit. Höchstens noch zehn Minuten.«

»Bereiten Sie die nächste Spritze vor. Ich nehme ihn hoch.«

»Dann geht er in die Luft.«

»Er wird schon wieder herunterkommen.«

»Sie sind der Arzt«, sagte der Arzt.

»Ich bin Ihre Quellenkontrolle!« schrie Havelock und beugte sich über das Gesicht des ›Reisenden‹. »Sie haben niemand anderen, *paminjatschik!* Sie werden tun, was ich sage, und Ihren Partner töten, Ihre Frau, die Kinder . . .«

»Ahhhh . . .!« Der Schrei war in die Länge gezogen.

»Ich habe erst angefangen . . .«

Die Minuten dehnten sich, und der gefesselte, narkotisierte Killer trieb immer tiefer in die Hysterie hinein. Sein Körper bäumte sich auf, und sein Gesicht verzerrte sich, sein Bewußtsein war wie ein Labyrinth, wie ein Spiegelsaal des Schreckens, in dem ihm ein Opfer nach dem anderen abgefordert wurde, in dem er Schmerzen litt und aus dem es kein Entrinnen gab.

»Jetzt«, sagte Havelock zu dem Arzt, der neben ihm stand.

Taylor stieß die Nadel der Spritze in den Arm; die Reaktion setzte Sekunden später ein, und die eine Droge beschleunigte die Wirkung der anderen. Die Schreie gingen in tierisches Röcheln über, Speichel floß aus dem Mund des Killers, seine einzige Antwort auf die Gewalt war Gewalt.

»Sie müssen es mir geben!« brüllte Michael, »es mir beweisen! Sonst werden Sie mit allen anderen getötet! Partner, Frau, Kinder ... sie alle sterben, wenn Sie es mir nicht beweisen können – jetzt, in diesem Augenblick! Wie lautet der Code für Ihre Quellenkontrolle?«

»›Hammer-Null-Zwo‹! Das wissen Sie doch!«

»Ja, natürlich. Und jetzt sagen Sie mir, wo man mich erreichen kann – und lügen Sie nicht.«

»Ich weiß nicht ... ich weiß es nicht! Man ruft mich ... Uns alle ruft man an.«

»Wie erreichen Sie mich, wenn Sie Freigabe wollen, wenn Sie eine Information haben, die weitergeleitet werden muß.«

»Dann erzählen wir ihnen ... Wir alle tun das.«

»Wem?«

»Orphan. Wir melden es .. Orphan.«

»Orphan?«

»Sechsundneunzig.«

»Orphan sechsundneunzig? Wo ist er? Wo?«

»O ... r ... p ... h ...« Der letzte Schrei war erschütternd. Der ›Reisende‹ warf sich mit seiner ganzen Kraft und seinem ganzen Gewicht gegen die Fesseln und zerriß einen Gürtel, jetzt war sein linker Arm frei. Er bäumte sich krampfartig auf und fiel bewußtlos nieder auf das Bett.

»Jetzt ist Schluß«, sagte Taylor und befühlte das Handgelenk des Gefangenen. »Sein Puls geht wie ein Dampfhammer. Er braucht jetzt acht Stunden, bis er wieder einen solchen Stoß verträgt. Tut mir leid ... Doktor.«

»Schon gut, Doktor«, sagte Michael, »es hätte schlimmer kommen können.«

»Sagen Sie«, fragte der rothaarige Arzt, »würde eine Quellenkontrolle ihm einen solchen Befehl erteilen? Seine Frau und seine Kinder zu töten, Menschen, die ihm so nahe stehen?«

»Niemals. Moskau würde das Risiko nicht eingehen. Diese Leute sind wie Roboter, aber in ihren Adern fließt Blut, nicht Öl. Sie werden dauernd überwacht, und wenn das KGB mit ihnen Schluß machen will, schickt man ein Erschießungskommando. Eine normale Familie gehört mit zur Tarnung, das ist zugleich ein zweites Druckmittel. Wenn ein Mann je in Versuchung gerät, dann weiß er, was passieren würde.«

»Sie haben das genauso eingesetzt, nicht wahr? Nur umgekehrt.«

»Ich bin nicht gerade stolz darauf, aber Sie haben recht.«

Michael sah zu, wie Taylor nach dem Telefon auf dem Nachttisch griff, um dem Bethesda-Hospital seine Anweisungen zu erteilen. Das Telefon! Orphan 96! »Augenblick!« schrie Havelock plötzlich.

»Was ist denn?«

»Lassen Sie mich an das Telefon.« Havelock hob den Hörer ab, wählte und sagte dabei laut vor sich ihn: »Orphan neun, sechs.«

»Vermittlung«, sagte die Frauenstimme am anderen Ende der Leitung.

»Was?«

»Ist das ein R-Gespräch oder läuft es über Kreditkarte?«

»Kreditkarte«. Michael starrte die Wand an und rief sich seine vom Außenministerium zugeteilte Nummer ins Gedächtnis. Er gab sie der Vermittlung und hörte gleich darauf das Klingeln.

»Guten Abend und vielen Dank, daß Sie das Voyagers Emporium angerufen haben. Wir bieten Gepäck für den anspruchsvollen Globetrotter. Wenn Sie bitte die Bestellnummern der gewünschten Artikel aus unserem Katalog nennen würden, werden Sie mit dem zuständigen Bearbeiter unseres Vierundzwanzig-Stunden-Service verbunden.«

Havelock legte den Hörer auf; er brauchte noch einen weiteren Code. Er würde ihn in einer Klinik finden. Er *mußte* ihn finden . . . um ›Ambiguity‹ zu demaskieren.

»Ist etwas?« fragte Taylor verwirrt.

»Das wird von Ihnen abhängen, Doktor. Haben Sie schon mal von Voyagers Emporium gehört? Ich kenne das Versandgeschäft nicht, aber ich habe meine Sachen auch jahrelang in Europa gekauft.«

»Das Voyagers? Sicher, die haben überall im Land Filialen. Das Voyager ist für Gepäck das, was Tiffany für Schmuck ist. Meine Frau hat bei denen eine Flugtasche gekauft, und ich kann Ihnen schwören, als die Rechnung kam, dachte ich, sie hätte aus Versehen einen Wagen bestellt. Die sind wirklich erste Klasse.«

»Und außerdem ist der Laden eine Einsatzzentrale des KGB, und damit werden Sie sich jetzt beschäftigen. Ich möchte, daß Sie mit unserem Globetrotter, den wir hier haben, in die Klinik gehen. Wir brauchen noch ein paar Nummern, nur noch einen Satz.«

Vor der Hütte waren schwere Schritte zu hören und dann ein lautes Klopfen an der Tür.

»Was ist denn?« fragte Havelock so laut, daß man es draußen hören konnte.

»›Steril Fünf‹, Sie werden gesucht. Dringender Anruf über die Polizeifrequenz. Sie sollen sofort zum Flugplatz gebracht werden.«

»Komme schon.« Havelock wandte sich wieder an Taylor. »Veranlassen Sie das Nötige. Bleiben Sie bei ihm. Ich melde mich wieder . . .«

Michael kletterte in die Kabine des Marine-Helikopters. Über ihm dröhnten die riesigen Rotorblätter. Der Pilot winkte ihn nach vorne.

»Hier ist ein Telefon«, schrie der Pilot. »Wenn Sie die Luke geschlossen haben, ist es leiser.«

Die schwere Metalltür schwang zu und dämpfte den Lärm. Havelock kauerte sich nieder und hielt sich den Telefonhörer ans rechte Ohr, während er die andere Hand an das linke Ohr preßte. Ein paarmal wurde er weiterverbunden, bis schließlich der Präsident der Vereinigten Staaten am Apparat war.

»Sie werden direkt zum Luftwaffenstützpunkt Andrews geflogen, um dort Arthur Pierce zu treffen.«

»Was ist passiert, *Sir?*«

»Er ist mit den Safespezialisten nach Poole's Island unterwegs, möchte aber zuerst mit Ihnen sprechen. Er hat Angst, und ich glaube nicht, daß er ein Mann ist, der leicht Angst bekommt.«

»Die Sowjets?«

»Ja. Er kann nicht sagen, ob sie ihm seine Geschichte abgekauft haben oder nicht. Sie haben ihm schweigend zugehört, gedankt und ihm die Tür gezeigt. Er glaubt, sie hätten in den letzten Stunden etwas Wichtiges erfahren, etwas, worüber sie nicht sprechen wollten, etwas, das alles hochgehen lassen könnte. Er hat sie gewarnt, keine voreiligen Schritte zu unternehmen, ohne vorher auf höchster Ebene Verbindung aufzunehmen.«

»Und was war die Antwort der Russen?«

»›Kümmern Sie sich um sich selbst‹, haben sie gesagt.«

»Die haben etwas. Pierce kennt seinen Feind.«

»Im allerschlimmsten Fall könnten wir gezwungen sein, Matthias vorzuführen . . . in der Hoffnung, damit einen Raketenabschuß zu verhindern, aber ohne Garantie dafür. Ich brauche Ihnen nicht zu sagen, was das bedeuten wird – wir wären dann eine Regierung von Aussätzigen, denen man nie wieder Vertrauen schenkt. Wenn es uns dann überhaupt noch gibt.«

»Was kann ich tun? Was will Pierce?«

»Alle Informationen, die Sie haben, alles, was Sie erfahren haben. Er versucht, etwas zu finden, irgend etwas, das er als Hebel benutzen kann. Jeder Tag, an dem es ihm gelingt, die Eskalation zu verhindern, ist ein Tag für Sie. Sie machen doch Fortschritte?«

»Ja, wir kennen jetzt die ›Ambiguity‹-Verbindung, wo er sendet und empfängt. Bis morgen vormittag sollten wir erfahren, wie er es macht und wen er dafür einsetzt. Und dann werden wir ihn finden.«

»Dann könnten Sie dicht an Parsifal dran sein.«

»Ich denke, ja.«

»Das will ich nicht hören! Ein klares Ja, sonst nichts.«

»Ja, *Mr. President.*«

»Gott sei Dank. Unterstützen Sie jetzt Pierce, so gut Sie können. Helfen Sie ihm!«

35

Die sich kreuzenden Start- und Landepisten waren von gelben Funklichtern gesäumt. Scheinwerferbalken stachen in die dichte Wolkendecke, während Patrouillenmaschinen in den Nachthimmel aufstiegen oder aus der Finsternis auf das hellerleuchtete Flugfeld herunterstießen. Andrews war eine ausgedehnte, abgeschirmte Militärstadt, und sowohl auf dem Flugplatz als auch ringsum herrschte rege Aktivität. Hier hatte das Oberkommando der US-Air Force sein Hauptquartier. Der Stützpunkt lag östlich des Potomac und westlich der Chesapeake Bay; seine Aufgabe war die Verteidigung des nordamerikanischen Kontinents.

Der Pilot des Marinehubschraubers wurde über Funk angewiesen, auf einer Rollbahn nördlich des Hauptfeldes niederzugehen. Scheinwerfer erfaßten ihn vierhundert Meter über dem Boden, dann leitete der Pilot die vertikale Landung ein. Unter den Instruktionen, die ihnen über Funk vom Kontrolltower übermittelt wurden, war auch eine Nachricht für Havelock.

Ein Jeep war bereit, um ihn zu einem Runway am südlichen Rand des Stützpunkts zu bringen.

Havelock kletterte aus der Luke und sprang zu Boden. Die feuchte Kühle der Luft wurde von den Rotorblättern noch verstärkt. Er klappte sich den Mantelkragen hoch und schaute sich nach dem Jeep um.

»Sir! Sir!« Der Ruf kam von links, hinter dem Heckleitwerk des Helikopters. Es war der Fahrer des Jeeps, der Wagen stand im Schatten und war bei dem blendenden Scheinwerferlicht des Flugplatzes kaum zu erkennen.

Havelock rannte hinüber, während der Sergeant hinter dem Steuer sich anschickte, den Wagen zu verlassen. »Lassen Sie nur«, sagte Michael und stieg ein. »Ich hab' Sie gar nicht gesehen.«

»So lauteten meine Instruktionen«, erklärte der Uniformierte. »Ich sollte mich so wenig wie möglich blicken lassen.«

»Warum?«

»Da müssen Sie den Mann fragen, der die Befehle erteilt hat, *Sir,* ich würde sagen, weil er vorsichtig ist, und da hier niemand einen Namen hat, stelle ich auch keine Fragen.«

Der Jeep schoß nach vorne und bog fünfzig Meter weiter in eine schmale Asphaltstraße, die in einem Kreis um die riesige Anlage verlief, vorbei an beleuchteten Gebäuden und Parkplätzen. Der Wind peitschte durch das offene Fahrzeug und drang durch Michaels Kleidung.

»Meinetwegen kann er sich Rumpelstilzchen nennen«, sagte Havelock, »Hauptsache, dort wo wir hinfahren, ist es wenigstens warm.«

»Tut mir leid«, erwiderte der Sergeant, »meine Anweisung lautet, Sie zu einer Landebahn am Südrand der Anlage zu bringen.«

Havelock verschränkte die Arme, blickte auf die Straße vor ihnen und fragte sich, weshalb der Staassekretär Pierce innerhalb einer militärischen Anlage so vorsichtig war. Es mußte irgendeinen Grund dafür geben. Nach allem, was er in der Akte des State Department über Arthur Pierce gelesen hatte, in Verbindung mit dem, was er selbst gewußt hatte, war der hohe Beamte ein intelligenter, redegewandter Vertreter der amerikanischen Interessen bei den Vereinten Nationen und in gleichem Maße bei anderen internationalen Konferenzen. Sein tiefes Mißtrauen gegenüber den Sowjets hatte er schon häufig demonstriert. Doch dieses Mißtrauen äußerte sich in schnellem, aggressivem Witz. Die Russen reagierten häufig mit hilfloser Wut, weil sie unfähig waren, ihre Gegenattacken mit gleicher Eleganz und Flexibilität vorzutragen, und nur den massiven Schlagabtausch kannten, mit der Folge, daß sie häufig ausmanövriert wurden. Vielleicht war die beste Empfehlung, die Pierce mitbrachte, die, daß Matthias persönlich ihn gefördert hatte, in einer Zeit, als Anton noch im Vollbesitz seiner geistigen Kräfte war. Das hervorragendste Merkmal dieses Mannes war in Havelocks Augen seine Selbstdisziplin, die so ziemlich jeder dem Staatssekretär zuschrieb, der eine schriftliche Beurteilung für seine Dienstakte geleistet hatte. Es war bekannt, daß er nie etwas sagte, wenn er nichts zu sagen hatte. Und daraus abgeleitet, dachte Michael, würde er nie etwas tun, wenn es dafür nicht einen triftigen Grund gab. Und er, Pierce, hatte sich dafür entschieden, sich mit ihm auf einem Runway zu treffen. Warum?

Der Fahrer bog nach links in eine Straße, die an einem riesigen Wartungshangar vorbeiführte und dann nach rechts an den Rand einer verlassenen Landebahn. In der Ferne, vom Scheinwerferlicht des Jeeps silhouettenhaft abgezeichnet, konnte man die Gestalt eines Mannes erkennen. Hinter ihm, vielleicht hundertfünfzig Meter entfernt, stand eine kleine Privatmaschine, deren Innen- und Außenbeleuchtung eingeschaltet war.

»Dort ist der Mann«, sagte der Sergeant und verlangsamte das Tempo. »Ich setze Sie hier ab und warte da hinten am Hangar. Schreien Sie einfach, wenn ich Sie holen soll.«

Der Jeep bremste zehn Meter vor Arthur Pierce. Havelock stieg aus und sah, wie der Staatssekretär, ein hochgewachsener, schlanker Mann in einem dunklen Mantel, mit langen, energischen Schritten auf ihn zuging. Michael lief ihm entgegen und bemerkte, daß Pierce den rechten Handschuh auszog.

»Mr. Havelock?« sagte der Diplomat mit ausgestreckter Hand, als der Jeep davonbrauste.

»Herr Staatssekretär?«

»Natürlich sind Sie das«, fuhr Pierce fort. Der Händedruck war fest. »Ich habe Ihr Foto gesehen. Offen gestanden, ich habe alles über Sie gelesen, was ich in die Finger bekommen konnte . . . ich denke, ich sollte das hinter mich bringen.«

»Was?«

»Nun, ich habe fast das Gefühl, daß ich ein wenig von Ehrfurcht ergriffen bin. Für einen erwachsenen Mann ist das natürlich eine ziemlich alberne Bemerkung. Aber Ihre Leistungen in einer Welt, von der ich nicht behaupten kann, daß ich sie verstehe, sind sehr eindrucksvoll.« Der Staatssekretär machte eine Pause und lächelte ein wenig verlegen. »Ich kann mir vorstellen, daß die exotische Natur Ihrer Arbeit häufig eine solche Reaktion hervorruft.«

»Ich wünschte, es wäre so; ich komme mir jetzt richtig bedeutend vor. Besonders, wenn man die Fehler bedenkt, die ich gemacht habe . . . ganz besonders in den letzten Monaten.«

»Das waren nicht Ihre Fehler.«

»Ich sollte Ihnen auch sagen«, fuhr Michael fort, ohne auf die Äußerung einzugehen, »daß ich auch über Sie eine ganze Menge gelesen habe. Es gibt im Außenministerium nicht viele Leute wie Sie. Anthony Matthias wußte schon, was er tat, als er Sie in die US-Delegation bei der UNO berief.«

»Unsere Beziehung zu Anthony Matthias ist etwas, das wir beide gemeinsam haben, nicht wahr? Ihr Kontakt zu ihm war zwar weit enger, aber auch ich habe das Privileg genossen – ich kann es nicht anders ausdrücken –, ihn so gekannt zu haben, wie ich ihn kannte. Es war die Phase in meinem Leben, in der ich den entscheidenden Sprung nach oben schaffte; er sorgte dafür, daß es so kam.«

»Ich glaube, das empfinden wir beide ganz ähnlich.«

»Als ich die Akten über Sie las, habe ich Sie beneidet; Sie ahnen wahrscheinlich gar nicht, wie sehr. Ich stand ihm nahe, aber ich konnte nie das sein, was Sie für ihn waren. Was müssen jene Jahre doch für eine außergewöhnliche Erfahrung gewesen sein.«

»Ja . . . das waren sie. Aber jetzt gibt es nichts dergleichen mehr für uns.«

»Ich weiß. Es ist unglaublich, was mit ihm passiert ist.«

»Es stimmt leider; ich habe ihn gesehen.«

»Ob man mich wohl zu ihm lassen wird? Sie wissen ja, daß ich nach Poole's Island unterwegs bin.«

»Tun Sie sich einen Gefallen. Verzichten Sie darauf. Es klingt abgedroschen, aber Sie sollten ihn so in Erinnerung behalten – ganz besonders ihn –, wie er war, nicht wie er jetzt ist.«

»Das bringt uns in die Gegenwart, nicht wahr.« Pierce schüttelte den Kopf. »Es sieht nicht gut aus. Ich glaube nicht, daß ich dem Präsidenten wirklich klarmachen konnte, wie nahe wir am Abgrund stehen.«

»Er hat es verstanden. Er hat mir erzählt, was die Russen Ihnen erwidert haben, als Sie sie warnten. ›Kümmern Sie sich um sich selbst‹, war es das nicht?«

»Ja. Wenn sie so direkt werden, kriege ich das Zittern. Sie schlagen nach Schatten, ein einziger kräftiger Stoß – und wir werden vernichtet. Sie kennen die Sowjets mindestens genausogut wie ich. Was lesen Sie daraus?«

»Dasselbe wie Sie. Understatement liegt denen nicht, sie pflegen dick aufzutragen. Wenn sie sich nicht mehr die Mühe machen zu drohen, drohen sie wirklich. Anstelle von Worten handeln sie dann.«

»Das ist es, was mir Angst einjagt. Wenn sie erst einmal konkrete

Beweise haben, nicht nur Andeutungen, daß Matthias mit China einen nuklearen Angriffspakt gegen die UdSSR geschlossen hat, werden sie nicht mehr zögern, den letzten Schritt zu tun.«

Havelock reagierte betroffen. »Sie glauben, daß sie so weit gehen werden?«

»Sie sind kurz davor. Das ist es, was sie so wild macht, diese Pakte, die ein Wahnsinniger ausgehandelt hat . . . mit anderen Wahnsinnigen.«

»Und jetzt ist die Aufregung abgeklungen. Sie verhalten sich still und weisen Ihnen die Tür. Sie warnen Sie und sagen Ihnen, daß wir uns um uns selbst kümmern sollten. Ich habe auch Angst, Mr. Pierce.«

»Dann wissen Sie, was ich denke?«

»Parsifal.«

»Ja.«

»Berquist hat gesagt, Sie meinten, die Sowjets hätten innerhalb der letzten achtzehn Stunden etwas erfahren. Ist es das?«

»Ich bin nicht sicher«, erwiderte Pierce, »aber irgend etwas ist passiert. Deshalb wollte ich Sie treffen. Sie sind der einzige, der Stunde für Stunde weiß, was geschieht. Was ich suche, ist eine Person oder ein Vorgang, irgend etwas, das ich einsetzen könnte, um sie aufzuhalten, etwas, das ich vor ihnen aufs Tapet bringen könnte, um sie davon abhalten, die Wahnsinnigen im Präsidium zu alarmieren.« Pierce zögerte, bevor er weitersprach. »Sie kennen General Halyard?«

»Ich bin ihm nie begegnet. Auch Ambassador Brooks nicht. Ich sollte mich mit beiden heute nachmittag treffen. Was ist mit ihm?«

»Ich halte ihn für einen der besonnensten Militärs in diesem Lande.«

»Das ist auch meine Ansicht, nachdem ich auch seine Akte gelesen habe. Und?«

»Ich habe ihn heute nachmittag gefragt, wie die Reaktion – seine eigene eingeschlossen – wohl sein würde, wenn unser Geheimdienst erführe, daß die Sowjetunion mit China einen Angriffspakt gegen uns geschlossen habe? Seine Antwort bestand nur in einem Wort: ›Abschuß‹. Wenn er schon so reagiert, wie würden dann erst viel unsicherere Leute sich verhalten?«

Arthur Pierce dramatisierte die Frage nicht, er stellte sie in ganz vernünftigem Ton, und die Eiseskälte, die Michael empfand, war jetzt nur teilweise der feuchtkalten Luft zuzuschreiben. Die Zeit wurde knapp. »Der Präsident hat mir aufgetragen, Ihnen zu helfen«, begann er. »Ich weiß nicht, ob ich das kann, aber ich will mich bemühen. Sie sagen, Sie suchen etwas, um die Sowjets abzulenken; vielleicht habe ich es. Es gibt da eine alte KGB-Operation, die in die dreißiger Jahre zurückreicht; sie nennt sich *Operatsija paminjatschick* . . .«

»Tut mir leid«, unterbrach ihn der Mann aus dem Außenministerium, »ohne Dolmetscher taugt mein Russisch überhaupt nichts.«

»Das hat nichts zu sagen, es ist nur ein Code. Es handelt sich um eine Strategie, die sich mit kleinen Kindern, sogar mit Säuglingen befaßt, die von Ärzten ausgewählt und hierhergebracht werden. Sie werden bei ganz speziellen Familien untergebracht – getarnte Marxisten – und wachsen als Amerikaner auf, äußerlich in jeder Hinsicht völlig normal. Aber in all den Jahren werden sie für ihren Infiltrationsauftrag als Erwachsene ausgebildet – programmiert, wenn Sie wollen.«

»Du großer Gott«, sagte Pierce mit leiser Stimme. »Ich würde meinen, daß in einer solchen Strategie ungeheure Risiken liegen. Solchen Leuten muß doch ein außergewöhnlicher Glaube eingeimpft werden.«

»Oh, den Glauben haben sie, das ist der wesentliche Teil ihrer Programmierung. Sie werden auch überwacht, und wenn es zur geringsten Abweichung kommt, werden sie entweder eliminiert oder zurück nach Mütterchen Rußland gebracht, wo sie umerzogen werden, während sie in den amerikanischen Komplexen im Ural und in Nowgorod andere ausbilden . . . Bisher ist es uns nie richtig gelungen, diese Art von Subversion zu stoppen. Die wenigen *paminjatschiks,* die uns in die Hände fielen, waren die inkompetentesten und standen so weit unten auf der Leiter, daß sie uns keine neuen Erkenntnisse liefern konnten. Aber vielleicht haben wir jetzt Erfolg. Wir haben einen ausgewachsenen *paminjatschik* gefaßt, der einem Killerkommando angehörte. Leute seines Schlags haben Zugang – müssen Zugang haben zu Genehmigungszentren und Quellenkontrollen, denn die Befehle müssen noch einmal überprüft und die Ermächtigungen bestätigt werden.«

»Einen solchen Mann haben Sie? Mein Gott, wo?«

»Er wird gerade nach Bethesda geflogen – er ist verwundet – und wird im Verlauf des heutigen Abends in eine Klinik in Virginia verlegt werden.«

»Sie dürfen ihn nicht verlieren! Ist ein Arzt bei ihm? Ein guter?«

»Er versteht sein Fach, ein Spezialist namens Taylor; er wird bei ihm bleiben.«

»Dann glauben Sie also, daß Sie mir bis morgen früh etwas liefern können, das ich gegenüber den Sowjets anwenden kann? Das könnte das Ablenkungsmanöver sein, das ich brauche. Eine Gegenattacke sozusagen. Ich klage sie an . . .«

»Ich kann es Ihnen jetzt schon geben«, unterbrach ihn Havelock, »aber Sie können erst davon Gebrauch machen, wenn ich es Ihnen sage. Allerfrühestens morgen abend. Können Sie die Russen so lange hinhalten?«

»Ich glaube schon. Was ist es denn?«

»Wir haben ihn unter Drogen vor einer Stunde verhört. Ich weiß nicht, wie man an die richtigen Leute herankommt, aber ich kenne die Deckidentität ihres Freigabezentrums, ebenso die Codebezeichnung für die Quellenkontrolle dieses Gebiets – wobei ich annehme, daß dieser Sektor die Operation in Washington einschließt, die wichtigste in den USA.«

Arthur Pierce schüttelte konsterniert den Kopf. »Sie machen mich wirklich fertig«, sagte er, und in seiner leisen Stimme schwang Respekt mit. »Ich habe Ihnen vorhin gesagt, daß ich ein wenig Ehrfurcht empfinde. Nun, das nehme ich jetzt zurück. Ich empfinde eine ganze Menge Ehrfurcht. Der Präsident hat mir vor ein paar Minuten gesagt . . . er hat nach dem Gespräch mit Ihnen mit mir telefoniert . . . Sie glaubten, daß Sie ganz nahe an Parsifal herangekommen sind?«

»Wir werden ihm noch näherrücken, wenn uns Taylors Patient in der Klinik mit ein paar Worten in Greifweite des Mannes führt, den wir ›Ambiguity‹ nennen. Und wenn unsere Überlegungen nicht völlig falsch sind – und ich kann mir das einfach nicht vorstellen –, wissen wir, wer Parsifal ist, sobald wir ›Ambiguity‹ haben.«

»Herrgott, wie denn?«

»Matthias hat mir neulich gesagt, daß ich ihn kenne . . . Ist Ihnen eine Firma bekannt, eine Ladenkette, die sich Voyagers Emporium nennt?«

»Fast mein gesamtes Reisegepäck habe ich dort gekauft. Verdammt teuer sind die.«

»Irgendwo in dieser Firma, in irgendeiner Abteilung, ist das KGB-Freigabezentrum. Dort bekommt ›Ambiguity‹ seine Anweisungen, dorthin übermittelt er seine Informationen. Wir wissen also, wo er ist.«

»Ja, an einem Ort, wo man ihn jeden Tag sehen kann«, sagte Pierce und nickte. »Und was ist mit der Codebezeichnung für die Quellenkontrolle?«

»›Hammer-Null-Zwo‹. Uns sagt das nichts, und es kann auch über Nacht von dem Netz geändert werden. Aber die Tatsache, daß wir den Code geknackt haben, muß irgend jemanden im Kreml zum Schwitzen bringen.« Michael hielt inne und fügte hinzu: »Wenn ich Ihnen das Startsignal gebe, können Sie alles einsetzen, was Sie brauchen, teilweise oder ganz. Im wesentlichen ist es ein Ablenkungsmanöver, aber ich glaube, ein wirksames. Es wird ein diplomatisches Chaos, eine Telegrammflut zwischen Moskau und New York auslösen. Und uns wird es Zeit verschaffen.«

»Sind Sie sicher?«

»Ich bin sicher, daß wir keine Wahl haben. Wir brauchen Zeit.«

»Ich werde Ihren Anruf abwarten.« Der Staatssekretär sah auf die Uhr und kniff die Augen in dem schwachen Licht zusammen, um die Leuchtziffern lesen zu können. »Ich habe noch ein paar Minuten Zeit, ehe wir abfliegen. Der Safespezialist mußte von Los Alamos eingeflogen werden; er ist gerade mit einem der Männer aus seiner Firma zusammen, die ihm die Zeichnungen gebracht haben ... Es gibt so viele Dinge, die ich Sie fragen möchte, so viel, was ich wissen muß.«

»Ich bin so lange hier, wie Sie hier sind; wenn Sie fliegen, fliege ich auch. So hat es mir der Präsident gesagt.«

»Ich mag ihn, ich habe nicht alle Präsidenten gemocht.«

»Weil Sie wissen, daß es ihm völlig egal ist, ob Sie ihn mögen oder nicht ... Nicht, solange er im Oval Office ist. So verstehe ich ihn. Ich finde ihn auch sympathisch, obwohl ich genügend Gründe hätte, ihn zu hassen.«

»Costa Brava? Man hat mir alles erzählt.«

»Das ist vorbei. Kümmern wir uns um die Gegenwart. Mit welcher Information kann ich Ihnen noch helfen?«

»Das liegt auf der Hand«, meinte Pierce. »Wenn Parsifal die Sowjets erreicht hat, was kann ich dann sagen ... falls man mir Gelegenheit gibt, etwas zu sagen? Wenn er Andeutungen auf China gemacht hat oder auf die Schwachstellen in ihren eigenen Waffensystemen hingewiesen hat, wie kann ich dann erklären, woher er das alles hat? Zu schildern, was mit Matthias geschehen ist, reicht offengestanden nicht, und ich nehme an, das wissen Sie auch.«

»Ja, allerdings.« Havelock versuchte, seine Gedanken zu sammeln, um so klar und präzise wie möglich sprechen zu können. »In diesen sogenannten Vereinbarungen finden Sie tausend Schachzüge in einem dreiseitigen Spiel, wobei wir der Hauptspieler sind. Wir haben viel weitergehende Erkenntnisse über die Anlagen der Russen und Chinesen, als wir je angedeutet haben, und wir haben Strategieausschüsse, die jede vorstellbare Reaktion des Gegners studieren und auswerten, für den Fall, daß irgendein verdammter Narr den Abschußbefehl gibt.«

»Solche Ausschüsse gibt es doch sicher auch in Moskau und Peking.«

»Aber weder Moskau noch Peking hat einen Anthony Matthias in der politischen Spitze, der überall auf der Welt respektiert, ja, geradezu vergöttert wird wie sonst keiner.«

Pierce nickte. »Die Sowjets behandeln ihn wie einen hochgeschätzten Unterhändler, nicht wie einen Gegner. Die Chinesen veranstalten Banketts und begrüßen ihn als einen Visionär.«

»Und als er anfing, geistig wirr zu werden, verfügte er immer noch über genügend Phantasie, um sich das letzte nukleare Schachspiel auszumalen.«

»Aber wie?«

»Er hat einen fanatischen Militaristen gefunden. Es handelt sich um einen Marineoffizier, dessen Kopf voller Overkill-Theorien steckt. Er hat Matthias alle Detailinformationen geliefert. Er hat Kopien sämtlicher Strategien und Gegenstrategien gemacht, die die drei Krisenausschüsse des Pentagon miteinander ausgetauscht haben. Sie enthielten die authentischen Daten. Dann haben Matthias und der Mann, der uns langsam die Kehle zudrückt, Parsifal, aus diesen Fakten das wahnsinnige Vertragswerk entworfen.«

»Ich würde sagen, daß dieser Marineoffizier die nächste Zeit hinter Gittern sitzen wird.«

»Ich weiß nicht, ob uns das viel bringen würde. Jedenfalls bin ich mit ihm noch nicht fertig; er hat noch mehr zu geben.«

»Einen Augenblick«, sagte der Staatssekretär, dessen Augen plötzlich aufleuchteten. »Könnte es nicht sein, daß *er* Parsifal ist?«

»Nein, undenkbar.«

»Warum?«

»Weil er in seiner Verblendung an das glaubte, was er tat. Er ist ein Patriot, er würde nie bereit sein, den Russen auch nur ein Gramm Munition zu liefern. Decker ist echt. Ich bezweifle, daß die Lubjanka ihn brechen könnte.«

»Decker ... Sie haben ihn doch in Sicherheit gebracht, oder?«

»Er entkommt uns nicht. Er ist zu Hause und wird bewacht.«

Pierce schüttelte den Kopf und griff in die Tasche. »Das ist alles so verrückt!« sagte er und holte Zigaretten und Feuerzeug heraus. »Mögen Sie eine?« fragte er und hielt Michael die Schachtel hin.

»Nein danke, ich hab' heute bestimmt schon hundert geraucht.«

Der Mann aus dem Außenministerium zündete sich eine Zigarette an; der Rauch, der aus seinem Mund kam, mischte sich mit dem Dampf seines Atems. »Bei der Besprechung heute nachmittag hat Ambassador Brooks etwas erwähnt, das ich nicht begriff. Er sagte, ein Abwehrbeamter des KGB hätte mit Ihnen Kontakt gehabt und Spekulationen über die Gruppe in Moskau angestellt, die an der Costa Brava mit Matthias zusammengearbeitet hätte.«

»Er meinte Parsifal; Matthias ist von ihnen getäuscht worden. Und Rostow – so heißt der Mann – hat keine Spekulationen angestellt. Er wußte es. Es gibt eine Abteilung im KGB, die sich VKR nennt. Gefährliche Fanatiker haben dort das Sagen. Im Vergleich zu ihnen wirken selbst Leute wie Decker wie Pazifisten. Rostow versucht, diese Gruppe auszuschalten, und ich wünsche ihm dazu alles Glück. Es ist verrückt, aber ein entschiedener Feind könnte unsere Hoffnung sein, eine unserer Hoffnungen.«

»Was meinen Sie mit ›ausschalten‹?«

»Namen ausfindig machen, herausfinden, wer was getan hat, und dann dafür sorgen, daß Leute, die noch bei Verstand sind, sich um sie kümmern. Rostow ist gut; vielleicht schafft er es, und wenn ja, wird er es mich irgendwie wissen lassen.«

»Wird er das?«

»Er hat mir bereits einen solchen Kontakt angeboten. Das geschah am Kennedy-Flughafen, als ich von Paris herüberflog.«

In der Ferne war das Aufheulen eines Motors zu hören. Pierce warf die Zigarette weg und zerdrückte sie mit der Schuhspitze. Dann meinte er: »Was, glauben Sie, könnte Ihnen dieser Decker sonst noch geben?«

»Er hat vielleicht mit Parsifal gesprochen, ohne es zu wissen. Oder mit jemandem, der für Parsifal tätig ist. Jedenfalls hat er zu Hause mit ihm telefoniert, und das bedeutet, daß irgendwo in ein paar hunderttausend Aufzeichnungen von Ferngesprächen ein spezielles Gespräch zu finden ist, das zu einer ganz bestimmten Zeit mit einer ganz bestimmten Nummer geführt wurde.«

»Herr Staatssekretär! Herr Staatssekretär!« Die Rufe übertönten das Motorengeräusch des Jeeps und das Quietschen seiner Reifen, als der Wagen nur wenige Meter von ihnen entfernt zum Stillstand kam. »Staatssekretär Pierce?« sagte der Fahrer.

»Wer hat Ihnen meinen Namen gegeben?« fragte Pierce eilig.

»Dringendes Telefongespräch für Sie, *Sir*. Ihr Büro in den Vereinten Nationen, und man müßte Sie unbedingt sprechen.«

»Die Sowjets«, sagte Pierce halblaut zu Havelock, und seine Sorge war offensichtlich. »Bitte warten Sie auf mich.«

Der Staatssekretär schwang sich schnell in den Jeep, nickte dem Fahrer zu und blickte zu den Lichtern des Hangar hinüber. Michael hüllte sich in seinen Mantel, und seine Aufmerksamkeit wandte sich der kleinen Maschine zu, die vielleicht fünfzig Meter von ihm entfernt war. Der linke Motor war angelaufen, der rechte sprang Sekunden später an. Dann begriff Havelock. Er konnte einen weiteren Jeep neben dem Flugzeug erkennen. Der Safespezialist war eingetroffen; der Abflug nach Poole's Island stand unmittelbar bevor.

Arthur Pierce kehrte sechs Minuten später zurück, stieg aus dem offenen Wagen und entließ den Fahrer. »Es waren tatsächlich die Sowjets«, sagte er, während er auf Michael zuging. »Sie wollten ein inoffizielles Zusammentreffen morgen früh; das bedeutet einen Notfall. Ich habe den stellvertretenden Leiter der russischen Delegation erreicht und ihm gesagt, ich hätte infolge ihrer Reaktionen von heute nachmittag selbst eine außerordentliche Konferenz für morgen einberufen. Dann habe ich angedeutet, daß ich vielleicht Informationen für sie haben würde, die ... einen Sturm von Telegrammen, sagte ich, zwischen New York, ihrer Botschaft in Washington und Moskau entfachen könnten.« Der Staatssekretär hielt inne, er hörte die warmlaufenden Motoren der Maschine im Hintergrund, der Jeep war inzwischen weit genug entfernt, um sie nicht mehr zu übertönen. »Das ist mein Signal; der Safespezialist ist eingetroffen. Wissen Sie, es wird wenigstens drei Stunden dauern, diesen Safe aufzubekommen. Begleiten Sie mich ein Stück?«

»Sicher. Wie haben die Russen reagiert?«

»Sehr negativ natürlich. Sie kennen mich; sie ahnen, daß ich ein Ablenkungsmanöver plane, um Ihre Worte zu benutzen. Wir sind übereingekommen, uns morgen abend zu treffen.« Pierce blieb stehen und wandte sich zu Havelock. »Geben Sie mir dann um Gottes willen das grüne Licht. Ich werde jedes Argument brauchen, das ich bekommen kann. Darunter auch einen ärztlichen Bericht über Matthias' Zustand ... weiß Gott nicht die Psychiatricakte, die ich Ihnen bringe.«

»Das habe ich vergessen. Der Präsident hätte sie mir gestern geben sollen ... heute.«

»Die kriegen Sie von mir.« Pierce setzte sich wieder in Bewegung. »Ich kann sehen, wie es abläuft.«

»Wie was abläuft?«

»Wie die Tage ineinander verschmelzen. Gestern, heute ... morgen, wenn es ein Morgen gibt, Eine lange, endlose, schlaflose Nacht.«

»Ja«, sagte Havelock, der das nicht weiter ausmalen wollte.

»Wie viele Wochen haben Sie in einer solchen Folge von Tagen und Nächten gelebt?«

»Mehr als nur ein paar.«

»Jesus!« Das Brüllen der Motoren wurde lauter, als sie sich der Maschine näherten. »Ich glaube, es gibt keinen sichereren Ort als diesen, um zu sprechen«, sagte Pierce und hob die Stimme, um sich Gehör zu verschaffen. »Es gibt kein Gerät, das diesen Lärm wegfiltern könnte.«

»Wollten Sie sich deshalb mit mir auf der Piste treffen?« fragte Michael.

»Wahrscheinlich halten Sie mich für paranoid, aber das ist tatsächlich der Grund. Und selbst wenn wir im Kontrollraum eines US-Stützpunktes wären, würde ich zuerst die Wände überprüfen lassen, ehe ich ein Gespräch wie das eben führen würde. Wahrscheinlich glauben Sie wirklich, daß ich paranoid bin. Schließlich ist das hier Andrews . . .«

»Ich halte Sie ganz und gar nicht für paranoid«, unterbrach ihn Havelock. »Ich glaube, ich hätte selbst daran denken sollen.«

Der Pilot gab von seinem beleuchteten Fenster aus ein Zeichen, Pierce winkte zurück und nickte.

»Sie sagten vorhin, Sie hätten bezüglich dieses Anrufs bei Decker einen bestimmten Ort im Sinn«, schrie Pierce. »Wo ist das?«

»Irgendwo im Shenandoah-Tal«, brüllte Havelock. »Das ist reine Spekulation, aber dort hat Decker das Material abgeliefert.«

»Ich verstehe.«

Das Motorengeräusch schwoll zu einem machtvollen Brausen an, und der Wind der Propellerblätter fegte Arthur Pierce den Hut vom Kopf. Michael duckte sich, hetzte hinter dem davonwehenden Hut her, schließlich bekam er ihn mit der rechten Hand zu fassen und brachte ihn dem Staatssekretär zurück.

»Vielen Dank!« schrie Pierce.

Havelock starrte auf das Gesicht vor ihm, auf den breiten weißen Streifen, der von der Stirn des Mannes nach hinten durch das wellige, dunkle Haar verlief.

36

Es dauerte eine Stunde und fünfundvierzig Minuten, bis er die Eingangsbeleuchtung für die Zufahrt zu »Steril Fünf« sah. Der Flug von Andrews nach Quantico und die Autofahrt nach Fairfax waren seltsam beunruhigend gewesen, ohne daß er gewußt hätte, weshalb. Es war, als weigerte sich ein Teil seines Bewußtseins zu funktionieren, als gäbe es eine Lücke in seinem Denkprozeß. Aber ein innerer Widerstand blockierte ihn, den Ursachen für dieses unbehagliche Gefühl nachzugehen.

Vielleicht war es die lange, schlaflose Nacht. Er brauchte Schlaf . . . er brauchte Jenna. Aber für Schlaf war keine Zeit, auch für sie nicht, um so zusammenzusein, wie sie es sich wünschten. Es gab keine Zeit für irgend etwas oder irgend jemanden außer Parsifal. Etwas quälte ihn . . .

Was war es? Warum war ein Teil von ihm plötzlich wie tot?

Die Militärlimousine hielt vor dem prunkvollen Eingang des Anwesens. Michael stieg aus und dankte dem Fahrer und dem bewaffneten Posten.

In dem Moment öffnete sich die Tür, und das Gesicht von Jenna Karras wurde sichtbar.

»Gott sei Dank!« rief sie und umarmte ihn. »Endlich bist du zurück! Dieses Warten war furchtbar! Ich war dabei, den Verstand zu verlieren!«

»Was ist denn?«

»Mikhail, komm mit. Schnell!« Sie griff nach seiner Hand, zog ihn hinein und eilte mit ihm durch die Vorhalle zur Tür des Arbeitszimmers. Sie stand offen. Sie traten ein, und Havelock schloß die Tür. »Du mußt sofort das Bethesda-Krankenhaus anrufen«, fuhr Jenna fort und griff nach einem Notizblatt. »Apparat Sechs-Sieben-Eins. Aber zuerst mußt du erfahren, was geschehen ist.«

»Was . . .?«

»Der *paminjatschik* ist tot!«

»O Gott!« Michael rannte zu dem Telefon, das Jenna ihm hinhielt. Er wählte hastig, seine Hand zitterte dabei. »Wann?« schrie er. »Wie?«

»Eine Exekution«, erwiderte sie, während er darauf wartete, daß Bethesda sich meldete. »Vor weniger als einer Stunde. Zwei Männer. Sie haben die Wache mit einem Messer erledigt, sich Zutritt zu dem

Zimmer verschafft und den ›Reisenden‹ getötet, solange er noch unter dem Einfluß der Betäubungsmittel war. Vier Schüsse in den Kopf. Der Arzt ist außer sich.«

»Sechs-Sieben-Eins! Schnell bitte!«

»Ich konnte es nicht ertragen«, sagte Jenna und berührte sein Gesicht. »Ich dachte, du wärst dort . . . irgendwo draußen . . . man würde dich vielleicht sehen. Sie haben mich beruhigt, aber ich wußte nicht, ob ich ihnen glauben durfte.«

»Taylor? Wie ist es geschehen?«

Havelock hörte die Worte, und langsam breitete sich ein betäubender Schmerz in ihm aus. Der Arzt schien noch unter einem Schock zu stehen, so wirr und zusammenhanglos war sein Bericht. Jennas kurze Schilderung war klarer gewesen. Von Taylor war nichts Weiteres zu erfahren. Zwei Killer in den Uniformen von Marineoffizieren waren ins fünfte Stockwerk gekommen, hatten Taylors Patienten gefunden und die Exekution mit profihafter Präzision ausgeführt. Dabei hatten sie einen Marineinfanteristen getötet, der als Wachposten eingeteilt war.

»Jetzt haben wir ›Ambiguity‹ verloren«, sagte Michael und legte auf. »Ich kann nicht begreifen, wie das passieren konnte . . . Wir hatten maximale Sicherheitsvorkehrungen getroffen, jede Vorsichtsmaßregel!« Er sah Jenna hilflos an. »Vielleicht war alles zu sichtbar«, meinte sie. »Es könnte sein, daß die Vorsichtsmaßnahmen und der Transport Aufmerksamkeit erregt haben.«

Havelock nickte müde und niedergeschlagen. »Ja, natürlich. Wir haben einen Flugplatz einfach beschlagnahmt und den Verkehr umgeleitet.«

»Außerdem sind wir nicht weit von Randolphs Klinik entfernt«, fuhr Jenna fort. »Jemand, der ohnehin schon wachsam war, hätte leicht Argwohn schöpfen können. Ihm muß aufgefallen sein, was ihr vor ihm verbergen wolltet. In diesem Fall hätte eine Tragbahre genügt.«

Michael zog seinen Mantel aus und ließ ihn auf einen Sessel fallen. »Aber das erklärt immer noch nicht, was in der Klinik geschehen ist. Ein Exekutionskommando ist hierhergeschickt worden, um eine Falle auffliegen zu lassen, um einen ihrer eigenen Leute zu töten, um das Risiko zu vermeiden, daß jemand lebend in unsere Hände fällt.«

»*Paminjatschiks*«, sagte Jenna. »Das ist nicht das erste Mal passiert.«

»Aber wie wußten ihre Kontrollen, daß es eine Falle war? Ich habe nur mit der Apatsche-Einheit und mit Loring gesprochen. Mit sonst niemand.« Havelock ging um den Schreibtisch herum und trommelte nervös auf die Tischplatte. »Loring hat mir gesagt, daß man ihn wahrscheinlich entdeckt hätte, daß es seine Schuld wäre, aber das glaube ich nicht. Diese als Streifenwagen getarnte Limousine ist nicht einfach um die Ecke gekommen, sondern von irgendwoher geschickt worden, von jemandem, der über die entsprechenden Vollmachten verfügte und der die gefährlichste Entscheidung getroffen hatte, die er überhaupt treffen konnte. Er kann sie einfach nicht auf einen Mann hin getroffen haben, den er auf einem Parkplatz gesehen hat – einem Mann übrigens, der viel zu erfahren war, um sich so offensichtlich zu zeigen.«

»Ja, logisch scheint das nicht zu sein«, gab Jenna ihm recht. »Die Kontrolle wußte, daß es eine Falle war, daß das Hauptziel – reden wir doch nicht darum herum, das einzige Ziel – darin bestand, wenigstens einen von ihnen lebend zu bekommen ... Verdammt noch mal, wie konnte das passieren?« Michael ging auf die breiten, dunklen Fenster mit dem dicken, kugelsicheren Glas zu. Und dann hörte er die Worte, Jenna Karras sprach sie ganz leise aus.

»Mikhail, du hast mit noch jemandem gesprochen: mit dem Präsidenten.«

»Natürlich, aber ...« Er hielt inne und starrte das verzerrte Spiegelbild seines Gesichts im Fenster an, sah aber langsam nicht mehr sein Gesicht, sondern die schemenhaften Umrisse eines anderen. Und dann wurde der nächtliche Nebel, der sich draußen zwischen den Bäumen und über den Rasen verteilt hatte, zu einem anderen Nebel, einem Nebel aus einer anderen Zeit. Plötzlich erfüllte Wellenschlag seine Ohren, donnernd, betäubend, unerträglich. Blitze zuckten auf. Dann kam der scharfe Knall und dann noch einer ...

Er war wieder an der Costa Brava!

Und das Gesicht im Spiegel nahm Gestalt an ... ganz vage zuerst ... dann unverkennbar. Nun sah er die weiße Strähne, die von der Stirn quer durch das dunkle Haar nach hinten verlief.

»Nein ... nein!« Er hörte sich schreien; er konnte Jennas Hände an seinem Arm spüren und dann an seinem Gesicht, das doch nicht sein Gesicht war ... an seinem Haar und doch nicht an seinem Haar. Aber beides waren die Gesichter von Mördern, das seine und das andere, das er in jener Nacht an der Costa Brava gesehen hatte!

Damals hatte der böige Meereswind eine Fischermütze vom Kopf jenes Mannes geweht. Vor zwei Stunden hatte der Wind der Propeller einen Hut weggefegt. Auf einer Piste ... umgeben von Scheinwerferlicht.

Derselbe Mann? War es möglich? Auch nur vorstellbar?

»Mikhail!« Jenna hielt sein Gesicht mit beiden Händen. »Mikhail, was ist? Stimmt etwas nicht?«

»Es ist nicht möglich!« schrie er. »Es kann nicht sein!«

»Was, mein Geliebter? Was kann nicht sein?«

»Jesus! Ich verliere den Verstand!«

»Liebster, hör auf!« rief Jenna und schüttelte ihn.

»Nein . . . nein, es ist schon gut. Laß mich allein. Laß mich allein.« Er löste sich von ihr und rannte zum Schreibtisch. »Wo ist sie? Wo, zum Teufel, ist sie?«

»Wo ist wer?« fragte Jenna mit ruhiger Stimme.

»Die Akte.«

»Welche Akte?«

»Meine Akte!« Er riß die rechte obere Schublade heraus, wühlte zwischen den Papieren herum, bis er den Aktenordner mit dem schwarzen Rand fand. Er knallte ihn auf den Schreibtisch, klappte ihn auf und blätterte hastig in den Seiten.

»Was hast du denn, Mikhail? Sag es mir doch. Laß mich dir helfen. Was hat das ausgelöst? Was treibt dich dazu, in die Vergangenheit zurückzugehen? Wir waren uns doch einig, daß wir einander nicht quälen wollten!«

»Nicht ich! *Er!*«

»Wer?«

»Ich darf keinen Fehler machen! Auf keinen Fall!« Havelock fand die Seite, die er suchte. Sein Zeigefinger tastete die Zeilen ab, seine Augen starrten gebannt auf die Worte. Er sprach im Flüsterton, ausdruckslos. »Sie töten sie! O mein Gott, er hat sie getötet, und ich kann die Schreie nicht ertragen. Geh zu ihr, halte die Männer auf . . . nein, nicht ich, auf keinen Fall ich. O Gott, sie zerren sie weg . . . Sie blutet so, aber sie hat jetzt keine Schmerzen mehr, sie ist tot. O mein Gott, sie ist tot, die Frau, die ich geliebt habe, ist tot! Der Wind ist kräftig, er hat seine Mütze weggeweht . . . Das Gesicht! Kenne ich das Gesicht? Ein Foto? Eine Akte? Die Akte eines Mörders . . . nein, das Haar ist es, die weiße Strähne in seinem Haar.« Michael erhob sich und sah Jenna an. Er schwitzte, seine Stimme zitterte. »Eine . . . weiße . . . Strähne«, sagte er langsam. »Er könnte es sein!«

Jenna lehnte sich an ihn und hielt ihn an den Schultern fest. »Du mußt dich jetzt zusammenreißen, mein Liebster. Du bist jetzt nicht du selbst, du hast einen Schock. Kannst du mich verstehen?«

»Keine Zeit«, sagte er, schob ihre Hände weg und griff nach dem Telefon. »Ich bin in Ordnung. Du hast recht, ich bin schockiert, aber nur, weil es so unglaublich ist. Unglaublich!« Er wählte, atmete tief und sprach: »Ich möchte mit der Zentrale des Luftwaffenstützpunktes Andrews verbunden werden, und ich möchte, daß Sie dem diensthabenden Offizier Anweisung erteilen, mir alle gewünschten Informationen zu geben.«

Jenna ging zu dem Tisch zurück, auf dem die Karaffen mit Whisky und Brandy standen, schenkte ihm einen Brandy ein und brachte ihm das Glas. »Du bist blaß«, sagte sie. »Ich habe dich noch nie so blaß gesehen.«

Havelock wartete, und schließlich hatte er den diensthabenden Offizier, einen Oberst, in der Leitung. »Es kommen dauernd Anrufe aus New York«, sagte der Oberst in Beantwortung seiner Frage.

»Ich spreche von Anrufen in jenen fünf bis zehn Minuten«, antwortete Michael, »die zu einem Wartungshangar am südlichen Rand des Flugfeldes weitergeleitet wurden. Es liegt gerade zwei Stunden zurück; jemand muß sich noch erinnern. Fragen Sie jeden, der in der Vermittlung Dienst hatte. Sofort!«

»Herrgott, regen Sie sich doch nicht auf.«

»Beeilen Sie sich gefälligst!«

Die Nachforschung verlief negativ.

»Da war ein Sergeant, der einen Jeep gefahren hat. Er hatte Anweisung, ein Frachtgut mit der Bezeichnung ›Steril Fünf, Marineausrüstung‹ abzuholen. Wissen Sie Bescheid?«

»Ich verstehe Sie. Wie heißt er?«

»Der Fahrer?«

»Ja.«

Der Colonel machte eine Pause, offensichtlich war er beunruhigt, als er antwortete. »Soweit uns bekannt ist, ist der ursprüngliche Fahrer ausgetauscht worden. Ein anderer hat ihn auf mündliche Anweisung ersetzt.«

»Auf wessen Anweisung?«

»Das haben wir nicht geprüft.«

»Wie war der Name des zweiten Fahrers?«

»Das wissen wir nicht.«

»Danke, *Colonel.*«

Paminjatschik!

»Such mir die Akte über Pierce heraus«, sagte Havelock und blickte zu Jenna auf, ohne die Hand vom Telefon zu nehmen.

»Arthur Pierce?« fragte Jenna erstaunt.

»So schnell du kannst.« Michael wählte wieder, während er weitersprach. »Ich darf keinen Fehler machen, ich darf keinen Fehler machen! Nicht hier, nicht jetzt ... *Mr. President?* Ich war mit Pierce zusammen und habe versucht, ihm zu helfen ... Ja, *Sir,* er ist intelligent, sehr intelligent sogar, und ein hervorragender Mann. Wir möchten gerne einen Punkt geklärt haben; es ist nicht sehr wichtig, aber es würde eine Sache für uns beide klarer machen. Bei der Sitzung heute nachmittag, nachdem ich Sie angerufen hatte, haben Sie da die Apatsche-Operation in Randolphs Klinik erwähnt? ... Dann sind alle auf dem laufenden. Vielen Dank, *Mr. President.*« Michael legte den Hörer auf die Gabel, während Jenna ihm einen dunkelbraunen Aktenordner reichte.

»Hier ist Pierces Akte.«

Havelock schlug sie auf und suchte sofort die Stelle, wo die Lebensgewohnheiten von Pierce geschildert waren.

Subjekt trinkt bei gesellschaftlichen Anlässen mäßig, keinerlei Anzeichen von Alkoholmißbrauch. Konsequenter Nichtraucher.

Der Zigarettenrauch, der nur aus dem Mund kam und sich mit dem Atemdunst mischte – die typische Verhaltensweise eines Nichtrauchers, der den ihm unangenehmen Rauch ausstößt. Kurz darauf der unbekannte Fahrer, der eine dringende Botschaft überbrachte und einen Namen benutzte, den er überhaupt nicht wissen durfte, und damit den Mann verärgerte, den er ansprach. Jede Sequenz war detailliert, abgestimmt worden, jede Reaktion bedacht. Arthur Pierce war nicht am Telefon verlangt worden, er hatte selbst irgend jemanden angerufen. *Paminjatschik!*

Oder war es doch anders? Es durfte keinen Irrtum geben, nicht jetzt. War die Beschuldigung erst einmal ausgesprochen, war es unmöglich, sie zurückzunehmen, und wenn er sie nicht aufrechterhalten konnte, dann würde das Vertrauen auf oberster Ebene leiden, wenn nicht sogar zerstört werden. Und die Leute, auf die es ankam, würden vorsichtig werden.

Wo lag der endgültige Beweis?

In Moskau!

> *Da ist zuerst das KGB; alles andere folgert daraus. Mag sein, daß ein Mann schließlich in die VKR wechselt, aber zuerst muß er im KGB nach oben gelangt sein.* Rostow, Athen.
>
> *Er sagt, er sei nicht Ihr Feind ... wohl aber andere, die vielleicht auch seine Feinde sind.* Ein sowjetischer Agent, Kennedy-Flughafen New York.

»Ich kann es in deinen Augen sehen, Mikhail.« Jenna berührte ihn an der Schulter und sah ihn an. »Rufe den Präsidenten an.«

»Ich muß absolut sicher sein. Pierce hat gesagt, das Öffnen des Safes würde mindestens drei Stunden dauern und weitere zwei, um die Dokumente zu sortieren. Ich habe etwas Zeit. Wenn er ›Ambiguity‹ ist, dann sitzt er in der Falle.«

»Wie kannst du bei einem *paminjatschik* absolut sicher sein?«

»An der Quelle. In Moskau.«

»Denkst du an Rostow?«

»Versuchen kann ich es. Vielleicht ist er ebenso verzweifelt wie ich. Jeder von uns hat es mit Wahnsinnigen zu tun.« Havelock griff nach dem Telefonhörer und wählte die drei Zahlen für die Vermittlung des Weißen Hauses. »Bitte geben Sir mir das russische Konsulat in New York . . . Nein, ich warte.« Michael deckte die Sprechmuschel mit der Hand zu und sagte zu Jenna: »Schau dir Pierces Akte an. Versuche, etwas zu finden, dem wir nachgehen können, Eltern, wenn sie noch leben.«

»Die Ehefrau«, sagte Jenna.

»Er ist nicht verheiratet.«

»Bequem . . . dann Freundinnen.«

»Er ist diskret.«

»Natürlich.« Jenna nahm die Akte vom Schreibtisch.

»Dobrij vjetscher«, sprach Havelock ins Telefon, *»ja khochugovorit's nachal' nikom okhrany.«* Als eine tiefe, nachdenklich klingende Männerstimme sich meldete, fuhr Michael auf Russisch fort: »Mein Name ist Havelock, und ich muß annehmen, daß ich mit der richtigen Person spreche, die mich mit dem Mann, den ich zu erreichen versuche, in Verbindung bringen kann.«

»Und wer könnte das sein, *Sir?«*

»Leider habe ich seinen Namen nicht bekommen, aber er kennt meinen. Ebenso sicher bin ich, daß Sie ihn kennen.«

»Das hilft mir nicht viel weiter, Mr. Havelock.«

»Das sollte genügen. Der Mann begegnete mir am Kennedy-Flughafen. Wir hatten ein ausführliches Gespräch, das sich auch mit den Mitteln und Wegen befaßte, wie ich ihn wieder erreichen könnte; dazu gehörte eine Zeitspanne von achtundvierzig Stunden und die öffentliche Bibliothek in New York. Wir hatten dann noch eine kurze Diskussion über eine verschwundene Graz-Burja-Pistole, eine ausgezeichnete Waffe, da werden Sie mir sicher zustimmen . . . Diesen Mann muß ich unbedingt sprechen. Es ist genauso dringend, wie es seine Nachricht für mich war.«

»Vielleicht würde es weiterhelfen, wenn Sie sich an die Nachricht erinnern könnten, *Sir.*«

»Ein Asylangebot von Pjotr Rostow, dem Direktor für externe Strategien beim KGB.«

»Weshalb sprechen Sie eigentlich nicht mit mir?«

»Weil ich Sie nicht kenne.« Michael warf einen Blick auf die Liste mit den Direktnummern, die man ihm zugeteilt hatte; er wiederholte eine davon für den Russen. »Ich werde die nächsten fünf Minuten hier sein.« Er legte auf und nahm einen Schluck Brandy.

»Wird er zurückrufen, was meinst du?« fragte Jenna. Sie saß vor dem Schreibtisch und hielt die Pierce-Akte in der Hand.

»Warum nicht? Er braucht nichts zu sagen, bloß zuzuhören . . . Ist dort etwas, was wir gebrauchen können?«

»Die Mutter ist 1968 gestorben. Der Vater ist acht Monate später verschwunden und seitdem nie mehr gesehen worden. Er schrieb seinem Sohn in Vietnam, daß es ›ihm keine Freude mache, ohne seine Frau weiterzuleben, und er würde sie bei Gott wiedertreffen‹.«

»Natürlich. Aber kein Selbstmord, keine Leiche.«

»Natürlich. Als *paminjatschik* hatte er in Nowgorod zu viele Informationen anzubieten.«

Das Telefon klingelte. Es war das sowjetische Konsulat in New York.

»Sie sind sich doch darüber im klaren, Mr. Havelock«, begann die Singsang-Stimme in englischer Sprache, die unzweifelhaft dem Sowjetagenten vom Kennedy-Flughafen gehörte, »daß die Nachricht, die Ihnen übermittelt wurde, im Geiste des Mitgefühls angeboten wurde, aus Mitgefühl für das große Unrecht, das Mitglieder Ihrer Regierung verübten, indem sie die Exekution eines Mannes des Friedens verlangten.«

»Ich akzeptiere einen Teil von Rostows Angebot.«

»Ich wußte nicht, daß es aufgeteilt war.«

»Ich gehe davon aus, daß man vorher sprechen kann.«

»Ich denke, das ist vernünftig«, sagte der Russe.

»Na fein. Nehmen Sie jetzt diese Telefonnummer und veranlassen Sie, daß Rostow mich innerhalb der nächsten Stunde anruft.« Michael sah auf die Uhr. »In Moskau ist es jetzt noch nicht ganz sieben Uhr morgens.«

»Ich glaube nicht, daß diese Umstände akzeptabel sind.«

»Das müssen sie sein. Berichten Sie ihm, ich hätte vielleicht den Feind gefunden, *unseren* Feind.«

»Ich denke wirklich nicht . . .«

»Sie sollen nicht denken. Rufen Sie ihn an. Wenn Sie es nämlich nicht tun, werde ich es selbst versuchen, und das könnte höchst peinlich sein – für Sie, Genosse, nicht für mich. Mir macht es nichts mehr aus. Ich bin der Preis.« Havelock legte den Hörer auf und bemerkte erst jetzt die Schweißtropfen, die ihm auf der Stirn standen.

»Was kann Rostow dir denn schon erzählen?« Jenna erhob sich aus ihrem Sessel und legte die Pierce-Akte auf den Schreibtisch. »Hier steht übrigens nichts, was wir aufgreifen könnten.«

»Natürlich.« Michael wischte sich mit dem Handrücken über die Stirn und lehnte sich, auf die Ellbogen gestützt, nach vorn. »Rostow hat mir in Athen gestanden, eine seiner Quellen für die Costa Brava sei ein Maulwurf, der im Weißen Haus tätig sei. Ich glaubte ihm damals nicht; aber nehmen wir einmal an, er hätte mir die Wahrheit gesagt – eine Wahrheit aus der Vergangenheit –, weil er wußte, daß der Maulwurf draußen und nicht mehr aufzufinden war. Der perfekte *paminjatschik* also.«

Jenna hob die Hand und deutete auf die Akte. »Pierce war dem Nationalen Sicherheitsrat zugeteilt. Er hatte einige Monate lang ein Büro im Weißen Haus.«

»Ja. Und Rostow meinte seine Worte bitterernst; er konnte das nicht verstehen, und was man in diesem Geschäft nicht verstehen kann, ist Anlaß zur Unruhe. Alles, was er über die Operation an der Costa Brava erfahren hatte – was ich ihm bestätigte –, verriet ihm, daß sie unmöglich ohne die Unterstützung von jemandem in Moskau abgelaufen sein konnte. Aber wer hatte seine Hand im Spiel gehabt? Die Operationen unterstehen eigentlich seiner direkten Kontrolle, aber er hatte nichts damit zu tun gehabt, wußte überhaupt nichts davon. Also prüfte er mich, weil er glaubte, ich könnte ihm etwas sagen und den Maulwurf als Beweis ins Spiel bringen, im Wissen, daß wir beide Informationen eines Maulwurfs für verläßlich hielten und sie akzeptierten. Das war für ihn die Wahrheit – so wie man sie ihm dargestellt hatte. In Wirklichkeit aber war es eine Lüge.«

»Die Lüge eines KGB-Beamten, eines *paminjatschik,* der dem KGB die Gefolgschaftstreue aufgekündigt und sich der *Voennaja* angeschlossen hatte«, fügte Jenna hinzu. »Er läßt seine ehemaligen Vorgesetzten zugunsten seiner neuen im Stich.«

»Und dann macht er sich daran, die Aktion an der Costa Brava zu stören und ändert den geplanten Ablauf – wenn er an der Costa Brava war. Wenn ... wenn.«

»Wie willst du bei Rostow vorgehen? Euer Gespräch wird auf Band registriert werden; man wird jedes Wort überwachen.«

»Das wird leicht sein. Schließlich ist er Direktor für externe Strategien. Ich werde ganz auf dem Machtkampf aufbauen: KGB gegen VKR. Er wird schon verstehen.«

»Er wird am Telefon nicht über die *paminjatschik*-Operation reden. Du weißt doch, daß er das nicht kann.«

»Ich werde ihn auch nicht darum bitten. Ich werde den Namen nennen und zuhören. Er wird es mir irgendwie sagen. Wir sind beide alte Hasen . . . uns genügen Andeutungen, Umschreibungen, um zu wissen, was der andere meint, und unser Schweigen wird nur von Leuten wie uns verstanden. Er will etwas, das ich habe – wenn ich es habe –, so wie ich eine Bestätigung von ihm brauche. Es wird funktionieren. Irgendwie wird er mir mitteilen, ob Arthur Pierce der Maulwurf ist . . . wenn er überzeugt ist, daß der Maulwurf ihm in den Rükken gefallen ist und sich den Wahnsinnigen angeschlossen hat.«

Jenna trat an den niedrigen Tisch, griff nach einem Notizblock und setzte sich in den ledernen Armsessel. »Möchtest du über Commander Decker sprechen, während du wartest?«

»Herrgott!« Havelocks rechte Hand schoß zum Telefon, während seine linke die Liste mit den Telefonnummern heranzog. Er wählte, während er sprach, und seine Stimme klang gequält: »Ich habe seinen Namen Pierce gegenüber erwähnt. O Gott, ich muß sofort Dekkers Eskorte sprechen. Schnell!«

»Marine-Eskorte. Auf Posten.«

Die Worte, die über das Funktelefon kamen, waren klar, und das plötzliche Pochen in Michaels Schläfen begann schwächer zu werden. »Hier ›Steril Fünf‹. Wir haben Grund zu der Annahme, daß es in Ihrem Bereich feindliche Aktivität geben könnte.«

»Keine Anzeichen davon«, kam die Antwort. »Alles ist ruhig, und die Straße ist gut beleuchtet.«

»Ich hätte trotzdem gerne zusätzliches Personal.«

»Wir sind ziemlich knapp mit Leuten, ›Steril Fünf‹. Warum holen wir nicht einheimische Polizisten dazu? Die brauchen auch nicht mehr zu wissen als wir, wir wissen ja auch gar nichts.«

»Können Sie das veranlassen?«

»Sicher. Wir sagen, es wäre etwas Diplomatisches, dann kriegen die Überstunden bezahlt. Übrigens, was befürchten Sie eigentlich?«

»Eine Entführung. Zuerst wird man Sie ausschalten und dann sich Decker greifen.«

»Danke für die Warnung. Wir kümmern uns gleich darum. Ende.«

Havelock lehnte sich in seinem Sessel zurück und starrte zur Decke. »Was hat Commander Decker dir gesagt?«

»Wo hattest du das Verhör beendet? Ich habe ihn dazu gebracht, noch einmal ganz von vorn anzufangen.«

Michael schloß die Augen, erinnerte sich. »Ein Telefonanruf«, sagte er langsam. »Das war später, nach ihren sonntäglichen Zusammentreffen in der Hütte. Er versuchte tagelang, wochenlang, mit Matthias Kontakt aufzunehmen, aber Anton wollte nicht mit ihm sprechen. Und dann hat ihn jemand angerufen ... ihm eine Erklärung gegeben. Das war es, er hat gesagt, es sei eine Erklärung gewesen.«

Jenna blätterte in ihren Notizen und hielt bei einer Seite inne. »Ein Mann mit einer seltsamen Stimme, einem eigenartigen Akzent, ›abgehackt und hastig‹ hat Decker die Stimme beschrieben. Ich bat ihn, sich so gründlich wie möglich an jedes Wort zu erinnern, das der Mann sagte. Zum Glück war dieser Anruf für ihn sehr wichtig. Er erinnerte sich fast an alles, glaube ich. Ich habe es niedergeschrieben.«

»Lies es mir vor, bitte.«

Jenna drehte das Blatt um. »Der Mann gab sich als Beamter des Außenministeriums aus und stellte Decker einige Fragen über seine Marinelaufbahn, offenbar um ganz sicherzugehen, daß es tatsächlich Decker war ... Und jetzt fängt es an – ich versuchte es niederzuschreiben, während ich Decker zuhörte ... Außenminister Matthias ist Ihnen für alles dankbar, was Sie getan haben, und möchte Sie wissen lassen, daß er Sie in seinen Memoiren häufig lobend erwähnen wird. Aber Sie müssen die Vorschriften verstehen, die nicht durchbrochen werden dürfen. Damit die globale Strategie des Außenministers wirksam wird, muß sie in völliger Geheimhaltung entwickelt werden, das Element der Überraschung ist von überragender Bedeutung. Und niemand innerhalb oder außerhalb der Regierung ...« – Jenna hielt inne, »Decker hat das so betont«, fügte sie hinzu – » ... innerhalb oder außerhalb der Regierung darf erfahren, daß ein strategischer Plan entwickelt worden ist.« Wieder hielt Jenna inne und blickte auf. »Hier war Decker nicht präzise. Die Gründe des Mannes, Angehörige der Regierung auszuschließen, gingen offenbar auf die Annahme zurück, daß es zu viele Leute gab, denen man nicht vertrauen konnte, die Geheimnisse ausplaudern könnten.«

»Natürlich war er nicht präzise. Er sprach über sich selbst, und das war schmerzhaft.«

»Richtig. Ich bin sicher, daß dieser letzte Teil exakt wiedergegeben war, wahrscheinlich sogar Wort für Wort. Hör zu: ›Der Außenminister möchte Sie davon in Kenntnis setzen, daß man Sie rufen wird, wenn die Zeit gekommen ist, und als leitenden Offizier einsetzt, mit allen Vollmachten. Aber wegen Ihres hervorragenden Rufs im Bereich der nuklearen Taktik darf es nicht einmal Andeutungen irgendwelcher Beziehungen zwischen Ihnen und dem Außenminister geben. Wenn Sie jemals einer fragen sollte, ob Sie Matthias kennen, müssen Sie das verneinen. Das gehört ebenfalls zu den Vereinbarungen.‹« Jenna legte den Notizblock auf den Schoß. »Das ist alles. Dekkers Ego fühlte sich geschmeichelt, und in seiner Phantasie war sein Platz in der amerikanischen Geschichte gesichert.«

»Das war auch der Zweck dieser penetranten Lobhudelei«, sagte Havelock und richtete sich im Sessel auf. »Gut, daß du es aufgeschrieben hast, Jetzt kann ich die Sätze noch mal nachlesen, denn der Mann, der diese Worte sprach, ist Parsifal, und irgendwann in der Vergangenheit habe ich jenen Mann schon einmal sprechen hören.«

»Versuch, dich an die Jahre zu erinnern, Mikhail«, sagte Jenna und schlug die Seiten ihres Notizblocks um. »Ich werde dir helfen. Nach Deckers Beschreibung ist es ein Russe, der schnell Englisch spricht, mit abgehackten Worten. Wie viele solcher Männer könntest du gekannt haben?«

Havelock erhob sich und ließ sich von Jenna die zwei Seiten geben, die ihre Notizen über das Gespräch mit Thomas Decker enthielten. »Es müssen Männer sein, die ich *kenne* und die Matthias persönlich kennengelernt haben. Schreibe jeden Namen auf, der mir einfällt.«

»Warum gehen wir nicht geographisch vor, indem wir Stadt für Stadt abhaken, da kannst du einige ganz schnell abtun und dich auf die anderen konzentrieren.«

»Assoziationen«, fügte er hinzu. »Wir streichen Barcelona und Madrid. Belgrad – ein Lagerschuppen an der Save, der Attaché des russischen Konsulats, Wassili Jankowitsch. Er war mit Anthony in Prag zusammen.«

»Jankowitsch«, wiederholte Jenna und notierte den Namen.

»Und Iljitsch Borin, Gastprofessor an der Universität Belgrad; wir haben einmal zusammen zu Abend gegessen. Er kannte Matthias von Kulturaustausch-Konferenzen.«

»Borin.«

»Sonst niemand in Belgrad. In Prag muß es mindestens ein Dutzend Männer geben. Prag wimmelt von Russen.«

»Ihre Namen. Fang alphabetisch an.«

Die Namen kamen, manche schnell, manche langsam. Jenna schrieb sie alle auf, trieb Michael immer wieder an, zwang ihn, weiter in der Vergangenheit zu schürfen, und ein Name führte zum nächsten.

Krakau. Wien. Paris. London. New York. Washington.

Aus Monaten wurde ein Jahr, zwei, schließlich drei Jahre. Die Liste wuchs, während Havelock seinen spontanen Assoziationen freien Lauf ließ. Und wieder trat ihm der Schweiß auf die Stirn, beschleunigte sich sein Pulsschlag, bis er schließlich erschöpft innehielt.

»Du hast neununddreißig Namen genannt«, sagte Jenna, die zu ihm getreten war und ihm den Nacken massierte. »Setz dich und finde heraus, wer von ihnen Parsifal ist, Mikhail.«

»Mir fällt ein, daß Rostow nicht angerufen hat.«

»Ich weiß.«

»Ich sagte, spätestens in einer Stunde.« Havelock sah auf die Uhr. »Jetzt sind schon eineinhalb Stunden vergangen.«

»Es könnte technische Schwierigkeiten in Moskau geben, das wäre nicht das erste Mal.«

»Nicht für ihn. Er will unseren Kontakt nicht bestätigen.«

»Wie oft hast du schon einen Termin bis zur letzten Minute hinausgeschoben und gewartet, bis derjenige, der deinen Anruf erwartete, völlig verunsichert war.«

»Dazu kennt er meine Akte zu gut.« Michael drehte sich zu ihr. »Ich muß eine Entscheidung treffen. Wenn ich recht habe mit meinem Verdacht, dann dürfen wir nicht zulassen, daß Pierce Poole's Island verläßt. Wenn ich unrecht habe, wird man denken, ich wäre verrückt geworden, hätte den Verstand verloren, und Berquist wird keine andere Wahl haben, als mich zu entfernen.«

»Nicht unbedingt.«

»Natürlich wird es so laufen. Ich sehe Gespenster und vergeude wertvolle Stunden mit meiner Selbsttäuschung. So verhält sich kein Mann, dem man die Befehlsgewalt anvertraut. Mein Gott, Arthur Pierce! Das Wertvollste, was wir besitzen . . .«

»Nur du weißt, was du tatsächlich gesehen hast.«

»Es war Nacht. Sieh dir doch meine Klinikakte an. Ist das ein vernünftiger Mann, der da redet und denkt? Was hat er wirklich gesehen? . . . Ich brauche ein Wort, ein Schweigen von Rostow.«

»Warte, Mikhail«, sagte Jenna und drückte ihn in den Sessel. »Du hast immer noch Zeit. Beschäftige dich mit der Namensliste, mit dem, was der unbekannte Mann am Telefon Decker gegenüber geäußert hat. Vielleicht kommt dir dann die Erkenntnis.«

Auf der Liste standen die Namen von Wissenschaftlern, Soldaten, Anwälten, Ärzten, Attachés, Diplomaten . . . Überläufern: Allesamt Russen, die irgendwann einmal direkten Kontakt mit Anthony gehabt hatten. Havelock malte sich jeden einzelnen Mann aus, jedes Gesicht, und sein inneres Ohr hörte Dutzende von Stimmen in englischer Sprache reden. Er brachte die Stimmen mit den Gesichtern in Einklang, lauschte auf Phrasen, die schnell gesprochen wurden, auf Worte, die abgehackt wirkten. Es war zum Verrücktwerden, Gesichter und Stimmen mischten sich ineinander, Lippen bewegten sich, und plötzlich war gar nichts mehr zu hören, gleich darauf Schreie. *Der Außenminister wird Sie an wichtigen Stellen häufig lobend erwähnen.* Hatte *er* das gesagt, würde er das so ausdrücken? *Man wird Sie rufen* ... Wie oft hatte er diese Formulierung gehört! Aber wer gebrauchte sie?

Wer?

Eine Stunde verstrich, dann weitere fünfzig Minuten. Die Frist für Rostows Anruf war längst abgelaufen, und auf Poole's Island mußte Pierce inzwischen Einblick in die Dokumente bekommen haben. Havelock würde eine Entscheidung – *die Entscheidung* – treffen. Nichts war vergessen, nur zugeschüttet, und seine Blicke wanderten immer wieder zu der Uhr auf dem Schreibtisch, während seine gedankliche Suche nach Parsifal eine beängstigende Intensität angenommen hatte.

»Ich kann ihn nicht finden!« rief Michael und schlug mit der Hand auf den Sofatisch. »Er ist hier, die Worte sind hier, aber ich kann ihn nicht finden!«

Das Telefon klingelte. Rostow? Havelock schoß aus dem Sessel hoch und starrte den Apparat an. Wieder schrillte die Glocke; Michael eilte ans Telefon und nahm ab. Jenna beobachtete ihn.

»Ja«, sagte er leise und ordnete seine Gedanken für den Eröffnungszug.

»Hier spricht Ihr Freund vom Kennedy-Flughafen, der Mann, der seine Waffe nicht mehr hat ...«

»Wo ist Rostow? Ich habe Ihnen einen Termin gesetzt.«

»Der ist eingehalten worden. Hören Sie jetzt gut zu. Ich rufe von einer Telefonzelle in der Eighth Avenue an und muß die Straße im Auge behalten. Der Anruf kam vor einer halben Stunde. Zum Glück habe ich ihn entgegengenommen. Mein Vorgesetzter war für den Abend verabredet.«

»Worauf wollen Sie hinaus?«

»Rostow ist tot! Er ist um halb zehn Uhr früh nach Moskauer Zeit gefunden worden, nachdem es uns mit mehreren Anrufen nicht gelang, ihn zu wecken.«

»Wie ist er gestorben?«

»Er hatte vier Kugeln im Kopf.«

»O Gott! Hat man einen Verdacht, wer ihn getötet hat?«

»Man vermutet, die *Voennaja Kontra Rozvedka,* und ich zumindest glaube das. Es hatte in jüngster Zeit viele solcher Gerüchte gegeben, und wenn man sogar einen Mann wie Rostow beseitigen kann ... dann bin ich zu alt und rufe besser von einer Telefonzelle aus an. Sie sind hier alle verrückt, aber es ist besser, mit Verrückten zu leben als unter Schakalen, die einem die Kehle aufreißen, wenn ihnen die Art, wie man lacht oder trinkt, nicht gefällt.«

Bei der Besprechung heute nachmittag ... etwas, das ich nicht begriff ... Ein Abwehrbeamter vom KGB hatte mit Ihnen Kontakt gehabt ... Spekulationen über die Gruppe in Moskau ... Arthur Pierce, während er auf einer verlassenen Landepiste unbeholfen eine Zigarette rauchte.

Rostow hat keine Spekulationen angestellt. Er wußte Bescheid. Eine Gruppe von Fanatikern in einer Abteilung des KGB, die sich VKR nennt. Die Voennaja ... Er versucht, die Gruppe auszuschalten ... Ein Killer von der Costa Brava.

Hatte Pierces Anruf mehr umfaßt als den Tod eines *paminjatschik?* Hatte er die Exekution eines Mannes in Moskau verlangt? Rostow war erschossen worden – aber das war der Beweis, den er brauchte. War er schlüssig? Gab es überhaupt etwas, das noch schlüssig war?

»Codewort ›Hammer-Null-Zwo‹«, sagte Michael. »Sagt Ihnen das etwas?«

»Möglicherweise ein Teil davon, nicht alles.«

»Was für ein Teil?«

»Der ›Hammer‹. Man hat diesen Code vor Jahren benutzt; ich glaube, man hat ihn inzwischen aufgegeben. Hammarskjöld, Dag Hammarskjöld. Die Vereinten Nationen.«

»Großer Gott! ... Null, null ... zwo. Eine Null ist ein Kreis ... ein Kreis. Ein Rat! Zwei ... doppelt, zweimal, *zwei – ter.* Die zweite Stimme in der Delegation! Das ist es!«

»Wie Sie richtig annehmen«, unterbrach ihn der Sowjet, »bleibt mir nichts anderes übrig als überzulaufen.«

»Rufen Sie das New Yorker Büro des FBI an. Gehen Sie dort hin. Ich werde sie informieren.«

»An das FBI werde ich mich auf keinen Fall wenden, das kann ich Ihnen versichern.«

»Dann rufen Sie mich in dreißig Minuten wieder an. Ich muß mich beeilen.«

Havelock drückte einen Knopf an seinem Telefon und unterbrach die Verbindung. Er blickte zu Jenna auf. »Es ist Pierce. ›Hammer-Null-Zwo‹. Ich habe ihn informiert – wir alle haben ihn informiert –, daß Rostow mit der *Voennaja* etwas vorhatte. Er hat Rostow töten lassen.«

»Dann sitzt er in der Falle«, sagte Jenna. »Du hast ihn!«

»Ich habe ihn! Ich habe ›Ambiguity‹, den Mann, der uns am Col des Moulinets den Tod gewünscht hatte ... Und wenn ich ihn erst in einer Klinik habe, werde ich ihn zum Mond schießen. Was immer er weiß, werde ich auch wissen.« Michael wählte schnell. »Den Präsidenten bitte, Mr. Cross möchte ihn sprechen.«

»Du mußt ruhig bleiben, Mikhail«, sagte Jenna und trat an den Schreibtisch. »Denke daran, es wird für ihn ein ungeheurer Schock sein, und es ist wichtig, daß er dir glaubt.«

Havelock nickte. »Das ist das Schwierigste daran. Danke. Du hast recht, ich muß ihn langsam mit der Wahrheit vertraut machen ... *Mr. President?*«

»Was ist?« fragte Berquist besorgt. »Was ist passiert?«

»Ich habe Ihnen etwas mitzuteilen, *Sir.* Es wird ein paar Minuten dauern, und ich möchte, daß Sie sich das, was ich zu sagen habe, sehr aufmerksam anhören.«

»Warten Sie, ich nehme einen anderen Apparat, im Zimmer nebenan sind Leute ... Übrigens, hat Pierce Sie erreicht?«

»Was?«

»Arthur Pierce. Hat er Sie angerufen?«

»Was ist mit Pierce?«

»Er hat etwa vor einer Stunde angerufen; er brauchte eine weitere Freigabe. Ich habe ihm von Ihrem Anruf bei mir berichtet und ihm erzählt, daß Sie beide wissen wollten, ob ich die Geschichte mit Randolph-Medical-Center erwähnt hätte – eine gottverdammte Schweinerei war das –, und ich sagte ja, das wäre alles, was wir darüber wüßten.«

»Bitte, *Mr. President!* Noch einmal, was genau waren Ihre Worte?«

»Was ist denn mit Ihnen los?«

»Was hat er zu Ihnen gesagt?«

»Worüber denn?«

»Sagen Sie es mir! Zuerst, was Sie ihm gegenüber geäußert haben!«

»Einen Augenblick mal, Havelock ...«

»Beeilen Sie sich! Sie haben keine Zeit, niemand von uns hat Zeit! Was haben Sie gesagt?«

Der Präsident spürte die Eindringlichkeit von Havelocks Worten. Nach kurzem Schweigen antwortete Berquist ganz ruhig. Er verstand zwar die Unruhe seines Untergebenen nicht, war aber bereit, sie zu respektieren. »Ich habe gesagt, Sie hätten mich angerufen und mich ausdrücklich gefragt, ob ich bei der Sitzung heute nachmittag das Randolph-Medical-Center erwähnt hätte. Das bestätigte ich und berichtete ihm, Sie wären anscheinend erleichtert gewesen, daß alle darüber Bescheid wußten.«

»Was hat *er* gesagt?«

»Er machte auf mich einen verwirrten Eindruck, um ehrlich zu sein. Ich glaube, er hat ›aha‹ gesagt und mich dann gefragt, ob Sie irgendwelche Gründe für Ihre Frage genannt hätten.«

»Für welche Frage?«

»Bezüglich des Medical ... Was ist eigentlich los mit Ihnen?«

»Was haben Sie ihm gesagt?«

»Daß ich verstünde, daß Sie beide besorgt wären, obwohl ich nicht genau wüßte, weshalb.«

»Und seine Antwort darauf?«

»Da muß ich überlegen ... ja, er fragte, ob Sie mit dem Mann, den Sie in Bethesda haben, irgendwelche Fortschritte gemacht hätten.«

»Nicht vor morgen, und das wußte er.«

»Was?«

»Mr. President, ich habe jetzt keine Zeit für Erklärungen, und Sie dürfen auch keine Sekunde verlieren. Hat Pierce sich auf Poole's Island Zugang zu dem Safe, zu jedem Raum verschafft?«

»Ich weiß es nicht.«

»Halten Sie ihn auf! *Er ist der Maulwurf!*«

»Sie sind wahnsinnig!«

»Verdammt, Berquist, Sie können mich erschießen lassen, aber in diesem Augenblick verlange ich das! Er hat Kameras bei sich, von denen Sie nichts wissen! In Ringen, in Manschettenknöpfen, in seiner Uhr! Halten Sie ihn auf! Nehmen Sie ihn fest! Ziehen Sie ihn nackt aus und prüfen Sie ihn auf Zyankalikapseln. Ich kann diesen Befehl nicht erteilen, aber Sie können es! Sie müssen! Sofort!«

»Bleiben Sie am Telefon«, sagte der Präsident der Vereinigten Staaten. »Vielleicht lasse ich Sie wirklich erschießen.«

Havelock erhob sich, um sich zu bewegen. Da waren jetzt wieder die dunklen Nebel, und er mußte ihnen entgegenkommen. Er sah Jenna an, und ihre Augen verrieten, daß sie verstand.

»Ich habe Pierce gefunden und er mich.«

»Er ist in der Falle.«

»Ich hätte ihn an der Costa Brava töten können. Ich wollte ihn töten, aber ich habe nicht auf mich gehört.«

»Quäl dich nicht mit der Vergangenheit. Jetzt hast du ihn.«

Michael ging vom Schreibtisch weg, um die dunklen Nebel abzuschütteln, die ihn verfolgten.

Das Telefon klingelte, er fuhr herum und stürzte sich auf den Apparat. »Ja?«

»Er ist weg. Er hat dem Patrouillenboot Befehl erteilt, ihn nach Savannah zurückzubringen.«

»Hat er den Saferaum betreten?«

»Nein.«

»Dem Himmel sei Dank!«

»Er hat etwas anderes«, sagte der Präsident, so leise, daß Havelock ihn kaum verstehen konnte.

»Was?«

»Die komplette psychiatrische Akte über Matthias. Sie enthält alles.«

37

Polizeiwagen rollten durch die Straßen von Savannah, Streifenfahrzeuge rasten zum Flughafen oder zu Bus- und Bahnstationen. Überall in der Stadt wurden die Büros der Autovermietungen überprüft, und auf den Highways und Landstraßen errichtete man Straßensperren. Die Beschreibung des Mannes wurde über Funk allen Einheiten durchgegeben; und der Einsatzbefehl lautete: »Findet den Mann mit der weißen Strähne im Haar. Wenn Sie ihn sehen, nähern Sie sich ihm nur mit gezogener Waffe. Bei verdächtigen Bewegungen ist von der Schußwaffe Gebrauch zu machen. Todesschuß ausdrücklich genehmigt.«

Die Jagd nach dem Maulwurf war beispiellos, was ihre Intensität und die Zahl der eingesetzten Helfer anbetraf. Polizisten, die dienstfrei hatten, wurden zurückbeordert, und viele von ihnen wurden mit ihren Privatfahrzeugen, die mit magnetischen Dachlampen ausgerüstet waren, auf die finsteren Landstraßen geschickt. Überall mußten sich Fahrzeuginsassen und Passanten ausweisen, und wer auch nur entfernt der Beschreibung des Mannes glich, wurde höflich aufgefordert, die Kopfbedeckung abzunehmen, dann huschten die Lichtbalken von Taschenlampen über Gesicht und Haare und suchten nach hastig und unvollkommen gefärbten weißen Haarsträhnen über der Stirn. Nicht nur Hotels, Motels und Landgasthöfe wurden kontrolliert, auch abgelegene Bauernhäuser nahm man sich vor, weil man in Betracht zog, daß der *paminjatschik* vielleicht ein Kind oder eine Ehefrau als Geisel genommen hatte. Auch Scheunen und Schuppen wurden durchkämmt, nichts blieb dem Zufall überlassen.

Der Morgen kam, und Tausende meldeten sich übermüdet an ihren Einsatzorten, ohne eine heiße Spur von »Mr. Smith« gefunden zu haben. Mit diesem Namen hatte man die Identität von Pierce getarnt und auch kein Foto von ihm den Polizisten ausgehändigt, die verwirrt und verärgert über die ineffektiven Fahndungsmethoden waren. Der Mann mit der weißen Strähne im Haar war durch das Netz geschlüpft. Er konnte inzwischen blond oder kahlköpfig sein, an einem Stock gehen oder eine Polizei- oder Militäruniform tragen, kurz, sein Äußeres total verändert haben.

Die Zeitungen, die in ihren Morgenausgaben Berichte über die auffällige Suchaktion veröffentlicht hatten, riefen abrupt ihre Reporter zurück, nachdem Vertreter der Regierung an die Eigentümer oder Chefredakteure herangetreten waren und um Stillschweigen gebeten hatten. *Spielen Sie es herunter, lassen Sie die Story sterben.* In den Mittagsausgaben wurde die Fahndung nur mehr als Kurzmeldung auf den hinteren Seiten erwähnt, und in den Abendausgaben war die Aktion bereits vergessen.

Der Telefonanschluß von Voyagers Emporium war seit Mitternacht gestört, und als dann um acht Uhr morgens der Dienst wieder aufgenommen wurde, befanden sich »Monteure« der Telefongesellschaft in der Telefonzentrale, in der jeder eingehende Anruf überwacht und auf Band aufgezeichnet wurde, und sämtliche Bänder unter fünfzehn Sekunden Länge wurden über Telefon nach »Steril Fünf« überspielt. Diese Kürze reduzierte die Zahl der Gespräche.

Internationale Flughäfen wurden von FBI-Agenten überwacht, Männer mit komplizierten Röntgengeräten durchleuchteten Aktentaschen und Handgepäck. Die Suche galt einem Metallbehälter mit einem Kombinationsschloß. Man ging von zwei Annahmen aus: zum einen, daß die Akte nicht dem Frachtraum eines Flugzeugs anvertraut sein würde, und zum zweiten, daß die Akte, um ihre Authentizität zu beweisen, in ihrem ursprünglichen Behälter bleiben würde. Sollten Behälter und Akte getrennt sein, so würde die eine oder andere Form hinreichender Anlaß für eine genauere Überprüfung sein. Bis halb zwölf Uhr mittags waren auf Flughäfen überall im Lande mehr als 2700 Aktenkoffer geöffnet und durchsucht worden.

»Vielen Dank«, sagte Havelock am Telefon. Die ganze Nacht hatte er kein Auge zugemacht. Er sah zu Jenna hinüber, die Kaffee einschenkte.»Die können das nicht verstehen, und ich kann es ihnen nicht erzählen. Pierce würde unter keinen Umständen Orphan-sechsundneunzig anrufen, wenn er nicht glaubte, seine Botschaft mit nur wenigen Worten durchgeben zu können, die er noch dazu schnell sprechen kann. Er weiß, daß ich inzwischen meine Leute eingesetzt habe und jedes Gespräch aufgezeichnet wird.«

»Du hast alles getan, was in deiner Macht steht«, sagte Jenna und trug den Kaffee an den Schreibtisch. »Sämtliche Flughäfen werden überwacht . . .«

»Nicht seinetwegen«, unterbrach Michael sie. »Er würde es nicht riskieren, und außerdem will er gar nicht weg. Er will dasselbe wie ich: Parsifal finden! Es geht um diese Akte! Eine kleine, einmotorige Maschine, die die mexikanische Grenze überfliegt, oder ein Fischerboot, das sich zwischen Amerika und Kuba mit einem anderen trifft – und schon ist die Akte auf dem Weg nach Moskau, in die Hände der Overkillspezialisten der *Voennaja*. Und es gibt nichts, aber auch gar nichts, was ich dagegen tun kann.«

»Die mexikanische Grenze wird besonders scharf kontrolliert. Das Personal ist verdoppelt worden. Die Piers und Anlegestellen werden sowohl hier als auch im Golf beobachtet, und sämtliche Boote werden gestoppt, bei denen der Bestimmungsort Zweifel erweckt. Darauf hast du bestanden, und der Präsident hat die entsprechenden Befehle erteilt.«

»Die Küste ist lang, und das ist eine Menge Wasser.«

»Ruh dich aus, Mikhail. Wenn du erschöpft bist, kannst du nichts leisten. Leg dich auf die Couch. Ich kann so lange die Anrufe entgegennehmen und dir dann berichten. Ich habe eine Weile geschlafen, du nicht.«

»Wann hast du geschlafen?« fragte Michael und blickte sie zweifelnd an.

»Während du mit deiner Küstenwache gesprochen hast.«

»Sie gehört nicht mir«, sagte Havelock müde und richtete sich auf. »Vielleicht lege ich mich hin . . . nur für ein paar Minuten.« Er ging um den Schreibtisch herum, blieb an der Ecke stehen und sah sich in dem eleganten Arbeitszimmer um, das jetzt mit losen Blättern, Notizbüchern und Akten übersät war. »Herrgott, wie ich dieses Zimmer hasse!« sagte er und ließ sich auf der Couch nieder.

Das Telefon klingelte, und Michael lauerte darauf, daß es weiterklingeln würde, das Signal eines Notfalls. Das Klingeln hörte auf und fing dann wieder an. Havelock nahm einen Schluck Kaffee, während Jenna abhob und sich mit ruhiger Stimme meldete.

»Hier ›Steril Fünf‹ ... Wer spricht?« Sie lauschte, hielt dann die Hand über die Sprechmuschel und blickte zu Michael hinüber. »Es ist das State Department, New York City, Sicherheitsabteilung. Dein Mann vom sowjetischen Konsulat ist bei ihnen.«

Havelock erhob sich etwas unsicher, brauchte einen Augenblick, um sein Gleichgewicht wiederzufinden. »Ich muß mit ihm sprechen«, sagte er und trat an den Schreibtisch. »Ich hatte ihn schon vor Stunden dort erwartet.« Michael nahm Jenna den Hörer ab und meldete sich. »Geben Sie mir den Kandidaten bitte.« Der Russe kam an den Apparat. »Wo, zum Teufel, haben Sie gesteckt?«

»Offensichlich empfindet man es hier drüben als Zumutung, außerhalb der Geschäftszeit überzulaufen«, begann der Russe mit matt klingender Stimme. »Ich bin hier um vier Uhr heute früh an der Federal Plaza eingetroffen und mußte mir dann von einem der Nachtwächter sagen lassen, er könne nichts tun, solange das Büro nicht geöffnet sei. Ich erklärte ihm meine etwas prekäre Lage, worauf dieser nette, hohlköpfige Idiot eine Tasse Kaffee spendieren wollte. In einem öffentlichen Imbißraum ... Als ich mir schließlich selbst Zugang zu dem Gebäude verschafft hatte – Ihre Sicherheitsvorkehrungen sind lächerlich –, wartete ich in einem finsteren, zugigen Korridor bis neun Uhr, bis Ihre Leute eintrafen. Ich gab mich dann zu erkennen, und diese Schwachköpfe wollten die Polizei rufen! Sie wollten mich verhaften, wegen Einbruchs und möglicher Beschädigung von Regierungseigentum!«

»Schon gut, jetzt sind Sie jedenfalls dort ...«

»Ich bin noch nicht fertig«, schrie ihn der andere an. »Seit diesem verheißungsvollen Anfang habe ich unzählige Formulare ausgefüllt – nebenbei gesagt, mit russischen Kinderliedern – und wiederholt Ihre Nummer genannt und verlangt, daß man mich mit Ihnen sprechen läßt. Was haben Ihre Leute bloß? Gibt es da Vorschriften für Ferngespräche?«

»Jetzt sind wir ja in Verbindung.«

»Ich bin noch immer nicht fertig! ... Die letzte Stunde habe ich allein in einem Zimmer gesessen, das so offensichtlich mit einer Abhöranlage ausgerüstet ist, daß ich versucht war, die Hose runterzulassen und in eines der Mikrofone zu furzen. Und soeben hat man mir weitere Formulare zum Ausfüllen gegeben, darunter auch eines, das sich mit meinen Hobbys befaßt. Wollen Sie mich vielleicht in ein Sommerlager schicken?«

Michael lächelte. »Nur an einen Ort, wo Sie sicher sind«, sagte er. »Wir sind Narren, vergessen Sie das nicht. Keine Schakale. Sie haben die richtige Wahl getroffen.«

Der Russe seufzte hörbar. »Was rege ich mich auf? Die *fruktovije golovi* im Dscherschinski sind nicht besser; warum soll ich das nicht eingestehen? Sie sind noch schlimmer. Ihr Albert Einstein wäre schon auf dem Weg nach Sibirien und müßte in einem Gulag Maultiere ziehen. Was für einen Sinn hat das Ganze überhaupt?«

»Sehr wenig«, sagte Havelock leise. »Es kommt nur darauf an zu überleben. Das gilt für uns alle.«

»Dem stimme ich zu.«

»Das hat Rostow auch.«

»Ich erinnere mich an die Worte, die er Ihnen telegrafiert hat: ›Sie sind nicht länger mein Feind, wohl aber andere, die auch meine Feinde sein könnten!‹ Das sind drohende Worte, Havelock.«

»Die *Voennaja.*« Michael hielt inne.

»Wahnsinnige!« kam mit kehliger Stimme die Antwort. »Die sind in ihrem Geist mit dem Dritten Reich verbunden.«

»Wie sind sie hier organisiert?«

»Wer weiß das schon? Die haben ihre eigenen Rekrutierungsmethoden. Sie stehen mit zu vielen in Verbindung, die man nicht sehen kann.«

»Die *paminjatschiks?* Die kann man nicht sehen.«

»Aber man kann natürlich Spekulationen anstellen ... die auf Gerüchten aufbauen. Gerüchte gibt es immer, nicht wahr? Man könnte sagen, daß diese Spekulationen mich dazu veranlaßt haben, das Lager zu wechseln.« Der Russe machte eine Pause. »Man wird mich doch als einen wertvollen Überläufer behandeln, oder?«

»Man wird Sie wie einen Schatz bewachen. Was für Spekulationen meinen Sie?«

»In den letzten Monaten haben bestimmte Leute uns verlassen, sie sind unerwartet in Pension gegangen und haben ihre wohlverdiente Datscha aufgesucht oder sind plötzlich krank geworden ... oder verschwunden. Man hat es nicht auf so plumpe Weise angestellt wie bei Rostow, aber da war vielleicht keine Zeit mehr, ihn auf geschicktere Weise zu beseitigen. Dennoch scheinen all diese Leute etwas gemeinsam zu haben: Sie wurden im allgemeinen als Realisten eingestuft, die Lösungen suchten und Konfrontationen aus dem Wege gingen. Pjotr Rostow war geradezu ein Symbol dieser Gruppe; eigentlich war er sogar auf gewisse Weise so etwas wie ihr Sprecher. Damit wir uns nicht falsch verstehen, Sie waren sein Feind, er lehnte Ihr System ab –

ein System, das zu viel für wenige und zu wenig für die Masse bietet –, aber er begriff, daß es einen Punkt gibt, wo selbst Feinde aufhören müssen, Druck aufeinander auszuüben. Wir wußten schließlich, daß die Zeit für uns arbeitete.«

»Wollen Sie damit ausdrücken, daß die Leute, die an die Stelle von Rostow und seinen Gesinnungsgenossen traten, anders denken?«

»So lautet das Gerücht.«

»Die *Voennaja?*«

»Das ist die Spekulation, und wenn sie erst einmal die Machtzentren des KGB übernommen haben, ist der Schritt in die Kremlspitze nicht mehr weit. Das darf nicht geschehen. Wenn doch . . .« Der Russe sprach den Satz nicht zu Ende.

»Dann folgt das Nichts?« meinte Havelock

»So beurteile ich es. Sehen Sie, die glauben, sie könnten Sie fertigmachen, zuerst an einem Ort und dann an einem anderen.«

»Das ist nichts Neues.«

»Mit taktischen Atomwaffen.«

»Das ist allerdings neu.«

»Das ist Wahnsinn!« sagte der Mann vom KGB. »Sie werden reagieren müssen, die Welt wird es verlangen.«

»Wie können wir die VKR aufhalten?«

»Indem Sie ihnen wenig oder gar keine Munition liefern.«

»Was verstehen Sie unter Munition?«

»Die Kenntnis von provozierenden Handlungen Ihrer Seite, damit könnten Sie die müden, alten Männer im Präsidium unter Druck setzen. Das ist genauso wie bei Ihnen; Sie haben auch Ihre Handlanger. Generäle mit Orden auf der Brust und aufgeregte Obristen, die sich mit Senatoren und Kongreßmännern zusammentun und Katastrophenmeldungen in die Welt posaunen, wenn Sie nicht zuerst zuschlagen. Es ist nicht immer so, daß die klügsten Männer die Oberhand behalten. Tatsächlich sind Sie in dem Punkt besser dran als wir; Ihre Kontrollen sind besser.«

»Hoffentlich«, sagte Michael und mußte kurz an Männer wie Korvettenkapitän Thomas Decker denken. »Sie sagen, die *Voennaja* hätte Ihre Ränge infiltriert, das KGB.«

»Spekulation.«

»Wenn es stimmt, so bedeutet das, daß zumindest einige von denen in der Botschaft oder im Konsulat in New York herumlaufen könnten.«

»Ich bin nicht einmal in bezug auf meinen eigenen Vorgesetzten sicher.«

»Und ein *paminjatschik* von draußen würde sie kennen, könnte mit ihnen Verbindung aufnehmen, eine Lieferung übergeben.«

»Was für eine Lieferung?«

Havelock hielt inne und versuchte, das Pochen in seinen Schläfen zum Schweigen zu bringen. »Angenommen, ich würde Ihnen jetzt erzählen, daß Munition von eben der Art, wie Sie sie beschreiben, gestern nacht von einem Maulwurf gestohlen wurde. Er war so gut getarnt, daß er Zugang zu Informationen hatte, die nur auf Präsidentenorder zugänglich sind. Er ist verschwunden.«

»Und ist bereit, seinen Tarnposten zu verlassen?«

»Man hat ihn entdeckt. Sie haben Ihren Beitrag dazu geleistet; Sie haben mir von Rostows Tod und dem VKR berichtet. Er gehört zur *Voennaja*. Er ist der Feind.«

»Dann sollten Sie sich nach plötzlichen Abreisen von Diplomaten der unteren Ränge umsehen, nach einem Verbindungsoffizier etwa. Wenn es einen VKR-Rekruten gibt, wird er zu diesem Kreis gehören. Halten Sie ihn auf, wenn Sie können, stoppen Sie das Flugzeug, wenn es sein muß. Behaupten Sie, es ginge um einen Diebstahl oder, wenn es sein muß, sogar um Spionage. Lassen Sie nicht zu, daß die Munition nach Moskau gelangt.«

»Und wenn es bereits zu spät ist?«

»Was kann ich Ihnen sagen, ohne zu wissen, worum es sich handelt.«

»Das Schlimmste.«

»Können Sie es leugnen?«

»Nein. Teilweise ist es falsch – das ist der schlimmste Teil –, aber man wird es als Wahrheit akzeptieren . . . zumindest werden die Generäle mit den Ordensstreifen es akzeptieren.«

Der Russe schwieg eine Weile und erwiderte schließlich mit leiser Stimme: »Sie müssen die anderen sprechen, die viel höher stehen, viel klüger sind. Wir haben hier beim Umgang mit solchen Dingen eine Faustregel. Man muß sich an einflußreiche Männer in der Partei wenden, die zwischen fünfzig und siebzig sind und die ›Operation Barbarossa‹ und Stalingrad überlebt haben. Diese Leute haben in der Regel ein gutes Gedächtnis; sie würden Ihnen vielleicht helfen. Ich fürchte, ich kann es nicht.«

»Sie haben mir bereits geholfen. Wir wissen jetzt, worauf wir in der Botschaft und im Konsulat achten müssen. Man wird Sie zum Verhör hierherbringen, das ist Ihnen klar?«

»Natürlich . . . Havelock, verhindern Sie die Lieferung nach Moskau. Sie kennen die *Voennaja* nicht.«

»Ich fürchte, ich kenne sie«, sagte Michael, »und ich habe Angst«, fügte er hinzu und legte auf.

Die nächsten drei Stunden gab es keinen Schlaf für ihn. Mit Kaffee, Aspirin und kalten Kompressen hielt er sich wach und betäubte den bohrenden Schmerz in seinem Kopf. Jede Abteilung, die Informationen über die sowjetische Botschaft oder das Konsulat in New York hatte, wurde kontaktiert und erhielt die Anweisung, alles zu liefern, was »Steril Fünf« verlangte. Die Flugpläne der Aeroflot, der LOT Airlines und sämtlicher anderer Linien des Ostblocks wurden studiert und ihre Passagierlisten nach Namen von Diplomaten abgesucht. An beiden Gebäuden in Washington und New York wurden zusätzliche Kameras angebracht, und jede Person, die das Areal verließ, wurde überwacht, wobei die entsprechenden Einheiten Anweisungen hatten, ihre Beobachtungsobjekte auch auf die Gefahr der eigenen Entdeckung nicht aus den Augen zu lassen. Alles war darauf abgestimmt, Kontakte zu verhindern, die Lieferung nach Moskau zu unterbinden, und nichts konnte dies wirksamer herbeiführen als ein VKR-Agent, der wußte, daß er den Flüchtling ans Messer liefern würde, wenn er ein Treffen einhielt, oder Pierce, der erkannte, daß man ihn fangen könnte, wenn er ein solches Treffen arrangierte.

Entlang der mexikanischen Grenze flogen Dutzende von Hubschraubern, verfolgten Privatmaschinen, prüften jeden Funkspruch. Vor den Küsten von Florida, Georgia und Carolina jagten Düsenjäger im Tiefflug über das Wasser.

Es war Viertel vor vier, als Havelock wieder erschöpft auf die Couch sank. »Bis jetzt steht noch alles«, sagte er, »es sei denn, wir haben irgend etwas übersehen. Ich muß mir die Namen noch einmal ansehen. Parsifal steht auf der Liste, und ich muß ihn finden. Berquist sagt, wir haben nur noch diese Nacht Zeit, er kann das Risiko nicht mehr eingehen. Die Welt kann das Risiko nicht eingehen.«

»Aber Pierce hat den Saferaum doch nie betreten«, entgegnete Jenna. »Er hat die Verträge nie gesehen.«

»Sie sind aber in allen Einzelheiten in der psychiatrischen Akte über Matthias enthalten . . . in ihrem ganzen Wahnsinn. In mancher Hinsicht ist das sogar noch schlimmer. Ein Mann, den die Ärzte für geisteskrank erklären, verantwortet die Außenpolitik des mächtigsten Landes der Erde. Berquist hat gesagt, daß wir Aussätzige sein werden, wenn wir überhaupt überleben.«

Das Telefon klingelte, Michael vergrub sein Gesicht in das Kissen.

»Ja, vielen Dank«, sagte Jenna, die abgehoben hatte.

»Was ist?« fragte Havelock und schlug die Augen wieder auf.

»Das CIA hat fünf weitere Fotografien ausfindig gemacht. Jetzt fehlt nur noch eine, und sie sind ganz sicher, daß der Betreffende tot ist. Andere können natürlich auch tot sein.«

»Fotografien? Wovon, von wem?«

»Die verdienstvollen Männer auf meiner Liste.«

»Oh?« Michael drehte sich herum. »Verdienstvolle Männer«, flüsterte er. »Warum?«

»Du mußt jetzt schlafen, Mikhail. So nützt du weder dir noch sonst jemandem.« Jenna trat an die Couch und kniete neben ihm nieder. Sie drückte ihre Lippen sachte gegen seine Wangen.

Jenna Karras saß am Schreibtisch, und jedesmal, wenn das Telefon zu klingeln begann, stürzte sie sich förmlich darauf, wie eine blonde Katze, die ihre Jungen vor fremdem Zugriff beschützt. Die Anrufe kamen von überall, Berichte von Männern, die Befehle ausführten, deren Sinn sie nicht begriffen. Bis jetzt stand die Verteidigungsmauer noch, die sie vor dem Chaos schützte.

Das attraktive Paar in Reithosen, Stiefeln und roten Blazerjacken galoppierte über das Feld. Ihre Pferde hatten die Nüstern gebläht, und ihre langen Beine trommelten auf die harte Erde. In der Ferne, rechts von ihnen, war ein Staketenzaun zu sehen, der die Grenze des benachbarten Anwesens markierte. Und dahinter ein weiteres Feld, das in eine Mauer aus hohen Ahornbäumen und Eichen überging. Der Mann wies auf den Zaun, lachte und nickte. Die Frau gab sich zuerst überrascht und zierte sich, dann riß sie ihr Pferd plötzlich nach rechts und trieb es an, preschte vor ihrem Begleiter einher, hoch im Sattel aufgerichtet, und raste auf den Zaun zu. Sie segelte darüber hinweg, der Mann nur wenige Meter hinter ihr, dann ritten sie schnell auf den Waldrand zu, wo beide ihre Pferde zügelten.

»Verdammt«, rief plötzlich die Frau. »Ich habe mir an der Wade einen Muskel gezerrt.«

»Steig ab und bewege dich. Du darfst nicht sitzenbleiben.«

Die Frau schwang sich aus dem Sattel, der Mann griff nach den Zügeln und glitt selber vom Pferd. Seine Begleiterin ging im Kreis herum, sie hinkte und fluchte bei jedem Schritt.

»Du großer Gott, wo sind wir?« fragte sie.

»Ich glaube, das Land hier gehört den Heffernans. Was macht dein Bein?«

»Tut scheußlich weh.«
»Du kannst damit nicht weiterreiten.«
»Ich kann kaum auftreten, du Esel.«
»Reg dich nicht auf. Komm schon, suchen wir ein Telefon.«
Der Mann und die Frau gingen auf die Bäume zu, wobei der Mann beide Pferde führte. »Hier binde ich sie an«, sagte er und deutete auf einen dünneren Baumstamm. »Ich hol sie später. Die laufen nicht weg.«
»Dann kannst du mir helfen. Das Bein schmerzt gemein.«
Als die Pferde angebunden waren und grasten, setzten die Reiter ihren Weg fort. Jetzt konnten sie zwischen den Bäumen die Umrisse der breiten Zufahrt erkennen, die in einem Bogen um den Vordereingang des großen Hauses verlief. Sie sahen auch die Gestalt eines Mannes, der plötzlich aus dem Nichts aufzutauchen schien. Er trug einen Gabardinemantel und hatte beide Hände in den Taschen. Als er ihnen gegenüberstand, sagte er: »Kann ich Ihnen behilflich sein? Das ist Privatbesitz.«
»Ich bin sicher, daß wir alle Privatbesitz haben«, erwiderte der Reiter und stützte die Verletzte. »Meine Frau hat sich bei unserem letzten Sprung einen Muskel gezerrt und kann nicht weiterreiten.«
»Was?«
»Unsere Pferde sind dort hinten angebunden. Wir sind die Strecke einmal abgeritten, um uns auf den kommenden Samstag vorzubereiten, und ich fürchte, wir haben einen Sturz gebaut, wie man so sagt. Bringen Sie uns bitte zu einem Telefon.«
»Nun, ich ... ich ...«
»Das ist doch das Gutshaus von Heffernans, nicht wahr?« fragte der Ehemann.
»Ja, aber weder Mr. noch Mrs. Heffernan sind hier, *Sir*. Wir haben Anweisung, niemand hineinzulassen.«
»Scheiße!« explodierte die Frau. »Jetzt stellen Sie sich doch nicht so an! Mein Bein tut weh, Sie Esel! Jemand muß mich zum Club bringen.«
»Einer der Männer wird Sie gerne fahren, *Madam*.«
»Mein Chauffeur kann mich ebensogut abholen, verdammt! Wirklich, wer sind denn diese Heffernans? Sind das Mitglieder, Liebling?«
»Ich glaube nicht, Buff. Schau, der Mann hat seine Anweisungen; die sind zwar lächerlich, aber es ist nicht seine Schuld. Geh du nur mit ihm, dann bringe ich die Pferde zurück.«
»Hoffentlich versuchen sie nicht, Mitglied zu werden«, sagte die

Frau, während die beiden Männer sie in der Einfahrt zu einem Wagen führten.

Der Mann ging durch den Wald zu den Pferden zurück, band sie los und führte sie über das Feld, wo er die Gatterstangen herunterließ und sie ins hohe Gras trieb. Dann legte er das Gatter wieder auf, stieg auf seinen Braunen und trottete mit dem Pferd der Frau im Schlepptau in südlicher Richtung über den Kurs, den sie am Samstag reiten würden.

Er griff unter den Sattel, zog ein Funksprechgerät heraus und drückte einen Schalter.

»Da sind zwei Wagen«, sagte er ins Mikrofon, »ein schwarzer Lincoln, Zulassungsnummer 740 MRL, und ein dunkelgrüner Buick, Zulassung 137 GMJ. Das ganze Anwesen ist von Wachen umstellt, und es gibt keine Hinterausgänge. Das Glas ist so dick, daß man eine Kanone bräuchte, um sie wegzublasen. Und wir sind von Infrarotgeräten entdeckt worden.«

»Verstanden«, kam die Antwort über den winzigen Lautsprecher. »Wir interessieren uns in erster Linie für die Fahrzeuge. Übrigens, ich kann den Buick jetzt sehen.«

Der Mann, an dessen breitem Ledergürtel verschiedene Sägen hingen, saß hoch oben in der großen Fichte, die dicht neben der Straße stand. Er hatte seinen Sicherheitsgurt um den Baumstamm geschlungen und an einer Art Geschirr befestigt, das seinen Oberkörper umschloß.

Jetzt schob er das Walkie-talkie ins Futteral zurück und hielt sich das Prismenglas an die Augen, um die Limousine zu verfolgen, die aus der von Bäumen gesäumten Einfahrtsstraße kam.

Er hatte freie Sicht ringsum. Kein Fahrzeug konnte das Grundstück von »Steril Fünf« erreichen oder verlassen, ohne von ihm gesehen zu werden – selbst nachts, denn er hatte auch ein Infrarotglas bei sich.

Der Mann pfiff; die Tür des Lieferwagens weit unter ihm öffnete sich. An der Seitenwand des Fahrzeugs stand in breiten Lettern BAUMPFLEGE. Ein zweiter Mann stieg aus dem Transporter und blickte zum Wipfel der Fichte hinauf.

»Fahren Sie weg«, sagte der Mann oben im Baum, gerade laut genug, um gehört zu werden. »Lösen Sie mich in zwei Stunden ab.«

Der Fahrer des Lieferwagens fuhr eineinhalb Meilen in nördlicher Richtung bis zur ersten Kreuzung. Zu seiner Rechten war eine Tankstelle, das Tor der Reparaturwerkstätte stand offen, drinnen hing mit der Kühlerhaube nach vorn ein Wagen auf der hydraulischen Hebebühne. Der Fahrer schaltete das Fernlicht ein und aus. Im selben Augenblick leuchteten in der Garage die Scheinwerfer des Wagens für einen Moment auf. Der Besitzer der Tankstelle glaubte, er würde – streng vertraulich natürlich – der Rauschgiftabteilung der Staatspolizei behilflich sein. Das war das wenigste, was man als Staatsbürger tun konnte.

Der Fahrer bog nach rechts und dann gleich wieder nach links, wendete auf der Straße und nahm Kurs Richtung Süden. Drei Minuten später passierte er die Fichte, auf der sein Kollege lauerte. Unter anderen Umständen hätte er kurz gehupt, aber das konnte er jetzt nicht. Es durfte kein Geräusch geben, nichts Auffälliges, das die Aufmerksamkeit auf diesen Abschnitt der Straße lenkte. Statt dessen beschleunigte er das Tempo und erreichte in fünfzig Sekunden eine andere Kreuzung, die erste südlich von »Steril Fünf«.

Gegenüber, auf der linken Straßenseite, war ein kleiner Landgasthof mit glatten, weißen Säulen, die ein breites Vordach über dem Eingang stützten. Hinter dem Gasthof war ein asphaltierter Parkplatz angelegt, auf dem etwa ein Dutzend Wagen aufgereiht waren. Mit Ausnahme von einem, dem vierten von hinten; das verdreckte Auto stand so, daß der Fahrer die Kreuzung im Auge behalten und schnell die Ausfahrt erreichen konnte.

Wieder ließ der Mann am Steuer die Scheinwerfer aufblitzen, worauf der ungepflegte Wagen – ausgerüstet mit einer Maschine, die schneller war als alle anderen auf dem Parkplatz – das vereinbarte Lichtsignal gab. »Steril Fünf« war von allen Seiten gesichert.

Arthur Pierce musterte sein Gesicht im Spiegel des heruntergekommenen Motels am Rande von Falls Church, Virginia. Er war zufrieden mit dem, was er sah. Der graue Haarkranz, der seinen rasierten Kopf umgab, paßte zu der randlosen Brille und dem schäbigen braunen Pullover über dem schmutzigen weißen Hemd mit dem ausgefransten Kragen. Er war der Inbegriff des Versagers, dessen schwache Talente ihn sicher, wenn auch mit Mühe, über dem Niveau völliger Armut hielten. Er wagte nichts, weil es sinnlos war. Warum auch sich die Mühe machen? Niemand hielt solche Männer auf; sie waren nur belanglos.

Pierce wandte sich vom Spiegel ab und trat an den Schreibtisch, auf dem er eine Landkarte ausgebreitet hatte. Rechts beschwerte der graue Metallbehälter die Karte, der das Emblem der Vereinigten Staaten trug und an der Seite ein eingebautes Kombinationsschloß hatte. Der Kasten enthielt ein Dokument, das brisanter was als irgendein anderes in der Geschichte der letzten fünfzig Jahre: das psychiatrische Gutachten über einen Staatsmann, den die Welt verehrte. Dieser herausragende Politiker, so die einhellige Diagnose der Ärzte, war geisteskrank. Und das schon zu einer Zeit, als er noch aktiv die Außenpolitik des mächtigsten Landes der Erde verantwortete. Und die Nation, die diesen grotesken, unerträglichen Zustand duldete, durfte nicht länger die Führungsrolle behaupten, die sie sich anmaßte. Ein Wahnsinniger hatte nicht nur seine eigene Regierung verraten, sondern die ganze Welt, hatte gelogen, getäuscht, Bündnisse mit Feinden geschlossen und Pläne gegen jene ausgearbeitet, die alle für Freunde hielten.

Der Inhalt des stahlgrauen Behälters war eine unglaubliche Waffe, aber um mit vernichtender Wirkung eingesetzt werden zu können, mußte sie in die richtigen Hände in Moskau gelangen. Die richtige Adresse waren nicht die laschen, kompromißbereiten Feiglinge im KGB, sondern die Männer mit Weitblick und mit der Kraft und dem Willen, schnell zu handeln und den korrupten, unfähigen Riesen in die Knie zu zwingen. Für Arthur Pierce gab es keine Zweifel, wer in Moskau mit der Matthias-Akte richtig umzugehen wußte: die *Voennaja*.

Er durfte nicht riskieren, daß es anders kam, und einige Telefonanrufe hatten ihn überzeugt, daß es gefährlich war, die wenigen Kanäle zu benutzen, denen er vertrauen konnte. Wie erwartet, standen Botschafts- und Konsulatsangehörige unter strenger Überwachung, alle internationalen Flüge wurden überprüft, sämtliche Gepäckstücke durchleuchtet.

Er würde die Dokumente selbst außer Landes bringen, zu denen auch die Verträge gehörten, die aufeinanderfolgende Nuklearschläge gegen die Sowjetunion und die Volksrepublik China verlangten. Diese Verträge, die der amerikanische Außenminister unterzeichnet hatte, die nuklearen Phantasien eines geistesgestörten Genies, das mit einem der brillantesten Köpfe zusammengearbeitet hatte, die Rußland je hervorgebracht hatte.

Wo war der brillante Kopf, der das alles möglich gemacht hatte? Wo war Parsifal? Wo war Alexei Kaljasin?

Mit diesen Gedanken wandte Pierce sich wieder der Landkarte zu.

Havelock hatte ihm gesagt, der Mann, den sie Parsifal nannten, befände sich irgendwo im Gebiet von Shenandoah, vermutlich nicht allzu weit von Matthias' Berghütte entfernt. Welche Distanz genau war damit gemeint? Das Shenandoah-Tal war mehr als hundertfünfzig Kilometer lang und über dreißig Kilometer breit, es reichte von Allegheny bis zu den Blue Ridge Mountains. Wo in diesem Gebiet hatte Parsifal seinen Stützpunkt?

Pierce beugte sich über die Landkarte. Sein Zeigefinger wanderte von einer Linie zur nächsten. Der Bogen, der Halbkreis, der das Shenandoah-Tal von »Steril Fünf« aus umschloß, war abgedeckt, Männer und Fahrzeuge hatten Stellung bezogen. Überall warteten Leute auf die Nachricht, daß ein bestimmter Wagen sich ihrem Standort zu einer bestimmten Zeit näherte und auf ein bestimmtes Ziel zusteuerte.

Arthur Pierce, als Nikolai Petrowitsch Maljekow in dem kleinen Ort Ramenskoje in der Union der Sozialistischen Sowjetrepubliken geboren, dachte plötzlich über jene Bestimmung und die Jahre nach, die ihn zu seiner jetzigen Rolle geführt hatten. Er hatte nie gezweifelt, nie vergessen, wer er war oder weshalb man ihm die Chance gegeben hatte, einer Sache zu dienen, die so bedeutungsvoll und notwendig für eine Welt war, in der einige wenige die Massen tyrannisierten, in der Millionen und Abermillionen am Rande der Verzweiflung oder in hoffnungsloser Armut dahinvegetierten, während die kapitalistischen Ausbeuter ihre Armeen in ferne Länder schickten, um dort unschuldige Frauen und Kinder mit Napalmbomben zu töten. Dies waren nicht die vordergründigen, provozierenden Schlüsse banaler Propagandisten, das war die Wahrheit. Er hatte es selbst gesehen – angefangen bei brennenden Dörfern in Südostasien bis zu den Zentren der politischen Macht, wo Heuchler und Inkompetente regierten. Sein ganzer Haß galt den korrupten, habgierigen Lügnern, die das Volk, dem sie verantwortlich waren, hinters Licht führten und ihre Macht mißbrauchten, indem sie in die eigenen Taschen wirtschafteten ... Es gab einen besseren Weg. Es gab echte Hingabe. Es gab die *Voennaja*.

Er war dreizehn Jahre alt gewesen, als das liebevolle Paar, das er »Mutter« und »Vater« nannte, ihm seine wahre Herkunft erklärte. Daß seine leiblichen Eltern Tausende von Meilen entfernt lebten. Sie hätten ihn dem Staat gegeben, um damit für die künftigen Generationen eine bessere Welt schaffen zu helfen. Und als seine »Mutter« und sein »Vater« ihm von seinem Mutterland erzählten, begannen so viele Dinge in Pierces Gedächtnis Gestalt anzunehmen und plötzlich einen Sinn zu bekommen: all die Gespräche – nicht nur mit seiner

»Mutter« und seinem »Vater«, sondern mit Dutzenden von Besuchern, die so häufig ihre Farm besuchten –, Gespräche, die von Leid und Unterdrückung handelten und von einer despotischen Regierungsform, an deren Stelle einst eine Regierung treten werde, die dem ganzen Volk diente.

In den frühen Jahren waren verschiedene Leute gekommen und hatten ihm Spiele mitgebracht, Rätsel, die er lösen mußte, Übungsstücke, die er lesen sollte ... Tests, die seine Fähigkeiten prüften. Und eines Tages, als er dreizehn war, kam man zu dem Schluß, daß er ein ungewöhnlich begabter Junge war; und an jenem Tag erfuhr er seinen wahren Namen. Er war sofort bereit, sich der großen Sache anzuschließen.

Es würde nicht leicht sein, hatten seine »Mutter« und sein »Vater« gesagt, aber er sollte stets daran denken, wenn der Druck, der auf ihm lastete, überwältigend zu werden drohte, daß sie stets für ihn da waren. Und wenn ihnen etwas zustoßen sollte, würden andere an ihre Stelle treten, um ihm zu helfen, ihn zu lenken, im Wissen, daß wieder andere sie beobachteten. Er sollte in allen Dingen der Beste sein; er sollte ein mustergültiger Amerikaner sein – freundlich, großzügig, fair; er sollte seine Talente einsetzen, um so weit wie möglich aufzusteigen. Dabei sollte er aber nie vergessen, wer und was er war, und auch die Sache nicht, die ihm die Chance gegeben hatte mitzuhelfen, die Welt besser zu machen, als sie war.

Nach jenem bedeutungsvollen Tag waren die Dinge gar nicht so schwierig, wie seine »Eltern« es prophezeit hatten. Während seiner Jahre auf der High-School und später auf dem College stachelte ihn das Geheimnis, das er hütete, zu besonderem Ehrgeiz an. Jedes Stipendium, das er einheimste, diente ihm als Beweis seiner Überlegenheit. Und zu seiner Genugtuung stellte er fest, daß es ihm keine Mühe bereitete, beliebt zu sein. Und doch gab es auch Phasen der Selbstverleugnung, die ihn an seine Pflichten erinnerte. Er hatte viele Freunde, aber keine tiefgehenden Beziehungen. Männer mochten ihn und akzeptierten die Distanz, die er stets wahrte. Sein Verhalten schrieben sie gewöhnlich dem Umstand zu, daß es ihm wichtiger war, Karriere zu machen, als gesellschaftlich erfolgreich zu sein. Frauen benutzte er nur, um seinen sexuellen Trieb zu befriedigen, und ging keine engeren Bindungen ein.

Während seiner Assistentenzeit in Michigan kontaktierte ihn Moskau und eröffnete ihm, daß sein neues Leben jetzt beginnen sollte. Das Treffen war nicht ohne Reiz; Kontaktperson war der Personalleiter einer großen konservativen Firma. Er sollte in die Armee eintreten und würde dort gewisse Chancen vorfinden, die seinen Aufstieg fördern würden. Und dann würde er weiter aufsteigen und weiter und Kontakte mit zivilen und militärischen Behörden knüpfen. Nach einer angemessenen Militärdienstzeit sollte er nach Washington gehen, wo dafür gesorgt sein würde, daß seine Leistungen und Talente bekannt würden. Die Firmen würden sich darum reißen, ihn einzustellen, aber die Regierung würde ihnen zuvorkommen. Er sollte das betreffende Angebot akzeptieren.

Vor seinem Eintritt in die Armee hatten seine »Eltern« auf der Farm eine Abschiedsparty gegeben und alle seine Freunde eingeladen, darunter auch die meisten Angehörigen seiner alten Pfadfindergruppe. Und es war eine Abschiedsparty in doppeltem Sinne. Sein »Vater« und seine »Mutter« sagten ihm am Ende des Abends, daß sie ihn nie wiedersehen würden. Sie waren alt geworden und hatten ihren Auftrag erfüllt. Nun brauchte man ihre Talente anderswo. Er begriff; die Sache war alles.

›All die Jahre‹, dachte Arthur Pierce und musterte vor dem Spiegel des Hotelzimmers seinen grauen Haarkranz und den ausgefransten Kragen, ›waren die Opfer wert gewesen.‹ Das würde sich in den nächsten paar Stunden beweisen.

Das Warten hatte angefangen, er mußte nur Geduld haben, dann würde ihm der Platz in der Geschichte sicher sein.

Michael schlug die Augen auf. Ein dunkelbraunes Meer umgab ihn, überall war Feuchtigkeit. Er drehte sich zur Seite und hob den Kopf und wurde sich plötzlich bewußt, daß da keine Sonne war, daß eine Lampe den Raum erleuchtete und daß sein Gesicht mit Schweiß bedeckt war. »Wie spät ist es?« fragte er und richtete sich auf der Couch auf.

»Zehn nach sieben«, sagte Jenna am Schreibtisch. »Du hast etwas mehr als drei Stunden geschlafen. Wie fühlst du dich?«

»Ich weiß nicht. Wie weggetreten. Was gibt es?«

»Nicht sehr viel. Wußtest du, daß die Lichter in diesen Knöpfen kurz vorher aufleuchten, ehe das Telefon klingelt?«

»Das ist nicht gerade beruhigend. Wer hat angerufen?«

»Sehr verwirrte Männer, die berichteten, daß sie nichts zu berichten hätten. Einige fragten, wie lange sie das, was sie als ›Aufklärung‹ bezeichneten, aufrechterhalten sollten. Ich habe gesagt, bis sie gegenteilige Befehle bekämen.«

»Gut so.«

»Die Fotos sind eingetroffen.«

»Was . . .? Oh, deine Liste.«

»Sie liegen auf dem Kaffeetisch. Sieh sie dir an.«

Havelock richtete den Blick auf die fünf Porträtaufnahmen, die in einer Reihe lagen. Er rieb sich die Augen, wischte sich den Schweiß vom Haaransatz und versuchte, sich zu konzentrieren. Er begann mit dem Gesicht ganz links; es sagte ihm nichts. Dann das nächste . . .

»Der vierte. Wer ist das?«

Jenna blickte auf ein Blatt Papier, das vor ihr lag. »Das ist ein sehr altes Bild, es ist 1948 aufgenommen. Das einzige, das sie finden konnten. Es ist über dreißig Jahre alt.«

»Wer ist es?«

»Ein Mann namens Kaljasin. Alexei Kaljasin. Erkennst du ihn?«

Jenna erhob sich

»Ja . . . nein. Ich weiß nicht.«

»Es ist ein altes Foto, Mikhail. Sieh es dir genau an: die Augen, das Kinn, die Mundform. Wo? Wer?«

»Ich weiß nicht. Die Erinnerung ist da . . . und doch nicht da. Was hat er getan?«

»Er war klinischer Therapeuth«, sagte Jenna. Sie las von ihrem Blatt ab. »Er hat wichtige Studien verfaßt, die sich mit den Auswirkungen extremer Kampfbelastung beschäftigten und wie die Psyche auf lange Streßperioden reagiert. Das KGB hat seine Expertise genutzt; er wurde das, was ihr hier einen Strategen nennt, aber mit einem Unterschied. Er hat Informationen ausgefiltert, die Leute im Außendienst dem KGB zuschickten, hat nach auffälligen Abweichungen Ausschau gehalten, die einen Doppelagenten verraten oder zeigen, daß ein Mann nicht länger imstande ist, seinen Posten auszufüllen.«

»Einer von den Typen, die das Offensichtliche übersehen.«

»Ich verstehe nicht.«

»Die Revolverhelden finden die nie.«

»Ich weiß immer noch nicht, wovon du sprichst.«

»Ich kenne ihn nicht. Es ist ein Gesicht wie viele andere.«

»Aber etwas an ihm macht dich stutzig.«

»Vielleicht, ich bin nicht sicher.«

»Sieh dir das Foto weiter an. Konzentriere dich.«

»Ist noch Kaffee da?«

»Das habe ich vergessen«, sagte Jenna und ging um den Schreibtisch herum. »Die erste Regel beim Aufwachen lautet Kaffee, schwarz und stark. Du bist ein Tscheche, Mikhail.«

Sie trat an den Tisch hinter der Couch, wo ein freundlicher Wachmann den silbernen Topf angeschlossen hatte.

»Die erste Regel«, wiederholte Havelock plötzlich beunruhigt. »Die erste Regel?«

»Was?«

»Wo sind deine Notizen über das Decker-Telefonat?«

»Die hattest du.«

»Wo sind sie?«

»Auf dem Tisch.«

»Wo?«

»Unter dem letzten Foto. Ganz rechts.«

Machen Sie sich einen Drink. Sie kennen ja die Regeln hier.

Michael griff nach den zwei Notizbuchblättern, starrte sie an, schob sie hin und her.

»Oh, mein Gott! Die Regeln, die gottverdammten Regeln!«

Havelock stand auf und ging taumelnd zu dem Schreibtisch. Seine Beine waren noch unsicher.

»Was ist denn?« fragte Jenna erschreckt, die Tasse in der Hand.

»Decker!« schrie Michael. »Wo sind die Notizen über Decker?«

»Dort. Links. Der Block.«

Havelock blätterte, seine Hand zitterte, seine Augen sahen und sahen doch nicht, suchten die Worte. Jetzt fand er sie.

»Ein eigenartiger Akzent«, flüsterte er, »ein eigenartiger Akzent, aber was für ein Akzent?« Er griff nach dem Telefon, war kaum imstande, seinen Finger unter Kontrolle zu halten, als er wählte. »Geben Sie mir *Commander* Decker, Sie haben seine Nummer.«

»Mikhail, reiß dich zusammen.«

»Schweig!« Das langgezogene Summen verkündete ihm, daß das Telefon am anderen Ende der Leitung klingelte. Das Warten war unerträglich.

»Hallo?« sagte unsicher eine Frauenstimme.

»*Commander* Decker, bitte.«

»Es . . . es tut mir schrecklich leid, er ist nicht da.«

»Für mich ist er da! Hier spricht Mr. Cross. Holen Sie ihn an den Apparat.«

Zwanzig Sekunden verstrichen, und Michael glaubte, sein Kopf müsse explodieren.

»Was ist, Mr. Cross?«

»Sie sagten ein ›eigenartiger Akzent‹. Was haben Sie damit gemeint?«

»Wie bitte?«

»Der Anrufer, der behauptete, er spräche für Matthias! Als Sie sagten, er hätte einen eigenartigen Akzent, meinten Sie da einen ausländischen?«

»Nein, ganz und gar nicht. Es war eine ziemlich hohe Stimme, sie klang sehr britisch. Aber es war kein Brite.«

»Gute Nacht, *Commander*«, sagte Michael und legte auf.

Kommen Sie, die Gläser sind leer. Holen Sie mir auch gleich einen Drink, wenn Sie schon dabeisind. Das gehört auch zu den Regeln, wissen Sie es noch?

Havelock griff wieder nach dem Telefon und zog die Liste mit den Telefonnummern zu sich. Er wählte, das Warten bereitete ihm fast Vergnügen. Es war nur kurz. Er brauchte Zeit, um sich anzupassen. Poole's Island!

»Hier ist Mr. Cross. Die Sicherheitsabteilung, bitte.«

Ein Summen war zu hören, dann meldete sich eine Stimme: »Checkpoint«, sagte der diensthabende Offizier.

»Hier ist Cross. Präsidentenbefehl, Priorität Null. Bitte bestätigen.«

»Zählen Sie«, sagte die Simme.

»Eins, zwei, drei, vier, fünf, sechs . . .«

»Okay. Stimmuster paßt. Was ist, Mr. Cross?«

»Wer war der Offizier, der vor etwa sechs Wochen wegen eines dringenden Vorkommnisses Urlaub nahm?«

Das Schweigen dauerte endlos, und als die Antwort kam, klang sie beiläufig, die klare Aussage eines gut informierten Mannes.

»Ihre Information ist falsch, Mr. Cross. Es hat keinerlei Gesuche für Sonderurlaub gegeben, weder im Offizierskorps noch sonstwo. Niemand hat die Insel verlassen.«

»Danke.«

Alexander der Große . . . *Raymond Alexander!*

Fox Hollow!

38

»Er ist es«, sagte Michael und lehnte sich über den Schreibtisch, während er den Telefonhörer in der Hand behielt. *»Raymond Alexander* ist Parsifal.«

»Alexander?« Jenna starrte Havelock an, schüttelte den Kopf.

»So *muß* es sein! Das geht auch aus den Worten hervor . . . die *Regeln.* Immer Regeln; sein ganzes Leben ist eine Folge von Regeln, die keiner brechen darf. Der eigenartige Akzent war nicht ausländisch, war *nicht* russisch. So hat man in den dreißiger Jahren in Harvard gesprochen, mit der auffälligen Betonung, die Alexander an sich hat. In tausend Vortragssälen hat er so gesprochen, in Hunderten von Debatten. Das ist Alexander!«

»So wie du ihn beschrieben hast«, sagte Jenna ruhig, aber mit fester Stimme, »gibt es da für mich einen ungeheuren Widerspruch, den du, glaube ich, nicht aufklären kannst. Bist du wirklich bereit, ihn zu beschuldigen, er hätte die Identität eines sowjetischen Maulwurfs gekannt und nichts dagegen unternommen. Eines Mannes in der unmittelbaren Umgebung des Außenministers?«

»Nein, ich kann den Widerspruch nicht erklären, aber er, und er wird es auch tun. Er hat mich nach Poole's Island geschickt und mir eine Story von einem Offizier aufgetischt, der Sonderurlaub hatte und dem das Geheimnis vor seiner Frau entglitten war. Eine solche Person gab es nicht; niemand auf der Insel hat Sonderurlaub genommen.«

»Vielleicht wollte er damit jemand anderen schützen.«

»Warum dann so eine komplizierte Lüge? Warum hat er sich nicht einfach geweigert, etwas zu sagen? Nein, er wollte, daß ich es glaube, hat mir mein Wort abgenommen, daß ich ihn als Quelle nicht verraten würde . . . wohl wissend, daß er mir vertrauen konnte, daß ich ihn schützen würde!«

»Aber zu welchem Zweck?« sagte Jenna und trat vor den Schreibtisch. »Warum hat er es dir überhaupt gesagt? Damit du getötet werden solltest?«

»Darauf soll er Antwort geben.« Havelock griff nach dem Hörer und drückte den Knopf für die Hausleitung. »Ich will einen Wagen und einen Leibwächter, der mir folgen soll. Es ist etwa eine Stunde Fahrt von hier. Sofort!« Er legte den Hörer auf, sah das Telefon einen Augenblick lang an und schüttelte den Kopf. »Nein«, sagte er.

»Der Präsident?« fragte Jenna.

»Ich werde ihn nicht anrufen, noch nicht. In seinem Zustand würde er ein Bataillon Soldaten schicken. So erfahren wir die Wahrheit nicht. Wenn man ihn auf diese Weise in die Enge treibt, könnte Alexander sich eine Kugel in den Kopf jagen.«

»Wenn du recht hast – was kannst du dann noch erfahren?«

»Das *Warum!*« sagte Michael wütend, während er die oberste Schublade aufzog und die Llama herausnahm. »Und das *Wie.*«

»Ich begleite dich.«

»Nein.«

»Ja! Diesmal hast du nicht das Recht, mich zurückzuhalten.«

»Mag sein, aber du kommst nicht mit. Dieser widerliche Kerl hat alles für deinen Tod arrangiert.«

»Ich muß wissen, warum.«

»Ich werde es dir sagen.« Michael ging um den Schreibtisch herum.

»Und wenn du es nicht kannst?« schrie Jenna und versperrte ihm den Weg. »Ja, Michael, schau mich an! Angenommen, du kehrst nicht zurück – du weißt, daß das möglich ist –, willst du mir endgültig meinen Verstand rauben?«

»Wir sind bei ihm gewesen. Es gibt dort keinen Alarm, keine Hunde, keine Wachen. Außerdem erwartet er mich nicht. Ich werde zurückkommen. Mit ihm! . . . Was, zum Teufel, meinst du mit deiner Bemerkung?«

»Ich habe dich einmal verloren . . . Ich habe dich geliebt und dich verloren! Meinst du denn, ich könnte auch nur die Vorstellung ertragen, dich wieder zu verlieren und nie zu wissen, warum? Wieviel willst du denn noch von mir?«

»Ich will, daß du lebst.«

»Ich kann nicht, ich werde nicht ohne dich leben. Halte mich nicht davon ab, mit dir zu fahren. Das ist nicht fair, Mikhail.«

»Mir ist verdammt egal, ob es fair ist!« Er griff nach ihr, zog sie zu sich. »Nur du bist für mich wichtig. Ich weiß, was du durchlitten hast, was *ich* dir angetan habe. Ich will dich hier haben, wo ich weiß, daß du in Sicherheit bist. Ich darf dich nicht in Gefahr bringen, verstehst du denn nicht?«

»Weil du mich liebst?«

»Weil ich dich so sehr liebe.«

»Dann mußt du mich auch respektieren!« schrie Jenna und warf den Kopf zurück. »Verdammt, Michael, nimm mich ernst.«

Havelock blickte sie an, sah den Zorn und die Bitte in ihren Augen. *So viel gutzumachen.* »Komm«, sagte er, »holen wir unsere Mäntel.«

Jenna nickte, drehte sich um, ging zu dem niedrigen Tischchen und hob die Fotografien auf, auch das eine, das auf dem Boden lag. »Alles klar«, sagte sie.

»Warum?« fragte Michael und deutete auf die Bilder.

»Warum nicht?« antwortete sie.

Der Mann, der sich im Gipfel der hohen Fichte verborgen hatte, trieb seine Steigeisen tiefer in den Stamm und rückte sich sein Brustgeschirr zurecht, um den Druck der Riemen etwas zu lindern. Plötzlich sah er in der Ferne Scheinwerferlicht aus der von Bäumen gesäumten Zufahrt von »Steril Fünf« hervorstechen. Er führte mit der rechten Hand das Infrarotglas an die Augen, während er mit der Linken das Funksprechgerät aus seinem Futteral holte. Er hob es an die Lippen und drückte den Schalter.

»Es geht los«, sagte er. »Aufpassen. Bestätigen.«

»Norden bereit«, kam die erste Antwort dumpf, doch deutlich aus seinem Gerät.

»Süden ebenfalls«, erwiderte eine Stimme. Es war der Buick; der Mann im Baum stellte das Glas schärfer ein und konnte jetzt die Personen hinter der Windschutzscheibe deutlich erkennen.

»Das ist unser Mann und die Frau«, sagte er. »Sie biegen nach Norden. Norden, Sie sind dran.«

»Wir sind bereit.«

»Süden, fahren Sie jetzt los und übernehmen Sie Alternativposition.«

»Verstanden. Norden, halten Sie uns auf dem laufenden. Sagen Sie Bescheid, wenn Sie abgelöst werden wollen.«

»Wird gemacht.«

»Halt! Jetzt kommt ein zweiter Wagen . . . Es ist der Lincoln. Zwei Bundesbeamte vorne; hinten sitzt sonst niemand.«

»Das ist eine Eskorte«, sagte einer der beiden Männer in dem Fahrzeug, das zwei Kilometer weiter nördlich stand. »Wir warten, bis das Auto vorbei ist.«

»Lassen Sie ihm genügend Raum«, befahl der Mann im Baumwipfel.

»Das sind neugierige Leute.«

»Keine Sorge.«

Der Buick erreichte die Kreuzung und bog nach links, der Lincoln Continental folgte ihm mit einigen hundert Metern Abstand, ein wachsamer Koloß, der seine Jungen beschützte. Beide Fahrzeuge schlugen westlichen Kurs ein. In der abgedunkelten Reparaturwerkstätte der Tankstelle begleitete ein zischendes Geräusch das Heruntersinken des hydraulischen Wagenhebers; der Motor der Limousine lief bereits auf Touren.

Der Fahrer hielt sein Funkgerät an den Mund: »Süden, die haben

Route B eingeschlagen. Fahren Sie auf der Parallelstraße nach Westen, und übernehmen Sie uns nach sechs Meilen.«

»Verstanden«, kam die Antwort.

»Beeilen Sie sich«, sagte Norden. »Sie kommen.«

Der weiße Zaun, der Alexanders Besitz umgab, glänzte im Licht ihrer Scheinwerfer. Sekunden später konnte man links die Strahler sehen, die an den hohen, schlanken Bäumen befestigt waren und das weitläufige Areal und das massive Haus erhellten. In der kreisförmigen Einfahrt standen keine Wagen, und nur hinter wenigen Fenstern brannte Licht. Das hatte Havelock gehofft. Er verlangsamte seine Fahrt und zog das Mikrofon unter dem Armaturenbrett hervor.

»Eskorte, das wär's«, sagte er. »Bleiben Sie oben an der Straße. Es ist kein Besuch da, und ich möchte, daß der Mann glaubt, wir seien allein.«

»Und wenn Sie uns brauchen?«

»Das werde ich nicht.«

»Das genügt nicht. Tut mir leid, *Sir.*«

»Na gut, Sie werden mich hören. Ich bin nicht schüchtern; ich werde ein paar Schüsse abgeben.«

»Das ist gut genug, solange wir unten beim Haus sind.«

»Ich möchte Sie aber oben an der Straße haben.«

»Ich muß noch mal sagen, tut mir leid. Wir lassen das Auto hier stehen, gehen zu Fuß hinunter und halten uns vor dem Haus auf.«

Michael zuckte die Achseln und hängte das Mikrofon wieder ein; es hatte keinen Sinn zu streiten. Er schaltete die Scheinwerfer ab und bog in die Einfahrt, ließ den Motor auf niedriger Tourenzahl laufen und den Buick bis auf zehn Meter zum Eingang heranrollen. Dann kam der Wagen zum Stillstand. »Fertig?« fragte er und sah Jenna an.

»Ja.« Sie schob die Fotografien unter ihren Mantel. »Fertig«, sagte sie.

Sie stiegen aus, schlossen beide leise die Türen und gingen die breiten Stufen zu der mächtigen Eichentür hinauf. Havelock läutete, und wieder war das Warten unerträglich. Schließlich öffnete sich die Tür, und die uniformierte Haushälterin stand vor ihnen, sie wirkte verblüfft.

»Guten Abend. Sie sind Enid, nicht wahr?«

»Ja, *Sir*. Guten Abend, *Sir*. Ich wußte nicht, daß Mr. Alexander Gäste erwartet.«

»Wir sind alte Freunde«, sagte Michael, die Hand an Jennas Arm, und beide traten ein. »Einladungen sind nicht erforderlich. Das gehört zu den Regeln.«

»Die habe ich noch nie gehört.«

»Sie ist ziemlich neu. Ist Mr. Alexander da, wo er um diese Stunde gewöhnlich ist? In seiner Bibliothek?«

»Ja, *Sir*. Ich werde ihm sagen, daß Sie hier sind. Ihr Name bitte?«

Plötzlich war ein hohlklingendes Echo zu hören, das die große Eingangshalle erfüllte. »Das wird nicht nötig sein, Enid.« Es war die abgehackte, hohe Stimme von Raymond Alexander, die aus einem unsichtbaren Lautsprecher schallte. »Ich habe Mr. Havelock bereits erwartet.«

Michaels Blick huschte über die Wände, und seine Hand hielt Jennas Arm fester umklammert. »Ist das auch wieder eine Regel, Raymond? Um sicher zu sein, daß der Gast auch der ist, der er zu sein behauptet?«

»Sie ist ziemlich neu«, erwiderte die Stimme.

Havelock ging mit Jenna durch das elegante Wohnzimmer, das mit Antiquitäten aus allen Teilen der Welt angefüllt war, bis er die handgeschnitzte Tür der Bibliothek erreichte. Er schob sie nach links, neben den Türrahmen; sie verstand. Dann griff er unter sein Jackett nach der Llama, hielt sie in Hüfthöhe und drehte den schweren Bronzeknopf mit der Linken. Er drückte die Tür auf, die Waffe schußbereit.

»Ist das wirklich notwendig, Michael?«

Havelock trat langsam ins Zimmer. Schnell gewöhnten sich seine Augen an die indirekte, schattenhafte Beleuchtung der Bibliothek. Das Licht kam von zwei Lampen; die eine stand auf dem großen Schreibtisch am anderen Ende des Raumes, die andere, eine Stehlampe, strahlte auf den voluminösen, weichen Ledersessel herab und beschien das volle, dichte Haar Raymond Alexanders. Der alte Journalist saß regungslos da, ein Brandyglas in den aufgedunsenen, blaßweißen Händen, und trug eine dunkelrote Samtjacke.

»Kommen Sie herein«, sagte er, nahm die rechte Hand vom Glas und griff nach einer kleinen Box auf dem Tischchen, das neben dem Sessel stand. Er drückte einen Knopf, und irgendwo über ihm, an der Wand über der Tür, verblaßte der schwache Schein eines Fernsehmonitors. »Miss Karras ist eine schöne Frau. Mein Kompliment ... Kommen Sie herein, meine Liebe.«

Jenna trat näher und stellte sich neben Michael. »Sie sind ein Monstrum«, sagte sie ganz ruhig.

»Noch viel schlimmer.«

»Sie wollten uns beide töten«, fuhr sie fort. »Warum?«

»Nicht ihn, nein, nicht ... Mikhail.« Alexander hob sein Glas und trank. »Ihr Leben – oder Ihr Tod – standen nie zur Debatte, so oder so. Wir hatten das nicht zu bestimmen.«

»Dafür könnte ich Sie töten«, sagte Havelock.

»Ich wiederhole: Wir hatten darüber nicht zu bestimmen. Offengestanden, wir dachten, man würde Miss Karras zurückziehen, nach Prag bringen ... am Ende freigeben. Begreifen Sie denn nicht, Mikhail, sie war nicht wichtig. Nur Sie waren wichtig; Sie waren der einzige, auf den es ankam. Sie mußten weg, und wir wußten, daß die das nie zulassen würden, Sie waren zu wertvoll. Sie mußten selbst darauf bestehen, den Dienst zu quittieren. Ihr Ekel mußte so unerträglich werden, daß Ihnen kein anderer Weg blieb. Es hat gewirkt; Sie gingen. Das war notwendig.«

»Weil ich Sie kannte«, entgegnete Havelock, »den Mann, der es fertigbrachte, einen kranken Freund zum Wahnsinn zu treiben. Ich kannte den Mann, der Anthony Matthias das angetan hatte: Parsifal.«

»Parsifal? Was für eine feine Ironie. Nur, daß dieser Bursche keine Wunden heilt, sondern sie aufreißt. Überall.«

»Deshalb haben Sie doch das alles getan, nicht wahr? *Ich* wußte, wer Sie sind.«

Alexander schüttelte den Kopf, seine grünen Augen schlossen sich kurz unter seinen dichten, buschigen Brauen. »Ich war auch nicht wichtig. Anton hat darauf bestanden; Sie wurden für ihn zu einer fixen Idee. Sie waren das, was von seiner zerstörten Integrität, seinem Gewissen übriggeblieben war.«

»Aber Sie wußten, wie Sie es anpacken mußten. Sie kannten einen sowjetischen Doppelagenten, der so weit oben in der Regierungshierarchie stand, daß man ihn zum Außenminister hätte machen können, ihn dazu gemacht hätte, wenn er nicht an jenem Strand an der Costa Brava gewesen wäre. Sie wußten, wo er war, Sie kannten seinen Namen. Sie sind mit ihm in Verbindung getreten.«

»Wir hatten mit der Costa Brava nichts zu tun! Ich erfuhr erst davon, als ich mich nach Ihnen erkundigte. Wir konnten es nicht begreifen, waren schockiert.«

»Nicht Matthias. Er war weit über den Punkt hinaus, wo er noch geschockt reagieren konnte.«

»Das kam, als wir wußten, daß alles außer Kontrolle war.«

»Nicht wir! Sie!«

Wieder erstarrte der alte Journalist in seiner Bewegung, und seine

Hände hatten das Glas fest umspannt. Seine Augen bohrten sich in die von Michael. Schließlich antwortete er: »Ja, ich wußte es.«

»Also schickten Sie mich nach Poole's Island und erwarteten, daß ich dort getötet würde. Und als Toter hätte meine Schuld festgestanden.«

»Nein!« Alexander schüttelte heftig den Kopf. »Ich hatte nie geglaubt, daß man Sie dort hingehen lassen würde.«

»Diese höchst überzeugende Geschichte von der Frau eines Soldaten, der Sie zufällig begegnet sind, war nichts als Lüge. Es hat keinen Sonderurlaub gegeben; niemand hat diese Insel verlassen. Aber ich habe Ihnen geglaubt, Ihnen mein Wort gegeben, den Informanten zu schützen, Sie zu schützen. Ich habe niemandem etwas davon gesagt, nicht einmal Bradford.«

»Ja, ja, ich wollte Sie überzeugen, aber nicht auf diese Weise. Ich wollte, daß Sie Ihre üblichen Kanäle benutzen, sie konfrontieren, sie dazu zwangen, die Wahrheit zu sagen ... und sobald Sie die Wahrheit erfahren hätten, die *ganze* Wahrheit, hätte es sein können, daß Sie begriffen, daß Sie verstanden ... Ich dachte, Sie könnten es vielleicht aufhalten ... ohne mich.«

»Wie denn? Um Gottes willen, wie?«

»Ich glaube, ich weiß es, Mikhail«, sagte Jenna und berührte Havelocks Arm. »Er meinte ›wir‹, nicht ›ich‹. Dieser Mann ist nicht Parsifal. Sein Helfer vielleicht, aber nicht Parsifal.«

»Ist das wahr?« fragte Havelock.

»Machen Sie Miss Karras und sich einen Drink, Michael. Sie kennen die Regeln, ich muß Ihnen eine Geschichte erzählen.«

»Keine Drinks. Ihre Regeln gelten nicht mehr.«

»Dann setzen Sie sich wenigstens, und stecken Sie die Waffe weg. Sie haben hier nichts zu befürchten. Nicht von mir. Nicht mehr.«

Havelock warf Jenna einen Blick zu, er nickte und ging mit ihr zu den beiden Sesseln, die Alexander gegenüberstanden. Sie setzten sich. Jenna holte die Fotografien aus der Tasche und legte sie neben sich. Michael steckte die Waffe in die Tasche. »Fangen Sie an«, sagte er barsch.

»Vor einer Anzahl von Jahren«, begann der Journalist und starrte dabei sein Glas an, »haben Anton und ich ein Verbrechen begangen. So, wie wir dieses Verbrechen sahen, war es ein viel ernsthafteres Verbrechen, als eine mögliche Strafe vielleicht angedeutet hätte, und die Strafe wäre äußerst schwer gewesen. Man hatte uns genarrt ... besser gesagt, getäuscht, und noch besser, betrogen. Aber die Tatsache, daß ausgerechnet uns das widerfahren konnte – uns, zwei intellektuellen

Pragmatikern –, war für uns unerträglich. Trotzdem war es so.« Alexander leerte sein Glas und stellte es neben seinem Sessel auf den Tisch. Er faltete seine aufgedunsenen Hände und fuhrt fort: »Ob es nun wegen meiner Freundschaft mit Matthias geschah oder vielleicht wegen der Bedeutung, die ich möglicherweise in dieser Stadt einmal hatte, jedenfalls rief mich ein Mann aus Toronto an und sagte, er hätte sich einen falschen Paß besorgt und würde mit dem Flugzeug nach Washington kommen. Er war ein Sowjetbürger, ein gebildeter Mann, Anfang der Sechzig, ein Beamter von ziemlich hohem Rang im Kreml. Er hatte die Absicht, zum Westen überzulaufen, und fragte mich, ob ich einen Kontakt zu Anthony Matthias herstellen könnte.« Der Journalist hielt inne und beugte sich vor. Er hatte die Hände wieder voneinander gelöst und hielt sich an der Seitenlehne fest. »Sehen Sie, in jener Zeit war allgemein bekannt, daß Anton im Begriff war, außergewöhnliche Aufgaben zu übernehmen; sein Einfluß wuchs mit jedem Artikel, den er schrieb, mit jeder Reise nach Washington. Ich arrangierte ein Zusammentreffen; es fand in diesem Raum statt.« Alexander lehnte sich zurück, blickte vor sich auf den Boden. »Jener Mann hatte bemerkenswerte Erkenntnisse anzubieten, ein weitreichendes Wissen über die innenpolitischen Verhältnisse in der Sowjetunion. Einen Monat später arbeitete Matthias im State Department, drei Jahre darauf war er Sonderberater des Präsidenten und nach weiteren zwei Jahren Außenminister. Der Mann aus Rußland, der über Toronto eingereist war, war immer noch im Außenministerium tätig. Seine Talente wurden bereits damals so hoch eingeschätzt, daß man ihm die Verantwortung für sämtliche Informationen und Berichte über den Ostblock übertragen und ihm damit Zugang zu strengvertraulichem Material eingeräumt hatte.«

»Wann haben Sie das herausgefunden?« fragte Havelock.

Der Journalist blickte auf. »Vor vier Jahren«, sagte er leise. »Wieder in diesem Zimmer. Der Überläufer bat darum, uns beide sprechen zu dürfen, und sagte, das, was er uns mitzuteilen hätte, sei so brisant, daß es keinen Aufschub duldete. Er saß, wo Miss Karras jetzt sitzt, und sagte uns die Wahrheit. Er war ein sowjetischer Agent und hatte die ganze Zeit höchst geheimes Material nach Moskau geschleust, und das über die letzten sechs Jahre. Aber etwas war geschehen, und er konnte in seiner Rolle nicht länger funktionieren. Er kam sich alt und ausgepumpt vor. Der Druck, der auf ihm lastete, war für ihn unerträglich geworden. Er wollte verschwinden.«

»Und nachdem Sie und Anton – die intellektuellen Pragmatiker – für diese sechs Jahre Spionage verantwortlich waren, hatte er Sie genau an dem Punkt, wo er Sie haben wollte«, ergänzte Michael mit scharfer Stimme. »Auf die großen Männer sollte ja bloß kein Makel fallen.«

»Das hatte natürlich damit zu tun, aber es gab doch eine gewisse Berechtigung dafür, das zu verhindern. Anthony Matthias stand im Zenit seines Einflusses, er war dabei, die Krisenherde der Erde zu entschärfen und den Weltfrieden sicherer zu machen, als er vor ihm war. Wenn diese Schlappe aufgedeckt worden wäre, hätte das eine politische Katastrophe zur Folge. Es hätte ihn vernichtet . . . ihn und das Gute, das er tat. Ich selbst habe ihn eindringlich in diesem Sinne beeinflußt.«

»Ich bin sicher, daß Sie nicht lange brauchten, um ihn zu überzeugen«, sagte Havelock.

»Länger vielleicht, als Sie glauben«, erwiderte Alexander, und in seiner Stimme klang eine Andeutung von Ärger mit. »Sie scheinen vergessen zu haben, was er war.«

»Vielleicht wußte ich es nie richtig.«

»Was war weiter mit dem russischen Spion?« wollte Jenna wissen.

Der Blick des Journalisten ruhte kurz auf ihr, ehe er weitersprach. »Jener Mann hatte einen Befehl erhalten, den er nicht erfüllen konnte – auch nicht wollte. Man hatte ihm gesagt, er solle auf eine Folge schockierender Ostblockberichte vorbereitet sein und sie so fassen, daß Anton sich gezwungen sehen würde, eine Seeblockade Kubas und einen roten Alarm zu fordern.«

»Angriff mit atomaren Waffen?«

»Ja, Miss Karras. Eine Wiederholung der Raketenkrise von zweiundsechzig, nur um das Tausendfache provozierender. Diese erschreckenden Berichte sollten fotografisches ›Beweismaterial‹ bestätigen, gefälschte Bilder mit Raketenstellungen auf Kuba. Der erste Brückenkopf eines bevorstehenden Angriffs.«

»Zu welchem Zweck?«

»Eine geopolitische Falle«, sagte Michael. »Wenn er sie betritt, ist er erledigt.«

»Genau«, nickte Alexander. »Anton führt die volle Militärmacht der Vereinigten Staaten an den Rand des Krieges, und plötzlich werden Kubas Grenzen geöffnet, man lädt Inspektionsgruppen aus der ganzen Welt ein, damit sie sich selbst überzeugen können. Man findet nichts, und Anthony Matthias wird gedemütigt, als hysterischer Kriegstreiber beschimpft – das einzige, was er nie war –, und all seine brillanten Verhandlungserfolge sind zunichte gemacht.«

»Aber dieser Sowjetagent«, sagte Jenna, »der sechs Jahre lang Geheimnisse nach Moskau geliefert hat, dieser Mann hat sich geweigert. Hat er Gründe angegeben?«

»Recht überzeugende, dachte ich. Er sagte, Anthony Matthias sei zu wertvoll, als daß man ihn Hitzköpfen in Moskau opfern dürfe.«

»Die *Voennaja*«, sagte Havelock.

»Als die schockierenden Berichte aus Rußland kamen, wurden sie ignoriert. Die Krise fand nicht statt.«

»Hätte Matthias die Berichte für authentisch gehalten, wenn er nichts gewußt hätte?« fragte Michael.

»Jemand hätte ihn dazu gezwungen. Gewissenhafte Männer und Frauen in der Abteilung wären unruhig geworden, wären vielleicht an jemanden wie mich herangetreten ... wenn man ihnen nicht im voraus gesagt hätte, was sie zu erwarten hatten, worin die Strategie bestand. Anton bat den sowjetischen Botschafter zu einem Gespräch zu sich. Männer in Moskau wurden ausgetauscht.«

»Sie sind wiedergekommen«, sagte Havelock.

Der Journalist blinzelte; er begriff nicht und gab auch nicht vor zu begreifen. »Der Mann«, fuhr er fort, »der uns getäuscht hatte, der aber zuletzt nicht bereit war, eine innere Stimme in sich zu verraten, verschwand. Anton machte es möglich. Man gab ihm eine neue Identität, ein neues Leben, unerreichbar für diejenigen, die ihn hätten töten lassen.«

»Auch er ist zurückgekehrt«, sagte Michael.

»Er ist in Wirklichkeit nie weggegangen. Aber ja, Sie haben recht, er kam zurück. Vor etwas mehr als einem Jahr tauchte er hier auf, ohne vorher anzurufen, ohne Warnung, und sagte, er hätte mit mir zu reden, aber nicht in diesem Hause; er war nicht bereit, hier zu sprechen, und ich war damit sehr einverstanden. Ich erinnerte mich noch zu gut an jene Nacht, als er uns erzählte, was wir getan hatten. Es war später Nachmittag, als wir den Gratweg über der Schlucht gingen; der eine zutiefst verängstigt, der andere seltsam eindringlich ... auf eine stille Art wie besessen.« Alexander hielt inne. »Ich hätte gerne noch etwas Brandy; das ist alles nicht leicht für mich.«

»Interessiert mich nicht.«

»Wo ist die Flasche?« fragte Jenna und griff nach dem Glas.

»Die Bar«, sagte der alte Mann und blickte zu ihr auf. »Dort drüben an der Wand.«

»Weiter«, sagte Havelock ungeduldig. »Sie kann Sie hören.«

»Ich habe das ernst gemeint. Ich brauche den Brandy ...«

Jenna kam zurück. »Hier, bitte«, sagte sie und reichte Alexander sein Glas

Havelock bemerkte jetzt zum erstenmal, daß Raymonds Hand zitterte. Deshalb hielt er das Glas mit beiden Händen umklammert, um das Zittern zu unterdrücken.

Alexander nahm einen Schluck und sah Jenna wieder an. »Danke«, sagte er.

Sie nickte. »Bitte fahren Sie fort.«

»Ja, natürlich ... Wir gingen also auf dem Gratweg. Und plötzlich blieb er stehen und sagte zu mir: ›Sie müssen tun, worum ich Sie bitte, denn wir haben eine Chance, wie die Welt sie nie wieder haben wird.‹ Ich erwiderte, daß es nicht meine Gewohnheit sei, solchen Bitten nachzukommen, ohne genau zu wissen, was man von mir verlangt. Er sagte, es handle sich nicht um eine Bitte, sondern um eine Forderung, und wenn ich mich weigerte, würde er die Rolle, die Matthias und ich bei seinen Spionageaktivitäten gespielt hatten, offenbaren. Er würde uns beide denunzieren, uns vernichten. Das war es, was ich am meisten fürchtete ... für uns beide, mehr für Anton als für mich, natürlich. Aber auch für mich, ich kann es nicht anders sagen.«

»Was wollte er denn von Ihnen?« fragte Havelock.

»In meinen Artikeln sollte ich über den Niedergang und schließlich den Zusammenbruch eines Mannes berichten, der über solche Macht verfügte, daß er die Welt in den Wahnsinn stürzen konnte, der vor ihm lag. Die Botschaft an die Menschheit war eine sehr ernüchternde: ›Es darf nicht zugelassen werden, daß so etwas wieder geschieht. Kein Mann darf solche Höhen der Macht erklimmen.‹«

»Wir machten ihn zum Gott«, sagte Michael, der sich an Berquists Worte erinnerte.

»Gut formuliert.« Der Journalist nickte. »Ich wünschte, ich hätte das geschrieben.«

»Dieser Mann, dieser Russe«, sagte Jenna, »hat er Ihnen an jenem Nachmittag erzählt, was mit Matthias geschah?«

»Ja. Er hatte ihn gesehen, war mit ihm zusammengewesen, kannte diese Symptome. Plötzliche Ausbrüche, gefolgt von Tränen, dauernde Selbstrechtfertigung, falsche Bescheidenheit, die nur dazu diente, seine Leistungen hervorzuheben ... wachsender Argwohn gegenüber jedem in seiner Umgebung und doch in der Öffentlichkeit stets die Fassade des Normalen. Dann kamen die Gedächtnislücken, die Fehler vertuschen sollten. Und wenn man ihn dann bedrängte, wußte er sich nicht anders zu helfen, als anderen die Schuld für diese Fehler aufzubürden ... Ich erlebte alles, schrieb alles nieder. Jede Woche fuhr ich nach Shenandoah ...«

»An Sonntagen?« unterbrach Havelock.

»Ja, an Sonntagen.«

»Decker?«

»O ja, *Commander* Decker. Bis dahin, müssen Sie wissen, hatte der Mann, den Sie Parsifal nennen, den in Auflösung begriffenen Anton nämlich davon überzeugt, daß seine politischen Visionen am Ende ihre Rechtfertigung in totaler Stärke finden würden. Den ›Meisterplan‹ nannten sie es . . . Und sie fanden den Mann, der ihnen die Detailinformationen liefern konnte, die sie brauchten.«

»Für das Schachspiel ohnegleichen«, sagte Michael.

»Ja. Decker benützte die Nebenstraße und traf sich mit Matthias in der Hütte, die Anton immer aufsuchte, wenn er allein sein wollte.«

»Der Holzschuppen«, fügte Havelock hinzu. »Ein Tonbandsystem mit einem akustischen Schalter.«

»Es hat nie versagt«, sagte Alexander, und seine Stimme war kaum lauter als ein Flüstern. »Niemals. Selbst später, als Matthias und . . . Parsifal ihr wahnsinniges Spiel spielten. Ein Spiel, das um so erschreckender war, weil Matthias einer der Akteure war. Anton wurde zum kriegerischen Staatsmann, ein brillanter Verhandler, der den Mann, den sie Parsifal nannten, gar nicht sah, sondern andere russische Generäle und Wissenschaftler, die überhaupt gar nicht anwesend waren, ebenso chinesische Armeekommandanten und Kommissare. In jenen Augenblicken *sah* er sie, waren sie *anwesend*. Und jedesmal, wenn er es hinter sich hatte, war sein Zustand wieder ein klein wenig verschlimmert, seine Augen ein wenig glasiger. Dann wirkte er wie ein Mann nach einem Rauschgifttrip; und die Symptome verstärkten sich von Mal zu Mal. Aber er konnte immer noch in beiden Welten funktionieren.«

»Wann kam ich dann aufs Tapet?« fragte Havelock. »Warum gerade ich?«

»Sie waren die ganze Zeit dabei. Fotos von Ihnen standen auf seinem Schreibtisch, seinem Sekretär . . . im Holzschuppen. Ein Album zeigte Sie und ihn auf einer Campingfahrt durch den Westen Kanadas.«

»Das hatte ich vergessen«, sagte Michael. »Das liegt so weit zurück. Ich war damals noch auf der Universität, und Anton war mein Mentor.«

»Viel mehr als das. Sie waren der Sohn, den er nie hatte. Sie sprachen in seiner Muttersprache zu ihm, erinnerten ihn an einen anderen Ort, eine andere Zeit.« Alexander hob den Kopf, bohrte seinen Blick in Havelocks Augen. »Und mehr als das: Sie waren der Sohn, der nicht glauben wollte, daß seine Visionen, die Lösungen, die er für die

Welt erdacht hatte, die richtigen waren. Er konnte Sie nicht überzeugen. Ihre Stimme sagte ihm immer wieder, daß er unrecht hatte, und das konnte er nicht ertragen. Wie er überhaupt auf Kritik besonders empfindlich reagierte.«

»Er wußte, daß ich ihm gegenüber immer ehrlich war.«

»Seine Augen wanderten immer wieder zu Ihrem Bild, und dann sah er Sie plötzlich und sprach mit Ihnen. Ihre Einwände, Ihr Zorn quälten ihn. In Wirklichkeit hatte er Angst vor Ihnen ... Und dann unterbrach er seine Arbeit.«

»Also mußte ich außer Reichweite gebracht werden.«

»An einen Ort, wo Ihr Urteil keine Bedeutung mehr hatte. Sie gehörten zu seiner alltäglichen Realität. Das fing an, ihn zu verzehren. Er konnte Ihre Störungen nicht mehr ertragen; Sie mußten gehen.«

»Und Parsifal wußte, wie das zu bewerkstelligen war«, sagte Michael bitter. »Er kannte den Maulwurf im Ministerium. Er trat an ihn heran und sagte ihm, was er tun sollte.«

»Damit hatte ich nichts zu tun. Ich wußte, daß es geschah, aber nicht, wie ... Sie hatten mit Anton über Miss Karras gesprochen, über die Zuneigung, die Sie zu ihr empfanden. Und daß Sie nach langen Jahren inneren Kampfes – in denen Sie immer wieder in Ihre Kindheit zurückgekehrt waren – bereit waren auszusteigen. Mit ihr. Es war sehr wichtig für Sie, diese Welt zu verlassen und in eine andere, lebenswertere einzutreten. Ihre Entscheidung war getroffen.«

»Und Sie dachten, ich würde das ohne Jenna tun? Warum?«

»Weil Parsifal in solchen Dingen Erfahrung hatte«, sagte Jenna und griff nach den Fotos. Sie wählte eines davon aus und reichte es Michael. »Ein Klinikpsychologe, Mitarbeiter des KGB. Ein Mann namens Alexei Kaljasin ... das Gesicht, das dir bekannt vorkam.«

»Ich kenne ihn nicht«, schrie Havelock und sprang aus seinem Sessel. »Wer ist er?« fragte er, während er sich bedrohlich über Raymond Alexander beugte.

»Verlangen Sie nicht von mir, daß ich den Namen nenne«, flüsterte der Journalist, schüttelte dabei den Kopf und zog sich in seinen Sessel zurück. »Fragen Sie mich nicht. Ich darf da nicht hineingezogen werden.«

»Verdammt noch mal, das sind Sie doch schon!« brüllte Michael und warf Alexander das Foto auf den Schoß. »Augenblick!« Michael sah Jenna an, ging ein paar Schritte auf sie zu. »Er war ein Überläufer. Vergiß einmal, daß man ihn als Überläufer getarnt hat, er war ein Überläufer. Er mußte in der Liste stehen!«

»Alle Hinweise auf die Flucht von Alexei Kaljasin sind gelöscht, alle Akten entfernt worden«, sagte Alexander leise, »da ist einfach ein Mann mit einem anderen Namen verschwunden.«

»Natürlich. Um jede Möglichkeit auszuschalten, daß ein Makel auf die großen Männer fiel.« Havelock trat auf Alexanders Stuhl zu; er beugte sich vor, packte die Revers der roten Samtjacke und zerrte den Journalisten in die Höhe. »Wer ist er? Heraus mit der Sprache!«

»Sehen Sie sich das Foto doch an.« Alexander zitterte. Er blickte wie gebannt auf das Bild. »Schauen Sie es an. Nehmen Sie den größten Teil seines Haares weg. Fügen Sie ein paar Falten im Gesicht hinzu, um die Augen . . . einen kleinen weißen Bart mit grauen Flecken.«

Michael starrte das Foto an. »Zelienski . . . Leon Zelienski!«

»Ich war sicher, daß Sie das erkennen würden. *Ohne* mich. Das Schachspiel . . . der beste Schachspieler, den Anton kannte.«

»Er ist kein Russe, er ist Pole! Ein pensionierter Geschichtsprofessor aus Berkley . . . der vor Jahren von der Universität Warschau rübergekommen ist.«

»Eine neue Identität, ein neues Leben, gefälschte Papiere. Er lebte an einer Landstraße höchstens zwei Meilen von Matthias entfernt. Anton wußte immer, wo er war.«

Havelock fuhr sich mit beiden Händen an die Schläfen und versuchte, den bohrenden Schmerz zu bannen, der seinen Kopf zu zerplatzen drohte. »Sie . . . Sie und Zelienski. Zwei geistesgestörte alte Männer! Wissen Sie eigentlich, was Sie getan haben?«

»Es ist außer Kontrolle. Alles ist außer Kontrolle.«

»Sie hatten es nie unter Kontrolle! Sie haben in dem Augenblick verloren, als Zelienski an den Maulwurf herantrat. Wir alle haben verloren! Konnten Sie denn nicht begreifen, was geschah? Glaubten Sie etwa, das Ganze würde mit einer heißen Story für Sie enden? Konnten Sie ihn nicht aufhalten? Sie wußten, daß Matthias auf Poole's Island war . . . *woher* wußten Sie das?«

»Von einem der Ärzte; er hatte Angst.«

»Dann wußten Sie, daß er krank war! Wie konnten Sie die Dinge weiterlaufen lassen?«

»Sie haben es gerade gesagt. Ich konnte ihn nicht aufhalten. Er hörte nicht mehr auf mich – er hört auch jetzt nicht auf mich. Ich kann ihn nicht aufhalten! Er ist jetzt ebenso verrückt wie Anton. Er hat einen Jesus-Komplex – sein Licht ist das einzige, nur sein Weg führt zum Heil.«

»Und Sie haben Ihren heiligen Namen dafür hergegeben, damit er mit seinem Komplex leben konnte. Was zum Teufel sind Sie eigentlich für ein Mensch?«

»Lassen Sie mich noch etwas sagen, Michael. Zelienski hatte mich in der Hand. Er hat mir gedroht, wenn ich an irgend jemanden heranträte, würde ein Telefongespräch, das er täglich von verschiedenen Telefonzellen aus führte, nicht stattfinden. Worauf jene sogenannten Nuklearverträge – unterzeichnet von Anthony Matthias – ihren Weg nach Moskau und Peking nehmen würden.«

Havelock blickte in die grünen Augen des alten Journalisten, sah die aufgedunsenen Hände, die sich an den Armlehnen des Sessels festklammerten. »Nein, Raymond, das ist nur ein Teil des Ganzen. Sie konnten es nicht ertragen, daß man Ihnen nachwies, daß Sie unrecht hatten. Sie sind wie Anton. Die Wahrheit um Ihre eigenen Fehler macht Ihnen Angst. Der Mythos der Makellosigkeit muß um jeden Preis aufrechterhalten werden.«

»Schauen Sie mich doch an!« schrie Alexander plötzlich und zitterte am ganzen Körper. »Ich habe jetzt damit fast ein Jahr gelebt! Was hätten Sie an meiner Stelle getan?«

»Ich weiß es nicht, so wahr mir Gott helfe. Ich kann nur hoffen, daß ich es besser gemacht hätte als Sie ... aber ich weiß es nicht. Schenken Sie sich ein großes Glas Brandy ein, Raymond. Halten Sie Ihren Mythos aufrecht; reden Sie sich nur immer wieder ein, daß Sie unfehlbar sind, vielleicht hilft es. Vielleicht macht es auch keinen Unterschied mehr. Treten Sie mit einem Grinsen auf Ihrem eitlen selbstgerechten Gesicht ab ... aber treten Sie ab.« Michael wandte sich zu Jenna. »Gehen wir«, sagte er. »Wir haben eine lange Fahrt vor uns.«

»Süden an Norden, bitte kommen.«

»Hier Norden. Was ist?«

»Rufen Sie Victor an. Es gibt Bewegung. Unsere Leute sind schnell herausgekommen und haben mit der Eskorte gesprochen; sie waren auf dem Grundstück. Beide Wagen sind vor wenigen Augenblicken hier mit Vollgas weggerast, mit Kurs nach Westen.«

»Verlieren Sie sie nicht.«

»Keine Chance. Die Eskorte hat den Lincoln oben auf der Straße verlassen, und wir haben ein Peilgerät unter dem Kofferraum befestigt. Nicht einmal ein Erdbeben könnte es abschütteln. Wir können sie noch in zwanzig Meilen Entfernung orten. Wir haben sie.«

39

Der Nachthimmel war seltsam geteilt: hinter ihnen klares Mondlicht, vor ihnen, in der Ferne, dunkle Wolken, die den Himmel überzogen. Die beiden Limousinen rasten über die Landstraßen. Die Männer im Lincoln hatten die Aufgabe, sie zu schützen, ohne die näheren Umstände zu verstehen, während Havelock und Jenna Karras nur zu gut verstanden und Angst hatten.

»Jetzt können wir uns nicht an Regeln orientieren«, sagte Michael. »Er ist zur Veränderung fähig, das ist alles, was wir wirklich von ihm wissen. Er ist mit einem bestimmten Ziel hierhergeschickt worden und ist zur anderen Seite übergelaufen.«

»Oder ist er gestolpert? Alexander sagte, Zelienski ... Kaljasin ... hätte ihnen gesagt, er fühlte sich alt und ausgepumpt, der Streß wäre ihm zu groß. Vielleicht hat er einfach nur aufgegeben und sich eine Zuflucht gesucht.«

»Bis er eine andere Aufgabe fand und sich ganz anderen Belastungen aussetzte«, sagte Jenna. »Einem Druck, der für einen Mann seines Alters aufmunternd wirkt, kann ich mir vorstellen. Er ist über siebzig, nicht wahr?«

»Ja, ungefähr.«

»Denk einmal nach. Das Ende kommt vielleicht noch lange nicht, aber es ist immerhin in Sicht. Und während du dich dem Ende näherst, stellst du plötzlich fest, daß du eine außergewöhnliche Lösung entdeckt hast, von der du glaubst, daß die Welt sie dringend braucht, diese Lektion. Was tust du?«

Havelock sah sie an. »Das ist es ja, was mir solche Angst macht. Wie kann ich ihn dazu bringen, daß er einen Schritt macht?«

»Ich wollte, ich wüßte darauf eine Antwort.« Jenna blickte zur Windschutzscheibe und sah die Wassertropfen, die sich auf dem Glas bildeten. »Wir fahren in den Regen hinein«, sagte sie.

»Es sei denn, es gäbe eine andere Lösung«, überlegte Michael weiter und schaltete die Scheibenwischer ein. »Wenn man eine Lektion gegen eine andere austauschen könnte.«

»Was?«

»Ich bin nicht sicher, ich weiß es nicht.« Havelock griff nach dem Mikrofon, zog es zu sich heran. »Eskorte, sind Sie da?«

»Etwa hundert Meter hinter Ihnen, ›Steril Fünf‹.«

»Werden Sie langsamer, und halten Sie mindestens eineinhalb

Meilen Abstand. Wir kommen jetzt in das Gebiet, und für eine Menge Leute sind Sie deutlich als Regierungsfahrzeug zu erkennen. Ich will nicht, daß man eine Verbindung zwischen uns herstellt oder irgend jemand auch nur neugierig wird. Wenn der Mann, mit dem ich den Kontakt herstellen will, auch nur den leisesten Verdacht bekommt, will ich lieber gar nicht erst an die Folgen denken.«

»Der Abstand gefällt uns nicht«, sagte die Eskorte.

»Tut mir leid, aber das ist ein Befehl. Bleiben Sie außer Sichtweite. Sie kennen das Ziel; nehmen Sie die Bergstraße, die ich Ihnen beschrieben habe. Fahren Sie etwa eine halbe Meile hinauf. Dort werden wir sein.«

»Würde es Ihnen etwas ausmachen, den Befehl zu wiederholen, *Sir?*«

Das tat Michael. »Ist das klar?«

»Ja, ›Steril Fünf‹. Jetzt haben wir es auf Band.«

Der schmutzbedeckte Wagen fuhr in den Regenschauer hinein. Staub und Schlamm lösten sich in dem Wolkenbruch auf. Die Scheibenwischer huschten über die Windschutzscheibe. Der Fahrer bog in eine lange Kurve, als das rote Signallicht an dem Radioverstärker plötzlich zu glühen anfing.

»Wir sind auf einer anderen Frequenz«, sagte der Mann auf dem Beifahrersitz und griff nach dem Mikrofon. »Ja?« sagte er.

»Süden?«

»Wir sind hier.«

»Victor. Ich nähere mich Warrenton auf der Sechsundsechzig. Wo sind Sie?«

Der Mann mit dem Mikrofon studierte die Landkarte, die er auf dem Schoß hielt, richtete den Strahl einer dünnen Taschenlampe darauf. »Nördlich auf der Siebzehn, Richtung Marshall. Sie können ihn in Warrenton übernehmen.«

»Zustand?«

»Normal. Wir vermuten, daß sie, sobald sie Marshall erreicht haben, entweder nördlich auf der Siebzehn weiterfahren oder auf der Front Royal Road nach Westen. Die Kurven werden jetzt haarig; wir kommen in die Berge.«

»Wir haben dort oben Leute, die beide Routen überwachen. Ich möchte wissen, welche Straße sie nehmen und welchen Abstand ›Steril Fünf‹ und seine Eskorte voneinander halten. Benutzen Sie diesen Kanal. Ich sollte Sie in zehn bis fünfzehn Minuten eingeholt haben.«

Der blonde Mann, der vor dem ›Blue Ridge Diner‹ in der braunen Limousine saß, hielt das Mikrofon in der Hand und beobachtete die Straße. Jetzt drückte er den Knopf nieder und sprach: »Die nehmen die Front Royal Road«, sagte er, als der Buick im Regen vorbeihuschte. »Sind pünktlich und in großer Eile.«

»Wie weit dahinter ist der Lincoln?« fragte die Stimme aus dem Lautsprecher.

»Bis jetzt noch nicht zu sehen.«

»Sind Sie sicher?«

»Keine Scheinwerfer, und jemand, der blöd genug ist, in diesem Wetter hier heraufzufahren, riskiert nicht, daß er vom Weg abkommt.«

»Das ist nicht normal. Ich melde mich gleich wieder.«

»Wie Sie meinen.«

Der blonde Mann ließ das Mikrofon sinken und griff nach den Zigaretten, die neben ihm auf dem Sitz lagen. Er schüttelte eine aus dem Päckchen, führte sie an die Lippen und ließ sein Gasfeuerzeug schnappen. Dreißig Sekunden verstrichen, und der Lincoln Continental war immer noch nicht aufgetaucht. Nach einer Minute das gleiche Bild.

»Front Royal, wo sind Sie?« fragte die Stimme aus dem Lautsprecher.

»Hier, ich warte.«

»Die Eskorte, ist sie schon vorbeigefahren?«

»Nee. Sonst hätte ich Sie angerufen, Kumpel . . . Warten Sie mal. Bleiben Sie am Mikrofon. Jetzt haben wir sie vielleicht.« Ein Lichtbalken schob sich aus der Kurve, und Sekunden später brauste der langgestreckte schwarze Lincoln im Regen an ihm vorbei. »Jetzt ist er gerade durchgekommen, alter Freund. Ich fahr' jetzt.« Der blonde Mann richtete sich auf, ließ den Motor an, legte den Gang ein und lenkte seinen Wagen auf die Straße.

»Ich bin gleich wieder da«, sagte die Stimme.

»Das sagen Sie die ganze Zeit«, meinte der Blonde, drückte das Gaspedal nieder und blickte aufmerksam auf die regennasse Straße hinaus. In der Ferne sah er die roten Hecklampen des Lincoln.

»Front Royal?« kam die Stimme aus dem Lautsprecher.

»Hier bin ich, Freundchen.«

»Gehen Sie auf tausendsiebenhundertzwanzig Megahertz für zusätzliche Instruktionen.«

»Schalte um.« Der blonde Mann griff nach unten und drückte den Metallknopf; auf dem schmalen, waagerechten Streifen über der

Skala des Funkgeräts flammte die Digitalanzeige auf. »Front Royal in Position«, sagte er.

»Hier spricht der Mann, den Sie nicht kennen, Front Royal.«

»Nett, Ihre Bekanntschaft zu machen, Kumpel.«

»Wieviel zahlt man Ihnen für heute nacht?« fragte die neue Stimme.

»Da Sie der Mann sind, den ich nicht kenne, denke ich, müßten Sie das wissen.«

»Wie gut sind Sie?«

»Sehr gut. Wieviel lassen Sie springen?«

»Sie sind bezahlt worden.«

»Nicht für das, was Sie jetzt wollen.«

»Sie sind sehr aufmerksam.«

»Danke für das Kompliment.«

»Dieser dicke Brummer dort vorne, er weiß doch, wo der Kleine hinfährt, meinen Sie nicht auch?«

»Doch, das denke ich schon. Die halten ziemlichen Abstand.«

»Glauben Sie, Sie könnten sich dazwischenschieben?«

»Läßt sich machen. Was dann?«

»Eine Prämie.«

»Wofür?«

»Der Kleine wird irgendwo halten. Sobald er das getan hat, möchte ich, daß die dicke Limousine verschwindet.«

»Sie sprechen von einer ziemlich fetten Prämie, *Mister*. Der Wagen ist ein Lincoln.«

»Eine sechsstellige Summe«, sagte die Stimme. »Seien Sie ein rücksichtsloser Fahrer. Sehr rücksichtslos und sehr genau.«

»Gemacht, Freundchen.«

Arthur Pierce blickte durch das Fenster und den Regen, als er den alten Wagen, vier Meilen unterhalb der Front Royal Road, passierte. Er nahm das Mikrofon und sprach über die Frequenz 1720:

»*All right,* Süden. Hier ist die Gebrauchsanweisung. Sie bleiben bei mir, alle anderen sind entlassen. Danken Sie allen für ihre Zeit und ihre Mühe. Sagen Sie ihnen, wir würden uns wieder melden.«

»Was ist mit Norden? Die sind unterwegs.«

»Ich möchte, daß sie mit dem Marinekontingent zurückkommen. Das gehört jetzt ihnen; die können wechseln. Über kurz oder lang ... heute abend, morgen, am übernächsten Tag ... werden sie ihn herauslassen. Dann ist Ihr Job beendet.«

Havelock hielt den Wagen an und kurbelte die Scheibe herunter, spähte durch den Regen zu der Tafel hinüber, die an den Baum genagelt war.

SENECA'S NOTCH
SACKGASSE

Er hatte Leon Zelienski zweimal nach Hause gebracht, einmal nachmittags, als der Wagen des alten Mannes nicht anspringen wollte, und dann, einige Jahre später, in einer Nacht wie dieser hier, als Matthias Angst gehabt hatte, Leon könnte mit seinem Auto im Schlamm steckenbleiben. Zelienski war nicht steckengeblieben, wohl aber Michael; es war ein langer, feuchter Marsch zu Antons Haus gewesen, er erinnerte sich gut an die Straßen. Damals hatte er Leon Zelienski heimgebracht; jetzt suchte er Alexei Kaljasin-Parsifal.

»Jetzt geht's los«, sagte Havelock und bog in die aus den Felsen gehauene Straße, die nur noch wenige Überreste einer früheren Teerschicht trug. »Wenn wir uns in der Mitte halten, sollten wir es schaffen.«

»Dann halte dich in der Mitte«, sagte Jenna.

Sie schlingerten und rutschten die schmale Straße hinauf, von pechschwarzer Dunkelheit umgeben. Die Reifen drehten immer wieder durch und ließen lose Steinbrocken gegen die Kotflügel prasseln. Die unsanfte Fahrt trug nicht gerade dazu bei, ihre Nerven zu beruhigen. Michael war gegenüber Raymond Alexander hart gewesen und hatte gewußt, daß das richtig war, aber nur teilweise. Er begann, den anderen Aspekt der tiefen Angst des Journalisten zu verstehen, eine Angst, die ihn an den Rand der Hysterie trieb. Zelienskis Drohung war klar und erschreckend: Sollte Alexander den Russen verraten oder irgend etwas gegen ihn unternehmen, würde er das Signal geben, und die Nuklearverträge wären auf dem Weg nach Moskau und Peking.

Man konnte keine Chemikalien einsetzen, um Zelienski zu zwingen, die Nummer, die er jeden Tag von einer anderen Telefonzelle aus anrief, bekanntzugeben; das war bei einem Mann seines Alters zu riskant. Eine zu starke Dosis, und sein Herz würde versagen. Und dann war die Nummer für immer verloren. Nur Worte konnten helfen. Aber wie redete man mit einem Menschen, der die Welt mit einem »Meisterplan« für ihre Vernichtung retten wollte? Für einen solchen Mann gab es keine Vernunft, nichts als seine eigene, verzerrte Vision.

Das kleine Haus tauchte jetzt rechts über ihnen auf, nicht viel größer als eine Hütte und aus massivem Stein gebaut. Man erreichte es über eine steil ansteigende, ungeteerte Zufahrt, die unter einem überdeckten Abstellplatz endete, auf dem ein unauffälliger Wagen parkte. Aus einem Erkerfenster in der Mitte der Fassade leuchtete ein einzelnes Licht.

Havelock schaltete die Scheinwerfer ab. »Hier hat alles angefangen«, sagte er zu Jenna. »Im Kopf des Mannes dort oben. Alles! Angefangen bei der Costa Brava über Poole's Island, von Col de Moulinets nach ›Steril Fünf‹; hier fing es an . . . Gehen wir.«

Sie stiegen aus dem Wagen und gingen durch den Regen die weiche, schlammige Zufahrtsstraße hinauf. Jetzt erreichten sie den gedeckten Abstellplatz; unter dem Vordach war eine Tür. Havelock warf Jenna einen kurzen Blick zu, bevor er klopfte.

Augenblicke später öffnete sich die Tür, und ein schmächtiger, gebeugter alter Mann mit wenigen Haarsträhnen auf dem Kopf und einem kleinen weißen, graugefleckten Bart trat heraus. Als er Havelock anstarrte, weiteten sich seine Augen, und sein Mund öffnete sich.

»Mikhail«, flüsterte er mit zitternden Lippen.

»Hallo, Leon. Ich bringe Ihnen schöne Grüße von Anton.«

Als der blonde Mann die Tafel gesehen hatte und wußte, daß die Zufahrtsstraße als Sackgasse endete, manövrierte er mit ausgeschalteten Scheinwerfern die braune Limousine etwa hundert Meter über die rutschige Straße nach unten und hielt schließlich mit laufendem Motor am äußersten rechten Straßenrand. Er schaltete die Scheinwerfer wieder ein und holte aus seinem Jackett eine großkalibrige Pistole mit Schalldämpfer heraus. Er begriff die Instruktionen von Mister »Namenlos«; sie waren logisch. Der Lincoln mußte jetzt jeden Augenblick auftauchen.

Da war er! Zweihundert Meter entfernt, an der Einmündung der Straße, die vom Highway abzweigte. Der blonde Mann löste die Handbremse und begann das Steuer hin und her zu drehen, rollte von einem Straßenrand zum anderen. Der Lincoln verlangsamte das Tempo und hielt sich so weit rechts wie möglich. Der Blonde beschleunigte wieder, riß das Steuer noch heftiger herum, während die Hupe der schweren Limousine durch den strömenden Regen hallte. Als er sich auf neun Meter genähert hatte, drückte der blonde Mann plötzlich das Gaspedal bis zum Boden durch, lenkte sein Fahrzeug nach rechts und riß es dann hart nach links herum.

Der Aufprall kam, mit dem Kühlergrill der Limousine rammte er die linke hintere Tür des Lincoln, sein Wagen schleuderte, kollidierte über die ganze Fahrzeuglänge, so daß die Fahrertür blockiert war.

»Verdammt noch mal, ihr Idioten!« schrie der blonde Mann durch das offene Fenster mit lallender Stimme, und sein Kopf schwankte dabei vor und zurück. »Verdammte Scheiße, ich blute!«

Auf der anderen Seite der Straße taumelten die zwei Männer aus ihrer Limousine. Als sie in das Licht seiner Scheinwerfer traten, lehnte sich der blonde Mann aus dem Fenster und feuerte zweimal.

»Soll ich Sie Leon oder Alexei nennen?«

»Ich kann Ihnen einfach nicht glauben!« rief der alte Russe, der vor dem Feuer saß und seine Augen auf Havelock geheftet hatte. »Er war doch unheilbar krank, ohne jede Hoffnung auf Besserung.«

»Nur wenige Leute haben einen Geist und einen Willen wie Anton. Niemand kann sagen, ob er je wieder ganz gesund sein wird, aber er hat sich sehr erholt. Die Medikamente haben ihm sehr geholfen und die Elektrotherapie auch; er nimmt jetzt seine Umwelt wieder wahr . . . und ist von dem erschüttert, was er getan hat.« Havelock hatte sich Zelienski-Kaljasin gegenüber auf einen hochlehnigen Stuhl gesetzt. Jenna blieb an der Tür stehen, die in die kleine Küche führte.

»Das hat es noch nie gegeben!«

»Es hat auch noch nie einen Mann wie Matthias gegeben. Er hat nach mir verlangt, und er hat mir alles gesagt. Nur mir.«

»Poole's Island?«

»Dort wird er behandelt. Soll ich Leon oder Alexei sagen?«

Kaljasin schüttelte den Kopf. »Nicht Leon, niemals Leon. Immer Alexei.«

»Sie hatten gute Jahre als Leon Zelienski.«

»Erzwungenes Asyl, Mikhail. Ich bin Russe, sonst nichts.«

»Sie sind zu uns gekommen . . . Alexei.«

»Ich bin vor anderen geflohen, vor Männern, die die Seele meiner Heimat korrumpieren wollten, die die Grenzen unserer Überzeugung überschritten, die ohne Not willkürlich töteten und Macht um ihrer selbst willen suchten. Ich glaube an unser System, Mikhail, nicht an das Ihre. Aber diese Männer taten das nicht; sie hätten Worte in Waffen verwandelt, und dann hätte keiner mehr beweisen können, wer recht hatte. Wir wären alle vernichtet gewesen.«

»Schakale«, sagte Havelock und wiederholte das Wort, das er erst vor Stunden gehört hatte, »Fanatiker, die der Vision vom Dritten Reich nachhängen.«

»Das reicht jetzt.«

»Die *Voennaja!*«

Kaljasins Kopf fuhr in die Höhe. »Das habe ich Matthias nie erzählt.«

»Ich habe es ihm auch nicht gesagt. Ich war sechzehn Jahre draußen im Einsatz. Glauben Sie, ich kenne die VKR nicht?«

»Die VKR spricht nicht für Rußland, nicht für unser Rußland ... Anton und ich pflegten bis in die frühen Morgenstunden miteinander zu diskutieren. Er konnte das nicht verstehen; er kam aus einer Welt des Wohlstands. Hier drüben wird das keiner von Ihnen je begreifen, nur die Schwarzen vielleicht ... Wir hatten nichts, und man hatte uns gesagt, daß wir auch nichts zu erwarten hätten, nicht in dieser Welt. Bücher, Schulen, Lesen und Schreiben lernen – das war das Privileg einer kleinen Minderheit. Man hat uns wie Vieh behandelt. Mein Vater ist von einem Fürsten Woroschin gehängt worden, weil er ein Stück Wild gestohlen hatte! Alles das hat sich geändert, seitdem das Volk die Macht innehat.« Ein seltsames Lächeln spielte jetzt um Kaljasins dünne Lippen. »Man nennt uns Kommunisten atheistisch. Was wollen Sie denn? Wir wußten, wie es unter der heiligen Kirche war! Ein Gott, der mit ewigem Feuer droht, wenn man sich gegen eine lebende Hölle erhebt, ist für neun Zehntel der Menschheit kein Gott. Man kann und sollte ihn ersetzen, ihn wegen Unfähigkeit und parteiischen Verhaltens entlassen.«

»Das ist ein Argument, das man wohl schwerlich nur auf das vorrevolutionäre Rußland anwenden kann«, sagte Michael.

»Sicher nicht, aber es ist symptomatisch. Eines Tages werden Sie und Ihresgleichen die Verlierer sein. Nicht in diesem Jahrzehnt oder im nächsten – vielleicht noch viele, viele Jahre nicht, aber verlieren werden Sie. Zu viele Menschen hungern und sterben.«

»Wenn sich das als wahr erweist, dann verdienen wir, daß wir unterliegen. Ich glaube aber nicht, daß es so ist.« Michael lehnte sich vor, stützte die Ellbogen auf die Knie und sah dem alten Mann in die Augen. »Wollen Sie mir sagen, daß man Ihnen Asyl gewährt hat und Sie keine Gegenleistung dafür erbracht haben?«

»Nicht soweit es um die Geheimnisse meines Landes geht, und Anton hat mich auch nie ein zweites Mal gefragt. Ich denke, daß er meine Arbeit – die Arbeit, die Sie auch taten, ehe Sie ausstiegen – im wesentlichen für ziemlich sinnlos hielt. Unsere Entscheidungen bewirkten nur sehr wenig; das, was wir leisteten, war für die Männer ganz oben an der Spitze nicht wichtig. Aber ein Geschenk habe ich ihnen gegeben, das uns beiden diente und der Welt auch. Ich habe Anthony

Matthias vor der kubanischen Falle bewahrt, die ihn den Ministerposten gekostet hätte. Ich habe es getan, weil ich an ihn glaubte und nicht an die Wahnsinnigen, die für eine Weile in meiner Regierung so viel Einfluß hatten.«

»Ja, das hat er mir gesagt. Es wäre sein Untergang gewesen. Auf dieser Basis – wegen Ihres Glaubens an ihn – hat er mich auch gebeten, Sie zu besuchen. Das muß aufhören, Leon ... entschuldigen Sie, Alexei. Er weiß, weshalb Sie das alles getan haben, aber es muß aufhören.«

Kaljasins Blick wanderte zu Jenna hinüber. »Wo ist der Haß in Ihren Augen, junge Frau? Er muß doch da sein.«

»Ich will Sie nicht belügen, ich spüre ihn, aber gleichzeitig versuche ich zu verstehen.«

»Es mußte getan werden; es gab keinen anderen Weg. Anton mußte von dem Schemen befreit werden, der Mikhail für ihn war. Er mußte wissen, daß er weit weg von der Regierung war, mit anderen Interessen befaßt, anderen Dingen nachging. Er hatte solche Angst, sein ... sein Sohn ... könnte von seiner Arbeit hören und kommen, um ihn davon abzubringen.« Kaljasin wandte sich wiederum an Havelock. »Er schaffte es einfach nicht, Sie aus seinen Gedanken zu verdrängen.«

»Billigte er das, was Sie taten?« fragte Michael.

»Er ignorierte es, glaube ich, und ein Teil seiner Person ekelte sich über sich selbst. Seine Kräfte verließen ihn damals schon rapide.«

»Er hat Sie nie gefragt, wie Sie an Männer in Moskau herantraten, die das liefern sollten, was Sie brauchten?«

»Niemals. Bedenken Sie, die Welt, in der Sie und ich lebten, war für ihn sehr unwichtig. Und dann wurde alles ein Chaos ...«

»Geriet außer Kontrolle?« fragte Jenna.

»Ja, junge Frau. Die Dinge, die wir hörten, waren so unglaublich, so schrecklich. Eine Frau, die an einem Strand getötet worden war ...«

»Was haben Sie denn erwartet?« fragte Havelock, der sich nur mühsam beherrschen konnte. Zwei, drei geistesgestörte alte Männer.

»Nicht das. Wir waren keine Mörder. Anton hatte Anweisung gegeben, daß man Miss Karras nach Prag zurückschicken und ihre Kontakte überwachen sollte. Am Ende hätte man ihre Unschuld beweisen können.«

»Und diese Befehle sind aufgefangen und verändert worden.«

»An dem Punkt konnte er bereits nichts mehr tun. Sie waren verschwunden, und er wurde schließlich völlig verrückt.«

»Verschwunden? Ich verschwunden?«

»Das hatte man ihm gesagt. Daraufhin brach er zusammen, verlor völlig den Verstand. Er dachte, er hätte Sie auch getötet. Das war der Schock, der ihm schließlich den Rest gab.«

»Woher wissen Sie das?« bedrängte ihn Michael.

Kaljasin zögerte, seine wäßrigen Augen blinzelten. »Da war noch jemand, ein Arzt. Er hat es herausgefunden.«

»Raymond Alexander«, sagte Havelock.

»Ja.«

»Sie erwähnten ihn, als ich Sie aus Europa anrief.«

»Ich hatte Angst. Ich dachte, Sie würden vielleicht mit jemandem sprechen, der ihn in Antons Haus gesehen hatte; er war sehr oft dort. Ich wollte Ihnen einen vollkommen akzeptablen Grund für seine Versuche liefern, Sie von ihm fernzuhalten.«

»Warum?«

»Weil aus Alexander dem Großen Alexander der Kranke geworden war. Sie waren nicht hier, Sie wissen das nicht. Er schreibt nur noch ganz selten. Er trinkt sehr viel, weil er die Anspannung nicht ertragen kann. Man konnte es mit dem Tod seiner Frau erklären.«

»Matthias hat mir gesagt, Sie hätten auch eine Frau gehabt«, sagte Michael, dessen feinem Ohr eine Nuance in Kaljasins Stimme aufgefallen war. »In Kalifornien. Sie ist gestorben, und er hat Sie dazu überredet, hierher ins Shenandoah-Tal zu kommen.«

»Ich hatte eine Frau, Mikhail. In Moskau. Sie ist von den Soldaten Stalins getötet worden, an dessen Vernichtung ich mitgeholfen habe. Stalin kam aus den Reihen der *Voennaja*.«

»Es tut mir leid.«

Irgendwo in dem kleinen Haus war ein kurzes Klappern zu hören, lauter als das Trommeln des Regens draußen. Jenna sah Havelock an.

»Das ist nichts«, sagte Kaljasin. »Da ist ein Stück Holz, ein Keil, ich schiebe ihn in windigen Nächten unter diese alte Tür.« Der alte Mann lehnte sich in seinen Sessel zurück und stützte sein Kinn auf die dünnen Hände mit den hervortretenden Venen. »Sie müssen ganz deutlich mit mir sprechen, Mikhail, und mir Zeit zum Nachdenken lassen. Deshalb habe ich Ihnen vor ein paar Augenblicken nicht geantwortet.«

»In bezug auf Anton?«

»Ja. Weiß er wirklich, weshalb ich das alles getan habe? Warum ich ihn mit Suggestion so weit getrieben habe, bis er mit Männern debattierte, die gar nicht anwesend waren? Versteht er das wirklich?«

»Ja, das versteht er«, erwiderte Havelock, der das Gefühl hatte, ein tonnenschweres Gewicht laste auf seinem Nacken. Er war dicht vor dem Ziel, aber ein einziges falsches Wort würde diesen Parsifal zum Schweigen bringen. Alexander hatte doch recht gehabt; Kaljasin hatte einen Jesus-Komplex. Hinter den sanftklingenden Worten des alten Russen stand eine felsenfeste Überzeugung. Er wußte, daß er recht hatte. »Kein einzelner Mann«, sagte Michael, »sollte jemals wieder solche Macht bekommen. Er bittet Sie, fleht Sie an, mir jene unglaublichen Verträge zu geben, die Sie beide geschaffen haben, und alle Kopien, die es davon gibt. Lassen Sie mich die Dokumente verbrennen.«

»Er versteht also, aber genügt das? Verstehen es die anderen auch? Haben sie daraus gelernt?«

»Wer?«

»Die Männer, die solche Macht verleihen, nur um dann herauszufinden, daß ihre Helden auch Sterbliche sind, die an ihrer Selbstüberschätzung und den Forderungen, die man an sie stellt, zerbrechen.«

»Diese Männer sind zutiefst verängstigt und verschreckt. Was wollen Sie noch mehr?«

»Ich will, daß sie wissen, was sie getan haben, daß ihnen bewußt wird, wie diese Welt von einem einzigen brillanten Geist in Brand gesteckt werden kann, wenn er diesem unerträglichen Druck ausgesetzt ist. Wahnsinn ist ansteckend, er hört bei einem zerbrochenen Heiligen nicht auf.«

»Das verstehen sie. Und besonders der eine Mann, den die meisten Leute für den mächtigsten Mann der Erde halten. Er hat mir gesagt, sie hätten einen Kaiser geschaffen, einen Gott, und sie hätten nicht das Recht, das eine oder andere zu tun. Sie haben ihn zu hoch erhoben; das hat ihn geblendet.«

»Und Ikarus fiel ins Messer«, sagte Kaljasin. »Berquist ist ein anständiger Mann. Auch er hat einen unmöglichen Job, aber er erledigt ihn besser als die meisten.«

»Es gibt niemanden, den ich jetzt lieber dort sehen würde.«

»Ich neige dazu, Ihnen recht zu geben.«

»Sie bringen ihn um«, sagte Havelock. »Lassen Sie ihn laufen. Die Lektion ist erteilt worden, er wird sie nicht vergessen.«

Kaljasin blickte in die glühenden Kohlen im Kamin. »Siebenundzwanzig Seiten hat jeder Vertrag. Ich habe sie selbst auf der Maschine getippt, in der Form, in der Bismarck die Verträge von Schleswig-Holstein verfaßte. Das hat großen Eindruck auf Anton gemacht . . . Geld hat mich nie interessiert, das wissen sie doch, nicht wahr?«

»Das wissen sie. Er weiß es.«

»Mir ging es nur um die Lektion.«

»Ja.«

Der alte Mann wandte sich wieder Michael zu. »Es gibt keine Kopien. Nur die eine, die ich Präsident Berquist sandte. In einem Umschlag des State Department, aus dem Büro von Matthias, mit dem Stempel ›Geheim‹. Und natürlich dem Zusatz, daß der Inhalt nur für seine Augen bestimmt war.«

Havelocks Muskeln spannten sich. Er erinnerte sich ganz deutlich an Raymond Alexanders Behauptung, daß Kaljasin ihn in der Klemme gehabt hatte, daß die Dokumente, wenn ein bestimmter Telefonanruf ausblieb, nach Moskau und Peking gesandt würden. Das deutete auf vier Kopien, nicht auf zwei. »Sonst sind weiter keine Kopien gemacht worden, Alexei?«

»Nein.«

»Ich würde meinen«, bemerkte Jenna unerwartet und trat zögernd nach vorn, auf den gebrechlichen alten Russen zu, »daß Raymond Alexander auf einer Kopie bestanden hätte. Das ist doch der Kern seiner Schriften.«

»Das ist der Kern seiner Furcht, junge Frau. Ich halte ihn unter Kontrolle, indem ich ihm sage, wenn er irgend jemandem etwas verrät, würden Kopien an Ihre Feinde geschickt werden. Das war nie meine Absicht. Im Gegenteil. Nichts lag mir ferner als das. Das würde genau die Katastrophe herbeiführen, um deren Vermeidung ich bete.«

»Bete, Alexei?«

»Nicht zu einem kirchlichen Gott, wie Sie ihn kennen, Mikhail. Zu einem kollektiven Gewissen. Nicht zu einer heiligen Kirche mit einem Allmächtigen voller Vorurteile.«

»Darf ich die Dokumente haben?«

Kaljasin nickte. »Ja«, sagte er und zog das Wort in die Länge. »Wir werden sie gemeinsam verbrennen.«

»Warum?«

»Sie kennen den Grund; wir hatten beide den gleichen Beruf. Die Männer, die es Politikern wie Matthias erlauben, so hoch zu steigen, daß sie von der Sonne geblendet werden, werden nie erfahren, ob ein alter Mann gelogen hat. Ich habe sie schon früher getäuscht, nun täusche ich sie wieder? Gibt es nicht doch noch andere Kopien?«

»Stimmt das?«

»Nein, aber das werden sie nicht wissen.« Kaljasin richtete sich mit Mühe in seinem Sessel auf; er erhob sich und atmete tief. »Kommen Sie mit, Mikhail. Sie sind im Wald vergraben. Ich komme jeden

Nachmittag daran vorbei; die Stelle ist dreiundsiebzig Schritte von einem Hartriegelbaum entfernt, dem einzigen auf dem Friedhof von Seneca. Kommen Sie, bringen wir es hinter uns. Wir werden im Regen graben und schrecklich naß werden. Vielleicht könnte Miss Karras einen Tee kochen. Und dazu ein paar Gläser Wodka ... mit Büffelgras. Und dann werden wir das Beweismaterial verbrennen.«

Plötzlich flog die Tür zur Küche in einem lauten Donnerschlag auf, und ein breitschultriger Mann mit einem dünnen grauen Haarkranz um den kahlgeschorenen Kopf stand mit einer Pistole in der Hand da.

»Die belügen Sie, Alexei. Keine Bewegung, Havelock!« Arthur Pierce packte Jenna am Ellbogen, zerrte sie zu sich, schlang den linken Arm um ihren Hals und drückte ihr die Waffe gegen den Kopf. »Ich zähle jetzt bis fünf«, sagte er zu Michael. »Bis dahin werden Sie Ihre Pistole mit zwei Fingern herausgezogen und auf den Boden geworfen haben, oder Sie werden zusehen, wie der Kopf dieser Frau gegen die Wand geblasen wird. Eins, zwei, drei ...«

Havelock knöpfte sein Jackett auf, zog mit drei Fingern die Llama aus dem Halfter und ließ sie zu Boden fallen.

»Schieben Sie sie mit dem Fuß herüber«, schrie der *paminjatschik*.

Michael gehorchte. »Ich weiß nicht, wie Sie hergekommen sind, aber Sie können nicht mehr heraus«, sagte er ruhig.

»Wirklich?« Pierce ließ Jenna los und schob sie gegen den erstaunten alten Russen. »Dann sollte ich Ihnen sagen, daß Ihre Eskorte von einem undankbaren Wachposten erledigt worden ist. Sie können nicht hinaus.«

»Andere wissen, wo wir sind.«

»Das bezweifle ich. Wenn das zuträfe, würde dort draußen eine Armee das Haus umzingeln. O nein, Sie sind allein hineingegangen ...«

»Sie?« schrie Kaljasin und zitterte am ganzen Körper. »Sie sind es wirklich!«

»Freut mich, daß Sie mit dabeisind, Alexei. Sie lassen nach in Ihren alten Tagen, Sie bemerken nicht mehr, wenn man Ihnen Lügen auftischt.«

»Was für Lügen? Wie haben Sie mich gefunden?«

»Indem ich einem hartnäckigen Mann folgte. Sprechen wir über die Lügen.«

»Was für Lügen?«

»Daß Matthias sich erholt hat. Das ist die größte Lüge von allen. In meinem Wagen ist ein Metallbehälter, dessen Inhalt auf der ganzen Welt eine interessante Lektüre abgeben wird. Er zeigt Anthony Matthias als das, was er wirklich ist: ein Wahnsinniger, gewalttätig und paranoid, der keinen Bezug mehr zur Realität hat. Er wird von Wahnvorstellungen verfolgt, man kann ihn programmieren wie einen Roboter. Sein Zustand verschlimmert sich immer mehr!«

»Das kann nicht wahr sein!« Kaljasin sah Michael an. »Die Dinge, die er mir gesagt hat ... nur Anton kann sie wissen, sich an sie erinnern.«

»Wieder eine Lüge. Ihr so überzeugend wirkender Freund vergaß zu erwähnen, daß er gerade aus einem kleinen Dorf Fox Hollow herübergefahren ist, wo ein bekannter Kommentator wohnt: ein gewisser Raymond Alexander. Ich werde ihn besuchen. Er fehlt noch in unserer Sammlung.«

»Mikhail? Warum? Warum haben Sie mich belogen?«

»Ich mußte. Ich hatte Angst, Sie würden sonst nicht auf mich hören ... Und weil ich glaube, daß der Anton, den wir beide einmal kannten, es so gewollt hätte.«

»Wieder eine Lüge«, sagte Pierce und bückte sich vorsichtig, die Waffe ausgestreckt, um die Llama vom Boden aufzuheben und sie sich in den Gürtel zu stecken. »Sie wollen nur diese Verträge, damit die Geschäfte wie gewöhnlich weiterlaufen können. Damit Ihre Nuklearausschüsse weiter neue Methoden entwickeln können, um die Gottlosen aus der Welt zu bomben. So nennen sie uns, Alexei, gottlos! Vielleicht werden sie *Commander* Decker zum nächsten Außenminister machen. Ehrgeizige Eiferer sind heute sehr gefragt.«

»Das könnte niemals geschehen, und das wissen Sie auch, *paminjatschik.«*

Pierce sah Havelock prüfend an. »Ja, ich bin ein *paminjatschik.* Wie haben Sie es angestellt? Wie haben Sie mich gefunden?«

»Das werden Sie nie erfahren. Auch nicht, wie tief wir die *paminjatschik*-Aktion penetriert haben. Das stimmt. Penetriert.«

Der »Reisende« starrte Michael an. »Ich glaube Ihnen nicht.«

»Das hat nichts zu sagen.«

»Es macht keinen Unterschied. Wir werden die Dokumente haben. Alle Optionen werden in unserer Hand sein, und Ihnen bleibt nichts. Außer brennenden Städten, wenn Sie eine falsche Entscheidung treffen. Die Welt wird Sie und Ihresgleichen nicht länger tolerieren.« Pierce stach mit seiner Pistole ein Loch in die Luft. »Gehen wir, Sie alle. Sie werden die Verträge jetzt für mich ausgraben, Havelock. ›Dreiundsiebzig Schritte bis zu einem Hartriegelbaum.‹«

»Zum Friedhof führen ein Dutzend Wege«, sagte Michael schnell. »Sie wissen nicht, welcher.«

»Alexei wird es mir zeigen. Wenn es wirklich darauf ankommt, entscheidet er sich für uns, nicht für Sie. Niemals. Er wird es mir sagen.«

»Tun Sie es nicht, Kaljasin.«

»Sie haben mich belogen, Mikhail. Wenn es wirklich ultimative Waffen geben muß – selbst auf dem Papier –, dann dürfen die nicht Ihnen gehören.«

»Ich habe Ihnen gesagt, weshalb ich gelogen habe. Aber es gibt noch einen weiteren Grund. Sie sind zu uns gekommen, nicht weil Sie an uns glaubten, sondern weil Sie nicht an *sie* glauben konnten. Sie sind zurückgekommen. Er war der Mann an der Costa Brava – er hat an der Costa Brava getötet.«

»Ich führte das durch, was Sie nur spielten«, fügte Pierce mit kaltem Lächeln hinzu. »Nur dafür reichte Ihr Mumm. Es mußte *getan,* nicht gespielt werden.«

»Nein, das mußte es nicht. Aber wenn Sie die Wahl haben, töten Sie. Sie haben den Mann getötet, der die Operation vorbereitet hat, eine Operation, die überhaupt keinen Toten erforderte.«

»Ich habe genau das getan, was Sie auch getan hätten, nur viel raffinierter. Sein Tod mußte glaubwürdig sein. MacKenzie war der einzige, der die Ereignisse jener Nacht hätte aufdecken können, der sein Personal kannte.«

»Auch getötet!«

»Unvermeidlich.«

»Und Bradford? Auch unvermeidlich?«

»Natürlich. Er hatte mich entdeckt.«

»Sehen Sie das Muster, Kaljasin?« schrie Havelock, ohne Pierce aus den Augen zu lassen. »Töten, töten, töten! . . . Erinnern Sie sich an Rostow, Alexei?«

»Ja, ich erinnere mich an ihn.«

»Er war mein Feind, aber er war ein anständiger Mann. Ihn haben sie auch getötet, erst vor Stunden. Sie sind wieder da, und sie marschieren.«

»Wer?« fragte der alte Russe stockend.

»Die *Voennaja.* Die Wahnsinnigen des VKR!«

»Nicht wahnsinnig«, sagte Pierce mit fester Stimme. »Diese Männer sind ihrer Sache ergeben, die werden die Prinzipien der Sowjetunion nicht kompromittieren, nur um zuzusehen, wie Sie Ihre scheinheiligen Lügen verbreiten und die Welt gegen uns aufhetzen . . . Unsere Zeit ist gekommen, Alexei. Sie werden auf unserer Seite stehen.«

Kaljasin blinzelte, und seine wäßrigen Augen starrten Arthur Pierce an.

Dann schüttelte er langsam den Kopf, und seine Worte waren nur ein Flüstern. »Nein . . . nein, ich werde nie zu euch gehören.«

»Was?«

»Sie sprechen nicht für Rußland«, sagte der alte Mann, und seine Stimme wurde lauter, schwoll an, bis sie den Raum füllte. »Sie töten zu leicht. Sie haben jemanden getötet, der mir sehr teuer war. Ihre Worte klingen gemessen und überlegt, und in dem, was Sie sagen, liegt auch Wahres . . . aber nicht in dem, was Sie tun oder wie Sie es tun! Ihr seid Tiere!« Ohne auch nur die geringste Warnung warf sich Kaljasin auf Pierce, und seine hageren Hände griffen nach der Waffe. »Mikhail, laufen Sie weg! Laufen Sie weg, Mikhail!« Ein halb ersticktes Brüllen war zu hören, als die Waffe am Bauch des alten Mannes explodierte. Aber er ließ sie immer noch nicht los. »Lauf . . .« Das Flüstern war wie ein Schrei, ein letzter Befehl.

Havelock stieß Jenna zur offenen Küchentür. Gerade wollte er sich auf Pierce stürzen, als er sah, daß der sterbende Kaljasin die Waffe immer noch umklammerte, aber langsam löste sich die blutige Pistole, und in einem weiteren Augenblick würde der *paminjatschik* auf ihn zielen, auf seinen Kopf.

Er rannte in die Küche und zog die Tür hinter sich zu. Er stieß mit Jenna zusammen, die zwei Küchenmesser in der Hand hielt. Sie liefen nach draußen, und Michael schnappte sich das kürzere Messer.

»Der Wald!« schrie Havelock unter dem Vordach. »Kaljasin kann ihn nicht halten. Schnell! Lauf du nach rechts, ich nehme die linke Seite!« rief er, während sie im strömenden Regen durch das nasse Gras rannten. »Wir treffen uns nach ein paar hundert Metern am Waldrand!«

»Wo ist der Weg? Welcher ist es?«

»Ich weiß es nicht.«

»Er wird danach suchen!«

»Klar.«

Fünf Schüsse peitschten, aber nicht aus *einer* Waffe; es waren zwei. Sie trennten sich, und Michael rannte im Zickzack auf die Finsternis der Bäume zu seiner Linken zu, drehte sich schnell um, um nach hinten zu sehen. Drei Männer verfolgten sie. Pierce rief zwei anderen, die den schlammigen Weg heraufgerannt waren, Befehle zu. Jetzt kamen sie unter dem Vordach heraus, verteilten sich. Sie hatten Taschenlampen und hielten die Pistolen bereit.

Michael hatte jetzt das Ende der grasbedeckten Fläche erreicht und suchte zwischen den Bäumen Deckung. Er zog den Mantel aus, die Augen auf die Wiese gerichtet, auf den Lichtkegel der mittleren

Taschenlampe. Er war völlig durchnäßt und mit Schlamm und feuchten Blättern bedeckt. Die Grenze zwischen dem Wald und der Wiese war seine Kampflinie, und der Regen prasselte laut genug, um seine Bewegungen zu übertönen. Der Mann würde schnell näherkommen, und dann würden ihn der Wald und seine eigene Vorsicht aufhalten.

Als der Lichtkegel näherkam, schob sich Havelock zentimeterweise auf den letzten Busch zu; dort wartete er, geduckt. Der Mann wurde langsamer, ließ seine Lampe kreisen. Dann drang er schnell in den Wald ein, und der Scheinwerferstrahl wanderte auf und ab, während er sich mit dem Arm einen Weg durch das dichte Buschwerk bahnte.

Michael rollte sich ins Gras hinaus, richtete sich auf und rannte los; er war unmittelbar hinter dem »Reisenden«. Jetzt sprang er, das Messer in der Hand, den Arm ausgestreckt. Als er zustieß, bohrte sich die Klinge in den Rücken des Killers, und Havelocks linke Hand schoß am Hals des Mannes vorbei und preßte sich auf seinen Mund. Beide fielen zu Boden, und Michael stach mit dem Messer zu, bis keine Bewegung mehr unter ihm war. Er riß den Kopf des Killers in die Höhe, während er der leblosen Hand die Waffe entwand; *es war nicht Pierce.*

Er stürzte sich auf die Taschenlampe und knipste sie aus.

Jenna rannte in die finstere, schmale Gasse, die jemand aus dem Gebüsch geschnitten hatte. ›War das der Weg zum Friedhof von Seneca?‹ fragte sie sich, ›dreiundsiebzig Schritte bis zu einem Hartriegelbaum.‹ Dann war es ihre Verantwortung, daß niemand mehr hier durchkam. Sie blickte hinter sich; der Lichtkegel der Taschenlampe bewegte sich nach rechts, entfernte sich von dem Weg. Sie stieß einen kurzen Schrei aus, laut genug, daß man ihn durch den strömenden Regen hören konnte. Der Lichtkegel verharrte kurz, ehe er nach links wanderte und die Einmündung des Weges erfaßte. Der Mann rannte darauf zu.

Jenna warf sich in das dichte Astwerk und duckte sich, die lange Messerklinge ausgestreckt, von ihren Knien nach oben weisend. Der Lichtkegel kam näher, die Gestalt dahinter konzentrierte sich ganz auf den Weg.

Drei Meter, zwei . . . einer. Jetzt!

Jenna hechtete aus ihrem Versteck, das Messer auf den Körper gerichtet, der direkt hinter dem Licht war. Ein Blutstrom schoß ihr entgegen, als die lange Schneide sich in das Fleisch bohrte, die Gestalt aufspießte, die in die Klinge hineingerannt war.

Der Mann schrie, und sein schrecklicher Schrei erfüllte den Wald und übertönte das Prasseln des Regens.

Jenna lag neben dem Toten, rang nach Luft, rieb sich die blutüberströmte Hand in dem weichen Schlamm. Dann griff sie nach der Taschenlampe und knipste sie aus. Ein Würgen schnürte ihr die Kehle zu, sie kroch zum Wegrand und übergab sich.

Als Havelock bemerkte, daß ein Mann den Schrei ausgestoßen hatte, atmete er auf. Jenna hatte es geschafft, sie hatte den Mann erledigt, der Befehl gehabt hatte, sie zu töten. Und jener Mann war nicht Pierce. Das wußte er. Er hatte die Positionen unter dem Vordach gesehen. Pierce war ganz links gewesen, der Tür am nächsten, und als die Jagd begann, hatte sich an ihrer Aufstellung nichts geändert.

Arthur Pierce war irgendwo zwischen der Wiese und der Straße hinter Kaljasins Haus, irgendwo in einem regennassen Wald. Und der Regen fiel immer noch, tropfte überall aus dem unvollkommenen Dach, das die Bäume mit ihrem Blattwerk bildeten.

Wo war der letzte Scheinwerferbalken? Er war nicht da – natürlich war er nicht da. Licht war ein Ziel, und Pierce war nicht dumm. Sie waren jetzt zwei Raubtiere, die sich in der Finsternis beschlichen. Aber einer hatte den Vorteil auf seiner Seite, und Michael wußte das instinktiv.

Er spürte es ganz stark.

Die Wälder waren für Mikhail Havliček wie ein Freund gewesen. Er fürchtete die nasse Dunkelheit nicht, denn sie hatte ihn zu oft gerettet, ihn vor uniformierten Jägern geschützt, die ihn wegen seines Vaters erschossen hätten.

Er kroch schnell durchs Unterholz und versuchte, Geräusche wahrzunehmen, die nicht der Regen und die ächzenden Äste und Zweige über ihm verursachten. Er schlug einen halben Bogen um das Gebiet und stellte fest, daß es keine Wege gab, keine Lücken im Wald, die zum Friedhof von Seneca führten.

Weiter schlängelte er sich durch das Unterholz, benutzte die Baumstämme wie Zinnen, richtete sich immer wieder auf, und seine in der Kindheit geschärften Ohren registrierten Geräusche, die andere nicht hören konnten.

Plötzlich nahm er ein schmatzendes Geräusch wahr, als würde ein Fuß oder ein Knie in den Schlamm gepreßt werden und sich wieder lösen.

Licht war ein Ziel . . .

Er kroch weiter, fünf, sechs, zehn Meter weit, wußte, was er suchte, wonach er tastete – einen dünnen Stamm.

Er fand einen jungen Schößling – kräftig, elastisch, höchstens eineinhalb Meter hoch, die Wurzeln tief in der Erde.

Havelock griff in seinen Gürtel und zog die Taschenlampe heraus, die er dem toten »Reisenden« abgenommen hatte. Er legte sie auf den Boden und zog sein Hemd aus, breitete es vor sich aus und legte die Taschenlampe in die Mitte.

Dreißig Sekunden später war die Lampe fest verknotet und in das Hemd eingehüllt, wobei noch genügend Stoff übrigblieb, um es festzubinden Er kniete neben dem kleinen Baum nieder und knotete die Taschenlampe seitlich an den dünnen Stamm. Jetzt zog er den Stamm zu sich heran und ließ ihn wieder los, prüfte seine Elastizität. Licht war ein Ziel.

Er knipste die Lampe an und zog den Stamm zum letztenmal nach hinten, rannte nach rechts in den Wald. Er duckte sich hinter einen dicken Baumstamm und wartete, sah dem Lichtstrahl zu, wie er gespenstisch im Regen über dem Boden hin und her wanderte. Er machte die Waffe des »Reisenden« schußbereit, drückte sie gegen die Borke des Baums.

Jetzt nahm sein Gehör wieder die schmatzenden Laute wahr, Schritte, die sich durch den Regen näherten. Jetzt trat die Gestalt hervor, ragte zwischen den Zweigen auf.

Pierce kauerte sich nieder, um dem Lichtstrahl auszuweichen, und feuerte das Magazin leer. Die ohrenbetäubenden Explosionen hallten durch den regennassen Wald.

»Sie haben verloren«, sagte Michael und drückte ab. Der Killer von der Costa Brava wurde herumgerissen, taumelte nach hinten, schrie auf. Havelock schoß ein zweites Mal, der Mann von der *Voennaja* fiel regungslos zu Boden, stumm, tot. »Sie haben den Wald nicht gekannt«, sagte Michael. »Ich habe ihn durch Menschen wie Sie kennengelernt.«

»Jenna! Jenna!« schrie er und rannte zwischen den Bäumen hindurch auf die freie Wiese. »Es ist vorbei!«

»Mikhail? Mikhail?«

Er sah, wie sie in der Ferne durch den peitschenden Regen taumelte. Sie beschleunigte ihren Schritt, fing zu laufen an. Er stürmte auf sie zu, wollte, daß nichts mehr sie trennte.

Dann hielten sie sich fest umklammert, und die Welt um sie hörte für ein paar kurze Augenblicke auf zu existieren. Den kalten Regen auf seiner bloßen Haut spürte er nicht mehr. Ihre Gesichter berührten sich.

»Gab es andere Wege zu dem Versteck?« fragte sie atemlos.

»Nein.«

»Dann hab' ich es gefunden. Komm, Mikhail! Schnell!«

Sie standen in Kaljasins Haus, die Leiche des alten Mannes war mit einer Decke bedeckt, sein gemartertes Gesicht barmherzig verborgen.

Havelock ging ans Telefon. »Es ist Zeit«, sagte er und wählte.

»Was ist geschehen?« fragte der Präsident der Vereinigten Staaten mit gespannter Stimme. »Ich habe die ganze Nacht versucht, Sie zu erreichen!«

»Es ist vorbei«, sagte Michael. »Parsifal ist tot! Wir haben die Dokumente. Ich werde einen Bericht schreiben und darin Ihnen alles mitteilen, was Sie meiner Meinung nach wissen müssen.«

Dem Schweigen folgten geflüsterte Worte. »Ich weiß, daß Sie nicht lügen würden.«

»Doch, das würde ich, aber nicht, was das hier betrifft.«

»Was muß ich denn Ihrer Ansicht nach wissen?« fragte Berquist, der langsam seine Stimme wiederfand.

»Nun, ich werde nichts weglassen, das für Sie wesentlich ist, für den unmöglichen Job, den Sie haben.«

»Wo sind Sie? Ich werde eine Armee zu Ihnen schicken, bloß um diese Dokumente hierher zu bekommen.«

»Nein, *Mr. President.* Wir müssen noch einmal Station machen. Aber ehe wir hier wegfahren, werde ich die Akten verbrennen. Es gibt nur eine Kopie davon. Die psychiatrische Akte auch.«

»Sie haben ...?«

»Das wird in dem Bericht stehen ... Es gibt einen praktischen Grund dafür, warum ich so handeln werde. Ich weiß nicht, was dort ist – ich glaube es zu wissen, aber ich bin nicht sicher. Es hat hier angefangen, und es wird auch hier enden.«

»Ich verstehe.« Berquist machte eine Pause. »Ich kann Sie nicht umstimmen und auch nicht hindern.«

»Das ist wahr.«

»Gut, dann will ich es auch gar nicht erst versuchen. Ich habe mir immer eingebildet, daß ich Menschen beurteilen kann. Dazu muß man in der Lage sein, um dieses Amt auszuüben ... Was kann eine dankbare Nation, ein sehr dankbarer Präsident für Sie tun?«

»Mich allein lassen, *Sir*. Uns allein lassen.«

»Havelock?«

»Ja?«

»Wie kann ich sicher sein, daß Sie die Verträge verbrennen?«

»Parsifal wollte nicht, daß Sie sicher sind. Sehen Sie, er wollte, daß es nie wieder geschieht. Daß es keine politischen Superstars wie Matthias mehr gibt. Er wollte, daß Sie nie ganz sicher sein können.«

»Darüber werde ich nachdenken müssen, nicht wahr?«

»Das wäre eine gute Idee.«

»Matthias ist heute abend gestorben. Das ist es, weshalb ich Sie sprechen wollte.«

»Er ist schon vor langer Zeit gestorben, *Mr. President.*«

Epilog

Herbst in New Hampshire. Einmal überzogen arktische Winde das Land mit eisiger Kälte, dann wieder erwachte die Natur zu pulsierendem Leben und leuchtete in tausend herbstlichen Farben, denn die Sonne weigerte sich hartnäckig, dem langsam näherrückenden Winter nachzugeben.

Havelock legte den Telefonhörer auf. Er saß auf der verglasten Veranda, die er, weil Jenna es unbedingt so wollte, zu seinem Arbeitszimmer gemacht hatte . . . Sie hatte ihn vor längerer Zeit beobachtet, als er durch die Wohnzimmertür des alten Hauses gegangen und stehengeblieben war, fasziniert von dem Anblick der Landschaft. Ein Schreibtisch, Bücherregale an der Wand und zusammengewürfelte, bequeme Möbel hatten aus dem kahlen, leeren Raum eine seltsame, luftige Behausung gemacht, geschützt von durchsichtigen Wänden, die die Sicht auf die Felder und den Wald nicht störten, der ihm so viel bedeutete. Das hatte sie verstanden, und dafür liebte er sie. Was er von seinem Platz aus sehen konnte, war nicht nur das hohe Gras und die dichtbelaubten Bäume in der Ferne, sondern eine im stetigen Wandel begriffene Landschaft – seine Zuflucht.

Und auch die angstvollen Erinnerungen waren da, wallten plötzlich in ihm auf, rückten bedrohlich nahe, bis er sich bewegen mußte, um sie zu unterdrücken.

Und tief in seinem Inneren wütete ein Fieber, weil Ihr Schweine ihn vergiftet hattet. Ihr habt ihn mit . . . Raserei gefüttert. Und er hat es gebraucht, wie ein Süchtiger seinen Schuß. Dr. Matthew Randolph, ein Toter, der von einem anderen Toten sprach . . . und so vielen anderen.

Sie hatten darüber gesprochen, Jenna und er, über sein Fieber, das ihn gelegentlich packte, und sie war der einzige Arzt, den er brauchte. Bei langen Spaziergängen mit ihr mußte er plötzlich losrennen, bis er schweißnaß war und sein Puls raste. Aber dann verging das Fieber immer wieder, und die Waffen schwiegen.

»Mikhail?« Der vergnügte Ruf war begleitet vom Öffnen und Schließen der Tür hinter dem Wohnzimmer.

Jenna trat in die sonnendurchflutete Veranda, das Licht fing sich in ihrem langen blonden Haar, das ihr unter einer dunklen Wollmütze über die Schultern fiel. Sie hatte ihre Tweedjacke zugeknöpft, um die herbstliche Kühle draußen abzuhalten. Sie ließ eine Segeltuchtasche zu Boden sinken, ging zu ihm und küßte ihn leicht auf die Lippen. »Da sind die Bücher, die du haben wolltest. Hat jemand angerufen?« fragte sie und zog die Jacke aus.

»Ja. Berquist.«

Jenna erstarrte. »Seitdem du ihm deinen Bericht geschickt hast, hat er nicht mehr versucht, dich zu erreichen.«

»Er hat meine Bitte respektiert. Ich habe ihm gesagt, daß er uns allein lassen soll.«

»Warum ruft er dich dann jetzt an? Was will er?«

»Gar nichts. Er wollte nur, daß ich auf dem laufenden bin.«

»Worüber?«

»Loring ist durchgekommen, aber er wird nie wieder im Außendienst eingesetzt werden können.«

»Das freut mich. Beides.«

»Hoffentlich wird er damit fertig.«

»Bestimmt. Die werden ihn zum Strategen machen.«

»Das habe ich auch vorgeschlagen.«

»Das dachte ich mir.« Jenna ging zu ihrer Tasche zurück und nahm die Bücher heraus. »Ich habe mit Harry Lewis Kaffee getrunken. Ich glaube, langsam sammelt er seinen ganzen Mut, um es dir zu sagen.«

»›Birchtree‹?« Michael lächelte. »Das wird etwas, das er seinen Enkelkindern erzählen kann. Professor Harry Lewis, Geheimagent, mit Codenamen.«

»Ich glaube nicht, daß er so schrecklich stolz darauf ist.«

»Warum nicht? Er hat nichts Unrechtes getan, und er hat es besser gemacht als die meisten. Außerdem hat er mir einen Job verschafft, der mir sehr gefällt ... Laden wir doch Harry und seine Frau zum Abendessen ein, und wenn das Telefon klingelt – glaub mir, es wird klingeln –, dann werde ich sagen, jemand möchte ›Birchtree‹ sprechen.«

»Du bist unmöglich«, sagte Jenna und lachte. Havelocks Lächeln erstarrte. »Ich bin nervös«, sagte er.

»Das war der Anruf.«

»Ich werde so verdammt ... unruhig.« Er sah sie an.

»Machen wir einen Spaziergang.«

Sie stiegen die steilen Hügel ein paar Meilen westlich von ihrem Haus hinauf, und das hohe Gras bog sich unter dem Wind. Die Erde war hart, von der Sonne ausgedörrt, und der Himmel von leuchtendem

Blau, mit weißen Wolkentupfern darauf. Unter ihnen, im Norden, schlängelte sich ein plätschernder Bach durch die Wiesen.

»In Prag haben wir einmal Picknick gemacht«, sagte Michael und blickte hinunter. »Erinnerst du dich? Damals floß die Moldau unter uns.«

»Wir werden hier Picknick machen«, antwortete Jenna und sah ihn an. »Gekühlter Wein, Salat . . . diese schrecklichen Sandwiches, die du so magst.«

»Mit Schinken, Käse, Sellerie, Zwiebeln und Senf.«

»Ja«, sagte sie und lächelte.

»Wenn ich berühmt wäre, würde man das Sandwich nach mir benennen. Es würde seinen Siegeszug über das Land antreten und auf jeder Speisekarte stehen.«

»Dann halte dich besser nur im Hintergrund, Liebling.«

Er erwiderte ihr Lächeln, und dann verblaßte es. »Du bist stärker als ich, Jenna.«

»Wenn du das glauben willst, schön, aber es stimmt nicht.«

»Sie kommt immer wieder . . . die Rastlosigkeit.«

»Das sind deine Depressionen, Mikhail. Sie werden immer seltener, das wissen wir beide.«

»Trotzdem kommt die Unruhe immer wieder, und dann gibst du mir Halt. Umgekehrt brauchst du meinen Beistand nicht.«

»Doch, mehr als du denkst.«

»Aber nicht auf diese Weise.«

»Ich habe auch bei weitem nicht so viel durchgemacht wie du. Und dann ist da noch etwas. Es war immer deine Verantwortung, nicht meine. Jede Entscheidung, die du treffen mußtest, kostete dich ein Stück von dir. Ich hingegen konnte mich verstecken . . . hinter dir. Ich hätte nie das tun können, was du getan hast. Dazu hätte mir ganz einfach die Kraft gefehlt.«

»Das ist nicht wahr.«

»Dann eben das Stehvermögen. Und das *ist* wahr. All die Monate, in denen ich auf der Flucht war, mußte ich immer wieder anhalten, bleiben, wo ich war, und nichts tun, an nichts denken. Ich konnte einfach nicht mehr. Du hast dich immer weiter getrieben, dich nie aufgegeben, weder als Kind noch als Mann.«

»Ein Kind«, sagte Havelock und blickte auf den Bach unter ihnen. »Ein kleiner Junge, ich sehe ihn, ich fühle ihn, aber ich kenne ihn nicht wirklich. Doch ich erinnere mich an ihn. Wenn er schrecklichen Hunger hatte oder müde war oder Angst hatte einzuschlafen, dann kletterte er bei Tagesanbruch auf einen Baum und sah sich nach feindlichen Streifen um. Wenn er keine entdeckte, kletterte er wieder herunter und rannte so schnell er konnte durch die Felder, schneller und schneller ... nach einer Weile fühlte er sich wieder wohl, irgendwie ... zuversichtlich. Und dann fand er in irgendeiner Schlucht einen Graben oder eine verlassene Scheune, und der Schlaf stellte sich ein.«

Jenna berührte seinen Arm, sah ihn aufmerksam an, und langsam überzog ein Lächeln ihr Gesicht. »Dann laufe doch *jetzt,* Mikhail. Lauf den Hügel hinunter und warte unten auf mich. Los schon, du Faulpelz! Los!«

Er rannte, und seine Beine flogen durch die Luft, seine Füße trommelten auf die Erde. Der Wind peitschte sein Gesicht, kühlte die Haut. Rasch erreichte er den Fuß des Hügels, und seine Brust dehnte sich mit jedem Atemzug. Das Fieber verging und würde bald ganz verschwinden.

Er blickte zu Jenna hinauf, sah die Sonne hinter ihr und den blauen Himmel. Und dann schrie er: »Komm schon, du Faulpelz. Ich will mit dir um die Wette ums Haus laufen. *Unserem* Haus!«

»Ich werd' dir im letzten Augenblick ein Bein stellen!« rief ihm Jenna zu, die schnell den Hügel herunterkam. »Du weißt, daß ich das kann.«

»Es wird dir nichts nützen!« Michael holte einen glänzenden Gegenstand aus der Tasche. »Ich hab' den Schlüssel für die Tür! *Unsere* Tür!«

»Dummerchen!« sagte Jenna und fing an zu rennen. »Du hast nicht abgesperrt! Wir haben sie nie abgesperrt!«

Jetzt war sie bei ihm, und sie hielten sich in den Armen.

»Das brauchen wir nicht«, sagte er, »jetzt nicht mehr.«